LES REINES DE FRANCE
AU TEMPS DES BOURBONS

Paru dans Le Livre de Poche :

LES REINES DE FRANCE AU TEMPS DES VALOIS
    1. Le Beau XVIᵉ Siècle
    2. Les Années sanglantes

LES REINES DE FRANCE AU TEMPS DES BOURBONS
    1. Les Deux Régentes
    2. Les Femmes du Roi-Soleil
    3. La Reine et la Favorite

SIMONE BERTIÈRE

Les Reines de France au temps des Bourbons

★ ★ ★ ★

« Marie-Antoinette l'insoumise »

ÉDITIONS DE FALLOIS

© Éditions de Fallois, 2002.

ISBN : 2 - 253 - 15572 - 1 - 1ère publication - LGF

ISBN : 978 - 2 - 253 - 15572 - 0 - 1ère publication - LGF

À André,
in memoriam.

Prologue

Puis-je me permettre de commencer par une confidence ? Je ne me suis pas engagée sans appréhension dans un livre consacré à Marie-Antoinette. D'abord à cause du nombre de ceux qui m'ont précédée. Encore une biographie de la malheureuse ! Une de plus, après tant d'autres — dont quelques-unes de grande qualité ! Que dire de nouveau sur une vie tant de fois explorée, triturée, rabâchée, dont chacun croit tout connaître ? À ce handicap s'ajoutait ma prédilection pour les récits à personnages multiples, où plusieurs femmes, reines ou favorites, s'opposent, s'équilibrent, s'éclairent les unes les autres, dans ce qui tend à devenir une histoire familiale de la monarchie française. Hélas, Marie-Antoinette a envahi toute la scène. Un époux pudique, silencieux et secret, des belles-sœurs sans éclat, pas la moindre maîtresse. Faute d'une rivale capable de lui disputer la prééminence après la mort de Louis XV et la mise à l'écart de Mme du Barry, elle éclipse son entourage et accapare l'attention.

Je n'allais tout de même pas, sous prétexte qu'il me fallait concentrer l'objectif sur elle, bouder ce que m'offrait l'histoire, une héroïne de roman ou de tragédie ! Elle clôt en beauté la série des reines des temps modernes dont j'ai entrepris de raconter la vie. De plus, elle ne dépare pas cette série, parce qu'elle permet de répondre, mieux qu'aucune autre, aux questions qui m'ont servi de fil directeur. Qu'est-ce qui attend une jeune femme quand elle épouse le roi de France ? Comment chacune de nos reines s'est-elle adaptée à sa condition ? Marie-Antoinette est à cet égard un cas limite, exemplaire, qui atteste le dépérissement du modèle qui avait prévalu jusque-là. Engloutie dans la tourmente révolutionnaire, disparaît avec elle, et avec l'Ancien Régime, une certaine idée de la fonction de reine, que le siècle suivant ne parviendra pas à ressusciter. Comme pour me récompenser de mon audace et de ma persévérance, la longue fréquentation de ses aînées m'a offert des points de vue et m'a suggéré des comparaisons qui, je l'espère, apporteront quelques éclairages nouveaux sur sa personnalité et sur son destin.

*

Disons-le d'entrée de jeu : il n'est pas question de le nier, son mariage avec Louis XVI fut un désastre. Un désastre pour lui et, dans une moindre mesure, pour la France. Un désastre aussi pour elle. Ce désastre ne se limite pas à leur vie privée, il est également politique. La greffe de cette fille des Habsbourg de Vienne sur le tronc français des Bourbons n'a pas pris. L'échec n'est pas un accident, le fruit tardif des circonstances. Il est inscrit au départ dans la situation qui lui est faite et que son caractère vient aggraver. On oppose parfois les années heureuses — quand elle ne savait pas ce qui l'attendait — aux années terribles, celles de la descente aux enfers. Mais il n'y a pas d'années heureuses. Il y a des années frivoles, ce qui n'est pas la même chose. Sa vie avait bien commencé pourtant, florissante en promesses. Comment le rêve s'est-il transformé en cauchemar ?

Toutes les fées semblaient s'être donné rendez-vous au berceau de la petite fille : un patronyme illustre, une famille puissante, un arbre généalogique si touffu qu'il n'y manque aucun des grands noms du Gotha européen, des parents très unis et très aimants ; à défaut d'un visage parfait, la grâce, plus belle encore que la beauté, le don de plaire et de se concilier les cœurs. Elles n'ont oublié qu'une chose : la sagesse. Mais il sera bien temps pour la fillette de l'acquérir avec l'âge. Bien qu'elle ne soit que la dernière d'une escouade d'archiduchesses à marier, on lui promet le parti le plus brillant, le plus prestigieux : elle sera reine de France. Nul n'a vu la méchante Carabosse jeter dans sa future corbeille de noces une double malédiction : l'alliance dont elle est le gage entre son pays d'origine et son pays d'adoption est en passe de se disloquer et la monarchie absolue portée à son point de perfection par Louis XIV menace ruine.

À quatorze ans, on la marie. Beaucoup trop tôt, pour obéir à des impératifs politiques. Faute d'avoir eu le temps de l'y préparer, sa mère la lâche avec un bandeau sur les yeux dans un univers dont elle ignore les lois. À Versailles, il n'y a personne pour la prendre en charge. Marie Leszczynska est morte, sa bru Marie-Josèphe de Saxe aussi. Les femmes, qui d'ordinaire assurent la continuité familiale d'un règne à l'autre, font défaut. Aucune n'est là pour accueillir la nouvelle venue, la protéger, la former. De la génération intermédiaire il ne reste que quatre demoiselles mûrissantes, dont une carmélite, crispées dans leur dégoût pour l'étincelante créature que le roi a choisi d'afficher à ses côtés, au mépris des convenances. Le dauphin, futur Louis XVI, orphelin de père et de mère, est un adolescent ombrageux paralysé de timidité. Marie-Antoinette se trouve propulsée au premier rang de la hiérarchie, seule, sans défense, dans une des cours les plus malveillantes qui soient au monde.

Sur les dix années qui vont de son arrivée à Versailles en 1770 à la mort de sa mère en 1780, on sait quasiment tout. En contrepoint à ses propres lettres, la

correspondance du fidèle ambassadeur que l'impératrice a placé à ses côtés pour la guider ne nous épargne
aucun de ses faits et gestes. Et si l'on veut des détails
supplémentaires, il ne manque pas de témoignages,
côté français, pour la suivre au fil des jours et des
heures. Cependant on a l'impression de ne pas la
connaître. D'emblée, elle suscite des réactions vives,
contradictoires. Elle se fait remarquer — en bien ou en
mal, tout dépend des points de vue. On parle d'elle, on
l'admire ou on la déteste. Il lui arrive d'agacer les plus
bienveillants. Elle provoque et attise les conflits. Elle
agit à la manière d'un réactif plongé dans un milieu
étranger. D'un témoin à l'autre, ou même d'un moment
à l'autre chez un même témoin, comme l'ambassadeur
Mercy-Argenteau, les documents donnent d'elle une
image peu cohérente, éclatée, dont les morceaux ne
collent pas entre eux. Elle apparaît tour à tour simple
et arrogante, compatissante et sans pitié, franche et dis-
simulée, et son goût du plaisir s'allie à un fond de
mélancolie tenace. Elle n'est jamais tout entière telle
qu'on nous la décrit, elle glisse entre les doigts, entre
les mots, insaisissable.

Il en sera de même tout au long de sa vie. Car l'ambiguïté est en elle, imputable non à une quelconque
profondeur — elle n'en a aucune —, mais à une
extrême mobilité, comme si elle se cherchait sans
cesse, incapable de se fixer, de se définir, de trouver sa
place dans un monde qui n'est pas le sien. Elle donne
l'impression d'être ailleurs, de rester comme étrangère
à sa propre vie. « Sa personnalité, remarque François
Furet, recèle quelque chose d'irrémédiablement fermé,
une inattention aux conseils et aux circonstances qui
rend son comportement difficile à déchiffrer. » Sa trajectoire paraît tout aussi inexplicable. Une fois reine,
l'exquise dauphine adorée des Français semble prendre
plaisir à les braver ; emportée dans une spirale suicidaire, sourde à tous les avertissements, elle multiplie

les imprudences et finit par déclencher le torrent de calomnies qui va la submerger. La « tête-à-vent » ivre de dissipations aura beau s'assagir, elle ne parviendra pas à remédier aux dégâts. Et l'on ne peut se défendre d'y voir un absurde gâchis. Et puis, soudain, face à l'épreuve ultime, c'est une autre femme qui surgit, ferme, digne, intelligente — mais oui : voyez son procès ! —, qui monte à l'échafaud en héroïne.

*

À quoi bon, alors, entasser les informations, accumuler les témoignages, éplucher les gazettes ou les inventaires d'archives en quête d'anecdotes inédites ou de détails qui auraient échappé à l'œil vigilant des fureteurs ? Mieux vaut tenter de dépasser les contradictions et de cerner d'un peu plus près la personnalité de la jeune femme et ce que F. Furet n'hésite pas à appeler son « secret ». Y a-t-il eu deux femmes distinctes en Marie-Antoinette, passée sous le fouet du malheur de la fragilité à la force et de la légèreté coupable à la plus authentique grandeur ? Pas d'autre moyen pour répondre à cette question que de relire de près les textes fondamentaux.

Or ces textes offrent bien des surprises.

La première concerne la vie conjugale de Marie-Antoinette. Son mariage, on le sait, demeura stérile pendant sept ans, avec des implications politiques majeures. Sur ces secrets d'alcôve dont l'Europe entière s'était entretenue à l'époque, les historiens du XIXe siècle et du début du XXe ont cru devoir jeter le manteau de Noé, en omettant dans leurs éditions les passages jugés trop intimes. C'est Stefan Zweig qui, le premier, recourant aux originaux des lettres entre la jeune femme et sa mère, proposa une explication qui a fait autorité après lui. L'impuissance présumée de Louis XVI et sa lâcheté prolongée devant l'opération nécessaire pour remédier à une légère malformation physique sont reçues depuis comme des faits avérés ; elles suffiraient à expliquer l'instabilité nerveuse de Marie-Antoinette. Mais Zweig n'a pas pratiqué de confrontation sur les lettres échangées entre l'ambassadeur et l'impératrice. Et les passages censurés qui dorment aux Archives de Vienne ne laissent aucune place au doute : en dépit des bruits qui coururent, Louis XVI ne souffrait d'aucune malformation et il a fini par consommer son mariage sans avoir jamais été opéré. Ce qui amène à reconsidérer toute l'histoire des difficiles relations du couple royal et à remettre en cause l'image de la jeune femme déçue espérant chaque soir que son mari lui révèle enfin l'amour.

Une autre surprise attend ceux qui, frappés par la frivolité de Marie-Antoinette et par son extrême paresse intellectuelle, voient en elle une nature indolente, une âme tiède, molle, sans désirs ni passions autres que médiocres, aspirant à une vie tout unie, semblable à celle des reines ses aînées. Car l'impératrice Marie-Thérèse nous dit très exactement le contraire. Comme un leitmotiv reviennent dans ses lettres des doléances sur l'indocilité de sa fille et sur les prodiges d'ingéniosité dont elle use pour parvenir à ses fins : « Elle tient à ses volontés. » « Elle reste toujours attachée à ses volontés. » « Elle aime à suivre ses volontés et sait se tourner et se retourner pour arriver à son but. » L'ambassadeur dénonce en écho « son goût pour l'indépendance, sa répugnance à être gouvernée », « son extrême adresse à saisir tous les faux-fuyants qui peuvent dérouter les remontrances ». La jeune femme elle-même confirme à une amie, très fière : « Vous savez, quand j'ai quelque chose dans ma tête, je n'en démords point. » Cette opiniâtreté présente deux visages opposés et symétriques. L'acharnement qu'elle déploie pour obtenir ce qu'elle veut n'a d'égal que la résistance qu'elle oppose à ce qui lui déplaît. À quoi s'ajoute l'orgueil de sa race et de son rang, qui se cabre devant les obstacles.

Une bonne part de son énergie s'exerce sur des objets futiles, parce que très longtemps elle demeure enfant, confinée dans une irresponsabilité entretenue par ceux qui redoutent ses initiatives. L'intelligence stagne chez elle tandis que s'affermit la volonté. Très lentement elle apprendra, elle mûrira. Et les objets auxquels s'appliquera son énergie changeront. Mais il n'y a pas métamorphose : c'est la même Marie-Antoinette qui refuse d'adresser un mot, un seul mot, à Mme du Barry et qui écrase de toute sa hauteur les accusations du Tribunal révolutionnaire. L'adolescente immature est devenue, *in extremis*, une femme adulte. Avec les mêmes qualités et les mêmes défauts, la même violence, la même aversion pour les compromis, le même refus du réel. Mais l'opiniâtreté est devenue courage et le goût de la provocation gratuite se transforme en défi héroïque.

Allons plus loin. On ne peut comprendre Marie-Antoinette sans se référer à sa mère. Elle doit à Marie-Thérèse son caractère entier, sa force, son impatience. Elle lui emprunte aussi un modèle, celui d'un matriarcat où la relation homme/femme est inversée, où la reine détient la pleine autorité sur des États qui lui appartiennent en propre. Aux yeux de la fillette, qui n'a aucune idée des charges du pouvoir, une seule chose compte : sa mère n'obéit à personne et les autres lui obéissent. On aura beau tenter de la préparer à un sort tout différent, elle reste marquée par l'image maternelle. Elle découvre à son arrivée en France le carcan qu'on prétend lui imposer. Elle doit donner au plus vite des héritiers à la dynastie et tenir sa partie dans le grand spectacle qu'offre à ses sujets la vie quotidienne de la famille royale. Ce programme minutieusement réglé, très contraignant, suscite chez elle un rejet immédiat, violent et global. Elle refuse de se sacrifier à sa fonction. Tout au long de sa vie, elle se trouve en porte-à-faux, parce qu'elle est tenue de taire ce refus. Mais il éclate dans ses comportements. Tout au long de sa vie elle se sent prisonnière, avant de l'être pour de bon dans les trois dernières années. Tout au long de sa vie elle se débat, pour tenter d'échapper à cette prison.

Le titre que j'ai adopté, *L'Insoumise*, surprendra sans doute, tant il s'écarte de l'image habituelle. Je l'assume dans toutes ses acceptions. Il implique au premier chef le refus d'obéissance. Mais un insoumis n'est pas seulement un révolté, c'est aussi un déserteur. Quand Marie-Antoinette juge ses obligations intolérables, elle les fuit. Après l'avènement, dès que l'étreinte se desserre, elle s'échappe. On la verra rejeter ses devoirs d'épouse et ses devoirs de reine, quitter la couche de son mari pour le bal de l'Opéra, puis abandonner le grand château où se tient la cour pour mener une vie privée à Trianon. Plutôt que de céder, elle louvoie, elle biaise, et si elle est acculée, elle fait front. Face à la Révolution, sa réaction est également un rejet, très vite radicalisé, d'autant plus violent que l'hostilité contre elle est plus forte. Le désir d'évasion tourne alors à l'idée fixe. Toutes les tentatives n'aboutiront qu'à durcir sa prison. C'est en insoumise qu'elle affrontera l'échafaud, trouvant enfin dans la mort l'ultime délivrance.

*

Quelques mots sur la manière dont j'ai conçu ce livre et sur les difficultés rencontrées. Il est rare qu'on dispose sur un personnage historique d'une documentation aussi abondante. Mais jamais cette documentation n'a été aussi peu fiable, tant elle véhicule tout et le contraire de tout. Certes plus personne aujourd'hui ne voit en Marie-Antoinette le démon femelle traîné dans la boue par les pamphlets révolutionnaires ni l'an-

gélique martyre célébrée par l'hagiographie royaliste.
Mais sur la ligne qui va d'un de ces pôles à l'autre,
son image ne cesse d'osciller et les jugements portés
sur elle, qui hésitent entre sévérité et indulgence, sympathie et réprobation, en disent davantage sur leurs
auteurs que sur leur objet. Car son destin, scellé par la
Révolution française, est lié aux fondements mêmes de
notre culture nationale. Elle est une pierre de touche
des sentiments et des opinions de chacun de nous. J'ai
essayé, autant que faire se peut, d'éviter les jugements
tranchés. Car je ne crois pas, sauf exception, qu'il soit
aisé de faire le départ entre les bons et les méchants.
Dans la tragédie qui fut la sienne, comme dans celle
que vécut alors la France, les responsabilités ont été
largement partagées et ceux qui en furent les acteurs
les plus discutables étaient souvent animés des meilleures intentions.

Aux côtés de la reine, j'ai accordé une large place à
sa mère, à son frère, et surtout à son époux, trop souvent réduit à l'état de fantoche et qui mérite infiniment
mieux. J'ai évoqué, bien sûr, l'idylle avec Fersen, en
insistant sur son rôle de conseiller occulte du couple
royal, qui est moins connu. La politique, dont Marie-
Antoinette tenta maladroitement d'être un acteur et
dont elle fut à coup sûr la victime, se taille dans ce
livre la part du lion, surtout dans la dernière partie,
lorsque, avec la Révolution, son destin se joue en
marge de celui de la France. Cinq années de violences
où l'histoire prend le mors aux dents, où les événements se bousculent à un rythme accéléré, dans un
calendrier si serré qu'ils ont peine à y trouver place.
J'ai tenté d'en dire suffisamment pour que le lecteur
s'y retrouve, en éliminant ce qui ne m'a pas paru indispensable. On me pardonnera, j'espère, les inévitables
omissions.

Dans le flot d'anecdotes véhiculées par les *Mémoires*
qui ont fleuri sous la Restauration, il fallait faire un tri.

Avouons-le, toutes sont suspectes. Mais si on les écarte, il ne reste rien pour restituer au passé sa substance vivante. J'ai choisi de conserver celles qui sont vraisemblables, qui traduisent, sous une forme revue et améliorée, des idées, des sentiments en accord avec les faits. Mes choix ne discréditent pas forcément celles que je n'ai pas conservées. La matière était si abondante qu'il n'était pas question de tout dire.

Pour éviter que mon récit ne s'éparpille en une poussière de détails et pour tenter de faire apparaître des continuités, je me suis abstenue, comme dans les précédents volumes, d'épouser étroitement l'ordre chronologique. À l'intérieur de périodes distinctes, bien échelonnées dans le temps, j'ai isolé certains chapitres centrés autour d'une question précise. Prenant à cette occasion de discrètes libertés avec le temps et l'espace, je me suis permis d'opérer quelques retours en arrière ou quelques anticipations et de promener le lecteur entre Versailles et Vienne. J'espère que celui-ci ne m'en voudra pas de lui imposer cette modeste gymnastique intellectuelle.

Je tiens à reconnaître ici ma dette envers tous ceux dont les enquêtes et les publications ont rendu accessible la masse de documents que j'ai exploitée à mon tour. Envers tous ceux aussi dont les études sur ces personnages et sur cette époque ont nourri ma réflexion, aiguisé ma curiosité, m'ont suggéré des points de vue, des pistes nouvelles. Envers Zweig, notamment, que je n'ai contredit qu'à regret : car il a accompli le geste décisif, il a fait jaillir l'étincelle qui a rendu vie à Marie-Antoinette. Tous depuis se réchauffent à sa flamme.

PREMIÈRE PARTIE

LA DAUPHINE

Chapitre premier

La marche nuptiale

Avril 1770. Sur les routes d'Allemagne coupées de fondrières par les intempéries persistantes se déploie un cortège hétéroclite, à base de véhicules d'intendance où s'entassent pêle-mêle le personnel d'accompagnement et les objets nécessaires à un voyage de quinze jours. Au cœur du cortège roulent à un train de sénateur deux énormes carrosses jumeaux ruisselants de dorures, couronnés de bouquets de fleurs d'or. L'intérieur est rembourré, matelassé, tapissé de velours rebrodé : dans l'un ce sont les quatre saisons qui se détachent sur fond écarlate, dans l'autre les quatre éléments sur fond bleu. Installée au fond de l'un de ces luxueux écrins fabriqués à Versailles tout exprès — en double exemplaire pour parer à tout accident —, parade une fillette qu'on expédie à son époux. Le long du chemin les populations se sont massées pour la saluer. Elle sourit, toutes grâces dehors. Elle aime être aimée et se sentir le centre du monde. Et si quelques larmes se mêlent à ses sourires, les bonnes gens qui l'acclament ne les distingueront pas des traînées de pluie qui zèbrent les vitres. D'ailleurs grisée de cérémonies, de discours, de fêtes, bercée par le balancement de la voiture, ballottée d'un gîte à l'autre, anesthésiée par les changements de décors et de visages, elle en oublie qu'elle vient de quitter pour toujours les lieux de son enfance et qu'elle ne reverra plus sa « chère maman ». On lui a tant répété qu'elle devait être heureuse qu'elle a fini par le croire. Ne s'en va-t-elle pas épouser l'héritier du plus grand roi d'Europe ? Il est vrai qu'elle est la fille de Marie-Thérèse, l'impératrice-reine, qui règne depuis trente ans sur les destinées de l'Autriche, de la Bohême, de la Hongrie, des Pays-Bas et de quelques autres domaines de moindre notoriété. Heureuse ? Pour l'instant elle se plie, docile, à ce qu'attend d'elle le prince de Starhemberg, chargé de la livrer en bonne condition — pardon, de la « remettre », dit-on en langage officiel — à sa future famille, à sa future patrie, la France.

Marie-Antoinette marche vers son destin.

Le mariage du siècle

Les mariages princiers se suivent et se ressemblent, réglés par la tradition. Mais il en est qui, plus que d'autres, sont chargés de messages politiques. Celui qui se prépare va unir les deux familles les plus prestigieuses d'Europe et sanctifier leur toute récente réconciliation après des décennies de guerres fratricides. Seul le mariage de Louis XIV avec l'infante d'Espagne avait eu un semblable retentissement. Quant à une archiduchesse d'Autriche sur le trône de France, on n'en avait point vu depuis Élisabeth, reine éphémère et effacée aux côtés de Charles IX. Impossible de trouver des fiancés plus chargés en aïeux que les nouveaux époux. Dans leurs arbres généalogiques aux rameaux entrecroisés, on rencontre chez l'un et chez l'autre, si l'on daigne prendre en compte la filiation féminine, Saint Louis et Charles Quint, Louis XIII et Philippe II, ainsi que la plupart des empereurs d'Allemagne ; lignées majeures à qui l'on doit adjoindre divers apports en provenance de Lorraine, de Savoie, de Toscane, de Bavière, de Saxe, de Pologne, et nous en passons. Bref ils réunissent en leur personne la fine fleur de l'Europe catholique. En les faisant naître à un an de distance, lui l'aîné, elle la plus jeune, il semble qu'un décret de la Providence les ait destinés l'un à l'autre. On veut croire que le Ciel est avec eux.

Les deux cours, en dépit de leur détresse financière chronique, tiennent à ce que l'événement soit marqué par des cérémonies inoubliables — celle de Vienne surtout, pour des raisons sur lesquelles on reviendra. Et chacune est prête à tous les sacrifices pour se montrer digne de son glorieux passé, pour tenter aussi d'éclipser son partenaire en éclat. Elles s'entendirent sans trop de peine, en privé, sur les conditions du contrat : Louis XV et Marie-Thérèse étaient de bonne foi, ne cherchaient pas à finasser. En lieu et place de ses droits sur la succession familiale, à laquelle elle renonçait, Marie-Antoinette apportait une dot de 400 000 florins, mi en numéraire, mi en bijoux. À ces derniers faisaient pendant ceux que la France lui offrait, pour un montant de 100 000 écus et elle se voyait garantir, en cas de veuvage, un douaire de 20 000 écus annuels. Mais on chipota beaucoup, en revanche, sur tout ce qui tenait au paraître. On se montra intraitable sur les questions de préséances. Aucune des deux parties ne devait avoir le pas sur l'autre dans les multiples rencontres où elles auraient à officier ensemble. Pour tenter de prévenir les difficultés qui ne manqueraient pas de surgir, on disposait heureusement de précédents : les archives, fébrilement consultées, fournirent un bon nombre de solutions. Quant aux imprévus, on les abandonnait au savoir-faire des diplomates concernés.

Pas question pour la fiancée de quitter sa patrie sans être unie religieusement à l'époux lointain. On procédera, selon l'usage, à une double bénédiction nuptiale, l'une par procuration à Vienne, l'autre en présence des deux conjoints à Versailles. Cette façon de faire — outre qu'elle coupe court à toute tentation de revirement du pays d'accueil — évite de privilégier l'une des deux parties prenantes : chacune aura son compte exact de cérémonies et pourra offrir à son peuple les réjouissances de rigueur.

La fillette entrera en France à Strasbourg, comme l'ont fait avant elle les princesses d'origine germanique. La « remise » se fera en terrain neutre, dans un bâtiment spécialement aménagé à cet usage sur une île du Rhin. Il n'y a pas lieu de s'extasier sur l'ingéniosité des organisateurs. Ils n'ont rien inventé, se contentant de suivre un exemple venu de très loin. Il est attesté dès 1530 lors de la traversée de la Bidassoa par Éléonore d'Autriche : on s'était alors contenté d'un ponton amarré par des chaînes au milieu du fleuve. En 1615, pour « l'échange des princesses » — Élisabeth de France s'en allait épouser Philippe IV tandis qu'Anne d'Autriche rejoignait Louis XIII —, la technique s'était améliorée, prenant appui sur l'île des Faisans. Elle y avait atteint la perfection en 1660 avec le mariage de Louis XIV. Il suffisait, pour les Allemandes, de transposer la formule : tout récemment, on l'avait pratiquée, avec une légère variante*, lorsque Marie-Josèphe de Saxe avait épousé en 1747 le dauphin fils de Louis XV.

Ayant soudain changé de patrie en même temps que de famille, la petite verra sa suite autrichienne remplacée par les membres de sa « maison » de dauphine de France. Il lui faudra attendre encore quelques jours pour connaître son époux. Le roi et son petit-fils viendront au-devant d'elle — de quelques lieues, pour lui faire honneur, mais pas trop, pour ne pas s'abaisser. Là encore les précédents commandent. La tradition place le rendez-vous dans un carrefour forestier, à Fontainebleau pour celles qui viennent du sud, à Compiègne pour celles

---

* Au mois de janvier, la violence du fleuve interdisait qu'on l'affrontât pour la cérémonie. On avait donc choisi, hors les murs de Strasbourg, une maison isolée aussi proche que possible de la frontière, qu'on avait aménagée sur le modèle fixé par la tradition.

qui viennent de l'est : c'est le cas. Sous ses allures d'aimable improvisation, la rencontre est minutée, codifiée jusqu'au moindre mot, au moindre geste. La nouvelle venue quittera son carrosse pour celui du roi, qui la déposera en quelque château pour une nuit ou deux, le temps qu'on l'initie aux ultimes détails de l'étiquette. Car au jour dit, dès le matin, prise en main à son arrivée à Versailles par les femmes chargées de l'habiller, de la coiffer et de la parer, elle sera ensuite traînée vers la chapelle où on la mariera de nouveau.

S'enchaîneront alors pendant deux semaines sans discontinuer réceptions, festins, bals, spectacles, illuminations, feux d'artifice — autant de festivités prévisibles, espérées, dont chacun se demande en connaisseur si elles parviendront sinon à dépasser, du moins à égaler les divers précédents immortalisés par des récits et par des gravures si largement diffusés qu'ils sont parvenus jusqu'à nous.

Tel est le programme prévu pour la petite archiduchesse. De l'entrée solennelle de l'ambassadeur de France à Vienne venu déposer la demande en mariage, le 15 avril, jusqu'aux dernières fusées parisiennes le 30 mai, il s'écoule six semaines, six longues semaines surchargées pour elle jusqu'à ras bord d'obligations protocolaires. Il faut que les peuples puissent se gaver les yeux et la panse pour longtemps, pour des années : ce n'est pas tous les jours qu'on marie l'héritier de France, et telle petite bourgade haussée au rang de ville étape sait qu'elle n'hébergera jamais plus de future reine dans ses murs. La fillette résistera-t-elle à une épreuve qui aurait de quoi laisser sur le flanc une adulte plus aguerrie ? Mais oui, elle résistera, faisant preuve, sous son apparente fragilité, d'une énergie peu commune.

L'adieu à l'Allemagne

Dès que le projet de mariage fut changé en certitude, on arracha la petite fiancée aux appartements des enfants, d'où les départs successifs avaient peu à peu chassé la gaieté. Les feux de la rampe soudain braqués sur elle flattaient son jeune orgueil. Elle reçut avec grâce l'hommage des gardes nobles autrichiens et hongrois, répondit par quelques mots de latin appris par cœur aux pompeuses harangues de l'Université. Elle admira du haut d'un balcon la cavalcade chamarrée menée par l'ambassadeur de France en prélude à la demande officielle. Elle n'assista pas à celle-ci, le 16 avril, mais fut appelée, à la fin de l'audience, pour recevoir des mains du marquis de Durfort une lettre de son futur époux et un médaillon contenant son portrait, qu'on lui attacha solennellement autour du cou. À la vérité, elle avait déjà reçu cinq images de lui : trois gravures représentant « le dauphin labourant » — censées illustrer l'intérêt qu'il portait à la prospérité de l'agriculture ? —, suivies de deux autres portraits en grand habit, mieux faits pour piquer l'intérêt d'une future épouse. Ce dernier, en forme de bijou, valait surtout comme symbole. Le soir on sacrifia à la francophilie en donnant au théâtre de la cour une comédie de Marivaux, *La Mère confidente* — un rôle que Marie-Thérèse est prête à jouer auprès du jeune couple ? —, et un ballet à thème pastoral *Les Bergers de Tempé*, sur une chorégraphie du célèbre Noverre. Le 17 avril, Marie-Antoinette jura sur l'Évangile qu'elle renonçait à son héritage autrichien. À la fête donnée le même soir par l'empereur au Belvédère répondit celle, non moins brillante, offerte par Durfort au palais Liechtenstein. L'ambassadeur s'était hâté, pour que l'archiduchesse pût y assister avant d'être dauphine, car ensuite l'étiquette lui interdirait de la recevoir sous son toit.

Le mariage eut lieu le 19 avril à six heures du soir

dans l'église des Augustins. L'héroïne du jour portait une longue robe de drap d'argent. Le rôle du dauphin était tenu par un adolescent de son âge, l'archiduc Ferdinand, frère de la mariée. Une querelle de préséance priva le cardinal-archevêque de donner la bénédiction : l'ambassadeur refusait de lui céder le pas. On se rabattit sur le nonce qui, lui, n'étant pas cardinal, passait après notre représentant. Le sacrement n'en était pas moins valide, comme on s'empressa d'en informer Versailles. À la lettre officielle de Marie-Thérèse à Louis XV, on en joignit une autre où la fillette disait à son « très cher grand-père », en des phrases trop bien tournées pour être de son cru, sa satisfaction et son désir de lui plaire.

Puis il fallut procéder aux adieux. Ils furent arrosés de torrents de larmes, comme toujours en pareil cas. À titre privé, Marie-Thérèse — deux précautions valent mieux qu'une — confia à la voyageuse, dans son français rocailleux, une de ces lettres sentimentales dont elle avait le secret :

« Monsieur mon frère, disait-elle au roi, c'est ma fille, mais plutôt celle de Votre Majesté, qui aura le bonheur de vous remettre celle-ci ; en perdant un si cher enfant, toute ma consolation est de le confier au meilleur et le plus tendre des pères. Qu'Elle veuille la diriger et lui ordonner ; elle a la meilleure volonté, mais à son âge j'ose La prier d'avoir de l'indulgence pour quelque étourderie ; sa volonté est bonne de vouloir mériter ses bontés par toutes ses actions. Je la Lui recommande encore une fois comme le gage le plus tendre qui existe si heureusement entre nos États et Maisons... »

Il est clair que l'impératrice a quelques doutes sur la sagesse de sa fille. Mais à la lire, on ne soupçonnerait pas qu'elle en a plus encore sur l'aptitude de Louis XV à guider la jeune personne dans le droit chemin : nous verrons un peu plus loin ce qu'elle pense réellement de lui.

Opération politique soigneusement orchestrée, le trajet de Vienne à Strasbourg prend des allures de
triomphe. À la différence de ses aînées de Bavière ou
de Saxe, Marie-Antoinette n'est étrangère nulle part,
puisque même hors d'Autriche, elle se trouve en terre
germanique, où tous, grands Électeurs, possesseurs
d'infimes principautés, monastères et villes libres sont
les vassaux, nominalement du moins, de l'empereur.
Le voyage a été conçu de façon à honorer tel ou tel
d'entre eux et à exhiber aux yeux de tous — amis et
surtout ennemis potentiels — la puissance de l'Archimaison de Habsbourg et la solidité des liens qui l'unis-
sent à la France.

Pour établir l'itinéraire, il a fallu tenir compte des
capacités d'accueil — souvent meilleures dans les
abbayes ou les châteaux isolés que dans les grosses
villes —, de l'emplacement des relais — on change
cinq fois par jour les 376 chevaux — et de la résistance
de la voyageuse — on ne lui imposera pas plus de huit
ou neuf heures de route dans la journée ! Le carrosse
royal a beau être bien suspendu et calfeutré contre les
vents coulis pour lui éviter les rhumes auxquels on la
sait sujette, il y a de quoi être moulu de fatigue en
moins d'une semaine. Il est vrai qu'elle retrouvera tous
les soirs le même lit douillet, avec tous ses accessoires,
qu'on monte et démonte à chaque étape : il figure en
deux exemplaires parmi les bagages, pour permettre à
l'intendance d'en acheminer toujours un en temps
voulu. Afin de la laisser souffler on a aussi prévu deux
journées de repos chez des hôtes accueillants, mais si
les cahots du chemin lui sont alors épargnés, elle doit
subir la visite des monuments et curiosités de l'endroit
et faire honneur aux fastidieux spectacles préparés pour
elle.

Le jour du départ, 21 avril, elle n'est pas trop dépay-
sée. Son frère aîné Joseph II l'accompagne jusqu'à
Melk où les bénédictins de la célèbre abbaye mettent

à sa disposition l'appartement d'apparat destiné aux
souverains : il y a même une « chambre de l'empereur », qui a hébergé plusieurs fois Marie-Thérèse et
son époux. Avant de pouvoir s'y retirer en paix, nos
voyageurs sont régalés d'un opéra joué par les élèves
des bons moines, qui arrache des bâillements à la fillette. Le lendemain on longe encore le Danube jusqu'à
Enns. Puis il faut le quitter pour tourner vers le sud.
Lorsqu'aux alentours de Linz elle voit disparaître le
bon vieux fleuve familier, elle a une grosse bouffée de
chagrin, demande soudain qu'on la ramène à Vienne.
Pas question, bien sûr, de céder à un tel enfantillage !
On l'emmène coucher à Lambach, comme prévu.
Altheim, Alt-Œttingen... Voici qu'on est passé en
Bavière. Un jour d'arrêt. Dans sa résidence d'été de
Nymphenburg, le prince Électeur la régale d'une
réception d'autant plus chaleureuse qu'il est en délicatesse politique avec le cabinet de Vienne. Comme elle
aimerait courir dans le vaste jardin à la française animé
d'« escaliers d'eau » lisses comme des miroirs ! Hélas
elle traîne à sa suite une foule de courtisans empressés.

Il continue de pleuvoir, elle a pris froid en Bavière,
mais elle ne tousse pas trop et son humeur reste bonne,
assure Starhemberg dans une lettre à sa mère. Augs-
bourg, Günsbourg — autre pause. Le prince se plaint
qu'elle ait donné l'ordre d'expédier en France les présents offerts par les villes traversées, au lieu de les redis-
tribuer aussitôt. Reutlingen, Stockach. On contourne la
Forêt Noire par le sud. L'arrêt à Donau-Eschingen, chez
le prince de Fürstenberg, margrave de Bade, lui offre
un parfum de terre natale : la source du fleuve aimé,
un mince filet d'eau appelé à devenir le puissant
Danube. Le lendemain la voici en Brisgau, dont un
lointain partage a donné la pleine possession aux Habsbourg dès le XIVe siècle. Elle est chez elle à nouveau :
Fribourg accueille sa souveraine. Mais l'arrachement
est proche. Pour qu'elle arrive à destination fraîche et

dispose, les étapes sont raccourcies. Quelques lieues la
conduisent à l'abbaye de Schüttern, où elle passera son
dernier jour sur le sol germanique, le dimanche 6 mai.
Déjà le comte de Noailles est venu la saluer et fixer
avec son homologue autrichien les ultimes détails de
la passation de pouvoirs. La petite archiduchesse n'a
plus qu'à traverser le Rhin pour changer d'univers.

La « remise »

Dans l'île des Épis, au milieu du fleuve, les charpen-
tiers s'activent depuis trois semaines pour édifier un
pavillon de bois digne de la scène qui se prépare. Le
terme de pavillon ne doit pas nous égarer. Étalé d'est en
ouest, l'édifice ne manque pas d'allure avec ses dix-neuf
fenêtres et son toit en terrasse ourlé d'une balustrade. De
part et d'autre les ailes, rigoureusement symétriques,
serviront de coulisses aux acteurs autrichiens et aux
acteurs français. La grande salle d'apparat qui les sépare
est traversée en son milieu par la ligne imaginaire représentant la frontière. À cheval sur cette ligne, une table
recouverte de velours écarlate en occupe le centre. Le
long d'une paroi, un fauteuil surmonté d'un dais, deux
pieds en Autriche et deux pieds en France, attend Marie-
Antoinette. Le temps a manqué pour la décoration,
l'ameublement est un peu disparate et l'on a dû puiser
dans les greniers de l'archevêché pour habiller les murs
des indispensables tapisseries.

Dans Strasbourg il n'est bruit que de ces préparatifs
et les curieux affluent, glissant une pièce à un gardien
pour visiter le fameux pavillon. Parmi eux, un cri
tranche sur les murmures d'admiration. Sur les tapisseries encadrant le fauteuil royal, un étudiant plus cultivé
que les autres a reconnu la légende de Jason et de
Médée : d'un côté la nouvelle épouse du héros, Créuse,
se tordant de douleur dans la robe empoisonnée que lui

a offerte sa rivale délaissée ; de l'autre Médée s'en-
fuyant sur un char de flammes sous les yeux de Jason
horrifié devant les corps de leurs enfants qu'elle vient
d'égorger. Le jeune Goethe — il a tout juste vingt et
un ans — en est révolté. Les images, dit-il, ont un
pouvoir, leur sens s'imprime dans l'esprit en marge de
la conscience et « y excite des pressentiments ». « N'a-
t-on pas autre chose à offrir aux premiers regards d'une
belle et aimable reine, que ces spectres épouvanta-
bles ? » Comme il prenait le public à témoin de son
indignation, ses amis, craignant un scandale, se hâtèrent de l'emmener.

À l'abbaye de Schüttern, Marie-Antoinette n'est pas
habitée de songes aussi sombres. Elle se contente de
pleurer à l'idée que le voyage est décidément sans
retour : il lui faut admettre qu'elle ne reverra plus sa
mère, ni les lieux de son enfance. Le lendemain 7 mai
en fin de matinée, elle franchit le pont de Kehl sous
les vivats de la foule agglutinée malgré les rafales de
pluie. Elle pénètre dans le pavillon, côté autrichien.

Au Moyen Âge, la « livraison » de la fiancée s'accompagnait d'un examen corporel intégral destiné à
vérifier qu'elle ne présentait aucune difformité cachée.
Puis la coutume s'était humanisée et l'on se contentait
de la dépouiller de tout ce qui venait de son pays natal
pour la revêtir de vêtements et de bijoux offerts par
son pays d'adoption, en une sorte de naturalisation
symbolique. Ce rituel lui-même fut bientôt allégé. S'il
arrivait qu'on rhabillât de neuf la nouvelle venue,
c'était pour lui éviter de détonner dans des vêtements
à la mode d'Espagne ou d'Allemagne. Avec Marie-
Antoinette la question ne se posa pas[*] : les couturières
viennoises étaient à l'heure de Paris. Dans son trous-

[*] Sur la foi de Mme Campan, qui fut sa femme de chambre plus
tard et écrivit bien plus tard encore, on a souvent affirmé qu'elle fut
soumise à l'ancien rituel. Mais tous les témoignages contemporains
affirment le contraire.

seau, elle avait de quoi remplacer sa tenue de voyage par une robe de cérémonie, taillée en étoffe d'or. Sans renoncer à ses bijoux de jeune fille, elle se contentera de leur ajouter ou de leur substituer, à son gré, ceux qu'on lui offrira.

Le prince de Starhemberg l'a conduite à son fauteuil où elle écoute d'une oreille distraite la pompeuse harangue de bienvenue du comte de Noailles, puis la lecture de l'acte de mariage. C'est fait : la voilà française. L'étiquette voudrait que sa suite autrichienne eût achevé de sortir avant l'entrée de sa nouvelle « maison ». Mais la curiosité a été la plus forte et les Français se ruent dans la place avant que leurs homologues aient tourné les talons. Soudain mise en présence de la comtesse de Noailles, la fillette affolée se jette dans ses bras en larmes : grave manque de tenue, que la rigide dame d'honneur repousse fermement, et qu'elle tentera de passer sous silence. La petite est visiblement bouleversée, et il y a de quoi. Pourtant, là encore, la tradition a été adoucie en sa faveur. Ses dames autrichiennes pourront l'accompagner jusqu'à Saverne. Et contrairement à l'usage, son précepteur, l'abbé de Vermond, qu'elle aime beaucoup, la suivra à Versailles. Il est vrai — nous y reviendrons — que l'abbé est français.

L'accueil chaleureux de Strasbourg a de quoi la réconforter. La ville n'a pas oublié sa longue appartenance à l'Empire, avant d'être conquise par Louis XIV. C'est en allemand que le premier magistrat entame son discours. Mais elle de l'interrompre en s'écriant : « Ne parlez point allemand, monsieur, à dater d'aujourd'hui je n'entends plus que le français. » Le mot est bien venu, mais on l'a déjà entendu, en des circonstances identiques, dans la bouche de la belle-fille de Louis XIV, Marie-Anne de Bavière. Nul doute qu'il n'ait été soufflé à la petite. Allons, elle joue bien son rôle, c'est déjà beaucoup. Car la fatigue commence à peser sur elle, aggravée par l'anxiété. Dîner « au grand couvert », puis bain de foule, feu d'artifice, bal, présentation de la noblesse alsacienne. Le vieux cardinal-archevêque, souffrant, a tout juste eu la force de la saluer, mais le lendemain, pour la messe, c'est son coadjuteur et neveu qui officie. Sous les voûtes de la cathédrale rose, le prince Louis de Rohan, portant beau dans ses habits pontificaux, déroule complaisamment les volutes de son éloquence :

« Vous allez être parmi nous, Madame, la vivante image de cette impératrice chérie, depuis longtemps l'admiration de l'Europe comme elle le sera de la postérité. C'est l'âme de Marie-Thérèse qui va s'unir à l'âme des Bourbons. D'une si belle union doivent naître les jours de l'âge d'or... »

En route ! Elle doit encore traverser la Lorraine en liesse, cette Lorraine qui est le berceau de sa famille paternelle. À Lunéville, à Nancy, à Commercy, nul n'a oublié sa grand-mère, Élisabeth-Charlotte, petite-fille de Louis XIII, que la cession du duché à la France[*] avait cependant laissée inconsolable et qui avait tenu à y finir ses jours. L'émotion est au rendez-vous. Le pesant cortège traverse Bar-le-Duc, Saint-Dizier. Avant-dernière étape à Châlons. L'héroïne de la fête a de la peine à suivre le spectacle qui lui est offert — *La Partie de chasse d'Henri IV*, de Collé —, malgré le secours du livret dans lequel elle feint de se plonger. « Elle fit pendant tout le temps beaucoup de grimaces, écrit à sa mère Starhemberg navré, elle mordait ses lèvres, tenait ses doigts et son mouchoir dans le nez, se grattait la tête à tout instant, s'appuyait contre le dos de son fauteuil, enfin ne tint pas du tout la contenance que j'aurais désirée. » Plus on approche du but, plus elle est nerveuse, ce qui se conçoit. Le dimanche 13,

---

[*] Plus exactement à Stanislas Leszczynski, à titre viager. La Lorraine était devenue française à sa mort en 1766.

à Soissons, on la laisse respirer un peu. La rencontre
décisive est pour le lendemain.

Première rencontre

Aux lisières de la forêt de Compiègne, le peuple
amassé dès l'aube près du carrefour du pont de Berne
trompe l'attente en admirant gardes-françaises, mousquetaires et gendarmes dans leurs tenues chamarrées.
Le ciel s'est mis de la partie : il fait beau. Le roi et le
dauphin arrivent au rendez-vous, flanqués d'une partie
de la cour. Enfin, ils vont voir la future reine.
Comment est-elle vraiment ? Car on sait bien qu'en
pareil cas descriptions et portraits sont lourdement
flattés. Le marquis de Durfort, notre ambassadeur à
Vienne, qui se doute que sa dépêche sera ouverte par
les services secrets autrichiens, s'est cantonné prudemment dans des généralités élogieuses :

« C'est une princesse accomplie tant par les qualités
de sa belle âme que par les agréments de sa figure. Elle
a un discernement fin, de la bonté dans le caractère et
de la gaieté dans l'esprit. Elle aime à plaire, dit des
choses agréables à chacun, et possède au suprême
degré toutes les qualités qui peuvent assurer le bonheur
d'un époux. »

Sur ce dernier point l'impératrice a renchéri dans
une épître au dauphin ruisselante de sentimentalité
moralisante :

« Votre épouse, mon cher dauphin, vient de se séparer de moi ; comme elle faisait mes délices, j'espère
qu'elle fera votre bonheur. [...] Aimez donc vos
devoirs envers Dieu, je vous le dis, mon cher dauphin,
et je l'ai dit à ma fille. Aimez le bien des peuples sur
lesquels vous régnerez toujours trop tôt. Aimez le roi
votre aïeul, inspirez et renouvelez cet attachement à
ma fille ; soyez bon comme lui ! Rendez-vous acces-

sible aux malheureux ; il est impossible qu'en vous
conduisant ainsi, vous n'ayez pas le bonheur en partage. Ma fille vous aimera, j'en suis sûre, parce que je
la connais ; mais plus je réponds de son amour et de
ses soins, plus je vous demande de lui vouer le plus
tendre attachement. Adieu, mon cher dauphin, soyez
heureux, rendez-la heureuse ! Je suis toute baignée de
larmes. » Et elle signait : « Votre tendre mère. »

Nous ignorons quel effet produisirent sur le destinataire ces larmoyantes effusions. Mais nous savons que
Louis XV, lui, se posait des questions plus triviales.
Le peintre Ducreux, envoyé à Vienne tout exprès, avait
eu toutes les peines du monde à terminer le portrait de
la jeune archiduchesse, harcelé par l'impératrice qui ne
le trouvait jamais à son gré. Certes, Louis XV se
déclara enchanté de celui qui lui parvint : « Il me plaît
beaucoup », écrivit-il à son petit-fils l'infant de Parme.
Mais quelques jours plus tard, il émettait des doutes :
« Je suis fâché qu'Antoinette soit trop grosse à son
âge. » Rien ne vaut donc le rapport verbal d'un libre
témoin. Le souverain a interrogé, à son retour de Strasbourg, le secrétaire chargé d'y lire le contrat. « Comment avez-vous trouvé madame la dauphine ? A-t-elle
de la gorge ? » L'autre, embarrassé, répondit qu'elle
était charmante de figure et avait de très beaux yeux.
« Ce n'est pas cela dont je parle, je vous demande si
elle a de la gorge ? — Sire, je n'ai pas pris la liberté de
porter mes regards jusque-là. — Vous êtes un nigaud,
répliqua le roi en riant, c'est la première chose qu'on
regarde aux femmes. »

À quoi songe le principal intéressé ? Il n'a fait de
confidences à personne. Il se contente, selon une pratique courante à l'époque, de suivre au jour le jour
sur une carte l'itinéraire de sa fiancée. Est-ce marque
d'intérêt pour elle ou pour la géographie, dont il raffole ? On ne sait. À mesure que le terme approche, son
impatience, déjà remarquée dans les mois précédents,

s'accroît. Faut-il en conclure qu'il est tout uniment ravi à l'idée de se marier ? « L'époux compte les jours et le lieu où elle est, écrit le roi le 7 mai, et me paraît avoir impatience de la voir et que *tout soit fait**. » La fierté d'entrer pour de bon dans le clan des hommes semble mêlée chez l'adolescent d'une bonne dose d'anxiété. Il voudrait bien que l'épreuve redoutée soit derrière lui.

Le moment solennel approche. Le cortège est en vue, il s'avance, salué par les sonneries de la troupe et les acclamations du peuple. Le roi et le dauphin ont mis pied à terre. À peine son carrosse est-il arrêté que la dauphine s'en échappe, légère, et se précipite aux pieds du souverain pour lui baiser la main, en un age-nouillement qu'il ne lui laisse pas achever. Il l'embrasse, et lui présente son petit-fils, qui l'embrasse à son tour. Ne nous y trompons pas : tous ces gestes, qui offrent l'apparence d'une spontanéité charmante, sont calqués sur le modèle de cérémonies antérieures. Ils ont été prévus, calculés, minutés, comme l'atteste la correspondance de Starhemberg avec l'impératrice. Et l'on peut être sûr que Marie-Antoinette avait dû longuement répéter son rôle. Peu importe, elle le joue bien, et c'est ce qui compte. Elle semble douée pour la « représentation », part essentielle du métier de reine. Louis XV se déclare satisfait.

D'autant qu'elle est tout à fait charmante. Jolie ? Sans doute pas selon les canons de l'époque. Elle est blonde, d'un blond assez soutenu tirant sur le roux, qui sous la poudre prendra des reflets rosés. Ses cils et ses sourcils très clairs accentuent l'impression générale de blondeur. Ses yeux bleu pâle sont un peu trop saillants, son visage au vaste front bombé à l'excès offre un ovale trop allongé, le nez, qui promet d'être légèrement aquilin, manque de finesse, et dans la lèvre inférieure un peu lourde, prête à s'avancer pour une moue, on

---

* C'est nous qui soulignons.

reconnaît la marque de fabrique des Habsbourg. Mais elle rayonne d'une grâce qui efface ces imperfections. Sur son teint de nacre translucide, que l'émotion vient colorer d'un rose délicat, quelques légères marques de petite vérole apparaissent plutôt comme une assurance sur l'avenir : elle ne risque plus rien de la redoutable maladie qui tue ou défigure. Mais ce qui la caractérise est une extrême mobilité. Une démarche aérienne, un port de tête déjà royal sur un cou élancé, des expressions sans cesse changeantes, des sourires charmeurs prêts à se muer en éclats de rire, tout cela laisse affleurer en elle le frémissement de la vie, expliquant les difficultés des peintres à la saisir. Elle n'existe qu'en mouvement.

De la gorge ? Non, bien sûr, elle n'en a pas. À quatorze ans et demi, âge où d'autres ont déjà l'air de femmes épanouies, c'est encore une enfant. Louis XV devrait bien s'en douter puisqu'il sait qu'elle n'est nubile que depuis peu, très précisément depuis le 7 février à 5 heures et quart du soir, comme l'en a informé l'impératrice par courrier spécial ; encore s'est-on gardé de lui dire que rien n'a reparu depuis. Ses craintes étaient vaines, elle n'est pas grosse. Mais elle a la silhouette d'une fillette à la taille encore peu marquée. « Elle est très petite et menue, dit une Anglaise de passage, la duchesse de Northumberland ; je ne lui aurais pas donné plus de douze ans. » Elle est très loin d'avoir achevé sa croissance, tous les témoins contemporains en sont d'accord, et ceux qui la disent grande n'écrivent que longtemps après. Mais en l'occurrence, ce retard la sert. Sa fraîcheur, sa fragilité sont un élément de plus dans la séduction qu'elle exerce. Elles émeuvent, elles appellent indulgence et protection.

En face d'elle se dresse un adolescent de quinze ans efflanqué, dégingandé, qui vient tout juste de faire sa poussée : il est déjà de haute taille. Avec son visage régulier, ses cheveux de lin, ses yeux d'eau limpide, rêveurs au point de le faire passer pour myope, il ne manquerait pas de charme s'il n'était terriblement encombré d'un corps auquel il n'est pas tout à fait habitué. Mal à l'aise dans sa peau toute neuve d'homme encore inachevé, il se dandine d'un pied sur l'autre et ne sait que faire de ses mains. Et il se tait, comme il est normal, mi par timidité, mi par respect pour son grand-père. Marie-Antoinette le regarde à peine et pour l'instant n'en pense rien. Elle ne songe qu'à bien suivre les conseils que lui a donnés sa mère. Assise entre eux deux dans le carrosse qui les ramène à Compiègne, elle n'a d'yeux et d'oreilles que pour le roi, dont on lui a recommandé de faire la conquête. Épreuve réussie. Il mène la conversation avec une aisance qui prouve sa satisfaction. La petite lui a plu, il s'en dira « enchanté ».

Présentations

Il ne faut pas moins d'un jour et demi pour lui faire faire connaissance de tout ce qui compte à Versailles.

Plutôt que de se fondre dans la masse, M. le duc de Choiseul a pris les devants. Il a trouvé le moyen de la rencontrer avant tout le monde. En tant que ministre des Affaires étrangères et principal artisan du mariage, il a obtenu l'autorisation de la rejoindre un peu en amont du rendez-vous et s'est entretenu avec elle en l'unique compagnie de l'ambassadeur d'Autriche à Paris, le comte de Mercy-Argenteau. Nul doute qu'elle n'ait compris tout ce qu'elle lui devait. « Je n'oublierai jamais, monsieur, que vous avez fait mon bonheur. — Et celui de la France », réplique-t-il avec emphase.

La famille royale vient ensuite, selon l'ordre imposé par l'étiquette. Les trois filles du roi, Mesdames Adélaïde, Victoire et Sophie, bien que mal disposées

envers la nouvelle venue, n'auraient cédé leur place
pour rien au monde. Toujours prêtes quand il s'agit de
tenir leur rang, elles sont au rendez-vous et donnent à
leur future nièce le baiser de rigueur. Au château de
Compiègne, princes et princesses du sang sont sous les
armes pour la saluer. Puis défilent tous les gens titrés.
Les festivités les plus lourdes sont heureusement réservées pour les jours suivants. Après le souper, on se
contente de lui essayer divers anneaux, afin d'en trouver un à son doigt, et on l'abandonne enfin dans sa
chambre, tandis que le dauphin, qui n'a pas le droit de
dormir sous le même toit, s'en va loger chez le comte
de Saint-Florentin, ministre en charge de la Maison du
roi.

Sur le petit carnet qui lui sert à noter en abrégé le
contenu de ses journées, il écrit simplement : *Entrevue
avec Madame la Dauphine.* Et les commentateurs de
dénoncer chez lui une épaisse indifférence. Mais ce
carnet, ou plutôt ces carnets — car il y en aura d'autres
— n'ont rien d'un journal intime, comme on a parfois
l'imprudence de les nommer. Ce sont des agendas *a
posteriori*, si l'on peut dire. Il y indique, avec la même
sécheresse que dans un agenda, non ses obligations à
venir, mais le bilan de ses journées — un bilan surtout
axé sur la chasse, ce qui explique les nombreuses nota-
tions négatives : *Rien*, écrit-il les jours où il n'a pas
chassé. Méthodique, il balise ainsi de repères l'écoulement du temps, de même qu'il consigne ailleurs, jour
après jour, l'état exact de ses dépenses personnelles.
Mais jamais il ne songerait à confier à ces carnets des
confidences personnelles, surtout pas des chagrins.
Mort de ma mère à huit heures du soir, a-t-il simplement noté à la date du vendredi 13 mars 1767, bien
qu'il en ait été très profondément affecté. Les seules
entorses à cette réserve se produiront, on le verra plus
loin, dans des moments de joie intense, à la naissance
de ses enfants. Il n'y a donc rien à conclure des

silences des carnets sur ses relations avec Marie-Antoinette.

Le lendemain, dernière étape avant Versailles. On fait une halte au carmel de Saint-Denis. La plus jeune fille du roi, Madame Louise, qui vient d'y entrer pour son noviciat, n'a pas cessé pour autant de se sentir de la famille et tient à connaître sa nouvelle nièce. Celle-ci, souriante mais recueillie, fait sur la communauté une excellente impression : « Sa physionomie, écrit une religieuse, a tout à la fois l'air de grandeur, de modestie et de douceur. Le roi, Mesdames, et surtout Mgr le dauphin en paraissent enchantés ; ils disent à l'envi : "Elle est incomparable." » La suite du trajet se passe entre des haies de curieux, d'autant plus denses qu'on est plus proche de la capitale.

Le soir on arrive au château de la Muette, à l'orée du bois de Boulogne. Sur la table de sa chambre, elle découvre — c'est rituel — une superbe parure de diamants. Le bracelet comporte, elle en a été prévenue d'avance, un portrait du roi qu'elle se hâte d'attacher à son poignet en lieu et place du sien, imitant en cela sa défunte belle-mère Marie-Josèphe. « Elle est à merveille avec le roi, elle le caresse à propos, souligne la marquise de Durfort. [...] Elle ne perd pas une occasion de chercher à lui plaire. » Nouvelles présentations. Elle fait la connaissance des deux frères cadets de son mari, le comte de Provence et le comte d'Artois.

Quand vient l'heure du souper, perçoit-elle autour d'elle une excitation insolite ? Si oui, elle peut s'en croire l'objet. Elle ne comprendra que plus tard. Pour l'instant, elle répond aimablement aux hommages d'une jeune femme d'une beauté à couper le souffle, dans une robe blanche rehaussée de juste ce qu'il faut de diamants pour ne pas tomber dans la vulgarité — dont elle ne retient pas le nom, si tant est qu'on le lui ait dit. Lorsque la mystérieuse personne s'assied en bout de table, certes assez loin du roi, mais tout de

même !, un froid s'empare de l'assistance. Il a osé !
Il a profité de la présence de la naïve dauphine, qui
paralyserait toute réaction, pour imposer sa nouvelle
favorite. Voyant les yeux de la fillette posés sur le
visage souriant de l'inconnue, il se penche et lui
demande : « Comment trouvez-vous cette dame ?
— Charmante », réplique-t-elle candidement. Bientôt,
dévorée de curiosité, elle se penche à son tour vers
Mme de Noailles et demande quelle place occupe à la
cour cette belle dame. La comtesse, un instant désar-
çonnée, retrouve ses esprits pour répondre : « Ses fonctions ! Amuser le roi ! » Eh bien, réplique crânement
la dauphine : « En ce cas, je me déclare sa rivale. » Elle
a parlé assez fort pour être entendue de ses voisins, qui
colporteront le mot à la cour et à la ville, pour la plus
grande mortification de l'imprudente, enfin éclairée.
Ceux qui lui avaient dicté sa conduite ne pouvaient tout
prévoir, surtout l'impensable. Ils avaient cru devoir lui
cacher, pour des raisons morales, les faiblesses de celui
qu'ils lui dépeignaient comme un grand-père paré de
toutes les vertus. « Elle est *sarmante*, cette petite »,
zézaya en écho la Du Barry radieuse.

L'anecdote a sans doute été arrangée, peut-être
même inventée de toutes pièces. Mais elle traduit à
merveille une impression que tous ont ressentie : la
dauphine est bien résolue à ne laisser aucune autre
femme lui disputer la prééminence à la cour. Sur le
moment cependant le roi, ravi d'avoir ainsi intronisé
sa bien-aimée, sait gré à sa nouvelle petite-fille de lui
en avoir fourni l'occasion. Ses lettres à l'impératrice
débordent de satisfaction.

Les grandes orgues

Le mariage, le vrai, est pour le lendemain 16 mai. Il
fait un temps superbe lorsque Marie-Antoinette fran-

chit pour la première fois, vers dix heures du matin,
les portes de Versailles. Au premier étage, la grande
chambre de la reine, qu'on lui destine, n'est pas prête.
Les finances royales vont mal. Faute de paiement, les
artisans qui travaillent à la réfection ont freiné les travaux. En attendant on l'installe donc au rez-de-chaussée, dans l'appartement de la précédente dauphine,
Marie-Josèphe de Saxe, tout à côté de celui qu'occupera son mari, en lieu et place de son défunt père, en
attendant d'être roi. On la livre aux mains des femmes
chargées de sa parure. Deux heures plus tard elle en
sort, la taille prise dans une éclatante robe de brocart
blanc dont les immenses paniers la font paraître plus
menue encore. Elle glisse de son pas aérien jusqu'au
cabinet du roi, suivie d'un murmure d'admiration. Elle
le salue et lui baise la main « de très bonne grâce et
avec l'air d'aisance », note le duc de Croÿ fin connaisseur. Le dauphin est là, sanglé dans un habit d'or
rehaussé de diamants, sur lequel tranche le cordon bleu
du Saint-Esprit.

Un mariage royal est un spectacle offert par le roi à
ses sujets bien-aimés. Le long du trajet qui mène à la
chapelle, les curieux se sont massés, débordant le service d'ordre. Il suffit pour entrer d'être en grande
tenue. Les gens de qualité munis d'invitations se sont
vu réserver des galeries et des tribunes. Parmi les
autres, le tri se fait selon l'éclat de leurs vêtements :
les dames les plus brillamment parées sont poussées au
premier rang, juste derrière les balustrades destinées à
contenir la foule, pour enrichir le décor. Tout en haut
de l'échelle sociale, quelques privilégiés sont admis à
la cérémonie religieuse. Tout en bas — enfin, pas tout
à fait, il faut être décemment habillé —, le bon peuple
est convié au feu d'artifice dans le parc.

Lentement, le cortège s'achemine vers la chapelle,
où des rayons de soleil viennent à point faire rutiler
les dorures et exalter les couleurs, dans le tumulte des

grandes orgues. Les mariés s'avancent jusqu'au pied
de l'autel, où les accueille l'archevêque de Reims, et
s'agenouillent sur des *carreaux* * de velours cramoisi à
franges d'or. Dès la fin de l'homélie, le roi et les
princes s'avancent et se groupent derrière eux, debout.
Le rituel immuable s'accomplit. Le prélat bénit les
treize pièces d'or traditionnelles ** et l'anneau destiné à
la jeune femme. À l'instant de le lui passer au doigt,
le dauphin très ému se tourne selon l'usage vers son
grand-père, qui lui donne son assentiment d'un signe
de tête. Vient alors la bénédiction solennelle, suivie de
la messe. Au moment du *Pater*, on déploie au-dessus
des époux un poêle de brocart d'argent.

Avant de quitter la chapelle, il faut signer pour l'état
civil le registre de la paroisse Notre-Dame, dont
dépend le château. Venant après le roi et le dauphin,
selon l'ordre protocolaire, la dauphine prend la plume
d'une main tremblante et — détail émouvant parce
qu'il nous rappelle à quel point elle est enfant — elle
agrémente ses quatre prénoms d'un pâté.

Elle regagne son appartement où se succèdent bientôt pour lui prêter serment tous les serviteurs attachés
à sa personne, depuis les grands officiers de sa maison
et les dames de sa suite jusqu'au dernier des marmitons
qui récureront sa vaisselle. Bientôt on lui apporte sa
« corbeille » : un admirable coffre sur lequel ébénistes
et orfèvres se sont surpassés. Outre une parure d'émail

---

   * Ce sont de larges et épais coussins, qui rendaient plus supportable la position agenouillée au sol.
   ** Selon un usage datant de la fin du XVIᵉ siècle, les treize pièces
— de simples deniers pour les plus pauvres — étaient réparties en
deux parts. Dix étaient destinées au prêtre, dépositaire du consentement mutuel. Le fiancé prenait les trois autres et, après avoir passé
l'anneau au doigt de sa fiancée en lui disant : *« De cet anneau je
vous épouse »*, il les lui glissait dans la main en ajoutant : *« Et de
mes biens je vous doue. »* Ce second élément du rituel s'était perdu.
Restaient, comme une survivance, les treize pièces offertes à
l'Église.

bleu avec chaîne de diamants et quelques autres
joyaux, que lui offre le roi, elle y trouve tout un assorti-
ment de présents à distribuer à son entourage. Et pour
lui éviter les méprises — il y en a eu dans le passé —,
on a pris la précaution de porter à l'avance sur chaque
cadeau le nom du destinataire. Elle se rend ensuite
pour la soirée d'« appartements » dans la grande galerie dont les glaces multiplient à l'infini la flamme des
milliers de bougies fichées dans les candélabres et les
girandoles. Le public peut y contempler le roi et ses
petits-enfants installés à une table de jeu pour un innocent cavagnole*. Les privilégiés sont assis sur des banquettes, les autres défilent le long des murs, dans
l'étroit passage délimité par les balustrades, à un
rythme imposé, sans stationner ni revenir en arrière,
comme devant une châsse. Dehors, le temps s'est gâté,
il pleut à verse et l'on sait déjà que le feu d'artifice ne
sera pas tiré : les fusées sont mouillées. Les badauds
s'en retournent déçus, ils n'auront pas accès à la salle
du festin.

Louis XV a enfin mené à son terme le projet tant de
fois repoussé par Louis XIV faute de crédits. Il a
chargé Gabriel d'édifier à Versailles une salle de spectacles somptueuse, assortie d'une machinerie très élaborée. Elle peut accueillir toutes les féeries du théâtre
lyrique, avec divinités descendant du ciel ou surgissant
des enfers, mais elle peut aussi se transformer à
volonté en salle à manger ou en salle de bal, grâce à
un plancher mobile venant s'inscrire dans le prolonge-
ment de la scène en recouvrant les fauteuils d'or-
chestre. Plus besoin d'adapter à la va-vite la grande
salle du manège comme par le passé. Les noces de
Marie-Antoinette sont l'occasion d'inaugurer ce qui est
encore aujourd'hui l'Opéra du château. Il s'agit bien

---

* Un jeu analogue à notre Loto dont raffolait Marie Leszczynska, où l'on ne mise jamais de grosses sommes.

sûr d'un souper « au grand couvert », c'est-à-dire d'un repas public, en musique.

Flanqué à sa droite du dauphin et à sa gauche de la dauphine, Louis XV préside la longue tablée qui réunit princes et princesses du sang — vingt et un convives au total. Les différents services se succèdent. Marie-Antoinette grignote du bout des lèvres. Pourtant elle semble à jeun depuis le matin. À moins qu'elle n'ait pris au milieu de la journée un dîner dont les comptes rendus n'ont pas jugé bon de parler, sans doute parce qu'il n'était pas inscrit au programme du spectacle. Sur l'appétit du dauphin, les informations divergent. Un détail a retenu l'attention de presque tous les historiens. Comme le jeune homme mangeait de bon appétit, le roi l'aurait gaillardement rappelé à la prudence : « Ne vous chargez pas trop l'estomac pour cette nuit. » À quoi il aurait répondu naïvement : « Pourquoi donc ? Je dors toujours mieux quand j'ai bien soupé. » L'anecdote vient des *Mémoires* de Catherine Hyde, une ancienne femme de chambre de Mme de Lamballe, qui dit la tenir de celle-ci. On peut lui opposer la constatation d'une voyageuse anglaise qui assistait au dîner, la comtesse de Northumberland : « Le dauphin mangeait très peu, semblait tout à fait pensif et restait à regarder son assiette en jouant avec son couteau. » À moins que, vu la durée du repas, son appétit ne se soit émoussé en cours de route. Trêve de plaisanterie ! En fait, comme pour Marie-Antoinette face à la Du Barry, on saisit ici à l'œuvre, pour lui, le travail de reconstruction ou simplement de tri qui s'est opéré sur les témoignages d'après les événements qui ont suivi : à chaque étape de leur parcours à tous deux, la légende investit l'histoire, et la vérité se dérobe.

Au sortir de table on les conduit à la chambre nuptiale, celle de la jeune femme, pour la cérémonie du coucher — public lui aussi. L'archevêque bénit le lit. C'est au roi qu'il appartient de donner à son petit-fils la chemise que lui tend protocolairement le duc d'Orléans. Tous deux l'entraînent pour s'en acquitter dans sa chambre à lui — c'est là une pudique innovation par rapport à la coutume —, pendant que la femme mariée la plus haut placée dans la hiérarchie, en l'occurrence la duchesse de Chartres, offre la sienne à la dauphine. Le roi ramène le dauphin, le conduit jusqu'à son lit, ferme un instant les rideaux pour le laisser s'installer, puis les rouvre largement, afin que princes, princesses et courtisans jouissant des « entrées de la chambre » voient les époux couchés côte à côte et soient en mesure de témoigner de la véracité du mariage. Le roi murmure à l'oreille de son petit-fils — c'est encore l'usage — quelques recommandations grivoises. Dernières courbettes, dernières révérences. Les deux enfants sont enfin livrés à eux-mêmes dans leur lit bien clos.

Ils font bonne figure le lendemain lorsque la fine fleur de la cour, dévorée de curiosité, vient les saluer à leur réveil. Mais aucun communiqué triomphal agrémenté de métaphores militaires ne suivra cette nuit de noces. Dans son carnet, le jeune homme a noté à la date du 16 mai : *Mon Mariage. Appartement dans la Galerie. Festin royal à la salle d'opéra.* À la date du lendemain, il a noté : *Rien* — ce qui veut dire simplement qu'il n'est pas allé à la chasse. Aurait-il confié au carnet d'éventuels exploits conjugaux ? Rien n'est moins sûr. Mais, en l'occurrence, il est clair que le mariage n'a pas été consommé. Quoi de plus explicable, étant donné leur âge ? Pour l'instant, la question n'est pas à l'ordre du jour. Elle le deviendra, à mesure que passeront les mois, puis les années, au point d'agiter l'opinion en France et toutes les chancelleries en Europe.

Des fêtes brillantes, qui finissent mal

Dûment mariée, Marie-Antoinette n'en est pas quitte pour autant. Le programme prévoit encore deux semaines de réjouissances. Le jeudi 17 mai, on inaugure les machines de la nouvelle salle en lui faisant découvrir l'opéra français. Tradition oblige, on a choisi le *Persée* de Lully, qui avait fait les délices de Louis XIV en sa verte maturité ; la pièce est de 1682, date du transfert de la cour à Versailles. Mais des tâcherons se sont efforcés de la mettre au goût du jour, conte Pierre de Nolhac, la réduisant à quatre actes au lieu de cinq, coupant les récitatifs, rajoutant des vocalises, introduisant un ballet et concluant sur une allégorie en l'honneur de la dauphine : l'aigle impérial descend des frises pour allumer le feu sur l'autel de l'Hymen. Hélas, la musique de Lully ne gagna rien à ce charcutage, les machines, mal rodées, fonctionnèrent mal, la dauphine ne parvint pas à dissimuler son ennui. Elle se dérida seulement quand Persée, trébuchant, s'affala aux pieds d'Andromède qu'il s'apprêtait à arracher au monstre menaçant. On en conclut, à tort, qu'elle n'aimait pas la musique.

Le lendemain, repos. Le dauphin est allé à la chasse. Elle dîne seule, en public. Le jour suivant l'attend une épreuve redoutable, le bal paré. Le climat est un peu tendu, car une querelle de préséance fait rage. Les membres de la maison de Lorraine ont argué de leur qualité de princes étrangers et de leur parenté avec la dauphine pour obtenir de passer avant les ducs et duchesses à brevet, lesquels, ulcérés, ont décidé de bouder la fête. Sur une injonction expresse du roi, ils ont fini par venir en traînant des pieds. Dans la même salle bleu et or, à nouveau métamorphosée et décorée d'ornements symboliques — amours joufflus caracolant parmi aigles et dauphins, apothéose de Psyché —, toute la cour, disposée en cercle autour de la piste,

braque ses regards sans indulgence sur les couples qui
doivent se succéder un par un, dans l'ordre imposé par
le roi. Aux jeunes époux revient le périlleux honneur
d'ouvrir le bal. Avec un menuet, on leur facilite la
tâche. De l'avis général, la dauphine s'en tire bien. Il
est possible qu'elle malmène un peu la mesure, comme
l'avait remarqué le prince de Starhemberg à l'étape de
Saverne. Mais sa souplesse, sa légèreté, sa grâce font
oublier ses contretemps et l'on est même tenté de dire,
comme plus tard Horace Walpole, que « c'est la
mesure qui a tort ». Son mari lui sert d'ailleurs de faire-
valoir. Le roi, charitable, évite de la désigner ensuite
pour des danses difficiles. Elle reparaît seulement sur
la piste, aux côtés du jeune duc de Chartres, pour une
« allemande » qui lui est familière.

Le feu d'artifice compromis par la pluie est tiré ce
soir-là. Les techniciens ont fait des prodiges, surpas-
sant tout ce qu'on avait vu jusque-là, tant par le
nombre des fusées que par l'ingéniosité de leurs agen-
cements. Des soleils tournants portent au zénith les
armes de France et les initiales entrelacées des époux.
Le bouquet final comporte, dit-on, 20 000 pièces — du
jamais vu. À peine les derniers feux sont-ils retombés
que bâtiments et jardins s'embrasent. Au bord des toits,
des massifs, des pergolas, des charmilles, le long des
bassins et des pièces d'eau, des terrines de verre garnies de bougies forment des lignes scintillantes, souli-
gnant le tracé du château et du parc. Au bout du grand
canal, en fond de perspective, se dresse le temple du
Soleil. Dans des bateaux dont les lampions oscillent
au rythme des rames, la musique des gardes-françaises
éclate en une joyeuse fanfare. Les bosquets abritent des
orchestres avec pistes de danse, des tréteaux de foire
avec bateleurs, acrobates ou danseurs de corde, et
même des théâtres, où l'on joue des parades improvi-
sées en l'honneur des nouveaux époux. Le peuple en
liesse fera la fête toute la nuit.

Du haut du balcon central, Marie-Antoinette a contemplé le feu d'artifice, fascinée, puis, au surgissement des illuminations, elle a bondi, des fourmis dans les pieds, pour aller voir de près toutes ces merveilles, prête à se frotter à la foule, à se fondre dans l'allégresse générale. Hélas, le roi la retient : ce n'est pas la place d'une dauphine. Elle reste là, au bord des larmes, devant le fruit défendu, découvrant soudain les servitudes de sa fonction. Le roi eut-il pitié d'elle et l'autorisa-t-il à parcourir un instant la fête dans une calèche légère ? Là encore, les témoignages divergent. On laissera donc la question en suspens.

Tous se reposent le dimanche 20, en attendant le bal masqué du lundi. Marie-Antoinette n'est pas déguisée. Un simple domino sur le visage empêche pourtant qu'on la reconnaisse dans le salon d'Hercule où elle risque quelques pas de danse. On l'autorise à parcourir les salles où tourbillonnent les masques, à moins qu'ils ne se régalent aux buffets disposés dans la grande galerie. À peine a-t-elle savouré une heure durant cette semi-liberté qu'on l'envoie au lit. Mais elle a eu un avant-goût des divertissements enchanteurs que peut offrir sa nouvelle vie.

Les spectacles qu'on lui propose ensuite pour l'initier au théâtre français lui semblent inégalement réjouissants. Dans le répertoire tragique on a choisi pour commencer un monument, admirable sans doute mais austère, l'*Athalie* de Racine, dont raffole le dauphin — il la sait par cœur —, mais que sa petite épouse trouve languissante, alourdie par l'emphase de la déclamation. N'y aurait-il rien de plus récent ? Le philosophe de Ferney, trop mal pensant, n'est pas *persona grata* à la cour, mais son théâtre est « incontournable », comme on dirait aujourd'hui. On donne donc son *Tancrède* et sa *Sémiramis*. Suivent une reprise de *Persée*, plus réussie que la première, *Castor et Pollux* de Rameau, puis un ballet de Mme de Villeroy, *La Tour enchantée* — une histoire de mariage princier qui finit par un tournoi où entrent en scène des chars traînés par de vrais chevaux.

Au fil des jours les représentations s'espacent, le programme s'allège. L'usage veut que les Parisiens aient leur part de réjouissances. Dans la soirée du mercredi 30 mai, la foule était dense sur la place Louis-XV, pour le feu d'artifice, et sur les boulevards*, bordés de baraques de foire. Partout des buffets gratuits couverts de victuailles rustiques, des fontaines de vin, des pistes de danse, des illuminations. Une bonne partie de la cour se pressait aux fenêtres les mieux placées. La Seine était couverte de bateaux. Hélas, le roi n'avait pas prévu d'aller à la fête, le dauphin n'en avait aucune envie. Seule la dauphine insistait. On lui céda. Il fut entendu qu'elle s'y rendrait sur le tard, en compagnie de Mesdames ses tantes, pour parcourir les rues en voiture lorsque la fin du feu d'artifice aurait rendu à nouveau la circulation possible.

Elles eurent le temps d'apercevoir les dernières fusées, d'entendre les détonations des derniers tirs, lorsque monta une rumeur inquiétante. Leur carrosse s'arrêta. Bientôt elles virent surgir des gens qui fuyaient, la terreur dans les yeux. Elles s'informèrent, on leur en dit le moins possible avant de leur faire faire demi-tour en toute hâte. Une gigantesque bousculade avait jeté l'un contre l'autre deux flots de peuple

---

* Tout le quartier était en travaux. La place Louis-XV, notre actuelle place de la Concorde, ne fut achevée que deux ans plus tard, mais sur son flanc nord se dressaient déjà les deux pavillons conçus par Gabriel. On l'avait entourée, pour la drainer, d'un large fossé que franchissaient des ponts. Elle était reliée par la rue Royale aux *boulevards*, qui venaient d'être ouverts sur le tracé des anciens remparts, à partir de l'église de la Madeleine alors en construction. Elle était délimitée à l'est par les jardins des Tuileries, garnis de grilles, auxquels donnait accès le *pont tournant*, qu'on pouvait fermer. La rue de Rivoli n'existait pas, le pont de la Concorde non plus. À l'ouest, la place donnait par le quai et le Cours-la-Reine sur ce qui était encore la campagne.

s'avançant en sens inverse dans la rue Royale. Les fossés, les travaux, les grilles du jardin, le pont tournant fermé, avaient fait de l'angle nord-est de la place un piège où s'étaient pris, dans un enchevêtrement mortel, piétons et voitures. Il est possible aussi — les témoignages divergent — qu'un début d'incendie sur le terre-plein central soit venu aggraver la panique. On releva cent trente-deux morts *, pour la plupart étouffés, écrasés, piétinés, qu'on inhuma dans le cimetière de la Madeleine, tout proche. Bouleversés lorsqu'ils apprirent l'ampleur du désastre, le dauphin et la dauphine, en l'honneur de qui était donnée la fête tragique, ne manquèrent pas d'envoyer à l'intention des malheureux le montant de leur dotation mensuelle.

Tel fut le premier contact de Marie-Antoinette avec Paris, plus précisément avec cette place Louis-XV conçue comme un hommage au monarque et à la monarchie. Sur le moment, il se peut que quelques esprits superstitieux aient vu dans ce drame une ombre jetée sur son bonheur conjugal. Mais qui aurait pu penser que moins d'un quart de siècle plus tard, sur cette même place désormais dédiée à la Révolution, elle-même serait livrée à la guillotine et que son corps rejoindrait dans la fosse commune de la Madeleine les cadavres qui avaient ensanglanté les fêtes de son mariage ?

Cependant la vie de cour reprenait son rythme ordinaire. Avec le gouffre financier creusé par ces semaines effroyablement coûteuses, la dette du Trésor s'était alourdie, mais Louis XV avait montré qu'il savait, aussi bien que son bisaïeul, faire resplendir très haut le nom de la France, modèle de goût, de luxe,

---

* Ce nombre n'est pas sûr. Il fut gonflé dans l'opinion, hostile. Un libelle distribué dans Paris faisait un décompte de 688 victimes, « non compris ceux qui ont été reportés chez eux » ; il est vrai que ce calcul incluait les blessés.

d'élégance pour l'Europe entière. Ces fêtes furent parmi les plus belles qu'ait connues la monarchie. Ce sont celles qui, avec les fameux *Plaisirs de l'île enchantée* de 1664, ont laissé le souvenir le plus vif. Les premières et quasiment les dernières qu'ait abritées Versailles, la royale demeure à nulle autre pareille.

À Vienne, l'impératrice est satisfaite de sa fille. L'enfant a été docile, une fois n'est pas coutume. Elle s'est brillamment tirée des épreuves initiatiques, bien mieux que ses chaperons ne l'espéraient. Elle n'a pas commis d'impairs — ou si peu ! Starhemberg s'est dit agréablement surpris, tant par sa résistance à la fatigue que par sa présence d'esprit, son aisance, sa grâce. C'est que les consignes maternelles lui convenaient : il s'agissait de plaire, de briller, de conquérir les cœurs. Pour cela, elle est douée. Une rumeur d'admiration a accompagné tous ses pas. Reste à voir si le miracle continuera. Marie-Thérèse craint que la tâche ne lui soit difficile. Car en dépit des bons sentiments étalés dans les échanges épistolaires, elle sait bien que les relations entre Paris et Vienne ne sont pas au beau fixe, si tant est qu'elles l'aient jamais été. Ce mariage, arraché de haute lutte, est son œuvre. Sa fille saura-t-elle en tirer le parti attendu ?

Chapitre deux

La fille de l'impératrice-reine

On n'est pas impunément la fille d'une femme exceptionnelle, dotée par le sort du pouvoir suprême. Marie-Antoinette est attachée à sa mère par un étroit réseau de liens, que les circonstances viendront renforcer au lieu de les distendre. Par-delà les à-coups, les malentendus, les différends, leur relation se poursuivra par correspondance jusqu'à la mort de l'impératrice en 1780. Après quoi celle-ci deviendra et restera jusqu'au bout, grandie par le souvenir, la référence absolue, le modèle à qui ressembler et dont il faut se montrer digne. Il n'est donc pas inutile de faire connaissance avec cette mère exceptionnelle pour tenter d'apercevoir tout ce que sa fille lui doit.

Une femme passionnée

Au vu de l'œuvre politique accomplie tant dans le domaine intérieur que sur l'échiquier européen, on est tenté de mettre l'accent sur la sagesse, la pondération, la prudence de celle qui en fut l'artisan. Projetée à vingt-trois ans à la tête de possessions disparates convoitées par ses voisins, elle a réussi à force d'adresse à diviser ses rivaux, à force d'énergie à rallier autour d'elle les plus récalcitrants de ses sujets. Depuis elle régente d'une main ferme époux, enfants, États, et s'est imposée dans le concert européen comme une souveraine de première grandeur.

Ce n'est donc pas sans surprise qu'on découvre en elle une femme impulsive, passionnée, en proie à des sentiments parfois extrêmes. Elle aurait pu basculer dans la démesure si elle n'avait été retenue par une foi chrétienne profonde qui la préserve des pièges de l'orgueil, par une ouverture d'esprit et de cœur qui lui permet de se mettre à la place des autres, par une lucidité aiguë et un sens de l'humour qui lui évitent de s'aveugler. Dotée d'une volonté très forte, elle poursuit avec une extrême ténacité les objectifs qu'elle s'est fixés : par exemple, reconquérir la Silésie que lui a arrachée par surprise le roi de Prusse. Mais devant la sanction du réel, jamais elle ne s'enferme dans une obstination suicidaire, elle s'incline à temps — le plus tard possible, mais à temps. Elle sait prendre des décisions rapides, et s'y tenir. Son intelligence, large, vigoureuse, apte à saisir des données complexes, exerce sur ses élans un contrôle rigoureux. Sa force, son originalité aussi, tiennent à cet équilibre, si rare, entre les sollicitations opposées de son tempérament.

Ce tempérament si puissant tend à faire éclater les carcans imposés. Dès son adolescence, elle a montré qu'elle refusait de se soumettre à ce qu'on projetait pour elle. Lorsqu'il fut question de la marier, François de Lorraine n'était pas le candidat préféré de son père. Mais elle fit prévaloir son choix — aidée, à vrai dire, par le fait que l'élu de son cœur ne soulevait aucune objection rédhibitoire. Son accession au trône à l'âge de vingt-trois ans n'éteignit pas sa vitalité, au contraire. Elle avait reçu l'éducation rigoureuse et étriquée qu'on réservait alors aux filles. Elle trouva un dérivatif dans l'équitation, qui lui inspira un goût si vif que les maternités même ne purent la convaincre de renoncer à ses chevauchées : tout au plus consentait-elle à se tenir en amazone et non à califourchon, comme les hommes. Lorsqu'elle alla recevoir la couronne de Hongrie, sa maîtrise à cheval impressionna les nobles magyars, eux-mêmes cavaliers hors pair. Elle se livrait sans mesure aux divertissements qu'elle aimait, la danse, le jeu, surtout lorsque le carnaval emportait Vienne dans son tourbillon effréné. « Il lui arrivait parfois en hiver, le jeu terminé, écrit un de ses biographes, de jeter un domino sur ses épaules, et de se rendre avec sa suite en ville, à la Salle des Danses, pour y rester jusqu'à la fermeture. "Elle croyait", notait un courtisan, "qu'on ne la reconnaissait pas sous le masque ; pour lui faire plaisir, on respectait son incognito quoique sa démarche rapide et libre la trahît tout de suite." »

Elle était jeune, elle était belle, elle aurait pu se laisser étourdir. Ce ne fut pas le cas. Jamais ses plaisirs ne lui firent négliger ses devoirs d'État. Au sortir des nuits de fête, l'aube la trouvait à son bureau, prête à traiter avec ses ministres des affaires du jour. Elle avait une santé de fer. Peu à peu cependant, elle s'astreignit à des horaires plus réguliers. L'âge venant, les naissances se multipliant, elle s'assagit, son exubérance disparut. Mais le naturel en elle est toujours prêt à resurgir. Il commande la plupart de ses comportements. Elle reste très peu conventionnelle. Le paraître chez elle ne dissimule jamais l'être. Elle en impose si naturellement qu'elle n'a nul besoin de multiplier les formes extérieures pour se faire respecter. Derrière l'impératrice, on voit surgir de façon inattendue, imprévisible, la femme vivante. Qu'on relise ses lettres ! On y perçoit un *ton* qui lui est propre. Rebelle aux détours, aux périphrases, aux euphémismes, indifférente aux règles de la grammaire, elle s'exprime de façon directe, personnelle, sans crainte de s'exposer. Elle n'a pas besoin de parures ni de masques. Elle ne se protège pas. Elle se laisse voir comme elle est. Attention, cela n'implique pas qu'elle dise *tout*, et encore moins qu'elle se livre. Elle ne montre qu'une part d'elle-même. Mais cette part sonne vrai et par là même convainc. En 1755, lorsque qu'elle a fait à Louis XV sa surprenante offre

d'alliance, rien n'a davantage persuadé le roi de sa sincérité que sa façon d'aller droit au but. Selon le mot
de l'abbé de Véri, « elle a possédé supérieurement l'art
d'une séduction honnête ».

Car elle n'a pas manqué de se rendre compte, très
tôt, que cette royale simplicité est payante. Elle s'en
est servie, lors de son avènement, pour conquérir ses
sujets hongrois. Tout au long de son règne elle en use
pour s'attacher ceux qui la servent. Elle entretient avec
ses conseillers des relations très particulières, leur
confiant ses soucis, sollicitant leur aide, leur accordant
une large liberté de parole et de critique, traitant chacun d'eux comme un ami personnel, sans que leur respect pour elle en pâtisse, au contraire : cet honneur
insigne leur inspire un dévouement inconditionnel. Le
seul qui puisse échapper en partie à ce charme est son
principal ministre et complice de tous les instants, ce
vieux renard de Kaunitz, qui a trop pratiqué ce jeu lui-
même pour en être dupe.

Son aversion pour les complications inutiles se
retrouve dans son style de vie. L'existence a toujours
été moins guindée à Vienne qu'à Versailles. On n'y est
pas comme en France en perpétuelle représentation.
Les efforts des réfugiés madrilènes pour y implanter
l'étiquette espagnole ont fait long feu. Marie-Thérèse
a renchéri sur la simplicité. On ne la sert pas à genoux,
on ne vient pas lui faire sa cour rituellement, à heures
fixes, pour ne rien dire. Ce serait une perte de temps
pour les autres comme pour elle. En dehors des réceptions d'apparat, qui présentent toute la solennité
requise, et des fêtes, nombreuses et brillantes, la
famille impériale mène une vie quotidienne assez
simple, rythmée par le travail. Bourgeoise ? N'allons
pas trop loin. Un dessin naïf tracé à la gouache par
l'archiduchesse Marie-Christine ne doit pas nous faire
croire que l'empereur a coutume de prendre son petit
déjeuner au coin du feu en bonnet de nuit, robe de

chambre et pantoufles, aux côtés de sa femme qui lui
verse le café et de ses enfants tout occupés de leurs
jouets. Il s'agit d'un matin de Santa Claus, l'équivalent
de notre Noël. Il est neuf heures moins cinq à la pendule. Les bambins viennent tout juste de recevoir leurs
cadeaux — une poupée pour Marie-Antoinette —, sauf
celui qui n'a pas été sage et a trouvé des verges dans
son soulier : événement exceptionnel et non reflet du
quotidien. Les jours ordinaires Marie-Thérèse se lève
plus tôt, elle n'a pas les enfants dans les jambes, ils
vivent dans leurs appartements, où il leur arrive de passer un certain temps sans voir leur mère.

Comment serait-elle parvenue, d'ailleurs, à les
suivre tous de très près ? Elle en a mis au monde seize
— sans jumeaux ! —, en l'espace de vingt ans à peine.
Les maternités répétées avaient fini par devenir pour
elle une routine qui n'interrompait que pour quelques
heures la conduite des affaires. À peine l'enfant avait-
il poussé ses premiers cris qu'elle se remettait à examiner et à signer des papiers d'État. « Sa Majesté n'a pas
l'habitude de rester longtemps alitée », écrivait Kaunitz
à Starhemberg qui redoutait que la venue au monde, le
2 novembre 1755, de Maria Antonia Josepha Johanna
— la future Marie-Antoinette — ne retardât dangereu-
sement les pourparlers sur le renversement d'alliance.
Ces enfants n'ont pas tous survécu, bien sûr. Parmi les
onze filles, trois moururent en bas âge et deux furent
emportées à l'adolescence. Sur les cinq fils, un disparut
à six ans. Il lui en resta dix, qui lui survivront. Antonia
ou l'Antoine, comme on disait là-bas, était l'avant-
dernière du lot, et la dernière des filles.

On conçoit aisément qu'elle ait dû confier le soin
d'élever une si vaste progéniture à des équipes de serviteurs, auxquels elle imposait un cahier des charges
très strict : des principes à appliquer, des comptes rendus à lui rendre. Le soin de leur santé et le souci de
leur formation morale allaient de pair. Pas question de

les tenir dans du coton ni de céder à leurs caprices. On leur proposera une nourriture saine, légère le soir, sans égards pour leurs goûts et toujours exempte de sucreries. Dans leurs chambres modérément chauffées et dotées d'un confort modeste, on les accoutumera à s'endormir sans berceuse ni lumière. On leur donnera des habitudes de propreté, sans toutefois les laisser porter à leur corps une attention excessive : la personne chargée de les laver s'en acquittera « avec décence pour inspirer de bonne heure la modestie ». En leur parlant on évitera d'adopter, pour leur faciliter la tâche, le jargon pseudo-enfantin qu'affectionnent les nourrices. Dans l'apprentissage de la marche, on recourra le moins possible pour les soutenir à ces « bretelles », qu'en France on appelle « lisières », et qui ne servent qu'à les irriter : ils marcheront plus vite, et mieux, s'ils ne se sentent pas bridés. On réprimera en eux les habituelles craintes puériles — orages, incendies, sorcières, fantômes et autres niaiseries. On leur enseignera à respecter les domestiques, mais sans les fréquenter, pour les accoutumer à percevoir les distances qu'impose leur rang. Dans l'espoir de faire obstacle à la violence qu'elle décèle chez beaucoup d'entre eux, et qu'elle ne connaît que trop puisque c'est la sienne, elle insiste pour qu'on leur apprenne très tôt à se maîtriser, ne montrant d'aversion pour rien ni pour personne. Elle compte que la religion, peu à peu intériorisée au fil de la pratique quotidienne, se chargera de transformer en règles de vie les habitudes inculquées dans la petite enfance.

C'est là un programme éducatif original, audacieux, on est tenté de dire moderne. Il vise à former des êtres forts et libres. On notera de plus qu'il s'adresse indistinctement à l'ensemble de la nichée. Il est, si l'on peut dire, unisexe, mais à dominante visiblement masculine. Les filles y sont alignées sur les garçons. Marie-Thérèse n'introduit entre eux de distinction que dans le domaine des études, réservées à ses fils. Et on ne s'étonnera jamais assez que cette femme, qui avait tant souffert lors de son avènement de n'avoir reçu aucune instruction digne de ce nom, n'ait rien prévu de mieux pour ses filles, au motif qu'elles n'ont aucune chance, elles, d'accéder au trône. « Elles sont nées pour obéir » et doivent s'y accoutumer le plus tôt possible. Il faut les préparer à leur rôle d'épouses dociles. Mais comment ne se rend-elle pas compte qu'en leur forgeant un caractère d'acier elle les prépare à tout sauf à l'obéissance ?

D'autant plus que ce programme préserve de vastes plages de temps libre qu'on se refuse à encombrer d'obligations inutiles. Seuls les garçons, à partir de sept ans, triment sous la férule des précepteurs. L'existence reste fort détendue dans les appartements où s'ébat en permanence une joyeuse troupe qui se renouvelle par le bas à mesure qu'elle s'évacue par le haut. On s'amuse beaucoup. Marie-Thérèse n'y voit aucun inconvénient. Elle encourage même certains divertissements que nous dirions aujourd'hui éducatifs : les enfants chantent, dansent, font de la musique, jouent la comédie. C'est dans le but de les stimuler qu'en 1762 elle invita à Schönbrunn le jeune Mozart, qui, entre deux séances de piano, lui sauta sur les genoux, puis gambada par terre avec Marie-Antoinette à qui, selon une invérifiable légende, il promit de l'épouser quand il serait grand. Devant la fréquence des spectacles, le ministre Khevenhüller s'inquiète, craint qu'on ne fasse de ces enfants des marionnettes sans cervelle. Mais il réserve sa réprobation à son journal intime. Qui oserait contredire l'impératrice, qui aime tant les admirer ? Elle a même demandé au peintre Weickert de fixer sur la toile un spectacle chanté et dansé en janvier 1765. *Il Parnasso confuso*, musique de Gluck sur un livret de Métastase — rien moins ! —, qui avait pour interprètes Marie-Christine, Marie-Élisabeth, Marie-Amélie et

Marie-Caroline, incarnant des Muses, tandis que Léopold tenait le clavecin ; quant à Marie-Antoinette, dix ans, elle était l'étoile du ballet final en compagnie de ses deux plus jeunes frères.

Ce charmant tableau, la jeune reine se le fit envoyer par sa mère en 1778 et elle le suspendit au mur de sa salle à manger de Trianon où il est encore, émouvant témoignage de la place que tenait dans son cœur le souvenir d'une enfance heureuse.

Un couple très uni

L'impératrice avait deux passions, son mari et l'Archimaison de Habsbourg, dont les destinées reposaient entre ses mains.

Jeune fille, elle s'était éprise de l'héritier de Lorraine, venu à Vienne parachever son éducation. Les ducs de Lorraine, trop proches de la France pour ne pas se sentir menacés, entretenaient depuis toujours avec leur puissante voisine des relations en dents de scie. À la fin du XVIIᵉ siècle, l'union d'une nièce de Louis XIV avec le duc Léopold semblait devoir resserrer les liens. Mais les Lorrains avaient pris très mal, à la génération suivante, qu'on eût préféré Marie Leszczynska à leur fille pour marier Louis XV. Ils s'étaient donc tournés vers leur suzerain nominal, l'empereur, et lui avaient confié leurs deux fils. On connaît la suite. Marie-Thérèse avait épousé l'aîné, François, tandis que sa sœur Marie-Anne épousait le cadet, Charles. Les vicissitudes de la guerre provoquée par l'accession au trône de la jeune femme avaient conduit à un chassé-croisé de territoires : abandonnant à Stanislas Leszczynski une Lorraine ensuite promise à la France, François avait reçu en échange le grand-duché de Toscane, sur lequel il n'exerça qu'une autorité lointaine. Devenu tout autrichien, il résidait à Vienne, où il joua le rôle d'une sorte de prince consort.

Sa femme avait réussi, non sans peine, à le faire élire empereur : titre prestigieux, mais devenu purement honorifique, qui ne lui assurait aucune espèce d'autorité sur les divers États germaniques relevant de son obédience. Quant aux États patrimoniaux des Habsbourg, c'est elle qui en était souveraine. Elle avait consenti à se l'associer sous le nom de *co-régent*, tout en sachant qu'elle ne tirerait de lui aucun secours. Il n'était pas doué pour gouverner. Cela valait mieux ainsi, car elle eût très mal supporté qu'il contrariât ses volontés. Tel qu'il était, beau, simple, gai, facile à vivre, elle l'adora. Elle crut cependant pouvoir lui accorder des prérogatives dans le seul domaine qui échappât à sa compétence à elle, la conduite des armées. Sa passion l'aveugla longtemps sur l'incapacité du malheureux, jusqu'à ce que l'accumulation d'erreurs et de défaites la contraignît à se rendre à l'évidence. Elle ne l'en aima pas moins. Elle le laissa mener la vie facile d'un grand seigneur adonné avec mesure aux plaisirs de la vie. Il appréciait le jeu, la chasse, la bonne chère, le théâtre, les œuvres d'art. Il eût aimé les jolies femmes aussi, mais sur ce point, elle n'était pas d'accord. Une jalousie de tigresse la dévorait. Elle tolérait à la rigueur les passades, bourgeoises ou actrices, mais elle supporta très mal sa liaison intermittente avec la comtesse Auersperg, belle, cultivée, brillante, qui entretenait une petite cour d'adorateurs dont l'empereur n'était qu'un des fleurons. Faute d'obtenir de lui une rupture, elle imposa une séparation des domaines : pas question de se côtoyer, chacune chez soi. Elle tenait son mari, et le tenait bien. Elle le querellait, lui faisait des scènes, suivies de larmes et de réconciliations sur l'oreiller. Il filait doux. Lorsqu'il osa, l'âge venant, suggérer qu'ils pourraient faire chambre à part, elle vit rouge, jeta les hauts cris, et voua une haine féroce à l'imprudent qui lui avait donné un si sot conseil : le vaste lit conjugal où elle avait conçu et mis au monde leurs seize enfants était sacré.

Ces enfants constituaient entre eux un lien de plus, un lien très puissant. Il était un excellent père, fort tendre — plus que leur mère peut-être, parce qu'il y avait en lui plus de douceur. Il dorlotait volontiers ses filles, les plus petites surtout. Sa piété souriante leur dispensait à tous des leçons rassurantes : Dieu pourvoit au bonheur de ceux qui respectent ses commandements. Si effacé qu'il parût à côté de son épouse, il jouait, en raison même de cet effacement, un rôle essentiel dans la famille. Il était un facteur d'équilibre, de sérénité, de paix. On ne s'en aperçut que trop après sa disparition brutale.

Le 5 août 1765, l'Autriche était en liesse. On célébrait les noces de Léopold, second fils du couple impérial. Toute la cour s'était transportée à Innsbruck pour la circonstance. Mais les réjouissances furent troublées, d'abord par l'annonce d'un deuil — le duc de Parme, beau-père du fils aîné Joseph, venait de mourir —, ensuite par une violente fièvre du jeune marié qui donna des inquiétudes pour sa vie. Dès qu'il fut hors de danger, les fêtes reprirent leur cours. Le 18 août l'empereur, bien qu'il se sentît fatigué, crut devoir faire une apparition à une séance de comédie italienne pour laquelle son épouse avait déclaré forfait. Il se retirait en compagnie de Joseph lorsqu'il éprouva un étourdissement, s'appuya au chambranle d'une porte, se reprit, le temps de dire que ce n'était rien, avant de s'écrouler, mort. Il n'avait que cinquante-sept ans.

Lorsque Marie-Thérèse, mandée en hâte, se trouva en face du cadavre, elle fut d'abord plongée dans une sorte d'hébétude. Tout en elle refusait l'évidence. On dut la ramener dans sa chambre où elle n'eut pas trop de toute la nuit, traversée de spasmes et de sanglots, pour émerger à la conscience. Les jours passant, elle commença de ressasser son bonheur perdu, elle s'efforça de l'enfermer dans une comptabilité maniaque qui le démultipliait à l'infini :

« Mon heureux ménage a duré 29 ans 6 mois 6 jours et comme l'heure mémorable où je lui ai donné ma main était un dimanche, c'est un dimanche aussi qu'il m'a été enlevé ; cela fait 29 ans, 334 mois, 1 540 semaines, 10 781 jours et 258 744 heures. *Pater Noster*, *Ave Requiem*, *Gloria Patri* et beaucoup d'aumônes. »

Le calendrier, jalonné de souvenirs, lui offre cent occasions de revenir sur le passé. Ainsi, le 12 février suivant, jour anniversaire de son mariage, elle écrit à une amie : « L'année dernière je fêtais ce jour comme le plus heureux de ma vie, il l'est d'ailleurs encore aujourd'hui, car le souvenir de ce bonheur est trop profondément ancré dans mon pauvre cœur où il se joint maintenant à la douleur la plus atroce. J'ai passé cette journée dans une complète solitude, enfermée dans mon cabinet de travail, entourée des portraits de notre bien-aimé souverain. Pendant de longues heures je me suis occupée de mon bonheur évanoui, non sans ressentir des remords de ne pas en avoir suffisamment profité lorsqu'il était temps encore. » Qu'on disperse sa garde-robe d'épouse ! « Ce que j'attends avec impatience, dit-elle, c'est mon cercueil et mon linceul ; ils me réuniront à l'unique objet d'amour que mon cœur ait connu. » En attendant, elle décida de ne plus s'habiller qu'en noir et de n'admettre à sa cour que des dames en noir. Elle fit tendre sa chambre de noir et adopta définitivement pour sa correspondance du papier bordé de noir. Elle coupa la magnifique chevelure blonde dont elle avait été si fière. Renonçant à tout maquillage, elle alla même jusqu'à enjoindre à toutes les femmes de la noblesse d'en faire autant. Mais, sur ce point, le dernier mot appartint à la pétulante comtesse Auersperg : « Ne suis-je plus maîtresse de mon visage ? C'est Dieu qui me l'a donné et non le gouvernement ! »

Son chagrin n'était pas exempt d'une pointe de mauvaise conscience. N'avait-elle pas étouffé son époux, lui refusant les occasions de donner sa mesure ? On découvrit après sa mort que cet homme insignifiant, selon les critères de l'époque, avait possédé à l'insu de tous un très remarquable talent : il était doué pour les questions financières. Elle lui avait laissé la bride sur le cou dans ce domaine. Il en avait profité, il avait fait fructifier ses avoirs. Il avait amassé une fortune considérable — 18 978 178 florins — et il avait réuni une admirable collection d'œuvres d'art qui fait encore aujourd'hui la fierté de l'Autriche. Il eût été, de nos jours, un magnat international. L'image posthume du défunt s'en trouva magnifiée. Lui aussi avait été, à sa manière, un grand homme.

À la mort de son père, Marie-Antoinette n'avait pas encore dix ans. Elle le regretta sans doute. Mais le plus grave est qu'elle subit de plein fouet le contrecoup du deuil maternel. Elle passa les années cruciales du début de l'adolescence en compagnie d'une mère obsédée par le souvenir du bonheur perdu, en qui la joie de vivre était tarie, et qui s'enfonçait dans une étroite dévotion. Marie-Thérèse avait même songé, dans les premiers temps de son veuvage, à abandonner le pouvoir pour s'en aller terminer ses jours dans un cloître. Elle en a vite écarté l'idée. Peut-être s'est-elle rendu compte que la vie contemplative ne convenait pas à sa nature, tournée vers l'action et le mouvement. Mais elle avait surtout d'excellentes raisons de se maintenir au pouvoir. En bonne mère de famille, il lui fallait assurer l'avenir de ses enfants, dont la plupart n'étaient pas casés. Et elle nourrissait les plus grandes inquiétudes sur l'aptitude de son aîné, Joseph, à lui succéder.

Et c'est là que nous voyons à l'œuvre sa seconde passion, celle qu'elle voue à la maison de Habsbourg*.

---

* La terminologie reflète le renversement des rôles entre Marie-Thérèse et son mari. Logiquement, les enfants devraient être dits

Stratégie matrimoniale

Au milieu du XVIIIe siècle, la maison de Habsbourg n'était plus ce qu'elle avait été. Elle avait perdu l'Espagne : à Madrid régnaient, non plus ses cousins, mais ceux du roi de France, des Bourbons. Cependant la branche survivante, celle de Vienne, avait obtenu en compensation les Pays-Bas, ex-espagnols — notre Belgique actuelle —, et, si elle avait dû céder en Italie le royaume de Naples, elle y détenait deux très puissantes provinces, la Lombardie et la Toscane. L'empereur Charles VI avait longtemps caressé l'espoir de reconquérir le trône de Madrid, puis, à tout le moins, de recouvrer en Italie les positions perdues. Il s'obstinait donc dans une vaine compétition avec les Bourbons. Sa fille, Marie-Thérèse, avait vite compris que ses véritables intérêts étaient ailleurs. La guerre consécutive à son accession au trône lui avait coûté la Silésie, que le roi de Prusse Frédéric II lui avait arrachée par surprise. Elle se savait à la merci des appétits territoriaux de son insatiable voisin. Et pour comble d'horreur, les États du voisin en question étaient un repaire de calvinistes et lui-même se disait athée ! Contre celui qu'elle appelle le « monstre », en qui elle voit le diable incarné, elle sentit le besoin de resserrer les liens avec l'autre grande dynastie catholique. Les Bourbons étaient ses ennemis de la veille, ils seraient ses amis du lendemain.

Avant même le retournement d'alliances spectaculaire avec la France qu'elle amorça en 1755 — alors

_____

de *Lorraine*, de *Lorraine-Habsbourg* ou au moins de *Habsbourg-Lorraine*, d'après le nom de leur père. Ce fut quelquefois le cas, en France, pour Marie-Antoinette, quand on voulait gommer son ascendance autrichienne. Mais, après la cession de la Lorraine, l'héritage était tout Habsbourg. Les dictionnaires interrompent donc la lignée de Lorraine sur le nom du duc Léopold, et tous les descendants de l'empereur François Ier figurent à la rubrique Habsbourg.

qu'elle était enceinte de Marie-Antoinette —, elle avait
déjà entrepris de pénétrer les Bourbons de l'intérieur
par une série de mariages. Elle faisait d'une pierre
deux coups. Pour établir ses nombreux enfants, l'Europe catholique n'offrait pas beaucoup de partis. En
jetant son dévolu sur tous les Bourbons disponibles,
elle assurait des trônes à ses fils et à ses filles, tout en
se procurant un droit de regard sur la politique extérieure des souverains concernés. Et, si tout se passait
bien, si tous ses rejetons s'appliquaient à procréer au
même rythme qu'elle, à la génération suivante tous les
maîtres de l'Europe catholique sortiraient de son sang.
Cette annexion pacifique valait bien à ses yeux les
conquêtes fragiles trop cher payées par les armes. Et
elle en espérait aussi, pour elle-même, une manière
d'immortalité : « Vous voudriez vous voir renaître en
cent branches différentes », lui dira un jour son fils
Joseph.

On l'eût beaucoup étonnée en lui disant qu'elle utili-
sait ses enfants à des fins politiques. Certes c'était
l'usage à l'époque, toutes les familles princières procédaient ainsi. Mais son cas présentait une grave ambiguïté. Lorsque, sans leur demander leur avis, elle les
déplaçait à son gré sur la liste des prétendants possibles, en quête de l'établissement le plus opportun,
elle oubliait qu'elle-même avait tenu à choisir son
époux. De plus, forte de sa propre réussite conjugale,
elle imaginait tous les ménages sur le modèle du sien,
elle avait l'imprudence de promettre à ses filles le bonheur, sans songer que son propre ménage, du fait de
l'inversion des rôles, était parfaitement atypique. La
docilité à l'égard d'un conjoint imposé, et maître chez
lui, n'offrait évidemment aucune garantie de succès. À
vrai dire, elle était assez intelligente et honnête pour
reconnaître, si on l'avait poussée dans ses derniers
retranchements, que les intérêts de l'Archimaison passaient à ses yeux avant le contentement des individus

qui la composaient. Mais c'était là le genre de question qu'elle n'aimait pas à se poser et qu'elle ne regardait en face qu'en cas d'absolue nécessité.

Elle déploya donc des trésors d'énergie pour assurer à ses enfants, garçons et filles, des conjoints Bourbons.

Son fils aîné, Joseph, épousa d'abord, en 1760, l'exquise Isabelle de Parme, doublement Bourbon, puisqu'elle avait pour grands-pères Philippe V d'Espagne et Louis XV. Il en fut passionnément amoureux. Lorsqu'elle mourut trois ans plus tard, il déclara qu'il ne se remarierait que si on lui accordait sa plus jeune sœur, Marie-Louise. Mais celle-ci était déjà promise au prince des Asturies. L'impératrice fit l'impossible pour convaincre le roi d'Espagne de renoncer à cet engagement. En vain*. Joseph dut se contenter d'une Bavaroise.

Pour son second fils, Léopold, Marie-Thérèse décrocha une infante, Marie-Louise de Bourbon. Elle consentit sans regrets à la condition posée par le roi d'Espagne : que la Toscane, détachée du patrimoine autrichien, fût attribuée en pleine souveraineté au jeune homme. Ce fut un couple selon son cœur, des époux bien assortis, attachés à la prospérité du grand-duché, unis et féconds, qui firent aussi bien qu'elle pour assurer l'avenir de la dynastie : en vingt-sept ans, ils lui donnèrent seize petits-enfants.

En ce qui concerne les filles, la plus âgée, Marianne, handicapée dès la naissance et devenue une invalide chronique, n'était pas mariable. La suivante, Marie-Christine, fort jolie, d'une intelligence hors du commun, avait hérité de toutes les qualités de sa mère. Celle-ci choisit de la garder à son service en lui faisant

---

* Joseph l'avait échappé belle. Marie-Louise de Parme devint reine d'Espagne aux côtés de son époux Charles IV. Ses caprices, ses violences, sa liaison avec son favori Godoy, amenèrent des scandales qui servirent de prétexte à l'intervention de Napoléon. On connaît l'impressionnant portrait qu'a fait d'elle Goya.

épouser un cadet de la maison de Saxe : elle employa
le couple pour gouverner en son nom la Hongrie, puis
les Pays-Bas. Pour les suivantes, elle se mit en quête
de Bourbons. Pour Élisabeth, on avança le nom de
Louis XV, récemment veuf de Marie Leszczynska. Il
n'en avait pas la moindre envie. Cependant il fit
demander si elle était jolie. Elle l'avait été certes,
remarquablement, mais la petite vérole venait un an
plus tôt de la défigurer à jamais.

Pour les suivantes — elles étaient quatre —, Marie-
Thérèse médita sur le tableau des candidats. Il ne
comportait que trois princes possibles, tous très
jeunes : le duc de Parme, Ferdinand de Bourbon, et le
roi de Naples Ferdinand Ier, tous deux nés en 1751, et
le dauphin de France Louis Auguste, né en 1754. Ils
étaient d'âge assorti à celui de ses trois dernières filles.
Mais Marie-Amélie, née en 1746, risquait de lui rester
sur les bras. Elle réussit à obtenir un engagement pour
le duc de Parme, quitte à attendre qu'il fût nubile. Dans
le savant réseau des alliances, ce mariage prenait la
suite de celui de Joseph : pour assurer le lien avec la
France et l'Espagne, le frère remplaçait la sœur morte.
Quant au roi de Naples, elle le destinait à Marie-Jose-
pha, née la même année. La variole ayant emporté la
fillette à la veille de son départ pour l'Italie, elle lui
substitua aussitôt sa cadette, d'un an plus jeune :
Marie-Charlotte, plus connue sous son nom italianisé
de Marie-Caroline, sera reine de Naples. Restait à
conquérir pour la petite dernière le trône le plus prestigieux, le plus indispensable à la sécurité de la maison
d'Autriche, celui de France. Et ce n'était pas chose
facile.

Le gage de l'alliance

L'alliance entre la France et l'Autriche était fragile, Marie-Thérèse le savait. Elle savait aussi qu'elle en avait été jusqu'alors la principale bénéficiaire. Face à l'impérialisme prussien, elle continuait d'en avoir un besoin vital. En France, au contraire, commençait à prévaloir l'opinion que cette alliance avait été pour nous un jeu de dupes. Déjà, lors du renversement spectaculaire accompli en 1756, la décision de Louis XV avait rencontré de nombreuses résistances. Les tenants de la tradition, obnubilés par le souvenir des guerres du XVIIᵉ siècle, croyaient encore les Habsbourg dangereux. Les ennemis de la Pompadour prenaient parti contre une négociation à laquelle elle prêtait son entremise. Dans la famille royale même, le dauphin fils de Louis XV y était hostile, pour ces deux raisons conjuguées et parce que la famille de sa femme, d'origine saxonne, avait eu à souffrir de la cour de Vienne. Un seul argument plaidait en faveur du traité : sa force dissuasive assurerait, pensait-on, la paix en Europe centrale, permettant à la France de faire porter tout son effort contre l'Angleterre au-delà des mers. Lourde illusion. Il en était sorti la guerre de Sept Ans. Sept ans de combats épuisants, qui avaient ruiné la France et l'Autriche sans autre résultat qu'un retour à la case départ. Maigre consolation pour la cour de Vienne, la Prusse aussi en sortait en piteux état. Mais la France, qui, pour avoir mené une double guerre, terrestre et maritime, s'était fait arracher par les Anglais la majeure partie de ses colonies, jugeait le bilan fortement négatif : que n'avait-on cultivé l'amitié prussienne, plutôt que de se battre pour les beaux yeux de l'impératrice ?

En dehors du roi, qui tenait à l'alliance parce qu'il l'avait voulue et parce qu'il la croyait bénéfique à long terme, il n'y avait plus guère pour la défendre que le parti de Choiseul, alors en charge des Affaires étrangères, qui en avait fait un des piliers de sa politique. Lorsque Marie-Thérèse tâta le terrain pour un éventuel mariage entre sa fille et l'héritier du trône, elle trouva en lui un auxiliaire enthousiaste. Il se posait en effet quelques questions sur son avenir. En cas de disparition du roi, quel atout ce serait pour lui de posséder la confiance de la nouvelle reine ! Il se jura d'être l'artisan de son mariage.

Louis XV se fit longtemps tirer l'oreille : des archiduchesses à Naples ou à Parme, c'était bien. Mais pour le trône de France, il fallait y regarder à deux fois. Ne devrait-il pas plutôt s'attacher la maison de Savoie, moins prestigieuse, mais qui détenait des positions clefs sur nos frontières ? À Vienne, une seule candidate emportait ses suffrages : la fille de Joseph II, Marie-Thérèse, qui se trouvait être sa propre arrière-petite-fille[*]. Elle avait huit ans de moins que le dauphin. Mais il n'y avait pas d'urgence à la voir procréer, puisqu'on avait des héritiers de rechange, l'écart n'était donc pas rédhibitoire. Le roi vieillissant, qui avait toujours eu la fibre paternelle, s'attendrissait à l'idée de retrouver en elle quelque chose de sa fille et de sa petite-fille perdues. Hélas, elle mourut à son tour avant que le projet ait eu le temps de prendre forme.

Restait la candidature de Marie-Antoinette, en faveur de qui ne jouait aucun penchant sentimental. Elle se heurtait à un adversaire redoutable, la propre mère du dauphin, Marie-Josèphe de Saxe, qui partageait l'aversion de son défunt époux pour l'Autriche, pour Choiseul et pour les archiduchesses, et qui avait de surcroît sa propre idée sur la question : elle voulait pour bru une de ses nièces. Louis XV aimait et estimait

---

[*] La fille aînée de Louis XV avait épousé le duc de Parme. Elle lui avait donné trois enfants, dont l'aînée, Isabelle, avait épousé Joseph. Cette Isabelle était morte à l'âge de vingt-trois ans en lui laissant la fillette en question.

sa belle-fille, et réciproquement. Il n'usa pas d'autorité, mais de persuasion. De son côté elle voulait lui être agréable, elle s'inclina. Mais elle lui conseilla de tenir la dragée haute à l'impératrice, pour disposer le plus longtemps possible de ce moyen de pression. Peut-être espérait-elle encore le voir revenir sur sa décision, lorsque sa mort, en mars 1767, sonna le glas des espérances saxonnes. La cause de Marie-Antoinette était gagnée.

Louis XV n'en trouva pas moins judicieux de suivre les conseils de Marie-Josèphe. Comme elle le lui avait soufflé, il refusa d'accueillir la fillette à Versailles, selon la coutume ancienne, pour terminer son éducation aux côtés de son fiancé. « Une fois l'archiduchesse à Versailles, avait-elle dit, comme la cour de Vienne ne craindrait certainement pas qu'on lui fît l'affront de la renvoyer, elle se montrerait d'autant plus revêche sur les retours de complaisance que le roi pourrait avoir à lui demander. » Afin de tenir sa partenaire « entre la crainte et l'espérance », il fit traîner la négociation. Notre ambassadeur à Vienne reçut l'ordre de garder la plus extrême circonspection. On vit alors Marie-Thérèse se livrer avec Durfort à un plaisant jeu de feintes. Elle s'efforçait de tirer de lui, par surprise, un mot qui pût passer pour un engagement, il répliquait par une esquive digne du meilleur escrimeur. Elle le comblait d'égards, comme si l'affaire avait été conclue. Elle parlait de sa fille comme de la future dauphine, et ses ministres en faisaient autant. « Comment trouvez-vous l'archiduchesse Antoinette ? demanda à brûle-pourpoint Starhemberg. — Parfaitement bien », répondit laconiquement l'ambassadeur. L'autre insista : « Le dauphin aura là une charmante femme. » Il s'attira une réponse à la fois évasive et discourtoise : « Le morceau est friand, et sera en bonnes mains, si cela est. » Ce n'est pas là, assurément, la manière dont un ambassadeur parle de sa future reine.

L'impératrice s'impatientait. Son représentant à Paris, le comte de Mercy-Argenteau, la rassurait : selon Choiseul l'issue était certaine. Elle commença discrètement de préparer sa fille à son futur métier. Elle dut attendre cependant jusqu'au mois de juin 1769 avant de recevoir la demande par voie diplomatique. Elle n'eut alors qu'un souci, hâter les choses.

Il était grand temps, en effet. Car ses inquiétudes sur l'avenir de l'alliance n'étaient pas moins fortes du côté autrichien.

À vingt-trois ans, son fils aîné, Joseph avait recueilli l'héritage paternel, il avait reçu la couronne impériale, distinction brillante mais creuse. Pour l'héritage maternel, source du pouvoir véritable, il lui faudrait attendre. Marie-Thérèse n'avait pas cru devoir cependant lui refuser le titre de co-régent dont son époux avait usé avec tant de discrétion. Elle s'aperçut vite que Joseph ne l'entendait pas de cette oreille : le rôle de potiche décorative ne lui allait pas du tout. Il prenait des initiatives, contrecarrait ses décisions, menait avec elle une lutte sourde qui empoisonnait leurs relations. Chose plus grave, elle s'aperçut qu'il avait des idées, qu'il prétendait les appliquer, et que ces idées étaient en contradiction totale avec toutes les valeurs qu'elle-même avait défendues jusque-là.

Il s'était pris pour Frédéric II d'un intérêt passionné, où la haine pour le mal fait à l'Autriche se tempérait d'admiration. Quel chemin avait fait le petit royaume de Prusse — un parvenu de fraîche date dans le concert européen [*] — entre les mains de cet homme de fer ! Il rêva de rendre à l'Autriche son hégémonie, contre Frédéric II, mais avec les méthodes de Frédéric II. Il se voulut un « despote éclairé », selon la formule à la mode. Il élabora des plans de réforme radicale, inspirés par le rationalisme régnant. La noblesse et le clergé

<hr/>

* L'Électeur de Brandebourg, également possesseur du duché de Prusse, n'avait obtenu le titre de roi qu'au tout début du siècle.

devaient faire les frais de cette révolution monarchique, appuyée sur le peuple chez qui il ferait pénétrer
les lumières de l'instruction. C'était un réformateur
pressé, impatient. Entre la conception, rigoureusement
logique, et l'exécution, il ne voyait pas la nécessité de
mettre une distance. Marie-Thérèse, à qui il communiqua son mémoire, fut affolée, moins par le détail des
réformes projetées — elle en avait accompli quelques-
unes elle-même et aurait souhaité en faire davantage
—, que par l'esprit de système dont elles procédaient,
par le refus de prendre en compte la complexité des
situations, la pesanteur des traditions, la diversité et la
fragilité des êtres. Ce plan témoignait d'un écrasant
mépris pour les hommes, simple matière première à
expérimentation politique. Et la foi chrétienne n'y trouvait pas son compte. Certes Joseph restait profondément croyant, mais l'esprit de charité lui faisait défaut.
    Elle comprit aussi que ses répugnances face à la per-
sonne de Frédéric II ne tiendraient pas longtemps. S'il
le voyait de près, il subirait l'ascendant de son extraordinaire personnalité. Or, dès 1766, il avait projeté de
le rencontrer sous prétexte d'un voyage sur les champs
de bataille de Bohême et de Saxe. Elle s'y était opposée, pensant que, pour souper avec un « démon » tel
que le roi de Prusse, il fallait une très longue cuillère,
que ne possédait pas son néophyte de fils. « J'ai
manqué, déclara celui-ci avec regret, une occasion
unique de voir et de connaître un homme qui — je ne
saurais le nier — éveille ma curiosité au plus haut
point. » En 1769, elle céda, parce que le conflit russo-
turc mettait en danger la stabilité de l'Europe orientale
et qu'elle avait besoin de connaître le point de vue de
Frédéric. « Cet homme est un génie, s'exclama Joseph
au retour de l'entrevue où il avait été traité avec la plus
grande cordialité, il parle remarquablement bien, mais
chacune de ses phrases cache une astuce. » Certes il le
disait aussi « scélérat ». Mais ne mentait-il pas à sa

mère ? Elle le sentait mûr pour se laisser entraîner à la suite de Frédéric ou contre lui, mais à son imitation, dans les plus dangereuses aventures. En quoi, on le verra bientôt, elle était bon prophète. De son côté, au sortir de l'entretien, Frédéric portait sur lui le même jugement : « Il est dévoré d'ambition ; je ne saurais dire s'il vise la Bavière, Venise ou la Lorraine, mais il est certain que l'Europe sera en flammes dès qu'il aura atteint le pouvoir. »

En prévision des turbulences politiques menaçantes, la vieille impératrice éprouvait plus que jamais le désir de resserrer les liens avec la France, où elle voyait cette fois-ci, pour de bon, une promesse de paix. Marie-Antoinette serait « le gage le plus tendre de l'union qui existe si heureusement entre nos deux États », écrivit-elle à Louis XV.

Une éducation très imparfaite

Dès qu'elle fut certaine que le mariage se ferait, Marie-Thérèse entreprit de préparer sa fille à sa haute destinée. En fait, elle la connaissait très mal. Lorsqu'elle y regarda d'un peu près, ce qu'elle découvrit la consterna : Marie-Antoinette n'avait pas été élevée.

Comme souvent dans les familles nombreuses, l'énergie des adultes s'était émoussée au fil des naissances. Les gouvernantes, débordées, exigeaient moins des plus jeunes, par lassitude. L'expérience venant, elles croyaient moins aux résultats. D'autant que les enfants, se suivant presque d'année en année, faisaient bloc, se soutenant les uns les autres, opposant à leurs efforts une résistance compacte. Les deux petits derniers, Toinette et Maximilien, bénéficièrent, si l'on ose dire, de la protection de leurs aînés, prompts à faire leurs devoirs à leur place et à dissimuler leurs sottises. Les filles surtout affichaient une solidarité marquée.

Marie-Caroline, de trois ans son aînée, raffolait de Toinette à qui elle vouait une affection presque maternelle. Les deux fillettes ne cessaient de bavarder, de rire, le plus souvent aux dépens des gens, car elles avaient l'humeur tournée à la raillerie. Plutôt que de lutter pour imposer une discipline à la petite, la gouvernante, Mme de Brandeiss, choisissait la solution de facilité. Elle fermait les yeux, s'arrangeant pour présenter à l'impératrice les résultats escomptés, des devoirs sans fautes, impeccablement calligraphiés. Hélas l'enfant, invitée à prendre la plume par sa mère, n'avait pu fournir qu'un gribouillis infâme et avait dû avouer la supercherie : elle repassait à l'encre des textes préalablement écrits au crayon. Elle ne savait rien. Elle ânonnait en lisant, elle parlait de façon plus qu'approximative le français et l'allemand, baragouinait l'italien. Quant aux connaissances, mieux valait n'en pas parler. Ajoutons qu'elle manquait de tenue : elle avait conservé une liberté d'allure enfantine qui ne convenait plus à son nouvel état. Bref son éducation était à reprendre de A jusqu'à Z.

Il restait bien peu de temps. Marie-Thérèse s'y employa méthodiquement. Elle brisa une complicité fâcheuse en la séparant de sa sœur et elle prit les grands moyens pour fabriquer une dauphine accomplie — comme on fabrique aujourd'hui une star. C'est à la cour de France qu'il lui faudrait briller, c'est donc en France qu'on s'adressa. Choiseul fut prié de fournir le personnel désiré.

Ainsi voit-on arriver un « friseur », Larseneur, recommandé par la sœur du ministre. Problème délicat : il lui faut compenser l'ampleur excessive du front. Il réussit à merveille : « Sa manière est simple, décente, mais en même temps très avantageuse au visage, et je suis persuadé, ajoute le conseiller Neny à l'intention de l'ambassadeur d'Autriche à Paris, que nos jeunes dames, qui depuis quelque temps portaient

des montagnes de boucles sur la tête, les quitteront
incessamment pour se coiffer à la dauphine. » Le den-
tiste Laveran, Français lui aussi, réussit à lui aligner à
peu près correctement les dents, au prix de trop nombreuses extractions qui indigneront plus tard son
confrère versaillais. Pour le maintien et la danse, on
recruta ce qu'il y avait de mieux : le célèbre Noverre
parut seul qualifié pour lui enseigner les subtilités des
pas et des figures en usage dans les bals de la cour.
Elle était douée. C'est à ses leçons qu'elle doit son port
de déesse et sa démarche aérienne, tant admirées. Pour
la musique, Vienne n'avait rien à envier à Versailles,
on disposait sur place de ce qu'il fallait. Elle fut mise
entre les mains de Gluck, qui n'en tira pas grand-chose
— elle n'avait pas les dons de sa mère —, mais lui
laissa un grand souvenir.

En matière de langue et de culture françaises, il y
avait beaucoup à faire. Pour améliorer sa prononciation
et la débarrasser de son accent, Marie-Thérèse crut
pouvoir recourir à des professionnels de la diction, elle
recruta deux acteurs français dont la troupe séjournait
alors à Vienne. Choiseul l'en fit dissuader : elle ne
pouvait mettre la future dauphine en contact avec des
gens réputés immoraux, comme on disait alors les
comédiens. Elle décida donc de faire d'une pierre deux
coups. Elle confierait à un unique précepteur le soin
d'enseigner le bon français à sa fille, de lui inculquer
les indispensables rudiments de littérature et d'histoire
et de l'initier aux usages de la cour. Elle chargea son
ambassadeur de lui trouver l'oiseau rare, un ecclésiastique de préférence. Lequel ambassadeur consulta
Choiseul, qui, sautant sur l'occasion, demanda à son
ami l'évêque d'Orléans de lui proposer un homme sûr,
entendez un homme de leur parti. Leur choix se porta
sur un grand vicaire de Loménie de Brienne, archevêque de Toulouse, un grand prélat aux mœurs discutables, très frotté de philosophie, ce qu'ils se gardèrent

bien de dire à l'impératrice. Leur candidat, lui, était parfait. « Instruit, simple et modeste », l'abbé de Vermond, docteur en Sorbonne, bibliothécaire du Collège des Quatre Nations, présentait selon Mercy toutes les garanties intellectuelles et morales. En revanche il n'avait aucune expérience pédagogique et, à trente-trois ans, était peut-être un peu jeune pour l'emploi. Dès son arrivée à Vienne en décembre 1768, il s'attela à la tâche avec l'ardeur du néophyte et parvint très vite à conquérir l'affection de son élève et l'estime de l'impératrice.

Quant aux résultats, c'est une autre affaire ! La petite est exquise, mais rebelle à toute espèce d'effort. Il est impossible de fixer son attention plus de cinq minutes. On croit qu'elle écoute, et déjà son esprit vagabonde ailleurs. Vermond est bien obligé d'avouer à Mercy ses premières déconvenues : « Elle a plus d'esprit qu'on ne lui en a cru pendant longtemps. Malheureusement cet esprit n'a été accoutumé à aucune contention jusqu'à douze ans. Un peu de paresse et beaucoup de légèreté m'ont rendu son instruction plus difficile. J'ai commencé pendant six semaines par des principes de belles-lettres. Elle m'entendait bien lorsque je lui présentais des idées tout éclaircies ; son jugement était presque toujours juste, mais je ne pouvais l'accoutumer à approfondir un objet, quoique je sentisse qu'elle en était capable. J'ai cru voir qu'on ne pouvait appliquer son esprit qu'en l'amusant. » Il renonce donc vite aux devoirs, aux leçons suivies. Il se contentera de conversations à bâtons rompus.

N'ayons pas la naïveté de voir dans la solution qu'il adopte là une préfiguration des méthodes pédagogiques modernes ! Comme naguère Mme de Brandeiss, l'abbé a tout simplement capitulé. La petite a déployé auprès de lui ce charme, hérité de sa mère, qui lui conquiert tous les cœurs. Elle l'a enjôlé de sa gaieté, de ses sourires, de sa confusion même quand elle a fait une bêtise et de ses excuses câlines. Ce clerc nourri dans la poussière des livres découvre en elle, pour la première fois, toutes les grâces de l'enfance. Il est prêt à lui pardonner n'importe quoi. Elle est, de son côté, enchantée de sa conquête. L'abbé tombe au bon moment. Privée de sa confidente habituelle par le départ pour Naples de sa sœur chérie, elle s'ennuie. Elle ne peut plus se passer de lui, le traîne à sa suite tout au long de la journée, l'associe à tous ses divertissements, au point que sa mère lui en fait le reproche : « Vous assujettissez trop l'abbé. — Non, maman, je vois bien que cela lui fait plaisir. »

Cela leur fait plaisir à tous deux. Grâce à quoi cette singulière forme d'éducation porte plus de fruits qu'on n'aurait pu en attendre. La fillette fait en effet des progrès considérables en français. Elle entend dans la bouche de l'abbé une langue bien plus pure que celle qu'on parle à Vienne. Il corrige son accent, il relève ses fautes de grammaire, lui apprend à les éviter. À côté de ces acquis essentiels, les défaillances de la graphie et de l'orthographe lui paraissent d'autant plus secondaires qu'il est sûr qu'elle « ne ferait presque aucune faute, si elle pouvait se livrer à une attention suivie ». Elle arrivera à Versailles en parlant avec aisance une langue à peu près correcte. Il fait davantage : il l'entraîne à la conversation, fondement de la vie sociale à la cour de France. Intelligent, vivant, spirituel, il stimule en elle ce sens de la répartie qui sera un de ses traits dominants.

Restent les connaissances. Une princesse doit tout de même en avoir un bagage minimal. Or celle-ci se montre irrémédiablement rebelle à la lecture. L'abbé renonça et ce fut bien dommage. Pris par le temps il ne lui donna en littérature qu'un vernis superficiel. Il insista sur l'histoire de France, réussit à faire passer dans la conversation, à coups d'anecdotes, l'essentiel de ce qu'elle devait savoir. Pas de politique, bien sûr.

Tout ce qu'on lui en dit se ramène à un dogme : point de salut en dehors de l'alliance entre France et Autriche. Il s'agit d'une histoire réduite à celle des derniers rois et des grandes familles qu'elle aura à fréquenter à la cour. De quoi saluer chacun du titre approprié, mais rien qui permette de saisir la nature de leurs relations. Aucune vue d'ensemble, aucun recul. Le résultat ? Elle ne voit que le petit côté de toutes choses. Elle se satisfait d'un manichéisme simpliste, répartissant les gens entre bons et méchants, moyennant quoi tout est affaire de personnes. Pas le moindre soupçon de la complexité du réel. Et, plus grave que tout, l'habitude de voltiger d'une idée à une autre sans en suivre aucune.

L'on pourrait dire que cet enseignement, qui se veut adapté à un esprit enfantin, ne constitue qu'une première étape, avant d'être approfondi. Mais le drame est qu'il ne vient pas à son heure. Dans l'éducation des enfants, il est un âge pour toutes choses. Il est trop tard pour mettre Marie-Antoinette aux leçons et aux devoirs et pour lui imposer une discipline intellectuelle. Et l'abbé n'a pas l'autorité requise. Pour compléter ses connaissances, il lui faudrait recourir aux livres. Or elle s'y refusera toujours.

Un grand gâchis donc. À qui la faute ? À tout le monde et à personne. Marie-Thérèse se reproche de n'avoir pas surveillé d'assez près cette éducation, de s'être trop reposée sur ceux qu'elle en avait chargés. Mais elle s'interroge aussi sur le caractère de sa fille. Elle a décelé chez la petite, avec le même appétit de plaisir qui l'habitait elle-même en sa jeunesse, la même énergie redoutable, usant de tous les moyens pour faire prévaloir ses volontés. Mais sans le contrepoids de l'ouverture d'esprit, de l'attention aux autres et, pour tout dire, de l'intelligence. Non qu'elle soit sotte. Elle est moyennement douée, sans plus. Mais on n'a pas exercé assez tôt son esprit. Et elle ne s'intéresse à rien d'autre qu'à elle-même, à son univers puéril dont elle refuse de sortir. Lorsqu'on cherche à l'en arracher, elle se dérobe. Lorsque sa séduction se révèle inopérante, elle déploie pour se soustraire à ce dont elle ne veut pas une force d'inertie prodigieuse. C'est ce qu'on appelle une enfant gâtée.

Elle n'est certes pas menteuse. Les biographes n'ont pas tort, qui s'extasient devant sa fraîcheur et sa spontanéité. La dissimulation ne lui est pas naturelle. Elle aurait plutôt tendance à parler à tort et à travers, sans réfléchir. Il ne faut pourtant pas croire qu'elle ne ment jamais. Sa mère en a eu la preuve avec l'affaire des devoirs recopiés. Elle ne ment pas gratuitement. Elle recourt au mensonge, comme tous les enfants, comme tous les faibles, pour échapper à des réprimandes. Difficile de lui en vouloir. La franchise est un luxe d'adulte libre. Mais elle est très loin d'être adulte. Marie-Thérèse est saisie d'angoisse : rien de ce qu'elle vient de découvrir ne l'incite à lui faire confiance et à lui laisser la bride sur le cou, au contraire. La fillette, grâce au vernis acquis en toute hâte, fera peut-être bonne figure à la cour de France. Mais elle n'est prête ni psychologiquement ni moralement à affronter son nouvel état. Ni physiquement, comme on l'a déjà noté. À quatorze ans et demi elle est comme une enfant de douze. Et elle s'apprête à entrer dans l'âge ingrat.

Ultimes recommandations

On comprend que Marie-Thérèse soit angoissée à l'approche de la séparation. D'autant qu'elle a des raisons supplémentaires de se faire du souci.

Depuis quelque temps lui parviennent de France des nouvelles fâcheuses. Certes elle a toujours regardé avec réprobation la vie privée de Louis XV, scandalisée, non qu'il eût des maîtresses — il y a longtemps qu'elle a perdu toute illusion sur les hommes en ce domaine —, mais qu'il osât les installer sous le même toit que sa famille. Cependant, après la mort de la Pompadour, on avait pu le croire assagi. Or voici qu'en dépit de ses soixante ans, il s'apprête à récidiver, au profit d'une femme aux origines plus que douteuses. Le puritanisme de Marie-Thérèse, exacerbé depuis son veuvage, lui fait craindre le pire pour sa fille. Son imagination intempérante lui montre en Versailles un lieu de perdition. Comme elle l'écrira un peu plus tard à Mercy, la France est à ses yeux « une nation sans religion, sans mœurs et sans sentiments ».

Elle fit porter un dernier effort sur la formation spirituelle de Marie-Antoinette. Elle renonça à l'envoyer se recueillir sur les tombes de ses ancêtres : trois ans plus tôt, Josepha, promise au roi de Naples, qu'elle avait obligée à descendre, terrifiée, dans la lugubre crypte du couvent des Capucins, n'en était remontée que pour s'aliter et succomber à la variole. Elle se contenta de faire faire à Marie-Antoinette, pendant la semaine sainte, une retraite de trois jours, sous la direction de l'abbé de Vermond, qu'elle lui avait donné comme confesseur. Manquant de temps à lui consacrer dans la journée, elle la fit coucher auprès d'elle, sur un lit pliant, pour l'entretenir le soir de conversations instructives. On peut être sûr que les leçons de morale y tinrent la plus grande place. Mais il y a aussi des choses qu'il est plus facile d'évoquer, entre mère et fille, dans la pénombre de la chambre. Lui parla-t-elle de la vie conjugale, jusque-là enveloppée du plus profond mystère ? C'est probable, car elle devait la sentir inquiète. Traumatisée par une première semaine de relations conjugales éprouvantes, la jeune reine de Naples avait écrit à Mme de Brandeiss pour lui confier ses peines et lui recommander de dorloter sa pauvre petite sœur, bientôt promise à d'aussi affreuses épreuves. Personne n'en avait sûrement rien dit à l'in-

téressée, mais une sollicitude très appuyée et beaucoup
de sous-entendus avaient de quoi la troubler. Marie-
Thérèse tenta de tuer dans l'œuf les illusions sentimentales : « Tout le bonheur du ménage consiste dans la
confiance et les complaisances mutuelles. Le fol amour
se dissipe. » Toinette rêvait-elle au prince charmant ?
Cela est peu probable, au vu de tant d'expériences
décevantes parmi ses sœurs et belles-sœurs. Les archiduchesses, si l'on en juge par ce que firent les trois
dernières, rêvent surtout au jour où elles échangeront
l'autorité maternelle contre celle, présumée plus douce,
d'un mari qu'elles comptent bien asservir. Elles pourront alors faire leurs trente-six mille volontés.

Marie-Thérèse devait la soupçonner de nourrir
quelque espoir de ce genre, aussi dressa-t-elle des
garde-fous. Dans une lettre qui lui fut remise à son
arrivée en France, elle lui prescrivit la docilité : « Madame ma chère fille. Vous voilà donc où la providence
vous a destinée de vivre. Si on ne s'arrête que sur le
grand établissement, vous êtes la plus heureuse de vos
sœurs et de toutes les princesses. Vous trouverez un
père tendre qui sera en même temps votre ami, si vous
le méritez. Ayez en lui toute votre confiance, vous ne
risquerez rien. Aimez-le, soyez lui soumise, tâchez de
deviner ses pensées, vous ne sauriez faire assez dans
le moment où je vous perds. C'est ce père, c'est cet
ami qui me console et me relève de mon abattement et
fait toute ma consolation, espérant que vous suivrez
mes conseils de vous tenir seule à lui et d'attendre sur
tout ses ordres et directions. Du dauphin je ne vous dis
rien ; vous connaissez ma délicatesse sur ce point ; la
femme est soumise en tout à son mari et ne doit avoir
aucune occupation que de lui plaire et de faire ses
volontés. Le seul vrai bonheur dans ce monde est un
heureux mariage ; j'en peux parler. Tout dépend de la
femme, si elle est complaisante, douce et amusante. »

Curieuse lettre. Elle vaut pour Marie-Antoinette, qui

a sûrement besoin qu'on lui prêche l'obéissance. Mais elle semble faite aussi de façon à être, le cas échéant, mise sous les yeux du roi — le même envoi comporte d'ailleurs une missive pour lui. Car il est certain que Marie-Thérèse, quoi qu'elle en dise, n'a nulle intention d'abandonner à Louis XV le soin de diriger sa fille.

La petite emporte en effet dans ses bagages une liste d'injonctions très précises. Certes il est d'usage que les parents rédigent des textes de ce genre. L'empereur, par exemple, avait laissé une sorte de testament moral intitulé *Instructions pour mes enfants, tant pour la vie spirituelle que temporelle*. Débordant de bonnes intentions, ce n'est qu'un délayage de lieux communs moraux et religieux. S'adressant à tous, il ne s'adresse à aucun. Les conseils de Marie-Thérèse frappent au contraire par leur caractère étroitement ciblé. Elle met au point pour chacune de ses filles, à la veille de leur départ, une liste de recommandations claires, concises, adaptées à chaque cas.

La petite mariée reçut donc une longue lettre, en deux parties nettement hiérarchisées. La première, *Règlement à lire tous les mois,* concerne ses devoirs religieux : prière matin et soir, avec examen de conscience, assistance quotidienne à la messe, plus vêpres et salut le dimanche, contenance recueillie à l'église, dévotions toutes les six semaines. Lectures spirituelles, à raison d'un quart d'heure tous les matins — « Vous me marquerez toujours de quel livre vous vous servez ». Et qu'elle n'en ouvre aucun autre sans l'autorisation de son confesseur : « Il se débite en France des livres remplis d'agrément et d'érudition, mais parmi lesquels il y a sous ce voile respectable bien des pernicieux [*sic*] à l'égard de la religion et des mœurs » ! Pour finir, l'indispensable note sentimentale : « N'oubliez jamais l'anniversaire de feu votre cher père, et le mien à son temps : en attendant vous pouvez prendre celui de ma naissance pour prier pour

moi. » Et une note politique inattendue : sur les
jésuites, « vous devez vous abstenir entièrement de
vous expliquer, ni pour, ni contre ».

Beaucoup plus technique, l'*Instruction particulière*
qui suit, sorte de manuel de bonne conduite à la cour
de France, semble répondre point par point aux défauts
qu'on lui suppose : « Ne vous chargez d'aucune
recommandation ; n'écoutez personne, si vous voulez
être tranquille. N'ayez pas de curiosité ; c'est un point
dont je crains beaucoup à votre égard. [...] Répondez à
tout le monde avec grâce et dignité : vous le pouvez,
si vous voulez. Il faut aussi savoir refuser. [...] N'ayez
point de honte de demander conseil à tout le monde et
ne faites rien de votre propre tête. [...] Ne faites aucun
compte* sur les affaires domestiques d'ici ; elles ne
consistent que dans des faits peu intéressants et
ennuyants. » Et suivez en tout les conseils de Starhemberg — qui sera bientôt remplacé par Mercy. Le reste
concerne l'organisation de l'échange épistolaire mensuel, qui permettra à Marie-Thérèse de maintenir
vivace le lien qui l'unit à sa fille.

Et comme elle n'ose espérer que l'étourdie tiendra
compte de ses instructions, elle met en place auprès
d'elle, pour la conseiller et la tenir, un dispositif
d'étroite surveillance.

---

* *Compte* est mis pour *conte*. *Ne faites aucun compte* signifie
ne parlez pas.

Chapitre trois

Une dauphine sous influence

Dans les sanglots et les baisers préludant à la séparation, Marie-Antoinette a gémi : comment pourra-t-elle
vivre au loin, sans nouvelles de sa famille ? Sa mère
l'a aussitôt rassurée : toutes deux s'écriront très régulièrement, au moins une fois par mois. Mais les
autres ? comment rester en contact avec eux ? Marie-
Thérèse a tout prévu.

La toile d'araignée

Puisque toutes les informations remontent à elle, elle
se charge de les répercuter. Ses lettres égrènent à destination de Marie-Antoinette tous les éléments d'une
chronique familiale. Naissances et morts, maladies et
voyages, accompagnés de commentaires émus, rem-
plissent une bonne moitié des pages qu'elle lui adresse
au cours de la première année. Il en ressort une vision
idyllique. Les difficultés matérielles ne sont rien quand
règne la bonne entente, comme c'est le cas puisque
sœurs et belles-sœurs sont, paraît-il, amoureuses de
leurs maris respectifs. Une exception cependant, qu'on
ne peut dissimuler puisque la cour de France en est
avertie : Marie-Amélie a réussi en quelques mois à
mettre sens dessus dessous le duché de Parme par ses
excentricités et elle refuse d'entendre raison. Marie-
Thérèse cesse de lui écrire et fait tomber le silence sur

elle. L'exemple est clair pour la dauphine : voilà ce
qui arrive aux moutons noirs rebelles qui s'écartent du
droit chemin.

Marie-Antoinette ne semble pas avoir souffert de cet
ostracisme, auquel elle applaudit docilement : sa sœur
de Parme, de neuf ans plus âgée, n'a jamais été très
proche d'elle. Mais elle ne pouvait se satisfaire de la
chronique maternelle pour ceux qu'elle aimait. Elle
rêvait de leur écrire directement et en avait sollicité
l'autorisation dès son départ. « Je ne crois pas que vous
deviez écrire à votre famille, répondit sa mère, hors
dans les cas particuliers — entendez pour les vœux et
condoléances —, et à l'empereur, avec qui vous vous
arrangerez sur ce point. Je crois que vous pourriez
encore écrire à votre oncle et tante, de même qu'au
prince Albert. » Un frère et une sœur de son père, le
mari de son aînée Marie-Christine, son frère Joseph
même, qui avec ses quatorze ans d'écart et son titre
d'empereur est une sorte de figure paternelle, tous ces
personnages ne répondent pas au besoin d'affection et
de chaleur de la fillette. Elle demanda à échanger des
lettres avec son ancienne gouvernante, la bonne
Mme de Brandeiss, qui lui avait évité tant de punitions.
La réponse fut d'abord *oui*, à condition de ne rien dire
de personnel. Mais la crainte des indiscrétions l'emporta et finalement ce fut *non*.

Avec sa chère Marie-Caroline ? Oui, bien sûr. La
reine de Naples a pris les devants, manifesté le désir
de lui écrire : « Je n'y trouve aucune difficulté,
explique Marie-Thérèse à la petite. Elle ne vous dira
rien que de raisonnable et d'utile ; son exemple doit
vous servir de règle et d'encouragement, sa situation
ayant été en tout et étant bien plus difficile que la vôtre.
[...] Vous pouvez donc lui écrire, mais que tout soit
mis en façon à pouvoir être lu par tout le monde. » À
ce dernier conseil, les deux jeunes femmes ne risquent
pas de manquer, puisque l'impératrice précise bientôt

que leurs lettres transiteront par Vienne, d'où elle se
chargera de les réacheminer. Pour les faire bénéficier,
bien sûr, des courriers spéciaux soustraits à la surveillance qui pèse sur les services postaux réguliers. Mais
aussi pour qu'elle puisse être, elle, la première à les
lire ! Faute d'avoir retrouvé la correspondance avec
Naples pour ces années-là, nous ne saurons pas ce que
s'écrivaient les deux sœurs sous la censure maternelle.
Mais il est peu probable, dans ces conditions, qu'elles
aient échangé des confidences intimes.

Une telle contrainte a-t-elle tari chez Marie-Antoinette tout désir d'effusions épistolaires ? Il ne semble
pas, puisqu'en 1773 sa mère, tenant à la rassurer, lui
écrit : « S'il arrivait quelque chose à la famille ou à
moi, on expédiera des estafettes ; ainsi à l'avenir met-
tez votre charmant et tendre cœur en repos sur tous les
retards, qui sont très faciles ; un accident peut arriver
à un courrier [...] ; mais, voyant le tendre intérêt que
vous prenez à nous, vous serez servie, et toutes les
semaines vous recevrez une lettre de vos sœurs ou
frères, qui le font avec grand plaisir pour vous en procurer... » Il semble cependant que les frères et sœurs,
même en se relayant, n'aient pas tenu la cadence...

En s'assurant ainsi, par le biais de la correspondance, le contrôle des relations entre ses enfants,
Marie-Thérèse bâtit, avec la rigueur qui la caractérise,
une vaste toile d'araignée dont elle occupera le centre
et qui retiendra dans ses fils tous les membres de la
famille, solidaires et soumis. Dans cette volonté de
mainmise sur eux, les raisons politiques ont certes leur
part. Mais les raisons affectives, en partie incons-
cientes, sont capitales. Elle a toujours été intensément
possessive. La disparition de son époux a exacerbé
chez elle le sentiment maternel. Elle englobe dans un
même amour impérieux et protecteur ses sujets et sa
nombreuse progéniture. Pour ses enfants comme pour
ses territoires, cette femme en qui la nature affleure

sans cesse sous la culture éprouve un attachement charnel, instinctif, vital. Elle ne supporte pas qu'on les lui
arrache. Non par égoïsme, ni même par volonté de
puissance, mais parce qu'ils sont partie intégrante
d'elle-même. Elle a ressenti comme une amputation la
perte de la Silésie. Elle ne peut se résoudre à abandonner ses filles aux familles dans lesquelles elle les
marie. À ses yeux, d'ailleurs, la prééminence de la
famille du mari n'est pas règle absolue, mais affaire de
cas d'espèce. Elle-même n'est-elle pas restée sur place
en se mariant ? C'est son époux qui fut déraciné. Le
nécessaire exil qui éloigne d'elle sa dernière fille n'est
pas une raison pour la couper des siens. Au contraire,
il convient de resserrer les liens. La petite aura deux
familles. Mais sa mère souhaite que la famille d'adoption passe bien loin dans son cœur derrière la vraie, la
seule, celle du sang.

Une correspondance en partie double

Dans la toile d'araignée maternelle, Marie-Antoinette, en raison de son jeune âge, bénéficie d'un traitement privilégié. Marie-Thérèse voit dans les lacunes
de son éducation d'excellentes raisons pour la suivre
de très près. Elle met en place dans ce but un mécanisme sophistiqué, à deux étages.

Tout d'abord elle impose à sa fille un échange épistolaire mensuel à date fixe : « Tous les commence-
ments de mois, j'expédierai d'ici à Paris un courrier :
en attendant vous pourrez préparer vos lettres pour les
faire partir tout de suite à l'arrivée du courrier. » Ces
lettres ne passeront pas par la poste ordinaire, qui
n'offre aucune garantie. Marie-Thérèse est bien placée
pour le savoir puisque son propre cabinet noir pratique
assidûment les indiscrétions. À moins qu'il ne se
trouve un voyageur occasionnel de toute confiance,

elles transiteront par porteur spécial. C'est l'ambassadeur d'Autriche à Paris, le comte de Mercy-Argenteau, qui se chargera de l'acheminement. Il remettra à la dauphine les lettres de sa mère et prendra en retour les siennes. On s'aperçut vite, à l'usage, qu'en les faisant passer par Bruxelles, où elles rejoignaient le courrier secret des Pays-Bas autrichiens, on n'avait pas à financer le reste du trajet. Le détour n'affecta pas le rythme de l'échange : si tout allait bien, il ne fallait que neuf ou dix jours pour relier Paris à Vienne par cet itinéraire. Au bout du compte il était inutile de préparer à l'avance les réponses, il restait encore cinq jours de marge pour le faire tranquillement, en tenant compte des nouvelles fraîchement reçues. On aboutit donc à un échange régulier de lettres datées, sauf incident, d'un début de mois pour l'une et d'un milieu de mois pour l'autre.

Marie-Thérèse réclame des détails très précis sur les occupations de Marie-Antoinette, son assiduité aux exercices de piété, ses lectures, sa santé et même les particularités de son cycle menstruel*. Elle exige de connaître le titre des livres qu'elle lit et, anticipant sur les méthodes de l'enseignement par correspondance, elle prétend vérifier qu'elle les a bien lus : elle exige des comptes rendus écrits. Bref il y a déjà là les éléments d'une inquisition en règle. Mais elle se doute que la petite ne lui dira pas tout. Et d'autre part elle a besoin de voir les choses autrement qu'à travers les yeux d'une enfant étourdie. Elle a donc chargé deux hommes sûrs, l'abbé de Vermond et le comte de Mercy-Argenteau, de veiller de très près sur sa fille.

Il est convenu que Mercy joindra aux lettres de la dauphine ses propres rapports, acheminés par les mêmes courriers spéciaux. Bien distincts des dépêches

---

* Les éditeurs du xixe siècle, Arneth et Geffroy, ont jugé bon, par souci de décence, de supprimer les passages concernant ce dernier point, sans les signaler au lecteur.

d'office en allemand, à dominante politique, ces rapports purement privés doivent échapper à la connaissance du ministère autrichien. Seul le chancelier Kaunitz en connaît l'existence, mais il n'a garde de s'en offusquer. C'est un « plaisir innocent » que la souveraine s'offre pour satisfaire sa passion maternelle. Mercy doit les adresser comme des lettres particulières, *à l'Impératrice-Reine*, en les expédiant, dûment cachetées, sous double enveloppe au conseiller Neny, qui les lui remettra sans les ouvrir. « Non que j'aie en lui la moindre défiance, précise-t-elle, mais [...] on ne peut assez se précautionner, puisque tout transpire, j'ai voulu être sûre que personne que vous et moi doivent en être les dépositaires. » Mieux encore : elle exige qu'il scinde ses rapports privés en deux parties, sur des feuilles différentes ; les informations hautement confidentielles seront alors précédées de la mention latine *tibi soli* — « pour toi seule » ; par là elles échapperont même au fidèle Pichler, pourtant muet comme la tombe, qui tient la plume sous sa dictée. « Tous les trois ou deux mois vous m'enverrez un rapport particulier que je puisse faire voir, mais les journaux ne seront que pour moi seule. Je les brûlerai moi-même, devant contenir des particularités qui pourraient rendre des malheureux. »

Elle attend en effet de Mercy un compte rendu minutieux, jour après jour, de tous les faits et gestes de Marie-Antoinette. C'est beaucoup demander. Aussi prend-il la peine de préciser qu'il ne lui sera pas toujours possible de serrer au plus près le calendrier. Il devra se servir « alternativement de la méthode du journal et de celle des relations détaillées ». Lors des voyages de la cour à Compiègne ou à Fontainebleau par exemple, où les ambassadeurs sont invités, il pourra observer la dauphine lui-même et adoptera la forme du journal. Mais, pendant les séjours à Versailles, où ils n'ont accès que pour des visites protocolaires, limitées en nombre, il se rabattra sur une présentation plus synthétique, la relation. Hélas, la cour séjourne beaucoup à Versailles. Mais, pour pallier cet inconvénient, il dispose heureusement d'un informateur dans la place.

Cet informateur n'est autre que l'abbé de Vermond, intégré à la maison de la dauphine par ses nouvelles fonctions de lecteur : pièce maîtresse du dispositif de surveillance, puisqu'il vivra à ses côtés. Cette nomination, préparée de longue date sur les conseils de Choiseul, avait failli capoter à la dernière minute. L'impératrice savait en effet que, suivant une règle intangible, une princesse étrangère ne pouvait amener avec elle aucun de ses anciens serviteurs. Nourrices ou gouvernantes bien-aimées devaient repasser la frontière. On voulait, à la fois, franciser au plus vite la nouvelle venue et empêcher un foyer d'espionnage de se former autour d'elle. Il était d'usage, cependant, de respecter sa conscience. On faisait une exception, en faveur de son confesseur : Marie-Caroline de Naples, par exemple, avait amené le sien avec elle.

Pour tourner la règle et maintenir un de ses serviteurs auprès de sa fille, l'impératrice trouvait en Vermond le candidat idéal. Ne pouvant le proposer comme précepteur, car les princesses mariées sont censées ne plus en avoir besoin, elle sollicitait pour lui les fonctions de lecteur. Puisqu'il n'était pas autrichien, mais français, il ne tomberait peut-être pas sous le coup de l'exclusion. Et pour plus de sûreté, elle avait fait de lui le confesseur de la future dauphine. Comme de toute façon la petite devrait en changer puisque la Compagnie de Jésus venait d'être bannie de France, elle avait pris les devants en lui donnant un ecclésiastique français, qu'elle supposait bien en cour. Sur ce dernier point, elle se trompa. Vermond, bien que de mœurs pures et de foi inattaquable, appartenait à la clientèle de Choiseul et de l'archevêque de Toulouse, Loménie de Brienne. L'archevêque de Paris, Mgr Christophe de Beaumont, alerté par l'entourage du dauphin, mit son veto, au motif que ce clerc, nourri dans les livres, n'avait aucune expérience de la direction de conscience — ce qui était exact. Mercy s'affola, envoya Marie-Antoinette supplier son « cher grand-père ». Louis XV, pris entre son petit-fils et sa petite-fille, trancha comme Salomon et coupa la poire en deux : Vermond ne confesserait pas Marie-Antoinette, mais il serait son lecteur.

Marie-Thérèse et Mercy poussèrent un gros soupir. Au fil des années, on les verra trembler à l'idée d'un renvoi ou d'une retraite volontaire de Vermond. « S'il était déplacé, ce serait une perte irréparable et qui me jetterait dans de grands embarras », confesse Mercy. Car c'est de lui que proviennent la plus grande partie des informations concrètes qu'il recueille sur la dauphine. Pour lui éviter de se montrer trop à Versailles, l'abbé fait presque chaque jour le voyage de Paris, afin de lui transmettre sa moisson quotidienne. S'il ne peut s'y rendre, il écrit, par porteur spécial bien sûr. Il s'instaure donc, en amont de la correspondance entre Mercy et l'impératrice, une correspondance entre Vermond et Mercy, qui lui sert de base. Il arrive que certaines des lettres de l'abbé soient transmises jusqu'à Vienne. Mais le plus souvent ses informations verbales ou épistolaires sont simplement exploitées dans ce que Mercy nomme « relations ».

Ajoutons que Vermond n'est pas la source exclusive de l'ambassadeur. Dans le *tibi soli* du 16 novembre, celui-ci explique, en forçant la note pour se faire valoir, comment il s'est adjoint divers comparses :

« Je me suis assuré de trois personnes du service en sous-ordre de Mme l'archiduchesse, c'est une de ses femmes de chambre et deux garçons de la chambre qui me rendent un compte exact de ce qui se passe dans l'intérieur ; je suis informé jour par jour des conversations de S.A.R. avec l'abbé de Vermond auquel elle ne cache rien ; j'apprends par la marquise de Durfort jusqu'au moindre propos de ce qui se dit chez Mesdames, et j'ai plus de monde et de moyens encore à savoir ce qui se dit chez le roi quand Mme la dauphine s'y trouve. À cela je joins mes propres observations, de façon qu'il n'est point d'heure dans la journée de laquelle je ne fusse en état de rendre compte sur ce que Mme l'archiduchesse peut avoir dit, ou fait, ou entendu... »

Marie-Antoinette se trouve donc soumise à ce qu'il faut bien appeler un espionnage méthodique. Elle ne peut pas lever le petit doigt sans que cela se sache en haut lieu. Elle récolte, à la moindre incartade, double ou triple ration de semonces. Aux reproches de Vermond se joignent ceux de Mercy. Après quoi elle voit arriver de Vienne des injonctions qui, comme par hasard, recoupent celles des deux compères. Et de se demander comment ses moindres peccadilles ont pu parvenir jusqu'aux oreilles de sa mère. Alors on accuse les voyageurs de retour de France, les gazetiers ou même les espions du roi de Prusse. Mais nous, qui détenons l'essentiel de cette correspondance, nous voyons Mercy au travail. Non content de rapporter à Marie-Thérèse tous les faits et gestes de sa fille et de trahir ses confidences, il commente ses réactions à la lecture des lettres de sa mère et, à la lumière de ses craintes, de ses protestations ou de ses larmes, il souffle à l'impératrice ce qu'elle doit écrire en retour. Attention cependant ! que celle-ci prenne garde de ne pas « brûler » ses agents : si par malheur elle faisait allusion à quelque fait que Vermond et Mercy sont seuls à connaître, la petite se douterait de quelque chose, ils perdraient sa confiance.

Et les reproches pleuvent de plus en plus dru sur la tête de la dauphine, livrée malgré la distance au regard inquisiteur d'une mère jamais satisfaite, qui multiplie les observations, conseils, injonctions et mises en garde, prêche, gronde, tempête, sermonne. Lointaine, invisible mais omniprésente, Marie-Thérèse fait figure d'instance surnaturelle, à l'œil de laquelle, comme à celui de Dieu, il est impossible de se soustraire. Elle se mue en juge suprême, terrifiant, prêt à rejeter sa fille dans les ténèbres extérieures, la culpabilisant d'autant plus gravement qu'elle s'exprime toujours sur le mode du sentiment. La moindre négligence est plus qu'un manquement à un devoir déterminé, elle est trahison à l'égard de sa mère : plus qu'une erreur, plus qu'une faute contre la morale, quelque chose comme un crime de lèse-maternité. Et la malheureuse de gémir : « Il n'y a rien que je ne fisse pour prouver à ma mère mon amour. » « J'aime l'impératrice, mais je la crains, quoique de loin ; même en écrivant, je ne suis jamais à l'aise vis-à-vis d'elle. » Et de se persuader que sa mère ne l'aime pas. Et Marie-Thérèse de se plaindre à Mercy que les lettres de sa fille soient creuses, inconsistantes ! le contraire serait surprenant. Tant et si bien qu'il arrive à Mercy, peu porté sur la tendresse mais soucieux d'efficacité, de signaler à sa maîtresse que quelques compliments seraient bien venus pour stimuler la bonne volonté de la malheureuse.

À la lecture des trois gros volumes publiés par Arneth et Geffroy, on ne peut se défendre d'un très vif malaise. Et l'on s'étonne que les éditeurs ne semblent pas l'avoir éprouvé*, non plus que Stefan Zweig, qui réserve son indignation au pauvre Louis XVI. Dans cette correspondance délibérément truquée s'étale en effet, avec une sorte de bonne conscience candide, une entreprise de mise en condition d'une enfant à qui l'on ne cesse de mentir, qu'on ligote dans le maillage serré d'un réseau de contraintes et de contrôles de tous les

---

* Notre malaise est cependant partagé par Georges Girard, qui a publié en 1933, dans le texte intégral, non expurgé, la *Correspondance entre Marie-Thérèse et Marie-Antoinette*.

instants et qu'on prétend de surcroît, comme on le verra, utiliser le cas échéant sur l'échiquier politique.

À vrai dire les trois complices n'obéissent pas exactement aux mêmes motivations, ne poussent pas également loin leurs exigences et sont donc inégalement responsables des effets pervers qui en découleront.

Ne blâmons pas trop Marie-Thérèse. Qu'elle veuille entourer sa fille de sages conseillers pour la guider et lui éviter de commettre des sottises, il n'y a là rien que de très naturel, nul ne saurait lui en faire grief. Mais sa sévérité est aggravée par l'angoisse. Les déceptions que lui ont infligées Joseph d'une part et Marie-Amélie de l'autre l'ont beaucoup éprouvée. Aurait-elle raté l'éducation de certains de ses enfants ? La terreur de voir sa dernière fille compromettre par sa légèreté une si brillante destinée la hante. Elle sait trop bien que Marie-Antoinette n'est pas prête, par sa faute à elle. Elle se le reproche. Il aurait fallu lui former le caractère, accepter de la laisser faire des sottises et l'obliger à en subir les conséquences, bref lui donner peu à peu le sens de la responsabilité. Mais il est trop tard. Il y faudrait trop de temps et surtout, dans son nouvel état de dauphine, lui laisser le champ libre serait prendre des risques trop graves. Elle ne cesse donc de trembler : « Je connais sa paresse, son manque d'application, son indiscipline. » Et l'on s'émeut, après coup, de relever au fil de ses lettres tant d'intuitions prémonitoires : sa fille est en danger, elle se perdra, elle court à sa perte...

Le carcan de contraintes n'est donc pour elle qu'un pis-aller, destiné à parer au plus pressé. Mais elle souhaiterait limiter les pressions exercées. Elle s'abstiendra de demander à la petite dauphine plus qu'elle ne peut offrir. Elle la juge, avec raison, incapable de comprendre quoi que ce soit aux objectifs des différents partis qui se disputent l'oreille du roi. Elle voudrait la protéger des intrigues, des cabales et de la corruption, la garder pure et innocente. Elle l'expédie donc en France sans lui avoir fourni la moindre information sur le milieu dans lequel elle va tomber. À la différence de la jeune duchesse de Bourgogne, à qui son père avait fait un exposé complet sur la cour de Louis XIV, Marie-Antoinette ne sait rien. Surtout, qu'elle ne se mêle pas des affaires ! Qu'elle s'applique à plaire au roi par sa grâce et ses sourires, et pour le reste, qu'elle obéisse aveuglément, sans demander d'explication, aux ordres de Mercy. À vrai dire les pressions de Mercy en matière politique devraient, selon l'impératrice, rester exceptionnelles, se limitant aux cas graves où les intérêts autrichiens sont en jeu. Et encore. Elle ne veut pas compromettre à la légère la situation de sa fille et donc son bonheur. Elle aimerait la voir se tenir à l'écart la plus grande partie du temps. Elle oublie que dans une cour comme celle de France, tout est politique, le choix d'une dame d'honneur comme celui d'une femme de chambre et qu'un geste, un sourire, un mot, un silence peuvent y déchaîner des orages. Elle oublie aussi que le choix des ministres importe à l'Autriche.

Les choses ne se passeront donc pas exactement comme elle l'a prévu. D'autant plus que ses deux agents entendent leur rôle chacun à leur manière et que leur personnalité influe sur le déroulement des opérations. Entre elle et sa fille s'interposent ces deux hommes, sur lesquels il vaut la peine de s'attarder un instant, puisqu'ils survivront à Marie-Thérèse et accompagneront Marie-Antoinette tout au long de sa vie, jusqu'à la Révolution et même un peu au-delà.

L'abbé de Vermond

Parmi les serviteurs de Marie-Antoinette, nul n'a déchaîné chez les contemporains et chez les historiens

ultérieurs plus de critiques que Vermond. Sa présence
continue auprès de la jeune femme lui a valu la jalousie
de tous les autres candidats à la confiance exclusive de
celle-ci, comme Mme Campan, qui fait de lui un portrait féroce. D'autre part, son appartenance à la clientèle de Choiseul et de Loménie de Brienne l'ont rendu
suspect de sympathies supposées pour les idées nouvelles et lui ont attiré l'inimitié du parti dévot et, chose
plus grave, celle du dauphin. Quant aux historiens hostiles à « l'Autrichienne », ils ont dénoncé les services
rendus à une puissance étrangère et ont crié à la trahison.

Le malheur de Vermond est qu'il s'est trouvé dans
une situation très précaire et très fausse, dont il n'avait
prévu ni ne contrôlait le développement. Pour autant
qu'on puisse le deviner, car nous ne le connaissons
que par celles de ses lettres que Mercy conservait et
transmettait à Vienne, il semble en avoir souffert.
C'était un homme sans grande ambition. Fort laid,
manquant d'aisance et d'onction dans ses manières, il
n'avait rien d'un abbé de cour. La modestie de ses
origines — il était fils d'un chirurgien de village — ne
lui permettait pas de viser très haut. Seul le hasard
l'arracha à sa paisible bibliothèque pour l'introduire à
la cour de Vienne, dans l'intimité d'une impératrice et
d'une archiduchesse. Une si haute faveur lui tourna-
t-elle la tête ? Sans aucun doute. Mais il est certain
qu'il prit au sérieux son rôle d'éducateur et s'attacha à
son élève. Il fut enchanté de voir que ses fonctions lui
seraient conservées à Versailles. Peut-on lui reprocher
d'en avoir profité pour solliciter des bénéfices ecclésiastiques ? La chose était quasiment de règle dans son
état. Il demanda et obtint deux abbayes valant
ensemble 50 000 livres de rente. Il n'y avait pas là de
quoi enrichir sa famille. Mais ses arrières étaient
assurés, il aurait un point de chute en cas de disgrâce.
Mieux même : s'il jugeait impossible de rester à la

cour, il pourrait partir. Ses deux abbayes lui garantis-
saient une relative liberté.

Car à la différence de Mercy, il dépend de la cour
de France, non de l'impératrice. Si son rôle est découvert, il risque de se retrouver à la Bastille. Pour peu
qu'il cesse de plaire, il recevra un congé brutal. Et à la
cour de France, après la chute de Choiseul, il a bientôt
pour seul appui Marie-Antoinette. Qu'elle lui retire sa
confiance et il est perdu. Or le plus clair de sa tâche
consiste à lui imposer leçons et devoirs et à lui faire
de la morale : de quoi se rendre très importun. « Peut-
être ma fille ne serait-elle pas fâchée de se voir débar-
rassée d'un homme qui pourrait lui être incommode
dans ses moments de dissipation », écrit Marie-Thérèse
à Mercy en février 1771, moins d'un an après le
mariage. Le malheureux le sait bien, et il s'emploie à
conserver la faveur, non de son ex-patronne de Vienne,
mais de l'adolescente qui sera demain reine de France.
Il sert Marie-Antoinette.

Sans servilité, semble-t-il, et dans son intérêt à elle.
Il entreprend de parfaire son éducation. Il met à la faire
lire plus d'obstination que naguère : il dispose d'un
atout considérable, la menace de son renvoi. Si elle ne
lit pas, quel besoin a-t-elle d'un lecteur ? « Il ne pouvait rester à la cour, lui expliqua très tôt Mercy, sans
que son séjour y eût une apparence d'intrigue. » Elle
lui répondit « que pour rien au monde elle ne consentirait à l'éloignement de l'abbé » et promit de se mettre
à lire aussitôt. Elle y consacrerait tous les après-midi
de trois à quatre. Vermond réussit à lui faire absorber
l'*Histoire d'Angleterre* de Hume, les *Lettres* du comte
de Tessin à son élève le prince de Suède, des *Bagatelles morales et dissertations*, d'un certain abbé
Coyer, et un texte de Bossuet non identifié. Mais les
séances étaient souvent abrégées sous prétexte d'une
visite à ses tantes, supprimées au profit d'une promenade, et il n'était plus question d'étude pendant la
durée du carnaval.

Il ne parvint pas à tirer d'elle les comptes rendus demandés par sa mère. « "Comment ferai-je ? Maman me demande compte de mes lectures. — Vous ne direz sûrement que la vérité, Madame" ; et j'en pris occasion de lui représenter combien elle y avait manqué. Elle en convint, mais, en raisonnant sur la manière de satisfaire S.M. à l'avenir, elle me donna lieu d'y apercevoir plusieurs difficultés. » La principale, c'est qu'un lecteur n'est pas censé enseigner l'écriture. On s'étonnerait de le trouver auprès d'elle quand elle écrit. « On ne manquerait pas de publier que vous me dictez mes lettres. » Quant à avouer qu'elle se livre à des exercices scolaires, il n'y faut pas songer, maintenant qu'elle est mariée ! L'abbé approuve ces raisons et en ajoute de son cru. Les consignes de secret données par sa mère l'obligent à lui écrire en cachette, conditions peu propices à la rédaction de comptes rendus développés. Mais elle ne s'y mettra jamais sans lui. Peut-être, si l'impératrice se contentait d'un « compte peu étendu » ? Inutile de dire que celle-ci n'en vit jamais un seul.

Ce que Vermond se garde bien de dire, c'est qu'effectivement il rédige la correspondance de son élève ou en tout cas la corrige. La dauphine sait que sa mère épluchera ses lettres tant pour la langue et le style que pour l'orthographe — et le contenu va de pair. Derrière toutes celles des premiers mois, on perçoit l'intervention de l'abbé. Elle prendra ensuite, au fur et à mesure de ses progrès, davantage d'autonomie et finira par écrire elle-même à Marie-Thérèse. Mais pour les lettres officielles, compliments, vœux et billets divers, et pour ses requêtes à Louis XV qui préfère qu'on s'adresse à lui par écrit plutôt que verbalement, elle ne peut se passer des services de ce secrétaire clandestin. Il lui est indispensable.

Elle sait aussi qu'elle peut compter sur lui pour répondre aux mille questions que lui pose à l'impro-

viste sa nouvelle vie. Et elle sent bien qu'il cherche
à la protéger. Il ne tarit pas d'éloge sur la bonté de
son caractère, minimise ses négligences, trouve des
excuses à ses faiblesses : « Elle n'a fait jusqu'ici
aucune faute importante, écrit-il à Mercy, en octobre
1770, dans une lettre visiblement destinée à l'impératrice ; V.E. sait par elle-même comment elle écoute et
revient sur ses petites méprises. J'admire tous les jours
sa douceur et, j'ose dire, sa docilité. » Trop indulgent,
l'abbé ? Assurément. Faut-il l'accuser cependant, avec
Mme Campan, d'avoir « laissé son élève dans l'ignorance par un calcul adroit mais coupable », pour se
faire aimer d'elle ? Peut-être des méthodes d'éducation
plus énergiques auraient-elles donné de meilleurs
résultats. Mais lui auraient-elles apporté ce dont elle
avait le plus besoin dans ces premiers mois d'exil, une
affection solide et sûre ? Il lui faudra bien, par la suite,
se montrer plus critique, lorsque les dissipations de la
reine prendront un tour dangereux, mais il conservera
un ton de douceur — « une douceur pleine de pitié et
d'affliction » —, qui ne lui aliénera pas l'amitié de la
reine.

Vermond n'a fait de confidences à personne et
nous ne le connaissons qu'à travers les rapports de
Mercy. L'ambassadeur affirme volontiers que tous
deux pensent à l'unisson. Mais leur entente est-elle
si étroite qu'il se plaît à le croire ? En acceptant la
charge de lecteur, l'abbé pensait devoir seulement
mener à son terme l'éducation de Marie-Antoinette.
Le temps passant, il s'est rendu compte que le rôle
d'espion prenait le pas sur celui de pédagogue. Il ne
s'en est pas senti très fier. Il a parlé plusieurs fois
de se retirer. Avec l'espoir, peut-être, qu'elle le
retienne. Et elle a insisté en effet pour le retenir. Et
il a cédé. Mais la répétition du scénario, à cinq
reprises, entre 1771 et 1777, témoigne de son
malaise. Et lorsqu'il s'agit en 1778, lors de l'affaire

de Bavière, de faire intervenir Marie-Antoinette en faveur de l'Autriche contre l'avis du roi et de ses ministres, contre l'intérêt évident de la France, il prit son courage à deux mains, il partit pour Paris en adressant une lettre de démission à la reine, alléguant qu'il ne voulait pas qu'on pût le soupçonner, en raison de son attachement à la cour impériale, d'influer sur ses démarches. De l'espionnage à la trahison, il y avait un pas qu'il ne voulait pas franchir. Ou seulement paraître franchir, diront ses détracteurs, puisqu'en effet il revint. Scrupules sincères ou fausse sortie calculée ? On ne sait. Mais il se garda prudemment, par la suite, d'intervenir dans les relations de la reine avec sa famille. Il restera auprès d'elle jusqu'au 14 juillet 1789, avant d'émigrer à Vienne où il mourra.

Serviteur de deux maîtres, poussé plus loin qu'il ne l'aurait voulu, mais incapable de se soustraire aux pressions de Mercy aussi bien que de retourner à une existence obscure, il a louvoyé. C'était un faible. Il n'était pas du bois dont on fait les héros. Les scélérats non plus. À Marie-Antoinette il ne voulait que du bien et il ne semble pas lui avoir fait de mal sans le vouloir. On ne peut en dire autant de son supérieur direct, le trop zélé ambassadeur d'Autriche à Paris.

Le comte de Mercy-Argenteau

Florimond-Claude, comte de Mercy-Argenteau, n'est pas autrichien. Ses racines sont à Liège, où il est né en 1727. Mais il n'a pas d'hésitation sur son appartenance : il sert la dynastie de Habsbourg. Lorsque les Pays-Bas espagnols étaient passés sous tutelle autrichienne, le comte d'Argenteau, son père, avait tout naturellement décidé de faire carrière dans les armées impériales. Protégé, puis adopté par un cousin dépourvu de descen-

dance, il avait ajouté à son patronyme celui de Mercy*
et hérité, dans la région de Longwy, du magnifique
comté lorrain qui portait ce nom. Et il avait donné à
son fils le double prénom de son protecteur. Notre
Mercy-Argenteau avait donc un pied en Wallonie et un
pied en Lorraine, c'est-à-dire en France, à partir de
1766**. Il en avait aussi un, si l'on ose dire, à Högyesz
en Hongrie, où le fameux cousin avait acquis pour une
bouchée de pain un vaste domaine dans la riche plaine
proche du lac Balaton, qu'il fallait remettre en valeur
après la retraite des Turcs. Il pouvait choisir son
implantation. Il aurait pu, au besoin, choisir son maître
et entrer au service de Louis XV. La fidélité aux Habsbourg l'emporta, mais pas au point de le fixer trop loin
de sa terre d'origine. Orphelin de mère dès sa naissance, élevé en pays liégeois par des oncles ou des
tantes, il vécut comme un exil un séjour en Hongrie
imposé par son père, qui acheva de miner sa santé déjà
fragile. L'armée lui étant fermée, il s'orienta vers la
diplomatie. Après un galop d'essai auprès de Kaunitz
à Paris, il fut ministre plénipotentiaire à Turin, puis
obtint l'ambassade de Saint-Pétersbourg. Un séjour
éclair à Varsovie, dont le chassa la guerre civile, deux
ans de disponibilité à Vienne, puis en 1766, le gros
lot : l'ambassade de France à Paris, restée sans titulaire
pendant toute la guerre de Sept Ans.

Cette promotion ne doit rien à d'exceptionnelles
qualités. Dans un avis confidentiel Kaunitz reconnaissait naguère à son jeune collaborateur « de bonnes
mœurs, de la prudence, de la douceur », mais le disait

---

* Ce Florimond-Claude de Mercy était le petit-fils du fameux
capitaine de guerre qui s'était illustré dans les rangs impériaux pendant la guerre de Trente Ans, à Nordlingen notamment.

** Aux yeux de la loi, il était même de nationalité française !
Car, ayant demandé sa naturalisation en Lorraine pour échapper
aux très lourds droits de succession qui y frappaient les étrangers,
il se trouva automatiquement français après l'annexion.

« timide, taciturne et gauche dans ses façons jusqu'à la maussaderie ». « Ce ne sera jamais un génie brillant, concluait-il, mais la bonté de son caractère, son zèle et son application lui tiendront lieu de ce qui peut manquer de ce côté-là et le mettront certainement en état de pouvoir être employé utilement. » Bref il ferait un excellent exécutant. Jugement confirmé par le français Chauvelin, qui l'a pour collègue à Turin. Quinze ans plus tard, le chancelier n'a pas changé d'avis : certes Mercy a acquis de l'aisance et des manières, mais il n'a pas gagné en éclat. En l'occurrence cet effacement le sert. Pour Kaunitz le poste de Paris avait été, comme pour Starhemberg, l'antichambre du ministère ; maintenant qu'il se fait vieux, il n'a aucune envie de fournir ce tremplin à un jeune confrère aux dents longues.

L'intéressé n'en demande pas davantage. Il n'a qu'une envie, rester en France. Il ne voudrait pour rien au monde aller à nouveau se ronger de fièvres et d'ennui en Hongrie ou exposer ses rhumatismes aux frimas de Saint-Pétersbourg. Même les hivers de Vienne paraissent trop rudes à ce Wallon accoutumé aux douceurs de l'Europe occidentale. Il a pris goût à Paris, où il peut enfin, depuis que la mort de son père a mis un terme à sa détresse financière, mener l'agréable vie d'un célibataire aisé, à qui la bonne société ouvre largement ses portes. Il est bel homme, aimable, cultivé, il parle un français parfait puisque c'est sa langue maternelle. Il donne des réceptions très courues dans son logis du Petit-Luxembourg, puis dans le bel hôtel particulier bâti pour lui sur les boulevards par le banquier Laborde, presque au coin de la rue de la Grange-Batelière *. Une autre raison l'attache à Paris. Il est, à partir de 1770, l'amant aimé de Marie Rose Josèphe Levasseur, une jeune cantatrice de vingt ans qui triomphe à l'opéra sous le nom de scène de Rosalie.

---

* Notre actuel carrefour Richelieu-Drouot. L'hôtel qu'il occupa à partir de 1778 existe encore, au n° 16 du boulevard Montmartre.

Elle sera l'Amour dans l'*Orphée* de Gluck, puis enchaînera avec *Alceste*, *Armide* et *Iphigénie en Tauride*, avant de se casser la voix sans remède et d'être obligée de quitter la scène. Cette liaison solide, durable — il finira par l'épouser pendant la Révolution pour légitimer leur enfant —, reste discrète : aucun parfum de scandale n'entache la réputation de M. l'ambassadeur. Mais il ne faut pas lui parler de quitter Paris.

L'arrivée de Marie-Antoinette lui offre le moyen de s'y rendre indispensable. Pour le rôle que décide de lui confier Marie-Thérèse, sa médiocrité est un atout. Ses visites à la dauphine auront plus de chances de passer inaperçues que s'il avait le style flamboyant d'un Kaunitz. Et puis, sa myopie intellectuelle garantira la fidélité de ses rapports : il sera l'œil, l'oreille, la voix de l'impératrice. Il notera tout, sans faire de tri. Il n'ajoutera rien de son cru. Et il ne prendra pas d'initiatives. En ce qui concerne la minutie, elle a raison : il entre bien dans les détails. Mais sur les deux autres points, elle a tort.

Non que Mercy s'oppose à ses volontés. Il n'est l'instrument d'aucun parti, ne s'associe à aucun complot, quoi que certains historiens aient voulu croire. Il marche la main dans la main avec Choiseul tant que Vienne le lui ordonne, mais il le lâche après sa disgrâce dès que l'impératrice lui fait savoir qu'elle ne tient pas à son retour. Il n'a pour la famille royale française et pour le dauphin notamment aucune animosité particulière, rien qu'un écrasant mépris. En servant fidèlement sa souveraine, il cherche à se mettre en valeur, pour se hisser si possible au premier rang des ambassadeurs, hautement apprécié de ses maîtres, conseiller écouté de la future reine de France. Donc, il fait du zèle.

S'agissant des informations sur sa fille, l'impératrice est insatiable. Il lui en donnera, comme l'on dit familièrement, pour son argent. À son protecteur Kaunitz, avec qui il continue d'entretenir une correspondance plus familière, il avoue : « Par le courrier d'aujourd'hui [20 octobre 1770], j'adresse à l'impératrice un rapport aussi volumineux que peu important sur les occupations journalières de Mme la dauphine. Il me serait bien facile d'en rendre compte en peu de mots, mais S.M. veut des détails et je m'aperçois que les plus longs sont trouvés les meilleurs. » Le 15 novembre, il récidive : « Si mes dépêches [...] étaient aussi intéressantes qu'elles sont longues, S.M. aurait lieu d'être contente. Je lui adresse aujourd'hui un rapport de cinquante pages, dont je suis véritablement honteux, parce qu'il ne contient en effet que deux ou trois articles raisonnables. » L'anxiété de Marie-Thérèse, conjuguée avec le zèle de son ambassadeur, nous vaut donc ces interminables lettres, répétitives à la limite du supportable, qui ressassent les mêmes faits, presque dans les mêmes termes, ou ces *tibi soli* dont on se demande parfois pourquoi ils ont fait l'objet d'un écrit séparé, puisqu'ils ne disent rien d'autre que la relation qui les précède.

Comme tout ambassadeur qui se respecte, il gonfle tout ce qu'il suppose devoir être agréable à sa souveraine. En l'occurrence, il flatte donc son amour maternel. Sa correspondance des quatre premières années — quand Marie-Antoinette n'est pas encore reine — n'est qu'un éloge dithyrambique de ses mérites et de ses succès.

Ses mérites ? Il ne va pas jusqu'à la prétendre parfaite, car il sait que sa mère ne serait pas dupe. Alors il tempère ses critiques. Elle est inattentive, certes, mais point sotte : quand on lui explique, elle comprend ! Elle est moins indocile qu'on ne pouvait le craindre : « Je ferai le moins de fautes que je pourrai, promet-elle ; quand il m'arrivera d'en commettre, j'en conviendrai toujours. » Elle fait de grands progrès. Des progrès dus, comme il se doit, aux judicieux conseils de l'ambassadeur qui sait tout, voit tout, prévoit tout, à ce qu'il croit du moins, et manœuvre en coulisses pour appuyer ses démarches.

Ses succès ? C'est un point sur lequel Mercy s'étend avec complaisance, mettant l'accent sur la sympathie qu'elle inspire. La « charmante dauphine », si vive, si gaie, si bonne a conquis tous les cœurs. Sa compassion pour le malheureux postillon tombé accidentellement sous les roues de son carrosse a plongé Versailles dans l'attendrissement et l'admiration : « Dans une pareille occasion, s'exclamait-on, Marie-Thérèse aurait bien reconnu sa fille et Henri IV son héritière. » Quant à ses premières visites à Paris, Mercy n'a pas de mots trop forts pour décrire l'enthousiasme qu'elles suscitent dans la population. Pour une future reine, n'est-ce pas l'essentiel ? Rien ne peut faire plus de plaisir à l'impératrice, qui sait par expérience qu'on mène les peuples, comme les individus, par la séduction. En orchestrant auprès de ses collègues diplomates et dans les salons parisiens qu'il fréquente le thème des mérites de la dauphine, Mercy façonne son image par des méthodes que ne répudierait pas un de nos modernes « spécialistes en communication ».

Jusqu'ici, rien de très grave. Mais les qualités d'observation de Mercy pèchent sur un point essentiel : en même temps qu'il surestime la dauphine, il sous-estime gravement le dauphin. Il manque terriblement de finesse et revient très difficilement sur une opinion une fois installée dans son esprit. Or la nullité du dauphin est un point qu'il tient pour acquis, parce qu'elle flatte ses espérances. Il fonde sur elle un rêve d'avenir radieux : « Vu le caractère et la façon d'être de M. le dauphin, il est presque infaillible que Mme la dauphine soit réservée un jour à gouverner la France. » À force de rouler cette idée dans sa tête et de la rabâcher à l'intention de Marie-Thérèse, il finit par y croire. Ce qu'il ne lui dit pas, bien sûr, c'est qu'il est convaincu qu'il gouvernera Marie-Antoinette, il se voit déjà en cheville ouvrière de la politique française, irremplaçable instrument au service de l'Archimaison — une revanche peut-être sur son ex-patron Kaunitz à la protection un brin méprisante. D'espion, il se fait alors manipulateur.

Il croit deviner les désirs de l'impératrice et s'emploie à les prévenir. Il n'a pas le sentiment d'outrepasser la consigne lorsqu'il explique à la jeune femme quel devra être son rôle. « V.M. daignera juger par ce détail, conclut-il dans un rapport du 14 juillet 1770 — deux mois seulement après le mariage ! —, combien Mme l'archiduchesse a gagné sur l'esprit du dauphin. Il n'est pas douteux qu'avec un peu de prudence elle parviendra à le subjuguer entièrement, et je fonde cet espoir sur les talents rares et naturels de cette princesse, laquelle d'ailleurs comprend à merveille et se prête aux conseils qui lui sont donnés, quand elle s'aperçoit qu'ils sont dictés par la raison et par zèle pour son bien. » Mais Marie-Thérèse ne partage pas son enthousiasme. Il rencontre chez elle une bonne dose de scepticisme : elle croit sa fille incapable de gouverner et juge inutile et même dangereux de l'y préparer, car on risque de compromettre son bonheur. Loin de souscrire aux projets de son ambassadeur, elle n'y voit que divagations chimériques. Trop attentive au concret et trop soucieuse du présent, elle ne les prend pas assez au sérieux pour y couper court. C'est dommage. Elle laisse Mercy caresser son rêve. Cette mission est la chance de sa vie. Il s'y accroche. Il y a du Pygmalion en lui. Il modèlera, il cisèlera le matériau vierge que lui offre l'adolescente pour en faire son chef-d'œuvre. Mais à la différence du fameux sculpteur grec, il n'en devient pas amoureux. Elle n'est que l'instrument de son ambition professionnelle. L'affection protectrice qu'il lui porte s'accommode mal de ses velléités d'indépendance.

Lorsqu'elle lui échappera et qu'il prendra la mesure de son échec, il fera preuve d'une excessive sévérité.

Au royaume du soupçon

L'enfer est comme on le sait pavé de bonnes intentions. Marie-Thérèse croit très sincèrement être « une bonne mère, qui n'a en vue, répète-t-elle à sa fille, que [son] salut et [son] bonheur ». Aperçoit-elle les conséquences de la surveillance qu'elle a mise en place autour d'elle ?

Il y a d'abord l'obsession du secret. La correspondance entre la mère et la fille devait échapper aux regards indiscrets. On a vu quel luxe de précautions présidait à son acheminement. En revanche il n'était pas possible de la chiffrer, comme on le faisait souvent à l'époque, car le déchiffrement à l'arrivée à Versailles aurait imposé une étape de plus, sans remédier au danger majeur, la négligence de Marie-Antoinette. « Déchirez mes lettres, disait donc Marie-Thérèse dans sa grande *Instruction* ; ce qui me mettra à même de vous écrire plus ouvertement ; j'en ferai de même avec les vôtres. » Ou brûlez-les aussitôt lues. Elle ordonne à Mercy de les délivrer toujours en mains propres, en précisant à sa fille que, si elle n'a pas le moyen de les brûler, elle doit les lui remettre, recachetées, pour qu'il les réexpédie à Vienne.

Louis XV cependant ne pouvait ignorer que Marie-Antoinette recevait des lettres de sa mère. Devait-elle offrir de les lui montrer ? « S.M. veut bien qu'au besoin, et si Mme la dauphine le croit convenable à sa tranquillité, elle en communique le contenu au roi seul, mais pas à M. le dauphin, ni à l'abbé de Vermond* ni

---

* Non pour en cacher le contenu à Vermond — Mercy le lui communique ! —, mais pour empêcher Marie-Antoinette de se douter qu'il est de mèche avec l'ambassadeur.

à aucune autre personne », était-il précisé un mois
après le mariage. Mais il apparut bientôt qu'elle « ne
pouvait montrer une lettre sans prendre par là une sorte
d'engagement de les montrer toutes à l'avenir ». D'ailleurs sa tranquillité n'exigeait rien de tel. Louis XV,
très bienveillant, ne marqua jamais la moindre velléité
de s'immiscer dans cette correspondance. Séduit par
l'attitude de Marie-Thérèse, si directe, si peu conventionnelle, il lui faisait confiance, ignorant les griefs
qu'elle nourrissait contre lui. Il vit sans déplaisir en
Mercy une sorte de tuteur chargé de veiller sur Marie-
Antoinette. Et comme il comptait sur lui pour raisonner
au besoin la fillette rétive, il lui facilita l'accès auprès
d'elle en lui accordant le privilège réservé aux ambassadeurs « de la famille » — c'est-à-dire représentant
des souverains Bourbons. Mercy put donc la voir à
tout moment sans avoir à solliciter au préalable une
audience. Il disposait d'un droit d'entrée permanent,
dont il s'abstint sagement d'abuser.

En fait, ni l'impératrice ni Mercy ne se soumettent
aux règles qu'ils ont édictées pour les autres : tous
deux conservent soigneusement originaux et copies de
cette correspondance, aujourd'hui déposés aux
archives de Vienne*. Les conseils de prudence sont
bons pour ceux qui risquent de trahir ou de se trahir :
Vermond et Marie-Antoinette, tenus sous pression,
doivent trembler que leurs secrets ne soient découverts.
À plusieurs reprises, la dauphine brûle les lettres en
présence de Mercy et elle se cache pour répondre. Ce
qui explique que ses réponses ne correspondent pas
toujours aux questions et que la présentation en soit si
négligée : « Je lui** demande encore pardon si la lettre

---

  * À l'exception des *tibi soli,* que Marie-Thérèse a fait disparaître
et qu'on ne connaît que par les copies qu'en faisait prendre Mercy
au départ.
  ** *Lui* = Marie-Thérèse. Il est fréquent, surtout au début, qu'elle
passe de la première à la troisième personne en s'adressant à « sa
très chère mère ».

est sale, écrit-elle le 12 juillet 1770, mais j'ai dû l'écrire deux jours de suite à la toilette, n'ayant pas d'autre temps à moi, et si je ne réponds pas exactement, qu'elle croie que c'est par trop d'exactitude à brûler sa lettre. » Quelques mois plus tard, rien n'a changé, au contraire le climat s'est même détérioré : « Le caractère d'écriture de Mme la dauphine n'est jamais si mauvais que dans ses lettres à V.M, écrit Mercy, parce qu'elle les écrit avec beaucoup trop de précipitation dans la crainte d'être surprise soit par M. le dauphin, soit par Mesdames ses tantes auxquelles jusqu'à présent elle n'a rien communiqué de sa correspondance avec V.M. » Selon Vermond : « Mme la dauphine ne croit aucun papier en sûreté chez elle, elle craint les doubles clefs, elle craint qu'on ne prenne les siennes dans ses poches pendant la nuit. Cette crainte, fondée ou non, est réellement dans son âme. Elle voulait relire la dernière lettre de S.M. l'impératrice, et n'a cru pouvoir la conserver une nuit qu'en la mettant dans son lit. » Et l'abbé, tenu de se cacher pour lui faire ses brouillons ou lui corriger ses textes, et tremblant d'autre part que son métier d'espion ne soit découvert, ne fait rien pour l'arracher à cette psychose qu'il n'est pas loin de partager.

Elle a peur d'être observée, elle a peur d'être surprise. L'écriture devient une activité clandestine, dangereuse, qu'elle ne peut pratiquer qu'en secret, dans la crainte et le tremblement. Marie-Thérèse se rend-elle compte que cette obsession du secret contrariera l'intégration de sa fille dans sa nouvelle famille ? Oui, bien sûr. Mais c'est précisément ce qu'elle souhaite. Ses préventions contre la France, alimentées par Mercy, ne fléchissent pas. Leur correspondance suinte le mépris pour le souverain libidineux livré aux caprices d'une « créature », pour le dauphin borné, stupide, dépourvu de toute sensibilité, abruti par un précepteur « inepte et vicieux ». Autour d'eux une cohorte de « méchants », très dangereux, qui menacent de prendre la dauphine au piège de leurs « diaboliques intrigues » — en fait tous ceux qui risquent de la soustraire à l'influence de l'ambassadeur. À la psychose de Marie-Antoinette fait pendant celle de sa mère qui, il faut bien le dire, semble avoir perdu avec le veuvage et les années une partie du solide bon sens qui avait fait sa force.

Dans ce pays détestable, face à ces Français inconstants et frivoles, Marie-Antoinette est invitée à faire briller très haut les fortes vertus germaniques, « solidité et franchise » : « N'adoptez pas la légèreté française, restez bonne Allemande, et faites-vous une gloire de l'être, et amie de vos amis. » Elle est sommée de mieux traiter ses compatriotes en visite à Versailles, de les protéger, de les défendre. À une famille royale méprisable et méprisée, qui a perdu le sens de ses devoirs et « qui ne sait pas se faire aimer », elle doit montrer ce qu'est un comportement de reine : « Ne vous laissez aller à aucune nonchalance sur votre figure, ni sur les représentations [...] Sur ce point seul ne suivez ni l'exemple, ni les conseils de la famille ; c'est à vous de donner à Versailles le ton ; vous avez parfaitement réussi ; Dieu vous a comblée de tant de grâces, de tant de douceur et de docilité que tout le monde doit vous aimer : c'est un don de Dieu, il faut le conserver... » Marie-Thérèse n'a certes pas tort d'inciter sa fille à tenir fermement son rang dans le cérémonial de cour. Mais comment peut-elle s'imaginer, en novembre 1770, que la petite est en état de *donner le ton* à Versailles ? Faut-il que les rapports dithyrambiques de Mercy lui aient faussé le jugement !

Effets pervers

De toutes les contraintes que fait peser sur Marie-Antoinette l'intempérante affection maternelle, l'obsession du secret est une des plus pernicieuses, liée qu'elle est au désir de la conserver sous sa coupe. Il en découle une série d'effets pervers redoutables. Récapitulons.

D'abord on contraint la dauphine à vivre dans un climat de suspicion, qui pourrait vite devenir irrespirable, si par bonheur pour elle la correspondance ne se limitait à une lettre par mois. Mais c'est une source de tension de trop, dans une vie qui en comporte par elle-même beaucoup.

D'autre part — et c'est plus grave — l'obligation de se cacher pour écrire contredit les principes moraux et religieux qu'on lui a inculqués, ainsi que les conseils qu'on lui a donnés au départ. On a dit à la fillette d'obéir au roi, de se fier à lui, de voir en lui un grand-père affectueux et protecteur. Voici qu'on lui prêche la dissimulation. On lui a toujours recommandé de ne pas mentir. Mais voici que surgissent des distinguos : la franchise est de rigueur avec sa mère, mais pas avec Louis XV ni avec le dauphin. On lui enseigne l'hypocrisie.

C'est une des règles d'or de la politique, objectera-t-on. Mais justement, on ne lui enseigne pas la politique. Elle doit obéir à Mercy les yeux fermés. Il dirigera au coup par coup ses démarches, sans lui en expliquer le pourquoi. Au lieu de la former, on la maintient dans un état de sujétion infantile qui bientôt ne convient plus à ni son âge, ni à sa situation. On l'empêche de devenir adulte.

Par des critiques répétées contre la France et les perversions supposées de ses habitants, on l'empêche de devenir française.

Enfin, plus grave que tout, on lui apprend à mépriser le dauphin son mari. L'ambassadeur la pousse à tout faire pour le soumettre à sa volonté. Il lui répète que si elle parvient à le dominer, tâche très facile selon lui, elle gouvernera un jour la France à sa place.

Les fâcheux effets de ces injonctions discordantes ne tardent pas à se faire sentir.

Marie-Antoinette a toujours été rebelle aux contraintes. On la voit donc réagir, comme lorsqu'elle était
petite, par le recours aux échappatoires. Tout les prétextes lui sont bons pour supprimer les séances de lecture, l'obligation d'écrire à sa mère se transforme en une
corvée qu'elle expédie à la hâte pour s'en débarrasser.
Elle écoute les semonces d'une oreille distraite et s'empresse de les oublier. Elle se jette sur tous les divertissements qui s'offrent et, ma foi, puisqu'on lui apprend
à biaiser, elle en profite pour opposer aux volontés de
sa mère celles de son grand-père. L'une interdit, l'autre
permet : quel meilleur argument pour n'en faire qu'à
sa tête ? Elle glisse entre les mains de ceux qui prétendaient la tenir. Bientôt, exaspérée de se voir éternelle-
ment traitée en enfant, elle passera de la dérobade à la
révolte.

On la voit prendre quelque distance avec Mercy,
trop souvent grondeur et dont elle répugne à subir les
ordres. A-t-elle deviné le rôle d'espion qu'il jouait ? Il
ne cesse d'affirmer qu'elle ne se doute de rien, mais
multiplie les mises en garde auprès de l'impératrice.
Que la jeune dauphine fraîchement arrivée à Versailles
lui ait fait candidement confiance, c'est bien naturel.
Mais il paraît inimaginable que des soupçons ne lui
soient pas venus au fil des jours. Elle ne manque pas
de finesse, elle sent les choses. Et la trahison est une
chose qui se sent*. De plus, il a bien dû se trouver
dans son entourage des gens pour lui ouvrir les yeux.
Seulement, si elle a compris, on pense bien qu'elle
n'ira pas le raconter à sa mère. Le seul moyen d'avoir
la paix est de faire comme si elle ne savait pas, tout en
se confiant le moins possible à Mercy. Loin d'assurer
l'emprise de Marie-Thérèse, les liens dont elle a cru

---

* A-t-elle soupçonné aussi Vermond ? Savait-il mieux la tromper que Mercy ? Comment louvoyait-il entre ses employeurs et
celle qu'il était censé espionner, mais tentait de protéger ? On ne
sait.

devoir ligoter sa fille ont aiguillonné sa révolte, rendant ainsi inefficaces ses conseils les plus pertinents.

De plus le climat de suspicion entretenu autour de Marie-Antoinette l'a isolée. Autour d'elle, rien que des gens dont on lui dit de se défier. En lui prescrivant de ne faire confiance qu'à ses deux conseillers, on l'enferme dans une effroyable solitude, qu'elle s'efforcera de briser en se jetant dans des amitiés passionnées, dont on verra plus loin les conséquences.

Enfin, le leitmotiv de Mercy n'a pas été ressassé en pure perte. L'idée qu'elle est appelée à gouverner un jour la France s'est ancrée dans son esprit, parce qu'elle flatte ses désirs. Tant qu'elle n'est que dauphine, la crainte qu'elle a de Louis XV la retient, mais dès qu'elle sera reine, elle ne connaîtra plus de frein. Non qu'elle prétende exercer elle-même le pouvoir : elle n'en a pas le goût et n'a aucune envie de s'astreindre au travail qu'exigerait une vraie participation aux affaires. Mais, comme elle se plaira à le répéter, elle ne veut pas « être gouvernée ». Elle déteste obéir, elle ne supporte pas de voir ses volontés se heurter à des obstacles. Elle entendra son métier de reine comme une sorte de contrôle exercé sur le roi et sur les ministres pour les plier à ses exigences ou à ses caprices : un point de vue dont les racines lointaines se trouvent dans les imprudentes suggestions de l'ambassadeur.

Tout se met donc en place, dès les tout premiers mois, pour compromettre gravement les relations de Marie-Antoinette avec son époux, avec la famille et le pays qui seront siens. Est-ce vraiment ce que voulait Marie-Thérèse ? Assurément pas. Moins obsédée d'angoisse, elle aurait senti qu'il n'est aucune éducation valable sans un minimum de confiance, de liberté, de responsabilité. Mieux informée, elle aurait compris que Versailles, sans offrir un modèle de vertu, n'était pas le lieu de perdition qu'elle redoutait.

Chapitre quatre

Versailles à l'heure de la Du Barry

Que va trouver Marie-Antoinette en débarquant à Versailles ? Les appréhensions de Marie-Thérèse sont excessives. Non, le libertinage n'y est pas général, il s'y rencontre des gens aussi exigeants qu'elle en matière de mœurs et de morale. Mais il y a en effet motif à scandale. Et le scandale vient de haut, de très haut : Louis XV a une nouvelle favorite. Cette fois encore, il a préféré aux femmes de grande noblesse, non plus même une bourgeoise comme la Pompadour, mais une demi-mondaine au passé douteux. L'irruption de Mme du Barry arrache la cour à sa somnolence, révèle la personnalité des uns et des autres, redistribue les cartes dans le petit monde des clans et des coteries. Chacun se voit conduit à prendre parti pour ou contre elle. C'est dans une famille déchirée de tensions qu'arrive la dauphine non prévenue.

Jeanne Bécu, comtesse du Barry

Depuis la disparition de Mme de Pompadour en 1764, Louis XV avait paru se ranger. Aucune favorite officielle n'était venue la remplacer et le recours aux petites maîtresses se faisait plus rare ou, en tout cas, plus discret. Cependant, en 1768, la mort imminente de Marie Leszczynska ne l'empêcha pas de tomber sous le charme d'une inconnue. Lors du séjour que la cour

fit aussitôt après à Compiègne, au mois de juillet, on
remarqua qu'une femme mystérieuse, logée dans une
maison en ville, se rendait tous les soirs au château
vers minuit, pour en repartir au matin dans une chaise
à porteurs, suivie de domestiques en livrée. Au moins,
en ce temps de grand deuil, avait-il la pudeur de la
tenir cachée. On crut à une passade — une de plus, on
avait cessé de les compter — et on n'y pensa plus.

Choiseul, qui faisait alors, sans en avoir le titre,
fonction de premier ministre, eut tout de même la prudente curiosité de savoir de qui il s'agissait. Le comte
de Saint-Florentin, secrétaire d'État à la Maison du roi
et donc en charge de la police, avait déjà mené son
enquête. Il se fit un plaisir de le renseigner. La jeune
femme, une prostituée de haut vol, était en ménage
avec un aventurier nommé Du Barry, bien connu dans
les milieux interlopes de Paris. Leur « salon », qui
tenait du tripot et de la maison de passe, était le rendez-
vous des viveurs de tous bords, parmi lesquels
quelques grands seigneurs las de s'ennuyer à Versailles. Choiseul jugea l'information plutôt rassurante :
« Nous déplorâmes, dit-il dans ses *Mémoires*, la cra-
pule à laquelle le roi se livrait, mais d'ailleurs nous ne
pensâmes point qu'une intrigue aussi basse pût avoir
d'autres suites que celles de la fantaisie du moment ;
nous souhaitâmes entre nous que le roi s'en portât bien
et que ce fût le dernier trait dont nous fussions témoins
de son goût pour la mauvaise compagnie. »

Mais à Fontainebleau, à l'automne, on vit reparaître
la dame sur un tout autre pied. « Elle est logée au
château, écrit Mercy à l'impératrice, dans la cour dite
des Fontaines, à côté de l'appartement qu'occupait
Mme de Pompadour ; elle a un nombre de domestiques ; ses livrées sont brillantes et, les jours de fête et
de dimanche, on la voit à la messe du roi, dans une
des chapelles au rez-de-chaussée, qui lui est réservée. »
Visiblement, Louis XV tient à elle. Qui était-elle vrai-

ment et par quels chemins secrets s'était-elle hissée à pareille faveur ? Entre les obscurités et les mensonges dont elle se fit complice pour tenter d'habiller son passé et le torrent d'ordures que déversèrent sur elle les libelles, il est difficile de démêler le vrai du faux. Mais les archives nous ont tout de même livré quelques éléments.

Bien qu'elle se soit rajeunie pour les besoins de sa carrière, nous savons qu'elle était née le 19 août 1743 à Vaucouleurs, où elle fut baptisée sous le nom de Jeanne Bécu. C'était le patronyme de sa mère. Il n'est pas question du père dans l'acte d'état civil. Une tradition invérifiable attribue cette paternité à un moine de la congrégation des frères de Picpus, Gomard de Vaubernier, en religion frère Ange. Où la jeune Anne Bécu l'avait-elle connu ? Qu'est-ce qui avait conduit cette fille d'un rôtisseur parisien à s'enterrer dans ce bourg de la Meuse ? Nous n'en savons rien. Elle y vécut encore cinq ou six ans, jusqu'à ce qu'un munitionnaire aux armées de passage en Lorraine la remarque, la ramène à Paris et, peu soucieux de l'imposer à sa maîtresse en titre, la marie avec un de ses employés. La petite Jeanne était jolie, éveillée, charmante. Le munitionnaire, ou quelque autre ami de sa mère, jugea qu'elle valait la peine d'être convenablement élevée et la fit entrer au couvent de Sainte-Aure, rue Neuve-Sainte-Geneviève. Les neuf ans qu'elle y passa lui donnèrent une teinture de religion et un bagage intellectuel plus qu'estimable pour son milieu. Elle sait lire, écrire, a fait un peu de dessin et de musique. Mais à quinze ans, il lui faut songer à gagner sa vie.

Les premiers emplois dans lesquels elle tente sa chance, comme coiffeuse, puis comme demoiselle de compagnie, lui ont surtout appris le pouvoir de ses charmes. Aucune patronne ne garde une fille aussi ravissante, qui risque de lui débaucher ses fils ou ses amis. Elle sera mieux à sa place dans une boutique de modes, où son joli minois servira d'enseigne. La voici chez Labille, *À la Toilette*, rue Neuve-des-Petits-Champs, débitant aux belles dames, rubans, dentelles, mouchoirs, étoffes chatoyantes, parfums et fleurs de soie. Elle a changé son nom de Jeanne Bécu contre un autre plus flatteur : on la nomme Mlle Lange. Ses yeux d'un bleu lumineux, que rehaussent de longs cils sombres, son abondante chevelure aux boucles blondes, son teint frais et rose piqueté de quelques grains de beauté, sa taille élancée, sa tournure pimpante attirent aussi quelques chalands pour qui, hors des heures de service, elle ne se montre pas cruelle. Elle aime la vie, le plaisir, elle y mord sans façons, à belles dents.

C'est alors que la repère Jean-Baptiste du Barry, rejeton d'une authentique famille de nobliaux gascons désargentés. Il a laissé femme et enfant dans son village du Gers pour chercher fortune à Paris, a rapidement compris que les moyens honnêtes ne lui offriraient pas l'ascension escomptée, a tenté sa chance au jeu et découvert que le proxénétisme était moins aléatoire et plus rentable. Son titre de comte et de lointaines parentés gasconnes le rendent presque fréquentable pour les libertins de la cour en quête de chair fraîche. Le *Roué* — ainsi le surnomme-t-on en souvenir des compagnons de débauche du Régent — a jugé au premier coup d'œil que la jeune vendeuse vaut infiniment mieux que ses pareilles. Il en est même tombé amoureux. Aussi se garde-t-il de la galvauder. Sous le nom de son père putatif, plus ou moins écorché, il l'installe luxueusement et la réserve à des clients de qualité. Un rapport de police, signalant qu'il l'exhibe dans une loge aux Italiens, en conclut sans détours : « Certainement il cherche à la *brocanter* avantageusement. Quand il a commencé à se lasser d'une femme, il en a toujours usé de même. Mais il faut convenir qu'il est connaisseur et que sa marchandise est toujours en débit. » « La vie que mène le comte du Barry avec la demoiselle Beauvarnier est infâme. C'est exactement sa vache à lait. Il la joue à tous venants, pourvu que ce soient gens de qualité ou à argent. »

Comment le projet de la « brocanter » au roi lui est-il venu à l'esprit ? On ne sait. Mais il ne pouvait envisager d'en mener à bien la réalisation tout seul. Le maître d'œuvre de l'entreprise fut selon toute vraisemblance le maréchal-duc de Richelieu. Vieux complice du libertinage royal, il avait cru accéder au pouvoir par l'intermédiaire de ses nièces, les sœurs de Nesle, premières maîtresses du souverain. Leur mort avait trompé ses espérances, et l'arrivée de la Pompadour, issue d'un autre milieu, l'avait cantonné, passés quelques succès militaires, dans un rôle de second ordre : le pouvoir était échu à Choiseul. Désormais la place de favorite se trouvait libre, le roi vieillissant, désemparé par une série de deuils, se sentait très seul. Le moment était bien choisi pour jeter dans son lit une femme jeune, gaie, experte, qui saurait se montrer reconnaissante.

Une difficulté cependant : le roi avait horreur des prostituées. De crainte des maladies, il n'acceptait que des filles dont il aurait la primeur. Aussi s'arrangea-t-on pour la lui faire apercevoir par hasard. Il y a plusieurs versions de l'épisode. Selon la plus connue, le valet de chambre Lebel, son fournisseur habituel, se serait fait surprendre en conversation avec elle, et le roi, émerveillé, n'en aurait pas demandé davantage. Dès la première nuit, il fut pris, comme il ne l'avait jamais été peut-être, amoureux fou à près de soixante ans, envoûté par les délices d'une passion d'arrière-saison. Jeanne avait conservé comme par miracle la fraîcheur d'une fille du peuple, simple, sans chichis, faisant l'amour comme la chose la plus naturelle du monde, mais elle lui enseignait aussi, en professionnelle, des plaisirs dont sa dévote épouse et ses maî-

tresses trop bien élevées ne lui avaient même pas
donné l'idée. Le duc d'Ayen, à qui il confia sa surprise
éblouie, lui aurait répondu crûment : « On voit bien
que Votre Majesté n'est jamais allée au bordel. » Lorsque de bonnes âmes voulurent l'éclairer sur le passé
douteux de sa conquête, c'était trop tard, il était prêt à
se faire sourd et aveugle, pourvu qu'il pût retrouver
chaque soir entre ses bras le remède à la mélancolie
qui le rongeait. Lorsqu'il interrogea le même duc
d'Ayen sur l'un de ceux qui l'avaient précédé dans les
faveurs de la belle — « On dit que je succède à Sainte-
Foix ? » —, le duc put se permettre de répondre :
« Comme Votre Majesté succède à Pharamond. »
Vraies ou fausses, ces anecdotes donnent le ton des
commentaires sarcastiques qui circulaient sur son
compte. Choiseul, dont les compétences en la matière
étaient beaucoup plus étendues que celles de son
maître, avait compris lui aussi la source de son succès :
« Je pensais qu'elle avait su plaire au roi plus qu'une
autre par son expérience sur les recherches dont il avait
besoin ; mais j'étais persuadé, ajoute-t-il, qu'il se bla-
serait... »

Oh non ! il ne se blase pas. « Il a l'air rajeuni,
observe le duc de Croÿ, et n'a jamais été plus gai. »
Le mois de décembre voit Jeanne installée à Versailles,
au rez-de-chaussée du bâtiment central, juste au-dessous de la chambre du roi. Bientôt il l'établira juste au-
dessus, dans les cabinets du second étage où il avait
hébergé la dauphine de Saxe après son veuvage. Elle
se trouve ainsi au cœur intime des appartements privés
où il dispose de tout le nécessaire pour vivre à l'abri
des regards. Elle y mène une existence discrète. Mais,
tenue à l'écart des activités de la cour, elle se morfond
à attendre son amant aux côtés d'une sœur du Roué,
dite Chon, que celui-ci lui a donnée pour lui tenir
compagnie et la surveiller. Elle n'a de cesse d'obtenir
sa présentation officielle. À la différence de la Pompa-

dour, elle est dépourvue d'ambition, ne rêve nullement
de régner sur la cour, encore moins de faire et de
défaire les ministres. Elle veut profiter de la vie, jouir
à pleines mains de tout le luxe soudain mis à sa portée,
toilettes, bijoux, meubles de prix, serviteurs aux petits
soins, divertissements en tous genres. Elle veut surtout
échapper pour toujours à la pauvreté, qu'elle ne connaît
que trop bien. En bonne Cendrillon qui sait que le carrosse risque de redevenir citrouille, elle tâche de consolider sa position, d'obtenir l'assurance de son maintien
— du moins tant que vivra le roi, qui a tout de même
trente-trois ans de plus qu'elle. Pour préserver l'avenir,
elle obtiendra bientôt, sans même avoir eu à demander,
de quoi abriter une éventuelle disgrâce : le château de
Luciennes — aujourd'hui Louveciennes.

Dans l'immédiat, la première condition à remplir
pour bénéficier pleinement de la situation est d'être
présentée. Son ancien protecteur a tout prévu. Dans le
courant de l'été, dès qu'il a vu le roi bien accroché,
il s'est occupé de donner à sa protégée un état civil
présentable. Ne pouvant l'épouser lui-même sous peine
de bigamie, il la propose à un de ses frères, Guillaume,
qu'il fait venir du Gers tout exprès, le temps de passer
devant deux notaires, puis devant un curé, avant de le
renvoyer chez lui moyennant une pension, avec ordre
de ne plus reparaître. Un faux acte de baptême, qui
rajeunit la jeune femme de deux ans, la dit fille d'un
prétendu Jean-Jacques Gomard de Vaubernier, décédé
bien sûr. Guillaume étant présumé comte, la nouvelle
mariée est comtesse : ce titre de noblesse est la seule
chose non falsifiée dans cette farce*. Mais comme les
Du Barry de Lévignac lui semblent constituer à eux
seuls une trop maigre ascendance, le Roué se prétend
apparenté à de nobles Italiens originaires de Bari et à

---

* Encore peut-on se demander comment Guillaume du Barry
peut porter le titre de comte s'il n'est que le cadet de Jean-Baptiste,
qui se prétend comte aussi.

la famille anglaise des Barrymore. Quoi qu'il en soit, les papiers paraissent en règle. Le roi n'aura donc pas besoin, pour la présenter, de lui acheter un nom. Il suffira de lui acheter une marraine.

La présentation

Pour une aussi humiliante fonction, les grandes dames titrées ne se bousculent pas. On déniche, non sans peine, une comtesse de Béarn, veuve chargée d'enfants et couverte de dettes, prête à tout pour renflouer ses finances. Las, la comtesse, bien chapitrée, se fait au dernier moment une entorse diplomatique. Et les bonnes âmes profitent de ce répit pour multiplier les pressions sur le roi, qu'on éclaire sur les turpitudes de son élue, en y ajoutant sans scrupules quelques chapitres. Cependant Mercy-Argenteau est sans illusions : « Sa passion l'emporte sur la honte. » Une chute de cheval, qui fit croire un moment à une fracture du bras, sembla le ramener à des pensées plus chrétiennes, comme chaque fois qu'il était malade. Mais il n'attendit pas d'être complètement remis pour annoncer un beau soir, sans laisser aux intrigues le temps de se développer, que Mme du Barry serait présentée le lendemain, un dimanche selon l'usage. Bien entendu, la famille gasconne de son époux aurait été bien en peine de produire, comme l'exigeait le règlement, des titres de noblesse remontant à 1400. Jeanne avait donc droit à une présentation « par grâce ». Un passe-droit qui mit hors d'elles à la fois toutes les dames dûment présentées et toutes celles à qui l'absence des titres requis fermait l'accès au saint des saints de la cour — ce qui faisait beaucoup de monde...

Ce 22 avril 1769, après l'office du soir, la cour réunie dans le grand cabinet du roi attend avec gourmandise le faux pas, l'erreur, la gaffe que ne manquera

pas de commettre la « créature » dans le rituel d'une
cérémonie si strictement codifiée. Jeanne est en retard.
Le bras droit en écharpe, Louis, nerveux, se demande
si elle n'a pas cédé au trac intense qui la dévore. Mais
non, son carrosse vient de s'arrêter au pied de l'escalier
d'honneur, les portes s'ouvrent, Mme de Béarn paraît,
suivie de Jeanne, si belle que les malveillants en ont le
souffle coupé. Couverte de diamants des pieds à la tête
— Louis lui en a fait envoyer pour cent mille livres
—, elle s'avance d'un pas léger dans la somptueuse
robe d'apparat blanche, décolletée juste ce qu'il faut
pour faire deviner le galbe parfait de sa gorge, souriante, aussi à l'aise que si elle n'avait jamais fait autre
chose de sa vie. En soulevant avec grâce les énormes
paniers qui plombent sa robe, elle exécute dans les
formes les trois révérences réglementaires, plonge très
bas devant son amant qui s'empresse de la relever.
Après quoi elle recule, comme il se doit, sans se
prendre les pieds dans l'encombrante traîne, qu'elle
repousse sur le côté d'un geste élégant. C'est fait. Le
plus dur est passé. Reste à affronter la famille royale,
Mesdames tantes et le dauphin, qui s'en tiennent à une
froideur de glace, mais sans affront. Allons, elle a
réussi son entrée. Dans les regards des hommes qui
l'entourent, le roi peut discerner quelque chose qui ressemble à de l'envie, tandis que les femmes, un petit
pincement au cœur, cherchent en vain que lui reprocher. Une aussi parfaite beauté ne justifie-t-elle pas une
dérogation aux privilèges de la naissance ?

Visiblement Jeanne n'est pas la fille de bas étage
que dénoncent ses détracteurs. Elle n'a jamais traîné
dans le ruisseau. Elle a gardé de son passage au couvent d'excellentes manières et l'habitude de se bien
tenir. Le Roué, qui misait beaucoup sur elle, a parfait
son éducation, elle s'est affinée et polie au contact des
grands seigneurs libertins qui fréquentaient leur maison. À cela s'ajoutent d'incontestables qualités person-

nelles. Elle est douée d'une grâce naturelle que les
leçons du maître de danse qui lui fit répéter ses révérences n'auraient pas suffi à lui inculquer. Elle a du
goût, elle sait s'habiller, elle saura donner à ses appartements une élégance de bon aloi. Fort intelligente,
mais plus instinctive qu'intellectuelle, elle sait cependant que seule la culture peut nourrir la conversation.
Elle lit beaucoup, sa langue perd très vite toute trace
de ses origines, son esprit s'affine sans jamais tomber
dans le péché mignon des gens de cour, le persiflage
ironique. Car elle est naturellement bonne, attentive
aux autres, généreuse. Bref ses mérites dépassent très
largement le cadre de l'alcôve et son royal amant n'a
pas à rougir d'elle. Elle est infiniment séduisante. Elle
plairait à tout le monde si on voulait bien la voir sans
idées préconçues. Au lendemain de cette présentation
triomphale, la question est de savoir si la cour reviendra sur ses préventions.

Louis XV peut être satisfait de son coup de force.
Car c'en est un. S'il a décidé de la consacrer comme
maîtresse officielle, ce n'est pas seulement pour lui
complaire. Il lance une sorte de défi à tous ceux qui
prétendent lui dicter leur loi. De quoi se mêlent-ils ?
Pour la première fois, il est libre. Le veuvage le délivre
du péché d'adultère. Et il n'enlève Mme du Barry à
personne puisque son mari de paille est reparti pour sa
province aussitôt après la cérémonie, en renonçant à
toutes prétentions sur elle. Reste donc le péché de
chair. Mais qui, sur ce point, lui jettera la première
pierre ? Il se sent fort bonne conscience en affirmant
son désir. « Le déchaînement contre elle a été affreux,
à tort pour la plus grande partie, dit-il dans une lettre
à Choiseul. On serait à ses pieds si... Ainsi va le
monde. Elle est très jolie, elle me plaît, cela doit suffire. Veut-on que je prenne une fille de condition ? »
Depuis des années, il sent son autorité se déliter, il n'a
plus de prise ni sur les grands corps du royaume, ni

Versailles à l'heure de la Du Barry   125

même sur son entourage immédiat, sa famille et sa cour. Politiquement, ses projets de réforme de la fiscalité se sont heurtés à l'opposition irréductible du clergé et du parlement de Paris, il s'est vu imposer des mesures qu'il réprouvait. Dans ses amours, il n'a cessé d'être l'objet de pressions de la part de l'Église, de la part de ses proches, voire de ses ministres. Le plus souvent il laisse faire, quitte à tenter en des sursauts de révolte de faire prévaloir sa volonté. Est-il irrévérencieux de remarquer que jusqu'ici il a mieux défendu ses amours que sa politique ? Cette fois, il est décidé à la fois à imposer sa maîtresse et à briser le Parlement. À ceux qui trouveraient ce rapprochement saugrenu, on aura beau jeu d'opposer la suite des événements : la nouvelle favorite, si indifférente à la politique qu'elle pût être, va se trouver au cœur des conflits à venir.

Un combat à fronts renversés

Mme du Barry vit se dresser contre elle, dès que sa faveur fut confirmée, le très puissant duc de Choiseul. Cumulant les portefeuilles des Affaires étrangères et de la Guerre, appuyé sur son cousin Praslin à qui il a fait confier la Marine, Choiseul mène depuis dix ans les affaires de la France. Par son intelligence claire et lucide, son énergie, sa puissance de travail, il a réussi à se rendre indispensable au roi. Mais ils sont loin d'être à l'unisson dans tous les domaines. En politique extérieure tous deux voient dans l'Angleterre le plus dangereux ennemi de la France et jugent essentiel de préserver l'alliance autrichienne. Mais en politique intérieure, Louis XV aurait souhaité moins de complaisances à l'égard du parlement de Paris : pour obtenir l'enregistrement des édits fiscaux, était-il indispensable, par exemple, de consentir à l'expulsion des

jésuites ? Et l'agnosticisme discret que professe Choiseul en privé heurte l'esprit profondément religieux du
roi. Il n'empêche. L'attelage a résisté à l'épreuve du
temps et le ministre se croit intouchable.

Ce n'est pas sans quelque surprise qu'on le voit
prendre la tête des opposants à la Du Barry. Ce don
juan impénitent, qui eût été bien en peine de faire le
compte de ses innombrables maîtresses, était-il qualifié
pour faire de la morale à son maître sur ce chapitre ?
Il y paraissait pourtant bien décidé. « M. de Choiseul,
écrit Mercy à Kaunitz, est résolu à saisir le moment de
parler au roi sur sa nouvelle maîtresse, de lui dévoiler
l'état réel de cette créature et de lui représenter
combien la dignité du monarque serait blessée aux
yeux du public s'il mettait en évidence la faveur d'une
femme qui ne peut ou ne doit raisonnablement servir
qu'à des plaisirs les plus cachés. » Que ne fait-il
comme Choiseul lui-même qui se respecte jusque dans
son libertinage, se garde de heurter convenances et préjugés, n'affiche que des maîtresses de qualité ! Assurément le ministre parle d'or en rappelant au roi, entre
autres servitudes de son état, la nécessité de soigner
son image. Mais les servitudes de son état, Louis XV
se sent de moins en moins capable de les supporter.

Pour être tout à fait juste, il faut cependant ajouter
que le souci de la dignité royale n'explique pas seul
l'animosité de Choiseul contre la favorite. D'abord il
est poussé en sous-main par sa sœur Béatrix de Gramont, ulcérée de voir tomber entre les mains d'une
usurpatrice la charge de maîtresse officielle qu'elle
avait ambitionnée en vain pendant des années ; et avec
elle hurlent au scandale toutes ses anciennes rivales,
unies dans une commune indignation. Surtout, il a très
vite reconnu, dans la stupéfiante ascension de la jeune
femme, la main du maréchal de Richelieu, son ennemi
de toujours, expert en intrigues et en coups fourrés.
Faute de tuer cette liaison dans l'œuf, il est convaincu

que Richelieu s'en servira contre lui. Certes, engager
les hostilités ne va pas sans risque. Mais il est joueur
et tente le tout pour le tout. Puisque le roi reste sourd
aux leçons de morale, un mouvement d'opinion pourrait peut-être le ramener à la raison. Versailles bour-
donne de commérages Dans Paris, chansons et
pamphlets livrent à la risée populaire *L'Apprentissage
d'une fille de modes,* ou *L'Apothéose du roi Pétaud* et
l'on fredonne sur un air connu les aventures scandaleuses de la *Bourbonnaise à la guinguette.*

Il n'avait pas tout à fait tort de flairer un danger dans
la montée en force de la Du Barry. Mais il lui prêta
des ambitions qu'elle n'avait pas. Bonne fille, elle ne
demandait qu'à être bien avec tout le monde. Quelques
égards auraient suffi pour se la concilier. Au lieu de
quoi il se lança dans la lutte, en oubliant qu'il avait
lui aussi, en dehors des membres du clan Richelieu,
beaucoup d'ennemis. Sa politique était fort discutée, sa
personne aussi. Il avait contre lui tous les dévots, qui
dénonçaient ses amitiés « philosophiques », tous les
adversaires de l'alliance autrichienne, qui avaient beau
jeu, à cette date, d'en souligner les méfaits, tous les
partisans d'une monarchie forte, qui ne voyaient que
laxisme dans ses concessions au Parlement, plus tous
ceux qui ne supportaient pas son insolence, sa désinvolture, ses bons mots acides et son train de maison
princier. Des adversaires dispersés, mais nombreux, à
qui ses violentes attaques contre la favorite fournirent
un prétexte à réagir.

Au lendemain de la présentation, Versailles a
commencé par battre froid à la Du Barry. Puis, peu à
peu, les ralliements se multiplièrent. La famille et les
amis du maréchal de Richelieu vinrent les premiers.
Les bons courtisans emboîtèrent le pas : pourquoi bouder la nouvelle étoile en s'aliénant la faveur du roi ?
Les services administratifs suivirent : on fit visiter à la
dame les magasins des Menus-Plaisirs et les coulisses

de la nouvelle salle d'opéra. Les membres agissants du parti dévot enfin, comprirent vite quelle ressource elle offrait contre Choiseul, leur bête noire. On aboutit donc à cette situation paradoxale : les défenseurs patentés de la morale et de la religion approuvant avec chaleur une liaison que condamnait le ministre libertin. Certes, comme le souligne le duc de Croÿ, « les sages qui aimaient le roi pleuraient, priaient et se taisaient ». Mais les ambitieux groupés sous l'étendard de la dévotion prétendaient reconnaître dans la nouvelle maîtresse du roi, si indigne qu'elle fût, l'instrument de la providence, ils voyaient dans son élévation le doigt de Dieu « qui permet un mal pour remédier à un plus grand mal » — ce plus grand mal étant selon eux, explique à Kaunitz Mercy indigné, « l'existence de leur ennemi, M. de Choiseul ». Et ils allèrent jusqu'à convoquer la Bible, la tragédie de Racine et l'exemple de Mme de Maintenon pour célébrer en Jeanne du Barry la nouvelle Esther, envoyée par le ciel pour abattre le sinistre Aman, mauvais conseiller du souverain, et ramener celui-ci à une politique plus conforme aux voies du Seigneur.

Assurément la Pompadour avait rencontré moins d'indulgence. Il est vrai qu'elle incarnait la puissante classe des financiers qui aspiraient à une reconnaissance sociale que leur refusait la noblesse. Elle attentait aux hiérarchies. Vrai aussi qu'elle avait des sympathies pour les idées nouvelles, et menaçait par là — on s'obstinait à le croire — la religion. La Du Barry, simple fille du peuple hissée au plus haut rang par le caprice royal, ne représente rien ni personne, elle n'est qu'un accident qui ne saurait affecter l'équilibre de la société à ordres, fondement de la monarchie. Elle ne prétend pas diriger le royaume, elle aura peu d'influence. Et l'on sait bien, vu l'âge de Louis XV, que son règne sera court. Ainsi s'explique qu'elle ait été, au bout du compte, mieux acceptée que son aînée.

Il reste que, dans l'immédiat, sa présence traçait à la cour une ligne de partage obligeant chacun à prendre position. La famille royale — en l'occurrence Mesdames filles du roi et le dauphin son petit-fils — se trouvait concernée au premier chef.

Mesdames

Des huit filles qu'avait eues le roi, quatre survivaient, échelonnées entre quarante-six et quarante et un ans. Toutes quatre étaient restées célibataires, faute d'avoir trouvé des partis dignes d'elles, et parce qu'elles répugnaient à aller s'enterrer comme leur sœur Élisabeth dans une obscure principauté d'Italie ou d'Allemagne. Deux étaient dotées d'une forte personnalité : la plus âgée Adélaïde, seule autorisée à porter le titre honorifique de Madame tout court, et la dernière, Louise. Les deux autres traînaient à la remorque de leur tempétueuse aînée. Victoire, belle et bonne, offrait à tous un visage souriant. Sophie, d'une rare laideur, était si timide qu'on pouvait la voir tous les jours, des années durant, sans l'entendre prononcer un seul mot. « Elle marchait d'une vitesse extrême, ajoute Mme Campan, et pour reconnaître, sans les regarder, les gens qui se rangeaient sur son passage, elle avait pris l'habitude de voir de côté, à la manière des lièvres. » Seul l'orage, dont elle avait une peur panique, la rendait communicative ; le beau temps revenu, elle replongeait dans son silence farouche.

Depuis la mort de Marie Leszczynska, les quatre sœurs s'enfonçaient dans leur isolement. Mme Campan, qui entra alors à leur service comme lectrice, fait en témoin oculaire un pittoresque récit de leur triste vie quotidienne. « Louis XV voyait très peu sa famille ; il descendait tous les matins, par un escalier dérobé, dans l'appartement de Madame Adélaïde. Souvent il y apportait et il y prenait du café qu'il avait fait lui-même. Madame Adélaïde tirait un cordon de sonnette qui avertissait Madame Victoire de la visite du roi ; Madame Victoire en se levant pour aller chez sa sœur sonnait Madame Sophie, qui, à son tour, sonnait Madame Louise. » Les appartements étaient vastes, le roi s'attardait peu : Louise, accourue la dernière, avait à peine le temps d'embrasser son père que déjà il repartait pour la chasse.

« Tous les soirs, raconte encore la lectrice, Mesdames interrompaient la lecture que je leur faisais, pour se rendre avec les princes chez Louis XV : cette visite s'appelait *le débotter du roi* et était accompagnée d'une sorte d'étiquette. Les princesses passaient un énorme panier qui soutenait une jupe chamarrée d'or ou de broderie ; elles attachaient autour de leur taille une longue queue et cachaient le négligé du reste de leur habillement par un grand mantelet de taffetas noir qui les enveloppait jusque sous le menton. Les chevaliers d'honneur, les dames, les pages, les écuyers, les huissiers portant de gros flambeaux les accompagnaient chez le roi. En un instant tout le palais, habituellement solitaire, se trouvait en mouvement ; le roi baisait chaque princesse au front, et la visite était si courte que la lecture, interrompue par cette histoire, recommençait souvent au bout d'un quart d'heure : Mesdames rentraient chez elles, dénouaient les cordons de leur jupe et de leur queue, reprenaient leur tapisserie et moi mon livre. » Si par hasard le roi débarquait à l'improviste et qu'il ne trouve ni *Loque*, ni *Coche*, ni *Graille*, ni *Chiffe*, comme il les appelait familièrement, il se contentait de faire demi-tour.

Elles n'étaient pas méchantes et regorgeaient de bonnes intentions. Mais elles s'ennuyaient ferme. Les dévotions et les grignotages gourmands ne suffisaient pas à remplir leurs journées. Seules les soirées leur rendaient un peu de lustre. Madame Adélaïde, première dame dans la hiérarchie, se substituait alors à la feue reine pour offrir chez elle aux courtisans le délassement obligé des tables de jeu. Mais on n'y jouait qu'à des jeux autorisés par l'Église, excluant les mises élevées et donc les sensations fortes. Le reste de leur temps se passait à veiller d'un œil sourcilleux sur le strict respect des usages et de l'étiquette — un domaine où Adélaïde pouvait en remontrer au spécialiste le plus chevronné — et à commenter sans bienveillance excessive les faits et gestes des uns et des autres. Vers leurs appartements convergeaient tous les commérages de la cour. Elles ne furent pas les dernières, on s'en doute, à se désoler de voir leur père replonger dans le péché et à quêter des renseignements sur sa nouvelle conquête.

Entre les exigences de l'honneur et la casuistique tortueuse des dévots amis du maréchal de Richelieu, les quatre Mesdames n'ont pas une seconde d'hésitation. Reconnaissons aussi qu'elles ont quelques raisons moins nobles de s'indigner : dès 1768, pour abriter plus confortablement sa vie privée, le roi a expulsé sa fille aînée de la superbe suite qu'elle occupait au premier étage et l'a privée de sa bibliothèque du second étage au profit de la nouvelle favorite. Madame Adélaïde, reléguée au rez-de-chaussée, fulmine de colère. Elle se croit revenue au temps où elle menait l'assaut contre la Pompadour. Toujours combative, nullement découragée par l'échec précédent, elle a cependant cessé de croire la chaude affection de ses filles capable de remplacer pour son père l'amour d'une maîtresse. Mais elle pense qu'on peut toujours tenter de décourager l'intruse en lui menant la vie impossible. Les quatre sœurs recourent donc à nouveau à la stratégie du silence. Ni un regard ni un mot de leur part n'aideront la créature à émerger du néant dont elle n'aurait jamais dû sortir.

Leur hostilité contre la Du Barry l'emporte sur leur antipathie pour Choiseul. Les voici associées à leur adversaire de la veille. Elles seraient même prêtes à passer sur leurs convictions anti-autrichiennes. Mercy-Argenteau a chargé Mme de Durfort, dame d'atours d'Adélaïde, de suggérer qu'on devrait tout simplement remarier le roi. Il y a justement à Vienne une princesse qui pourrait lui convenir. « J'entrai en détail, écrit-il à Kautniz, sur les avantages personnels que trouveraient Mesdames à se procurer dans la personne de l'archiduchesse une amie sûre et qui, constamment unie à elles, se verrait à même d'assurer le bonheur de la famille royale par l'influence naturelle qu'elle aurait sur l'esprit du roi et sur celui du dauphin et de la future dauphine... » L'ambassadeur ne semble pas percevoir le ridicule qu'il y aurait à voir deux sœurs épouser ensemble, respectivement, le grand-père et le petit-fils ! Après en avoir débattu, car Adélaïde hésitait, les quatre Mesdames consentirent à plaider auprès de leur père la cause de l'archiduchesse Élisabeth, dont il a été question au chapitre précédent. Le roi, selon son habitude, ne dit ni oui ni non, promit de réfléchir, les laissa revenir sur le sujet tout à leur aise et fit même quelques démarches à Vienne pour obtenir le portrait de l'intéressée et des informations sur son caractère. Le plus probable est qu'il achetait ainsi sa tranquillité tant du côté de ses filles que du côté de l'ambassadeur d'Autriche. Car tout indique qu'il n'était pas disposé à se séparer de Mme du Barry.

Il y avait cependant une inconnue : sa conscience. Et c'est ici qu'intervient la dernière de ses filles, Louise.

Une princesse au carmel

La plus jeune des filles de Louis XV et de Marie Leszczynska était toute petite, frêle, de santé délicate. Elle avait sans doute été contaminée de tuberculose comme tant de membres de la famille : il lui arrivait de cracher le sang. Son dos déformé par la scoliose avait fini par s'orner d'une bosse. Mais elle n'en tirait aucun complexe, au contraire. Son visage rayonnait de force et d'intelligence. Elle n'avait rien d'une vieille fille aigrie ruminant sur sa vie manquée, puisqu'elle n'avait jamais envisagé d'autre avenir qu'en religion.

Sa vocation était ancienne. Arrachée au couvent de Fontevrault où on l'avait reléguée avec trois de ses sœurs pour désencombrer Versailles de la trop nombreuse progéniture royale, elle ne s'était jamais habituée à la vie de cour, inauthentique à ses yeux. Elle voyait dans les grandes robes d'apparat « les cilices du diable ». À quinze ans, elle avait assisté, au carmel de la rue de Grenelle, à la prise de voile de Mme de Rupelmonde, une femme jeune et belle qui, ayant perdu coup sur coup son fils, son mari et son père, quittait le monde pour le plus exigeant des ordres religieux. « Pendant la cérémonie, confia-t-elle ensuite, je pris la résolution de demander tous les jours à Dieu qu'il me donnât les moyens de briser les liens qui me retenaient dans le monde, et de pouvoir être un jour, sinon carmélite, car je n'osais me flatter d'en avoir la force, du moins religieuse dans une maison bien régulière. » Elle posa tant de questions sur la vie au carmel que la sous-prieure observa : « On croirait vraiment que Madame songe à devenir fille de sainte Thérèse. — Et pourquoi pas, répondit-elle, puisque les filles de sainte Thérèse sont si heureuses ? » Mais lorsqu'elle en toucha un mot à son père, il lui dit en souriant « qu'il fallait attendre qu'elle eût vingt-cinq ans ou qu'elle fût veuve » — c'est-à-dire légalement majeure.

Ses vingt-cinq ans étaient dépassés depuis longtemps. Elle n'avait pas renoncé à son projet de servir Dieu, mais continuait de se demander où elle serait le plus utile. La mort de sa mère la libéra des devoirs qu'elle se sentait envers la pauvre Marie Leszczynska. Et lorsque son père eut installé auprès de lui Mme du

Barry, elle pensa qu'elle ne pouvait rien pour son salut
que par des moyens surnaturels. Par la réversibilité des
mérites, les prières et le sacrifice de sa fille se trans-
mueraient en indulgences pour lui. Tout désormais la
conduisait au couvent. Elle en fit part à l'archevêque
de Paris, Christophe de Beaumont, et le chargea de
solliciter de sa part l'autorisation paternelle. Louis XV
en fut bouleversé. « Et c'est vous, Monsieur l'archevêque, qui m'apportez une pareille nouvelle ? » Il
gémissait, la tête dans ses mains : « C'est cruel... c'est
cruel... c'est cruel..., mais si Dieu la demande, je ne
puis pas la refuser. » Il remit sa réponse à une quinzaine, le temps de s'accoutumer à cette idée, car il
savait déjà qu'il s'inclinerait.

Quinze jours plus tard, le 16 février 1770, il l'informa, dans une lettre très émouvante, qu'il ne se sentait pas le droit de s'opposer à la volonté de Dieu et à
la sienne. Il émettait une seule réserve : qu'elle évite
le carmel de Compiègne, trop proche du château héber-
geant la cour à chaque printemps pour qu'elle y fût en
paix. « Dieu vous donne la force de soutenir votre nouvel état, lui disait-il pour finir, car une fois la démarche
faite, il n'y a plus à en revenir. Je vous embrasse de
tout mon cœur, ma chère fille, et vous donne ma bénédiction. »

Elle choisit la maison de Saint-Denis, qu'elle gagna
aussitôt en grand secret, pour se soustraire à la curiosité. Écoutons à nouveau Mme Campan : « Un soir,
pendant que je lisais, on vint lui dire que M. Bertin,
ministre des parties casuelles, demandait à lui parler ;
elle sortit précipitamment, revint, reprit ses soies, sa
broderie, me fit reprendre mon livre, et, quand je me
retirai, elle m'ordonna d'être, le lendemain à onze
heures du matin, dans son cabinet. Quand j'arrivai, la
princesse était partie. » Louise avoua plus tard à sa
lectrice que le visiteur lui avait apporté l'agrément de
son père : « Elle se flattait avec raison d'être rentrée

dans son cabinet sans la moindre marque d'agitation, quoiqu'elle en éprouvât une si vive, me dit-elle, qu'elle avait eu de la peine à se rendre jusqu'à son fauteuil. »

C'est le roi en personne qui, descendant prendre le café chez Madame Adélaïde comme de coutume, expliqua à ses trois autres filles l'absence de leur cadette : « Ne l'appelez pas, elle n'est plus ici, vous ne la verrez plus, elle est à Saint-Denis aux Carmélites où elle se propose de prendre l'habit. » La colère de n'avoir pas été mise dans la confidence l'emporta tout d'abord chez Adélaïde, mais cette colère ne tarda pas à se muer en admiration. Victoire versa des larmes en silence. Sophie aussi, bien que Mme Campan n'ait pas pris la peine de le noter. « Qu'on n'entende plus parler de moi », écrivit la postulante à son père peu après son départ. Bientôt elle quitterait son nom de Louise pour celui de sœur Thérèse de Saint-Augustin. N'imaginons pas cependant une séparation radicale d'avec les siens et d'avec le monde. On n'est pas impunément fille de roi. La princesse, très vite et très bien adaptée aux rigueurs de la vie conventuelle, recevra de nombreuses visites, entretiendra une abondante correspondance. Dès sa prise de voile, elle ne pourra se dérober aux responsabilités. Élue à trois reprises prieure de son couvent, elle saura le mener d'une main énergique.

Mais n'anticipons pas et revenons à Louis XV. Le sacrifice de Louise ne l'arracha pas des bras de la Du Barry. Aussi hésitait-il à aller la voir, bien qu'elle le lui demandât avec insistance. Brusquement décidé, il se rendit à Saint-Denis à l'improviste le 4 mai « dans une tristesse extrême », et se montra agressif pour dissimuler son malaise : « Je sais que les religieuses aiment à prêcher leurs parents, mais sachez, madame, que je ne veux pas de vos sermons. » « Ah ! papa, s'entendit-il répondre, je respecterai vos ordres, mais au moins, vous agréerez mes prières et mes œuvres. » Nous ne savons rien du reste de leur conversation, mais

selon une religieuse qui le vit partir, il était alors aussi
gai qu'il avait été triste en arrivant. Il n'eut pas le courage d'assister à sa prise de voile au mois de septembre, eut ensuite un choc en la revoyant dans sa robe
de bure brune, le visage pris dans le voile blanc. « Son
habit est bien laid », écrira-t-il à son petit-fils de
Parme. Puis il revint assez régulièrement, une fois par
mois en moyenne, peut-être même davantage. Par privilège exprès, on avait percé dans le parloir une porte
lui permettant de gagner directement la cellule de sa
fille sans rencontrer les religieuses, sauf quand il souhaitait assister à la messe ou au salut. La plupart du
temps il entrait avec sa clef, s'asseyait sur l'humble
paillasse, contemplait parfois par la fenêtre la nécropole royale en disant : « Voilà mon dernier gîte ! »,
préparait lui-même son café comme à la cour et s'entretenait avec Louise pendant au moins une heure. Il
est peu probable qu'elle ait tenté de le convertir par
des sermons, tant elle l'y savait rebelle. Elle se contentait d'être elle-même, simple, naturelle, heureuse surtout : sa sérénité rayonnante était la meilleure des
prédications. Il trouvait auprès d'elle un peu de paix.

Comment conciliait-il les nuits avec sa maîtresse et
les visites régulières au carmel ? C'est le mystère de
cet homme secret et tourmenté, également sincère dans
ses contradictions mêmes, et sur qui pesait si lourdement
le poids écrasant du pouvoir. Louise prit-elle sa part d'un
projet visant à lui faire épouser Mme du Barry, pour le
mettre en règle avec l'Église ? En 1771, le bruit s'en
était répandu jusqu'en Autriche : « On dit que le roi et
le duc d'Aiguillon ont de fréquents pourparlers avec
Madame Louise, la carmélite, qui doit fortement travailler à engager le pape à dissoudre le mariage de
Mme du Barry pour la mettre à même d'épouser le
roi », écrivait-on de Vienne à Mercy-Argenteau en le
priant de s'informer. Mais la réponse de l'ambassadeur
fit seulement état, sans autres précisions, d'intrigues

obscures dont la princesse ne connaissait pas les dessous. Et le projet, si tant est qu'il ait dépassé le stade
des spéculations sur le cas de Mme de Maintenon,
tourna court. Louise était sans doute trop scrupuleuse
pour s'y prêter, et elle devait savoir, aussi, que son
père n'y consentirait pas. Comme il l'avait dit un jour
à Choiseul à propos d'un éventuel remariage autrichien : « Si l'archiduchesse était telle que je la désirerais, je la prendrais pour femme avec grand plaisir, car
il faudra bien faire une fin, et le beau sexe autrement
me troublerait toujours, car très certainement vous ne
verrez pas une dame de Maintenon de ma part. » Ce
n'était pas là parole en l'air. Il respectait infiniment sa
famille. À la différence de Louis XIV, il n'a jamais
envisagé de légitimer ses bâtards ni même de les faire
élever à la cour. S'il tenait à imposer Mme du Barry
comme favorite officielle, il n'entendait pas en faire
son épouse devant Dieu.

Tel était Louis XV, défendant farouchement contre
toutes les pressions son droit à une vie privée de son
choix, mais respectant, avec plus de scrupules que son
bisaïeul, les devoirs qu'impliquaient sa fonction et sa
place dans la chaîne dynastique.

L'idiot de la famille ?

La crise provoquée dans la famille royale par l'arrivée de Mme du Barry tombait on ne peut plus mal
pour le jeune héritier du trône, un adolescent fragile
sur qui pesait déjà plus que sa part de malheur.

En principe sa naissance ne destinait pas au trône le
jeune Louis Auguste, né le 23 août 1754 et titré duc
de Berry. Il n'était que le second des quatre fils du
dauphin Louis Ferdinand, fils unique de Louis XV.
Trois ans le séparaient de son aîné, Louis Joseph, héritier désigné. Derrière lui venaient deux autres garçons :

le comte de Provence, Louis Stanislas Xavier, né en
novembre 1755, et le petit dernier, Charles Philippe,
comte d'Artois, né en octobre 1757. La position intermédiaire, dans une fratrie, est toujours défavorable, on
le sait. Dans ce cas, Louis Auguste souffre d'un handicap supplémentaire. Blond aux yeux de porcelaine
bleue, il tient tout de sa mère, sauf la vivacité. Il promet de ressembler à ses ancêtres saxons dont les hautes
et corpulentes silhouettes peuplent les musées de
Dresde. Il est comme eux lent, placide, silencieux et
obstiné. Ses trois frères au contraire ont la chevelure
brune et les yeux noirs que leur père et leur grand-père
ont hérités de Louis XIV. Pleins de vie et d'esprit, avec
juste ce qu'il faut d'insolence pour paraître doués de
caractère, ils ont l'art d'attirer les regards, de capter
l'intérêt, de se faire admirer, cajoler, partout où ils passent. Leur père croit se reconnaître en eux plus que
dans le vilain petit canard aux manières gauches qui
reste dans son coin sans dire un mot. L'aîné surtout,
très bien dressé par ses précepteurs, semble promettre
d'être un grand roi, tant il affiche déjà de sérieux, d'autorité, de piété. Il joue à être un futur grand roi, à la
satisfaction extasiée de ses parents. Ni Mme de Marsan, chargée de veiller sur la petite enfance des quatre
princes, ni le duc de La Vauguyon, qui lui succède en
tant que gouverneur, ne résistent à l'engouement qui
pousse tout le monde vers l'aîné, au détriment du
second. Talonné de surcroît par le troisième, plus précoce, éclipsé par la souriante espièglerie du quatrième,
Louis Auguste ne recueille que le minimum d'attention
et de soins. Personne ne s'intéresse à lui. Quant à de
l'affection, il n'y faut point songer.

   La tuberculose osseuse qui frappe son aîné vient
soudain bouleverser son existence. L'enfant malade,
bientôt condamné à l'immobilité, s'ennuie. On imagine
de lui fournir un compagnon en faisant passer son frère
puîné « aux hommes » avec un an d'avance. Voici

donc Louis Auguste arraché à la nursery et soumis à l'affectueuse tyrannie d'un futur souverain — on veut encore y croire ! — qui ne dispose d'aucun autre sujet sur qui exercer son autorité. Louis Joseph s'institue pédagogue, entreprend d'enseigner à son cadet comment échapper aux tentations que lui-même a surmontées victorieusement : « Venez apprendre comment on en usait avec moi pour me corriger de mes défauts, cela vous fera du bien. » Et de faire lire par un précepteur docile le récit de sa marche édifiante vers la vertu, qu'il accompagne de commentaires : « Pour ce défaut-là, je crois m'en être corrigé. » La foi aveugle dans le génie et la prééminence morale de l'aîné empêche parents et éducateurs de s'interroger sur les effets nocifs de ce régime sur le cadet. De toute façon le petit malade, héroïque lorsque s'annonce la mort, n'a-t-il pas tous les droits ? Au dernier moment la nature se charge cependant de soustraire le pauvre Louis Auguste, fasciné par son tortionnaire inconscient, à l'épreuve ultime : il ne verra pas mourir son frère. Lui-même, déchiré par la toux, secoué de frissons et de fièvre, est très malade, au point qu'il faut l'isoler. Il ne se contente pas de somatiser son angoisse, comme on dit aujourd'hui. Il a vraiment été contaminé.

À l'aube du jour de Pâques 1761, un messager se présenta chez le père et la mère de l'enfant : « M. le duc de Berry se porte bien, mais... », mais son visage disait clairement que l'autre n'était plus. Chez les parents effondrés de douleur s'installait, dès la première heure, l'idée que la mort s'était trompée de victime. Le survivant n'était pas le bon, il faisait figure d'usurpateur indigne. Il fallait pourtant bien s'y résigner. À sept ans le petit duc de Berry, devenu l'aîné, fut soumis sur ordre de son père à un régime éducatif féroce, destiné à le hisser si possible au niveau requis par sa promotion inopinée.

Sur le gouverneur des enfants royaux et sur l'éducation qu'il fit donner au futur Louis XVI, les contemporains et à leur suite les historiens ont porté les jugements les plus contradictoires. Était-il un honnête défenseur de la morale et de la foi chrétienne face à la montée de l'irréligion ou un abominable intrigant couvrant du voile de la piété ses ambitions hypocrites ? La vérité est sans doute entre les deux. Antoine-Paul-Jacques de Stuers de Quelen et de Caussade, duc de La Vauguyon, tirait de l'ancienneté de sa famille un orgueil démesuré. Un de ses ancêtres s'était illustré parmi les favoris d'Henri III avant de périr sous le poignard de sbires appointés par le duc de Guise dont il avait séduit la femme. Selon la tradition dans la noblesse d'épée, c'est un homme de guerre. Bien qu'il n'ait pu accéder aux plus hauts commandements militaires, il a fait preuve à Fontenoy d'une hardiesse très remarquée. Sa piété, sa haine des philosophes, ses liens avec le parti dévot ont achevé de lui concilier l'estime du fils de Louis XV, qui lui confie, en 1758, le soin d'élever ses enfants.

L'absence de toute expérience pédagogique n'est pas un obstacle pour un emploi de ce genre. La tâche d'instruire les jeunes princes incombe à des précepteurs, en sous-ordre. Le gouverneur se contente en principe de la formation morale. Mais en l'occurrence, comme les parents s'en mêlent, La Vauguyon met la main à la pâte pour que ses élèves puissent produire auprès d'eux des résultats qui lui fassent honneur. Louis Auguste est donc soumis à un régime digne de Gargantua, sous la férule des spécialistes les plus réputés. Il est loin le temps où les grands seigneurs, pleins de mépris pour les cuistres, tiraient gloire de leur ignorance. Un souverain du XVIIIe siècle doit exceller dans toutes les disciplines : histoire, encore entendue cependant comme illustration de préceptes moraux, latin, langues vivantes, mathématiques, physique, géographie figurent à un programme qui ne laisse aucune place aux loisirs. Le dauphin Louis Ferdinand a des principes, aux antipodes des complaisances préconisées par *L'Émile*. Il faut dresser les enfants à la dure. Pour leur former le caractère, l'enseignement doit être rébarbatif : « L'être frivole accoutumé à se jouer avec ses premières études portera dans la suite la même légèreté dans ses affaires, se fera un jeu des plus graves, et les abandonnera dès que ce jeu ne lui plaira plus. » Devant cette austérité qui peut nous paraître aujourd'hui révoltante, songeons un instant à Marie-Antoinette et à l'effet produit sur son éducation par l'absence de toute contrainte...

Contrairement à ce qu'on a dit longtemps, le futur Louis XVI fut un excellent élève, docile, appliqué, réfléchi. Comparé à son cadet Provence, qu'on lui a adjoint pour éviter d'avoir à doubler tous les cours, il est lent, l'autre saisit plus vite, met mieux en valeur ce qu'il sait. Louis Auguste en conclut qu'il est inutile de rivaliser sur ce terrain. Il déteste d'ailleurs les belles phrases, les redondances, les mots d'esprit. C'est un esprit précis, minutieux, mais sec, porté vers les sciences, enthousiasmé par les expériences de physique de l'abbé Nollet, à qui il donne des sueurs froides en démontant son matériel, passionné par les cartes de géographie, qui lui fournissent un inépuisable champ d'évasion où rêver. Il sait énormément de choses, mais comme il ne dit rien, personne ne s'en doute. Son silence passe pour stupidité. Au point que son père, inquiet, crut devoir consulter un jésuite, expert comme tous ses confrères en matière d'éducation, sur les aptitudes de sa progéniture. Le verdict ne fut pas trop sévère pour Louis Auguste : il n'est pas brillant, mais il sera solide. « Je suis ravi de votre manière de voir mon aîné, s'exclama le père anxieux. J'avais toujours cru reconnaître en lui un de ces naturels sans apprêt, qui ne promettent qu'avec réserve ce qu'ils doivent donner un jour libéralement ; mais je craignais que

mon cœur ne me séduisît sur le compte de cet enfant. »
Au fond de lui-même cependant il continuait de douter.

Louis Auguste fut-il bien élevé, mal élevé ? On en
débat encore. À la vérité, ce qui est fâcheux dans l'enseignement qu'il reçut, c'est son caractère abstrait,
théorique, la place prépondérante accordée à la répétition mécanique, le peu d'appel fait à la réflexion, le
peu de contact avec le réel, l'absence totale d'ouverture
sur le monde, et le refus de tout exercice physique sous
quelque forme que ce soit. Il est vrai que Louis Ferdinand, qui vit confiné dans ses livres, a en horreur la
chasse, la promenade, le grand air — tout ce dont raffole son propre père, Louis XV.

Deux aspects surtout se révéleront désastreux.

D'abord, contrairement à toutes les traditions, on ne
donne à ce futur roi aucune formation militaire. Certes
le temps n'est plus où le souverain conduisait la charge
sur le champ de bataille, au risque de se faire tuer, et
les généraux en chef préfèrent depuis longtemps élaborer leur tactique tranquillement, tout seuls. Mais le roi
ne peut être dépouillé sans dommage du prestige qui
s'attache à lui comme chef des armées. Les manœuvres
qui accompagnent chaque année le séjour à Compiègne
lui sont l'occasion de faire admirer sa prestance et, en
parlant à ses soldats, d'établir avec eux ce lien mystérieux qui suscite les dévouements. Le futur Louis XVI
a appris, comme il se doit, la science des fortifications
et des sièges, il s'intéresse à la flotte au point d'y
acquérir une compétence qui surprendra les marins.
Mais il ne saura jamais commander aux hommes. Pourquoi cette étonnante carence, alors que son père avait
le culte de l'action militaire et que son gouverneur en
avait l'expérience ? Ont-ils jugé tous deux le jeune garçon inapte ? La question, à ce jour, n'a pas reçu de
réponse.

L'autre grave défaut de cette éducation tient à son
idéalisme ingénu. Puisant dans la tradition littéraire sur

le prince chrétien, empruntant pêle-mêle à Bossuet et à Fénelon, La Vauguyon inculque à son élève une vision irénique du gouvernement, où la vertu est la condition nécessaire et suffisante de l'efficacité. « Le célèbre M. Bossuet disait qu'on pouvait renfermer tous les devoirs des rois dans ces quatre mots : piété, bonté, justice, fermeté. » À ces quatre devoirs, le zélé gouverneur en ajoutait un cinquième, la chasteté. Il suffira à l'enfant de les respecter pour régner en paix sur le meilleur des royaumes possibles. « Je sens, lui faisait-on écrire, que l'exemple de mes mœurs, de mon respect pour la religion, de mon amour pour la vertu, mon horreur pour les vices et mon mépris pour toutes sortes de bassesses et d'indécences, formeront une sorte de législation plus puissante peut-être que celle des lois. » Dans tout cela, la politique, la vraie, fondée sur le possible, tenant compte de la diversité des hommes et enseignant l'art des sages compromis, brille par son absence.

Une instruction très poussée, mais trop théorique et plus propre à former un clerc qu'un homme appelé à exercer l'autorité suprême ; rien sur l'exercice concret du pouvoir : ce n'est pas ainsi qu'on éduque un futur roi. Louis XIV était beaucoup moins savant, mais il avait appris sur le tas, avec sa mère et avec Mazarin, comment faire face à une émeute et comment conduire une armée. Il savait également danser. Hélas on avait aussi oublié d'enseigner à Louis Auguste ce que le maréchal de Villeroy avait si bien inculqué à son grand-père, l'art de marcher avec élégance et distinction, et d'évoluer en mesure sur un parquet ciré. Le malheureux passait donc pour un rustre, un sauvage, un lourdaud disgracié par la nature, et quasiment un demeuré. Son père, déjà rongé par la tuberculose pulmonaire qui allait l'emporter, redoublait de dureté envers lui, encourageant par là les rumeurs. Lorsque, pour une leçon mal sue, il le priva le 3 novembre 1765 de la chasse de Saint-Hubert, grande fête cynégétique à laquelle tous tenaient à participer, on en conclut que l'enfant n'était vraiment bon à rien. « Quel dommage que le brillant Provence ne soit pas l'aîné, il ferait un bien meilleur roi », murmurait-on dans les coulisses de Versailles.

Une terrible solitude

Le 20 décembre suivant, le dauphin Louis Ferdinand rendait l'âme, laissant son épouse inconsolable. Avant de mourir il lui avait fait jurer de veiller à ce que rien ne fût changé à l'éducation de leurs enfants — une mesure qui visait indirectement Louis XV. Entre celui-ci et son fils unique, un gouffre d'incompréhension s'était en effet creusé au fil des années. Louis Ferdinand, impitoyable pour les infidélités paternelles, n'avait jamais accepté la Pompadour. Très proche de sa mère, il soutenait le parti dévot et s'indigna de l'expulsion des jésuites. Sa piété, sa vie familiale exemplaire faisaient de lui un vivant reproche pour le roi. D'autant plus imbu de l'autorité souveraine qu'il n'avait pas l'occasion de l'exercer, il préconisait la manière forte avec les magistrats indociles. Participant aux Conseils mais tenu à l'écart des décisions, il rongeait son frein dans l'inaction et se posait discrètement en recours : le prochain roi, ce serait lui.

Il s'était heurté violemment à Choiseul, lorsque La Vauguyon avait tenté de faire renvoyer celui-ci, en l'accusant d'avoir organisé en sous-main l'offensive janséniste contre les jésuites. Faute de parvenir à tirer l'affaire au clair, Louis XV l'avait enterrée. Le ministre avait donc gagné la partie, mais il s'était permis à l'égard de l'héritier du trône quelques mots irréparables qui hypothéquaient l'avenir. Louis Ferdinand, se sentant mourir, tenait à transmettre le flambeau à son fils aîné : d'où la promesse exigée de Marie-Josèphe.

Louis Ferdinand avait tort de s'inquiéter, Louis XV ne se serait pas permis d'intervenir en ce domaine. Comme beaucoup de pères conscients de leurs propres faiblesses, il rêvait d'en protéger sa descendance. Et il souffrait trop des malentendus qui l'avaient séparé de son unique fils pour se permettre d'aller contre ses dernières volontés. Tout ce que gagnèrent les enfants à la disparition de ce père fut l'autorisation de faire quelques promenades dans le parc et de prendre un peu d'exercice physique.

Rien ne changea donc dans l'esprit qui présidait à l'éducation du jeune garçon, au contraire. Le modèle paternel vint se substituer à celui qu'avait fourni le petit prince malade et qui commençait à s'émousser. La Vauguyon éleva l'enfant dans le culte du père disparu. Il devait en imiter les vertus, en épouser les inimitiés et en adopter les vues politiques. Les cérémonies à la mémoire du défunt furent pour le gouverneur l'occasion d'admonestations solennelles, dans le style larmoyant alors à la mode : « Promettez-moi que vous vous formerez à son exemple ; venez méditer devant son image ; proposez-vous tous les jours une de ses vertus à imiter et faites que dans mes vieux jours je puisse m'écrier avec attendrissement : "Dieu m'avait enlevé le plus vertueux des hommes, il avait enlevé à la France le plus grand des princes ; il me l'a rendu, il l'a rendu à la nation en la personne de son fils." »

Minée par la maladie qu'elle avait contractée au chevet de son époux, Marie-Josèphe de Saxe, qui aurait pu apporter un peu de chaleur et de tendresse à l'enfant, n'était plus qu'une morte vivante, tout juste capable de se battre contre le projet de mariage autrichien que préparait pour lui Choiseul. Elle s'éteignit le 13 mars 1767. Marie Leszczynska, accablée par tous les deuils successifs, sombrait à son tour dans la mort.

Autour de l'orphelin, personne — sauf le roi, qui, pour l'instant reste lointain. Louis Auguste était seul.

Un incident souvent conté donne la mesure de son isolement affectif. Lors d'une petite fête qu'elle organisa pour les enfants royaux, Mme de Marsan proposa une loterie qu'elle voulut rendre éducative : chacun, au lieu de conserver pour soi son lot, devait l'offrir « à la personne qu'il aimait le plus ». Tous jouaient gaiement le jeu. Mais lorsque Louis Auguste finit par tirer un billet gagnant, il empocha paisiblement son gain. La Vauguyon s'entremit, lui rappela la règle. Alors l'adolescent lui montra les cadeaux entassés aux pieds des autres, tandis que devant lui la place était vide : « Eh bien, monsieur ! Qui voulez-vous que j'aime le plus ici, où je ne suis aimé de personne ? »

Dans les années cruciales où se forme la personnalité, cet enfant naturellement gentil et rieur se replie sur lui-même, il devient renfermé, secret, introverti. Mais l'incident de la loterie enseigne aussi deux choses.

Premièrement, il se sent étranger au monde dans lequel il se trouve. Il n'aime pas la vie de cour. La jugeant artificielle et hypocrite, il en répudie le langage, les façons. Son indifférence à son aspect extérieur, sa préférence pour des habits d'une extrême simplicité, son regard absent, qui le fait passer pour myope, sa lourde démarche de paysan et jusqu'à ses silences, qu'on met sur le compte d'une rustrerie naturelle, tout cela est délibéré et traduit un refus. Tôt levé le matin, il grimpe sur les toits où il poursuit les chats dans les gouttières, observe le ciel et scrute le paysage à la lorgnette. Il aime parler aux gens simples, tient d'une main ferme la charrue d'un laboureur, grimpe sur l'échelle des plâtriers et des peintres qui réparent le château, choisit comme délassement non le tournage du bois et de l'ivoire comme son grand-père, mais la serrurerie qui salit les mains, oblige à dompter le feu et contraint de se colleter avec la résistance du métal, tout en exigeant une extrême précision d'exécution. Contraint de vivre en milieu hostile, il se protège en sécrétant autour de lui une carapace de silence qu'on prend pour de l'insensibilité. Pour l'instant, il est maigre. Plus tard l'embonpoint formera une couche protectrice, une sorte d'édredon dans lequel viendront se perdre les agressions. Et l'image du bon gros sans énergie prévaudra dans l'opinion.

Mais, et c'est le second enseignement de la loterie, il n'est pas timide : un timide n'aurait rien dit. Il y a en lui comme un noyau d'acier, un bloc de certitudes. Sa foi religieuse très vive irrigue tous les aspects de son existence et, dans son cas particulier, parce qu'il est l'héritier du trône, elle lui apporte une forme de sérénité. Il envisage l'avenir avec confiance. Non qu'il soit habité par une quelconque forme d'orgueil. Mais il pense que Dieu dispensera les grâces nécessaires à celui qu'il a élu pour le représenter sur la terre de France. À la différence de Louis XV il n'a aucune répugnance pour le métier de roi, et il se dispose à le faire consciencieusement, comme tout ce qu'il fait. La Vauguyon n'avait peut-être pas tout à fait tort de le mettre en garde contre l'opiniâtreté, c'est-à-dire l'obstination, distincte de la fermeté. Aucune souplesse chez lui. Il ne s'adapte pas. Face aux obstacles il rentre dans sa coquille et attend son heure, qui ne saurait manquer de venir — à ce qu'il croit du moins.

Grand-père et petit-fils

Seul son grand-père, avec un peu d'attention et d'amour, aurait pu lui ouvrir les yeux et lui remettre les pieds sur terre. Mais il y avait entre eux beaucoup de chemin à parcourir. Ils n'auront pas le temps d'aller jusqu'au bout.

La mort de son fils avait bouleversé Louis XV et

l'avait laissé rongé de remords. Et une fois de plus
le malheureux survivant en avait pâti : « Je ne puis
m'accoutumer de n'avoir plus de fils, gémissait le roi,
et quand on appelle mon petit-fils, quelle différence
pour moi, surtout quand je le vois entrer ! » Il déplorait
chez l'adolescent l'absence d'élégance et de grâce,
mais surtout il percevait chez lui un malaise dont il
devinait sans peine la source. Le nouveau dauphin,
élevé dans l'horreur du vice, n'a pas pu rester insensible à la réprobation pesant sur son aïeul. On ne lui a
certes parlé qu'à mots couverts de la vie dissolue de
celui-ci, mais on l'a invité, bien sûr, à prier pour le
salut de son âme. Et les livres d'histoire accommodés
à la sauce moralisante l'ont habitué à voir dans les
mœurs déréglées des rois la cause directe des malheurs
advenus à leurs peuples.

Pour illustrer ce malentendu, un incident très révélateur. Selon une pratique pédagogique courante, La
Vauguyon, après avoir fait paraphraser par son élève
les passages les plus instructifs du *Télémaque* de Fénelon, lui en a fait composer et tirer lui-même le texte
sur une petite presse d'imprimerie. Louis XV, comme
il se doit, a été le premier à recevoir l'hommage d'un
exemplaire de ces *Maximes morales et politiques [...]
sur la science des rois et le bonheur des peuples.* Le
destinataire ne pouvait qu'être indisposé par le nom
de Fénelon et le titre de l'ouvrage, car les théories de
l'archevêque de Cambrai, bien que fort démodées, gardaient cependant un parfum subversif. Il poussa plus
loin sa lecture et ce qu'il découvrit lui déplut. Il se
sentit indirectement visé par la maxime XIII : « ...Le
prince doit éloigner de sa confiance et donner des
marques de mécontentement et de mépris à ceux qui,
après avoir étouffé la voix de la religion, de la pudeur
et de la décence, affichent publiquement le vice, et se
font une gloire de ce qui devrait les couvrir de honte
et d'opprobre. » Au lieu des compliments espérés, il se

contenta de dire à l'imprimeur en herbe : « Monsieur le Dauphin, votre ouvrage est fini, rompez la planche. » Il n'osa pas sévir contre le gouverneur. Mais il en conserva un malaise. Il ne pouvait se défendre de lire une condamnation dans le regard limpide et les innocents propos de son petit-fils.

Le dauphin allait sur ses quatorze ans. Il était en âge de comprendre bien des choses. L'irruption de Mme du Barry dans la vie de son grand-père le troubla profondément. Madame Adélaïde n'avait pas manqué de l'engager dans sa croisade contre la nouvelle favorite. Le jour de la présentation, il lui battit froid, tout comme ses tantes. L'attitude de son gouverneur, en revanche, lui parut sans doute étrange. M. le duc de La Vauguyon, en haine de Choiseul, pactisait avec celle qui portait désormais les espoirs du parti dévot et il entretenait soudain son élève des vertus du roi. Par bonheur, quelqu'un comprit l'angoisse du jeune garçon et lui proposa une solution claire, simple, droite, qui le mettait à l'abri du doute. L'abbé Soldini avait été le confesseur de Marie-Josèphe, qui lui avait confié le soin de diriger la conscience de son fils. Ce prêtre d'origine italienne, d'une rare intelligence, se tenait à l'écart des clans et des coteries, mais portait sur la société un regard lucide et sa piété ne l'empêchait pas d'inviter son pupille à se prémunir contre les tentatives d'empiétement du clergé sur le pouvoir royal : un enseignement autrement concret et réaliste que les maximes tirées du *Télémaque* ! Sans chercher à minimiser les fautes indéniables de Louis XV, il expliqua à son petit-fils qu'il ne lui appartenait pas de le juger, que son devoir était au contraire d'imposer silence au zèle indiscret des pharisiens :

« Regardez comme vos ennemis personnels ceux qui oseraient le critiquer en la moindre chose devant vous, quels qu'ils soient. Si les enfants sont tenus à jeter un voile sur les défauts de leur père, à l'imitation de Sem et de Japhet, pour ne pas encourir la malédiction avec Cham*, combien plus y sont tenus les enfants des rois [...] Élevez-vous sans aucun ménagement contre tous ceux qui auront la témérité de censurer en votre présence votre aimable père. »

Et, allant plus loin, il lui enjoignit de faire les premiers pas :

« Vous êtes son bras droit, il faut qu'il vous ait à sa volonté. Arrangez-vous dans vos diverses occupations de façon qu'il se voie toujours chez vous le bien venu, le bien reçu, le bien désiré. S'il vous visite ou s'il vous appelle, quittez tout avec joie et promptitude [...] La chasse est un plaisir véritablement royal, vous y suivrez le roi quand il l'exigera, vous désirerez même de l'y accompagner toujours, et vous lui en marquerez votre empressement. »

Regroupés avec d'autres dans une grande lettre remise au dauphin à la veille de son mariage**, ces conseils tiraient de la circonstance une valeur solennelle. Ils lui offraient l'équivalent des instructions données par Marie-Thérèse à Marie-Antoinette : une ligne de conduite pour les années à venir. L'effet en fut immédiat. L'abbé avait vu juste en misant sur la chasse pour rompre la glace entre le roi et le dauphin. Longtemps frustré d'exercice physique, l'adolescent s'était pris de passion pour l'équitation lorsqu'on l'avait enfin autorisé à monter. Bien qu'il eût beaucoup grandi et que sa santé fût encore fragile, il allait mieux, il s'épanouissait dans l'ivresse de la course et il montra bientôt, à forcer le cerf, un courage et une habileté remarquables. Le roi, grand chasseur lui-même, fut ravi de trouver en son petit-fils autre chose qu'un gri-

---

* Allusion à l'épisode de l'ivresse de Noé dans la Bible (*Genèse*, IX, 20-27).

** Le texte de cette lettre est conservé à la Bibliothèque nationale de France, manuscrits français 14714, fol. 20.

bouilleur de mémoires moralisants. Une complicité se noua entre eux.

Après la chasse, on soupait. Entre hommes, parfois. Mais le plus souvent, un des pavillons dispersés en forêt — Saint-Hubert, La Muette... — abritait des soirées où Mme du Barry faisait office de maîtresse de maison. Le roi, un peu gêné, craignant un refus, n'osait pas y inviter son petit-fils. C'est ce dernier qui prit l'initiative et fit contacter discrètement la favorite. Une petite mise en scène fut organisée pour dissimuler la démarche au public. Un certain soir, à peine avait-il quitté les chasseurs que Mme du Barry s'écria : « Ah ! que je suis bête : j'ai oublié de prier le roi qu'il fît rester à souper ici M. le dauphin, mais je le ferai une autre fois. » Et c'est ainsi que le petit-fils prit l'habitude de souper régulièrement après la chasse en sa compagnie. L'hommage qu'il rendait ainsi à son grand-père au moment où le reste de la famille le décriait toucha profondément celui-ci. Évoquant dans une lettre à l'infant de Parme le souvenir de son défunt fils, il ajoutait, le 16 juin 1770 : « Le destin m'en donne un autre qui me paraît [devoir] faire le bonheur du reste de mes jours, et je l'aime de tout mon cœur parce qu'il me le rend. » Et encore, le 24 juin : « Je suis très content de mon petit-fils par l'amitié qu'il me marque intérieurement et extérieurement, et c'est ce dernier point qui me plaît le plus, car j'étais bien sûr du premier. » Dans le combat qui se livrait autour de la favorite, l'héritier du trône avait pris publiquement parti pour le roi.

Tel est le climat qui règne à la cour de France quand Marie-Antoinette y débarque les yeux fermés, téléguidée de Vienne par sa mère. Tel est l'époux dont on lui dit qu'il est un rustre ignorant, bigot, balourd, qu'elle n'aura pas de peine à dominer. Elle va se trouver loin du compte.

Chapitre cinq

La première dame du royaume

Lorsque Marie-Antoinette arrive en France, Marie Leszczynska et Marie-Josèphe de Saxe ne sont plus là pour l'accueillir. Elle sera donc, en dignité, la première dame du royaume. Mais elle n'est qu'une petite fille, qui n'a ni l'apparence physique, ni la maturité psychologique d'une adulte. Elle n'a pas encore franchi ce que nous appelons l'âge ingrat, elle y entre tout juste. Le moment est très mal choisi pour un changement total d'univers, accompagné d'une si haute promotion. Trois quarts de siècle plus tôt, la jeune duchesse de Bourgogne, dans des circonstances analogues, avait été fermement prise en main par Mme de Maintenon, qui avait achevé de l'éduquer. La charge incomberait cette fois à Madame Adélaïde, mais elle n'a ni les capacités ni l'autorité requises. On comprend que Louis XV ait jugé préférable de laisser l'impératrice diriger sa fille, par ambassadeur interposé. Il ne pouvait, à l'époque, en mesurer les inconvénients.

La dauphine débarque en pleine guerre entre le parti conservateur, appuyé sur la Du Barry, et le parti choiseuliste, qui se sent menacé. Voudrait-elle s'en tenir à une stricte neutralité qu'elle ne pourrait s'empêcher de passer pour un atout dans le jeu de Choiseul, puisqu'elle est le gage de l'alliance autrichienne, dont il a été l'artisan et que ses ennemis récusent. Elle est donc partie prenante, malgré elle, dans le conflit. Et, comme l'âge du roi laisse présager qu'elle sera bientôt reine, elle est un enjeu qu'on se dispute dans un climat de fin de règne — un enjeu politique majeur. Elle montre de la personnalité : elle comptera. Faute de parvenir à la neutraliser, tous rivalisent auprès d'elle de complaisances et de flatteries, exacerbant l'orgueil naturel qu'elle tire de sa naissance. Il y aurait là de quoi tourner des têtes plus solides. Si l'on y ajoute que ses mentors lui rabâchent qu'elle doit en imposer à toute la cour, prendre barre sur son mari et faire la conquête du roi, on mesure l'ampleur de la tâche qui l'attend !

Elle ne s'engage pas tout de suite contre la favorite. Elle se contente de porter sur elle, d'emblée, un jugement sans appel : « Le roi a mille bontés pour moi et je l'aime tendrement, écrit-elle à sa mère dès le 9 juillet, mais c'est à faire pitié la faiblesse qu'il a pour Mme du Barry, qui est la plus sotte et impertinente créature qui soit imaginable. » On reportera cependant au chapitre suivant le récit de leurs affrontements, car Marie-Antoinette, dans l'immédiat, a plus urgent à faire. Il lui faut s'installer, se plier aux usages et aux habitudes de Versailles, organiser sa vie, apprendre son rôle et, comme on dit aujourd'hui familièrement, prendre ses marques. À peine est-elle parvenue à se faire sa place que deux événements viennent bouleverser ce fragile équilibre : un virage politique qui aboutit au renvoi de Choiseul, principal soutien de sa mère sur le plan intérieur, et le mariage de ses deux jeunes beaux-frères avec des princesses de Savoie, qui contrebalance, sur le plan extérieur, l'alliance franco-autrichienne. Ses premières années à la cour de France n'iront donc pas sans chausse-trapes de toute sorte. Être la première dame du royaume l'expose en pleine lumière et lui fait courir beaucoup plus de risques que son mari, abrité dans l'ombre du roi. Tous les yeux sont fixés sur elle, dont le moindre geste et le moindre mot tirent à conséquence.

Des relations difficiles

Marie-Antoinette ne s'attendait sûrement pas à tomber sur un prince charmant. Au cours du voyage, Vermond l'a trouvée « fort occupée de ce qu'on lui a dit de la dureté et de l'humeur sombre de M. le dauphin ». Elle l'aborde avec inquiétude et Starhemberg craint pour elle « le dégoût que pourrait lui causer l'extrême disgrâce » de cet époux très rebutant. Comme elle n'aime pas à revenir sur une idée une fois ancrée dans sa tête, elle ne cherche en lui, quand elle le découvre, que la confirmation de ses préventions. Elle ne voit ni sa modestie, ni sa douceur, rien que son air gauche, son manque de prestance qu'elle tient pour rustrerie, son mutisme qu'elle prend pour sottise. Entre eux, il est vrai, les incompatibilités sont flagrantes. Il est aussi lent qu'elle est vive, aussi réfléchi qu'elle est étourdie, aussi replié sur lui-même qu'elle est extravertie. Il goûte le silence, la paix, la solitude ; elle ne tient pas en place, il lui faut du monde et du bruit, des divertissements. Elle est fascinée par tout ce qui brille, il se défie des apparences. Elle raffole des mots d'esprit piquants, il n'apprécie dans le langage que la rigueur. Il cherche à creuser les choses, alors qu'elle se contente de voltiger à leur surface. Sa piété à elle n'est que superficielle, tandis que lui vit sa foi intensément.

Ils aiment à rire pourtant tous deux, mais ils ne rient pas à l'unisson. Il a une grosse et franche gaieté aux éclats retentissants, qu'elle juge, non sans quelque raison, vulgaire. Aux farces de collégien auxquelles il se complaît encore, elle préfère un comique plus fin, plus méchant aussi, visant les travers du prochain. Quant à son penchant pour les travaux manuels, elle le supporte d'autant plus mal qu'il blesse de surcroît ses préjugés nobiliaires : « Ce

goût, se plaint-elle à Mercy, pourrait l'entraîner dans
l'habitude de trop traiter avec des gens du plus bas
ordre. » Elle a honte de ce mari qui « a toujours
l'air d'un paysan qui vient de quitter sa charrue ».
Bref, ils sont très peu préparés à s'entendre.

Or, loin de les y aider, on a tout fait pour susciter
entre eux la méfiance. Dès le premier jour, la question
du maintien de Vermond les a opposés. L'antipathie
du dauphin pour l'abbé a été immédiate et radicale. Il
n'avait pas besoin de son gouverneur pour l'éclairer
sur le rôle que devait jouer ce protégé de Choiseul et
de l'Autriche, il avait compris tout seul. Mais La Vauguyon lui apporta dans l'offensive pour faire chasser
l'importun l'appui du parti dévot. On a vu plus haut
comment le roi avait transigé, concédant à Vermond la
charge de lecteur, mais lui déniant celle de confesseur.
Il avait refusé cependant de le remplacer par l'abbé
Soldini, candidat de l'archevêché, et avait imposé son
propre confesseur, l'abbé Maudoux, un brave prêtre
étranger à toutes les coteries, à qui le soin de la
conscience royale laissait de larges loisirs. Le dauphin
s'inclina, mais en garda contre Vermond un vif ressen-
timent, qu'exacerbaient chaque jour les efforts de
l'abbé pour s'immiscer en tiers dans les visites qu'il
faisait à sa femme. Il trouva le moyen de ne pas lui
adresser la parole pendant des mois, voire des années
— et ce n'était pas « par embarras et nonchalance »,
quoi qu'en ait écrit Mercy à Marie-Thérèse ! De cette
petite guerre, l'ambassadeur sortait grand gagnant. Son
informateur restait en place, et son emprise sur Marie-
Antoinette se trouvait renforcée. Car il ne fut pas difficile de faire voir à celle-ci dans l'affaire la preuve que
La Vauguyon, un « méchant homme » et un « tartufe »
qui s'était asservi son élève, prétendait la « gouverner », « l'assujettir », la plier sous le « joug » par
personne interposée. Rien ne pouvait la révolter
davantage.

A-t-elle plaidé auprès de son mari la cause de Vermond ? On ne sait. Mais elle n'a pu se retenir de dénigrer son ancien gouverneur. Avec une insigne maladresse. Quand elle lui disait que La Vauguyon et son fils étaient deux fripons, il se contentait de « secouer la tête sans répondre », et elle croyait naïvement l'avoir « bien éclairé » sur leur compte. Elle se flattait de lui avoir « arraché son secret » sur le duc, « dont il est convenu ne pas faire grand cas » — un mot bien vague, qui peut vouloir dire simplement qu'il a protesté quand elle lui a reproché de se laisser mener par lui. « Il n'aime certainement point M. de La Vauguyon, mais il le craint », écrivit-elle de confiance à sa mère. « Elle était persuadée, ajoute Mercy, que le dauphin tenait au duc de La Vauguyon par l'habitude, par la crainte, mais nullement par affection ni confiance, qu'au reste ce prince était si réservé sur le chapitre des gens qui l'entourent que, malgré quelques petits tentatifs, elle n'avait jamais pu tirer de lui un mot de nature à éclaircir ses doutes. » À la vérité, le jeune homme n'aime pas beaucoup son gouverneur, dont il semble avoir mesuré déjà les limites intellectuelles et dont il dira beaucoup plus tard qu'il l'a mal élevé. Mais il lui déplaît que Marie-Antoinette se mêle de lui donner des leçons sur ce chapitre. Les conclusions qu'elle tire de ses réponses évasives et de ses silences sont pour le moins hâtives. Qu'elle soit « toujours écoutée sans essuyer de contradiction » ne prouve rien, sinon qu'il tient ce qu'elle dit pour négligeable.

Les premiers contacts sont chargés de malentendus. Ils ne se comprennent pas, n'ont rien à se dire, rien qu'ils aient envie de faire en commun. Si, pourtant, dans la semaine qui suit leur mariage, ils lisent les *Mémoires* de Sully. Le choix de ce texte — un des livres qu'aimaient à lire ensemble ses parents — suggère qu'il s'agit d'une initiative du dauphin pour tenter de se substituer à Vermond dans les fonctions de lecteur. Mais la tentative n'eut pas de suite. Ils ne s'adressent pas la parole en public, reconnaît Starhemberg[*]. Elle s'efforce cependant d'user avec lui du charme qui opère si bien sur les autres. Elle lui sourit, l'interroge, le sollicite, le provoque. Ombrageux et secret, il se garde bien de confier à sa babillarde petite épouse ce qu'il pense des uns et des autres. Il se renferme dans sa coquille, lui laissant croire en se taisant qu'il a dit tout ce qu'elle a envie d'entendre. S'imagine-t-elle l'avoir conquis ? En tout cas, elle s'en vante auprès de Mercy, qui peut triompher : « Elle se comporte vis-à-vis de lui avec tant de gaieté et de grâce que le jeune prince en est subjugué ; il lui parle avec confiance de choses sur lesquelles jamais il ne s'était expliqué à personne. Son caractère sombre et réservé l'avait rendu impénétrable jusqu'à présent, mais Mme la dauphine lui fait dire tout ce qu'elle veut. » Quelle illusion !

La défiance installée entre eux ne facilite pas des relations conjugales rendues difficiles par leur jeunesse et leur manque de maturité. Toute la cour est au courant de l'échec et en jase. Chacun s'étonne, écrit Starhemberg, de « cette conduite incroyable de la part d'un jeune prince marié depuis peu de jours avec une princesse d'une figure agréable et qui, à tous égards, plaît à tout le monde... ». Deux jours après les noces, le dauphin a repris ses chasses matinales. « C'est quitter bien tôt ! » commente-t-on. À son retour il rend visite à sa femme qui émerge tout juste du sommeil : « Avez-vous bien dormi ? — Oui. » C'est tout, c'est peu. Il est vrai que Vermond ne s'est écarté que du strict minimum : debout dans l'embrasure de la porte, il reste à même de les entendre, ce qui n'encourage pas les effusions. Couchent-ils vraiment toutes les nuits « dans le même lit et sous la même couverture »,

* Starhemberg, qui a passé une dizaine de jours à Versailles après le mariage, est l'auteur des premiers comptes rendus à l'impératrice. Il cédera ensuite la plume à Mercy.

comme l'affirme Starhemberg à Marie-Thérèse ? Rappelons-nous que les usages de la cour de France, très différents de ceux de Vienne, attribuent aux couples princiers des appartements distincts et qu'il appartient à l'époux, à son gré, de rester chez lui ou de rejoindre le lit de sa femme. Il n'est pas possible, d'après les témoignages dont on dispose, de savoir au juste comment le jeune homme usa de cette liberté dans les premiers mois. Le seul fait qui s'impose à tous, au lendemain du mariage, est que les deux époux restent des étrangers l'un pour l'autre, bien qu'ils préservent les apparences. Ils sont aidés sur ce dernier point par l'emploi du temps de la vie de cour, réglé comme du papier à musique.

La vie quotidienne d'une dauphine

Marie-Thérèse ayant exprimé le désir de savoir à quoi sa fille passe ses journées, celle-ci s'exécute, le 12 juillet 1770, dans une longue lettre, dont voici l'essentiel :

« Je me lève à dix heures ou à neuf heures, ou à neuf heures et demie, et, m'ayant habillée, je dis mes prières du matin, ensuite je déjeune, et de là je vais chez mes tantes, où je trouve ordinairement le roi. Cela dure jusqu'à dix heures et demie ; ensuite à onze heures je vais me coiffer. À midi on appelle la chambre et tout le monde peut rentrer, ce qui n'est point des communes gens. Je mets mon rouge et lave mes mains devant tout le monde, ensuite les hommes sortent et les dames restent et je m'habille devant elles. À midi est la messe ; si le roi est à Versailles, je vais avec lui et mon mari et mes tantes à la messe ; s'il n'y est pas, je vais seule avec M. le dauphin, mais toujours à la même heure. Après la messe nous dînons à nous deux devant tout le monde, mais cela est fini à une heure et demie, car nous mangeons fort vite tous les deux. De là je vais chez M. le dauphin, et s'il a affaires, je reviens chez moi, je lis, j'écris ou je travaille, car je fais une veste pour le roi, qui n'avance guère, mais j'espère qu'avec la grâce de Dieu elle sera finie dans quelques années. À trois heures je vais encore chez mes tantes où le roi vient à cette heure-là ; à quatre heures l'abbé vient chez moi, à cinq heures tous les jours le maître de clavecin ou à chanter jusqu'à six heures. À six heures et demie je vais presque toujours chez mes tantes, quand je ne vais point promener ; il faut savoir que mon mari va presque toujours avec moi chez mes tantes. À sept heures on joue jusqu'à neuf heures, mais quand il fait beau, je m'en vais promener et alors il n'y a point de jeu chez moi, mais chez mes tantes. À neuf heures nous soupons, et quand le roi n'y est point, mes tantes viennent souper chez nous, mais quand le roi y est, nous allons après souper chez elles, nous attendons le roi, qui vient ordinairement à dix heures trois quarts, mais moi en attendant, je me place sur un grand canapé et dors jusqu'à l'arrivée du roi, mais quand il n'y est pas, nous allons nous coucher à onze heures. Voilà toute notre journée. » Quant au programme des dimanches et fêtes, que la petite promet pour une autre fois, Marie-Thérèse ne le verra jamais arriver. Il nous reste donc à l'imaginer, plus strictement minuté encore, avec les multiples offices religieux et le souper public « au grand couvert », offert en spectacle aux visiteurs dominicaux.

Cette lettre, très enfantine, évoque mieux que tous les témoignages ce qu'est alors Marie-Antoinette : une petite fille incapable de veiller au-delà de onze heures du soir et qui s'endort sur les canapés comme un bébé dont les yeux se ferment tout seuls. Elle laisse entrevoir aussi la force des pressions qu'exerce sur elle une cour très formaliste à laquelle elle peine à s'intégrer.

Sa dame d'honneur, fort bien disposée à son endroit

puisque amie de Choiseul, prend à cœur d'en faire une jeune personne bien élevée. Hélas, la pauvre Mme de Noailles, au demeurant fort honnête femme, est guindée, rigide, et peu intelligente. Les usages de la cour, où elle a toujours vécu, sont pour elle autant d'impératifs catégoriques qu'elle cherche à inculquer à la dauphine sans être capable de lui en faire comprendre l'esprit, ni de distinguer l'essentiel de l'accessoire. La tâche est rude. La petite répugne à se laver les dents et refuse énergiquement de porter un corset. Pourtant, lui dit-on, sa taille risque de se gâter et son dos de se déformer. Mais elle se débat pour échapper à ce que nous nommerions plutôt un bustier, puisque cette armure de tissu baleiné prend des hanches jusqu'aux épaules incluses. Elle va jusqu'à écrire à sa mère, contre toute évidence, que personne n'en porte en France. Elle se résignera cependant et c'est aux corsets qu'elle devra la taille de guêpe dont elle sera si fière : il viendra un moment où elle ne voudra plus les quitter. Mais dans l'immédiat, elle a trouvé pour sa dame d'honneur le surnom approprié : c'est Madame l'Étiquette ! Elle ne cesse de la contrarier, avec le secret espoir de la pousser à la démission. Mercy doit déployer des trésors d'éloquence pour la convaincre qu'elle pourrait perdre à en changer.

Elle aime les enfants. Elle passe une grande partie de la journée, déplore l'ambassadeur, avec ceux de ses domestiques, « qui gâtent ses habits, déchirent et cassent les meubles, et mettent le plus grand désordre dans l'arrangement des appartements ». Et la dame d'honneur a un haut-le-cœur lorsqu'elle la trouve, oublieuse de son rang, en train de jouer avec eux par terre à quatre pattes. Que ne s'occupe-t-elle des fillettes de sa famille ! Il y en a deux, les jeunes sœurs du dauphin, Clotilde, douze ans, et Élisabeth, six. Hélas, sa prédilection pour la cadette, qui est en effet beaucoup plus jolie que l'aînée — si grasse qu'on la surnomme Gros-

Madame —, indigne leur gouvernante Mme de Marsan : elle devrait au contraire réserver un surcroît d'affection à celle que « la nature a traitée moins
favorablement ». Rien de pendable on le voit. Comme
s'en rend bien compte Louis XV, elle est encore elle-
même « très enfant ».

Autre source de réprimandes, plus sérieuses : son
goût pour la moquerie, qui éclate dès les premières
semaines. C'est de son âge aussi. La plupart des dames
qui composent sa « maison » sont des survivantes de
celles de Marie Leszczynska et de Marie-Josèphe de
Saxe, auprès de qui l'on ne s'amusait guère. Elles ont
au moins vingt-cinq ans de plus qu'elle, elles font
figure à ses yeux de fossiles. Quelques jeunes femmes
de la cour ne demandent qu'à se divertir. Elle leur
réserve ses entretiens, leur parle à l'oreille, se raille
avec elles « de tout ce qui est laid et maussade ». « Par
un pur effet de gaieté et sans mauvaise intention, elle
se livre quelquefois à plaisanter sur le chapitre de ceux
auxquels elle aperçoit des ridicules », se lamente
Mercy, qui ajoute qu'elle aggrave son cas en donnant
à ses observations « l'esprit et le sel propres à les rendre plus piquantes ». Et les vieilles gens s'indignent de
la voir se moquer d'eux ouvertement et leur « éclater
de rire au visage ».

Il lui faut cependant, en tant que première dame,
« tenir la cour » pendant la soirée, ce qui se réduit à
cette date à réunir les courtisans chez elle autour de
tables de jeu. Il lui faut se plier ensuite à ce qu'on
appelle encore, très improprement, le « cercle ». Une
chance pour elle : le « cercle de la reine », tel que
l'avait pratiqué avec éclat Anne d'Autriche, est tombé
en désuétude, faute de reines ou de dauphines capables
de diriger une conversation élégante et raffinée au
milieu d'une corbeille de duchesses assises en rond sur
leur tabouret et de grands seigneurs debout. Le « cercle » n'est plus qu'une cohorte de courtisans venus ren-

dre hommage à la dauphine, qui défile devant eux en accordant à chacun quelque parole aimable.

Son arrivée dépossède de ces prérogatives Madame Adélaïde, qui occupait jusque-là le premier rang. Une fois surmonté un moment de jalousie, celle-ci a choisi de remplir le rôle que lui imposent son âge et sa parenté. Elle prend la petite sous son aile dans la louable intention de lui apprendre son métier, et avec l'arrière-pensée qu'elle gardera sur elle une influence qui retardera sa propre mise à l'écart. Et puis, n'est-ce pas une œuvre pie que de la soustraire à un entourage largement noyauté par le clan Choiseul ? Mesdames tantes, donc, l'attirent chez elles, lui confient une clef de leur appartement pour qu'elle puisse s'y rendre à toute heure, elles la couvent, l'accaparent et, voyant que la tenue quotidienne de la cour lui paraît une corvée, elles s'offrent à l'en décharger en partie : on pourra continuer de jouer chez Madame Adélaïde ! Mercy aperçoit le piège, avertit Marie-Antoinette que « l'étiquette et l'usage, à défaut d'une reine, attribuent toute la représentation à une dauphine » : même si le cavagnole cher à Marie Leszczynska l'ennuie à mourir, c'est à elle d'y présider.

Les relations avec Mesdames tantes avaient débuté au beau fixe avec la bénédiction de Marie-Thérèse : « Ces princesses sont pleines de vertus et de talents, écrivait-elle à sa fille le 4 mai ; c'est un bonheur pour vous ; j'espère que vous mériterez leur amitié. » Elles tournent rapidement à l'aigre, dès que l'ambassadeur s'aperçoit que leur influence tend à contrarier la sienne. Il dénigre alors leur mesquinerie, leur indiscrétion, leur volonté de penser et de parler à la place de la fillette, de l'enfermer dans leur univers étroit de vieilles filles. Hélas, ces critiques, non dénuées de fondement, n'ont rien à voir avec l'intérêt de la dauphine, elles ne sont que le reflet du conflit entre les différents clans pour avoir la haute main sur elle.

Velléités d'indépendance

Entre les injonctions de sa mère, les réprimandes de sa dame d'honneur et les conseils de ses tantes, Marie-Antoinette étouffe et ronge son frein. À quoi sert-il d'être mariée et d'occuper le premier rang à Versailles si c'est pour être traitée en écolière ? Marie-Thérèse n'en démord pas : « Tâchez de tapisser un peu votre tête de bonnes lectures, lui écrit-elle en janvier 1771. [...] Ne négligez pas cette ressource, qui vous est plus nécessaire qu'à une autre, n'y ayant aucun autre acquis, ni la musique, ni le dessin, ni la danse, peinture et autres sciences agréables... » Mais la dauphine déteste les « bonnes lectures » et s'y dérobe de son mieux. Les corvées de représentation lui sont insupportables. Faute de pouvoir échapper au jeu du soir, elle tente d'en atténuer l'ennui en substituant, du moins à la table qu'elle préside, le reversi au cavagnole. Manger en public lui coupe l'appétit, qu'elle a d'ailleurs fort léger. Alors elle accélère le service, les plats défilent devant le dauphin si vite qu'il n'a pas le temps d'y toucher. Les courtisans guettent sa réaction, mais il rit du meilleur cœur.

Elle profite de toutes les occasions qui s'offrent pour s'affirmer. Et elle commence à jouer des pressions contradictoires qui pèsent sur elle pour faire prévaloir sa volonté.

En veut-on des exemples ? Elle n'a en principe aucun droit de regard sur le choix du personnel composant sa maison. Voici qu'il faut engager une femme de chambre. Le dauphin a une candidate, Mme Thierry, épouse de son propre valet de chambre. Mais Mme de Noailles, qui s'est vu accorder par le roi le privilège de recruter le personnel de service, se récrie à l'idée de voir nommer une femme issue du clan opposé. Or Marie-Antoinette a vu les deux enfants de Mme Thierry, elle s'en enchante, elle les veut auprès d'elle. Elle obtient gain de cause, en dépit des ordres formels de Mercy. Autre exemple, inverse. Sa dame d'atours, Mme de Villars, très âgée, va devoir se retirer, il faudra la remplacer. Le dauphin souhaite voir désigner pour lui succéder la bru de son gouverneur, Mme de Saint-Mégrin. Cette fois-ci Marie-Antoinette partage l'appréhension de l'ambassadeur. N'osant affronter le roi, elle lui écrit : « J'aurais bien de la peine à voir Mme de Saint-Mégrin dans ma maison, et surtout dans une place comme celle-là. J'ai trop de confiance dans l'amitié de mon cher papa pour croire qu'il voulût me donner ce chagrin ; je le supplie instamment de me l'épargner. » Le roi y consentit, mais en profita pour lui rappeler ses devoirs : « Lorsque les places vaqueront par mort ou par démission, j'espère que vous agréerez les personnes que je vous proposerai. » Et l'année suivante, sans lui demander son avis, il nomma Mme de Cossé.

Lorsqu'il le peut cependant, il ne cherche qu'à lui faire plaisir. Elle en profite alors pour invoquer son autorisation face à une interdiction de sa mère, comme le montre l'affaire des promenades à cheval. Elle s'ennuie au château, elle a la bougeotte, elle ne manque pas une occasion de se promener. À pied, jusqu'à présent, ou en voiture légère. Mais les autres montent à cheval, même les femmes. L'en empêcher, c'est à peu près comme si l'on prétendait aujourd'hui lui interdire de passer son permis de conduire. Or l'impératrice ne veut pas en entendre parler : elle estime que l'équitation risque de compromettre une éventuelle grossesse. Aucune espérance de maternité n'est encore à l'ordre du jour, et pour cause. Mais Marie-Thérèse, en prévision du moment espéré, préférerait, pour éviter les tentations, que sa fille ne sache pas monter. En attendant, elle trouve un argument : les promenades à cheval abîment la taille et gâtent le teint. Il en faudrait davantage pour décourager Marie-Antoinette. Elle contourne l'obstacle. Mercy avait fait prévenir le roi, par Choiseul, des inconvénients que pouvait présenter pour elle l'équitation « dans un âge si tendre ». Lorsqu'elle sollicita son « cher papa », elle se heurta à un refus, mais, pour la consoler, il lui offrit des ânes. On en trouva de « fort doux et tranquilles », pour l'emmener en forêt avec ses dames en toute sécurité. Elle ne tarda pas à se lasser de ces montures trop rustiques et, avec la complicité de Madame Adélaïde, qui avait été à son âge une cavalière émérite, un petit complot fut organisé. À un rendez-vous fixé dans une clairière l'attendait un cheval, qu'elle échangea contre son âne. Un écuyer tenait l'animal par la longe et plusieurs personnes suivaient, prêtes à la rattraper en cas de chute. Le soir elle ne cachait pas sa joie et confiait à une de ses dames qu'elle était curieuse de voir la tête que ferait l'ambassadeur. Quand il arriva, le lendemain, le reproche à la bouche, elle lui opposa triomphalement le consentement du roi et le désir « de plaire à M. le dauphin en partageant son goût pour l'exercice du cheval ». Que répondre à cela ?

Comme elle l'avoue à Mercy le 1er décembre, Marie-Thérèse connaît assez sa fille « pour être bien persuadée qu'elle viendra à bout de tout ce qu'elle souhaite et osera beaucoup ». Elle feint donc de s'incliner, « pour ménager son crédit » auprès d'elle : « Vous me dites que le roi l'approuve, et le dauphin, et tout est dit pour moi. » Mais elle ne se tient pas pour battue et, des mois durant, le feuilleton épistolaire continue. La petite est douée, elle a fait des progrès spectaculaires. Alors on ergote sur la façon de monter — en amazone et non « en homme » —, sur la durée des promenades — pas plus de deux ou trois heures et pas plusieurs jours de suite — et surtout sur la chasse, qui fait l'objet d'une interdiction formelle. « Je vous prends au mot, dit la mère, une grande princesse ne saurait manquer de parole [...] ; vous me promettez : "Jamais je ne courrai la chasse à cheval". J'accepte l'offre que vous me faites [...] ; mais point d'excuses ou de subterfuges sur ce point. »

L'hiver durant « la passion de Mme l'archiduchesse pour le cheval se soutient toujours, elle monte au manège quand le temps est trop mauvais pour se promener en plein air ». La venue du froid et de la neige lui fournissent une autre occasion de s'en donner à cœur joie grâce aux courses de traîneaux, où son expérience autrichienne lui permet de jouer les vedettes. Mais avec les beaux jours, l'équitation reprend ses droits et inspire les deux portraits qu'on prépare d'elle, l'un équestre, l'autre, plus petit, en costume de cheval. Les promesses se sont envolées. La mère gronde : « Je suis bien fâchée d'avoir appris que vous ne m'avez pas tenu parole et que vous courez à la chasse. » En pure perte. Les reproches, étalés sur des mois, portent alors sur son « peu de franchise », dont on doit craindre, confie-t-elle à Mercy, qu'il ne s'étende à d'autres sujets : « Ma fille pourrait bien être aussi peu de bonne foi sur les confidences qu'elle vous fait que sur la chasse vis-à-vis de moi... » En décembre 1772, elle la prend à nouveau en flagrant délit de mensonge et les plaintes reprennent, sur le mode sentimental : « Votre candeur, votre tendresse auraient diminué le petit manque de parole, mais l'ayant dû apprendre par les gazettes — en vérité par l'ambassadeur ! —, j'avoue, cela m'est sensible, et jette une ombre pour l'avenir sur votre confiance vis-à-vis de moi... » Mais la coupable dispose d'un argument sans réplique : « Le roi et le dauphin ont plaisir à me voir à cheval [...] ; ils ont été enchantés de me voir l'habit d'équipage... » Et un cheval, n'est-ce pas, est fait pour courir !

Dans un autre domaine s'affirme à nu ce tempérament impatient et impérieux, qui n'admet pas de résistance : ses relations avec le service des Bâtiments. Les historiens n'en parlent guère, parce que Mercy n'en parle pas. C'est à Pierre de Nolhac que revient le

mérite d'avoir exploité les documents d'archives.
Voici l'affaire, qui opposa la petite dauphine de quatorze ans, à peine arrivée, à l'illustre Gabriel, architecte
du roi.

L'usage voulait que la dauphine, faisant fonction de
reine, occupe les somptueux appartements du premier
étage symétriques de ceux du roi. Dès 1769, on entreprit l'indispensable rénovation, mais le Trésor était
vide et les travaux traînèrent. Sa chambre, on l'a vu,
n'était pas prête lors de son mariage. Installée provisoi-
rement au rez-de-chaussée dans un local trop modeste
et trop étroit à son gré, elle trépignait. À peine avait-
on réactivé les travaux qu'on s'aperçut que le plafond
de la fameuse chambre, menaçant ruine, exigeait une
réfection complète. D'où un surcoût assez considérable. On envisagea alors d'économiser sur le décor,
en se contentant d'un plafond plat, carré, tout blanc
avec une simple rose au milieu. Gabriel protesta : un
tel plafond produirait « une prodigieuse dissonance »
avec ceux des pièces alentour, beaucoup plus richement ornés. Marie-Antoinette, dont le goût n'était pas
encore formé, opta pour la solution la plus simple, non
par souci d'économie, mais parce qu'elle voulait disposer sur-le-champ des appartements d'apparat auxquels
elle avait droit. Elle s'indignait du retard, réclamait sur
un ton comminatoire, sourde aux difficultés des
ouvriers comme aux tourments d'artiste de Gabriel.
L'architecte eut cependant gain de cause, elle n'y
gagna, comme lot de consolation, que la présence d'un
éclatant hommage à la maison d'Autriche : une vasque
dressée sur la corniche supporte une aigle à deux têtes,
au-dessus de laquelle volettent deux amours soutenant
une couronne. L'imminence du mariage du comte de
Provence, exigeant qu'on libère de la place au rez-de-
chaussée, accéléra finalement les travaux et elle put
prendre possession de sa chambre avant la fin de
l'année.

Deux ans plus tard elle récidive lors de l'installation de sa bibliothèque. Une fois de plus, elle est pressée, tout doit être fait pendant le séjour de la cour à Compiègne. Une fois de plus, l'argent manque. Mme de Noailles prend l'initiative de faire poser de simples étagères en bois. Mais lorsque la jeune femme, à son retour, trouve ces étagères installées, elle pousse les hauts cris, les fait démolir aussitôt sous ses yeux, exige « un corps d'armoires avec des glaces et de la sculpture ». Et malgré le prix, Louis XV y consent.

Au cours de ses deux premières années en France, Marie-Antoinette a changé. Elle a considérablement grandi, elle est « un peu engraissée » — très suffisamment à son gré. Elle sort de l'enfance. Son caractère s'affirme. Elle prend de l'assurance. La complaisance qu'elle rencontre auprès de Louis XV l'aide à s'émanciper de la tutelle de sa mère sans pourtant l'intégrer à sa nouvelle famille. Elle n'a pas conquis le roi, que ses suppliques et ses démarches intempestives finissent par irriter. Ses sourires et ses « caresses* » perdent de leur efficacité. S'il lui cède souvent, c'est par faiblesse. Comment Marie-Thérèse peut-elle espérer qu'il lui accorde la même considération qu'à la sage Marie-Josèphe de Saxe, chez qui il venait bavarder chaque matin en prenant son café ? Ce n'était pas là une prérogative attachée au rang de dauphine, mais un hommage rendu aux qualités personnelles de sa bru, qu'il aimait beaucoup. Marie-Antoinette est loin du compte. Elle est donc très largement livrée à elle-même, à ses impulsions, à ses désirs, à ses engouements et à ses inimitiés. Et ce à un moment où des circonstances imprévues viennent rendre sa position à la cour plus délicate.

---

* Attention : au XVIIᵉ et au XVIIIᵉ siècle, les mots de *caresses* et de *caresser* se bornent souvent à désigner des amabilités verbales, à base de flatteries.

La disgrâce de Choiseul

Le 24 décembre 1770 dans la matinée, le duc de La Vrillière vint délivrer très officiellement à Choiseul, de la part du roi, un billet laconique : « J'ordonne à mon cousin de remettre la démission de sa charge de secrétaire d'État et de surintendant des postes entre les mains du duc de La Vrillière et de se retirer à Chanteloup jusqu'à nouvel ordre. » Chanteloup, c'était le domaine proche d'Amboise que Choiseul avait acheté et embelli grâce aux millions de sa femme et où il se plaisait à jouer les seigneurs campagnards durant l'été. La fameuse pagode, qui seule subsiste encore, était une concession à la mode des « chinoiseries », qui battait alors son plein. Si on ne l'expédiait pas dans un lieu plus reculé, c'était par égard pour Mme de Choiseul, dont tous appréciaient le charme et la vertu. Mais il ne devait recevoir personne : « Il ne verra que sa famille et ceux à qui je permettrai d'y aller », spécifia le roi.

Le ministre, trop confiant dans son génie et dans son étoile, était bien le seul à n'avoir pas vu venir le coup. Non, pas tout à fait seul : la surprise fut également totale pour Marie-Antoinette. À Vienne cependant, Marie-Thérèse pressentait cette disgrâce depuis le mois d'août. Son premier mouvement est la consternation : « L'éloignement de Vermond est sûr, écrit-elle à Mercy, je regarde cela comme infaillible et la chute de ma fille. [...] Je vous avoue que je regarde comme décisif ce coup pour ma fille. » Pour sa fille ? Peut-être. Mais surtout pour l'Autriche, qui voit triompher le parti hostile à l'alliance et qui risque de perdre son principal moyen d'action en France, si l'on isole Marie-Antoinette de ses conseillers.

En fait, rien de tel ne se passe. La disgrâce de Choiseul n'est pas le fruit des querelles entre coteries adverses et, quoi qu'en aient dit les commérages de cour, l'animosité de Mme du Barry à son égard n'y a pesé que d'un poids léger. C'est Louis XV qui, depuis pas mal de temps déjà, a décidé de l'éliminer parce qu'il souhaite changer de politique intérieure.

Choiseul a été à bien des égards un excellent ministre. Quoique partisan du renversement des alliances, il déplorait que les traités aient engagé la France dans un soutien sans réciprocité suffisante : la faute en incombait au négociateur Bernis, mais surtout à Louis XV, qui avait décidé en dernier ressort. La France engagée dans la guerre de Sept Ans s'était battue pour les beaux yeux de l'impératrice, au détriment de ses intérêts véritables qui l'opposaient aux Anglais dans un conflit colonial sans merci. Choiseul s'était efforcé de limiter les dégâts, il avait dû signer le désastreux traité de Paris, et il s'occupait depuis à préparer activement la revanche contre l'Angleterre, en resserrant les liens avec l'Espagne par le Pacte de famille, en achetant la Corse aux Génois, en réorganisant l'armée, et en mettant les bouchées doubles pour procurer à la France l'indispensable force de frappe maritime. Mais la reconstruction de la flotte coûtait très cher. Pour obtenir du Parlement l'enregistrement des édits fiscaux*, le ministre avait multiplié les concessions, sacrifié les jésuites à la vindicte janséniste. On le savait secrètement convaincu que la monarchie devrait un jour lâcher du lest et admettre une forme de contrôle sur sa gestion financière. Sa présence au ministère

---

* Rappelons ici que les parlements — il en existait dans la plupart des grandes villes de province — n'étaient pas comme de nos jours des assemblées législatives élues, mais des *tribunaux*, composés de magistrats propriétaires de leurs charges. Le parlement de Paris, doté d'une juridiction très étendue, avait en outre pour mission de *vérifier* les édits royaux — c'est-à-dire de s'assurer qu'ils n'étaient pas en contradiction avec la législation existante —, et de les *enregistrer*, acte indispensable pour les rendre exécutoires. Sans disposer du moindre pouvoir législatif, prérogative royale exclusive, il avait donc les moyens de paralyser l'action du souverain, et il ne s'en privait pas.

encourageait l'insubordination des magistrats les plus
exaltés. Or, au fil des années, Louis XV s'est éloigné
de ce partenaire, dont il tolère de moins en moins l'irréligion et la relative faiblesse face à l'opposition intérieure.

C'est que, depuis la mort de son fils, il se ronge
d'inquiétude. Il n'était pas d'accord sur grand-chose
avec ce fils, mais il le savait énergique et suffisamment
instruit des affaires. Hélas, le jeune Louis Auguste, lui,
ne sera pas de sitôt en état de gouverner. Qu'adviend-
drait-il s'il se trouvait brusquement projeté sur le trône ? Son grand-père voudrait au moins lui laisser un
royaume en état de marche. Les dernières années du
règne sont donc marquées par un violent coup de barre
conservateur. Avant tout, terrasser les parlements. Le
fameux discours dit de la *Flagellation* n'a pas suffi à
les faire rentrer dans l'obéissance. Ils se sont distingués
dans un long conflit opposant le duc d'Aiguillon, gouverneur de Bretagne, et le procureur général au parlement de Rennes, La Chalotais, allant jusqu'à décréter
d'accusation le gouverneur, autant dire le pouvoir
royal. Lorsque Louis XV fit interdire cette procédure
inacceptable, l'agitation fut telle qu'il décida de mettre
en œuvre une mesure audacieuse qu'il méditait depuis
quelque temps : la suppression des parlements.

Chancelier depuis le mois de septembre 1768, René
de Maupeou, bien placé pour connaître la mentalité des
magistrats puisqu'il sortait de leurs rangs, préparait une
réforme visant à abolir la vénalité des offices* et à
remplacer les parlements par des tribunaux composés
de fonctionnaires choisis et rémunérés par l'État. Cette

---

* La *vénalité des charges* est l'usage, adopté à la fin du
XVIe siècle, de *vendre* les différentes fonctions dans l'armée, la
magistrature et l'administration. Le roi se procurait ainsi de l'argent
frais à volonté, mais il hypothéquait une partie de son pouvoir. Les
propriétaires de charges, inamovibles, plus puissants encore depuis
qu'ils en avaient obtenu la transmission héréditaire, pouvaient sans
grands risques fronder l'autorité royale.

réforme coûteuse — il faudrait rembourser les offices supprimés — n'était réalisable que si les finances publiques étaient saines. Un homme à poigne, l'abbé Terray, nommé contrôleur général en septembre 1769, s'attela à la rude tâche de les remettre à flot. Il ne pouvait entreprendre la refonte complète du système fiscal qui, seule, aurait permis de régler le problème et de satisfaire la part de la bourgeoisie aspirant à plus d'égalité : il eût été trop périlleux de se mettre à dos tous les privilégiés. Mais il réussit par les recettes techniques les plus classiques à réduire le déficit.

À la fin de 1770, Louis XV se sentait donc en mesure de frapper le grand coup. Il lui fallait au préalable se débarrasser de Choiseul. La politique extérieure de celui-ci servit de détonateur à la crise qui couvait entre eux. Un conflit venait d'éclater en Amérique du Sud : des troupes anglaises avaient pris pied dans les îles Malouines. Découvertes et colonisées par Bougainville avec l'aide d'armateurs de Saint-Malo — d'où leur nom —, ces îles au large des côtes de Patagonie avaient dû être abandonnées à l'Espagne, qui régnait sur cette partie de l'Amérique du Sud. Mais les Anglais, forts de leur supériorité maritime, lui en disputaient la possession. L'Espagne avait riposté en y débarquant des troupes, et elle appelait la France à soutenir ses droits en vertu du Pacte de famille. Choiseul, de son propre chef, fit mettre la flotte en état d'appareiller. Était-ce une simple démonstration de force pour rassurer l'Espagne et intimider l'Angleterre, comme il l'affirma plus tard ? Voulait-il au contraire forcer la main au roi et déclencher un conflit qui rendrait ses services indispensables au ministère ? On ne sait. Toujours est-il que Louis XV le prit très mal : il ne consentirait à la guerre qu'à coup sûr, quand il aurait la certitude de la gagner, beaucoup plus tard ou jamais. La sanction tomba, brutale et sans recours : il congédia l'imprudent. Il conserva pour lui-même pendant six mois — le temps d'imposer sa médiation sur les Malouines — la direction des Affaires étrangères. Après quoi il la confia au duc d'Aiguillon. Ainsi se mit en place le fameux *Triumvirat* — Maupeou, Terray, d'Aiguillon —, qui tenta de faire remonter à la monarchie française la pente savonneuse où elle glissait depuis des lustres.

Le prétexte choisi pour renvoyer Choiseul — pas de guerre pour l'instant — montrait bien que Louis XV donnait à la politique intérieure une priorité absolue. Pas une seconde il n'envisagea de dénoncer l'alliance autrichienne. Quant à la présence de l'abbé de Vermond auprès de Marie-Antoinette, c'était bien le cadet de ses soucis ! La suppression progressive des différents parlements à Paris et en province et la mise en place du nouveau système judiciaire l'absorbaient entièrement. Marie-Thérèse, une fois passé le premier moment d'affolement, ne tarde pas à s'en rendre compte. Kaunitz, lui, déclare crûment que le disgracié n'a pas volé son sort et se borne à espérer que son successeur sera plus maniable. Avec le duc d'Aiguillon, Vienne estime avoir gagné au change. Certes le nouveau ministre passe pour hostile à l'Autriche, mais il manque grandement d'expérience. L'impératrice, qui louvoie entre Prusse, Russie et Turquie pour maintenir ses positions en Europe de l'Est, préfère que la France ne s'en mêle pas. Elle sait que le rusé Choiseul ne lui aurait pas laissé les mains libres sans exiger compensation. Elle mise au contraire sur l'incompétence du duc d'Aiguillon pour agir à sa guise. Les efforts de l'exilé pour garder le contact avec Mercy se soldent donc par un échec : on le laisse tomber froidement.

Mais on se garde d'expliquer à Marie-Antoinette les motifs de ce revirement tactique. On se contente de lui recommander d'abord la prudence, puis une stricte neutralité. Comment pourrait-elle comprendre que le devoir de reconnaissance qu'on lui a tant prêché

devient soudain caduc ? Choiseul a négocié son
mariage, il n'a cessé de chanter ses louanges, il lui a
fait dire que « pour la vie et la mort, il était à ses
ordres » ! Et il a pour lui l'opinion publique, qui le
pleure. En son cœur elle lui reste fidèle, elle se prend
de haine pour tous les ennemis du malheureux et elle
se promet de travailler à son rétablissement dès qu'elle
en aura les moyens. Son entourage, tout choiseuliste,
l'incite à la résistance, lui fait miroiter un triomphe
éclatant lorsqu'il reviendra, c'est sûr, avec l'auréole du
martyr injustement persécuté. Elle sait bien qu'elle
s'oppose ainsi à la volonté formelle de son grand-père
le roi et de son époux. Raison de plus pour défendre ce
qu'elle estime une cause juste. S'aperçoit-elle qu'elle
contrarie aussi sa mère ? Il en faudrait davantage pour
la décourager. Le renvoi de Choiseul laisse donc la
dauphine vent debout, seule contre ses deux familles,
et fière de l'être.

Deux belles-sœurs savoyardes

Les deux jeunes frères de Louis Auguste atteignaient
l'âge de convoler. Louis XV, très soucieux de l'avenir
des principautés italiennes, notamment de Parme, où
régnait un fils de sa fille aînée, songea à s'attacher la
Savoie, qui détenait avec les grands cols alpins la clef
de l'accès à la péninsule. Depuis des siècles, les ducs
de Savoie pratiquaient entre la France, qui tentait de
les grignoter à l'ouest, et l'Autriche, qui pesait sur eux
à l'est par la Lombardie, une politique de bascule qui
leur avait valu une solide réputation de double jeu et
de fourberie, mais leur avait permis de préserver leurs
États et même d'accéder à la cour des grands : Victor-
Amédée avait obtenu la royauté en 1713 aux traités
d'Utrecht. Ses descendants, après diverses redistributions territoriales, portaient le titre de rois de Piémont-

Sardaigne. Très prolifiques, ils ne manquaient jamais
de princesses à proposer pour occuper les différents
trônes de l'Europe catholique. C'est donc à Turin que
Louis XV s'adressa pour marier les frères cadets du
dauphin.

Une Savoyarde à Versailles, passe encore, mais deux
c'est trop : Marie-Thérèse voit d'un très mauvais œil
ce rééquilibrage diplomatique. De plus elle craint pour
sa fille un double danger. Les nouvelles venues lui
feront-elles ombrage, chercheront-elles à l'éclipser à
la cour ? Parviendront-elles les premières à donner un
arrière-petit-fils au roi ? Mais elle lui conseille sagement de travailler à la concorde familiale et de faire
bon visage à ses belles-sœurs : ce sont des personnes
à ménager tant qu'elle-même n'a pas d'enfants. Mercy
prêche aussi la modération. Lorsque la jeune femme
lui confie qu'elle est décidée à traiter très froidement
l'aînée des Savoyardes et à lui faire éprouver « assez
d'embarras pour que son début ne puisse pas être très
brillant », il réussit à la convaincre que son rang de
dauphine, son esprit et ses « grâces », suffiront à lui
assurer la prééminence.

Née le 2 septembre 1753, et donc plus âgée de deux
ans que son futur époux, Marie-Joséphine Louise de
Savoie, aînée des filles de l'héritier de Piémont, a
quitté Turin, dûment mariée par procuration, le 22 avril
1771. Elle se sépara de ses parents le lendemain, à
Avigliana et, par le mont Cenis, s'achemina vers la
Savoie, où elle devait franchir la frontière au Pont-de-
Beauvoisin. Le Guiers n'étant pas assez large pour
qu'on pût établir sur une île l'édifice où effectuer
l'échange, on a trouvé le moyen, en réunissant plusieurs maisons par des galeries de bois, d'aménager un
local approprié : au milieu de la grande salle centrale,
tendue de damas cramoisi, on a dessiné au sol une
ligne figurant une frontière totalement fictive puisque
l'ensemble du bâtiment se trouve en France. Louis XIV

n'en avait pas tant fait pour la petite Marie-Adélaïde
venant épouser le duc de Bourgogne : l'échange s'était
fait à la sauvette, au milieu du pont. Mais Louis XV
tient d'autant plus aux formes de la monarchie louis-
quatorzienne que l'esprit s'en perd davantage.

Le 12 mai il est à Fontainebleau avec toute la cour,
dévorée de curiosité, pour accueillir la nouvelle venue.
Une chose est sûre : elle n'est pas blonde. Voilà déjà
de quoi rassurer Marie-Antoinette, en ces temps où
l'on ne prise que la blondeur. Certes au vu du portrait
de la jeune fille, Louis XV s'est déclaré satisfait. Mais
on sait qu'il n'aime pas à se déjuger : la décision prise,
il est prêt à s'extasier sur la plus disgraciée des laide-
ronnes. Une lettre de Lyon assure, dit Bachaumont,
« qu'elle est brune et non pas noire ; qu'elle a de très
beaux yeux ; que sa physionomie porte un caractère de
noblesse qui en inspire et que sa taille est agréable ».
En la voyant de près, le roi déchante, si l'on en croit
Mercy, et avoue qu'il la trouve « bien laide ». Il écrit
cependant à l'infant de Parme : « Elle est très bien
faite, pas grande, de très beaux yeux, un vilain nez, la
bouche mieux qu'elle n'était [sur les portraits ?], fort
brune de cheveux et de sourcils et la peau parfaite pour
une brune. » Et d'ajouter : « Si j'avais quelques années
de moins, [...] je l'aurais bien prise pour moi. » L'opinion générale, elle, ne lui reconnaît de beaux que les
yeux, qu'elle a en effet très grands et très vifs. Mais ses
sourcils, d'une épaisseur peu commune, se rejoignent
presque à la racine de son nez large et retroussé, et ils
lui mangent une partie du front. Un duvet déjà très
marqué surmonte sa lèvre supérieure. On contera plus
tard que cette pilosité surabondante envahit même sa
poitrine. Marie-Antoinette, ravie, peut écrire triomphalement à sa sœur : « M. le dauphin ne la trouve point
bien du tout, et lui reproche d'avoir des moustaches. »

L'heureux élu, lui, a pris le parti de se montrer satisfait. Lors de la cérémonie nuptiale, deux jours plus

tard, il clame très fort un *oui* enthousiaste. Au moment
du coucher, il répond de façon enjouée aux encouragements gaillards de son grand-père et le lendemain il se
vante avec éclat d'avoir été « quatre fois heureux ». Il
agace visiblement son aîné, qui, lorsqu'il sollicite un
compliment en demandant comment il la trouve,
répond sans ménagements : « Pas trop bien. Je ne me
serais pas soucié de l'avoir pour ma femme. » À quoi
le jeune marié réplique, pincé : « Je suis fort aise que
vous soyez tombé plus à votre goût. Nous sommes
contents tous deux, car la mienne me plaît infiniment. »

Le ton est donné. La rivalité entre les deux couples,
instinctive, irrépressible, durera autant que leur vie,
tantôt éclatant en bouffées de violence, tantôt, le plus
souvent, cachée sous les dehors d'une politesse intéressée et hypocrite. Marie-Antoinette plus belle, plus brillante, se sent assurée de sa supériorité. Elle est vite
rassurée également en ce qui concerne la fécondité. Les
bruits de couloir se sont chargés de démentir les fanfa-
ronnades amoureuses du comte de Provence : l'adolescent, déjà alourdi par la graisse et ressentant sans doute
les premières atteintes du diabète sucré qu'il traînera
toute sa vie, a été tout aussi incapable que son aîné
de consommer son mariage. La correspondance de sa
femme avec sa famille de Turin ne laisse aucun doute
sur la question. Marie-Antoinette n'a rien à craindre,
la comtesse de Provence n'assurera pas avant elle la
continuité de la dynastie. Aussi essaie-t-elle de se montrer aimable avec cette pauvre belle-sœur, dépourvue
d'attraits, dont une petite vérole vient en plus de gâter
le teint. Sa mère lui a recommandé de ménager la
Savoyarde, par charité : « Vous n'aurez pas sujet d'en
être jalouse, mais bien d'en avoir pitié et de vous en
occuper. Cela vous fera honneur et sera à sa place, non
pour la gouverner, cela conviendrait aussi peu que la
jalousie, mais pour la tirer d'embarras... » Mais Marie-
Antoinette met dans les égards qu'elle lui prodigue une

condescendance blessante qui détruit tout l'effet de sa bienveillance de commande.

Elle a d'ailleurs grand tort de la sous-estimer. Marie-Joséphine a de la personnalité et du caractère. Elle a eu la sagesse de renoncer à s'engager dans une compétition de beauté perdue d'avance. Elle rechigne à se laisser barbouiller les joues de rouge et refuse avec énergie de s'épiler les sourcils. Les mauvaises langues disent même qu'elle répugne à prendre des bains et à user de parfums. Elle compte sur son esprit — car elle en a beaucoup — et sur ses manières, qui sont excellentes, pour renverser l'opinion en sa faveur. Et puis, elle ne manque pas de talents de société : on a découvert, lors du bal paré, qu'elle danse admirablement — en mesure, elle ! Jugeant de l'esprit d'après le visage, Marie-Antoinette en a déduit imprudemment qu'elle était sotte. Et de sa prudente réserve elle a conclu à une timidité qui la rendait inoffensive. « Elle suit son mari en tout, écrit-elle à Marie-Thérèse, mais ce n'est que par peur et bêtise. » En réalité la Savoyarde, infiniment plus mûre et plus réfléchie, a vite compris que sa seule chance de survie dans cette cour hostile était de faire bloc avec son époux. Elle n'oublie pas qu'il est l'héritier du trône en second. Que le dauphin disparaisse avant d'avoir engendré une postérité, et c'est lui qui succédera à Louis XV. Les deux Provence, bien que sans enfants eux-mêmes, épient avec une attention soutenue les relations conjugales de leurs aînés.

En attendant une très hypothétique promotion, Marie-Joséphine cultive son quant-à-soi, car elle déteste les papotages creux et les cancans de la cour. En vain sa mère lui rappelle qu'elle est désormais « dans un pays où l'on aime mieux entendre dire des riens que de tenir la bouche close » et qu'elle risque de passer pour fière en se taisant. Elle ne cherchera jamais à se mettre au diapason de la frivolité qui règne dans l'entourage de la dauphine, laquelle finira par la

taxer d'hypocrisie. Au jeu de l'amabilité, on voit trop
qu'elle se force. Mais Marie-Antoinette se force aussi.

Ne voyons pas cependant sous un jour trop
compassé la vie quotidienne de ces jeunes gens. Ils
sont capables de chahuter joyeusement comme en ce
jour du printemps 1773 où ils préparent leurs valises
pour le séjour à Compiègne : « Je ne sais pas comment
je ne deviens pas folle [...]. Je suis ici entourée de cassettes, de papiers, de livres par terre, écrit Marie-Joséphine à ses parents [...]. J'avais déjà fait ma cassette.
Patatras : la voilà renversée. Il faut recommencer.
Voilà comme je suis. Mme la dauphine qui a la bonté
de renverser une pile de livres par terre, je me mets en
colère, on rit, on m'arrache le papier, avec le comte de
Provence qui chante à casser la tête et d'une fausseté
admirable [...]. Bon Dieu ! quel tintamarre ! Je n'y puis
plus tenir. Je suis encore, comme je vous l'ai dit, dans
un petit coin, entourée de bagages. Mme la dauphine
renverse tout, le comte de Provence chante, le comte
d'Artois conte une histoire qu'il a déjà recommencée
dix fois et crie à tue-tête avec de gros rires et par-
dessus le marché M. le dauphin qui lit une tragédie
tout haut [...]. J'ai encore deux oiseaux qui chantent et
trois chiens. Un à moi, deux à Mme la dauphine, qui
font un sabbat à ne plus s'entendre. »

Bientôt le mariage du dernier des trois frères vient
élargir le cercle de famille. Marie-Joséphine, soucieuse
de renforcer les liens de sa patrie avec la France, a
plaidé très fort pour une de ses deux sœurs, au choix.
À Vienne, Marie-Thérèse s'insurge : « Deux sœurs de
la même maison », alors qu'il y a une princesse de
Saxe disponible ! « La partie devient forte, écrit-elle à
sa fille, vous aurez d'autant plus à vous garder et ne
rien négliger qui puisse donner prise contre vous. »
Marie-Antoinette en convient d'autant plus volontiers
qu'un troisième mariage savoyard se profile à l'horizon : sa jeune belle-sœur Clotilde est promise au prince

de Piémont. Mais la dauphine, pas plus que son époux, n'a son mot à dire. Le choix se fera donc entre les deux candidates de Turin.

Toutes deux sont minuscules. Le roi hésite, fait prendre leurs mensurations, semble pencher pour la plus jeune. Marie-Joséphine intervient. Il serait cruel de préférer celle-ci à son aînée, ainsi laissée pour compte. La tradition commande de ne pas bouleverser l'ordre fixé par la nature ou la providence. Elle obtient enfin gain de cause. Le comte d'Artois, seize ans, épouse le 16 novembre 1773 Marie-Thérèse de Savoie, qui en a dix-sept. « Elle est très bien, écrit le roi à son petit-fils de Parme, un peu petite, une belle peau, ainsi que la gorge, le nez fort long... » Mercy-Argenteau en fait un portrait moins charitable : « Elle est fort petite, médiocrement prise dans sa taille, sans que l'on y remarque des défectuosités trop choquantes ; elle a le teint assez blanc, le visage maigre, le nez fort allongé et désagréablement terminé, les yeux mal tournés, la bouche grande ; [...] elle ne sait prononcer une parole ; [...] elle danse très mal et n'a rien qui n'annonce en elle ou le défaut de dispositions naturelles, ou une éducation excessivement négligée. » Comme elle a reçu la même éducation que Marie-Joséphine, il faut en déduire que les dispositions naturelles sont seules en cause. Si elle est en effet un peu moins laide que son aînée, elle est infiniment plus sotte, au point de décourager celle-ci, qui a pris à cœur de l'initier aux arcanes de Versailles. Nul n'en pourra jamais rien tirer d'autre que des enfants. Le benjamin de la famille, qui seul a hérité du généreux tempérament de son grand-père, s'est attelé à la tâche avec ardeur et personne ne songe à mettre en doute ses exploits. Marie-Antoinette, qui a très peu à craindre de la nouvelle venue sur le plan mondain, peut s'attendre à voir son tour de taille enfler très vite. Mais le plus grave danger est écarté : les deux Savoyardes, dépourvues de tout prestige, resteront dans la vie de cour à la remorque de Marie-Antoinette.

La vivacité d'Artois contribue d'ailleurs à détendre le climat entre les trois couples. Ils sont jeunes, ils sont gais. Ils s'arrangent pour prendre leurs repas ensemble les jours où ils ne sont pas tenus de manger en public. La comtesse de Provence, qui a gardé des goûts rustiques, régale son monde avec un potage aux herbes qu'elle prépare elle-même selon une recette apportée de Turin. Ils s'amusent. Ils montent à eux tous une petite troupe théâtrale. Le roi aurait-il vraiment refusé son autorisation, comme le suppose Mme Campan ? On ne le consulte pas : le secret ajoute du piment à l'entreprise. On joue dans un cabinet d'entresol où nul ne vient jamais. M. Campan, bibliothécaire de Marie-Antoinette, assure la régie et joue les pères nobles. Les princes et princesses se répartissent les emplois de jeunes premiers. « M. le comte de Provence savait toujours ses rôles d'une manière imperturbable ; M. le comte d'Artois assez bien, il les disait avec grâce ; les princesses jouaient mal. La dauphine s'acquittait de quelques rôles avec finesse et sentiment. » Le dauphin, qui constituait le public à lui tout seul, faisait la critique. Le répertoire, assez varié, comportait « les bonnes comédies du théâtre français », des classiques, un peu de tout. Le pétulant comte d'Artois était superbe en chevalier errant, avec casque, lance et bouclier. Le pesant comte de Provence réussissait mieux dans les rôles de composition. Et la petite histoire prétend que le futur Louis XVI, applaudissant ce dernier dans le rôle-titre de *Tartufe*, se soit exclamé — avec ou sans malice ? — qu'il avait représenté son personnage « au naturel ».

Vraie ou fausse, cette anecdote illustre la fragilité de l'entente apparente entre l'aîné des couples et le suivant. Les jeux en commun ne font que masquer, sans l'éteindre, la sourde animosité qui les oppose, fruit de leur situation respective sur l'échiquier dynastique. Si l'on en croit Mercy, les deux frères en seraient venus aux mains pour une histoire de vase brisé. Un autre incident, moins souvent cité, témoigne de la même animosité latente. Le dauphin, qui tenait une baguette à la main, s'amusa — exprès ou par mégarde ? — à en frapper le bras de son cadet. Celui-ci, furieux, voulut la lui arracher des mains. Marie-Antoinette, intervenant, s'en empara et, la brisant en morceaux, mit fin à la dispute. Mais elle-même n'était pas à l'abri des coups de colère. Elle sortit de ses gonds en apprenant qu'une fête offerte à Marie-Joséphine par sa dame d'honneur s'était achevée sur un hommage à la beauté de Mme du Barry. Hors d'elle-même, elle débola à La Muette chez sa belle-sœur convalescente, exigea des explications et, comme l'autre disait obéir aux ordres de son mari, elle se rua à Versailles, trouva le comte de Provence chez Mesdames et lui fit une scène publique sur la « duplicité de son caractère ».

Il était bien difficile, décidément, de pratiquer sur place la modération préconisée de loin par Marie-Thérèse !

Paris, enfin !

Le printemps de 1773 vint répandre un baume délectable sur les petites blessures d'amour-propre de la dauphine. Elle n'avait encore jamais mis les pieds à Paris. Son premier contact fut gâché, on s'en souvient, par la bousculade mortelle qui suivit le feu d'artifice donné en l'honneur de son mariage. Depuis, confinée à Versailles, à Fontainebleau ou à Compiègne, elle tournait en rond autour de la capitale, sans cesser d'entendre vanter les merveilleux divertissements dont on pouvait y jouir. Les gentils bals organisés par sa dame d'honneur ou par celle de sa belle-sœur ne pouvaient rivaliser avec ceux de l'Opéra. Elle implora du roi l'autorisation d'y aller, dûment accompagnée, et, au mois de février, en plein carnaval, il céda. Escapade permise donc, qu'elle peut avouer à sa mère : « Nous avons été, M. le dauphin, le comte, la comtesse de Provence et moi, jeudi dernier au bal de l'Opéra ; on a gardé le plus grand secret. Nous étions tous masqués ; cependant on nous a reconnus au bout d'une demi-heure. Le duc de Chartres et le duc de Bourbon, qui dansaient au Palais-Royal, qui est tout à côté, sont venus nous trouver, et nous ont fort pressés d'aller danser chez Mme la duchesse de Chartres ; mais je m'en suis excusée, n'ayant la permission du roi que pour l'Opéra. Nous sommes venus ici* à sept heures, et nous avons entendu la messe avant de nous coucher. Tout le monde est enchanté de la complaisance de M. le dauphin pour cette partie, pour laquelle on lui croyait de l'aversion. »

Quelques mois plus tard, le 8 juin, elle obtient enfin la consécration de rigueur pour les jeunes femmes promises au trône de France : son entrée solennelle dans la capitale. Trois ans après son mariage, il est grand temps.

Accueillis à onze heures par les salves des canons de la Bastille, de l'Hôtel de Ville et des Invalides, le dauphin et son épouse montèrent à la porte de la Conférence dans un carrosse de cérémonie tout doré. Ils suivirent le quai jusqu'à Notre-Dame où ils entendirent la messe. Ils reçurent ensuite les hommages des religieuses de l'Hôtel-Dieu et des clercs du collège Louis-le-Grand, puis allèrent s'incliner devant la châsse de Sainte-Geneviève, avant de trouver enfin un havre aux Tuileries. Ils y prirent en public un dîner où, conformément à l'étiquette, le jeune prince était le seul convive masculin**. Dans l'après-midi, ils se montrèrent au balcon, soulevant un tonnerre d'acclamations,

---

* À Versailles, d'où la lettre est datée (15 février 1773).
** Aucun homme, en dehors de leur époux, n'était admis à s'asseoir à une table où figurait la reine ou la dauphine.

et le duc de Brissac tourna pour la dauphine un compliment galant : « Madame, vous avez là deux cent mille
amoureux ! » Dans les jardins où elle entraîna ensuite
son mari, elle se laissa gagner par la contagion de cette
excitation populaire. Arrachée à la monotonie du rituel
versaillais, elle se sentait vibrer d'une vraie vie,
intense, libre, un peu folle.

Mercy a rédigé pour l'impératrice un compte rendu
de la fête. Son récit, comme on peut s'y attendre, porte
la dauphine aux nues et égrène des remarques acides
sur le dauphin, qui n'aurait « été regardé que comme
un accessoire » aux côtés de l'étoile du jour. Marie-
Antoinette, elle, est aux anges. Elle fond de gratitude
pour sa mère, qui lui a procuré un si brillant « établissement » : « J'étais la dernière de toutes, et elle m'a
traitée en aînée ; aussi mon âme est-elle remplie de la
plus tendre reconnaissance. » Sa version de la cérémonie, plus spontanée et plus crédible que celle de l'ambassadeur, respire une allégresse juvénile et candide :

« Pour les honneurs, nous avons reçu tous ceux
qu'on peut imaginer ; tout cela, quoique fort bien, n'est
pas ce qui m'a touchée le plus, mais c'est la tendresse
et l'empressement de ce pauvre peuple, qui, malgré les
impôts dont il est accablé, était transporté de joie de
nous voir. Lorsque nous avons été nous promener aux
Tuileries, il y avait une si grande foule que nous avons
été trois quarts d'heure sans pouvoir avancer ni reculer.
M. le dauphin et moi avons recommandé plusieurs fois
aux gardes de ne frapper personne, ce qui a fait un très
bon effet. Il y a eu si bon ordre dans cette journée que,
malgré le monde énorme qui nous a suivis partout, il
n'y a eu personne de blessé. Au retour de la promenade, nous sommes montés sur une terrasse découverte
et y sommes restés une demi-heure. Je ne puis vous
dire, ma chère maman, les transports de joie, d'affection, qu'on nous a témoignés dans ce moment. Avant
de nous retirer, nous avons salué avec la main le

peuple, ce qui a fait grand plaisir. Qu'on est heureux dans notre état de gagner l'amitié de tout un peuple à si bon marché ! Il n'y a pourtant rien de si précieux : je l'ai bien senti et je ne l'oublierai jamais. »

Elle n'omet pas, cependant, de rendre justice à son mari : « Il a répondu à merveille à toutes les harangues, a remarqué tout ce qu'on faisait pour lui, et surtout l'empressement et la joie du peuple, à qui il a montré beaucoup de bonté. » Elle a le tact, à son retour à Versailles, d'associer le roi à leur succès : « Sire, il faut que Votre Majesté soit bien aimée des Parisiens, car ils nous ont bien fêtés. » Mais en réalité le roi, chacun le sait, est très impopulaire. Dans le jeune couple qui régnera bientôt, les Parisiens saluent la promesse d'un avenir meilleur.

Pour avoir été trop désirée, la rencontre de Marie-Antoinette avec Paris a pris la forme d'un coup de foudre. Les jours qui suivent accroissent son euphorie. Elle est allée à l'Opéra, ovationnée par la salle. À la Comédie-Française où l'on joue *Le Siège de Calais*[*], elle donne avec le dauphin, contre tous les usages, le signal des applaudissements[**]. Aux Italiens, le parterre se joint au chœur qui chante *Vive le Roi*, et un acteur jette son bonnet en l'air dans la direction du jeune couple en s'écriant « Vive le Roi et ses chers enfants ! » La dauphine, grisée par Paris, s'ingénie à rattraper le temps perdu, courant de monuments en manufactures et de boutiques de foire en bals de plein vent.

Au printemps suivant, la venue de Gluck lui offre

---

[*] Cette tragédie de Dormont de Belloy, consacrée à l'épisode fameux des bourgeois de Calais, devait alors son succès aux sentiments anti-anglais qui prévalaient en France après la guerre de Sept Ans.

[**] Au XVIIIe siècle, l'étiquette interdit au public d'applaudir un spectacle en présence du roi, ou du dauphin, ou de la dauphine. Et ni l'un ni l'autre de ces respectables personnages ne sont autorisés à battre des mains, sous peine de déchoir.

l'occasion de s'imposer comme arbitre du goût musical. L'« Orphée allemand » souhaitait parachever par une consécration parisienne la gloire que l'Europe germanique lui accordait unanimement. Sur un livret en français tiré de l'*Iphigénie* de Racine, il avait composé un opéra qu'il avait proposé à l'Académie royale de musique. Ses rivaux en place, redoutant sa concurrence, s'ingéniaient à prolonger les pourparlers, expliquant qu'un tel ouvrage « était fait pour tuer tous les anciens opéras français ». Le rapport entre l'action, le texte et la musique y était en effet profondément renouvelé, au service de la puissance dramatique et de l'émotion. Gluck en appela à Marie-Antoinette, qui avait autrefois seriné sous sa direction à Vienne ses premières leçons de clavecin. Il vint à Paris, elle l'accueillit à bras ouverts. Le maître avait mauvais caractère, il ne tarda pas à exaspérer musiciens et chanteurs, ceux-ci surtout, qu'il prétendait soumettre aux exigences d'un art ennemi du bel canto et des fioritures. « Je suis ici, mademoiselle, pour faire exécuter *Iphigénie*, disait-il à une cantatrice capricieuse ; si vous ne le voulez pas, à votre aise, j'irai voir Mme la dauphine et je lui dirai : "Il m'est impossible de faire jouer mon opéra." Puis je monterai dans ma voiture et je reprendrai le chemin de Vienne. »

Pour la première, fixée au 12 avril, chacun a pris ses mesures, il n'y manquera pas un courtisan. Las, la veille, le chanteur qui joue Agamemnon, enrhumé, se trouve sans voix. Qu'à cela ne tienne : on le remplacera par sa doublure. Protestations véhémentes du compositeur : il faut reporter la représentation. Quoi ? chacun devrait bouleverser son emploi du temps pour un caprice de ce fou ? Le « fou » tient bon et, grâce à l'appui de la dauphine, la première d'*Iphigénie en Aulide* n'a lieu que le 19. Toute la cour est là, au grand complet, sauf le roi et la favorite. Le public, ameuté par l'esclandre, se dispute les places à prix d'or. L'ac-

cueil fut mitigé : l'œuvre déconcertait les oreilles françaises. Mais l'enthousiasme de la dauphine assura le
succès : « On peut attribuer en grande partie les
applaudissements qui lui ont été prodigués, observent
les *Mémoires secrets* de Bachaumont, à l'envie du
public de plaire à Mme la dauphine. Cette princesse
semblait avoir fait cabale et ne cessait de battre des
mains ; ce qui obligeait Mme la comtesse de Provence,
les princes et toutes les loges d'en faire autant. »

Marie-Antoinette viole donc les convenances pour
assurer le succès de Gluck. « Voilà un grand triomphe,
écrit-elle à sa sœur Marie-Christine [...], j'en ai été
transportée ; on ne peut plus parler d'autre chose, il
règne dans toutes les têtes une fermentation extraordinaire sur cet événement [...] ; c'est incroyable ; on se
divise, on s'attaque comme s'il s'agissait d'une affaire
de religion ; à la cour, quoique je me sois prononcée
publiquement en faveur de cette œuvre de génie, il y a
des partis et des discussions d'une vivacité singulière.
Il paraît que c'est bien pire encore à la ville... »

Dans ce triomphe de Gluck, qui est aussi celui de
Marie-Antoinette, on notera deux choses. D'abord ce
triomphe a lieu à Paris, pas à Versailles. Il est vrai
qu'à Versailles la salle toute neuve inaugurée pour son
mariage entraîne des coûts de fonctionnement si élevés
qu'on la réserve pour les grands jours. C'est donc Paris
— l'affaire d'*Iphigénie* le prouve — qui s'affirme plus
que jamais comme le centre de la vie théâtrale. Deuxiè-
mement, ni le roi ni Mme du Barry ne sont là. Cette
abstention — indifférence ou bouderie ? — laisse le
champ libre à la dauphine, seule héroïne de l'événement. L'attirance de celle-ci pour Paris s'en accroît
d'autant. À Versailles, elle doit compter avec la favorite, qui lui dispute la prééminence. Dans la capitale,
elle règne en souveraine sans rivale. Comment trouver
ailleurs de vrais plaisirs ? Elle restera pour longtemps
attirée par Paris comme un papillon fasciné.

Or, en la sacrant reine de ses bals et de ses spectacles, en la détachant de Versailles et de ses devoirs
de représentation, le Paris à la mode lui fait un cadeau
empoisonné. Elle ne s'en doute pas. Elle n'en découvrira que plus tard les effets funestes. En ce printemps
de 1774, elle se croit en mesure de gagner le conflit
qui l'oppose depuis trois ans à la puissante favorite,
dont il nous faut maintenant, au prix d'un bref retour
en arrière, retracer les différentes étapes plus risibles
que tragiques — le dénouement mis à part.

Chapitre six

Dauphine contre favorite

« Je serai sa rivale ! » se serait exclamée la dauphine au soir de son arrivée, en apercevant Mme du Barry attablée au souper officiel. Ce cri du cœur définit trop bien leurs relations à venir pour être authentique : mais il est, comme beaucoup de mots forgés après coup, d'une criante vérité. Plutôt que de faire alterner avec les scènes de vie quotidienne évoquées au chapitre précédent les épisodes de la lutte qui opposa les deux femmes, on a choisi de les isoler ici et d'en faire la chronique en continu. D'abord, parce qu'ils constituent, de péripéties en rebondissements, une réjouissante comédie qui frôle la farce à l'italienne, pour se terminer en tragédie. Ensuite, parce que la personnalité de Marie-Antoinette s'y révèle à nu, avec son intransigeante fierté, son refus de plier, ses imprudences. Et parce qu'on y voit aussi à quel point elle est le jouet de forces qui la dépassent.

Place, donc, au récit de la guerre héroï-comique que mena la dauphine contre la favorite pendant quatre ans, au cours desquels la cour se délecta à compter les coups.

Coexistence pacifique ?

Louis XV avait souffert de la jalousie de son épouse et surtout très mal supporté la réprobation de ses

enfants qui n'avaient jamais accepté la présence à ses
côtés de Mme de Pompadour et se posaient en cham-
pions de leur mère abandonnée. Bien que Marie Leszczynska ne fût plus là, ses filles se refusaient à tolérer
Mme du Barry, mais il pouvait espérer que ses petits-
fils, qui n'avaient pas partagé les épreuves de la
défunte reine, se montreraient plus compréhensifs.
Puisque le dauphin s'était rapproché de lui, il pensait
que la dauphine ferait de même. Une fois ses deux
autres petits-fils mariés, la jeune génération pourrait
alors reconstituer le climat familial chaleureux dont il
avait tant besoin. Hélas, c'était compter sans l'étourderie et l'entêtement de Marie-Antoinette, et sans le poids
des coteries qui divisaient la cour.

Les deux premiers mois semblent pourtant répondre
à son attente. La petite a reçu de l'impératrice l'ordre
d'être aimable avec tout le monde et elle s'y conforme
sagement. « Mme du Barry a cru devoir aller faire sa
cour un matin à S.A.R., écrit l'ambassadeur à la mi-
juin 1770 ; cette princesse l'a reçue sans affectation ;
cela s'est passé avec dignité et d'une façon à ne
mécontenter personne. » Afin d'accoutumer la dauphine à côtoyer la favorite, Louis XV a prévu divers
séjours dans des châteaux plus petits que Versailles, où
l'étiquette est moins contraignante. À Marly notamment, on vit un peu à l'étroit et sur un pied plus familier. Or tout se passe bien. N'attribuons pas à la
candeur présumée de Marie-Antoinette sa relative
bonne volonté. Elle a été dûment prévenue. Elle n'est
pas naïve au point d'ignorer ce qu'est Mme du Barry,
dont elle déplore l'influence sur le roi et qu'elle qualifie de « sotte et impertinente créature ». Mais c'est
d'abord à la femme d'un rang très inférieur que
s'adresse son mépris. Elle ne semble pas éprouver à
son égard une invincible répulsion d'ordre moral.
« Elle a joué tous les soirs avec nous à Marly ; elle
s'est trouvée deux fois à côté de moi, mais elle ne

m'a point parlé et je n'ai point tâché justement de lier conversation avec elle ; mais quand il le fallait, je lui ai pourtant parlé. » Et elle ajoute : « J'ai écrit hier la première fois au roi ; j'en ai eu grande peur, sachant que Mme du Barry les lit toutes, mais vous pouvez être bien persuadée, ma chère mère, que je ne ferai jamais de faute ni pour ni contre elle. »

Quelques jours plus tard, cependant, éclate à Choisy un incident dans lequel Marie-Antoinette n'est pour rien, mais qui l'oblige à intervenir. La salle de spectacle du château étant un peu petite, on s'y disputait les sièges. Lorsque se présenta Mme du Barry, accompagnée de ses deux amies, la duchesse de Mirepoix et la comtesse de Valentinois, les dames de la suite de la dauphine, qui s'étaient emparées des premiers bancs, refusèrent de leur faire place. Il s'ensuivit un échange de « propos piquants », où se distingua la comtesse de Gramont, une cousine de Choiseul par alliance. Les victimes de l'insulte se plaignirent au roi, qui exila aussitôt la comtesse. Marie-Antoinette ne pouvait, sans se déconsidérer auprès de ses dames, refuser d'intercéder. Fort en colère, elle se préparait à exiger le rappel de la coupable. Par bonheur Mercy, prudent, lui souffla la solution la plus habile. Elle alla donc dire au roi « qu'elle était peinée de la faute commise par une dame de son palais, qu'elle ne cherchait pas à savoir les motifs qu'avait eus S.M. de punir cette dame », mais qu'elle s'étonnait qu'on ne l'ait pas informée d'une mesure prise à l'encontre de « quelqu'un de son service ». Le roi, d'abord embarrassé, se montra très soulagé que le fond de l'affaire fût passé sous silence. Il se dit prêt à blâmer le duc de La Vrillière * de sa négligence et promit que la chose ne se reproduirait plus. La dauphine avait prouvé aux gens de sa maison qu'elle était prête à défendre ses prérogatives, sans

---

* En charge de la Maison du roi, c'est lui qui délivrait les sentences d'exil.

pour autant mécontenter le souverain. Elle s'était montrée diplomate, pour une fois. Mais son entourage,
recruté par les soins de Choiseul, espérait bien l'entraîner dans la guerre que menait le ministre contre la
favorite, et Mesdames tantes poussaient à la roue. La
neutralité risquait de lui être très difficile.

Le dauphin cependant continuait de participer aux
petits soupers de retour de chasse, auxquels assistait
Mme du Barry. Sa femme s'en plaignit à lui, prétendant que cela avait l'air de vouloir le séparer d'elle
pour l'introduire dans une société peu convenable. Elle
réussit à lui faire dire qu'il en avait « du regret », mais
non à l'y faire renoncer. La comtesse de Noailles lui
suggéra alors de demander à être admise elle-même à
ces soupers. Face à une question aussi épineuse, Mercy
ne se risqua pas à trancher et proposa d'en référer à
Choiseul. Celui-ci, qui ne tenait pas à voir la dauphine
se rapprocher de la favorite, lui déconseilla de solliciter
une invitation. Elle devait seulement, si le roi le lui
proposait, « s'y prêter avec une apparence de plaisir ».
Mais il savait bien que le roi ne prendrait jamais une
telle initiative. Le dauphin continua donc d'assister aux
petits soupers, comme l'attestent les indications conte-
nues dans son agenda. Mais Marie-Antoinette, aidée
par Mercy, fit tous ses efforts pour persuader sa mère
qu'il y avait renoncé ou que, s'il y allait, c'était avec
répugnance et parce qu'elle l'incitait à donner à son
grand-père cette marque de bonne volonté : tout plutôt
que d'avouer qu'elle n'avait sur lui aucune prise !

Déjà sa neutralité à l'égard de la favorite lui pesait.
Dans ses appartements ou chez Mesdames ses tantes,
les langues allaient bon train. On n'avait rien de mieux
à faire que de cancaner. Et la Du Barry fournissait aux
racontars une matière inépuisable. Dès le mois d'octobre, des échos en sont parvenus jusqu'à Vienne —
et pas par Mercy, pour une fois ! « On débite ici tout
plein de choses peu favorables à ma fille. [...] On dit

que le roi devient réservé et embarrassé avec elle,
qu'elle heurte de front la favorite... » Tout cela est
faux, proteste Mercy : « Il n'y a jamais eu que des
petits propos tenus contre cette femme, et que Mesdames ont toujours été les premières à mettre en train ;
même, à présent, Mme la dauphine est plus réservée
sur les propos en question, au point qu'il se passe des
semaines sans qu'on puisse en citer un seul. » Tiens
donc, il y a eu des moments où elle s'y est livrée de
bon cœur ? Les protestations de l'ambassadeur constituent un aveu déguisé.

Au mois de novembre, Marie-Antoinette est remontée au créneau pour la comtesse de Gramont qui, gravement malade, demandait l'autorisation de regagner
la capitale afin de se faire soigner. « Papa, indépen-
damment des raisons d'humanité et de justice, songez
donc quel chagrin ce serait pour moi si une femme
attachée à mon service venait à mourir dans votre disgrâce ! » Le roi sourit, promit de la satisfaire, puis, cer-
tificat médical à l'appui, il autorisa la comtesse à
rentrer à Paris, à condition qu'elle ne remettrait pas les
pieds à la cour. Ce n'était pour la dauphine qu'une
demi-victoire, humiliante puisqu'elle ne l'apprit que
par le « bruit public ». Elle passa sa colère sur le
pauvre La Vrillière, qui n'en pouvait mais : « J'aurais
dû être informée la première, et par vous, de la résolution que le roi prendrait [...] ; mais je vois, monsieur,
que vous m'avez traitée en enfant, et je suis bien aise
de vous dire que je ne l'oublierai pas. »

À la cour comme à la ville, on s'attendait à des
heurts. Une violente altercation avait opposé Choiseul
au maréchal de Richelieu, pilier du clan adverse. Il y
avait de l'orage dans l'air. Mais entre Marie-Antoinette
et Mme du Barry, la coexistence pacifique se prolongea cahin-caha jusqu'à la fin de l'année, grâce au soin
qu'elles mettaient à s'éviter : « Mme la dauphine n'est
presque jamais dans le cas de voir la favorite, qui ne

se présente ni au cercle, ni chez Mesdames, et, dans les cas très rares où cette femme s'est trouvée en vue de Mme l'archiduchesse, S.A.R. ne l'a jamais traitée avec fierté. » Il reste que le roi n'a pas rencontré chez sa petite-fille l'humeur conciliante qu'il en espérait et qu'il est assez mécontent d'elle. Or, à la fin de décembre 1770, la situation se détériore brusquement. La disgrâce de Choiseul vient en effet modifier l'équilibre des différentes factions de la cour, au détriment de Marie-Antoinette, qui réagit avec violence.

Révolution de palais

Lorsque le ministre était rentré chez lui un peu déconfit, la veille de Noël, sa gracieuse épouse l'avait accueilli avec un sourire : « Mon bon ami, vous avez bien l'air d'un homme exilé, mais asseyez-vous, notre dîner n'en sera pas moins bon. » La foule qui se pressait à leur porte, en dépit des ordres royaux, acheva de mettre quelque baume sur son amour-propre blessé. Il put partir pour Chanteloup en affichant le détachement d'un philosophe insensible à l'adversité. Le purgatoire tourangeau déboucherait bientôt, croyait-il, sur un retour triomphal. Cinq mois plus tard, cependant, la nomination du duc d'Aiguillon, un intime de Mme du Barry, au ministère des Affaires étrangères venait parachever la révolution de palais. Décidément, ses adversaires l'emportaient. Et un renfort semblait leur être promis, au sein même de la famille royale, puisque le roi avait fait choix d'épouses savoyardes pour les frères cadets du dauphin. Le pouvoir avait bel et bien changé de mains. Le « parti dominant », comme l'appelle désormais Mercy, était formé d'hommes notoirement hostiles à l'Autriche.

Ce changement n'affecta en rien la politique étrangère de Louis XV, personnellement attaché à l'alliance autrichienne. Marie-Thérèse n'a rien à craindre de ce côté-là. En revanche la situation de sa fille à la cour s'en trouve atteinte de plein fouet. La déroute des « choiseulistes », perçue comme une victoire des « barrystes », entraîne le ralliement des hésitants à la favorite et durcit au contraire l'opposition des irréconciliables. Marie-Antoinette, qui s'estime liée à Choiseul par la reconnaissance et par l'amitié, en éprouve une recrudescence d'animosité pour la Du Barry, qu'elle rend responsable de sa disgrâce. De plus elle apparaît, pour les amis de Choiseul, comme l'instrument nécessaire de son futur retour en grâce. « Elle porte en elle, comme l'a bien noté Pierre de Nolhac, les espérances de tout un parti », un parti puissant qui excède largement les limites de la cour et s'appuie sur l'opinion révoltée par la suppression des parlements. Ce parti compte bien que, dans un temps assez proche — Louis XV vieillit —, elle saura imposer à son époux devenu roi le rétablissement du grand homme. En dépit des consignes de sa mère, qui lui enjoint plus que jamais de se tenir à l'écart de la politique, elle ne peut y échapper, du seul fait qu'elle est autrichienne, donc choiseuliste, et parce que nul autre à la cour n'a un rang qui lui permette de tenir tête à la favorite.

Son entourage la pousse donc à la guerre. Son orgueil aussi. Car Mme du Barry a tiré du triomphe de ses amis un prestige nouveau. Non qu'elle soit vindicative ou méchante. Mais sans vouloir faire payer à ses ennemis leur mépris de la veille, elle ne peut s'empêcher d'étaler sa joie devant les égards que lui vaut désormais l'éclatante démonstration de son pouvoir. Elle fait et défait les ministres. On la craint, on l'honore. Dépourvue d'ambition, elle n'en demandait pas tant. Mais puisque les hommages sont là, elle les savoure. C'est par son canal qu'on sollicite les grâces, les faveurs, les charges, toujours avec succès — au détriment des candidats de la dauphine. Elle peuple de

ses amis les « maisons » des deux princesses arrivées
de Turin. Pas de fêtes à la cour, de spectacles, de petits
voyages, sans qu'elle soit consultée. À l'instar de la
Pompadour, elle fait travailler les artistes, orne ses
appartements de meubles de prix à la dernière mode
— déjà du « Louis XVI », avant la lettre. Fragonard
occupe sur ses murs la place que tenait Boucher sur
ceux de son aînée et Pajou immortalise ses traits dans
le marbre. Le prince héritier de Suède lui rend visite et
lui laisse en souvenir un collier piqueté de diamants
pour son chien. À l'automne de 1771, c'est à elle que
Grétry, un des musiciens préférés de la dauphine, offre
sa comédie-ballet de *Zémire et Azor* : à Fontainebleau,
trônant au premier rang de la loge royale, la dédica-
taire, scintillante de pierreries, recueille sa part des
louanges qui saluent la pièce. « La dame est plus souveraine que ne l'était sa devancière et même le cardinal
de Fleury », gémit la marquise du Deffand, fidèle amie
de Choiseul. « L'ascendant que la comtesse du Barry
a pris sur l'esprit du roi n'a presque plus de borne »,
confirmera Mercy. En vérité, la reine de la cour, c'est
elle. Pas la dauphine, quoi qu'en disent l'étiquette, les
préséances et les préjugés.

C'en est trop pour Marie-Antoinette, saisie d'une
animosité viscérale, incontrôlable. À la source de cette
réaction, on aurait tort de chercher quelque obscure
jalousie de femme envers une rivale plus belle et plus
brillante. Elle est trop jeune encore, elle s'intéresse peu
à sa toilette, ne prétend pas l'emporter en beauté sur
des femmes faites. Elle ne reproche pas non plus à la
Du Barry de monopoliser à ses dépens l'attention du
roi. Car elle n'aime pas beaucoup Louis XV, elle a
peur de lui. Mercy a beau rabâcher qu'elle doit s'éver-
tuer à lui plaire, elle ne fait que le minimum. Quant au
sursaut de dégoût de la « pure jeune fille » face à la
« créature » dépravée, on s'explique mal qu'il ait
attendu pour se manifester le triomphe politique de la

favorite. Non, la clef de sa violence est ailleurs, dans sa conscience aiguë de la hiérarchie qui fonde l'ordre monarchique. Elle y occupe, de plein droit, le premier rang. La royauté illégitime de l'autre l'offusque dans sa dignité, plus encore que dans son orgueil. Ce n'est rien moins qu'une usurpation. Intolérable ! En dépit des efforts de Mme du Barry pour se la concilier, elle prend l'initiative d'un combat où elle est très évidemment l'agresseur.

Et Mesdames tantes, dans tout cela, dira-t-on ? Car l'on répète depuis toujours, à la suite de Mercy-Argenteau, que Marie-Antoinette subit passivement leur influence et qu'elles sont seules responsables de ses incartades. Il est vrai que l'ambassadeur ne cesse d'incriminer les malheureuses vieilles filles, au point que Marie-Thérèse, qui naguère les portait aux nues, ne voit plus en elles qu'une « clique abominable ». Il est possible que Mercy s'aveugle. Mais s'il a deviné la vérité, comment pourrait-il la dire à sa souveraine sans lui avouer qu'il a beaucoup enjolivé le tableau des succès de sa fille, que la petite ne joue pas à la cour le rôle éminent qu'il lui prête et que la docilité dont il la crédite à son égard est loin de lui être acquise ? Mieux vaut détourner sur les tantes les soupçons qui commencent de tarauder l'impératrice.

D'autant qu'elles sont tout de même partie prenante dans la guerre. C'est chez elles que s'élabore la stratégie. On manque d'imagination. On manque aussi de moyens. On recourra donc à l'arme jadis employée contre Mme de Pompadour, celle du silence. Attention, il y a silence et silence. Dans la promiscuité d'une table de lansquenet, Marie-Antoinette continue de ne marquer pour la favorite « ni dégoût, ni humeur », elle lui parle « de bonne grâce, sans affectation », car ces propos utilitaires ne tirent pas à conséquence. Il n'en va pas de même des mots aimables adressés publiquement lors du « cercle » ou à l'occasion d'une cérémonie qui, eux, sont chargés de sens. L'étiquette interdit aux personnes venues « faire leur cour » de parler les premières. On imagine quelle épreuve ce peut être d'attendre que la dauphine s'approche enfin, d'espérer un sourire, deux paroles banales — bref ce qu'elle accorde à tout un chacun —, et de la voir soudain se glacer, les lèvres serrées, le regard perdu loin derrière vous, comme si vous étiez un non-être absolu, une pure transparence. Mme du Barry a beau éviter les occasions de subir son mépris, elle s'en irrite. Bientôt, tous ceux qui passent pour ses amis subissent de la part de la jeune femme le même traitement vexatoire. La duchesse d'Aiguillon, venue lui rendre ses hommages, fut ulcérée de ne pas recevoir d'elle les égards que sa naissance et son rang à la cour auraient dû lui garantir et elle s'en plaignit hautement.

La situation se détériorait. Louis XV se devait d'intervenir.

Le roi s'en mêle

Oh ! il se garde bien de s'en mêler directement. Il a toujours eu horreur d'affronter les gens en face, parce qu'il manque d'esprit de répartie et craint d'être pris de court. Il préfère qu'on lui expose les choses par écrit, afin de se garder du loisir pour répondre. D'où cette singulière habitude de communiquer par billets, même avec ceux qu'il voit tous les jours. Mercy a averti très tôt l'impératrice qu'il ne faut pas compter sur lui pour diriger la dauphine : « Tout le monde sait que le roi n'a jamais pu prendre sur lui d'avertir ses enfants et de les corriger sur quoi que ce soit. » Son système, ajoute-t-il plus tard, est de ne les contrarier en rien, « de supporter plutôt ce qui lui déplaît que d'y remédier », ce qui risque de laisser le champ libre à la dauphine pour faire prévaloir ses volontés. Pour qu'il se décide à agir, il faut donc qu'il soit exaspéré et que la favorite ait fortement insisté.

Entre les mains d'un Molière, ses interventions, plusieurs fois répétées sans résultat tangible, gonflées de savantes périphrases qui voilent la nature du délit et le nom de la victime, pourraient former la matière d'une excellente comédie.

Premier acte. Dès la mi-mars de 1771, pour tenter de couper court aux commérages, le roi avait pris les devants et convoqué la dame d'honneur de Marie-Antoinette pour lui faire part de ses doléances. En guise de préambule il loua les grâces de la dauphine, puis il passa aux reproches. Il blâma sa trop grande vivacité, son manque de réserve lorsqu'elle tenait sa cour. Il critiqua l'habitude qu'elle avait prise d'emporter des victuailles quand elle suivait la chasse et d'en faire autour de sa calèche des distributions qui entraînaient trop de familiarité, « surtout de la part des jeunes gens ». Il réserva l'essentiel pour la fin : elle se permettait de parler trop librement « de ce qu'elle voyait ou croyait voir », « ses remarques un peu hasardées pourraient produire de mauvais effets dans l'intérieur de la famille ». Il fut question des fâcheux conseils qui lui étaient donnés. Mme de Noailles, prudente, refusa d'en parler, « par respect pour la source d'où partaient ces conseils ». « Je connais cette source et cela me déplaît fort », répliqua le roi. Ni le nom de Mme du Barry, ni celui des Mesdames n'avaient été prononcés.

En prenant connaissance du message, Mesdames tantes, évidemment visées, s'indignèrent. Pourquoi le roi mêlait-il la dame d'honneur à une affaire qui ne concernait que la famille ? Pourquoi ne témoignait-il pas directement son mécontentement à l'intéressée ? La réponse, elles ne la connaissaient que trop bien, depuis le temps qu'elles voyaient leur père se dérober aux explications. Elles poussèrent la dauphine à lui

demander un entretien, dont elles savaient qu'il sortirait vaincu. Marie-Antoinette, dûment chapitrée par
Mercy, alla le voir toutes grâces dehors pour lui dire
combien elle s'affligeait « de ce que son papa n'avait
pas assez d'amitié et de confiance en elle pour lui parler directement sur ce qui pouvait lui être agréable ou
lui déplaire ». Le roi, très embarrassé, comme prévu,
lui répondit qu'il l'aimait de tout son cœur et la congédia en l'embrassant. Marie-Antoinette, très fière de ce
succès, redoubla d'avanies envers les amis de la
favorite.

Mercy, cependant, mesurait le danger et chapitrait
l'imprudente. Pourquoi donner à ces gens « l'impertinente satisfaction » de croire qu'elle s'occupait d'eux ?
C'était leur faire trop d'honneur. Le meilleur moyen
de les punir consistait à « leur parler de temps en temps
avec un air d'aisance et d'indifférence ». Et d'enchaî-
ner adroitement : « Si Mme la dauphine avait voulu
adresser une seule fois la parole à la comtesse du Barry
elle-même », la cabale en aurait été désarmée. Un mot,
un seul mot, et la face des choses en serait changée !
L'entêtée ergota, s'abritant derrière l'avis supposé de
ses tantes. Pas question qu'elle parle à la favorite. Elle
finit par transiger pour certains amis de celle-ci : elle
dit quelques mots à la comtesse de Valentinois et au
duc d'Aiguillon. Mais la nomination de ce dernier aux
Affaires étrangères raviva sa colère : elle garda bouche
close lorsqu'on le présenta à la famille royale dans ses
nouvelles fonctions.

Second acte. Le roi usa cette fois-ci de deux intermédiaires : vers la mi-juin, c'est d'Aiguillon qui fut
chargé de contacter Mercy, bien qu'il le connût à
peine. Les critiques, sans plus comporter de noms
qu'avec Mme de Noailles, se firent plus précises et
plus vives : le roi « observait avec déplaisir dans
Mme la dauphine des mouvements d'une aversion trop
marquée envers des gens qui formaient [sa] société ;

Mme l'archiduchesse ne se bornait pas à leur refuser le traitement qui doit être accordé à ceux qui composent la cour [...] », elle « y joignait encore des propos de satire et de haine », ce qui « attisait l'esprit de parti à la cour ». Très inquiet, l'ambassadeur s'empressa de rejeter sur Mesdames tantes la responsabilité du comportement de sa protégée. Et il appela au secours Marie-Thérèse, qui, par retour du courrier, sermonna la coupable, sur un ton relativement modéré, car elle croyait encore à l'influence déterminante des fameuses tantes. Que Marie-Antoinette cesse de les imiter ; qu'elle se contente, sans « cajoleries » ni « bassesses », de traiter décemment tous ceux que le roi honore de sa faveur. Elle est censée, ajoute Mercy, ignorer « le personnage que joue ici la comtesse du Barry » : elle n'a donc aucune raison de la dissocier des autres femmes présentées à la cour. Et il s'efforce d'obtenir qu'elle adresse à la favorite, en public, un mot, un seul mot, « sur sa robe ou sur son éventail », pour faire cesser les « tracasseries ».

Ici prend place le troisième acte, en deux tableaux, qui méritent d'être contés en détail.

L'acte manqué

Troisième acte, premier tableau. À la fin du mois de juillet, le comte de Mercy-Argenteau eut une rude surprise. Ayant été prié à souper chez la comtesse de Valentinois, il y trouva, entre autres convives, le duc d'Aiguillon et la comtesse du Barry, qui le combla d'attentions. À la fin du repas, le duc le prit à part pour l'aviser que le roi souhaitait le rencontrer en toute discrétion. Où donc ? « Vous savez que je ne suis pas logé ici de façon à pouvoir le voir en bonne fortune », aurait dit le souverain en faisant allusion à ses appartements officiels, « ainsi engagez-le à venir me trouver chez Mme du Barry ».

Le lendemain soir, à sept heures, le duc introduisit Mercy chez la favorite. Elle redoubla d'amabilités, avant de lui exposer longuement combien elle était peinée que la dauphine la traite avec une telle rigueur : ce ne pouvait être que le fruit de « calomnies atroces ». Elle comptait sur lui pour dissiper le malentendu. Louis XV fit alors son entrée. « Quoique je passe ma vie ici à voir des choses extraordinaires, écrivit Mercy à Kaunitz, je ne puis souvent me les représenter que comme des rêves. J'ai vu le roi vis-à-vis de Mme du Barry, elle l'appelle *Monsieur* et le traite comme son égal. Il le trouve très bon et, même en ma présence, il ne paraissait pas gêné que sa favorite en agît ainsi. » Elle prit bientôt un prétexte pour s'éclipser, laissant les deux hommes en tête à tête. Le roi s'écria avec chaleur : « Jusqu'à présent vous avez été l'ambassadeur de l'impératrice, mais je vous prie d'être maintenant mon ambassadeur au moins pour quelque temps. » Il « répugnait à avoir des explications avec ses enfants », avoua-t-il au diplomate, et il le priait donc « de prendre ce soin » ! On épargnera au lecteur les thèmes développés par l'un et par l'autre, qui ne seraient ici qu'inutiles répétitions. En dépit des allusions aux « mauvais conseils », tous deux évitèrent de nommer Mesdames tantes. Mercy s'arrangea pour faire comprendre à son interlocuteur qu'il se garderait de prononcer auprès de la dauphine le nom de Mme du Barry, puisque « lui-même n'avait pas pu prendre sur lui de [la lui] nommer ». Il dut promettre de le tenir au courant du progrès de ses efforts. Il sortit de cet entretien chargé d'une double casquette, mais il avait la chance que les deux souverains qu'il devait servir fussent d'accord : il lui fallait mettre au pli Marie-Antoinette.

Il ne put jamais la convaincre d'avoir une nouvelle explication avec le roi. Elle n'osait plus l'affronter. Mais elle lui promit enfin d'adresser à la favorite le mot tant attendu.

Troisième acte, second tableau. Tout est en place, le 11 août, pour l'épreuve fatidique. Dûment prévenue que la comtesse se rendra ce soir-là au cercle, toute la cour s'y presse pour guetter l'événement. La dauphine tenait à ce que Mercy fût présent. Ils se mirent d'accord sur le scénario. « À la fin du jeu je devais m'approcher de la favorite et lui parler ; Mme l'archiduchesse, en faisant sa tournée, s'arrêterait auprès de moi et, comme par occasion, adresserait la parole à la comtesse du Barry. » Il n'en fallait pas moins « pour la rassurer contre la peur qu'elle se sentait ». Quant aux tantes, elles seraient exclues de la confidence.

Le plan se déroula d'abord sans anicroche. « Je me rendis au cercle, raconte Mercy ; la comtesse du Barry y était avec sa compagne ; Mme la dauphine m'appela pour me dire qu'elle avait peur, mais que tout l'arrangement subsistait. La partie de jeu étant sur la fin, S.A.R. m'envoya me placer auprès de la favorite, avec laquelle je liai conversation. Dans le moment tous les yeux se tournèrent vers moi ; Mme la dauphine commença à parler aux dames, elle arrivait de mon côté et n'était plus qu'à deux pas, lorsque Madame Adélaïde, qui ne la perdait point de vue, éleva la voix et dit : "Il est temps de s'en aller, partons ; nous irons attendre le roi chez ma sœur Victoire." À ce mot Mme la dauphine s'éloigna, et tout l'arrangement fut manqué. Cette petite scène fut suivie de bien des propos tenus chez Mesdames ; elles blâmèrent beaucoup mes conseils ; Mme la dauphine eut cependant la bonté de prendre ma défense, surtout après que M. le dauphin eut dit avec beaucoup de flegme : "Pour moi, je trouve que M. de Mercy a raison et que vous avez tort." »

« Hé bien, M. de Mercy, vous avez vu Mme la dauphine ? Vos avis ne fructifient guère ; il faudra que je vienne à votre secours ! » s'exclama le roi en l'apercevant. Mais Mercy sait bien que Louis XV ne prendra jamais sur lui de s'expliquer avec elle, qu'il gardera le silence et se contentera de lui battre froid. Et la situation ne fera qu'empirer. Car, bien qu'il s'abstienne de le dire, l'ambassadeur voit qu'un pas de plus a été franchi dans l'escalade : Marie-Antoinette a insulté publiquement Mme du Barry.

Il est probable qu'elle n'a pas prémédité son geste : l'inquiétude dont elle fait part à Mercy sonne juste. Mais il est trop simple d'attribuer sa brusque reculade à la crainte que lui inspire sa tante. L'intervention de Madame Adélaïde a été le petit coup de pouce qui, en lui offrant une échappatoire, a permis à sa répugnance de prendre le dessus. La petite scène contée par Mercy est le type même d'*acte manqué* tel que le décrivent les psychiatres : au plus profond d'elle-même, elle refusait de se plier à ce qui est pour elle une bassesse indigne. Elle est ainsi faite : plus on la presse, et plus elle résiste. Désormais la favorite n'est plus seule en cause. Le mot à dire à Mme du Barry est une affaire entre elle et ceux qui cherchent à le lui imposer : plutôt que de capituler, elle est prête à défier Mercy, Louis XV, Marie-Thérèse même. Car cette fois-ci Marie-Thérèse se fâche pour de bon.

La grande colère de l'impératrice

À Vienne, le récit de l'ambassadeur a jeté la consternation. Une vigoureuse lettre de l'impératrice, datée du 30 septembre, vient rappeler ses devoirs à Marie-Antoinette. Les reproches directs percent vite derrière la fiction des tantes coupables de mauvais conseils :

« Je les estime, je les aime, mais elles n'ont jamais su se faire aimer ni estimer, ni de leur famille, ni du public, et vous voulez prendre le même chemin. Cette crainte et embarras de parler au roi, le meilleur des pères, celle de parler aux gens à qui l'on vous conseille de parler ! Avouez cet embarras, cette crainte de dire seulement le bonjour ; un mot sur un habit, sur une bagatelle vous coûte tant de grimaces, pures grimaces, ou c'est pire. Vous vous êtes donc laissé entraîner dans un tel esclavage que la raison, votre devoir même n'ont plus de force pour vous persuader. [...] Vous ne devez connaître ni voir la Du Barry d'un autre œil que d'être une dame admise à la cour et à la société du roi. Vous êtes la première sujette de lui, vous lui devez obéissance et soumission ; vous devez l'exemple à la cour, aux courtisans, que les volontés de votre maître s'exécutent. Si on exigeait de vous des bassesses, des familiarités, ni moi ni personne ne pourrait vous les conseiller, mais une parole indifférente, de certains regards, non pour la dame, mais pour votre grand-père, votre maître, votre bienfaiteur ! [...] Votre figure, votre jugement, quand il n'est pas dirigé par d'autres, est toujours au vrai et pour le mieux. Laissez-vous conduire par Mercy : quel intérêt est-ce que j'ai, moi et lui, que votre unique bonheur et le bien de l'État ? [...] Vous avez peur de parler au roi, et vous n'en avez pas de lui désobéir et de le désobliger. Je peux pour un peu de temps vous permettre d'éviter les explications verbales avec lui, mais j'exige que vous le convainquiez par toutes vos actions de votre respect et tendresse. [...] Vous n'avez qu'un seul but, c'est de plaire et faire la volonté du roi. »

Marie-Thérèse fait ensuite flèche de tout bois. Elle connaît la fierté de sa fille, qui n'aime pas à paraître « gouvernée » : « Commencez à agir par vous-même », lui dit-elle, sans se rendre compte qu'elle ne l'invite à secouer le joug de ses tantes que pour obéir à d'autres injonctions. Elle essaie de faire jouer, selon son habitude, la corde sentimentale : « Jugez combien je dois être affectée, et combien je voudrais, aux dépens de ma vie, vous être utile et vous tirer de l'abandon où vous vous êtes jetée. » Et elle menace : « Je prévois de grands malheurs pour vous : rien que des tracasseries

et petites cabales, qui rendront vos jours malheureux. »
Lorsque Marie-Antoinette reçut cette semonce, elle
était à sa toilette, conte Mercy. « Elle la lut rapidement,
et je m'aperçus qu'elle en était vivement saisie ; mais,
comme j'ai appris à connaître ce que peuvent indiquer
ces premiers mouvements, je n'ai pas été fort satisfait
de ceux que j'ai cru remarquer dans cette occasion.
S.A.R. me dit fort peu de paroles, d'un ton qui marquait plus d'impatience que de docilité ou de persuasion : il ne m'en a pas fallu davantage pour prévoir à
peu près quelle sera sa réponse. »

La réponse de Marie-Antoinette à sa mère, datée du
13 octobre, ne doit rien en effet aux conseils de qui
que ce soit. Ni de ses tantes — elle dira explicitement
qu'elle ne les a pas consultées —, ni surtout de Mercy,
qu'elle accuse de trahison depuis qu'il fréquente la
Du Barry. Elle écrit visiblement « par elle-même »,
mais c'est pour dire sa révolte :

« Vous me permettrez de m'excuser sur tous les
points que vous me mandez. Premièrement je suis au
désespoir que vous ajoutiez foi à tous les mensonges
qu'on vous mande d'ici, de préférence à ce que peut
vous dire Mercy * et moi. Vous croyez donc que nous
voulons vous tromper. J'ai bien des raisons de croire
que le roi ne désire pas de lui-même que je parle à la
Du Barry, outre qu'il ne m'en a jamais parlé. Il me fait
plus d'amitiés depuis qu'il sait que j'ai refusé, et, si
vous étiez à portée de voir comme moi tout ce qui se
passe ici, vous croiriez que cette femme et sa clique ne
seraient pas contentes d'une parole, et ce serait toujours à recommencer. Vous pouvez être assurée que je
n'ai pas besoin d'être conduite par personne pour tout
ce qui est de l'honnêteté. » « Pour vous faire voir l'in-

---

* Il paraît impossible qu'elle ne soupçonne pas Mercy, en la
circonstance, d'avoir informé Marie-Thérèse de ses dernières incartades. Le soin mis ici à l'en exonérer suggère qu'elle préfère
feindre d'en être dupe, ce qui est évidemment son intérêt.

justice des amis de la Barry, ajoute-t-elle encore à la fin de la lettre, je dois vous dire que je lui ai parlé à Marly ; je ne dis pas que je ne lui parlerai jamais, mais je ne puis convenir de lui parler à jour et heure marquée pour qu'elle le dise à l'avance et en fasse un triomphe. Je vous demande pardon de ce que je vous ai mandé si vivement sur ce chapitre ; si vous aviez pu voir la peine que m'a fait votre chère lettre, vous excuseriez bien le trouble de mes termes, et vous croiriez bien que, dans ce moment comme dans toute ma vie, je suis pénétrée de la plus vive tendresse et de la plus respectueuse soumission pour ma chère maman. »

Étonnante lettre, qui tranche sur le bavardage puéril de celles qui l'ont précédée. Marie-Antoinette y montre son intelligence. L'enjeu du litige est clairement défini : ce n'est pas un mot banal, un seul, qu'on attend d'elle, on exige une capitulation. Comme elle le note très justement, ce serait toujours à refaire, car Mme du Barry entend se faire accepter dans sa société au même titre que toutes les dames de qualité. Elle est habile aussi, quand elle laisse entendre que sa mère, si elle était sur place, en userait de même. Car elle sait qu'à la cour de Vienne les femmes de mœurs légères sont pourchassées sans pitié. Elle ment assurément quand elle interprète le silence du roi comme une approbation. Elle ne peut ignorer en effet que, en dépit de quelques gestes aimables faits dans l'espoir de l'amadouer, il lui bat froid : c'est d'ailleurs pourquoi elle n'ose plus lui parler.

Mais ce qui frappe surtout dans cette lettre, c'est une surprenante force de caractère. La dauphine n'est plus une enfant, le papillon est sorti de sa chrysalide. On soupçonnait depuis longtemps cette ténacité, cette énergie. Elles éclatent ici avec une évidence aveuglante. Les tantes ne sont que des alliées de second ordre dans un combat qu'elle entend mener elle-même, pour des motifs qui lui sont propres. Face à la favorite, au roi, à sa mère, à Mercy, elle se dresse, intrépide, sûre d'elle. La seule chose qu'elle n'ait pas mesurée, c'est le vrai rapport des forces en présence : elle a affaire à très puissante partie.

Une nouvelle épître maternelle, datée du 31 octobre, tient compte des observations de Mercy : une excessive sévérité ne peut que braquer la dauphine. « Je n'ai pas trouvé mauvais que vous vous êtes défendue vivement sur le sujet de ma dernière lettre. Tout ce qui me marque votre sensibilité et votre candeur m'est cher. » La lettre se borne ensuite à une nouvelle diatribe contre les tantes et à une recommandation minimale : parler au roi, le plus souvent possible, pour rétablir le contact.

Il incombe à Mercy de faire admettre à la dauphine qu'elle a tout intérêt à ménager le « parti dominant », comme il le fait lui-même avec fruit, par pure politique. Et il obtient enfin un résultat. Un résultat bien modeste, mais capital. Le 1er janvier 1772 avait lieu la séance des vœux. Mme du Barry ne pouvait se dispenser de s'y rendre. Mercy chapitra la dauphine, finit par tirer d'elle une promesse. Elle défila lentement devant la rangée de dames présentées, parvint à la Du Barry, qui se trouvait flanquée de la duchesse d'Aiguillon et de la maréchale de Mirepoix. « Elle adressa d'abord la parole à la première ; passant ensuite devant la favorite et la regardant sans gêne ni affectation, elle lui dit : "Il y a bien du monde aujourd'hui à Versailles", après quoi S.A.R. parla tout de suite à la maréchale de Mirepoix. » Ce regard, cette courte phrase impersonnelle suffisaient à tirer Mme du Barry de la non-existence dans laquelle elle la reléguait. L'événement passa pour un miracle et le roi y répondit par des démonstrations de tendresse plus marquées que de coutume. La dauphine cependant n'avait cédé qu'à moitié : « J'ai suivi vos conseils, dit-elle d'un ton pincé à Mercy, voilà M. le dauphin qui rendra témoignage de ma conduite. » Mais elle ajouta aussitôt : « J'ai parlé une fois, mais je suis bien décidée à en rester là, et cette femme n'entendra plus le son de ma voix. » Et l'ambassadeur croit devoir écrire à Marie-Thérèse : « Je puis assurer très positivement à V.M. qu'il n'y a aucun danger que Mme l'archiduchesse aille trop loin dans le traitement favorable à faire à la comtesse du Barry, et qu'au contraire S.A.R. aura toujours plus besoin d'être excitée que d'être arrêtée sur cet article. » M. de Mercy-Argenteau aurait-il le sens de l'humour ?

Sauver l'alliance !

Pendant que se déroulait à Versailles ce dérisoire vaudeville de cour, à Vienne l'impératrice se rongeait les sangs. Mme du Barry allait-elle être le grain de sable qui ferait dérailler les destinées de l'auguste maison, en privant celle-ci du soutien français à un moment où elle en avait cruellement besoin ? Les événements qui se préparaient menaçaient en effet la survie de deux pays avec qui la France entretenait depuis toujours des relations d'amitié, souvent concrétisées par des traités d'alliance : l'Empire ottoman et la Pologne. Qu'adviendrait-il de l'Autriche en cas de guerre générale ? De la réaction de Louis XV dépendaient tant de choses que Marie-Thérèse était prête à mettre de côté ses répugnances de femme honnête et pieuse. Elle avait de puissantes raisons d'inciter sa fille à tout faire, y compris des grâces à la favorite, pour reconquérir puis consolider l'affection du roi.

Il n'est pas possible de conter ici toute l'histoire des négociations qui aboutirent au partage de la Pologne. En voici la substance.

L'équilibre géopolitique en Europe centrale avait été profondément modifié au cours du siècle par la montée en puissance de deux pays avides d'expansion, la Prusse et la Russie, avec pour corollaire le déclin de la

Pologne et de la Turquie. Ce sont les ambitions de
Catherine II qui, à la fin des années 1760, mirent le
feu aux poudres. Elle crut s'assurer la souveraineté en
Pologne en procurant à son favori et amant, Stanislas
Poniatowski, la couronne élective du royaume. Mais
comme les Polonais restaient turbulents, elle avait
envoyé ses troupes occuper le pays, le transformant en
protectorat russe. Faute de pouvoir intervenir directement — elles n'étaient pas remises des plaies de la
guerre de Sept Ans —, la France, amie de toujours de
la Pologne, et l'Autriche, inquiète des progrès russes,
avaient tenté d'allumer des contre-feux. À leur instigation la Turquie, exaspérée par les incursions des
Cosaques sur ses territoires au nord de le mer Noire,
déclara la guerre à la tsarine en octobre 1768. Las, dans
l'été de 1770, les troupes russes s'emparèrent d'Azov
et de la Crimée et écrasèrent l'armée ottomane à
Ismaïl, sur le Danube, tandis que leur flotte envoyait
par le fond celle des Turcs près du fort de Tchesmé,
dans la baie de Chio en Asie Mineure.

Frédéric II n'avait pas attendu ces désastres pour
tirer des plans d'avenir. Bien qu'allié aux Russes, il
n'avait aucune envie de les voir écraser les Turcs, car
il jugeait ceux-ci utiles pour contenir, du côté du sud,
les velléités expansionnistes de l'Autriche. Personnellement il n'avait rien à gagner au dépeçage de l'Empire
ottoman, trop éloigné de chez lui. En revanche il
convoitait depuis longtemps quelques lambeaux de
Pologne pour réaliser son vieux rêve, relier ses possessions de Brandebourg à celles de Prusse orientale. Il se
mit en relations avec Joseph II, par deux fois, et la
seconde entrevue fut la bonne : ils tombèrent d'accord
pour proposer leur médiation. Le chancelier Kaunitz,
qui avait mené les pourparlers avec son maître, souhaitait soutenir les Turcs et obtenir d'eux, en échange de
ses bons offices, une partie de la Valachie. Mais Frédéric avait d'autres vues. Profitant d'une crise intérieure

en Pologne, il persuada Joseph II d'intervenir et, tandis que celui-ci occupait la Galicie, limitrophe de la Hongrie, il s'offrait lui-même la région tant convoitée, autour de Dantzig, qui servirait de trait d'union entre ses États. Restait à officialiser ces annexions, en offrant à la Russie sa part du gâteau pour la dissuader d'exploiter ses succès en Turquie. Telle fut l'origine du premier partage de la Pologne : une amputation partielle, qui, accueillie sans résistance par le reste de l'Europe, préluda à l'anéantissement ultérieur.

Marie-Thérèse fut bouleversée par l'affaire. Cette agression injustifiée contre un pays innocent heurtait profondément son sens moral et religieux, mettait à mal l'idée qu'elle se faisait des rapports internationaux. Le système *copartageant* préconisé par Frédéric II, consistant à se répartir sans vergogne les dépouilles des plus faibles que soi, n'était rien d'autre à ses yeux que du brigandage. L'espoir même, un instant caressé, de négocier par échange la restitution de sa chère Silésie ne suffisait pas à la réconcilier avec ces comportements « à la prussienne ». Elle eut le chagrin supplémentaire de voir son fils et son chancelier souscrire sans scrupules à l'opération, l'un par désir d'agrandir ses États, l'autre par cynisme. Le 21 août, elle pleura en signant le traité qu'on lui transmettait de Saint-Pétersbourg, où avaient eu lieu les ultimes négociations. Dans le communiqué officiel publié par le *Wienerisches Diarium* pour annoncer que les puissances avaient obtenu satisfaction « à leurs revendications légitimes », elle voulut rayer le mot *légitimes*, que Joseph la contraignit de rétablir. Ce traité était un crève-cœur pour la souveraine et un crève-cœur pour la mère. Et pour surcroît d'amertume, elle devenait la risée de l'Europe. Tant qu'à faire, en effet, ses négociateurs avaient demandé le maximum : la part qui lui était allouée était de beaucoup la plus grosse, tant en surface qu'en population. Et Frédéric II de tourner en ridicule le récit ses palinodies : « Plus elle pleurait, plus elle prenait. » D'humiliation et de remords, ses pleurs redoublaient : « Ce malheureux partage abrège ma vie d'au moins dix années », écrit-elle à son autre fils Ferdinand.

Elle s'est bien gardée de tenir Louis XV au courant de ces tractations. Elle craint très fort sa réaction lorsque le traité sera rendu public. Non qu'elle redoute une intervention militaire de sa part, elle sait bien qu'il n'en a pas les moyens. Mais il pourrait au moins protester. Et surtout, il pourrait dénoncer l'alliance. Après tout cette alliance, conçue et négociée contre la Prusse, a essentiellement servi à protéger l'Autriche des appétits de son puissant voisin : la France n'y a rien gagné, au contraire, et elle n'a rien à en attendre dans le conflit qui l'oppose à l'Angleterre. Or l'Autriche vient de se réconcilier avec la Prusse pour dépecer la Pologne, sans en aviser son alliée, amie du malheureux pays. Pourquoi la France resterait-elle fidèle à une alliance à sens unique avec un partenaire à la bonne foi chancelante ? Elle peut être tentée de s'en retirer et de renouer elle aussi avec la Prusse, qui multiplie les avances dans sa direction. Qu'y perdra-t-elle ? Rien. L'Autriche en revanche se trouvera livrée au bon vouloir de Frédéric II. Et Marie-Thérèse n'a en lui qu'une confiance très limitée. S'il lui prend fantaisie de s'offrir par les armes quelque province autrichienne, qui l'en empêchera ? Il a l'appui de la tsarine. Face à lui l'Autriche sera seule, et il n'en fera qu'une bouchée. Telles sont les sombres perspectives que l'impératrice ne peut s'empêcher de redouter.

Mais la mère répugne à expliquer à sa fille les dessous d'une affaire compliquée, où elle a honte du rôle qu'on l'a forcée à jouer. Mieux vaut la maintenir dans l'ignorance et l'inviter à obéir sans comprendre : « Je vous répète, ma chère fille, si vous m'aimez, de suivre mon conseil, c'est de suivre sans *hésiter* et avec *confiance* tout ce que Mercy vous dira et exigera. [...] *Il faut suivre tous les conseils sans exception qu'il vous donnera**. » L'injonction n'est pas nouvelle, elle glisse sur la petite qui ne connaît pas l'importance des enjeux : « Vous pouvez bien croire, écrivait-elle au lendemain de l'entrevue du jour de l'an, que je sacrifie toujours tous mes préjugés et répugnances, tant qu'on ne me proposera rien d'affiché et contre l'honneur. Ce serait le malheur de ma vie s'il arrivait de la brouillerie entre mes deux familles ; mon cœur sera toujours pour la mienne — entendez celle de Vienne —, mes devoirs ici seront bien durs à remplir. Je frémis à cette idée ; j'espère que cela n'arrivera jamais, et qu'au moins je n'en fournirai pas le prétexte. » Elle continue de résister et croit en être quitte avec les quelques mots prononcés, une fois pour toutes. Et Kaunitz, découragé et lucide, écrit à Mercy : « Je regarde Mme la dauphine, tant et aussi longtemps qu'elle n'agira pas par conviction et par principe, comme un mauvais payeur, dont il faut se contenter de tirer ce que l'on peut. » Mais si, monsieur le chancelier, Marie-Antoinette a des convictions et des principes, mais ce ne sont pas les mêmes que les vôtres ! Et elle y tient très fort !

Les mois passent, le traité va bientôt être connu, Marie-Thérèse s'affole. Elle écrit à Mercy, le 2 juillet, une longue lettre où elle reconnaît ses torts dans l'affaire de Pologne. Reste à sauver l'alliance du naufrage. Aucun préjugé ne doit tenir en face d'un tel danger :

« Le ministre de France est bon Prussien [...] Nous savons pour certain que l'Angleterre et le roi de Prusse veulent gagner la Barry. Le roi est constant dans ses amitiés et j'ose appeler à son cœur ; mais il est faible, ses alentours ne lui laissent pas le temps de réfléchir et de suivre son propre mouvement. [...] Pour empêcher ces maux, [...] il faut employer tout, et il n'y a

---

* 13 février 1772. Les mots en italique sont soulignés dans le texte.

que ma fille [...] qui pourrait rendre ce service à sa famille et à sa patrie. Avant tout, il faut qu'elle cultive par ses assiduités et tendresse les bonnes grâces du roi, qu'elle tâche de deviner ses pensées, qu'elle ne le choque en rien, qu'elle traite bien la favorite. Je n'exige pas des bassesses, encore moins des intimités, mais des attentions dues en considération de son grand-père et maître, en considération du bien qui peut en rejaillir à nous et aux deux cours : peut-être l'alliance en dépend. »

À ce coup, les efforts conjugués de sa mère et de Mercy parviennent à ébranler l'obstinée, pour qui ils ont levé un coin du voile. Elle promet de se prêter à tout. Le 26 juillet, elle profite d'une rencontre fortuite avec Mme du Barry pour lui adresser, à elle et à Mme d'Aiguillon, « quelques propos sur le temps, sur les chasses », assez vagues pour que la favorite pût en prendre sa part sans pouvoir prétendre en avoir été la destinataire directe. Aussitôt, le roi lui en sait gré. Mais, comme prévisible, Mme du Barry tient à une démonstration publique. Mercy dut déployer des trésors d'éloquence pour convaincre Marie-Antoinette. Le matin du 27 octobre, jour fixé pour l'épreuve, il se rendit chez elle pour une ultime exhortation : « Elle revenait de la messe. "J'ai bien prié, me dit-elle, j'ai dit : Mon Dieu ! si vous voulez que je parle, faites-moi parler ; j'agirai suivant ce que vous daignerez m'inspirer !" » Mais l'ambassadeur se défiait de l'intervention divine. Il rétorqua fermement « que la voix de son auguste mère était la seule qui pût lui interpréter la volonté de Dieu en matière de conduite, et qu'ainsi elle se trouvait inspirée d'avance sur ce qu'elle avait à faire pour le mieux ».

Le résultat ? Lorsque Mme du Barry s'avança en compagnie de l'inévitable duchesse d'Aiguillon, la dauphine parla d'abord à cette dernière, puis elle dit, en regardant la favorite, « qu'il faisait mauvais temps, qu'on ne pourrait pas se promener dans la journée ». *Bis repetita non placent.* Cette fois-ci, le « parti dominant » fut déçu : il attendait mieux !

La dauphine reprend l'offensive

Les mois s'écoulaient cependant, et rien de grave ne se passait. L'opinion publique, un temps déchaînée en faveur de la Pologne, s'attachait à d'autres objets. Louis XV, absorbé par la remise en ordre du royaume, plaçait la politique extérieure au second plan. Il s'y montrait fidèle à ses amitiés et partageait la défiance de Marie-Thérèse à l'égard de Frédéric II. Il resta donc sourd aux sirènes venues de Prusse et ne dénonça pas son alliance avec Vienne. L'impératrice respire, la pression sur Marie-Antoinette se relâche. Celle-ci en profite pour reprendre ses distances avec la Du Barry.

D'ailleurs le temps travaille pour elle. Au début de 1772, la santé du roi a donné des inquiétudes. Mercy l'a sommée de se tenir prête. Ah ! si elle voulait bien lui sacrifier quelques-uns de ses amusements et ne pas laisser voir qu'elle s'ennuie avec lui ! Car la maladie et la pensée de la mort devraient bientôt le détacher de sa maîtresse et le ramener à « une vie plus réglée et plus chrétienne ». Il sera facile alors, très facile de le gouverner. « Mon grand objet, écrit Mercy, est que Mme la dauphine saisisse bien le moment de tout changement possible, et que personne qu'elle ne s'empare du roi, s'il venait à être rendu à lui-même. » De sa mort éventuelle, il se garde bien de parler, mais il est clair qu'il y pense aussi. Il suffit donc d'attendre.

En attendant, Marie-Antoinette revient sur les concessions accordées. Lors de la cérémonie des vœux pour 1773, elle a profité de l'affluence pour ne parler qu'« en général », noyant la favorite dans la foule des courtisans anonymes. Et l'intéressée ressentit d'autant plus vivement l'insulte que le dauphin, lui, l'avait fort aimablement reçue. Aux reproches de Mercy, la coupable oppose la répugnance qu'elle éprouve à se déjuger. Elle aurait mieux fait, avoue-t-elle, de se mieux conduire au début, « mais le mal étant fait, et ayant pris le pli que tout le public a vu, convenez qu'il est bien difficile d'en revenir et de se donner un démenti à soi-même ! »

Aussi se garde-t-elle de se démentir lorsqu'au mois d'août a lieu la présentation d'une nièce de Mme du Barry. Elle accueille très mal la pauvre jeune femme, d'excellente noblesse provinciale, qu'on a mariée au fils du *Roué* sans lui demander son avis : « Un moment avant qu'elle ne vînt chez moi, explique-t-elle à sa mère, on m'a dit que le roi n'avait dit mot ni à la tante, ni à la nièce : j'en ai fait autant. Mais au reste je puis bien assurer à ma chère maman que je les ai reçues fort poliment : tout le monde qui était chez moi est convenu que je n'avais ni embarras, ni empressement à les voir sortir. Le roi n'a sûrement pas été mécontent car il a été de très bonne humeur toute la soirée avec nous. » Marie-Thérèse n'est pas dupe de ces faux-semblants et elle est d'autant plus mécontente que la comtesse de Provence, elle, s'est montrée bienveillante envers la nouvelle venue. « Si ma chère maman pouvait voir tout ce qui se passe ici, elle jugerait que la bonne mine du roi était sincère », proteste l'irréductible, qui recommence la même comédie en octobre lors de la présentation d'une autre parente de la favorite.

Mme du Barry, bien qu'elle ait brillé « comme le soleil » au mariage du comte d'Artois le mois suivant, commence à s'inquiéter. Elle est mieux placée que quiconque pour sentir que le roi décline à vue d'œil. Elle multiplie les avances à l'égard de la dauphine. Elle cherche en vain à l'attirer aux petits voyages du roi dans ses diverses résidences. Elle n'en obtient qu'un traitement « négatif » : pas de « propos mortifiants », rien « qui pût indiquer de l'aversion ni de la haine », mais elle et ses parentes continuent d'être tenues à l'écart. Elle tente alors une démarche désespérée et fort maladroite, qui ne peut qu'indisposer l'intéressée. « Un joaillier de Paris, écrit Mercy, possède des pendants d'oreilles formés de quatre brillants d'une grosseur et d'une beauté extraordinaires ; ils sont estimés à sept cent mille livres. La comtesse du Barry, sachant que Mme la dauphine aime les pierreries, persuada le comte de Noailles de lui faire voir les diamants en question, et d'ajouter que, si S.A.R. les trouvait à son gré et voulait les garder, elle ne devait point être embarrassée ni du prix ni du paiement, parce que l'on trouverait le moyen de lui en faire faire un cadeau par le roi. Mme l'archiduchesse répondit simplement qu'elle avait assez de diamants et qu'elle ne se proposait point d'en augmenter le nombre. » Réponse somme toute courtoise à une offre déplacée, inconvenante même, selon les règles en vigueur. On n'achète pas la dauphine.

L'année 1774 s'est ouverte dans un climat de fin de règne et la popularité du couple héritier monte d'autant. Le moral du roi est mauvais. Il a été fâcheusement frappé par la mort subite d'un de ses familiers, Chauvelin, qui s'est effondré sous ses yeux au pied de la table où il venait de souper. Les sermons de carême, particulièrement énergiques cette année-là, lui ont déplu. Il dut entendre l'abbé de Beauvais vitupérer en chaire : « Enfin le monarque, rassasié de voluptés, las d'avoir épuisé pour ses sens flétris tous les genres de plaisir qui entourent le trône, finit par en chercher une nouvelle espèce dans les vils restes de la licence publique. » Certes, c'était du roi Salomon qu'il s'agissait, mais l'allusion était claire. Louis XV feignit de l'appliquer à Richelieu, le vieux complice de ses amours, chez qui l'âge n'avait pas éteint la concupiscence : « Il me semble que M. de Beauvais a jeté pas mal de pierres dans votre jardin. — C'est vrai, rétorqua l'autre, et avec tant de vigueur que beaucoup ont rejailli dans le parc de Versailles. »

Le roi plaisante, mais il reste sombre et le goût de vivre semble s'éteindre en lui. Le jeudi saint, il a entendu le prédicateur récidiver, toujours à travers le voile biblique : « Encore quarante jours, et Ninive sera détruite. » Une prophétie désagréable à entendre pour quelqu'un qui vient d'avoir soixante-quatre ans et qui sent que son corps le trahit. Il ne le sait pas encore : il lui reste moins de quarante jours à vivre !

La mort de Louis XV

Il avait très mauvais visage depuis une bonne semaine lorsqu'il partit pour Trianon, le mardi 26 avril, avec Mme du Barry. Il devait chasser le lendemain 27 en compagnie du dauphin, qui le rejoignit pour déjeuner. Il se sentait fiévreux, il frissonnait, mais il ne voulut pas renoncer à son plaisir favori. Il suivit donc la chasse en calèche et non à cheval. Le cerf fut manqué, peut-on lire dans l'agenda de son petit-fils. Il dormit très mal et dut garder le lit le 28. Dans la journée la fièvre monta, accompagnée de nausées. La favorite comptait pouvoir le soigner sur place, à l'écart de la famille et de la foule des courtisans. Mais le premier chirurgien, La Martinière, appelé à la rescousse, poussa les hauts cris : « Sire, c'est à Versailles qu'il faut être malade ! » On l'enroula dans un manteau, on le hissa dans un carrosse, il s'écria : « À toutes jambes ! » En trois minutes, il arriva au château. Il gagna aussitôt sa chambre. Sa nuit fut agitée : à la fièvre et aux nausées s'ajoutait un violent mal de tête. Au matin du 29, après une saignée restée sans effet, on appela en consultation le célèbre Bordeu, médecin de Mme du Barry, et un illustre confrère. Le mal était grave. Et les implications politiques apparurent alors au grand jour.

Louis XV, que sa vie privée avait tenu à l'écart des sacrements depuis 1736, mais qui était resté profondé-

ment croyant, avait toujours compté, on le savait,
mettre sa conscience en règle avant de mourir. Ce
retour dans le sein de l'Église impliquait le renvoi de
sa maîtresse. À son chevet se livre donc un combat
sordide entre ceux dont la fortune est liée à la favorite,
qui tentent de minimiser le danger, et ceux qui souhaitent le voir revenir à une vie décente et chrétienne.
Les démarches des uns et des autres s'accompagnent
nécessairement de spéculations sur l'issue de la maladie. S'il meurt, tout est simple, le sort de la favorite est
réglé. Mais s'il en réchappe, après avoir fait amende
honorable, tiendra-t-il ses promesses de renoncement,
ou reprendra-t-il ses habitudes antérieures ? Le rêve de
sa famille est évidemment qu'il survive et qu'il sorte
de l'épreuve moralement régénéré. Mais avec lui, on
ne peut être sûr de rien. Car il y a des précédents
inquiétants. Il a déjà fait, si l'on ose dire, deux fausses
sorties. Une première fois, à Metz, au mois d'août
1744, il avait cédé aux objurgations de ses confesseurs,
qui donnèrent à sa contrition une publicité théâtrale
malencontreuse. Une fois guéri, il s'empressa de rappeler Mme de Châteauroux, qui avait été chassée de la
ville sous les huées, et il exila les imprudents qui lui
avaient imposé une pareille humiliation. Une seconde
fois, après l'attentat de Damiens, et bien que ses jours
n'aient pas été en danger, il subit des pressions analogues, qui aboutirent à un résultat identique : Mme de
Pompadour, un instant menacée par ce qu'elle nomma
« le second tome de Metz », en sortit plus puissante
que jamais. Se trouve-t-on en face d'un troisième
« tome », promis à une issue semblable ? Il est plus
âgé, cependant, les probabilités pour qu'il se range sont
plus fortes. Mme du Barry préférerait que la question
ne se pose pas : elle rêve de le voir guérir tout simplement, sans s'être confessé. Ses adversaires espèrent au
contraire que le retour aux sacrements l'assagira définitivement. Comme on le sait sensible à l'influence de

son entourage, on se dispute donc le terrain, au sens le
plus matériel du terme. La favorite et ses amis tentent
de tenir la famille et les confesseurs à l'écart. Ils occupent sa chambre et en interdisent l'entrée au parti
adverse. À mesure que s'aggrave le pronostic cependant, ils perdent pied, ils finiront par quitter la place.

On n'en est pas encore là le 29 avril. Le rituel de la
cour est maintenu, inchangé, à quelques réserves près :
il n'y a plus de « grand lever », puisque le roi ne se
lève plus ; le défilé des « grandes entrées », les entretiens avec les ministres ont lieu dans sa chambre personnelle et non dans la chambre d'apparat, héritée de
Louis XIV, qui est glaciale. Vers midi, devant l'état du
malade, les médecins s'interrogent : pourra-t-on s'en
tenir à une seconde saignée, ou faudra-t-il en faire une
troisième ? Une troisième saignée, qui signifie danger
de mort, ouvrirait aussitôt la porte aux prêtres. Pour y
échapper, ils trouvent un expédient, ils grouperont les
deux en une, en pratiquant la seconde plus abondante.
Sans autre résultat que de le faire transpirer davantage :
on dut le transférer sur un lit de camp, le sien étant
trempé. « Vous dites que je ne suis pas mal et que je
serai bientôt guéri, mais vous n'en pensez pas un
mot », lance-t-il, inquiet, aux praticiens. Vers cinq
heures, il reçut la visite de ses enfants. Le duc de Croÿ,
qui le vit à neuf heures, fut frappé par sa voix rauque
et son agitation. Un peu plus tard, en lui donnant à
boire, on crut apercevoir des rougeurs sur son visage.
« Approchez donc de la lumière, le roi ne voit pas son
verre », dit un médecin qui se pencha, serré de près par
ses confrères. Tous reconnurent les symptômes de la
variole. Ce diagnostic les rasséréna un peu, car il les
exonérait de toute responsabilité et les déchargeait de
toute initiative. On connaissait bien la maladie. Ils n'y
pouvaient rien, que la laisser suivre son cours. Au bout
de neuf jours, ils savaient qu'elle tournait d'elle-même
à la guérison ou à l'issue fatale. Les plus lucides,

comme Bordeu, se doutaient qu'à l'âge du roi, et avec sa santé déjà chancelante, il fallait craindre le pire.

Devait-on lui dire ce qu'il avait ? Les amis de la Du Barry, notamment les ducs d'Aiguillon et de Richelieu, ne voulant pas offrir cet atout au parti adverse, plaidèrent pour le silence. La révélation de son état risquait, dirent-ils, de lui porter un coup fatal, l'émotion pouvait « faire rentrer le venin ». On discuta et on transigea : il fut entendu qu'on ne lui dirait rien, mais que s'il devinait, on ne le détromperait pas. Comme il avait eu, en 1728, une affection cutanée qu'on avait prise pour la variole, il se croyait immunisé. Le mal semblait évoluer de manière satisfaisante : les pustules sortaient. Il serait bien temps de lui révéler la vérité quand il serait tiré d'affaire. Lorsque, le 1er mai, le très pieux archevêque de Paris, Christophe de Beaumont, demanda à le voir, Richelieu réussit à l'éconduire à plusieurs reprises, puis, devant son insistance, le chapitra longuement pour le convaincre que toute allusion à un danger mortel compromettrait la guérison. L'entretien se cantonna donc à des banalités. Pas question de confession ni de sacrements.

Les médecins avaient eu soin cependant d'écarter du malade tous ceux qu'une atteinte antérieure n'avaient pas immunisés. La famille royale française n'avait pas voulu se soumettre, comme celles de Londres ou de Vienne, à la pratique de l'inoculation*. Le dauphin et ses deux frères, dont la vie était particulièrement pré-

---

* L'*inoculation*, importée de Turquie en Angleterre dès 1717, consistait à piquer la peau en trois endroits et à y déposer un peu de pus de varioleux. La méthode n'était pas dépourvue de risques. Mais, malgré un certain pourcentage de mortalité, le nombre des personnes efficacement protégées grâce à elle était infiniment supérieur. Elle s'imposa plus ou moins vite suivant les pays. L'impératrice ne fit inoculer sa famille qu'après que la variole y eut fait des ravages. La France fut le pays le plus réfractaire. L'inoculation fut supplantée à l'extrême fin du siècle grâce à Jenner, par la *vaccination*, inoffensive, qui se généralisa.

cieuse, furent aussitôt tenus à distance. Mesdames,
n'ayant pas eu la variole, auraient dû être frappées par
la même mesure. Mais un usage très ancien imposait
aux femmes de la famille royale de faire office de
gardes-malades auprès de leurs époux et pères. Adélaïde, Victoire et Sophie, bravant la contagion, décidèrent héroïquement de rester. Quant à Mme du Barry,
qui n'était pas non plus immunisée, elle ne songea pas
un instant à quitter la place. La chambre du roi fit donc
l'objet d'un singulier partage. Elle appartenait toute la
journée à Mesdames. Mais lorsque celles-ci se retiraient le soir pour dormir, la favorite en reprenait possession et elle veillait son amant jusqu'à l'aube. On
imagine ce que les Romantiques amateurs de symboles
auraient pu tirer de cette alternance de l'ombre et de la
lumière, du bien et du mal, de l'appel de la terre et de
celui du ciel !

Plus prosaïquement, Mercy-Argenteau se demandait
quel rôle assigner à Marie-Antoinette. Elle avait eu la
petite vérole en 1767. Il lui était difficile de ne pas
offrir ses services aux côtés de ses tantes. Disons-le
tout net : elle n'en avait aucune envie. On ne saurait
lui en faire grief. Elle ressentait, comme il est normal
à son âge, appréhension et dégoût face à la maladie.
Elle savait d'autre part qu'elle serait mal accueillie,
entre ses tantes, à qui elle battait froid depuis quelque
temps, et la favorite, qu'elle avait humiliée. Elle joue-
rait les mouches du coche, sans pour autant être
agréable au roi, qui ne l'aimait pas beaucoup. Disons-
le également : c'était l'avis de Mercy. Il savait qu'en
cas de survie du roi, le bénéfice pour la dauphine serait
mince : elle n'était pas capable de s'imposer à lui. S'il
devait mourir, au contraire, c'est aux côtés du dauphin
qu'elle serait utile, pour orienter si possible ses premières démarches. Or avoir soigné le moribond lui
imposerait une quarantaine qui la séparerait de son
époux dans les moments cruciaux. Il n'était donc pas

question de la laisser s'enfermer avec ses tantes. Mais
Mercy, quasi certain qu'on ne voudrait pas d'elle,
tenait à lui procurer l'honneur de s'être proposée. Par
l'intermédiaire de Vermond, qui ne devait pas la quitter
d'une semelle, il s'efforça en vain de la convaincre :
« Mme la dauphine, lui dit l'abbé, persiste à ne pas se
séparer de M. le dauphin. » Il se chargea donc lui-
même de faire le plus de publicité possible autour d'un
prétendu dévouement qu'elle n'avait pas et il s'en glo-
rifia auprès de l'impératrice : « J'ai proposé de faire
prononcer là-dessus M. le dauphin. [...] Je ne sais pas
encore ce qui aura été résolu [...], mais entre-temps il
sera toujours constaté que Mme l'archiduchesse a
offert de s'enfermer avec le roi, et qu'il lui restera au
moins le mérite de cet acte de bonne volonté. » Quant
au reste, Marie-Antoinette fut parfaite. Les conseils de
Mercy coïncidaient pour une fois avec ses propres sentiments. Elle se cloîtra dans ses appartements avec son
mari, refusant de voir personne et faisant prendre des
nouvelles à intervalles réguliers. Elle recueillit un
concert de louanges unanimes.

Le 3 mai dans l'après-midi, le roi comprit enfin. « Il
regarda les boutons de sa main avec attention, conte le
duc de Croÿ, et dit : "C'est la petite vérole !" Personne
ne répondit, et il se retourna en disant : "Pour ça, cela
est étonnant." » Le soir, la tête paraissait fort grosse et
rouge, mais sa voix conservait son intonation ordinaire.
Il attendit les alentours de minuit pour parler à sa maîtresse en larmes : « À présent que je suis au fait de
mon état, il ne faut pas recommencer le scandale de
Metz. Si j'avais su ce que je sais, vous ne seriez pas
entrée. Je me dois à Dieu et à mon peuple. Ainsi il faut
que vous vous retiriez demain. » Le lendemain, dans
la matinée, il chargea le duc d'Aiguillon de faire partir
discrètement Mme du Barry, qui se réfugia dans la
maison de campagne que le ministre possédait à Rueil.

Deux jours se passèrent. Les médecins guettaient les

progrès de la suppuration, trop lente à leur gré. Le roi s'enfermait dans une méditation silencieuse. Le 7 mai enfin, dans le creux de la nuit, à trois heures et quart du matin, il fit chercher son confesseur. Il eut avec lui un entretien de seize ou dix-sept minutes, puis il prit ses dispositions pour la messe de sept heures. Le dauphin et ses frères durent rester au pied de l'escalier, à genoux. Marie-Antoinette, admise dans le cabinet du Conseil, put apercevoir la cérémonie par la porte ouverte de la chambre, près de laquelle se tenaient ses tantes. Le malade reçut la communion des mains du cardinal de La Roche-Aymon, son premier aumônier. Puis celui-ci, venant à la porte du cabinet, déclara : « Messieurs, le roi me charge de vous dire qu'il demande pardon à Dieu de l'avoir offensé et du scandale qu'il a donné à son peuple ; que si Dieu lui rend la santé, il s'occupera de faire pénitence, du soutien de la religion et du soulagement de ses peuples. » On entendit le roi murmurer : « J'aurais voulu avoir la force de le dire moi-même », et il confia peu après à sa fille Adélaïde : « Je ne me suis jamais trouvé mieux ni plus tranquille. »

Le lendemain 8 mai, le mal atteignit le point critique au-delà duquel il devait basculer dans un sens ou dans un autre. Il empira alors très vite. Le roi se mourait lorsqu'on lui donna l'extrême-onction le 9 mai au soir. Il offrait, dit Croÿ, un aspect terrifiant. Les boutons avaient séché. Les croûtes durcies scellaient les paupières, obstruaient la gorge. Si serrées qu'elles formaient une carapace continue, elles avaient viré au noir, transformant le visage en un masque de bronze à la bouche béante, « comme une tête de maure, de nègre, cuivrée et enflée ». L'odeur était insupportable. Il vécut encore vingt-quatre heures, suffoquant, râlant affreusement. Il ne perdit connaissance que vers midi, et expira à trois heures et quart, le 10 mai.

Le nouveau roi, « en apprenant que son aïeul était

passé de cette vie dans l'autre, jeta un grand cri, marqua la plus grande douleur [...] et témoigna être réellement fâché d'être roi si jeune et avec si peu d'expérience ». Telle est sans doute l'origine du mot historique qu'on lui prête à lui et à son épouse : « Mon Dieu ! protégez-nous, nous régnons trop jeunes ! » Mais Marie-Antoinette ne songeait nullement au poids et aux dangers du pouvoir. Elle s'en tenait, comme toujours, à l'instant présent. Si l'on en croit Mercy, elle édifia toute la cour « par sa contenance, par ses propos, par ses soins pour la jeune famille royale, et par la façon bien franche et visible avec laquelle elle marquait sa piété filiale et sa sensibilité pour le roi » : « Les sentiments de sa belle âme étaient peints sur sa physionomie. » Traduisons : elle se comporta mieux que l'ambassadeur ne le craignait. Bien qu'elle fût beaucoup moins attachée au défunt que son époux, elle pleurait sincèrement avec lui, parce qu'elle était émotive, et que le contact de la mort est toujours impressionnant, même si on l'a déjà rencontrée. À cinq heures et quart tous deux montèrent avec leurs frères et sœurs dans le carrosse qui devait les mener à Choisy : car l'usage leur interdisait de séjourner dans un lieu où se trouvait un mort. Dans un autre carrosse suivaient Mesdames, qu'il faudrait mettre en quarantaine.

Louis XV partait sans laisser de regrets. Le 12 mai à dix heures du soir, on mit en bière à la hâte sous une double enveloppe de plomb son cadavre à demi décomposé, sur lequel il fut impossible de prélever le cœur[*]. Quarante gardes du corps et trente-six pages de la grande et de la petite Écurie, portant flambeaux, le menèrent à vive allure jusqu'à Saint-Denis. Tout au long du trajet jaillissaient des quolibets injurieux, flétrissant la mémoire du monarque. Ils retentissaient

---

[*] La tradition aurait voulu qu'il fût scellé dans un vase spécial et déposé au Val-de-Grâce.

encore à l'entrée de la nécropole, ils traversaient les murs du carmel voisin, où tentait de se recueillir sœur Thérèse de Saint-Augustin, c'est-à-dire Madame Louise : « J'ai bien soutenu l'affreuse nuit d'hier et d'aujourd'hui, où l'on a porté le roi à l'abbaye. On m'a mise dans l'endroit le plus sourd de la maison, cependant, j'ai tout entendu. [...] J'ai pleuré, j'ai prié... »

Paris, cependant, retentissait de couplets satiriques :

> *Louis a rempli sa carrière*
> *Et fini ses tristes destins.*
> *Tremblez, voleurs, fuyez, putains :*
> *Vous avez perdu votre père.*

On faisait la fête, en rêvant à l'avenir radieux qui s'ouvrait. Le jeune couple portait les espérances du pays. Le nouveau roi a vingt ans. La reine en a dix-neuf. La voici tout au sommet de la hiérarchie, sans rivale. Aucune femme ne lui disputera plus le premier rang, elle est bien décidée à y veiller. Aux côtés d'un mari présumé docile, elle sera seule à donner le ton à la cour, à Paris, à la France. Seule. Privée du paratonnerre qu'offre une favorite sur qui se concentrent les critiques. Exposée à tous les risques inhérents à cette prééminence exclusive, et dont elle ne peut se garder puisqu'elle n'en soupçonne même pas l'existence.

DEUXIÈME PARTIE

LA REINE

Chapitre sept

« Le crédit de la reine »

L'accession au trône a eu sur les deux époux des effets bien différents. Le roi, pénétré de ses devoirs, s'informe, travaille. Il réfléchit aux moyens de gouverner pour le mieux. Sa jeune femme, elle, voit s'ouvrir devant elle un espace de liberté où elle s'engouffre, bien décidée à rejeter toute forme de tutelle et à faire prévaloir ses volontés. Louis XV n'est plus là pour la contrarier. Elle se croit sûre d'extorquer à son mari tout ce qu'elle veut. Et elle peut éluder les remontrances de sa chère maman, sous prétexte que le temps pris par l'échange épistolaire les rend caduques avant même de lui parvenir. L'ambassadeur d'Autriche a sur elle d'autres vues. Il pense que l'heure a sonné pour elle de diriger la France par époux interposé. L'impératrice, plus clairvoyante, s'inquiète du sort de sa fille, « qui ne peut être qu'entièrement grand ou bien malheureux » — la seconde hypothèse étant de beaucoup la plus probable : « Je compte ses beaux jours finis. »

Les espoirs de la cour de Vienne

Les larmes de Marie-Antoinette ont séché très vite. Comment lui en tenir rigueur ? À dix-huit ans et demi, la voici reine de France. Pleurer un grand-père qui lui préférait la compagnie d'une Du Barry serait de l'hypocrisie. Une joie sans mélange éclate dans la première lettre qu'elle adresse à sa mère quatre jours seulement après la mort de Louis XV : « Le roi me laisse libre de choisir pour les nouvelles places dans ma maison en qualité de reine [...]. Quoique Dieu m'a fait naître dans le rang que j'occupe aujourd'hui, je ne puis m'empêcher d'admirer l'arrangement de la Providence, qui m'a choisie, moi la dernière de vos enfants, pour le plus beau royaume de l'Europe. Je sens plus que jamais ce que je dois à la tendresse de mon auguste mère, qui s'est donné tant de soins et de travail pour me procurer ce bel établissement. Je n'ai jamais tant désiré de pouvoir me mettre à ses pieds, l'embrasser, lui montrer mon âme tout entière et lui faire voir comme elle est pénétrée de respect, de tendresse et de reconnaissance. »

Cette gratitude filiale n'entraîne pas chez elle un regain de docilité, au contraire. Elle n'est plus une gamine à qui l'on fait la leçon. Marie-Thérèse aura intérêt à changer de ton, explique Mercy : « Voici un temps décisif pour le bonheur de la reine. Jamais elle n'a eu ni n'aura autant de besoin des avis de son auguste mère ; mais V.M. saura la forme convenable à donner à ces avis. Il en est qui peut-être n'exigent qu'une tournure de bonté et d'amitié ; il en est d'autres qui sont susceptibles de porter l'empreinte de l'autorité maternelle. La reine craignait ci-devant d'être grondée (c'était son expression) sur les petits objets de ses occupations et de ses amusements. V.M. daignera juger si maintenant le ton d'indulgence et de douceur ne serait pas convenable à employer sur de pareils objets. » Et Kaunitz répétera un peu plus tard, en écho, et dans un style plus brillant : « Au lieu de nous conserver sa confiance, nous l'éloignerions de nous, si nous ne mettions pas dans nos insinuations tous les ménagements que peut exiger une reine de France, qui sent ce qu'elle est et qui commence à ne plus être ou à ne plus se croire une enfant. » Bref, il faut la manier avec précaution et n'insister que dans les domaines essentiels, autrement dit la politique.

Prudence, prudence, à tous égards. La correspondance avec Vienne devra être, plus encore que par le passé, protégée des indiscrétions — à l'égard du roi notamment. Les lettres portant la suscription *À la Reine*, précise Marie-Thérèse, lui seront remises en mains propres et elle les restituera à Mercy, de crainte qu'elles ne s'égarent : « C'est comme un *tibi soli*. » Car ni Marie-Thérèse ni son chancelier n'ont renoncé à l'espoir de diriger, par correspondance, les démarches politiques de la jeune femme, elle-même dirigeant ensuite son mari. Ils comptent toucher enfin les dividendes de leurs efforts. Le postulat sur lequel se fondent leur plans est la nullité supposée du jeune roi. « Avec un sens juste et de bonnes qualités dans le caractère, affirme Mercy, [il] n'aura probablement jamais ni la force ni la volonté de régner par lui-même. Si Mme l'archiduchesse ne le gouverne pas, il sera gouverné par d'autres. » Il faut donc que celle-ci, dès l'avènement, s'empare de l'autorité au plus vite.

Sur le détail de la conduite qu'elle aurait à tenir, des discussions s'engagèrent. Kaunitz avait rassemblé ses observations en un mémoire qu'il présenta à l'impératrice. Le crédit de la reine sur l'esprit du roi lui permettra d'intervenir dans toutes ses résolutions, mais elle doit se garder d'en faire parade et donner au contraire au public l'impression qu'il fait tout par lui-même. Elle doit ménager avec soin toute la famille royale, notamment ses beaux-frères et belles-sœurs. « Par respect pour la mémoire du feu roi », elle doit contribuer à faire traiter Mme du Barry « avec bonté et grandeur d'âme ». Elle doit éviter les intrigues de cour et n'employer son crédit que dans les grandes occasions, influer sur le choix des ministres notamment ; car s'ils savent qu'ils lui doivent leur élévation, ils ne pourront rien lui refuser. Le secrétariat aux Affaires étrangères est un poste clef ; si elle pouvait y faire nommer le cardinal de Bernis, ce serait une bonne chose pour l'Autriche ; sinon, mieux vaut y conserver le duc d'Aiguillon, que sa médiocrité rend inoffensif. Et Kaunitz concluait même que vu l'âge du roi, il ne serait peut-être pas mauvais qu'il prît un premier ministre. Sur ce dernier point, Mercy n'est pas d'accord. « Le métier d'un premier ministre en France a toujours été d'intercepter et de détruire le crédit des reines. L'histoire est remplie de ces exemples frappants* ; la reine connaît cette vérité ; et si elle veut prendre les mesures nécessaires, il lui sera très facile d'écarter l'idée d'un premier ministre, qui par la suite deviendrait un personnage trop incommode. » Pour le reste, le chancelier parle d'or.

Un débat s'élève cependant sur certains aspects pratiques. Marie-Thérèse, très sceptique sur les capacités de sa fille, voudrait qu'elle ne se mêle pas du gouvernement et qu'elle n'accepte de transmettre aucune « recommandation ». Qu'elle se contente d'empêcher la « brouillerie » de se mettre entre ses deux familles. « Comment l'empêcherais-je, si je ne dois jamais me mêler d'affaires ? » dit avec bon sens la jeune femme à Vermond. Marie-Thérèse souhaite la voir devenir « l'amie et la confidente du roi » : est-ce possible si elle n'est au courant de rien ? Mercy déplore qu'elle n'en ait pas le goût, il préférerait qu'elle veuille bien s'y intéresser un minimum, « pour entretenir et augmenter la confiance de son auguste époux ». Quant aux recommandations, Vermond démontra dans une lettre circonstanciée qu'il est impossible à une reine de France de s'en abstenir : les usages lui attribuent le privilège de dispenser un bon nombre de faveurs et de charges ; si elle s'y refusait, les places ne seraient pas mieux remplies, mais on ne manquerait pas de dire que

---

* Il pense sans doute à Richelieu et à Anne d'Autriche ou, plus récemment, à Fleury et à Marie Leszczynska.

« toute [sa] bonté se borne aux mines et aux révérences ». Tout ce qu'il faut souhaiter, c'est qu'elle n'en abuse pas. Marie-Thérèse dut donc modifier ses instructions, et elle se donna beaucoup de mal pour n'avoir pas l'air de se contredire.

Au bout du compte, Mercy désespère de faire jamais entrer dans une tête aussi frivole le moindre enseignement politique : « Bien que, par son intelligence, la reine saisisse les différentes affaires qu'on lui présente, son tempérament naturel ne lui permet pas de reconnaître dans son ensemble un plan même très clair, et de l'exécuter petit à petit. J'ai même constaté qu'elle s'égare en mélangeant diverses affaires, qu'elle en devient indécise et se laisse en quelque sorte décourager. » On renonça donc à l'engager dans une action suivie et il fut convenu qu'on se bornerait à régenter, par son intermédiaire, les nominations ministérielles. Car si elle était rebelle aux exposés d'idées, on la savait passionnée pour les personnes : elle se battrait feu et flamme, pensait-on, pour les candidats qu'on lui désignerait. Pour le reste, l'ambassadeur la guiderait au coup par coup. En somme, on en userait comme du temps où elle était dauphine.

Deux choses essentielles échappent aux promoteurs de ce plan. L'une, c'est que Louis XVI est très loin d'être l'incapable qu'ils s'imaginent. L'autre que Marie-Antoinette a maintenant conscience de son pouvoir. Elle a grande envie de se mêler d'affaires. Mais elle les entend à sa façon, elle a ses propres candidats, ses sympathies et ses haines, et elle n'est pas prête à suivre aveuglément les conseils de l'ambassadeur, qu'elle ne cherche pas à comprendre parce qu'ils l'ennuient. En politique comme dans tous les autres domaines, elle ne veut en faire qu'à sa tête. Peut-être aussi que M. de Mercy-Argenteau n'est pas très bon pédagogue...

Les premiers gestes du nouveau règne

Avant de quitter Versailles, au soir du 10 mai, pour s'installer à Choisy avec sa famille, le nouveau roi précisa qu'il prenait le nom de Louis XVI, et il donna rendez-vous pour la semaine suivante aux ministres condamnés à neuf jours d'isolement préventif. Il était seul. Sa première démarche fut de se chercher un conseiller. Le surlendemain, il adressa au comte de Maurepas un billet d'une émouvante simplicité :

« Dans la juste douleur qui m'accable et que je partage avec tout le royaume, j'ai de grands devoirs à remplir. Je suis roi : ce nom renferme bien des obligations ; mais je n'ai que vingt ans *. Je ne pense pas avoir acquis toutes les connaissances qui me sont nécessaires. De plus, je ne puis travailler avec les ministres, tous ayant été enfermés avec le roi pendant sa maladie. J'ai toujours entendu parler de votre probité et de la réputation que votre profonde connaissance des affaires vous a si justement acquise. C'est ce qui m'engage à vous prier de vouloir bien m'aider de vos conseils et de vos lumières. Je vous serais obligé, Monsieur, de venir le plus tôt que vous pourrez à Choisy, où je vous verrai avec le plus grand plaisir... »

Une légende tenace veut que Louis XVI ait d'abord adressé cette lettre à Machault d'Arnouville **. Le page chargé de la lui porter, s'étant aperçu qu'un de ses éperons était brisé, aurait retardé son départ pour le remplacer, laissant à Madame Adélaïde le temps d'intervenir. Dans un conseil de famille tenu à la hâte, celle-ci aurait produit une liste établie avant sa mort par le dauphin père du roi. Sur cette liste, qui énumérait les personnages de confiance susceptibles de conseiller

---

* Il ne les aura que le 23 août.

** L'ancien ministre de Louis XV, remercié après avoir échoué à faire agréer au clergé la réforme fiscale, puis vainement tenté de ramener à l'obéissance le parlement de Paris.

utilement le successeur de Louis XV, figurait en premier lieu le nom de Maurepas. On aurait donc rattrapé
le page *in extremis* et changé le destinataire de la lettre.
Les invraisemblances de cette version sont aujourd'hui
dénoncées par tous les historiens. Mesdames, qui
avaient soigné leur père, logeaient dans un bâtiment à
part. Déjà Madame Adélaïde se plaignait de frissons et
de fièvre. Il n'était pas question qu'elle approche son
neveu*. Il semble donc certain que Louis XVI n'a
jamais envisagé personne d'autre que Maurepas. Il est
probable, en revanche, qu'il a bien demandé son avis
à Madame Adélaïde. Et il n'est pas impossible que
Marie-Antoinette elle-même, qui n'avait pas à craindre
la contagion, ait servi entre eux d'intermédiaire. C'est
du moins ce que suggèrent les récriminations de
Mercy, mécontent qu'elle ait laissé ses tantes la suivre
à Choisy, au lieu de se rendre à Trianon : « De là il est
arrivé ce que j'avais bien prévu ; le premier soin de
Mesdames a été de se mêler de matières de gouvernement, de donner des conseils, de proposer qu'on fît
venir le comte de Maurepas et la reine, de complaisance en complaisance, a servi elle-même d'organe
pour faire parvenir au roi les idées de Mesdames... »

Ah ! si l'ambassadeur avait été sur place pour guider
l'étourdie ! L'impératrice n'aurait pas eu à être « étonnée », pour ne pas dire contrariée, de l'entrée en scène
de Maurepas. Hélas, Marie-Antoinette, livrée à elle-
même, se souciait peu de savoir qui son mari voulait
consulter sur les décisions à prendre. Elle n'avait que
deux choses en tête. D'abord, faire payer à l'horrible
« créature » et à son acolyte le duc d'Aiguillon les

---

* Autres invraisemblances : le page aurait mis vraiment beaucoup de temps pour changer un éperon cassé ; de plus ce genre de
message exigeait un émissaire plus important qu'un simple page :
Mme du Deffand mentionne qu'il fut porté par La Vrillière ; enfin
il n'était pas possible de changer simplement l'adresse d'une lettre,
puisqu'elle figurait au dos de la lettre elle-même : il aurait donc
fallu l'écrire de nouveau.

humiliations qu'elle avait subies à cause d'eux. Marie-
Thérèse elle-même trouvait sa véhémence déplacée et
plaignait « la pauvre Barry ». La jeune femme aurait
pu aisément se cantonner dans la neutralité, car la favorite était si impopulaire qu'il était impossible de ne
pas prendre à son endroit une mesure exemplaire. On
l'expédia pour quelque temps au couvent de Pont-aux-
Dames, près de Meaux, avec interdiction d'en sortir et
on chassa de Versailles toute sa parentèle. Châtier le
duc d'Aiguillon, ministre des Affaires étrangères et de
la Guerre, était une autre question, que le roi ne voulait
pas soulever pour l'instant. Mais d'Aiguillon ne perdait
rien pour attendre. Quant au second objectif de la reine,
c'était le rétablissement de Choiseul.

Ses premières initiatives ne pouvaient donc qu'irriter
Mercy. Il avait une consolation cependant : Maurepas
ne serait pas premier ministre. Du moins on pouvait le
croire. Né en 1701, c'était un vieil homme, un reve-
nant, resurgi après une éviction d'un quart de siècle,
qu'on croyait définitive. Il avait brillamment occupé,
sous Louis XV, le ministère de la Marine, mais grand
amateur — et auteur à l'occasion — de couplets satiriques, incapable de résister au plaisir d'un bon mot, il
avait dépassé la mesure dans sa campagne contre la
Pompadour et le roi, excité par les plaintes de sa favorite et se sentant atteint à travers elle, l'avait congédié
en 1749. Il mena à Bourges, où il fut d'abord assigné
à résidence, puis dans son château de Pontchartrain
près de Rambouillet ou dans son hôtel de Paris, lorsqu'il
fut autorisé à y revenir, la vie d'un sage, d'un homme
d'esprit et de grande culture, curieux de toutes les nouveautés, accueillant aux visiteurs, aimable en tous sens.
Intelligent, fin jusqu'à la subtilité, il connaissait mieux
que personne toute l'histoire du règne précédent, y
compris ses dessous. Ami de Marie Leszczynska, il avait
soutenu les dévots, quoiqu'il ne fût pas dévot lui-même.
Il se voulait désormais au-dessus des partis, des clans et

des coteries. Mais il connaissait les ressorts de ceux qui divisaient la cour. Nul n'était plus apte à répondre aux questions que se posait Louis XVI. Parfaitement honnête, il passait en outre pour dépourvu d'ambition — sans quoi un si long purgatoire l'aurait tué ! —, et d'ailleurs son âge devait le détourner des projets à long terme. Il offrait au jeune roi de vingt ans, qui venait de perdre son grand-père, une figure paternelle, tutélaire.

Il avait compris que Louis XVI souhaitait gouverner lui-même. C'était devenu un dogme chez les descendants de Louis XIV : pas de premier ministre. Moins ils sont capables de gouverner par eux-mêmes, plus ils tiennent à le paraître. Le vieux courtisan eut l'habileté de prendre les devants. Il évoqua le cardinal Fleury : « On l'accuse d'avoir prolongé l'enfance de votre grand-père pour être plus longtemps le maître. Je ne veux pas mériter ce reproche et, si vous le trouvez bon, je ne serai rien vis-à-vis du public. Je ne serai que pour vous seul : vos ministres travailleront avec vous. Je ne leur parlerai jamais en votre nom, et je ne me chargerai point de vous parler pour eux. Suspendez seulement vos résolutions dans les objets qui ne sont pas de style courant ; ayons une conférence ou deux par semaine et, si vous avez agi trop vite, je vous le dirai. En un mot, je serai votre homme à vous tout seul et rien au-delà. Si vous voulez devenir vous-même votre premier ministre, vous le pouvez par le travail et je vous offre mon expérience pour y concourir, mais ne perdez pas de vue que, si vous ne voulez ou ne pouvez l'être, il vous en faudra nécessairement choisir un. — Vous m'avez compris, lui dit le roi ; c'est précisément ce que je désirais de vous. »

C'est ainsi que Maurepas exerça de fait les fonctions de premier ministre, en échappant à la part de routine qu'elles comportent d'ordinaire — à son âge, cet allégement n'était pas négligeable —, et en se donnant aux yeux des tiers l'apparence d'un personnage inoffensif.

Les gens avisés remarquèrent cependant qu'il jouissait d'un statut privilégié. Le roi lui avait attribué, à lui et à sa femme, une partie du logement qu'avait occupé Mme du Barry, au-dessus des appartements royaux. Un petit escalier lui permettait de monter discrètement, à toute heure, chez celui qu'on surnomma bientôt Mentor, du nom de l'illustre conseiller du jeune Télémaque. Pour l'avoir sous-estimé, Marie-Antoinette et même Mercy éprouveront bien des déconvenues.

Un autre dogme hérité de Louis XIV, mais pas toujours appliqué dans les faits, prescrivait de tenir les femmes — épouses ou surtout maîtresses — à l'écart du gouvernement. Louis XVI déclare vouloir s'y conformer. Comme il n'a pas de maîtresse, cette déclaration vise son épouse. « [Il] a dit positivement à M. de Maurepas qu'il ne parlait jamais à la reine des affaires d'État, non plus qu'à ses frères. » Et l'abbé de Véri précise : « [La reine] n'aura pas d'influence [...] dans la décision de deux points si importants : la fixation des autres ministères et l'affaire du Parlement tant ancien que nouveau. » Louis XVI a des raisons particulières de l'écarter. Il connaît ses limites intellectuelles, son étourderie, sa violence. Mais surtout il sait depuis longtemps quel rôle jouent Vermond et Mercy auprès d'elle et comment la cour de Vienne s'efforce de la manœuvrer. Il n'a pas pour l'alliance autrichienne le même attachement que son grand-père, mais il se rend compte qu'il est trop tard pour tenter de couper les liens qui relient Marie-Antoinette à sa mère. Ce serait aller au-devant de graves incidents diplomatiques. Mieux vaut faire semblant de ne rien savoir, tout en gardant l'esprit en éveil. Il constate d'autre part qu'elle n'hésite pas à prendre la tête d'un parti, celui de Choiseul, dont il a toutes raisons de se défier. Mercy-Argenteau n'est pas le seul à découvrir qu'elle devient ingouvernable. Le roi s'en aperçoit aussi. Il lui faudra la neutraliser.

Pour ce faire, on ne manque pas de ressources. Son caractère s'y prête à merveille. D'abord la détourner de la politique vers d'autres objets. Qu'elle se grise d'amusements tout à son aise ! Elle a commencé de se lier d'amitié avec des gens de son âge ou de son humeur, qui partagent ses goûts et ses distractions. Ce sont autant de familiers dont l'influence peut contrecarrer celle des agents de sa mère, dont les perpétuelles leçons commencent à l'ennuyer. On ne manquera pas d'encourager leurs initiatives. Quant aux recommandations, qu'elle multiplie étourdiment, il est une manière assez simple d'y faire face : céder pour les emplois qui ne tirent pas à conséquence, afin de pouvoir l'éconduire pour les principaux, et lui offrir, dans ce dernier cas, des compensations. D'une manière générale, il faut la consulter en apparence chaque fois que la chose est possible, l'avertir à titre privé des mesures prêtes à être rendues publiques, feindre de l'associer à des décisions auxquelles elle n'a eu nulle part, mais qui vont dans le sens de ses désirs. Bref il s'agit de lui donner l'illusion du pouvoir, sans sa substance.

Qu'il y ait eu une stratégie pour neutraliser Marie-Antoinette est une évidence. Certes il n'en subsiste aucune trace écrite. Mais elle constitue la seule explication à toute une série de faits au cours des premières années du règne. Louis XVI était trop jeune, trop simple, trop bon pour l'avoir élaborée lui-même. Elle porte la marque de ce vieux renard de Maurepas, assez fin psychologue pour la concevoir, assez adroit pour la faire agréer à son maître, au coup par coup, dans ses applications. Ainsi s'explique la sérénité avec laquelle les deux hommes assurés de la confiance du roi — Maurepas et bientôt Vergennes — essuient les colères de la reine, qui ont aussi peu d'effet sur eux que les caprices météorologiques. Ils ouvrent tout grand leur parapluie et attendent que passe la bourrasque. Le roi lui-même plaisante sur ce thème : « N'y allez pas, il

n'y fait pas bon aujourd'hui », dit-il en riant à son
vieux Mentor qui s'apprêtait à rendre visite à la reine.
Les sourires de Marie-Antoinette n'auront pas plus de
prise que ses plaintes sur celui que Madame Adélaïde
avait jadis surnommé « le chat qui file ». Et l'on verra
plus tard Vergennes résister, avec moins de souplesse
mais autant de détermination, à tous ses efforts.

On mesure donc l'ampleur de l'aveuglement de
Mercy lorsqu'il écrit sans rire, le 31 juillet 1774 : « Le
roi marque un vrai empressement à concourir aux amusements de son auguste épouse, et il en sera certainement de même en matières plus sérieuses, quand la
reine témoignera qu'elle s'en occupe et qu'elle s'y
intéresse. » Il n'a pas compris que la complaisance
pour ses divertissements est le prix payé pour sa mise
à l'écart des affaires. La prise du pouvoir par Marie-
Antoinette, qu'il avait programmée de longue date, est
un échec patent.

La « Saint-Barthélemy des ministres »

Le pays tout entier vomit le règne précédent. Le vœu
général propose pour le nouveau roi le surnom de *Louis
le Désiré.* À Saint-Denis, on a trouvé, au pied du cercueil
de Louis XV, l'inscription : *Hic jacet, Deo gratias,* et
sur le Pont Neuf, au pied de la statue d'Henri IV :
Resurrexit. Du jeune homme en qui se serait réincarné
le bon souverain de la poule au pot, on attend des
miracles. Il soulève l'enthousiasme en supprimant un
impôt traditionnel, dit *don gratuit de joyeux avènement,* tandis que son épouse renonce à percevoir celui
qui portait le nom de *ceinture de la reine.* Il fallait
abandonner ces pratiques datant d'un autre âge. La
jeune femme déchaîne l'enthousiasme lorsqu'elle dit
en souriant : « Qu'en ai-je besoin ? On ne porte plus
de ceinture. » Un seul point noir : aucune maternité en

perspective, et pour cause, l'on murmure que le mariage n'est pas encore consommé. Mais ils sont jeunes, on peut leur faire crédit.

C'est aussi dans un esprit de modernité que Louis XVI se rallia à l'inoculation antivariolique, à laquelle s'étaient opposés ses parents. Fut-il très sage en s'associant ses deux frères, exposant ainsi d'un coup les trois héritiers du trône à un accident toujours possible ? Marie-Thérèse l'en blâma. Marie-Antoinette n'en avait cure. Lorsque les reproches de sa mère arrivèrent, les trois jeunes gens étaient parfaitement remis.

On attendait des mesures politiques. Les ministres en place étaient honnis. Le roi savait qu'il ne pourrait pas les conserver, mais il voulait éviter la précipitation. Le duc d'Aiguillon était le plus menacé. Bien qu'il fût le neveu de Mme de Maurepas, son oncle ne se sentait pas en mesure de le sauver. Le roi hésitait : c'était un bon ministre. Mais la source de sa fortune était « impure », il la devait à la Du Barry. Et surtout, il avait été mêlé à un nombre considérable de conflits où, sans être forcément dans son tort, il avait fait preuve d'une violence qui avait attisé les passions et alimenté les troubles. C'était, si l'on ose dire, un homme à histoires. Fort sagement, il prit les devants et démissionna au début de juin. Il en aurait fallu davantage pour satisfaire la reine, qui rêvait pour lui d'une disgrâce éclatante qu'elle s'impatientait de ne pas obtenir sur-le-champ.

Elle rêvait aussi de le remplacer par Choiseul. Elle harcela son mari en faveur du proscrit. Louis XVI éprouvait une véritable « horreur » pour cet homme qui avait outragé son père et l'avait poursuivi de sa haine, au point d'être soupçonné — à tort — de l'avoir fait empoisonner. Marie-Antoinette fit de son retour une affaire personnelle, elle *exigea* cette complaisance du roi, « disant qu'il était humiliant pour elle de ne pouvoir obtenir la grâce de l'homme qui avait négocié son

mariage ». Il fit mine de céder, mais le 12 juin il
réserva au visiteur un accueil délibérément blessant :
« Tiens, monsieur de Choiseul, vous avez bien
engraissé et avez perdu vos cheveux, vous devenez
chauve. » Les Parisiens qui l'avaient acclamé, croyant
voir en lui le prochain ministre, en furent pour leurs
frais. Il se hâta de regagner Chanteloup, très déconfit.
« Revenu à Paris en triomphateur, dit Mme du Deffand, il en était reparti en philosophe. » Il avait d'autant plus besoin des secours de la philosophie que la
perte de sa charge de colonel-général des Suisses, l'année précédente, avait créé dans ses finances un gouffre
dont elles ne devaient jamais ses remettre : il en était
réduit à vendre peu à peu sa collection d'œuvres d'art
pour maintenir son train de vie.

Est-ce pour prévenir chez Marie-Antoinette l'aigreur
qu'allait susciter l'échec de sa double intervention ?
C'est au début de ce mois de juin que le roi se fit un
plaisir de lui procurer une satisfaction d'un autre ordre.
Elle désirait depuis longtemps une maison de campagne et avait jeté son dévolu sur le petit Trianon.
Avait-elle oublié qu'un parfum de libertinage planait
sur ce charmant pavillon, construit pour Mme de Pompadour, morte avant d'avoir pu en profiter, et qui avait
abrité quatre ans durant les amours du feu roi avec
Mme du Barry ? Mais après tout, c'était une façon de
le purifier de ces miasmes que de l'offrir à la jeune
souveraine. Elle entreprit d'abord de remodeler les jardins. Les parterres tirés au cordeau du temps de
Le Nôtre, où s'affichait la volonté de discipliner les
végétaux pour les plier à un ordre supérieur, cho-
quaient une sensibilité éprise de spontanéité et de
liberté. La mode était aux massifs et bosquets à l'anglaise. Même le jardin botanique amoureusement créé
et entretenu par Louis XV, peuplé de plantes exotiques
qu'on dorlotait dans des serres, ne trouva pas grâce à
ses yeux. Les protestations de ceux qui l'avaient vu

naître et grandir en sauvèrent cependant une bonne partie, qu'on transféra au Jardin des Plantes à Paris. Marie-Antoinette put alors laisser libre cours à sa fantaisie. Elle y mit la même ardeur, la même fébrilité que naguère lorsque, simple dauphine, elle surveillait l'aménagement de ses appartements. Elle alla visiter le jardin du comte de Caraman, qui passait pour le chef-d'œuvre du style nouveau. Naturel ou pas, le comte avait fait faire en toute hâte la toilette de ses pelouses et de ses plates-bandes gâtées par une sécheresse tenace. Il avait même loué des fleurs en pots qu'on enfouit dans les massifs de façon à faire croire qu'elles y avaient poussé. Marie-Antoinette, ravie, le nomma directeur de ses jardins. Dans ces travaux de décoration, elle est à son affaire, compétente, pleine de goût, heureuse. Pourquoi donc la jette-t-on dans des affaires politiques pour lesquelles elle n'a aucun don ?

L'opération de diversion était coûteuse, mais réussie. Le roi put procéder tranquillement au remaniement de son ministère. La nomination aux Affaires étrangères passa « sans presque que la reine en fût informée, ni sans qu'elle s'en fût occupée le moins du monde ». Vienne aurait souhaité Bernis, elle-même penchait pour Breteuil, mais elle ne manifesta aucune humeur contre l'élu, Vergennes, et facilita la présentation de sa femme à la cour*. Cette nomination n'était que la première étape d'un vaste coup de balai, prélude à la restauration des anciens parlements, auquel on donna le nom de Saint-Barthélemy des ministres, parce qu'il intervint le 24 août. « Oui, plaisanta l'ambassadeur d'Espagne, Aranda, mais ce n'est pas le massacre des Innocents. » Il n'y a pas lieu de porter ici un jugement sur cette volte-face politique, qui annulait les ultimes

---

* Vergennes avait connu sa femme lorsqu'il était ambassadeur à Constantinople. Veuve d'un simple marchand, elle avait eu avec lui une longue liaison avant qu'il ne l'épouse. Sa propre noblesse passait d'ailleurs pour usurpée à la faveur d'une semi-homonymie.

efforts de Louis XV pour restaurer son autorité. Peut-
être celui-ci aurait-il pu, s'il avait vécu, pousser jusqu'au bout sa « révolution royale » et sauver la monarchie absolue. Mais rien n'est moins sûr. Et Louis XVI
en tout cas n'était pas en mesure de braver l'opinion
quasi unanime, soutenue par les princes du sang, pour
maintenir en place des magistrats à la légitimité discutée — des « juges postiches », disent les pamphlets —,
sans pouvoir indemniser ceux qu'on avait spoliés. Il
rêvait de gouverner en accord avec son peuple et son
premier geste fut de montrer qu'il avait entendu ses
vœux.

Marie-Thérèse, en bonne autocrate, jugea « incom-
préhensible que le roi ou ses ministres détruisent l'ouvrage de Maupeou ». Marie-Antoinette s'en réjouissait,
pensant « que l'autorité du roi en serait plus grande et
plus solide que par le passé ». Le départ de Maupeou
et de Terray la laissa indifférente. La nomination de
Turgot d'abord à la Marine, puis au contrôle général
des Finances lui inspire des banalités : c'est « un très
honnête homme ; cela est bien essentiel pour les Finances ». Que Turgot souhaite substituer la libre circulation des grains au dirigisme régnant, qu'il ait
expérimenté en Limousin des assemblées propres à
associer les contribuables à la répartition des impôts,
rien de tout cela n'est venu jusqu'à elle. Quant au
garde des Sceaux, Miromesnil, elle avoue ne pas le
connaître. À la veille du lit de justice du 12 novembre,
où doit être proclamé le rétablissement de l'ancien parlement, le roi a pris la précaution de lui communiquer,
écrit de sa propre main, le programme de la cérémonie
et le texte de son discours : une marque de confiance
dont elle se fait gloire auprès de sa mère, en lui
envoyant le précieux papier — lequel ne contient à vrai
dire rien de secret. Il a aussi doublé le contenu de sa
cassette, sans qu'elle ait eu à le lui demander : Mercy
s'en est chargé pour elle, à son insu. Louis XVI s'est

tiré à son honneur de l'épreuve du lit de justice. « On a été étonné, note l'abbé de Véri, du ton de fermeté et de volonté personnelle dont le roi a accompagné ses discours. Les ministres [...] avaient été si imbus de la timidité naturelle de son grand-père dans de pareilles occurrences, où il pouvait à peine lire quatre phrases, qu'ils voulurent lui inspirer le ton de la fermeté : "Et pourquoi voulez-vous que j'aie peur ?" répondit-il. » Tel était le jeune roi à l'aube de son règne, convaincu que justice et bonté lui permettraient de surmonter tous les obstacles.

Que Marie-Antoinette s'agite en faveur de tel ou tel lui paraît de peu de conséquence, dès l'instant qu'il n'en tient pas compte. À condition d'être vigilant. Poussée par un de ses familiers, Besenval, elle tente de se concilier Maurepas, pour qu'il se fasse son avocat auprès du roi. Elle souhaite participer aux petits comités où sont discutées les affaires du royaume : les reines n'étaient-elles pas autrefois admises de droit aux Conseils, avant que cet usage ne tombe en désuétude sous Louis XIV ? La réponse, on s'en doute, est un refus sans appel. Et comme, dans le même temps, ses démarches en faveur de divers protégés ont presque toutes été repoussées, elle se voit accorder une consolation : on consent à rétablir pour son amie Mme de Lamballe la charge parfaitement inutile de surintendante de sa maison.

À quoi s'occupait Marie-Antoinette à Reims

En dépit des émeutes qui avaient secoué l'Île-de-France quelques semaines auparavant, par suite de la hausse du prix du blé consécutive à la libéralisation du commerce des grains, le sacre de Louis XVI, le 11 juin 1775, fut un triomphe. Mercy avait songé à y faire associer Marie-Antoinette. Il avait lu dans une étude

fort sérieuse que, par le passé, les reines étaient sacrées
à Reims en même temps que leur époux*. Il s'arrangea
pour faire mettre ce manuscrit sous les yeux du roi et
chargea Vermond de pressentir la reine sur cette éventualité. Il pensait avec raison qu'en participant au
sacre, elle aurait consolidé une position qui restait fragile tant qu'elle n'aurait pas donné d'enfants à la
dynastie. L'impératrice, consultée, émit des doutes sur
les chances de succès. La reine manifesta pour cette
idée la plus grande indifférence et le roi en effet s'abstint de répondre. Marie-Antoinette assista donc au
sacre en simple spectatrice.

Dans la cathédrale transformée en théâtre, tendue de
tapisseries, agrémentée de colonnades dorées pour
faire disparaître toute trace du style gothique « barbare » et grossier, on a installé des tribunes pour les gens
de qualité. Celle où trône la reine, croulant sous le
poids des pierreries qui constellent sa robe, est dotée
par-derrière d'un véritable appartement, avec toutes les
commodités requises. Car la cérémonie promet d'être
très longue. Vers huit heures du matin les deux
évêques qui s'étaient rendus au chevet du roi pour
l'éveiller l'amenèrent dans la nef où l'attendaient tous
les dignitaires en grande tenue, les prélats et les princes
censés représenter les douze pairs du temps de Charle-
magne. Il prêta les serments traditionnels, reçut les
neuf onctions rituelles. Puis on procéda au couronnement. Les pairs soulevèrent la lourde couronne pour la
poser sur la tête du souverain. « Elle me gêne », mur-
mura-t-il. Drapé dans le grand manteau fleurdelisé
bordé d'hermine, on le mena à son trône, surélevé par

---

* Sacrées ou couronnées ? Ces deux termes désignent pour le
roi deux opérations successives. Pour la reine, il semble qu'on ne
ait parfois confondues, comme dans le cas de Marie de Médicis,
dont le couronnement ou sacre — les deux mots sont attestés, mais
seul le premier est pertinent — eut lieu à Saint-Denis le 13 mai
1610.

une estrade et surmonté d'un énorme dais également
fleurdelisé. Alors les portes s'ouvrirent et les acclamations du peuple fusèrent, couvrant le tumulte des trompettes.

À l'instant du couronnement et à celui de l'intronisa-
tion*, Marie-Antoinette, gagnée par l'émotion, versa
une telle « abondance de larmes » qu'elle dut quitter
un instant sa tribune. Lorsqu'elle reparut, « toute
l'église, dit Mercy, retentit de cris et de battements de
mains ». Et le roi, levant la tête, la regarda avec « un
air de contentement auquel on ne pouvait pas se
méprendre ». Tout le reste de la journée, il fut à son
égard « dans une contenance d'adoration que l'on ne
saurait bien dépeindre ». Bref l'ambassadeur s'applique à les montrer sous les traits d'un couple uni
par un amour sincère et profond. La lettre de Marie-
Antoinette à sa mère, d'une extrême platitude,
n'évoque ses larmes que pour signaler qu'on lui en
a su gré. Elle n'a retenu de la cérémonie, comme de
l'ensemble du voyage, que les acclamations du peuple.
« C'est une chose étonnante et bien heureuse en même
temps d'être si bien reçu deux mois après la révolte et
malgré la cherté du pain, qui malheureusement continue [...] Il est bien sûr qu'en voyant des gens qui dans
le malheur nous traitent aussi bien, nous sommes
encore plus obligés de travailler à leur bonheur. » Et
elle conclut ce compte rendu, digne d'une écolière de
huit ans, en disant : « Je n'oublierai de ma vie (dût-
elle durer cent ans) la journée du sacre. » Son émotion
a été sincère sans doute, mais tout épidermique. La
signification religieuse de la cérémonie lui a totalement
échappé.

En revanche, elle a profité du voyage à Reims pour
braver un interdit. Elle sait très bien que l'impératrice
désapprouve ses démarches pour le retour de Choiseul.

---

* Au sens étymologique, la cérémonie consistant à installer le
roi sur son trône.

Elle sait sans doute aussi que le roi, sollicité par un tiers en faveur de l'ancien ministre, a répondu brutalement : « Qu'on ne me parle jamais de cet homme-là ! » Esprit de contradiction, désir de les narguer, goût de la provocation ? Choiseul est à Reims, elle veut le rencontrer. Elle n'ose s'y risquer à l'insu de son mari. Alors elle trouve le moyen de s'en faire accorder indirectement l'autorisation. Et elle est assez inconsciente pour s'en vanter deux jours plus tard dans une lettre à un diplomate autrichien, le comte de Rosenberg, ami de sa mère, pour qui elle éprouve une affection ancienne :

« Vous aurez peut-être appris l'audience que j'ai donnée au duc de Choiseul à Reims. On en a tant parlé que je ne répondrais pas que le vieux Maurepas n'ait eu peur d'aller se reposer chez lui *. Vous croirez aisément que je ne l'ai point vu sans en parler au roi, mais vous ne devinerez pas l'adresse que j'ai mise pour ne pas avoir l'air de demander permission. Je lui ai dit que j'avais envie de voir M. de Choiseul, et que je n'étais embarrassée que du jour. J'ai si bien fait que le pauvre homme m'a arrangé lui-même l'heure la plus commode où je pouvais le voir. Je crois que j'ai assez usé du droit de femme dans ce moment. »

Elle avait déjà adressé au diplomate, au mois d'avril, une lettre où elle se plaignait des « contes » immérités qu'on faisait sur elle à Vienne, mais où elle tenait sur son mari des propos fort désinvoltes : « Mes goûts ne sont pas les mêmes que ceux du roi, qui n'a que ceux de la chasse et des ouvrages mécaniques. Vous conviendrez que j'aurais assez mauvaise grâce auprès d'une forge ; je n'y serais pas Vulcain, et le rôle de Vénus pourrait lui déplaire beaucoup plus que mes goûts, qu'il ne désapprouve pas. » Rosenberg, alors, n'avait rien dit. Mais quand il reçut la lettre sur l'entre-

* Elle veut dire qu'elle espère bien voir Choiseul le remplacer.

vue de Reims, il fut affolé et alla la montrer à
Joseph II, qui la montra à Marie-Thérèse.

On imagine sans peine leur indignation et leur
colère, en voyant sur quel ton la reine osait parler de
son époux. Joseph profita de l'occasion pour rédiger
un réquisitoire général d'une extrême violence où il
lui reprochait, en vrac, sa paresse, son ignorance, sa
frivolité, sa complaisance pour les coteries qui la flat-
tent et sa rage de s'ingérer dans ce qui ne la regarde
pas. « De quoi vous mêlez-vous, ma chère sœur, de
déplacer des ministres, d'en faire envoyer un autre sur
ses terres, de faire donner tel département à celui-ci ou
à celui-là, de faire gagner un procès à l'un, de créer
une nouvelle charge dispendieuse à votre cour... [...]
Vous êtes-vous demandé une fois par quel droit vous
vous mêlez des affaires du gouvernement et de la
monarchie française ? Quelles études avez-vous faites ? Quelles connaissances avez-vous acquises pour
oser imaginer que votre avis ou opinion doit être bonne
à quelque chose... ? » Puis il en venait à la lettre à
Rosenberg : « Peut-on écrire quelque chose de plus
imprudent, de plus irraisonnable, de plus inconve-
nant [...] ? Si jamais une lettre comme celle-là s'éga-
rait, si jamais, comme je n'en doute presque point, il
vous échappe des propos et phrases pareilles vis-à-vis
de vos intimes confidents, je ne puis qu'entrevoir le
malheur de votre vie... » Attachez-vous à mériter
l'amitié et la confiance du roi, concluait-il ; ne parlez
jamais d'affaires avec les ministres et, en toutes
choses, référez-en au roi qui seul doit décider.

Marie-Thérèse s'opposa à l'envoi de ce brûlot. Elle
contraignit son fils à en rédiger une seconde version,
moins dure, qui ne nous est pas parvenue. Elle avait
mauvaise conscience. Elle voyait bien qu'ils récol-
taient ce qu'ils avaient semé à eux quatre, elle, son fils,
son chancelier et son ambassadeur. Comment reprocher à Marie-Antoinette de se mêler des nominations

ministérielles alors qu'on l'en a explicitement chargée ? Comment s'étonner qu'elle méprise son mari
alors qu'on lui répète depuis des années que c'est un
benêt qu'elle mènera par le bout du nez ? Quant aux
réflexions de Joseph sur la lettre à Rosenberg, elles
laissaient percer l'idée qu'après tout, peu importait ce
que la reine pensait de son époux, à condition qu'elle
n'en laisse rien voir à personne : bref elles lui prê-
chaient implicitement l'hypocrisie. L'impératrice préféra faire vibrer d'autres cordes, elle en appela à ses
sentiments, à sa fierté :

« ... Je ne puis dissimuler vis-à-vis de vous qu'une
lettre écrite à Rosenberg m'a jetée dans la plus grande
consternation. Quel style ! Quelle légèreté ! Où est ce
cœur si bon, si généreux de cette archiduchesse Antoinette ? Je n'y vois qu'une intrigue, basse haine, esprit
de persécution, persiflage ; intrigue comme une Pompadour, une Barry aurait pu avoir pour jouer un rôle,
mais nullement comme une reine, une grande princesse
et une princesse de la maison de Lorraine et d'Autriche, pleine de bonté et de décence. Vos trop prompts
succès et les flatteurs m'ont toujours fait trembler pour
vous... [...] Quel langage ! Le pauvre homme ! Où est
le respect et la reconnaissance pour toutes les complaisances ? Je vous laisse à vos propres réflexions et ne
vous en dis pas plus, quoiqu'il y aurait encore bien à
dire [...] » Et de conclure : « Je prie Dieu de trancher
au plus tôt mes jours, ne pouvant plus vous être utile
et ne pouvant pas soutenir de perdre et voir malheureux
mon cher enfant que j'aimerai toujours jusqu'à mon
dernier soupir tendrement. »

Marie-Antoinette se cabra sous l'outrage :

« Je n'oserais jamais écrire à mon auguste mère, si
je me sentais la moitié aussi coupable qu'elle le croit.
Être comparée aux Pompadour, aux Du Barry, couverte
des épithètes les plus affreuses ne va pas à votre fille.
J'ai écrit une lettre à un homme de mérite qui a votre

confiance et à qui, sur une autorité si respectable, j'ai cru devoir donner la mienne. Comme il est venu dans ce pays-ci et qu'il connaît la valeur qu'on met ici à certaines phrases, je ne devais en craindre aucun inconvénient. Ma chère maman en juge autrement, c'est à moi à baisser la tête et à espérer que dans d'autres circonstances elle me jugera plus favorablement et, si j'ose dire, comme je le mérite. »

Que répondit-elle à son frère ? Une lettre « plus que froide », selon Mercy, sur laquelle nous ne savons rien. Avec sa mère, elle élude la question de fond, se bornant à dire en substance : avec un homme comme Rosenberg, ma lettre ne risquait ni d'être mal interprétée, ni divulguée. Mercy comprend qu'elle va lui échapper, il tente de la calmer et, comme il se sent coupable de l'avoir mal surveillée, il essaie de l'excuser auprès de sa mère en minimisant le délit. Les termes incriminés, dit-il, sont imputables à la « petite vanité de vouloir paraître en position de gouverner le roi » : « La reine n'a pas eu l'intention de donner aux termes dont elle se sert, nommément à celui de "bon-homme", l'acception de plaisanterie dont ce terme pourrait paraître susceptible... » Hélas, l'impératrice, même si elle torture cruellement la syntaxe française, perçoit fort bien les nuances du vocabulaire : « Ce n'est pas l'épithète de "bon", mais de "pauvre" homme, dont elle a régalé son époux. » Cela dit, mieux vaut la ménager, dans son intérêt plus encore que dans celui de l'Autriche. Car, sous le coup de l'orgueil blessé, elle risque de s'émanciper davantage. Marie-Thérèse lui fait donc des semi-excuses et Marie-Antoinette pousse un soupir de soulagement : « Votre chère lettre m'a rendu la vie, l'idée d'être dans la disgrâce de ma tendre mère était bien affligeante pour moi... » Tout est bien qui finit bien, l'incident est clos. Nul n'en saura rien jusqu'à ce que les historiens se fassent ouvrir le secret des archives.

La jeune obstinée n'a pas renoncé cependant à voir Choiseul : elle aura plus tard avec lui, au bal de l'Opéra, une rencontre d'une grande heure. Mais les dégâts dans l'opinion restent minimes, car chacun devine que le veto du roi est définitif : il sait donc résister à sa femme. Il est en revanche une autre affaire où les sympathies et les haines de Marie-Antoinette s'imbriquent si étroitement avec les questions proprement politiques qu'elle passe, en partie à tort, pour avoir fait valser à son gré les ministres et procuré à un de ses protégés des faveurs imméritées. Et l'image de Louis XVI en sortira ternie.

L'affaire Guines

Il y eut en réalité deux affaires Guines, que Marie-Antoinette trouva le moyen d'associer l'une à l'exil du duc d'Aiguillon, l'autre au renvoi de Turgot.

La première des deux affaires avait ses racines au début de 1771, sous le règne de Louis XV, dans le conflit des îles Malouines. La France avait alors pour représentant en Angleterre un protégé de Choiseul, Anne-Louis de Bonnières, comte de Guines, un grand seigneur fastueux et désinvolte, parlant haut, portant beau, plus connu pour ses succès mondains que pour ses activités diplomatiques. À Berlin — son poste antérieur —, sa virtuosité à la flûte lui avait valu la faveur de Frédéric II, lui-même excellent flûtiste. À Londres il paradait dans les salons, cultivant de pair, non sans scandale, une réputation de bel esprit et de séducteur. Il suivait cependant les affaires d'assez près pour jouer en Bourse — d'ordinaire à coup sûr, grâce à des informations de première main : on ne parlait pas encore de *délit d'initié*. Lorsque commencèrent à courir des bruits de guerre aux Malouines, la fièvre s'empara des spéculateurs. Si elle éclatait, les emprunts d'État baisseraient ; si la paix l'emportait, ils monteraient. Les achats *à terme* n'étaient rien d'autre qu'un pari sur l'avenir.

Guines avait-il joué lui-même, fait jouer pour son compte un prête-nom, communiqué des tuyaux à des marchands londoniens ? Le fond de l'affaire n'a jamais été tiré au clair. Toujours est-il qu'au printemps de 1771, il porta plainte contre son secrétaire, Tort de la Sonde, qui avait quitté Londres précipitamment, l'accusant d'avoir abusé de son nom pour tromper des commerçants qui avaient joué — et perdu. Tort, embastillé, reconnut de bonne grâce s'être trompé en conseillant aux marchands de jouer à la baisse — à leurs risques et périls : ce n'était pas un délit. On le libéra. Mais Guines insista : la faute consistait à s'être servi de son nom. Tort, arrêté et interrogé à nouveau, riposta en accusant son maître : il avait agi pour le compte de l'ambassadeur. Et il porta plainte contre lui pour dénonciation calomnieuse. Il s'agissait donc désormais d'un procès pénal.

On n'entrera pas ici dans le détail des procédures compliquées qui se prolongèrent pendant des années. Entre-temps le ministre de tutelle de Guines avait changé. Le duc d'Aiguillon, ennemi déclaré de Choiseul, ne fit rien — c'est un euphémisme — pour aider l'ambassadeur à se justifier. Il fit traîner les choses, laissant à Tort le temps d'envenimer l'affaire. Guines, qui avait dû rentrer à Paris pour plaider sa cause, s'impatientait. Ses arguments n'étaient que variations sur une donnée unique : il n'avait pas joué à la baisse, parce qu'il était sûr que la guerre n'aurait pas lieu ; s'il avait joué, c'eût été à la hausse et il aurait gagné. Mais comment prouver qu'à la date concernée il connaissait l'issue des pourparlers de paix ? Il aurait fallu rendre publique la correspondance diplomatique, dans un domaine qui relevait de ce que nous appellerions « secret-défense ». Louis XV tenta de renvoyer les adver-

saires dos à dos et d'enterrer l'affaire. Il laissa Guines
repartir pour Londres, ce qui équivalait à un quitus,
mais il fit relâcher Tort, ce qui semblait l'innocenter.

Aucun des deux hommes ne se satisfit de ce jugement de Salomon. Tout en relançant leur guerre juridique, ils poursuivaient leur enquête. Guines crut
découvrir que d'Aiguillon lui avait délibérément caché
une partie de la procédure, lui ôtant les moyens de se
défendre. Et il s'en prit au ministre : l'affaire Guines
contre Tort devenait une affaire Guines contre d'Aiguillon, ameutant aussitôt le ban et l'arrière-ban des
choiseulistes et des barrystes. Sur ces entrefaites,
Louis XV mourut et il échut à Louis XVI de débrouiller l'imbroglio, devenu au fil des jours d'une
complexité byzantine. Mais le plus grave est que
Guines, qui n'a pas confiance dans les tribunaux, porte
sa cause devant l'opinion française et même européenne. C'est alors que, poussée par son entourage,
Marie-Antoinette, qui ne le connaît pas, intervient pour
lui faire obtenir l'autorisation de publier une part de sa
correspondance, non seulement avec son ministère au
moment des faits, mais avec le duc d'Aiguillon. Celui-
ci réplique. Les voilà tous deux à se battre à coups de
mémoires imprimés, largement répandus. Le scandale
est complet et le roi exaspéré.

Abrégeons le récit de cette interminable affaire. Elle
trouva un double épilogue le 2 juin 1775. Au tribunal,
Guines gagna son procès contre Tort de justesse, par
sept voix contre six. Aussitôt après, le duc d'Aiguillon,
qui avait démissionné de ses fonctions, on s'en souvient, mais qui était resté à Paris, reçut une sentence
d'exil. La reine, animée contre lui d'une « haine sans
mesure », avait insisté pour une punition exemplaire.
« Ce départ est tout à fait mon ouvrage, écrit-elle à
Rosenberg dans sa fameuse lettre du 13 juillet. La
mesure était à son comble ; ce vilain homme entretenait toute sorte d'espionnage et de mauvais propos. Il

avait cherché à me braver plus d'une fois dans l'affaire
de M. de Guines ; aussitôt après le jugement j'ai
demandé au roi son éloignement. Il est vrai que je n'ai
pas voulu de lettre de cachet ; mais il n'y a rien de
perdu, car au lieu de rester en Touraine, comme il voulait, on l'a prié de continuer sa route jusqu'à Aiguillon,
qui est en Gascogne. » Elle se fit gloire publiquement
de cette sentence et les amis de Choiseul se relayèrent
pour en faire un triomphe.

Il n'est pas certain cependant que le roi ait concédé
à la colère de sa femme autre chose que « le surcroît
de persécution » consistant à échanger la Touraine
contre la Gascogne. Il lui était difficile en effet de ne
pas imposer une retraite à celui qui avait été le chef du
file de l'ex-« parti dominant » et qui continuait d'entretenir dans la capitale un levain de mécontentement.
Mais il ne pouvait le faire tant que le procès Guines
n'était pas réglé, sous peine de peser sur la décision
des juges. A-t-il tiré en outre de la lecture des pièces
du procès la conviction que d'Aiguillon avait agi avec
une grande mauvaise foi dans sa gestion de l'affaire et
qu'il méritait un châtiment ? La chose est possible.
Mais comme il n'en a rien dit à personne et que Marie-
Antoinette au contraire a revendiqué haut et fort sa
responsabilité dans la sanction, la conclusion du public
fut qu'elle faisait et défaisait les ministres.

La seconde affaire Guines, plus simple et plus brève,
aboutit au même résultat. Elle éclate l'année suivante
au mois de janvier. Le retentissement n'en est intelligible que si on la replace au cœur de la situation politique, intérieure et extérieure.

À Maurepas et à Vergennes sont venus se joindre
deux collègues. Turgot d'abord, qui s'est fait remarquer comme intendant du Limousin, où il a accompli
une tâche considérable. Il passe très vite de la Marine
au contrôle des Finances. Il réussit à imposer à la Maison du roi son ami Malesherbes, en dépit des réserves

du souverain qui pardonne mal à celui-ci sa sympathie pour les philosophes et le rôle de porte-parole de ses collègues magistrats qu'il a joué naguère sous Louis XV *. Et cette nomination contre le candidat de la reine fut pour celle-ci « ce qu'on appelle en langage d'intrigue un *soufflet* ». Tous deux sont des hommes nouveaux, qui n'ont jamais traîné leurs guêtres à la cour, ils sont ouverts aux idées de réformes et pleins d'une immense bonne volonté. Avec cette différence que Turgot croit passionnément à la tâche qu'il s'assigne, tandis que Malesherbes, sans illusions, n'a consenti à accepter sa fonction qu'à contrecœur. Ni l'un ni l'autre ne sont prêts aux compromis et aux concessions. Turgot surtout est peu accommodant. « Son intégrité est à toute épreuve, dit son ami Véri, et le motif du bien, tel qu'il le croit, est l'unique intérêt qui agisse sur son âme. Son courage serait pareil à son intégrité, au point d'être opiniâtreté, s'il était dans l'erreur. Il aura de la peine à se concilier avec l'opinion des autres, dans les points qui devront être décidés en commun. »

C'est cette intégrité qui a plu au roi, séduit en outre par son programme : « Point de banqueroute, point d'augmentation d'impôts, point d'emprunts. » Turgot avait « la rage du bien public ». Il entreprit aussitôt d'importantes réformes : libre circulation des grains, pour encourager l'agriculture, suppression des corporations, pour libérer le travail, remplacement de la corvée par une taxe payée par tous les propriétaires fonciers, nobles ou roturiers — à quoi s'ajoutait un projet d'assemblées hiérarchisées qui, à chaque échelon territo-

---

* On fait allusion ici aux fameuses *Remontrances*, rédigées par Malesherbes en 1771 en tant que président de la Cour des aides, pour dénoncer l'abus de pouvoir que constituait la suppression des parlements. Malesherbes n'était pas hostile à la monarchie, loin de là, mais, comme beaucoup de ses contemporains désormais, il n'admettait pas que le roi fît de son pouvoir un usage sans contrôle aucun.

rial, prendraient en charge la répartition des impôts, les questions de police, d'assistance et de travaux publics. Inutile de dire que ces projets soulevèrent une tempête de protestations de la part de tous ceux qu'ils lésaient ou dont ils dérangeaient simplement les habitudes. Louis XVI tint bon, et fit enregistrer les édits de force, en lit de justice. Il ne s'affola pas devant la guerre des Farines[*] et fit face courageusement aux émeutiers venus jusqu'à Versailles. Mais il finit par être sensible aux critiques de son entourage. Turgot avait fait l'unanimité contre lui dans la famille royale et à la cour. Les frères du roi voyaient dans ses réformes, non sans quelque raison, des atteintes à la rigidité de la sacrosainte hiérarchie sociale. Les courtisans pestaient contre la campagne d'économies qui rognaient leurs prébendes. Contraint d'accorder à Marie-Antoinette une pension pour une de ses protégées, qu'il avait commencé par refuser, il accueillit ses remerciements avec une sincérité bourrue qu'elle jugea insultante : « Ne me remerciez pas, je n'y suis pour rien. » Son caractère entier, cassant, sa trop grande confiance en lui, son refus de toute critique irritaient les autres ministres. Et surtout Maurepas éprouvait une jalousie croissante pour ce rival capable de lui ravir la première place. Louis XVI lui-même commençait à le trouver envahissant : « M. Turgot veut être moi, et je ne veux pas qu'il soit moi. » Bref au bout d'un an d'exercice, le contrôleur des Finances s'était attiré tant d'hostilité que sa position était branlante. Mais il ne s'en doutait pas.

Il faut savoir d'autre part que, tandis que Louis XVI faisait lentement l'apprentissage du pouvoir, de l'autre côté de l'Atlantique, les habitants des colonies britanniques faisaient l'apprentissage de la liberté. La fameuse révolte des Bostoniens contre les taxes sur le

---

* Nom donné aux émeutes frumentaires de 1775, qui précédèrent de peu le sacre.

thé imposées par l'Angleterre — dite *Boston Tea Party*
— précède de moins de six mois la mort de Louis XV.
En 1775 le soulèvement s'était organisé en révolte
armée et l'Angleterre avait envoyé des troupes pour
le réprimer. Les *Insurgents* cherchaient du secours, en
France notamment. Le roi hésitait. La tentation était
forte de prendre une revanche sur notre ennemie en
soutenant la rébellion de ses colonies. Mais n'était-il
pas imprudent pour un roi d'aider des sujets révoltés
contre leur maître — des sujets, qui plus est, profes-
saient des idées républicaines ? D'autant que nous
avions nous aussi des colonies. Entre l'abstention
totale et l'engagement à leurs côtés, il y avait bien des
solutions intermédiaires. On pensait alors commencer
par des secours clandestins, en armes et en argent,
avant d'aller plus loin quand on y verrait plus clair sur
les chances de succès des uns et des autres.

C'est le moment que choisit le comte de Guines pour
faire des siennes. Et sa culpabilité, cette fois, ne faisait
pas de doute. Vergennes découvrit, par l'intermédiaire
de l'ambassadeur espagnol, que Guines menait à
Londres sa propre politique, en contradiction formelle
avec les instructions reçues. Il avait dit aux Espagnols
que Louis XVI, en dépit du Pacte de famille, les lâche-
rait s'ils prétendaient régler leurs comptes avec le Portugal en Amérique du Sud ; il leur avait affirmé que
l'expédition navale montée par les Anglais visait leurs
possessions du Mexique et non les colons révoltés ;
enfin il avait promis au cabinet de Londres que la
France n'aiderait jamais les Insurgents. Cette fois l'affaire était très grave. Elle imposait son rappel. Pour un
ambassadeur, le rappel est l'équivalent d'une révocation. Et si tous les ministres étaient d'accord pour le
révoquer, aucun n'avait envie d'en porter la responsabilité aux yeux de la reine. Ils se défilèrent si bien que
seuls Malesherbes et surtout Turgot consentirent à dire
ouvertement qu'ils avaient préconisé ce rappel. Et c'est

sur ce dernier que se concentra la colère de Marie-
Antoinette.

Il vint alors à Turgot une idée si simple qu'elle en
apparaît candide. Pourquoi n'associerait-on pas la reine
à l'interrogatoire de Guines et, d'une manière plus
générale, au gouvernement ? « Le fond du cœur de la
reine est honnête, quoique léger [...] L'embarras du roi
pour résister aux volontés vives de la reine mettra souvent les affaires en danger et le ministère dans l'incertitude. Les intérêts du roi sont au fond les intérêts de la
reine ; et, si une femme doit avoir quelque influence
sur les décisions du roi, ne vaut-il pas mieux que ce
soit la sienne qu'une Pompadour ou une Du Barry ?
Notre charge [à nous ministres] est de les éclairer de
notre mieux et de prévenir les dangers de l'étourderie,
de l'ignorance et de l'intrigue. » En somme il préconisait d'initier et d'associer Marie-Antoinette aux
affaires pour de bon, au lieu de lui faire l'aumône de
quelques miettes. L'idée était pleine de bon sens, très
sage et très raisonnable. Mais il aurait fallu s'y prendre
beaucoup plus tôt. Au point où l'on en était, ni bon
sens, ni raison, ni sagesse n'avaient plus cours.

Le dénouement parut une absurdité et un scandale.
Le même jour, 12 mai, on apprit que Turgot était renvoyé et que le comte de Guines était fait duc.
Malesherbes, quant à lui, était parti de lui-même, un
peu plus tôt, ne supportant pas le climat qui régnait à la
cour. Les deux ministres étaient populaires, l'opinion
fondait sur eux beaucoup d'espoirs. On les regretta. La
promotion de Guines souleva un tollé. Et l'on sut que
la reine avait fait refaire trois fois par le roi la lettre
qui lui en faisait part, la trouvant trop peu élogieuse.

En fait la décision de se séparer de Turgot vint de
Louis XVI, pour les raisons exposées plus haut. Marie-
Antoinette n'y contribua qu'à peine et se montra déçue
qu'on se contentât de lui ôter ses fonctions au lieu de
l'envoyer à la Bastille. Est-ce elle qui arracha pour

Guines ce brevet de duc le faisant « blanc comme
neige » ? Elle le crut peut-être. Mais le *Journal* de Véri
suggère une autre explication. Guines savait beaucoup
de choses et il avait prouvé, dans sa querelle avec d'Aiguillon, que le devoir de réserve ne comptait guère
pour lui. Il était dangereux. Il risquait, en cas de disgrâce brutale, de prendre une fois de plus l'opinion à
témoin et de mettre dans l'embarras le cabinet français
qui négociait en sous-main avec les Insurgents. Il
n'était pas question qu'il retourne à Londres. On lui
retira son ambassade, en accompagnant cette sanction
d'une faveur si éclatante qu'elle lui fermait la bouche.
Ce fut la fin de sa carrière diplomatique. Il trouvera
bientôt un emploi mieux approprié à ses dons, celui
d'amuseur dans la petite société de Marie-Antoinette.
Tout cela, bien sûr, on ne pouvait pas le dire. C'est
donc au crédit de la reine que fut portée la promotion
de Guines. Un crédit bien mal employé, en faveur d'un
homme qui ne le méritait pas. La coterie qu'elle
patronnait aggrava encore le gâchis en célébrant ce
double résultat comme une victoire.

Un crédit empoisonné

Résumons. Contrairement à la rumeur publique, que
répercutent la plupart des mémoires et documents
d'époque, la reine n'a eu dans les grandes décisions du
début du règne qu'une part minime. Son « crédit »
n'est pas négligeable certes, mais il est limité à la distribution de grâces, de charges, de pensions hors de la
sphère gouvernementale. Elle a sans doute pesé un peu
dans le renvoi de d'Aiguillon, mais pas du tout dans
celui de Turgot. Et son rôle dans les deux affaires
Guines ne fut pas déterminant. Quant à ses efforts pour
ramener Choiseul au pouvoir, ils se soldent par un
échec complet. Mais il est sûr qu'elle s'est beaucoup

agitée, publiquement, pour les uns et contre les autres, quoiqu'elle s'en défende auprès de sa « chère maman », dont elle viole allégrement tous les préceptes. Elle a compris — grâce à Mercy, qui le lui explique — que le crédit est affaire d'apparence et qu'il se nourrit de lui-même. Plus on passe pour en avoir, plus on en a. Le sien repose en partie sur ce qu'on est tenté d'appeler un bluff. Elle se vante, elle gonfle ses moindres succès, par vanité naïve et parce que les flatteurs l'y poussent. Elle passe pour beaucoup plus puissante qu'elle n'est. Et elle en devient en effet plus puissante, puisqu'on la craint.

Ce semi-crédit qu'on lui concède n'aurait rien de fâcheux si elle en usait en connaissance de cause. Mais comme elle ne connaît rien aux affaires, elle l'exerce sans discernement, au gré de ses sentiments du moment. « Un fond naturel d'obligeance, mêlé au plaisir d'étaler son pouvoir », note finement Saint-Priest, l'incite à accéder à toutes les demandes. Elle ne sait pas résister à une sollicitation faite avec esprit ou arrosée de larmes : « J'aime qu'on ne me quitte jamais mécontent. » Elle assiège donc les ministres en faveur de ses protégés, les convoque, les semonce. Il faut un Turgot pour lui refuser une faveur mineure. Car on sait que les refus sont considérés par elle comme des offenses personnelles, des atteintes à sa dignité : « Il m'a manqué », dit-elle de l'imprudent. Il est impossible de discuter avec elle, d'invoquer la raison ou l'intérêt de l'État. Tout devient affaire personnelle. Elle met à soutenir ses « amis » et à perdre ses méchants « ennemis » une ardeur passionnée, opiniâtre, aveugle. Et les effets de ce qu'on commence à nommer ses caprices sont catastrophiques.

Le plus anodin d'abord. Elle complique la vie aux ministres qui perdent beaucoup de temps et d'énergie à se protéger de ses sautes d'humeur. Et elle détourne du service des gens de grande qualité. Son animosité,

par exemple, fut une des raisons qui retinrent longtemps Malesherbes d'accepter un portefeuille et qui le
poussèrent à s'en démettre. « La reine veut avoir du
crédit, disait-il. Ce n'est point à moi de discuter si le
roi doit lui donner du crédit et même de l'influence sur
le gouvernement, et sur le choix des ministres. Le fait
est qu'elle veut en avoir et qu'elle en aura. Dès lors, il
est destructif du bien public et du bon ordre d'appeler
au ministère quelqu'un qui ne lui plaît pas... » Elle
décourage les bons candidats et, pour ceux qui sont en
place, elle est un facteur de soucis permanents.

Chose plus grave, elle nuit au roi. Car les ministres
à qui elle arrache des concessions sont ceux du roi.
Lorsqu'ils lui cèdent, lorsqu'elle obtient telle promotion injuste ou telle faveur ruineuse, en ces temps où
les économies sont à l'ordre du jour, on en conclut,
non sans raison, qu'elle a réussi à faire plier son mari.
L'exercice du « crédit de la reine » revêt trop souvent
l'aspect d'une partie de bras de fer entre elle et lui.
Elle-même l'envisage ainsi et s'en fait une manière de
jeu, comme le montre la fameuse lettre à Rosenberg.
Elle s'y livre en toute innocence, comme une petite
fille ravie d'avoir tourné des interdictions, imposé sa
volonté à des adultes. Mais c'est un jeu très dangereux.
À chaque « victoire » de sa femme, le prestige du roi
est entamé, son autorité décroît d'autant que le crédit
de celle-ci augmente. Ce n'est là qu'apparence, objectera-t-on. Mais l'autorité, elle aussi, se nourrit d'apparence. L'influence présumée de Marie-Antoinette sur
les affaires porte terriblement atteinte à l'image du roi.
Nul ne sait que, dans le secret du cabinet, il néglige
ses avis. Les concessions qu'il lui fait pour avoir la
paix sont, elles, très visibles. Il passe donc pour plus
faible qu'il n'est, une marionnette entre les mains de
sa femme, incapable de se faire obéir d'elle et donc, à
plus forte raison, du pays. Lui, mais surtout ses
conseillers, ont le grand tort de n'en avoir pas tenu

compte. Ils n'eurent pas l'énergie de couper court à ce processus pernicieux. À vingt ans, Louis XVI est excusable. Mais Maurepas ne l'est pas. Le prix à payer sera lourd.

La reine elle-même n'y gagne rien, au contraire. Car ce grand crédit qu'on lui prête la fait paraître responsable de tous les actes du gouvernement. À la moindre difficulté, l'opinion se retournera contre elle. Moins de trois mois après son avènement, des pamphlets hostiles ont commencé de courir. La mort de Louis XV et l'éviction de Mme du Barry ont privé les libellistes de leurs cibles de prédilection, mais ils n'ont pas perdu leur verve. Les prétentions de Marie-Antoinette à régenter les affaires leur fournissent une nouvelle occasion de l'exercer. Et, comme on va le voir, le style de vie flamboyant adopté par la jeune femme pendant ces mêmes années leur offre une matière beaucoup plus riche encore.

Chapitre huit

« Le malheureux tourbillon de plaisirs »

Le cercueil de Louis XV à peine refermé, Marie-Antoinette a plongé dans un « malheureux tourbillon de plaisirs » dont son frère déplorera, douze ans plus tard, qu'elle n'ait pas encore totalement émergé. La frénésie de « dissipations » est comme un engrenage. Elle suit une phase ascendante de 1774 à 1776, pour décroître lentement, non sans à-coups, après la visite de Joseph II au printemps de 1777. Mais à cette date, les dégâts sont déjà considérables. À la racine de la plupart des démarches de la jeune reine, un unique mobile, le refus de toutes les contraintes, quelle que soit leur provenance. Entre les leçons de Madame l'Étiquette, les exhortations de Louis XV à plier devant la Du Barry et les sermons de l'impératrice, la fière adolescente estime avoir subi plus que son compte de pressions. Elle a une revanche à prendre. Elle s'y emploie, avec l'impétuosité d'un prisonnier qui voit s'entrouvrir sa cage.

En 1776 Marie-Thérèse reçut et fit archiver par son secrétaire Pichler un rapport sur la jeune reine dont la remarquable lucidité dut lui donner froid dans le dos : « Le sentiment qui perce déjà en elle est son désir, ou plutôt sa volonté décidée d'être absolument indépendante. Elle a assez fait connaître dans toutes les occasions qu'elle ne veut être ni gouvernée, ni dirigée, ni même guidée par qui que ce soit. C'est le point sur lequel toutes ses réflexions paraissent jusqu'à présent s'être concentrées. Hors de là, elle ne réfléchit encore guère, et l'usage qu'elle a fait jusqu'ici de son indépendance le prouve assez, puisqu'il n'a porté absolument que sur des objets d'amusement et de frivolité. Mais le temps de la réflexion ne tardera vraisemblablement plus longtemps à venir, et pour lors il est apparent que l'esprit d'indépendance prendra une forme tout à fait différente de celle qu'il a présentement. Le désir de dominer se manifestera. »

Ce diagnostic concorde avec l'impression que l'impératrice retire des lettres de sa fille, de plus en plus creuses, et de celles de Mercy, de plus en plus critiques. Les progrès de la frivolité sont certains : « Depuis plus d'un an, gronde Marie-Thérèse en mai, il n'y a plus question ni de lecture ni de musique, et je n'entends que des courses de chevaux, des chasses... » Et d'autres divertissements, comme les bals de l'Opéra et le jeu, sont encore moins recommandables. Quant au désir de dominer, il s'est déjà manifesté en politique et les quelques obstacles auxquels elle s'est heurtée n'ont fait qu'encourager chez elle la fuite devant les corvées et la soif d'incessantes distractions. Hélas, elle oublie une chose : c'est qu'une reine de France, dont l'image est essentielle au prestige de la monarchie, a d'impérieux devoirs à remplir. En dépit des apparences, aucune femme n'est moins libre. Marie-Thérèse le sait bien et tente de le lui faire comprendre. Mais Marie-Antoinette lui oppose un argument sans réplique : le roi lui laisse toute latitude pour organiser ses plaisirs. Les remontrances glissent sur la jeune reine ivre de liberté.

Au diable l'étiquette !

La reine, « aujourd'hui souveraine et maîtresse de ses actions, note Bachaumont au lendemain de l'avènement, peut suivre son aversion pour les longueurs et l'ennui de la gêne » ; elle « s'asservira peu à l'étiquette, qu'elle avait déjà secouée étant dauphine ». La vivacité naturelle de Marie-Antoinette lui rend insupportable le rituel de cour, caractérisé par sa lenteur. Il faut un temps infini, à Versailles, pour obtenir un verre d'eau ou un mouchoir. Car le soin de faire parvenir à la reine les divers objets dont elle peut avoir besoin est réparti entre différents personnages, pour qui cette fonction est un honneur et un privilège. Le temps ne compte pas : elle n'a rien d'autre à faire. Son confort ne compte pas non plus : elle est à la disposition du public, large ou restreint selon les circonstances, admis à la voir se lever, s'habiller, faire sa toilette, se faire coiffer, manger. Voici, conté par la plume alerte de Mme Campan, la désopilante histoire d'une chemise longuement promenée de main en main avant d'atteindre le dos de sa destinataire :

« L'habillement de la princesse était un chef-d'œuvre d'étiquette ; tout y était réglé. La dame d'honneur et la dame d'atours, toutes deux si elles s'y trouvaient ensemble, aidées de la première femme et de deux femmes ordinaires, faisaient le service principal ; mais il y avait entre elles des distinctions. La dame d'atours passait le jupon, présentait la robe. La dame d'honneur versait l'eau pour laver les mains et passait la chemise. Lorsqu'une princesse de la famille royale se trouvait à l'habillement, la dame d'honneur lui cédait cette dernière fonction, mais ne la cédait pas directement aux princesses du sang ; dans ce cas, la dame d'honneur remettait la chemise à la première femme qui la présentait à la princesse du sang. Chacune de ces dames observait scrupuleusement ces usages comme tenant à des droits. Un jour d'hiver, il arriva que la reine, déjà toute déshabillée, était au moment de passer sa chemise, je la tenais toute dépliée ; la dame d'honneur entre, se hâte d'ôter ses gants et prend la chemise. On gratte à la porte, on

ouvre : c'est Mme la duchesse d'Orléans ; ses gants
sont ôtés, elle s'avance pour prendre la chemise, mais
la dame d'honneur ne doit pas la lui présenter ; elle me
la rend, je la donne à la princesse ; on gratte de nouveau : c'est Madame, comtesse de Provence ; la
duchesse d'Orléans lui présente la chemise. La reine
tenait ses bras croisés sur sa poitrine et paraissait avoir
froid. Madame voit son attitude pénible, se contente de
jeter son mouchoir, garde ses gants et, en passant la
chemise, décoiffe la reine, qui se met à rire pour déguiser son impatience, mais après avoir dit plusieurs fois
entre ses dents : *C'est odieux ! quelle importunité !* »

Marie-Antoinette n'avait rien connu de semblable à
Vienne, où la famille royale menait une vie quotidienne fort simple. Il est vrai que Marie-Thérèse
n'avait pas eu besoin, comme Louis XIV, de fixer
auprès d'elle une haute noblesse rebelle. Les grands
vivaient chacun chez soi et ne venaient à la cour que
pour des visites ou des réceptions officielles. On
comprend sans peine que la jeune femme se soit exaspérée de ce qu'elle prend pour des simagrées. Aussi
abrège-t-elle la cérémonie du lever. À peine sortie du
lit, elle disparaît dans ses cabinets intérieurs, pour se
faire habiller par ses femmes de chambre qui ne font
point tant d'embarras. Comment comprendrait-elle
qu'elle prive ainsi ses dames des privilèges qui justifient leur existence et fondent leur grandeur ?

Les promenades de la reine ne sont pas moins ritua-
lisées. Elle ne peut faire un pas sans être accompagnée
par des dames chargées de la *suivre,* moins pour la
surveiller que pour l'isoler du contact avec le public.
Elles forment autour de la reine, dans la journée, une
vivante barrière qui est l'équivalent de la balustrade,
également symbolique, isolant dans sa chambre l'espace où se trouve son lit. À pied, ces dames l'enca-
drent, à une distance déterminée par leur rang, mais
toujours respectueuse. Quand elle souhaite se rendre

quelque part, on s'entasse dans un vaste carrosse où chaque dame dispose également de sa place attitrée. On se meut à un train de sénateur qui donne des fourmis dans les pieds à la jeune femme. Le roi, lui, peut au moins s'échapper à la chasse, où les plus hardis cavaliers ont de la peine à tenir le rythme. Marie-Antoinette, elle, s'exaspère d'être engluée dans un cérémonial qui a l'inconvénient supplémentaire de réduire toute conversation à des échanges de banalités. Oh, scandale ! Elle sort sans prévenir, quand l'envie lui en prend, et non pas à heures fixes. Elle marche seule, sans écuyer. Elle se promène bras dessus bras dessous avec la princesse de Lamballe. Et les dames qu'elle laisse en plan s'étranglent d'indignation devant cette familiarité choquante, dont elles se sentent exclues.

Voilà-t-il pas qu'elle abandonne les carrosses dorés pour sauter dans un *cabriolet*, légère voiture à deux roues qu'elle conduit elle-même et qui ne peut accueillir, à l'extrême rigueur, qu'une passagère. Horreur ! elle va se rompre le cou, ces voitures versent si facilement ! Mais elle file à vive allure, maîtresse d'elle-même, libre, heureuse — un peu comme une princesse d'aujourd'hui troquant une limousine avec chauffeur et gardes du corps contre une voiture de course décapotable. Elle ne rentre que pour disparaître dans ses appartements en compagnie des amis qu'elle s'est choisis. Comment ses dames la suivraient-elles, quand elle s'ingénie à les semer ? Elles comprennent vite que le zèle leur est inutile et en prennent leur parti. Elles ne sont pas employées à temps plein — si l'on excepte la dame d'honneur et la dame d'atours —, elles ne servent que par quartier, six par six, une semaine sur trois*. Comme la plupart d'entre elles habitent Paris,

---

* Du temps de Louis XIV, toutes les dames titulaires d'emplois à la cour étaient contraintes d'y résider, malgré l'inconfort des locaux exigus qu'on mettait à leur disposition. Ce n'est pas Marie-

elles viennent faire acte de présence, pour justifier le paiement du salaire attaché à leur charge. Et quand elles constatent que la reine ne leur adresse pas un regard, elles s'en vont, mécontentes, retrouver leur maison, leur famille, leurs amis. Et elles ne manquent pas de proclamer que la cour n'est plus le centre du monde et que la vraie vie est ailleurs. Le service de la reine reste rémunérateur, il a cessé d'être gratifiant.

Il n'y a personne, à Versailles, pour faire comprendre à la jeune étourdie qu'elle manque à ses devoirs de reine. Elle ne s'en doute même pas. Aucune de ses incartades n'est pendable et elle n'a pas conscience de mal faire. Mme de Noailles a tenté de lui inculquer, sous le nom d'étiquette, une foule de règles minutieuses, dont le sens s'est perdu. Ceci se fait ou ne se fait pas, un point c'est tout. Mais pourquoi n'aurait-on pas le droit d'y apporter des changements ? La petite archiduchesse, arrivant d'ailleurs, ne peut pas ne pas trouver absurdes certaines de ces règles, et elles le sont en effet si on les isole d'une conception religieuse de la monarchie dont elles ne sont que les signes.

Le malheur est que Louis XVI n'en jugeait guère autrement. Il avait pour l'étiquette un respect sucé avec le lait. Il souhaitait conserver les anciennes formes, par fidélité à la tradition. Mais il eût infiniment préféré, pour sa part, être servi avec plus de simplicité. Vivre en public lui pesait. Tôt levé le matin, vers sept ou huit heures, il avalait son petit déjeuner et s'évadait pour

---

Antoinette qui a modifié cet état de choses, mais le duc de Bourbon, au début du règne de Louis XV, pour alléger le service de sa maîtresse, Mme de Prie, qui était dame du palais. Et le roi en profita ensuite avec les sœurs de Nesle, qu'il pouvait emmener dans ses petits voyages pendant la quinzaine où elles n'étaient pas de service auprès de Marie Leszczynska. Cette mesure permettait également de multiplier le nombre de charges, qui enfla démesurément avec la présence à la cour de la nombreuse progéniture de Louis XV. On ne pouvait loger tout le monde au château.

une excursion dans les combles du château. « L'inéga-
lité des planchers, coupés de cheminées, de tuyaux, de
toits, et où on avait pratiqué de petits escaliers pour
aller d'un côté à un autre, ne pouvait donner à cette
promenade un grand agrément, s'étonne le comte
d'Hézecques ; mais la belle vue, l'air pur, et le plaisir
de voir, avec une lunette, tout ce qui arrivait à Versailles, le dédommageaient de ces petites difficultés. »
En fait, la quête de son chemin dans ce dédale devait
réjouir son instinct de chasseur. Il regardait travailler
les couvreurs ou poursuivait les chats dans les gouttières. Pourquoi se plaisait-il tant là-haut ? lui
demanda-t-on. Parce que c'était l'unique endroit où il
pouvait se promener seul. Mais à onze heures et
demie *, il regagnait la chambre d'apparat qui avait été
celle de Louis XIV pour se prêter docilement à la cérémonie du lever. Il étouffait pourtant, comme sa femme,
dans la lourdeur du protocole et se permettait, pour
desserrer un peu l'étau, des plaisanteries de collégien.
L'été, quand on tendait devant les fenêtres de la
chambre de parade des toiles qu'on arrosait avec des
pompes pour faire tomber la chaleur, « il s'amusait
souvent à y pousser quelqu'un pour le faire mouiller,
surtout quand c'était une personne qui paraissait tenir
à l'élégance de l'énorme frisure en usage en ce temps-
là ». Et l'on imagine le fou rire des pages — le jeune
d'Hézecques en était — quand il leur « faisait des
niches », ou quand il entreprenait de « faire chatouiller
un vieux valet de chambre si sensible » que cette seule
perspective l'emplissait de panique.

Louis XVI aussi est très jeune, ne l'oublions pas. Et
il ne comprend pas, dans sa simplicité naturelle, qu'un
minimum de décorum est nécessaire pour isoler la personne du souverain de la foule de ses sujets. « Les
cérémonies sont un des plus forts remparts de l'autorité

---

* Sauf les jours de chasse ou de cérémonies, exigeant que
l'heure soit avancée.

royale, dit encore d'Hézecques. Dépouillez le prince de l'éclat qui l'environne, il ne sera plus aux yeux de la multitude qu'un homme ordinaire, car le peuple respecte son souverain moins pour ses vertus et son rang que pour l'or et la pompe qui l'environne. Je ne veux point laisser toujours les princes dans une représentation fatigante ; ils sont hommes, l'obscurité les délasse. [...] Mais en public, on ne saurait trop les environner de cette majesté qui commande le respect et persuade vraiment au peuple que le souverain est, sur la terre, le représentant du Dieu de l'univers. » Louis XVI, lui, ne croit pas à la vertu des apparences. Lors de son avènement, son premier soin fut de commander huit habits de ratine grise, pour renouveler ceux qu'il portait tous les jours. L'idée qu'il pût avoir besoin de tenues d'apparat ne lui était pas venue. Lors d'une fête, il a peine à se glisser dans la foule, on lui marche sur les pieds, et il ne trouve pour s'asseoir que la moitié d'une banquette, dont le possesseur se pousse à regret pour lui faire place. À tel point que Maurepas doit lui faire la leçon : « Vous êtes entré sans votre capitaine des gardes et sans vous faire annoncer ; votre fauteuil ne s'y est pas trouvé, et vous avez été pressé pour y entrer. Nous ne sommes point accoutumés à voir en public notre souverain compter pour si peu de chose. »

Le roi porte donc lui aussi sa part de responsabilité dans la dégradation du rituel de cour. N'imaginons pas cependant celle-ci entièrement dépouillée de ce qui a fait sa grandeur. Les apologistes de Marie-Antoinette ont beau jeu de montrer que ses innovations restent minimes au regard de tout ce qui subsiste. L'étiquette avait assez bien résisté à tous les assauts pour qu'en 1787 le jeune Chateaubriand, venu à la cour afin d'y être présenté, en fût ébloui : « On n'a rien vu quand on n'a pas vu la pompe de Versailles [...] Louis XIV était toujours là. » Non, M. de Chateaubriand se trompe : Louis XIV n'était là que le dimanche, comme le confirme Mme de La Tour du Pin, qui en fait dans ses *Mémoires* une peinture plaisante. Le futur auteur des *Mémoires d'outre-tombe* reçut de Louis XVI un vague regard et un salut, il put apercevoir Marie-Antoinette à son retour de la chapelle « entourée d'un radieux cortège », distribuant les sourires à droite et à gauche, l'air « enchantée de la vie ». Il eut l'honneur de monter dans les carrosses du roi et de le suivre à la chasse, le temps de forcer un seul cerf et de s'y faire remarquer par sa maladresse. Il repartit déterminé à rentrer chez lui en Bretagne. Il ne savait pas que Versailles, déserté le reste du temps, ne retrouvait un semblant de vie qu'en fin de semaine, parce que depuis longtemps l'âme s'en était perdue. Seule tenait encore debout la façade, mais l'édifice bâti par Louis XIV n'était que ruine à l'intérieur.

Marie-Antoinette, pourtant, n'a pas voulu détruire la cour. Elle souhaite seulement la mettre à ce qu'elle croit être le goût du jour.

Au diable les vieux et les vieilleries

À la différence de son époux, Marie-Antoinette était douée pour la représentation et en raffolait. Rien ne l'enchantait davantage que d'être le point de mire d'une foule de courtisans massés dans la grande galerie pour la voir passer. Ses succès en ce domaine n'étaient point usurpés, elle les méritait pleinement. Mais elle ne supportait pas la monotonie.

Dès son avènement Louis XVI lui a accordé pleins pouvoirs sur les divertissements de la cour. Lourde responsabilité qui, aux plus beaux jours du règne précédent, s'était trouvée partagée. Mme de Pompadour présidait aux distractions privées, tandis que la reine et surtout Marie-Josèphe de Saxe avaient leur mot à dire dans le choix des programmes théâtraux et musicaux qui meublaient officiellement les soirées. Pour les grandes fêtes cependant, on consultait toujours la favorite. Marie-Antoinette, elle, se trouve seule pour faire face à tout. Elle a le champ libre. Il faut reconstruire une vie de cour que les conflits internes puis la mort du roi ont perturbée. Ne croyons pas que cette tâche lui ait pesé d'emblée. Elle en est ravie. Mais elle veut tout faire à son idée.

Ses initiatives prennent souvent le contre-pied de ce qui se faisait jusque-là. La patience n'est pas son fort. Elle prétend moderniser la vie de cour au plus vite, sans tenir compte des inévitables pesanteurs. Elle suscite un rejet que vient aggraver un profond conflit de générations : l'écart est en gros de cinquante-cinq ans entre le défunt roi et ses petits-enfants. La génération intermédiaire, celle de Mesdames tantes, se voit jetée par-dessus bord en même temps que la précédente, sans avoir jamais pu s'imposer, puisque son heure n'est jamais venue. Marie-Antoinette souligne cruellement cet écart, au lieu de le gommer : on n'a pas le droit d'être vieux et laid autour d'elle. Et à ses yeux la vieillesse commence très tôt. Ne l'entendit-on pas déclarer, selon Bachaumont, qu'elle ne comprenait pas « comment, passé trente ans, on osait paraître à la cour ». La comtesse de Boufflers se plaint en écho : « C'est le règne de la jeunesse, ils croient que l'on radote, quand on a passé trente ans. »

Au lendemain même de la mort de Louis XV, la séance de condoléances et d'hommage aux nouveaux souverains donna lieu à un incident très révélateur :

« Les plus vieilles comme les plus jeunes dames, raconte Mme Campan, accoururent pour se présenter dans ce jour de réception générale ; les petits bonnets noirs à grands papillons, les vieilles têtes chancelantes, les révérences profondes et répondant au mouvement de la tête rendirent, à la vérité, quelques douairières un peu grotesques ; mais la reine, qui avait beaucoup de dignité et de respect pour les convenances, ne commit pas la faute grave de perdre le maintien qu'elle devait observer. Une plaisanterie indiscrète d'une des dames du palais lui en donna cependant le tort apparent. Mme la comtesse de Clermont-Tonnerre, fatiguée de la longueur de cette séance et forcée, par les fonctions de sa charge, de se tenir debout derrière la reine, trouva plus commode de s'asseoir à terre sur le parquet, en se cachant derrière l'espèce de muraille que formaient les paniers de la reine et des dames du palais. Là, voulant fixer l'attention et contrefaire la gaieté, elle tirait les jupes de ces dames et faisait mille espiègleries. Le contraste de ces enfantillages avec le sérieux de la représentation qui régnait dans toute la chambre de la reine déconcerta Sa Majesté plusieurs fois : elle porta son éventail devant son visage pour cacher un sourire involontaire et l'aréopage sévère des vieilles dames prononça que la reine s'était moquée de toutes les personnes respectables qui s'étaient empressées de lui rendre leurs devoirs, qu'elle n'aimait que la jeunesse, qu'elle avait manqué à toutes les bienséances et qu'aucune d'elles ne se présenterait plus à sa cour. Le titre de moqueuse lui fut généralement donné et il n'en est point qui soit plus défavorablement accueilli dans le monde. »

N'en déplaise à Mme Campan, qui cherche à excuser sa maîtresse, le penchant de Marie-Antoinette pour la moquerie n'est que trop certain. Sa répugnance pour les vieilles gens, sa prédilection pour la jeunesse ne font aucun doute non plus. La cohabitation entre les générations n'a jamais été facile. Elle a été longtemps et partout la règle parce que les vieux, dans la plupart des cas, détenaient le pouvoir. Mais la reine a vingt ans. Les vieilles dames qu'elle trouve ridicules et qu'elle appelle les « siècles » ne sont pour elle que des étrangères. Rien d'étonnant si l'incompatibilité éclate au grand jour.

Alors les vieilles dames s'en vont. Ce n'est pas la
débandade promise sous le coup de la colère, mais une
lente désaffection. Parmi les premières à s'éloigner, on
compte Mesdames tantes. Les filles de Louis XV,
contaminées par leur père, ont attrapé la petite vérole.
La providence a récompensé leur dévouement : elles
n'en sont pas mortes. Mais la maladie, puis la convalescence les ont tenues quelque temps à l'écart. Lorsqu'elles reparaissent, le visage tavelé de cicatrices,
elles semblent surgir d'un autre monde. Marie-Antoinette leur fait sentir qu'une distance considérable les
sépare d'elle désormais : « La reine a reçu Mesdames
ses tantes de bonne grâce, avec amitié, mais d'un ton
à laisser remarquer que le temps de leur domination
est passé. » Elle ne pardonne pas à Madame Adélaïde
d'avoir voulu prendre barre sur elle quand elle était
dauphine. « Pour mes tantes, on ne peut plus dire
qu'elles me conduisent », écrit-elle fièrement à sa
mère. Elle les traite comme de quelconques courtisans.
Madame Adélaïde en est d'autant plus ulcérée que le
roi son neveu ne lui accorde pas en politique la
confiance qu'elle espérait. Elle a perdu toute influence
et tout crédit, affirme Mercy, qui constate bientôt avec
satisfaction qu'elle a pris le sage parti de ne plus se
mêler de rien. Faisant contre mauvaise fortune bon
cœur, les trois sœurs fuient une cour qui les rejette. À
partir de 1775, elles se réfugient à Bellevue, dans le
château de Mme de Pompadour qu'on vient de leur
attribuer. Elles ne viennent à Versailles que pour obéir
à l'étiquette qui exige qu'elles fassent leur cour au
couple royal. Mais le cœur n'y est pas et, aidées de
leurs dames d'honneur à la langue acérée, elles feront
de Bellevue un des principaux centres de commérages
diffamant Marie-Antoinette.

Parmi les dames de la maison de la reine, la relève
s'opère par le jeu des décès ou des démissions. À
chaque vacance, c'est une plus jeune qui entre. Cer-

taines des aînées — pas forcément très âgées — finissent par se sentir mal à l'aise dans un milieu qui n'est plus le leur. Depuis longtemps la reine avait pris en grippe Mme de Noailles, qui s'accrochait cependant. Elle la contraignit à la démission en faisant revivre pour Mme de Lamballe la surintendance de sa maison. La dame d'honneur ne supporta pas de se trouver sous l'autorité d'une autre et les querelles de préséances qui en découlèrent vinrent à bout de sa résistance. Elle alla grossir le lot des mécontents, qui comportait aussi des hommes. Le comte de Tessé, par exemple, dont les fonctions de premier écuyer étaient convoitées par un protégé de Marie-Antoinette, fut ulcéré qu'on lui nommât un « survivancier* » sans lui demander son avis. Mesdames recueillirent quelques débris de la « vieille cour », d'autres se retirèrent chez eux, les plus tenaces restèrent à Versailles en allant cancaner dans le salon de Mme de Maurepas.

La cour rajeunissait à vue d'œil. Par l'âge, mais surtout par le ton et le style. Aux yeux de Marie-Antoinette, la jeunesse ne tient pas au nombre des années, elle est affaire de mode et d'état d'esprit. L'heure est au changement. Sont réputés jeunes tous ceux qui, comme elle, renâclent aux contraintes, se moquent des vieux usages, affichent une certaine liberté de langage et d'allure, font leurs valeurs suprêmes de la simplicité et du naturel — parfois confondus avec la désinvolture, voire le cynisme : mais elle ne s'en rend pas compte.

La cour rajeunit, et sa structure se modifie avec l'émergence d'un tout petit groupe de privilégiés admis dans l'intimité de la reine.

---

* C'est-à-dire un personnage qui, sans le priver de l'exercice de sa charge, était assuré de recueillir sa succession. Cette pratique permettait d'assurer la transmission familiale des charges. En tout état de cause, l'usage voulait que le détenteur fût consulté sur le choix de son successeur, même s'il n'avait pas d'héritier.

La « société de la reine »

L'existence dont rêve Marie-Antoinette exclut les
masses de courtisans indifférenciés qui peuplent les antichambres de Versailles. Comme Louis XV, elle tente de
mener une partie du temps, en marge de la cour, une vie
privée en compagnie d'amis de son choix. Le tri qu'elle
opère est sévère. Il y a ceux qui l'ennuient, et ceux qui
l'amusent ou qui l'attendrissent. Et déjà, le simple fait
d'opérer une sélection fondée sur son inclination personnelle et non sur le rang et le mérite de chacun constitue
une infraction à l'usage. Elle commet ensuite la faute de
délaisser les activités communes, afin de se consacrer
davantage à ses familiers. Remarquons que l'existence
d'un cercle privé n'est pas chose nouvelle : Marie Leszczynska réunissait tous les après-midi dans son appartement un petit groupe d'amis des deux sexes avec qui elle
bavardait librement. Mais personne n'y trouvait à redire,
parce qu'elle respectait ses devoirs de représentation le
reste du temps et parce que ses amis étaient des gens ras-
sis, vieux presque toujours et parfois laids — l'un n'excluant pas l'autre. Ce qui n'est pas le cas de ceux de
Marie-Antoinette.

C'est dans ces années cruciales, de 1774 à 1777,
qu'on voit se constituer ce qu'on appellera la « société
de la reine ». Les premiers fondements en ont été jetés
quand elle était encore dauphine. Très isolée, elle s'en-
nuyait. Pendant le carnaval de 1771, elle remarqua une
jeune femme qui semblait elle aussi un peu perdue. En
dépit de son très haut lignage, la vie n'avait pas fait
de cadeaux à Marie-Louise de Savoie-Carignan. Née à
Turin d'une branche cadette de la maison de Savoie,
elle avait épousé à dix-huit ans le prince de Lamballe,
un arrière-petit-fils de Louis XIV par la main gauche*.

---

* Il avait pour grand-père le comte de Toulouse, le dernier fils
de Louis XIV et de Mme de Montespan, dûment légitimé par lettres
patentes, et pour père le duc de Bourbon-Penthièvre.

Franc débauché et atteint déjà d'une syphilis au stade
terminal, il l'avait laissée veuve après un an de mariage
et beaucoup de désillusions. Le duc de Penthièvre
n'avait pas d'autre fils*. Il avait recueilli la jeune
veuve triste, qu'il amenait à Versailles lorsqu'il y
venait faire sa cour.

Blonde aux yeux gris, Mme de Lamballe, sans être
régulièrement jolie, ne manquait pas de charme. Elle
paraissait très jeune, bien qu'elle eût six ans de plus
que la reine, et ses malheurs la rendaient émouvante.
Marie-Antoinette fut séduite par son visage doux, sa
timidité, sa solitude. Privée de sa sœur Marie-Caroline,
avec qui elle avait vécu toute son enfance dans une
étroite complicité, elle ressentait un besoin éperdu de
se confier. Elle s'attacha à sa nouvelle amie avec l'emportement qu'elle mettait à toutes choses. Au lendemain de l'avènement, elles devinrent inséparables. Ce
fut le temps des confidences murmurées à l'oreille, des
gestes tendres, des fous rires de collégiennes. De
Vienne, Marie-Thérèse a grogné : « Encore une
Savoyarde ! » Mais le secret de son hostilité réside
dans sa répugnance à laisser quelqu'un d'autre que ses
deux agents s'insinuer dans la confiance de sa fille et
la lui voler. Elle n'avait pas trop à craindre, pourtant,
de cette sœur de remplacement, moins dominatrice que
la vraie. De l'avis général, la nouvelle favorite est fort
sotte et dépourvue d'ambition. Dans la relation qui la
lie à son amie, Marie-Antoinette est la plus forte. Elle
prendra vite plaisir à la gouverner, note avec satisfaction Mercy, sans que jamais celle-ci cherche à user de
réciprocité. Et elle finira par se lasser d'elle, de sa douceur, de sa fadeur et pour tout dire de son insignifiance.

Tout au long de 1775, leur amitié semble encore au
zénith. Marie-Antoinette, on l'a dit, veut faire d'elle la

---

* Il lui restait seulement une fille, mariée à l'héritier de la maison d'Orléans, alors duc de Chartres, qui passera dans l'histoire
sous le nom de Philippe-Égalité.

surintendante de sa maison. Si aimable que soit la
jeune femme, elle a une conscience aiguë de ce qu'elle
vaut. Le duc de Penthièvre, qui négocie le montant de
ses émoluments, a mis la barre très haut. Non par cupidité — il dispose d'une des plus grosses fortunes de
France —, mais par point d'honneur. Il n'est pas question que sa belle-fille reçoive moins que la précédente
titulaire*. Aux Finances Turgot protesta. Mais Maurepas se laissa fléchir : « Que dire à une reine qui dit à
son mari devant moi que le bonheur de sa vie dépend
de cela ? » Dans l'ivresse de sa victoire, Marie-Antoinette écrivit à sa mère : « Jugez de mon bonheur, je
rendrai mon amie heureuse. » Ce en quoi elle se montra fort mauvais prophète. Mais le prix payé pour cet
improbable bonheur fournit à l'opinion publique un
argument de choix pour décrier sa prodigalité.

En fait la surintendance sonne comme un cadeau de
rupture. Déjà Marie-Antoinette a commencé à se lasser
de l'insipide conversation de son amie et a épuisé le
charme de ses confidences. Elle a découvert un milieu
plus stimulant — ironie du sort : grâce à elle. Avant
que sa promotion ne lui ait procuré un logement de
fonction assez vaste pour tenir salon, Mme de Lamballe emmenait la reine passer ses soirées chez la princesse de Guéménée, gouvernante des enfants de
France. Sa charge laissait à cette dernière de larges
loisirs : des deux jeunes sœurs de Louis XVI, Clotilde
atteignait l'âge de se marier, Élisabeth était déjà gran-
dette ; quant aux enfants à venir, ils n'étaient point
encore en vue. On trouvait chez elle la fine fleur des
gens à la mode, on y parlait librement et on y jouait
gros jeu. Marie-Antoinette y rencontre le comte et futur
duc de Coigny, que ses fonctions de premier écuyer

---

* Nommée en 1725, Mlle de Clermont avait été gratifiée par
son frère, le duc de Bourbon, alors premier ministre, d'émoluments
considérables (150 000 livres). La charge, très onéreuse et parfaitement superflue, avait été supprimée à sa mort en 1741.

mettront à même de l'accompagner un peu partout, faisant figure de favori. Elle y fait aussi la connaissance de celui dont les multiples talents la fascineront pendant une année au moins : le baron Pierre de Besenval passe pour avoir gagné sa faveur en lui apprenant à jouer au trictrac.

Le personnage n'est pas jeune, il a cinquante ans largement sonnés. Mais son visage plein, son regard vif, l'aisance de ses manières n'en laissent rien deviner. De son père valdotain naturalisé suisse il a hérité la robustesse des montagnards, de sa mère polonaise — une cousine de Marie Leszczynska —, le charme slave. Une carrière militaire brillante l'a conduit en France où il devient inspecteur général des régiments suisses — une charge dont il juge sage de se défaire à la chute de son ami Choiseul. Il semble avoir mis assez de foin dans ses bottes puisqu'il s'installe alors dans l'état d'aimable dilettante. « Un caractère gai, quelque esprit, un corps à toute épreuve », un franc appétit de plaisir, une solide méfiance pour « l'ivresse des passions » et l'habitude de prendre les choses du bon côté, à quoi s'ajoute sa bonne étoile, tout cela lui permet de dire qu'il n'a jamais éprouvé de malheur. Resté célibataire, il collectionne les conquêtes éphémères. Il se pique d'écrire : il laissera un roman exécrable et d'estimables *Mémoires*. Il a compris très tôt qu'il est vain de vouloir changer le monde, il se contente de s'y tailler une place confortable, tout en l'observant d'un œil critique. « Sa mine franche et belle, dit le prince de Ligne, lui faisait risquer des insolences qui lui allaient à merveille. » Elles étaient bien faites pour plaire à Marie-Antoinette, très portée elle-même sur l'irrévérence. En 1775, il la poussa, on l'a vu, à influer sur les nominations ministérielles. Pour ramener Choiseul au pouvoir ? Peut-être. Mais y croit-il vraiment ? Le goût de l'intrigue, le plaisir du jeu sont pour beaucoup dans des manœuvres dont l'échec ne semble pas l'émouvoir.

Autour de ce noyau initial se forme un petit groupe aux contours indistincts, dont les membres vont et viennent. Esterhazy, d'Adhémar, Lauzun, Guines et quelques autres y seront admis au fil des années, et le prince de Ligne ne manquera pas d'y faire une apparition chaque fois que ses voyages l'amèneront en France. Pour y entrer, un indispensable passeport : la gaieté, la liberté d'allure, le naturel. Au milieu d'eux, se plaît à dire Marie-Antoinette : « Je ne suis pas la reine, je suis moi. » Pas d'étiquette, chacun s'installe à sa guise. Pas de fausses politesses, une aimable simplicité. Pas de langage convenu, artificiel, de la légèreté, de l'élégance. Et surtout pas de discours sérieux : la jeune femme en a été durablement dégoûtée par ses mentors. « Jamais pédante ne saurait être mon amie », dit-elle volontiers. Quant aux raseurs pontifiants, ils sont exclus d'office. Mais elle n'apprécie pas davantage les imbéciles. Elle compte sur ses amis masculins pour animer la conversation de leur entrain, de leur vivacité, de leur verve, et pour apporter leur moisson quotidienne de bons mots, d'anecdotes, de potins, de chansons légères, voire de médisances, dont le tour piquant gomme toute vulgarité. À la réserve de son jeune beau-frère, le comte d'Artois, aucun de ceux qui graviteront autour d'elle n'est un médiocre. Elle choisit les hommes pour leur esprit.

Mais pour les effusions du cœur, rien ne remplace une femme. Dans l'été de 1775, celui de Marie-Antoinette, déçu par la princesse de Lamballe, est prêt pour une nouvelle amitié. « Elle se cherchait une amie, dit méchamment Saint-Priest, comme elle eût cherché à remplir une place dans sa maison. » Voici qu'elle se trouve face à face avec une inconnue dotée du « plus charmant visage » qu'on pût voir. « En le détaillant, dit Besenval, il aurait été impossible de dire quel trait méritait la préférence. » À vingt-six ans, elle gardait une apparence de jeunesse fragile. Mais il émanait

d'elle, confirme Mme de Genlis, « une séduction magique ». La transparence de la peau, la finesse des traits,
le nez « un peu en l'air, sans être retroussé », les purs
yeux bleus, « d'une expression céleste », contrastant
avec l'éclat de la chevelure noire, ondée, « qu'on aurait
crue trempée dans l'encre », retenaient moins l'attention que la prenante douceur qui se dégageait de ses
regards, de sa voix, de son maintien, de tout son être.
Elle avait une physionomie si intéressante, comme on
disait alors, que la reine s'informa. C'était la belle-
sœur de la comtesse Diane de Polignac, récemment
nommée dame dans la maison de la comtesse d'Artois.
Pourquoi une si charmante personne ne venait-elle pas
plus souvent à la cour ? L'intéressée répondit sans
fausse honte que le peu de fortune de son mari les
contraignait de vivre à la campagne. Cet aveu était-il si
dépouillé d'artifice qu'il y paraissait ? « La reine était
sensible et aimait à réparer les injustices du sort »,
comme dit Mme Campan, surtout, ajouterons-nous,
quand elles frappaient des gens aimables et de bonne
mine. Elle lui ouvrit son cœur, sa maison et sa bourse
— ou plus exactement celle de l'État.

Yolande de Polastron, comtesse de Polignac, dite la
comtesse Jules, du prénom de son mari, pour la distinguer de sa belle-sœur, voua-t-elle à la reine une amitié
sincère ou ne fut-elle qu'une intrigante dépourvue de
scrupules ? Il est quasiment impossible de le savoir,
tant les jugements portés sur elle par les contemporains
se montrent influencés par les conséquences désas-
treuses qu'a eues pour la reine son amitié. On peut
porter à son crédit une nonchalance, une indolence que
rien ne pouvait altérer, en même temps qu'une aversion
pour les affaires qui lui faisait déclarer, dès qu'on lui
en touchait mot : « Ce que vous me dites là est au-
dessus de ma portée. » Bref, si l'on en croit Besenval,
elle était dépourvue de l'énergie qu'exige l'ambition.
D'autres sont moins indulgents, mais tous soulignent

qu'elle fut surtout l'instrument docile d'un entourage corrompu et cupide, qui se servit d'elle pour extorquer à la reine charges et gratifications.

Le plus sévère est Mercy-Argenteau, qui n'a pas attendu de voir la pluie d'or s'abattre sur les Polignac pour décrier la nouvelle favorite auprès de Marie-Thérèse. Tandis que la princesse de Lamballe était sage, Mme de Polignac en effet affiche sa liaison avec le comte de Vaudreuil, qu'elle introduit auprès de la reine. Faut-il partager cette sévérité et voir en elle une dévergondée ? La pratique des mariages d'intérêt négociés par les familles entraînait comme partout la formation de faux ménages quasi officiels qui, bien qu'en rupture de ban avec l'Église, n'en sombraient pas pour autant dans la débauche. Chacun des époux cherchait ailleurs ce qu'il ne trouvait pas dans son foyer, mais tous deux restaient bons amis et solidaires en matière d'intérêts. Tel semble avoir été le cas de Mme de Polignac. Le pieux et prude Louis XVI ne la tenait pas pour perdue de vices. Loin de s'opposer aux largesses qui lui furent prodiguées, il y applaudissait. Il s'en allait parfois goûter la reposante douceur de sa conversation et avait même, si l'on en croit Saint-Priest, « un peu de penchant pour elle ». L'animosité de Mercy a des causes autres que morales. Mme de Polignac est une parente de Maurepas. Or la reine « ne lui cache plus aucune de ses pensées ». Il redoute que la comtesse ne soit l'œil et l'oreille du ministre et qu'elle ne lui rapporte les confidences de sa royale amie, notamment sur les injonctions venues de Vienne. Il semble que ses craintes soient excessives. Mais elles sont visiblement partagées par l'impératrice, qui ne supporte pas, on l'a dit, de sentir l'esprit et le cœur de sa fille lui échapper. Marie-Antoinette verra donc son amitié battue en brèche, des années durant, par les assauts conjoints de sa mère et de Mercy.

Ce bémol mis aux attaques unanimement menées

contre les Polignac ne doit pas occulter le fait que la prédilection qu'elle leur accorda fut très nuisible à la reine. Ils étaient nombreux, souvent ambitieux. La comtesse Diane et Vaudreuil tiraient les ficelles. Subjuguée par eux, la reine perdit l'initiative et l'équilibre du groupe bascula. Qu'elle eût admis son amie dans sa société, rien de plus normal. Mais, à l'indignation générale, ce fut elle qui entra dans la société Polignac. Elle violait ainsi un des impératifs majeurs du métier de reine : « La tenue d'une grande cour, lui répète Mercy, n'admet pas une forme constante de société particulière. » Dans une collectivité, faire bande à part est toujours mal vu. S'agissant d'une reine, c'est intolérable.

Pourquoi tient-elle tant à faire bande à part, murmure-t-on, sinon pour se livrer à des occupations inavouables ? La cour n'est pas longue à répandre les rumeurs les plus malveillantes. Quoi qu'on en ait dit, l'affection que porte tour à tour Marie-Antoinette à ses deux amies est purement sentimentale, elle ressortit aux amitiés de pension et non aux amours interdites. Mais la spontanéité de ses gestes, la liberté de son comportement, incompatibles avec la retenue qu'on exige d'une reine, fournissent matière à calomnies. Et le terme de favorites, couramment utilisé, encourage la confusion avec les maîtresses royales.

Que dire des hommes ? Certains, comme Lauzun et Besenval, sont des don juans patentés. Marie-Antoinette est coquette, elle aime qu'on l'admire, elle ne déteste pas qu'on soupire en secret pour elle, comme dans les romans sentimentaux à la mode. Certes elle ne les a pas lus. L'interminable *Nouvelle Héloïse*, si elle l'a ouverte, a dû lui tomber des mains. Mais un romanesque affadi où l'amour rime avec la vertu, au milieu de torrents de larmes, imprègne par le biais du théâtre et de la musique toute la sensibilité du temps. Elle le respire et le vit dans les chansons qu'elle

chante, dans les ballets qu'elle danse, dans les spectacles qu'elle applaudit. Elle ne mesure pas qu'elle
joue avec le feu en s'affichant en compagnie
d'hommes faits, qui ont de l'amour une tout autre idée.
Deux d'entre eux, Besenval, puis Lauzun, se risquèrent
à lui faire des avances précises, qui furent très mal
reçues, si l'on veut bien en croire Mme Campan. Lauzun s'en vanta, prétendit dans ses *Mémoires* qu'elle
était prête à lui céder quand il eut la sagesse de se
retirer. Mme Campan, elle, entendit sa maîtresse lui
dire d'une voix haute et courroucée : « Sortez, monsieur » et la disgrâce qui s'ensuivit semble confirmer
sa version. Besenval ne s'en vanta pas, mais là encore
le récit de l'ancienne femme de chambre, confirmé par
la visible désaffection de la reine pour le baron au
début de 1776, paraît vraisemblable. Il aurait porté le
délire jusqu'à lui faire, à genoux, une déclaration en
forme, pour s'entendre répliquer : « Levez-vous, monsieur, le roi ignorera un tort qui vous ferait disgracier
pour toujours. » La reine accompagna cette confidence,
dit la narratrice, d'une réflexion sur « l'étrange présomption des hommes et la réserve que les femmes
doivent toujours observer avec eux ». Elle aurait mieux
fait d'y penser plus tôt. Elle avait encore, à cette date,
la témérité de l'innocence. On lui prêta tous les vices.

Les plaisirs de Versailles

Au lendemain de l'avènement cependant, et avant
de se laisser absorber par la société Polignac, Marie-
Antoinette avait tenté de rendre la vie officielle moins
ennuyeuse et de rajeunir les programmes des soirées
offertes à la cour. Elle prenait au sérieux son rôle d'or-
donnatrice des plaisirs. Ses intentions étaient bonnes.
Mais une fois de plus elle dérangeait des habitudes et
offrait le flanc à la critique.

Une des premières innovations porta sur les repas.
Il faut savoir que les repas, tels que les avait organisés
Louis XIV, étaient une des choses les plus ennuyeuses
qui fussent. Conçus pour le public et non pour les
convives, ils rassemblaient autour du roi et des
membres de sa famille une brillante guirlande de
femmes en robe d'apparat. Comme on n'avait rien à
dire au voisin imposé par l'ordre hiérarchique, la
musique venait remédier à l'absence de conversation.
Aucun homme autre que les princes de sang royal
n'était admis à s'asseoir à la même table que la reine.
Quand le roi n'était pas là, celle-ci mangeait chez elle,
en compagnie de ses dames, plus simplement, mais
toujours en public. Louis XV, qui supportait mal ce
cérémonial, avait instauré les « petits soupers ». Il
aimait à prendre ses repas du soir avec un petit groupe
d'amis choisis, dans un pavillon de chasse ou dans les
appartements très privés qu'il s'était fait aménager
dans les entrailles du château. En général sa maîtresse
présidait à ces soupers, qui réunissaient hommes et
femmes autour d'une même table, sans souci du protocole. Rien à voir avec des orgies. C'étaient des soirées
détendues, comme pouvaient s'en offrir les grands seigneurs et les riches bourgeois. Lorsque Louis XV, de
temps à autre, y invitait des femmes de sa famille, l'étiquette reprenait ses droits, on dressait deux tables séparées et une bonne part du plaisir était gâchée.

Louis XVI allait-il conserver l'usage des petits soupers ? Les jours de chasse, il aurait sans doute envie
de finir la soirée avec ses compagnons. Des repas entre
hommes ? Il ne manquerait pas d'invités pour y introduire des femmes et le roi risquait de voir s'offrir à lui
des maîtresses. Ne valait-il pas mieux prendre les
devants et confier la présidence de ces soupers à la
reine ? Mais si l'on voulait préserver leur agrément et
les soustraire à la tyrannie de l'étiquette, il fallait autoriser les hommes à prendre place à la même table

qu'elle. L'idée fut avancée par Mercy-Argenteau, dans le but explicite de moraliser les petits soupers. Elle fut d'autant plus applaudie par Marie-Antoinette qu'elle correspondait aux habitudes de la cour de Vienne. Mesdames tantes poussèrent des cris d'indignation, repris en chœur par toutes les vieilles gens. Raison de plus pour insister. Louis XVI hésita et finit par céder. L'usage s'établit de petits soupers mixtes. C'est à Marie-Antoinette qu'incomba le choix des invitées. Et, bien que le soin de désigner les hommes fût réservé à Louis XVI, on savait qu'il n'osait pas aller contre l'avis de sa femme. Comme il y avait beaucoup d'appelés et peu d'élus, elle faisait beaucoup de mécontents. Elle ne sut pas, comme Louis XV à l'occasion des voyages à Marly, doser cette faveur en fonction du rang et des mérites des postulants. Et quand il se trouvait à ces soupers des gens qu'elle jugeait ennuyeux ou démodés, elle ne leur adressait pas un mot, « elle ne parlait qu'aux jeunes gens », souligne le prince de Croÿ. En réservant toujours sa prédilection aux mêmes, elle révoltait les exclus.

En même temps, le cérémonial des repas publics fut allégé. Le grand couvert, par souci d'économie, fut réservé aux grandes fêtes. Les visiteurs qui rêvaient d'admirer la fameuse nef d'orfèvrerie ouvragée* restèrent sur leur faim. Le petit couvert n'eut plus lieu que le dimanche. Marie-Antoinette, très sobre, n'y faisait que de la figuration. Elle ne touchait pas aux mets dont son époux, doté d'un solide appétit, se régalait « avec toute la franchise de son caractère ». Elle accélérait le service, pressée de retourner chez elle grignoter en paix de la viande blanche bouillie en buvant de l'eau fraîche. Et telle était la force des traditions que chacun jugeait la dignité de la monarchie atteinte.

Ses interventions provoquent aussi des remous dans

---

* Les *nefs* ou *cadenas* étaient des cassettes en vermeil contenant le sel, le poivre, les couverts et les couteaux.

le domaine du théâtre. Elle s'y donne avec passion. Louis XV, pour lui complaire, avait ordonné qu'il y eût deux comédies par semaine à Versailles. Dès son avènement elle en porte le nombre à trois. « Le roi s'en est remis à la reine de tous les arrangements qu'elle jugera à propos de prendre pour rendre cet hiver la cour agréable et brillante, écrit en décembre 1774 Papillon de La Ferté, intendant des Menus-Plaisirs. En conséquence, la reine a décidé qu'il y aura par semaine trois spectacles, deux comédies françaises et une comédie italienne. » Précisons : entre le mois de décembre et Pâques, période dite du Carnaval, il y a tragédie le mardi, comédie le jeudi, comédie italienne le vendredi. On ne donne un opéra que cinq ou six fois par hiver, en raison du coût.

Jusqu'à la Révolution, Marie-Antoinette régnera toute-puissante sur les spectacles de la cour, à Versailles, et à Fontainebleau lors du séjour automnal. Son impatience et son autorité impérieuse sèment le désordre dans les rangs de ceux qui régentaient d'ordinaire ce domaine. Foulant aux pieds habitudes et privilèges, elle omet de consulter le premier gentilhomme de la chambre sur les programmes, elle donne des ordres aux Menus-Plaisirs sans se préoccuper de savoir s'ils sont réalisables dans les délais imposés. Parmi un personnel déjà pléthorique, elle introduit une de ses protégées, qui suscite un torrent de jalousie. Elle se mêle du choix des acteurs et des actrices, sans égard pour les protecteurs respectifs de ces dames. Lors d'une répétition, elle se permet de rejeter une pièce prête à être jouée, parce qu'elle ne la trouve pas au point. Bousculant les pesanteurs et les routines, elle fait passer une grande bouffée d'air frais dans une cour accoutumée à somnoler aux accents démodés de la musique de Lully. Mais elle fait grincer pas mal de dents.

Elle impose ses choix en matière de programmes.

Elle n'aime pas beaucoup la tragédie, mais le roi en
raffole : elle n'y touche pas. Elle aime assez la comédie, mais déteste le gros comique qui fait rire son mari
aux éclats. Sa préférence va au théâtre lyrique, qui le
fait bâiller : il a l'oreille fermée à la musique et chante
atrocement faux. Tant pis pour lui. Elle entreprend
d'éliminer du répertoire des Italiens à Versailles la
commedia traditionnelle à base de pantalonnades et de
lazzi, au profit des opéras-comiques dans lesquels ils
se sont lancés pour répondre au goût du jour. Son
musicien préféré est Grétry, suivi de loin par Monsi-
gny, Philidor et quelques autres, bien oubliés aujour-
d'hui. Un brin de gaieté, des flots de sentiment, un
soupçon de pathétique vite effacé par un dénouement
heureux, des personnages d'une moralité à toute
épreuve mais qui savent rendre la vertu aimable, un
tout petit peu de magie ou de féerie pour relever le
tout : la formule répond à l'attente d'un public fier
d'avoir l'âme sensible et la larme aisée. Là encore
Marie-Antoinette est de son temps, en avance sur ce
temps peut-être. Mais sa passion pour le grand opéra
la pousse à se partager entre Versailles et Paris. Sans
renoncer pour autant aux soirées théâtrales versaillaises, elle ira chercher dans les salles parisiennes des
émotions autrement fortes.

Ses bals, qui furent un temps réputés dans toute
l'Europe, souffriront de même à ses yeux de la comparaison avec ceux de la capitale. Ils étaient très courus
pourtant, dans l'hiver 1774-1775, lorsque la fin du
deuil avait donné libre cours à l'envie de fêtes. Ils
avaient lieu soit dans la grande galerie, soit dans une
salle du rez-de-chaussée qu'on pouvait agrandir à
volonté par l'adjonction de pavillons en bois et dont
l'intendant des Menus se chargeait de revêtir les murs
de décors appropriés. Commencés vers six heures, ils
ne duraient jamais au-delà de dix. Les dames y
venaient « en dominos, ou sous tel autre habillement

de caractère qui leur convenait », les hommes dans leur tenue ordinaire. Par souci de simplicité, il était interdit aux uns et aux autres d'avoir or ou argent dans leurs ajustements. Horace Walpole, de passage en France, garda un souvenir ébloui d'une de ces soirées : « Il y a eu huit menuets, et outre la reine et les princesses, huit dames seulement y ont pris part. [...] En fait de beautés, je n'en ai vu aucune, ou bien la reine les effaçait toutes. » Comme la chaleur était étouffante, on servait entre les danses des collations et des rafraîchissements. Le roi ne dansait pas, il regardait sa femme qui exécutait avec « une aisance divine » les premiers tours de piste. Nul ne trouvait à redire à ces bals : que pouvait-on rêver de plus convenable et de plus décent ?

Mais très vite la reine trouva fastidieuses les éternelles figures obligées. Elle remplaça alors les simples bals par des ballets et des quadrilles sur thèmes exotiques ou mythologiques : des Lapons, des Indiens, les quatre Saisons, les différents Arts. De semaine en semaine, on mettait au point les entrées successives, on veillait à la confection des costumes et des masques ; on répétait, on travaillait les pas, on améliorait la chorégraphie. Rien à redire non plus à ces divertissements, qui plaçaient Marie-Antoinette, sans qu'elle le sût peut-être, dans la plus pure tradition louis-quatorzième.

Cependant ces bals furent rapidement désertés. Mercy donne la clef de cette désaffection. Les dames « présentées » qui demeurent à Paris — et elles sont le plus grand nombre — perdent l'habitude de venir à la cour, faute de savoir si elles pourront y rencontrer la reine. Invitées à ses bals, « elles arrivent à Versailles pour y rester en grand habit jusqu'à dix heures ou dix heures et demie du soir, et revenir ensuite pendant la nuit chercher leur souper à Paris ; et, comme ce tour de fatigue ne leur produit d'ailleurs aucune part aux

distinctions des soupers des cabinets, les femmes susdites sont fort dégoûtées et se dispensent autant
qu'elles peuvent des bals de Versailles ».

De son côté, la reine s'en dégoûte aussi, car les gentils bals de la cour sont bien insipides à côté de ceux
de l'Opéra de Paris.

Les plaisirs de Paris

Encore dauphine, Marie-Antoinette, on l'a vu, avait
enfreint l'usage interdisant d'applaudir un spectacle
lorsque les souverains sont dans la salle. Lors de la
première d'*Iphigénie* à Paris, elle avait assuré, en battant énergiquement des mains, le succès de son cher
Gluck. Elle gardait de ce combat un souvenir exaltant.
Elle tenta d'introduire les applaudissements dans les
représentations données à Versailles. Mais cette nouvelle atteinte à l'étiquette n'éveilla chez les courtisans
glacés de respect que quelques échos polis. Rien à voir
avec la chaleur qui soulève une salle parisienne.

Un spectacle est porté par son public, tous les professionnels le savent bien. À Paris, le parterre a l'habitude d'applaudir, il déteste la contrainte qu'impose en
principe la présence de la reine. Quand il constate
qu'elle prend l'initiative de battre des mains, il se
déchaîne. Elle, heureuse, savoure à plein cette communion de la scène et de la salle dans les ovations soule-
vées par une admiration partagée : une communion qui
est son œuvre. Elle y trouve mieux encore. Car elle
n'est pas une spectatrice comme les autres. Elle est
la reine. Et les acclamations de la salle lui sont aussi
destinées. L'habitude s'est prise chez les acteurs de se
tourner vers elle chaque fois que le texte se prête à une
« application ». C'est donc elle que célèbrent tous les
hommages aux rois et reines du répertoire — et Dieu
sait s'il y en a ! Lors d'une reprise de l'*Iphigénie*, l'ac-

teur Le Gros se détacha du groupe des choristes qui
entonnaient « Chantez, célébrez votre reine... » et
s'avança vers la rampe pour dédier à Marie-Antoinette
une variante de circonstance :

> *Chantons, célébrons notre Reine*
> *Et que l'hymen qui l'enchaîne*
> *Nous rende à jamais heureux.*

La loge où elle trône sous un dais frangé d'or
devient une autre scène où elle joue un rôle de rêve,
celui d'une souveraine portée aux nues par l'amour de
ses sujets. C'est plus excitant que les révérences de
poupées mécaniques que lui prodiguent les femmes de
la cour. Elle a conservé, du temps où elle jouait à
Vienne dans des pièces pour enfants, la passion du
théâtre, qui permet de revêtir, pour deux ou trois
heures, une autre personnalité, d'échapper à celle où
vous a enfermée la vie. À Versailles elle n'a trouvé
dans les petites pièces jouées en famille que de pâles
substituts du vrai théâtre, qui suppose un vrai public.
Sa condition de reine lui interdit de jouer — pour l'instant. Mais elle a un avant-goût des ivresses de la scène
lorsqu'à Paris, du haut de sa loge, telle une de ces
déesses perchées sur un nuage dans les opéras mythologiques, elle intervient de ses battements de mains
pour sanctionner la récompense des bons et la punition
des méchants.

Elle est « bon public », comme on dit familièrement,
elle ne boude pas son plaisir. Son enthousiasme est
contagieux et ses interventions infusent au théâtre
lyrique un regain de vitalité. Non sans batailles
épiques. Lorsque le cher papa Gluck se permit de
composer à son tour une *Armide* — ô scandale ! — sur
le livret même qui avait servi de base à Lully, elle dut
payer de sa personne, deux fois de suite, pour imposer
silence aux huées et aux sifflets d'une cohorte de lul-

listes bien décidés à en découdre. Mais son amitié pour le vieil ami de toujours ne l'empêche pas de soutenir à l'occasion son rival Piccinni. Elle se montre accueillante à tous les musiciens, pourvu qu'ils soient modernes, en accord avec la sensibilité du temps, qui est aussi la sienne. Sa passion pour le théâtre lyrique survivra à son divorce d'avec Paris, lorsque l'impopularité lui fera fuir la capitale. Jusqu'à la veille même de la Révolution, elle poursuivra sa politique de créations à Versailles ou à Fontainebleau. Au total, elle a puissamment contribué au renouveau de la vie musicale française. Et pour parvenir à ce résultat, il fallait bien bousculer un peu l'étiquette. Elle l'a fait sans y penser, froissant du même coup bien des amours-propres. C'est à cela seul, hélas, que furent sensibles un grand nombre de ses contemporains.

Il n'y avait rien à reprocher à son amour du théâtre, sinon un peu trop d'exubérance dans ses manifestations extérieures. Les plaisirs qu'elle va chercher aux bals de l'Opéra sont moins innocents. Ils relèvent du même désir de sortir de sa condition, de devenir une autre, le temps d'une soirée. Elle veut « jouir des bals de l'Opéra aussi tranquillement que la dernière femme du royaume », note finement le marquis de Bombelles. Car ce sont des bals masqués, qui lui procurent l'anonymat. Du moins se plaît-elle à le croire.

Il y en a, bien sûr, à Versailles. Il est de tradition, lors des mariages royaux, de faire suivre le bal paré par un bal masqué, qui permet de choisir ses partenaires et de se fondre dans la foule. Mais les convenances veulent que la reine y soit toujours reconnaissable. D'ailleurs Marie-Antoinette, même si elle le voulait, ne pourrait pas se perdre parmi les masques, tant son port de tête altier et sa démarche aérienne sont familiers à tous les courtisans. Il n'en va pas de même à Paris. Les bals de l'Opéra, réservés en principe à une clientèle aisée, attirent un public mêlé. Princes et gentils-

hommes y côtoient le gratin de la riche bourgeoisie,
mais aussi quelques aventuriers en quête de bonnes
fortunes, dans tous les sens du terme. On n'y vient pas
pour faire sa cour, mais pour s'amuser, et on ne s'attend pas, du moins au début, à y rencontrer la reine.

C'est sous le couvert de cet anonymat que le 30 janvier 1774, quelques mois avant la mort de Louis XV,
Marie-Antoinette avait pu esquisser quelques pas de
danse et bavarder de longues minutes, gaie, souriante,
heureuse, avec un des plus beaux cavaliers de l'assistance. Avait-elle reconnu le jeune officier suédois
qu'on lui avait présenté quelques semaines plus tôt et
sur qui elle n'avait pas jeté un regard lorsqu'il avait
paru à ses bals versaillais ? Lui, en tout cas, fut sincèrement stupéfait lorsque des dames vinrent s'emparer
d'elle, bientôt suivies par le dauphin et le comte de
Provence : sa charmante partenaire était la dauphine en
personne. Il prit le sage parti d'ensevelir dans les bras
de sa maîtresse du moment le souvenir de ce périlleux
succès. La jeune femme regagna le monde dont elle
avait cru pouvoir s'évader un instant, mais elle n'oublia ni son visage, ni son nom : il s'appelait Axel de
Fersen.

N'anticipons pas sur les suites de cette rencontre et
revenons aux divertissements dans lesquels Marie-
Antoinette, une fois reine, se plonge avec une sorte de
frénésie. Elle court les bals de l'Opéra, forte de l'approbation du roi, qu'elle fait sonner très haut auprès de
sa mère. Mais comme il ne pousse pas la complaisance
jusqu'à l'accompagner, elle a besoin d'un membre de
la famille pour lui servir de chevalier servant. Le comte
de Provence et sa femme y viennent quelquefois avec
elle. Mais en général c'est son jeune beau-frère, le
comte d'Artois, qui se porte volontaire pour la suivre
ou l'entraîner dans les endroits où l'on s'amuse. Difficile de trouver moins qualifié pour le rôle de chaperon.
À dix-sept ans, aussi léger que ses frères sont sérieux,

ce joli garçon sans cervelle passe déjà pour un libertin
fieffé, grand amateur de jeu et de filles, effronté, capri-
cieux, instable, passant en un instant de la colère au
rire. Loin de surveiller Marie-Antoinette, il la pousse
au contraire à faire des bêtises et c'est elle qui doit
parfois se muer en sermonneuse pour l'avertir qu'il
dépasse les limites.

Il va de soi qu'avec un tel compagnon, elle se sent
libre. Elle va à ces bals moins pour y danser que « pour
y voir du monde », dit Mercy, pour échanger avec des
inconnus des propos libérés des conventions qu'impose
d'ordinaire son état. Que se permet-elle au juste, dans
la promiscuité de ces nuits parisiennes ? L'anonymat
du masque lui permet d'entendre des mots, d'accepter
des gestes qu'à visage découvert il lui faudrait sanctionner. Elle peut le faire sans conséquence, et donc
sans danger, pense-t-elle, puisqu'on ne sait pas à qui
l'on a affaire et qu'il n'y a point de lendemain. Elle
s'y grise des compliments qu'on fait à la femme, mais
qu'on n'oserait pas adresser à la reine, elle y noue des
idylles mort-nées, qui durent le temps d'un soupir, elle
y fait provision de rêves. À la longue, masques et
dominos ne trompent plus personne. Dès qu'elle prend
l'habitude de venir régulièrement, dès qu'on se doute
qu'elle est là, on la guette, on l'identifie sans peine et
on se repasse le mot. Mais on feint de ne pas la reconnaître, et elle feint d'ignorer qu'on l'a reconnue, sans
quoi il faudrait renoncer à la liberté de manières et
de propos qui fait le charme de ces rencontres. Cette
complicité tacite pimente le marivaudage, en même
temps qu'elle lui sert de garde-fou. Car chacun de ses
partenaires sait que, s'il franchit certaines bornes, la
reine en elle se réveillera. Ce n'est qu'un jeu, auquel
s'associe parfois la salle entière : « On établissait toujours quelque intrigue de bal, dit Mme Campan, pour
lui procurer le plaisir de l'incognito. »

Le jeu est très dangereux cependant. Marie-

Antoinette y respire un parfum de galanterie qui monte aisément à la tête. Le plaisir qu'elle y prend donne à penser qu'elle pourrait ne pas rester inaccessible. Même si, comme il est quasiment certain, elle n'y fait rien de répréhensible, elle s'y compromet, plus gravement que ne le ferait une femme ordinaire. Car elle n'est pas une femme ordinaire, bien qu'elle veuille se persuader du contraire, le temps d'un bal. Elle est la reine. Elle n'a pas le droit d'exposer ainsi sa personne au contact du commun des mortels, seule, sans protection. Et Mercy a beau tenter de le dissimuler à l'impératrice, elle est souvent sans protection, dans un milieu très relâché. Un soir de février 1776, par exemple, la presse était grande, on se bousculait, un domino noir heurta le comte d'Artois, qui réagit par un violent coup de poing. La victime se plaignit au service d'ordre qui, n'ayant pas reconnu le comte, l'emmena au poste de garde. L'affaire fit quelque bruit et il revint aux oreilles de l'impératrice — pas par Mercy ! — que sa fille s'était trouvée seule au bal de l'Opéra pendant deux ou trois heures, « s'entretenant sans distinction avec différents masques qui l'ont même conduite tour à tour sous les bras ». Mercy eut beau démentir, elle resta persuadée que Marie-Antoinette s'encanaillait. Elle n'était malheureusement pas la seule !

C'est aussi son jeune beau-frère qui l'entraîne aux courses de chevaux. Il ne s'agit pas d'une nouveauté : on en avait déjà vu au début du siècle, du temps de la duchesse de Bourgogne. Mais, l'anglomanie aidant, elles sont devenues furieusement à la mode. Elles ont lieu dans la plaine des Sablons, près du bois de Boulogne, sauf à l'automne où tout le monde se transporte à Fontainebleau. L'inconvénient de ces courses est que les paris donnent lieu à un déchaînement de passions frisant l'indécence et le comte d'Artois, qui y engage des chevaux, n'est pas le dernier à manifester bruyamment ses émotions. « Il a été construit, raconte Mercy, un bâtiment en charpente à peu près de la forme de celui qui existait à Fontainebleau — autrement dit une tribune — ; on y sert un déjeuner, les hommes y arrivent vêtus fort négligemment et il s'y établit un bruit et un pêle-mêle qui ne s'accordent guère avec la décence et le respect que devrait inspirer la présence de la cour. » À la décharge de Marie-Antoinette, elle n'y vient pas seule. Au milieu de cette foule, Mercy a pu voir à ses côtés « Madame, Mme d'Artois, Madame Élisabeth, Monsieur, et M. le comte d'Artois, lequel dernier courait de haut en bas, pariant, se désolant quand il perdait, et se livrant à des joies pitoyables quand il gagnait, s'élançant dans la foule du peuple pour aller encourager ses postillons ou jaquets * et présentant à la reine celui qui avait gagné une course ». L'ambassadeur est d'autant plus consterné que, dit-il, « tout cela se passe sous les yeux d'une grande partie des habitants de Paris que la curiosité attire à ce genre de spectacles et qui s'occupent ensuite des remarques vraies ou fausses qu'ils croient avoir été à portée de faire ». Ni le prestige de la reine ni celui de la monarchie n'en sortent grandis.

Marie-Antoinette superstar

Dauphine, Marie-Antoinette, fidèle aux habitudes de simplicité qu'on lui avait inculquées à Vienne, restait indifférente à sa toilette, elle mettait docilement les robes que lui proposait sa dame d'atours, quitte à les chiffonner et à les salir en s'ébattant parmi ses petits chiens. Mais avec les années et les hommages masculins, la coquetterie lui était venue. La reine ne devait-elle pas être la plus belle ? À vingt ans, « elle était, ainsi que l'Étoile du matin, brillante de santé, de bonheur et de gloire ». Comment n'aurait-elle pas été gri-

---

* Forme francisée du terme anglais *jockey*.

sée par le nuage d'encens montant vers elle de toutes parts ? Au mariage de sa jeune belle-sœur Clotilde, on n'avait d'yeux que pour elle. « Les Hébés et les Flores, s'écrie Horace Walpole, ne sont que des coureuses de rue à côté d'elle. Quand elle est debout ou assise, c'est la statue de la beauté ; quand elle se meut, c'est la grâce en personne. » « Toujours plus près de son sexe que de son rang, dira Rivarol, elle oubliait qu'elle était faite pour vivre et mourir sur un trône réel ; elle voulait jouir de cet empire fictif que la beauté donne aux femmes et qui en fait les reines d'un moment. » Elle devait « donner le ton », lui avait recommandé sa mère. Elle en conclut qu'elle devait aussi lancer la mode.

Elle trouva en la personne de Rose Bertin un vrai démon tentateur. Cette petite Picarde venue chercher fortune à Paris s'était placée chez une marchande de modes, bien décidée à percer dans un métier pour lequel elle se sentait des dons. Le hasard des livraisons faites pour sa patronne lui attira la sympathie de la vieille princesse de Conti, qui lui confia quelques travaux et en fut si satisfaite qu'elle la recommanda à toute sa parenté lors du mariage de Mlle de Penthièvre avec le duc de Chartres. La jeune couturière, désormais lancée, remonta de la duchesse de Chartres à la princesse de Lamballe et de là à la reine. Pour la boutique qu'elle avait ouverte à son compte rue Saint-Honoré, elle avait choisi, puisque les chinoiseries faisaient fureur, l'enseigne du *Grand Mogol*. Gestionnaire avisée, elle eut bientôt trente-six ouvrières. Elle ne créait pas seulement des modèles de robes et de manteaux, elle fournissait aussi tous les accessoires chargés d'agrémenter les toilettes. Cela allait des bonnets, toques et chapeaux aux sacs à ouvrages, pantoufles brodées, collets et nœuds de rubans, cordons de montres, mouchoirs, gants et nous en passons. Elle proposait aussi des éventails, comme celui dont la reine usait au théâtre pour remédier à sa myopie, grâce à une lentille adroitement cachée dans un de ses plis.

Dès 1774, elle avait conquis la reine qui fit d'elle sa « modiste » attitrée. Mais il fut convenu qu'elle ne quitterait pas pour autant sa boutique. C'était là une entorse aux usages. La reine avait sur place couturiers, couturières et coiffeurs attachés à sa personne, inamovibles, qui ne devaient servir qu'elle. Partager les services de Mlle Bertin avec les élégantes de la capitale parut scandaleux. Mais tandis que les titulaires de la charge, refaisant toujours les mêmes costumes à quelques variantes près, s'encroûtaient dans la routine, la Parisienne à l'affût des nouveautés, flairant le vent, débordant d'imagination, offrait des créations bien plus séduisantes. Elle arrivait deux fois par semaine à Versailles, le matin, pour ce qu'elle appelait pompeusement son « travail avec Sa Majesté ». Comme elle n'était pas autorisée à entrer dans la chambre, elle attendait dans un cabinet intérieur où la reine, plantant là les dames de sa suite, se hâtait de la rejoindre. Elle lui soumettait des dessins, des échantillons de tissu, elle déballait ses cartons d'accessoires et l'on discutait à perte de vue du choix d'un ruban, de l'emplacement d'une plume, sur un ton de familiarité stupéfiant.

Outre un réel talent dans sa profession, elle avait aussi le sens des affaires. Elle poussa à la consommation, proposant des foules de robes qui, à peine achevées et pas toujours portées, étaient mises au rancart pour faire place à d'autres. Il y en avait tant que, pour aider la reine à déterminer celles qu'elle mettrait chaque jour, on lui présentait une sorte de nuancier où figurait un fragment d'étoffe de chacune, et où l'on marquait à l'aide d'épingles celles qu'elle avait choisies[*]. La double implantation de Rose Bertin lui per-

---

[*] Celui qui est parvenu jusqu'à nous et où l'on voit encore les trous d'épingles a appartenu à Madame Élisabeth, et il est de date tardive. Un autre, sans traces d'épingles, qui a bien appartenu à la reine, était un nuancier destiné à choisir des étoffes avant confection.

mettait de jouer sur les deux tableaux, la clientèle de
la cour et celle de la ville. Marie-Antoinette lançait la
mode. À l'automne de 1775, conte Bachaumont, la
reine a une robe de taffetas de teinte rembrunie ; le roi
dit : « C'est couleur de puce. » Tous les teinturiers s'y
mirent, chacun tenta de justifier les variantes involontairement apportées au modèle initial : « On distingua
entre la vieille et la jeune puce, et l'on sous-divisa les
nuances même du corps de cet insecte : le ventre, le
dos, la cuisse, la tête se différencièrent. » Mais déjà
Marie-Antoinette montrait sa prédilection pour une
robe d'un beige cendré. Son beau-frère de Provence
s'écria qu'elle était « couleur des cheveux de la reine »
et cette nouvelle teinte détrôna les puces. Bientôt on
chercha des appellations plus poétiques. Dans l'été
1776, on vit ainsi à l'Opéra une dame portant une robe
de satin *soupir étouffé*, ornée de garnitures *regrets
superflus*, et des souliers brodés de diamants en *coups
perfides*. Là il semble que Marie-Antoinette n'y était
pour rien. Mais elle avait montré la voie.

Pour son plus beau coup d'éclat, Rose Bertin rencontra un complice avisé en la personne du fameux
coiffeur Léonard. À eux deux, pendant près de trois
années, ils juchèrent sur la tête des femmes de fabuleux
échafaudages. Sur une carcasse nommée *pouf*, haute de
trente-six pouces et large à proportion, bâtie à coups
de gaze, de faux cheveux, d'épingles et de rubans, on
piquait des ornements tirés des inépuisables cartons de
la modiste. L'idée de génie fut de lier ces ornements à
l'actualité, qui offrait l'avantage de changer tous les
jours. On eut des poufs à l'Inoculation, aux Insurgents,
à la Rentrée du Parlement, truffés d'objets au symbo-
lisme sibyllin. Quand l'actualité se faisait chétive, on
puisait dans le vaste répertoire de la nature et des saisons. On vit des montagnes enneigées, des vendangeurs au travail, un jardin à l'anglaise, des agneaux se
désaltérant dans des ruisseaux, des prairies émaillées

de fleurs. Et comme les fleurs se fanaient très vite, on glissait leurs tiges dans de petites fioles d'eau dissimulées dans l'armature ; mais les bénéficiaires de ce raffinement avaient intérêt à ne pas trop pencher la tête. « Les coiffures parvinrent à un tel degré de hauteur par l'échafaudage des gazes, des fleurs et des plumes, se souvient Mme Campan, que les femmes ne trouvaient plus de voitures assez élevées pour s'y placer. » Elles n'avaient d'autre ressource que de garder la tête à la portière, à moins qu'elles ne préfèrent s'agenouiller. Quelques-unes même « faisaient porter leur panache dans un étui semblable à celui d'une contrebasse et se le faisaient poser sur la tête à l'entrée de l'église ou de la salle de bal ».

La campagne publicitaire exploite sans scrupules le patronage de Marie-Antoinette : elle y remplit le rôle d'un mannequin, on reconnaît son visage sur certaines gravures de mode. Le résultat dépassa les espérances : « La reine fut imitée par toutes les femmes. On voulait à l'instant avoir la même parure que la reine, porter ces plumes, ces guirlandes auxquelles sa beauté prêtait un charme infini. La dépense des jeunes dames fut extrêmement augmentée ; les mères et les maris en murmurèrent ; quelques étourdies contractèrent des dettes ; il y eut de fâcheuses scènes de famille, plusieurs ménages refroidis ou brouillés. Et le bruit général fut que la reine ruinerait toutes les dames françaises. » Un mot cinglant circula bientôt dans Paris. La reine, voyant un jour une femme « moins galamment parée que les autres », lui aurait fait « des plaisanteries sur sa parcimonie » et se serait attiré cette réponse : « Madame, il ne suffit pas que nous payions nos robes ; il nous faut encore payer les vôtres. » L'abbé de Véri, qui rapporte l'anecdote, la juge fausse, mais affirme qu'elle traduit « le sentiment général de la nation ». On raconte aussi, selon Bachaumont, que Marie-Thérèse indignée aurait renvoyé à Mercy un portrait où sa fille apparaissait chargée de hautes plumes, en s'écriant : « Ce n'est pas le portrait d'une reine de France, mais celui d'une actrice. » Le mot est sans doute apocryphe*, mais il frappe au cœur de la cible.

Marie-Antoinette eût été sans aucun doute stupéfaite si on lui avait dit qu'elle endossait un rôle réservé d'ordinaire aux maîtresses royales, et qu'elle s'exposait au même discrédit. Avec cette circonstance aggravante qu'elle n'avait pas l'excuse de chercher à plaire au roi : il l'avait invitée à renoncer à ces extravagances.

L'engrenage des dettes

Les dames de Paris n'étaient pas seules à s'endetter pour suivre la mode. La reine en faisait autant. Non pour payer ses toilettes : ce sont les services de sa maison qui en acquittaient les colossales factures, invérifiables au demeurant puisque Mlle Bertin n'y faisait pas figurer le détail de ses prestations. Mais ces services ne prenaient pas en charge les achats de bijoux, les reines étant priées de se contenter de ceux que mettait à leur disposition la couronne et de ceux qui leur étaient offerts. Or Marie-Antoinette raffolait des bijoux. Et cela se savait chez les gros joailliers de la capitale.

Le plus coté d'entre eux, Boehmer, « avait réuni à grands frais six diamants en forme de poires, d'une grosseur prodigieuse » et de la plus belle eau. Il les avait montés en boucles d'oreilles, à l'intention de Mme du Barry. Ils lui restèrent sur les bras après la

---

* D'après ses lettres de mai et juin 1776, on voit que Marie-Antoinette a envoyé à sa mère, croyant la rassurer, quelques gravures représentant les coiffures à la mode. Marie-Thérèse a pour tout commentaire, le 30 juin : « J'avoue, les dessins des parures françaises sont bien extraordinaires ; je n'ai pu croire qu'on les porte ainsi, et moins encore à la cour. »

disgrâce de la favorite. Pour de pareils joyaux, une seule cliente possible. Il les fit donc présenter à Marie-Antoinette dans les derniers mois de 1775. Le prix — 400 000 livres selon Mme Campan, 600 000 selon Mercy * — la fit reculer. Mais elle les avait vus, elle en mourait d'envie, sa pension annuelle avait été doublée. Elle transigea. Le bijoutier remplacerait les deux boutons qui formaient le haut des girandoles par des diamants qu'elle lui fournirait, ramenant le prix à 348 000. Marché conclu, elle demanda un crédit. Boehmer toucha un acompte de 48 000. Elle paierait le reste à échéances régulières en quatre ou cinq ans, à l'insu du roi, sur sa cassette personnelle.

Les remontrances de l'impératrice ne l'empêchèrent pas de céder à la tentation six mois plus tard pour des bracelets de diamants. Mercy, à qui elle avait d'abord caché cette emplette, les estima à cent mille écus. « [Elle] a donné en échange des pierreries que les bijoutiers ont reçues à bas prix ; il a fallu pour le surplus donner en argent des acomptes considérables. » Lorsqu'elle fit ses comptes, elle s'aperçut qu'outre l'arriéré de cent mille écus pour les pendants d'oreilles, elle en devait encore cent mille autres, et n'avait plus un sou pour ses dépenses courantes. « D'après cette position forcée, la reine, quoique avec une répugnance extrême, se décida à demander au roi deux mille louis. Le monarque reçut cette proposition avec sa complaisance ordinaire ; il se permit seulement de dire en douceur qu'il n'était point surpris que la reine fût sans argent, vu le goût qu'elle avait pour les diamants. »

L'abbé de Vermond était présent lorsque fut apporté

---

* Les équivalences en monnaie actuelle sont fort difficiles à établir et peu significatives. Qu'on sache seulement qu'il s'agit ici de sommes énormes. Petite précision utile : un *écu* valait trois livres, un *louis* en valait vingt-quatre. On disait indifféremment un *franc* ou une *livre*. La dotation annuelle de la reine avait été portée à 200 000 livres en octobre 1774.

à Marie-Antoinette le courrier contenant l'inévitable sermon maternel : « En lisant la lettre la reine, d'un ton assez léger, m'a dit : "Voilà que mes bracelets sont arrivés à Vienne ! je gage que cet article vient de ma sœur Marie[*]. — Pourquoi ? ai-je dit. — C'est de la jalousie, c'est dans son goût." J'ai demandé si l'impératrice avait le ton fâché : "Comme ça, vous verrez" ; et on m'a remis la lettre. » Dans sa réponse à sa mère, elle balaya les reproches d'un mot désinvolte : « Je n'ai rien à dire sur les bracelets ; je n'ai pas cru qu'on pût chercher à occuper la bonté de ma chère maman de pareilles bagatelles. » Vermond, las de prêcher dans le désert, envisageait de se retirer.

Marie-Antoinette a-t-elle cru trouver dans le jeu une solution à ses difficultés de trésorerie ? C'est ce que suggérera son frère Joseph qui assure que, dans son enfance, elle ne l'aimait pas. C'est aussi le genre de conseils qu'elle pouvait entendre dans la bouche de ses amis. Toujours est-il qu'elle délaisse les jeux dits de commerce, conçus pour meubler le temps et où la perte est nécessairement bornée, au profit de ceux où l'on mise gros, où l'on espère gagner gros, et où l'on perd plus gros encore. À l'automne de 1776, « le lansquenet est devenu son jeu ordinaire ». Elle lui préfère bientôt le pharaon[**], d'abord en privé, chez la princesse de

---

[*] Marie-Christine, alors gouvernante des Pays-Bas. Marie-Antoinette ne l'aimait pas beaucoup, mais elle n'a pas coutume de lui imputer les informations envoyées à Vienne sur sa conduite. Le ton léger, mi-figue mi-raisin, dont elle use ici avec Vermond suggère qu'elle a parfaitement identifié les informateurs : au premier chef Vermond lui-même. Sans avoir l'air d'y toucher, elle le lui fait savoir. Et la façon dont il conte l'incident indique qu'il a compris.

[**] Jeu de cartes où le banquier joue seul contre un nombre indéterminé de participants ou pontes, qui peuvent miser à droite ou à gauche. Le banquier retourne ses cartes alternativement à droite et à gauche. La plus forte fait gagner le côté où elle est posée. Le banquier double les mises de ce côté et ramasse les mises du côté opposé. S'il retourne deux cartes de valeur égale, il emporte les enjeux des deux côtés.

Lamballe ou chez Mme de Guéménée, puis chez elle.
L'importance des sommes engagées a modifié la
composition des tables. Beaucoup de courtisans se retirent, faute de pouvoir faire face à des paris aussi
élevés. Bientôt, aucun des amis de Marie-Antoinette ne
se sent en mesure de tenir la banque. On a recours à
des professionnels. À leur suite se glissent des aventuriers, des flambeurs, des tricheurs même. Cette société
mêlée donne à la cour des allures de tripot.

À Fontainebleau, à la fin octobre 1776, on fit venir
des banquiers de Paris pour tailler le pharaon. « Heureusement, ajoute Mercy, ce jeu ne dura que deux soirées. » Deux soirées dont la date tombait très mal. Le
roi, qui réprouvait d'autant plus ces divertissements à
la cour qu'ils étaient proscrits par les lois dans tout le
royaume, avait autorisé une séance, une seule. Ce fut
une séance *non-stop*, comme nous dirions, où les participants se relayèrent. « Les banquiers arrivèrent le
30 octobre et taillèrent toute la nuit et la matinée du
31 chez la princesse de Lamballe, où la reine resta
jusqu'à cinq heures du matin, après quoi Sa Majesté
fit encore tailler le soir et bien avant dans la matinée
du 1er novembre, jour de la Toussaint. La reine joua
elle-même jusqu'à près de trois heures du matin. Le
grand mal de cela était qu'une pareille veillée tombait
dans la matinée d'une fête solennelle, et il en est
résulté des propos dans le public. La reine se tira de là
par une plaisanterie, en disant au roi qu'il avait permis
une séance de jeu sans en déterminer la durée, qu'ainsi
on avait été en droit de la prolonger pendant trente-six
heures. Le roi se mit à rire et répondit gaiement :
"Allez, vous ne valez rien tous tant que vous êtes." »

Quelles qu'aient été ses motivations premières, il est
certain que la reine s'est prise de passion pour le jeu,
qui procure des sensations fortes. Il est pour elle une
manière de drogue, dont elle devient dépendante.
Comme elle joue « sans conduite », face à des ban-

quiers aguerris, elle perd régulièrement. Et les dettes s'accumulent. En janvier 1776, elle s'en inquiète, mais comme elle est incapable d'en calculer le montant, elle confie ce soin à Mercy, qui aboutit à un total de 23 303 louis, soit 427 272 livres — plus du double de la dotation annuelle de sa cassette. « Un peu surprise de voir ses finances dérangées à ce point, elle sentit combien elle allait être gênée dans ses dépenses courantes, et elle se détermina, quoique avec bien de la peine, à sonder les dispositions où pourrait être le roi de se charger au moins d'une partie des dettes susdites. » Comprenons qu'elle aborda son époux l'oreille basse. Mais « sans hésiter et de la meilleure grâce possible », il consentit à payer le tout, demandant seulement quelques mois de délai, car il tenait à le faire sur sa cassette personnelle et non aux dépens de l'État.

Croit-on qu'elle a retenu la leçon ? Mais non ! En mars, Mercy se lamente : « Les sommes que le roi destinait à l'extinction des dettes de la reine, et qu'il lui porte de semaine en semaine, sont au moins en partie absorbées par les pertes journalières qui se font au jeu, et si ce désordre continue, la reine se trouvera dans le double embarras d'avoir augmenté ses dettes, et d'avoir abusé du bon procédé du roi. » La générosité du roi reste secrète, tandis qu'il est de notoriété publique que la reine se ruine au jeu. Et ses aumônes et charités s'en ressentent. Elle n'était pas très portée aux libéralités, se lamentait Mercy, quand elle était dauphine. Il avait réussi à lui faire comprendre qu'une partie de son argent personnel devait passer en œuvres de charité. Hélas, elle n'a plus à partager avec les pauvres que des dettes ! Pour y remédier, elle imagine de prélever une manière d'impôt sur ses compagnons de plaisir :

« Elle trouvait près de sa porte, conte Mme de La Tour du Pin, un des deux curés de Versailles qui lui remettait une bourse, et elle faisait la quête à chacun, hommes et femmes, en disant : "Pour les pauvres, s'il vous plaît."Les femmes avaient chacune leur écu de six francs dans la main et les hommes leur louis. La reine percevait ce petit impôt charitable suivie du curé, qui rapportait souvent jusqu'à cent louis à ses pauvres, et jamais moins de cinquante. » Certains, parmi les plus dépensiers, se plaignaient indécemment d'être forcés à cette charité, tandis qu'ils ne regardaient pas à risquer au jeu une somme cent fois plus forte. D'autres, étrangers à sa société, jugeaient que la reine eût mieux fait de donner à l'Église l'argent qu'elle aurait économisé en s'abstenant de jouer.

Dans son aveugle frénésie de divertissements, Marie-Antoinette a dilapidé en moins de trois ans la plus grande part du capital de sympathie dont elle disposait à son avènement. On l'aime moins. On l'acclame moins quand elle se rend à l'Opéra. On la rend responsable du gaspillage des deniers publics qu'occasionne la cour. Et la calomnie rampante commence à enfler. On lui reproche de ne pas se comporter en reine. Le comte et la comtesse de Provence, prompts à flairer le vent, se démarquent d'elle ostensiblement. Plutôt que de fuir les lieux où elle se donne en spectacle, ils choisissent de s'y montrer ensemble. Au théâtre, aux bals ou aux courses, Marie-Joséphine, par la modestie de sa toilette et la discrétion de son attitude, se fait la vivante antithèse de son imprudente belle-sœur et semble lui donner publiquement une leçon. L'image de Marie-Antoinette est ternie. La comtesse de La Marck résume bien le sentiment général lorsqu'elle écrit au roi de Suède Gustave III : « La reine va sans cesse à Paris, à l'Opéra, à la Comédie, fait des dettes, s'affuble de plumes et de pompons, et se moque de tout. »

À Vienne l'impératrice estime qu'il est urgent d'intervenir.

Chapitre neuf

La mission de Joseph II

Depuis des années, l'impératrice s'impatiente : qu'attend Marie-Antoinette pour lui donner des petits-enfants ? Chaque naissance chez l'un ou chez l'autre de ses frères et sœurs est l'occasion de lui rappeler qu'elle ferait bien d'imiter leur exemple. C'est là un vœu bien naturel chez une mère de seize enfants, convaincue que la force d'une famille et, à plus forte raison, d'une dynastie réside dans sa fécondité. Hélas, non seulement la jeune femme n'est pas enceinte, mais il semble que le mariage ne soit même pas consommé. Aux questions insistantes, Marie-Antoinette répond en invoquant la « timidité » et la « nonchalance » de son époux et laisse espérer que les choses rentreront dans l'ordre d'elles-mêmes avec le temps. Mercy-Argenteau reprend les mêmes thèmes. Parfois s'y ajoute l'hypothèse que le jeune homme souffrirait d'une légère anomalie physiologique qui exigerait une opération. Mais le temps passe, la prétendue nonchalance subsiste et aucune intervention chirurgicale n'intervient. Marie-Thérèse n'en sait pas davantage, mais elle se pose des questions et elle a peur.

Une situation fragile

Marie-Antoinette ne semble pas se douter que seule la maternité procure à une reine de France une situation assurée. Mercy est donc chargé de lui expliquer « ce que sa position a de critique jusqu'au moment où elle ait donné un héritier à la France ». Une reine sans enfants est toujours exposée à être répudiée. Certes une annulation en cour de Rome est une lourde procédure. La stérilité, à la différence de la non-consommation, ne suffit pas à obtenir gain de cause. Mais l'expérience a montré qu'on trouve des accommodements avec le ciel lorsqu'un refus risque d'entraîner des conséquences politiques graves *. Est-ce que pareil mécompte pourrait advenir à Marie-Antoinette ? L'impératrice s'exagère sans doute le danger.

Ce mariage, elle l'a arraché de haute lutte. Elle sait qu'il existe en France un parti opposé à l'alliance autrichienne. Depuis le renvoi de Choiseul à la veille de Noël 1770, c'est ce parti qui est au pouvoir. La petite ne risque rien, en principe, tant que Louis XV est là. En pleine crise internationale, il lui avait dit en badinant : « Il ne faut pas parler des affaires de Pologne devant vous, parce que vos parents ne sont pas du même avis que nous. » Et lorsque l'Autriche fit mine de protester contre l'aide apportée par la France au roi de Suède Gustave III, il avait ri : « L'empereur veut s'opposer à ce qui s'est fait en Suède ; cela nous brouillera, et je vais vous renvoyer à Vienne », et là-dessus, il l'avait embrassée et, d'un ton de gaieté, il avait incriminé les mauvais conseillers de l'empereur. Il plaisantait, montrant clairement qu'il se refusait à faire d'elle l'otage des vicissitudes politiques. Mais une plaisanterie de ce genre en disait long sur les arrière-pensées de son entourage et faisait craindre ce qui pourrait s'ensuivre s'il disparaissait.

Si la stérilité du jeune couple désole Marie-Thérèse, d'autres s'en réjouissent. Les appétits s'aiguisent parmi les héritiers potentiels. Au premier chef le comte de

---

* Ce fut le cas du premier mariage d'Henri IV, qui lui permit d'épouser Marie de Médicis et d'en avoir des enfants, évitant ainsi une grave crise successorale.

Provence, jaloux, qui se croit infiniment plus capable de régner que son aîné. Mais comme lui-même paraît ne pas devoir être plus prolifique, les collatéraux se prennent à rêver. Seul le comte d'Artois et ses fils séparent du trône les Orléans, qui se sentent pousser des ailes. Mais leur candidature dresserait aussitôt contre eux les descendants de Philippe V d'Espagne, qui ont toujours tenu comme nulle la renonciation de celui-ci au trône de France. Une situation qui rappelle celle du début du siècle, lorsque Orléans et Espagnols spéculaient sur la disparition possible du petit Louis XV. Cette fois, les intéressés vont un peu vite en enterrant toute la descendance du défunt roi*. Mais il est certain que la situation conjugale du couple princier encourage les calculs sordides.

Pendant les premières années, l'idée communément admise est que le dauphin est impuissant, à titre provisoire — faute de l'opération requise — ou à titre définitif. Et l'on plaint la pauvre petite épouse délaissée. Quelques bruits discordants semblent cependant être parvenus aux oreilles de l'impératrice. Elle est très alarmée à l'idée qu'on pourrait incriminer sa fille, puisqu'elle écrit à Mercy le 6 novembre 1773 : « Je brûle d'envie à cette heure de la voir enceinte, car je ne saurais me persuader que c'est de sa part que cela manque, mais bien du dauphin. » À quoi pense-t-elle au juste ? Que lui a-t-on dit ? Elle ne précise pas. Mais on voit qu'elle pose la question en termes de responsabilité : à qui la faute ? Elle préférerait de beaucoup que l'échec fût entièrement imputable à son gendre.

L'accession au trône de Louis XVI lui apporte un regain de soucis. Car on le sait beaucoup moins favorable à l'Autriche que son grand-père. Et lorsque les

---

* L'histoire se chargera de donner corps à cette éventualité, mais beaucoup plus tard. La Révolution aura passé par là et les trois frères auront régné tour à tour, lorsqu'en 1830, Louis-Philippe d'Orléans deviendra roi des Français.

maladresses de Marie-Antoinette lui aliènent la vieille
cour, les libelles lui promettent un renvoi :

> *Petite reine de vingt ans,*
> *Qui traitez mal ici les gens,*
> *Vous repasserez la barrière,*

fredonne-t-on trois mois à peine après l'avènement.
Mais bientôt on aura tout autre chose à lui reprocher
que de maltraiter les vieilles dames de la cour.

L'affaire Beaumarchais

À la mi-août 1774, Marie-Thérèse se voit demander
une audience par un très étrange personnage. A-t-elle
entendu parler de lui ? Ce n'est pas certain. À cette
date, le sieur Pierre-Augustin Caron de Beaumarchais
— Caron tout court à l'origine — pouvait inscrire à
son actif autant d'activités diverses que de talents. Et
des talents, Dieu sait s'il en avait ! Initié à l'horlogerie
par son père, il se montra assez habile pour inventer
un système d'échappement qui lui valut d'être préféré
au célèbre Lepaute pour un prix de l'Académie des
Sciences. Ses compétences en musique lui procurèrent
la faveur de Mesdames, filles de Louis XV, à qui il
enseigna la flûte et la harpe. Il s'était introduit dans le
monde des affaires grâce au très fameux Pâris-Duver-
ney, avait récolté avec les héritiers du financier un procès retentissant, dont le récit, d'une verve éblouissante,
lui permit d'égayer tout Paris*. Les succès au théâtre

---

* Il s'agit, plus exactement, des *Mémoires* concernant l'affaire
Goëzman, du nom du conseiller rapporteur de la cause, dont
l'épouse avait monnayé les services. Comme Goëzman était un
membre du « parlement Maupeou », très impopulaire, Beaumarchais avait truffé son plaidoyer d'allusions politiques assez subver-
sives.

se faisant attendre, il était prêt à mettre son bagout, son flair, son entregent au service du gouvernement pour des besognes de l'ombre, par exemple pour négocier auprès des imprimeurs londoniens, spécialisés dans ce commerce, la destruction, avant diffusion, des pamphlets à scandale. Au début de 1774, il en avait fait supprimer un qui visait Mme du Barry. Cette fois-ci, il s'agissait d'en arrêter un autre qui traînait Marie-Antoinette dans la boue. Il y réussit, mais s'aperçut que l'auteur présumé, un nommé Angelucci, en avait conservé un exemplaire, qu'il finit par lui arracher de haute lutte après une course-poursuite rocambolesque à travers les Pays-Bas et l'Allemagne. Il est probable qu'il a un peu arrangé l'histoire. Comme c'était lui qui avait signalé l'existence de ce pamphlet au ministre chargé de la police, Sartine, la tentation était forte de l'en croire l'auteur. Seul élément en sa faveur, mais il est de poids : la déplorable platitude du style.

Toujours est-il que notre homme eut l'idée, puisqu'il se trouvait à proximité de Vienne, d'aller voir s'il ne pourrait pas tirer quelque argent de l'impératrice. Celle-ci se vit donc soumettre un texte qui lui ouvrait sur la situation de sa fille des perspectives terrifiantes. Le titre en était : *Avis à la Branche Espagnole sur ses Droits à la Couronne de France, à défaut d'Héritiers, qui peut même être très utile à toute la famille de Bourbon, surtout au Roi Louis XVI*. On passera ici très vite sur les considérations politiques initiales, qui reprenaient les arguments des adversaires de Choiseul. Disons simplement que le texte démontait le mécanisme mis en place par Vienne pour manœuvrer la reine et préconisait donc la rupture du commerce entre elle et sa mère et le renvoi de l'abbé de Vermond. Mais ce début n'était rien à côté du reste. « Par une bizarrerie presque inconcevable [...], nous avons à la tête de la nation trois princes dont nous ne devons attendre aucune progéniture. Le roi surtout, le plus important

des trois puisque c'est lui qui nous gouverne, paraît par
sa constitution physique, irrévocablement condamné à
n'être jamais père. » Il est le seul à ne pas s'en douter.
Mais son ambitieuse épouse, qui le sait, a besoin
d'avoir un fils « à qui la couronne puisse appartenir »
s'il vient à mourir. Elle trouvera sans peine le moyen
de s'en faire faire un, à condition de pouvoir l'attribuer
à son mari. « La première chose que l'impératrice
conseillera à sa fille, expliquait-on au roi, sera de faire
les derniers efforts pour vous persuader, malgré l'évidence, que vous pouvez être père aussi bien que tout
autre homme. [...] Alors vous le serez bientôt. On n'attend sûrement que l'instant de cette adroite persuasion
pour vous rendre la fable de toute l'Europe. » Pour
éviter qu'un bâtard ne s'empare ainsi du trône, les
princes d'Espagne étaient invités à surveiller de près
la conduite de la reine et à convaincre le roi de son
irrémédiable stérilité. Ainsi la branche espagnole
aurait-elle des chances de récupérer l'héritage perdu.

Ce pamphlet, bourré de présupposés gratuits, ne pouvait convaincre. Mais il avait ceci de redoutable qu'il
faisait planer *a priori* sur les enfants à naître du couple
royal le soupçon d'illégitimité. Beaumarchais proposait
de le réimprimer en omettant les passages offensants
pour la reine ; il s'offrait à y apporter toutes les modifications propres à en modifier la visée. Marie-Thérèse,
indignée, le fit flanquer en prison, d'où il fallut une intervention de Sartine pour le tirer. « Jamais rien de plus
atroce n'a paru, et qui met dans mon cœur le plus vif
mépris pour cette nation sans religion, mœurs et sentiments », écrivit-elle à Mercy sous le coup de l'émotion.
Lequel Mercy lui répondit en écho par une virulente diatribe sur « les atrocités qui infectent ce pays-ci ». Pauvre
Louis XVI ! Tout ce qu'elle trouve à dire sur lui est : si
au moins la lecture de ce texte pouvait le piquer au vif et
l'inciter à remplir son devoir conjugal !

Il fut entendu qu'on n'en dirait rien à Marie-

Antoinette, mais elle en entendit parler par le roi, qui y fit une légère allusion, sans l'avoir lu, semble-t-il. Mercy le lui résuma à sa façon et en profita pour lui rappeler qu'elle devait avoir « une conduite irréprochable » et qu'il était « essentiel pour elle de tenir l'engagement contracté vis-à-vis de la nation » — autrement dit de lui donner un dauphin. Ce qui revenait à admettre, implicitement, qu'elle était pour quelque chose dans la situation présente. Il était bien placé pour se rendre compte que Marie-Antoinette ne faisait rien pour complaire à son époux. Et c'est là un euphémisme ! L'impératrice découvrira bientôt, entre les informations que lui transmet son ambassadeur et les gazettes qu'elle se fait envoyer de toute l'Europe, que les allégations du pamphlet de Beaumarchais ne sont pas totalement dépourvues de fondement.

Un époux méprisé

Marie-Antoinette s'est toujours crue infiniment supérieure à son mari, comme le lui répètent à satiété ses deux mentors. Elle le « gouvernerait », à coup sûr. La seule question était de savoir si ce serait par la douceur ou par la crainte. Dauphine, elle avait opté pour une relative douceur, elle affichait pour lui quelques égards, elle prétendait apprivoiser son humeur farouche, elle tentait de le traîner à sa suite dans les bals et les fêtes. Mais déjà elle le traitait avec une condescendance appuyée, comme un sauvage qu'elle aurait dû initier aux bonnes manières et à la lecture ! Une fois reine, et donc libre, elle avait jugé ces efforts superflus et conclu qu'il était plus simple de le tenir « par la crainte ». Que risquait-elle, puisqu'il ne protestait jamais ? Et, comme l'avait deviné sa mère à la lecture de la fameuse lettre à Rosenberg, elle avait pris l'habitude de parler de lui, auprès de ses amis, en des termes d'une extrême désinvolture. Il n'était plus que le « pauvre homme », qu'on pouvait berner et moquer impunément. « Que voulez-vous qu'on puisse faire auprès d'un homme de bois ? » s'exclamait-elle quand il tardait à satisfaire un de ses désirs.

Ses familiers, Besenval notamment, l'encourageaient dans la voie de l'irrévérence. Lorsque Louis XVI s'aventurait parmi eux, il faisait figure de gêneur. Comme il avait coutume de se retirer ponctuellement à dix heures du soir, rapporte le comte de Tilly, « il arrivait qu'on avançait furtivement sur ce chiffre l'aiguille de la pendule ; et, le succès obtenu, le cercle intime reprenait toute sa gaieté dans l'absence du roi ». La reine riait de bon cœur de cette petite supercherie, qui eût été fort innocente en effet de la part d'une écolière pour échapper plus tôt à un maître ennuyeux. Mais elle visait le détenteur de l'autorité suprême. Et elle n'était qu'une manifestation parmi d'autres de l'écrasant mépris dans lequel il était tenu.

Ce mépris de la reine pour son mari ne restait pas confiné au cercle étroit de ses familiers. Il se manifestait en public et le roi, peu à peu, s'abstint de paraître à des festivités où il était compté visiblement pour rien. « Il se peut, note l'abbé de Véri dès le carnaval de 1775, que le peu d'égards que la reine avait pour lui dans les bals où elle donnait le ton lui en ait donné du dégoût. Rien n'annonce pourtant qu'il s'en soit aperçu, quoique tout le monde l'ait observé au point d'en être choqué. » Si, bien sûr, il s'en apercevait, mais il se contentait de s'éloigner. Et la distance se creusait entre eux. Elle prit l'habitude de sortir sans lui, le plus souvent, on l'a dit, en compagnie du comte d'Artois. Et c'est alors que les critiques, qui jusqu'alors provenaient de la cour, commencèrent à monter dans l'opinion publique parisienne. Car le peuple de Paris, lui, n'était pas affecté par les entorses à l'étiquette. On applaudissait à tout rompre lorsque le roi se risquait à prendre un bain de foule au bras de sa

femme. Mais on supportait mal de voir Marie-Antoinette s'exhiber seule au théâtre, aux courses ou aux bals
de l'Opéra. On lui aurait passé de bon cœur quelques dissipations, à mettre sur le compte de ses vingt ans, si son
époux y avait été associé. Sans lui, elle fait scandale. Tel
est aussi l'avis de Marie-Thérèse : « Tous ces plaisirs
bruyants où le roi ne se trouve pas ne sont pas convenables. Vous me direz : "Il les sait, il les approuve", mais
cela ne suffit pas. » Et cela ne suffit pas en effet, car cette
approbation passe pour faiblesse aux yeux du public,
sans excuser le moins du monde la légèreté de Marie-
Antoinette.

De plus, l'on ne tarde pas à remarquer qu'elle multiplie les occasions de rencontrer des jeunes gens, ou des
moins jeunes, en tout cas que des hommes tournent
autour d'elle et qu'elle n'est pas insensible à leurs
hommages. En tout bien tout honneur, nul n'en doute
aujourd'hui. Mais elle prête le flanc à la calomnie.
« Elle fournit tous les jours des armes contre elle à tous
les méchants », écrit Kaunitz à Mercy en mai 1775.
Car la mésentente visible du couple royal encourage
toutes les suppositions. Non qu'ils se querellent, au
contraire, le roi la traite fort bien. Mais il est rare qu'il
la rejoigne dans son lit le soir. Comment ferait-il, alors
que leurs horaires affichent un décalage criant ? « Les
veillées de la reine, se lamente Mercy en novembre
1776, n'ont presque pas permis au roi d'aller passer la
nuit chez son auguste épouse. » Il vit le jour, elle vit
la nuit. Il se couche à onze heures et se lève tôt, entre
sept et huit. Elle prolonge ses soirées jusqu'à trois ou
quatre heures du matin quand elle va jouer chez l'une
ou l'autre de ses amies. Lorsqu'elle se rend au bal de
l'Opéra, elle rentre souvent à l'aube pour n'émerger
ensuite du sommeil que vers onze heures. Et elle
aggrave parfois son cas en refusant d'aller à la messe,
affirmant qu'elle l'a déjà entendue à Paris.

Loin de cacher cette séparation de fait, comme le lui

conseille Mercy, elle fait à ses amis des confidences
imprudentes sur les défaillances de son mari et sur son
prétendu refus de se faire opérer. Les amis en question
en font des gorges chaudes et s'empressent de les
répandre. Le malheureux devient la proie des chanson-
niers. Et chacun soupçonne la jeune femme de chercher
et de trouver consolation auprès de l'un de ses chevaliers
servants. Marie-Thérèse, qui s'était étranglée d'indignation devant le texte que lui soumettait Beaumarchais, en
retrouve les thèmes dans le lot de gazettes et de nouvelles à la main que lui transmettent ses bureaux. Et, à
juste titre, elle s'en épouvante : « Ma fille court à grands
pas à sa perte », écrit-elle à l'abbé de Vermond, en le
suppliant de ne pas l'abandonner.

Le spleen de Marie-Antoinette

La reine affecte d'abord de prendre à la légère les
libelles qui courent sur elle. « Nous sommes dans
une épidémie de chansons satiriques, écrit-elle le
15 décembre 1775. On en a fait sur toutes les personnes
de la cour, hommes et femmes, et la légèreté française
s'est même étendue sur le roi. La nécessité de l'opération a été le mot principal contre le roi. Pour moi, je n'ai
pas été épargnée ; on m'a très délibérément supposé les
deux goûts, celui des femmes et celui des amants.
Quoique les méchancetés plaisent assez dans ce pays-ci,
celles-ci sont si plates et de si mauvais ton qu'elles n'ont
eu aucun succès ni dans le public ni dans la bonne
compagnie. » Elle tient à prendre les devants, sachant
que sa mère sera informée. Mais les « méchancetés » en
question, bien que de fort mauvais ton en effet, ne sont
pas si plates qu'elle le prétend, et elles rencontrent un
incontestable succès. En veut-on quelques exemples, qui
datent, il est vrai, d'un an plus tard ?

Sur le roi :

> *Chacun se demande tout bas :*
> *Le roi peut-il ? Ne peut-il pas ?*
> *La triste reine en désespère,*
> > *Lère là.*

> *L'un dit : il ne peut l'ériger ;*
> *Un autre : il ne peut s'y nicher ;*
> *L'autre : il est flûte traversière ;*
> > *Lère là.*

> *Ce n'est pas là que le mal gît,*
> *Dit le royal clitoris,*
> *Mais il ne vient que de l'eau claire,*
> > *Lère là.*

Sur le couple royal :

> *La reine dit imprudemment*
> *À Besenval son confident :*
> *« Mon mari est un pauvre sire ! »*
> *L'autre répond d'un ton léger :*
> *« Chacun le pense sans le dire,*
> *Vous le dites sans y penser. »*

Sur la reine (c'est Marie-Thérèse qui est censée lui parler) :

> *« Ma fille, ayez un successeur,*
> *Peu m'importe que le faiseur*
> *Soit devant le trône ou derrière,*

> *Mais avant de faire un cocu,*
> *Tâchez de l'avoir convaincu*
> *Qu'il a le pouvoir d'être père. »*

Comme quoi les thèmes du pamphlet que Beaumarchais disait avoir tué dans l'œuf n'avaient pas été perdus pour tout le monde.

Il y en eut bien d'autres. Le moindre des faits et gestes de Marie-Antoinette donne lieu à interprétations malveillantes. On tire sur elle à boulets rouges. Souhaite-t-elle un jour d'été attendre l'aube en compagnie de ses amis pour voir naître le soleil ? *Le Lever de l'Aurore* transforme cette veillée en saturnales. Prétend-elle, par les accablantes chaleurs de 1777, prendre le frais sur la terrasse du château à la tombée de la nuit ? On dénonce aussitôt les orgies qu'abriteraient les bosquets dans l'obscurité complice. On lui prête pour amants, entre autres, le duc de Coigny, Besenval, Lauzun, ou même son jeune beau-frère le comte d'Artois. On l'accuse de saphisme avec Mme de Lamballe et surtout avec Mme de Polignac. Ces accusations, dépourvues de tout fondement, il faut le dire et le répéter, ont leur source à la cour et les contemporains voient dans le comte de Provence leur principal inspirateur. Mais elles trouvent un accueil favorable dans l'opinion publique, qui lui reproche de courir les bals sans son mari. « Un lâche courtisan ourdit des calomnies dans les ténèbres, dit un "anti-libelle" anonyme ; un autre courtisan les met en vers et en couplets ; et par le ministère de la valetaille, les fait passer jusqu'aux halles et aux marchés aux herbes. »

Malgré l'indifférence qu'elle affiche pour des pamphlétaires de bas étage, Marie-Antoinette se ressent de ces attaques. Dès juillet 1774, l'abbé Baudeau note dans sa *Chronique secrète* : « La reine est venue sur les boulevards. Elle y a été très froidement accueillie, ce qui l'a piquée, dit-on, jusqu'au vif. » Elle, si réceptive aux hommages et aux marques d'admiration, supporte mal les critiques ou tout simplement le désamour. Elle souffre de voir le public de l'Opéra lui marchander ses acclamations. En l'espace de trois ans, son idylle avec Paris se dégrade : elle se rend compte que le peuple de la capitale ne l'aime plus. En privé, elle se laisse aller à en « pleurer amèrement », disent les *Mémoires* de Bachaumont. Dans Versailles quasi déserté pendant l'été de 1776, elle est saisie de *spleen* — c'est désormais le mot à la mode pour désigner la mélancolie. Un regain de pratique religieuse la pousse à faire son *jubilé*. Elle affirme à Mercy qu'elle méprise ses compagnons de plaisir et que la dangereuse rougeole qui atteint le comte d'Artois ne la touche pas. Peut-être aussi la vie qu'elle mène lui abîme-t-elle la santé. Au mois de septembre, elle n'a plus goût à rien, elle broie du noir, elle a des vapeurs, de la fièvre, des crises de larmes et s'enferme dans sa chambre avec ses favorites. En octobre, elle est remise. Mais ces malaises sont pour sa mère une source d'inquiétude de plus.

Projets de voyage

L'impératrice a peur, grand peur. Depuis longtemps elle ne croit plus un mot de ce que lui raconte sa fille. Un ton trop puéril, qui sent le calcul ; trop d'arguties, d'omissions, de faux-fuyants, de dérobades. Et quand Mercy se dit assuré de posséder toute sa confiance, elle en est moins sûre que lui. « Ma fille pourrait bien être aussi peu de bonne foi sur les confidences qu'elle vous fait que sur la chasse vis-à-vis de moi », lui écrivait-elle déjà en 1772, quand la petite était encore gouvernable. Maintenant, elle le croit dupe. Et quand elle confronte les lettres de la jeune femme et les rapports filandreux de son ambassadeur avec les racontars des gazettes, elle a froid dans le dos : le récit de la vie que mène Marie-Antoinette semble confirmer les pires assertions des pamphlets. L'hypothèse qu'elle ose à peine envisager est terrible : que sa fille ait pris un amant — surtout si son mariage n'a jamais été consommé. Pour parer au danger, s'il en est encore temps, les lettres sont inopérantes, les sermons de Vermond et de Mercy également. Il n'y a que deux solutions, aller elle-même voir ce qui se passe, ou y laisser aller son fils aîné.

Une première fois, au début de 1774, des jalons avaient été posés pour une visite de Joseph. Mais la mort de Louis XV y avait coupé court. À la fin de l'année suivante, c'est l'impératrice elle-même qui envisagea de se rendre à Bruxelles, d'où il lui serait facile de gagner la frontière pour une rencontre privée. L'échéance était lointaine : dans les deux ans. Il ne fut pas donné suite au projet. Au printemps de 1776, c'est à nouveau Joseph qui annonce son intention de venir en France. Marie-Thérèse n'est pas enchantée par la perspective de lui céder l'initiative dans une matière aussi délicate. Elle s'entend mal avec lui dans presque tous les domaines. Elle redoute que son humeur cassante ne braque Marie-Antoinette et ne l'enfonce davantage dans sa révolte. Ou, au contraire, elle craint que le charme de la jeune femme n'agisse sur lui et qu'elle ne le retourne comme un gant. Dans un cas comme dans l'autre, il n'y a rien à espérer de la visite de l'empereur. Elle a surtout peur de ce qu'il va trouver. Partira ? partira pas ? Il hésite. Il pensait d'abord se mettre en route assez tôt pour assister aux fêtes du carnaval, mais sa mère le retient sous prétexte de troubles en Bohême. Puis il invoque auprès de Louis XVI l'excuse du mauvais temps, des neiges qui bloquent les chemins. Mais celui-ci lui marque ses regrets et son vif désir de le rencontrer. Joseph partira finalement le 14 mars 1777.

Mercy se dit très soulagé. Car il a découvert que quelqu'un d'autre s'efforce de dénouer la situation à sa manière. Le maréchal de Richelieu a remarqué à la Comédie-Française que le roi apprécie beaucoup une charmante actrice nommée Mlle Contat et il la lui a proposée pour maîtresse. Le roi a refusé, mais n'en a pas tenu rigueur à l'incorrigible entremetteur. Qui sait si ses scrupules moraux ne fléchiront pas bientôt ? Il est urgent que Joseph intervienne.

Bien qu'elle se prétende ravie, Marie-Antoinette est très contrariée. Elle s'attend à de rudes réprimandes. Elle confie ses appréhensions à ses amis, au grand mécontentement de Mercy, qui essaie de l'apaiser : l'empereur a dit « qu'il ne vient ici ni pour observer ni critiquer, encore moins pour y donner des leçons ; que son unique but est de jouir du plaisir de voir son auguste sœur, et qu'il veut que rien ne trouble cette satisfaction ». Certes, certes... Mais Marie-Antoinette a trouvé, en post-scriptum d'une lettre où sa mère lui annonçait la visite, quelques mots sans équivoque : « Vous parlerez avec toute la sincérité à votre frère sur votre état de mariage. Je réponds de sa discrétion et qu'il est bien en état de vous donner de bons conseils. Ce point est de la plus grande importance pour vous. » En plus des reproches pour ses dissipations, elle ne coupera pas à une confession. Plus l'échéance approche, plus elle se montre inquiète, et plus sa mère, son frère et Mercy se concertent sur les meilleurs moyens de l'amadouer, pour éviter ce que l'ambassadeur appelle pudiquement des « brouilleries » — entendez une explosion suivie d'une rupture brutale, comme celle qui a secoué quelques années plus tôt le duché de Parme.

La véritable mission de Joseph a pour objet, sans aucun doute, de tirer au clair la situation conjugale du couple royal. Mais on fait tout, à Vienne et à Versailles, pour que l'opinion ne s'en doute pas. Sa venue est donc présentée comme une simple démarche de courtoisie. Ce ne sera pas une visite de chef d'État à chef d'État, avec grand déploiement de faste et communiqués politiques. Joseph II vient à titre privé, en touriste, sous le nom de comte de Falkenstein — un incognito transparent, mais qui suffit à mettre en sommeil les règles de l'étiquette. Il veut seulement embrasser sa sœur, qu'il a quittée sept ans plus tôt, faire connaissance avec son beau-frère et voir tout ce qu'il y a à voir à Paris et dans les environs. Voyage familial, voyage culturel, apparemment dépourvu d'enjeu et tout à fait anodin.

Joseph, conseiller conjugal ?

Joseph était-il qualifié pour jouer au conseiller conjugal ? Marie-Thérèse en doutait. De quatorze ans plus âgé que Marie-Antoinette, héritier potentiel de sa mère et déjà empereur d'Allemagne depuis plus de dix ans, il a certes l'autorité morale requise pour en imposer à la jeune étourdie. Mais il est souvent imprévisible. En dépit de l'immense écart qui le sépare d'elle sur le plan intellectuel, bien des traits communs le rapprochent de sa sœur. Il a comme elle le mépris facile, le goût de l'ironie mordante, l'horreur du protocole et de l'étiquette. Il apporte la même impatience, la même hâte fébrile à faire triompher ses volontés. Il veut aussi simplifier les usages, mais ses réformes à lui portent sur des domaines autrement importants que l'admission des hommes à la table royale. Dans son désir de moderniser la vieille monarchie austro-hongroise, il bouscule brutalement les traditions les mieux établies. Pour protéger les paysans, il interdit à la noblesse la chasse au sanglier qui ravage les terres cultivées. Puis il va plus loin en abolissant le servage dans les domaines des grands propriétaires de Bohême, et il s'en prend aux privilèges du clergé. Plus Marie-Thérèse lui prêche la prudence et s'applique à défaire

ce qu'il fait, plus il s'obstine. Il supporte très mal une
autorité qu'il juge tyrannique. C'est à sa manière un
révolté.

Il a également rejeté le modèle maternel en matière
conjugale. Ses deux mariages ont été marqués, quoique
de façon opposée, par une même outrance de sentiments. À dix-neuf ans, il a épousé Isabelle de Parme,
petite-fille de Louis XV par sa mère. Un mariage
imposé, auquel il n'a consenti que du bout des lèvres,
en rechignant. Ô surprise ! En l'apercevant, il rougit,
dit-on, jusqu'à la racine des cheveux et ses yeux se
remplirent de larmes. Il était tombé éperdument amoureux de cette infante aux yeux noirs, aux cheveux
sombres, au visage doux, à la beauté mélancolique et
fragile. Ce fut un amour violent, éperdu, dévorant, qui
survécut à la possession. Il n'aurait pu trouver épouse
plus parfaite : Isabelle était docile, dévouée, d'humeur
toujours égale, soumise à ses désirs. Elle avait la délicatesse de ne jamais afficher en sa présence une intelligence hors de pair, qui lui avait valu l'estime et
l'affection de Marie-Thérèse. Hélas, cette merveille
des merveilles ne l'aimait pas. Rongée d'une tristesse
romantique avant la lettre, elle pleurait sur le sort des
princesses mariées contre leur gré. Et elle déversait son
chagrin dans l'oreille complaisante de sa belle-sœur
Marie-Christine, dite Mimi, qui venait de voir écarter
le prétendant de ses rêves. Isabelle se prit alors pour
celle-ci d'une de ces passions brûlantes comme en
abritaient jadis les collèges de jeunes filles ou les couvents. Elle lui adressait chaque jour des lettres
étranges, d'une exaltation morbide. Mimi, beaucoup
plus équilibrée, tentait de l'apaiser, de la ramener sur
terre. Mais Isabelle, désespérée, ne voyait plus d'autre
issue à son amour interdit que la mort. Elle fut exaucée
au bout de trois ans, après avoir fait plusieurs fausses
couches et donné naissance à une fille : au terme d'une
nouvelle grossesse, épuisante, la petite vérole la délivra

en effet d'un mariage qu'elle avait subi en silence
comme un calvaire. Joseph se douta-t-il qu'il tenait
entre ses bras une étrangère ? L'impression de mystère
qui émanait d'elle contribua peut-être à l'attacher
davantage à cette femme dont il ne pouvait sonder
l'âme. Son désespoir fut violent et jamais il ne se
consola vraiment de cette perte*.

Il résista tant qu'il put lorsqu'on lui proposa un nouveau mariage. Faute d'obtenir la main de la plus jeune
sœur d'Isabelle, il déclara ne pas vouloir se remarier.
Sa mère insistait, dans l'intérêt de la dynastie. Elle penchait pour Cunégonde de Saxe. Il réussit cependant à
se dérober à la suite d'une brève entrevue. Mais il
ne put échapper à Josépha de Bavière, qu'il épousa en
1765. « Âgée de vingt-six ans, courtaude et ronde, sans
grâce juvénile, avec des boursouflures et des taches
rouges sur le visage, des dents laides, écrit-il à son ex
beau-père le duc de Parme, elle n'a rien qui puisse
m'inciter à reprendre cet état du mariage dans lequel
j'avais trouvé juste le contraire. » Aussi ne le reprit-il
pas ! « Je me croyais assez fort pour accepter avec
calme la distance affreuse que je trouvai entre nous,
écrit-il un peu plus tard, [...] mais la faiblesse humaine
a pris le dessus. » Sa nouvelle épouse lui inspirait une
telle répugnance qu'il ne pouvait la toucher sans éprouver un sentiment d'horreur. Il s'y força pourtant, le
moins souvent possible, et, prenant prétexte d'une
hypothétique grossesse, il s'en dispensa définitivement. Au bout de deux ans, la pauvre Josépha fut
emportée par une mort miséricordieuse, sans lui avoir
donné d'enfants, bien sûr.

Une idylle avortée avec une grande dame de la
société viennoise acheva de décourager chez lui toute
velléité amoureuse. Il s'installa dans une existence de

---

* On a prétendu que Marie-Christine, pour le détacher du souvenir de la morte, lui aurait montré les fameuses lettres. Mais à la
vérité, on n'en sait rien.

célibataire endurci, demandant à des femmes faciles la satisfaction de ses sens, mais consacrant toute sa passion à programmer des réformes que sa mère l'empêchait de mener à leur terme. Quant à l'avenir de la dynastie, il le jugeait assuré par son frère Léopold : au printemps de 1777, lorsqu'il s'apprête à partir pour la France, la grande-duchesse de Toscane a déjà six garçons et attend son onzième enfant.

À trente-six ans, Joseph est un homme libre, confiant dans sa raison, sans préjugés ni sentimentalité. Ses déceptions lui ont laissé une solide défiance à l'égard des femmes et de l'amour. Il est capable de comprendre bien des choses, mais peu disposé à se laisser détourner de son but par des faux-fuyants ou des chatteries. Mais il est assez diplomate pour mettre ses interlocuteurs en confiance : ce n'est pas en vain qu'il a été à l'école de Kaunitz pour affronter Frédéric II. Marie-Thérèse peut être tranquille : la mission est en bonnes mains.

Une opération de propagande

À vrai dire, la sollicitude de Joseph II pour les problèmes conjugaux de Marie-Antoinette n'était pas absolument désintéressée. Il pensait avoir besoin d'elle sous peu, lorsqu'il solliciterait l'appui de la France pour les redistributions territoriales qu'il méditait — et dont on reparlera. Mieux valait qu'elle fût alors en bons termes avec son époux, pour peser sur ses décisions. En attendant, il comptait sonder les dispositions de Louis XVI et redonner quelque vigueur à une alliance qui s'étiolait. Et à tout hasard, il souhaitait se faire une idée de la vitalité du royaume de France, de ses ressources, de sa puissance. Les aspects touristiques du voyage permettaient de masquer un peu ces différents objectifs.

La reine

Joseph connaissait le poids de l'opinion en France et n'ignorait pas que cette opinion était majoritairement défavorable à l'Autriche. Deux ans plus tôt, le séjour de l'archiduc Maximilien, le benjamin de la famille, n'avait rien arrangé, au contraire. Bien qu'il se présentât lui aussi sous un pseudonyme, Marie-Antoinette avait cru devoir trancher en sa faveur une querelle de préséance : elle jugeait qu'il appartenait aux princes du sang de venir le saluer les premiers, et non l'inverse. Elle prit avec ces princes un ton d'une hauteur telle qu'ils ne le lui pardonnèrent jamais. Et l'on commença de murmurer qu'elle préférait son pays d'origine à la France. D'autre part, l'inculture du jeune archiduc lui fit commettre quelques gaffes qui lui valurent le surnom d'« archibête ». Comme Buffon, chargé de lui faire visiter le Jardin du roi, lui offrait en hommage un exemplaire de ses œuvres, il refusa en disant le plus poliment du monde : « Je serais bien fâché de vous en priver. » Tout Paris en avait ri.

Sachant donc que la réputation de l'Archimaison avait pâti de ce précédent, Joseph tenait à faire de son propre séjour un éclatant succès. Il prévoyait de rester six semaines, il aurait du temps devant lui. Avant d'aborder les questions sérieuses avec sa sœur et son beau-frère, il voulait les étudier, les regarder vivre, faire parler leur entourage, observer la cour, prendre la température de la capitale. Il arriva à Paris le 18 avril, en très modeste équipage, il descendit dans un hôtel tenu par un Allemand à proximité du Luxembourg et se rendit aussitôt chez Mercy-Argenteau qu'il trouva au fond de son lit, malade. C'est l'abbé de Vermond qui se chargea donc le lendemain matin de l'introduire discrètement chez la reine par un escalier dérobé. Les retrouvailles furent idylliques. Il eut quelques mots galants, lui affirma que, si elle n'était point sa sœur, « il ne balancerait point à se remarier pour se donner une compagne aussi charmante ». Elle le conduisit chez le roi, avant d'aller chez les princes et princesses, puis ils se retirèrent pour dîner tous trois sans façon dans la chambre de la reine, assis sur d'inconfortables tabourets pliants. Mais il refusa d'occuper les appartements préparés pour lui. Il préférait loger dans une hôtellerie versaillaise. Vêtu d'un simple habit de drap brun sans galons ni décorations, il affectait une austérité spartiate, professant que l'autorité ne se mesure pas aux dorures. Il tenait par-dessus tout à préserver sa liberté de mouvements.

Dans les larges loisirs que lui laissaient les festivités prévues par sa sœur, il courut la ville, non pour s'amuser, mais pour s'instruire. Comme il avait préparé son programme avec soin, il put faire apprécier ses compétences et dire à chacun le mot qu'il fallait. Il alla aux Invalides, qu'il admira beaucoup, et à l'Hôtel-Dieu où il s'étonna de voir les malades entassés à quatre par lit. Il visita la manufacture des Gobelins et celle de Sèvres, l'hospice des Enfants-Trouvés, l'hôpital général de la Salpêtrière et la maison de force de Bicêtre, le cabinet d'histoire naturelle du roi au Jardin des Plantes et l'Imprimerie royale, la Savonnerie et le palais du Luxembourg, l'École vétérinaire et la machine hydraulique de Marly. Et nous en passons. On le vit à l'Académie française et à l'Académie des Sciences, au Parlement, au Palais-Royal, à l'archevêché. Il s'efforça de rencontrer tout ce que le royaume comptait de mieux en fait de savants, d'ingénieurs, d'artistes, « tous ceux dont il avait quelque chose à apprendre ». Très intéressé par l'enseignement que l'abbé de l'Épée dispensait aux sourds-muets, il lui demanda d'accueillir deux de ses compatriotes pour les initier à sa méthode. Il trouva le moyen, entre les soupers au grand couvert et les représentations théâtrales, d'aller voir le duc d'Orléans au Palais-Royal, Mesdames à Bellevue, Madame Louise au carmel, et de rencontrer Turgot dans le salon de Mme Necker. Calculant ses moindres démarches, il

traita très froidement Choiseul, au grand dépit de sa
sœur, mais osa pousser jusqu'à Louveciennes pour rendre à Mme du Barry, alors dans tout l'éclat de sa trentaine épanouie, une visite faussement impromptue.
Comme elle se disait confuse de cet « excès d'honneur », il s'écria en galant homme : « Ne protestez pas,
madame, la beauté est toujours reine. » Bien qu'il se
prétendît un despote éclairé, rationaliste et moderne,
il bouda les philosophes, dont il jugeait l'esprit trop
subversif : Voltaire, dont la propriété de Ferney se
trouvait sur son trajet de retour, devra se passer de sa
visite. Mais cela ne l'empêcha pas d'être trois ou
quatre semaines durant la coqueluche de Paris.

À la cour, il n'avait pas rencontré le même succès
qu'à la ville. Et pour cause. Loin de chercher à plaire,
il y faisait volontiers de la provocation. Sa simplicité
parut affectée — ce qu'elle était en effet. Le comte de
Provence le trouva « fort cajolant », plein de protestations d'amitié cachant mal son désir de vous « tirer les
vers du nez » et jugea sa culture superficielle. Son
mépris de l'étiquette, qui rappelait trop celui de sa
sœur, choqua. Il accueillit par des rebuffades les
avances de quelques coquettes, qui eurent vite fait de
l'assimiler à son homonyme biblique. Il fit quelques
remarques acerbes sur l'extravagance des toilettes et
l'abus du maquillage. Il accompagna Marie-Antoinette
à une soirée chez Mme de Guéménée et s'indigna de
la licence qui régnait dans ce « tripot ». On le trouva
hautain et tranchant. Quoi qu'en dise Mercy pour flatter l'impératrice, il était loin d'avoir su se concilier
tous les suffrages à Versailles.

Avec le roi il n'eut pas besoin de ruser pour obtenir
les renseignements qu'il souhaitait. Louis XVI lui faisait ouvrir toutes les portes et invitait ses ministres à
lui communiquer leurs dossiers. L'espion le mieux
introduit n'aurait pu recueillir en un an le quart de la
moisson qu'il récolta en un mois. Avant de quitter la

France, il fit un vaste tour par Brest et Nantes pour apprécier le renouveau de la flotte, puis par La Rochelle, Bordeaux, Marseille, Toulon et Lyon. Il repartit convaincu, à juste titre, que la France était riche et prospère, très en avance sur l'Autriche en matière de développement. Convaincu également qu'un État compact, homogène, centralisé, était bien plus facile à gouverner et à défendre que la mosaïque de territoires sur laquelle il allait régner. Et cette constatation le conforta dans son projet encore secret de s'approprier la Bavière. Mais lorsqu'il tenta de sonder le roi sur l'extension de l'alliance franco-autrichienne, il n'en put tirer que des protestations de fidélité beaucoup trop générales à son gré. Et il sentit Vergennes sur la défensive. À l'évidence Louis XVI n'était pas prêt, comme son grand-père, à soutenir par principe les entreprises de son alliée.

La mission politique qu'il s'était assignée n'était donc qu'à demi réussie. En revanche, ses entretiens particuliers avec le couple royal constituaient un franc succès : il était parvenu à débloquer leur situation conjugale.

Une enquête très privée

Il avait gardé pour la fin le plus difficile. Il ne voulait pas attaquer les sujets délicats sans avoir pris la mesure de ses partenaires et établi avec eux des relations cordiales et détendues. Mercy l'avait prévenu que Marie-Antoinette chercherait sans doute à lui donner le change. Il l'abreuva donc de flatteries pour lui faire baisser sa garde. Visiblement inquiète, elle avait tenu à lui parler longuement, sans témoins, à l'instant même de son arrivée. Puis elle s'efforça, autant qu'elle le put, d'empêcher tout tête-à-tête avec le roi. Le 30 avril, cependant, pour la première fois, elle dut les laisser

seuls ensemble. Ils eurent une seconde conversation, le
9 mai, dans la voiture qui les conduisait à la chasse,
puis une dernière le 29, veille du départ. Nous ne
connaissons le contenu approximatif des deux premières que par le très long compte rendu du séjour de
l'empereur que rédigea Mercy à l'intention de Marie-
Thérèse *. Nous ne commenterons pas ici en détail les
propos que leur prête l'ambassadeur, pour deux raisons. D'une part, on ne sait pas si Joseph a révélé à
Mercy tout ce qu'il a appris. D'autre part, il est probable que tous deux se sont mis d'accord pour faire à
l'impératrice, âgée et fatiguée, quelques pieux mensonges. Ses découvertes, Joseph les réservera à son
frère Léopold dans des lettres que nous évoquerons au
chapitre suivant. Nous nous bornerons ici aux effets
apparents de son intervention : ils sont déjà, en eux-
mêmes, considérables.

D'abord le climat entre le frère et la sœur se dégrade
à partir du 10 mai. Adieu les compliments et les flatteries ! Il prend visiblement contre elle le parti de
Louis XVI et lui adresse, parfois devant témoins, des
remarques mortifiantes. En privé, il est plus brutal
encore. Toutes ses observations concernent son
manque d'égards pour son époux. Pourquoi veut-elle
l'accompagner dans un voyage en province ? Elle ne
lui est « bonne à rien ». Il lui reproche « l'air trop
leste » qu'elle prend vis-à-vis de lui, « son langage trop
peu respectueux », « son manque de soumission ». Un
soir qu'elle s'attardait en compagnie du duc de Coigny
et de la comtesse de Polignac, il la força sèchement à
aller rejoindre le roi dans son appartement. Il finit par
lui dire, en présence de celui-ci, que s'il était son mari,
il saurait bien « diriger ses volontés et les faire naître
dans la forme où il les voudrait ». Cette dernière sortie,
assez maladroite puisqu'elle vise aussi Louis XVI,

---

* Quant à la conversation du 29, Mercy dit lui-même qu'il en
ignore tout.

prouve bien que, quoi qu'en dise Mercy, cette soudaine sévérité n'est pas une tactique destinée à « sonder l'âme de la reine », mais la marque de son exaspération face à un couple dont il a découvert que les problèmes ne sont pas exactement ce à quoi il s'attendait.

Jusqu'à son départ, des « vivacités » continuèrent de troubler l'atmosphère. Mais Marie-Antoinette avait plié et promis de tenir compte de ses conseils. Selon la coutume familiale, il prépara une instruction écrite destinée à lui rappeler ses devoirs*. Ils sont de deux ordres : comme femme envers son époux, et comme reine. Or elle ne remplit ni les uns, ni les autres. Il l'invite à examiner son attitude à l'égard du roi et chaque question est un reproche cinglant : « Employez-vous tous vos soins pour lui plaire ? Étudiez-vous ses désirs, son caractère, pour vous y conformer ? Tâchez-vous de lui faire goûter, préférablement à tout autre objet ou amusement, votre compagnie et les plaisirs que vous lui procurez ? Vous rendez-vous nécessaire à lui ; le persuadez-vous que personne ne l'aime plus sincèrement et n'a sa gloire et son bonheur plus à cœur que vous ? [...] Modérez-vous votre gloriole de briller à ses dépens, d'être affable quand il ne l'est pas, de paraître s'occuper d'objets qu'il néglige, enfin de vouloir n'avoir de réputation qu'à ses dépens ? [...] Mettez-vous du liant, du tendre quand vous êtes avec lui ? [...] N'êtes-vous pas froide, distraite quand il vous caresse, vous parle ? Ne paraissez-vous pas ennuyée, dégoûtée même ? Comment, si cela était, voudriez-vous qu'un homme froid et qui n'a pas senti les plaisirs charnels s'approche, s'excite et enfin vous aime [...] ? » Et il la somme de tout faire pour lui donner des enfants. Car, lui rappelle-t-il au passage, il est le roi et peut donc, d'un seul mot, disposer de son sort.

La seconde partie, qui traite des dissipations, se contente de reprendre, en plus énergique, des conseils

---

* Nous n'en connaissons que la copie adressée à l'impératrice.

que nous avons déjà entendus dans la bouche de Marie-
Thérèse et de Mercy. L'empereur conclut sur la nécessité de changer de « système » au plus vite : « L'âge
avance, vous n'avez plus l'excuse de l'enfance. Que
deviendrez-vous si vous tardez plus longtemps ? une
malheureuse femme et encore plus malheureuse princesse. » Ne prétendait-elle pas, « parce qu'elle ne voulait point avoir l'air d'être conduite », laisser passer
quelque temps avant de mettre ses bons avis en pratique. Bref il allait falloir patienter encore.

Le 30 mai, entre onze heures et minuit, vint le
moment des adieux, tout chargés d'émotion. L'empereur embrassa le roi et le pria, « d'un ton d'amitié »,
de veiller sur sa sœur et de la rendre heureuse. Lequel
lui répondit que c'était son plus cher désir, tandis
qu'elle luttait pour retenir ses larmes. En le reconduisant, elle sanglotait. Il se retira pour la nuit dans son
auberge versaillaise, d'où il partit le lendemain à
l'aube, mission accomplie. Dans la soirée, Marie-
Antoinette, exténuée par six semaines de tension et
d'anxiété, eut une violente crise de nerfs dont elle mit
deux jours à se remettre.

Dans ses différents entretiens avec les deux époux,
Joseph a eu bien des surprises et il peut se demander
si ses conseils seront efficaces. En ce qui concerne
Marie-Antoinette, il a acquis très vite deux certitudes,
dont il fait part à son frère Léopold. L'une, déplaisante : elle a une large part de responsabilité dans
l'échec de son couple. L'autre, réconfortante : elle n'a
rien commis d'irréparable, « sa vertu est intacte » pour
l'instant ; il n'a trouvé en elle que frivolité, étourderie,
obstination puérile ; ce n'est qu'une « tête à vent ». Au
fond, elle est restée la petite fille qu'il a connue à
Vienne. Il écrivit à sa mère de quoi lui mettre du
baume au cœur : « J'ai quitté Versailles avec peine,
attaché vraiment à ma sœur ; j'ai trouvé une espèce de

douceur de vie à laquelle j'avais renoncé, mais dont je vois que le goût ne m'avait pas quitté. Elle est aimable et charmante ; j'ai passé des heures et des heures avec elle, sans m'apercevoir comme elles s'écoulaient. Sa sensibilité au départ était grande, sa contenance bonne ; il m'a fallu toute ma force pour trouver des jambes pour m'en aller. » Pour les détails, Marie-Thérèse devra attendre son compte rendu verbal. Si enchantée qu'elle soit de cette heureuse issue, elle est assez fine pour sentir qu'on lui cache quelque chose. Elle ne cesse de répéter, dans les mois qui suivent, qu'elle ne croira au succès de Joseph que lorsqu'elle saura sa fille enceinte.

Que s'est-il vraiment passé entre Louis XVI et Marie-Antoinette ? Les documents qui nous sont parvenus comportent tant de contradictions et les biographes de la jeune reine ont tant romancé sur la question qu'il vaut la peine de la reprendre à la base, en faisant le départ entre les faits avérés et ce qui relève de l'hypothèse. Retour, donc, sur ces sept années gâchées, à la lumière de tout ce que les chapitres précédents nous ont permis d'apercevoir sur les protagonistes de ce drame.

Chapitre dix

Histoire d'un échec conjugal

Il y a des choses dont un homme bien élevé ne parle pas. Telle est la conviction des historiens de la fin du XIXe siècle et du début du XXe, unis dans une même conspiration du silence face aux relations conjugales de Louis XVI et de Marie-Antoinette. Respect pour la mémoire des deux souverains martyrs, puritanisme poussé jusqu'à la pudibonderie, mépris pour les secrets d'alcôve indignes de l'Histoire avec un H majuscule, tout se conjugue pour justifier à leurs yeux ce silence. Ils savaient pourtant, par les mémoires, gazettes et pamphlets, qu'on avait beaucoup parlé à l'époque de l'impuissance présumée de Louis XVI. Mais justement, ces textes comportaient tant de calomnies qu'ils se sentaient autorisés à les laisser de côté. Dans son étude si fouillée et si fine sur *La Reine Marie-Antoinette*, qui date de 1890, Pierre de Nolhac s'interdit d'y faire allusion autrement qu'à travers ses vains espoirs de maternité[*]. En 1920, le marquis de Ségur, traitant le même sujet, fait figure de précurseur en consacrant deux pages aux défaillances du roi.

Discrétion regrettable. Car en recouvrant d'un voile épais les problèmes intimes du couple princier, on se ferme un accès important à l'intelligence des mentalités. Ces choses dont on refuse de parler, nos ancêtres en parlaient avec la plus extrême liberté. Les réalités

---

[*] Lors de la réimpression, en 1929, il estime n'avoir rien à changer à son portrait de la reine.

physiologiques qu'on feint d'ignorer faisaient l'objet
des conversations, des lettres, voire des relations diplomatiques. D'autre part, comment ces questions pour-
raient-elles rester étrangères à la politique, quand il
s'agit de souverains pour lesquels la distinction entre
vie privée et vie publique n'a pas de sens ? La pudeur
mal placée est mauvaise conseillère.

Les éditeurs même des grands textes fondamentaux
qui forment la base de toute étude sur Marie-Antoinette
n'ont pas échappé au travers général. Il revient à Stefan
Zweig le très grand mérite d'avoir découvert que, dans
leur grande édition canonique de la *Correspondance*
entre Marie-Thérèse, sa fille et son ambassadeur,
Arneth et Geffroy avaient fait subir aux lettres des
deux femmes diverses coupures que rien ne permet de
déceler. À l'exception de deux*, ces coupures concernent les relations conjugales. Ébloui par les révélations
que lui apportaient les originaux, il a bâti sur eux son
évocation de Marie-Antoinette.

Un amour de Zweig

Une innocente jeune fille, adorable, exquise, attend
vainement, tout au long de sept interminables années,
que son imbécile d'époux fasse enfin d'elle une
femme. Pourquoi ? Parce qu'il souffre d'une légère
malformation organique et refuse lâchement de se soumettre au petit coup de bistouri indispensable. Sept ans
durant « chaque nuit, ce lourdaud, cet empoté s'essaye
en vain et sans cesse sur son jeune corps », au su de
toute la cour et bientôt de toute l'Europe, qui se rient
de leur double disgrâce. Il faudra l'intervention de
Joseph II pour que le malheureux se décide enfin à

---

* Les violentes réprimandes de Marie-Thérèse à sa fille au sujet
des propos tenus sur son mari dans la fameuse lettre à Rosenberg,
et la réponse de celle-ci.

l'opération libératrice. Trop tard, le mal est fait. Chez l'un comme chez l'autre les dégâts psychologiques sont irréparables. Les dommages politiques aussi.

Fort des apports du freudisme — son livre paraît à Vienne en 1932 —, Zweig donne de la personnalité de chacun une analyse fondée sur leurs frustrations sexuelles d'une impressionnante cohérence. La déficience physiologique entraîne chez l'homme un sentiment d'infériorité qui se répercute dans tout son comportement. « Incapable de manifester une volonté quelconque, moins encore de l'imposer », le jeune homme tente de se donner une apparence virile en prenant des airs de Nemrod ou de Vulcain. Mais sa gaucherie et sa timidité éclatent dès qu'il doit paraître en société. Et cette défaillance intime rend compte de son insigne complaisance face aux caprices de sa femme. « Il devient son esclave. Elle peut exiger de lui ce qu'elle veut, il est toujours prêt à racheter par une faiblesse sans borne la faute dont il se sent secrètement coupable ». Et il commet l'erreur fatale de laisser « tout le pouvoir passer et s'émietter entre les mains d'une jeune évaporée », au grand désespoir des ministres, de l'impératrice-mère, de la cour entière.

Car, tandis qu'il s'enfonce dans la veulerie, Marie-Antoinette s'abandonne à une agitation pathologique, dont le freudisme, à nouveau, donne la clef. Humiliée chaque nuit par les vains assauts d'un impuissant, elle souffre d'un « déchaînement nerveux » lié à une sexualité sans cesse sollicitée et sans cesse frustrée. D'où l'insatiable soif de distractions, sur fond de mélancolie, qui la jette dans le malheureux tourbillon de plaisirs où elle se détruit. D'où le besoin d'amour qui l'incite à jouer avec le désir masculin dans les bals, et qui donne à ses amitiés féminines cette tonalité passionnée, outrancière. « Qui ne voit pas un désespoir féminin derrière cette rage de plaisir, ne peut ni expliquer ni concevoir la transformation extraordinaire qui s'opère dès qu'elle devient enfin épouse et mère : ses nerfs se calment, une autre Marie-Antoinette apparaît. » Car elle est, dit Zweig, « une nature tout à fait normale, très féminine, très tendre, destinée à une nombreuse maternité, n'aspirant vraisemblablement qu'à se soumettre à un homme véritable ». En somme, une femme comme Zweig en rêve. Comme il aurait su, lui, la prendre dans ses bras, docile, et l'éveiller lentement à la volupté ! Il a pour l'époux indigne des mots d'une férocité atroce, à la mesure de l'amour posthume qu'il porte à Marie-Antoinette. C'est cet amour qui donne à son livre son élan, sa chaleur, sa tendresse, sa force de conviction prenante, sa merveilleuse aura poétique.

C'est cet amour aussi — joint au fait qu'il est plus romancier qu'historien — qui l'amène à fermer les yeux sur certaines données qui collent mal avec son interprétation. Cette interprétation, il l'a bâtie dans la joie de la découverte, sous le coup de l'émotion que lui procura, aux Archives de Vienne, la lecture intégrale des lettres échangées entre la jeune femme et sa mère. Et il a construit autour de ce noyau initial un livre inspiré, si prenant que la grande majorité de ceux qui se sont risqués après lui à parler de Marie-Antoinette ont adopté son point de vue. Or l'examen attentif des documents dont on dispose aujourd'hui amène à conclure que Louis XVI n'a jamais subi d'opération, parce qu'il n'en avait nul besoin. À partir de là, tout le reste de l'édifice s'effondre. On s'aperçoit que le malheureux ne risquait pas de « s'escrimer » en vain « chaque nuit » sur sa femme, parce qu'ils faisaient lit à part. On commence à se douter qu'en l'espace de sept ans, pendant lesquels les partenaires sont passés de l'adolescence à l'âge adulte, leurs relations ont dû se modifier. Si l'on veut bien se souvenir de ce qu'était la condition des épouses royales, on se demandera si Marie-Antoinette attendait vraiment du mariage un épanouissement de femme comblée. Et l'on ajoutera que la métamorphose dont parle Zweig n'est pas aussi rapide qu'il le prétend : les « dissipations » se prolongent bien au-delà de la consommation du mariage et de la première maternité.

Bref le secret de cette alcôve nous promet quelques surprises.

L'opération inutile

Un mot d'abord sur les sources. Un fait capital semble être passé inaperçu jusqu'à une date très récente[*] : la correspondance entre Marie-Thérèse et Mercy-Argenteau a été, elle aussi, méthodiquement expurgée dans l'édition Arneth et Geffroy, de façon à faire disparaître un très grand nombre d'allusions à la situation conjugale de Marie-Antoinette[**]. C'est donc dans les originaux des Archives de Vienne qu'il faut chercher les textes les plus significatifs.

La première allusion à la question ne se rencontre pas chez Mercy, cependant, mais sous la plume de Louis XV, dans une lettre du 28 août 1769 à son petit-fils l'infant de Parme, dix-huit ans et demi. Le jeune homme qui a épousé cinq semaines plus tôt l'archiduchesse Marie-Amélie, n'est pas parvenu à consommer son mariage. « À qui la faute si la consommation n'est pas tout à fait faite ? N'auriez-vous pas besoin d'une petite opération dont votre cousin ici aura peut-être aussi besoin et qui est assez commune ? » Le cousin en question est le dauphin, qui vient tout juste de fêter ses quinze ans et n'est pas encore pubère. Il est visible que le rapprochement entre les deux garçons est surtout destiné à rassurer l'infant.

_____

[*] Cf., en appendice : *Orientation bibliographique*.
[**] Rien ne signale au lecteur l'existence de ces coupures, ni par des points de suspension dans le texte, ni par une quelconque allusion dans l'*Introduction*.

Louis XV ne s'interrogera sérieusement sur le dauphin que l'année suivante, quand celui-ci, marié à son tour, rencontrera des difficultés analogues. En juillet 1770, il profite d'un gros rhume qui a empêché le jeune garçon de suivre la cour à Compiègne pour le faire examiner discrètement par son premier chirurgien, La Martinière. Et celui-ci est formel, de l'aveu même de Mercy : « Il affirme que ce prince n'a aucun défaut naturel qui s'oppose à la consommation du mariage. » Deux ans plus tard, lorsque se répandent à nouveau des bruits sur l'incapacité prétendue du dauphin, il confirme son diagnostic, à la demande du roi, auprès du confesseur de la dauphine : « Il savait positivement que nul obstacle physique ne s'opposait à la consommation. » La Martinière n'est pas n'importe qui, c'est un des meilleurs chirurgiens du temps — et l'on sait que les chirurgiens sont beaucoup plus avancés dans leur art que les médecins. Les opérations de ce genre, il les connaît, que ce soit la circoncision appelée par un phimosis, ou le coup de lancette destiné à libérer le frein entravant l'érection. C'est un homme libre, connu pour son franc parler. S'il dit qu'il n'y en a aucun besoin, c'est qu'il en est sûr. Ajoutons que s'il avait préconisé une intervention, Louis XV, très conscient des inconvénients d'un échec conjugal prolongé, lui aurait donné l'ordre d'opérer aussitôt. Et tout ce qu'on sait du dauphin suggère qu'il s'y serait plié, tant il se montrait en tout docile, respectueux des volontés de son grand-père. De plus, rien ne permet de lui prêter un recul devant une épreuve à risque : la décision de se faire inoculer contre la variole prouve le contraire. Il est doté à coup sûr du courage passif. On a pu le dire faible, mais pas lâche.

La cause aurait donc dû être entendue : s'il ne présentait aucune déficience congénitale au moment de son mariage, il n'a pu lui en survenir ensuite. Mais la question de l'opération est sans cesse relancée par

Marie-Thérèse, peu convaincue par ce que lui dit Mercy. Ses doutes proviennent en partie du mépris dans lequel elle tient tout ce qui est français. Mais pas uniquement. Car s'il n'existe aucun obstacle physique, l'échec ne peut être explicable que par une « puberté retardée » ou par une « frigidité psychique ». Passe encore pour la puberté tardive. Elle peut être invoquée avec vraisemblance pour la première année du mariage. Mais ensuite ? En 1771, Marie-Thérèse envoie en visite non officielle un médecin hollandais, Ingenhaus ; celui-ci n'est admis à procéder à aucun examen, mais confirme que le dauphin lui a paru en bonne santé, les jambes et le corps « taillés pour la force ». Elle consulte son médecin personnel, Van Swieten, qui se récuse, au motif que « si une jeune fille et de la figure de la dauphine ne peut échauffer le dauphin, tout remède serait inefficace ». L'orgueil maternel se cabre. Sans illusions sur les capacités intellectuelles de sa fille, l'impératrice n'admet pas que sa séduction soit prise en défaut.

Plus le temps passe, moins elle comprend, et plus l'idée commence à s'insinuer en elle que la jeune femme pourrait bien y être pour quelque chose. Une idée qu'elle repousse de toutes ses forces, parce qu'un échec conjugal est toujours jugé — et la chose reste encore largement vraie aujourd'hui — sous l'angle des responsabilités. « À qui la faute ? » demande Louis XV à l'infant de Parme. « Je ne saurais me persuader que c'est de sa part que cela manque », dira Marie-Thérèse à propos de sa fille. Elle veut à tout prix que ce soit la « faute » du dauphin. D'où le thème de l'opération, qui reparaît périodiquement, en réponse à ses questions, sous la plume de Mercy. En janvier 1772, les médecins envisagent, dit-il, « une petite opération très légère », sans « le moindre inconvénient ni le moindre danger ». Mais il ne peut, dans ce cas, expliquer que le dauphin s'y dérobe. Aussi fait-il marche arrière dès le mois suivant : « Les médecins croient [...] que la consommation du mariage tient à la volonté du jeune prince. » Même valse hésitation dans les mois qui suivent, puis nouvelle affirmation, faite comme à contrecœur, en janvier 1774 : « Autant que l'évidence peut avoir lieu en pareille matière, on ne saurait se refuser à croire qu'il n'existe aucun obstacle physique, et que les seules causes morales retardent l'entière consommation du mariage de M. le dauphin. »

Mais l'impératrice ne se tient pas pour battue. Aussitôt après la mort de Louis XV, les rumeurs ont repris : comme il est normal, le public s'interroge sur les capacités du nouveau souverain. Et ces rumeurs arrivent jusqu'à Vienne. Marie-Thérèse soupçonne-t-elle le défunt roi de l'avoir trompée ? Elle se remet à interroger, exige un examen. Et Mercy, qui avait encore évoqué la nécessité d'une opération en novembre, se dédit en décembre : « Le roi a fait venir le médecin Lassonne, s'est enfermé avec lui, et après une nouvelle confession générale, il s'est fait examiner derechef de la façon la plus exacte. » Lassonne a jugé qu'aucune opération n'était nécessaire, imputant l'échec à une timidité, une défiance de soi-même et un tempérament froid et tardif, qui cependant est en passe de s'affirmer. En attendant, on lui fait prendre du fer pour le fortifier. Marie-Thérèse est-elle convaincue ? Point du tout. « Je vous avoue franchement que, sans en venir à une opération, je ne compte guère sur tous les autres remèdes », répond-elle un mois plus tard. Tout au long de l'année 1775, l'éventualité d'une intervention revient sur le tapis. Marie-Antoinette travaille, dit-elle le 15 septembre, à y déterminer le roi. Mercy prétend même à la mi-novembre que celui-ci y aurait donné son accord et que la date en serait fixée. Mais à la mi-janvier 1776, coup de théâtre. Louis XVI a fait venir de Paris une sommité, le chirurgien de l'Hôtel-Dieu, Moreau, qui a été catégorique, à la grande déception de Marie-Antoinette : « Je ne suis guère plus contente que ma chère maman des propos des médecins. Le roi a fait venir hier Moreau. [...] Il a dit à peu près comme les autres, que l'opération n'était pas nécessaire et qu'il y avait toute espérance sans cela. Il est vrai qu'il y a un grand changement dans le roi et que son corps paraît prendre plus de consistance. Il m'a promis, ajoute-t-elle dans la foulée sans voir qu'elle se contredit, que s'il n'y a rien de décidé d'ici quelques mois, il se déciderait de lui-même pour l'opération. » Après quoi, il n'en fut plus question.

Inutile de dire qu'on chercherait en vain, dans l'emploi du temps de Louis XVI, où caser une intervention qui lui aurait imposé au moins quelques jours d'immobilité. Si d'ailleurs elle avait eu lieu, en échappant par miracle à la curiosité de la cour, on pense bien que Marie-Antoinette et Mercy n'auraient pas manqué d'en faire part aussitôt à l'impératrice. On ne s'étonnera donc pas de trouver la confirmation de tout ce qui précède sous la plume de Joseph II, comme on le verra tout à l'heure : aucune malformation ne rendait Louis XVI incapable de consommer son mariage.

L'image donnée de lui par Stefan Zweig, devenue par la suite une manière de vulgate, ne résiste pas à l'examen. Pas davantage ne tient l'idée d'une jeune femme s'offrant en pure perte à ses assauts quotidiens : car ils ne partageaient pas le même lit. Avant d'aborder l'histoire probable de ce que furent leurs relations, on nous permettra de dresser ici le décor, qui commande l'action.

Lit commun, lit à part

L'impératrice, inconsolée de la perte de l'époux qu'elle adorait, aimerait voir sa fille reproduire un modèle si accompli — sans se rendre compte, bien sûr,

qu'elle contribue beaucoup à l'en empêcher par sa
vigilance envahissante. À ses yeux, il n'est rien de tel
pour la formation d'un couple solide qu'une chambre
conjugale commune abritant un grand lit où se retrouver chaque soir, dans une intimité confortée par l'habitude. Un lit propice aux caresses et aux « cajolis »,
promesses de fécondité, mais aussi aux confidences,
aux conversations à bâtons rompus, aux bavardages qui
aident à se connaître et à se comprendre. Un lit qui
rapproche non seulement les corps, mais les esprits et
les cœurs dans une intimité vraie. « Je regarde ce point
comme très essentiel, écrit-elle à Marie-Antoinette,
non pour avoir des enfants, mais pour être plus unis et
familiers et confiants, en passant ainsi tous les jours
quelques heures ensemble. »

Mais Versailles n'est pas conçu pour offrir aux
couples princiers ce genre d'intimité. La disposition
des lieux et l'organisation du temps ne visent pas à les
rapprocher, mais à leur permettre de couvrir le plus
d'espace possible sur la scène où se joue en permanence la célébration du culte monarchique. Ils disposent d'appartements séparés. Ils ont des activités
distinctes le jour et ne sont pas tenus de se retrouver
la nuit, puisque chacun a sa chambre personnelle. Il
serait mal vu de prétendre mener vie commune. Ce fut
le cas du dauphin fils de Louis XV et de Marie-Josèphe
de Saxe qui, bien que dotés d'appartements propres,
passaient une partie de leur journée ensemble, confinés
dans leur bibliothèque pendant que les hommes suivaient le roi à la chasse et que les femmes accompagnaient la reine dans le parc. On le leur reprocha : on
les jugeait bourgeois et ils n'étaient pas aimés.

Chacun, donc, a un appartement à lui, qu'il peut
décorer à sa guise, une chambre où il a ses habitudes,
ses affaires, les objets qu'il aime, où il peut se sentir
chez lui. Avec cette différence cependant que les relations conjugales ont toujours lieu dans le lit de

l'épouse. C'est l'époux qui se déplace lorsqu'il souhaite la rejoindre, jamais l'inverse. Elle attend qu'il veuille bien prendre l'initiative. Lui conserve toute sa liberté. Il est chez elle en visite, il n'y vient que quand il le désire et n'y passe que le temps qu'il veut. Il peut s'y rendre chaque soir, comme Louis XIV jusqu'à la mort de Marie-Thérèse ou Louis XV pendant ses huit premières années de mariage. Il peut aussi n'y pas venir du tout, comme le même Louis XV à partir de 1748. Dans tous les cas, cette pratique expose le couple princier ou royal aux commérages de la cour, car il est presque impossible de soustraire à la curiosité les allées et venues d'une chambre à l'autre.

Elle n'encourage évidemment pas la création des liens qu'évoque Marie-Thérèse. Mais elle est si fortement ancrée dans les mœurs versaillaises qu'il serait vain de chercher à s'y opposer. Mercy-Argenteau le sait. Mais il n'ose pas le dire à l'impératrice. Et Marie-Antoinette l'ose encore bien moins. Leur échange de lettres sur la question est donc marqué au sceau d'une déconcertante ambiguïté. Tant que la jeune femme n'est que dauphine, il est relativement aisé de dissimuler. D'abord logée à côté de son mari au rez-de-chaussée, elle a pris possession de l'appartement de la reine au premier étage au début de 1771. Dans les deux cas, l'accès est aisé de la chambre de son mari à la sienne, puisque leurs deux appartements se trouvent juxtaposés ou superposés. Le dauphin n'a qu'un petit bout de couloir à franchir ou un petit escalier intérieur à monter. Valets et femmes de chambre sont assez discrets. La cour n'est pas en mesure de tenir un calendrier précis des visites conjugales. Mais l'examen attentif des lettres permet de constater qu'entre « la générale * », les indispositions, les rhumes, les indigestions et autre malaises de l'un et de l'autre, à quoi s'ajoutent les fes-

---

* Nom familier dont use Marie-Antoinette pour désigner ses règles.

tivités nocturnes du carnaval, les deux époux n'ont pas passé beaucoup de nuits côte à côte, quoique l'ambassadeur affirme le contraire.

Mais les choses se gâtent après l'avènement. Car Louis XVI loge désormais à l'autre bout du bâtiment central. Dans ces conditions, comment respecter la consigne que vient de renouveler avec insistance Marie-Thérèse : « Ne jamais faire lit à part avec le roi ! » C'est chose évidemment impossible. Et c'en est fini du rideau de fumée répandu sur la question dans les lettres. Les soirs où il se rendra chez sa femme seront de notoriété publique, car il lui faut désormais traverser toute une série de salles, dont le fameux Œil-de-Bœuf, centre nerveux de toute la vie du château, où traînent perpétuellement des courtisans à l'affût de tout ce qui passe. Heureusement il ne songe lui aussi qu'à échapper à cette inquisition. C'est donc d'un commun accord qu'est prise la décision, suggérée par Mercy, de faire creuser dans les entrailles du château un couloir intérieur reliant les deux chambres. « J'ai fait faire une communication, par où il peut venir chez moi, et moi chez lui, sans être aperçus », écrit Marie-Antoinette à sa mère. Et Mercy s'en réjouit, tout en déplorant que la jeune femme n'en fasse pas « l'usage habituel » qui serait à désirer. Ni l'un ni l'autre ne précisent que la création de ce couloir — qui a été construit discrètement pendant le sacre — ne change rien à la coutume qui réserve l'initiative au roi : la reine ne peut en user la nuit, et dans la journée, elle n'a aucune raison de ne pas suivre le trajet habituel.

Le jeu de cache-cache que mène Marie-Antoinette avec sa mère sur cette histoire de lit se prolongera des années durant. À la mi-février de 1777, protestant contre de prétendus racontars répandus par le roi de Prusse — en réalité il s'agit des rapports de Mercy —, elle affirme avec force : « Certainement personne n'oserait dire ici que je suis mal avec le roi ni que je

fais lit à part. Il y a trop de témoins du contraire. » Elle
ne se risquera à révéler la vérité que quand la naissance
de sa fille aura rassuré pour de bon la vieille impératrice : « Il y a bien longtemps que nous couchons
séparés, écrira-t-elle en octobre 1780 ; je croyais que
ma chère maman ne l'ignorait pas. C'est un usage fort
général ici entre mari et femme et je n'ai pas cru devoir
tourmenter le roi sur cet article, qui contrarierait beaucoup sa manière d'être et son goût personnel. » Mais
elle n'ira pas jusqu'à avouer que le « goût » du roi est
aussi le sien.

« *On les marie trop jeunes* »

Sur le terrain préalablement déblayé, on peut tenter
maintenant d'envisager ce qui a dû se passer entre
Louis XVI et Marie-Antoinette pendant sept ans. Avec
précaution. Car Louis XVI n'a fait de confidences à
personne, nous ne savons rien de son comportement
intime, si ce n'est ce que nous en disent Marie-Antoinette et Mercy. Sur son attitude à elle, les très nombreuses allusions que comporte la correspondance sont
également sujettes à caution : elle n'en dit que ce
qu'elle veut bien en dire, éventuellement retouché ou
contredit par l'ambassadeur — le tout à destination de
la « chère maman ». Quant aux sentiments réciproques
des deux époux, les convenances exigent qu'ils s'aiment, cela fait partie de l'image que doit donner au
public un jeune couple princier. Pour élaborer une
reconstitution vraisemblable de leur drame, en dépit
des lacunes de l'information, il faut donc se défier des
témoignages partiels et partiaux, partir des faits, des
situations concrètes. Il faut aussi sortir de l'unicité de
point de vue qui fait porter tout l'éclairage sur Marie-
Antoinette. Car ils étaient deux, embarqués dans le
mariage pour le meilleur et pour le pire. Il faut tenter

de se mettre à leur place, de deviner, grâce à ce qu'on a pu voir de leur caractère, comment ils ont vécu chacun à sa manière ce qui a été pour tous deux une épreuve abominable.

Lorsqu'au mois de juin 1769, la France s'était décidée à demander la main de Marie-Antoinette pour le dauphin, ni l'un ni l'autre n'était encore nubile. Choiseul, bien placé pour le savoir puisqu'il présidait alors aux démarches, avait confié à l'ambassadeur d'Espagne que le jeune Louis Auguste, bien qu'il eût fait une très forte poussée de croissance, n'était pas tout à fait mûr pour le mariage. Quant à Marie-Antoinette, on avait bien entendu posé à Vienne la question rituelle en pareil cas : était-elle bien réglée ? Elle ne l'était pas du tout ! Sa mère avait été si soulagée de voir arriver ce qu'on jugea être ses premières règles, en février de l'année suivante, qu'elle en avait avisé Louis XV par courrier spécial. Mais elle s'était bien gardée de lui dire qu'on n'avait rien revu par la suite. Le dauphin, lui, avait mûri un peu, ses valets de chambre pouvaient en témoigner. Cependant, entre les premières manifestations de virilité et l'aptitude à consommer un mariage avec une fillette intacte, il y avait un fossé, sur lequel on décida de fermer les yeux. Il avait quinze ans et demi, bientôt seize, c'était l'âge auquel s'étaient mariés son grand-père et son père. Elle avait quatorze ans et demi, bien plus qu'il n'en fallait au regard des usages. Hélas, d'un individu à l'autre, la nature ne marche pas au même rythme : elle n'en paraissait que douze. On refusa de voir que tous deux étaient encore des enfants et on les traita en adultes. Pour des motifs politiques.

La raison voulait évidemment qu'on les tînt séparés en attendant qu'ils fussent prêts, comme cela se pratiquait en pareil cas. Le passé fournissait assez d'exemples pour qu'une telle décision ne parût pas insolite. Mais Louis XV s'était tant fait tirer l'oreille avant d'en venir à ce mariage que tout retard apporté à la consommation aurait paru suspect à l'impératrice. Elle y aurait vu le signe qu'on se réservait la possibilité d'une annulation et en aurait fait une affaire d'État. Il choisit donc la solution de facilité, il laissa aller les choses. Il devait bien se douter qu'il faisait courir au jeune couple le risque d'un échec. Mais il pensait que tout rentrerait dans l'ordre assez vite. Après tout son fils, le père du dauphin, avait bien dû attendre six mois avant de consommer son premier mariage, ce qui ne l'avait pas empêché d'être ensuite fort prolifique. En la matière, il suffisait de laisser le temps faire son office.

La première nuit fut en effet un échec. « Rien », nota le dauphin le lendemain sur son agenda. Sur ce simple mot, qui signifie seulement qu'il n'est pas allé à la chasse, on a eu grand tort d'épiloguer, en oubliant que l'agenda ne restera pas moins muet quand il se passera quelque chose dans le lit conjugal. Mais il se trouve que cette fois, c'est vrai, il ne s'est rien passé. Le jeune époux a-t-il même tenté quelque approche ? Ce n'est pas sûr. Ne l'oublions pas, ils ont reçu l'un et l'autre une éducation très puritaine. Ils ont la timidité « commune à tous ceux qui ont été élevés avec innocence », comme dit Marie-Thérèse. À Vienne, l'impératrice veuve et vieillissante, obnubilée par ce qu'elle tient pour la décadence des mœurs, a inculqué à ses filles la méfiance de leur corps et de leur sexe, et l'horreur de la nudité. Toute sa vie, Marie-Antoinette restera très pudique. Elle se baignait, raconte Mme Campan, « vêtue d'une longue robe de flanelle boutonnée jusqu'au cou », et évitait de se laisser apercevoir de ses femmes lorsqu'elle se changeait. De son côté, Louis Auguste a passé son enfance et son adolescence entre les mains d'éducateurs dévots, choisis par ses parents. Des dévots rendus plus rigides par le relâchement des mœurs et la montée de l'irréligion, qui mettent leur point d'honneur à faire de leur pupille l'antithèse de son scandaleux grand-père. L'entrée de Louise au carmel, toute récente, a été placée sous le signe de la réversibilité des mérites, son sacrifice venant en expiation des péchés de son père. De même la chasteté du dauphin sera appelée à racheter la luxure du vieux roi. Tel est le climat dans lequel tous deux ont grandi. On les a habitués à considérer comme domaine interdit tout ce qui touchait à leur sexe et, tout d'un coup, sans préparation, on les invite à s'en servir. Pas facile !

Louis XV n'y pouvait rien. Toute intervention de sa part eût passé pour tentative de corruption. Il est bien loin le temps où l'on trouvait normal qu'une femme avertie se charge de donner aux jeunes princes ce que Voltaire appelle joliment dans *Candide* une leçon de physique expérimentale. Non, Louis Auguste n'a pas été « déniaisé » dans un bosquet du parc, comme on le lit ici ou là. Il est aussi vierge qu'on peut l'être, de corps et d'esprit, puisqu'il ne sait rien. Si incroyable que cela puisse paraître, Louis XV écrit à l'infant de Parme le 7 mai 1770, donc neuf jours avant le mariage : « L'époux me paraît avoir impatience de la voir et que tout soit fait, *sans savoir encore ce qu'il aura à faire pour la dernière conclusion**. » Inutile de dire que Marie-Antoinette n'en sait guère davantage. Elle a appris de sa mère, en gros, ce qui va lui arriver, mais l'insistance mise à prêcher la docilité ne lui laisse rien présager de bon. Elle appréhende très fort ce qui doit être, d'après les échos qui ont pu lui parvenir sur ses sœurs, un très mauvais moment à passer.

Elle n'a pas tout à fait tort. L'instruction sexuelle qu'on donne aux princes est brutale, on en verra pour preuve la phraséologie en usage, truffée de métaphores militaires. C'est en conquérants qu'ils abordent un lit conjugal où les attend une inconnue. Ils y triomphent sans gloire, puisque le consentement leur est acquis. Pas de préliminaires superflus donc, puisque la place est rendue d'avance. Ils ont un devoir à remplir, il leur

---

* C'est nous qui soulignons.

faut procréer au plus vite. Telle est la théorie. La pratique est affaire de tempérament personnel des deux conjoints. Et fort heureusement, elle peut aboutir à des couples harmonieux. Mais les débuts sont toujours difficiles.

Comment deux enfants pourraient-ils se tirer d'une pareille épreuve ? Le dauphin, très intimidé, ne sait que faire face à une fillette paralysée de terreur. Elle est trop peu femme encore, trop peu épanouie pour éveiller le moindre désir chez un adolescent. D'autant plus qu'elle n'en éprouve elle-même aucun, c'est le moins qu'on puisse dire. Ni l'un ni l'autre n'a la moindre envie de passer à l'acte. Au terme d'une journée que cérémonies et festivités ont rendue épuisante, recrus d'émotions, morts de fatigue, il est très probable qu'ils se sont contentés de chercher le sommeil, avec un succès inégal. Les nuits se suivent et se ressemblent. En indiquant à l'infant de Parme que « tout n'est pas entièrement fait », Louis XV ajoute : « Mon petit-fils n'est pas fort caressant, mais il aime bien la chasse. » Quel rapport entre les deux, dira-t-on ? C'est que le dauphin chasse avec frénésie depuis son mariage, ce qui lui permet soit de ne pas coucher chez sa femme sous prétexte qu'il doit se lever tôt, soit d'y arriver le soir exténué, pour sombrer aussitôt dans le sommeil. En fait, plus les deux adolescents se connaissent, moins ils s'apprécient. La présence de l'abbé de Vermond auprès de Marie-Antoinette et le conflit autour de son maintien n'ont pas arrangé les choses. Rien ne les rapproche, au contraire. Ils n'ont vraiment rien de commun.

Un peu inquiet, Louis XV, on l'a dit, a appelé dès juillet La Martinière en consultation. Sûr désormais que son petit-fils ne présente aucune anomalie, il attend, avec d'autant moins d'impatience qu'il a eu peur pour sa santé à ce moment-là. L'entendre tousser très fort lui rappelle de trop mauvais souvenirs. « Votre cousin m'a bien inquiété pendant quelques jours, écrit-il à l'infant. » On en a parlé jusqu'à Vienne où Marie-Thérèse en a conclu qu'il risquait de ne pas vivre long-temps. Au début octobre, nouvelle alerte : « Nous avons eu grand peur d'une certaine maladie pour votre cousin, mais ce n'a été qu'une courbature de s'être un peu trop fatigué à la chasse étant encore bien jeune. » D'ailleurs, sa femme aussi est « bien jeune et bien enfant », elle vient tout juste, au mois d'août, de voir revenir ses règles. Rien ne presse. Puisque le trône ne manque pas d'héritiers, pourquoi les inciter à faire des enfants trop tôt, au risque de ne pas les réussir ? Marie-Josèphe de Saxe, mariée à quinze ans et demi, avait dû attendre trois ans et demi, non sans de multiples acci-dents, pour mener à bien une grossesse. Marie-Antoi-nette a évidemment besoin d'achever sa croissance avant de s'y mettre. Il arrive d'ailleurs que Marie-Thé-rèse en convienne : « Il n'y a rien de perdu, écrit-elle en mai 1771, vous êtes tous deux si jeunes ; au contraire, pour vos santés, ce n'est que mieux, vous vous fortifierez encore tous deux. »

C'était la sagesse même. Mais on ne pouvait empê-cher la cour de jaser et l'entourage de multiplier ses pressions. Madame Adélaïde, avec les meilleures intentions du monde, ne cesse d'interroger la dauphine. C'est fait ? Non ? Alors, c'est pour quand ? À deux reprises, Marie-Antoinette parle d'une promesse de son époux, annonce une date. Et il fait faux bond. Parce que, prétend Mercy, la seule idée de tous les regards fixés sur lui le paralyse. C'est très possible. Mais il serait paralysé de toute façon. Il a un devoir à accom-plir. Il l'appréhende. Chaque jour accroît chez lui un sentiment de culpabilité, qui contribue en retour à l'inhiber. Et les commentaires ironiques sur son impuissance présumée n'arrangent rien. Il lui a bien fallu s'y mettre un jour. Nous ne savons pas quand au juste. Mais déjà Marie-Antoinette a pris son parti de

cette abstention provisoire, et elle ne s'en accommode
pas si mal.

L'inavouable

« Elle ne sent rien pour le roi », dira plus tard
Joseph II. L'expression est à prendre dans son sens le
plus physique. Et c'est une litote. Non seulement elle
n'éprouve à son égard aucun désir, mais il lui inspire
de la répulsion. Sans doute n'a-t-elle « aucun tempérament », comme dira encore Joseph. Mais il est probable que tout s'est joué lors du premier contact. Et
avant de lui jeter la pierre, rappelons-nous qu'elle
n'était qu'une petite fille immature à la croissance ina-
chevée. La découverte prématurée des réalités du sexe
a dû être pour elle un choc contre lequel elle a réagi
avec violence et a entraîné un blocage dont elle ne s'est
jamais remise. Loin d'être une dévergondée, « elle est
austère, souligne Joseph, par caractère plus que par raisonnement ». Ceux qui l'ont bien connue ont noté,
comme Tilly, « son éloignement et sa froideur pour les
jeunes gens », ou affirmé, comme le prince de Ligne,
que « sa prétendue galanterie » n'était « qu'une
coquetterie générale de femme et de reine pour plaire
à tout le monde ». Elle tend à séparer le sentiment de
la sexualité, comme dans l'aimable théâtre à la mode.
La relation conjugale, telle qu'elle la découvre, est trop
directe, trop brutale. Elle rêve de mots tendres, de
compliments, de marivaudages inaboutis, dont les bals
de l'Opéra lui donnent un aperçu. Elle voudrait de la
romance, que son époux est bien incapable de lui offrir.
Comme le malheureux n'a pas un tempérament de vio-
leur, l'inertie qu'elle lui oppose bloque en lui toute
initiative. Dire qu'elle se refuse à lui est injuste et
inexact, du moins au début. Sans qu'elle cherche à se
dérober, il lui suffit pour le repousser d'être ce qu'elle

est : une fillette glacée de terreur. « Beaucoup de maladresse et d'ignorance de part et d'autre », diagnostique
le roi avec bon sens. Mais il aurait mieux fait d'y penser plus tôt et d'attendre pour les réunir que le désir se
fût éveillé en eux.

Elle sait fort bien qu'elle ne remplit pas les devoirs
rabâchés par le catéchisme maternel. Elle n'est ni
complaisante, ni douce, ni amusante pour son mari.
Mais elle a la chance que toute l'attention se focalise
sur lui. À lui la faute, s'il ne parvient pas à consommer
son mariage. Personne ne se demande si elle l'aide à y
parvenir, tant la docilité de l'épouse est présumée
acquise. Mais elle n'est pas docile, on l'a vu. Et l'on
sait, par Marie-Thérèse, qu'elle « n'aime pas à faire
des efforts pour vaincre sa répugnance pour des objets
qui ne lui sont pas agréables* ». Par prudence, pour se
protéger, et sans doute sur les conseils de Vermond,
elle se coule dans le personnage de l'épouse délaissée,
elle gémit inlassablement sur la « nonchalance » du
dauphin, relayée par Mercy-Argenteau soucieux
d'écarter d'elle tout soupçon. Comment pourrait-elle
avouer qu'il lui répugne de coucher avec son mari ?

D'autant qu'à ce premier motif de dérobade, immédiat, instinctif, s'en ajoute très vite un autre, encore
moins avouable : elle n'a pas envie d'avoir des enfants.
Elle les aime beaucoup, dira-t-on. C'est exact. Elle
aime jouer à la poupée avec ceux de sa femme de
chambre, comme une enfant qu'elle est encore. Mais
de là à en vouloir à elle, il y a loin. Elle a quinze ans
à peine et l'âge mental d'une gamine de douze. C'est
trop tôt. Elle veut bien en avoir, mais par pitié, pas tout
de suite ! Qu'on la laisse vivre un peu auparavant !

Avant de nous indigner qu'elle préfère ses divertissements aux joies de la maternité, rappelons-nous ce

---

* Cette remarque est inspirée à l'impératrice, le 31 août 1773,
par son refus d'adresser la parole à Mme du Barry. Mais elle est
susceptible d'une application beaucoup plus large.

Histoire d'un échec conjugal 359

qu'était la condition des reines de France. La vie
conjugale épanouie dans les bras d'un mari aimant,
dont rêve Zweig pour son héroïne, n'a rien à voir avec
ce qui est réellement programmé pour elle, comme
pour ses aînées : des étreintes visant à la procréation
— où l'agrément avait rarement sa part — aussitôt suspendues dès les premiers signes de grossesse. Après la
naissance on recommençait, les maternités s'enchaî-
naient d'année en année, à raison d'une par an, si on
avait la chance — ou la malchance — d'être féconde.
Telle avait été la destinée de Marie Leszczynska et de
Marie-Josèphe de Saxe. À moins qu'on ne meure en
couches aux alentours de vingt ans, comme la première
bru de Louis XV, Marie-Raphaëlle d'Espagne. Dans
cette cour de France où la surveillance médicale a été
portée à l'extrême par Louis XV, elle sait de quelles
précautions ont été entourées les futures mères de dauphins. Pas question pour Marie-Josèphe de prendre le
moindre risque. Immobilité presque complète. On
l'installait dans un cocon, on la traitait comme un vase
précieux à manipuler avec d'infinis ménagements. Or
pour un être de vif-argent comme Marie-Antoinette,
qui ne se sent exister qu'en mouvement, l'immobilité,
c'est la mort. Entrer dans le cycle des maternités à
répétition ? Rien que d'y penser, elle est prise de
panique. Ce sera pénétrer dans un long tunnel noir dont
elle émergera au bout de dix ans, vieillie, usée, pour
se voir peut-être, comme ses aînées, délaissée au profit
d'une favorite. À vrai dire, elle ne croit pas à cette
dernière éventualité. Elle sait que son époux a des principes. Elle en vient d'ailleurs à le déplorer : si, dans
l'immédiat, il prenait une maîtresse, il la laisserait tranquille. Quelle inconscience, gémit Mercy, effaré
qu'elle ne voie pas plus loin que le bout de son nez.

À peine arrivée à Versailles, elle a buté sur un interdit : l'équitation est incompatible avec les espérances
de maternité. On a vu avec quelle adresse elle a réussi

à tourner l'obstacle. Mais l'obstination de sa mère à proscrire cet exercice n'a fait qu'attirer son attention sur tout ce à quoi elle devra renoncer bientôt, et pour toujours. Elle n'en est que plus déterminée à se ruer sur les plaisirs offerts, tant qu'ils lui restent accessibles. Ensuite, tout sera défendu. Adieu les promenades à cheval, la chasse, la danse, les escapades à Paris, les veillées : tout ce qu'elle aime. Quand le temps passe et qu'elle sent approcher l'échéance inéluctable, elle se jette à corps perdu dans les divertissements, comme un condamné qui profite de ses derniers instants de liberté. « Il faut bien jouir un peu du temps de la jeunesse, explique-t-elle à Mercy en février 1777, le moment de la réflexion viendra et les frivolités disparaîtront. » C'est la période où le roi renonce à tenter de la rejoindre le soir dans sa chambre, parce qu'il sait qu'il ne l'y trouvera pas : elle est au bal de l'Opéra ou à une table de jeu chez Mme de Guéménée.

Bien sûr, elle fait l'impossible pour dissimuler l'inavouable. Il est probable qu'elle n'en a pas soufflé mot à Vermond, encore moins à Mercy. Elle multiplie donc les faux-fuyants. Elle se réjouit ponctuellement de toutes les naissances familiales et feint d'envier toutes ses sœurs et belles-sœurs qui procréent avec une régularité d'horloge. Mais il ne faut pas croire pour autant qu'elle soit installée sereinement dans le mensonge. Elle y est mal à l'aise et malheureuse, d'où ces poussées de spleen qu'on signale à sa mère. Elle se sent et elle se sait coupable. Elle se réconforte en se disant qu'elle ne repousse pas l'idée d'avoir des enfants un jour. Quand ? Plus tard, toujours plus tard. Elle en connaît pourtant la nécessité et à mesure qu'elle mûrit, elle en éprouve par moments l'envie. Face aux naissances familiales dont Marie-Thérèse l'informe ponctuellement, elle a des mots convenus, qui ne prouvent rien. Mais de temps en temps on sent percer l'inquiétude ou l'angoisse. Le mariage de ses beaux-frères, puis la grossesse de sa belle-sœur d'Artois, qui risque de donner un héritier à la dynastie avant elle, fouettent son amour-propre, mais en même temps ravivent ses craintes : comment la comtesse d'Artois peut-elle rester si paisible à la perspective d'accoucher, alors qu'à sa place elle serait morte de peur ? Elle a parfois des mots révélateurs : « Je vis toujours dans l'espérance, écrit-elle à sa mère au début de septembre 1771 à propos de son mariage, [...] quoique j'aimerais mieux que tout soit fini. » Et, un mois plus tard, annonçant que la duchesse de Chartres vient de mettre au monde un enfant mort, elle ajoute : « Quoique cela soit terrible, je voudrais pourtant en être là... » On ne s'étonnera pas de rencontrer sous sa plume des termes proches de ceux que prêtait Louis XV à son petit-fils à la veille du mariage : « que tout soit fait ». Ce qui domine chez tous deux, face au mariage, c'est la peur. Peur de la première étreinte pour tous deux. Peur, pour Marie-Antoinette, de tout ce qui doit s'ensuivre.

Or il va s'écouler sept ans jusqu'à ce que « tout soit fini », que l'épreuve soit derrière eux, que l'inconnu soit devenu du connu. Sept années pendant lesquelles tout ce qu'elle redoute reste encore à venir, la laissant en proie à une panique absurde, pathologique, et la poussant à fuir dans une agitation effrénée. Fuir la cour qui la regarde d'un œil soupçonneux, fuir son mari surtout, qui n'a pas su la faire passer de l'autre côté du miroir.

Il y a bien un problème dans leur couple. Impuissance de Louis XVI ? Non. « Nonchalance » et retard à la puberté ? L'explication vaut quand il a seize ans, pas quand il en a vingt. La tentation est forte, alors, d'incriminer Marie-Antoinette : elle se refuse à lui, disent certains biographes du roi. C'est exact, en partie, après l'avènement. Est-il imaginable, cependant, que sa résistance se soit maintenue sans faille, sept ans durant, face à un époux très conscient, lui, des ravages

que faisait dans l'opinion cette situation ridicule ?
D'autant que cette résistance, très irrationnelle, ne
s'inscrit pas chez elle dans un projet concerté. À
mesure que le temps passe, elle souhaite sortir de cette
situation suicidaire.

Le vrai problème est ailleurs. Il ne tient ni à l'un ni
à l'autre, mais à tous les deux.

« Un mari à deux tiers... »

« Il n'est son mari qu'à deux tiers » : telle est l'ahurissante découverte que fait Joseph II après avoir
confessé les deux époux. Les parties censurées de la
correspondance publiée par Arneth et Geffroy permettent de reconstituer l'étonnante histoire d'un mariage
dont la consommation s'étira sur sept ans. La première
année est une année blanche. Mais dès le printemps de
1771, le bruit court dans le public que tout est arrangé.
C'est que les deux adolescents changent à vue d'œil.
Le dauphin, déjà très grand, s'est étoffé, il promet
d'être d'une force herculéenne. Bientôt il se montrera
capable de soulever à bout de bras un page juché sur
une pelle de terrassier. Et dans l'été de 1772, il éclate
à tous les yeux que Marie-Antoinette est enfin sortie
de l'enfance ; sa santé est meilleure, elle s'enrhume
moins et la grande croissance qu'elle a prise tout à
coup l'a fait maigrir. Les bruits favorables reprennent
donc : le mariage passe pour consommé. Auprès de
l'impératrice cependant, Marie-Antoinette et Mercy
démentent, parlent seulement de quelques progrès, qui
donnent « bon espoir ». Mais il ne faut pas compter sur
une grossesse et en effet aucune maternité ne s'annonce. Périodiquement le roi convoque ses petits-
enfants, les interroge, confie à des médecins le soin de
compléter leur instruction. En novembre 1772, le jeune
prince lui déclare « qu'il avait fait des tentatives pour

consommer son mariage, mais qu'il s'était toujours trouvé arrêté par des sensations douloureuses ». Au printemps de 1773, nouvelles rumeurs, très insistantes. « Le vrai, écrit Vermond, est que la tentative a été plus considérable et le succès plus marqué qu'il ne l'avait jamais été ; l'un et l'autre ont éprouvé quelque douleur et n'en sont encore qu'aux épines. Lassonne [...] juge et espère que M. le dauphin cueillera bientôt la rose. »

La rose est cueillie quelque temps plus tard, en juillet. « Je puis bien dire à ma chère maman et à elle seule, écrit Marie-Antoinette, que mes affaires sont fort avancées et que je crois le mariage consommé quoique pas dans le cas d'être grosse. » Et Mercy raconte une scène « bien intéressante » : « Mme la dauphine était venue voir le roi. Au moment où l'huissier ouvrait les battants de la porte, le roi ayant demandé qui arrivait, M. le dauphin qui était à côté de lui répondit : « C'est ma femme » ; le roi en souriant demanda de quel droit il la nommait ainsi. M. le dauphin repartit qu'il y avait tout droit. Le monarque surpris et ému prit le jeune prince et la princesse par la main ; il les conduisit dans son cabinet, et là M. le dauphin lui apprit que son mariage était consommé. » On diffusa aussitôt la nouvelle et tout le monde en eut beaucoup de joie. Très bien. Mais il y a une chose étrange dans cette édifiante histoire. La jeune femme n'est pas sûre que son mariage soit consommé — elle le *croit* seulement — et elle exclut toute possibilité de grossesse. Il semble que la rose ait conservé ses épines.

Parlons clair. Le dauphin a réussi à déflorer son épouse, mais il ne s'est pas aventuré très loin. À ce demi-succès — ou demi-échec — succédant à deux ans de tentatives infructueuses, une seule explication possible : une disparité physique entre les deux partenaires. Soyons honnêtes, aucun des textes qui sont parvenus jusqu'à nous n'y fait directement allusion. Sans doute parce que tous proviennent de Marie-Antoinette et de ses proches, qui s'efforcent d'imputer à son mari l'entière responsabilité du fiasco. Mais Mercy lui-même nous met sur la piste en rapprochant le cas du jeune homme de celui de son père, qui « par les mêmes raisons d'un tempérament tardif et par timidité, était resté lors de son premier mariage six mois sans habiter avec l'infante d'Espagne ». Or chacun savait à Versailles que les difficultés rencontrées dans ce cas ne tenaient nullement à timidité ou froideur. Très amoureux de l'infante, le jeune homme avait dû renoncer longtemps à la posséder à cause de « l'étroitesse du chemin ». Il avait d'ailleurs retrouvé avec Marie-Josèphe de Saxe les mêmes obstacles, mais, fort de son expérience antérieure, il en avait triomphé plus vite — avec moins de ménagements sans doute. Il est permis de supposer que le futur Louis XVI, encore plus solidement bâti que son père, tenait de lui sur ce point.

Il n'était pas envisageable d'imposer brutalement des relations sexuelles à l'enfant qu'était Marie-Antoinette à son arrivée. La question se reposa une fois qu'elle eut terminé sa croissance. Mais le dauphin lui aussi avait forci. Ils n'étaient pas mieux adaptés l'un à l'autre. Ainsi s'explique que la consommation ait procédé par étapes, de progrès en petits mieux, comme disent les lettres à Marie-Thérèse. De la défloration à la pénétration complète, il y eut tout un itinéraire à parcourir, ponctué par les gémissements et les dérobades de Marie-Antoinette, à qui la chose était au moins aussi douloureuse qu'à son époux. L'avènement a entraîné une recrudescence d'efforts chez Louis XVI, qui a fait preuve, selon Mercy, de « volonté » et de « pouvoir ». Mais il n'a réussi qu'à dresser contre lui sa femme, plus écœurée que jamais du devoir conjugal et qui ne songe désormais qu'à le fuir. En 1775, ils n'ont fait encore que les deux tiers du chemin dans ce qui est devenu pour tous deux une abominable corvée. Il y avait de quoi déstabiliser Marie-Antoinette, et l'on

ne peut que souscrire, à cette date, aux analyses de
Zweig sur les troubles physiologiques et psychiques
qu'entraîne cette sexualité perturbée. En ajoutant, de
surcroît, que son malaise est aggravé par le fait qu'elle
se sait en partie coupable et qu'elle en éprouve
angoisse et remords. Et cela ne dure que trop.

Telle est encore en effet, deux ans plus tard, la situation que découvre Joseph II stupéfait. Voici le « secret
du lit conjugal », tel qu'il le confie crûment à son frère
Léopold, dans deux lettres des 11 mai et 9 juin 1777 :
« Il a des érections fortes, bien conditionnées ; il introduit le membre, reste là sans se remuer deux minutes
peut-être, se retire sans jamais décharger, toujours ban-
dant, et souhaite le bonsoir. Cela ne se comprend pas,
car avec cela il a parfois des pollutions nocturnes, mais
en place ni en faisant l'œuvre, jamais ; et il est
content*, disant tout bonnement qu'il ne faisait cela
que par devoir et qu'il n'y avait aucun goût. Ah !
si j'aurais pu être présent une fois, je l'aurais bien
arrangé ! Il faudrait le fouetter pour le faire décharger
de colère comme les ânes. Ma sœur avec cela a peu de
tempérament, et ils sont là deux francs maladroits
ensemble. » Cette explication, qui a le mérite de
décrire la situation en termes cliniques, appelle tout de
même quelques remarques. Maladresse ne signifie pas
ignorance. Après tous les cours théoriques reçus des
médecins, ils savent parfaitement ce qu'ils ont à faire.
Mais on a oublié de leur dire qu'il y faut quelque préparation. Louis XVI n'a jamais su mettre sa femme en
confiance, et elle, de son côté, l'a toujours accueilli
toutes griffes dehors. Qu'il ne le fasse que par devoir
et sans aucun goût, on le croit sans peine. Quant à elle,
ses efforts pour le fuir en disent suffisamment long sur
ses sentiments. Mais au point où il en est, pourquoi ne

---

* Attention : « il est *content* » signifie dans la langue de
l'époque, non pas qu'il est *satisfait*, mais qu'il *se contente* de cela
et n'en demande pas davantage.

va-t-il pas jusqu'au bout ? Joseph ne semble pas se le demander. La seule explication possible, la clef de tout, est qu'il se retire devant la douleur qu'il éprouve lui-même, mais surtout devant celle dont se plaint sa femme. Seulement, admettre que Marie-Antoinette est partie prenante dans l'échec serait jeter à bas la version laborieusement mise au point depuis sept ans par la famille. Ce sont des choses qu'on peut dire de vive voix, mais qu'on n'écrit pas. Cependant le coup de colère final de Joseph est révélateur. Pourquoi tape-t-on sur les ânes, sinon pour leur faire franchir un obstacle devant lequel ils renâclent ? Assurément il a invité Louis XVI à surmonter ses propres sensations douloureuses et à ignorer les plaintes de sa partenaire, pour accéder enfin à une vie conjugale normale. Et il a grondé très fort sa sœur, en lui ouvrant les yeux sur les dangers que lui faisait courir sa stérilité.

À son départ, il les laissa convaincus et décidés à en sortir. Ils mirent encore deux mois et demi à parvenir au résultat. « Cet événement si intéressant eut lieu le lundi 18 août », écrit Mercy. Le 30, Marie-Antoinette, finalement très soulagée, adresse à sa mère un communiqué triomphal : « Je suis dans le bonheur le plus essentiel pour toute ma vie. Il y a déjà plus de huit jours que mon mariage est consommé ; l'épreuve a été réitérée, et encore hier plus complètement que la première fois. J'avais pensé d'abord envoyer un courrier à ma chère maman. J'ai eu peur que cela ne fît événement et propos. J'avoue aussi que je voulais être tout à fait sûre de mon fait. Je ne crois pas être grosse encore, mais au moins j'ai l'espérance de pouvoir l'être d'un moment à l'autre. » Et de son côté Joseph put se vanter de ce succès auprès de Léopold : « Le roi de France, comme vous savez, a enfin réussi le grand œuvre, et la reine peut devenir grosse ; ils me l'ont écrit tous deux et me font des remerciements, l'attribuant à mes conseils. Il est vrai que j'ai parfaitement reconnu que paresse, maladresse et apathie étaient les seuls empêchements qui s'y opposaient. »

Cette lettre suffit à détruire toutes les allégations sur la prétendue nécessité d'une opération. Mais l'existence d'un mystérieux obstacle physique à la consommation du mariage explique qu'on en ait si souvent évoqué à l'époque le recours à la chirurgie. Et l'obstination de Marie-Thérèse à la réclamer, joint au secret qu'elle recommandait à sa fille de garder sur sa situation conjugale, vint conforter, pour la postérité, la légende à laquelle Zweig a donné sa plus forte résonance, celle d'un Louis XVI douillet, veule, reculant sans cesse devant une intervention bénigne. C'est devant les plaintes de sa femme qu'il s'est montré faible et timoré. Et il nous reste ici, avant de clore ce chapitre sur leur échec conjugal, à nous interroger sur les sentiments qu'il lui portait.

La « complaisance sans bornes » de Louis XVI

Marie-Antoinette a toujours mesuré l'amour de son époux à sa docilité : « Il m'aime beaucoup et fait tout ce que je veux », écrivait-elle naïvement après un an de mariage. Du vivant de Louis XV, ils donnèrent en public l'image d'un gentil petit couple plein d'égards mutuels, dont les problèmes privés finiraient sans doute par se régler. Certes on savait que le dauphin négligeait le lit de sa jeune épouse et on la plaignait. Mais elle avait peu d'occasions de se heurter à lui, et ne le sollicitait que sur des points mineurs, car les autorisations importantes dépendaient du roi. C'est donc après l'avènement qu'éclate aux yeux l'extraordinaire complaisance de Louis XVI pour elle.

En octobre 1774, écrit Mercy à Marie-Thérèse, le crédit de la reine est au plus haut et son mari est « amoureux d'elle dans toute l'étendue du terme ». À ceux qui seraient tentés de prendre cette affirmation pour argent comptant, on citera la suite : « Il joint à ce sentiment celui de l'estime, parce qu'il est en effet impossible de la refuser aux qualités de l'esprit et du caractère dont cette princesse est douée. » Ou bien l'ambassadeur a perdu toute clairvoyance, ou bien il flatte cyniquement l'orgueil maternel de l'impératrice. En fait d'amour, il sera toujours impossible de discerner dans l'assiduité de Louis XVI auprès de son épouse la part du devoir et la part du plaisir. Certes il s'est débarrassé de l'indiscrète curiosité de sa tante Adélaïde en répondant qu'il trouvait la chose agréable. Mais rien ne donne à penser que la consommation du mariage ait éveillé en lui, au bout de sept ans, des appétits insoupçonnés. La suite de leurs relations suggère qu'il veut seulement avoir des enfants. Quant à la prétendue estime pour son esprit et son caractère, dont parle l'ambassadeur, elle repose sur la conviction propre à la cour de Vienne que la jeune femme lui est très supérieure à tous égards. Il n'est pas sûr que l'intéressé soit de cet avis. En revanche, elle lui inspire une incontestable fierté, quand il la compare aux épouses de ses frères, moins belles, moins brillantes. Mercy est donc plus près de la vérité lorsqu'il écrit, en 1777, « que le roi se glorifie des charmes et des qualités de la reine, qu'il l'aime autant qu'il est capable d'aimer, mais qu'il la craint au moins autant qu'il l'aime ». Tel est aussi l'avis de l'abbé de Véri : « Le roi la craint plutôt qu'il ne l'aime, car on le voit aussi gai et même plus à son aise dans les parties où elle ne se trouve pas. »

Le fait est qu'il a laissé prendre sur lui à la reine un ascendant qui, selon Besenval, « confine à l'asservissement ». Pourquoi ? Impossible d'invoquer tout uniment l'explication classique fondée sur l'impuissance. Mais bien que l'échec conjugal ne leur soit imputable ni à l'un ni à l'autre, il en ressent quelque culpabilité et croit devoir à sa femme des compensations. Elle est tellement enfant ! Pourquoi l'empêcherait-il de s'amuser, même si ses goûts diffèrent des siens propres ? Bien qu'il n'ait qu'un an de plus, il se juge infiniment plus mûr. Et puis, il est homme, elle est son épouse devant Dieu, il n'a pas le choix, il doit tout faire pour s'entendre avec elle. Il a d'abord compté que le temps l'assagirait : c'était le conseil de Louis XV, c'est aussi son penchant naturel. Il est tellement plus simple d'attendre que de risquer un conflit. Mais il arrive qu'avec le temps les situations, au lieu de mûrir, pourrissent. Quand elle se met à le fuir, il espère l'amadouer en lui passant toutes ses volontés. En quoi il a grand tort. Loin de lui en savoir gré, elle ne l'en méprise que davantage. Plus il cède et plus elle lui échappe. Elle aurait besoin, parce qu'elle se conduit en enfant irresponsable, de trouver en face d'elle une volonté ferme. Ce n'est pas le cas.

À vrai dire, il convient de nuancer. Le roi fait le départ entre deux domaines distincts, la vie courante et la politique. On a vu plus haut que loin de freiner ses divertissements, il les encourageait au contraire, pour la détourner des affaires intérieures. On verra plus loin qu'il sait très bien lui résister aussi en politique extérieure. Mais comme il redoute ses colères, il évite de la heurter de front. Il lui oppose une résistance molle, faite de silences, de faux-fuyants, de volte-face. Il est rare qu'il lui dise *non* vigoureusement. Pour avoir la paix, il lui laisse l'illusion qu'elle peut tout sur lui, elle s'en vante, et l'indulgence qu'il montre pour ses dissipations accrédite l'idée qu'il lui est entièrement soumis.

La faiblesse de Louis XVI face à elle n'est donc pas aussi grande qu'il y paraît. Mais dès l'instant que le public la juge telle, le mal est fait. D'autant qu'elle passe pour liée à son impuissance sexuelle supposée. Hélas, il sous-estime le danger que représente l'opinion. Il a paru tant de pamphlets, depuis un quart de siècle, qu'en haut lieu on a fini par ne plus les prendre au sérieux. Qui lui aurait enseigné l'utilité de cultiver son image ? Sûrement pas son grand-père, qui s'en désintéressait. Ni son gouverneur, pour qui le peuple n'était qu'une masse inerte dont le souverain doit faire le bonheur, sans le consulter. Quant aux écrivailleurs, aux philosophes, aux remueurs d'idées, on les tenait pour des trublions sans audience en dehors des cafés et des salons parisiens. Louis XV a laissé peu à peu dépérir la charge de sacré inhérente à la monarchie. Comment son successeur saurait-il qu'au Moyen Âge et encore au xvie siècle, la fécondité du roi était promesse de fécondité pour les hommes, les animaux et les récoltes de son royaume et qu'un roi sans fils faisait quasiment figure de réprouvé ? Certes, au siècle de la raison, on n'oserait plus formuler pareille idée. Mais dans l'inconscient collectif, puissance sexuelle et puissance tout court restent liées. Un roi impuissant n'est pas respecté, surtout si de surcroît il apparaît mené par sa femme. Toutes les vertus chrétiennes de Louis XVI ne pourront rien contre cette réaction instinctive. Une chasteté volontaire, respectueuse du sacrement conjugal, aurait pu être portée à son crédit après le libertinage de son grand-père. Mais le ridicule des années stériles collera à son image, tandis que celle de la reine ne se remettra pas de sa course imprudente aux plaisirs frelatés.

Tout s'est joué pour eux en trois ans, entre l'avènement et la visite de Joseph II. Mais ils ne s'en doutent pas. Ils prennent au contraire un nouveau départ, bientôt concrétisé par la venue de quatre enfants.

Chapitre onze

Maternités

Les arguments de Joseph II ont frappé Marie-Antoinette. Elle sait qu'il a raison et lui promet d'en tenir compte. Mais l'obéissance lui coûte infiniment. Elle demande donc un sursis. « Il viendra un temps où elle suivra ses bons avis. » Pas tout de suite, car elle ne veut point « paraître avoir cédé à sa manière de voir et de penser », ni « avoir l'air d'être conduite ». Et elle discute pied à pied, elle ergote, avec « un peu d'humeur », sur « les points très essentiels » dont son frère a dressé la liste. En fait, il n'en est qu'un qui soit vraiment essentiel : avoir des enfants au plus vite. Elle en admet la nécessité, elle est désormais prête à faire tout ce qu'il faut pour cela. Mais elle tire argument de cette concession majeure pour obtenir gain de cause dans tous les autres domaines. Autrement dit, elle consent à remplir ses devoirs d'épouse, mais elle est moins disposée que jamais à sacrifier ses plaisirs à ses devoirs de reine. Et elle trouve auprès du roi, éperdu de bonheur à la perspective d'avoir des enfants, plus de complaisance que jamais.

Durant la période de huit années où s'échelonnent ses quatre maternités, on observe dans sa conduite des changements. Il y a des moments de flottement, où reviennent ses anciennes habitudes de dissipation. Mais peu à peu, non sans à-coups, elle s'assagit. Parce qu'elle change : elle est une excellente mère, ses enfants tiennent dans sa vie une place croissante. Parce qu'à son égard, Paris change : elle répugne à y aller puisqu'on cesse de l'y acclamer et qu'elle s'y sent bientôt haïe. Enfin, parce qu'un sentiment très fort habite son cœur : elle est tombée amoureuse d'un bel officier suédois, Axel de Fersen.

Peu à peu, elle délaisse donc les divertissements tumultueux pour se créer, à Trianon, un havre de paix. « Je jouirai des douceurs de la vie privée, qui n'existent pas pour nous si nous n'avons le bon esprit de nous les assurer. » Depuis son arrivée en France, elle rêve d'échapper à la vie de cour, de fuir ses contraintes, son ennui pesant, son hypocrisie. Elle crée à Trianon, le temps de quelques étés, un lieu idyllique où, bien mieux que sous le masque des bals de l'Opéra, elle réussit à être une femme comme les autres. Mieux, une femme presque heureuse.

Les maternités, l'installation à Trianon et l'amour pour Fersen : trois aspects de sa vie qu'on a choisi d'évoquer ici tour à tour, pour mieux en dégager la portée, mais qui sont indissociables.

Une imparfaite métamorphose

La patience n'a jamais été son fort. Maintenant qu'elle y est décidée, elle voudrait qu'une grossesse intervienne le plus vite possible. Elle sacrifie de bon cœur à ses espoirs de maternité l'équitation et la danse. Mais la nature n'est pas pressée et la jeune femme s'impatiente. Il est clair que les relations conjugales restent pour elle une corvée et elle s'irrite de leur inefficacité. Elle ne trouve de remède à sa nervosité que dans la « dissipation ». Le séjour de l'automne 1777 à Fontainebleau est marqué par une recrudescence du jeu, sur laquelle les reproches n'ont pas de prise. Celui qu'elle donne trois fois par semaine n'est plus prétexte à la tenue de la cour : on y vient pour jouer, pour gagner, et non pour se faire voir et échanger quelques mots avec elle. Les mises très élevées qu'impose le pharaon l'obligent à y admettre n'importe qui, dans une « confusion peu décente ». Les séances, chez elle ou chez la princesse de Guéménée, se prolongent jusqu'à des heures si avancées que le roi renonce à la rejoindre : « C'est par sa faute qu'il fait lit à part, et les veillées du jeu en sont la cause. » Si bien que les distractions dont elle use pour tromper le temps risquent de prolonger l'attente qui l'exaspère. Que veut-elle d'ailleurs ? Elle n'en sait plus rien elle-même. Un soir à Fontainebleau, l'ambassadeur piémontais a pu voir, comme toute la cour, le roi s'en revenir à petits pas de l'appartement de sa femme, où il venait de se faire éconduire.

Après le retour à Versailles, les relations conjugales reprennent et Louis XVI promet à l'empereur un neveu ou une nièce pour l'année à venir. Marie-Antoinette a rétabli l'alternance accoutumée de spectacles et de bals. Mais elle les trouve bien mornes. Elle n'a de goût que pour les bals masqués. Voici que le carnaval approche. Ne risque-t-il pas d'être pour elle le dernier ? Hantée par l'idée que ses belles années vont finir, elle cherche un sursis de plus. Elle se remet à danser. Et la voici de nouveau à Paris. À mesure que les semaines passent et qu'approche le carême, sa fringale de plaisirs redouble. Le jeudi 26 février, bal masqué au Palais-Royal chez le duc d'Orléans : elle y arrive un peu après minuit, y reste jusqu'à cinq heures du matin, passe ensuite dans une loge d'où elle peut admirer le bal de l'Opéra*, jusqu'à sept heures. Le samedi, bal à

---

* Les spectacles et les bals de l'Opéra se donnaient alors dans la salle de théâtre que Richelieu avait fait construire dans son palais, devenu le Palais-Royal. D'où l'existence de loges surplombant le parterre. Le duc d'Orléans donnait chez lui, dans une autre salle du Palais-Royal, plus petite, des bals privés. Et l'on pouvait passer directement de ses appartements dans une des loges en question.

Versailles chez la princesse de Guéménée. Le
dimanche bal masqué à l'Opéra, jusqu'à six heures du
matin. Le mardi gras, bal de l'Opéra à nouveau, jusqu'à sept heures. Le comte d'Artois, son chaperon,
s'est pris d'une violente altercation avec la duchesse
de Bourbon, qui lui vaudra un duel — de pure forme
il est vrai — avec le mari de celle-ci. Gros scandale.
La reine est-elle à sa place dans ce lieu mal famé ?
Mais Louis XVI ne fait rien pour s'opposer à ses fantaisies.

Mercy tente de la piquer au vif : son époux ainsi
délaissé risque de prendre une maîtresse. Elle lui rit au
nez, tant elle est sûre de l'ascendant qu'elle exerce sur
lui : pourquoi se gênerait-elle en lui marquant des
attentions, auxquelles il est peu sensible, alors qu'il est
si simple de le tenir « par la crainte » ? Ce n'est là
qu'une bravade, pour n'avoir pas l'air de se déjuger.
Au vrai, elle a d'autres raisons de ne pas redouter de
rivale. Le roi a trouvé la parade au décalage de leurs
horaires. Puisque les veillées l'empêchent de partager
son lit, il la rejoint à son réveil : « Il vient me voir
tous les matins dans mon cabinet particulier. » Et son
assiduité est bientôt récompensée : à la mi-avril, Marie-
Antoinette se juge assez certaine de son fait pour
annoncer à sa mère qu'une maternité est en route.

Son très vif soulagement est à la mesure de ses
appréhensions antérieures. La grossesse n'est pas si
terrible qu'elle le croyait. Elle a de la chance : à part
quelques nausées au début, la plupart des malaises lui
sont épargnés. Elle se porte comme un charme. On ne
la condamne donc pas à l'immobilité complète. À
défaut de sorties en voiture, déconseillées à cause des
cahots, elle se promène à pied dans le parc ou à l'intérieur du château, modérément pendant les trois premiers mois, puis tant qu'elle veut ensuite. Le reste du
temps, « conversation, musique, un peu de jeu ». On
lui verra même dans les mains quelques ouvrages de
dame.

Peu à peu, le sentiment maternel s'éveille, supplantant la coquetterie. C'est avec plaisir qu'elle voit s'arrondir ses formes. À la mi-juin, elle a mesuré son tour de taille : quatre pouces et demi de plus. Six semaines plus tard : « Mon enfant a donné le premier mouvement le vendredi 31 juillet, à dix heures et demie du soir ; depuis ce moment il remue fréquemment, ce qui me cause une grande joie. [...] Je suis beaucoup grossie, et plus même qu'on ne l'est ordinairement à cinq mois. » De Vienne, la future grand-mère expose son point de vue sur les soins à donner aux nourrissons, « des soins raisonnables et selon la nature, ne pas les serrer dans leurs langes, ne pas les tenir trop chauds, ne pas les surcharger de bouillies et mangeailles ». Et Marie-Antoinette renchérit : « À la manière dont on les élève à cette heure, ils sont bien moins gênés ; on ne les emmaillote pas, ils sont toujours dans une bercelonnette ou sur les bras, et du moment qu'ils peuvent être à l'air, on les y accoutume petit à petit et ils finissent pas y être presque toujours. » En imagination, elle voit déjà grandir le sien : « Il logera en bas, avec une petite grille qui le séparera du reste de la terrasse, ce qui même pourra lui apprendre à marcher plus tôt que sur les parquets. »

Mère et fille communient dans un même amour de l'enfant à venir et le contact entre elles se trouve rétabli. Le ton de leurs lettres respire désormais la confiance. Huit ans de malentendus s'effacent. Et c'est une joie supplémentaire pour Marie-Antoinette de n'avoir plus à mentir et de ne plus subir de réprimandes. La maternité l'arrache enfin à l'enfance prolongée où elle se complaisait et où on l'entretenait. En paix avec sa mère, elle se sent en paix avec elle-même, presque adulte. Elle n'a pas encore vingt-deux ans, ne l'oublions pas.

Cette année-là les mois d'été sont caniculaires. Toute la cour vit au ralenti. La guerre contre l'Angle-

terre, qui vient d'éclater, accapare les hommes. En août
Marie-Antoinette doit renoncer aux petites fêtes
intimes à Trianon. Elle somnole durant la journée dans
les profondeurs de ses appartements, et ne sort que
lorsque la chaleur est tombée, pour chercher un peu
d'air sur les terrasses en écoutant des concerts nocturnes. Elle se promène ou s'assied sur des bancs aux
côtés de ses belles-sœurs en robe de percale légère,
dans une semi-obscurité trouée par la lueur des terrines* et des lanternes disséminées dans les bosquets,
avec en arrière-plan les fenêtres illuminées du château.
Il fallait aux pamphlétaires beaucoup de haine veni-
meuse pour déguiser ces soirées en orgies.

À Vienne, Marie-Thérèse tremble, plus obnubilée
que jamais par ses préjugés contre la France — un pays
où « l'irréligion est poussée jusqu'au dernier excès »
et où « les crimes les plus atroces ne coûtent guère ».
Ne va-t-on pas profiter de l'accouchement pour essayer
de supprimer l'enfant, voire la mère ? Elle accable son
ambassadeur de recommandations sur le choix du personnel qui assistera sa fille ou qui soignera le nouveau-
né. Assurément, son imagination bat la campagne.
Certes le comte de Provence, consterné de voir s'effondrer l'espérance de succéder un jour à son frère, cache
mal sa déception. Quant au comte d'Artois, il n'est
pas enchanté de voir ses deux fils rétrograder dans la
hiérarchie. Mais de là à recourir au poignard ou au
poison, il y a loin ! Mercy eut la sagesse de tenir
Marie-Antoinette dans l'ignorance de ces élucubra-
tions. Elle eut une fin de grossesse idéale, sans aucune
des incommodités habituelles : le fameux masque qui
marque tant le visage des femmes à l'approche du
terme lui fut même épargné.

Louis XVI, ravi, la comblait d'égards et de menus
cadeaux. On attendait la naissance pour la mi-

---

* Des bougies qu'on plantait dans des récipients de verre pour
les protéger du vent.

décembre. La reine allait rater la plus grande part des divertissements de saison. « Le carnaval ne sera rien pour moi cet hiver », avait-elle constaté avec mélancolie. Alors son époux lui ménagea une surprise. Il lui fit demander tout soudain, un soir, au début du mois, si elle avait envie de voir des masques. « Très volontiers, à condition que le roi entre avec et n'en ait point. » Celui-ci entra donc, non déguisé, suivi de Maurepas en Cupidon, avec sa femme en Vénus et Sartine en Neptune ; Vergennes, un globe sur la tête, une carte d'Amérique devant lui, une carte d'Angleterre dans le dos, personnifiait la politique extérieure ; les survivants de la vieille cour avaient payé de leur personne : Soubise en Chinois, Richelieu en Triton, la vénérable maréchale de Mirepoix en Aurore. Un druide, un vizir, un derviche, un sultan, un bédouin, et bien d'autres se mêlèrent à eux pour danser allègrement le menuet, avant d'aller se régaler d'un chocolat chaud à la glace. La layette était prête, les parrain et marraine choisis : ce seraient le roi Charles III d'Espagne et l'impératrice Marie-Thérèse. On avait sélectionné dans les prisons les captifs à libérer et les églises multipliaient prières, vœux et neuvaines pour que l'enfant soit un garçon. On n'attendait plus que lui.

Ce n'est qu'une fille

Dans la nuit du 18 au 19 décembre, peu près minuit, Marie-Antoinette ressentit les premiers signes annonciateurs. Elle sonna, fit éveiller Mme de Lamballe, qui, vers trois heures, envoya chercher le roi. Il resta à ses côtés, tandis que la surintendante battait le ban et l'arrière-ban des princes et princesses de la famille. Le bruit se répandit aussitôt. Comme les naissances royales devaient toujours être publiques pour écarter tout risque de substitution, les curieux s'entassèrent dès

huit heures dans les différentes pièces de l'appartement, plus ou moins proches de la chambre de la reine
selon le rang plus ou moins élevé qu'ils occupaient
dans la hiérarchie. Un tel cérémonial avait toujours été
éprouvant pour les malheureuses reines ou dauphines.
Il ne pouvait paraître que barbare à Marie-Antoinette,
si hostile à l'étiquette. Installée sur son « lit de travail », elle serrait les dents pour ne pas donner à la
cour le spectacle de sa souffrance. Lorsque peu avant
midi, son accoucheur Vermond — le frère de l'abbé
— annonça que la naissance était imminente, la
chambre fut prise d'assaut par une foule si mélangée
qu'on se serait cru sur une place publique, dit
Mme Campan. Certains grimpèrent sur les meubles
pour mieux voir. Si le roi n'avait pas pris la précaution
de faire arrimer par des cordes les paravents protégeant
le lit de la reine, ceux-ci auraient été renversés sur elle.

Tout d'abord, l'enfant ne cria pas, elle put le croire
mort. Puis, bien que l'usage voulût que le sexe ne lui
fût annoncé qu'un peu plus tard, elle comprit, à un
signe convenu avec la princesse de Lamballe, que
c'était une fille. La tension des heures précédentes, le
vacarme montant de la foule, l'atmosphère confinée,
l'émotion, la déception, c'en était trop. Elle fut prise
d'un mouvement convulsif et perdit connaissance. Vermond cria : « De l'air, de l'eau chaude, il faut une
saignée au pied. » Pour éviter les vents coulis, on avait
cru bon de calfeutrer les hautes fenêtres avec des
bandes de papier collé. Mme Campan nous montre le
roi les ouvrant « avec une force que sa tendresse pour
la reine pouvait seule lui donner ». Mais Louis XVI,
qui a pour une fois renoncé à son laconisme habituel,
ne fait pas mention de ce malaise dans le récit sec mais
précis qu'il confie à son agenda : il se trouvait alors
dans le grand cabinet, où il avait suivi sa fille pour
la voir emmailloter. Les fenêtres furent ouvertes, peu
importe par qui. Les huissiers firent vider la chambre

manu militari. Vermond, faute d'eau chaude, pratiqua une saignée à sec. Dès que le sang jaillit, Marie-Antoinette rouvrit les yeux. Revenait-elle « des portes de la mort » ? Mme Campan dramatise un peu, Mercy cependant a eu peur. Pour éviter qu'elle n'en conserve de l'appréhension, on décida de lui cacher l'incident. Mais ses premières couches lui laissèrent malgré tout un très mauvais souvenir.

Elle n'en voulut pas à sa fille de sa déception. Lorsqu'on la lui présenta, elle avait déjà séché ses larmes. « Pauvre petite, se serait-elle écriée en la pressant sur son cœur, vous n'étiez pas désirée, mais vous ne m'en serez pas moins chère. Un fils eût plus particulièrement appartenu à l'État. Vous serez à moi ; vous aurez tous mes soins ; vous partagerez mon bonheur et vous adoucirez mes peines. » La fillette, aussitôt baptisée Marie-Thérèse et titrée Madame Royale, était robuste, sa physionomie annonçait « des traits réguliers et charmants, de grands yeux, une tournure de bouche agréable et un teint de la meilleure santé ». Au vu des portraits envoyés à Vienne, la grand-mère s'exclama, avec un petit pincement au cœur : c'est à son père qu'elle ressemble ! Le roi, lui, était aux anges. Pendant toute la première semaine, où l'on avait pris soin d'isoler la reine pour lui assurer le repos, il ne quittait son chevet que pour aller admirer sa fille, devant qui il fondait de tendresse. Il était de si bonne humeur qu'il en oublia ses griefs contre l'abbé de Vermond et se surprit à lui parler aimablement, par inadvertance.

Marie-Antoinette prit prétexte de sa santé pour échapper aux vœux du jour de l'an. Mais elle se remettait vite. Bientôt on joua au pharaon dans sa chambre. Puis on installa un théâtre dans le salon de la Paix, contigu, et elle put assister à la comédie étendue sur sa chaise longue. Elle reçut des ambassadeurs. Elle recommença à se promener, elle fit quelques apparitions aux bals, sans danser, elle alla aux spectacles de la cour, à ceux de la ville. Bien que l'enfant ne fût pas un fils, on profita de l'occasion pour raviver le sentiment populaire par une visite solennelle à Paris. Elle s'y rendit le 8 février, en compagnie du roi et de ses beaux-frères et belles-sœurs, pour un service religieux en action de grâces à Notre-Dame et à l'abbaye de Sainte-Geneviève. Le temps était doux, le cortège superbe. Mais l'affluence, fort grande, tenait plus de la curiosité que de l'affection. Peu d'acclamations, malgré les pièces d'argent jetées dans la foule. Presque partout, le silence, où Mercy a raison de voir réprobation plutôt que respect. Les cent couples pauvres, dotés et mariés pour la circonstance, n'y changent rien, non plus que les festivités prévues par les autorités municipales. C'est une fête en l'honneur de la reine, et la reine est impopulaire.

Décidément Marie-Antoinette n'aime Paris que la nuit et n'a pas encore tout à fait perdu sa tête folle. La fin du carnaval approchait, elle tenait à respirer au moins une ou deux bouffées de ses effluves. Elle persuada son époux de l'accompagner au bal de l'Opéra le dimanche gras. Comme il refusait d'y retourner le mardi, dernier jour avant le carême, elle décida d'y aller sans lui, incognito. Elle partit avec une seule dame, laissa sa voiture armoriée à l'hôtel de son premier écuyer, le duc de Coigny*, et l'échangea contre une vieille voiture sans marque distinctive. Sur le trajet, une roue cassa. Elle se retrouva sur le pavé en pleine nuit, dans sa tenue de bal, masquée, réduite à frapper à la porte la plus proche pour obtenir de l'aide. Un marchand de soieries héla un fiacre, qui la conduisit à l'Opéra. Quelle aventure ! Voilà un piment bienvenu dans la monotonie quotidienne ! Et de raconter à qui voulait l'entendre : « Moi en fiacre, n'est-ce pas bien plaisant ? » L'histoire fit le tour de Paris, mais

---

* Il habitait l'hôtel de Brionne, sur la place du Petit Carrousel, derrière le pavillon de Marsan.

avec une variante : on en conclut qu'elle sortait d'un rendez-vous galant avec Coigny. Personne ne réfléchit que, si cela avait été vrai, elle se serait gardée d'en parler. Mais il est certain en revanche que jamais une reine de France n'aurait dû s'exposer à pareille mésaventure.

L'ultime déception de l'impératrice

La jeune femme ne se montrait pas pressée de reprendre les relations avec son mari. Certes, elle savait bien, après la naissance d'une fille, que ce n'était que partie remise et qu'il lui faudrait recommencer bientôt. Mais elle était « un peu dégoûtée de ses couches » et n'avait pas envie de redevenir grosse avant plusieurs mois. Elle se remit à monter à cheval, ce qui équivalait à un aveu. Le bruit avait couru qu'elle envisageait de nourrir elle-même son enfant, comme l'apprit avec déplaisir sa mère. C'était la mode, assurément. C'était aussi un moyen de s'assurer dix-huit mois de tranquillité. Mais les servitudes de l'allaitement auraient été pires qu'une grossesse. En vérité, elle ne refuse pas les maternités. Mais elle n'a jamais renoncé à les espacer et à en limiter le nombre. Un point de vue partagé par un certain nombre de femmes, mais inacceptable chez une reine de France, en cette fin du XVIIIe siècle.

Les pressions se firent plus fortes. Bien que Mercy lui eût fait la leçon et prétendît l'avoir convaincue, Marie-Thérèse ne jugeait pas superflu de lui répéter, dans chacune de ses lettres, que sa fille avait besoin d'un « petit compagnon ». Faudrait-il attendre à nouveau huit ans ? Aux premiers jours du printemps, une rougeole vint apporter un sursis à la jeune femme : on dut la séparer du roi, qui ne l'avait pas eue. Mais qu'allait-elle devenir sans sa chère Polignac, également atteinte ? Elle risquait de périr d'ennui ! Quatre

hommes de sa « petite société » se proposèrent pour la
distraire. Coigny, Guines, Esterhazy et Besenval s'éta-
blirent dans son appartement comme gardes-malades
et colporteurs de cancans. Ils se disaient prêts à y passer la nuit entière ! Il fallut transiger : ils arrivaient à
sept heures le matin et se retiraient le soir à onze
heures. C'était bien suffisant pour faire jaser. Quelles
étaient les dames qui se dévoueraient, murmurait-on,
si le roi tombait malade ? Pour couper court aux
rumeurs sur leur indifférence mutuelle, Mercy suggéra
un commerce de billets entre les époux, puis un rendez-vous romanesque : du haut d'un balcon, la reine
échangea avec le roi, comme dans une scène de théâtre,
des mots dont on nous garantit qu'ils furent tendres.

Pour ses trois semaines de convalescence, elle s'installa à Trianon, flanquée de ses quatre gardes-malades.
Louis XVI, de toute évidence, ne se préoccupait pas
d'elle. Il avait en tête bien d'autres soucis, d'ordre politique. De plus, son entourage avait jugé le moment
bien choisi pour lui proposer à nouveau une maîtresse.
Marie-Antoinette en eut vent. « Mortifiée et piquée »,
un peu inquiète tout de même, elle se décida à regagner
Versailles et à reprendre la vie commune. Les retrouvailles avec sa fille semblent avoir réveillé en elle la
fibre maternelle : à huit mois la petite commence à
marcher très bien dans son panier, elle dit *papa* et à
travers la gencive on sent ses premières dents prêtes à
percer. « J'espère pouvoir bientôt annoncer à ma chère
maman de nouvelles espérances de grossesse. Elle peut
être rassurée sur ma conduite, et je sens trop la nécessité d'avoir des enfants pour rien négliger sur cela. Si
j'ai eu anciennement des torts, c'était enfance et légèreté, mais à cette heure, ma tête est bien plus posée, et
elle peut compter que je sens bien tous mes devoirs sur
cela. D'ailleurs, je le dois au roi pour sa tendresse, et
j'ose dire, sa confiance en moi, dont je n'ai qu'à me
louer de plus en plus. » Et en effet, elle eut au début

de juillet quelques soupçons, qui se terminèrent par une fausse couche : elle se serait « blessée », dit Mme Campan, en faisant un effort trop brusque pour relever une vitre de sa voiture !

Le temps passait, la petite Madame grandissait, elle marchait toute seule, se baissait et se relevait sans qu'on la tienne, on s'apprêtait à la sevrer. Mais toujours pas de petit compagnon en vue. Les espérances, trop tôt caressées, s'évanouissaient de mois en mois. Toute l'année 1780 s'écoula sans résultat. En l'absence d'un dauphin, le comte d'Artois se prenait à rêver de la couronne pour l'aîné de ses fils, qu'il faisait élever en futur roi. Marie-Antoinette s'inquiétait pour de bon et à Vienne, Marie-Thérèse se désolait.

À soixante-trois ans, l'impératrice n'en pouvait plus. Alourdie par un poids excessif, elle avait de la peine à se mouvoir. Ses mains déformées par les rhumatismes refusaient de tenir la plume. Son vieux catarrhe chronique, qui avait repris de plus belle, la secouait d'une toux opiniâtre. Elle se sentait « devenir intérieurement comme de la pierre », tant elle avait de peine à respirer. Ce qui ne l'empêchait pas d'être dévorée d'un feu intense, au point de tenir ses fenêtres ouvertes jour et nuit, par tous les temps. À la fin de novembre 1780, elle capitula. Elle réclama les derniers sacrements. Les nuits étaient atroces, elle étouffait. Mais elle luttait contre le sommeil : « Comment voulez-vous que je m'endorme lorsqu'à chaque instant je puis être appelée devant mon juge ? Je crains de m'endormir, je ne veux pas être surprise, je veux voir venir la mort. » Telle était la vieille lutteuse, prête à faire face. Le 29 novembre elle refusa une potion qui n'aurait fait que prolonger son agonie et chassa ses filles de sa chambre pour leur en épargner le spectacle. Dans une ultime crise d'étouffement, elle se souleva de son fauteuil, s'effondra sur un sofa et, comme son fils Joseph s'écriait : « Vous ne serez pas bien là », elle répliqua :

« Assez bien pour mourir. » Elle eut le temps de donner ses dernières consignes à son médecin : « Allumez le cierge mortuaire et fermez-moi les yeux, car ce serait trop demander à l'empereur. » Quelques minutes plus tard, elle expirait.

À deux mois près, elle aurait pu savoir sa fille enceinte à nouveau. Et cette fois, il s'agissait d'un dauphin.

Lorsque la nouvelle de sa mort parvint à Versailles, Louis XVI chargea Vermond de l'annoncer à la reine. Marie-Antoinette pleura beaucoup, de toute la sincérité de son cœur. Elle était profondément attachée à sa mère. C'est d'ailleurs pourquoi leurs relations ont été parfois si difficiles. Désormais le cordon ombilical est coupé. La crainte disparue, il n'y a plus place que pour l'admiration. Marie-Thérèse devient un modèle, une référence absolue dès qu'il est question de courage, de dignité, de grandeur. C'est à elle que pensera Marie-Antoinette dans les jours d'épreuve, c'est elle qui l'aidera à affronter sans faiblesse la fin horrible qui lui est réservée. Mais d'ici là, il lui faut achever de conquérir son autonomie et de devenir adulte. Et en la matière, la longue dépendance où l'a tenue l'impératrice ne facilite pas l'évolution.

Un dauphin

La seconde grossesse de Marie-Antoinette lui causa aussi peu de malaises que la première et sa délivrance fut plus rapide, sans incidents. Le 22 octobre 1781, « à un heure et quart, juste à ma montre », écrivit le roi dans son agenda, « elle est accouchée très heureusement d'un garçon ». On avait réduit au strict minimum — une dizaine — le nombre de personnes admises dans la chambre. Les autres, reléguées dans le grand cabinet, ne purent entrer qu'au tout dernier moment et restèrent bloquées au fond de la pièce, pour que l'air pût circuler. Au moment où l'enfant vint au monde, il se fit un si grand silence, conte Mme Campan, « que la reine crut n'avoir encore qu'une fille ; mais après que le garde des sceaux eut constaté le sexe du nouveau-né, le roi s'approcha de son lit et lui dit : "Madame, vous avez comblé mes vœux et ceux de la France ; vous êtes mère d'un dauphin." La joie de Louis XVI était extrême, des pleurs coulaient de ses yeux ». Lui, si réservé d'ordinaire, serrait la main à tout le monde et se répandait en flots de paroles, se délectant des mots *mon fils* ou *le dauphin*, qu'il répétait à tout va. La princesse de Guéménée apporta à sa mère l'enfant lavé et emmailloté. On peut douter qu'il ait pesé treize livres et mesuré vingt-deux pouces, mais il promettait assurément d'être vigoureux. Marie-Antoinette proposa à la gouvernante de la soulager en partie de sa tâche, devenue double, en partageant avec elle l'éducation de sa fille.

L'étiquette, qu'on avait allégée pour cette dernière, reprit tous ses droits en l'honneur d'un garçon. L'enfant fut baptisé à trois heures par le cardinal de Rohan, premier aumônier. Puis il reçut, dans son berceau, « les hommages et les visites d'usage ». Autrement dit, tout ce qui comptait dans le royaume vint rassasier de révérences et de discours le nouveau-né qui préférait le lait de sa nourrice, la bonne Mme Poitrine — il se trouve que c'était son vrai nom, mais on l'avait choisie pour sa plantureuse santé. La joie fut générale. Selon la tradition, le peuple voyait dans la naissance d'un héritier « un gage de prospérité et de tranquillité publique ». Les corps de métiers envoyèrent à Versailles des délégations munies de cadeaux inspirés par l'événement. Il y eut beaucoup de dauphins, faits de matériaux variés et habillés de diverses sortes. Par une délicate attention pour le roi, les serruriers avaient forgé une serrure très compliquée qui, lorsqu'il en découvrit le secret, laissa

surgir un dauphin. Les fossoyeurs eux-mêmes étaient
venus, heureusement sans mise en scène de circonstance ; mais on les fit tout de même éconduire, pour
qu'aucune ombre ne fût portée sur ce beau jour.

Comme de coutume, les dames de la halle vinrent
au nombre de cinquante, en robe de soie noire, « la
grande parure de leur état ». Trois d'entre elles furent
admises dans la chambre. L'une, jolie et dotée d'une
belle voix, récita une harangue qu'avait composée
exprès un académicien, le fameux M. de La Harpe.
Comme elle avait peur de se tromper, elle en avait écrit
le texte à l'intérieur de son éventail, mais elle eut à
peine besoin d'y jeter les yeux. Attention, il ne fallait
pas confondre les dames de la halle avec les poissardes, dont les couplets gaillards ne devaient rien à
l'éloquence académique. Le roi et la reine adoptèrent
l'un d'eux, et l'on fredonna à Versailles :

> *Ne craignez pas, cher papa,*
> *D' voir augmenter vot' famille,*
> *Le bon Dieu y pourvoira :*
> *Fait's en tant qu' Versailles en fourmille ;*
> *'Y eût-il cent Bourbons cheu nous,*
> *'Y a du pain, du laurier pour tous.*

Le 21 janvier, la cérémonie des relevailles amena les
souverains à Notre-Dame et à Sainte-Geneviève pour
rendre grâces de l'heureuse naissance. Puis ils se rendirent à l'Hôtel de Ville où l'on avait édifié un énorme
pavillon de bois, à la mesure des soixante-dix-huit
convives attendus pour le festin. Le service y était si
lent, murmura-t-on ensuite, que les derniers étaient à
peine servis lorsque le roi se leva de table, les obligeant
à en faire autant. Le peuple, lui, put se gaver sans souci
de protocole des victuailles qu'on distribuait dans les
carrefours, s'abreuver aux fontaines de vin et danser à
perdre haleine en attendant le feu d'artifice final. Deux

jours plus tard, le roi et la reine revinrent à l'Hôtel de
Ville pour un grand bal, qui termina les réjouissances.
Allons, la monarchie était encore populaire. Mais les
hommages s'adressaient visiblement, selon la meilleure tradition, au couple royal fécond, qui assurait la
continuité de la dynastie et la prospérité du royaume.
Il n'y avait de sympathie pour Marie-Antoinette que si
elle endossait pleinement son rôle.

Elle sembla le comprendre. Et si elle avait eu des
doutes sur le renfort que cette naissance apportait à sa
position, la tête que faisait son beau-frère Provence
aurait suffi à l'éclairer. Il avait longtemps cru son aîné
stérile, puis la venue d'une fille lui avait laissé quelque
espoir : il demeurait l'héritier numéro un. Voilà qu'il
lui fallait rétrograder à la deuxième place. Et tout laissait prévoir que le couple royal aurait d'autres enfants.
Sa femme sut se contenir et faire bonne figure. Mais il
parvint mal, lui, à dissimuler sa déconvenue. Déjà, lors
de la naissance de la fillette, il n'avait pu se résoudre
à témoigner une joie qui, de son propre aveu, ne pouvait passer que « pour fausseté ». Il laissa donc paraître
sa grise mine. Encouragea-t-il les rumeurs mettant en
doute la légitimité du dauphin ? C'est possible, et
même probable. Réunit-il et déposa-t-il plus tard
auprès du duc de Fitz-James un dossier complet sur
l'ensemble des enfants royaux ? Aucune trace n'en est
restée. Ce qui est sûr, c'est que des libelles injurieux
circulèrent. Marie-Antoinette, plus encore que de coutume, refusa d'en tenir compte. Elle se sentait plus sûre
que jamais de sa position.

Pas de nouvelle maternité en vue jusqu'en 1783, où
elle fit une fausse couche en novembre. Mercy marquait d'autant plus d'impatience que la santé du dauphin était médiocre. Au printemps de 1784 on
s'aperçut qu'il avait cessé de grandir. Languissant, il
dépérissait. Louis XVI, bouleversé, pleurait. Les médecins parlèrent « d'humeur scorbutique ». Lorsqu'il fut

pris d'une fièvre tierce, ces imbéciles satisfaits voulurent voir dans la marche de cette maladie « un des plus puissants moyens de fortifier la constitution du jeune prince ». Marie-Antoinette les crut, se rassura en constatant qu'il allait mieux. Elle s'aperçut bientôt qu'elle était enceinte. Nouvelle grossesse sans problèmes. Le 27 mars 1785, elle réussit à déjouer la curiosité en dissimulant l'imminence de la naissance et, à huit heures du soir, elle mit au monde un fils en présence d'une assemblée de princes et princesses très clairsemée. L'enfant, superbe, fut aussitôt baptisé et titré duc de Normandie. On fit moins de cérémonies que pour son aîné, c'était normal. Le 24 mai, la reine s'en alla à Paris pour les relevailles, mais fut peu acclamée. Et l'on se scandalisa qu'elle eût terminé à l'Opéra — le théâtre, pas le bal — une journée commencée à Sainte-Geneviève. Il courut à nouveau des couplets outrageants.

Anticipons un peu. Avec deux fils, elle estimait en avoir assez fait pour la dynastie. Elle prit très mal les premiers signes de ce qui ne pouvait être qu'une nouvelle grossesse. Elle refusa longtemps d'y croire. Elle se plaignait de « tracasseries et de malaises » dont elle espérait voir bientôt la fin. Les médecins la laissaient dire. À l'approche du cinquième mois, elle dut se rendre à l'évidence. Elle était si mécontente qu'elle ne prit pas la peine de s'en cacher auprès de son frère[*]. « Elle m'a écrit en me donnant part de sa grossesse, révèle Joseph II à Mercy, elle me témoigne d'en être fâchée, croyant d'avoir assez d'enfants [...]. Je lui fais entrevoir les conséquences fâcheuses d'une pareille conduite si elle voulait jamais, soit par commodité ou par ménagement, se séparer du roi pour n'avoir plus d'enfants. [...] Cette idée me fait naître d'autant plus

---

[*] Dans une lettre qui n'a pas été retrouvée. La réponse de son frère non plus. Mais nous en connaissons la substance par la lettre à Mercy citée ici.

d'inquiétude que c'est actuellement la mode parmi les jeunes femmes, qui croient de bon ton de se séparer de leurs époux et d'avoir satisfait à leurs devoirs en devenant mères d'un ou deux enfants. » Et il évoquait, pour lui faire peur, le sort de tant de reines de France délaissées au profit d'une maîtresse. Mais Marie-Antoinette savait qu'elle n'avait à craindre nulle infidélité de la part de Louis XVI, peu porté sur les plaisirs de la chair et retenu par de puissants scrupules religieux.

Elle mit au monde le 9 juillet 1786 une petite fille très vigoureuse, nommée Sophie, qui devait mourir de convulsions moins d'un an plus tard. À plusieurs reprises, des rumeurs de maternité coururent dans le public. « Si j'avais été grosse aussi souvent qu'on le dit dans ce pays-ci, écrit-elle à son frère, je n'aurais pas eu de repos, et j'aurais presque autant d'enfants que la grande-duchesse*. » Elle avait pris un embonpoint considérable, qui l'affligeait et dont elle limitait le plus possible les effets en se comprimant étroitement la taille dans un corset, ce qui soulignait l'excessive opulence de sa gorge. Bref, ce n'était plus une jeune femme. La naissance de Sophie l'avait beaucoup éprouvée. Il est probable qu'elle en tira argument pour désaccoutumer son époux des relations conjugales. Toujours est-il qu'elle n'eut pas d'autre grossesse. Elle s'en déclara satisfaite. Elle expliquait son refus des maternités à la chaîne par le désir de s'occuper de ses enfants. C'est là un des rares points où elle ose se montrer critique à l'égard de sa mère, que ses nombreux devoirs avaient empêchée de veiller à l'éducation de ses filles. Elle-même aurait valu beaucoup mieux, confiait-elle à Mme Campan, si elle avait eu le bonheur de recevoir directement des leçons d'une souveraine aussi sage. Avoir moins d'enfants et les élever mieux : c'est là une idée nouvelle, tout à fait dans l'esprit de

---

* L'épouse de son frère Léopold, grand-duc de Toscane, qui avait alors — en 1788 — seize enfants.

l'époque, mais très étrangère à la tradition des familles princières. Et on doit dire, à l'actif de Marie-Antoinette, que ce ne fut pas parole en l'air. Elle s'occupera de ses enfants beaucoup plus sérieusement que la plupart des reines ses aînées.

Elle voulait le bonheur de sa fille Marie-Thérèse. Et sa réaction face aux projets de mariage qui ne manquèrent pas de se dessiner très tôt en dit long sur ses propres souffrances. Lorsqu'en 1787, sa sœur Marie-Caroline fit demander officieusement la main de la fillette pour son fils aîné, héritier du trône de Naples, elle déclina cette offre au profit du fils du comte d'Artois. Selon Mme Campan, elle prétendait « que Madame en épousant son cousin le duc d'Angoulême, ne pouvait perdre son rang de fille du roi et que sa position serait bien préférable à celle de reine dans un autre pays, qu'il n'y avait rien en Europe de comparable à la cour de France et qu'il faudrait, pour ne pas exposer une princesse française aux plus cruels regrets, si on la mariait à un prince étranger, lui faire quitter le palais de Versailles à sept ans, et l'envoyer, dès cet âge, dans la cour où elle devrait vivre ; qu'à douze ans ce serait trop tard, parce que les souvenirs et les comparaisons nuiraient au bonheur de sa vie entière ». L'ex-femme de chambre ne voit rien d'autre dans ces réflexions qu'une preuve de l'admiration et de l'attachement que Marie-Antoinette vouait à la France. Oui, certes, la vie à Versailles est plus brillante qu'à Naples. Mais dans son refus d'arracher sa fille à l'univers de son enfance, on perçoit aussi l'écho douloureux du déchirement qui fut le sien lorsqu'on la déracina de Vienne, adolescente, pour la transplanter dans une cour étrangère, loin du cocon familial où elle était heureuse. Et ce refus traduit également le désir d'écarter la politique dans les combinaisons matrimoniales : elle ne fera pas de sa fille ce que l'impératrice avait fait d'elle, un agent de sa patrie d'origine. Double souffrance, double blessure, qu'elle voudrait lui épargner.

Elle s'efforce aussi, en bonne éducatrice, de réprimer l'orgueil qu'affiche précocement la petite. Car Mousseline, dite aussi Madame Sérieuse, a le sourire rare et la parole acide. Afin de la déshabituer de sa hauteur, elle l'oblige à des égards pour des fillettes de rang modeste ; elle fait élever auprès d'elle la fille d'une domestique, à qui l'on accorde même traitement, mêmes habits, mêmes distractions, pour lui rappeler qu'elle n'est pas un être d'exception* ; et comme la jeune personne tient beaucoup à ses affaires, elle la contraint de partager ses jouets avec les enfants pauvres. Mais ces efforts pédagogiques se heurtent à la résistance de l'enfant, sans doute encouragée en secret par Madame Adélaïde et Madame Élisabeth, qui jugent Marie-Antoinette trop peu soucieuse de garder les distances dues à son rang. Une anecdote rapportée par le marquis de Bombelles montre l'abbé de Vermond indigné de l'indifférence dont elle témoigne après une chute de cheval de sa mère : si celle-ci était morte, elle aurait été contente, car elle aurait pu ensuite faire tout ce qu'elle voulait. Vrai ? faux ? on ne sait. Mais il est certain que la mère et la fille manquent, comme on dit familièrement, d'atomes crochus et qu'elles se comprennent mal.

En revanche — et ce fut sans doute une source de jalousie pour la fillette —, Marie-Antoinette raffole de ses deux fils. D'abord, ce sont des garçons, si ardemment désirés. Et puis tous deux sont attachants, l'aîné par sa fragilité, le second par sa pétulance. Ils seront l'un et l'autre pour elle, on le verra, la source de très vives souffrances.

Pour l'instant, la naissance de ses enfants a métamorphosé Marie-Antoinette. Ils donnent un sens à sa vie, qui n'en avait pas. Ils créent entre elle et son mari

---

* On a parfois voulu voir à tort dans cette enfant, sans la moindre preuve, une fille naturelle de Louis XVI.

un lien très fort, distinct de l'amour, dont ils éprouveront l'intensité lorsqu'ils lutteront ensemble pour les
protéger. Tous deux les aiment, chacun à leur manière,
plus démonstrative chez elle, plus intériorisée chez lui,
mais d'une égale vigueur. On peut regretter qu'ils aient
attendu si longtemps pour se rencontrer enfin dans un
sentiment partagé. Mais rien ne serait perdu si l'opinion publique avait suivi. Hélas, en ce qui la concerne,
il est trop tard. Les portraits de Marie-Antoinette en
mère de famille attentive ne parviennent pas à effacer
l'image de l'écervelée qui courait de fête en fête sans
son époux, harnachée de plumes et se moquant du
qu'en-dira-t-on. Pour l'avoir mariée prématurément,
avant qu'elle n'y fût prête, la France et l'Autriche ont
été les artisans involontaires de ce désastre.

Chapitre douze

La souveraine de Trianon

Dans ses relations avec les autres, Marie-Antoinette offre ce curieux mélange de hauteur orgueilleuse et de charmante simplicité qu'on rencontre souvent chez les souverains. Mais, excessive en toutes choses, elle les pousse au suprême degré. Elle ne supporte pas de se heurter à un autre orgueil. Elle déplore que Louis XVI ait permis à ses frères de conserver après l'avènement leur liberté de manières antérieure et les ait dispensés de lui faire quotidiennement leur cour. Elle s'indigne de voir sa belle-sœur Marie-Joséphine se hausser du col et de l'entendre lui répliquer : « Je ne suis pas reine, certes, mais je suis du bois dont on les fait. » Elle déteste à Versailles les dames titrées en charge de fonctions honorifiques, qui gardent l'œil sur leurs voisines pour s'assurer qu'aucune entorse n'est commise à la sacro-sainte hiérarchie des rangs. Mais son naturel aimable reparaît face aux subalternes, qui lui sont très attachés. Pour éviter à Mme Vigée-Lebrun lourdement enceinte de se baisser, elle n'hésite pas lors d'une séance de pose à ramasser elle-même les pinceaux échappés de la main de l'artiste.

Elle rêve de simplicité, de naturel, d'intimité. Elle a horreur du caravansérail versaillais, où divertissements, repas, promenades et toilette sont offerts aux regards indiscrets. À Vienne, les contraintes étaient moindres, et surtout elles ne pesaient pas sur l'impératrice-reine, maîtresse d'organiser sa vie à sa guise. La jeune femme a versé des larmes amères lorsqu'elle a vu la comtesse de Provence accompagner en Savoie la sœur du roi, Clotilde, qui s'en allait épouser le prince de Piémont. Hélas, il ne lui sera pas donné, comme à Marie-Joséphine, de revoir les lieux de son enfance, les vastes salles de la Hofburg, Schönbrunn et ses jardins. Les escapades à Paris se font de plus en plus décevantes. Elle tente donc de fuir dans le cadre dont elle dispose, en se créant sur place des lieux privilégiés.

Un besoin de solitude, instinctif, profond, vital, coexiste chez elle avec la peur de s'ennuyer, qui l'entraîne dans de folles dissipations. Dans le temps même où elle est livrée au tourbillon des plaisirs, elle se fait aménager des retraites très privées. Elle n'aime pas beaucoup ses appartements intérieurs, sombres et tristes, où elle doit subir la présence de ses dames de compagnie. Si au moins elle pouvait s'isoler quelque part ! Elle fait condamner des portes et en fait poser d'autres, elle rajoute des cloisons et des escaliers afin de protéger les pièces qui lui sont réservées. Partout des clefs, des serrures, des verrous. Lorsqu'en avril 1781 on rénove son cabinet de la Méridienne, elle fait mettre aux deux portes de belles targettes de bronze à son chiffre et exige qu'on ait accès à la bibliothèque sans traverser le cabinet, « désirant être seule quand elle le jugera à propos sans gêner son service et sans en être gênée ». En quête de lumière et de tranquillité, elle grignote du terrain en direction des étages supérieurs ou, faute de mieux, elle s'enfonce dans les profondeurs. Convoqué un jour par elle pour un entretien discret, Besenval, pourtant familier des lieux, se dira stupéfait de la trouver dans une petite pièce à hauteur des toits dont il ignorait l'existence. Et le jeune d'Hézecques, errant en 1789 dans le château déserté, découvrira « une foule de petits appartements dépendant de celui de la reine », donnant sur de petites cours fort

sombres, « simplement meublés de glaces et de boiseries ».

Que cherche-t-elle à cacher ? Rien d'autre qu'elle-
même, sans doute. Elle est restée longtemps la petite
fille aux aguets qui tremblait de peur en écrivant à sa
mère et dissimulait dans son lit les lettres qu'elle en
recevait. Dans ce palais sans intimité où déambulent
les gens les plus divers, elle veut des lieux clos, retirés,
protégés. Elle multiplie les interdictions et les barrages,
même dans les pièces d'apparat. « J'aurais désiré voir
l'appartement de la reine, conte Young qui visita la
France en 1787, mais on ne m'y autorisa pas. — Sa
Majesté y est-elle ? — Non. — Pourquoi ne pas le
visiter alors, comme celui du roi ? — Ma foi, monsieur, c'est autre chose... » En se dérobant au public,
en lui claquant la porte au nez, elle s'aliène l'immense
masse des admirateurs venus adorer en son temple versaillais la puissante monarchie française. En s'isolant,
elle heurte de front la règle qui enjoint qu'une reine ne
soit jamais seule. Et elle donne d'autant plus de prise
aux soupçons que naguère Louis XV, lui aussi grand
amateur de cabinets intérieurs, y avait abrité ses
amours. Elle a les moyens d'en faire autant, si jamais
elle le souhaite. « Je fus étonné, dit cruellement Besenval, non pas que la reine eût désiré tant de facilités,
mais qu'elle eût osé se les procurer. » De là à penser
qu'elle en a usé, il n'y a qu'un pas, que franchiront les
pamphlétaires.

Mais ni les cabinets enfouis dans les entrailles du
vieux château, ni même l'appartement qu'elle se fait
aménager au rez-de-chaussée après la mort de sa tante
Sophie ne peuvent rivaliser en agrément avec le petit
Trianon, qui bénéficie de jardins privés.

Trianon ou la clef des champs

Cette charmante « maison de campagne » lui appartient en propre. Elle y est chez elle, seule à y donner
des ordres — « de par la Reine » —, libre d'y recevoir
qui elle veut, quand elle veut. Elle peut remodeler les
lieux au gré de sa fantaisie et de l'existence qu'elle a
envie d'y mener. N'imaginons pas le domaine de Trianon surgi tout achevé d'un coup de baguette magique.
Il évolue et se transforme sans cesse, jusqu'au jour où
la Révolution le fige. Et nulle part n'est aussi visible
la marque personnelle de Marie-Antoinette. Elle ne
construit pas pour l'éternité, mais pour son plaisir
immédiat. Une inquiétude foncière l'habite, elle supporte mal l'immobilité, la répétition, la permanence.
Il lui faut du changement. Elle ne sait pas toujours
exactement ce qu'elle veut, mais elle le veut très fort.
Et tout de suite. Une imagination très vive, moins créa-
trice que prompte à s'emparer de tout ce qui est dans
l'air du temps ; une impatience impérieuse, qui exige
la satisfaction immédiate ; une versatilité qui remet en
cause des travaux à peine entrepris ou se détourne de
ce qui l'enchantait la veille ; un mépris royal — du
moins au début — tant pour le coût que pour l'effort
exigé des hommes. Rien n'est trop beau pour elle et
peu lui importe que les ouvriers travaillent jour et nuit
pour tisser ou sculpter dans les délais tentures et boiseries. Pour l'enfant gâtée qu'elle n'a jamais cessé d'être,
Trianon est comme un de ces jouets — maison de poupée ou ferme modèle —, dont les éléments peuvent
être redistribués et complétés par additions successives, un cadre, un décor où les petites filles se font un
monde à leur idée et rêvent à être de grandes personnes.

Marie-Antoinette n'a pas mesuré d'emblée toutes les
ressources qu'offrait Trianon à son désir d'évasion.
L'élégant pavillon bâti pour Mme de Pompadour

retrouve d'abord sa vocation première. C'est un but de promenade, on s'y abrite du soleil ou de la pluie, on y fait halte pour quelque repos, on y trouve tout ce qu'il faut pour une collation, voire un souper. La jeune reine ne touche guère au bâtiment. Elle se contente de le flanquer extérieurement de quelques chinoiseries, notamment un jeu de bagues, où des dragons et des paons servent respectivement de montures aux hommes et aux dames. Son effort porte d'abord sur les jardins. Elle n'ose détruire totalement l'œuvre de Louis XV et préserve un espace de parterres à la française, du côté qui mène au Grand Trianon. Mais, comme le veut la mode, sa prédilection va aux jardins anglais, censés reproduire le désordre de la nature, dont on n'hésite pas à pallier les défaillances grâce aux ressources de l'art. Le paysage conçu par l'architecte favori de la reine, Richard Mique, et réalisé par les frères Richard, jardiniers du roi, est aussi éloigné que possible des nobles perspectives de Le Nôtre. Il crée de toutes pièces et rassemble dans un cadre étroit le maximum d'éléments « pittoresques », organisés selon des perspectives qui doivent conduire le promeneur de surprise en surprise : « Je crus être fou ou rêver, dit le duc de Croÿ, de trouver à la place de la grande serre chaude qui était la plus savante et chère de l'Europe, des montagnes assez hautes, un grand rocher et une rivière. Jamais deux arpents de terre n'ont tant changé de forme, ni coûté tant d'argent. » Et encore, Croÿ ignore combien de « fabriques* » la reine a eu le bon goût d'écarter parmi celles qu'on lui proposait. Pas d'ermitage. La petite chapelle édifiée pour Louis XV lui suffit, mais elle y mettra une horloge. Pas de ruine. En dépit de la vogue dont jouit Hubert Robert, elle n'aime rien de ce qui évoque la décrépitude. Mais une

---

* Constructions servant à l'ornement des parcs et des jardins. Le mot est utilisé à la fois par les paysagistes et par les peintres.

des deux collines jumelles est couronnée par un élégant Belvédère et sur l'îlot ménagé au milieu de la rivière s'élève, noyé dans un fouillis de fleurs, un Temple de l'Amour pour lequel Bouchardon a sculpté la statue du jeune dieu occupé à se tailler dans la massue d'Hercule l'arc qui lui servira à percer les cœurs.

Dans ce paysage fait pour être offert à l'admiration, un détail trahit le besoin de s'isoler si frappant chez Marie-Antoinette : la fameuse Grotte, lovée dans une sorte d'alvéole entre le Rocher et la Montagne de l'Escargot. Certes les grottes artificielles ne sont pas une nouveauté : le parc de Versailles lui-même en avait comporté une célèbre, celle de Thétis, bâtie en 1664-1666 et démolie lors de la construction de l'aile Nord. Mais celle-ci, outre qu'elle se donne l'air d'une anfractuosité naturelle, est singulièrement protégée des intrus. Quand on venait de la terrasse, on descendait quelques marches taillées dans le roc, on tombait ensuite sur une grille de fer dont la clef ne devait être remise qu'à la reine. « La grotte était si obscure, dit Hézecques, que les yeux, d'abord éblouis, avaient besoin d'un certain temps pour découvrir les objets. Toute tapissée de mousse, elle était rafraîchie par le cours d'eau qui la traversait. Un lit, également en mousse, invitait au repos. [...] Une crevasse, qui s'ouvrait à la tête du lit, laissait apercevoir toute la prairie, et permettait de découvrir au loin tous ceux qui auraient voulu s'approcher de ce réduit mystérieux. » Une autre ouverture, donnant sur la prairie du côté opposé et fermée par une porte en treillis, offrait aux occupants une issue de secours. Pourquoi un tel dispositif ? Non, la grotte n'a pas été construite pour abriter les amours supposées de la reine, elle fait partie du projet initial de réfection du jardin, au lendemain de l'avènement. Sans compter que l'humidité devait la rendre peu praticable, même pendant la canicule, pour une habituée des rhumes de cerveau ! Alors, à quoi

pouvait servir cette grotte ? À rien, peut-être. Elle a pu
n'être qu'un simple élément de décor. Mais ô combien
révélateur des hantises de Marie-Antoinette ! Peu
importe que la jeune femme y aille ou n'y aille pas,
l'essentiel est que la grotte soit fermée. Au cœur d'un
domaine en principe inaccessible au public, mais qu'il
faut bien entrouvrir de temps en temps, les dimanches
ou les jours de grande fête, elle constitue un lieu clos,
interdit à tous, symbole d'une intimité protégée, d'une
identité préservée, lieu imaginaire de retour aux
sources de la vie, dont la psychanalyse n'a pas de peine
à déchiffrer le sens.

Du décor de fêtes au cadre de vie

Lorsqu'elle fait aménager par priorité les jardins,
Marie-Antoinette n'envisage pas de séjourner à Trianon. En tant que reine, elle est tenue d'habiter le château où réside le roi. Elle peut d'autant moins se
risquer à le déserter que ses relations avec son époux
sont alors mauvaises : ce n'est pas le moment de faire
non seulement chambre à part, mais demeure à part !
Elle use de son domaine tout neuf pour recevoir. À
Trianon, c'est elle qui accueille ses hôtes à titre personnel, non pas au nom du roi, mais en ses lieu et place :
un moyen subtil de manifester son pouvoir et d'afficher son crédit. Les fêtes qu'elle y donne sont restées
célèbres. La première, qu'elle offrit à Louis XVI le
3 septembre 1777 pour l'inauguration des jardins,
s'inspirait d'une des fêtes de Mme de Montespan. On
y avait reproduit une foire, dont les éventaires étaient
confiés aux dames de la cour. Marie-Antoinette
s'amusa beaucoup à tenir une guinguette de limona-
dière. Il y en eut d'autres, offertes à Joseph II lors de
sa seconde visite en 1781, puis les années suivantes au
couple héritier de Russie, le grand-duc Paul et sa

femme, à l'ambassadeur d'Angleterre, au roi de Suède.
Toutes se terminaient par un « nocturne ». Les fascines
allumées dans les fossés et les lampions parsemés dans
les bosquets répandaient une clarté douce, « semblable
au clair de lune, dit Grimm, ou au premier rayon de
l'aube matinale », une sorte de nappe lumineuse,
irréelle, magique, sur laquelle se détachait la silhouette
du Temple de l'Amour.

À la différence des fêtes données dans le parc de
Versailles, ouvertes au public, celles de la reine n'accueillaient que sur invitations. Mais des resquilleurs
s'y faufilaient à la faveur de l'obscurité. Aux grilles
fermant l'accès du domaine, les portiers censés faire
bonne garde n'étaient pas insensibles à une pièce d'or
glissée à propos. C'est ainsi que Marie-Antoinette put
entrevoir un certain soir sur l'herbe l'éclat d'un bas
rouge dont le comte d'Artois identifia pour elle le propriétaire : il s'agissait du cardinal de Rohan, premier
aumônier, à qui elle vouait une haine solide et que,
bien sûr, elle n'avait pas invité. Pour un exclu dont
l'histoire a retenu le nom, combien d'autres ont rongé
leur frein en secret, maudissant l'orgueilleuse jeune
femme qui les rejetait de son paradis.

Mais Trianon ne se pare que rarement de sa tenue
de gala. Les grandes fêtes coûtent cher, très cher, et la
guerre d'Amérique obère les finances. Il n'est pas sûr,
d'ailleurs, que Marie-Antoinette se plairait à multiplier
ces parades à grand spectacle. Elle a découvert, lorsque
sa rougeole l'a obligée à se séparer de son époux, que
son petit château peut être aussi un lieu de vie. Tous
les prétextes lui sont bons pour y faire des escapades
quasi quotidiennes en toute saison. Le moindre rayon
de soleil met en alerte Bonnefoy du Plan, le « suisse »
chargé de veiller sur sa maison des champs, car il sait
que le trajet, à pied, ne lui prend pas plus de douze
minutes. Et les services de la Bouche qui, sur le coup
d'une heure et demie, s'apprêtent à servir le repas à

Versailles, n'ont qu'un quart d'heure pour charger en hâte les victuailles sur des voitures : on dînera à Trianon, où les communs comportent une vaste cuisine et un réchauffoir. Pour mettre le couvert, on trouvera tout sur place, car Marie-Antoinette a commandé une somptueuse vaisselle à son chiffre. Mais Bonnefoy du Plan a un gros souci : il ne dispose que de nappes rectangulaires, alors que les tables y sont rondes.

Lorsque les difficultés financières contraignent le roi à réduire les déplacements de la cour vers ses autres châteaux, elle prend l'habitude de s'installer à Trianon, à demeure, pendant les mois les plus chauds. Loin de s'y opposer, Louis XVI l'encourage. Il a trouvé un *modus vivendi* qui lui convient. Jamais il ne couche là-bas, bien qu'une chambre y ait été aménagée à son intention. Mais il y vient le matin surprendre sa femme au lit à son réveil. Dans la journée, il fait la navette entre les deux châteaux, au gré de ses activités, reparaît volontiers le soir, pour souper, et regagne sa chambre habituelle entre onze heures et minuit. Il ne déteste pas le calme qui règne en ces lieux et pique parfois un petit somme sur un banc, sous les ombrages : un mauvais plaisant en profite un jour pour remplacer le traité de chasse qu'il lisait par un volume — illustré ! — de l'Arétin. Il trouve d'ailleurs son compte à ce partage entre le grand château et Trianon. Car la modeste distance qui les sépare suffit à tenir la reine à l'écart des affaires. Plus elle déploie d'activité dans son royaume privé, moins elle s'occupe de l'autre royaume, le vrai, et elle laisse ainsi au roi et aux ministres une paix relative. D'autant qu'elle est tout absorbée, pendant quelques années, par sa tâche d'organisatrice de spectacles.

Le petit théâtre de Trianon

En marge des représentations théâtrales officielles qui occupent trois soirées par semaine à la cour, Marie-Antoinette veut un théâtre privé. De 1776 à 1780, elle utilise l'Orangerie de Trianon, adaptée tant bien que mal par les soins des Menus-Plaisirs, pour faire jouer des troupes parisiennes invitées devant un public réduit à la famille royale et à quelques amis. Mais elle veut un vrai théâtre bien à elle, avec de vastes coulisses et surtout des machines. Les travaux, confiés à Richard Mique, durèrent deux ans. La salle fut inaugurée le 1er juin 1780. Avec son plan en ovale tronqué et sa voussure cintrée, elle rappelait, en plus petit, le grand Opéra édifié par Gabriel à Versailles. On économisa sur la décoration, le carton-pâte remplaçant parfois le bois pour les sculptures et le cuivre se mêlant à l'or pour les dorures, mais on ne lésina ni sur la machinerie, ni sur les tentures, draperies et passementeries, à base de bleu et de blanc. Et l'on prit soin de donner à la scène les mêmes mesures qu'à celles de Fontainebleau et de Choisy, pour pouvoir réutiliser les décors. Dans cette très charmante salle conçue par elle et pour elle, à son goût, à sa mesure et à son image, elle quêtera les applaudissements que lui refuse désormais Paris. Non dans sa loge, mais sur la scène, comme actrice, ainsi qu'au bon vieux temps de son enfance ou de son adolescence.

Là encore, elle n'invente pas, elle se contente de suivre la mode des théâtres privés, dits de société, qui fleurissaient un peu partout au long du siècle. Elle s'y engage avec fougue, comme dans tout ce qu'elle fait. « Depuis un mois, toutes ses occupations, écrit Mercy en septembre 1780, sont concentrées dans le seul et unique objet des deux petits spectacles représentés sur le théâtre de Trianon. [...] Le temps nécessaire à apprendre les rôles, celui qui a dû être employé à de

fréquentes répétitions, joint à d'autres détails accessoires, a été plus que suffisant pour remplir les journées. » Marie-Antoinette aime la comédie, mais goûte
surtout les gentils opéras-comiques à intrigue sentimentale dans un cadre champêtre. Leurs arias sans
embûches conviennent à sa voix de modeste amplitude,
dont elle a mesuré les limites. Elle affectionne les
emplois de jeune première, bergères ou ingénues, les
autres rôles étant répartis entre les membres de sa
petite société. Elle est Colette, dans *Le Devin du village* de Jean-Jacques Rousseau, elle est Rosine, dans
Le Barbier de Séville de Beaumarchais, pour ne citer
que les deux œuvres les plus connues. Sur la qualité
de son jeu, les avis divergent. La plupart l'acclament,
quitte à murmurer à la cantonade que c'était « royale-
ment mal joué ». Pour du théâtre d'amateurs, il semble
que le niveau ait été très estimable, bien qu'il ne pût
soutenir la comparaison avec les comédiens professionnels convoqués en alternance. Tel qu'il est, ce
divertissement agrée au roi, principal et parfois seul
spectateur, qui manifeste un plaisir évident devant les
performances de sa femme et s'en va pendant les
entractes assister à sa toilette. Il préfère de beaucoup
l'entendre déclamer ou chanter que la voir perdre des
sommes folles au pharaon. Se rend-il compte des effets
fâcheux auprès de l'opinion ?

On dira que toutes les femmes du monde jouaient
la comédie. C'est exact. Oui, mais les reines ? Est-il
compatible avec leur image de se produire sur scène,
dans des rôles de paysannes ou de soubrettes si
éloignés de leur condition, et de quêter les applaudissements du public, même si ce public reste familial. Ce
qui passait chez une jeune archiduchesse et, à la
rigueur, chez une dauphine, est-il acceptable chez une
souveraine ? Le petit théâtre de Marie-Antoinette fait
d'elle l'émule et l'héritière, non de Marie Leszczynska,
mais de Mme de Pompadour. De plus, le caractère

privé qu'elle tient à conserver à ce théâtre en écarte un très grand nombre de gens importants, à qui leurs charges devraient donner le privilège d'y assister. Ainsi la princesse de Lamballe, surintendante de sa maison, dont elle supporte mal l'évidente incapacité à remplir ses fonctions et les incessantes récriminations contre Mme de Polignac, se voit-elle refuser, avec bien d'autres, l'accès aux spectacles. Les quelques invitations parcimonieusement octroyées font plus de jaloux que d'heureux. Lorsqu'on s'avise qu'il est attristant pour les artistes de jouer devant une salle quasi vide, qu'imagine-t-on pour peupler les loges ? Plutôt que de les ouvrir à qui de droit, on y installe le personnel de service et leur famille, des figurants qui font du remplissage, à peine plus que des mannequins. Tout pour rester entre soi, à l'abri du regard des autres. De plus, comme le fait remarquer Philippe Beaussant, l'âge d'or du petit théâtre de la reine coïncide avec les années de vaches maigres entraînées par la guerre d'Amérique. Pour raison d'économies, on supprime le séjour automnal de Fontainebleau, dont la saison théâtrale brillante faisait un des grands attraits. Consignés à Versailles, les courtisans sont privés d'opéras faute d'une salle appropriée*. Or le théâtre de Trianon, lui, est équipé pour l'opéra. Mais il leur est fermé. Marie-Antoinette se permet d'y donner, lorsqu'elle ne joue pas elle-même, *Iphigénie*, *Zémire et Azor* ou *Dardanus*. Comment ne se sentiraient-ils pas doublement frustrés ?

---

* L'utilisation de la grande salle de Gabriel entraîne des frais tels qu'on ne s'en sert qu'à titre exceptionnel et la petite salle de la cour des Princes ne se prête pas aux représentations d'opéras.

« Les douceurs de la vie privée »

La passion de Marie-Antoinette pour le métier d'actrice dura cinq ans à peine, de 1780 à 1785. Elle s'en lassa comme elle se lassait de toute chose. Peu à peu les représentations où elle figurait s'espacèrent. Elle chercha d'autres formes de dépaysement et d'évasion.

Depuis longtemps le besoin d'intimité contrebalançait chez elle le désir de briller. Le nouvel art de vivre qu'elle instaure à Trianon doit beaucoup à la mode du retour à la nature, dont *La Nouvelle Héloïse* a fourni l'expression la plus achevée — cette mode n'étant elle-même qu'un des avatars du sentiment que nous connaissons aujourd'hui sous le nom d'écologie. Cette recherche de simplicité s'accorde avec son horreur de la pompe versaillaise et elle peut se parer en outre d'une louable intention, celle de ménager les deniers publics. Marie-Antoinette touche peu au gros œuvre. Elle ne connaît rien à l'architecture, son goût la porte vers la décoration. Elle a conservé le décor de la salle à manger, dont Gabriel avait dressé le dessin pour Mme du Barry : guirlandes de roses où se jouent des amours, pyramides de fruits, rameaux de vigne et d'olivier. Dans le petit salon qu'elle a transformé en salle de billard depuis qu'elle s'est prise de passion pour ce jeu, masques, pipeaux et houlettes évoquent des réjouissances campagnardes. Sur les murs du grand salon, dont les boiseries offrent une harmonie de blanc et d'or sur fond vert pâle, de simples fleurs des champs se mêlent aux lys royaux. Les pièces très privées qui suivent sont entresolées, rendues plus intimes par l'abaissement du plafond. Dans la chambre, les boiseries délicatement ornées d'une flore champêtre sont restées telles qu'elle les a trouvées, elle s'est contentée de tendre la pièce d'une mousseline rehaussée de broderies aux couleurs vives. Elle y conserve pieusement, à l'abri des regards, en guise de *memento mori*, quelques portraits de famille dont la mélancolie contraste avec la gaieté du reste : ses frères et sœurs y sont représentés en religieux creusant leurs tombeaux.

Partout des fleurs — en bouquets fraîchement coupés dans des vases, peintes, sculptées ou brodées sur les murs, les meubles et les courtepointes, en porcelaine dans les lanternes du parc. Des couleurs éteintes, du bleu, du vert. Beaucoup de blanc. Un peu trop de festons, d'arabesques et de rubans pour ceux qui goûtent la sobriété. Les lieux sont à l'image de Marie-Antoinette et parfaitement accordés à la vie qu'elle prétend y mener.

À Trianon, le personnel de service, très réduit, est confiné dans son rôle utilitaire : deux ou trois femmes de chambre, un ou deux gardes. Les dames du palais n'y logent pas. Elles viennent y souper uniquement les mercredis et samedis, « jours de palais ». La reine ne conserve auprès d'elle que Mme de Polignac, hébergée dans les pièces du second étage où elle ménagera bientôt une place pour ses enfants. Personne à son réveil, pas de toilette solennelle, elle ne requiert que le minimum d'aide pour s'habiller. Pas de visites, pas d'amis : les matinées lui appartiennent. Ses familiers arrivent vers une heure, pour le dîner. À sa « petite société » habituelle se joignent souvent sa jeune belle-sœur, Madame Élisabeth, et, plus rarement, la comtesse de Provence. Ses hôtes passeront l'après-midi avec elle et resteront pour le repas du soir, avant de regagner leurs gîtes respectifs dans le grand château. C'en est fini des extravagances vestimentaires. « Venez en tenue de campagne, sans prétention », précise-t-elle à ses invitées. Elle-même donne l'exemple pendant les grandes chaleurs avec des robes très dépouillées, en linon blanc, qu'on appelle des « gaulles » : un large volant à l'encolure, une ceinture toute simple pour discipliner l'ampleur, de vastes manches volantées resserrées à trois niveaux par des rangs de fronces. À l'occasion,

elle noue par-dessus un fichu de mousseline légère. Sur
sa tête, un chapeau de paille garni d'un ruban.

Pour échapper lors des repas à la pesante présence
des domestiques, on a remis en usage la table mécanique créée du temps de Louis XV, qui surgit toute
chargée du sol entrouvert et disparaît à volonté dans
les profondeurs de l'office, tandis qu'une marguerite
aux pétales d'argent vient obturer l'ouverture béante.
Pas de « rangs », pas d'étiquette, pas de contraintes. La
reine laisse ses amis libres d'aller et de venir, de choisir à leur gré leurs occupations. « Elle y avait établi les
usages de la vie de château, dit Mme Campan ; elle
entrait dans le salon sans que le pianoforte ou les
métiers de tapisserie fussent quittés par les dames et
les hommes ne suspendaient ni leur partie de billard,
ni celle de trictrac. » On cause, on joue — modérément, car elle délaisse un peu le pharaon pour le billard. On fait de la musique, la reine au clavecin,
Polastron au violon, Vaudreuil à la flûte. On se promène, on se livre à des jeux de collégiens, comme
colin-maillard. Volontiers casse-cou, le comte d'Artois
régale ses amis d'un numéro d'équilibriste répété sous
la férule d'un professionnel. Le soir on s'assied en
cercle dans la petite île du Temple de l'Amour pour
savourer la fraîcheur et regarder monter les ombres.

« On se croit à cent lieues de la cour », dit le prince
de Ligne, dans une campagne habitée par des particuliers. Elle-même se plaît à dire : « Ici, je ne suis plus
reine, je suis *moi*. » Prenons garde cependant : elle n'a
rejeté l'étiquette de Versailles que pour imposer ses
règles à elle, qui, quoique moins contraignantes,
comportent des limites tacitement acceptées. Elle joue
à n'être plus reine. Mais elle serait désolée qu'on l'ou-
bliât. Il y a une ligne rouge à ne pas franchir, celle qui
consiste à tenir pour véritable une liberté qui n'est que
concédée. Lorsque les amis de Mme de Polignac,
notamment Vaudreuil, abuseront de désinvolture, l'en-

chantement de la petite société se dissipera. Une reine
ne peut jamais échapper tout à fait à sa condition.

À moins de s'anéantir pour renaître différente. Il
arrive à Marie-Antoinette d'ajouter, avec un accent
dont l'intensité surprend : « Je ne suis plus reine, je ne
suis plus rien. » Est-ce pour se couper du monde, pour
n'être rien, ou pour être une autre, plusieurs autres,
qu'elle fait installer dans le boudoir voisin de sa
chambre un curieux mécanisme ? Des miroirs qui surgissent le long des murs grâce à des contrepoids peuvent en masquer les fenêtres, créant un lieu entièrement
clos, comme la grotte, mais où sa propre image, à la
lueur tremblante des bougies, se démultiplie et se métamorphose comme en un kaléidoscope. La fantasmago-
rie de ce « cabinet des glaces mouvantes » lui plaît tant
qu'elle en fera créer un autre, identique, à Fontainebleau. Il lui offre une sorte de théâtre privé, toujours
accessible, où elle peut à la fois jouer et se voir jouer.

Face à cette instabilité foncière, on ne s'étonnera pas
que l'existence de châtelaine campagnarde ne suffise
pas à la combler. La décoration intérieure de Trianon
ne lui offre pas assez d'espace à remodeler. Et de toute
façon, le petit château reste un château. Pas assez
simple. Pas assez rustique. Pas assez naturel.

Le rêve bucolique

« Dessine-moi un village », disent les psychologues
aux enfants dont ils veulent sonder la personnalité.
Marie-Antoinette ne se contente pas de le dessiner, elle
le fait surgir de terre. À vrai dire, ce n'est pas un village, mais un *hameau,* un écart, comme nous disons
aujourd'hui, étroitement dépendant du petit château et
qui en redouble, sur un registre qui se prétend humble
et familier, les principaux éléments. Richard Mique se
mit de nouveau au travail, à partir de 1783. Pour qu'il

fût toujours à pied d'œuvre, Marie-Antoinette lui réserva un logement au premier étage de la *Maison du billard*. S'ajoutant les unes aux autres, les constructions s'étalèrent sur quatre ans. On commença, comme naguère autour du château, par remodeler le paysage. La rivière ne suffisant pas, on lui adjoignit un étang, plus noblement baptisé *grand lac*. Sur un petit promontoire on édifia une *tour* de guet, dite de Marlborough, parce que la signature de la paix avec l'Angleterre venait de raviver l'anglomanie et que la mode s'emparait de la vieille chanson populaire. La bonne Mme Poitrine, nourrice du dauphin, berçait l'enfant de « Marlborough s'en va-t'en guerre » et de « Madame à sa tour monte ». Les escaliers extérieurs de la tour, garnis de giroflées et de géraniums, formaient un parterre aérien. Au-dessous on rangeait l'attirail nécessaire à la pêche, car on avait peuplé à dessein le lac de brochets, qui péricliteront, et de carpes, qui prospéreront. Deux *laiteries*, l'une *de préparation,* où l'on fabriquait beurre et fromages, l'autre *de propreté*, ou l'on proposait aux visiteurs un buffet de laitages choisis. Plus loin se trouvait la *grange*, transformable en salle de bal, comme dans un vrai village. Dans la *ferme,* des étables abritaient les troupeaux : des vaches, des veaux ; des « biques » — nom générique réunissant chèvres et moutons. Lorsqu'il fallut remplacer le bouc : « Qu'il soit tout blanc et pas méchant », spécifia Marie-Antoinette. Ses exigences concernant le taureau ne sont pas parvenues jusqu'à nous. Alentour, un *poulailler*, un *colombier*, un vaste potager, la maison du gardien, la lingerie. Sur la rivière, un *moulin*. La rive ouest du lac était occupée par les bâtiments que se réservait la souveraine : un pavillon à deux corps, l'un dit *Maison du billard*, l'autre *Maison de la Reine*, réunis au rez-de-chaussée et au premier par une galerie à claire-voie. Par-derrière un jardinet, des communs — grande cuisine, offices et réchauffoir — et, plus loin un minuscule salon isolé, dit *boudoir* ou *petite maison de la reine*.

Marie-Antoinette n'a pas conçu le hameau pour y vivre — il ne comporte pas de chambre à coucher —, mais pour s'y promener et y dîner avec ses amis. Dans le projet initial, ferme, laiterie, moulin et poulailler semblent bien n'avoir été que des « fabriques » pittoresques, destinées à donner une couleur rustique à un décor conçu pour des escapades campagnardes. Des toits de chaume ou de roseaux, des colombages, un crépi habilement vieilli, des lézardes en trompe-l'œil : le style « village normand » tient lieu d'exotisme. Une fois de plus, la jeune femme épouse les goûts du temps. On peut voir ici ou là, notamment dans le parc du prince de Condé à Chantilly, des masures dont l'apparence extérieure contraste avec un intérieur luxueux, et dont les seuls hôtes sont les invités du prince. Mais à Trianon Marie-Antoinette se laisse très vite prendre au jeu. Pour tenir sa ferme il lui faut un fermier, Valy Bussard, qu'on fait venir de Touraine avec sa femme et ses deux enfants dans l'été de 1785. Pour l'aider dans sa tâche elle lui adjoint une équipe de jardiniers, un bouvier, un vacher, un taupier, un ratier et quelques autres serviteurs ou servantes. Elle n'implanta pas dans son hameau, comme on l'a dit parfois, une douzaine de familles nécessiteuses. Elle ne se déguisa pas en bergère, ne répartit pas entre ses proches diverses fonctions villageoises. Il lui suffisait que les bêtes fussent nourries, les vaches traites, que la roue du moulin tournât et qu'il pût le cas échéant moudre du grain. En somme que l'exploitation fonctionnât.

Nouveauté considérable. Le hameau est un jouet, mais un jouet vivant, qui offre à son besoin d'action un champ sans cesse renouvelé. Elle surveille les travaux, au risque de les compliquer, discute avec les ouvriers, rectifie un plan. En s'appliquant à gérer son domaine, elle se heurte à la résistance de la nature, du réel : les plantes poussent ou végètent, les bêtes naissent et meurent, la terre rapporte plus ou moins et les hommes parfois se querellent. Lors de ses visites matinales, elle interroge le fermier, jauge les résultats, fait face aux requêtes, s'enquiert de la santé des uns et des autres. C'est autrement captivant que de donner des ordres aux Menus-Plaisirs pour un décor, en tempêtant s'il n'est pas prêt à temps. On lui soumet les difficultés, les différends, et elle tranche, tel un seigneur campagnard d'autrefois rendant la justice. En cette période où la hantise du déficit obsède les esprits, elle veut croire qu'elle contribue à le réduire en vivant sur les produits de son domaine. Anticipant sur notre agriculture biologique, elle est très fière de servir à sa table des poulets de son poulailler, des pigeons de son colombier, des poissons de son lac, des fromages de sa laiterie, des fruits de son jardin, réputés meilleurs que ceux du dehors, et chacun se récrie que tout est délicieux, bien que les carpes sentent la vase.

Tout ceci est puéril, factice, futile, dérisoire ? Assurément. Mais Marie-Antoinette, à près de trente ans, n'est pas encore tout à fait adulte. L'enfant qui survit en elle trouve là un royaume à sa mesure. Un royaume où hommes et choses lui obéissent et dont elle est la vraie, l'unique souveraine. À défaut d'être Marie-Thérèse et de régner sur l'Autriche, la Bohême et la Hongrie, elle trouve son bonheur à régner sur un hameau. Pourquoi tente-t-on de la persuader qu'elle est faite pour gouverner la France ? Jamais elle ne se plaît autant à Trianon que dans les années cruciales où elle prend la mesure de son inefficience politique. Ce qu'elle bâtit est fragile, éphémère ? Mais c'est que l'avenir lui fait peur. Elle partage en cela l'angoisse de toute une génération, qui pousse l'art de vivre à son plus extrême raffinement, alors que grondent sous ses pieds les premiers ébranlements du cataclysme qui l'emportera.

La reine et les autres

Marie-Antoinette n'est pas un cas isolé. Princesses et grandes dames veulent avoir leur refuge champêtre pour s'y griser d'un prétendu retour à la nature. Mais l'opinion passe aux autres — Mesdames tantes, la comtesse de Provence, Madame Élisabeth par exemple — ce qu'elle ne tolère pas chez la reine.

Reléguées par le roi dans leur domaine de Bellevue pour s'être permis de critiquer trop vertement les imprudences de son épouse, Mesdames tantes se prirent de passion pour cette charmante demeure et surtout pour son parc, où elles jouèrent elles aussi aux jardinières et aux fermières. « J'ai passé toute la nuit du jeudi au vendredi dans le jardin, conte Madame Victoire. Oh ! que le soleil était beau à son lever, et quel beau temps ! Je me suis couchée cependant à huit heures du matin, après avoir déjeuné avec une soupe à l'oignon excellente et une tasse de café à la crème [...] Je me suis réellement amusée du beau temps, de la belle lune, de l'aurore et du beau soleil ; ensuite de mes vaches, moutons et volailles. » Madame Adélaïde arpentait le domaine flanquée de son grand barbet blanc, Vizir, et suivie de deux valets chargés de mettre l'animal dans un sac de toile pour l'empêcher de se crotter chaque fois qu'il se trouvait un peu de boue dans le chemin. La petite cour de Mesdames, vieillotte mais amicale, était accueillante aux visiteurs. Ces farouches gardiennes de l'étiquette à Versailles l'assouplissaient de bon gré chez elles. On s'y invitait sans façons. Comme leur table était soignée, neveux et nièces venaient volontiers dîner, raconte Mme de Boigne, sans s'annoncer qu'au dernier moment. Pour le comte de Provence, on disait à la « bouche » d'améliorer un peu le menu. « Pour les autres, on ne disait rien, pas même pour le roi, qui avait un gros appétit mais qui n'était pas à beaucoup près aussi gourmand que son frère. » Comme elles n'aimaient pas le poisson, elles n'en servaient jamais et toléraient tout juste, en grimaçant, que leurs hôtes masculins consomment un peu de vin.

Elles n'allaient à la cour qu'autant que la décence l'exigeait. Bellevue leur tint donc lieu de résidence principale. Il leur en fallut alors une secondaire, plus campagnarde encore. Ce fut le château de Louvois, en Champagne. Les dames d'honneur de ces dames ne voulurent pas être en reste. Madame Adélaïde se querellait sans cesse avec la sienne, la comtesse de Narbonne, impérieuse et tyrannique, mais ne pouvait se passer d'elle. Elle lui fit donner, dans le canton de Craonne, près de Laon, le domaine de La Bove. Lorsqu'elles séjournaient à Louvois, Mesdames prirent l'habitude de se rendre en voisines chez la dame d'honneur, surtout à l'époque des vendanges, pour y jouer les vigneronnes. Afin de faciliter leurs déplacements, l'intendant fit aménager entre Laon et La Bove une chaussée qui fut nommée le *Chemin des Dames* — un nom qui lui est resté. Ceux qui visitent aujourd'hui le théâtre d'une des plus grandes hécatombes de la Première Guerre mondiale savent-ils qui étaient ces Dames ?

Ces trois vieilles demoiselles, bientôt réduites à deux par la mort de Madame Sophie, pouvaient mener leur vie privée à leur guise, planter leurs légumes ou nourrir leurs volailles et passer la nuit dans leur jardin pour cueillir les premiers rayons du soleil levant, sans que quiconque y trouve à redire. Elles avaient l'âge canonique, dira-t-on, et elles étaient libres de leur personne. C'est exact. Mais d'autres princesses plus jeunes jouissent aussi de domaines propres, sans qu'on s'interroge sur leur coût, ni sur leur destination.

Délaissée par son époux, qui n'a jamais consommé leur mariage, en mauvais termes avec la reine, la comtesse de Provence s'ennuie et broie du noir à la cour. En 1781, elle achète aux portes de Versailles dans un secteur nommé Montreuil, un petit domaine qu'elle aménage avec amour, mêlant l'utile à l'agréable. Deux potagers y avoisinent un jardin paysager conçu dans le goût du temps, où l'on trouve un ruisseau divisé en plusieurs bras qu'on franchit sur de petits ponts de bois, deux îles qui abritent l'une un ermitage, l'autre une chaumière, un pavillon chinois et un kiosque à musique. Bientôt s'y ajoutent une colline, une tour et, bien sûr, un hameau avec grange, étable, bergerie, poulailler, laiterie, colombier. Marie-Joséphine y passait ses journées à nourrir ses bêtes, à surveiller ses jardiniers et à piéger au filet les petits oiseaux que réclamaient ses recettes culinaires. Le soir, elle regagnait Versailles les bras chargés d'énormes bouquets, avec des paniers pleins de légumes et d'herbes odorantes.

La même année, la faillite du prince de Guéménée offre à Louis XVI l'occasion d'acquérir dans le même quartier un domaine dont il fait don à sa jeune sœur Élisabeth. Il charge Marie-Antoinette de le lui faire découvrir : « Vous êtes chez vous. C'est votre Trianon. Le roi, qui se fait un plaisir de vous l'offrir, me laisse celui de vous le dire. » L'exiguïté du jardin est compensée par les perspectives offertes sur ceux des voisins. On trouve tout de même la place d'y installer l'inévitable ferme, peuplée de vaches, pour alimenter enfants et vieillards sans ressources. La charité de la princesse lui inspire aussi une idée originale qui tranche sur la frivolité ordinaire de tous ces Trianons au petit pied : elle installe un dispensaire, où son voisin Le Monnier, médecin et herboriste, prodigue des soins gratuits.

Pourquoi admet-on mal chez Marie-Antoinette un style de vie que nul ne reproche à ses belles-sœurs ? Tout simplement parce qu'elle est la reine et que tous les regards convergent vers elle. Le public ne sait qua-

siment rien de Bellevue et de Montreuil et ne s'y intéresse pas. Libre aux princesses de jouer à la fermière.
Mais il tient à ce que la reine réponde à l'idée qu'il
s'en fait. Elle n'est pas une personne privée. Elle ne
peut jeter par-dessus bord la grandeur, l'éclat, la
dignité inhérents à sa condition pour la simple raison
qu'ils lui pèsent. Pourquoi se permet-elle d'imiter —
de très loin ! — la vie des paysans au lieu de faire
son métier de reine ? Cette façon de se soustraire aux
servitudes de son état choque ceux dont l'existence est
prisonnière du leur. Avoir donné à grands frais au
hameau l'aspect d'un lieu bien pauvre est une insulte
aux vrais pauvres. Puisqu'elle en avait les moyens, elle
aurait dû bâtir « riche ». Les polémiques sur le coût de
Trianon, qui alimenteront le dossier dressé contre elle
lors de son procès, sont révélatrices d'un état d'esprit.
Certes la réfection des jardins et l'édification du
hameau ont coûté cher, beaucoup plus cher que ne le
prévoyaient les devis. Infiniment moins cependant que
les bâtiments élevés au fil des siècles par la monarchie.
Ce sont des fantaisies coûteuses, pas un gouffre financier. Mais, justement, on ne leur pardonne pas d'être
des fantaisies et non des ouvrages destinés à durer. Ils
entraînent des dépenses « à la fois trop voyantes et trop
privées », dit P. Verlet — en un mot « pas assez
monarchiques ». Le peuple aime que ses rois construi-
sent des édifices prestigieux, non des « folies ».

De plus il réprouve que l'initiative en ait été laissée
à Marie-Antoinette pour son usage personnel. Elle
hérite par là de l'animosité que suscitaient naguère les
favorites couvertes de cadeaux par Louis XV, avec une
circonstance aggravante : selon la tradition la reine ne
doit rien posséder en propre. Son obstination à mettre
son chiffre partout, à donner des ordres en son nom
personnel, à mener à l'écart de son époux une vie
propre, à clamer bien haut « *Je suis ici chez moi* » la
rend suspecte aux yeux de l'opinion populaire. Marie-

Thérèse le sentait lorsqu'elle écrivait à Mercy à propos de Trianon : « Je ne saurais approuver que la reine y couche sans le roi. » Parce qu'elle se donne les moyens d'y coucher avec quelqu'un d'autre, si elle le souhaite, et surtout parce qu'elle semble prendre ouvertement ses distances par rapport à son mari. Et comme bien peu de gens savent qu'il la rejoint dans sa chambre le matin, l'apparente séparation ouvre la porte à toutes les calomnies.

À Trianon, il semble que Marie-Antoinette se soit appliquée à violer tous les usages. Une reine doit être une reine, pas une châtelaine de campagne. Elle doit s'habiller en couleurs brillantes, pas en blanc « comme une femme de chambre », en soie, pour faire travailler les ateliers lyonnais, et non en lin, au bénéfice des manufactures des Pays-Bas. Elle doit tenir sa cour, non la déserter, s'offrir à la vue de ses peuples, non s'enfermer derrière des grilles. Enfin une reine de France ne peut et ne doit pas avoir d'existence autonome — du vivant de son mari tout au moins. Marie-Antoinette paiera très cher le fait d'avoir préféré être la reine de Trianon plutôt que l'épouse du roi de France.

Chapitre treize

Axel de Fersen

« Ah ! c'est une ancienne connaissance ! » s'écrie la reine le 25 août 1778 lorsque le comte de Creutz, ambassadeur de Suède à Paris, lui présente un jeune compatriote tout juste revenu d'un long séjour dans sa famille. Elle n'a pas oublié le beau cavalier avec qui, quatre ans et demi plus tôt, encore dauphine, elle avait marivaudé un gros quart d'heure au bal de l'Opéra sous l'anonymat du masque. Contrastant avec le silence des autres membres de la famille royale, cet accueil flatteur ne passe pas inaperçu et le jeune homme, très fier, en fait part dès le lendemain dans une lettre à son père.

Au long des jours qui suivent, les faveurs pleuvent sur la tête d'Axel de Fersen. La reine lui fait dire qu'il sera le bienvenu chez elle les soirs où l'on joue. « Elle est la plus jolie et la plus aimable princesse que je connaisse, écrit-il encore. Elle a eu la bonté de s'informer souvent de moi ; elle a demandé à de Creutz pourquoi je ne venais pas à son jeu le dimanche et, ayant appris que j'y étais venu un jour qu'il n'y en avait pas, elle m'en a fait une espèce d'excuse. » Une courte absence — le temps d'aller en Normandie visiter un camp militaire — et le voici de retour à Versailles, assidu à la table de jeu de Marie-Antoinette, qui a toujours pour lui quelques paroles aimables. En novembre, une fantaisie la prend : elle a envie de le voir en habit national suédois. Bien qu'il eût évité les heures d'affluence, son apparition fut très remarquée.

Le costume en question — une création du fantasque Gustave III — comportait plusieurs variantes, mais toutes manquaient de discrétion. Cependant Axel pouvait porter n'importe quoi. Tunique blanche ouvrant sur un pourpoint bleu, culottes collantes en peau de chamois, bas de soie à jarretelles bleues, bottines « à la hongroise », shako noir à aigrette bleue et jaune, ceinture d'or, petite épée de cour à poignée dorée mettaient en valeur sa haute taille élancée. Avec son teint mat et ses grands yeux sombres sous d'épais sourcils noirs, hérités de sa mère qui les tenait d'un lointain ancêtre gascon, il avait tout d'un héros de roman. Mais « pas d'un roman français », dit le duc de Lévis : son air sérieux et réservé le distinguait des jeunes gens à la mode, dont il n'avait ni l'impertinence, ni l'entrain. « C'était un des plus beaux hommes que j'aie vus, affirme le comte de Tilly, quoique d'une physionomie froide que les femmes ne haïssent pas, quand il y a l'espérance de l'animer. »

Le fils d'un grand seigneur suédois

Le jeune homme est issu d'une ancienne et puissante famille de la plus haute noblesse suédoise. Son père, le feld-maréchal et sénateur Fersen, respectable et respecté, se trouve à la tête d'une fortune considérable où les ressources foncières traditionnelles se voient équilibrées par des revenus industriels et commerciaux, mines de fer en Finlande, actions de la Compagnie des Indes orientales. C'est un de ces hommes de grande culture, francophone comme ils le sont tous au XVIIIᵉ siècle, très attaché à son pays mais très européen, d'esprit libre et supérieur aux préjugés, ne connaissant d'autre morale que celle, d'ailleurs fort exigeante, de l'honneur. Le luthéranisme tiède professé par la famille tourne chez lui au déisme. Emprisonné à la suite d'une révolte contre Gustave III et se croyant menacé de mort, il rédigera un jour une lettre testamentaire où il se dit prêt à répondre de ses actes devant « l'Être des êtres ». Nul ne s'étonnera donc qu'il ait inscrit au programme de voyage de son fils une visite à l'illustre patriarche de Ferney. On aurait tort de lui prêter pour autant le moindre libéralisme. Son attachement à la liberté ne dépasse pas le cadre de la catégorie sociale à laquelle il appartient. Il aurait fait, s'il avait été roi, un remarquable despote éclairé, dans le style de Frédéric II ou de Joseph II. Mais il n'est pas roi, et il doit compter avec l'imprévisible Gustave III, à qui ses intangibles convictions monarchiques le contraignent de se soumettre, quoi qu'il en ait.

Il faut toucher ici un mot de la situation politique en Suède, car elle aide à mieux comprendre les réactions d'Axel face à la Révolution française. Le pays était gouverné de fait par une caste nobiliaire largement majoritaire à la Diète, qui tenait le roi en étroite tutelle. Le sénateur Fersen était l'âme de ce parti, dit des « Chapeaux », aristocratique et francophile, qui avait toujours triomphé de ses adversaires des « Bonnets », plus proches du peuple et partisans d'une alliance avec la Russie. Mais en 1772 Gustave III, renvoyant les adversaires dos à dos, avait opéré lui-même l'équivalent d'une « nuit du 4 août », aboli les privilèges et ouvert à tous l'accès aux emplois. En brisant le pouvoir de la noblesse, il assurait le sien. Il évita cependant de s'en prendre au sénateur, principal vaincu de ce coup d'État mais qui restait redoutable, et celui-ci, prudent, rentra dans le rang. Chacun avait intérêt à ménager l'autre, mais ce n'était point une entente sans nuages. Sur le moment le jeune Fersen, qui se voulait plus ouvert que son père, applaudit à cette révolution pacifique propre à faire le bonheur du peuple sans larmes ni sang versé. Mais il n'en reste pas moins attaché de toutes les fibres de son être à une conception aristocra-

tique de la société, prisonnier des réflexes de son
milieu d'origine : on le verra par la suite. Dans l'immédiat, Gustave III le juge récupérable et le soutient dans
le conflit qui va l'opposer à son père au sujet de son
futur établissement.

S'établir, c'est entamer une carrière et épouser une
demoiselle richement dotée. Fort réaliste, Axel y souscrit très volontiers. Le désaccord réside ailleurs. Le
sénateur considère son fils aîné comme son successeur
désigné. Il souhaite le voir s'installer en Suède et per-
pétuer la tradition qui accorde à l'héritier des Fersen
un rôle éminent dans son pays. Il ne badine pas sur les
principes. Il prétend imposer à ses quatre enfants —
deux fils et deux filles — son autorité patriarcale. Il l'a
montré en contraignant Sophie à un mariage non
désiré. Bien qu'il aime beaucoup son second fils
Fabian, il estime que la première place revient à Axel.
Il constate avec déplaisir que le « grand tour » de
quatre années a donné à celui-ci le goût de contrées
où le climat est plus doux, l'humeur plus gaie, la vie
culturelle plus riche, et qu'il n'a plus aucune envie de
rentrer chez lui. Comment le décider à quitter la France
pour regagner les frimas nordiques ? Faute de parvenir
à le prendre par le sentiment, il lui mesure chichement
les crédits. Mais Axel s'obstine.

Côté mariage, il avait tourné autour d'une charmante
jeune veuve, Mme de Matignon, fille du marquis de
Breteuil, auprès de qui il espérait s'installer en France.
Mais elle refusa de se remarier. Le sénateur Fersen
demanda pour lui la main d'une riche Anglaise d'origine suédoise, Catherine Leyel. Docilement il alla la
voir à Londres, lui trouva toutes les qualités, s'astreignit à jouer auprès d'elle « l'amant le plus passionné »,
et déplora la ladrerie paternelle qui lui refusait l'achat
d'une voiture à la mode indispensable pour la séduire.
Le banquier Leyel trouva-t-il les Fersen trop regar-
dants ? La jeune fille eut-elle des doutes sur la sincérité

de l'amour qu'il feignait pour elle ? Elle posa des questions concrètes : où le jeune couple s'installerait-il ? En Suède, bien sûr, dans un des châteaux familiaux. Elle déclara alors ne pas vouloir quitter ses parents et son pays. Lui-même avait compris que le mariage l'obligerait à rentrer au bercail. Et puis, à vingt-trois ans, il ne tenait pas à se fixer. Certes l'idée qu'il se faisait de la vie conjugale n'incluait pas la fidélité masculine, mais la charge que constitueraient une épouse et des enfants ne lui souriait guère. Il ne parvint pas à cacher sa satisfaction devant le refus de Mlle Leyel : « J'ai fait tout mon possible pour l'obtenir, plus pour vous plaire, mon cher père, que par inclination, je n'ai pas réussi et je vous avoue que j'en ai été bien aise, dès que j'ai su que vous consentiez à me laisser aller faire la guerre. »

Pour la carrière en effet, le choix se bornait à l'armée ou à la diplomatie. Certes il se serait bien vu ambassadeur, à condition que ce fût à Paris. Hélas, la place occupée par Creutz était pratiquement promise au baron de Staël, à qui son âge et son expérience donnaient priorité. Il lui fallut y renoncer, mais il en conserva contre le pauvre Staël une rancune tenace. Restait la carrière des armes tout indiquée pour un homme de son rang. Sans avoir jamais vu le moindre soldat ni essuyé le moindre coup de feu, il avait déjà gravi quelques échelons dans la hiérarchie de son pays. Mais la Suède, déchue de sa grandeur passée, n'était pas en état de lui offrir des occasions de se couvrir de gloire. Nul ne lui reprocherait de mettre son épée au service de quelque puissance étrangère. Lors de son passage en Allemagne, il avait apprécié la qualité de la formation militaire prussienne. Mais le roi de Prusse ne voulait pas de Suédois. Tant mieux : il s'offrirait à la France. Son père ne lui avait-il pas montré l'exemple en commandant dix années au service de Louis XV un régiment portant son nom ? Il se démena donc pour obtenir un grade dans une unité française. Le moment semblait bien choisi. L'heure était à la guerre contre l'Angleterre. Hélas il n'était pas seul à rêver de gloire : tous les jeunes gens y prétendaient. Il réussit à se faire engager faute de mieux, dans les troupes prévues pour débarquer sur la côte britannique. Mais son séjour au Havre fut de courte durée : on renonça au projet. Six mois se passèrent encore en hésitations et incertitudes, avant qu'il n'accomplisse le saut décisif. Il put enfin se joindre à la fine fleur de la noblesse française qui se disputait l'honneur de voler au secours des colons américains révoltés. C'est outre-Atlantique qu'il allait faire ses premières armes

Mais la décision ne vint pas seulement de lui : elle lui fut quasiment imposée par les imprudences de Marie-Antoinette.

Les élans du cœur

Lorsque la reine avait reconnu en Fersen, à la fin août 1778, « une ancienne connaissance », elle était enceinte de cinq mois. « Sa grossesse avance, et elle est très visible », a-t-il noté. Bien des plaisirs lui sont interdits. Rien d'étonnant à ce qu'elle se rue vers tout ce qui peut trancher sur la monotonie versaillaise par un air de nouveauté. Les Suédois sont à la mode cet automne-là et Fersen n'est que l'un d'entre eux, le plus beau assurément, mais pas le plus prestigieux. Bientôt la vie de cour est suspendue par la naissance de Madame Royale le 20 décembre. C'est au moment où la jeune reine se rue à nouveau dans les divertissements qu'éclate son attirance pour Axel. Elle l'invite à toutes ses fêtes, le prend comme cavalier attitré pour les bals de l'Opéra, l'introduit — privilège insigne — aux soupers des petits cabinets. Une année durant, elle le traîne à sa suite en position de favori. Jouant de son statut d'étranger, il évite de se fondre dans le petit groupe de ses familiers, dont l'esprit léger et médisant lui déplaît, et où il sait qu'il détonnerait. Ceux-ci, un instant irrités, font contre mauvaise fortune bon cœur. Ils se consolent à l'idée que ce Suédois, n'ayant pas d'ambitieuse parentèle à caser, ne leur disputera qu'une part minime des pensions, gratifications et autres avantages sonnants et trébuchants. Et puis, chacun des hommes plus ou moins épris qui tournent autour de Marie-Antoinette préfère en secret voir triompher un outsider plutôt qu'un membre de la « petite société ». Mais la cour commence à cancaner ferme.

Ce n'est pas la première fois, dans l'histoire de France, qu'une reine s'éprend d'un autre que son mari. Cent cinquante ans plus tôt, l'idylle mort-née d'Anne d'Autriche avec le duc de Buckingham avait défrayé la chronique. Mais dans le cas présent, l'initiative appartient à la reine. C'est elle qui jette son dévolu sur le jeune Suédois, spontanée, impulsive, imprudente comme elle sait l'être quand elle obéit à son premier mouvement. Et il est clair que cette faveur trop soudaine et trop vive embarrasse et inquiète Fersen plus qu'elle ne l'émeut. Marie-Antoinette passe pour se déprendre des gens aussi vite qu'elle s'en est engouée. Et si par hasard il s'agissait d'un attachement véritable, il a pleine conscience des risques courus. Fort sagement, il choisit la fuite. Il n'a cessé de demander à servir dans l'armée : il partira. Le comte de Creutz croit devoir informer Gustave III de ce qui est de notoriété publique :

« Je dois confier à V.M. que le jeune comte de Fersen a été si bien vu de la reine que cela a donné des ombrages à plusieurs personnes. J'avoue que je ne puis m'empêcher de croire qu'elle avait du penchant pour lui : j'en ai vu des indices trop sûrs pour en douter. Le jeune comte de Fersen a eu dans cette occasion une conduite admirable par sa modestie et par sa réserve et surtout par le parti qu'il a pris d'aller en Amérique. En s'éloignant il écartait tous les dangers : mais il fallait évidemment une fermeté au-dessus de son âge pour surmonter cette séduction. La reine ne pouvait le quitter des yeux les derniers jours ; en le regardant, ils étaient remplis de larmes. Je supplie V.M. d'en garder le secret pour elle et pour le sénateur Fersen. Lorsqu'on sut le départ du comte tous les favoris furent enchantés. La duchesse de Fitz-James lui dit : "Quoi, monsieur, vous abandonnez ainsi votre conquête ? — Si j'en avais fait une, je ne l'abandonnerais pas, répondit-il. Je pars libre, et malheureusement sans laisser de regrets." V.M. avouera que cette réponse était d'une sagesse et d'une prudence au-dessus de son âge *. »

À la fin de mars 1780, il avait en effet gagné Brest où il devait rejoindre l'escadre appareillant pour l'Amérique. Faut-il ajouter foi à une anecdote invérifiable ? Sir Richard Barrington prétend dans ses *Souvenirs* avoir vu Marie-Antoinette chantant l'air de l'héroïne éponyme dans la *Didon* de Piccinni : « Ah ! que je fus bien inspirée / Quand je vous reçus dans ma cour », rougissante, ses regards noyés de pleurs fixés sur un Fersen aux yeux baissés, pâle jusqu'aux lèvres, « accablé par l'émotion invincible que lui causait l'adorable folie de cette action ». Il y a là sans doute une bonne part de roman rétrospectif. Fersen resta absent trois ans, pendant lesquels il ne se rongea pas de chagrin. Sur les champs de bataille d'Amérique, il put faire enfin ses premières armes et se qualifier pour

---

* Cette lettre est généralement datée du 10 avril 1779. Mais en avril 1779, le penchant de la reine pour Axel de Fersen ne faisait pas encore scandale. Il y avait eu la naissance de Madame Royale, puis le carême, le départ de Fersen pour Le Havre fin mars, coïncidant avec la rougeole de la reine. Le 10 avril, leur idylle présumée n'était pas d'actualité. De plus, le séjour au Havre préparait une descente en *Angleterre*. Or la lettre parle de départ pour l'*Amérique*. La date la plus vraisemblable est donc celle, adoptée par divers historiens, du 10 avril 1780.

la charge militaire qu'il sollicitait en attendant de pouvoir s'acheter un régiment. Pour le repos des guerriers amis, il ne manquait pas de familles accueillantes. « Je me porte à merveille ici, j'ai beaucoup à faire, les femmes sont jolies, aimables et coquettes, voilà tout ce qu'il faut », écrit-il à sa sœur Sophie. Ce n'est pas pour Marie-Antoinette qu'il décide de se fixer en France à son retour, mais parce que la France lui semble le pays le plus agréable à vivre et parce que les états de service acquis outre-Atlantique dans l'armée française lui serviront de marchepied pour y monter en grade.

L'amour est donc bien, à l'origine, d'un seul côté. Comment expliquer chez la reine cet emportement ? La toute première rencontre, en 1774, au bal de l'Opéra, ne semble pas l'avoir marquée sur le moment. Rien n'indique dans le *Journal* du jeune homme qu'elle l'ait spécialement distingué quand il est venu à ses bals versaillais les jours suivants. Mais lorsqu'elle le revoit, quatre ans plus tard, son émotion est immédiate, et très vive. Il s'est opéré chez elle entre-temps un travail de cristallisation, au sens que Stendhal donne à ce terme, sur le souvenir de cette rencontre associée à une certaine qualité d'émotion. L'incontestable beauté de Fersen n'a qu'une part secondaire dans cette mystérieuse alchimie. Elle a connu, depuis, des dizaines de bals de l'Opéra, où elle a joué le même jeu ambigu, se sachant reconnue et feignant de ne pas l'être, s'irritant à la fois du trop de respect et du trop de liberté. Elle n'y a jamais retrouvé l'enchantement de cette brève conversation galante pure de toute arrière-pensée, puisque Fersen ignorait son identité. Elle a pu être auprès de lui une jolie femme comme une autre et elle a entendu de sa bouche les mots tout simples qu'on dit aux jolies femmes comme les autres, mais pas aux reines. Des mots non dépourvus de tromperie, comme tous les mots d'amour, mais tellement différents que ceux qu'elle entend d'habitude ! Plus le temps passe, plus son entourage la déçoit et plus elle ressent la nostalgie d'une expérience unique dans son existence de reine : s'être sentie de plain-pied avec un homme, hors du carcan que lui impose sa condition.

Une dangereuse beauté

Qui est ce jeune homme extraordinaire, d'une beauté à couper le souffle, assez comblé par la fortune pour toucher le cœur de la reine et assez sage pour se dérober à ses avances ? Pour dire le vrai, celui dont l'histoire a fait un prototype de héros romantique est bien plus proche, à l'origine, des grands seigneurs libertins peuplant les romans du xviiie siècle, pour qui l'amour se limite au plaisir. Avec une différence capitale cependant : cette exceptionnelle beauté, qui change les règles du jeu.

L'écolier de quinze ans lancé dans le grand tour d'Europe sous la férule débonnaire de son précepteur hongrois n'a jamais été un enfant de chœur. Le feldmaréchal Fersen ne souhaitait pas qu'il le fût, sachant très bien de quel poids sont les concours féminins dans le déroulement d'une carrière. Au cours de ces quatre années de voyages, le jeune homme a donc appris l'art militaire et découvert la peinture italienne, mais il a aussi commencé de papillonner autour des femmes et n'a pas tardé à constater combien il leur plaisait. Son *Journal,* qu'il a entrepris de tenir dès son départ, égrène les noms de celles qui se bornent d'abord à le gaver de petits pains beurrés, de noisettes et de pruneaux ou à lui enseigner des pas de danse. Mais à dix-huit ans il porte sur les Turinoises un sévère jugement de connaisseur. Il prend le goût des bals masqués au San Carlo de Naples et dès son arrivée à Paris, se rue à ceux de l'Opéra, où des partenaires plus hardies que la dauphine lui lancent de piquantes provocations :

« J'y trouvai un masque fort joli et aimable, qui me dit tout bas qu'elle était fâchée que je ne fusse pas son mari, pour pouvoir coucher avec moi. Je lui dis que cela n'empêchait pas. Je voulus le lui persuader, mais elle s'enfuit, une autre que Plomenfeldt poursuivait pour savoir qui elle était ne fut pas si difficile, elle s'assit dans un corridor et nous eûmes avec elle une longue conversation, elle n'avait qu'un voile sur le visage, ce qui donnait la possibilité de l'embrasser tant qu'on voulait, et elle paraissait s'y faire assez bien... » Mais, si déluré qu'il fût, il n'en obtint pas davantage.

Tient-il toujours à pousser son avantage ? Sa beauté lui rend la tâche si facile qu'elle perd beaucoup de son intérêt. Aucune volonté de conquête ne l'anime. La compétition autour des femmes, qui agite souvent les mâles, lui est étrangère. En la matière il n'a rien à prouver ni à se prouver : ce sont elles qui le cherchent et s'offrent. Ce renversement des rôles entraîne parfois chez lui, surtout dans ses plus jeunes années, des comportements typiquement féminins : il se dérobe aux poursuites. Il a appris à redouter notamment les femmes plus âgées ou de plus haut rang, qui risquent de prendre barre sur lui. À Stockholm la petite duchesse de Sudermanie, épouse délaissée du frère cadet du roi, s'est carrément jetée à sa tête. Il a aussitôt pris ses distances. Il sait se garder. Ajoutons, pour compléter le tableau, que sa séduction peut lui valoir des avances masculines. Il devra se défendre de celles du roi Gustave III en affichant une passion résolue pour le sexe opposé et il réussira à le décourager, avec l'aide du favori en titre peu soucieux de céder la place. L'extrême prudence du jeune Axel est donc aisément explicable, avec pour résultat imprévu que sa réserve le rend encore plus attirant, en l'auréolant d'une mystérieuse mélancolie.

Tel est le jeune homme très averti que l'inclination trop visible de Marie-Antoinette a mis en fuite au prin-

temps de 1780. Trois ans durant, il guerroie au loin. La
vie continue pour elle, dissipations et dégoûts alternés.
Soudain, en juin 1783, il reparaît, « changé, vieilli,
ayant beaucoup perdu de son ancienne beauté, dit
Mme de Boigne, mais peut-être plus touchant et plus
intéressant par la trace des souffrances réfléchies sur
ses traits ». A-t-il beaucoup souffert ? Il est permis
d'en douter. Mais il a mûri, à coup sûr. Marie-Antoinette aussi. Nul ne sait ce que furent leurs retrouvailles,
mais il est clair qu'il cesse soudain de se dérober. À
partir de cette date il souhaite plus vivement que jamais
faire carrière en France et se dit fermement décidé à
ne pas se marier : « C'est contraire à ma nature. » Pour
éviter de heurter son père, il courtisera mollement Germaine Necker, qu'il cédera de très bonne grâce à son
compatriote le baron de Staël. À sa sœur Sophie, il
avoue : « Je ne puis pas être à la seule personne à qui
je voudrais être, la seule qui m'aime véritablement,
ainsi je ne veux être à personne. » À l'évidence il s'agit
de la reine. Sa défiance a fondu, il exulte : « J'ai peine
à croire tant je suis heureux, j'ai plus d'une raison pour
cela. »

   Les esprits chagrins n'ont pas manqué d'observer
que ses intérêts trouvaient son compte à cette soudaine
faveur : sa carrière était assurée. Le sénateur fit l'impossible pour l'empêcher de se fixer en France, notamment en lui refusant l'argent nécessaire à l'achat du
régiment dit *Royal-Suédois*. Mais Gustave III avait
compris quel avantage ce serait pour lui d'avoir un
compatriote aussi bien placé. Il se chargea de
convaincre le vieillard que son fils servirait mieux la
Suède dans les coulisses de Versailles que sur place. Il
appuya la demande de régiment auprès de Louis XVI.
Marie-Antoinette prit la peine de lui écrire elle-même
pour lui annoncer le succès des négociations. Il ne restait plus qu'à trouver les 100 000 livres à verser à l'ancien propriétaire : Axel les emprunta, et la générosité

royale vint bientôt mettre fin à ses soucis financiers en lui accordant un traitement de 20 000 livres comme titulaire d'un régiment français.

N'imaginons pas cependant l'ex-combattant de la guerre d'Amérique s'incrustant à la cour auprès de la reine et partageant ses divertissements. Il n'en a ni le goût, ni la possibilité. À peine a-t-il passé trois mois en France que Gustave III lui demande, en septembre 1783, de l'accompagner pour un voyage en Italie qui en dure neuf. Ses affaires familiales l'appellent parfois en Suède, à la demande de son père. Militairement, il est partagé entre deux pays et a des obligations des deux côtés. Le service de la France le retient souvent à Landrecies, puis à Valenciennes, sur la frontière belge où il dirige d'une main ferme son régiment tout en gémissant sur l'ennui de la vie de garnison. Celui de la Suède l'appelle en Finlande en 1788, lors de la guerre contre la Russie. Il va, il vient, il est sans cesse en voyage.

Le lien avec Marie-Antoinette est maintenu par la correspondance. On sait qu'à partir de novembre 1783, il lui écrit régulièrement durant ses absences et il est logique de supposer qu'elle lui répond. Hélas, tout nous en a été dérobé, ou presque. Aucune de leurs lettres ne subsiste. Le *Journal* manque également pour les années cruciales 1776-1791. Seule trace de l'échange qui nous occupe ici : le *Brevdiarium*, un registre où il tenait note de toutes les lettres qu'il envoyait, avec destinataire, date, et parfois bref résumé du contenu. Marie-Antoinette y apparaît sous le pseudonyme de Joséphine*, qui rappelle son second prénom. La meilleure biographe de Fersen, Fran-

---

* Il n'est pas possible de traiter ici la question des *deux* Joséphine apparaissant dans le registre. Dans certains cas, le contexte implique qu'il ne peut s'agir que de la reine. Dans d'autres cas, ce même nom désigne visiblement une tout autre personne, appartenant au monde des serviteurs. Une homonymie voulue peut-être pour compliquer la tâche aux indiscrets.

çoise Kermina, qui a dépouillé avec soin les résumés concernés, souligne la grande familiarité du ton. Il demande à la reine « de lui faire une commission, de lui envoyer un croquis de redingote, ou la partition d'un air que, musiciens tous deux, ils avaient sans doute chanté ensemble ». Il s'enquiert du nom à donner au chien qu'elle l'a chargé d'acheter, et qu'il lui fera expédier peu après. Ils échangent des nouvelles, il lui raconte ses rencontres de voyage, elle le tient au courant de l'actualité parisienne. Autant qu'on puisse en juger, cette correspondance très peu protocolaire semble s'en être tenue au registre de l'amitié. Mais qui sait ?

Une chose est sûre : jamais ses sentiments pour Marie-Antoinette n'empêcheront Fersen de mener de front des liaisons multiples, au hasard des rencontres. Les années venant, il a appris à jouer au mieux de sa séduction pour satisfaire une sensualité qu'il a vive. Aucune inhibition d'ordre moral ou religieux ne l'arrête devant les femmes, il les cueille au gré de ses désirs du moment. Est-il cynique ? Sans doute pas. Il ne cherche pas à tromper ses partenaires éphémères. Il se laisse aimer, sans leur jouer la comédie de l'amour. Il leur offre en expert un plaisir partagé, sans jamais oublier que le premier devoir d'un galant homme est d'éviter de les mettre — et de se mettre — dans une situation embarrassante. On lui connaît un nombre impressionnant de maîtresses, mais aucun enfant naturel. Pas question pour lui de se laisser engluer dans une liaison contraignante. Il ne souhaite pas s'attacher. À celles qui semblent attendre de lui davantage, il oppose un argument sans réplique : il « déclare *tout* » — autrement dit qu'elles ne peuvent compter sur un cœur qui n'appartient qu'à la reine. Elles s'en satisfont, fières d'avoir une rivale de si haut rang, et en viennent même parfois à partager le culte qu'il voue à son idole. Sur ses vieux jours le souvenir de la reine martyre le nimbe d'un romanesque qui remédie au déclin de sa fameuse beauté. Non sans égoïsme, il trouve son compte dans ce système de cloisons étanches qui préserve sa liberté.

Ami ou amant ?

Sur ce que furent réellement ses relations avec Marie-Antoinette, nous en sommes donc réduits à des conjectures. Fut-il son amant ? Les biographes sont partagés. Certains mettent à défendre l'honneur de la reine une énergie qui tient de l'acte de foi. D'autres seraient enclins à l'accabler, et la monarchie avec. Le sentiment presque toujours s'en mêle. On la veut chaste et pure, immaculée, ou l'on préfère comme Zweig voir en elle une femme de chair et de sang, refusant de marchander le don suprême à celui qu'elle aime. L'historien est contraint de dire, honnêtement, qu'il n'en sait rien. Il peut cependant se livrer à quelques investigations.

Il y a peu à tirer des documents du fonds Fersen. Trop d'entre eux manquent. La disparition de dix années cruciales du *Journal* semble imputable à un secrétaire chargé d'éliminer après Varennes tous les papiers compromettants. Admettons. Mais il restait, semble-t-il, dans les archives familiales l'ensemble de la correspondance avec Marie-Antoinette. Lorsqu'en 1877 le baron de Klinckowström se décida à en livrer une partie au public, il agit comme on le faisait à cette date : il sélectionna ce qui pouvait servir à l'histoire. Il ne conserva que vingt-neuf lettres de la reine et trente-trois de son grand-oncle, datant de la période révolutionnaire et à contenu politique, dont il prétendit avoir détruit les originaux. Leurs autres lettres firent, par respect pour la mémoire de leur amour, l'objet d'un autodafé dans un grand poêle suédois. Sur celles qu'il publia, une censure avait été opérée — par lui ou par un autre ? —, mais il signala honnêtement l'emplace-

ment des ratures par des points de suspension lorsqu'elles intervenaient dans le corps du texte. Ce
faisant, il attisait la curiosité. On a donc cherché, on a
trouvé quelques lettres incomplètement expurgées et
quelques copies conservées par Mercy-Argenteau.
Elles contiennent des mots tendres. On n'a pas besoin
d'eux pour savoir que Marie-Antoinette était amoureuse de Fersen. Ils ne nous disent pas s'il était son
amant. Mais la censure exercée sur cette correspondance incite à penser que oui.

Pour les contemporains la réponse ne faisait pas de
doute : tous en étaient persuadés. Mais, objecte-t-on, s'il
fallait croire tout ce qu'on disait de la reine ! Le caractère si manifestement outrancier de tant d'accusations
discrédite en bloc tous les propos tenus contre elle et dispense de faire le tri, permettant de la faire toute blanche
une fois lavée des calomnies qui la noircissaient. On
élude par là des témoignages mesurés qui, quoi qu'on
puisse dire, ne respirent pas la mauvaise foi. Ainsi celui
de la comtesse de Boigne : « La reine n'eut qu'un grand
sentiment, et peut-être une faiblesse. Il n'était guère douteux pour les intimes qu'elle n'eût cédé à la passion de
M. de Fersen. Il a justifié ce sacrifice par un dévouement
sans bornes, une affection aussi sincère que respectueuse et discrète, il ne respirait que par elle, et toutes
les habitudes de sa vie étaient modelées de manière à la
compromettre le moins possible. Aussi cette liaison,
quoique devinée, n'a jamais donné de scandale. » Le
marquis de Saint-Priest, moins indulgent sur ce dernier
point, confirme l'information, en y ajoutant quelques
précisions. Dans les ambassades cette liaison était de
notoriété publique, le principal titre de Fersen était
d'être « l'amant de la reine » — une appellation que lui-
même ne chercha jamais à démentir.

Ce ne sont pourtant pas là des preuves irréfutables.
Restent donc les supputations, appuyées si possible sur
des indices, en pesant leur vraisemblance et en épou-

sant le fil du temps. Il faut reprendre ici l'histoire de leurs relations à partir de la date clef de 1783.

Lorsque Fersen rentre d'Amérique, on a vu qu'il change très brusquement en l'espace de quelques semaines, rejette tout projet de mariage, clame son bonheur : la reine « l'aime véritablement ». Il savait bien, depuis longtemps, qu'il lui plaisait. Il s'agit donc là de tout autre chose. L'initiative, une fois encore, n'a pu venir que d'elle. Que représente-t-il de si rare pour qu'elle lui offre soudain un autre type de relation ? Elle a toujours eu besoin d'un confident ou d'une confidente. Elle a été déçue tour à tour par les Besenval, Lauzun, Esterhazy et autres, qui se sont révélés indélicats, légers, cupides. Elle s'éloigne maintenant de la société Polignac, son amitié pour la duchesse se refroidit, elle se sent très seule. Fersen lui apparaît à un moment de désarroi. Il est froid, réservé, solide — différent. Elle croit pouvoir trouver en lui une affection sincère, discrète et désintéressée. On imagine volontiers — mais ce n'est là qu'une hypothèse ! — qu'elle le lui dit et lui proposa, comme dans les romans courtois, de devenir son chevalier servant, son homme lige. Seul un pacte de ce genre peut expliquer qu'ils se trouvent si vite placés sur le pied d'intimité que suggère ce qu'on entrevoit de leur correspondance.

À moins, bien entendu, qu'ils n'aient été jetés dans les bras l'un de l'autre par les surprises des sens. Mais la chose est peu vraisemblable à cette date, en raison de la prudence de Fersen et surtout de l'inexpérience de Marie-Antoinette. Des principes moraux et religieux solides lui ont été inculqués par sa mère sur ce chapitre. Est-elle prête à les lancer par-dessus bord sans savoir encore pour quoi ? Elle n'éprouve aucun goût pour l'amour, avait noté Joseph II. Louis XVI ne lui a visiblement pas apporté de révélations en ce domaine. La sexualité reste liée pour elle au devoir conjugal qui lui pèse. Pour l'instant, elle n'a faim que de sentiment.

On l'imagine volontiers faisant d'elle-même deux parts, l'une, son corps, pour l'époux qu'on lui a imposé, l'autre son cœur pour l'homme qu'elle a choisi. Que veut-il dire d'ailleurs, lorsqu'il souligne qu'elle est seule à l'aimer vraiment, sinon qu'elle ne voit pas en lui, comme tant d'autres, un amant désirable ou, comme la petite Anglaise rencontrée à Florence, un mari à conquérir ?

Il s'y ajoute une autre donnée, sur laquelle les analyses de Mme Kermina confirment les nôtres. La foi dans le principe dynastique est très forte chez Marie-Antoinette, comme chez toutes les filles de Marie-Thérèse. En tant qu'héritière de la lignée des Habsbourg, elle ne doit et ne peut mettre au monde que des enfants légitimes, du roi son époux. En 1783, elle n'a encore qu'un fils. Il lui en faut au moins un second. Elle ne prendra aucun risque susceptible de jeter le doute sur une prochaine naissance. D'autant qu'elle se désole de voir son image se dégrader dans l'opinion, qu'elle sait qu'on la dit infidèle et qu'elle ne veut pas fournir d'armes à ses détracteurs. Les racontars sont cependant allés bon train lors de la naissance du duc de Normandie. C'est le seul que les dates permettraient d'attribuer à Fersen : il est né environ neuf mois après la fameuse fête nocturne où les bosquets de Trianon avaient pu prêter à quelques amants une ombre complice. Mais l'enfant a les yeux bleus de ses parents légitimes et les cheveux dorés à reflets roux de sa mère. Fersen lui-même s'indigne dans son *Journal* que les révolutionnaires envisagent de le déclarer bâtard. L'intérêt qu'il porte à son sort, par opposition à celui de sa sœur, n'est que le reflet de la préférence que lui vouait Marie-Antoinette. L'enfant n'est pas de lui, mais bien du roi, qui n'a jamais douté de sa paternité, quoi qu'on ait pu dire[*].

Aussi longtemps que la reine a poursuivi les rela-

---

[*] Paternité confirmée par les récentes analyses d'ADN faites sur le cœur de l'enfant.

tions conjugales, il est exclu qu'elle ait été la maîtresse de Fersen, dont les absences étaient d'ailleurs fréquentes. Leur amitié amoureuse dut se satisfaire d'une romance épistolaire. En revanche la question se pose lorsqu'elle décida qu'elle ne voulait plus d'enfants et que Louis XVI renonça à en exiger d'elle. Quitte avec ses devoirs dynastiques, pourquoi n'userait-elle pas d'une liberté dont tant de couples, dans la haute société, lui donnent l'exemple ? Son catholicisme est trop tiède pour l'arrêter devant un péché que semble absoudre d'avance l'authenticité d'un sentiment sincère. Quant à Fersen, on sait ce qu'il en est de ses croyances religieuses. Or les circonstances s'y prêtent. Lorsque le Suédois rentre en France au mois d'avril 1787, il trouve le climat politique détestable et la reine désemparée, plus isolée que jamais, mais aussi moins surveillée. Il se met à faire assidûment la navette entre la Flandre où son régiment se morfond dans l'inaction et Versailles où elle l'attend. Toutes les conditions sont réunies pour qu'ils s'abandonnent enfin l'un à l'autre. « Il se rendait à cheval dans le parc, du côté de Trianon, trois ou quatre fois la semaine, affirme Saint-Priest ; la reine seule en faisait autant, et ces rendez-vous causaient un scandale public, malgré la modestie et la retenue du favori qui ne marqua jamais rien à l'extérieur et a été, de tous les amis d'une reine, le plus discret. »

Un indice matériel imprévu vient nous prouver qu'elle tenait à l'avoir tout près d'elle. Dans une lettre à « Joséphine » qui précède son retour en 1787, il est question d'un logement pour lui « en haut », et dans une autre, au début octobre, il demande qu'on y fasse « faire une niche au poêle ». Cette Joséphine-là, chargée de problèmes d'intendance, ne peut pas être la reine, s'exclamait-on jusqu'au jour où deux chercheurs découvrirent aux Archives, datée du 10 octobre, une note de service très explicite : « La reine a envoyé chercher le poêlier suédois qui a fait des poêles à l'appartement de Madame, et Sa Majesté lui a ordonné d'en faire un dans un de ses cabinets intérieurs, avec tuyaux de chaleur pour échauffer une petite pièce à côté... » Elle avait donc les moyens, soit à Trianon, soit à Versailles même, de se procurer des moments de tête à tête avec l'homme qu'elle aimait.

Ce qu'ils y faisaient n'eut pas de témoins. Allèrent-ils jusqu'au bout ? C'est possible. Ce n'est pas certain. La santé de Marie-Antoinette, mal remise de sa dernière maternité, et sa crainte d'une grossesse indésirable ont pu orienter leurs effusions vers des privautés moins dangereuses. N'en déplaise à Stefan Zweig, Marie-Antoinette, même dans les bras du très tendre Fersen, ne dut jamais être une « amante divine ». Peu douée elle était, peu douée elle resta. Dans ce cas, ils auraient été, selon la jolie expression de Pierre Audiat, reprise par André Castelot, des « amants restreints ». Une expression puisée à bonne source puisqu'elle provient des manuels destinés à former les confesseurs. Cette hypothèse s'accorderait assez bien avec le comportement de Louis XVI : « Elle avait trouvé le moyen, dit encore Saint-Priest, de lui faire agréer sa liaison avec le comte Fersen ; en répétant à son époux tous les propos qu'elle apprenait qu'on tenait dans le public sur cette intrigue, elle offrait de cesser de le voir, ce que le roi refusa. Sans doute qu'elle lui insinua que, dans le déchaînement de la malignité contre elle, cet étranger était le seul sur lequel on pût compter ; [...] ce monarque entra tout à fait dans ce sentiment. » Ce dernier argument paraît discutable. La confiance, que Louis XVI accorda en effet à Fersen, est la conséquence et non la cause de son consentement à cette liaison. Une seule raison a pu la lui faire accepter, l'assurance que l'essentiel était sauf : dès l'instant que la procréation n'était pas en cause, il n'y avait pas infidélité. Ainsi raisonnaient nos ancêtres, ainsi raisonnent parfois encore certains de nos contemporains.

La fin d'une idylle

D'ailleurs, à mesure que les événements se précipitent, la position de Fersen auprès de Marie-Antoinette
évolue. L'idylle était inséparable du cadre où elle était
née : les petits cabinets de Versailles, les ombrages de
Trianon, où la vie restait douce. Voici que l'heure en
est passée. La nature de leurs relations change dès le
retour à Paris en octobre 1789. Certes Fersen accède
librement aux Tuileries grâce à un passe-partout. « Je
lui en ai laissé le moyen, disait La Fayette, en ne faisant pas garder telle issue de l'appartement par où il
peut s'introduire sans être vu. » Par solidarité entre
anciens combattants d'Amérique ? ou, comme le
remarque perfidement Saint-Priest, « par une malice de
plus, pour qu'elle se donnât ce tort » ? En tout état de
cause, il y est plus difficile de s'isoler en raison de
l'exiguïté relative des lieux et de la suspicion qui pèse
sur leurs habitants. Seul le séjour à Saint-Cloud de l'été
1790 permettra aux amants de retrouver un peu de leur
intimité ancienne. Mais le cœur n'y est plus, le corps
non plus. La santé de la reine se détériore, ses nerfs se
tendent à craquer, elle a peur, elle a besoin d'être rassurée. Face aux grondements de la Révolution, elle voit
en Fersen un homme fort dont elle attend un soutien et
des directives. Et le roi, qui la consulte en tout, se
trouve associé à bon nombre de leurs entretiens. Le
confident de la reine se mue en conseiller politique
secret du couple royal, auprès de qui il est également
l'émissaire officieux de Gustave III. Le climat de leurs
rencontres s'en trouve nécessairement modifié. On
évoquera plus loin, en son temps, la toute dernière
d'entre elles, en mars 1792 — un point fort des biogra-
phies romancées. Mais tout suggère qu'à cette date,
l'amour de Fersen pour la reine s'est largement
sublimé en une admiration sans bornes pour le courage
et une infinie compassion pour les souffrances de celle

qu'il n'évoque plus qu'en termes éthérés : une créature parfaite, un ange, une sainte. Et comme on sait, les anges n'ont pas de sexe, et les saintes si peu...

De son côté Fersen qui, tout en cueillant son plaisir à droite et à gauche, s'est toujours gardé de s'attacher, est tombé depuis l'été 1789 sous l'empire d'une maîtresse qui est l'exacte antithèse de la malheureuse souveraine. Éléonore Sullivan, née Franchi, était une obscure actrice italienne qui avait fait carrière dans la haute galanterie. Passant des bras du duc de Wurtemberg à ceux de Joseph II en personne, elle avait réussi à se faire épouser par un Irlandais qu'elle suivit aux Indes et dont elle conserva le nom. Mais elle le quitta là-bas pour Quentin Craufurd, un Écossais fabuleusement enrichi dans la Compagnie des Indes, qui l'enleva et l'installa à Paris. Tout ce que la ville avait de plus brillant se pressait dans leur somptueux hôtel particulier de la rue de Clichy, attiré par la haute culture du maître de maison, grand collectionneur de tableaux, et par la capiteuse beauté de sa compagne, une éclatante brune aux chairs épanouies. On ne sait au juste à quelle date elle réussit à prendre le bel Axel dans ses filets. Il était déjà son amant lorsque Craufurd l'invita chez lui. Il étouffa vite ses scrupules, si scrupules il y eut, et s'installa sans vergogne dans ce ménage à trois de vaudeville où le protecteur en titre de la dame tenait le rôle du mari trompé. La distinction n'était pas, murmurait-on, la qualité principale d'Éléonore, mais elle savait se tenir lorsqu'elle sentait que son exubérance tapageuse risquait de déplaire. Peu importait d'ailleurs à Fersen. Elle le subjugua par la volupté, elle se l'attacha par la générosité. Il la trouvait toujours prête à l'accueillir et à l'aider, gaie, dévouée, chaleureuse. Il ne pouvait se passer d'elle. Il l'aima vraiment, en parallèle avec Marie-Antoinette, avec si peu de discrétion que sa sœur Sophie s'en inquiéta : que penserait la pauvre *Elle* en découvrant qu'il la trompait avec

El. ? — tels étaient à cette date les noms de code des deux femmes dans la correspondance. Bref, les amours qu'il avait voulu réduire à la chair deviennent envahissants, au détriment d'une Marie-Antoinette dont l'image se désincarne. Celle-ci n'est plus une femme à aimer mais une victime à arracher, avec les siens, aux griffes de l'hydre révolutionnaire. Une cause à laquelle Fersen consacre désormais toutes ses forces.

Au terme de cette longue incursion en terrain psychologique, dans le domaine des hypothèses, aux frontières du roman, l'historien réclame à nouveau la parole pour conclure sur deux remarques, toutes deux d'ordre politique.

La première ne semble guère avoir été faite jusqu'ici. Ce qui compte pour l'histoire des mœurs et des mentalités, et donc pour l'histoire tout court, ce n'est pas que Fersen ait été ou non l'amant comblé de Marie-Antoinette, mais que tous les contemporains aient cru qu'il l'était et qu'elle n'ait rien fait pour le démentir. Peu importe la nature exacte des liens qui l'ont unie au beau Suédois, ni l'étendue des privautés qu'ils s'autorisèrent. Il éclate aux yeux qu'elle a violé une des règles fondamentales de la condition de reine en France. Elle ne s'est pas contentée de rejeter, d'emblée, la convention de façade qui voulait que l'épouse du roi parût toujours amoureuse de son mari. Elle a imposé la présence à ses côtés d'un homme élu par elle, affirmant ainsi ses droits à la liberté d'aimer à sa guise. Elle l'a fait sur le tard et avec une relative discrétion, mais sans le moindre sentiment de culpabilité. Et elle a réussi à faire admettre la chose par Louis XVI et par une partie de la cour. Une fois de plus, contre la tradition, contre la pression du milieu, elle a fait prévaloir sa volonté. À ses risques et périls.

L'autre remarque concerne son choix. Fersen est un étranger. Comme conseiller auprès d'elle, son influence se substitue en partie, sans l'annuler, à celle de Mercy-Argenteau, un autre étranger, qui sert l'Autriche. Ni l'un ni l'autre n'aident à sa difficile francisation et c'est dommage. Fersen aime la France, ou plutôt le peu qu'il en connaît, pas les Français. Face aux difficultés qui s'annoncent, il a des réactions de très grand seigneur suédois. Les quelques velléités libérales marquant son aventure américaine sont vite oubliées, il retrouve devant les premiers mouvements populaires des réflexes aristocratiques rigides, il récuse en bloc la Révolution. Loin d'aider Marie-Antoinette à comprendre les événements, il la mettra en garde contre tous ceux qui incitent le roi à en prendre la direction. Et après l'échec de Varennes, il se répandra en malédictions contre le peuple français, qui ne mérite que l'esclavage, contre Paris, qu'il voudrait voir noyer dans le sang. Son intelligence politique n'est pas à la mesure de son courage. Comme c'est aussi le cas de Marie-Antoinette, il est permis de le déplorer.

Chapitre quatorze

« Mes deux patries »

Si Louis XVI espérait écarter Marie-Antoinette de la politique en lui passant toutes ses fantaisies, il se trompait. Non qu'elle tienne passionnément à s'en mêler : elle répugne à l'effort nécessaire pour s'initier au détail des affaires. Pendant les huit années qui suivent le voyage de Joseph II et l'établissement de relations normales avec son époux, l'appétit d'autorité de la jeune femme est comblé par la direction de son petit théâtre et par l'aménagement de Trianon. Mais elle est poussée à intervenir par ses « entours » d'une part et par Mercy-Argenteau de l'autre. Sur le plan intérieur, on l'a vu, elle s'engage avec une ardeur brouillonne pour ou contre tels ou tels ministres, selon qu'elle éprouve à leur égard sympathie ou animosité — sans autre résultat que de hâter une élévation ou une chute que d'autres raisons auraient suffi à rendre inévitable. La politique extérieure, qu'on évoquera ici comme un tout, au prix d'un léger retour en arrière, relève à ses yeux des mêmes critères simplistes. Il y a les bons, c'est-à-dire les Autrichiens, et les méchants, au premier rang desquels Frédéric II de Prusse. Une seule chose compte pour elle, la pérennité de l'alliance entre ses deux patries. Or il se trouve que les relations franco-autrichiennes ne cessent de se dégrader. À l'estime réciproque que se portaient Louis XV et Marie-Thérèse, en dépit de leurs divergences, succèdent chez Louis XVI et Joseph II une antipathie instinctive et une méfiance justifiée. Ce n'est pas seulement pour l'amour de sa sœur que Joseph était venu en France au printemps de 1777. Il comptait en imposer au roi et s'assurer son appui pour les grands projets qu'il caressait. Déçu de n'en avoir obtenu que de bonnes paroles évasives, il se consolait à l'idée qu'il pourrait gouverner ce beau-frère présumé faible par l'intermédiaire de son épouse, une fois réglé entre eux le problème conjugal. Il ne tarda pas à découvrir, dès le début de l'année suivante, que Louis XVI était un allié difficile, peu disposé à s'aligner sur l'Autriche. Les pressions se multiplièrent alors sur Marie-Antoinette, via Mercy-Argenteau, pour l'engager à servir les intérêts autrichiens sous prétexte de « sauver l'alliance ».

Elle se lança dans l'entreprise avec sa fougue, son entêtement et son aveuglement habituels. Ne soyons pas trop sévères. Cette attitude part d'un sentiment bien naturel, qu'ont éprouvé à des degrés divers toutes les reines de France confrontées à des tensions entre le pays de leur père et celui de leur époux. Marie-Antoinette se distingue d'elles en ceci qu'elle ne se contente pas de vivre douloureusement la détérioration de l'alliance dont elle est le gage. Plus étroitement liée qu'aucune de ses aînées à sa patrie d'origine, elle s'ingénie à faire prévaloir auprès de son époux le point de vue de Vienne. Pendant huit ans, refusant obstinément de comprendre ce que celui-ci tente de lui expliquer, elle servira de courroie de transmission aux exigences de son frère. Et comme elle n'est pas douée pour la diplomatie — elle n'a ni l'intelligence ni la souplesse requises —, toutes ses interventions seront vouées à l'échec. Mais elle paiera fort cher, aux yeux de l'opinion française, ce rôle d'avocat inconditionnel de l'Autriche dans lequel elle s'est imprudemment laissé enfermer.

Des sentiments mitigés, des intérêts divergents

Le fameux renversement des alliances, concrétisé par le traité de 1756, avait été imposé aux deux pays par les circonstances. Aucun intérêt commun durable ne les liait. Ils avaient des adversaires bien distincts. La France tenait pour son ennemi numéro un l'Angleterre, à qui l'opposaient les rivalités coloniales. L'Autriche avait pour bête noire la Prusse, qui lui avait arraché la Silésie et lui disputait l'hégémonie en Allemagne. Or la Prusse était autrefois l'alliée de la France. C'est son revirement en faveur des Anglais qui avait amené Louis XV à répondre aux ouvertures de Marie-Thérèse. La France s'engagea à fournir à l'Autriche une aide financière et militaire contre une éventuelle agression de Frédéric II. En échange elle ne pouvait en attendre aucun secours dans sa guerre maritime et coloniale. Mais elle pensait que la menace autrichienne suffirait à tenir en respect Prussiens et Hanovriens[*] et comptait échapper ainsi à une guerre terrestre. Dans l'esprit de Louis XV l'alliance avait donc pour finalité le maintien du *statu quo* en Allemagne. Mais dans celui de Marie-Thérèse, elle devait lui permettre de récupérer la Silésie. L'Autriche avait finalement réussi à entraîner la France à combattre sur deux fronts dans la désastreuse guerre de Sept Ans. Le traité de Paris, en 1763, laissait les deux alliées très mécontentes l'une de l'autre. L'Autriche n'était pas parvenue à écraser la Prusse, ni même à lui reprendre la Silésie : elle n'avait rien gagné. La France avait dû abandonner à l'Angleterre la plus grande partie de son empire colonial : c'est elle qui payait le prix le plus lourd.

On comprend sans peine que le partage de la Pologne ait soulevé dans l'opinion française une vive indignation. D'abord parce que des liens d'amitié nous

---

[*] Le Hanovre appartenait au roi d'Angleterre, qui en était originaire.

La reine

liaient depuis des siècles à ce pays. Ensuite et surtout parce que l'Autriche y faisait preuve d'un cynisme au moins égal à celui de la Prusse. Qu'on en juge ! Sans nous en aviser, elle pactisait avec l'adversaire contre qui elle avait imploré tout récemment notre secours, pour s'en prendre en pleine paix à un pays sans défense et le dépecer tout à son aise ! Louis XV avait préféré se taire plutôt que d'émettre une vaine protestation verbale. Mais l'épisode laissait des cicatrices[*].

Louis XVI avait eu la main heureuse en choisissant comme secrétaire d'État aux Affaires étrangères, sur les conseils de Maurepas, le comte de Vergennes. Ce diplomate de carrière s'était vu confier des postes « sensibles », comme on dit aujourd'hui. À Constantinople il avait eu le temps, en quatorze ans, de mesurer l'irrémédiable faiblesse de l'Empire ottoman — notre allié — face aux appétits de la tsarine Catherine II. Nommé ensuite à Stockholm, il avait apporté à Gustave III l'appui de la France lors de son « coup d'État » pour rétablir l'autorité monarchique. Il connaissait à fond les ressorts de la politique en Europe orientale. Sa grande expérience, son sérieux, sa fermeté lui valurent l'estime et la confiance du roi. Tous deux partageaient une même rigueur morale, réprouvant le « *système copartageant* » pratiqué en Pologne par les trois prédateurs complices. Tous deux haïssaient l'aventurisme et préféraient le maintien de la paix à la recherche d'agrandissements territoriaux. Tirant la leçon de la guerre de Sept Ans et du partage de la Pologne, ils étaient résolus à donner au traité de 1756 l'interprétation la plus étroite : la France soutiendrait l'Autriche contre une agression extérieure, rien de plus. Mais surtout elle s'efforcerait par tous les moyens d'éviter que cette agression ne se produise, pour garder les mains libres face à l'Angleterre. Car, en dépit de leurs convictions pacifistes, Louis XVI et Vergennes se trouvaient

* Voir ci-dessus, chapitre 6.

confrontés à une rude tentation : une revanche sur l'Angleterre semblait à portée de main.

Depuis plus de dix ans la France voyait sans déplaisir s'envenimer les relations entre Londres et ses colonies d'Amérique. La métropole exerçait jusqu'alors sur les treize colonies une tutelle politique assez légère, chacune d'entre elles bénéficiant d'une large autonomie dans la gestion de ses affaires par le biais d'assemblées et de conseils locaux. Épuisée financièrement par la guerre de Sept Ans, l'Angleterre prétendit leur faire payer une partie des frais et leur imposa autoritairement diverses taxes, en violation de la règle générale selon laquelle aucun citoyen britannique ne doit payer d'impôt qui n'ait été consenti par lui-même ou par ses mandataires. Les Américains boycottèrent alors les produits concernés. En 1773, les Bostoniens jetèrent à la mer une cargaison entière de thé, déclenchant une répression qui conduisit à l'escalade. L'année suivante, les représentants des colonies, réunis en Congrès, affirmèrent dans une Déclaration solennelle le droit de tous les peuples à participer à l'élaboration des lois les concernant. Deux ans plus tard, le 4 juillet 1776, la *Déclaration d'indépendance* des États-Unis d'Amérique marquait la rupture avec la métropole. Le point de non-retour était atteint. La France devait-elle saisir l'occasion qui s'offrait d'effacer l'humiliation du traité de Paris ? Face aux appels au secours des *Insurgents,* Louis XVI hésitait. Certes, depuis trois ans, tout en affichant une façade de stricte neutralité, il les aidait en sous-main, leur faisant passer de l'argent et du matériel par l'intermédiaire d'une société écran, que dirigeait l'irremplaçable Beaumarchais. Mais de là à prendre ouvertement parti pour eux, avec la certitude qu'il s'ensuivrait une guerre contre l'Angleterre, il y avait un pas qu'il ne se décidait pas à franchir.

En premier lieu, pour des raisons matérielles : les finances royales n'avaient pas les moyens de soutenir un nouveau conflit armé. Faute d'avoir préalablement réformé la fiscalité, comme le souhaitait Turgot, ses successeurs seraient voués aux expédients, désastreux à long terme. D'autres raisons incitaient aussi à l'abstention. Louis XVI n'éprouvait aucune sympathie pour des gens qui, quelques années plus tôt, avaient mené une violente guerre d'embuscades contre les postes français implantés au Canada et dans la vallée de l'Ohio, et contribué ainsi à notre défaite. Il répugnait par principe à soutenir des sujets en révolte contre leur souverain, des colons dont l'exemple pouvait être dangereux pour les quelques « îles à sucre » qui nous restaient dans les Caraïbes ; mais on pouvait objecter que les Anglais, en cas de victoire, ne nous en laisseraient pas longtemps la possession. Il ne semble pas avoir redouté pour la France elle-même les risques de contagion, tant il se croyait assuré de son pouvoir. S'il se réfugia aussi longtemps qu'il le put dans un attentisme prudent, c'est surtout parce qu'il souhaitait, avant de s'engager, apprécier les chances de succès.

Mais l'opinion française, elle, prenait feu et flamme pour les Insurgents. Au nationalisme avide de revanche se mêlait la sympathie instinctive pour le faible qui ose rejeter la tyrannie du plus fort et une attirance idéologique pour les aspirations majeures animant le jeune peuple : égalité des droits pour tous et participation aux décisions, notamment en matière fiscale. Le fait que le nouvel État se fût proclamé république passa presque inaperçu, tant les colons prirent soin, pour obtenir des appuis, de laisser la nature du régime en dehors du débat : ils prétendaient seulement jouir des mêmes prérogatives que leurs frères de la métropole, dans le cadre d'une monarchie constitutionnelle à laquelle ils n'auraient rien trouvé à redire si elle avait pris en compte leurs revendications. La partie agissante de l'opinion française n'eut donc aucune peine à se reconnaître en eux. De plus la jeunesse noble, à qui la règle de non-dérogeance interdisait toute carrière autre que celle des armes, piaffait et brûlait d'en découdre, après des années de paix et d'inaction.

La qualité des négociateurs fit le reste. À la fin de 1776, les Américains dépêchèrent en Europe un savant de renommée mondiale, Benjamin Franklin, l'homme qui, avec son paratonnerre, avait su domestiquer la foudre. Sa réputation scientifique lui ouvrit toutes les portes, celles des salons comme celles des académies. Les réseaux maçonniques contribuèrent à le soutenir. Il exploita habilement l'exotisme que comportait son personnage. En ces temps où l'on croyait devoir opposer aux vices de la civilisation l'authenticité du bon sauvage ou du paysan, il joua de sa simplicité rustique, avec ses cheveux portés longs autour d'un front dégarni, ses grosses lunettes, son costume de velours brun lustré et râpé, ses chaussures dépourvues de boucles et son bonnet fourré de trappeur. Il séduisit par sa bonhomie, sa malice souriante, et jusqu'à sa maladresse à parler le français — qu'il écrivait d'ailleurs fort bien. Il naviguait entre les écueils, faisant sonner très haut son libéralisme auprès des progressistes et son anglophobie auprès des conservateurs. Il fut bientôt furieusement à la mode et l'on ne jura plus que par lui. Des foules de jeunes nobles se portèrent volontaires pour se battre aux côtés des Américains, en dépit des ordres du roi. Au mois d'avril 1777 le fougueux marquis de La Fayette, âgé de vingt-deux ans à peine, s'embarqua à la tête d'un contingent enthousiaste, bien résolu à se couvrir de gloire. Il devait y gagner son surnom de « héros des deux mondes ».

Qu'en pensa Marie-Antoinette ? Pas grand-chose, apparemment. Elle rencontra Franklin, fut fascinée, dit-on, par l'étrange instrument de musique qu'il exhibait, un harmonica de verres d'où l'on tirait des sons par friction des doigts sur les bords d'une série de coupes de tailles différentes, disposées en gammes

chromatiques. En matière politique, elle n'avait guère
d'opinion, l'Autriche n'étant pas en cause. Mme Campan affirme qu'elle se montra hostile à l'intervention,
non par crainte d'une improbable contagion idéologique, mais « parce qu'elle trouvait trop peu de générosité dans le moyen que la France avait choisi pour
porter atteinte à la puissance anglaise ». C'est seulement après coup, pendant la Révolution, qu'elle modi-
fia son jugement. Sur le moment, elle se laissa aller à
l'engouement général. La comtesse Diane de Polignac,
belle-sœur de la favorite, professait à l'égard de Franklin une admiration si bruyante que Louis XVI, agacé,
lui fit offrir un vase de nuit en porcelaine de Sèvres au
fond duquel il avait fait graver le médaillon si fort en
vogue où le portrait du savant s'auréolait d'une fière
légende : *Eripuit coelo fulmen, sceptrumque tyrannis**.
Une plaisanterie d'aussi mauvais goût ne pouvait que
rejeter son épouse vers la cause américaine, si tant est
qu'elle n'y fût pas déjà acquise.

Pendant toute l'année 1777, Louis XVI et Vergennes
continuent de tergiverser. À Vienne, Marie-Thérèse et
Joseph II réagissent en despotes — éclairés ou non —,
qui estiment que seuls les souverains sont habilités à
faire le bonheur de peuples voués par nature à l'obéissance : à la place de Louis XVI, ils abandonneraient
les rebelles à leur sort. Ils redoutent en outre un engagement qui épuiserait les ressources françaises, rendant
l'alliance inutile pour l'Autriche. Mais Joseph a
compris, depuis sa rencontre avec Louis XVI, qu'il ne
peut compter sur la bonne volonté de celui-ci. D'où
l'idée de profiter de la diversion qu'apporte sur la
scène internationale le conflit anglo-américain pour
tenter par surprise un coup hardi, qui mettrait la France
devant le fait accompli et l'obligerait, en cas de conflit
européen, à respecter ses engagements de 1756. Il pro-

---

* « Il a arraché la foudre au ciel et le sceptre aux tyrans. » La
formule passe pour être de Turgot.

jette de s'approprier une large part de la Bavière. Et sa mère s'affole, comme au temps du partage de la Pologne, à la fois pour des raisons morales — elle réprouve qu'on joue de sa force pour spolier le plus faible — et pour des raisons politiques — elle redoute la réaction de la Prusse. Mais dans le climat de fin de règne qui prévaut à Vienne, l'impératrice n'a plus les moyens de se faire entendre. Kaunitz, son vieux complice de toujours, son chancelier à l'humeur parfois incommode mais à la fidélité sans faille, est passé dans le camp de Joseph, qui incarne l'avenir. C'est Joseph qui mène la danse.

En cette année 1777, la relève des générations est largement acquise. Louis XVI a succédé à Louis XV, ses vingt-trois ans heureusement appuyés sur les cinquante-huit ans de Vergennes. Marie-Thérèse, à la soixantaine, a dû céder la main à son fils et se contente de jouer les Cassandre face aux désastres qu'elle pressent. De part et d'autre deux vieux routiers de la politique, rescapés des combats antérieurs, Maurepas, soixante-seize ans, et Kaunitz soixante-six, survivent en essayant de se rendre indispensables. L'âge et les mécomptes de la guerre de Sept Ans ont assagi Frédéric II, qui, à soixante-cinq ans, cherche surtout à consolider ses acquis et à empêcher les autres de s'agrandir. Le fauteur de troubles, ce n'est plus lui, mais Joseph II, trente-six ans, dont les appétits de conquêtes territoriales menacent la paix. La fameuse alliance conçue pour défendre l'Autriche contre l'impérialisme prussien n'a plus de raison d'être dès lors que Joseph se fait agresseur, laissant à Frédéric le rôle inattendu de protecteur des opprimés, cependant qu'aux confins orientaux de l'Europe, l'imprévisible Catherine II pousse cyniquement ses pions en direction de l'ouest et du sud, sachant ses arrières protégés par les steppes désolées de l'immense terre russe. Mais la France n'a pas de solution de rechange. Dénoncer l'alliance équi-

vaudrait à rejeter l'Autriche dans les bras de l'Angleterre sans pour autant s'assurer le soutien de la Prusse,
peu fiable en dépit de ses avances répétées. Vergennes
préconise donc de sauver les apparences, mais de revenir en secret à ce qui avait été la règle d'or de la politique française au XVIIe siècle : veiller à ce que
l'Allemagne reste divisée en une multitude d'États de
taille et de poids divers, sans qu'aucun d'entre eux pût
s'assurer l'hégémonie — d'où la référence au traité de
Westphalie, de 1648, qui avait consacré cette division.
Une telle politique impliquait qu'on maintînt la
balance égale entre Prusse et Autriche, pour les neutraliser l'une par l'autre.

Ce qui ne faisait évidemment pas l'affaire de
Joseph II.

Main basse sur la Bavière (1778-1779)

Il n'est pas besoin de regarder longtemps une carte
d'époque pour comprendre que l'Autriche convoitait la
Bavière, qui s'enfonçait comme un coin au cœur de
ses propres possessions. Or une occasion inespérée
semblait s'offrir en 1777. L'Électeur de Bavière
Maximilien III, gravement malade, allait disparaître
sans postérité. Son héritage revenait à un lointain cousin, l'Électeur palatin Charles-Théodore de Wittels-
bach-Sulzbach. Lequel cousin, lui-même sans enfants,
n'avait aucune envie de quitter les bords du Rhin et sa
bonne ville de Mannheim pour se transporter à
Munich. La possession de deux territoires disjoints ne
l'enchantait guère et il comprit qu'il n'aurait pas les
moyens de défendre sa nouvelle acquisition. Autant
valait accepter de bonne grâce ce qu'il ne pouvait
empêcher. Lorsque l'Autriche exhuma de vieilles
chartes médiévales censées asseoir les revendications
de l'Autriche sur la Basse-Bavière, il s'inclina, dans

l'espoir d'échanger plus tard le reste de la province contre certains districts des Pays-Bas autrichiens limitrophes du Palatinat. L'Électeur bavarois avait à peine rendu l'âme, le 30 décembre 1777, que l'empereur publiait la convention signée avec son successeur, le 3 janvier suivant, et faisait aussitôt entrer ses troupes en Basse-Bavière.

« Cela ne plaira pas trop là où vous êtes, écrit-il à Mercy, mais je ne vois pas ce qu'on y pourra trouver à redire, et les circonstances avec les Anglais y paraissent très favorables. » Entre « l'ascendant de la reine sur son époux » et les risques entraînés par la reconnaissance imminente de la jeune nation américaine, il pense que la France sera réduite au silence. Sur le moment la reine, surprise de l'indignation soulevée à Paris par l'invasion de la Bavière, préféra en plaisanter, écrivant à son amie de Polignac qu'elle craignait bien que son frère « ne fît des siennes ». Elle ne se souciait pas de voir la politique troubler les plaisirs du carnaval. Elle s'attira une verte semonce de Mercy : une telle désinvolture donnait à croire que « loin d'adopter les vues de son auguste maison », elle les désapprouvait, « manquant » par là à sa mère, à son frère, à elle-même et « s'ôtant les moyens d'employer son crédit au maintien de l'union des deux cours ». De Vienne, Marie-Thérèse envoya l'avertissement requis : « Un changement dans notre alliance [...] me donnerait la mort. » Mercy, qui assistait à la réception de cette lettre, vit la jeune femme « pâlir en lisant cet article ». Il n'en fallait pas moins pour l'arracher à sa frivolité.

Elle consent donc à intervenir auprès de son époux pour plaider la cause de « l'alliance » — autrement dit du coup de force sur la Bavière. Elle tombe on ne peut plus mal. Car Joseph a cru pouvoir jouer au plus fin. Tout en se gardant d'informer son beau-frère du contenu exact de la convention du 3 janvier, il a répandu dans les autres cours européennes le bruit que celui-ci y a souscrit. Et Louis XVI, s'apercevant qu'on a tenté de lui forcer la main et de le compromettre, ne décolère pas. Il donne à Vergennes l'ordre d'expédier, non seulement à Vienne, mais à Berlin, une note spécifiant que la France se désolidarise du projet de l'empereur et que le traité de 1756 ne l'oblige pas « d'entrer dans les vues d'ambition et d'injustice » de ses alliés. Et lorsque Marie-Antoinette l'entreprend, « assez vivement », sur ses « devoirs » à l'égard de l'Autriche, il lui parle pour une fois, ferme et clair : « C'est l'ambition de vos parents qui va tout bouleverser ; ils ont commencé par la Pologne, maintenant la Bavière fait le second tome ; j'en suis fâché par rapport à vous. — Mais vous ne pouvez pas nier, Monsieur, que vous étiez informé et d'accord sur cette affaire de Bavière. — J'étais si peu d'accord, que l'on vient de donner ordre aux ministres français de faire connaître dans les cours où ils se trouvent, que ce démembrement de la Bavière se fait contre notre gré, et que nous le désapprouvons. » Espérait-il convaincre sa femme ? Cette sortie brutale, faite sous le coup de l'irritation, ne pouvait contrebalancer des convictions ancrées en elle et entretenues par sa mère et par Mercy. Elle n'en fut que plus résolue à se battre pour sa patrie d'origine, avec une parfaite bonne conscience puisqu'on l'avait persuadée qu'elle se battait pour le véritable intérêt de la France, méconnu du roi et de ses stupides ministres.

Joseph II, cependant, put croire un temps avoir gagné la partie. Les protestations verbales de son beau-frère ne l'inquiétaient guère. Mais il avait sous-estimé l'émotion soulevée par son agression dans les petits États allemands, prompts à se sentir menacés. L'Électeur palatin avait des héritiers, que sa transaction lésait : le duc de Deux-Ponts et son frère portèrent plainte devant la diète d'Empire. Et Frédéric II prit aussitôt la direction du mouvement qui se dessinait contre Joseph. Enchanté, Louis XVI, appuyé par Ver-

gennes, s'en tenait à une prudente réserve. Il fit la
sourde oreille aux avances de la Prusse, qui tentait de
le faire rompre avec l'Autriche. Il résista aux pressions
de Joseph II qui, alternant la carotte et le bâton, tantôt
le menaçait de revenir à l'alliance anglaise, tantôt lui
faisait miroiter la cession des Pays-Bas en échange de
son soutien. Il refusa toujours à son beau-frère une caution qui, outre qu'elle eût été concourir à une injustice,
l'aurait contraint de se ranger à ses côtés en cas de
conflit. Marie-Antoinette, piquée au vif, se sentait fière
de se dresser courageusement contre la lâcheté présumée de son époux, sans se rendre compte qu'elle était
manipulée par Mercy, qui lui dictait son rôle presque
mot à mot. « Le roi de Prusse ne craint que vous », lui
affirmait-on pour l'encourager. Mais elle ne put empêcher l'expédition à Vienne de la « vilaine dépêche » du
30 mars, où Louis XVI rappelait son attachement à la
neutralité en cas d'agression prussienne.

À la mi-avril, un événement important parut devoir
modifier la donne : enfin, après tant d'années d'attente
vaine, Marie-Antoinette était enceinte. Sa famille
pavoisa : la jeune femme allait en retirer un surcroît de
prestige et de crédit, on ne pourrait plus rien lui refuser.
D'autre part sa grossesse, en apaisant les dissentiments
qui l'opposaient naguère à sa mère, la rendait plus disposée que jamais à la servir. Elle revint à la charge
auprès de Maurepas et de Vergennes, sur un ton d'autorité qu'elle voulait sans réplique : « Je leur ai parlé
un peu fortement et je crois leur avoir fait impression,
surtout au dernier. Je n'ai pas été trop contente des
raisonnements de ces messieurs qui ne cherchent qu'à
biaiser et à y accoutumer le roi. » Bien sûr qu'ils biai-
sent ! Tous ! Ni les ministres ni le roi n'ont d'illusions
sur son compte. Quoique les lettres échangées entre
elle, sa mère et Mercy aient toujours échappé aux vio-
lations de correspondance, il n'est pas difficile d'en
deviner le contenu : elle sert de porte-parole aux

volontés de la cour de Vienne. Inutile d'espérer l'en dissuader tant son esprit est prévenu. Louis XVI pousse l'indulgence jusqu'à trouver « naturel » qu'elle s'inquiète pour son frère et cherche à le secourir. Il la ménage, à cause de l'enfant à naître. D'où sa complaisance pour les distractions qui la détournent des affaires. Lorsqu'elle s'en mêle, aiguillonnée par Mercy, on l'endort de bonnes paroles ou on lui accorde des concessions sans importance. Elle obtient, par exemple, le 26 avril, ce qu'elle prend pour une grande victoire : dans une nouvelle dépêche de ton plus conciliant, le roi s'engage à défendre les Pays-Bas en cas d'attaque prussienne. Il ne risque pas grand-chose. Frédéric II n'est pas fou, il ne va pas s'en prendre aux Pays-Bas, au risque d'irriter la France et la Hollande, quand il est si simple pour lui d'envahir la Bohême, comme naguère.

Sur l'essentiel, Marie-Antoinette n'obtient donc rien. Mais comme on évite de la heurter de front, elle persévère dans ses interventions intempestives. Le roi se dérobe parce qu'il a horreur des discussions inutiles, des cris et des larmes. En juin, par exemple, on ne l'a pas informée qu'on s'apprête à envoyer à Berlin une nouvelle note confirmant la neutralité française. Fureur de Mercy, qui lui explique « que si elle passait de pareilles licences, il ne serait plus possible qu'elle maintînt son influence et son crédit ». Elle s'en va donc se plaindre à son époux : « Je n'ai pu lui cacher la peine que me faisait son silence ; je lui ai même dit que je serais honteuse d'avouer à ma chère maman la façon dont il me traitait... » La réponse la laissa sans voix : « Vous voyez que j'ai tant de torts que je n'ai pas un mot à vous répondre », lui dit-il non sans ironie pour couper court à l'avalanche de reproches, avant de tourner les talons. Les ministres, eux, n'ont pas oublié le prix payé par Turgot pour sa franchise. Ils jouent ceux qui ne comprennent pas, se défaussent les uns sur les autres, s'excusent sur la nécessité de consulter leurs collègues ou le roi de Prusse Elle s'exaspère de leurs prétendus ménagements et de leur « talent pour noyer les affaires sous un déluge de mots », regarde comme des offenses et des « manquements » à ce qu'on lui doit leurs silences et leurs faux-fuyants, parle d'en tirer vengeance ou de « s'en faire justice », s'abandonne à la colère, au bord de l'insulte.

Entre Mercy qui ne lui accorde pas un instant de répit et des interlocuteurs évasifs qui ne lui offrent aucune prise, elle a l'impression de tourner en rond, de se débattre dans un labyrinthe semé de pièges, sans issue. N'aurait-il pas mieux valu avoir le courage de la remettre à sa place et de fixer une fois pour toutes des limites à son audience ? Quel titre a-t-elle en effet pour exiger d'être tenue au courant de tout, pour commander aux ministres et prétendre leur imposer ses volontés ? Joseph ne le lui avait pas envoyé dire dans la diatribe qui suivit l'incident de la lettre à Rosenberg : il n'est pas dans les habitudes de la monarchie française d'accorder aux épouses de ses rois pareilles prérogatives. En droit, elle n'en détient aucune. Et elle risque gros en cherchant à les usurper. Les seuls moyens d'action ouverts aux reines sont la douceur et la persuasion. Que n'en use-t-elle au lieu de jouer les princesses offensées ! Marie-Thérèse, qui le sait bien, tente de calmer le zèle de son ambassadeur : « Quelque contente que je suis [sic] de la chaleur dont ma fille commence à soutenir les intérêts de sa maison, je ne saurais cependant m'empêcher de vous répéter que je souhaite qu'elle agisse avec beaucoup de circonspection, pour ne pas se compromettre gratuitement sans opérer quelque bien essentiel. » Elle a de tristes raisons de croire, à cette date du 30 juin, que l'Autriche aura sous peu besoin d'un « bien essentiel ».

Retour au point de départ

Entre la Prusse et l'Autriche, la situation se détériorait rapidement. Frédéric II montrait les dents. « Puisque vous ne voulez pas empêcher la guerre, nous nous battrons en braves gens, écrivait Joseph à sa sœur, et [...] vous n'aurez point à rougir d'un frère qui méritera toujours votre estime. » De là à penser que tout était de la faute des lâches Français, qui reniaient leurs engagements... ! Et Marie-Antoinette s'affligeait de ne pouvoir faire comprendre aux ministres pusillanimes combien les demandes de Vienne étaient « justes et raisonnables » — et conformes à l'intérêt supérieur de la France. Le malentendu était total.

Ce qui devait arriver arriva : « Nous voilà en guerre, écrit l'impératrice le 7 juillet ; c'est ce que je craignais depuis janvier, et quelle guerre ! » Les troupes du roi de Prusse venaient de pénétrer en Bohême. Marie-Thérèse a toujours blâmé l'entreprise de son fils, comme injuste et dangereuse à la fois. Ses prévisions les plus pessimistes sont en train de se réaliser. Et elle hésite à recourir à sa fille, dont la grossesse pourrait être contrariée par des émotions trop fortes. À la nouvelle de l'invasion, Marie-Antoinette a beaucoup pleuré et adressé à sa mère une lettre pathétique. Le roi a tenté de la consoler. « Il est venu chez moi ; il m'a trouvée si triste et si alarmée qu'il en a été touché jusqu'aux larmes. » Est-il décidé pour autant à se conduire « en bon allié » ? Il se dit prêt à faire tout au monde pour apaiser sa douleur, mais il ne peut aller contre l'avis de ses ministres, « le bien de son royaume ne lui permettant pas de faire plus qu'il n'avait fait ». Voilà qui la confirme dans l'illusion que le roi, « subjugué » par Maurepas, n'est qu'une cire molle entre ses mains. Elle convoque alors celui-ci, lui fait une scène violente : « Voici, monsieur, la quatrième ou cinquième fois que je vous parle des affaires, vous n'avez jamais su me faire d'autre réponse ; jusqu'à présent j'ai pris patience, mais les choses deviennent trop sérieuses, et je ne veux plus supporter de pareilles défaites. » Le vieux Mentor encaisse sans sourciller, renouvelle ses protestations de dévouement, sans plus. Et le roi, pour faire diversion, invite Mme de Polignac, qui se trouvait à la campagne, à rentrer d'urgence tenir compagnie à son amie.

Marie-Thérèse a compris. Louis XVI n'acceptera jamais de considérer le roi de Prusse comme l'agresseur — ce qui ferait jouer le traité de 1756 —, puisque l'invasion de la Bohême n'est qu'une réponse à celle de la Bavière, dont son fils s'est rendu coupable. Il se contenta en effet, sans prendre parti entre les belligérants, d'offrir une médiation posant comme préalable la restitution des territoires indûment occupés. La vieille impératrice, consciente que la cause autrichienne était mauvaise*, décida alors de transiger et tenta, à l'insu de son fils, de traiter directement avec Frédéric II. Lorsque Joseph l'apprit, elle eut avec lui une altercation terrible. Frédéric refusa, fit des contre-propositions inacceptables, poussa ses troupes contre celles de Joseph, qui durent battre en retraite et, selon son habitude, il se mit à ravager méthodiquement le pays occupé.

Devant l'imminence du désastre, Marie-Thérèse jette alors par-dessus bord la crainte de compromettre Marie-Antoinette. De lettre en lettre, ses appels au secours se font plus pressants et plus dramatiques. La Bohême est cruellement saccagée, l'empereur et l'archiduc Maximilien paient de leur personne à la tête des troupes, l'hiver approche. Sa fille tient entre ses mains le moyen de mettre fin à tous leurs malheurs : « Vous sauverez une mère qui n'en peut plus, et deux frères qui à la longue doivent succomber, votre patrie, toute

---

* La plupart des documents médiévaux sur lesquels se fondaient les prétentions autrichiennes se trouvaient contredits par d'autres, qui les infirmaient.

une nation qui vous est si attachée... » Il suffirait de si
peu de chose, ajoute-t-elle, pour faire reculer le roi de
Prusse. Non pas un secours armé, elle sait bien qu'il
ne peut en être question, mais une simple démonstration de force, « des ostentations », des préparatifs militaires à vocation dissuasive. Mais rien ne peut décider
Louis XVI à sortir de sa neutralité.

Marie-Antoinette n'avait plus beaucoup d'illusions
sur son influence. Elle se raccrocha à l'espoir d'une
médiation. Mais elle entendait cette médiation à la
manière autrichienne, comme une pression faite sur la
Prusse seule et non sur les deux parties. Elle tenta,
conte l'abbé de Véri, de s'immiscer dans une réunion
entre le roi, Maurepas et Vergennes pour leur réciter
la leçon apprise de Mercy. Mais l'arrivée d'un courrier
de notre ambassadeur à Vienne rendit son discours
sans objet. Incapable d'adapter ses propos à de nouvelles données, « elle se borna à recommander les intérêts de sa famille, en disant qu'elle était plus Française
qu'Autrichienne et à demander que le roi interposât ses
bons offices pour que le roi de Prusse ne poussât pas
trop loin ses prétentions ». Elle avait pu constater à
cette occasion que les trois hommes, loin d'être en
désaccord comme elle le croyait, parlaient d'une seule
voix. Consciente de son échec et approchant du terme
de sa grossesse, elle resta désormais en retrait, « pour
ne pas mettre le roi dans l'embarras entre son ministre
et sa femme », expliqua-t-elle à sa mère. Elle aussi, sur
le plan privé, aspirait à la paix. On la comprend.

La paix ? Frédéric II avait partie gagnée lorsqu'il
retira ses soldats de la Bohême exsangue pour leur
faire prendre leurs quartiers d'hiver chez eux. Avait-il
été averti en secret du coup de théâtre qui se préparait ?
Ce fut l'œuvre de Catherine II, dans le rôle de déesse
ex machina. La tsarine, qu'un traité d'alliance liait à la
Prusse et qui se félicitait de l'entremise française dans
le règlement de son récent conflit avec les Turcs, fit

irruption dans le jeu diplomatique sous prétexte de
défendre les intérêts des princes allemands. Elle avait
des moyens de pression qui faisaient défaut à la
France : elle menaçait d'attaquer l'Autriche si Joseph
ne renonçait pas à la Bavière. Sous l'égide de la France
et de la Russie, la négociation alla bon train. La paix
de Teschen, signée le 13 mai 1779, permit à l'empereur
de ne pas perdre totalement la face. On lui accordait
une mince bande de territoire bavarois entre le Danube,
l'Inn et la Salza — ceci pour équilibrer l'avantage
consenti à Frédéric, qui voyait ses droits confirmés sur
les margraviats d'Anspach et de Bayreuth*. À l'Électeur palatin revenait la quasi-totalité de la Bavière, qui
irait après sa mort au duc de Deux-Ponts.

« Madame ma très chère mère, écrivit Marie-Antoinette, de quel bonheur ne jouis-je pas en apprenant que
cette paix tant désirée est enfin faite ! Elle était bien
due à ma chère maman, et je désirerais bien pouvoir
me flatter que nous y ayons contribué ici. Certainement
mon plus grand soin sera désormais à soutenir l'union
entre mes deux pays — si je puis m'exprimer ainsi.
J'en ai trop senti le besoin, et le malheur et l'inquiétude
que j'ai éprouvés dans l'année dernière ne peuvent
s'exprimer. Mais je suis née à devoir tout à ma chère
maman, et je lui dois encore la tranquillité qui renaît
dans mon âme par sa bonté, sa douceur et j'ose dire sa
patience envers ce pays-ci. » Même si l'on fait la part
de la sentimentalité larmoyante dont la jeune femme
croit devoir user quand elle s'adresse à sa mère, la
partialité en faveur de l'Autriche est ici évidente.
L'aveuglement aussi.

Joseph II ravala sa colère et remit à des temps meilleurs ses projets bavarois. Marie-Thérèse, elle, se mon-

---

* Ces deux principautés, attribuées comme apanages à des frères
de l'Électeur de Brandebourg au début du xvie siècle, allaient tomber en déshérence avec l'extinction de leurs lignées. Elles devaient
donc revenir très légalement dans le giron de la branche aînée.

tra assez lucide et assez équitable pour reconnaître, en
privé, dans une lettre à Mercy, que la France aurait
trahi gravement ses intérêts en se pliant aux vues de
l'Autriche, et qu'elle a fait tout ce que son alliée « pouvait exiger raisonnablement de son concours ». Les
remerciements qu'elle adressa à Louis XVI n'étaient
donc pas dépourvus de sincérité. Mais son honnêteté
foncière ne l'empêchait pas de profiter de toutes
les circonstances favorables pour pousser ses pions.
Elle méditait de faire élire son dernier fils Maximilien
coadjuteur de l'archevêque de Cologne, avec future
succession. Une fonction plus politique encore qu'ecclésiastique, puisque l'archevêque était le souverain à
part entière d'une principauté assez étendue et qu'il
faisait partie des huit Électeurs qui décidaient de la
dévolution de l'Empire. La France voyait d'un mauvais
œil un territoire si proche de ses frontières tomber sous
la coupe d'un Habsbourg-Lorraine. Aussi l'Autriche
garda-t-elle la négociation secrète le plus longtemps
possible. Marie-Antoinette ne fut invitée à plaider la
cause de son frère qu'à une date où les jeux étaient
presque faits. Le roi se résigna à adresser des félicita-
tions pour un succès qu'il n'avait pu éviter. La reine
resta persuadée qu'elle avait contribué à resserrer
l'union entre ses deux familles, sans s'apercevoir que
ses multiples interventions lui aliénaient l'opinion
publique.

Comment mettre fin à la guerre d'Amérique

Outre-Atlantique la chance semblait tourner sur le
terrain en faveur des Insurgents. La victoire remportée
par eux le 31 octobre 1777 à Saratoga eut raison des
hésitations de Louis XVI et de Vergennes : la partie
était jouable. Le 6 février 1778, la France reconnut les
États-Unis et signa avec eux un traité d'alliance et

d'amitié. La riposte anglaise se fit peu attendre. Dès les beaux jours un accrochage naval sans préavis marqua le début des hostilités. Puis le 27 juillet les deux flottes s'affrontèrent au large de l'île d'Ouessant. À la surprise générale, les Français mirent les Anglais en déroute. Mais la défaite de ceux-ci aurait été plus complète si le duc de Chartres, ignorant, dit-on, le langage des signaux, n'avait pas omis d'exécuter l'ordre que lui transmettait le navire-amiral. En la circonstance, Marie-Antoinette réagit comme la majorité des Français. Elle partage la fierté générale, applaudit aux vainqueurs, puis elle n'est pas la dernière à rire des mots d'esprit qui épinglent la faute de son cousin. Bientôt l'adhésion de Fersen à la cause américaine vient renforcer l'intérêt qu'elle porte soudain aux opérations, une fois la crise bavaroise terminée. Les lettres à sa mère permettent de mesurer combien elle est à l'unisson de ceux qui l'entourent. Comme toutes les femmes, elle appréhende la guerre, espère qu'elle sera courte, elle craint les combats, les aléas de la traversée maritime. Elle se réjouit des succès, se lamente des échecs — perte d'un convoi, dysenterie qui mine les troupes. Pour ne pas rompre avec ses bonnes habitudes, elle s'en va faire la leçon aux ministres sur la meilleure façon d'utiliser la flotte : que ne dirige-t-on les efforts contre les îles que possèdent les Anglais en Amérique, au lieu de chercher à intercepter leurs navires de commerce dans la Manche ? Ils l'écoutent poliment, certains que ces suggestions ne proviennent pas de ses parents autrichiens, mais de ses amis français. Elle supporte mal que sa mère doute de notre victoire finale, tant notre supériorité lui apparaît évidente.

Aucun soupçon ne semble l'effleurer en ce qui concerne les sentiments de sa patrie d'origine, dont elle devrait pourtant se douter qu'elle est défavorable à la jeune République des États-Unis, puisqu'elle refuse de recevoir ses envoyés. À Vienne on n'a pas digéré

l'échec du raid sur la Bavière et les Français en sont
tenus pour responsables. S'ils pouvaient payer en
Amérique leur méchant lâchage ! L'opinion autrichienne, déchaînée, réagit à l'inverse de Paris devant
les péripéties de la guerre, déplorant nos succès,
applaudissant à nos défaites. Elle souhaite ardemment
la victoire de l'Angleterre. C'est aussi le cas de l'empereur et du chancelier Kaunitz, affirme à Vergennes
notre ambassadeur. Marie-Thérèse partage-t-elle le res-
sentiment général ? On ne sait. Il est clair en tout cas
qu'elle distille auprès de sa fille un défaitisme de plus
en plus affirmé : les Anglais sont imbattables, la
France court au désastre, un match nul serait le
moindre mal. Elle offre donc officieusement, sous prétexte d'échange de bons procédés, sa médiation. Vite,
vite, il y a urgence ! Tout le monde se bouscule pour
tenter de réconcilier la France et l'Angleterre et pour
faire rentrer dans le rang les rebelles américains. Il faut
couper l'herbe sous le pied à la Prusse et à la Russie,
qui ne manqueront pas de proposer elles aussi leurs
bons offices. Le nom de Frédéric II suffit à déclencher
chez Marie-Antoinette un réflexe conditionné.
Convaincue que Louis XVI « s'empressera de profiter
d'une pareille marque de bienveillance », elle se fait
l'avocat de la médiation autrichienne, sans se rendre
compte que ce serait pour la France un aveu d'impuissance.

La mort de l'impératrice, à la fin de 1780, ne fait
que renforcer les pressions. Une bonne partie de la correspondance entre Marie-Antoinette et son frère ayant
disparu, nous n'en connaissons le contenu qu'à travers
le commentaire qu'en donnent les lettres échangées par
Joseph II, Kaunitz et Mercy-Argenteau. L'humanité
qui transparaissait dans celles de Marie-Thérèse fait
place ici à un cynisme brutal. La reine est pour eux un
agent qu'on manipule, entre un époux timoré et des
ministres incapables, qu'on se targue de faire marcher

droit. Les arguments sentimentaux propres à l'impératrice disparaissent au profit des seuls appels à l'amour-propre, du style : comment pouvez-vous tolérer qu'on vous tienne à l'écart des affaires et qu'on se moque de vos avis ? Peu leur importe de la compromettre pourvu qu'elle les serve. « D'un mauvais payeur, il faut prendre ce qu'on peut », répète Kaunitz selon une formule qui lui est chère. Il essaiera de tirer de Marie-Antoinette le maximum.

Joseph II et son chancelier rêvent d'une intervention qui humilierait la France, comme ils ont été humiliés par elle dans l'affaire de Bavière. La France a voulu maintenir l'équilibre entre la Prusse et l'Autriche ? Eux — ils ne s'en cachent pas — feront tout pour empêcher la France de l'emporter sur l'Angleterre. Dès janvier 1781, ils adressent à Versailles une offre officielle de médiation. Kaunitz sait fort bien que les belligérants ne s'y résigneront que lorsqu'ils seront à bout de souffle — ce qui est loin d'être le cas —, mais il tient à prendre date pour l'organisation du congrès où l'on débattra des conditions de paix. Il se voit déjà accueillant à Vienne, aux côtés de l'empereur, la fine fleur de la diplomatie européenne. Vergennes se dérobe sous des prétextes divers. Sur ces entrefaites on apprend que la reine se trouve enceinte pour la seconde fois — de quoi renforcer son « crédit ». Joseph II profite d'un voyage aux Pays-Bas pour faire un saut jusqu'à Versailles, afin de relayer son ambassadeur, dont l'éloquence se heurte à la futilité ou à l'inertie de la jeune femme. Certes, elle a dit à Mercy, au lendemain de la mort de sa mère : « Dites-moi ce que je dois faire, et je vous promets que je le ferai. » Mais la bonne volonté qu'elle affiche n'a d'égale que son inefficacité. Les huit jours que Joseph passe auprès d'elle, du 29 juillet au 5 août, se consument en conversations détendues et en fêtes, mais ne transforment pas sa sœur en diplomate chevronné. La tech-

nique mise au point par le roi et ses ministres pour
l'éconduire est maintenant bien rodée : on la laisse
dire, et on n'en tient aucun compte.

Bientôt on apprend que, le 19 octobre 1781 — trois
jours avant la naissance du dauphin —, les troupes
françaises et américaines ont remporté à Yorktown,
dans la baie de Chesapeake, une victoire décisive, qui
contraint l'Angleterre à accorder leur indépendance
aux États-Unis. Lucide, Joseph II fait son deuil du
congrès qui devait le poser en arbitre de l'Europe.
Même vaincus, les Anglais n'ont besoin de personne
pour négocier. Bien qu'un émissaire britannique soit
arrivé à Versailles pour traiter de la paix sans intermédiaire, Marie-Antoinette tente encore d'expliquer à son
époux, en avril 1782, « que les difficultés à arranger
entre les puissances belligérantes sont trop compliquées pour qu'on puisse se passer de l'intervention de
médiateurs ». Il est vrai, les tractations furent compliquées, mais on en vint à bout sans ingérence extérieure.
Le 3 septembre 1783, le traité de Versailles mit un
point final à la guerre d'Amérique. Louis XVI triom-
phait, au grand dam de l'Autriche, désolée que « la
grande puissance qui avait fait jusqu'ici contrepoids à
la France » fût « complètement et définitivement tombée ».

Mais Joseph II n'avait pas attendu ce nouveau motif
d'amertume à l'égard de son allié récalcitrant pour se
lancer dans de nouvelles entreprises, pour lesquelles il
comptait encore sur l'appui de sa sœur.

*Du dépeçage de l'Empire turc
à l'ouverture des bouches de l'Escaut*

Le nouveau service qu'il demandait à la reine était
tout à fait dans les cordes de celle-ci : recevoir somp-
tueusement le tsarévitch Paul et sa femme, en visite à

Versailles au printemps de 1782 sous le nom de comte
et comtesse du Nord. Elle avait pour consigne de flatter
leurs goûts et de prévenir leurs désirs, de les traiter
comme de vieux amis. Pour qu'elle pût s'y préparer, il
lui fit parvenir des informations très précises, suggérant quelques sujets de conversation appropriés,
comme la musique et l'éducation des enfants. Les
« Nord » eurent droit à *Iphigénie en Aulide* à Versailles
et à *Zémire et Azor* à Trianon, à un bal paré dans la
salle d'apparat construite par Gabriel, à des festins et
à des illuminations dans le parc qui laissèrent aux
dames de leur suite, et notamment à la baronne d'Oberkirch, un souvenir digne des *Mille et une Nuits*. Mais
Marie-Antoinette, contrainte de surveiller ses moindres
paroles et obsédée par la crainte de commettre quelque
impair, n'en pouvait plus. Elle poussa un grand soupir
en les voyant partir au bout d'un mois : les festivités,
pour elle, ne faisaient pas bon ménage avec la politique. Pour une fois cependant, elle n'était pas prise en
étau entre son frère et son mari : Louis XVI tenait tout
autant que Joseph II à combler d'égards ses visiteurs.
Mais elle se sentait mal à l'aise, parce que ni l'un ni
l'autre n'avaient jugé bon de lui expliquer pourquoi.

Dès 1780, la tsarine avait tenu à mettre son grain de
sel dans le conflit franco-britannique. Elle s'était jointe
à l'offre de médiation autrichienne. Mais à la différence de l'empereur, elle avait rendu un important service à la France en dressant contre l'Angleterre, dans
une Ligue de neutralité, tous les pays tiers excédés de
l'arrogance des Britanniques, qui, en vrais « tyrans des
mers », s'arrogeaient un droit de visite sur leurs navires
sous prétexte d'intercepter l'aide aux rebelles. C'est
qu'elle avait besoin du consentement de Louis XVI
pour le grand projet qu'elle caressait avec Joseph II.

L'Empire ottoman était déjà « l'homme malade » de
l'Europe du Sud-Est. On ne se doutait pas à l'époque
qu'il mettrait un siècle et demi à mourir. Sur le papier,

Autriche et Russie l'avaient déjà dépecé. On n'entrera
pas ici dans le détail du projet. Disons en gros que
l'Autriche s'en réservait la partie occidentale, tandis
que la Russie s'installerait sur la mer Noire et à
Constantinople*. Pour dissimuler l'ampleur des
conquêtes, une partie des Balkans serait constituée en
États prétendus indépendants, sous protectorat autrichien ou russe. L'opposition de la Prusse au projet était
probable : dépourvu de frontières avec la Turquie, Frédéric II ne pouvait en espérer aucun gain territorial
propre à compenser le surcroît de puissance qu'en tire-
raient ses deux voisins. Celle de la France, alliée traditionnelle de la Turquie, était également prévisible.
Mais Louis XVI, moins belliqueux que son cousin de
Berlin, avait déjà poussé plusieurs fois les Turcs à faire
des concessions aux Russes pour éviter une conflagra-
tion générale. Si on lui offrait sa part du gâteau, peut-
être se montrerait-il compréhensif. On lui réserva
l'Égypte.

Tel était le programme que le fils de la tsarine venait
en secret exposer à Versailles. La Russie était dangereuse. La réponse de Louis XVI fut un *non* catégorique, mais poli. Le faste de la réception des Nord
visait à en adoucir l'amertume. Du côté de Vienne,
Mercy confirma qu'il serait impossible d'engager le roi
« à concourir, même passivement, à la ruine de l'Empire ottoman » : « Je suis intimement convaincu qu'aucune proposition, quelque avantageuse qu'elle pût être,
ne serait capable de l'ébranler sur ce point [...]. La
reine même, nonobstant tout le crédit qu'elle a sur l'esprit de son auguste époux, n'en aurait pas assez pour
opérer cette grande révolution dans les maximes politiques de la France, et si elle le tentait elle fournirait
des armes aux ministres pour lui enlever la confiance

---

* Dès 1774 le traité de Kaïnardji avait amorcé la mainmise de
la Russie sur la Crimée et, en 1775, les Turcs avaient dû céder à
l'Autriche la Bukovine.

du roi. » La disparition de Maurepas, faisant de Vergennes l'homme fort du ministère, avait renforcé la
détermination de Louis XVI.

Il n'était pas question de poursuivre le *Grand projet*
contre la volonté déclarée de la France et de la Prusse.
Réaliste, Catherine II n'insista pas. Reprenant sa tactique de grignotage des terres ottomanes en direction
de la mer Noire, elle envahit la Crimée et l'occupa. Et,
se croyant en position de force cette fois, Joseph fit
faire par Marie-Antoinette de nouvelles ouvertures qui
lui valurent une leçon de morale de Vergennes sur le
« monstrueux système » copartageant. Cependant la
France, en dépit d'une feinte démonstration militaire à
Toulon, n'avait pas les moyens de défendre les Turcs.
Comme de coutume, on leur conseilla de faire la part
du feu et de céder la Crimée. Catherine II avait gagné.
Mais une consolation venait apaiser Vergennes : « Du
moins, l'empereur n'a rien eu. »

Mais l'empereur gardait encore deux autres fers au
feu. Le premier concernait les bouches de l'Escaut. Il
faut pour comprendre l'affaire remonter à plus d'un
siècle en arrière et regarder une carte — une carte
actuelle suffit. Au terme de la longue lutte menée
contre l'Espagne par ses provinces flamandes héritées
de Charles Quint, seules celles du nord, calvinistes,
avaient obtenu leur indépendance, sous le nom de Provinces-Unies, celles du sud, catholiques, restant dans le
giron de Madrid sous le nom de Pays-Bas. La partition
territoriale garantie par les traités de 1648 — Münster
et Wesphalie — accordait au nouvel État la Flandre
maritime, autrement dit le territoire qui encadrait l'es-
tuaire de l'Escaut. Avec pour résultat que le trafic du
grand port belge d'Anvers se trouvait soumis au bon
vouloir des Hollandais. Ceux-ci s'empressèrent de fermer les bouches du fleuve, pour tuer la concurrence
que faisait Anvers à leur propre port de Rotterdam.
Une situation choquante, sans doute, mais que ni les

La reine

Espagnols, ni les Autrichiens, qui leur succédèrent à Bruxelles, n'avaient remise en cause.

Joseph II s'y attaqua. Il fit parvenir au gouvernement de La Haye un *Tableau sommaire* de ses exigences : ouverture de l'Escaut et cession de la Flandre hollandaise, restitution de la place forte de Maastricht, que revendiquaient depuis un siècle les Pays-Bas. Mais il ne pouvait espérer être entendu sans l'appui de la France. Il chargea donc la reine de convaincre son mari que l'ultimatum aux Provinces-Unies devait être envoyé par lui. Inutile de dire que Louis XVI n'en avait pas la moindre intention, surtout à cette date — 1784 —, où il négociait une alliance avec elles. Marie-Antoinette constata donc une fois de plus la vanité de ses efforts.

Vienne décide alors de recourir à la force. Au mois d'octobre, un navire battant pavillon impérial quitte Anvers et commence à descendre le fleuve. Les Hollandais oseront-ils l'intercepter ? Ils osent. Après les sommations d'usage, ils tirent. Atteint d'un coup de canon dans ses œuvres vives, le *Louis* * est contraint de regagner son port d'attache. Vienne cria à l'agression, au scandale. On épargnera ici au lecteur le récit des vaines objurgations de la reine auprès du roi, puis de Vergennes. Ni l'un ni l'autre ne lui cachent qu'ils jugent les Hollandais dans leur droit et que, si l'empereur persiste dans son intention de venger par les armes l'offense subie, la France enverra des troupes sur la frontière. Comme elle lance au ministre qu'elle le tient pour responsable de la désastreuse rupture de l'alliance qui risque de s'ensuivre, il lui énumère, exaspéré, tous les griefs que la France nourrit contre l'Autriche. Faut-il qu'il soit sûr du roi pour renoncer à sa réserve coutumière ! On ne changera pas un mot de la note menaçante — « inconvenante », dit Marie-Antoinette — destinée à

---

* Est-ce par hasard que les Autrichiens ont choisi un bâtiment ainsi nommé, ou pour se référer implicitement au patronage supposé du roi de France ?

Vienne. Tout au plus consent-on à en retarder l'envoi de cinq jours. Déjà Joseph II, voyant que la crainte d'un conflit armé ne conduit pas Louis XVI à plier, amorce une marche arrière : plus question de punir les Hollandais ni d'exiger la réouverture de l'Escaut, pourvu qu'ils consentent à lui rétrocéder Maastricht.

Pourquoi ? Pour le principe et sans doute aussi pour valoriser les Pays-Bas dans la négociation du vieux projet auquel il n'a jamais renoncé : les échanger contre la Bavière. Malheureusement pour lui, le reste de l'Europe y est encore moins favorable que naguère, depuis qu'il a laissé apercevoir la longueur de ses dents. La reine n'en est pas moins mise à contribution, pour une entreprise condamnée d'avance. On lui oppose les habituelles manœuvres dilatoires, assorties de paroles apaisantes, en attendant la réaction, très prévisible, du roi de Prusse. Sentant qu'on se joue d'elle, harcelée par Mercy qui lui dicte ses leçons, elle perd son sang-froid, cède à la colère, passe des critiques aux accusations blessantes, suscitant chez Vergennes une offre de démission aussitôt refusée par le roi. Entretemps le duc de Deux-Ponts, encouragé par Frédéric II, avait réuni autour de sa protestation le soutien de la plupart des princes d'Empire. Joseph II dut renoncer.

Restait à régler le différend austro-hollandais. Louis XVI s'entremit pour le ramener à des compensations financières. L'empereur se résolut à discuter gros sous avec ces « marchands de fromage ». Il exigeait douze millions de florins pour Maastricht, plus le remboursement de ses « frais de guerre ». Les Hollandais poussèrent les hauts cris. Vienne finit par consentir un rabais. Pour être agréable à ses nouveaux alliés, Louis XVI accepta de prendre à sa charge une partie de la somme qu'ils rechignaient à acquitter — deux millions de florins, semble-t-il *. Sur le plan extérieur,

---

* Le montant de ces différentes sommes présente des variantes selon les sources. Un florin valait deux livres et demie.

ce fut de l'argent dépensé en pure perte. Bientôt, après la mort de Frédéric II, son neveu et héritier, profitant d'une lutte entre partis rivaux, intervint en Hollande *manu militari* pour appuyer son beau-frère le stathouder contre les grands négociants francophiles, ramenant ainsi le pays dans l'orbite anglo-prussienne. Sur le plan intérieur, en France, l'effet fut désastreux. On parlait de subvention arrachée au roi par la reine pour financer les insatiables ambitions de son frère et, de bouche en bouche, la somme s'arrondissait de zéros supplémentaires : ce furent non pas deux, mais deux cents millions que Marie-Antoinette aurait soustraits au Trésor pour les expédier à Vienne, en un long cortège de chariots croulant sous les pièces d'or.

Le sursaut

La lecture des rapports de Mercy-Argenteau, terriblement répétitifs, tend à nous donner le sentiment que Marie-Antoinette a traversé inchangée les dix années qui la mènent de vingt-deux à trente-deux ans et de l'état de demi-vierge au statut d'épouse à part entière, mère de quatre enfants. À l'en croire elle est restée la jeune femme frivole, écervelée, incapable de « suite et d'énergie dans ses projets », qu'il faut harceler pour lui faire comprendre qu'il ne tient qu'à elle de dominer son lourdaud de mari, d'« asservir » des ministres aussi « timorés » qu'« ineptes », et par là de gouverner la France, au bénéfice de l'Archimaison, dont l'ambassadeur lui transmet les exigences. « Je dois toute justice et hommage à ses bonnes intentions, à ses qualités charmantes, écrit-il par exemple en septembre 1783, mais elle est quelquefois désolante par sa légèreté et ses petites inconséquences. »

Cependant, au fil des pages, on est amené à se poser des questions. Cette bonne volonté s'est-elle soutenue,

identique à elle-même, au long des années ? Parmi les
« mauvais payeurs », il en est qui ne peuvent pas
payer ; il en est aussi qui ne veulent pas, ou ne veulent
plus. Et si Marie-Antoinette était passée, peu à peu,
d'une catégorie à l'autre ? À cet égard, deux périodes
s'opposent : avant et après la mort de Marie-Thérèse.
Avant, nous disposons des lettres que les deux femmes
ont échangées. La docilité de Marie-Antoinette aux
sollicitations de sa mère ne fait aucun doute. Mais
celle-ci n'en abuse pas. Seule l'invasion des troupes
prussiennes, qui ravagent la Bohême, l'incite à crier au
secours. Elle demande ce qu'elle croit indispensable,
rien de plus. Avec Joseph II seul aux commandes, le
ton change. Il exige. Et il trouve que sa sœur n'en fait
jamais assez. Or c'est une chose de voler au secours
de son pays en danger, c'en est une autre de soutenir
les visées expansionnistes d'un frère qui ne cesse de
faire et de refaire « des siennes ». Marie-Antoinette est
assez sensible, assez intuitive pour percevoir la différence.

N'oublions pas d'autre part qu'après la mort de l'impératrice, nos sources d'information deviennent moins
sûres. Nous n'entendons la voix de Marie-Antoinette
que filtrée par Mercy à destination de Joseph II et de
Kaunitz. L'ambassadeur nous la montre tenant avec
conviction « le langage de l'alliance », sûre du bon
droit de son frère, passionnée pour sa défense, affron-
tant séparément le roi et ses ministres ou s'immisçant
dans leurs réunions, pour leur démontrer le bien-fondé
des prétentions autrichiennes, leur parlant haut et fort,
leur faisant des scènes. Il lui arrive de transcrire les
propos énergiques qu'elle leur aurait tenus. Pourtant,
qu'on réfléchisse un instant : il rapporte à l'empereur
et au chancelier ce que la reine lui dit avoir dit au roi
et à Vergennes. Autant de ricochets, autant de défor-
mations possibles. Marie-Antoinette, pour échapper à
des réprimandes, ne s'est-elle pas attribué après coup

plus de vigueur qu'elle n'en a eu ? Mercy lui-même n'est-il pas tenté, pour se faire valoir — c'est son péché mignon —, de donner à son tour aux propos rapportés un relief supplémentaire ? Enfin, comme il a coutume de lui préparer, parfois mot à mot, les raisonnements qu'elle aura à tenir, ne lui arrive-t-il pas, par facilité, de recopier le pense-bête qu'il lui a fourni, au lieu de lui demander ce qu'elle a réellement dit ?

Pourquoi hésiter à prendre pour bonnes les informations de Mercy, à qui presque tous les historiens font confiance ? Parce que le portrait qu'il brosse de Louis XVI et accessoirement de Vergennes est en contradiction formelle avec le compte rendu qu'il fournit de leur action politique. L'histoire de ces huit années montre à l'évidence que Louis XVI, loin d'être un incapable, un indécis soumis à l'ascendant de ministres incompétents, a fait montre de la plus extrême continuité de vues, en plein accord avec Vergennes, et qu'après avoir gagné la guerre d'Amérique et mis en échec tous les projets de l'empereur, il fait figure dans les années 1784-1785 d'arbitre de l'Europe. Dans ces conditions continuer d'affirmer que la reine a vocation à gouverner son mari, pour peu qu'elle veuille s'en donner la peine, relève soit de l'autosuggestion, soit du bluff. Mercy refuse-t-il de s'avouer, ou d'avouer à ses maîtres, que le fameux crédit de Marie-Antoinette sur lequel il a fondé tous ses espoirs n'a jamais existé que dans son imagination ? On lui laissera ici le bénéfice du doute.

Mais Marie-Antoinette a cessé très vite, elle, de croire à ce crédit. Les échecs répétés l'ont convaincue de son impuissance et elle souffre dans son orgueil de devoir en refaire sans cesse l'expérience. Elle n'ose refuser lorsque Mercy la presse d'agir, mais elle oppose à ses pressions une forte dose d'inertie. Elle tente de se dérober, comme elle l'a toujours fait, devant les corvées qui lui pèsent. Il s'irrite de la trouver bavar-

dant avec ses amis ou jouant avec ses enfants quand il
vient lui parler d'affaires. Elle l'écoute d'un air distrait,
laissant voir qu'il l'ennuie. Lorsqu'il la harcèle trop et
qu'elle reçoit de Vienne des lettres comminatoires, elle
se résout, très mécontente, à faire les démarches exi-
gées. Et elle passe sur le roi et sur les ministres la
colère que lui inspire l'obligation de répéter des leçons
dont elle connaît l'inanité. D'où les interventions
« énergiques » dont Mercy se fait l'écho à Vienne.
Mais elle en veut à ceux qui les lui imposent. Elle
change.

Elle change en plusieurs étapes, dont on peut glaner
çà et là les traces. Le 22 septembre 1784, elle se décide
à vider son sac auprès de son frère, dans une longue
lettre, souvent citée, où elle évoque le « peu de ressources » que lui fournit le caractère du roi : « Il est de son
naturel très peu parlant, et il lui arrive souvent de ne
me pas parler des grandes affaires lors même qu'il n'a
pas envie de me les cacher ; il me répond quand je
lui en parle, mais il ne m'en prévient guère, et quand
j'apprends le quart d'une affaire, j'ai besoin d'adresse
pour me faire dire le reste par les ministres en leur
laissant croire que le roi m'a tout dit. Quand je
reproche au roi de ne pas m'avoir parlé de certaines
affaires, il ne se fâche pas, il a l'air un peu embarrassé,
et quelquefois il me répond naturellement qu'il n'y a
pas pensé. Je vous avouerai bien que les affaires politiques* sont celles sur lesquelles j'ai le moins de prise.
[...] Je ne m'aveugle pas sur mon crédit, je sais que
surtout pour la politique je n'ai pas grand ascendant
sur l'esprit du roi. Serait-il prudent à moi d'avoir avec
son ministre des scènes sur des objets sur lesquels il
est presque sûr que le roi ne me soutiendrait pas ? Sans
ostentation ni mensonge, je laisse croire au public que
j'ai plus de crédit que je n'en ai véritablement, parce

---

* Cette expression, employée sans autre précision, désigne à
l'époque la politique étrangère.

que si l'on ne m'en croyait pas, j'en aurais moins
encore... » Ces aveux, « peu flatteurs pour son amour-
propre », ne témoignent encore que d'une demi-luci-
dité, puisque Marie-Antoinette continue d'adhérer aux
points de vue de son frère. Mais on remarquera qu'ils
sont surtout une tentative pour se désengager : je ne
peux rien, alors, par pitié, laissez-moi tranquille.

Un an plus tard, le 8 août 1785, elle a déjà fait
quelques pas de plus dans la voie de l'indépendance.
À son frère qui la presse d'obtenir du roi qu'il fasse
plier les Hollandais, elle répond : « Puisque vous êtes
persuadé qu'un langage ferme du roi suffira, pourquoi,
dans le moment où vous lui écrivez sur cet objet, ne
pas lui demander positivement d'en prendre l'engagement avec vous ? [...] Je crains de ne pouvoir obtenir
du roi ce que vous ne lui demandez pas... » En substance : faites vos commissions vous-même. Et l'on est
tenté de percevoir une touche d'ironie dans la phrase
qui termine ce paragraphe : « Quoi qu'il en soit, mon
cher frère, la crainte et le doute du succès ne m'empêcheront pas d'y travailler de toute mon âme : vous
devez en être bien sûr. » Et Mercy s'inquiète alors de
voir se développer son intelligence politique : « Elle
en devine beaucoup plus que je ne voudrais. »

Deux ans plus tard, en février 1787, elle secoue
enfin le joug. Vergennes se meurt, Mercy, qui tire des
plans sur sa succession, découvre avec stupeur que
Marie-Antoinette ne le suit pas. « Pendant la maladie
de M. de Vergennes, ayant eu occasion de parler vivement en faveur de M. de Saint-Priest, il prit tout à coup
à la reine le scrupule *qu'il n'était pas juste que la cour
de Vienne nommât les ministres de celle de Versailles**.
J'eus à essuyer, à l'appui de cette thèse, ajoute l'ambassadeur, les réflexions les plus étranges ; j'y répondis
par des raisons, même par des vérités un peu fortes, et
il s'ensuivit que plus par contrainte que par persuasion

---

* C'est nous qui soulignons.

la reine fit de légères tentatives pour M. de Saint-
Priest, ainsi qu'elle me l'annonça par un billet du 14
dont je joins la copie. Votre Altesse y observera la
phrase : — "Vous connaissez mes principes..." — elle
se rapporte au scrupule dont j'ai parlé ci-dessus. »
Hélas ! Nous ne saurons pas ce que contenait le billet
en question, que Joseph II n'a pas conservé, et Mercy
n'en dira pas davantage sur les « étranges réflexions »
que la reine lui a servies à l'appui de sa thèse. La seule
explication que l'ambassadeur fournisse à une conduite
aussi stupéfiante est que le jeune femme, « dans l'ignorance et le dégoût de toutes affaires sérieuses », n'en
connaît « ni la valeur, ni les conséquences », les envisage avec ennui et se détermine « au hasard », d'après
des « raisonnements bizarres ».

On nous permettra de marquer ici quelque étonne-
ment devant la surprise qu'affiche Mercy. Car il est
bien placé pour savoir que lorsqu'elle se mêle de nominations ministérielles, Marie-Antoinette ne suit pas les
consignes de Vienne, mais celles de son entourage. On
l'a vu pour les années qui suivirent son avènement[*]. Il
en va de même pendant la période suivante. Elle a soutenu Necker, qui se faisait fort de financer la guerre
d'Amérique sans impôts nouveaux, et qui, de surcroît,
prenait grand soin de la ménager, elle et ses amis. Lorsque Sartine à la Marine et Montbarey à la Guerre furent
renvoyés, pour avoir engagé des dépenses dans leurs
départements sans en référer au grand financier, elle se
réjouit : c'étaient des créatures de Maurepas, qu'elle
n'aimait pas. Les noms qu'elle avança pour les remplacer lui avaient été soufflés non par Mercy, mais par sa
coterie familière. C'étaient d'ailleurs de bons choix.
Pour Castries à la Marine, elle ne rencontra pas d'opposition. Pour Ségur à la Guerre, elle se heurta au
vieux Mentor, qui proposait Puységur, faillit céder, eut
droit de la part de Mme de Polignac à une grande scène

---

[*] Voir ci-dessus, chapitre 7.

avec larmes, offre de démission, menace de se retirer à la campagne, qui se termina par des embrassements réciproques, et, débordant d'énergie, elle fit prévaloir son candidat. Nul ne s'y trompa à la cour, c'était un triomphe du « parti de la reine » sur celui de Maurepas. Mais ce parti qu'on disait « autrichien » parce qu'il était formé d'anciens amis de Choiseul, n'avait nul souci des intérêts de Joseph II. Il visait le pouvoir et les avantages afférents. On le vit bien lorsqu'il fallut remplacer Necker, disgracié à son tour : le nouveau responsable des Finances fut Calonne, un pur produit de cette société.

Ce qui est capital — et nouveau —, dans la déclaration faite à Mercy par Marie-Antoinette, ce n'est pas qu'elle prenne ses distances par rapport aux volontés de Vienne — il y a longtemps qu'elle n'en tient plus compte en politique intérieure —, c'est que, pour la première fois, elle le dise. Et qu'elle le dise bien. Car, contrairement à ce qu'affirme l'ambassadeur, les quelques lettres d'elle qui nous sont parvenues montrent qu'elle a beaucoup appris, qu'elle raisonne droit et sait parler ferme. Et elle sait aussi masquer ses dérobades par des protestations de dévouement qui sonnent aussi creux que celles de son frère. Visiblement, elle ne se sent pas coupable à l'égard de celui-ci. Elle est enfin libérée de l'emprise autrichienne. Son attachement pour sa patrie d'origine, de pathologique qu'il était, est devenu normal. Elle a maintenant en France des êtres à admirer et à aimer : une amie, Mme de Polignac, un chevalier servant et sans doute amant, Fersen, et surtout des enfants qui sont venus au cours de ces quelques années donner un sens à sa vie. Vergennes a-t-il contribué à lui ouvrir les yeux sur ses devoirs politiques à l'égard de son fils ? « Ne savez-vous pas que vous parlez à la sœur de l'empereur ? lui cria-t-elle un jour, outrée de ses refus. — Je sais que je parle à la mère du dauphin de France », avait répliqué le ministre. L'argument éveilla en elle un écho profond, puisqu'on le verra bientôt reparaître dans sa bouche chaque fois qu'on lui reprochera ses attaches autrichiennes.

Pendant toutes ces années, Marie-Antoinette a été soumise psychologiquement à très rude épreuve. À mesure que se délitait l'alliance à laquelle on l'avait accoutumée à s'identifier, son univers mental se fissurait. Pour se soustraire à cette insupportable fracture intérieure, les stratégies de fuite, masquant le problème, ne lui furent que d'un faible secours. Il y fallut les maternités. D'une naissance à l'autre, c'est une autre femme qui émerge, libérée des liens qui l'asservissaient à sa famille et à sa patrie d'origine. À trente ans, Marie-Antoinette est capable de repousser une demande de son frère, de refuser une audience à Mercy. Ses enfants, incarnant l'avenir, ont exorcisé le passé. Elle est enfin adulte.

Il est grand temps. Plus proche désormais de son mari, liée à lui par des intérêts communs, elle y gagne, de façon paradoxale, l'influence qu'elle avait cherché en vain à lui extorquer. L'ascendant illusoire qu'elle se targuait d'avoir sur lui fera place à un crédit réel. Il a perdu ses conseillers les plus écoutés, Maurepas en 1781, puis Vergennes en 1787. Personne n'est capable de les remplacer auprès de lui, au moment où le régime tremble sur ses bases. D'autre part la mort de Choiseul, en 1785, mettant fin aux intrigues pour le ramener au pouvoir, a levé une hypothèque politique. Marie-Antoinette n'est plus le jouet de l'Autriche, Louis XVI le sait, et d'ailleurs, les ambitions de son beau-frère sont devenues le cadet de ses soucis. Face aux périls qui les menacent tous deux, solidaires dans la tourmente, il consultera sa femme, l'associera aux décisions, lui laissera l'initiative au besoin. Et la politique rattrapera une fois de plus Marie-Antoinette, dans un rôle d'autant plus difficile qu'il lui faut affronter une formidable impopularité.

Est-elle devenue française ? Elle s'y achemine à tout petits pas. Hélas, il est trop tard. Bien qu'elle n'ait pas été dénoncée officiellement, la fameuse alliance est moribonde. Marie-Antoinette en était le gage. Ses efforts pour la maintenir en vie, au risque d'entraîner la France dans un conflit européen, ont achevé de lui aliéner l'opinion. Amplifiant ses interventions dans l'affaire de Bavière et dans celle des bouches de l'Escaut, les pamphlétaires font d'elle la complice d'une vaste entreprise visant à soumettre la France aux diktats de Vienne. Les pressions de Joseph II et de Mercy méritent-elles vraiment le nom de complot ? C'est beaucoup dire. Et si complot il y eut, ce fut un fiasco total. L'échec, dira-t-on, n'exempte pas les participants de leur responsabilité. En ce qui concerne Marie-Antoinette, ses intentions étaient pures, elle crut très sincèrement que les intérêts de ses deux patries n'en faisaient qu'un. Mais si elle se complut aussi longtemps dans cet aveuglement, c'est que son cœur était resté autrichien, faute de trouver à Versailles un aliment à sa mesure. Pour son malheur et par une sinistre ironie du sort, c'est au moment où, entre ses deux patries, le fléau de la balance penche résolument du côté de la France que l'opinion, réagissant à retardement, lui colle à jamais l'étiquette inverse. C'est quand elle s'éloigne de l'Autriche que s'attache à elle, indélébile, l'épithète devenue infamante d'*Autrichienne*.

Ce courant d'opinion, puisant aux sources du sentiment national, rejoint les autres griefs alimentés par ses imprudences. Son impopularité ne fait que croître. Elle ne comprend pas qu'on ait cessé de l'aimer et y voit une injustice. Il est loin le temps où elle riait des libelles dirigés contre elle. Maintenant elle en souffre. « Pourquoi ai-je été à peine applaudie ? Que leur ai-je fait ? demandait-elle à son page, Tilly, en 1782. — Je

n'ai pas remarqué que la reine... — Il est impossible
que vous ne vous en soyez pas aperçu. Au reste, à la
vérité, tant pis pour le peuple de Paris : ce n'est pas ma
faute. — S.M. attache trop de prix... (quelques larmes
roulaient dans ses yeux) à ce qui peut n'être que l'effet
du hasard. — De très belles paroles pour un étourdi !
Mais quand on n'a rien à se reprocher, cela fait bien
mal. » Deux ans plus tard, lorsqu'elle se rend à Paris
le 24 mai pour la cérémonie des relevailles après la
naissance du duc de Normandie, l'accueil est glacial,
« pas une seule exclamation, un silence parfait », bien
qu'il y ait une foule énorme. Et dans un tel cas, le
silence vaut insulte. Elle sanglotait en regagnant les
Tuileries, plongée dans la même incompréhension :
« Mais que leur ai-je donc fait ? »

Elle ne comprend toujours pas lorsque, coïncidant
avec la conclusion du traité sur les bouches de l'Escaut, la célèbre affaire du collier ouvre les bondes au
déferlement torrentiel de mépris et de haine, dont elle
ne parviendra jamais à se laver.

Chapitre quinze

L'affaire du collier

Un bijou fabuleux, comme surgi des *Mille et une Nuits*, si coûteux que personne au monde n'a les moyens de l'acheter : il sera donc volé. Dans le rôle de l'aventurière à l'imagination fertile, prête à tout pour s'emparer du joyau, une fausse comtesse, vraie descendante des Valois cependant, en qui la beauté du diable s'allie à une éloquence persuasive et à une hardiesse insensée. Dans le rôle du gogo crédule, un cardinal-évêque de Strasbourg, grand aumônier du roi, issu d'une des plus hautes familles du royaume, infatué de sa personne, dévoré d'ambition, adepte de l'occultisme que professe le « mage » Cagliostro. Parmi les comparses, le mari de la belle, son amant, expert en écritures simulées, une jolie modiste trop sensible aux hommages des galants qui hantent les jardins du Palais-Royal, un moine aux activités équivoques. Dans le rôle de l'Arlésienne, personnage muet, invisible, mais centre du drame, Marie-Antoinette, reine de France. La distribution était en place pour ce qu'on n'appelait pas encore un mélodrame. De péripéties en coups de théâtre, l'affaire tint en haleine l'opinion française et européenne pendant une année entière. Ce qui aurait dû n'être qu'une sordide affaire d'escroquerie prit très vite, par suite de maladresses accumulées, une dimension politique. Aux yeux de l'opinion, le procès devint celui de la reine et celui de la monarchie. Les siècles suivants s'en emparèrent. L'enquête avait mis en évidence la culpabilité de la fausse comtesse et démontré que le cardinal fut sa dupe. Mais il restait dans les dossiers assez de zones d'ombre pour fouetter l'imagination, autour d'une question majeure, la seule que l'instruction initiale se soit interdit d'envisager, tant elle était sacrilège : la reine avait-elle été, de près ou de loin, partie prenante dans l'affaire ? Deux siècles durant, historiens, romanciers ou dramaturges ont brassé et rebrassé cette riche matière, concluant, faute de preuves, d'après leur intime conviction.

A notre tour d'exprimer la nôtre. On nous pardonnera de ne pas reprendre l'affaire de A à Z. Un livre entier y suffirait à peine. Il en existe de très détaillés, qui reproduisent l'essentiel de la documentation. Tous la racontent en replaçant dans l'ordre chronologique et logique les éléments que l'enquête a mis au jour en ordre dispersé. À chaque étape de l'histoire, le lecteur sait tout ce qui a précédé. Il tend donc à penser, instinctivement, que les acteurs du drame — notamment le roi et la reine — le savaient aussi. Or ce n'était pas le cas. Si l'on veut comprendre leurs réactions, qui nous semblent absurdes, il faut suivre de près l'émergence des différentes informations. Que savaient-ils ? Sur quelles données raisonnaient-ils ? Et, surtout, quelles émotions suscitaient en eux les découvertes ? La présentation logique des faits a pour inconvénient de rendre presque inintelligible la part de passions irraisonnées qui commande leurs décisions. Peu d'affaires sont à ce point bourrées d'invraisemblances et d'erreurs incroyables. Il est peu de cas où des gens sensés se soient montrés aussi déraisonnables et se soient aussi vigoureusement refusés à admettre l'évidence. L'affaire du collier est, dans une large mesure, une histoire de fous.

Un collier fabuleux

Titulaires de la charge de joailliers de la couronne, MM. Charles-Auguste Boehmer et Paul Bassenge *, tous deux originaires de Saxe, tenaient le haut du pavé dans leur profession et n'en étaient pas peu fiers. Leur maison « À l'enseigne du Balcon » était le rendez-vous de toute la société élégante et fortunée et ils y brassaient des millions. Les fumées de la gloire leur montèrent à la tête. Au début des années 1770, ils décidèrent de créer le plus beau collier du monde, un chef-d'œuvre capable d'associer à jamais leur nom aux fastes de la monarchie. Qui leur achèterait cette parure royale ? Louis XV, bien sûr, pour en orner la blanche gorge de sa dernière favorite. Inutile de s'en assurer d'avance la commande, un seul regard de Mme du Barry sur cette merveille suffirait à la décider, ils en étaient sûrs.

Pour donner forme à leur rêve, il leur fallait concilier les contraintes matérielles et les envolées de l'inspiration. Bassenge était le dessinateur, le technicien, Boehmer le gestionnaire. Mais c'est avec une passion égale qu'ils se lancèrent dans l'entreprise. Ils ne ménagèrent ni leur temps, ni leur peines. Ils étaient tout de même joailliers avant d'être artistes : le plus beau joyau était à leurs yeux le plus cher. Ils firent rechercher auprès de tous les diamantaires d'Europe les pierres les plus grosses et les plus pures. Ils dessinaient et redessinaient l'ébauche en fonction de leurs trouvailles, puis se remettaient en chasse pour découvrir le bouton, le cabochon ou la poire appelés par la symétrie. Les années passaient, il leur manquait toujours quelque chose. Ils avaient enfin rassemblé les brillants et s'apprêtaient à les sertir, lorsque la mort de Louis XV les contraignit à changer de destinataire. Ce n'était pas une

---

* Boehmer étant celui des deux associés qui assurait le contact avec la clientèle, on avait coutume de les appeler tous deux *les Boehmer*.

catastrophe, ils proposeraient leur collier à la reine, qui porterait plus haut encore que la favorite la renommée de la maison Boehmer. Ils visaient la perfection. L'assemblage des éléments leur prit plus de temps que prévu. Ils manquèrent une belle occasion : pour la cérémonie du sacre, en 1775, le montage n'était pas terminé. Mais ils purent constater peu après, avec leurs boucles d'oreilles et leurs bracelets*, combien Marie-Antoinette était accessible à la tentation. Pleins d'espoir, ils se hâtèrent de mettre la dernière main au chef-d'œuvre.

Ce très fameux collier était-il d'une exceptionnelle beauté ? Oui, certes, par la qualité et l'éclat des pierres. Mais il y en avait trop. Une suite de dix-sept diamants presque aussi gros que des noisettes, pesant chacun entre cinq et huit carats, entourait le cou. Rattachés à celui-ci, d'autres rangs s'entrelaçaient en volutes, en festons, en guirlandes à plusieurs étages. Entre eux des grappes de pendentifs, taillés en poire pour les plus remarquables — entre neuf et onze carats. L'ensemble convergeait vers un énorme bouton de douze carats destiné à se nicher à la naissance des seins, et se prolongeait par un trèfle. Sur l'arrière, se rejoignant autour du fermoir, deux rangées de pierres ornées de trois étages de pendentifs venaient illuminer la nuque. Les Boehmer avaient vu grand, colossal même. C'était une sorte de plastron, qui méritait bien le nom de « collier en esclavage » qu'on donnait alors à ce type de bijou, par analogie avec les lourdes chaînes dont on chargeait les épaules des esclaves noirs. Ses 647 diamants pesaient au total 2 800 carats, soit 560 grammes. Si l'on y ajoute la monture, le collier devait bien approcher deux de nos kilos. Serait-il supportable pour le cou gracile de la reine ? Et ne risquait-il pas de masquer la gorge qu'il devait mettre en valeur ? Il n'était

---

* Voir ci-dessus, p. 305-307.

pas fait pour s'intégrer à l'ensemble d'une toilette, ni pour souligner la beauté de celle qui le portait, tant il captait l'attention à lui seul. Marie-Antoinette était trop femme pour ne pas mesurer cet inconvénient.

Le prix en était exorbitant. Les Boehmer le fixèrent d'abord à 1 800 000 livres. Pour acheter les pierres, ils s'étaient endettés jusqu'au cou, engageant tous leurs biens. Les intérêts des emprunts couraient, le temps pressait. Ils descendirent à 1 600 000. Échaudée par les ennuis que lui avait valu l'achat clandestin des fameux bracelets, Marie-Antoinette les rebuta : trop cher. Au début de 1779, après la naissance de Madame Royale, ils changèrent de tactique, tentèrent leur chance auprès de l'heureux père, qui trouva la parure si belle qu'il désira « en voir la reine ornée et fit porter l'écrin chez elle ». Elle eut alors, si l'on en croit Mme Campan, un mot historique : la construction d'un navire était une dépense bien préférable. Car on était en pleine guerre d'Amérique et l'argent manquait. À la naissance du dauphin, ils revinrent à la charge, offrant des délais de paiement. La reine aurait refusé à nouveau, disant à son époux qu'il pouvait en faire l'achat pour ses enfants, mais qu'elle-même « ne s'en parerait jamais, ne voulant pas qu'on pût lui reprocher dans le monde d'avoir désiré un objet d'un prix aussi excessif ». Le collier en effet commençait à jouir d'une renommée sulfureuse. Boehmer l'avait fait proposer à diverses cours d'Europe, qui toutes s'étaient récusées. Personne n'avait d'argent à gaspiller dans un objet aussi coûteux. Il devenait invendable.

Certes Mme Campan rapporte les refus de la reine avec une insistance trop appuyée pour n'être pas suspecte, elle cherche à démontrer que sa maîtresse n'était pas l'impénitente croqueuse de diamants qu'on a dit*.

---

* Le récit de Mme Campan, femme de chambre de la reine de 1774 à 1792, est tardif — il date de la Restauration. Il a mauvaise réputation auprès des historiens, car il est gâté par d'assez nom-

Mais il est certain qu'au début des années 1780 Marie-
Antoinette n'est plus tout à fait l'écervelée du début du
règne. Elle a appris à compter. Enrichie par les dons
du roi à chaque maternité, sa cassette personnelle,
naguère en déficit chronique, comporte une cagnotte
de cinq à six cent mille francs, dont elle fait distribuer
la moitié aux pauvres, éprouvés par le terrible hiver
de 1783-1784. Son rêve de simplicité, de vie privée,
champêtre, s'accorde mal avec le port de bijoux osten-
tatoires. Imagine-t-on le faramineux collier voisinant
avec une robe de lin blanc et un chapeau de paille ? Les
comptes de la sage Mme d'Ossun, sa nouvelle dame
d'atours, montrent qu'elle n'a pas réduit ses dépenses
vestimentaires, mais le chapitre bijoux est clos. Ses
désirs se portent sur des biens moins frivoles. Les travaux de Trianon et du hameau s'achèvent, bientôt elle
obtiendra que le roi lui achète, en pleine propriété, le
château de Saint-Cloud, dont elle confiera la rénovation à son architecte favori, Richard Mique.

Elle avait donc d'autres soucis en tête lorsque Boehmer, aux abois, vint se jeter à ses genoux en pleurant :
« Madame, je suis ruiné, déshonoré, si vous n'achetez
mon collier. Je ne veux pas survivre à tant de malheurs.
D'ici, je pars pour aller me précipiter dans la rivière. »
Elle le réprimanda d'un ton sévère, le traita d'insensé
et mit les choses au point : « Non seulement je ne vous
ai point commandé l'objet qui, dans ce moment, cause
votre désespoir ; mais toutes les fois que vous m'avez
entretenue de beaux assortiments, je vous ai dit que je
n'ajouterais pas quatre diamants à ceux que je possé-
dais. Je vous ai refusé votre collier ; le roi a voulu me

---

breuses erreurs matérielles, dans la chronologie notamment, par
l'évidente prévention de la bonne dame en faveur de Marie-Antoinette, et par le désir de gonfler son propre rôle. Ce n'est pas une
raison pour récuser entièrement son témoignage et pour écarter les
anecdotes qu'il fournit sur la vie quotidienne de la reine, même si
la présentation en est visiblement arrangée.

le donner ; je l'ai refusé de même : ne m'en parlez donc jamais. Tâchez de le diviser et de le vendre, et ne vous noyez pas... »

Boehmer ne se noya pas. Mais il ne put se résoudre à démonter le collier pour le monnayer en pièces détachées. C'était la sagesse même, en dépit de la dépréciation qui s'ensuivrait. Mais l'idée de détruire son chef-d'œuvre lui était intolérable. Et comme il n'y avait pas d'autre acheteur potentiel que la reine, il ne désespéra pas de la faire revenir sur sa décision.

Où l'on reparle du collier

« Depuis longtemps la reine évitait de voir Boehmer, craignant sa tête exaltée », lorsque le 12 juillet 1785 il vint lui livrer de la part du roi une épaulette et des boucles de diamants. Il en profita pour lui remettre une lettre en forme de placet qui la plongea, dit Mme Campan, dans un abîme de perplexité :

« Madame, nous sommes au comble du bonheur d'oser penser que les derniers arrangements qui nous ont été proposés, et auxquels nous nous sommes soumis avec zèle et respect, sont une nouvelle preuve de notre soumission et dévouement aux ordres de Votre Majesté, et nous avons une vraie satisfaction de penser que la plus belle parure de diamants qui existe servira à la plus grande et à la meilleure des reines. »

Il était trop tard pour demander des explications au joaillier, qui avait disparu. Elle recommanda à Mme Campan de l'interroger quand elle le verrait et brûla le papier à une bougie, comme elle avait l'habitude de le faire pour toutes les lettres qu'elle recevait. Elle ajouta : « Cet homme existe pour mon supplice ; il a toujours quelque folie en tête ; songez bien à lui dire que je n'aime plus les diamants, que je n'en achèterai plus de ma vie. » La femme de chambre devait-

elle le convoquer pour lui en faire part ? Non, mieux
valait attendre la première occasion : « La moindre
démarche auprès d'un pareil homme serait déplacée. »

Si l'on s'en tient au récit de Mme Campan, c'est
seulement le 3 août que celle-ci vit débarquer chez elle,
à la campagne, le bijoutier très inquiet. Elle lui transmit
le message de la reine. « "Mais, dit-il, la réponse à la
lettre que je lui ai présentée, à qui dois-je m'adresser
pour l'obtenir ? — À personne, lui dis-je. Sa Majesté
a brûlé votre placet sans même avoir compris ce que
vous vouliez lui dire. — Ah ! madame, s'écria-t-il, cela
n'est pas possible, la reine sait qu'elle a de l'argent à
me donner ! — De l'argent, monsieur Boehmer ? Il y
a longtemps que nous avons soldé nos derniers comptes pour la reine. — Madame, vous n'êtes pas dans la
confidence ? On n'a pas soldé un homme que l'on
ruine en ne le payant pas, lorsqu'on lui doit plus de
quinze cent mille francs. — Avez-vous perdu l'esprit,
lui dis-je ; pour quel objet la reine peut-elle vous
devoir une somme si exorbitante ? — Pour mon collier,
madame, me répondit froidement Boehmer. — Quoi !
repris-je, encore ce collier pour lequel vous avez inutilement tourmenté la reine pendant plusieurs années !
Mais vous m'aviez dit que vous l'aviez vendu pour
Constantinople ? — C'est la reine qui m'avait fait
ordonner de faire cette réponse à tous ceux qui m'en
parleraient", reprit ce fatal imbécile. Alors il me dit
que la reine avait voulu avoir le collier et le lui avait
fait acheter par Monseigneur le cardinal de Rohan.
"Vous êtes trompé, m'écriai-je : la reine n'a pas
adressé la parole une seule fois au cardinal depuis son
retour de Vienne ; il n'y a pas d'homme plus en défa-
veur à sa cour. — Vous êtes trompée vous-même,
madame, me dit Boehmer ; elle le voit si bien en particulier, que c'est à Son Éminence qu'elle a remis trente
mille francs qui m'ont été donnés pour premier
acompte, et elle les a pris, en sa présence, dans le petit

secrétaire de porcelaine de Sèvres qui est auprès de la cheminée de son boudoir. — Et c'est le cardinal qui vous a dit cela ? — Oui, madame, lui-même. — Ah ! quelle odieuse intrigue ! m'écriai-je. — Mais à la vérité, madame, je commence à être bien effrayé, car Son Éminence m'avait assuré que la reine porterait son collier le jour de la Pentecôte, et je ne le lui ai pas vu ; c'est ce qui m'a décidé à écrire à Sa Majesté." »

L'officieuse femme de chambre lui conseilla alors d'aller confier toute l'affaire au baron de Breteuil qui, comme secrétaire d'État à la Maison du roi, était en charge de la police. Mais le joaillier se rendit chez le cardinal, qui l'incita à aller voir la reine, laquelle aurait refusé de le recevoir. Pourquoi Mme Campan ne prévint-elle pas aussitôt Marie-Antoinette ? Son beau-père l'en dissuada, prétend-elle : il valait mieux laisser au ministre le soin de débrouiller cette « infernale intrigue ». Elle attendit que sa maîtresse l'interroge incidemment, le 8 août, pour lui rendre compte de la visite du joaillier. Marie-Antoinette, si on l'en croit, tomba des nues et c'est seulement alors qu'elle convoqua Boehmer pour le lendemain et découvrit qu'on se servait de son nom pour une escroquerie de grande envergure. Tel est le récit généralement retenu par les biographes de Marie-Antoinette.

En fait, il semble soit que Mme Campan ignore une partie de la vérité, soit qu'elle la dissimule. Elle-même laisse entendre d'ailleurs, dans un passage des *Éclair-cissements* non retenu dans la version définitive de ses *Mémoires*, que la reine avait été avertie un peu plus tôt. Ce point de vue est largement développé par l'abbé Georgel, secrétaire du cardinal de Rohan, dans des *Mémoires* évidemment favorables à son ancien maître, mais souvent bien documentés. À quelle date au juste ? Et comment ? On ne sait. Mais il est sûr que la reine apprit, dans la seconde quinzaine de juillet sans doute, que le cardinal de Rohan se servait de son nom pour

négocier l'achat du maudit collier. Elle se confia à
l'abbé de Vermond et à Breteuil et détermina avec eux
la stratégie à suivre. Une stratégie qui se révélera catastrophique.

Le cardinal de Rohan

À tous trois le nom de Rohan a fait voir rouge, si
l'on peut dire s'agissant d'un cardinal ! Tous trois le
haïssent. La reine surtout lui voue une haine ancienne,
obstinée, en partie héritée de sa mère.

L'impératrice avait été fort contrariée, en 1771, lorsqu'elle apprit que Louis XV s'apprêtait à nommer le
prince Louis de Rohan pour le représenter à Vienne.
Elle comptait sur le baron de Breteuil, à qui Choiseul
avait prévu de confier le poste. Mais, une fois Choiseul
disgracié, le pouvoir était passé aux mains du parti
adverse. Aux préventions qu'elle nourrissait contre un
membre d'un clan hostile s'ajoutaient des craintes ins-
pirées par la personnalité du candidat. « Il est de très
grande maison, lui écrivait Marie-Antoinette, mais la
vie qu'il a toujours tenue ressemble plus à celle d'un
soldat qu'à celle d'un coadjuteur. » Elle n'avait pu
qu'admirer l'aisance de ses manières et la suavité de
son éloquence lorsqu'il l'avait reçue à Strasbourg à son
passage de la frontière. Mais ses liens avec la « clique » de la Du Barry n'avaient pas tardé à le lui rendre
suspect.

Louis de Rohan appartenait à la très ancienne et très
puissante maison de Rohan, qui tirait son origine des
anciens souverains de Bretagne. Elle pouvait se réclamer d'une lointaine parenté tant avec les Valois
qu'avec les Bourbons. Elle avait des attaches dans
l'Empire qui valaient à ses membres un titre princier.
Elle était représentée à la cour, entre autres, par le
prince de Soubise, ami personnel du roi, par la

comtesse de Marsan, gouvernante des enfants royaux,
qui avait élevé le futur Louis XVI et ses frères, et par le
prince et la princesse de Guéménée. Le prince Louis,
en tant que cadet, avait été voué à l'Église, selon
l'usage, sans qu'on exigeât de lui une vocation. Il s'en-
nuyait à Strasbourg en attendant la succession de
l'évêque son oncle, dont on l'avait nommé coadjuteur.
Né en 1734, jeune encore, il avait tout ce qu'il fallait
pour plaire et réussir dans le monde : une belle taille,
une figure noble éclairée par des yeux bleus, une fierté
tempérée par une affabilité naturelle, un cœur « sensible » comme on les aimait alors. Au premier coup
d'œil on reconnaissait en lui le grand seigneur. Impression confirmée par son goût du faste, son mépris de
l'argent qu'il répandait à pleines mains, et son refus de
toute servilité : un Rohan n'était-il pas l'égal des rois ?
« Il avait beaucoup de grâces dans l'esprit, et même
des connaissances », dit cette mauvaise langue de
Besenval. Sa culture, superficielle sans doute, mais
agréablement mise en valeur par une parole aisée et
animée, lui permettait de ne pas déparer l'Académie
française, où il avait été élu à l'âge de vingt-sept ans.
Sa conversation légère et spirituelle faisait merveille
dans les salons. Était-il intelligent ? C'eût été beaucoup
dire. « On ne pouvait lui refuser de l'esprit, note malicieusement le duc de Lévis ; mais pour du jugement, il
en était totalement dépourvu. Une ambition fort au-
dessus de sa capacité lui avait fait désirer l'ambassade
de Vienne... » Dans sa fatuité, il y voyait le premier
échelon d'une brillante carrière qui le conduirait un
jour au ministère, et toute sa famille l'entretenait dans
cette espérance.

Arrivé en Autriche le 10 janvier 1772 à la tête d'une
suite fastueuse, il monta sa maison sur un très grand
pied et entreprit la conquête de la haute société viennoise. Il troquait la soutane contre un justaucorps vert
à brandebourgs d'or pour se mesurer aux meilleurs

chasseurs du pays, il paraissait aux bals masqués en
brillante tenue, il donnait chez lui des soupers par
petites tables où l'on se plaçait à son gré au lieu de
subir le pesant voisinage imposé par l'étiquette, il les
faisait suivre par des jeux, des concerts ou des danses.
On s'amusait beaucoup en sa compagnie. Au noble
personnage mandaté en haut lieu pour le prier de
renoncer à ses soupers, il se permit de répliquer que
ses invitations étaient lancées pour l'année et qu'il ne
pouvait les suspendre « sans donner prétexte aux plus
mauvais bruits », et il ne tint aucun compte de l'avertissement. Plus la ville raffolait de lui, plus l'impératrice le prenait en grippe. Il apportait avec lui la
dépravation qui infectait selon elle la cour de France.
Joseph II et le chancelier Kaunitz eux-mêmes subis-
saient la contagion, toujours prêts à rire de ce qu'elle
appelait ses « inepties, bavardises et turlupinades ».
Quant aux femmes, toutes, « jeunes et vieilles, belles
et laides, en sont ensorcelées, gémissait-elle. Il est leur
idole, il les fait radoter... » Bref il allait lui corrompre
ses bonnes et honnêtes Viennoises. Et il la faisait
paraître, par comparaison, comme une vieille bigote
revêche engoncée dans des préjugés d'un autre âge.
Désinvolture, persiflage, ironie, impertinence : il manquait de respect à la souveraine. Pouvait-on lui imputer
des mœurs scandaleuses, comme on le prétendit par la
suite ? S'il eut des maîtresses, il évita de les afficher.
Mais il couvrait volontiers les frasques de son entourage. Il brassait trop d'air, occupait trop d'espace, il
encombrait.

Ces griefs auraient-ils suffi à justifier l'animosité
passionnée de Marie-Thérèse ? Il s'y ajoutait à l'évidence des blessures personnelles. Le prince, sous des
dehors frivoles, ne négligeait pas les tâches imposées
par sa fonction. Il avait mis sur pied, jusque dans les
bureaux de la chancellerie, un réseau d'informateurs.
Mais il avait la langue trop longue et trop acérée pour

un diplomate. Sur le partage de la Pologne, une de ses
lettres comportait un mot si bien venu qu'elle fit le
tour de Versailles. Il y montrait l'impératrice affichant
des remords hypocrites : « D'une main elle a le mouchoir pour essuyer ses pleurs et, de l'autre, elle saisit
le glaive pour être la troisième partageante. » Marie-
Thérèse ne pardonna pas, Marie-Antoinette non plus.
Il y eut plus grave encore. L'impératrice se réservait le
droit, dans sa correspondance avec Mercy, de penser
et de dire du mal de sa fille, mais ne tolérait pas que
d'autres en fissent autant. Or Rohan — de lui-même
ou sur ordre, on ne sait — fit état des réserves qu'inspirait la conduite de la jeune dauphine : il y avait « de
certaines difficultés » par rapport à elle, dit-il à sa
mère, et « elle n'avait pas auprès d'elle des gens
capables de la bien conseiller ». Il fit courir dans
Vienne des « bruits défavorables » sur sa coquetterie,
qui ouvrait la porte aux espérances des galants. Il parla
d'elle « avec son indiscrétion ordinaire », presque dans
les mêmes termes que l'infâme libelle qu'avait apporté
Beaumarchais. « Il a même menacé, si on ne veut pas
prendre le bon chemin, que ma fille s'en ressentira*. »
   Inutile de chercher ailleurs la cause de la violente
colère des deux femmes. Tant que régna Louis XV,
Marie-Thérèse n'osa pas demander le rappel de l'ambassadeur, car une sanction aussi grave aurait soulevé
des questions dont Marie-Antoinette risquait de pâtir.
Mais ses lettres à Mercy ne sont qu'une longue litanie
de plaintes contre cet « homme abominable » qu'elle
supporte « pour l'amour de sa fille », mais qu'elle voudrait bien « voir dénicher » de chez elle au plus tôt. Sa
haine finit par atteindre une telle intensité qu'elle se
décide à faire intervenir la jeune femme en septembre
1773. Elle la charge de dire en confidence à Mme de

---

* Ces deux derniers détails figurent dans une lettre à Mercy du
28 août 1774, donc postérieure à l'avènement, où Marie-Thérèse
récapitule ses griefs contre Rohan.

Marsan que la cour de Vienne, très mécontente de la conduite du prince Louis, est sur le point d'exiger son rappel et que celui-ci serait donc sage de prévenir le scandale en demandant lui-même à être déchargé de son ambassade pour des motifs privés. Mais cette démarche cousue de fil blanc ne trompa personne et aliéna à la dauphine toute la famille de Rohan. L'ambassadeur se maintint en Autriche. Il fallut la mort de Louis XV et l'avènement de Louis XVI pour le contraindre à revenir. Marie-Antoinette était reine. « Vous dites que cette vilaine clique des Soubise et Marsan n'est plus à craindre, écrivit Marie-Thérèse à Mercy, je n'ai donc rien à ménager. »

Marie-Antoinette en jugea de même. Elle poursuivit Rohan d'une vindicte ostensible. Elle ne parvint pas à empêcher sa nomination comme grand aumônier en 1777, car Louis XVI n'osa reprendre la promesse faite à Mme de Marsan. On refusa de le proposer pour un chapeau de cardinal, qu'il obtint cependant sur le contingent réservé au roi de Pologne. Mais on ne put lui interdire de recueillir la succession de son oncle à l'évêché de Strasbourg. Il était donc un des plus hauts dignitaires de l'Église de France. Et Marie-Thérèse fit partager ses hantises à sa fille : « C'est un cruel ennemi, tant pour vous que pour ses principes, qui sont les plus pervers. Sous un dehors affable, facile, prévenant, il a fait beaucoup de mal ici, et je dois le voir à côté du roi et de vous ! Il ne fera guère d'honneur non plus à sa place d'évêque. » Bref, c'est sous les traits du diable en personne qu'était présenté à Marie-Antoinette celui qui officiait à Versailles lors des grandes fêtes et qui baptisait ses enfants nouveau-nés. Telle on l'avait vue face à Mme du Barry, visage de bois, bouche close, telle elle se montra en face de Rohan, à qui elle n'adressa pas une seule fois la parole après son retour en France et dont elle éluda toutes les demandes d'audience. La seule évocation de son nom la mettait hors d'elle.

Il va de soi que Vermond partageait l'animosité des deux souveraines qui l'employaient. Il y ajoutait sa touche personnelle : c'est lui que visait Rohan en dénonçant les mauvais conseillers de la dauphine. Quant à Breteuil, il avait deux raisons de lui en vouloir. En 1771, l'ambassade de Vienne, pour laquelle il était pressenti, lui avait été soufflée par Rohan. Et lorsqu'il obtint enfin ce poste en 1774, il se heurta au mépris de toute la bonne société viennoise, nostalgique des splendeurs auxquelles la conviait son prédécesseur. Il n'avait pas les moyens d'égaler Rohan le magnifique, on le tint pour ce qu'il était, un fonctionnaire sans éclat.

Lorsqu'il apparut que le cardinal était impliqué dans une affaire qui sentait l'escroquerie à plein nez, la colère de Marie-Antoinette fut extrême. Ce n'était pas la première fois que le cas se produisait. Quelques années plus tôt, une dame Cahuet de Villers avait été condamnée pour avoir extorqué de l'argent à une dupe au moyen de billets faussement attribués à la souveraine. Mais ici l'offense lui parut autrement grave, parce qu'elle venait de plus haut et portait sur un objet qu'on pouvait la soupçonner de convoiter. Comment ce prélat qu'elle haïssait avait-il osé se servir de son nom pour ce marché sordide ? Elle réclamait un châtiment immédiat. Vermond et Breteuil faisaient chorus. Tout plaidait contre Rohan. Il menait un train de vie si dispendieux que ses très larges revenus n'y suffisaient pas. Il était notoirement couvert de dettes, surtout depuis que son château de Saverne avait brûlé de fond en comble avec tous les trésors qu'il contenait. On savait qu'il avait fait dans la caisse des Quinze-Vingts, dont il était administrateur, quelques ponctions prétendument provisoires qu'il n'avait pas encore réglées*.

---

* Fondé par saint Louis pour héberger des aveugles sans ressources, l'hospice des Quinze-Vingts était un établissement autonome placé sous juridiction ecclésiastique. Le cardinal de Rohan

Entiché d'occultisme, il ne jurait que par Cagliostro, le fameux mage qui faisait surgir de son creuset, à partir de rien, or et diamants à volonté et qui lui prophétisait une éblouissante carrière en lisant l'avenir dans des carafes d'eau. Il faisait un coupable idéal. La reine et ses deux confidents ne poussèrent pas la réflexion plus loin : Rohan avait acheté le collier pour le monnayer en vue de solder ses dettes les plus criardes, en attendant de payer plus tard les traites des bijoutiers. Aucun doute ne les effleura, pas même l'énormité de la perte qu'aurait entraînée pour lui une telle opération.

Ils se concertèrent. L'honnêteté eût été d'en parler aussitôt au roi. La sagesse aussi. Mais ils tenaient à leur vengeance. Marie-Antoinette la voulait immédiate. Or Breteuil fit remarquer que pour l'instant l'escroquerie n'était pas avérée. Si le cardinal payait, le seul reproche qu'on pût lui faire serait d'avoir invoqué abusivement le nom de la reine — encore faudrait-il le prouver. Il avait bien des chances d'en réchapper. On devait donc le prendre sur le fait, dans l'incapacité d'honorer sa dette. Il suffisait pour cela d'attendre la première échéance, toute proche. Le plus probable est que Marie-Antoinette se reposa alors sur Breteuil du soin de suivre l'affaire. Et Breteuil, comme l'affirme l'abbé Georgel, se contenta d'assurer les Boehmer de son soutien et de les inviter à rester en contact étroit avec lui, sans leur faire part de ses soupçons, pour ne pas donner l'alerte au gibier qu'il voulait piéger.

avait entrepris en 1779 de le transférer du quartier de la rue Saint-Honoré dans l'Hôtel des mousquetaires noirs, rue de Charenton, afin de réaliser une fructueuse opération immobilière sur les terrains libérés. C'est à cette occasion qu'il fut accusé d'avoir puisé dans la caisse.

Les révélations des joailliers

Interrogés, les joailliers avaient fait l'historique de la vente. Ils commençaient à croire que le collier leur resterait sur les bras lorsque des relations communes les mirent en contact avec une certaine comtesse de La Motte-Valois, qui leur laissa entendre qu'elle pourrait peut-être intervenir auprès de la reine sa cousine. Bientôt elle leur déclara qu'un très grand seigneur se chargerait de la négociation, qui devait rester secrète. Grande dame, elle refusa rémunération et cadeau. Ils devaient s'arranger directement avec le cardinal de Rohan, sans faire allusion à elle. Le cardinal alla voir le collier chez les Boehmer le 24 janvier et les convoqua le 29 au palais de Strasbourg* pour arrêter les conditions et signer. La livraison aurait lieu immédiatement. Le prix, colossal — 1 600 000 livres —, fut accepté sans discussion. Mais la somme serait réglée en deux ans, par quartiers, tous les six mois, la première échéance tombant le 1er août. Des intérêts seraient payés sur les sommes à courir. Le cardinal n'a pas caché qu'il n'agit pas pour son propre compte, mais le contrat, rédigé de sa main, offrait aux Boehmer une garantie suffisante : les Rohan avaient du répondant. Le 1er février, ils remirent donc au cardinal l'énorme écrin contenant la précieuse parure. Alors celui-ci ne résista pas au plaisir de leur confier, sous le sceau du secret, qu'il avait négocié pour la reine et de leur montrer le contrat désormais approuvé par elle et revêtu de sa signature *Marie-Antoinette de France*. Tout était bien qui finissait bien : le chef-d'œuvre appartiendrait enfin à la seule femme digne de lui.

Les Boehmer s'étonnèrent un peu qu'elle n'eût pas arboré son collier à la fête de la Purification, le 2 février, comme prévu. C'est qu'elle n'avait pas eu le

---

* La résidence de Rohan à Paris portait alors le nom de palais de Strasbourg. Elle abrite aujourd'hui les Archives nationales.

temps d'avertir le roi, leur expliqua Rohan. Ils étaient si heureux d'avoir fait une affaire inespérée qu'ils n'y pensèrent plus. Les mois passèrent. La reine, lourdement enceinte, puis immobilisée par ses couches, ne paraissait plus en public. Lorsqu'elle se présenta sans le collier, le 24 mai, pour la cérémonie de ses relevailles, ils commencèrent à se poser des questions. Renseignements pris, elle trouvait le prix trop élevé et menaçait de restituer la parure. Le 10 juillet, elle exigea un rabais de 200 000 livres et demanda que fût retardée de quelques jours l'échéance du 1er août. En revanche ils toucheraient alors 700 000 livres. Ils acceptèrent : que faire d'autre ? Rohan leur conseilla alors de remercier la reine dans une lettre qu'il les aida à rédiger : celle même que Marie-Antoinette devait brûler sous les yeux de Mme Campan.

Le récit des bijoutiers mentionnait la présence dans cette intrigue d'un personnage nouveau. Certes la comtesse de La Motte n'y passait qu'en coup de vent. Mais Breteuil fit mener sur elle une rapide enquête de police. Bien qu'elle fût en effet une lointaine descendante du roi Henri II, par la main gauche, Jeanne de Saint-Rémy n'était qu'une aventurière vivant d'expédients entre son mari, La Motte, un ancien gendarme se faisant passer pour comte, et son amant, un nommé Rétaux de Villette, surtout connu pour son art de gratter la guitare et de pousser la chansonnette. L'enquête révéla que le couple nageait depuis peu dans l'opulence, qu'il menait grande vie à Paris dans sa maison de la rue Neuve-Saint-Gilles, à proximité du palais de Rohan, et venait d'acheter à Bar-sur-Aube, ville natale de la jeune femme, une splendide demeure qu'il s'employait à meubler richement. Il apparut aussi que Villette avait bradé auprès de bijoutiers parisiens des pierres à l'origine si suspecte que les acheteurs jugèrent bon d'avertir la police ; mais comme aucun vol de bijoux n'était signalé, celle-ci n'avait pas donné suite.

La conclusion allait de soi. Le collier, dépecé, alimentait la soudaine prospérité des La Motte. Mais Breteuil ne vit en eux que des comparses chargés d'écouler les diamants et rétribués en conséquence. Comment ces minables auraient-ils pu concevoir et monter une escroquerie pareille et surtout y entraîner Rohan ? Le cardinal restait donc à ses yeux le maître d'œuvre de l'affaire.

La date fatidique approchait. Dans les derniers jours de juillet, Rohan demanda aux joailliers un délai supplémentaire : les 700 000 livres promises ne seraient versées qu'en octobre, mais on leur en apportait 30 000 à titre d'intérêts. Ils ne les acceptèrent que comme acompte. Visiblement, Rohan était aux abois. Confirmation en fut donnée par le trésorier de la Marine, Saint-James, auprès de qui il tentait depuis quelques semaines de souscrire des emprunts — 300 000 livres d'abord, puis 700 000 — pour l'achat du fameux collier. Le financier, à qui les Boehmer devaient encore 800 000 livres empruntées pour le même objet, se fit tirer l'oreille. Rohan lui montra le contrat approuvé et signé par Marie-Antoinette et, comme il hésitait encore, lui affirma : « J'ai vu la reine qui m'a autorisé à traiter en son nom. » Mais Saint-James se récusa et alla tout raconter à Vermond. Breteuil enchanté recueillit sa déclaration en bonne et due forme : il avait désormais un témoin pour confirmer les dires des joailliers.

Le 3 août, tandis que Boehmer, inquiet, s'en allait demander à Mme Campan ce que la reine avait pensé de sa lettre, Mme de La Motte convoqua Bassenge et lui asséna un coup qui le laissa sonné. Sur l'engagement que détenait Rohan, la signature de Marie-Antoinette était un faux. Comment le prélat s'en tirerait-il ? c'était son affaire. Lui seul avait traité avec les joailliers. Ceux-ci n'avaient qu'à exiger leur dû : il était bien assez riche. Il aurait évidemment payé en silence, pour éviter le scandale, si Boehmer n'avait pas alerté la reine.

Cette fois, il n'y avait que trop d'éléments pour confondre le coupable. Il suffisait de refermer sur lui le nœud coulant. Le 9 août, la reine, Vermond et Breteuil invitèrent les Boehmer à récapituler tout ce qu'ils savaient de l'affaire et les aidèrent à mettre au point la version qui en serait soumise au roi. Ils leur firent regrouper toutes leurs révélations en un seul mémoire, assorti de pièces justificatives — notamment la copie du contrat — et daté du 12 août. Et, comme ils avaient conscience d'avoir commis une faute grave en engageant l'enquête à l'insu du souverain, ils leur demandèrent de taire les rencontres antérieures[*]. Le 14 août, Louis XVI fut mis au courant par Breteuil et, sous le coup d'une violente indignation, souscrivit au scénario élaboré par le ministre. Le mot de scénario n'est pas de trop ici : tout a été prévu pour mettre en scène la chute spectaculaire du plus haut dignitaire de l'Église de France.

Était-ce bien raisonnable ? Mais la raison, on l'a dit, a visiblement déserté les protagonistes de cette affaire.

L'arrestation du cardinal

Le 15 août est jour de cérémonie solennelle. Versailles grouille de visiteurs. Groupée dans l'Œil-de-Bœuf et la galerie des glaces, la cour au grand complet attend le roi et la reine pour les accompagner à la chapelle où le grand aumônier doit célébrer la messe de l'Assomption. Midi approche. Voici venir le cardinal,

---

[*] Boehmer en a fait confidence à Georgel des années plus tard. L'insistance maladroite mise par Marie-Antoinette à s'en défendre en donne implicitement confirmation : « Tout avait été concerté entre le roi et moi, écrit-elle à Joseph II ; les ministres n'en ont rien su qu'au moment où le roi a fait venir le cardinal et l'a interrogé. »

en habits pontificaux, tout de pourpre revêtu. Rien ne transparaît de l'inquiétude qui le ronge depuis une quinzaine. Bientôt la porte du cabinet royal s'ouvre, mais au lieu des souverains, c'est un huissier qui en sort et appelle le prélat.

Sur le huis-clos qui s'ensuivit, les récits de Mme Campan et de l'abbé Georgel, qui n'y assistèrent ni l'un ni l'autre, présentent quelques variantes, mais l'ensemble est aisé à reconstituer. Le cardinal se trouva soudain face à une sorte de tribunal improvisé. Outre le roi, la reine et Breteuil, il y avait là le garde des Sceaux Miromesnil, en tant que chef de la justice, et peut-être Vergennes — les témoignages divergent sur ce point. Louis XVI commença-t-il par lui faire infliger la lecture des documents accusateurs, comme dit Georgel ? Il est plus probable qu'il alla droit au fait, comme dit Mme Campan. « Vous avez acheté des diamants à Boehmer ? — Oui, Sire. — Qu'en avez-vous fait ? — Je croyais qu'ils avaient été remis à la reine. — Qui vous a chargé de cette commission ? — Une dame, nommée la comtesse de La Motte-Valois, qui m'a présenté une lettre de la reine, et j'ai cru faire ma cour à Sa Majesté en me chargeant de cette commission. » Alors la reine éclata : « Comment, monsieur, avez-vous pu croire, vous à qui je n'ai pas adressé la parole depuis huit ans, que je vous choisissais pour conduire cette négociation, et par l'entremise d'une pareille femme ? — Je vois bien que j'ai été cruellement trompé ; je paierai le collier ; l'envie que j'avais de plaire à Votre Majesté m'a fasciné les yeux ; je n'ai vu nulle supercherie, et j'en suis fâché. »

Sur la suite de la scène, les récits deviennent confus. Le cardinal exhiba-t-il la lettre de la comtesse lui confiant la commission ou se borna-t-il à répondre qu'il la détenait chez lui à Paris ? Peu importe. Le roi savait par les Boehmer que le contrat était signé *Marie-Antoinette de France*. Comment un prince de l'Église

pouvait-il ignorer que les reines ne signent que de leur
nom de baptême * ? Rohan pâlissait à vue d'œil, sur le
point de défaillir. Le roi, compatissant, l'invita à se
retirer dans la pièce voisine où il trouverait de quoi
écrire pour mettre noir sur blanc un résumé des faits.
La reine, pleurant de rage, exigeait l'arrestation immédiate : « Il faut que les vices hideux soient démasqués.
Quand la pourpre romaine et le titre de prince ne
cachent qu'un besogneux, un escroc, il faut que la
France et l'Europe entière le sachent ! » Ses nerfs, sous
pression depuis plus d'un mois, la lâchaient. Elle dérai-
sonnait. Comme elle le confia plus tard à Mme Campan, il lui vint soudain une idée terrifiante : « Si le
projet de la perdre aux yeux du roi et des Français était
le motif caché de cette intrigue, le cardinal allait peut-
être affirmer qu'elle avait le collier, qu'il avait été
honoré de sa confiance pour faire cette acquisition à
l'insu du roi ; et indiquer un endroit secret de son
appartement où il l'aurait fait cacher par quelque traître. » Seuls gardaient la tête froide les deux ministres
qui découvraient tout juste l'affaire. Le garde des
Sceaux préconisait un supplément d'enquête. Tel était
aussi l'avis de Vergennes, que le roi avait consulté la
veille ; mais il se savait trop détesté de la reine pour
se permettre de la contrer. Sur ce, Rohan reparut, ayant
jeté sur le papier quelques lignes aussi confuses que
ses premières déclarations. Le souverain hésitait. Les
larmes de la reine et la véhémence de Breteuil l'empor-
tèrent.

On laissa sortir le prélat du cabinet. Mais Breteuil
parut aussitôt sur le pas de la porte, en criant : « Qu'on
arrête monsieur le cardinal ! » Devant la cour pétrifiée

---

* L'erreur était doublement grossière, puisque Marie-Antoinette, comme toutes les reines d'origine étrangère, conservait en
dépit de son mariage son nom patronymique *d'Autriche* ou plutôt
de Lorraine-Habsbourg. Le nom *de France* était réservé aux fils
et filles du roi de France.

de stupeur, Rohan s'achemina livide vers l'Œil-de-Bœuf où le duc de Villeroy, qui se serait bien passé de cette corvée, lui signifia son arrestation. Peu à peu il s'était repris. Profitant d'un instant d'inattention des gardes, il put glisser à un de ses valets un billet donnant à l'abbé Georgel, à Paris, l'ordre de brûler le contenu d'un petit portefeuille rouge dont il s'était gardé de parler, mais dont il sera question plus loin. On lui permit de s'entretenir avec ses proches et de passer la nuit chez lui, où la fouille ne donna pas grand-chose. Après quoi on l'incarcéra à la Bastille. À vrai dire, incarcérer est un mot un peu impropre. Le gouverneur, respectueux des grands de ce monde, l'installa dans un appartement très confortable où il lui fut permis de recevoir à sa guise et même d'offrir à ses visiteurs le plaisir d'une table approvisionnée par un excellent traiteur. Appuyé sur sa famille, il préparait sa défense.

On attendit trois jours avant d'aller cueillir la comtesse de La Motte à Bar-sur-Aube, tant il semblait clair qu'il s'agissait d'un comparse. Marie-Antoinette persistait dans sa conviction que Rohan avait tout manigancé. La lettre où elle conte à son frère la comparution du prélat le 15 août respire — ou affecte ? — le soulagement. « J'ai été réellement touchée de la raison et de la fermeté que le roi a mises dans cette rude séance. Dans le moment où le cardinal suppliait pour n'être pas arrêté, le roi a répondu qu'il ne pouvait y consentir, ni comme roi, ni comme mari. » Mais elle reste profondément blessée.

Il vaut la peine de s'arrêter un instant sur la source, non formulée, de sa colère. Elle n'avait rien ressenti de semblable, quelques années plus tôt, lorsque la dame de Villers avait joué de son nom pour extorquer de l'argent à des dupes. Cette fois, il ne s'agit pas d'argent, mais de diamants. L'escroquerie est bâtie à partir de l'image qu'elle a donnée d'elle : une femme toujours endettée, passionnée de bijoux et se cachant de son époux pour en acheter. C'est cette image qu'elle cherche à détruire en écrasant le responsable. Il y a plus. Cette fois le coupable présumé n'est pas une femme, mais un homme, et pas n'importe lequel : un homme que sa qualité, son rang, son charme auraient pu faire admettre dans sa familiarité. En se donnant comme intermédiaire mandaté par elle pour une négociation secrète, il invite à s'interroger sur la nature de leurs relations. Or l'accusation de légèreté, qui flottait déjà sur la dauphine à propos du comte d'Artois, a pris consistance au vu des fameuses « dissipations » du début du règne. Les pamphlets prêtent à ses enfants tous les pères possibles — sauf le roi. Le cardinal de Rohan amant de la reine ? Question sacrilège, que nul n'ose envisager pour l'instant. Mais en attendant qu'elle soit posée — cela viendra —, elle stagne dans une semi-conscience non seulement chez Marie-Antoinette, que la seule vue de cet homme révulse, mais chez Louis XVI. Il sévira comme roi, mais aussi *comme mari*, parce qu'il ne supporte pas qu'on s'en prenne à la mère de ses enfants et, à travers elle, à lui-même [*].

Ainsi s'expliquent chez l'un comme chez l'autre cette précipitation et cet aveuglement qui paralysent toute réflexion. « J'espère que cette affaire sera bientôt terminée », écrivait Marie-Antoinette à son frère le 22 août. Elle se trompait, l'affaire ne faisait que commencer. Dans le public, le scandale fut à la mesure de ce qu'elle avait souhaité, énorme. Mais il déjoua ses prévisions et manqua le but qu'elle lui avait assigné. La brutalité de cette arrestation, à l'instant où le grand aumônier allait célébrer l'office de l'Assomption, indigna la noblesse et l'Église : ce n'est pas ainsi qu'on traite un prince et un prélat, même coupable — pour

---

[*] Selon Georgel, Rohan aurait eu, lors de l'interrogatoire du 15 août, « un regard trop peu respectueux », comme de reproche ou de connivence, qui la fit rougir.

l'instant, on ne savait trop de quoi. Quant aux ennemis de la monarchie, ils se réjouirent d'un esclandre qui couvrait de fange à la fois la « crosse et le sceptre ».

Le récit du cardinal

L'interrogatoire en règle du cardinal eut lieu le 19 août. Il fut mené, non par Breteuil, qu'il récusa, mais par Vergennes et le maréchal de Castries. Rohan hésitait à parler, « par crainte de compromettre quelqu'un ». Castries insista : « Vous ne pouvez ni ne devez, quand votre honneur est engagé, dissimuler la vérité. » Ce que les deux hommes entendirent alors et que Castries enregistra était proprement stupéfiant.

À l'automne de 1781, à Saverne, la marquise de Boulainvilliers avait introduit auprès du prélat une de ses anciennes protégées. À l'âge de sept ans la fillette mendiait sur les routes en guenilles, gémissant : « Pitié pour une pauvre orpheline du sang des Valois. » La marquise, intriguée, fit faire une enquête, découvrit que le baron de Saint-Rémy, dernier rejeton d'une lignée bâtarde de Henri II, avait épousé la concierge de son domaine de Fontette, près de Bar-sur-Aube, et achevé de manger et de boire ce qui lui restait de biens, avant de mourir à l'hôpital en laissant femme et enfants dans la misère. Elle avait recueilli la petite mendiante, l'avait fait élever, lui avait fait apprendre le métier de couturière et avait obtenu pour elle, en raison de ses origines, une modeste pension. Jolie et délurée, l'adolescente avait jeté son bonnet par-dessus les moulins en même temps que son nécessaire à couture et épousé un mauvais sujet, Nicolas de La Motte, écuyer et gendarme du roi, lequel lui avait fait des jumeaux qui eurent le bon goût de mourir à leur naissance. Alors le couple partit chercher fortune. En quête de protecteurs, ils se présentèrent à Saverne où la marquise les recommanda. Le prince, généreusement, leur ouvrit ses portes et lorsque la marquise mourut, il promit de les aider — ce qu'il fit. La beauté de Jeanne fut-elle pour quelque chose dans cette faveur ? Si oui, Rohan se garda de le dire.

Il la retrouva à Paris en 1784. Elle lui affirma avoir conquis l'amitié de sa « cousine » Marie-Antoinette, lui montra des lettres qu'elle disait en recevoir et, comme il se désolait du mépris dans lequel le tenait la souveraine, elle offrit d'y remédier. Elle l'entretint donc, pendant quelques mois, des « progrès » qu'il faisait dans l'esprit de celle-ci. Alors il sollicita une audience. La reine, lui fut-il répondu, ne pouvait la lui accorder qu'en secret, tant le roi et ses ministres nourrissaient de défiance à son égard ; il fallait du temps pour préparer son retour en grâce et sa promotion à de hautes fonctions. Au mois d'août, rendez-vous fut pris pour un soir, à minuit, sur la terrasse. « À l'heure indiquée, raconta-t-il, je vis paraître une femme avec une coiffe noire, tenant un éventail à sa main, avec lequel elle relevait sa coiffe qui était baissée ; je crus à la clarté des étoiles reconnaître distinctement la reine ; je lui dis que j'étais heureux de trouver dans sa bonté une preuve qu'elle était revenue des préventions qu'elle avait eues contre moi ; elle me répondit quelques mots ; et comme j'allais m'expliquer, on vint lui dire que Madame et le comte d'Artois étaient à deux pas d'elle. Elle me quitta brusquement et je ne la vis plus. »

L'accusé, conscient que cet épisode est de la dynamite, en a édulcoré et expurgé le récit. On saura bientôt que le rendez-vous eut lieu, non sur la terrasse, où Marie-Antoinette avait en effet l'habitude de se promener le soir, mais dans un des coins les plus obscurs du parc, le bosquet dit de Vénus, au pied des cent marches. Dans l'immédiat Vergennes et Castries n'en sont pas à s'appesantir sur des détails topographiques.

Leur stupéfaction est sans bornes. Rohan est-il un men-
teur diabolique ? un affabulateur mythomane ? ou la
dupe de Dieu sait quelle machination ?

La suite de son récit n'est pas faite pour les rassurer.
Deux jours plus tard en effet, sur ordre de la comtesse,
il alla faire sa cour à la reine, se plaça sur son passage
dans la grande galerie et crut pouvoir interpréter un
geste, une expression de visage comme une marque de
bienveillance. La chose paraît moins surprenante si
l'on se souvient que Marie-Antoinette avait toujours eu
l'art de distribuer à la ronde des sourires visant dix
personnes à la fois.

Bientôt vinrent les demandes d'argent. La reine avait
des problèmes de trésorerie pour des charités urgentes.
Il fournit 50 000 livres, puis 100 000. En janvier intervint alors la négociation du collier. Le cardinal
confirma en tous points le récit des bijoutiers, ajoutant
que Mme de La Motte s'était chargée de faire passer
le texte du contrat à la reine et de le rapporter signé.
Elle lui recommanda de ne s'en dessaisir sous aucun
prétexte et de ne le montrer à personne — ce à quoi il
manqua. Le 1er février, muni du précieux écrin, il se
rendit à l'appartement qu'elle occupait à Versailles. On
attendait d'un instant à l'autre le domestique de la reine
chargé d'en prendre livraison. Dissimulé dans une
alcôve vitrée, il ne quittait pas le colis des yeux. Il vit
la comtesse le remettre à un homme tout de noir vêtu
qui se retira aussitôt. Le collier était entre les mains de
la souveraine, il le croyait dur comme fer. Le reste,
nous le connaissons. Les prétendues difficultés de la
reine pour faire face aux échéances ne suffirent pas à
lui ouvrir les yeux. Plus il rencontrait de scepticisme
chez les Boehmer ou chez Saint-James, plus il les assurait qu'elle lui fournissait des garanties. Pour extorquer
un prêt au banquier, alla-t-il jusqu'à soutenir, comme
celui-ci l'avait affirmé : « J'ai vu la reine qui m'a autorisé... » ? ou se contenta-t-il de dire, comme il le pré-

tendit lors de l'interrogatoire : « Vous avez vu l'ordre
de la reine... » — autrement dit un papier ? Impossible
de le savoir, le banquier ayant fini par déclarer qu'il
ne savait plus. Désespérément, Rohan refusait l'évidence. Il ne s'inclina qu'après avoir rapproché l'écriture des lettres qu'il détenait et un spécimen de celle
de la reine. La signature sur le contrat était un faux,
comme le lui confirma Mme de La Motte. Il ne lui
restait plus qu'à payer. Il n'avait pas eu trop des quinze
premiers jours de juillet pour digérer l'effondrement de
ses rêves. Encore ne prenait-il pas la pleine mesure de
l'intrigue dont il était dupe. Car il réclamait à grands
cris qu'on le confronte avec la comtesse qui, il en était
sûr, viendrait appuyer ses dires. Il savait qu'on l'avait
amenée à la Bastille la nuit précédente, il attendait avec
impatience qu'on l'interrogeât. Il parut sincèrement
stupéfait d'apprendre qu'elle niait tout. Ses seules relations avec lui ? Elle était sa maîtresse, bien sûr, c'est
pourquoi il la couvrait de cadeaux.

L'interrogatoire de Rohan troubla beaucoup Vergennes et Castries. Son récit, quoique — ou parce que
— rocambolesque, respirait la sincérité. Comment le
maître d'œuvre d'une machination aussi complexe
aurait-il pu proposer des explications d'une telle absurdité ? Cette escroquerie, ourdie avec soin sur une année
entière, ne collait pas avec le caractère de ce grand
seigneur fastueux accoutumé à dépenser sans compter.
Joseph II lui-même, qui l'avait bien connu à Vienne,
fit part de ses doutes à Marie-Antoinette. D'un autre
côté, était-il croyable qu'un homme de cinquante ans,
instruit, cultivé, spirituel, investi des plus hautes fonctions dans l'Église, se soit laissé berner comme le
dernier des imbéciles ? Invraisemblance contre invraisemblance, les deux ministres hésitaient, mais le désarroi de Rohan plaidait en sa faveur. Alors qui ? La
fausse comtesse offrait peut-être une piste. Dommage
qu'on ne l'ait pas exploitée plus tôt, et surtout qu'on

n'ait pas réfléchi davantage avant de procéder à une arrestation à grand spectacle. Mais le mal étant fait, il fallait décider de la procédure à suivre, non sans avoir affronté au préalable la colère de la reine quand on lui conterait la scène du rendez-vous.

Débat de procédures

Le cas de Rohan apparaissait désormais beaucoup plus grave. Un nouveau crime s'ajoutait à l'escroquerie. Avoir pu croire ou faire croire que la reine lui avait accordé un rendez-vous nocturne était une atteinte à sa personne sacrée. Il n'avait rien dit de plus, mais l'idée d'une idylle supposée ne pouvait être écartée. Marie-Antoinette s'en indigna d'autant plus que les pamphlets l'avaient accusée de courir le parc la nuit avec ses amants, au point qu'elle avait dû renoncer à prendre le frais le soir sur la terrasse. Elle en mesura aussitôt les implications. La haine qu'elle affichait pour Rohan rendait inimaginable qu'il eût acheté le collier en son nom. Mais si, en secret, elle était au mieux avec lui, quoi de plus normal qu'elle l'en eût chargé ? Elle devenait complice, voire commanditaire de l'escroquerie ! « Je suis inculpée, cria-t-elle ; je passe donc dans le public pour avoir reçu un collier et pour ne l'avoir pas payé : je veux savoir la vérité d'un fait où on a osé employer mon nom. » Et elle demandait justice prompte et publique.

Pour juger et châtier un coupable, on disposait de deux procédures. L'une consistait à le livrer à la justice ordinaire, dite *réglée*, en l'occurrence au Parlement[*].

---

[*] N'oublions pas que les parlements n'étaient pas des assemblées représentatives, comme ce que nous mettons sous ce nom, mais essentiellement des tribunaux. Seule la charge de vérifier et d'enregistrer les lois, propre à celui de Paris, lui permettait de faire de l'obstruction politique en refusant d'enregistrer les édits fiscaux.

Mais le roi, chef suprême et sommet de la pyramide des institutions judiciaires, pouvait aussi se réserver le cas et trancher autoritairement, sans avoir à fournir d'attendus ; on parlait alors de justice *retenue*. Pour une simple escroquerie le roi déléguait ses pouvoirs à un tribunal, mais la lèse-majesté relevait normalement de lui seul. On a beaucoup reproché à Louis XVI, par la suite, d'avoir déféré Rohan au Parlement, alors peuplé de contestataires, au lieu de le juger lui-même : faute politique majeure. Certes. Mais ce n'est pas au moment de choisir une juridiction qu'il l'a commise. La faute gravissime, impardonnable, ce fut l'arrestation fracassante du cardinal. Ensuite, la maîtrise des événements lui échappa.

Vindicative, Marie-Antoinette avait voulu que l'homme « horrible » qu'elle haïssait depuis toujours fût livré à un tribunal ordinaire, comme un « vil et maladroit faux monnayeur ». Maintenant qu'elle se trouvait implicitement mise en cause, elle tenait plus que jamais à un procès public, qui démontrerait qu'elle n'était pour rien dans cette affaire. Les ministres auraient préféré la solution extrajudiciaire, plus discrète. Mais, pour la discrétion, l'heure était passée. Les détails de l'interrogatoire avaient transpiré. L'opinion publique, confondant la reine et le prélat dans une même réprobation, accueillait les pires ragots : « Toutes les histoires que l'on débite sur le cardinal, et surtout en province, sont incroyables, écrit Fersen au roi de Suède ; on ne veut pas que ce soit le collier et la signature de la reine contrefaite qui soient la vraie cause de sa détention. On suppose quelque raison politique, et il n'y en a certainement pas. À Paris même, on dit que tout cela n'était qu'un jeu entre la reine et le cardinal, qu'il était fort bien avec elle, qu'elle l'avait en effet chargé de lui acheter le collier [...], que la reine faisait semblant de ne pas pouvoir le souffrir afin de mieux cacher le jeu, que le roi en avait été informé, qu'il le lui avait reproché, qu'elle s'était trouvée mal et avait fait semblant d'être grosse. » Dans un pareil climat, le roi ne pouvait sévir autoritairement, c'est-à-dire enterrer l'affaire, sans donner à croire que sa femme était coupable.

Pour couper court aux discussions la reine, impatiente, suggéra d'offrir le choix au cardinal. L'idée parut bonne : nul ne pourrait accuser le roi de partialité. Et on comptait bien que Rohan, sommé de s'en remettre à la bonté du souverain ou d'affronter « les formes sévères et humiliantes de la justice criminelle », choisirait la première solution. Il serait alors possible de l'envoyer, sans scandale, se faire oublier au fond de quelque prison. On supposait, *a priori*, que la perspective de voir ses turpitudes étalées en public le ferait reculer.

Oui, mais voilà : quelles turpitudes ? Le roi, la reine et Breteuil n'ont pas cru un mot de son ahurissante histoire et continuent à le tenir pour coupable de l'escroquerie. Ils refusent de pousser plus loin l'enquête et notamment de le confronter avec la comtesse, dont ils prennent les dénégations pour bonnes. Or Rohan veut bien assumer le crime de lèse-majesté et en payer le prix, mais il se refuse à être condamné comme escroc. Bien conseillé par les avocats que lui avait procurés sa famille, il fit une réponse d'une extrême habileté :

« Sire,

« J'espérais par la confrontation acquérir des preuves qui auraient convaincu Votre Majesté de la certitude de la fraude dont j'ai été le jouet et alors je n'aurais ambitionné d'autres juges que votre justice et votre bonté. Le refus de confrontation me privant de cette espérance, j'accepte avec la plus respectueuse reconnaissance la permission que Votre Majesté me donne de prouver mon innocence par les formes juridiques et, en conséquence, je supplie Votre Majesté de donner les ordres nécessaires pour que mon affaire soit

renvoyée et attribuée au parlement de Paris, les
chambres assemblées.

« Cependant, si je pouvais espérer que les éclaircis-
sements qu'on a pu prendre et que j'ignore, eussent
conduit Votre Majesté à juger que je ne suis coupable
que d'avoir été trompé, j'oserais vous supplier, Sire,
de juger selon votre justice et votre bonté. »

Cette lettre surprit et consterna le roi et la reine.
Certes le dernier paragraphe leur tendait une perche,
mais ils étaient trop aveuglés de colère pour s'en saisir.
Et, en tout état de cause, il était trop tard. Le cardinal
fut donc déféré au Parlement. On nageait en pleine
absurdité. Car le Parlement allait juger l'ensemble des
faits et serait donc conduit à statuer sur le crime de
lèse-majesté. Le roi, détenteur suprême de la justice,
portait devant un tribunal une affaire où il apparaissait
en requérant contre un de ses sujets, il confiait au Parlement le soin de défendre l'honneur de sa femme !

Marie-Antoinette crut en être quitte : « Je suis char-
mée que nous n'ayons plus à entendre parler de cette
horreur », écrivit-elle à son frère. Forte de son innocence, elle choisit de braver l'hostilité des Parisiens.
Pour se rendre de Versailles à Fontainebleau, au début
d'octobre, elle s'embarqua à Issy sur un *hyac** rutilant
de dorures traîné de la berge par quinze chevaux. Elle
paradait sur le pont en narguant les curieux assemblés.
Provocation bien maladroite. Le public, lui, se frottait
les mains : il aurait droit à un procès à grand spectacle.

L'enquête et le procès

Le Parlement ne fit pas mentir sa légendaire réputation de lenteur. Calendrier oblige, il commença par se
mettre en vacances. À la Bastille le cardinal, passé sous

---

* On aura reconnu la prononciation francisée du mot anglais,
alors à la mode, *yacht*.

juridiction ordinaire, dut se contenter d'une simple cellule et ne put communiquer avec les siens que par des
billets à l'encre sympathique confiés à son médecin. Il
lui fallait s'armer de patience. Sa famille et ses amis
profitèrent de ces délais pour mener eux-mêmes l'enquête, que le procureur général et son adjoint tenaient
visiblement pour close. Ils commencèrent par l'entourage des La Motte. N'était-il pas surprenant que le mari
et l'amant de la comtesse se soient volatilisés ? Un religieux des minimes de la Place Royale, qui se procurait
quelques à-côtés en leur servant d'intendant, suggéra
des pistes. Le Père Loth avait vaguement entendu parler du collier, il avait vu Villette contrefaire des écritures. L'histoire du bosquet serait-elle authentique ? Il
se rappelait une certaine demoiselle d'Oliva que ses
employeurs félicitaient du rôle qu'elle avait si bien
joué à Versailles. On retrouva le cocher du fiacre qui
l'y avait conduite. La jeune personne, alertée par
Mme de La Motte, s'était enfuie à Bruxelles avec son
amant du moment. On les y dénicha et on parvint à les
convaincre de regagner Paris, sur promesse d'indulgence.

La jeune personne, Nicole Leguay de son vrai nom,
était une jolie modiste, grande, mince, d'allure assez
semblable à celle de Marie-Antoinette, « plus bête que
coquine et méchante » selon les rapports de police, qui
racolait le soir dans les jardins du Palais-Royal. Le
« comte » l'y repéra, lui fit un brin de cour et lui promit
15 000 livres — un pactole — si elle se prêtait à une
mascarade plaisante organisée par la reine en personne.
Revêtue d'une tenue analogue à celle que portait celle-
ci sur un célèbre portrait de Mme Vigée-Lebrun — une
reproduction en fut trouvée chez les La Motte sur un
couvercle de tabatière —, elle fut propulsée à minuit
dans le bosquet de Vénus, bien sombre par cette nuit
sans lune du 11 août 1784. Elle devait remettre au
« très grand seigneur » qui l'aborderait une rose,

qu'elle tenait à la main, et une lettre qu'elle avait dans sa poche, en lui murmurant : « Vous savez ce que cela veut dire. » L'homme se jeta à ses pieds. Terrorisée, elle bafouilla, laissa tomber la rose en oubliant la lettre et fut très soulagée lorsque ses commanditaires l'arrachèrent de là en criant que quelqu'un arrivait. Sur la somme promise, ils ne lui versèrent que 4 000 livres, dont elle dut se contenter. Elle n'avait visiblement rien compris au rôle qu'on lui avait fait jouer. On l'embastilla, pour le principe, au mois de novembre, mais son témoignage n'apportait aucune lumière sur l'achat du collier.

La collaboration de Vergennes était indispensable pour les recherches à l'étranger. Il la prêta de bonne grâce, convaincu que le cardinal était le dindon de la farce. Ses limiers avaient retrouvé à Bruxelles la petite d'Oliva, ils manquèrent de peu La Motte en Angleterre. Mais ils recueillirent auprès des bijoutiers londoniens des témoignages accablants : parmi les très nombreuses pierres que le soi-disant comte leur avait vendues figuraient les plus beaux diamants du collier, aisément identifiables d'après les dessins qu'on leur présentait. Et à Genève, ils réussirent un coup de maître. Villette, reconnu sous un nom d'emprunt, s'effondra. Il confirma — sans doute sur promesse de sauver sa tête — tout ce qu'on savait déjà. Au récit de Rohan, ainsi authentifié de bout en bout, il ajouta quelques révélations d'importance. Le faussaire, c'était lui — un faussaire grossier qui ne se souciait pas de ressemblance, dit-il à sa décharge ! Mais un faussaire prolixe. Il ne s'était pas contenté de porter en marge du contrat la mention *approuvé* et de signer *Marie-Antoinette de France*, ni même d'écrire les lettres traitant de l'achat du collier. Pendant plus d'un an, sous la dictée de Mme de La Motte, il avait rédigé sur du joli papier blanc liséré de bleu, portant au coin les lis de France, des lettres d'amour de la reine au cardinal, allant de l'intérêt amical à l'attachement passionné. Rohan, dans sa fatuité d'homme plaisant aux femmes, y avait cru dur comme fer, il y répondait sur le même ton. Qu'étaient devenues ces lettres ? Villette n'en savait rien. Nous le savons, nous. Celles de la « reine » se trouvaient dans le petit portefeuille rouge que l'abbé Georgel eut ordre de brûler au moment de l'arrestation : il avait vraiment fallu ce coup de tonnerre pour que Rohan consentît à se séparer d'elles, tant était puissante en lui l'assurance d'être aimé de la souveraine et promis grâce à elle au plus haut destin. Mme de La Motte devait dire, un peu plus tard, que le ton en était si tendre que Marie-Antoinette le tutoyait. Les réponses du cardinal — authentiques, elles —, la comtesse les conservait à Bar-sur-Aube comme un moyen de le faire chanter. Elle les brûla elle aussi, à la veille d'être arrêtée, non sans en avoir laissé lire quelques-unes à son ancien amant, le jeune avocat Beugnot, afin qu'il pût en témoigner au besoin. Sur le moment il s'en garda bien. Mais il en parle dans ses *Mémoires,* qu'il écrivit après avoir fait une belle carrière sous l'Empire : « Quel était donc le siècle où un prince de l'Église n'hésitait pas d'écrire, de signer, d'adresser à une femme qu'il connaissait si peu et si mal, des lettres que de nos jours un homme qui se respecte pourrait commencer de lire, mais n'achèverait pas jusqu'au bout ! »

On ne peut rapporter ici en détail les péripéties de ce procès à rebondissements. Mme de La Motte avait dénoncé Cagliostro, pour se venger d'un rival qui lui disputait les bénéfices de la crédulité du prélat, et pour brouiller les pistes. Divers comparses étaient aussi mêlés à l'affaire. Tous ces gens disposaient d'avocats qui rédigeaient en leur nom des mémoires justificatifs, que l'usage permettait de publier. Quel roman eût pu rivaliser avec une affaire aussi époustouflante dans ses péripéties, aussi subversive dans ses implications ? On avait interdit *Le Mariage de Figaro* et poursuivi Beaumarchais pour une tirade un peu hardie sur l'injustice sociale*. Et voici que l'on servait au public des tranches de vie toutes fraîches autrement croustillantes. Les imprimeurs ne pouvaient suffire à la demande, on s'arrachait les fascicules au sortir des presses, on en revendait des exemplaires à prix d'or. La frénésie qui secouait la France se répandait à l'Europe entière. Et à chaque livraison, quelques éclaboussures de plus atteignaient la reine.

Vint l'heure du jugement. Les accusés comparurent tour à tour devant les magistrats assemblés. Cagliostro se tailla un beau succès en évoquant dans un jargon puisé à toutes les langues de la terre ses aventures dans l'Égypte des Pharaons ou la Terre sainte au temps des apôtres. Mais il n'y avait rien à lui reprocher : on l'acquitta. La charmante petite d'Oliva émut le tribunal en demandant qu'on l'attende quelques minutes, pour ne pas interrompre la tétée de son fils né à la Bastille. On la relâcha au titre du *hors de cour* — ce qui impliquait un blâme. Villette, affichant un profil bas, plaida humblement coupable et fut très soulagé de s'en tirer avec une sentence de bannissement. Malgré ses violentes dénégations, l'écrasante responsabilité de Mme de La Motte ne faisait pas de doute. On vota à l'unanimité la peine la plus lourde en dehors de la mort : elle serait fouettée et marquée au fer rouge avant d'être enfermée à vie dans une prison de femmes. Son mari fut condamné aux galères par contumace.

Restait le cas le plus épineux, celui du cardinal. De toute évidence il était la victime et non l'organisateur de l'escroquerie. Les mesures prises en son nom par l'abbé Georgel pour payer les joailliers faisaient le meilleur effet. Les fausses manœuvres de la cour, clamant trop haut sa culpabilité et refusant de pousser l'enquête, avaient joué en sa faveur. L'opinion s'était retournée et elle pesait sur les juges. Le procureur

---

* Voir plus loin, p. 533.

général, qui avait prévu de fonder son réquisitoire sur la double culpabilité, dut renoncer au premier chef d'accusation. Pour juger du second chef le Parlement, mal à l'aise, préféra parler d'*offense* à la reine plutôt que de lèse-majesté. Contrairement à ce qu'on dit un peu partout, les magistrats n'étaient pas tous décidés à transformer l'affaire en machine de guerre contre la monarchie. Certains regrettaient d'avoir à toucher une matière très délicate qui n'eût pas dû être de leur ressort. Il ne leur plaisait pas de devoir trancher, en conscience, entre le plus haut prélat du royaume et la reine. Pourquoi le roi s'était-il défaussé sur eux de cette vilaine besogne ? Les juges subirent beaucoup de pressions en faveur du cardinal, mais aussi contre lui Avec l'assentiment de Marie-Antoinette, Mercy-Argenteau fit passer au premier président d'Aligre un résumé de la marche qu'il devait suivre pour obtenir condamnation. Mais il est toujours plus facile d'implorer l'indulgence que de prêcher la sévérité. Formant la haie à l'entrée de la Grand Chambre, dix-sept Rohan en grand deuil avaient salué les juges, dans un silence plus émouvant que des mots. Et surtout l'arrogance avec laquelle la cour préjugeait du verdict choqua : « Il est singulier, écrivait Joseph II à Mercy, que dix ou douze jours avant le jugement l'on soit déjà convenu de la sentence à porter. Cela fait voir que la justice même se traite politiquement en France. » Si tel était l'avis du propre frère de Marie-Antoinette, on imagine ce que pouvaient penser les Parisiens !

Le tribunal cependant débattait du châtiment. Impossible d'aller jusqu'au blâme, et encore moins au bannissement perpétuel entraînant mort civile et perte de tous les bénéfices ecclésiastiques — autrement dit tous les revenus. Le procureur proposa un *hors de cour* assorti d'une sanction relativement modérée. L'accusé ferait amende honorable publique et solennelle auprès du roi et de la reine, en lisant une déclaration d'où

Marie-Antoinette avait pris soin de faire ôter toute allusion à la scène du bosquet. Après quoi, il serait banni
de Versailles et démissionnerait de la Grande Aumônerie. C'était encore trop pour les amis du cardinal et
surtout pour les ennemis de Marie-Antoinette. Une violente altercation opposa le procureur et un de ses collègues, ils se traitèrent respectivement l'un de vendu,
l'autre de débauché. Le président d'Aligre, écœuré,
resta neutre. Entre le *hors de cour* et l'acquittement
pur et simple, le vote se joua dans un climat détestable,
à trois voix près. Le 31 mai 1786, à dix heures du
soir, Rohan sortit libre et blanchi de la Grand Chambre,
déchargé de toute accusation par vingt-six voix contre
vingt-trois. Une foule en liesse l'accueillit avec des cris
de joie et lui fit cortège jusqu'à la Bastille, où il devait
passer sa dernière nuit. « Vive le Parlement ! Vive le
cardinal innocent ! »

Une succession de fautes de raisonnement, alimentée par des sentiments d'une extrême violence, avait
fait d'une simple affaire de droit commun, le vol d'un
collier au détriment d'un nigaud, un gigantesque procès politique dont la reine faisait les frais, et avec elle
la monarchie.

Retombées politiques

La surprise de Marie-Antoinette fut totale et son
indignation sans bornes. « Venez plaindre votre reine
outragée et victime des cabales et de l'injustice »,
gémissait-elle auprès de Mme Campan. Et soudain elle
s'en prit à cette France où elle n'avait « pas trouvé de
juges équitables » pour défendre son honneur : « Un
peuple est bien malheureux d'avoir pour tribunal
suprême un ramassis de gens qui ne consultent que
leurs passions... ! » Le roi, survenant, tenta de la consoler : « Ils n'ont voulu voir dans cette affaire que le

prince de l'Église et le prince de Rohan, tandis que ce
n'est qu'un besogneux d'argent, et que tout ceci n'était
qu'une ressource pour faire de la terre le fossé*, et
dans laquelle le cardinal a été escroqué à son tour [...].
Il a cru qu'il donnerait d'assez forts paiements à Boehmer pour acquitter avec le temps le prix du collier ;
mais il connaissait trop bien les usages de la cour, et
n'est pas assez imbécile pour avoir cru Mme de La
Motte admise auprès de la reine et chargée d'une semblable commission [...]. Rien n'est plus aisé à juger,
et il ne faut pas être Alexandre pour couper ce nœud
gordien. » Aveuglés jusqu'au bout par leurs préventions, sourds à tout autre son de cloche que celui qui
leur convient, ils apparaissent tragiquement coupés du
réel, sur lequel ils n'ont plus de prise.

Pourtant Louis XVI a encore une carte en main.
Après le verdict du Parlement, il lui appartient de
juger, s'il le veut, en dernière instance. Une fois de
plus, il eut tort de se hâter et de céder à sa colère. Tout
acquitté qu'il était, le cardinal n'était pas sorti indemne
de ce déballage. Il aurait consenti de bonne grâce à se
faire oublier quelque temps. D'autant plus qu'il avait
des remords : « Est-ce que la reine est toujours
triste ? » écrivait-il de sa prison à son avocat, sur un
petit billet tout chiffonné. Mais le roi le fit révoquer de
la Grande Aumônerie, alors qu'il avait prévenu cette
mesure en offrant de lui-même sa démission. Il le
frappa d'une sentence d'exil et l'envoya à la Chaise-
Dieu, au fin fond de l'Auvergne. Ce faisant, il désa-
vouait le Parlement. Et l'on cria à l'injustice, à la tyrannie. N'aurait-il pas mieux valu l'inviter à ne pas sortir
d'Alsace, où l'appelaient ses fonctions ? Il en avait
pour huit ans à se serrer la ceinture, puisque le plus

---

* *Faire de la terre le fossé* : tirer de la chose même de quoi
subvenir aux dépenses nécessaires pour l'agrandir. Se dit plus souvent d'un dissipateur se ruinant par des emprunts successifs dont
l'un rembourse l'autre (Littré).

clair de ses revenus à venir devait dédommager les Boehmer, capital et intérêts. Bref il eût été préférable de le mettre à l'épreuve et de lui offrir une chance de se racheter, quitte à sévir en cas d'incartade. Mais pour cela il fallait un peu d'indulgence. Marie-Antoinette n'en avait aucune. Elle reçut avec hauteur Mme de Marsan, venue implorer qu'on assignât à son parent une résidence moins malsaine que les froidures auvergnates. Elle tenait à une sanction publique, officielle, qui se retourna contre elle.

En tout état de cause, Marie-Antoinette était la grande perdante de ce procès. On avait pris trop de précautions pour éviter de la mettre en cause ou même de prononcer son nom, si bien que son rôle dans l'affaire n'avait jamais été totalement éclairci. La comtesse de La Motte avait tout fait pour la compromettre. Prétendant n'être que l'exécutante de ses volontés, elle l'accusait d'avoir monté toute l'affaire pour se procurer le collier tout en déshonorant le cardinal qu'elle détestait. Il ne manqua pas de gens pour la croire. La reine ne pouvait rien faire qui ne fût suspect. On pensait par exemple qu'elle pourrait épargner à la comtesse de La Motte la marque au fer rouge. Si elle l'avait fait, on eût crié qu'elle protégeait sa complice. Elle ne le fit pas, on la jugea cruelle. Lors de l'exécution, les hurlements de la condamnée avaient bouleversé les témoins. Toutes les âmes charitables de Paris — y compris la princesse de Lamballe ! — allèrent la visiter dans sa cellule de la Salpêtrière. Lorsqu'elle s'évada bientôt — on ne sait avec quelles complicités —, le bruit courut que la reine avait voulu la payer de son silence. Bruit rapidement démenti à vrai dire. À peine arrivée à Londres, la dame entreprit de rédiger une histoire de sa vie où elle racontait à sa manière l'affaire du collier, assortie d'extraits des fameuses petites lettres, en ramassant contre Marie-Antoinette toutes les plus abominables calomnies qui traînaient dans les pamphlets depuis des années. Avec un impact beaucoup plus grand puisqu'elle prétendait avoir connu la reine de près — de très près. Rien ne put arrêter ce déferlement de boue, qui viendra pendant la Révolution alimenter les dossiers de l'accusateur public, Fouquier-Tinville.

« La reine était innocente, remarquera Napoléon, et, pour donner une plus grande publicité à son innocence, elle voulut que le Parlement jugeât. Le résultat fut que l'on crut que la reine était coupable et cela jeta du discrédit sur la cour. » Du discrédit, c'est peu dire : ce fut le commencement de la fin.

Reste que Marie-Antoinette y était bien, involontairement, pour quelque chose. L'escroquerie avait été bâtie sur la réputation qu'on lui prêtait : une femme prête à tout pour des bijoux ; une femme sensible aux avances amoureuses, et qu'on pouvait espérer conquérir ; une femme dont le crédit ouvrait l'accès aux responsabilités politiques. On reconnaît là les trois ingrédients exploités par l'astucieuse La Motte dans le montage de son escroquerie et qui, seuls, peuvent expliquer la stupéfiante crédulité du cardinal. Or il est incontestable que, dans ces trois domaines, Marie-Antoinette a commis des imprudences qui donnaient à l'intrigue un air de vraisemblance. Elle en a conscience, et c'est pourquoi elle éprouve un chagrin très vif — si vif que Mercy le juge excessif. L'affaire lui renvoie brutalement à la figure, comme dans un miroir grossissant, déformant, l'image qu'on se fait d'elle — une image déplorable.

Elle voulait mener la vie d'une femme comme les autres, tout en conservant ses prérogatives de reine. Mais à jouer les femmes privées, à jeter par-dessus bord tout l'apparat qui entourait sa personne sacrée, elle a perdu ce qui la différenciait du commun des mortels. En demandant au Parlement « la juste satisfaction due à la reine dont on a osé compromettre le nom illus-

tre », elle s'attendait à être traitée en souveraine. Mais
le Parlement lui a signifié qu'elle n'était à ses yeux
qu'une femme comme les autres. Renversement
illustré à merveille par un quatrain dialogué qui courait
les rues de Paris :

> *Marie-Antoinette :*
> — *Vous, la grisette, il vous sied bien*
>   *De jouer mon rôle de reine !*
> *Mlle d'Oliva :*
> — *Et pourquoi non, ma souveraine ?*
>   *Vous jouez si souvent le mien.*

Marie-Antoinette trouvait son piédestal inconfortable et avait voulu en descendre à ses heures et à son
gré. Elle vient d'en être brutalement arrachée, à titre
définitif. Comme le souligne François Furet, peut-il y
avoir encore lèse-majesté, quand il n'y a plus de
majesté ?

Le coup qui la frappe ainsi est très injuste, en un
sens. Mais il n'est pas inexplicable. Dans sa carrière,
l'affaire du collier n'est pas un accident qui aurait soudain fait dévier par hasard sa trajectoire. Elle est un
point d'aboutissement, où viennent converger une multitude d'étourderies, d'inadvertances, de légèretés, de
maladresses. Elle est aussi la sanction d'un aveuglement, d'une incapacité à sortir d'elle-même, à revenir
sur des idées préconçues, à comprendre les autres —
et à pardonner.

Le moment est proche où elle devra payer ses
erreurs au prix fort.

Chapitre seize

L'entrée en politique

Chauffée à blanc par des libelles incendiaires, l'opinion est impitoyable. L'affaire des bouches de l'Escaut a fait de Marie-Antoinette « l'Autrichienne ». Celle du collier la dénonce comme une émule de Messaline, l'impératrice livrée à toutes les fureurs de la chair. Ajoutez-y, pour la « cruauté » — envers le pauvre Rohan et la pauvre La Motte ! — Agrippine et Catherine de Médicis. Mais elle n'en est pas quitte avec les surnoms injurieux : l'habitude est prise et l'imagination populaire inépuisable.

Elle finit, au terme d'un difficile retour sur soi, par prendre conscience du danger couru par elle et par la monarchie, au moment où l'on découvre que le Trésor royal, miné par un endettement chronique, se trouve au bord de la faillite. Désemparé, le roi se trouble et vacille. C'est vers elle que, faute de mieux, se tournent bientôt les ministres en quête d'appui. Pour la première fois de sa vie, contrainte et forcée, arrachée aux plaisirs où elle tentait encore de chercher refuge, elle participe aux affaires et prend des décisions. Est-ce une autre Marie-Antoinette qui est en train d'éclore dans l'épreuve ? C'est la même, avec sa passion, son énergie, sa violence, son refus de plier. Mais elle commence de réfléchir, ce qui ne lui était jamais arrivé de sa vie. Elle fait l'effort de s'initier aux matières sérieuses qui l'avaient toujours rebutée. Et surtout elle a appris la prudence. C'est sur la pointe des pieds, en tremblant, qu'elle entre pour de bon en politique.

Le spectre de la banqueroute

Du contrôle général des Finances, Maurepas se plaisait à dire : « Seul un sot ou un fripon pourrait souhaiter ce poste. » C'était sous-estimer l'attrait du pouvoir. L'Hôtel du Contrôle général fut surnommé par les Parisiens « l'Hôtel du déménagement », tant il changeait fréquemment de titulaire. De 1774 à 1790, on en compta dix, le record de longévité étant de quatre ans et celui de brièveté de quatre jours. Parmi eux se détachent quatre têtes d'affiche — Turgot, Necker, Calonne et Brienne — en alternance ou en tandem* avec divers techniciens expédiant les affaires courantes.

Les difficultés financières étaient insolubles et la monarchie française en est morte. Un bref retour en arrière est indispensable pour comprendre les causes du désastre. Étendant peu à peu sa mainmise administrative sur des pans entiers de l'activité du pays, le roi vivait depuis longtemps d'expédients, faute de disposer de ressources fiscales appropriées. On ne pouvait indéfiniment augmenter les impôts existants, qui ne frappaient en fait que les plus pauvres — les plus nombreux il est vrai. L'unique remède aurait été d'en faire porter le poids sur tous, sans distinction, en taxant soit les propriétés, à travers une subvention foncière, soit les revenus. Mais toutes les tentatives de réforme se heurtaient à l'opposition des deux premiers ordres du royaume, que leurs privilèges dispensaient d'impôt direct. Le clergé surtout, détenteur de richesses considérables qu'il gérait avec compétence et efficacité, refusait de se soumettre à toute contribution imposée

---

* Pour des raisons diverses, les véritables responsables des Finances n'occupaient pas toujours le poste de contrôleur général, parfois rempli par un simple figurant. Ce fut le cas lorsque la qualité d'étranger de Necker obligea à ne lui confier que des fonctions d'apparence subalterne.

et se contentait d'accorder périodiquement au souverain un *don gratuit* — autrement dit volontaire —, dérisoire par rapport à ses revenus réels. En 1750 le ministre de Louis XV Machault d'Arnouville s'y était cassé les dents. La résistance du clergé encourageait bien entendu celle de tous les autres privilégiés, nobles d'épée et nobles de robe, dont les parlements se faisaient les porte-parole retentissants.

Seul Turgot, qui avait une doctrine économique cohérente, aurait eu quelque chance de parvenir à un résultat, s'il avait mis moins de hâte à faire aboutir ses projets et surtout s'il avait rencontré chez le roi une volonté politique ferme. Ses successeurs sont priés, eux, non pas de réformer la fiscalité du royaume, mais de fournir à l'État les moyens de boucler ses fins de mois. Une sévère chasse au gaspillage aurait peut-être permis d'équilibrer le budget, à condition que n'intervînt aucune dépense supplémentaire. L'engagement aux côtés des insurgés américains en décida autrement. Chiffres en main, les historiens sont aujourd'hui en mesure de prouver que la guerre d'Amérique a creusé dans les finances royales un gouffre impossible à combler. Elle a coûté, en cinq ans, plus d'un milliard de livres. Une situation d'autant plus grave qu'au lieu de prendre le problème à bras le corps, on crut pouvoir y faire face sans douleur, tout en continuant allègrement de gaspiller.

Signe d'un temps qui voyait naître le capitalisme moderne, l'artisan de ce tour de passe-passe fut un banquier suisse, Necker, représentant à Paris de la République calviniste de Genève. Ayant édifié à partir de rien une fortune colossale grâce à de fructueuses spéculations, il se faisait de ses talents la plus haute idée. Après l'argent, il voulut le pouvoir. Sachant que sa qualité d'étranger, de roturier et d'hérétique lui fermait les circuits ordinaires, il misa sur l'opinion publique pour s'imposer. Il cultiva les intellectuels, les savants,

les artistes, les philosophes — de préférence ceux qui
parlaient haut et fort. Il disposait pour sa propagande
de deux auxiliaires incomparables. Sa femme Suzanne
n'avait d'autre objectif dans la vie que le succès de son
mari à qui elle rendait un véritable culte. « Elle avait
transformé sa maison, dit le duc de Lévis, en un temple
dont elle était la prêtresse, et les amis, quel que fût leur
rang, étaient réduits à l'humble condition d'adorateurs. » Elle attirait chaque vendredi dans son célèbre
salon tout ce que Paris comptait d'esprits distingués et
de gens influents. De son côté leur fille Germaine,
mariée au baron de Staël, ambassadeur de Suède à
Paris, mettait au service de la gloire paternelle son
talent, qui était grand, et ses relations, qui étaient
vastes. Dépourvu d'élégance, grave plutôt que noble et
se prenant très au sérieux, Necker excitait l'ironie à la
cour avec son toupet de cheveux curieusement relevé
sur la tête et, de chaque côté, « ses deux grosses
boucles qui se dirigeaient de bas en haut comme tous
les traits de sa figure ». Mais il plaisait à la bourgeoisie
parisienne qui se reconnaissait en lui. Au rebours des
traitants et fermiers généraux tant honnis, qui s'en-
graissaient des pourcentages prélevés sur le contri-
buable, il offrait l'image rassurante d'un homme qui
s'était enrichi tout simplement à la Bourse ou dans le
commerce — un rêve ! — et à qui pourtant l'argent
n'avait pas tourné la tête, puisqu'il mettait volontiers
la main à la poche au profit des quémandeurs. Sincèrement généreuse, Suzanne Necker employait en bonnes
œuvres judicieusement choisies une partie des gains de
son mari. Mais elle n'oubliait jamais de le faire savoir.

Ce n'est pas ici le lieu de se demander si la France
n'aurait pas mieux fait de laisser l'Angleterre s'épuiser
dans la lutte contre ses colonies rebelles, afin de se
retrouver elle-même plus forte, quelle qu'en fût l'issue,
face à sa rivale exsangue. On ne refait pas l'histoire.
Mais dès l'instant qu'on optait pour la guerre, il fallait

en prendre les moyens. Les financiers de service au ministère désespérant d'inventer des formes d'impôt capables d'obtenir l'assentiment du Parlement, il ne restait que le recours à l'emprunt. Hélas, les souscripteurs ne se bousculaient pas pour investir dans les rentes d'État, dont on savait que les dividendes étaient toujours payés en retard. On ne prête qu'aux riches, c'est bien connu. Aussi le roi se résigna-t-il à recourir au riche Necker pour financer la guerre d'Amérique à crédit.

L'habile homme réussit d'abord au-delà de toute espérance. Son nom seul inspirait confiance. Les emprunts qu'il lança furent rendus plus attrayants par divers artifices comme des formules viagères inédites ou des loteries. Le public se rua sur ces titres avec une telle avidité que la spéculation s'en empara et qu'on les revendit très au-dessus de leur cours d'émission. Et toute la France de célébrer en chœur le « magicien » qui, tel Cagliostro, faisait surgir de l'or à volonté. Il savait bien, lui, qu'il hypothéquait l'avenir. Les quelques économies opérées grâce à la remise en ordre des services financiers ne menaient pas loin. Or il n'avait pas les moyens politiques d'entreprendre l'indispensable réforme en s'attaquant aux privilèges fiscaux. Il proposa donc, comme naguère Turgot, d'associer les catégories aisées à la gestion financière et économique de chaque province par le biais d'assemblées où siégeraient des représentants des trois ordres*. Ce projet, bien timide, suffit à lui aliéner les gens en place. Il chercha un recours auprès de l'opinion en publiant un *Compte rendu* qui fut un des plus gros succès de librairie du moment. « C'est l'ouvrage d'un homme bien zélé pour la gloire du roi et le bonheur de son peuple », s'exclama naïvement Marie-Antoinette. Mais les gens compétents s'aperçurent aus-

---

* Nommés, et non pas élus, et choisis parmi les seuls propriétaires.

sitôt qu'il avait triché sur les chiffres, omettant tout simplement, au plus fort du conflit américain, d'y faire figurer les dépenses de guerre, dites « extraordinaires ». La couleur de la couverture du petit volume inspira à Maurepas un de ses bons mots : ce n'était qu'un « conte bleu ». Il y avait en réalité quatre-vingts millions de déficit. Necker, menacé, voulut sortir du rôle strictement technique dans lequel on le confinait. Il se croyait indispensable. Il exigea d'être admis au Conseil et, devant le refus de Maurepas, adressa au roi une lettre de démission fort sèche, qu'il fut stupéfait de voir accepter. Louis XVI ne lui pardonna pas cette espèce de chantage et se jura de ne plus jamais l'employer.

Necker savait la reine dangereuse. Il s'était appliqué à ne pas la contrarier, elle avait obtenu de lui tout ce qu'elle voulait. Devant une ordonnance de 150 000 livres qu'elle l'invitait à payer, il répondait : « L'état du Trésor ne me permet absolument pas d'accorder à V.M. sa demande, mais ma fortune me met à même de lui offrir cette même somme de ma bourse et j'aurai l'honneur de la lui porter ce soir. » Comment n'aurait-elle pas versé quelques larmes sur le départ de « cet homme charmant » ? Lorsque, après un interrègne de deux ans, Calonne fut nommé aux Finances à la fin de 1783, elle souscrivit à sa nomination de mauvaise grâce, sans partager la joie de ses amis Polignac. Le nouveau contrôleur n'était pas un incapable, comme on le dit souvent. Mais il trouvait une situation impossible à gérer. On attendait pour l'année à venir 600 millions de recettes. Mais 176 avaient été dépensés par anticipation, il y avait 390 d'arriérés à solder et le service de la dette publique en absorberait 250. Il fallait avoir recours au crédit et, pour en obtenir, dissimuler la détresse du Trésor. Calonne ne put que se livrer à des acrobaties financières, avec l'espoir que les sommes investies dans de grands travaux finiraient par rapporter, entraînant des rentrées fiscales.

Il comprit vite qu'il serait inutilement suicidaire de prétendre imposer des économies à la cour. Il déversa sur elle une manne généreuse. Au « Magicien » Necker succédait « l'Enchanteur ». En 1785, Marie-Antoinette se mit en tête d'acheter Saint-Cloud, qui lui serait une maison de plaisance agréable, « puisqu'elle la rapprocherait des spectacles de Paris », dit son secrétaire Augeard. Le duc d'Orléans, propriétaire du château, refusa les échanges d'abord envisagés avec Choisy et La Muette et exigea six millions comptant. Pour le coup la note parut lourde à Calonne, qui rechigna. Il s'attira, selon Augeard, une violente sortie :

« Je sais, monsieur, lui cria la reine, tout ce que vous avez dit au roi pour le détourner de mon acquisition. Si cette affaire-là n'était pas publique, je m'en désisterais très volontiers, quoiqu'elle me soit agréable ; mais comme vous avez donné au roi pour prétexte la situation du Trésor royal, je lui remettrai l'état très circonstancié de toutes vos dilapidations et déprédations, et des sommes immenses que vous avez données aux princes du sang et à mes beaux-frères pour vous faire un appui auprès du roi, et de toutes celles que vous avez répandues dans la bourse des grands de la cour pour cerner et environner le roi de prôneurs et le tromper journellement. Vous ferez ce qu'il vous plaira ; mais si je n'ai pas Saint-Cloud, je vous défends de paraître devant moi, et surtout de vous retrouver chez Mme de Polignac quand j'y serai. »

Calonne acheta donc sa tranquillité au prix de six millions empruntés, auxquels s'ajoutèrent les travaux d'embellissement, pour une somme équivalente. Et Marie-Antoinette continua de s'illusionner sur l'état réel du Trésor royal. « Si c'est possible, c'est fait ; si c'est impossible, cela se fera », répondait-il à ses requêtes. « Comment aurais-je pu me douter, dira-t-elle plus tard, que les finances étaient en si mauvais état ? Quand je demandais 50 000 livres, on m'en apportait

100 000. » Elle commande pour Saint-Cloud l'ameublement le plus riche et la décoration la plus raffinée, elle fait redécorer à Fontainebleau le boudoir exquis qui a traversé les siècles jusqu'à nous, mais dont elle ne jouira qu'une seule année. La société aristocratique vit à crédit et, comme si elle se savait en sursis, elle se grise des délices d'arrière-saison d'une civilisation condamnée. Jamais, dira Talleyrand, « la douceur de vivre » ne fut aussi intense que dans cet été de 1786, où le processus de décomposition de la monarchie se trouva comme suspendu quelques mois. Mais à cette date, les gens sérieux savent qu'aucun artifice ne pourra conjurer la banqueroute. Necker s'est d'ailleurs chargé d'en informer le public dans son *Administration des Finances*, qui en démonte le mécanisme. Mathématiquement le déficit se creuse de cent millions chaque année.

Foncièrement honnête, le roi se refuse à suspendre les paiements et à spolier les prêteurs qui lui ont fait confiance. Il a trop souvent contribué à payer les dettes de ses proches et à les sauver de la faillite pour consentir à effacer lui-même d'un trait de plume les sommes dont il est redevable. Il encourage donc Calonne lorsque celui-ci reprend à son compte l'éternel projet de réforme fiscale — une « subvention territoriale » proportionnelle aux revenus et payée par tous sans exception —, avec pour corollaire indispensable la création d'assemblées consultatives élues. Et comme il sait bien que jamais le Parlement ne consentira à enregistrer de pareilles mesures, Calonne propose de réunir des « notables » triés sur le volet, dont il escompte obtenir l'approbation, pour entraîner dans la foulée celle du Parlement. La procédure n'était pas neuve, Henri IV et Richelieu y avaient recouru jadis avec succès. Mais les temps avaient changé, les hommes aussi.

De l'égalité fiscale à l'égalité sociale

Les privilèges n'étaient pas seulement fiscaux, mais sociaux. Ils se trouvaient autrefois justifiés par les fonctions que remplissaient dans l'État les trois ordres du royaume. Le clergé, outre sa mission spirituelle, avait en charge l'enseignement et l'assistance publique, la noblesse, vouée au métier militaire, protégeait le royaume des agressions en versant « l'impôt du sang » et le tiers état fournissait son travail pour la subsistance de l'ensemble. Le système ne pouvait fonctionner que s'il conservait une certaine souplesse : il fallait qu'on pût grimper dans l'échelle sociale. Au XVIIIe siècle, il se bloque. À la différence de Louis XIV qui avait pris soin de ne pas fermer à la haute bourgeoisie l'accès aux responsabilités, Louis XV et Louis XVI ont laissé se développer une réaction nobiliaire réservant à ceux qui peuvent justifier d'un certain nombre de « quartiers » les emplois les plus honorifiques et les plus lucratifs à la fois. Toutes les charges à la cour sont occupées par des nobles. De même, le décret Ségur leur réserve les grades dans l'armée, pour offrir un débouché aux gentilshommes pauvres à qui la règle de non-dérogeance interdit les autres activités, ôtant par là tout espoir d'ascension aux plus brillants des cadres roturiers : on en verra les effets désastreux lorsque l'armée, privée de ses officiers par l'émigration, sera gagnée à la Révolution par ses sous-officiers. Et dans l'Église, le fossé se creuse entre les prélats issus de la noblesse, largement dotés en riches bénéfices, et les simples curés, réduits à la « portion congrue * », qui se sentent de plus en plus éloignés de leurs supérieurs.

Or, dans le même temps, les avantages consentis aux

* Cette expression, dépourvue à l'origine de toute nuance péjorative, désignait le salaire alloué aux curés par l'Église. Elle n'a pris son sens actuel qu'en raison de la scandaleuse modicité de ce salaire.

privilégiés sont remis en cause par le débat ouvert sur la fiscalité. Le *Compte rendu* de Necker dut son succès au fait qu'il constituait un accroc dans l'opacité qui préservait jusqu'alors le budget de l'État : « Le roi rend compte à ses peuples... », y était-il dit. Mais Louis XVI pensait que le roi n'avait de comptes à rendre à personne qu'à Dieu. Vergennes considéra ce texte comme « un pur appel au peuple, dont les effets pernicieux à cette monarchie » ne tarderaient pas à se faire sentir. C'est en effet une première. Les arcanes des finances royales s'entrouvrent au public. On lui explique pourquoi et comment le Trésor royal se vide. C'est l'opinion, et non plus le roi, que Necker fait juge de son action. Aucun de ses successeurs ne pourra se dispenser d'en faire autant, sauf à être accusé de vouloir dissimuler ses voleries. On voit donc déballer sur la place publique le détail des sommes dépensées sous des rubriques diverses.

Les seules qui retiennent l'attention sont celles de la cour. Qu'elles ne représentent en réalité que six pour cent de l'ensemble n'enlève rien à leur caractère scandaleux, parce que, à la différence de la construction des vaisseaux de guerre, elles apparaissent totalement injustifiées. Les salaires touchés par les grands officiers de la couronne sont sans commune mesure avec le travail fourni. Le roi signe sans aucun contrôle des masses de bons au comptant dont nul ne connaît la destination. La pluie de pensions et de cadeaux qui s'abat sur les favoris de la reine, la multiplicité d'emplois inutiles, le coulage qui règne dans tous les services, font scandale. À quoi servent ces nobles de cour qui s'engraissent aux dépens du Trésor ? À quoi servent dans les campagnes ces nobliaux souvent besogneux qui s'accrochent à leurs droits féodaux désuets alors que la monarchie les a dépouillés de leurs anciennes fonctions de justice et de police ? Si le roi préconise de leur retirer leurs privilèges fiscaux, pourquoi s'arrêter en si bon chemin et leur conserver les autres, notamment l'accès privilégié aux emplois ? La revendication égalitariste déborde très vite le domaine proprement fiscal pour s'en prendre à l'organisation sociale figée en trois ordres distincts. Elle commence d'entretenir dans le peuple une hostilité contre la noblesse qui prendra bientôt un essor redoutable.

En 1783-1784, alors que règne encore la douceur de vivre, on a pu percevoir un signe avant-coureur. L'incorrigible Beaumarchais est une fois de plus au centre d'une affaire à grand fracas. Il se démène pour faire jouer son *Mariage de Figaro*. La pièce est excellente, mais subversive : deux raisons de faire du bruit. Elle court sous le manteau, on en fait des lectures dans les salons. Tous les gens d'esprit plaident sa cause et avec l'appui du clan Polignac, elle est reçue à la Comédie-Française et mise en répétitions. Marie-Antoinette se fait d'avance une joie de l'applaudir. Le comte d'Artois en parle avec enthousiasme, le comte de Provence avec indignation. Le roi voulut en avoir le cœur net, il en parcourut le texte et convoqua Mme Campan pour le lire en présence de la reine. « Au monologue de Figaro, dans lequel il attaque diverses parties de l'administration, mais essentiellement à la tirade sur les prisons d'État, le roi se leva avec vivacité et dit : "C'est détestable, cela ne sera jamais joué : il faudrait détruire la Bastille pour que la représentation de cette pièce ne fût pas une inconséquence dangereuse. Cet homme déjoue tout ce qu'il faut respecter dans un gouvernement." [...] — "On ne la jouera donc point, dit la reine ? — Non, certainement, répondit Louis XVI ; vous pouvez en être sûre." »

L'interdiction royale tomba *in extremis* alors que la salle était déjà à demi remplie. On parla d'atteinte à la liberté publique, d'oppression, de tyrannie. Beaumarchais releva le défi, jurant que sa comédie serait jouée, et laissa entendre qu'il en avait ôté les passages blessants pour le gouvernement — en fait, fort peu de choses. Sa pièce, finalement représentée au Théâtre-Français le 27 avril 1784, déchaîna un fol enthousiasme. La partie était gagnée.

Quoi qu'en dise Mme Campan, Marie-Antoinette en tient pour Figaro et n'a rien compris à ce que lui reproche son mari. La preuve ? Au printemps suivant, elle n'hésite pas à choisir pour se produire sur la scène de Trianon une autre comédie de Beaumarchais. Elle répétait le rôle de Rosine dans *Le Barbier de Séville* lorsqu'éclata l'affaire du collier. Louis XVI lui-même a-t-il saisi toute la portée du *Mariage* ? A-t-il entendu le cri puissant de l'homme du peuple contre la noblesse ? « Parce que vous êtes un grand seigneur, vous vous croyez un grand génie ! [...] Noblesse, fortune, un rang, des places : tout cela rend si fier ! Qu'avez-vous fait pour tant de biens ? Vous vous êtes donné la peine de naître, et rien de plus : du reste, homme assez ordinaire. Tandis que moi, morbleu ! perdu dans la foule obscure, il m'a fallu déployer plus de science et de calculs pour subsister seulement, qu'on n'en a mis depuis cent ans à gouverner toutes les Espagnes. » Moins de cinq ans plus tard, la revendication trouvera dans les écrits de l'abbé Sieyès — *Essai sur les privilèges,* puis *Qu'est-ce que le Tiers État ?* — une très brillante formulation théorique : les nobles forment une caste d'hommes qui, « sans fonctions comme sans utilité et par cela seul qu'ils existent, jouissent de privilèges attachés à leur personne. [...] La caste noble a usurpé toutes les bonnes places ; elle s'en est fait comme un bien héréditaire », qu'elle exploite à son seul profit particulier. « Qu'est-ce que le tiers-état ? Tout. Qu'a-t-il été jusqu'à présent dans l'ordre politique ? Rien. Que demande-t-il ? À y devenir quelque chose. »

Or le malheur de Marie-Antoinette est d'incarner aux yeux du public cette noblesse parasite et notamment celle de cour, la plus étroite et la plus voyante, sur qui se concentrent toutes les rancœurs. Victime de sa prédilection pour un tout petit groupe de favoris qui, à l'intérieur de la caste noble, a monopolisé les plus larges prébendes, elle passe pour la figure de proue et l'emblème de cette société égoïste et rapace. La simplicité bourgeoise du roi, qui fait contraste, la rend plus haïssable, sans pour autant lui valoir à lui une vraie sympathie, parce qu'on méprise le mari trompé — peut-être ? — et incapable de faire obéir sa femme — assurément !

L'apprentissage de la solitude

Le meilleur portrait de Marie-Antoinette, celui qui laisse transparaître l'âme, est dû au ciseau du sculpteur Houdon. Il est contemporain de l'affaire du collier*. Belle, mais impérieuse, la reine y tient haut la tête, rejetée en arrière, dans une attitude familière inspirée par le sentiment aigu de sa dignité. « Si je n'étais pas reine, on dirait que j'ai l'air insolent, n'est-il pas vrai ? » répondit-elle un jour à Mme Vigée-Lebrun qui l'en complimentait. Houdon ne l'a pas faite insolente, il lui a donné un air de défi. La bouche dédaigneuse, que souligne la lèvre inférieure « autrichienne », observe P. de Nolhac, « semble prête à la colère comme au sourire ». Au camouflet infligé par le verdict elle répond par la bravade et le mépris. L'outrance des attaques dirigées contre elle renforce sa bonne conscience et, par là, son inconscience. Elle n'a rien à se reprocher, il y a les bons, dont elle fait partie, et les méchants, qui ont tous les torts. Elle repousse l'idée que ses comportements aient pu jouer un rôle à l'ori-

---

* Elle a posé pour Houdon en 1786, peut-être avant le dénouement de l'affaire, mais à un moment où déjà l'opinion se déchaînait contre elle.

gine du drame. Elle décide de ne rien changer à ses
habitudes. Mais il se trouve que ses habitudes ne lui
procurent plus les mêmes plaisirs.

Au moment de l'acquittement de Rohan, elle avait
sur les bras depuis trois semaines son frère Ferdinand,
duc de Modène et gouverneur de Lombardie, venu sous
un nom d'emprunt avec sa femme Béatrice d'Este.
Bien qu'elle n'eût aucun plaisir à le revoir après une
séparation de seize ans, elle lui fit de son mieux les
honneurs de Versailles. Mais elle aurait préféré qu'il
ne fût pas là lors du verdict. Elle n'avait pas le cœur à
se réjouir et annula la fête nocturne prévue à Trianon
en invoquant son état de santé. Elle touchait au terme
de sa quatrième grossesse, non désirée. Mécontente
d'avoir pris beaucoup de poids lors de la précédente
— au point qu'on s'attendait à des jumeaux —, elle
regardait avec anxiété s'arrondir sa silhouette, qu'elle
tentait de sauvegarder en refusant cette fois-ci d'abandonner son corset. À trente ans passés, elle avait beau
affecter de dire qu'elle n'était plus une jeune femme,
elle faisait tout pour qu'on pense le contraire.

À peine ses hôtes avaient-ils plié bagage que
Louis XVI la quittait à son tour pour un voyage d'inspection en Normandie. Elle aurait aimé l'y accompagner pour se changer les idées. Mais il refusa d'en
retarder la date. Elle dut se morfondre en attendant ses
couches tandis qu'il s'en allait visiter les arsenaux de
Cherbourg et du Havre, où ses connaissances techniques firent l'admiration des ingénieurs maritimes et
des équipages. Partout des marques de respect et
d'amour, des cris de joie. Il répondait avec bonhomie
à l'enthousiasme des populations, trouvait pour chacun
de ses hôtes le mot prouvant qu'il avait fait l'effort de
s'informer de sa qualité et de ses états de service. Il
revint enchanté. À son approche, la reine avait pris
place au balcon de la cour de marbre avec ses trois
enfants et les petits, en l'apercevant, se mirent à crier

Papa de tout leur cœur. Dans la cour noire de monde, « la satisfaction était peinte sur tous les visages ». L'évidente popularité de son époux montrait à Marie-Antoinette que l'amour de la monarchie était encore vif, mais elle lui faisait ressentir douloureusement, par contraste, le discrédit où elle-même était tombée.

Dix jours plus tard naissait la petite Sophie. La reine reprit ses activités très vite, trop peut-être, car elle resta fatiguée. Il lui fallait recevoir une autre visite familiale, celle de sa sœur Marie-Christine et de son beau-frère le prince Albert de Saxe-Teschen, gouverneurs des Pays-Bas. Or elle n'avait jamais aimé cette sœur aînée intelligente et volontaire, préférée de leur mère, qui prétendait exercer sur ses cadettes une autorité grondeuse. Elle redoutait de sa part une inquisition indiscrète et lui prêtait, selon Mercy, « le projet de s'emparer des esprits et de les dominer ». Disons plus crûment qu'après le scandale du collier elle s'attendait à une rude leçon de morale, dans le plus pur style de Joseph II, qui avait d'ailleurs suggéré cette démarche. Si la seule affection avait dicté une visite, elle aurait dû avoir lieu beaucoup plus tôt, vu la proximité des Pays-Bas. La date choisie n'était pas due au hasard. Marie-Christine était mandatée pour s'informer sur ce qui ne tournait pas rond en France et pour remettre sa sœur dans le droit chemin.

En dépit des efforts de Mercy pour dissiper les « nuages » et des prévenances de Louis XVI, qui régala son beau-frère de nombreuses parties de chasse, la rencontre des deux sœurs manqua singulièrement de chaleur. Marie-Christine insistait pour « être souvent et longtemps à Versailles ». Marie-Antoinette s'appliquait à l'en éloigner en lui proposant un lourd programme d'excursions parisiennes et finit par lui faire dire tout net que sa présence la gênerait les jours réservés à ses affaires, où elle tenait à être seule. Elle confina les Saxe-Teschen dans le cadre solennel du château, sans les inviter à Trianon. Elle se montra très soulagée quand ils partirent. Bien que les apparences fussent restées sauves, l'ambassadeur dut reconnaître l'échec de l'entrevue. À une date où l'empereur sentait fléchir le soutien inconditionnel escompté de sa sœur et souhaitait resserrer les liens familiaux, ces doubles retrouvailles, avec Ferdinand puis avec Marie-Christine, aboutirent au résultat inverse. Jamais Marie-Antoinette ne s'était sentie aussi loin de sa patrie d'origine et de ceux qu'elle avait jusqu'alors considérés comme siens. C'est d'ailleurs le moment où elle commence de se rebeller ouvertement, on l'a vu, contre les exigences de Joseph II.

Trianon lui offre de quoi souffler en paix durant un mois. Mais elle ne peut compter sur la présence de Fersen, qui sera absent pendant près d'une année. À l'automne survient le séjour à Fontainebleau, avec son cortège de divertissements. Mais elle ne s'y amuse plus comme autrefois. Elle s'éloigne des Polignac. Les mises en garde de Mercy contre la cupidité de ceux qu'il appelle les « alentours dévorants » n'auraient pas suffi à la détourner d'eux sans l'usure du temps et les méfaits d'une trop grande familiarité, encouragée par l'abandon de l'étiquette. On ne la respecte plus guère. Elle garde à la comtesse une amitié traversée d'orages, mais ne supporte plus le reste du clan. Elle a pris en grippe l'arrogance de Vaudreuil, l'amant en titre de son amie. Elle redoute tant de faire chez celle-ci certaines rencontres qu'elle s'informe, avant de s'y rendre, de ceux qu'elle y trouvera, et préfère souvent renoncer. Et la comtesse s'indigne : la reine ne peut avoir la prétention, en venant dans son salon, de lui en faire exclure ses amis ! La reine comblait toujours Mme de Polignac d'attentions, remarque Besenval, « mais ne lui disait plus cependant que les choses faites, sans la consulter sur celles qui étaient à faire ». Elle n'ose pas rompre avec elle, explique Mme Campan, tant elle craint que l'inconstance dans une amitié aussi durable et aussi notoire n'ait de « très graves inconvénients ». En fait, elle est prisonnière des confidences qu'elle lui a imprudemment prodiguées des années durant.

Il ne fait pas bon être celle par qui le scandale arrive. À la cour le climat s'est subtilement détérioré autour de Marie-Antoinette. Nul ne parvient à être tout à fait naturel avec elle. Entre la commisération humiliante des plus indulgents et la joie insultante qui perce chez tous ceux — et ils sont nombreux ! — qu'elle a froissés par ses moqueries ou blessés par son indifférence, elle ne trouve personne qu'elle ait réellement plaisir à fréquenter. Dans la famille, les tantes du roi ne lui pardonnent pas le mal fait à la monarchie. Madame Adélaïde raille la légèreté avec laquelle elle traite les libelles et joue les prophètes de malheur : « Elle dit que les Parisiens sont des grenouilles qui coassent, mais je crains bien que les grenouilles ne deviennent serpents. » Du fond de son carmel de Saint-Denis, Madame Louise ne peut que prier et faire prier, mais elle s'arrange pour que cela se sache. Madame Élisabeth prend ses distances, les deux belles-sœurs savoyardes accentuent les leurs. Elles n'ont guère d'influence, mais les deux beaux-frères, eux, sont dangereux, les cousins aussi.

Le plus inquiétant est Provence. Il éprouve pour Marie-Antoinette une haine faite d'inclination déçue et d'ambition trompée. Jeune, il avait cherché à lui plaire. Non qu'il fût amoureux d'elle. Mais il était sensible à la fascination qu'exerçait sur la plupart des hommes — voyez Rohan — l'éclat de la majesté souveraine joint à celui de la féminité triomphante. Il voulait qu'elle rendît justice à son esprit, qu'il jugeait supérieur. Mais au lieu de la consécration qu'il attendait, il se heurta à sa défiance et à son mépris. Il ne le lui pardonna pas. Du moins se consolait-il, durant les longues années de stérilité du couple royal, à l'idée de succéder un jour à son frère. La naissance d'un, puis de deux fils, avait compromis ses espérances. Or le récent scandale venait de les ranimer. Si ces enfants étaient le fruit d'amours illégitimes, il redevenait l'héritier du trône numéro un. Aussi se fit-il un plaisir d'alimenter les rumeurs sur ce thème, au moment précis où les difficultés qui accablaient son frère lui offraient un prétexte pour se glisser au gouvernement.

La reine avait au sein de la famille un autre adversaire, plus violent et moins dissimulé, en la personne du duc d'Orléans, le futur Philippe-Égalité, agitateur brouillon qui campait depuis des années dans une attitude d'opposition systématique, où le désir de vengeance tenait plus de place que l'ambition. Solidement implanté en plein centre de la capitale, au Palais-Royal, il était mieux à même que les Versaillais de prendre le pouls de l'opinion parisienne, voire de la diriger par les officines de presse qui prospéraient autour de lui.

Au début de l'année 1787, Marie-Antoinette se sent écrasée par la haine qui la rend responsable de tous les maux du royaume. Elle n'ose plus se rendre au théâtre à Paris. À l'Opéra, elle s'est fait siffler. À la Comédie-Française, des applaudissements ont accueilli dans *Athalie* la tirade où le grand prêtre invite Dieu à répandre sur la reine cruelle « cet esprit d'imprudence et d'erreur / De la chute des rois funeste avant-coureur ». Face à cette hostilité qui la cerne de toutes parts, elle voudrait remonter le courant. Pour le salon de cette année-là, à la fin août, on a prévu fort habilement un portrait la montrant sous son meilleur jour, entourée de ses enfants — parée de pendants d'oreilles, mais sans collier. Mme Vigée-Lebrun est en retard. En attendant, l'emplacement reste vide, suggérant à un mauvais plaisant d'y coller une étiquette de son cru : « Madame Déficit. » L'œuvre achevée montre une tout autre Marie-Antoinette que le buste de Houdon. Pour une fois la portraitiste attitrée a renoncé à sa fadeur habituelle. Certes le visage de la reine est flatté. Mais ce qu'on lit dans son visage figé, dans son regard perdu au loin, ce n'est plus le défi, mais l'angoisse.

Elle a désormais pour seul appui son époux. Mais son époux est en train de s'effondrer et pèse sur elle de tout son poids.

Transmission de pouvoirs

La décision de convoquer une assemblée de notables était un coup de poker dangereux. De Vienne, Kaunitz ironisa, la traitant d'arlequinade ou même, plus crû-ment, de « cacade ». À peine réunis, à la fin de février 1787, ces hommes dont on escomptait la docilité ruè-rent dans les brancards, puis se déclarèrent incompé-tents. Le contraire eût été surprenant. Majoritairement issus des rangs de la noblesse — car on n'imaginait pas de trouver des notables en dehors d'elle —, ils se voyaient invités à souscrire à un impôt, unique et proportionnel, qui les léserait au premier chef. Selon le mot plaisant de François Furet, Calonne se comportait comme un président directeur général convoquant les plus grands actionnaires de sa société pour leur deman-der de renoncer à leurs dividendes. L'opinion pari-sienne, prise à témoin, le rendit responsable du désastre financier et Louis XVI, après avoir tenté de le soutenir, le lâcha et le congédia sans ménagements au début d'avril. Le ministre, bien informé, eut le nez plus creux que d'autres. Il prit le chemin de la Hollande, puis de l'Angleterre, où il devint le premier des émigrés.

Très affecté par la mort de Vergennes, intervenue au mois de février, le roi ne trouve ni l'expérience, ni l'énergie du défunt chez son ancien menin*, le fidèle mais médiocre Montmorin, qu'il vient de nommer aux

---

* Menins : compagnons d'âge assorti donnés aux princes pen-dant leur enfance et leur adolescence.

Affaires étrangères. Il donne alors l'impression de perdre pied. Il avait renvoyé son ministre des Finances sans s'assurer d'un successeur. Deux hommes passaient dans l'opinion pour capables de résoudre la crise financière : Necker, qu'on avait déjà vu à l'œuvre et qui avait laissé des regrets, et l'archevêque de Toulouse Loménie de Brienne, qui, dans l'assemblée des notables où il siégeait, avait mené l'assaut contre Calonne tout en se posant en recours. Le roi ne voulait entendre parler ni de l'un ni de l'autre : « Ni Neckraille, ni prêtraille ! » Il ne supportait pas l'arrogance bourgeoise du Genevois. Quant à Brienne, l'homme lui répugnait, tant pour le libertinage de ses mœurs que pour ses accointances avec les philosophes. Devant sa candidature au siège épiscopal de la capitale, il s'était naguère indigné : « Il faudrait au moins que l'archevêque de Paris crût en Dieu ! » Hélas, l'honnête conseiller d'État sur qui se porta son choix ne tint que trois semaines. Il fallut donc choisir entre les deux autres.

Devant l'inertie du roi, Montmorin en appela à la reine. Celle-ci hésita. Depuis longtemps son vieux confident l'abbé de Vermond l'entretenait des mérites de Brienne, dont il avait été autrefois le condisciple. Elle avait commencé de préparer le terrain auprès du roi en communiquant à celui-ci le mémoire où l'archevêque exposait ses projets. Mais Necker, lui, avait fait ses preuves et il était populaire. Ce fut sur son nom qu'elle s'accorda d'abord avec Montmorin. Louis XVI usa ses dernières réserves d'énergie pour l'écarter, après quoi il accepta Brienne avec une facilité déconcertante, consentant même à lui accorder le titre de principal ministre, qu'il n'avait jamais voulu donner à personne. Marie-Antoinette, pour la première fois de sa vie, avait contribué à une nomination capitale.

On dira avec raison qu'elle n'a pas été seule à plaider en ce sens et que, surtout, il n'y avait pas l'embarras du choix. Il ne s'agit donc pas d'une victoire, comme celle qu'elle avait remportée naguère sur Maurepas avec Ségur. Et c'est là précisément ce qui est nouveau. Il est loin le temps où elle concevait ses interventions en politique comme des parties de bras de fer contre le ministre dominant — Maurepas ou Vergennes —, pour faire attribuer des faveurs ou des places à ses protégés. Il n'y a plus ni faveurs ni places à attribuer : on envisage d'en supprimer. Et, bien que Brienne en porte le titre, il n'y a plus de ministre dominant. Tous sont en position précaire, tant la situation est grave, et faute de soutien de la part du roi. La résistance aux volontés de la reine ne se trouve plus à l'intérieur du gouvernement, dans le microcosme versaillais, mais au Parlement et à l'assemblée des notables. Et l'enjeu n'est plus la promotion de ses amis, mais le sauvetage de l'autorité royale. Elle l'a compris. Sa combativité change de nature en même temps que d'objet. Dans ce nouveau défi, elle se sait solidaire de son mari. Lorsqu'il s'agit de trouver l'homme providentiel capable de remettre les Finances à flot tout en faisant plier le Parlement, les capacités présumées de l'intéressé prennent le pas sur les considérations de personne. Sans doute se trompe-t-elle sur celles de Brienne. Elle ne devient pas du jour au lendemain une tête politique, elle ne le deviendra jamais. Mais elle se met à raisonner en reine et non plus en chef d'une coterie. L'intérêt du royaume prime tout le reste. Elle entre en politique pour de bon.

Brienne l'aidera à y faire des progrès, en l'associant aux débats et aux décisions — ce dont s'étaient gardés tous les ministres antérieurs. Pas seulement par reconnaissance, bien que Mercy fasse sonner très haut qu'il lui doit son élévation, mais parce qu'il la trouve réceptive — c'est nouveau — et surtout parce qu'il a un besoin urgent de son appui.

Car Louis XVI est en plein désarroi. Nous parlerions

aujourd'hui de dépression. Le xviiie siècle n'en faisait pas le diagnostic, mais il en connaissait les symptômes. Mercy les observe dès la nomination de Brienne. Dépêche d'office en allemand, 19 mai : « Le roi venait chaque jour chez la reine et il était si ému et si désolé de la position critique où se trouvait son royaume qu'il versait des larmes. » Lettre à Joseph II, 14 août : « La tournure morale du roi offre [...] peu de ressources et ses habitudes physiques le diminuent de plus en plus ; le corps s'épaissit, et les retours de chasse sont suivis de repas si immodérés qu'ils occasionnent des absences de raison et une sorte d'insouciance brusque très fâcheuse pour ceux qui ont à la supporter. » Angoisses, crises de larmes, phases d'apathie alternant avec des poussées d'activité physique exténuante, boulimie, décrochages d'avec le réel, mutisme, à quoi s'ajoutent d'irrépressibles besoins de sommeil, à contretemps : « Pendant deux ans révolus que j'ai siégé au Conseil d'État, notera Saint-Priest, je ne lui ai jamais entendu émettre une opinion. Il n'était pas rare de l'y voir dormir. » L'indifférence, l'ennui apparent masquent peut-être un effort pour fuir l'intolérable. Les valets de chambre qui le reçoivent à sa descente de carrosse au retour de furieuses parties de chasse suivies de petits soupers, le voient tituber et en concluent qu'il est ivre. De fatigue plutôt que de vin sans doute. Ce qu'il y a de sûr est que dans l'Europe entière, et jusqu'en Amérique, on lui fait une réputation d'ivrognerie que Fersen s'efforce de démentir auprès de Gustave III de Suède. L'abus de nourriture, lui, n'est pas discutable et il entraîne une prise de poids redoutable, qui entrave sa mobilité — il ne pourra bientôt plus se hisser sur son cheval sans aide — et nuit terriblement à son image : « Son plaisir délectable, fredonne-t-on, / Est d'engraisser son ventre à lard, / De boire comme à Vaugirard, / Les coudes sur la table. » Les années qui suivent seront caractérisées par des alternances de mieux-être et de rechutes, aggravées parfois par de véritables maladies qui le tiennent au lit, comme son érysipèle de l'automne 1787. Et des crises de larmes convulsives ou des journées entières de silence viendront ponctuer les étapes cruciales du naufrage de son royaume.

Ces défaillances du roi investissent Marie-Antoinette d'une lourde responsabilité, parce qu'il s'appuie d'instinct sur ce qu'il perçoit en elle d'énergie et qu'il lui fait désormais confiance. Elles la fragilisent aussi, car elles avivent les espoirs des candidats au trône. Le roi pourrait mourir. Il pourrait aussi être déclaré incapable, mis en tutelle ou déposé. Et dans ce cas elle n'aurait plus que ses larmes pour pleurer. Un distique significatif court Paris : « Louis XVI interdit, Antoinette au couvent, / D'Artois à Saint-Lazare, et Provence régent. » Déjà, présidant le premier bureau de l'assemblée des notables, le cauteleux beau-frère pousse ses pions. C'est donc avec l'énergie du désespoir que Marie-Antoinette fait front. Elle s'attelle dans sa maison à une politique d'économies : « La nécessité a fermé la porte au pillage. » La suppression de certaines charges lui vaut les reproches amers de ses amis de la veille. Comment peut-on, en France, se retrouver du jour au lendemain déchu de son « état » ? « Cela ne se voit qu'en Turquie », ose lui dire Besenval. De toute façon, il en faudrait bien davantage pour combler le déficit.

Plus efficace est le soutien qu'elle apporte à Brienne. Un soutien discret. Elle a appris au moins une chose, la prudence. Le grand crédit, en partie illusoire, dont elle se vantait, s'est retourné contre elle comme un boomerang. Elle évitera désormais les pleins feux de la rampe et se tiendra en retrait, comme une épouse soumise. Mais sa participation aux comités restreints, où l'introduit Brienne, contribue à faire prévaloir les solutions énergiques. Convaincue que le seul régime

viable est la monarchie absolue, telle que le roi l'a
reçue de ses pères et telle qu'elle l'a vu pratiquer en
Autriche, elle pousse le ministre à une politique de
mise au pas des contestataires, sans comprendre qu'ils
sont portés par les vœux du pays tout entier.

L'échec de Brienne

Lors des débuts de Brienne, la reine était optimiste :
« Nous avons donné un bon ministre au roi, il ne faut
plus que le laisser faire. » On le laisse faire en effet, et
il en résulte, comme le souligne Saint-Priest, un certain
nombre de fausses manœuvres. Son premier geste est
de renvoyer les notables indociles. Mais c'est tomber
de Charybde en Scylla, puisqu'il se retrouve face au
parlement de Paris, furieux qu'on ait tenté de le court-
circuiter. Ses efforts pour faire adopter le projet de subvention territoriale de Calonne se heurtent à l'obstruction des magistrats qui affirment que toute réforme
fiscale relève de la représentation nationale et réclament la convocation des États généraux. Il tente alors
l'épreuve de force. L'affaire obéit à un schéma devenu
classique : conflit, lit de justice pour imposer l'enregistrement de l'édit, exil des magistrats à Troyes, agitation dans le pays, reculade du gouvernement, rappel
des exilés et retrait de l'édit. Et comme le Trésor sonne
plus creux que jamais, Brienne est contraint de recourir
au crédit.

Le 19 novembre, le roi se rend au Parlement pour y
présenter une série de mesures d'ordre technique, auxquelles est joint un édit fixant les modalités d'un nouvel emprunt. Rien de tout cela ne devrait poser de
problèmes. On a évité la formule du lit de justice, pour
ménager les magistrats qui la détestent parce qu'elle
interdit toute discussion et suspend « la liberté des suffrages ». Il s'agit donc d'une simple « séance royale »,

à laquelle la présence du souverain ajoute seulement un surcroît de solennité : il doit promettre de convoquer les États généraux pour 1792 — lorsque les Finances, espère-t-on, auront retrouvé l'équilibre. Chacun put parler à sa guise. Certains, trouvant la date proposée trop lointaine, réclamaient les États pour tout de suite. Mais en fin de compte, une large majorité se dessina en faveur de l'emprunt. On fit alors une fausse manœuvre. On crut pouvoir gagner du temps en évitant l'interminable appel nominatif des votes motivés. « Après avoir entendu vos avis, je trouve qu'il est nécessaire d'établir les emprunts portés dans mon édit, déclara le roi. J'ai promis les États généraux avant 1792 ; ma parole doit vous suffire. J'ordonne que mon édit soit enregistré. » On vit alors se lever le duc d'Orléans* qui protesta que cette procédure était illégale. « C'est légal parce que je le veux », répliqua le roi suffoqué. *Stricto sensu*, Orléans n'avait pas tort : on aurait dû compter les voix. Mais sa mauvaise foi crevait les yeux, car on n'avait violé qu'un usage, non une loi, sans influer pour autant sur le sens du vote. Il se servait de ce que nous nommerions un vice de forme pour faire de la provocation. Le roi, lui, était dans son droit en se disant l'unique source de la loi. Mais il n'était pas habile de formuler aussi brutalement le premier article du credo de la monarchie absolue devant cette assemblée qui en contestait les fondements. Furieux, Louis XVI exila son cousin sur ses terres de Villers-Cotterêts et fit arrêter deux des conseillers les plus excités. Marie-Antoinette n'eut pas de mots assez durs contre le duc d'Orléans. Assurée du bon droit de son mari, elle croyait candidement à l'efficacité de la manière forte : « Je suis fâchée qu'on soit obligé à des coups d'autorité, écrit-elle à son frère ; malheureuse-

---

* Rappelons que les princes du sang et les plus grands seigneurs du royaume siégeaient de droit au parlement de Paris.

ment ils sont devenus nécessaires et j'espère qu'ils en imposeront. »

Entre la cour et le Parlement cependant, la guerre était déclarée. Tout l'hiver les escarmouches se multiplièrent, amplifiées par la caisse de résonance que constituaient les salons, les clubs, les cafés, les loges maçonniques, la presse. Au printemps, Brienne résolut de couper à la source l'action du Parlement. S'inspirant du projet mis en œuvre par Maupeou à la fin du règne de Louis XV, il tenta d'ôter aux magistrats l'enregistrement des lois pour le confier à une chambre spécialement créée à cet effet. « On pense à les borner aux fonctions de juges, écrit encore Marie-Antoinette, et à former une autre assemblée qui aura le droit d'enregistrer les impôts et les lois générales du royaume. Il me semble qu'on a pris toutes les mesures et précautions compatibles avec le plus grand secret. » Mais il en résulte, ajouta-t-elle, qu'on n'a pas pu évaluer les forces d'opposition. Elle ne semble pas douter du succès de ce coup de force. Hélas, le secret avait transpiré, le Parlement se préparait à la résistance, les gardes envoyés pour arrêter deux des meneurs se heurtèrent à une assemblée s'écriant en chœur : « Nous sommes tous d'Éprémesnil et Montsabert » et ne purent se faire livrer les coupables que le lendemain.

La révolte s'étend alors comme une traînée de poudre aux parlements de province. Grenoble donne le signal de l'insurrection. La reine veut croire encore que les choses s'arrangeront : « Il est triste d'être obligé d'en venir à des voies de rigueur dont on ne peut calculer l'étendue, mais elles deviennent nécessaires et le roi est décidé à maintenir ses lois et son autorité. » En fait il s'agit d'un vœu pieux, qui laisse déjà pressentir la divergence de point de vue entre elle et son mari. Elle prônerait volontiers des mesures de répression, quels qu'en soient les risques. Mais le roi, lui, s'il se dit décidé à sauver son autorité, n'est pas disposé à en prendre les moyens.

La situation financière, cependant, s'aggrave dange-reusement. Au début d'août, le Trésor est vide : il reste 200 000 francs en caisse, alors qu'il y aura plusieurs millions à régler à la fin du mois. Brienne suspend le paiement d'une partie des rentes et parle d'emprunt forcé, créant un début de panique chez les détenteurs de titres. Il se passe alors une chose tout à fait nouvelle. Le roi, visiblement, se trouve hors d'état de réagir. C'est la reine qui, pour la première fois, prend l'initia-tive d'un bouleversement ministériel. Et il se produit à cette occasion une petite révolution dans ses rapports avec Mercy-Argenteau. Des années durant elle avait subi en élève plus ou moins docile les leçons que l'am-bassadeur lui transmettait de la part de sa mère ou de son frère. Maintenant elle le convoque et le charge, en son nom personnel, d'une mission de politique inté-rieure. Certes elle tient compte de ses avis, mais c'est elle qui commande et qui décide. Et la métamorphose de Marie-Antoinette paraît si surprenante à Mercy qu'il envoie à son maître Joseph II un dossier complet sur la délicate négociation menée par elle pour ramener Necker au pouvoir.

Le retour de Necker

Un seul homme paraissait capable de rétablir le cré-dit, Necker. Mais divers obstacles risquaient de compromettre son retour. Il faudrait convaincre le roi, qui s'était promis de ne jamais le reprendre. Il faudrait convaincre Necker lui-même de s'embarquer dans une aventure dont son image risquait de souffrir. Et il fau-drait aussi délimiter rigoureusement les domaines res-pectifs du banquier et de l'archevêque. Car Marie-Antoinette ne voulait pas se séparer de Brienne, sur qui elle s'appuyait depuis un an et qui passait dans le public pour son homme lige : son renvoi serait interprêté par les opposants comme une victoire remportée sur elle. Le 19 août elle convoqua Mercy, qui la trouva très embarrassée. Elle avait persuadé Brienne de la nécessité de rappeler Necker. Mais elle avait besoin d'un intermédiaire pour sonder ce dernier. Elle confia cette tâche à Mercy, en spécifiant qu'il ne devait la nommer sous aucun prétexte.

La négociation commença mal. L'archevêque consentait que Necker reprît les Finances, à condition de garder autorité sur lui en tant que principal ministre. Le Genevois, enchanté de se voir en position de force après le camouflet reçu quelques années plus tôt, joua l'important, se fit prier. En s'associant à un ministre aussi décrié, dit-il, il perdrait la confiance du public et se verrait condamné à l'échec, sacrifiant ainsi sa réputation sans aucun avantage pour l'État. La reine, à qui Mercy rendit compte de l'entrevue, convint qu'il fallait choisir entre les deux hommes. Elle se dit prête à sacrifier Brienne, mais pas à donner carte blanche à Necker. « Il lui faut un frein. Le personnage au-dessus de moi, ajoute-t-elle, n'en est pas en état, et moi, quelque chose qu'on dise et qui arrive, je ne suis jamais qu'en second, et malgré la confiance du premier, il me le fait sentir souvent. » Elle a fait bien du chemin depuis le temps où elle riait de berner le « pauvre homme » en lui extorquant la permission de recevoir Choiseul. La périphrase dont elle use pour désigner Louis XVI n'est pas péjorative, elle constate un état de fait : elle ne peut se substituer totalement à son époux, dont l'irrésolution et les volte-face la laissent seule face à des responsabilités qui la terrorisent.

Necker, sûr que le temps travaillait pour lui, faisait traîner sa réponse. Il posait ses conditions. Il refusait de s'engager sans l'accord exprès du roi — ce qui se comprend. Or Brienne, chargé par la reine de tâter celui-ci, avait d'abord trouvé chez lui « une grande répugnance » : « Je ne puis essayer de la vaincre, dit-

il que lorsque je connaîtrai ce que pense M. Necker. »
Mais Necker, lui, bien qu'ayant deviné que derrière
Mercy se tenait la reine, attendait de savoir ce qu'en
pensait le roi. Le temps pressait, Marie-Antoinette se
chargea de convaincre son mari : Necker entrerait au
Conseil et serait « absolument libre dans sa partie ».
Cette solution supposait l'éviction de l'archevêque.
Pour éviter qu'on eût à le renvoyer, ne pourrait-il partir
de lui-même ? Ce fut encore sur Mercy que tomba la
délicate mission de l'amener à se retirer. Il eut l'heureuse surprise de trouver un Brienne « tourmenté des
mêmes réflexions » et tout disposé à sortir du guêpier
ministériel, qui envoya aussitôt sa démission. Le
26 août le roi et la reine accordèrent ensemble une
audience à Necker, qui prit aussitôt ses fonctions. Il
s'agissait là encore d'une première : jusqu'alors jamais
Marie-Antoinette n'avait figuré dans une cérémonie de
ce genre.

Elle ne se sentait pourtant pas le cœur à triompher.
Sachant que Necker la tiendrait davantage à distance,
elle regrettait Brienne. En accordant au partant des
égards très ostensibles, elle blessa maladroitement le
nouveau venu et irrita l'opinion publique. Mais elle
comprenait surtout que ce changement ministériel
constituait pour le roi une défaite de plus. Et elle avait
grand peur de l'avenir. « L'archevêque est parti, écrivit-elle à Mercy le 25 août. Je ne saurais vous dire
combien la journée d'aujourd'hui m'affecte. Je crois
que ce parti était nécessaire, mais je crains en même
temps qu'il n'entraîne bien des malheurs vis-à-vis des
parlements. » Plus vite Necker se mettra à la besogne,
mieux cela vaudra. Mais réussira-t-il ? « Je tremble,
passez-moi cette faiblesse, de ce que c'est moi qui le
fais revenir. Mon sort est de porter malheur ; et si des
machinations infernales le font encore manquer ou
qu'il fasse reculer l'autorité du roi, on m'en détestera
davantage. »

Au cours de ces deux années, Marie-Antoinette a fait, dans les plus mauvaises conditions, un apprentissage politique très incomplet. À défaut de vues d'ensemble sur la partie qui se joue, elles lui ont donné au moins le sens des responsabilités. De plus la confiance de son époux lui est acquise. Il ne fera plus rien sans la consulter. À l'extrême fin de l'année, il l'invite même à siéger au Conseil, où, de mémoire d'homme, aucune reine n'avait eu accès en dehors des régentes.

En revanche, l'essentiel du pouvoir passe entre les mains de Necker. Celui-ci remplit les fonctions de principal ministre, bien qu'il n'en ait pas le titre. Après avoir assuré grâce au crédit l'indispensable soudure financière, il se trouve confronté au problème de fond, qui est politique. Toujours prompt à saisir d'où souffle le vent, il n'a pas eu besoin des mécomptes de Brienne pour savoir que les mesures coercitives sont vouées à l'échec. Son premier soin est de faire rendre au parlement de Paris la plénitude de ses attributions. Il juge que le roi doit prendre le contrôle du grand mouvement qui se dessine, avec les risques de changement qu'il comporte. Il sait fort bien que la reine, qui a soutenu la tentative de reprise en main de Brienne, y est opposée. Mais Louis XVI, sous l'empire de la nécessité, a dû se plier déjà à des concessions qui amorcent un virage. Dès le 8 août, après avoir en vain tenté de retarder au maximum le recours aux États généraux, il a dû promettre de les convoquer pour le 1er mai 1789. Necker prend soin de le lui faire confirmer.

Restait à organiser les élections, de toute urgence. Lors du précédent le plus récent — qui datait de 1614 ! —, on avait respecté la division fondamentale de la société, chacun des trois ordres, clergé, noblesse et tiers état, disposant du même nombre d'élus et délibérant ensuite chacun de son côté ; les deux premiers, mathématiquement assurés de la majorité contre le troisième, mettaient le roi à l'abri des revendications populaires. Mais en 1788, clergé et noblesse, en bloquant toute réforme fiscale, étaient pour la royauté l'obstacle majeur. On venait encore d'en avoir la preuve à travers les notables qui, rappelés, s'étaient montrés aussi indociles que la première fois et qu'on avait dû renvoyer. Necker suggéra alors de doubler le nombre des représentants du tiers afin de faire contrepoids aux privilégiés. Le roi, exaspéré par la résistance de ces derniers, se laissa convaincre.

Le 27 décembre, au cours d'une séance extraordinaire du Conseil à laquelle il avait convié sa femme et ses frères, le doublement du tiers fut décidé. Provence et Artois s'étaient divisés, l'un approuvant, l'autre critiquant. La reine, qui y siégeait pour la première fois, n'ouvrit pas la bouche. Qu'en pensait-elle véritablement ? Et en pensait-elle seulement quelque chose ? Elle était très mal à l'aise. Son impopularité atteignait des sommets. La haine qu'on lui portait personnellement s'était accrue de celle qu'on vouait à Brienne, après le coup de force manqué contre le Parlement. Elle passait pour l'âme de la résistance aux réformes. « Dans une conjoncture si critique, écrivait Mercy à Joseph II, la reine s'est imposé l'expédient sage, et même nécessaire, de renfermer en elle-même ses opinions, d'éviter toute apparence de penchant, soit pour un parti, soit pour l'autre. » Elle vota en faveur du doublement, comme son mari : c'était en effet la sagesse même.

Une époque se termine. Le compte à rebours est commencé, mais on ne le sait pas encore. Pendant les deux années qui s'achèvent, Marie-Antoinette, disposant dans ses choix d'une certaine latitude, a eu dans la politique intérieure française un rôle effectif. Elle a travaillé sincèrement pour ce qu'elle croyait être le bien de l'État. C'est fini. Le pouvoir de décision échappe au roi, et donc à la reine, qui ne peut agir qu'à travers lui. Les objectifs de Marie-Antoinette se rétrécissent alors qu'ils venaient à peine de s'élargir. Tous ses efforts ne viseront désormais qu'à desserrer l'étau qui se referme sur la famille royale. Ils n'aboutiront qu'à durcir sa réclusion.

TROISIÈME PARTIE

LA PRISONNIÈRE

Chapitre dix-sept

« C'est une révolution »

« Nous entrons dans une année qui sera bien remarquable pour l'histoire de France », notait dans son *Journal* le marquis de Bombelles à la date du 1er janvier 1789. Il ne croyait pas si bien dire. Les quatre premiers mois cependant furent relativement calmes sur le plan politique. On préparait l'avenir. Une grande vague d'espérance s'était emparée du pays. Les États généraux seraient le remède miracle qui mettrait fin à tous les maux. On procédait dans la fièvre à l'élection des députés et à la rédaction des *cahiers de doléances* qui porteraient au roi les vœux de ses fidèles sujets, tandis qu'à Versailles la vie de cour suivait sa routine ordinaire, quoique avec un peu moins d'éclat.

Mais pour Marie-Antoinette, l'année 1789 est d'abord bouleversée par un drame qui rejette bien loin les préoccupations politiques. L'aîné de ses fils se meurt.

L'agonie du dauphin

Depuis longtemps, la santé du petit Louis Joseph donnait des inquiétudes. Dès le printemps de 1784, alors que l'enfant a deux ans et demi, Mercy mentionne « une humeur scorbutique qui exige de grandes précautions » et, chose plus grave, note qu'il a des accès de fièvre tierce et qu'au lieu de grandir, il dépé-

rit. Mais bientôt, Marie-Antoinette se rassure. Installé
à la Muette, où l'air passe pour meilleur, il se fortifie
de jour en jour. Tout le monde s'étonne de le voir en
si bon état quand il regagne Versailles. « Mon fils se
porte à merveille », répétera-t-elle comme un leitmotiv
dans ses lettres à Joseph II au cours des deux années
qui suivent. La preuve ? Au début de septembre 1785,
on procède à l'inoculation. Il y réagit violemment.
« Outre les boutons des piqûres, et à différents endroits
du corps, il a paru une seconde éruption qui l'a fait
beaucoup souffrir ; mais une médecine donnée à temps
a paré à tous les inconvénients... » L'inoculation est-
elle intervenue sur un organisme déjà contaminé,
a-t-elle introduit une contamination annexe ? Toujours
est-il que sa santé se détériore au printemps de 1786.

Lors du séjour de Fontainebleau à l'automne,
Calonne, qui sentait peser sur lui l'hostilité de la reine,
eut une très délicate idée pour toucher son cœur de
mère. Il fit construire un carrosse miniature, commanda
en Sibérie des chevaux nains de trois pieds de haut,
recruta un équipage d'enfants. Sur le carrosse s'éta-
laient les armes du dauphin. Cocher, postillon, écuyer
et valets de pied portaient sa livrée. Marie-Antoinette
fut émue jusqu'aux larmes lorsqu'il lui demanda la
permission de faire ce présent à son fils. Hélas, il
semble bien que le petit malade n'ait pu que le contempler de loin. La duchesse de Polignac, gouvernante des
enfants royaux, qui le voyait dépérir tous les jours, se
mit à craindre pour son frère cadet — qui se portait
comme un charme, mais sait-on jamais ? Elle prit l'initiative de donner un médecin à celui-ci sans en référer
à la reine. Il en résulta une violente dispute, suivie d'un
raccommodement plus que tiède. Tout soupçon sur la
santé d'un de ses enfants trouvait en Marie-Antoinette
une écorchée vive.

L'année 1787 est marquée par une rémission, mais
en février 1788, il faut se rendre à l'évidence : le dau-

phin est dévoré de fièvre et devient bossu. « Quoiqu'il
ait toujours été faible et délicat, dit sa mère, je ne m'at-
tendais pas à la crise qu'il éprouve. Sa taille s'est
dérangée et pour une hanche, qui est plus haute que
l'autre, et pour le dos, dont les vertèbres sont un peu
déplacées et en saillie. » Elle croit qu'il faut incriminer
« le travail des dents » : « Depuis quelques jours, elles
ont beaucoup avancé, il y en a une même entièrement
percée, ce qui donne un peu d'espérance. » Mais
Mercy, en contrepoint, confie la vérité à Joseph II :
« Les médecins dissimulent ce qu'ils peuvent, en attribuant à la dentition ce qui paraît un effet caractérisé
de scorbut et de marasme. Le jeune prince a l'épine du
dos contournée, et il est dans un abattement qui rend
son état des plus menaçants. »

On l'installa à Meudon*, dont l'air salubre avait fait
jadis tant de bien à son père. Il y eut un mieux passager, la gaieté et l'appétit revenaient à mesure que sortaient les grosses molaires : « Il y a une dent
entièrement percée et deux autres dont on voit des
pointes. » Mais le port d'un corset de fer vint torturer
le malheureux sans redresser sa colonne vertébrale
déviée. Parmi ceux qui veillaient sur lui, des dissensions se faisaient jour. Fallait-il, comme le voulaient
les médecins, lui interdire les sucreries et lui retirer
celles que sa mère lui offrait ? Fallait-il lui permettre,
quand il pouvait le supporter, de paraître aux festivités
de la cour ? Marie-Antoinette répugnait à exhiber sa
difformité, dont elle éprouvait une manière de honte,
comme si elle en avait été responsable. D'avance il se
faisait une fête à l'idée d'assister au mois d'août à la
réception des envoyés du sultan de Mysore. Elle pria
son gouverneur, le duc d'Harcourt, de lui en ôter
l'idée. Mais celui-ci ne put empêcher l'enfant d'écrire
à sa mère pour en solliciter la permission. Elle refusa,

---

* Non pas à Bellevue, chez Mesdames tantes, mais dans le vaste
château qui avait abrité le Grand Dauphin, fils de Louis XIV.

non sans mauvaise conscience, et passa sa colère sur le duc.

Au début de 1789, il est au plus mal. « Depuis trois semaines, l'état de M. le dauphin n'a cessé d'empirer, écrit Mercy à Joseph II le 22 février ; les articulations des pieds et des mains perdent leur flexibilité, on y remarque des tumeurs qui annoncent un rachitisme décidé. » Les médecins abandonnent la partie et la reine, bien qu'on lui mente, a perdu tout espoir. Dans les semaines qui précèdent l'ouverture des États l'enfant, livide, a l'aspect d'un vieillard. Il ne peut plus se soutenir sur ses jambes, on doit le porter ou le déplacer en chaise roulante. La fin n'est plus qu'une question de jours.

« Quoique la reine soit résignée à l'événement, dit Mercy, il n'en est que plus amer par une attente prolongée... » Elle se trouvait dans cet état horrible où l'on en vient à souhaiter la venue de l'inévitable. Elle passait à Meudon le plus clair de son temps, à tenter de le faire manger, en avalant elle-même « plus de larmes que de pain », et à essayer de le distraire alors que déjà, il avait le regard perdu de quelqu'un qui ne se sent plus tout à fait de ce monde. Il y a peu de récits de son agonie. On ne lui prêta pas de mots historiques édifiants, comme ce fut le cas pour l'aîné des petits-fils de Louis XV. S'il eut contre sa gouvernante ou même contre sa mère quelques mouvements d'humeur, n'oublions pas, comme le fait Mme Campan, que tout son corps était douloureux. Ses dernières semaines furent pour ses parents un temps de souffrance pure, nue, profonde et silencieuse.

La disparition de la petite Sophie, à l'âge de onze mois, les avait peu marqués, on était accoutumé à la mort des nourrissons, et ce n'était qu'une fille. Mais la perte de ce fils qu'ils avaient tant désiré les frappa au cœur. Marie-Antoinette parla peu, Louis XVI pas du tout. Mais on sait, d'après son agenda, qu'il courut à

Meudon presque chaque jour tout au long du mois de mai. Le chagrin s'accompagnait sans doute chez lui d'une remontée de souvenirs. Le même drame se reproduisait, à une génération de distance : c'est une mort analogue, celle de son frère aîné, qui lui avait valu la couronne. Quoiqu'il fût fort jeune à l'époque, il ne pouvait avoir oublié le lent dépérissement de ce frère, dont on lui avait imposé le spectacle quotidien. Très profondément religieux comme il l'était, fut-il tenté de voir un désaveu de la Providence dans la mort qui lui retirait son fils, au moment même où lui échappait des mains le pouvoir qu'il avait juré de lui transmettre intact ? On ne sait. Ce qui est sûr, c'est que cette épreuve le laissait dans un état de moindre résistance pour affronter le conflit politique vital qui se préparait.

Des États généraux pas comme les autres

Lors des discussions qui avaient abouti au doublement du tiers, on avait laissé de côté à dessein une question corollaire fort épineuse : les députés voteraient-ils par ordre ou par tête ? Les archives ne fournissaient aucune règle en la matière. En principe les trois ordres, formés de trois blocs d'égale importance numérique, délibéraient séparément et émettaient chacun un seul vote global. Mais les rois s'étaient parfois réservé le droit de les réunir selon les affaires traitées : un moyen commode de se procurer des majorités *ad libitum*. Dans le cas présent, le vote par tête semblait aller de soi : sinon, à quoi bon doubler la représentation du tiers ? Noblesse et clergé, bien entendu, y étaient vivement opposés. Le roi, quant à lui, n'envisagea pas une seconde d'en faire la règle. Il est probable en revanche qu'il était prêt à y recourir au coup par coup. Necker avait dû lui démontrer que ce serait le seul moyen de faire voter la subvention territoriale généralisée, mais il ne lui avait sûrement pas livré toutes ses arrière-pensées. Convaincu que la monarchie française ne s'en tirerait pas sans accepter d'importantes mutations, le Genevois rêvait, expliquera-t-il plus tard, d'une monarchie constitutionnelle à l'anglaise, avec bicamérisme, noblesse et clergé réunis dans une chambre haute, tandis que le tiers se transformerait en chambre basse. Dans l'immédiat, il comptait sur ce dernier pour apporter à sa politique le soutien que les ordres privilégiés lui refusaient. En somme, roi et ministre espéraient tous deux diviser pour régner, l'un entendant par là revenir au *statu quo ante*, l'autre se faire porter en douceur par la vague réformiste qui soulevait le pays. Et le second espérait bien forcer la main au premier. Il y avait donc au plus haut niveau un malentendu lourd de dangers, aggravé par la présence dans l'entourage familial du roi de partisans convaincus de la méthode forte. Louis XVI, en proie à son indécision chronique, allait être l'enjeu d'un conflit entre son principal ministre et ses proches.

Un autre conflit se préparait d'autre part, entre les deux premiers ordres et le troisième, pour le contrôle de l'Assemblée.

Personne parmi les gens lucides ne pensait qu'il fût possible à cette date de revenir en arrière. Non que la monarchie elle-même fût mise en cause. La France, dans son immense majorité, restait profondément attachée à son roi. Chez les plus humbles, c'était un attachement sentimental pour un monarque présumé bon, dont on attendait une protection paternelle. Chez les plus instruits, la réflexion renforçait l'adhésion du cœur, ou en tenait lieu : bonne pour de petits États pouvant pratiquer la démocratie directe, la république ne convenait pas aux pays vastes et peuplés, répétaient à l'envi tous les théoriciens politiques. La France ne pouvait donc être qu'une monarchie. C'est sur la forme de cette monarchie — absolue ou constitutionnelle — qu'avait porté le débat pendant des années. Louis XVI croyait encore possible le maintien d'une autorité royale sans contrôle. Mais la convocation même des États généraux, qui lui avait été imposée, prouvait que la question était dépassée. La monarchie dite absolue était virtuellement morte. Le roi devrait abandonner une part de sa souveraineté, tout au moins en matière financière. Un partage de pouvoir était inévitable. Restait à savoir quelle en serait l'ampleur, et au bénéfice de qui.

En réclamant à cor et à cri la réunion des États généraux, le parlement de Paris, en majeure partie composé de nobles, ne pensait pas travailler pour le tiers, c'est le moins qu'on puisse dire. Il envisageait de faire accorder aux États le contrôle de la gestion financière, mais en spéculant sur le fait qu'ils ne pourraient l'effectuer eux-mêmes, puisqu'ils ne formaient pas une assemblée régulière. Dans les intervalles entre les sessions, qu'on supposait fort longs puisque aucune périodicité n'était prévue, on en chargerait une commission permanente formée de membres du Parlement. Ceux-ci pensaient ainsi se réserver les leviers de commande, qu'ils manipuleraient au gré de leurs intérêts, confondus avec ceux de la noblesse d'épée à laquelle les attachaient de multiples liens. Ils visaient donc à imposer au roi la tutelle de l'aristocratie. Comment viendrait-on à bout du déficit ? Il serait temps d'y penser plus tard.

Dès avant les élections, les avis de la seconde assemblée de notables — pas de doublement du tiers et vote par ordre — ont permis de percer au jour la manœuvre. Les partisans des idées nouvelles, qui revendiquent alors le nom de « patriotes », n'ont pas l'intention de laisser passer une occasion qui ne s'est pas présentée depuis cent cinquante ans et risque de ne pas revenir de sitôt. Ils s'organisent, ils ont des relais un peu partout en province grâce aux clubs et aux sociétés de pensée. Le roi, dans un mélange de candeur et d'honnêteté, a refusé de « préparer » les élections, comme ses ancêtres ne se faisaient pas scrupule de le faire. Necker affichait une sécurité trompeuse : « Laissons-les venir ; une fois ici nous en ferons ce que nous voudrons. » Le scrutin, qui se déroula donc sans pressions gouvernementales, amena dans le tiers un très grand nombre de novateurs. Ils arrivaient bien décidés à ne pas se laisser frustrer de leur victoire.

Il subsistait cependant une grande inconnue, le peuple. Car le tiers état, ordre fourre-tout rassemblant tout ce qui n'entrait pas dans les deux autres, était très disparate. Ses représentants appartenaient tous à la bourgeoisie aisée et cultivée. Les pauvres n'avaient guère pu participer à la rédaction des cahiers : ils ne savaient ni lire, ni écrire, ni parler en public. Mais ils constituaient l'énorme majorité de la population. Et, par leur masse, ils allaient bientôt jouer un rôle que les théoriciens en chambre n'avaient pas prévu.

Or, la réunion des États coïncide avec une grave crise économique et sociale. Le ciel s'est mis de la partie. À l'été pourri de 1787 a succédé l'année suivante une sécheresse accompagnée dans l'Ouest d'orages de grêle dévastateurs. La moisson a été catastrophique. À la fin de l'hiver 1788-1789, d'une rudesse exceptionnelle, les prix flambent, jetant sur les routes de campagne vagabonds et mendiants, tandis que le marasme de l'industrie textile, durement touchée par la concurrence anglaise, laisse sur le pavé des villes des milliers de chômeurs. Rien de commun, certes, avec les famines meurtrières de 1692 et de 1709. On ne meurt plus de faim en France à la fin du XVIIIe siècle. Mais la peur ancestrale enracinée au cœur des hommes refait surface dès que monte le prix du blé. Et le gouvernement a tant oscillé sur ce point entre dirigisme et libéralisation que le petit peuple est prompt à s'affoler.

Un peu partout, on prend d'assaut des greniers, on arrête des transports de grains. Mais ces formes classiques d'émeutes frumentaires s'allient à d'autres désordres. On refuse de payer l'impôt : pourquoi le ferait-on, puisque bientôt les États vont tout changer ? Et l'on commence à s'en prendre aux riches : le pillage de la fabrique de papiers peints Réveillon — un patron « social » pourtant, comme nous dirions aujourd'hui — en est le meilleur exemple. La troupe tira, faisant une centaine de morts et de nombreux blessés.

Le roi et la reine, enfermés dans la bulle artificielle de Versailles, se faisaient des pauvres une idée abstraite et le seul traitement à apporter à leur condition relevait pour eux de la charité, pratiquée sous forme de subventions aux victimes de catastrophes ou de secours individuels, forcément assez rares. Ils ne manquaient pas de cœur pourtant. « Marie-Antoinette, sans être fort sensible, chose très rare chez les princes, note Saint-Priest, n'avait cependant pas cette profonde indifférence qui leur est si ordinaire. » Elle s'apitoyait sur un laquais renversé par son carrosse ou sur une famille paysanne dans la misère. Louis XVI savait trouver le mot qu'il fallait pour toucher le laboureur à qui il empruntait un instant sa charrue et, à la chasse, il évitait de faire passer ses équipages et ses meutes à travers les terres cultivées. Mais cette sympathie pour le peuple ne les préparait pas à comprendre ses joies, ses rancœurs et ses craintes, ni son désir de secouer les servitudes de toutes sortes qui grevaient son existence quotidienne. À leurs yeux le peuple en goguette devenait populace — « croquants et catins », disait avec dégoût le roi devant la foule qui se pressait le dimanche dans les jardins de Saint-Cloud. Le peuple révolté, lui, devenait canaille. Mais c'était l'exception qui confirmait la règle. Pour les souverains, le peuple était présumé bon par nature et par vocation.

Ils allaient bientôt devoir le regarder en face.

L'ouverture des États

Plus intuitive que Louis XVI, Marie-Antoinette avait toujours eu grand peur des États généraux. À la veille de leur réunion, son appréhension ne fait que croître, alimentée par son entourage. Provence, renonçant à ses velléités de libéralisme, se joignait à Artois pour inciter Louis XVI à faire renvoyer Necker, soupçonné, à juste titre, de préparer des réformes funestes à la monarchie absolue. Elle approuva le mémoire qu'ils adressèrent au roi. Mais celui-ci refusa une mesure qui l'eût livré pieds et poings liés au parti aristocratique. Il espérait encore. Il fit partager son point de vue à sa femme, qui se défiait autant des princes que de Necker. Mais elle n'était pas sûre qu'il eût l'énergie nécessaire pour jouer des divisions entre les partis et les arbitrer.

Les cérémonies inaugurales n'eurent rien pour la rassurer. Son cher Léonard, venu la coiffer pour la circonstance, la trouva fatiguée, la gorge affaissée, les bras amaigris. Mais elle avait très fière allure le jour où la monarchie moribonde tenta de déployer, dans un sursaut désespéré, ses derniers fastes. Au programme du 4 mai, une procession solennelle suivie d'une messe. À l'église Notre-Dame, où a lieu le rendez-vous, les députés piétinent depuis le petit matin en attendant l'arrivée des souverains. Précédés des pages à cheval et des fauconniers, voici que s'avancent leurs carrosses rutilants de dorures. Dans le premier le roi, ses frères et ses neveux, dans le second la reine et les princesses. Et déjà le public fait la différence, ovationnant le roi, réservant à la reine un silence hostile. Vers onze heures, le cortège se forme et commence de serpenter lentement, à pied, le long des rues pavoisées regorgeant de spectateurs, afin de gagner l'église Saint-Louis. Les députés viennent les premiers, chacun muni d'un cierge et revêtu de la tenue prévue par le protocole. La couleur a été réservée au très haut clergé et aux souverains. La plupart des députés doivent se contenter du noir et blanc. En tête, ceux du tiers, sanglés dans une redingote noire que la cravate blanche ne parvient pas à égayer, ont l'air funèbre. La noblesse est en noir, elle aussi, mais elle porte culotte blanche, cravate de dentelle et chapeau à larges plumes, et elle arbore fièrement l'épée qui la distingue du vulgaire. Noires sont aussi les soutanes des curés qui suivent. Derrière eux, cardinaux et évêques en robes rouges ou violettes apportent au cortège sa première touche vive. Vient ensuite la baldaquin abritant le Saint-Sacrement porté par l'archevêque de Paris, et enfin les souverains. Le roi, revêtu de drap d'or piqueté de brillants, arbore sur sa tête, comme au jour du sacre, le célèbre diamant dit le Régent. Dans les cheveux de la reine brille le Sancy et sa robe tissée de fils d'argent resplendit de pierreries ; mais elle s'est abstenue de mettre un collier.

Le trajet, bien que fort bref, est pour elle une épreuve terrible. Du public suinte la haine, dense, palpable. Pas d'acclamations. Ceux qui s'y risquent se voient rappelés à l'ordre par des *chut, tais-toi*. Peu de murmures hostiles, mais partout ce silence, alourdi de regards réprobateurs, traversé soudain par un cri lancé à son visage comme une gifle : *Vive le duc d'Orléans !* Orléans, son cousin, qui a déserté son ordre et défile dans les rangs du tiers. Sous l'insulte, elle se sent défaillir, on se précipite pour la soutenir, vite elle se reprend et se fige dans une attitude de défi hautain. Ailleurs, une épreuve d'un autre ordre lui arrache des larmes. Sur un balcon de la Petite Écurie, elle aperçoit le pauvre visage ravagé du dauphin, qu'on a amené de Meudon sur une civière pour cette ultime fête. Comment n'associerait-elle pas dans son cœur l'agonie de l'enfant avec celle de l'autorité royale ?

La cérémonie religieuse lui réservait un nouvel affront. Mgr de La Fare, évêque de Nancy et député de sa province, n'avait certes rien d'un libéral, mais en développant le thème très classique du contraste entre le luxe des uns et la misère des autres, il crut pouvoir glisser quelques allusions aux gaspillages de la cour. Et lorsqu'il dénonça les riches blasés « qui cherchaient des jouissances dans la puérile imitation de la nature », chacun pensa, bien sûr, à la reine et à Trianon. Marie-Antoinette ne cilla pas, mais elle ne put se retenir de pincer les lèvres. Le roi, lui, n'avait rien entendu : il dormait. Réveillé par les applaudissements qui — chose sans exemple dans une église — saluèrent la fin de l'homélie, il sourit, ce qu'on put prendre pour une approbation. Quand il sortit pour regagner son carrosse, quelques cris de *Vive le Roi !* fusèrent. La reine attendit en vain avant de remonter dans le sien. Seul le silence l'accompagna.

Le lendemain la séance d'ouverture fut pour Marie-Antoinette sensiblement moins dure. Très élégante dans sa robe de satin blanc recouverte d'un manteau mauve, une simple aigrette de diamant dans les cheveux et dans ses doigts un large éventail, elle prit place sur un fauteuil placé à la gauche et un peu au-dessous du trône et se tint immobile et silencieuse. Bien que froidement accueillie, elle réussit à se faire oublier. Quatre heures durant, elle eut tout le loisir de contempler les députés. Ne vit-elle en eux, en raison de sa myopie, qu'une masse indifférenciée ? Parvint-elle, si elle disposait d'un éventail à lentille grossissante, à mettre des noms sur quelques visages ? Ils étaient là près de douze cents[*], groupés par ordre dans la salle des Menus-Plaisirs. Les représentants du tiers, à qui l'on n'avait manqué aucune occasion de faire sentir

---

[*] Les historiens discutent encore de leur nombre exact, compte tenu des défections et des erreurs. On propose ici le décompte de J. Tulard, dans son *Dictionnaire de la Révolution* : clergé, 291, dont 206 curés ; noblesse, 285, soit ensemble 576 ; tiers état, 578. Total : 1 154. Mais on parle ici et là d'un total de 1 196.

leur infériorité, formaient en face du trône un bloc compact, comme fermé sur lui-même, et visiblement défiant.

Le roi prit la parole le premier. Il avait pesé le moindre mot de son discours et pris soin de le répéter plusieurs fois pour en maîtriser les intonations. La nervosité de la reine, cependant, se décelait au rythme saccadé de ses coups d'éventail. Il s'en tira bien, réussissant à ne rien dire qui pût mécontenter. Il ne parla que de la crise financière, qu'il imputa non sans raison à la guerre d'Amérique, se déclara le meilleur ami de ses peuples, et termina en mettant les députés en garde contre les « innovations ». Il n'avait pas soufflé mot sur la question brûlante : voterait-on par tête ou par ordre ? Mais il avait été simple et chaleureux : on l'applaudit. Le chancelier, qui parla ensuite, répéta les mêmes choses sur un ton d'une désespérante platitude. On attendait beaucoup de Necker : il fut la grande déception de la journée. Il s'embarqua d'une voix monocorde dans un interminable exposé technique sur les finances du royaume, s'enroua au bout d'une demi-heure et dut céder à un secrétaire le soin de lire le reste de son exposé, qui occupa trois heures au total. Rien n'était réglé de ce qui préoccupait les députés, notamment ceux du tiers.

À la sortie, Louis XVI fut salué par des acclamations. Il se tourna galamment vers son épouse, comme pour l'y associer. Aux quelques cris de *Vive la Reine* suscités par ce geste, elle répondit en esquissant une révérence. Mais il en aurait fallu davantage pour la convaincre qu'elle avait regagné quelque popularité.

Les initiatives du tiers état

Pendant près d'un mois et demi, le temps resta comme suspendu. Les souverains ne songeaient qu'à l'agonie de leur fils. La reine ne dormait plus et s'abandonnait aux pressentiments sinistres. Un soir de la fin mai, voyant s'éteindre coup sur coup trois des quatre bougies se trouvant sur sa table, elle s'écria, raconte Mme Campan : « Le malheur peut rendre superstitieuse ; si cette quatrième bougie s'éteint comme les autres, rien ne pourra m'empêcher de regarder cela comme un sinistre présage. » Sur quoi la quatrième bougie s'éteignit. Entre les visites au petit moribond à Meudon, le roi s'étourdissait de chasses. Il n'avait que faire du vote par tête ou par ordre et les États généraux, livrés à eux-mêmes, tournaient en rond. Les représentants du tiers en profitaient pour visiter Versailles. Ils demandaient à voir, au petit Trianon, la pièce « ornée de diamants avec des colonnes torses mélangées de saphirs et de rubis », dont la description leur était parvenue au fin fond de leur province, et ils s'estimaient trompés lorsqu'on leur disait qu'il n'y en avait pas. Ils s'occupaient aussi à faire connaissance et à mettre au point une stratégie commune.

Rien n'avait été prévu pour la vérification des pouvoirs des députés. Si on l'avait confiée, avant l'inauguration, à des fonctionnaires royaux, tout eût été plus simple. Mais en l'absence de toute directive, tandis que noblesse et clergé commençaient à y procéder, chacun pour soi, le tiers refusa dès le 6 mai de la faire autrement qu'en commun. Il visait évidemment à imposer ensuite délibérations communes et votes communs. Il pratiqua à l'égard du roi la résistance passive et commença à travailler ses collègues des autres ordres, les invitant à le rejoindre. Bien qu'elle comportât un nombre non négligeable de grands seigneurs libéraux, la noblesse s'y refusa à une très large majorité. Mais au sein du clergé, l'écart fut bien moindre. La grande ligne de partage entre nobles et roturiers, qui fracturait alors la société, le traversait de part en part. Issus du peuple et souvent aussi pauvres que lui, les curés, plus proches du tiers que des prélats opulents, étaient le maillon faible de leur ordre.

Le roi cependant, prié de trancher le conflit, se dérobait. Il avait assurément des excuses. Le dauphin était à toute extrémité. Il mourut à une heure du matin dans la nuit du 3 au 4 juin. Selon l'usage, on arracha Marie-Antoinette de son chevet et Louis XVI, informé à six heures seulement, ne put le revoir. L'autopsie révéla qu'il avait « les vertèbres cariées, bombées et déviées, les côtes arquées et les poumons adhérents ». Par raison d'économie, on renonça à lui faire les funérailles solennelles auxquelles il aurait eu droit puisqu'il avait passé, de très peu, l'âge de raison. Comme le voulait la coutume, son corps fut enterré à Saint-Denis et son cœur déposé au Val-de-Grâce. Le 7 juin les parents effondrés durent subir le défilé de condoléances. La reine, suffoquant de chagrin, s'appuyait à la balustrade de sa chambre pour ne pas tomber. Et comme il n'y avait pas un sou en caisse pour financer les mille messes que le roi tenait à faire dire à la mémoire du pauvre innocent, il donna l'ordre de prendre sur les dépenses de l'argenterie.

Lorsqu'on vint lui dire que les États s'impatientaient de son inertie, Louis XVI, d'ordinaire si maître de lui-même, ne put s'empêcher de s'exclamer : « Il n'y a donc point de pères parmi eux ? » Eh oui, ce n'était que trop vrai. Seule la noblesse en comportait une proportion ordinaire. Le clergé, par définition, n'en comptait pas. Et les plus revendicatifs des députés du tiers, souvent jeunes et ambitieux, avaient, comme souvent dans la bourgeoisie, retardé l'âge où ils assumeraient la charge d'une famille. Que pesait aux yeux de ces exaltés la mort d'un enfant de sept ans, quand l'avenir du pays était en jeu ? En tout état de cause, il y avait un dauphin de rechange : le petit duc de Normandie avait éclaté en sanglots en s'entendant saluer de ce nom. Le roi et la reine, épuisés, décidèrent de se réfugier quelques jours à Marly pour y cacher leur chagrin. Ils quittèrent Versailles le 14 juin.

Déjà, dans le bâtiment abritant les Menus-Plaisirs, dont le tiers occupe le vaste rez-de-chaussée et dont les deux autres ordres se partagent le premier étage, les événements se précipitent. Le 13 juin, trois curés ont répondu à l'appel de leurs collègues. Six autres en font autant le 14 et dix le 16. Le 17, sur proposition de Sieyès, les députés du tiers, « considérant qu'ils représentaient les quatre-vingt-seize centièmes de la nation », se proclamèrent Assemblée nationale. Les prélats débordés ne purent empêcher leur ordre de voter à une faible majorité, le 19, sa réunion au tiers. Le roi, arraché à sa léthargie, convoqua les ministres à Marly pour un Conseil extraordinaire dont Saint-Priest nous a laissé le récit.

Necker avait fait parvenir au roi un texte réglant la vérification des pouvoirs et spécifiant les cas où les trois ordres délibéreraient ensemble ou séparément. En gros, il proposait d'autoriser ce qu'on n'avait pas les moyens d'empêcher. Mais Louis XVI, plus indécis que jamais, avait communiqué ce texte à son entourage, qui préparait une contre-attaque. À cette date la reine a choisi son camp, les dernières initiatives du tiers l'ont rejetée vers la réaction. Convoqué par elle dès son arrivée à Marly, Necker la trouva irritée au dernier point. Elle s'efforça, avec l'aide de ses deux beaux-frères, de lui faire abandonner son projet. Il refusa. Au cours du Conseil qui se tint ensuite, en la présence des seuls ministres, il eut tout juste le temps de lire son papier lorsqu'un huissier survint, avertissant le roi que la reine lui demandait de passer chez elle. Interrompre un Conseil ! Démarche sans exemple qu'aucune de ses aînées n'aurait osé se permettre ! Après une absence de près d'une heure, le roi revint tout changé et remit la décision à plus tard. On rentrait à Versailles, on en reparlerait là-bas.

En attendant la séance royale du 23 juin, où il informerait les États de ses décisions, il tenta de suspendre les activités des députés en fermant la salle des Menus, sous prétexte de préparatifs. La suite est bien connue. Trouvant porte close le 20 au matin, ils se réfugièrent dans la salle du Jeu de paume, où ils prononcèrent le fameux serment « de ne jamais se séparer [...] jusqu'à ce que la constitution du royaume soit établie et affermie sur des fondements solides ». Le Conseil qui se tint alors à Versailles fut houleux. La pression de la reine et de ses frères fit apporter au texte de Necker des modifications telles que celui-ci décida de ne pas paraître à la séance royale. À l'évidence, la famille royale projetait son renvoi.

L'épreuve de force

Il y eut en fait deux épreuves de force, étroitement liées. L'une, à l'intérieur du gouvernement, opposa le principal ministre et le clan familial allié au parti nobiliaire ; l'autre, à l'extérieur, opposa le pouvoir royal et l'Assemblée.

L'issue de la première semblait acquise lorsque le 23 juin Louis XVI dévoila enfin ses décisions aux députés. Il réduisait ses concessions au strict minimum : le consentement de l'impôt et des emprunts par les États, la liberté individuelle et celle de la presse. Il formait le vœu que les ordres privilégiés acceptent l'égalité fiscale — ce qui laissait le problème entier. Il n'autorisait le vote commun des trois ordres que dans des cas très limités, ne valant que pour la présente session. À l'avenir, ils resteraient séparés. Il ne dit mot de l'accès de tous à tous les emplois. Bref, il réaffirma son attachement à la société à ordres et termina sur la menace de dissoudre l'Assemblée en cas de résistance. Les partisans de la tradition l'emportaient, comme l'avait souhaité la reine.

Dans les jardins du château cependant, une foule houleuse alertée par l'absence de Necker se pressait, prête à défendre l'Assemblée. Elle n'en eut pas besoin. Lorsque le souverain fut sorti, suivi de la noblesse et des prélats, le marquis de Dreux-Brézé, grand-maître des cérémonies, invita très poliment les députés du tiers à quitter la salle : « Messieurs, vous connaissez les intentions du roi. » Les réponses qu'il s'attira sont passées à la postérité. « La nation assemblée ne peut recevoir d'ordre », dit Bailly. « Nous sommes ici par la volonté du peuple et nous n'en sortirons que par la force des baïonnettes », s'écria Mirabeau. Louis XVI, impuissant, voyait la foule hostile grossir à vue d'œil. Il haussa les épaules avec un juron : « Ils veulent rester ? Eh bien, foutre, qu'ils restent ! » Et ils restèrent maîtres du terrain.

Marie-Antoinette, d'abord enchantée de voir que Necker offrait sa démission, fit marche arrière en toute hâte. Elle l'accompagna chez le roi et se joignit à celui-ci pour le prier instamment de revenir sur cette décision. Necker affecta de se dévouer à l'intérêt général. Il n'avait pas le triomphe modeste. Le lendemain 24, la plus grande partie du clergé rejoignait l'Assemblée, le 25, quarante-sept députés de la noblesse suivirent et, parmi eux, quelques-uns des plus grands noms du royaume. Le 27 il ne restait plus au roi qu'à sanctionner le fait accompli en feignant de le prendre à son compte : il ordonna « à son clergé et à sa fidèle noblesse » de se joindre au tiers. Le tiers avait gagné la seconde manche. Le 7 juillet l'Assemblée nationale se déclarait également *constituante*. La monarchie « absolue » n'existait plus.

Quel rôle joua la reine au cours de ces journées cruciales ? Tandis que le comte d'Artois prêchait la manière forte, c'est elle, selon Mercy, qui fut assez sage pour inciter le roi à céder, évitant ainsi « de plus grands malheurs ». Pendant ces quatre jours, « tout le

monde avait perdu la tête ». Si l'on avait fait arrêter
Necker, comme le voulait une partie de la famille
royale, « le peuple se serait révolté, le massacre des
deux ordres du clergé et de la noblesse devenait très
vraisemblable ». Mercy n'est certes pas un libéral,
mais il est réaliste. Et il est bien placé, depuis la révolte
qui vient de secouer pendant deux ans les Pays-Bas
contre la domination autrichienne, pour savoir qu'il ne
faut pas traiter à la légère les soulèvements populaires.
Pour la conduite à adopter désormais, il conseille à la
reine fermeté — entendant par là une ligne de conduite
claire et cohérente —, et surtout prudence. Mais il n'a
pas d'illusions sur ses chances d'être entendu.

En fait, Marie-Antoinette ne songe qu'à la revanche.
Comme toujours quand elle rencontre une résistance,
elle se juge offensée et la passion prend le pas chez
elle sur la réflexion. Elle n'accepte pas la défaite.
Durant les deux années où, aux côtés de Brienne, elle
avait cru tenir le pouvoir, elle s'était efforcée de travailler pour « le bien de l'État ». Maintenant qu'elle se
heurte à plus fort qu'elle, elle se cabre. Pas question
de transiger, il faut reprendre toutes les concessions
accordées, renvoyer chez eux cette assemblée rebelle
et ce traître de Genevois et tout rétablir comme avant.
Louis XVI, lui, ne serait pas fermé à l'idée d'accorder
aux États un droit de contrôle sur la fiscalité et d'associer des assemblées provinciales à la gestion des
affaires locales, pourvu qu'on ne touche pas aux hiérarchies sociales. Pas Marie-Antoinette, qui est femme du
tout ou rien. Il est hors de doute qu'elle a poussé à
la roue, avec ses beaux-frères, pour décider le roi à
l'affrontement.

Le 23 mai, on s'était rendu compte que le château
était indéfendable, surtout depuis que la maison militaire du roi avait été réduite par souci d'économies. La
cour envisagea un instant d'aller « se mettre en lieu de
sûreté ». Mais comment quitter Versailles alors qu'on

avait vu les soldats des gardes françaises fraterniser avec les manifestants ? La meilleure solution parut être de faire venir de province des troupes sûres. À la date du 8 juillet, le *Journal* du marquis de Bombelles indique que le Royal-Allemand campe au bois de Boulogne et quatre régiments suisses dans le Champ-de-Mars, que Provence-Infanterie est à Saint-Denis et le train d'artillerie aux Invalides. L'Assemblée prit peur. Le roi répondit de façon évasive aux délégués venus le prier d'éloigner les troupes. Il disposait maintenant d'une trentaine de mille hommes au total. Sa femme et ses frères le pressaient de chasser le ministre responsable de tout le mal, ils avaient sous la main un homme à poigne pour le remplacer en la personne de Breteuil. Lorsque Saint-Priest tenta de faire comprendre à la reine que « toute mesure violente serait dangereuse », il vit bien que son conseil « ne plaisait pas ». Le 11 juillet, Louis XVI congédia Necker en le priant de quitter la France en toute discrétion. Le 12, Marie-Antoinette rayonnante paradait dans l'Œil-de-Bœuf devant les visiteurs venus pour être présentés. Le 13 elle participa aux fêtes offertes aux régiments étrangers cantonnés à l'Orangerie. Le ministère de combat mis en place pour rétablir la monarchie dans sa pureté originelle était, selon le mot de François Furet, une vraie « affiche de contre-Révolution ». Le « comité » animé par la reine et le comte d'Artois souhaitait dissoudre l'Assemblée. Les informations manquent sur les moyens envisagés. Jusqu'où irait-on dans le cas probable d'un soulèvement ? On comptait sans doute que la présence des troupes serait assez dissuasive pour maintenir le calme. On avait tort. Des accrochages se produisirent. Le prince de Lambesc, commandant du Royal-Allemand, qui fit riposter à des jets de pierre par des coups de sabre, fut accusé de brutalité auprès de l'Assemblée. Marie-Antoinette renonça à plaider sa cause, sachant qu'elle ne ferait que lui nuire.

À Versailles en revanche, la journée du 14 est paisible. Le roi, qui n'a pas chassé ce jour-là, note sur son agenda : *rien*. Il est au lit déjà et dort du sommeil du juste lorsque son grand-maître de la garde-robe, le duc de Liancourt, se permet de le secouer. La Bastille est prise, le peuple promène à travers Paris la tête de son gouverneur fichée sur une pique. Là encore, un mot historique qui, à défaut d'authenticité garantie, a le mérite de sonner juste : « Mais, c'est donc une révolte ? — Non, Sire, c'est une révolution. » En fait le mouvement avait eu pour cause principale la peur, que les rumeurs diffusées par des agitateurs avaient réussi à amplifier. On allait affamer Paris et le livrer à la brutalité des soldats. Pour se défendre, le petit peuple chercha des armes. Il en trouva d'abord dans le dépôt des Invalides, qu'il pilla. C'est pour s'en procurer d'autres qu'il se rendit à la Bastille, et le combat qui s'ensuivit fut le fruit d'un malentendu, ou peut-être d'une provocation. La canonnade fit une centaine de morts. C'est après coup seulement que les patriotes en comprirent la valeur symbolique. Les prisonniers qu'on en tira — ils n'étaient que sept : deux fous, quatre faussaires et un fils de famille dévoyé — passèrent pour victimes de la tyrannie et l'entrepreneur avisé recruté pour la démolir fit fortune en vendant ses pierres, morceau par morceau, à titre de souvenirs.

À l'Hôtel de Ville, le prévôt des marchands avait été abattu. La municipalité qu'il présidait fut remplacée par une commune de Paris dont l'académicien Bailly fut élu maire. La milice bourgeoise formée la veille sous le nom de garde nationale et placée sous le commandement de La Fayette, fut chargée de la sécurité. Une nouvelle cocarde fut créée, encadrant le blanc de la monarchie par le bleu et le rouge de la ville de Paris — notre futur drapeau tricolore. Un pas de plus était franchi dans le démantèlement de l'autorité royale. Fait nouveau, il consacrait l'entrée en jeu d'un

nouvel acteur dans les conflits en cours : le peuple. Et
dans l'Assemblée, beaucoup de députés commencèrent
à le craindre au moins autant que la cour. Ce qui n'est
pas peu dire.

Lorsque furent connus en détail, le lendemain, les
événements de cette journée mémorable, la cour fut en
effet prise de panique. Les troupes n'avaient servi de
rien, pour deux raisons, l'une que leurs chefs n'avaient
pas d'ordres, l'autre qu'ils savaient que certaines
d'entre elles n'obéiraient pas : les gardes françaises
basculaient dans la Révolution. Ne convenait-il pas de
quitter Versailles, trop proche de la capitale, et de se
réfugier dans une place forte sous la protection de régiments non encore contaminés ? On songea à Metz. On
consulta le vieux maréchal de Broglie, commandant en
chef de toutes les troupes et ministre de la Guerre
depuis trois jours. « Oui, nous pouvons aller à Metz.
Mais que ferons-nous quand nous y serons ? » Très
bonne question, que les tenants de la fuite refusent de
poser, parce que — les précédents de la Ligue et de la
Fronde sont là pour le prouver — elle oblige à envisager l'éventualité d'une guerre civile. Et, si Artois est
prêt à la faire, Louis XVI, par principe, s'y refuse absolument. Et sur ce point la reine et Provence sont d'accord avec lui : les risques seraient trop grands. La
cause est donc entendue : on restera. Trois ans plus
tard, Louis XVI confiera à Fersen, qui le presse de
s'échapper : c'était au lendemain du 14 juillet qu'il
fallait partir, il avait manqué le moment. Il voulait seulement dire par là qu'à cette date l'évasion aurait
réussi. Mais le nombre d'occasions manquées donne à
penser qu'au fond de lui-même, il ne voulait pas partir.

Il alla donc le lendemain à l'Assemblée, qui n'en
menait pas large non plus. Il annonça le retrait des
troupes et le rappel de Necker et des ministres renvoyés quatre jours plus tôt. Il fut ramené au château
sous les vivats de la foule accourue dans les jardins.

Marie-Antoinette, rassurée, parut au balcon, tenant le nouveau dauphin dans ses bras et Madame Royale par la main, offrant au public l'image maternelle qu'elle tente désormais de faire prévaloir. Elle versa quelques larmes, on l'acclama. Mais il apparut très vite que l'opinion lui imputait, partagée avec le comte d'Artois, la responsabilité du coup de force qui venait d'échouer. Dans la cour du château, une femme saisit brutalement Mme Campan par le bras : « Dites à votre reine qu'elle ne se mêle plus de nous gouverner ; qu'elle laisse son mari et nos bons États généraux faire le bonheur du peuple. » À Paris le climat restait très inquiétant. Au Palais-Royal, la tête de la reine et celle du comte d'Artois étaient mises à prix. Louis XVI insista pour que les plus menacés quittent la France, au moins pour un temps. Artois ne se le fit pas dire deux fois. Bien qu'il vécût depuis longtemps séparé de sa femme, qui se consolait dans les bras de ses gardes du corps, il se souvint qu'elle était piémontaise et prit la route de Turin avec ses enfants, la laissant à Versailles où son insignifiance la mettait à l'abri de tout danger. Mme de Polignac, elle, commença par refuser. Le roi se joignit à la reine en larmes pour la convaincre. Elle risquait de se faire massacrer. Ce qu'on ne lui dit pas, mais qu'elle dut sentir, c'est qu'il fallait écarter de la reine tous ceux qui passaient pour complices de ses prétendues turpitudes ou trahisons. C'est pourquoi l'abbé de Vermond, honni comme suppôt de l'Autriche, dut lui aussi prendre le chemin de l'exil. Avec eux, c'est tout l'entourage de Marie-Antoinette qui disparaissait, l'abandonnant à cette solitude qu'elle redoutait tant. Oubliées la mésentente, les froideurs, les querelles qui l'avaient opposée à la duchesse. Au moment de la séparation, seul surnageait, lancinant, le souvenir de quatorze ans d'amitié partagée. Par prudence, elle s'abstint d'assister au départ. « Adieu, la plus tendre des amies, griffonna-t-elle à minuit ; le mot est affreux ;

voilà l'ordre pour les chevaux ! Adieu, je n'ai que la force de vous embrasser. »

Le lendemain 17 juillet, Louis XVI, à la demande de l'Assemblée et de la Commune, consentit à se rendre dans sa « bonne ville » de Paris pour l'assurer de son affection. Terrorisée, Marie-Antoinette le supplia d'y renoncer ou de permettre qu'elle l'accompagne. Il refusa. Elle était persuadée qu'il n'en sortirait pas vivant. Lui-même, inquiet, avait pris la précaution de confier la régence à son frère. Une précaution que prenaient jadis les rois partant pour la guerre, sauf que jadis c'est à leur épouse que les rois s'en remettaient. Mais dans le cas présent, la défiance qu'inspire Marie-Antoinette est telle que toute délégation de pouvoir lui serait aussitôt contestée. Elle mesure le danger pour l'avenir : si son mari venait à disparaître, on lui refuserait la régence et on lui ôterait la tutelle de son fils. Et son sort serait vite scellé. Elle se prépara à cette éventualité. En cas de malheur, elle se réfugierait auprès de l'Assemblée, à qui elle lirait une proclamation qu'elle rédigea avec soin et dont Mme Campan nous a transmis la phrase initiale : « Messieurs, je viens vous remettre l'épouse et la famille de votre souverain ; ne souffrez pas que l'on désunisse sur la terre ce qui a été uni dans le ciel. »

Elle n'eut pas besoin d'en venir à ces extrémités. Le roi rentra sain et sauf. Elle se jeta dans ses bras en pleurant. « Heureusement, s'écria-t-il, il n'a pas coulé de sang, et je jure qu'il n'y aura jamais une goutte de sang français versé par mon ordre. » Il rentrait revigoré. Le peuple l'aimait, il n'en doutait pas. On l'avait acclamé lorsqu'il avait accroché à son chapeau la cocarde tricolore, « emblème distinctif de la nation française », gage de « l'alliance auguste et éternelle entre le monarque et le peuple ». Mais il avait cédé sur toute la ligne, entérinant tout ce qui avait été fait jusque-là, non seulement par l'Assemblée, mais par la

Commune. Dans la rue les troubles n'en continuaient pas moins, sporadiques : le 22, la foule massacra l'intendant de Paris, Bertier de Sauvigny, et son beau-père Foulon, les accusant d'affamer la ville. Décidément, oui, c'était bien une révolution, conclurent tous les observateurs étrangers.

Le dernier été à Versailles

Marie-Antoinette avait peur. La haine qu'on lui vouait atteignait des sommets. Les morts de la Bastille n'étaient qu'un avant-goût, disait-on, de ce que ferait cette tigresse assoiffée de sang si on ne la mettait pas hors d'état de nuire. Elle chercha donc à se faire oublier. Elle passa le reste de l'été sans oser sortir de l'enceinte du parc. Elle se sentait très seule, prisonnière dans sa propre demeure. La fuite des Polignac ayant déclenché la débandade, beaucoup d'appartements sonnaient creux, un cadenas sur leur porte close. Elle n'avait plus confiance dans la troupe : les défections se multipliaient. Elle croyait, non sans raison, le personnel de service truffé d'ennemis. Convaincue qu'on l'épiait, elle se cachait pour écrire à Mme de Polignac et l'invitait à éviter la poste ordinaire pour lui répondre. « Et encore, ajoutait-elle, n'écrivez que des choses qu'on puisse lire, car on fouille tout le monde et rien n'est sûr. »

La vie quotidienne continuait d'obéir à la routine. Le roi chassait. La reine, droite et fière, présidait à ce qui restait de cour entre deux promenades à son cher Trianon. Le 15 août, qui était aussi le jour de sa fête, elle suivit la procession commémorative du vœu de Louis XIII à la Vierge. Le 25 août, on fêta la Saint-Louis. Lorsque Bailly vint lui rendre hommage, raconte la marquise de La Tour du Pin, elle le remercia sèchement d'un « petit signe de tête qui n'était pas

assez aimable », parce qu'elle avait noté avec humeur
qu'il s'était abstenu de mettre le genou en terre. Rouge
de colère, elle eut de la peine à s'arracher quelques
mots d'une voix tremblante pour répondre à La Fayette
qui lui présentait les délégués de la garde nationale.
Elle ne savait pas encore se maîtriser. On la trouva
déplaisante. La jovialité des dames de la halle, pourtant
conforme à la coutume, lui parut insultante et elle les
rabroua. Par moments, l'étreinte de la peur se desser-
rait. « Les affaires paraissent prendre une meilleure
tournure, écrit-elle à la fin du mois à Mme de Polignac.
[...] On ne peut se flatter de rien. [...] Mais le nombre
des mauvais esprits est diminué, ou au moins tous les
bons se réunissent ensemble, de toutes les classes et de
tous les ordres. C'est ce qui peut arriver de plus heureux. » L'adversité a détourné d'elle des gens qu'elle
croyait ses amis, mais elle a découvert chez d'autres
un dévouement imprévu. Elle apprend à mieux
connaître les hommes. Et sa force et son courage restent intacts.

Heureusement elle a ses enfants, ils font sa consolation et sa joie. Elle les tient le plus souvent auprès
d'elle. Le départ de Mme de Polignac l'a obligée à
nommer une nouvelle gouvernante. À défaut de l'amitié, elle a voulu que la vertu déterminât son choix.
Mme de Tourzel, de six ans son aînée, est une femme
d'une réputation sans tache, restée veuve avec cinq
enfants après la mort de son mari dans un accident de
chasse aux côtés de Louis XVI. Elle prend très au
sérieux ses fonctions d'éducatrice, mais Marie-Antoinette n'a pas l'intention de lui en abandonner la direction, surtout en ce qui concerne le nouveau dauphin,
pour qui tout reste à faire.

Entre les deux enfants qui lui restent, son cœur est
plus inégalement partagé que jamais. On devine que sa
fille l'a déçue. Sèche, froide, Marie-Thérèse, qui
approche de onze ans, fuit les manifestations de ten-

dresse. L'a-t-on prévenue contre sa mère ? Il semble
bien que Mesdames tantes aient rêvé de la soustraire, par
l'intermédiaire de Madame Élisabeth, à une influence
présumée pernicieuse. Mais en tout état de cause, elle
n'est pas de tempérament aimable.

Marie-Antoinette raffole au contraire de son fils qui,
à quatre ans et quelques mois, éclate de santé et de joie
de vivre — « un vrai petit paysan ». Elle a dressé à
l'intention de la nouvelle gouvernante un portrait de
l'enfant qui est en même temps un programme d'éducation personnalisé. Se souvient-elle de sa propre
enfance ? Un monde sépare ses directives des préceptes généraux que professait jadis l'impératrice-
reine. Dans son respect pour la nature de l'enfant, on
devine que Rousseau est passé par là, même si elle n'a
pas lu l'*Émile*. Mais surtout son texte rayonne, resplendit d'amour maternel.

Quoique bien portant et heureusement rescapé de la
périlleuse sortie des dents, le petit Louis Charles a les
nerfs fragiles, il sursaute au moindre bruit. « Il a peur,
par exemple, des chiens, parce qu'il en a entendu
aboyer près de lui. Je ne l'ai jamais forcé à en voir,
parce que je crois qu'à mesure que sa raison viendra,
ses craintes passeront. » Pourquoi l'obliger à participer
aux promenades des grandes personnes ? Mieux vaut le
laisser librement « jouer et travailler à la terre sur les
terrasses », où son père lui a fait aménager un jardin
qu'il cultive. Son caractère ? Il a bon cœur, il est tendre
et caressant, il aime beaucoup sa sœur avec qui il veut
tout partager. Il est « très étourdi, très léger et violent
dans ses colères ». En faisant appel à son amour-
propre, qu'il a « démesuré », on l'amène aisément à
« prendre sur lui, et même dévorer ses impatiences et
colères, pour paraître doux et aimable », mais il lui
en coûte terriblement de demander pardon. Pas trace
d'orgueil en revanche : « Il n'a aucune idée de hauteur
dans la tête, et je désire fort que cela continue : nos

enfants apprennent toujours assez tôt ce qu'ils sont »,
précise-t-elle en pensant peut-être à sa fille. « Il est
d'une grande fidélité quand il a promis une chose :
mais il est très indiscret ; il répète aisément ce qu'il a
entendu dire ; et souvent, sans vouloir mentir, il y
ajoute ce que son imagination lui fait voir. C'est son
plus grand défaut, insiste-t-elle, et sur lequel il faut
bien le corriger. » En usant de sensibilité et de fermeté
à la fois, mais en évitant la sévérité, qui le révolterait,
« on fera toujours de lui ce qu'on voudra ». Un programme libéral donc, qui s'efforce de respecter la
nature de l'enfant.

Mais le plus frappant est la place qui y est faite à la
relation entre mère et fils. « On a toujours accoutumé
mes enfants à avoir grande confiance en moi, et, quand
ils ont eu des torts, à me le dire eux-mêmes. Cela fait
qu'en les grondant, j'ai l'air plus peinée et affligée de
ce qu'ils ont fait que fâchée. Je les ai accoutumés tous
à ce que oui ou non prononcé par moi est irrévocable ;
mais je leur donne toujours une raison à la portée de
leur âge, pour qu'ils ne puissent pas croire que c'est
humeur de ma part. » Texte remarquable pour sa
modernité, telle que n'importe quelle mère d'aujour-
d'hui pourrait le prendre à son compte sans y changer
un mot. Remarquable aussi, à sa date, pour ce qui n'y
figure pas. L'amour maternel y tient lieu pour l'enfant
de fondement de la morale, hors de toute référence religieuse. L'abbé chargé d'apprendre à lire au bambin,
sans succès d'ailleurs, est fermement prié de ne pas
sortir de ses attributions. Non que Marie-Antoinette
soit mécréante : l'apprentissage de la pratique religieuse viendra plus tard, avec l'âge de raison.
Louis XVI, assurément très pieux, est d'accord avec
elle pour le soustraire à l'emprise précoce des prêtres.

Et l'on se prend à rêver à ce que seraient devenus la
mère et l'enfant, transformés l'un par l'autre, si le
cours de l'histoire n'en avait décidé autrement.

« Le tombeau de l'autorité royale »

En cet été 89, tandis que Marie-Antoinette se laissait prendre à un calme trompeur et que Louis XVI se murait dans le silence, la grande Peur courait les campagnes, nourrie de rumeurs invérifiables qui grossissaient de bouche en bouche, affolant les populations. Les villages se barricadaient, les milices d'autodéfense brandissaient faux et fourches contre les « brigands » — autrement dit quiconque venait d'ailleurs —, tous les échanges étaient paralysés, accroissant les difficultés quotidiennes. Bientôt les rumeurs — orchestrées ou pas ? on en discute encore — visèrent les contre-révolutionnaires qui cherchaient à empêcher l'Assemblée d'exaucer les vœux des cahiers, c'est-à-dire de supprimer les droits féodaux*. Les paysans se ruèrent alors sur les châteaux, pour s'emparer des documents juridiques fondant les redevances nobiliaires — qu'on appelait les *terriers* —, et pour les brûler. Et il leur arrivait parfois de brûler aussi les châteaux.

La situation financière était mauvaise. Rentré de Bâle fort arrogant — ne refusa-t-il pas insolemment de remercier la reine pour son rappel ? —, Necker avait visiblement perdu en route sa baguette magique, ses emprunts ne rendaient plus et, au cœur du budget, le déficit subsistait, tenace. L'Assemblée hésita, recula devant les risques d'une répression qu'elle n'avait d'ailleurs pas les moyens d'organiser et choisit de satisfaire les revendications paysannes. De là sortit la très fameuse séance du 4 août, nuit un peu folle où l'on vit la noblesse jeter par-dessus bord, dans une surenchère contagieuse, tout ce qui avait pendant des

---

* On réunissait en vrac sous cette dénomination, bien qu'ils ne datent pas tous de la féodalité, tous les droits, souvent variables d'une région à l'autre, que les paysans étaient tenus de verser à la noblesse propriétaire des terres et au clergé. La dîme était considérée comme l'un des plus lourds.

siècles exhibé sa différence et assuré une bonne partie de ses revenus. Moins spontané qu'on ne l'a dit, le mouvement dépassa largement les prévisions de ses initiateurs. Le clergé dut suivre, à contrecœur. On vota dans l'enthousiasme « l'abolition des privilèges ». On proclama l'égalité, l'accès de tous à tous les emplois. Et le roi, à qui l'on n'avait pas demandé son avis, fut déclaré « Restaurateur de la liberté française ». Un pan nouveau de ce qu'on commençait à nommer l'Ancien Régime s'effondrait. La division de la société en trois ordres avait vécu.

Dans la foulée l'Assemblée, qui disposait avec les avocats du tiers d'excellents juristes, familiers des théoriciens politiques, mit au point en s'inspirant du modèle américain la Déclaration des droits de l'homme. Quelques députés qui proposaient qu'on y ajoutât les devoirs ne furent pas entendus — c'est bien dommage. Et l'on débattait ferme sur la future consti- tution, fondée sur la séparation des pouvoirs, dont Mercy écrivit qu'elle serait « le tombeau de l'autorité royale ». Quelle place y occuperait le roi, détenteur de l'exécutif ? Un droit de veto absolu lui permettrait de paralyser le pouvoir législatif ; on s'orienta donc plutôt vers un veto suspensif. Dans l'immédiat cependant, les mesures adoptées par l'Assemblée nécessitaient son approbation.

Louis XVI dut sortir du silence où il se cantonnait, sans parti arrêté, disait Mercy, « attendant tout du hasard ». Il consulta sans aucun doute sa femme, mais rien n'a filtré de leurs entretiens. Il est probable qu'ils tombèrent d'accord pour temporiser. Cependant le comportement qu'il adopta porte sa marque à lui, plu- tôt que celle de Marie-Antoinette. Il tenta, à son habi- tude, de ménager la chèvre et le chou. Il prétendait approuver les décrets issus de la nuit du 4 août et la Déclaration des droits de l'homme. C'étaient d'excel- lents textes, pleins des meilleures intentions. Mais avait-on assez réfléchi à toutes leurs conséquences, qui risquaient d'aboutir à d'autres injustices ? Il croyait donc devoir remettre sa signature à plus tard. Si encore il avait ouvert sur les conséquences en question un débat clair et argumenté ! Mais il s'en tenait à des considérations générales filandreuses. Il mécontenta tout le monde, y compris ses partisans, qui figuraient encore assez nombreux sur les bancs de l'Assemblée.

Sur ce, de nouvelles rumeurs coururent : il ne faisait traîner les choses que pour préparer son départ, prélude à une répression qui noierait la capitale dans le sang. À cette date, il ne songeait pas à partir, mais d'autres y songeaient pour lui. Montmorin eut vent d'un complot visant à l'arracher de force de Versailles à la faveur d'une émeute fomentée à cette fin. Paris recommença de s'agiter. La Fayette fit savoir que Versailles était menacé. Au Conseil, on souleva à nouveau la question des moyens de défense du château, qu'on savait très insuffisants. Saint-Priest trouva donc un prétexte pour faire venir de Douai le régiment de Flandre, dont l'arrivée suscita les mêmes protestations que les mouvements de troupes du début juillet. Une étincelle suffit à mettre le feu aux poudres.

Le 1er octobre, selon l'usage, les officiers des gardes du corps offrirent un banquet à ceux du régiment de Flandre. La cour avait bien fait les choses. Ils étaient deux cent dix autour de la table en fer à cheval dressée dans la grande salle de Gabriel, le menu était soigné, les vins généreux. Du haut des loges, des courtisans et des députés observaient la scène, se mêlant parfois aux vivats en l'honneur de Sa Majesté. Très sagement le roi et la reine avaient prévu de ne pas se montrer. Une dame d'honneur vint dire à Marie-Antoinette qu'on les réclamait à grands cris. Elle céda à sa passion du théâtre, à sa nostalgie du temps si proche et si lointain où elle régnait dans cette salle sur les opéras, les bals et les festins. Louis XVI consentit. Lorsqu'ils apparu-

rent tous deux dans leur loge accompagnés du dauphin,
ce fut un triomphe. On entonna l'air célèbre du ménes-
trel Blondel dans le *Richard Cœur de Lion* de Grétry,
promu désormais au rang d'hymne monarchique :

> *Ô Richard, ô mon roi !*
> *L'univers t'abandonne,*
> *Sur la terre il n'est donc que moi*
> *Qui s'intéresse à ta personne !*

Avec l'accord de la reine, un officier suisse souleva
le petit garçon et le déposa sur la vaste table dont il
fit le tour, « très hardiment, en souriant », se souvient
Mme Campan, bien moins effrayé par les cris que sa
mère, qui l'embrassa tendrement à son retour. L'enthousiasme, grossi par le vin qui coulait à flots, se
déchaîna. Des années plus tard la jeune Pauline de
Tourzel, devenue comtesse de Béarn, se souviendrait
encore de la reine éblouissante dans sa robe bleue et
blanche, pleurant presque de joie. Longtemps après le
départ des souverains, les plus excités continuaient de
crier sous leurs fenêtres, essayant d'escalader leur balcon. Marie-Antoinette, grisée, elle, par les acclamations, émue de voir qu'il y avait encore des gens pour
l'aimer et la défendre, se sentait revigorée, prête à la
lutte.

Dans la capitale, où le pain commençait à manquer,
le récit de ces « orgies », orchestré à grand fracas par
les journaux et les clubs, soulevait une vague d'indignation. Ce banquet parut une insulte au peuple mourant de faim. Et si la cour dorlotait ainsi les troupes
arrivées de Flandre, c'était bien sûr pour les préparer à
l'assaut qui serait mené contre la Révolution. Quelques
cocardes tricolores furent-elles foulées aux pieds, ou
simplement retournées, comme le dit Mme Campan,
pour faire apparaître l'envers, qui était blanc ? Peu
importe. Car la fidélité personnelle aux souverains affi-

chée par les officiers de Flandre avait un parfum de
retour en arrière qui ne trompait pas. Ce banquet était
une provocation.

En appelant ce régiment, on avait voulu seulement
renforcer la sécurité du roi. Mais par suite de l'imprudente ostentation qui l'entoura, cette mesure purement
défensive aboutit au résultat inverse : elle déclencha
la catastrophe. Car tandis que la cour, « atteinte d'un
prodigieux aveuglement », se reposait sur l'idée qu'elle
ne risquait plus rien, Paris chauffé à blanc préparait sa
riposte.

Le 5 octobre

Le lundi 5 octobre s'annonçait très calme. Vers dix
heures du matin, le roi partit pour la chasse. La reine,
bien que le temps fût menaçant, se rendit à Trianon
avec l'intention d'y passer la journée. Fersen, cantonné
à Valenciennes depuis la mi-juin, était arrivé dix jours
plus tôt et avait pris un logement à Versailles. Sa présence rassérénait Marie-Antoinette. Elle contribua sans
doute, autant que la présence du régiment de Flandre,
à lui inspirer une impression de paix trompeuse. Se
trouvait-il avec elle à Trianon ce matin-là ? Nous n'en
savons rien*. Mais la chose est vraisemblable. Vers
onze heures survint un valet, porteur d'un billet du
marquis de Saint-Priest, griffonné à la hâte : une horde
de femmes en colère marchait sur Versailles, il fallait

---

* Dans ses *Souvenirs*, Mme d'Adhémar, alias le baron de La
Mothe-Langon, lui attribue un rôle tout à fait imaginaire. À Paris,
il aurait, dit-elle, « pris part à la révolte, afin de la bien connaître »,
puis aurait filé sur Versailles pour annoncer la venue des femmes
insurgées, et c'est sur son conseil que la reine aurait alors envoyé
un serviteur à la recherche du roi. — Précisons ici que, dans le
récit de ces deux journées dramatiques, l'historien se heurte à des
contradictions sur de nombreux points de détail, sans avoir le
moyen de trancher.

regagner le château au plus vite*. D'autres messagers
étaient partis, dans les bois alentour, à la recherche du
roi. On eut de la peine à le trouver. Il prit aussitôt le
galop, mais n'arriva que vers une heure.

On avait appris entre-temps que derrière les femmes
réclamant du pain marchait la garde nationale. On tint
conseil à la hâte. Était-il encore temps d'envoyer des
troupes barrer les ponts sur la Seine ? Saint-Priest proposa au roi de prendre la tête de ses gardes du corps et
d'aller au-devant des émeutiers en les sommant solennellement de se retirer**. En cas d'échec, il se replierait
sur Rambouillet, où l'on aurait pris la précaution préalable d'envoyer sa famille. Le projet se heurta à une
double opposition, celle de Necker et celle de la reine.
Necker prétendit que les intentions de cette foule
étaient pacifiques et agita le spectre de la guerre civile
si on usait de violence pour la repousser. Marie-Antoinette refusa catégoriquement de partir pour Rambouillet sans son époux : sa place était auprès de lui, quoi
qu'il pût arriver. À ce comportement héroïque, exalté
par tous les admirateurs de Marie-Antoinette, Saint-
Priest, qui ne l'aime pas, ajoute un bémol : se sachant
haïe du peuple, « elle s'était persuadée qu'il n'y avait
de sûreté pour sa vie qu'à ne pas se séparer de la personne du roi ». Il est tout à fait exact qu'elle ne pouvait
avoir de meilleur rempart contre des émeutiers que le
roi, qui inspirait encore un respect certain, mais cela

* On préfère suivre ici le récit de Saint-Priest, alors chargé de
la Maison du roi — l'équivalent de notre ministère de l'Intérieur
—, plutôt que celui de Madame Royale, très tardif et supervisé par
Louis XVIII, qui prétend que la nouvelle, d'abord parvenue à
Madame Élisabeth — comment ? —, fut transmise par celle-ci à
son frère le comte de Provence, et que tous deux s'en allèrent
ensuite en personne à Trianon pour avertir la reine.
** Louis XVI l'avait fait une fois avec succès, en 1775, lors de
la guerre des Farines. Ce n'était pas un lâche, il ne manquait pas
de courage physique.

ne suffit pas à mettre en doute son courage, que confirment tous les témoins.

On reste donc à Versailles, on renonce à faire bloquer les ponts et on attend. Il pleut à verse. Un premier contingent de femmes — trois ou quatre cents — arrive et se dirige vers l'Assemblée, qui tente de les contenir avant d'être débordée par le flot. Elles réclament du pain et le retrait des troupes. Le président Mounier, un modéré partisan d'une monarchie constitutionnelle à exécutif fort, comprend aussitôt la signification de l'événement. L'objectif apparent de cette marche des femmes — on dirait volontiers le prétexte, si Paris ne manquait pas de pain pour de bon — est d'obtenir qu'on ravitaille en blé à bas prix les boulangeries de la capitale. Mais elles sont menées par Maillard, un des vainqueurs de la Bastille, et accompagnées d'hommes, déguisés ou non, qui poursuivent d'autres desseins. Dans leurs rangs, on commence à réclamer l'installation du roi à Paris. Qui dit le roi dit l'Assemblée. En effet comment celle-ci pourrait-elle rester sans lui dans Versailles déserté ? L'objectif secret est donc de placer le roi et les députés sous la menace permanente de la population parisienne. La grande marche des femmes n'a rien de spontané, elle a été organisée et orchestrée par l'aile la plus radicale de l'Assemblée pour réduire au silence ses éléments modérés. On assiste donc à un premier exemple de ce qui sera une constante dans l'histoire de la Révolution française : une tentative de débordement des modérés par la gauche. En raison de son indécision chronique le roi, dans cette affaire, apparaît comme un élément négligeable. La reine, en revanche, passe encore pour redoutable parce qu'on la croit capable d'infuser à son mari une part de l'énergie qui l'anime. Si elle pouvait périr dans l'affrontement, ce serait autant de gagné. On ravive donc dans la foule la haine pour la putain autrichienne qui ruine la France au profit de son frère, qui se roule dans la luxure quand le peuple meurt de faim et ne respire que vengeance. On la désigne comme cible aux émeutiers. Et parmi les poissardes armées de manches à balais, de lardoires et de couteaux de cuisine, on rêve de l'assommer, de lui arracher le cœur et de recueillir ses boyaux pour s'en faire des cocardes.

Mounier, légitimement inquiet, désigne une poignée de femmes qu'il envoie en délégation au château. Louis XVI, comme prévu, les reçoit avec bienveillance, fait soigner celle qui s'évanouit d'épuisement et d'inanition, écoute patiemment le discours que lui débite une jolie grisette délurée et les expédie toutes se restaurer aux cuisines. Lorsqu'elles ressortent enchantées de leur ambassade, elles se font huer par les autres, qui piétinent dans la boue trempées, crottées, exténuées, les pieds en sang et le ventre vide depuis le matin.

Sur quoi Mounier, espérant ainsi désarmer les plus virulents de ses collègues, vient prier le roi de signer les décrets litigieux sur l'abolition des privilèges et la Déclaration des droits de l'homme. Il lui conseille en outre de quitter Versailles et de se réfugier à Rouen, où l'Assemblée le suivrait. Dehors les voitures sont prêtes. Une fois de plus le Conseil délibère. « Sire, si vous êtes conduit demain à Paris, votre couronne est perdue », insiste Saint-Priest. Et en raison de l'urgence, on reparle de Rambouillet. Cette fois la reine est d'accord, puisque le roi s'y rendra aussi. Trop tard. La foule qui s'est glissée dans les cours du château a coupé les harnais des voitures, le départ est devenu impossible. Le roi se résigne à apposer au bas des fameux décrets sa signature, que Mounier va exhiber en vain au milieu d'une assemblée qui ressemble à un campement de nomades : « Monsieur le président, cela fera-t-il avoir du pain aux pauvres gens de Paris ? » lui crie-t-on.

Sur ces entrefaites, voici qu'on apprend l'arrivée

imminente de La Fayette à la tête, ou plutôt à la traîne
de la garde nationale qu'il est censé commander et qui
a tenu à s'associer au mouvement. Il arrive sur le coup
de onze heures, trempé et fourbu comme tout le
monde, protestant de son dévouement au monarque,
mais surtout se portant garant de la fidélité de ses
troupes et donc de la sécurité du château. À cette heure
tardive, les envahisseurs, réconfortés par des distributions de nourriture, s'effondrent de fatigue dans les
auberges ou dans des bivouacs de fortune. Une dernière visite de La Fayette, rentrant d'une tournée d'inspection, achève de rassurer le roi : « Allez chez la
reine, dit celui-ci à son premier valet de chambre.
Dites-lui de ma part d'être tranquille sur la situation du
moment et de se coucher. Je vais en faire autant. »
Aurait-elle dû, comme on le lui conseillait, partager
ce soir-là la chambre de son époux ? « J'aime mieux
m'exposer à quelque danger s'il y en a à courir, et les
éloigner de la personne du roi et de mes enfants »,
aurait-elle dit à Mme de Tourzel. Mais les femmes
qu'on avait vues semblaient plus pitoyables que dangereuses. Madame Royale, habituée à pratiquer la charité
auprès de pauvres présentables, se souvint longtemps
du choc que lui causa ce soir-là, à travers ces misé-
reuses en haillons, hagardes, la découverte du dénue-
ment absolu. Non, il n'y avait pas de raison d'avoir
peur.

Le 6 octobre

Épuisée, Marie-Antoinette a fini par s'endormir vers
deux heures du matin, veillée par quatre de ses
femmes. Au petit jour, une rumeur la tire du sommeil.
Ce n'est rien, lui dit-on, ce sont les poissardes qui ont
campé sur place et se dégourdissent les jambes. À
peine s'est-elle rendormie qu'elle est éveillée brutale-

ment par Mme Auguié* et Mme Thibault : on entendait
des cris horribles et des coups de fusil. Allant aux nouvelles, Mme Auguié traversa en hâte l'antichambre,
ouvrit la porte donnant sur la salle des gardes et se
trouva devant un garde du corps couvert de sang qui
tentait d'interdire le passage à une foule hurlante. Il
lui cria : « Madame, sauvez la reine ; on vient pour
l'assassiner. » Elle referma la porte, poussa le grand
verrou, retraversa l'antichambre en courant et regagna
la chambre de la reine dont elle verrouilla la porte.
« Sortez du lit, Madame ; ne vous habillez pas ; sau-
vez-vous chez le roi. » On lui passa des bas, un jupon
qu'on oublia de nouer et on la poussa dans le cabinet
de toilette dont l'autre porte débouchait sur l'Œil-de-
Bœuf. Moment affreux : on trouva cette porte fermée,
alors qu'elle ne l'était jamais. Il fallut tambouriner à
grands coups pour attirer l'attention d'un valet, qui
reconnut leurs voix et leur ouvrit. Nouvelle émotion :
la chambre de Louis XVI était vide. Alerté lui aussi
par le tumulte, il était parti chercher sa femme par le
couloir intérieur secret. Il ne trouva plus chez elle que
des gardes du corps qui y avaient cherché refuge. Tous
finirent par se regrouper dans sa chambre, où Mme de
Tourzel venait d'amener le dauphin et Madame
Royale. Ils étaient saufs, pour l'instant**.

Arrivèrent ensuite le couple de Provence et Madame
Élisabeth qui, dormant dans l'aile des Princes, n'avaient
rien entendu, Necker, qui avait pris le temps de passer
son bel habit brodé, et Mesdames tantes, dont les vitres,
au rez-de-chaussée du corps de logis principal, avaient
volé en éclats dès le début de l'émeute. Tout près de leur
appartement, sous la voûte, deux gardes avaient été mas-

---

* La sœur de Mme Campan, de qui celle-ci tient les événements
qu'elle raconte longuement.
** On raconte souvent que les émeutiers pénétrèrent dans la
chambre de la reine et, dans leur rage déçue, lardèrent son lit de
coups de couteau. Mme Campan affirme que c'est faux.

sacrés et décapités. Les récits postérieurs prêtent à tous les acteurs de ce drame une attitude héroïque et des mots dignes de Plutarque, sur l'authenticité desquels on peut avoir des doutes. Mme Campan est la seule à dire, honnêtement, que la reine sortit du lit épouvantée. Qui oserait le lui reprocher ?

La suite des événements est confuse. La Fayette, qui a commis la folie de dormir durant cette nuit de tous les périls, rachète sa coupable légèreté en arrêtant le carnage amorcé : gardes du corps et gardes nationaux, prêts à s'entr'égorger un instant plus tôt fraternisent en criant *Vive le Roi ! Vive la Nation !* Il parvient non sans peine jusque chez le roi, l'entraîne sur le balcon avec sa famille et entreprend de prononcer un discours apaisant, à demi couvert par le tumulte. Des vociférations émerge bientôt un cri, répété par mille voix : « À Paris ! à Paris ! » Les souverains, muets de stupeur, se retirent, lui laissant la tâche impossible de disperser la foule. Au milieu des cris et des coups de feu tirés en l'air, on réclame soudain la reine au balcon et, comme elle fait mine de s'avancer avec son fils et sa fille, on proteste : « Non, non, pas d'enfants ! » Elle releva le défi et s'avança très droite, seule, cible de choix toute proche pour d'éventuels assassins. Sa dignité et son courage en imposèrent à la foule. Nul n'osa tirer. On l'acclama. Mais on reprit aussitôt : « À Paris ! »

Le roi tournait en rond sans parvenir à se décider. Saint-Priest lui démontra qu'il n'avait plus le choix, « qu'il devait se regarder comme prisonnier et subir la loi qu'on lui imposait ». « Pourquoi ne sommes-nous pas partis hier ? gémit la reine à l'adresse du ministre. — Ce n'est pas de ma faute, répliqua-t-il. — Je le sais bien, reprit-elle. » Inutile de chercher parmi les ministres : le véritable responsable est Louis XVI. Il ne raisonne pas en termes politiques, il obéit à des impératifs moraux, voire religieux. Son éducation lui a enseigné que la place d'un roi, père du peuple, est au milieu de ce peuple, quoi qu'il arrive. À ses yeux la fuite est désertion. Et dans le cas particulier, il ne veut pas prendre le risque de déclencher la guerre civile, crime et péché suprême selon l'idée qu'il se fait de la monarchie.

Peu après midi, le cortège se mit en route pour Paris. Le roi, la reine, leurs enfants, le couple de Provence et Madame Élisabeth s'entassèrent dans un carrosse. D'autres voitures suivaient avec le reste de la cour. Dans l'une d'elles se trouvait Fersen*. « Quel cortège, grand Dieu ! Les poissardes entouraient et précédaient le carrosse de Leurs Majestés, en criant : "Nous ne manquerons plus de pain, nous tenons le boulanger, la boulangère et le petit mitron." » Au milieu de cette troupe, les têtes des gardes du corps égorgés se balançaient fichées sur des piques. Chevauchant de part et d'autre du véhicule, La Fayette et le comte d'Estaing s'efforçaient en vain de protéger la reine des insultes et des menaces. Et le dauphin, sur ses genoux, gémissait : « Maman, j'ai faim. » Il fallut plus de six heures pour gagner Paris, où les rues regorgeaient de curieux. Penché à sa fenêtre, le futur Louis-Philippe, fils du duc d'Orléans, demanda une lorgnette pour mieux voir et eut un haut-le-cœur en apercevant les têtes coupées. Son père n'était pas à ses côtés. Avait-il, comme on le murmurait, pris place parmi les émeutiers sous un déguisement ? La chose n'est pas prouvée. Mais il est sûr que sa voix avait pesé lourd dans la campagne de dénigrement et dans les appels au meurtre visant Marie-Antoinette.

---

* Où était-il dans la nuit du 5 au 6 octobre ? Chez la reine, a-t-on prétendu d'après une confidence de Mme Campan à Talleyrand, confiée ensuite par celui-ci à lord Holland, qui la rapporte dans ses *Souvenirs*. Le passage des *Mémoires* où Mme Campan en aurait parlé fut exclu de la publication et détruit après sa mort. Il est très peu vraisemblable que Marie-Antoinette ait introduit Fersen ce soir-là dans son appartement officiel. Qu'il ait logé dans la maison qu'il louait ou dans quelque recoin des entrailles du château n'a dans ces conditions aucune importance.

Avant de se retirer aux Tuileries, les souverains durent faire un détour par l'Hôtel de Ville. La reine, rapporte le *Moniteur*, « eut une certaine émotion en se trouvant à la Grève, près de la Lanterne », où avaient été pendus Foulon et Bertier avant d'être décapités*. Le maire, Bailly, les reçut comme s'ils arrivaient en visite amicale. Le roi joua le jeu docilement, « il répondit qu'il venait toujours avec plaisir et confiance au milieu des habitants de sa bonne ville de Paris ». En répétant cette phrase aux représentants de la Commune venus les saluer, Bailly omit le mot de « confiance ». La reine eut la présence d'esprit de s'en apercevoir et elle l'en reprit aussitôt, à très haute voix. La nuit était déjà avancée lorsqu'on leur permit enfin de gagner leur nouvelle demeure. Fersen avait cru pouvoir les y attendre, mais Montmorin et Saint-Priest jugèrent que sa présence risquait de compromettre la reine, qui n'avait pas besoin de cela, et il se retira. Marie-Antoinette ne toucha que du bout des lèvres à la nourriture qu'on leur servit, mais Louis XVI montra de l'appétit et se déclara « content ». Ne nous y trompons pas, ce mot, dans la langue classique, ne dénote aucune satisfaction, comme on le répète trop souvent pour s'en indigner, mais signifie simplement qu'il a assez mangé et n'a plus faim.

Restait à trouver des lits. L'on campa comme on put dans ces lieux inhospitaliers. Seuls les souverains y trouvèrent un refuge accueillant, le charmant pied-à-terre que la reine s'y était fait aménager pour ses retours d'opéra. Mais ce triste rappel des temps heureux ne dut pas l'aider à trouver le sommeil ce soir-là.

---

* Située à l'angle de la rue de la Vannerie, aujourd'hui disparue, et de la place de l'Hôtel de Ville, face à la porte principale de l'édifice (soit au débouché de l'actuelle avenue Victoria), c'était la fameuse Lanterne à laquelle la chanson promettait de pendre tous les aristocrates.

Chapitre dix-huit

Les Tuileries, résidence surveillée

Les événements des derniers mois avaient douché certains enthousiasmes. L'exhibition de dépouilles sanglantes s'accordait mal avec l'idéal d'une société libre et fraternelle. Parmi les nobles un moment séduits par les idées nouvelles, beaucoup réagirent comme le jeune vicomte de Chateaubriand : « Ces têtes, et d'autres que je rencontrai bientôt après, changèrent mes dispositions politiques ; j'eus horreur des festins de cannibales et l'idée de quitter la France pour quelque pays lointain germa dans mon esprit. » Une seconde vague d'émigration quitta le pays et l'isolement de la famille royale, assignée à résidence dans la capitale, s'accentua.

La Révolution cependant semblait s'apaiser. Se dirigeait-elle vers le retour au calme ou reprenait-elle seulement son souffle en vue d'un nouvel assaut ? Nul n'aurait pu le dire.

Installation

« Est-ce qu'aujourd'hui est encore hier ? » demanda le dauphin en s'éveillant sur son lit de camp dans une chambre inconnue dont on avait dû caler la porte déglinguée au moyen d'un meuble. Mais non, aujourd'hui n'est pas comme hier. Le 7 octobre au matin, une foule bruyante, mais pas agressive, se presse dans

les jardins des Tuileries : on veut seulement voir le roi
et le reine, s'assurer qu'ils sont bien là, qu'ils ne se
sont point échappés. La reine se montra. Une femme
prit la parole, « lui dit qu'il fallait maintenant qu'elle
éloignât d'elle tous ces courtisans qui perdent les rois
et qu'elle aimât les habitants de sa bonne ville ».
Marie-Antoinette protesta qu'elle les avait toujours
aimés. Une autre répliqua : « Oui, oui, mais au 14 juillet vous vouliez assiéger la ville et la faire bombarder,
et au 6 octobre vous deviez vous enfuir aux frontières. » C'était faux, on leur avait menti, répondit la
reine. Comme on lui adressait quelques mots en allemand, elle fit mine de ne pas comprendre : « elle était
devenue si bonne française qu'elle avait même oublié
sa langue maternelle ». Elles lui proposèrent de faire
un pacte avec elles, elle affirma qu'il n'en était pas
besoin, puisque ses devoirs de reine en tenaient lieu.
Et, à leur demande, elle détacha les rubans et les fleurs
de son chapeau et les leur distribua au milieu des cris
de joie : *Vive Marie-Antoinette, vive notre bonne reine.*

Cet épisode a sans doute été enjolivé par Mme Campan, qui oublie de dire que Marie-Antoinette, sous le
coup de l'émotion, commit une maladresse qui se
retourna contre elle. Elle déclara à ces femmes qu'elle
les autorisait à retirer sans contrepartie les objets
déposés au Mont-de-Piété, jusqu'à concurrence d'un
louis. Mais comme elle oublia de faire prévenir le responsable du dépôt, les malheureuses se heurtèrent
d'abord à un refus et, lorsqu'on fit ensuite le total des
sommes en cause, on le trouva si élevé qu'on dut
mettre des clauses restrictives. Si bien que les bénéficiaires frustrées de leurs premières espérances en voulurent à la reine de les avoir trompées.

Une lettre de Marie-Antoinette à Mercy, écrite le
jour même, fait preuve d'un optimisme mesuré : « En
oubliant où nous sommes et comment nous y sommes
arrivés, nous devons être contents du mouvement du

peuple, surtout ce matin. J'espère, si le pain ne manque pas, que beaucoup de choses se remettront. Je parle au peuple : milices, poissardes, tous me tendent la main ; je la leur donne. [...] Le peuple, ce matin, nous demandait de rester. Je leur ai dit de la part du roi, qui était à côté de moi, qu'il dépendait d'eux que nous restions ; que nous ne demandions pas mieux ; que toute haine devait cesser ; que le moindre sang répandu nous ferait fuir avec horreur. Les plus près m'ont juré que tout était fini. J'ai dit aux poissardes d'aller répéter tout ce que nous venions de nous dire. » Trois jours plus tard, elle déchante. On ne cesse de lui faire des « méchancetés ». Il faudra beaucoup de douceur et de patience pour détruire « l'horrible méfiance » qui a été introduite dans toutes les têtes. En attendant, il faut organiser la vie quotidienne.

« Tout est laid ici, maman », avait également dit le dauphin à son réveil. Certes, c'était moins beau que Versailles. Le vieux château, abandonné par les rois depuis soixante-cinq ans*, appelait des réparations, mais il n'était pas, comme on le dit trop souvent, le domaine exclusif des souris et des araignées. Il était plutôt surpeuplé. Il avait été colonisé, avec l'assentiment royal, par des foules de courtisans dont certains s'étaient fait installer des logements confortables. Ils furent priés de déguerpir. La reine prit pour elle, au rez-de-chaussée de l'aile sud, sur les jardins, un appartement récemment remis à neuf par la comtesse de La Marck, qu'elle eut à cœur d'indemniser. Au-dessus, un entresol à son usage et, au premier étage, les chambres du dauphin et de Madame Royale. Le roi fit aménager au premier étage son appartement d'apparat avec salon, chambre de parade, salle de billard et antichambres. Il s'y réserva pour la vie quotidienne un appartement privé, contigu à ceux où l'on installa ses enfants.

---

* Louis XIV avait délaissé les Tuileries à partir de 1665, mais Louis XV y avait passé une partie de son adolescence.

À l'entresol, il plaça son cabinet de géographie. On construisit de petits escaliers pour assurer les communications intérieures. Les souverains tentaient ainsi de reconstituer un cadre vivable, qui ne fût pas trop indigne de la majesté royale.

Ils trouvèrent auprès de l'Assemblée la plus grande complaisance. Celle-ci n'avait pas tardé à rejoindre Paris, comme prévu, et s'était installée dans la salle du Manège, toute proche des Tuileries*. Dans sa très grande majorité, elle restait fidèle à une certaine forme de monarchie. Tout fut fait pour assurer aux souverains une installation convenable. Doté d'une liste civile de 25 millions, jouissant du revenu de ses domaines propres et déchargé des dépenses publiques, inscrites désormais au budget national, Louis XVI se sentait plus riche qu'il ne l'avait été depuis longtemps. Une caravane de chariots alla chercher à Versailles le mobilier nécessaire et de nouvelles commandes furent passées à Riesener et aux ébénistes les plus réputés. L'irremplaçable Léonard revint coiffer la reine et l'on vit reparaître Mlle Bertin, priés l'un et l'autre de se conformer à la simplicité qui était le mot d'ordre du jour. Marie-Antoinette continua de faire venir de Ville-d'Avray l'eau de source qui était sa boisson exclusive et un jardinier apporta tous les jours de Montreuil à Madame Élisabeth le lait de ses propres vaches, ainsi que des nouvelles de leur santé. Bref la vie eût été tolérable sans le souvenir de l'humiliation subie et la crainte de l'avenir.

Violemment traumatisés par les journées d'octobre, le roi et la reine auraient eu besoin d'un peu de paix. Ils durent subir la visite de toutes les députations venues les saluer comme si de rien n'était. Marie-Antoinette dure, crispée, cachait mal sa colère devant les délégués du Parlement et du corps de ville. Devant

---

* Elle longeait le jardin au nord, sur l'emplacement de notre actuelle rue de Rivoli, qui n'existait pas.

les ambassadeurs étrangers c'est le chagrin qui l'emportait, elle ne pouvait prononcer un mot sans être suffoquée par les larmes. Louis XVI, le visage sans expression, jouait à la perfection un rôle qui semblait ne pas le concerner.

Dans les jours qui suivirent, la famille royale hésite entre le repli total et le rétablissement d'une forme de cour et choisit finalement de concilier les deux. Une partie du « service » des souverains les a suivis. La princesse de Lamballe, absente pour raisons de santé lors des récentes émeutes, a repris ses fonctions de surintendante. On rétablit les principaux éléments du rituel monarchique : lever et coucher, messe quotidienne. Deux fois par semaine, la reine tient sa cour avant la messe, qui est suivie d'un dîner public. Pas de concerts, pas de bals, pas de fêtes. Seule Mme de Lamballe, conformément aux obligations de sa charge, donne quelques réceptions où se presse le tout-Paris — un tout-Paris disparate où se côtoient les hommes du passé et ceux qui se veulent l'avenir. De même qu'à Versailles autrefois, on entre aux Tuileries comme dans un moulin ; les jardins sont livrés à une foule qu'enchante la gaieté du dauphin, sous les yeux de sa mère apeurée.

En dehors des jours concédés au public, Marie-Antoinette prend le parti de « se renfermer dans son intérieur » pour empêcher qu'on ne parle d'elle, « sauf à louer son courage ». Elle y « converse en travaillant ». Fort adroite de ses doigts, elle a toujours aimé les travaux d'aiguille. Elle entreprend de vastes tapisseries qui lui permettent de tromper sa nervosité. Et elle ressasse avec ses dames les derniers événements. Pourquoi la déteste-t-on ? C'est la faute de « l'esprit de parti », des manigances du duc d'Orléans, de la folie des Français. Sa vraie consolation, elle la trouve dans ses enfants, qui sont presque toujours avec elle. Elle assiste aux leçons qu'on leur donne, s'extasie sur l'exploit de son fils, qui lui fait le plus beau cadeau de Noël en tenant sa promesse de savoir lire. Il a cinq ans ! « Le *Chou d'amour** est charmant et je l'aime à la folie, écrit-elle à son amie Polignac. Il m'aime beaucoup à sa manière, ne se gênant pas. [...] Il se porte bien, devient fort et n'est plus colère. » Et quand on lui demande s'il ne regrette pas Versailles, il déclare : « J'aime mieux Paris, parce que je vois davantage Papa et Maman. »

Louis XVI est un homme d'habitudes, il a les changements en horreur. Il retrouve son équilibre à mesure que la vie reprend sa régularité. Mais il supporte mal, physiquement, la claustration en ville qui le prive de chasse. Plus taciturne encore que de coutume, il lui arrive de rester des jours entiers plongé dans le silence, comme perdu dans une sorte d'abîme intérieur. Seules subsistent alors, intactes, les fonctions animales : il mange, il boit, il dort. La partie de billard qu'il dispute chaque jour avec sa femme, après dîner, ne suffit pas à éliminer les quantités de nourriture qu'il absorbe et la graisse l'envahit. Le même appétit chez un homme d'action semblerait normal. Mais lié à cette apparente hébétude, il inspire des doutes sur sa santé. Sans aller jusque-là, Marie-Antoinette a compris qu'elle ne pourra pas, comme elle le souhaite, se tenir à l'écart des affaires et qu'il lui faudra intervenir dès qu'il y aura des décisions à prendre.

Tensions familiales

Elle ne peut trouver aucun secours auprès de la famille. La reprise des soupers en commun, comme naguère, donne l'illusion de la bonne entente. Ils ont lieu désormais chez la reine et non plus chez la comtesse de Provence, et il y manque le couple d'Ar-

* Surnom déjà donné par Marie-Josèphe de Saxe à son fils aîné.

tois. Tous les soirs les Provence arrivent vers huit heures et demie et regagnent un peu après onze heures leur palais du Luxembourg, tandis que Madame Élisabeth n'a que quelques pas à faire pour retrouver sa chambre du pavillon de Flore. Mais le climat manque de chaleur.

Élisabeth, comme ses tantes, a refusé de se marier, pour ne pas cesser d'être française, disait-elle, préférant rester « aux pieds du trône de son frère » plutôt que de monter sur un autre. La vérité est qu'elle croyait ne pouvoir épouser qu'un futur roi et qu'on manquait de candidats. Elle a donc reporté sur ses frères, qu'elle admirait, toutes ses facultés d'amour inemployées. D'abord très liée avec Marie-Antoinette, elle a commencé à nourrir à son égard cette jalousie inconsciente des sœurs célibataires à l'égard de l'épouse. Les scandales et l'impopularité venant, elle se mit à en vouloir à sa belle-sœur de nuire au roi : Ah ! si elle avait été reine, les choses se seraient passées tout autrement. Chacune des deux femmes se livre donc autour de Louis XVI à une compétition affective inavouée, à laquelle s'ajoute bientôt une lutte d'influence. Sur le plan politique, Élisabeth affiche un conservatisme pur et dur, qui se radicalise à mesure que s'effondre l'autorité du roi. Et le prestige de celui-ci s'estompe chez elle au profit du comte d'Artois, héroïque chevalier de la croisade contre les hérésies politiques. Face aux concessions que semble encourager la reine, elle prêche la résistance radicale et la violence même ne la rebuterait pas, vu la grandeur de la cause. Elle échange avec son frère réfugié à Turin une correspondance enflammée qui, si elle tombait entre les mains de l'Assemblée, compromettrait gravement leur position à tous et elle entretient des relations suivies, à Paris, avec des « hommes à projet » échafaudant des plans dangereux.

Du côté des Provence, le climat est franchement

détestable. Aux inimitiés anciennes, nourries de blessures d'amour-propre accumulées et d'ambitions déçues, s'ajoutent les perspectives ouvertes par les récents bouleversements à ce pêcheur en eau trouble qu'est le comte : on en verra les effets au fil des mois. Quant à Marie-Joséphine de Savoie, elle n'a pas perdu sa langue acérée et son goût pour déchiffrer les caractères sur les visages, mais elle fait jeu à part. Entre elle et son mari, c'est maintenant la guerre. Il faut reconnaître qu'elle a de quoi lui en vouloir. Désespérant de voir jamais son mariage consommé, elle s'était prise pour sa dame d'atours, la pétulante Mme de Balbi, d'une de ces amitiés à la mode et menait dans sa maison de Montreuil une vie agréable tandis que son mari donnait chez lui à Brunoy des soupers de garçon réputés pour leur libertinage. Or ce mari, toujours soucieux de jeter un rideau de fumée sur une impuissance qui ne faisait de doute pour personne, s'était permis de lui souffler Mme de Balbi et de l'exhiber comme sa prétendue maîtresse. Doublement trompée, ulcérée, elle s'était repliée sur elle-même, cherchant consolation dans la boisson, au point, écrit Mercy-Argenteau à son maître, « qu'il en est résulté quelques scènes dégoûtantes ». De plus elle est tombée, vers 1785, sous la coupe d'une lectrice ambitieuse et cupide, nommée Marguerite Gourbillon, à qui elle voue une passion violente, enflammée, qui ne tarde pas à faire scandale. En février 1789, l'époux offensé obtient contre la lectrice une mesure d'exil qui la consigne à Lille et Marie-Joséphine en tombe malade : « Je ne veux vivre que pour vous et pour vous aimer », écrit-elle à sa chère Marguerite. L'opinion s'empara de l'affaire et le vaudeville princier fut porté sur la place publique. On dut lever l'exil, mais la lectrice ne put reprendre ses fonctions. Condamnée à la rencontrer en cachette, Marie-Joséphine, en dépit des préjugés issus de son éducation, se sent pousser alors une âme de révolutionnaire.

Elle applaudit à la nuit du 4 août et la haine qu'elle voue à son époux n'a d'égale que son mépris.

Le cercle de famille offrait donc à Marie-Antoinette peu de gens à qui parler. Elle ne pouvait compter que sur Fersen. Il tenait d'autant plus à rester à ses côtés qu'elle était plus isolée. « Enfin le 24 [novembre *], j'ai passé une journée entière avec elle, c'était la première, écrit-il à sa sœur ; jugez de ma joie, il n'y a que vous qui puissiez le sentir. » Elle attend de lui consolations et conseils.

Prisonniers

Lorsque l'ambassadeur madrilène Nuñez demanda à Marie-Antoinette, le 7 octobre, comment se portait le roi, elle lui répondit avec emphase : « Comme un roi captif. » Le lendemain, lorsque Bailly vint au nom de la ville de Paris la prier d'assister à un spectacle, elle se rebiffa : « Il fallait du temps pour perdre le souvenir des affligeantes journées qui venaient de se passer et dont son cœur avait trop souffert. [...] Étant arrivée à Paris précédée par les deux têtes des fidèles gardes qui avaient péri à la porte de leur souverain, elle ne pouvait penser qu'une telle entrée dans la capitale dût être suivie de réjouissances. » Les *Mémoires* de Saint-Priest, plus sobres, confirment ici les souvenirs de Mme Campan : le roi et la reine, plusieurs mois durant, se claquemurèrent dans les Tuileries, refusant obstinément d'en sortir.

Ce refus s'explique d'abord par le choc subi, dont

---

* La lettre étant datée du 27 décembre, on en conclut généralement que la journée évoquée ici est celle du 24 *décembre* : or il est très invraisemblable que Fersen ait passé seul avec la reine la veille de Noël. Mais il fait allusion, quelques lignes plus haut, à une lettre du 20 *novembre* reçue de sa sœur. C'est cette dernière date qui sert de référence interne.

ils ne se remettront jamais tout à fait. Si Marie-Antoinette se sent capable, à la rigueur, d'engager la conversation avec des femmes du peuple sur le pas de sa
porte, avec ses arrières assurés, elle répugne à s'exposer sans protection dans des lieux publics. À un réflexe
d'agoraphobie très compréhensible se joint la crainte
des insultes, voire même d'un attentat. Outre le danger
physique — qui vaut surtout pour elle —, tous deux
redoutent les multiples occasions où on leur fera sentir,
par des infractions calculées aux anciennes règles de
l'étiquette, que leur statut n'est plus ce qu'il était et
que l'autorité souveraine est passée aux mains de la
nation, représentée par l'Assemblée. Par un décret du
10 octobre, Louis XVI cesse d'être « Louis par la grâce
de Dieu roi de France et de Navarre », pour devenir
« Louis, par la grâce de Dieu et la loi constitutionnelle
de l'État, roi des Français ». À l'intérieur des Tuileries,
un semblant de cour mimant le rituel ancien leur donne
l'illusion de régner encore, comme avant. Mais dès
qu'ils sortent de chez eux, tout leur rappelle que le roi
n'est pas libre, puisqu'il a perdu son pouvoir de décision : il est politiquement captif.

On peut donc certes expliquer leur claustration
volontaire par le contrecoup de l'épreuve subie et leurs
plaintes par le réconfort moral équivoque qu'ils trouvent à se complaire dans le rôle de victimes inno-
centes : « Je défie l'univers de me trouver un tort réel,
écrit Marie-Antoinette à sa sœur ; je ne peux même
que gagner à être gardée et suivie aussi exactement... »
Mais ce n'est pas tout. Derrière la « captivité » du roi
se profilent des enjeux politiques majeurs. Durant les
mois qui suivent son retour forcé à Paris, l'Assemblée
travaille d'arrache-pied à reconstruire sur des bases
nouvelles l'administration du pays et à élaborer la
constitution. Sans attendre que celle-ci soit achevée,
elle commence d'en voter les premiers articles. Et
comme le roi reste chef de l'exécutif, il est invité à y

souscrire. Or, comme chacun le sait à l'époque, une très vieille règle juridique issue du droit romain pose que seul un homme libre est responsable de ses actes. Un prisonnier a donc le droit de mentir et il peut reprendre ensuite sa parole donnée sous la contrainte. C'est pourquoi Louis XVI et Marie-Antoinette mettent si fort l'accent sur les violences subies : elles exonèrent le roi de toute responsabilité dans les décrets qu'on le force à signer.

Tel est le sens de la lettre qu'il adresse dès le 12 octobre à Charles IV d'Espagne. Il y proteste solennellement contre les mesures qui lui ont été arrachées depuis le 14 juillet et qu'on lui arrachera dans les mois à venir. Il ne sollicite pas d'aide. Il prend date, pour le jour où il pourra déclarer nul et non avenu tout ce qu'il a accepté sous la menace. Son cousin de Madrid, chef de la maison de Bourbon, lui servira de témoin et de garant. Que Marie-Antoinette, de sa propre initiative, charge le messager de s'informer sur d'éventuels secours, est une autre affaire. La lettre du roi, destinée à le mettre à couvert du reproche de parjure, est un document juridique *, rédigé dans les formes, sans doute avec l'aide et sur les conseils de légistes ou de prêtres. Car la règle de droit soulève aussi un problème de conscience : un prisonnier peut-il faire, sans pécher, des promesses qu'il n'a pas l'intention de tenir ? La réponse, plus nuancée puisque tout dépend du degré de contrainte, est tout de même positive. Louis XVI y gagne une réconfortante sérénité. Il a tort : l'argument, qui permet à un particulier d'excuser devant des juges ou dans un confessionnal un acte bien déterminé, n'a

---

* On peut le rapprocher du document que François Ier, prisonnier de Charles Quint à Madrid, trouva le moyen de faire enregistrer devant deux notaires : les serments qu'il se préparait à faire, contraint et forcé, seraient sans valeur. De façon assez surprenante mais logique, ces précautions juridiques devaient être prises *avant* de prendre les engagements mensongers et non *après* — ceci afin d'éviter les rétractations opportunistes.

aucun poids aux yeux du commun des hommes lorsqu'il s'agit d'un chef d'État multipliant les engagements insincères. Il s'embarque, fortement encouragé par Marie-Antoinette, dans une politique de double jeu qui ternira gravement son image et finira par les perdre tous deux.

L'Assemblée, où dominaient les avocats, n'avait pas besoin de connaître sa lettre secrète au roi d'Espagne pour pressentir le danger. Elle tenta d'y parer. D'où une situation paradoxale : tandis que les souverains font tout pour prouver aux yeux du monde qu'ils subissent une sévère captivité, elle ne rate pas une occasion de montrer qu'elle les laisse libres et de leur faire dire qu'ils sont heureux de vivre dans leur bonne ville de Paris. Et elle y réussit en partie. Au cours de l'hiver en effet, ils se rendent compte que la réclusion volontaire est périlleuse. Elle creuse de plus en plus chaque jour, autour des Tuileries, l'invisible fossé qui les coupe de leur peuple. Et elle donne raison à ceux qui les soupçonnent de comploter. Ils se décident donc à sortir de leur tour d'ivoire. Le 4 février, Marie-Antoinette elle-même se résout, la rage au cœur, à adresser un petit discours aimable aux députés qui raccompagnent le roi après la séance où celui-ci vient de se déclarer en plein accord avec eux. Comment résister d'autre part à la tentation de profiter des adoucissements offerts ? Car l'Assemblée, devant ce qui peut passer pour des marques de bonne volonté de leur part, relâche l'étreinte. Non seulement ils sont parfaitement libres de leurs mouvements à Paris, mais on les autorise à s'installer à Saint-Cloud durant les mois d'été de 1790. Ils y séjournent du 11 juin au 30 octobre, dans un cadre champêtre, loin des pressions de la rue.

Si l'on en croit les plaintes de Marie-Antoinette à Saint-Priest, ils y faisaient l'objet d'un espionnage de tous les instants. La Fayette avait commis à leur garde quelques-uns de ses aides de camp. Celui qui était affecté à la reine ne la perdait pas de vue. « Quand je regarde dans le parterre, j'aperçois cet homme sur les hauteurs qui dominent ; si je vais où je l'ai vu, je l'aperçois sur la hauteur voisine. » À la promenade soit à pied, soit à cheval, il la suivait constamment, et il dormait la nuit dans son antichambre. En fait la surveillance était bien plus légère qu'elle ne le dit et il finit par s'établir entre les souverains et leurs gardes, d'ailleurs choisis dans la bonne bourgeoisie, une manière de familiarité. Ceux qui l'accompagnèrent à Bellevue pour une visite à ses tantes passèrent l'après-midi à jouer avec le dauphin et le jeune frère de la future Mme de Boigne. Le roi, de son côté, se sentait revivre depuis qu'il pouvait galoper à perdre haleine sur les traces de ses gibiers favoris. Aucune restriction n'était mise aux visites. Fersen, qui séjournait à proximité dans des maisons amies, s'y rendait aussi librement qu'à Paris et en ressortait parfois à des heures indues. Un garde, l'apercevant à trois heures du matin, faillit l'arrêter, en parla à Saint-Priest, qui crut devoir prévenir la reine qu'il courait des risques : « Dites-le-lui si vous le croyez à propos. Quant à moi, je n'en tiens compte. »

S'ils avaient voulu fuir, la chose aurait été très facile. Si facile qu'on peut se demander si on ne cherchait pas à tester leur degré de résignation. Mais peut-être ce laxisme visait-il simplement à démontrer qu'ils étaient bien libres. En tout cas on les laissait faire en fin d'après-midi de longues promenades qui ne les ramenaient au château que vers neuf heures du soir. Pour chacun d'eux la garde se réduisait à un seul aide de camp, tandis qu'ils conservaient leurs écuyers et leurs pages. Il leur aurait suffi de se donner rendez-vous à quatre lieues de Saint-Cloud dans un bois où les attendraient des complices. Une fois les aides de camp « gagnés ou soumis », toute la famille s'embarquerait dans une grosse berline et fouette cocher ! Vu l'heure tardive à laquelle l'évasion serait découverte, les fugitifs disposeraient de six ou sept heures d'avance. Où iraient-ils ? La bonne Mme Campan ne le dit pas. Il se peut que la question n'ait jamais été soulevée, car Louis XVI se refusa à envisager le projet.

Les souverains s'imaginaient que le temps travaillait pour eux.

Espoirs et illusions

« Il faut inspirer de la confiance à ce malheureux peuple, écrit Marie-Antoinette en mai 1790 ; on cherche tant à l'inquiéter et à l'entretenir contre nous ! Il n'y a que l'excès de la patience et la pureté de nos intentions qui puissent le ramener à nous ; il sentira tôt ou tard combien, pour son propre bonheur, il doit tenir à un seul chef, et quel chef encore ! celui qui, par l'excès de sa bonté, et toujours pour leur rendre le calme et le bonheur, a sacrifié ses opinions, sa sûreté et jusqu'à sa liberté ! Non, je ne puis croire que tant de maux, tant de vertus ne soient pas récompensés un jour ! »

Rien n'illustre mieux que cette lettre — une choisie parmi d'autres — l'ampleur des illusions dont se berce le couple royal, simplifiées jusqu'à la caricature. Tout y est. Au départ la conviction, indéracinable, qu'aucun régime ne convient à la France en dehors de la monarchie absolue, qui seule peut faire son bonheur parce que seule elle est conforme à l'ordre du monde, voulu par Dieu de toute éternité. La référence religieuse n'est pas explicite, mais elle sous-tend l'idée que les souffrances subies ne sont qu'une épreuve, qui leur vaudra plus tard une compensation à la mesure de leurs mérites et de leurs vertus. Une bonne conscience ingénue va jusqu'à transformer en sacrifice volontaire les concessions arrachées au roi par l'émeute. S'y ajoute la thèse du complot, qui dispense de s'interroger sur les causes sociales et politiques de la crise. Des méchants ont égaré le « bon » peuple et l'ont dressé contre son « bon » roi, mais il est impossible que l'aveuglement se prolonge. Le peuple se reprendra, il suffit d'attendre, « de bien épier le moment où les têtes seront assez revenues pour les faire jouir enfin d'une juste et bonne liberté, telle que le roi l'a toujours désirée ». Chez Marie-Antoinette, la politique se confond avec une morale qui s'abâtardit elle-même en sentimentalité.

Bien que Louis XVI n'ait fait de confidences à personne, il est permis d'espérer que ses vues sont un peu moins simplistes. Mais sa foi lui interdit de remettre en cause une conception de la monarchie qui fait de lui le représentant de Dieu sur la terre et l'unique détenteur de la souveraineté. De plus son éducation, nourrie de Bossuet et de Fénelon, l'a conduit à prendre très au sérieux le rôle de « père » de ses sujets traditionnellement attribué au roi. Il a vécu le naufrage final dans lequel s'abîme son règne comme un échec, suffisant pour le déstabiliser psychologiquement, mais pas pour ébranler les dogmes qui justifient son existence. Mesure-t-il l'ampleur de la vague de fond qui soulève la France ? Se rend-il compte que lorsqu'on l'acclame à l'Hôtel de Ville ou à l'Assemblée, c'est sa capitulation qu'on applaudit ? Sent-il que le vieux lien de fidélité personnelle qui liait les sujets à leur roi se déplace chaque jour un peu plus au profit de la nation ? S'il avait des doutes sur la question, la fête de la Fédération a dû suffire à les lui ôter. Sans un élan spontané, profond, aucun complot, aucune manipulation au monde n'auraient pu faire se lever 25 000 fédérés, venus à pied du fond de leurs provinces commémorer l'anniversaire de la prise de la Bastille, ni amener les Parisiens, hommes et femmes, bourgeois et ouvriers confondus, à manier la pelle, la pioche et la brouette pour que les tribunes du Champ-de-Mars soient prêtes au jour dit. Le peuple s'est enivré de l'âpre vin de la liberté et de l'égalité. Quoi qu'il arrive, il n'en oubliera jamais le goût. Quand Louis XVI comprit-il que le mouvement était irréversible et que rien ne pourrait plus être tout à fait comme avant ? On ne sait. Mais comme toujours face aux difficultés, lors de ses problèmes conjugaux notamment, il se réfugia dans l'attentisme, comptant sur le temps, ou sur un miracle, pour le tirer d'embarras. S'il ne partageait pas totalement la confiance de Marie-Antoinette en un revirement du peuple, il était d'accord avec elle sur la conduite à adopter : attendre, tenir, au prix de concessions que leur « captivité » frappait d'avance de nullité.

Toute menée contre-révolutionnaire ne pouvait que compromettre leurs chances de reconquérir les Français. Aussi furent-ils tous deux consternés lorsque le comte d'Artois lança de Turin, au lendemain même des journées d'octobre, un appel pathétique à l'empereur, pour l'inviter à secourir son beau-frère et sa sœur outragés et à arrêter la diffusion du « venin » révolutionnaire qui menaçait d'infecter toute l'Europe. Mais Joseph II, engagé aux côtés de la Russie dans une guerre contre les Turcs où l'appui français lui faisait cruellement défaut, n'avait pas les moyens d'intervenir. Il était certes bien placé pour apprécier le risque de contagion : ses propres États se rebellaient contre les réformes radicales qu'il leur avait imposées trop vite ; après la Bohême, la Hongrie s'agitait — on y chantera bientôt, traduits en latin, la *Marseillaise* et le *Ça ira*, devenu *Hoc ibit...* — et les Pays-Bas en pleine insurrection s'apprêtaient à le déposer et à proclamer leur indépendance. Mais, peinant à rétablir l'ordre chez lui, comment l'aurait-il rétabli chez les autres ? Comprenant que les rodomontades d'Artois ne pouvaient que nuire au roi et à la reine, il l'invita très fermement à renoncer à tout dessein offensif et à rega-

gner la France pour concourir avec son frère au bien
de l'État, en comptant que le temps apaiserait les passions. Il agonisait, rongé de fièvre, crachant le sang, au
stade terminal d'une tuberculose pulmonaire. Il mourut
le 20 février 1790, hanté par le sentiment de l'échec :
« Pourquoi ne suis-je pas aimé de mon peuple ? »
gémissait-il comme en écho au cri de Marie-Antoinette. L'expérience et les épreuves lui avaient enseigné
sur le tard les vertus de la modération et de la patience.
Son frère Léopold II, qui lui succéda, en était
convaincu depuis toujours. Il s'occupa de pacifier ses
États et éconduisit les émigrés qui, hélas ! n'en continuèrent pas moins de diffuser leurs proclamations
incendiaires, pour le plus grand dommage des malheureux souverains français.

Les projets d'évasion comportaient pour eux un
risque analogue : si on les soupçonne de chercher à
fuir, c'en est fait du regain de popularité escompté.
Mais Marie-Antoinette, sur ce point, n'est pas aussi
ferme qu'en ce qui concerne les émigrés. Depuis le
jour où on l'a traînée à Paris enchaînée au char de la
Révolution triomphante, elle n'a jamais cessé de penser à la fuite. Elle est restée semblable à la petite dauphine indocile que la seule idée d'une contrainte
suffisait à révolter. Mais elle a maintenant les meilleures raisons de rejeter le joug. Elle veut sa liberté.
Cet irrépressible désir se sent et se voit. C'est donc
vers elle que se tournent tous les auteurs de plans aussi
variés que hasardeux.

Dès l'arrivée aux Tuileries, son secrétaire des
commandements, Augeard, lui suggéra d'aller en personne à Vienne avec ses enfants plaider sa cause
auprès de l'empereur. Le roi serait en danger ? « Ils le
mettraient plutôt dans du coton que de lui faire le
moindre mal. Ces gens-là savent que les rois ne meurent jamais en France. » Pas très convaincue, elle
hésita, puis refusa, craignant peut-être, ajoute Augeard,

« qu'on n'eût forcé le roi, dont elle connaissait la faiblesse, à la sacrifier ». Elle ne partirait pas sans lui.

L'apathie de Louis XVI et son indécision chronique inspirèrent aux comploteurs bien des idées chimériques. On le sauverait malgré lui. On l'enlèverait. Telle est la proposition qu'un certain comte d'Inisdal, soutenu par quelque nobles, tenta de faire agréer à la reine au mois de mars 1790. Tout était prêt, les gardes nationaux de service étaient gagnés, les relais de poste préparés. Comme on ne pouvait tout de même pas l'emmener de force, on comptait sur sa femme pour obtenir son aveu à la dernière minute. Il jouait au wisk avec elle lorsque Campan, si l'on en croit sa bru, fit passer le message. Il continua sa partie comme s'il n'avait pas entendu, puis il finit par répondre : « Dites à M. d'Inisdal que je ne puis consentir à ce qu'on m'enlève. » Selon Mme Campan, la reine continua cependant de préparer ses cassettes de bijoux pour le départ : « Elle pensait qu'on interpréterait la réponse du roi comme un consentement tacite et simplement comme un refus de participer à l'entreprise. » Jugeait-elle vraiment que son mari avait atteint un degré de veulerie tel qu'il voulût se faire forcer la main ? Pensait-elle que c'était là le moyen de mettre sa responsabilité hors de cause en cas d'échec ? Les *Souvenirs* de Mme Campan sont, on le sait, fort sujets à caution. Rien ne garantit que cet épisode soit exact dans tous ses détails. Mais il est sûr que l'idée d'un enlèvement du roi était dans l'air. Et il est également certain que la reine voulait fuir.

Durant l'été de 1790, la tentation est trop vive, les facilités offertes par le séjour à Saint-Cloud fouettent les imaginations. Marie-Antoinette écrit tant de lettres et déploie une activité si fébrile qu'elle éveille les soupçons. Si elle se remet à l'équitation, n'est-ce pas en vue de s'échapper ? On l'imagine déjà à cheval avec le dauphin dans ses bras, galvanisant les troupes dans quelque place forte de province, comme jadis sa mère face aux Hongrois. Mais le roi, lui, ne veut rien entendre. On lit dans *La Correspondance secrète,* à la date du 9 octobre : « La reine voudrait à quelque prix que ce fût que le roi s'éloignât davantage de la capitale. On peut dire que dans tous ces plans de conspiration qui se renouvellent tous les jours, on n'en voit pas un seul de bien concerté, ni un seul homme de tête qui les dirige. Dernièrement, le roi a prouvé d'une manière très énergique sa façon de penser relativement à tous ces projets de contre-Révolution. En colère contre l'obsession perpétuelle où il est par toutes ces menées, il dit : "Le premier b... qui me parlera de conspiration ou de départ, je lui f... mon pied dans le ventre." Faut-il qu'il soit irrité pour qu'il se laisse aller à jurer ! Mais, ajoute malicieusement le nouvelliste, il n'a pas dit : "La première b...", et c'est là que le bon roi se laissera prendre. »

Mirabeau ou la déception réciproque

Il y a bien un homme de tête muni d'un plan bien concerté, qui s'est offert à les sauver. Mais c'est un des meneurs de l'Assemblée nationale, et son plan n'est pas contre-révolutionnaire.

Honoré-Gabriel Riquetti, comte de Mirabeau, semblait avoir pris plaisir à gâcher les chances que lui offrait sa naissance lorsque la Révolution lui fournit un théâtre à la mesure de ses ambitions. Sa vie privée scandaleuse, ses débauches, ses duels l'avaient mis au ban de la noblesse provençale et lui avaient valu de connaître de l'intérieur les prisons qu'il allait dénoncer avec tant de véhémence. Rejeté par sa famille, renié par ses pairs, il fut élu aux États généraux, dans les rangs du tiers, par les sénéchaussées d'Aix et de Marseille. Il domina aussitôt l'Assemblée. Il avait alors

quarante ans. De taille moyenne, corpulent, le front bas
sous une forêt de cheveux, la puissante laideur de sa
« terrible hure » — l'expression est de lui — évoquait
pour Chateaubriand les figures tourmentées du *Jugement dernier* de Michel-Ange. Les sillons creusés sur
son visage par la petite vérole avaient l'air « d'escarres
laissées par la flamme ». « Quand il secouait sa crinière
en regardant le peuple, il l'arrêtait ; quand il levait sa
patte et montrait ses ongles, la plèbe courait furieuse. »
Lorsqu'il faisait rouler les torrents de son éloquence
enflammée, nul ne se fût risqué à l'interrompre. On le
trouve à l'origine des principaux coups portés par les
députés à la monarchie absolue : serment du Jeu de
paume, transformation des États en Assemblée nationale, nuit du 4 août. Mais il ne trempa pas dans les
mouvements populaires. Il n'avait rien d'un déma-
gogue. « Il aimait la liberté par sentiment, dit le duc
de Lévis, la monarchie par raison et la noblesse par
vanité. » Ses vœux allaient à une monarchie constitutionnelle avec pouvoir exécutif fort, où il ne lui aurait
pas déplu d'être premier ministre. Et en octobre 1789,
il estimait qu'il fallait freiner la Révolution sous peine
de voir le pays se désintégrer dans l'anarchie.

Dans le régime qu'il rêvait de mettre sur pied, il
avait besoin d'un roi. Il fit donc parvenir aux souverains des offres de services. Elles furent repoussées
avec horreur. Marie-Antoinette le mettait dans le même
sac que les égorgeurs : « Nous ne serons jamais assez
malheureux, je pense, pour être réduits à la pénible
extrémité de recourir à Mirabeau. » Il songea alors à
une solution de rechange : faire abdiquer le roi en
faveur de son fils et lui substituer un régent. Mais il
s'aperçut très vite que le duc d'Orléans n'avait pas
l'étoffe requise, et le comte de Provence, qu'il fit pressentir, se tint sur la défensive. Il lui fallait se contenter
de Louis XVI et donc obtenir l'agrément de sa femme.
Lorsque celle-ci prit en février 1790 l'initiative de
renouer la négociation, il ne se le fit pas dire deux fois.

Voyant les rangs monarchistes s'éclaircir à l'Assemblée du fait de l'émigration et mesurant l'inefficacité de leur appui, le roi et la reine songeaient à rallier à leur cause les maîtres du jour, La Fayette, qui tenait la garde nationale et Mirabeau, qui tenait l'Assemblée. Mais une invincible répugnance, née des journées d'octobre, les retenait face à La Fayette. Ils avaient en revanche entendu dire qu'il y avait beaucoup à espérer de Mirabeau, sans doute par Mercy, très lié avec un de ses compatriotes, le comte de La Marck*, qui était un ami du tribun. Ce sont en tout cas ces deux personnages qui se voient chargés de nouer le contact. Ils doivent d'abord, comme préalable, garantir que l'intéressé « n'a point eu part aux horreurs » d'octobre. Mais cela ne suffit pas à rasséréner Marie-Antoinette. Seule la nécessité oblige les souverains à « faire le sacrifice de leurs sentiments personnels », face à un homme dont toute l'existence « n'a été que fourberie, astuce et menterie ». Ils se résignent à « l'employer », à condition de ne jamais le rencontrer. Pour dîner avec le diable, il faut une très longue cuillère : deux intermédiaires ne seront pas de trop pour les protéger de ce contact impur. Bien que Marie-Antoinette ne cesse de se plaindre de leur « horrible position », ni elle ni son époux ne semblent avoir pris conscience du danger, ni compris que le tribun tient leur destin entre ses mains. Ils le recrutent, moyennant salaire, pour les « servir utilement », c'est-à-dire pour agir selon leur gré. Qu'il commence donc de « mettre ses idées par écrit ». La Marck en fera part à la reine, qui les communiquera au roi. Et surtout qu'il garde le plus grand secret : Necker

---

* Le comte de La Marck, prince d'Arenberg, était un de ces grands seigneurs des Pays-Bas autrichiens qui, comme Mercy, faisaient carrière ici ou là au gré de leurs sympathies ou de leurs intérêts. Il siégeait alors aux États généraux comme député d'un bailliage du nord où il détenait des propriétés le rendant éligible. Il finira sa vie au service de l'Autriche.

— piètre excuse ! — ne tolérerait pas de le voir empiéter sur ses prérogatives. Ils s'imaginent qu'ils le domineront, puisqu'il est vénal, et croient pouvoir jouer au plus fin. Le malentendu est complet.

La Marck, atterré, s'en aperçut aussitôt : « Je ne concevais pas comment le roi pouvait songer à employer, à l'insu de ses ministres, un homme tel que Mirabeau », dont les conseils et les actes seraient en opposition directe avec les leurs. Car bien que Mirabeau n'ait aucun scrupule à se faire allouer de quoi se libérer de ses dettes et acheter quelques ralliements — après tout, Louis XVI a payé beaucoup d'autres dettes et rémunéré des courtisans pour de bien moindres services —, il ne trahit nullement ses convictions en travaillant pour le roi. Il promet « loyauté, zèle, activité, énergie et courage », mais en spécifiant qu'il est l'homme « du rétablissement de l'ordre, non d'un rétablissement de l'ordre ancien ». Il compte convaincre le roi de prendre la direction du mouvement au lieu de s'y opposer, afin de retrouver comme chef de la nation régénérée l'autorité que la longue fronde des privilégiés lui a fait perdre. L'idée n'est pas originale. Malesherbes l'avait formulée avec vigueur quelques années plus tôt. Elle était partagée, en 1790, par tous les esprits lucides.

Sur la stratégie à suivre, exposée à travers une série de « notes » qui ont été conservées, Mirabeau a des vues géniales, mais malaisément praticables. Schématisons à l'extrême. Dans un premier temps il faut laisser l'Assemblée se déconsidérer par ses mesures intempestives et en profiter pour retourner l'opinion. Les souverains peuvent y concourir en multipliant les occasions de se montrer, de parler aux gens, de se les concilier : ils ont d'ailleurs commencé de le faire. Mais c'est un travail de fourmi, qui demande à être soutenu par une véritable officine de propagande, capable de contrer l'effet des libelles adverses. On n'entrera pas ici dans le détail des différents « ateliers d'influence » qui devaient se partager la tâche et l'on soulignera seulement la modernité du projet. Ensuite, quand le roi aura regagné en popularité, il sortira de Paris pour se soustraire à la pression des agitateurs. Mais attention ! il n'est pas question de fuir : « Un roi ne s'en va qu'en plein jour quand c'est pour être roi. » Il avisera l'Assemblée de son départ. Il n'ira pas « se retirer à Metz ou sur toute autre frontière », au risque « de ne pouvoir rentrer dans ses États que les armes à la main, ou d'être réduit à mendier les secours étrangers ». Il se rendra en Normandie par exemple, ou au moins à Fontainebleau ou à Compiègne, et, entouré de troupes sûres, il fera un appel solennel au pays tout entier, l'invitant à se rallier à lui, comme chef du « parti national » devenu le sien.

Le plan est superbe et Mirabeau s'exalte. Mais comment communiquer sa flamme à coups de notes manuscrites, par l'entremise d'un intermédiaire ? Il connaît la fascination qu'exercent sa parole, sa présence. Il veut une entrevue. C'est la reine qu'il lui faut conquérir, il le sait. Il pense que la part de grandeur et d'audace que comporte son plan trouvera un écho chez la fille de Marie-Thérèse : « Le roi n'a qu'un homme, c'est sa femme. Il n'y a de sûreté pour elle que dans le rétablissement de l'autorité royale. J'aime à croire qu'elle ne voudrait pas de la vie sans sa couronne ; mais ce dont je suis bien sûr, c'est qu'elle ne conservera pas sa vie sans sa couronne. » Contre toute attente, Mercy n'a aucune peine à persuader Marie-Antoinette. Elle accepte, non sans arrière-pensées. Elle a deviné la fatuité de Mirabeau et pressenti qu'elle pourrait prendre barre sur lui. Sans l'horreur que lui inspire son « immoralité », confiait-elle à un correspondant alsacien au mois d'avril, elle aurait déjà consenti à le voir, croyant que son « caractère de femme » lui donnerait « plus de force et d'adresse que tout autre pour lui répondre ». Le jour où elle s'y résout, elle compte faire jouer sur lui — un homme à femmes s'il en fût — les inépuisables ressources de son charme. L'entrevue promettait d'être, au-delà du débat politique, une confrontation entre deux fortes personnalités, réciproquement résolues à se séduire.

Elle eut lieu à Saint-Cloud, le 3 juillet 1790, entourée du plus extrême secret. Les récits qui nous sont parvenus, tardifs et de seconde ou de troisième main, sont fantaisistes. Où eut-elle lieu ? On ne le sait pas exactement. Mais il n'y eut pas de tête-à-tête dans un bosquet du parc — transposition diurne de la fameuse scène avec Rohan ! Le comte de La Marck est formel : Mirabeau « se rendit à l'heure indiquée dans l'appartement de la reine, où se trouvait aussi le roi ». Y a-t-il contradiction avec la lettre écrite quelques jours plus tôt à Mercy par Marie-Antoinette ? « J'ai trouvé un endroit, disait-elle, non pas commode, mais suffisant pour le voir et pallier tous les inconvénients des jardins et du château. » On a suggéré que cet endroit neutre et discret a pu être la maison alors privée de ses occupants qu'occupait auparavant Breteuil en tant que gouverneur du domaine.

Sur la scène elle-même, seul est fiable le témoignage de La Marck. La reine dut réprimer « un mouvement d'horreur et d'effroi » à la vue de celui qu'elle tenait pour un monstre, et en fut tellement agitée qu'elle en aura ensuite un malaise. Il n'y parut pas, semble-t-il, puisque Mirabeau sortit de Saint-Cloud « enthousiasmé » : « Il ne parlait que de l'agrément de cette entrevue. » Comme on ne peut raisonnablement attribuer cet enthousiasme à l'éloquence du roi, on est conduit à penser que celui-ci joua comme à son ordinaire le rôle d'un personnage muet, et que le charme de la reine opéra. Face à elle Mirabeau se sentit pousser des ailes de chevalier servant. Certes il ne s'exclama sans doute pas, comme le prétend le comte de Vieil-Castel : « Elle est bien grande, bien noble et bien malheureuse, mais je la sauverai. » Contentons-nous des mots que nous transmet La Marck : « Rien ne m'arrêtera, je périrai plutôt que de manquer à mes promesses. » Ce qui, sous une forme moins romanesque, revient à peu près au même. Marie-Antoinette a conquis Mirabeau. La réciproque n'est pas vraie. Derrière la reine veille Fersen, conseiller privilégié, prêchant la réserve.

De part et d'autre, la déception vient très vite. Le plan de Mirabeau est irréaliste. Les ateliers d'influence restent à l'état de projet, faute de ressources pour les financer et d'hommes pour les mettre en œuvre. Les efforts des souverains pour se concilier le peuple sont peu payants. Capables de se contraindre et de donner le change dans les grandes occasions, comme la fête de la Fédération, où on les acclame, ils laissent le naturel revenir au galop dans leur comportement quotidien. La petite cour à coloration très réactionnaire qui s'est reformée autour d'eux joue à nouveau un rôle d'écran, comme jadis celle de Versailles, entre eux et le peuple. Ils se sentent mal à l'aise en dehors d'elle et l'on voit trop, dans les rues, les lieux publics, les hôpitaux, qu'ils se forcent à être aimables. La reine « a tout ce qu'il faut pour s'attacher les cœurs des Parisiens, remarque La Fayette, mais une ancienne morgue et une humeur qu'elle ne sait point assez cacher les lui aliènent le plus souvent ». Le roi, quant à lui, n'a rien de ce qu'il faudrait et s'enferme dans un morne silence. Et comme leurs adversaires disposent d'une très large audience grâce à la presse, il est clair qu'ils ne remonteront jamais la pente. Inutile dans ces conditions de songer à quitter Paris. Ce pourrait être faisable en s'assurant la complicité de La Fayette ; mais ce serait trop demander à la reine que de faire des avances à l'homme des 5 et 6 octobre, pour un résultat douteux. D'ailleurs, elle n'est pas contente des maigres résultats obtenus par Mirabeau à l'Assemblée : il n'a pu faire réserver au roi la maîtrise exclusive de la paix et de la guerre.

Entre eux le conflit éclate vite. Dans sa note du 13 août, Mirabeau, souhaitant tirer le roi de sa léthargie et le décider à choisir une ligne de conduite ferme, a cru devoir frapper un grand coup : « Quatre ennemis arrivent au pas redoublé : l'impôt, la banqueroute, l'armée, l'hiver. Il faut prendre un parti, [...] se préparer aux événements en les dirigeant. En deux mots, la guerre civile est certaine et peut-être nécessaire. » Réaction indignée de Marie-Antoinette : « Il me paraît fou d'un bout à l'autre. [...] Comment peut-il croire que jamais, mais surtout dans cet instant, le moment soit venu pour que nous, nous provoquions la guerre civile ? » Ce n'est pas tout à fait ce que Mirabeau voulait dire. À l'automne, il croit encore qu'un nouvel entretien lui permettrait de s'expliquer. Mais sa propre position chancelle. L'amélioration spectaculaire de son train de vie a inspiré des soupçons, on l'accuse de trahir la Révolution. Il tente de se disculper en attaquant violemment à l'Assemblée la droite royaliste, avec d'autant plus de conviction que celle-ci, faute de savoir qu'il travaille pour le roi, n'a cessé de contrarier ses démarches. La reine crie à son tour à la trahison. Comment lui faire comprendre qu'il s'agit d'une manœuvre tactique ? Victime du secret, des cachotteries, des faux-semblants, la confiance est morte. La reine charge La Marck, navré, de faire savoir très sèchement à Mirabeau « que la meilleure façon de servir les gens est de les servir comme il leur convient » : « Il a assez d'esprit, et je veux croire de zèle, ajoute-t-elle, pour marcher sur la route que je viens de tracer. »

C'est fini. Mirabeau a compris. Il ne les tirera pas du sommeil où ils s'engourdissent tandis que leur maison brûle. Son grand rêve est mort. Lui-même n'a plus que six mois à vivre. Ayant flambé son existence au feu de toutes les passions, il disparaît le 2 avril 1791 en disant à ses amis : « Ce n'est pas sur moi qu'il faut pleurer, c'est sur la monarchie ; elle descend avec moi au tombeau. » Pas encore, le fruit n'est pas tout à fait mûr. Pour l'instant c'est seulement la reine qui est menacée.

Marie-Antoinette en grand danger

Aux yeux du nouveau régime, la reine n'a pas d'existence officielle. L'Assemblée s'applique à la dissocier de son époux. Il est des signes qui ne trompent pas. Le premier article de la constitution accorde l'inviolabilité au roi, pas à elle. Le jour de la fête de la Fédération, elle ne figure pas à ses côtés dans la tribune d'honneur édifiée devant l'École militaire et doit se contenter d'un simple balcon. En mars 1791, l'Assemblée propose d'exclure les femmes de la régence. Visiblement, elle encombre. L'influence occulte qu'elle exerce au gouvernement choque une opinion largement misogyne. Les mieux intentionnés à l'égard du souverain se désolent de voir rejaillir sur lui l'impopularité de la reine. Les tenants de la monarchie constitutionnelle pensent qu'elle est l'âme de la résistance aux réformes et que sans elle le roi serait plus conciliant. On lui conseilla de partir, elle refusa et, d'après Mme Campan, fit à la duchesse de Luynes une de ces réponses héroïques qui masquent une réalité plus triviale : si l'on n'en voulait qu'à elle, elle était prête à « faire le sacrifice de sa vie à la haine publique », mais comme on en voulait au trône, ce serait lâcheté de sa part d'abandonner le roi dans le péril. En vérité, elle sait que, si elle s'en va, elle ne reviendra jamais. Mais elle n'a pas tout à fait tort de penser que son époux n'y gagnera rien. Car il ne manque pas de gens en France qui ne souhaitent la mettre à l'écart que pour priver celui-ci du peu d'énergie qu'elle lui insuffle.

Sans elle, il serait aisé de se débarrasser de ce roi soli-
veau, à qui ses propres affaires semblent aussi indiffé-
rentes que celles de l'empereur de Chine

À quoi sert Louis XVI ? Sa passivité encourage deux
types de spéculations. D'un côté, les nostalgiques d'un
pouvoir fort pensent que tout irait mieux s'il y avait un
autre souverain sur le trône — ce fut un temps l'idée
de Mirabeau. D'un autre côté, l'aile gauche de l'Assemblée et une partie de l'opinion commencent à se
dire qu'on pourrait très bien se passer de roi. Dans les
deux cas, la reine constitue le premier obstacle à écarter. Bien qu'on ait pu prévenir, une fois ou deux, une
tentative d'assassinat ou d'empoisonnement, elle ne
craint pas directement pour sa vie. Elle a bien retenu la
leçon du *Mariage de Figaro* : l'arme sera la calomnie.

On ne donnera ici que deux exemples de machinations visant, en même temps qu'elle ou à travers elle,
à détrôner le roi.

La première est le complot de Favras, à la Noël
1789. L'affaire est mal connue, parce que le secret fut
bien gardé, mais on en sait assez pour en entrevoir le
but. Elle eut pour inspirateur le comte de Provence et
pour protagoniste un de ces exaltés comme en produi-
sent les époques troublées, généreux, téméraire et
brouillon. Il s'occupait à réunir des fonds en vue de
l'entreprise lorsqu'il se fit prendre et le public en fut
aussitôt averti par un billet qui circula au sortir de la
messe de minuit : « Le marquis de Favras a été arrêté
avec madame son épouse dans la nuit du 24 pour un
plan qu'il avait de faire assassiner M. de La Fayette et
M. le Maire et ensuite de nous couper les vivres. Monsieur frère du roi était à la tête. » Le signataire, un
mystérieux Barrauz, ne put jamais être identifié et rien
ne vint confirmer le prétendu projet d'assassinat. Mais
il y avait bien anguille sous roche. Le comte de Provence para superbement le coup en se rendant de lui-
même devant la municipalité de Paris, pour expliquer

que Favras n'était pour lui qu'un intermédiaire financier chargé de négocier un emprunt nécessaire au paiement de diverses dettes. Son sang-froid et son
éloquence firent merveille, il convainquit. Restait à
s'assurer du silence du malheureux, qui se voyait poursuivi pour une conspiration de grande envergure : il se
sacrifia — ou plutôt on l'aida à se sacrifier, en lui faisant savoir qu'il serait gracié au dernier moment s'il
se taisait. Au pied de la potence, il comprit qu'il pourrait se venger en parlant, mais qu'il ne sauverait pas sa
tête. Il se tut. Il fut pendu le 19 février et Marie-Antoinette poussa, comme le reste de la famille royale, un
gros soupir de soulagement.

Elle fut très contrariée lorsque, quelques jours plus
tard, on fit paraître devant elle la veuve et le fils du
condamné. « Libre dans mes actions, dit-elle à
Mme Campan, je devais prendre l'enfant d'un homme
qui vient de se sacrifier pour nous et le placer à table
entre le roi et moi ; mais environnée des bourreaux qui
viennent de faire périr son père, je n'ai même pas osé
jeter les yeux sur lui. Les royalistes me blâmeront de
n'avoir pas paru occupée de ce pauvre enfant ; les
révolutionnaires seront courroucés en songeant qu'on
a cru me plaire en me le présentant. » En fait, on n'a
pas cru lui plaire, on a cherché à la compromettre en
la faisant passer pour complice. Ce n'était qu'un
moindre mal, à côté de ce qui l'attendait en cas de
succès de l'affaire. Elle ne sut jamais à quoi elle avait
échappé. Car les conjurés projetaient, semble-t-il, de
l'enlever, elle, son mari et leurs enfants, de les isoler
dans quelque place de province sous prétexte de sûreté,
et d'en profiter pour faire proclamer la déchéance de
Louis XVI pour incapacité, au profit de son frère cadet,
régent et peut-être bientôt roi de France.

Peu de temps après, une autre offensive se dessina
contre la reine, au grand jour cette fois, et venue du
parti populaire. « On veut soulever la question de la

régence et celle du divorce du roi », écrit La Marck à Mercy, le 9 novembre 1790. La Fayette, toujours à la remorque des plus forts, a osé faire pression sur la reine en ce sens, allant jusqu'à lui dire que, « pour obtenir le divorce, on la rechercherait en adultère ». Et l'on parla de faire revenir à Paris Jeanne de La Motte en vue de réviser son procès. Le bruit courut même un instant qu'elle se pavanait dans un superbe hôtel particulier place Vendôme, aux frais du duc d'Orléans. Laissons ici la parole à Mirabeau qui démonte très clairement, dans sa note du 12 novembre, le mécanisme de la machination : « Après avoir fait du procès de la dame de La Motte un poison destructeur pour la reine ; après avoir changé les calomnies les plus absurdes en preuves légales, capables de tromper le roi, ils feraient naître tour à tour les questions du divorce, de la régence, du mariage des rois, de l'éducation de l'héritier du trône. Au milieu de toutes ces discussions, de tous ces combats, il leur serait facile d'environner le roi de terreurs, de lui rendre le poids de la couronne toujours plus insupportable ; enfin de le réduire à une si vaine autorité qu'il abdiquât lui-même ou qu'il consentît à laisser, pendant le cours de son règne, son pouvoir en d'autres mains. »

Ce programme avait de quoi affoler Marie-Antoinette. Il lui promettait la réclusion à vie dans un couvent et, plus grave encore, un procès en adultère risquait de faire déclarer le dauphin bâtard et de le priver de ses droits. Elle n'avait plus d'espoir que dans la fuite et le secours des puissances étrangères. Restait à savoir quelle serait la réaction de Louis XVI à cette perspective. On remarque avec surprise, que tous, pendant ces deux années cruciales, ont les yeux fixés sur la reine, créditée d'une énergie et d'une influence sans doute exagérées. On tient son mari pour une « nullité », une chiffe molle, dont on peut faire n'importe quoi. Or Louis XVI n'est pas une chiffe molle. Il est très peu probable qu'il eût consenti à divorcer ou à abdiquer. Certes il ne sait pas imposer à autrui ses volontés, il supporte beaucoup de choses qui passent pour intolérables. Il est d'une infinie patience, mais pas souple. Lorsqu'on touche à l'essentiel, il ne plie pas, il est capable de dire non, au risque de se briser.

Le schisme

L'Assemblée produit des décrets à la pelle. Louis XVI les signe, qu'ils lui plaisent ou non. Il n'apprécie sûrement pas, par exemple, de voir son royaume défiguré par le découpage en 83 départements, venus remplacer les vieilles provinces dont le rattachement à la France avait scandé les règnes de ses aînés — encore Mirabeau a-t-il évité le pire, un tracé à l'équerre qui en eût fait autant de rectangles d'égale superficie ! Mais il signe. Toutes les réformes administratives sont réversibles — il le croit du moins. Le 14 juillet 1790, il consent à prononcer, à contrecœur assurément, le serment à la nation exigé de tous dans l'élan d'enthousiasme soulevé par la fête de la Fédération. Mais il est des points sur lesquels il bute. Bien que sa responsabilité soit en principe dégagée par son statut de prisonnier, il a des scrupules. Il n'aime pas — c'est tout à son honneur — assortir ses promesses de restrictions mentales. Une parole est une parole. Il est sur ce point plus ferme que Marie-Antoinette : on ne doit pas s'engager à la légère.

Depuis des mois, les atteintes répétées portées à l'Église de France le consternent. Dès son retour à Paris, l'Assemblée avait dû se colleter — chacun son tour ! — avec le déficit hérité de l'administration royale. Où trouver de quoi boucher le trou béant ? Il existait un trésor non pas caché, mais attirant l'œil depuis longtemps. Très riche, trop riche, l'Église étalait ses biens à portée de main. Ils ne lui appartenaient pas, disait-elle pour justifier ses exemptions fiscales, elle ne les détenait qu'en dépôt, afin d'assurer auprès du peuple un certain nombre de services, les uns d'ordre spirituel, les autres d'ordre temporel comme l'assistance publique et l'enseignement. Qu'à cela ne tienne : la nation, en s'appropriant la fortune du clergé, ne ferait que reprendre son bien, à charge de se substituer à lui dans l'ordre temporel et de rémunérer les desservants pour l'exercice du culte. Le projet, soutenu par Talleyrand, évêque d'Autun, souleva les protestations de l'épiscopat, mais reçut l'aval des curés, qui se voyaient promettre des conditions de vie inespérées. Il fut voté le 2 novembre 1789. Comment monnayer les biens d'Église ? On les vendrait. Faisant d'une pierre deux coups, on éteindrait la dette publique tout en multipliant dans les campagnes le nombre de propriétaires rendus par là solidaires du régime. Le procédé n'était pas original, il avait fait recette, au xvie siècle, chez tous les souverains passés à la Réforme. Il traînait avec lui un parfum de schisme. Et d'édit d'application en édit d'application, on s'y acheminait tout droit, au grand désespoir de Louis XVI, dont la conscience se révoltait.

Depuis deux siècles et demi, la monarchie tenait en main le clergé de France, grâce au concordat dit de Bologne qui permettait au roi de choisir les évêques, le pape se bornant à leur conférer l'investiture. Les pouvoirs du roi se trouvant transférés à la nation, celle-ci s'arrogea le droit d'en faire autant. L'Assemblée prétendait s'en tenir au plan juridique, sans empiéter sur le spirituel, mais comment faire la différence ? Elle commença par abolir les vœux monastiques, comme contraires à la liberté, et à fermer les couvents. Bientôt la constitution civile du clergé, votée le 21 avril 1790, remania la carte des circonscriptions ecclésiastiques et décida, chose plus grave, que les évêques et les curés

seraient élus — élus par le corps électoral tout entier,
non catholiques inclus. Dès juillet, Louis XVI dut promettre d'y souscrire, mais réussit à faire traîner la rati-
fication jusqu'au 24 août, bien qu'il sût que le pape s'y
opposerait. Il espérait encore que son ambassadeur à
Rome, le cardinal de Bernis, trouverait un accommode-
ment avec Pie VI. L'Assemblée cependant continuait
sur sa lancée. Le 27 novembre, elle imposait aux
prêtres de prêter serment de fidélité à la nation, à la loi
et au roi — et donc implicitement à la constitution
civile — sous peine d'être déclarés réfractaires et de
perdre leurs droits. Un mois plus tard, le lendemain de
Noël, le roi signa, « la mort dans l'âme ». Il n'était
pas besoin d'attendre la condamnation pontificale pour
comprendre que le schisme était consommé.

Une ligne rouge était franchie. On ne s'étendra pas
ici sur les incalculables conséquences de ces mesures.
Disons simplement que dans l'épiscopat seuls quatre
prélats obéirent et que le reste du clergé se divisa. Les
prêtres assermentés et insermentés — on disait plutôt
jureurs et non jureurs — durent se partager les lieux
de culte, au prix des querelles que l'on imagine. La
France entière en fut bouleversée. Louis XVI ne se
pardonnait pas d'avoir cédé. Certes il l'avait fait sous
la menace de l'émeute qui grondait aux portes des Tuileries, pour éviter de faire couler le sang. Mais pour
épargner des vies ici-bas, fallait-il compromettre le
salut des âmes ? Il avait beau se dire que, captif, il
n'était pas responsable de mesures qu'il se promettait
de révoquer une fois libre, il tremblait à l'idée que,
d'ici là, tous ses sujets livrés à des prêtres indignes se
trouveraient privés de sacrements authentiques : des
mois, des années peut-être de carence spirituelle, qui
ne se rattraperaient pas.

Il replongea dans la dépression et au printemps de
1791, sa santé s'en ressentit. Il tomba gravement
malade. Une semaine durant il dut garder le lit, en

proie à une forte fièvre, crachant le sang et il mit un bon mois à s'en remettre. C'est sur Marie-Antoinette que retomba à nouveau la charge de mener la barque. À cette date, toutes ses énergies sont tendues vers la préparation de l'évasion. On ne sait au juste comment elle réagit au drame qui secouait l'Église. Les lettres d'elle qui nous sont parvenues n'en parlent guère. Sa foi était moins profonde que celle de son époux, elle ne partageait certainement pas ses affres de conscience. Mais en matière de pratique religieuse, elle tenait de son éducation quelques principes solides. Et puis elle haïssait trop l'Assemblée pour soumettre à ses décrets ce qui ne relevait que du for intérieur. Jamais elle ne tiendrait pour valable la communion reçue des mains d'un prêtre schismatique.

À l'approche des fêtes pascales, l'opinion attend le roi au tournant. L'obligation de faire ses Pâques va le contraindre à choisir publiquement. S'il refuse un prêtre jureur, on aura la preuve de son double jeu, on en conclura qu'il s'apprête à fuir, afin de reprendre tout ce qu'il a accordé. L'imminence d'une évasion est plus que jamais dans tous les esprits.

Le temps du soupçon

Autour des Tuileries, la vigilance des jacobins se fit d'autant plus vive qu'au mois de février, le départ de Mesdames tantes avait fourni comme une préfiguration de celui de la famille royale.

Par elles-mêmes, les vieilles dames n'intéressaient personne et on les aurait bien oubliées si elles n'avaient été les tantes du roi. Au début des troubles elles avaient quitté leur domaine de Bellevue en pensant qu'elles seraient mieux protégées à Versailles. Lourde illusion ! Le 6 octobre, elles avaient été très soulagées que leur voiture fût autorisée à quitter le sinistre cortège et à bifurquer vers Meudon où elles se barricadèrent. Elles ne se sentaient en sécurité nulle part, puisqu'on ne leur rendait plus les honneurs d'autrefois. Elles s'en allèrent passer l'hiver aux Tuileries, mais, horrifiées par le climat de la capitale, elles rejoignirent au printemps leur cher Bellevue, en s'abandonnant à la grâce de Dieu.

Elles n'étaient plus que deux, Adélaïde et Victoire. Le Seigneur avait fait à Madame Louise la grâce de la retirer de cette terre avant la survenue de toutes ces horreurs. Elle avait rendu son dernier soupir au carmel de Saint-Denis en 1787, l'avant-veille de Noël, sortant de son demi-coma pour proférer, dit-on, ces paroles stupéfiantes : « Au paradis ! Vite ! Au grand galop ! » Elle était plus heureuse là-haut, assurément. Qu'aurait-elle dit en apprenant que la nation la « libérait » de ses vœux et la chassait de son couvent ? La constitution civile du clergé porta aux deux survivantes un coup mortel : leur univers achevait de s'effondrer. Plus rien ne les retenait en France que le roi. Il leur conseilla le départ. Il ne lui était pas possible d'associer deux personnes de plus à sa propre évasion. Il ne pouvait envisager de les laisser en danger derrière lui. Elles partiraient donc les premières. Destination Rome, où leur vieil ami le cardinal de Bernis les accueillerait. Pour dédouaner Louis XVI, Madame Adélaïde lui adressa une lettre où elle prenait l'initiative à son compte : « Vous êtes bien sûr, mon cher neveu, que c'est avec le plus grand regret que nous nous éloignons de vous et que nous avons pris notre résolution ; il m'a fallu des raisons aussi fortes que celles que je vous ai déjà dites, celles de ma religion, pour prendre ce parti si cruel à mon cœur. »

Si discrets qu'eussent été leurs préparatifs, ils n'avaient pas échappé aux espions du voisinage. Une motion fut déposée à l'Assemblée. Les journaux s'emparèrent de l'affaire. Camille Desmoulins tempêtait : « Sire, vos tantes n'ont pas le droit d'aller manger nos millions en terre papale. » Et Marat faisait écho : « Il faut garder ces béguines en otage ; il faut donner triple garde au reste de la famille. » Le roi, sommé de leur interdire le départ, se fâcha : « Quand vous me montrerez un décret de l'Assemblée qui interdit les voyages, je défendrai à mes tantes de partir : jusqu'alors elles sont libres de sortir du royaume comme les autres citoyens. » Leur départ était prévu pour le 20 février à quatre heures du matin, mais la veille vers dix heures du soir un messager vint les avertir qu'elles n'avaient pas une minute à perdre : un coup de force se préparait contre Meudon.

À peine leurs voitures sortaient-elles du domaine d'un côté que les envahisseurs faisaient irruption de l'autre. Au cœur de la nuit, elles purent quitter Paris facilement. Mais elles n'étaient pas au bout de leurs peines. À Moret-sur-Loing, une foule menaçante les arrêta, poussant des cris hostiles. Elles furent dégagées par des chasseurs de la garnison de Fontainebleau. À Arnay-le-Duc, les choses se gâtèrent. On les fit descendre de carrosse et on les installa dans une auberge en attendant que l'Assemblée confirme la validité de leurs passeports. Elles en avaient pour un bon moment, exposées aux avanies d'une population hostile. Elles tuèrent le temps, dit un de leurs biographes, en jouant au piquet avec le curé — l'histoire n'a pas retenu s'il était jureur ou non. Les torrents d'éloquence déployés à leur sujet à la tribune de l'Assemblée passèrent les limites du grotesque : on disait le salut du peuple compromis ! Heureusement pour elles, la France n'avait pas perdu le sens du ridicule — pas encore. Le baron de Menou mit fin aux débats en s'écriant : « Je crois que l'Europe sera bien étonnée d'apprendre que l'Assemblée nationale s'est occupée pendant quatre heures du départ de deux dames qui aiment mieux entendre la messe à Rome qu'à Paris. »

Malgré quelques combats d'arrière-garde, les jaco-

bins avaient perdu la partie. Au bout de treize jours
Arnay-le-Duc dut se dessaisir de ses proies. Cette fois
Mesdames atteignirent sans encombre le Pont-de-
Beauvoisin, où elles passèrent en Savoie. Leurs geôliers bourguignons avaient cru devoir leur rappeler, en
les relâchant à regret, que « la liberté est faite pour le
peuple et non pour les princes ». Une formule de bien
mauvais augure en ce qui concernait la famille royale.

Louis XVI ne pouvait dissimuler son aversion pour
les prêtres ayant prêté le fameux serment. Il les avait
exclus de son service et il avait changé de confesseur.
Dévoré de remords, il hésitait à faire ses Pâques, se
jugeant en état de péché mortel pour avoir souscrit à
la constitution civile. Le dimanche des Rameaux,
17 avril, il assista avec les siens, dans la chapelle des
Tuileries, à une messe dite par le cardinal de Montmo-
rency, un réfractaire notoire ; on ne sait s'il reçut ou
non la communion. Le lendemain, toute la famille se
préparait à partir pour Saint-Cloud lorsque les voitures
où elle venait de s'installer furent entourées par une
foule hostile, visiblement téléguidée. Les opposants,
selon le témoignage de Cabanis, venaient de la bourgeoisie, pas du bas peuple, et — fait nouveau — la
garde nationale les soutenait. De là à croire que l'Assemblée se vengeait de l'échec essuyé pour Mesdames,
il n'y avait qu'un pas. On reprochait au roi de renier
son adhésion à la constitution civile, on l'accusait de
double jeu, on le soupçonnait de préparer sa fuite. La
Fayette tenta de calmer ses troupes — en vain.

Deux heures durant les souverains restèrent dans
leur carrosse sous les insultes et les menaces, avant de
renoncer. « Vous avouerez que nous ne sommes plus
libres », s'exclama la reine. La fiction chère à l'Assemblée, selon laquelle le roi souscrivait à ses décrets de
son plein gré, volait en éclats. La Fayette eut alors l'occasion de vérifier une fois de plus que la reine « songeait à être belle dans le danger plutôt qu'à le

détourner ». Jamais elle ne parut plus fière que lorsqu'elle donna une leçon de courage à sa dame d'honneur, qui pleurait, ou qu'elle monta l'escalier des
Tuileries avec le dauphin dans les bras, clamant qu'elle
préférait la mort aux outrages. Elle paya le fait d'avoir
tant pris sur elle par des malaises qui la retinrent dans
sa chambre plusieurs jours. Plus approchait le départ,
que Fersen préparait en secret depuis six mois, plus ses
nerfs tendus à l'extrême menaçaient de la lâcher. Elle
s'imposa, pour détourner les soupçons, d'accompagner
son époux à la messe à Saint-Germain-l'Auxerrois dont
le curé, ancien confesseur du roi, avait prêté le fameux
serment. Mais la tension, chez l'un comme chez
l'autre, atteignait les limites de leurs forces.

Il était grand temps de s'enfuir. Mais à leur encontre
jamais la suspicion n'avait encore été aussi vive.

Chapitre dix-neuf

Le jour le plus long

Au cours de l'hiver 1790-1791, Marie-Antoinette avait travaillé d'arrache-pied, avec l'aide de Fersen, à la mise au point d'un plan d'évasion précis, cohérent, présentant de bonnes chances de succès. Quoique Louis XVI fût de moins en moins hostile à l'idée de quitter Paris, elle savait qu'il ne fallait pas compter sur lui pour participer à l'organisation du voyage. Bien heureuse s'il ne reculait pas au dernier moment ! Le seul moyen de le décider était de lui présenter un projet tout ficelé, auquel il ne pût opposer aucune objection. Il ne voulait pas qu'on l'enlève ? C'est sa femme qui l'enlèverait, lui laissant l'illusion d'être seul maître à bord au milieu de sa famille.

L'évasion eut lieu le 21 juin 1791, jour du solstice d'été, le plus long de l'année. Elle fut très près de réussir. Elle vint se briser, comme chacun sait, dans la petite bourgade de Varennes. On connaît assez bien, grâce à de nombreuses recherches érudites, le détail des préparatifs, les péripéties du parcours et les causes immédiates de l'échec. On est beaucoup moins renseigné sur la finalité de l'entreprise, sur laquelle les documents disponibles laissent planer une remarquable ambiguïté, en partie délibérée. Qu'aurait fait Louis XVI en cas de succès ? Et qu'en serait-il advenu ? Il n'est pas sûr, quoi qu'on dise parfois, que le cours de la Révolution en aurait été enrayé. Il est certain, en revanche, que l'échec accéléra la chute de la monarchie et scella le sort du roi. Mercy, lucide, prévint Marie-Antoinette qu'elle jouait à quitte ou double, qu'il lui fallait « réussir ou périr ». Mais rien, à cette date, ne pouvait la détourner de se ruer vers la liberté entrevue.

Des secours étrangers ?

Tous les projets de fuite comportaient un noyau commun : le roi devait gagner une place forte où se mettre sous la protection de troupes sûres. De là, il lancerait un appel invitant à se rallier à lui les Français fidèles à la monarchie et tous ceux qu'inquiétait la montée du désordre. Le moment n'était pas mal choisi. L'enthousiasme pour les idées nouvelles n'avait pas manqué de retomber devant la recrudescence des troubles, l'effondrement des structures anciennes paralysait l'activité économique, la constitution civile du clergé entraînait dans les provinces des conflits religieux. Bref, le roi espérait être entendu s'il promettait de maintenir un minimum de concessions.

Le baron de Breteuil, réfugié en Suisse, puis à Bruxelles, élabora un plan, qu'il fit parvenir à Marie-Antoinette par Fersen. Parmi les officiers de haut rang n'ayant pas émigré, un homme se trouvait tout désigné pour accueillir la famille royale. À cinquante-deux ans le marquis de Bouillé, riche d'une expérience militaire acquise sur les champs de bataille de la guerre de Sept Ans, puis aux Antilles lors de l'expédition d'Amérique, venait de s'affirmer comme un homme d'ordre sans états d'âme en matant impitoyablement, au mois de septembre, la révolte de la garnison de Nancy que soutenait la population. Commandant en chef la Lorraine, l'Alsace et la Franche-Comté, il offrait au roi un vaste choix de places fortes. Les troupes, en revanche, n'étaient pas sûres. Privées par l'émigration d'un bon nombre d'officiers, encadrées par des sous-officiers proches du peuple par leurs origines et gagnés aux idées nouvelles, elles n'étaient pas prêtes à se battre pour le roi. Signe des temps : les Suisses du régiment de Châteauvieux avaient pris part à la révolte nancéienne. Les mercenaires même étaient contaminés. Ils devraient être contenus et épaulés par des troupes étrangères.

Pour réaliser ce plan, il fallait donc des appuis extérieurs. Marie-Antoinette les chercha naturellement dans sa famille. En succédant à Joseph II, son frère Léopold ne lui avait-il pas confirmé son « amitié, intérêt, attachement vrai et sincère » ? Elle n'eut aucune peine à le convaincre de désavouer lui aussi les entreprises des émigrés. Mais lorsqu'elle réclama une aide positive, elle se heurta à un mur. Les dérobades du nouvel empereur ne manquent ni de motifs, ni d'excuses. En annulant les mesures centralisatrices prises trop hâtivement par Joseph II, il a réussi à ramener le calme en Bohême et en Hongrie, puis à restaurer son autorité sur les Pays-Bas. Mais ces succès sont encore fragiles. Ses armées n'ont pu rentrer à Bruxelles qu'au début de décembre 1790, dans tout le Brabant les braises de la rébellion sont encore chaudes. Il est engagé aux côtés de la Russie dans une guerre épuisante contre les Turcs. L'alliance française lui faisant défaut, la Prusse peut être tentée, avec la bénédiction de l'Angleterre, d'en profiter pour lui arracher quelque territoire : il travaille à se la concilier. Il n'a ni le désir ni les moyens de s'engager pour les beaux yeux de sa sœur dans une aventure militaire hasardeuse. Un simple déploiement de troupes, pour « intimider » les « factieux », lui semble encore trop risqué. Peut-il seulement patronner une démarche diplomatique en faveur de Louis XVI sans se mettre à dos les Anglais, qui ne cachent pas leur satisfaction devant les ennuis de la France ? En cas de rupture du fragile équilibre qui prévaut alors en Europe, il sera le premier à payer les pots cassés. Point ne lui est besoin d'avoir été formé pendant vingt ans à l'école de Florence pour voir où est son intérêt bien compris. Léopold est réaliste et lucide. D'ailleurs est-il lui-même si mécontent de l'abaissement d'une alliée qui disputait tout récemment encore à l'Autriche l'hégémonie sur le continent et refusait à Joseph II le bénéfice de la fameuse alliance ?

La vérité est que les puissances étrangères assistent avec surprise, mais sans chagrin excessif, à la décomposition accélérée du pays le plus puissant et le plus prospère d'Europe. Aucune ne veut prendre le risque de le secourir — sauf la Suède qui n'en a pas les moyens. Aux appels pathétiques de Marie-Antoinette, le roi d'Espagne ne répond que par le silence. Elle tente d'agiter devant les autres souverains le chiffon rouge de la contagion : s'ils n'interviennent pas, ils seront touchés à leur tour par le virus révolutionnaire ; exaspérée, il lui arrive même de dire qu'elle le leur souhaite ! Mais l'argument reste sans portée, parce qu'ils ne croient pas au danger — pour l'instant. Ils se jugent capables de maintenir l'ordre chez eux et pensent que seule la faiblesse de Louis XVI est à l'origine du désastre. Aucun d'eux n'a d'illusion sur les chances de rétablissement du malheureux. « Au lieu de remédier aux vraies sources du mal, qui sont la misère et le mécontentement des provinces, confie Mercy à Kaunitz, on ne se repaît que d'idées chimériques sur les prétendus projets des puissances étrangères de renverser la nouvelle constitution française. Toujours attentif aux mouvements imaginaires du dehors, toujours sans prévoyance sur ceux très réels de l'intérieur, on a favorisé l'anarchie, et elle a pris une telle consistance, que l'on pourrait se croire arrivé au moment terrible du *sauve-qui-peut*. » Ce jugement sévère, partagé par tous les souverains d'Europe, les détourne d'intervenir. Pourquoi s'embarquer dans cette galère qui prend eau de toutes parts, aux côtés de deux incapables qui ne comprennent rien à ce qui leur arrive ? Le mépris perce sous la commisération dans les rapports de l'ambassadeur madrilène, Nuñez, qui transmet à son maître les supplications désespérées de la reine criant qu'elle a « le couteau sur la gorge » : « La pauvre dame [...] c'est pitié que de la voir se raccrocher pour ne pas couler à pic aux plus frêles branches qui se présentent à elle. »

Mais si le lointain cousin espagnol peut s'enfermer dans le silence, Léopold, en tant que frère de Marie-Antoinette, doit au moins faire semblant de s'intéresser à son sort. Il prend pour relais l'inusable Mercy-Argenteau, qui, bien qu'installé à Bruxelles où il occupe désormais les fonctions moins périlleuses et plus gratifiantes de gouverneur provisoire, reste en relations avec son ancienne pupille. Leurs efforts conjugués visent à empêcher à tout prix l'évasion, en mettant l'accent sur les risques courus. « Aussi longtemps que l'on* ne sera pas en lieu de sûreté, écrit Mercy à Marie-Antoinette, aucune tentative étrangère ne peut devenir efficace, la moindre démonstration deviendrait même d'un danger effrayant. » Qu'ils commencent donc par se sauver, ils trouveront du secours ensuite ! À eux de se procurer les moyens de sortir de Paris, de trouver un lieu de retraite sûr, et de s'assurer par eux-mêmes « d'un parti considérable, de quelques troupes fidèles et d'une somme suffisante à subsister deux ou trois mois ». Après quoi, on les soutiendra. Mais attention, le roi y jouera son trône et peut-être sa vie. Car, ajoute Mercy, « aucun changement décisif et favorable à la royauté ne peut avoir lieu en France que par une guerre civile », où l'Angleterre se fera un plaisir de subventionner le parti adverse. Dernier argument : les puissances étrangères « ne font rien pour rien », il faudra rémunérer leur aide. Le roi d'Espagne convoite un lambeau de Navarre, celui de Piémont une langue de côte

---

* *On* = vous, le roi et la reine.

varoise et quelques districts proches de Genève. L'empereur ne réclamerait rien, mais il serait prêt à soutenir les velléités d'indépendance des princes d'Empire possessionnés en Alsace et lésés par l'abolition des droits féodaux. Bref, il convient de temporiser et d'attendre des temps meilleurs.

La lettre du 19 février 1791, où Mercy évoquait la nécessité d'abandons territoriaux, fut interceptée. Mais l'Assemblée ne l'exploita pas : elle ne tenait pas à abattre le roi, figure passive mais centrale de la constitution qu'elle élaborait. Elle y trouvait certes confirmation de ce qu'elle savait déjà : Marie-Antoinette cherchait des secours à Vienne. Mais il ressortait clairement de l'ensemble du texte la certitude rassurante que l'Autriche ne bougerait pas sans l'accord britannique. Les députés pouvaient travailler tranquilles dès l'instant que le roi ne quittait pas Paris et tout indiquait que personne ne lui en fournirait les moyens. À toutes fins utiles cependant, la psychose de l'évasion, omniprésente, ferait des masses populaires parisiennes autant de geôliers bénévoles pour le retenir prisonnier.

Marie-Antoinette a compris : les Pilates de Vienne et de Madrid se lavent les mains de son sort. Mais elle n'en tire pas les conclusions escomptées. Elle refuse de s'incliner. Les conseils de prudence cousus de fil blanc dont on l'abreuve sont trop évidemment dictés par les intérêts autrichiens. Ni Léopold, ni Mercy ne veulent comprendre le supplice qu'elle subit à Paris, où chaque jour lui arrache un lambeau de ce qui fait sa raison d'être. Tous les dangers lui paraissent préférables à cette agonie à petit feu, ponctuée d'émeutes menaçant directement sa vie. Elle relève donc le défi et prend ses interlocuteurs au mot : si nous parvenons à nous évader, quel secours pouvons-nous espérer ? Elle souhaite que Vienne et Madrid massent des troupes aux frontières, pour fournir un point d'appui aux Français qui se rallieraient au roi : y sont-ils prêts, « *oui ou*

non » souligne-t-elle d'un trait rageur ? Elle ne rencontre à nouveau que des réponses dilatoires, car ni
Léopold ni Charles IV ne veulent courir le risque d'une
intervention militaire. Jamais, même en cas « d'événement pressant », les troupes autrichiennes ne passeront
la frontière pour venir épauler celles de Louis XVI.
Qu'à cela ne tienne : elle partira quand même. Les
préparatifs sont déjà très avancés. Rien au monde ne
peut plus la faire reculer. Elle implore de son frère un
secours financier — qui ne viendra pas — et elle lui
demande au moins, en déployant quelques régiments à
la frontière luxembourgeoise, de fournir à Bouillé un
prétexte pour réunir des troupes côté français en vue
de contenir une prétendue menace autrichienne.

L'empereur doit se rendre à l'évidence, l'évasion
aura bien lieu. Marie-Antoinette trouve pour s'en justifier des accents pathétiques : « Notre position est
affreuse, écrit-elle à Mercy le 6 mai [...] Il n'y a plus
qu'une alternative ici pour nous, surtout depuis le
18 avril * : ou faire aveuglément tout ce que les factieux
exigent, ou périr par le glaive qui est sans cesse suspendu sur nos têtes. Croyez que je n'exagère point les
dangers. Vous savez que mon opinion a été, autant que
je l'ai pu, la douceur, le temps et l'opinion publique ;
mais aujourd'hui tout est changé : ou il faut périr ou
prendre un parti qui seul nous reste. Nous sommes bien
loin de nous aveugler au point de croire que ce parti
n'a pas ses dangers ; mais, s'il faut périr, ce sera au
moins avec gloire et en ayant tout fait pour nos devoirs,
notre honneur et la religion [...] Tout nous fait une loi
de quitter et de fuir un lieu où, par notre silence et
notre impuissance, nous donnons une approbation
tacite à de pareilles horreurs **. » Et les efforts de l'am-

---

* Le jour où la foule hostile avait empêché les souverains de
partir pour Saint-Cloud.
** Allusion à l'annexion du Comtat venaissin et aux massacres
qui s'étaient ensuivis.

bassadeur pour détourner l'orage des Pays-Bas autrichiens en direction de l'Alsace et de la Suisse sont vains. C'est aux portes du Luxembourg*, que les fugitifs comptent débarquer. Au début de juin, le baron de Breteuil, à qui Louis XVI a donné pleins pouvoirs pour le représenter secrètement à l'étranger, en avise l'empereur. Celui-ci ne peut que faire contre mauvaise fortune bon cœur. Il prodigue les bonnes paroles, en attendant de voler au secours d'une improbable victoire. Quant à passer aux actes, c'est une autre affaire : « Si ce plan a lieu, et que l'on en soit averti à temps, lui écrit Mercy, on pourrait faire battre l'estrade à quelques divisions de houzards. » Autant dire que les souverains français ne pourront compter que sur eux-mêmes.

Préparatifs

Louis XVI donna son accord de principe, au mois de décembre, peu après avoir contresigné le décret enjoignant au clergé de prêter serment à la constitution civile. Sans le mêler aux détails des préparatifs, il fallut bien l'associer aux décisions, mais par prudence il n'y intervint pas directement. Lorsque Louis de Bouillé, fils aîné du marquis, vint à Paris au lendemain de Noël exposer le plan de son père, il fut mis en relations avec Fersen, qui transmettait ses propositions à la reine, laquelle les soumettait au roi et rapportait les réponses. Ce n'était pas la meilleure façon de peser le pour et le contre, mais il fallut bien en passer par là.

On dut d'abord fixer la destination. Le roi songeait à Metz, une cité importante pouvant faire figure de capitale provisoire. Mais Bouillé, qui connaissait bien la ville puisqu'il y résidait, s'y opposa : les habitants étaient largement gagnés aux idées nouvelles. Il pro-

---

* Le Luxembourg faisait alors partie des Pays-Bas autrichiens.

posa Besançon, qui fut jugée trop éloignée. La place la plus proche de Paris, Valenciennes, restée fidèle, eût offert une solution idéale, mais elle relevait non de Bouillé, mais de Rochambeau, un héros de la guerre d'Amérique, sur qui on ne pouvait compter. On s'accorda finalement sur la petite citadelle de Montmédy, dépourvue de population civile, puissamment fortifiée et très proche de la frontière luxembourgeoise.

Bouillé envisageait de faire voyager le roi d'un côté, la reine et ses enfants de l'autre, par des routes différentes, dans des voitures légères. Mais ils ne voulurent pas se séparer. Marie-Antoinette espérait que sa belle-sœur Élisabeth partirait avec le comte de Provence, qui se préparait également à fuir, mais celle-ci refusa de quitter le roi. Comme on pensait leur adjoindre le comte d'Agoult, un officier expérimenté et énergique, le groupe comporterait six personnes, quatre adultes et deux enfants. Un tel équipage, fort lourd, ne passerait pas inaperçu. On discuta de l'itinéraire. Le plus direct traversait Reims. Mais le roi objecta qu'on risquait de le reconnaître dans une région où on l'avait vu lors de son sacre. Pour abréger la partie périlleuse du trajet, on aurait pu faire un crochet par les Pays-Bas, mais Louis XVI ne voulait pas contrevenir à un décret de l'Assemblée qui le frappait de déchéance en cas de passage à l'étranger. On décida donc d'éviter Reims en suivant, plus au sud, la route de Metz qui, via Meaux, La Ferté-sous-Jouarre, Montmirail, Châlons, Sainte-Menehould, le mènerait jusqu'à Clermont-en-Argonne, où il bifurquerait vers le nord.

Le choix de l'itinéraire était lié à d'autres options importantes. Louis XVI convenait de la nécessité du secret pour sortir de Paris et d'Île-de-France : les fugitifs quitteraient la capitale déguisés, sous une fausse identité. Mais il voulait, par souci de sécurité et de prestige à la fois, trouver ensuite des détachements militaires pour l'escorter au long du trajet — à partir de Montmirail, précisa-t-il. Et il souhaitait, pour éviter d'être tributaire des relais de poste ordinaires*, qu'on lui prépare des relais privés. Bouillé, qui savait qu'un tel luxe de précautions éveillerait la méfiance des paysans, conseilla la discrétion. Mieux valait voyager comme de simples particuliers. Louis XVI, selon son habitude, opta pour des demi-mesures cumulant les inconvénients des deux solutions. Fersen plaida en vain pour l'anonymat complet, qui permettrait de passer « tout simplement » sans attirer l'attention, au moins jusqu'à la zone frontalière où la présence de troupes ne surprendrait personne. Devant l'insistance du roi, Bouillé dut promettre que des détachements de cavaliers interviendraient dès qu'il aurait passé Châlons : le premier d'entre eux, commandé par le duc de Choiseul**, l'attendrait à Pont-de-Somme-Vesle. Pas question en revanche de relais privés, qui eussent paru trop suspects — sauf à Varennes, bourgade à l'écart de la grand route, qui ne possédait pas de maison de poste et où il faudrait pourtant bien changer de chevaux. Mais là, il y aurait un régiment de hussards. Le baron Goguelat, un officier qui servait de secrétaire à la reine, fut chargé de reconnaître l'itinéraire et de calculer le temps nécessaire. Il tint compte de la vitesse réduite du volumineux véhicule. En quittant Paris vers minuit et en évitant les arrêts inutiles, les voyageurs pourraient atteindre leur destination en l'espace de vingt-quatre heures. À Metz, le marquis de Bouillé n'attendait que de connaître le jour du départ pour mettre en place son dispositif. De ce côté-là, tout se présentait au mieux. Il suffirait que la famille royale sortît de la capitale saine et sauve.

Cette première partie de l'entreprise, de loin la plus hasardeuse, reposait sur les épaules de Marie-Antoi-

---

* Les chevaux devaient être remplacés toutes les quatre lieues environ, soit quinze à seize de nos kilomètres.
** Neveu de l'ancien ministre.

nette et de Fersen. Le Suédois se démena comme un forcené pour se procurer le nécessaire et mettre au point tous les détails. Il jeta dans l'affaire tout l'argent dont il disposait et emprunta le surplus. Il s'assura la complicité de quelques amis, d'origine étrangère comme lui, à qui il parvint à faire partager sa passion pour la cause royale, notamment Éléonore Sullivan et son amant en titre, le riche Craufurd, ainsi qu'une baronne franco-russe, Mme de Korff. C'est au nom de cette dernière, censée rentrer à Moscou avec enfants et domestiques, qu'il commanda, sur mesures, la vaste berline destinée à contenir six personnes pour un voyage au long cours.

Faut-il incriminer, comme on le fait très souvent, la légèreté des souverains, qui ne surent pas se contenter d'une voiture plus simple ? Oui et non. Si sa taille la rendait remarquable, son apparence extérieure était banale : sous la caisse peinte d'un vert sombre, seuls les roues et les ressorts mettaient une touche de jaune. L'installation intérieure, non dépourvue de luxe avec son revêtement de velours blanc, visait surtout au confort. Elle devait leur assurer l'autonomie pour plus de vingt-quatre heures, car, à la différence des voyageurs normaux, ceux-ci étaient condamnés à ne pas mettre le pied dehors. D'où les détails pittoresques comme la présence d'une batterie de cuisine, d'une table pliante pour dresser le couvert, d'un fourneau pour réchauffer les plats, d'un nécessaire de toilette avec épingles à cheveux en écaille de tortue et miroir et des indispensables pots de chambre. Une telle maison roulante n'avait rien d'anormal, au contraire, pour une dame regagnant la lointaine Russie. Mais évidemment, elle ne passait pas inaperçue.

On a beaucoup blâmé chez eux l'excessif souci du décorum, jugé déplacé chez des fugitifs. Mais s'ils partaient en fugitifs, ils tenaient à arriver en souverains. Il leur faudrait des tenues d'apparat, du linge de rechange, des vêtements pour les enfants — toutes choses que Marie-Antoinette s'occupa de réunir au risque d'attirer l'attention, en dépit des observations de Mme Campan qui lui disait « que la reine de France trouverait des chemises et des robes partout ». Elle en fit remplir une malle entière qu'elle envoya à une de ses anciennes femmes habitant Arras, à charge pour celle-ci de la faire parvenir à l'adresse qu'on lui indiquerait. Elle ne prendrait avec elle que le minimum et se contenterait de quelques bijoux, l'essentiel de sa cassette étant parti pour Bruxelles, comme fonds de réserve financière. Mais elle ne pourrait se passer de coiffeur : le duc de Choiseul amènerait à Montmédy dans sa voiture un des frères Léonard, en même temps que le costume de cérémonie du roi et les bijoux de Madame Élisabeth. Ridicules, tous ces détails ? Dérisoires ? Sans doute, quand on songe à l'échec. Mais ils sont émouvants aussi, tant ils témoignent d'un besoin éperdu de retrouver leur statut de souverains, inséparable des prestiges de l'apparence.

La composition exacte du groupe ne fut fixée qu'assez tard. L'officier prévu pour l'accompagner — d'Agoult ou un autre — céda sa place à la marquise de Tourzel. Celle-ci aurait « fait valoir *les droits de sa charge* qui l'autorisaient à ne jamais quitter monsieur le dauphin ». Formalisme hors de saison, selon Mme de Boigne, qui aurait privé la famille royale de la seule personne en état de faire face à un imprévu. La catastrophe, nous dit-on, est imputable à cette sotte de Tourzel. Mais qui ne voit qu'il existait une solution très simple au problème de place ? L'accompagnateur — bon cavalier comme tous les officiers — n'avait qu'à suivre la berline à cheval. La vérité est que son éviction fut le fait du roi. Celui-ci avait toujours mal supporté de se sentir « gouverné ». Et Dieu sait qu'il l'était depuis deux ans ! Sa servitude allait finir. Il lui fallait encore abandonner son sort à Fersen jusqu'au relais de Bondy. Mais la perspective de sa liberté prochaine ravivait en lui les vieux réflexes : pour la suite du voyage, il voulait être le maître. La preuve ? Il choisit comme gardes du corps, si l'on en croit Louis de Bouillé, des hommes « plus fidèles et dévoués qu'actifs et intelligents », des exécutants dociles, des « bons à rien », dira Fersen. L'un d'eux, Valory, le plus dégourdi des trois, devait courir de relais en relais en avant de la voiture afin de faire harnacher les chevaux. Les deux autres, de belle apparence, resteraient aux portières de la berline, afin d'écarter par leur seule présence les voleurs de grand chemin, mais ils n'avaient pas d'armes et l'un était si myope qu'il vivait dans une sorte de brouillard. Ne connaissant pas le chemin, n'ayant reçu que très peu d'informations, ils ne risquaient pas de prendre des initiatives. L'équipe était complétée, Dieu sait pourquoi, par deux femmes de chambre attachées aux enfants royaux, qui précéderaient leurs jeunes maîtres dans un cabriolet. Les relais seraient lourds et donc voyants : dix à onze bêtes à chaque fois*.

Pour le départ, on prendrait de fausses identités et on se déguiserait. Mme de Tourzel serait la baronne de Korff, accompagnée de ses deux filles, Aglaé et Amélie, le dauphin étant pour plus de sûreté affublé d'une robe. Le roi et la reine, respectivement intendant et gouvernante des enfants, porteraient les noms bien français et bien roturiers de M. Durand et de Mme Rochet. Madame Élisabeth, dite Rosalie, passerait pour dame de compagnie. Les trois gardes du corps, portant livrée de valets, s'appelleraient Saint-Jean, Melchior et François. Marie-Antoinette choisit les costumes appropriés au nouvel état de chacun, Fersen leur procura de faux passeports, tout à fait régle-

---

* Six pour la berline, deux pour le cabriolet et deux ou trois pour les gardes du corps, selon que l'un d'eux occuperait un siège extérieur ou chevaucherait.

mentaires. Il courait tout le jour en quête du nécessaire.
Et, comme il assurait la liaison entre Paris et Metz,
il passait ses nuits à chiffrer et déchiffrer les lettres
échangées avec Louis de Bouillé, par la poste ordinaire, mais avec l'entremise de destinataires amis. Tout
était prêt, la berline, achevée dès le 12 mars, attendait
ses hôtes. Pour y emmagasiner victuailles et boissons
le Suédois n'avait plus besoin que de connaître la date
du départ.

   Le suspens dura trois mois et demi. Louis XVI, d'accord sur le principe, ne se décidait pas à passer à l'acte.
En mars, il était malade. On attendit ensuite l'aide
demandée à l'empereur, sur laquelle Marie-Antoinette
se fit des illusions jusqu'à la fin mai. L'argent manquait : on jugea opportun de repousser le départ au-
delà du début juin, afin de toucher les deux millions
dus au roi sur sa liste civile. Puis on s'aperçut que la
femme préposée à la « chaise d'affaires » du dauphin
mouchardait : impossible de partir tant qu'elle était de
service. On tombait ensuite sur les fêtes de Pentecôte,
qui rempliraient de paysans les villages traversés.
Mercy, de Bruxelles, prêchait l'attentisme, mais à
Metz, Bouillé s'impatientait. Deux fois par semaine,
le programme annoncé changeait. Ordres, contrordres,
désordre. Les risques d'indiscrétion augmentaient. Les
officiers impliqués dans le complot risquaient leur carrière à coup sûr, et peut-être leur vie. Une manière
d'ultimatum, à peine enveloppé, fut adressé aux Tuileries : ce serait le 20 juin ou jamais ; ensuite, « tout
serait rompu ». À cause de la « mauvaise femme de
chambre », qui ne quittait son service que le 20 au
matin, écrivit Fersen, on ne pourrait partir que ce
même lundi soir, vers minuit. Sur ces informations,
données pour irrévocables, Bouillé, rectifiant les
consignes de la veille, lança ses ordres aux détachements chargés de recueillir les fugitifs. Mais il est clair
que tous les participants avaient conçu les plus grands

doutes sur le succès d'une entreprise aussi incertaine, autour de laquelle le secret avait largement transpiré.

Une sortie réussie

Fersen éveillait quelque scepticisme chez ses partenaires lorsqu'il se faisait fort de tirer les voyageurs de Paris. Étrangement, la psychose de l'évasion qui sévissait depuis des mois le servit. Nul ne tint compte des avertissements de la femme de service, signalant des préparatifs suspects. À force d'entendre crier au loup sans raison, on avait cessé de s'émouvoir. L'essentiel était donc de tenir secrète la date choisie.

Le 20 juin 1791, tout semblait normal aux Tuileries. Madame Royale répétait ses leçons, le dauphin jouait. Le roi, enfermé dans son cabinet, travaillait. C'est seulement au sortir du dîner que Madame Élisabeth fut mise au courant. Dans l'après-midi, Fersen vint apporter les dernières consignes, reçut les remerciements de Louis XVI et tenta de consoler Marie-Antoinette en larmes. Celle-ci fit preuve ensuite d'un sang-froid exemplaire. Vers quatre heures, elle se fit voir avec ses enfants dans un parc d'attractions à la mode, la Folie-Boutin, et au retour, elle donna ses ordres pour la journée du lendemain. Le frère et la belle-sœur du roi, venus souper comme de coutume, furent avertis alors que le départ était pour le soir même et ils furent priés de déclencher aussitôt leur propre plan d'évasion, qui devait les conduire aux Pays-Bas, via Valenciennes, dans des voitures séparées et par des routes différentes. Et comme le comte avait besoin, en la circonstance, d'être en paix avec sa femme, il avait levé la sanction pesant sur Marguerite Gourbillon et convoqué lui-même l'ancienne lectrice pour acheminer Marie-Joséphine en lieu sûr. De leur côté, tout allait bien aussi.

Vers dix heures, Marie-Antoinette quitta discrètement la table de jeu pour aller éveiller les enfants et les faire habiller. Le garçonnet, à qui elle dit qu'on se rendait dans une place forte, réclama son épée et fit la grimace lorsqu'on lui enfila une robe d'indienne à fleurs. Mais puisqu'il s'agissait d'un jeu, il se déclara bientôt ravi. Madame Royale, que sa mère avait prévenue de ne s'étonner de rien, se murait dans un silence anxieux. Marie-Antoinette revint faire acte de présence au salon de jeu, puis ressortit bientôt. Tenant sa fille par la main et suivie de Mme de Tourzel portant le dauphin, elle traversa les appartements du marquis de Villequier, déserts depuis que leur occupant avait émigré, descendit un petit escalier intérieur privé et débarqua devant une porte vitrée, fermée et désaffectée, qui donnait sur la cour des Princes*. Elle put s'assurer par la vitre que la porte n'était pas gardée, tira la clef de sa poche et l'ouvrit. Tous se glissèrent jusqu'à la cour Royale où Fersen, déguisé en cocher, les attendait dans un fiacre de louage. Elle lui confia la gouvernante et les enfants et remonta en hâte, par le même chemin, terminer la partie de cartes entamée. Vers dix heures trois quarts, comme de coutume, le couple de Provence se retira.

Le rendez-vous final avait été fixé dans un endroit un peu écarté, la petite rue de l'Échelle, qui faisait partie du lacis de ruelles bordant l'aile nord du château. Fersen s'y rendit en faisant un large détour par le quai, pour éviter d'y stationner trop longtemps. Chacun des trois adultes devait assurer sa propre sortie. Élisabeth, peu surveillée, y parvint sans difficulté. Le roi et la reine ne pouvaient partir qu'après avoir feint de se

---

* Du côté est, les Tuileries possédaient trois cours. Au centre la plus grande, dite cour Royale, où aboutissait l'escalier d'honneur, était un lieu de passage très animé ; c'est là que stationnaient les voitures et que se tenaient les gardes. Deux autres cours, plus petites, communiquaient avec elle : au nord celle des Écuries, au sud celle des Princes. Elles étaient peu fréquentées et peu surveillées.

mettre au lit. Louis XVI dut subir la cérémonie du *coucher* officiel, qui avait survécu à toutes les émeutes. Il crut que les bavardages de La Fayette n'auraient pas de fin. Il put enfin se glisser hors de son lit, enfiler un gilet brun, une redingote grise et une perruque qu'il surmonta d'un chapeau rond. Les Tuileries étaient alors un vrai caravansérail, plein d'allées et venues. Il se fondit sans peine dans le flot des gens quittant leur service et, pris en charge par le garde du corps Malden, il gagna la rue de l'Échelle où il retrouva ses enfants et sa sœur.

Minuit. Il ne manque plus que la reine. Elle a tenu à rester la dernière pour s'assurer que les autres sont bien partis, elle se sait en retard. Elle se déshabille avec l'aide de ses femmes, les congédie, se relève en hâte, passe une robe très simple, dissimule ses traits sous un grand chapeau entouré d'un large voile. Elle ouvre avec précaution la porte de son appartement. Catastrophe : une sentinelle va et vient mécaniquement dans le couloir. Elle guette le moment où l'homme a le dos tourné pour se glisser vers une issue, comptant que le bruit de ses pas masquera les siens. Opération réussie. Elle atteint sans peine l'appartement Villequier. À la sortie donnant sur la cour des Princes, elle trouve un complice *, qui lui offre galamment le bras : voici un couple en promenade. Une voiture arrive, précédée par des porteurs de torches : place à M. de La Fayette, commandant de la garde nationale ! Nos deux fuyards en sont quittes pour une peur inutile : ils ne sont que deux ombres anonymes. Chose plus grave, ils ne trouvent pas leur chemin. Que faire sinon se renseigner auprès du planton de la garde à cheval ? Ils atteignent enfin le fiacre au moment où le roi, inquiet, s'apprête à partir à la recherche de sa femme. Il est minuit et demi.

Fersen tient à s'assurer que la berline a bien quitté

---

* Le *Journal* de Fersen le nomme M. d'A. (d'Agoult ?).

la maison louée par Craufurd, rue de Clichy, pour gagner la barrière Saint-Martin, où il doit la retrouver. Délibérément et non faute de connaître Paris, il fait donc un détour, qui inquiète un instant le roi et perd un peu de temps. Le passage de l'octroi a lieu sans encombre : les employés de la barrière fêtent un mariage. En revanche, la berline est introuvable. Fersen s'enfonce dans la nuit à sa recherche, le roi, nerveux, fait mine d'en faire autant. On retrouve enfin le véhicule un peu plus loin, à l'écart des flambeaux et des flonflons de la noce. Transbordement immédiat. On abandonne dans le fossé la voiture de louage et on file à grandes guides vers le relais de Bondy. Il y a urgence. Valory, qui y attend la berline, a pour consigne de déclencher un dispositif d'alerte si elle n'est pas là à trois heures et demie : tous les détachements militaires, avertis de proche en proche que l'affaire est manquée, devraient alors se replier. Dieu merci, il n'est que trois heures lorsque les voyageurs relaient à Bondy. C'est là que Fersen doit les quitter. Il supplie à genoux qu'on lui permette de poursuivre. Marie-Antoinette pleure. Louis XVI reste intraitable. Il remercie avec effusion, mais refuse. Il ne veut pas, a-t-on dit, arriver à Montmédy chaperonné par celui qui passe pour l'amant de sa femme. C'est possible. Mais son refus s'inscrit aussi dans sa volonté de ne concéder à personne la direction des opérations, dès lors qu'il pense avoir échappé à sa prison. « Adieu, madame de Korff », s'écrie très fort Fersen à l'intention des postillons. Il regarde s'éloigner la lourde voiture tandis que l'horizon devant elle se colore des premières lueurs de l'aube. À la mélancolie de la séparation se mêle la fierté du devoir accompli : la part de l'entreprise qui relevait de lui est un plein succès. Il n'a plus qu'à espérer que les voyageurs resteront prudents. « Tout doit dépendre de la célérité et du secret », a-t-il rabâché. Et Bouillé a insisté pour que le roi ne se laisse apercevoir sous aucun prétexte.

À nous la liberté !

Dans la berline, on commençait de respirer. Tout allait bien, la route droite, plate, poussiéreuse, s'étendait à perte de vue à travers la Champagne déserte. Meaux somnolait encore lorsqu'on y relaya. À La Ferté-sous-Jouarre, aucun ennui non plus. Il était sept heures et demie, il faisait grand jour. On avait faim. Les savoureuses victuailles procurées par Fersen mirent les voyageurs d'excellente humeur. À Paris, les valets de chambre chargés d'éveiller leur maître à sept heures devaient être en train de prévenir La Fayette, responsable de la surveillance du château. « Il est présentement bien embarrassé de sa personne », déclara le roi avec un bon rire, auquel la reine fit écho et il s'écria, tout revigoré : « Soyez bien persuadés qu'une fois le cul sur la selle, je serai bien différent de ce que vous m'avez vu jusqu'à présent. » On égrène un chapelet de relais isolés, grosses fermes perdues au milieu des terres. Le roi se hasarde hors de la voiture pour « épancher un peu d'eau » et engage un bref dialogue sur la moisson. Le secret ? Que risque-t-il à parler à un brave paysan qui ne l'a pas reconnu ? Le temps ? N'a-t-il pas sept heures d'avance sur d'éventuels poursuivants ? S'il songe que ces poursuivants, à cheval, iront deux fois plus vite que sa berline, il se rassure à l'idée qu'il sera bientôt sous la protection des hussards de Bouillé.

Une montée assez raide se présente. On met pied à terre, comme des voyageurs ordinaires, pour ménager les chevaux. Les champs flamboient de coquelicots écarlates, les enfants se lancent à la cueillette. Le temps passe. En haut de la côte, la voiture attend. Nouveau relais, nouveau bavardage. Un des gardes, Moustier, se permet de conseiller la prudence : « Je ne crois plus cela nécessaire, dit le roi ; mon voyage me paraît à l'abri de tout accident. » Il répugne à se glisser dans la peau d'un fugitif. Dès qu'il se juge en sécurité, il retrouve instinctivement les comportements d'un souverain visitant ses provinces. À Chaintrix, un peu avant Châlons — trois maisons au bord de la route —, il se montre à nouveau. Reconnu cette fois par le gendre du maître de poste, il accueille ravi l'hommage respectueux que lui rend cet homme et, comme il est l'heure du dîner, il accepte de se reposer et se restaurer dans la salle d'auberge avec toute sa famille. L'évasion tournait à la promenade ! Lors du départ, le gendre du maître de poste tint à prendre les rênes lui-même, dans son émotion il accrocha une borne du pont, les chevaux s'abattirent, des traits cassèrent, il fallut réparer. Au total, une bonne heure de perdue. Quant au secret, il était difficile de croire que les postillons ne passeraient pas à leurs collègues, de relais en relais, la fabuleuse information : ils convoyaient la famille royale !

On arrivait à Châlons, dernier point jugé dangereux. Le roi ne put se retenir de paraître à la portière, il fut identifié, mais la voiture passa, grâce à la complicité du maître de poste et du maire, avant que le patriote de service n'ait pu ameuter ses concitoyens. « Nous sommes sauvés », soupira la reine. Car il ne restait plus à franchir que dix-huit de nos kilomètres en rase campagne pour tomber dans les bras du duc de Choiseul et de ses quarante hussards. Certes le retard était de quatre heures, mais au bon vieux temps les soldats étaient dressés à attendre bien davantage.

Lorsque la berline arriva au relais isolé de Pont-de-Somme-Vesle, le roi « crut que la terre lui manquait ». Pas trace des cavaliers promis. Valory, les ayant cherchés en vain dans le voisinage, s'était risqué à demander au maître de poste s'il n'avait pas vu de hussards : « Si ! mais ils sont repartis depuis près d'une heure ! » Le rendez-vous avait été fixé aux alentours d'une heure de l'après-midi, dernière limite deux heures et demie. Or il était six heures largement passées. Choiseul, rongé d'inquiétude, sans nouvelles d'aucune sorte — pas même le message d'annulation prévu par Fersen —, était en droit de penser ou que le messager s'était fait prendre, ou que tous les participants avaient été arrêtés. Dans les deux cas, le roi ne viendrait pas. Il expédia donc Goguelat et Léonard à ses collègues placés plus loin pour les aviser que, selon toute apparence, le « trésor » annoncé n'arriverait pas. Lui-même attendit encore un bon moment, puis, vers cinq heures et quart, entreprit de ramener ses hommes à leurs cantonnements de Varennes par des raccourcis. Il aurait dû, assurément, laisser quelqu'un sur place à tout hasard. Mais il n'avait jamais cru vraiment au succès de cette expédition, tant de fois remise, entre les mains d'un souverain qui passait pour l'irrésolution personnifiée. L'affaire manquée et ébruitée, il lui fallait songer à sa propre sûreté.

À Pont-de-Somme-Vesle cependant, à défaut de cavaliers, les voyageurs trouvent des chevaux et personne ne les empêche de partir. Même calme au modeste relais d'Orbéval, où n'était pas prévu de détachement militaire. Mais Sainte-Menehould, l'étape suivante, est en effervescence. La grosse bourgade a vu passer les hussards, dont l'arrogance a révolté les populations. Ils sont partis, mais ont été remplacés par des dragons dont le commandant, le baron d'Andoins, a pris soin de traiter avec égards la municipalité. Hélas, la garde nationale est sous les armes et insiste pour l'aider à assurer le passage du « trésor ». En attendant, les deux troupes fraternisent. D'Andoins voit débarquer Valory, à qui il a juste le temps de dire qu'il ne peut rien faire et qu'il faudra relayer au plus vite. Déjà, voici la berline. Oublieuse de sa fausse identité, Mme de Tourzel se penche et, au milieu des curieux, l'appelle. « Les mesures sont mal prises, souffle-t-il ; je m'éloigne pour ne donner aucun soupçon. Partez ! pressez-vous ! » Le roi, inconscient du danger, bavarde avec Valory à la portière de gauche, face au relais, sous les yeux du maître de poste, Jean-Baptiste Drouet. Les chevaux sont attelés, la voiture démarre.

Drouet n'a pas besoin de confronter le visage entrevu avec une pièce de monnaie ou un assignat pour reconnaître le roi : les postillons lui ont sans aucun doute transmis la nouvelle. Ce n'est pas ici le lieu de s'interroger sur les motifs qui le poussèrent ensuite à intervenir : ardeur révolutionnaire ou peur de s'attirer des ennuis pour n'avoir pas dénoncé les fugitifs. Sur le moment il ne broncha pas et les voyageurs purent sortir de Sainte-Menehould sains et saufs. On fera seulement une remarque. Comme Fersen le craignait, les détachements militaires firent plus de mal que de bien, parce que leur seule présence a affolé des populations dont les troubles des deux dernières années ont exacerbé la nervosité. Louis XVI se fait sur les sentiments de son bon peuple de lourdes illusions, qu'a ravivées l'accueil chaleureux des gens de Chantrix. De plus, n'ayant pas reçu d'éducation militaire, il n'a aucune idée des problèmes que posent les déplacements de troupes, même réduites, ni de ceux que soulèvent leurs rapports avec les habitants des bourgs campagnards. Il connaît moins encore les dangers des stations prolongées, qui entraînent bavardages, beuveries, voire fraternisations. Il sous-estime donc le danger.

Le même scénario se reproduit à Clermont-en-Argonne, où le comte de Damas, qui affecte d'ignorer les gestes de Mme de Tourzel, finit par s'approcher, un doigt sur les lèvres. C'est pour entendre le roi déclarer qu'il n'a pas besoin d'escorte d'une voix si haute que la reine l'invite à baisser le ton, et pour apprendre de la bouche de la gouvernante que les enfants trouvent le temps long. Peu importe, pense-t-il, les chevaux sont attelés, la famille royale repart sans encombres, elle n'est plus qu'à une heure de Varennes, où elle doit trouver un relais privé, sous la protection de Louis de

Bouillé avec deux escadrons de hussards. Mais après
son départ, dans la petite ville, une simple querelle
dégénère en émeute et les dragons se débandent. Sans
se douter de rien, au fond de leur berline, les voyageurs
exténués se sont endormis.

Varennes

Il est onze heures et quart, il fait nuit noire lorsque
les deux voitures se présentent à l'entrée de Varennes.
Le gros bourg n'est pas en ébullition, il dort. Pas de
relais à l'endroit prévu. Aucune trace de Valory, venu
en courrier pour faire préparer les chevaux. Il n'y a pas
là âme qui vive. On s'arrête face à la première maison,
les deux gardes du corps tambourinent en vain à la
porte, le roi vient à la rescousse, se fait rabrouer.
Impossible de continuer. Les postillons, que leur
patronne a priés de rentrer à Clermont au plus vite,
refusent d'aller plus loin. Aller où, d'ailleurs ? Une
bonne demi-heure s'écoule. Toujours rien. Si, pourtant : on a vu un cavalier s'arrêter au passage pour dire
un mot aux postillons. Dans la berline, on commence
à s'inquiéter. Lorsque Valory reparaît un peu plus tard,
bredouille, sans avoir trouvé ni les chevaux promis, ni
le fils Bouillé et ses hussards, Louis XVI explique :
« Nous sommes vendus ! Un courrier qui vient de passer a défendu aux postillons d'aller plus loin et leur a
ordonné, de par la nation, de dételer, ajoutant qu'ils
menaient le roi. »
Soudain on entend battre le tambour. La ville
s'éveille. Il ne faut pas rester là. On parvient à
convaincre les cochers de s'engager dans la rue principale qui descend vers la rivière. Valory marche en tête,
à cheval ; derrière lui vient le cabriolet des femmes de
chambre, puis la berline. À mi-parcours, le convoi est
bloqué. Au niveau du passage voûté ménagé sous

l'église du château, le chemin est obstrué par une porte fermée, où veillent deux gardes nationaux, fusil en main. Apparaît alors un personnage qui se dit procureur-syndic de la commune et réclame les passeports. Il s'en va les examiner dans la salle d'auberge voisine et revient, conciliant : les papiers sont en règle. Mais autour du barrage, des hommes s'agglutinent, excités par le cavalier qui a donné l'alerte et qu'ils connaissent bien, Drouet, le maître de poste de Sainte-Menehould. Car à Paris, l'ordre a été donné de poursuivre les fugitifs sur toutes les routes. Bayon, le capitaine chargé de celle de Châlons, a vite compris que c'était la bonne. Arrêté dans cette ville par la fatigue, il a eu l'idée de faire transmettre la consigne par les maîtres de poste successifs. Drouet clame donc : « C'est le roi, c'est sa famille ; si vous les laissez passer, vous serez coupables de trahison. »

Maintenant le tocsin sonne, les gens s'agitent. Très embarrassés, les responsables hésitent. En l'absence du maire, député à l'Assemblée nationale, le procureur-syndic, Sauce, un brave épicier et fabricant de bougies, tremble devant la décision à prendre. Louis XVI s'impatiente, donne aux postillons l'ordre d'avancer, mais les gardiens de la barricade menacent de tirer, arguant que les officiers municipaux doivent se réunir et délibérer. D'ici là, pense Louis XVI, les hussards de Bouillé seront arrivés. Il accepte donc l'hospitalité de la maison Sauce. Marie-Antoinette grimpe avec son mari l'escalier en colimaçon menant au premier étage, où l'épicière a rangé une chambre en toute hâte. Pour les enfants un lit, où ils sombrent dans le sommeil. Pour les adultes, une table, des chaises, un casse-croûte. Une gravure représentant le roi est affichée au mur de la chambre, invitant à la comparaison ; mais sans manteau ourlé d'hermine ni diamants à son chapeau, le voyageur en redingote grise peut continuer de nier. Marie-Antoinette appuie la prétendue baronne de Korff, qui proteste contre l'injustice de leur arrestation.

Dans la pièce voisine, des gens discutent, dubitatifs. Sur ces entrefaites survient un juge appelé à la rescousse par Sauce, très soucieux de légalité. Or cet homme, dont les beaux-parents occupaient un emploi dans le service de bouche de la reine, a vu souvent les souverains à Versailles. « Ah ! Sire ! » s'écrie-t-il en s'inclinant et en esquissant une révérence. Alors Louis XVI, soulagé d'échapper à une comédie qui lui pesait, éclate : « Eh bien oui, je suis votre roi. Placé dans la capitale au milieu des poignards et des baïonnettes, je viens chercher en province et au milieu de mes fidèles sujets la liberté et la paix dont vous jouissez tous ; je ne puis plus rester à Paris sans y mourir, ma famille et moi. » C'est bien dit, avec une chaleur qui émeut les assistants. « Par une explosion de son âme tendre et paternelle, précise le procès-verbal de la municipalité, il embrassa tous ceux qui l'entouraient. » Marie-Antoinette ne dit rien — rien du moins qui parût digne d'être consigné par les scribes de l'endroit.

Le roi à Varennes ! Quel événement ! La nouvelle se répand comme une traînée de poudre, elle gagne les villages voisins. Les gens veulent le voir, ils accourent. Ils sont armés, car en pleine nuit, par ces temps troublés, aucun paysan ne se risquerait dehors sans sa fourche, sa faux, ou au moins un solide gourdin. Bientôt, ameutées par le tocsin qui ne cesse de sonner, par le tambour qui bat, par les cris, deux à trois mille personnes occupent les rues de la bourgade dont la milice locale a barricadé les issues carrossables, notamment le pont sur l'Aire, qui permet de gagner la ville basse et la route de Stenay. Impossible de sortir ni d'entrer par là. Cette foule n'est pas hostile, seulement curieuse, prête à crier *Vive le Roi* de bon cœur. Quant à se faire tuer pour lui, c'est une autre histoire. Que fait-il donc dans ce village perdu ? Il émigre bien sûr, on en parle depuis si longtemps. Or tout le monde redoute son départ. La crainte des patriotes s'explique aisément :

ils croient que le nouveau régime, privé de son otage, sera exposé au déferlement sans merci des troupes autrichiennes venant rétablir le « despotisme ». Mais ils ne sont ici qu'une minorité. La plupart des habitants du pays profond restent très attachés au roi, qui incarne la France. Seulement, ce lien symbolique du roi avec son royaume est aussi charnel et implique sa présence physique. Il est le père de tous ses sujets. S'il s'en va, s'il déserte, il abandonne son peuple, il le trahit et, ce faisant, il l'expose aux pires calamités. Louis XVI le sait, parce qu'il vit lui-même ce lien dans sa chair — à la différence de Marie-Antoinette qui reste une étrangère. A-t-il le droit de faire disperser ces gens par la violence, comme il en a les moyens ?

Car le plus étrange dans cette nuit étrange entre toutes, c'est que les soldats sont là et leurs chefs aussi, prêts à servir. Pas tous. Le fils cadet de Bouillé, François, que son père a eu la faiblesse de substituer à Louis pour une tâche qui semblait facile, s'est affolé en prenant conscience des négligences commises et a pris la fuite au lieu d'essayer de les réparer. Mais à une heure du matin Choiseul est arrivé, Damas aussi, et Goguelat, il y a des hussards frais cantonnés à proximité. On a conduit poliment les officiers à la maison Sauce, où ils viennent prendre les ordres du roi. « Eh bien ! Goguelat, quand partons-nous ? — Sire, quand il plaira à Votre Majesté. » La municipalité semble d'accord, offre même une escorte, pourvu que le roi n'aille qu'à Montmédy, mais il faut attendre l'aube. Entre-temps, la foule a grossi. La berline est bloquée sans remède. Damas et Choiseul suggèrent de faire sortir la famille royale, soit à pied soit à cheval, entre deux haies de hussards. « Répondez-vous qu'un coup de fusil ne tuera pas la reine, ou mon fils, ou ma fille, ou ma sœur ? » Non, bien sûr, Choiseul ne peut en répondre. Il y aurait d'autres solutions. Goguelat en propose une à la reine, visiblement prête à tenter le tout pour le tout. Mais elle ne peut que soupirer : « C'est au roi d'ordonner. » Et il n'ordonne pas. Il attend l'armée du marquis de Bouillé, qui ne saurait tarder puisque son fils a dû l'alerter. Mais croit-il encore vraiment que tout sera alors réglé « sans violence » ?

Tandis qu'il boit et mange sans se faire prier, les édiles locaux ont de plus en plus peur. Quelque décision qu'ils prennent, ils se la verront reprocher. Lorsque Marie-Antoinette implore l'aide de Mme Sauce, celle-ci lui réplique du tac au tac : « Mon Dieu ! Madame, j'aime bien mon roi ; mais, dame ! j'aime bien aussi mon mari. Il est responsable ; je ne veux pas qu'on lui cherche noise. » Quel contraste avec sa belle-mère, qui était tombée en prières devant le lit des enfants royaux en couvrant leurs mains de pleurs ! D'une génération à l'autre, l'idéologie égalitaire a fait du chemin dans les têtes. Pour la plus jeune des deux femmes, le roi n'est plus qu'un homme comme un autre.

Vers cinq heures et demie du matin, le malheureux Sauce est délivré de ses angoisses : deux messieurs importants arrivent de Paris, qui prendront les choses en main. Deux messagers, Bayon et Romeuf, surgissent devant le roi porteurs d'un décret de l'Assemblée. « Quoi ! monsieur, c'est vous ? Ah ! je ne l'aurais jamais cru ! » s'écrie Marie-Antoinette à l'adresse du second, qui a été naguère son écuyer et ne cache pas son chagrin d'avoir réussi à les rattraper alors qu'il espérait bien n'y pas parvenir. Le roi lit le décret enjoignant à tous les fonctionnaires publics, gardes nationales et troupes de ligne de mettre un terme à son « enlèvement » et de l'empêcher de continuer sa route. « Il n'y a plus de roi en France », dit-il simplement, en posant le papier sur le lit où dorment son fils et sa fille. Marie-Antoinette se précipite et le jette à terre rageusement en s'écriant : « Je ne veux pas qu'il souille mes enfants. » Au milieu des murmures scanda-

lisés, Choiseul se hâte de le ramasser. Arrivent alors
d'autres officiers, prêts à l'action. Marie-Antoinette
échange avec eux quelques mots en allemand, apprend
que Bouillé est prévenu — « Mais arrivera-t-il à
temps ? » —, semble accueillir avec faveur leur projet
de sortie en force. Le roi leur intime de se taire et
répond : « Je suis prisonnier ; je n'ai plus d'ordres à
donner. »

Cependant le bruit s'est répandu qu'il attend les
troupes de Bouillé. Ce nom sème la terreur, tant la
répression subie par Nancy a frappé les esprits. Il va,
c'est certain, mettre Varennes à feu et à sang, à moins
que le roi ne s'en aille au plus vite. Dehors le mot
d'ordre est lancé, la foule scande sur l'air des lampions : « À Paris ! À Paris ! » Ayant épuisé tous les
prétextes pour gagner du temps, petit déjeuner,
malaise, colique, la famille royale se résigne au départ.
À huit heures, elle s'embarque dans la berline sous les
vivats, escortée par une masse de deux à trois mille
hommes en armes qui veulent s'assurer qu'elle prend
bien le chemin du retour. Lorsque, aux alentours de
neuf heures, le marquis de Bouillé arrive sur les hauteurs d'en face à la tête du Royal-Allemand, le cortège
est déjà loin. Le rattraper, l'attaquer ? C'est hors de
question, le pays est sens dessus dessous. Il ne lui reste
plus qu'à faire demi-tour et à gagner au grand galop
le Luxembourg pour échapper au mandat d'arrestation
lancé contre lui. Mais la rumeur qu'il est en marche
pour rejoindre le roi continuera longtemps encore
d'ameuter paysans et villageois au long du chemin.

Le retour

Ils avaient mis vingt-quatre heures à l'aller, il leur
faut quatre jours pour revenir, quatre jours de calvaire.
La première partie du trajet, jusqu'à Châlons, est à la

fois lente et rapide : on roule très lentement, mais sans
s'arrêter. Les deux véhicules marchent au pas, dans un
nuage de poussière, encadrés d'une nuée d'hommes à
pied, une foule vigilante, mais sans haine. Heureusement, car ils sont dépourvus de toute protection. Bientôt la chaleur monte avec le soleil, transformant la
berline en un four à l'air irrespirable. Au fil des lieues
les marcheurs se relaient, remplacés par d'autres à qui
ils repassent le mot : Empêchez le roi d'émigrer !
Qu'on le mène à Paris, vite ! Bouillé veut le reprendre.
Nulle part on ne permet donc aux malheureux de faire
une pause. À Sainte-Menehould, un dîner les attend à
l'auberge du *Soleil d'Or*. Il y a deux jours qu'ils n'ont
pas dormi, ne pourraient-ils pas y passer la nuit ? Les
vivats qui avaient salué l'apparition du roi au balcon
se changent aussitôt en cris hostiles : « À Paris. » Ils
doivent repartir sous un soleil de plomb. La nervosité
générale fait de leur voiture une bombe ambulante que
la moindre étincelle risque de faire sauter. Au passage
les autorités locales, toutes couleurs politiques confondues, s'efforcent donc, avec amabilité ou mauvaise
grâce, de prévenir les désordres. Châlons envoie chari-
tablement à leur rencontre quelques gardes nationaux.
Mais ceux-ci n'empêcheront pas la foule, lors d'un
arrêt, de massacrer le comte de Dampierre, qui avait
aidé une des femmes de chambre à remonter en voiture, et de venir exhiber sous les yeux des voyageurs
les restes de sa victime.

Ils atteignent la ville vers minuit. La municipalité a
beau leur réserver un accueil chaleureux, avec hommages, fleurs pour la reine, excellent souper et
chambres confortables, le lendemain matin, jour de la
Fête-Dieu, la messe est interrompue par des clameurs.
Il faut repartir en hâte. Un peu plus loin, un homme
crache au visage du roi, on bouscule la reine et
Madame Élisabeth, on déchire le bas de leurs robes,
elles pleurent, tandis que le dauphin hurle de terreur.

Épernay, hostile, ne leur offre que le strict minimum. Ils doivent fendre une foule furieuse qui parle de les tuer pour atteindre le perron de l'hôtel de Rohan, où on leur sert un méchant dîner. Plus on approche de la capitale, plus le climat se dégrade, on voit reparaître insultes et menaces. L'Assemblée, prévenue, s'inquiète. En majorité modérée, elle n'a aucune envie de les voir massacrer par la populace. Elle désigne trois députés pour les prendre en charge et assurer leur sécurité. Elle a soin de panacher sa délégation : un royaliste, le marquis de Latour-Maubourg, un révolutionnaire de la première heure converti à la monarchie constitutionnelle, l'avocat grenoblois Barnave, et un autre avocat, Pétion, qui siège à l'extrême gauche et dissimule à peine ses convictions démocratiques. Ils sont accompagnés d'une petite escorte, commandée par un officier de la garde nationale, Mathieu Dumas.

Une estafette a annoncé leur venue aux voyageurs. Enfin du secours ! La rencontre a lieu devant la ferme du Chêne-Fendu au bord de la Marne, près du village de Boursault, sous l'œil des curieux agglutinés. Les trois commissaires gonflés de leur importance et soucieux de respecter les formes sont pris de court par la reine et sa belle-sœur. Elles se ruent aux portières avec des cris angoissés et implorants : « Ah ! Messieurs ! Messieurs ! » Marie-Antoinette s'empare de la main de Latour-Maubourg, qu'elle connaît bien, en l'appelant pas son nom. Après une seconde d'hésitation, elle tend aussi la main à Barnave et se contente d'appuyer légèrement sur celle de Pétion. « Le roi n'a point voulu sortir de France », déclare Madame Élisabeth. Ce que celui-ci s'empresse de confirmer. « Qu'aucun malheur n'arrive. Que les gens qui nous ont accompagnés ne soient pas victimes, qu'on n'attente pas à leurs jours ! » ajoute la reine, qui a compris que les trois gardes du corps sont directement exposés aux fureurs de la foule. Petit problème que n'a pas prévu l'étiquette :

comment s'installer dans les voitures ? Les commissaires, munis des pleins pouvoirs par décret de l'Assemblée, n'entendaient pas lâcher la moindre de leurs prérogatives. Latour-Maubourg, complaisant, consentit à se joindre aux femmes de chambre. Les deux autres partageraient la berline royale. Pas question d'en extraire qui que ce soit pour eux, dit le roi. On se tasserait. Dans le sens de la marche, Barnave se glissa entre le roi et la reine, qui prit le dauphin dans ses bras. En face, Pétion s'installa entre Madame Élisabeth et Mme de Tourzel, la fillette se casant comme elle put sur les genoux de cette dernière. La tension, décuplée par la promiscuité, était très vive. Les deux députés, nourris d'idées toutes faites sur le « tyran » et sur son arrogante épouse, se trouvaient désarçonnés devant le désarroi de braves gens sales, exténués, terrifiés, qui les accueillaient comme des sauveurs. Ils se sentaient d'autant plus mal à l'aise qu'ils étaient issus de partis antagonistes, le républicain Pétion épiant le constitutionnel Barnave, qu'il suspectait de trahison. Les deux belles-sœurs s'aperçurent qu'il y avait une carte à jouer auprès d'eux et firent front pour tenter de sauver ce qui pouvait l'être.

Le silence pesait. Madame Élisabeth, en bon petit soldat de son frère, plongea. Marie-Antoinette la relaya. L'exposé de leurs vues politiques ne convainquit pas les deux avocats, qui répliquèrent en défendant les travaux de l'Assemblée. Pétion trouva les propos de la reine très superficiels : « il ne lui échappait aucune idée forte, ni de caractère » ; elle aurait bien voulu pourtant qu'on lui en crût, du caractère, mais elle le répétait avec trop d'insistance pour que ce fût vrai. En fait, ce n'est pas leur courage qui toucha les députés, mais leur naturel. On aurait dit une famille bourgeoise. « J'aperçus un air de simplicité qui me plut, témoigne Pétion. Il n'y avait plus là de représentation royale, il existait une aisance et une bonhomie domestique. [...] La reine faisait danser le prince sur ses genoux. Madame, quoique plus réservée, jouait avec son frère ; le roi regardait tout cela avec un air assez satisfait. » La gaieté du dauphin paracheva le miracle. Il essaya tour à tour les genoux des deux députés, s'installa sur ceux de Barnave, tripota son jabot et sa ceinture en lui posant mille questions et exhiba fièrement son savoir tout neuf en déchiffrant sur les boutons de son habit la devise des jacobins *Vivre libre ou mourir.* Le plus récent biographe de Barnave, Pierre d'Amarzit, affirme que le jeune avocat crut alors apercevoir une larme sur la paupière de la reine.

L'évidente rustrerie de Pétion, aggravée par ses préventions politiques, fait ressortir par contraste le visage avenant, l'élégance et la délicatesse de Barnave, issu d'excellente bourgeoisie dauphinoise. Marie-Antoinette a vite reconnu en lui le plus accessible des deux. C'est donc auprès de lui qu'elle déploie le célèbre charme dont elle a si souvent expérimenté le pouvoir. Voyant son regard errer autour des gardes du corps, elle s'offre le malicieux plaisir de les lui nommer et c'est lui qui rougit d'avoir osé chercher Fersen parmi eux. « M. de La Fayette était-il dans le secret du départ de Leurs Majestés ? » demande-t-il tout de go. Certes non, réplique-t-elle en riant, j'ai même plaisanté avec Mme de Tourzel sur la mine que ferait *Monsieur Blondinet* quand nous serions loin. Pétion, sur la défensive, faisait l'important, prétendait tout savoir, affirmait que les fugitifs avaient pris au sortir des Tuileries une voiture de remise conduite par un Suédois : comment s'appelait-il donc ? Mais la reine s'en tira avec esprit : « Je ne suis pas dans l'usage de connaître le nom des cochers de remise. » Le roi lui-même se mêla à la conversation en versant à la ronde des tournées d'orangeade. Les députés gardaient cependant un œil sur la route, prêts à intervenir. Barnave put ainsi stopper net, d'un geste impératif, des furieux qui s'en prenaient aux gardes du corps. Un peu plus loin, les voyant prêts à lyncher un prêtre qui bénissait la berline, il se pencha si fort par la portière, que Madame Élisabeth dut le retenir par les pans de son habit. « Vous n'êtes donc pas français ? Nation de braves, êtes-vous devenus un peuple d'assassins ? » lança-t-il d'une voix qui les figea sur place. « Monsieur, je vous remercie », dit très simplement la reine. Que ne ferait-il désormais pour la protéger !

Bercés par le balancement de la voiture, ils finirent par s'endormir. Pétion, s'apercevant que la tête d'Élisabeth avait glissé sur son épaule, se plut à imaginer que si, par enchantement, le monde entier venait à disparaître autour d'eux, elle s'abandonnerait dans ses bras « aux mouvements de la nature » : façon grossière de traduire sa propre émotion, qu'il se reprochait. À l'étape de Dormans, où les attendait une réception soignée, Louis XVI crut pouvoir reprendre à ses dépens un peu de sa dignité perdue. Le trouvant installé sans gêne à la table qu'il croyait devoir être commune, à droite de la place qu'occuperait la reine, le souverain le rabroua sèchement et le renvoya à la salle voisine où les deux autres avaient eu le bon goût de faire dresser leur couvert. Il eût mieux fait d'y mettre des formes : le rustre, alors bien moins influent que le Grenoblois, aurait son heure bientôt.

Ils dormirent mal, gênés par ce que Madame Royale appellera les cris de la populace et Pétion la liesse populaire. Il est probable que le sommeil de Marie-Antoinette fut troublé par la cuisante déception d'une nouvelle occasion manquée. Car au moment du coucher, le gendre de l'aubergiste avait proposé, au nom de toute sa famille, un plan d'évasion. Ils sortiraient tous, par-derrière, sur une terrasse d'où un escalier conduisait à la rivière. En bateau, puis en charrette de vendangeurs, ils pourraient ensuite, de ferme en ferme et de beau-frère en cousin, gagner la frontière en toute sécurité. La reine fut très tentée, mais Louis XVI dit non : « Il comptait sur sa bonne ville de Paris, qu'il n'avait quittée que malgré lui et sur de fausses insinuations. » On commençait de voir se dessiner les contours du personnage qu'il allait devenir.

Chez le maire de La Ferté-sous-Jouarre, on se croit revenu à des années en arrière. Comme Marie-Antoinette demande où est la maîtresse de maison, Mme Reynard de l'Isle, qui a tenu à assurer le service elle-même, répond très émue : « Partout où s'arrête Sa Majesté, il n'y a plus qu'elle de maîtresse. » À Meaux, en revanche, le nouvel évêque, jureur, leur fait grise mine. Mais l'idylle continue entre les fuyards et les députés qui, égalité oblige, ont échangé leurs places dans la voiture. Marie-Antoinette ne manque aucune occasion d'entretenir Barnave en tête à tête, tandis qu'Élisabeth occupe Pétion, qui en oublie de surveiller son collègue. L'approche de Paris cependant les rappelle à la dure réalité. La foule, de plus en plus dense, devient franchement menaçante. Le souvenir du 6 octobre hante les souverains, qui ne veulent pas faire une nouvelle entrée dans la capitale avec les têtes de leurs gardes du corps en guise d'étendards. Dumas proposa en vain de faire évader les trois hommes ou de les déguiser en gardes nationaux. Dans un sursaut de dignité, la reine protesta : « Le roi doit rentrer dans Paris avec sa famille et ses gens comme il en est sorti. » On fit alors grimper à leurs côtés sur la voiture trois gardes nationaux responsables de leur vie.

En fait, les souverains n'entrèrent pas dans Paris. Par souci de sécurité, on leur fit contourner la ville par les boulevards extérieurs, pour éviter les étroites rues centrales et gagner les Tuileries du côté des jardins, à l'ouest. De Bondy jusqu'à la barrière de Pantin, insultes, outrages, menaces, cris de mort leur donnent un avant-goût de la férocité populaire et Dumas a parfois de la peine à dégager la berline de la marée humaine qui vient battre à ses portières. À la barrière d'octroi, La Fayette est là, flanqué de tout son état-major. Disposées le long des boulevards pour contenir la foule, ses troupes, l'arme au pied, crosse en l'air, forment comme une haie de déshonneur. Au passage du cortège, personne ne se découvre, un silence de mort remplace les huées. Car une affiche placardée sur les murs à des dizaines d'exemplaires a promis : « Celui qui applaudira le roi sera bâtonné, celui qui l'insultera sera pendu. » Et ce silence quasi surnaturel est plus impressionnant que les hurlements.

On rentre par la barrière de l'Étoile, les Champs-Élysées et la place Louis XV, noirs de monde. À la terrasse des Feuillants, où les souverains doivent quitter la berline, une mêlée éclate, Dumas doit demander des renforts pour dégager les trois gardes du corps, le baron de Menou emporte le dauphin en larmes, Marie-Antoinette est soulevée plutôt qu'elle ne marche jusqu'au château. Une fois en sécurité dans les appartements du roi elle rassemble toute son énergie pour cacher la rage qui la dévore. Elle trouve la force d'un ultime badinage avec Barnave : « Je vous avoue que je ne comptais pas que nous passerions treize heures en voiture ensemble. » Louis XVI accueille, impavide, les belles phrases sonores que lui débite La Fayette, qui a tout de même ôté son chapeau. Mais lorsque celui-ci demande : « Votre Majesté a-t-elle quelque ordre à me donner ? », la réplique fuse, cinglante : « Il me semble que je suis plus à vos ordres que vous n'êtes aux miens. » Authentiques, faux, un peu arrangés seulement ? tous ces « mots historiques » ont le mérite de traduire à merveille un climat.

À la stupeur de Pétion, la mécanique de cour se remit en route automatiquement : Louis XVI passa entre les mains de ses valets de chambre pour une toilette dont il avait grand besoin. « En voyant le roi, écrit le député, on n'aurait pu deviner tout ce qui venait de se passer ; il était tout aussi flegme, tout aussi tranquille que si rien n'eût été. Il se mit sur-le-champ en représentation. » La reine avait disparu. Lorsque des délégués de l'Assemblée vinrent le lendemain recueillir de la bouche des souverains leur version du voyage, elle leur fit répondre qu'elle était dans son bain. Aussi put-elle, le jour suivant, leur déclarer sans crainte de contredire son époux : « Le roi désirant partir, rien ne m'aurait empêchée de le suivre. Et ce qui m'y décidait, c'était l'assurance positive qu'il ne voulait point quitter le royaume. » Vite, vite, il fallait refermer hermétiquement la parenthèse de l'équipée à Varennes.

Qu'aurait-on fait à Montmédy ?

Depuis plus de deux siècles, on s'acharne à chercher le grain de sable qui a fait capoter une entreprise si près de réussir. Les protagonistes n'ont pas manqué de s'y employer, avec pour premier souci de faire retomber la responsabilité sur d'autres. Tâche d'apparence facile, car entre les nombreuses fautes accumulées qui contribuèrent à la catastrophe, chacun peut trouver sans peine celles qui conviennent à sa version des événements. À chaque étape du voyage il est aisé de montrer que si on avait fait, ou pas fait, ceci ou cela, tout aurait marché à merveille. Il y a sans doute des gens plus coupables que d'autres : Fersen, qui a commandé une voiture trop peu discrète, Goguelat, qui, en minutant l'itinéraire, a peut-être sous-estimé la lenteur de la berline, Choiseul, à coup sûr, qui n'a laissé personne derrière lui à Pont-Somme-Vesle, le jeune François de Bouillé surtout, qui, croyant le voyage annulé, a négligé de poser les relais à l'entrée de Varennes, puis a perdu la tête et prévenu son père trop tard. Mais ils ne sont pas sans excuses. La source de l'échec réside avant tout dans les trois mois de flottements préalables au départ, qui ont ôté aux participants la foi dans le succès. Or ces flottements sont imputables au roi, tout comme les imprudences qu'il semble avoir accumulées à plaisir, puis son refus de desserrer par la force le piège de Varennes. Le vrai responsable de l'échec est Louis XVI. Il vaut la peine de se demander pourquoi.

Tout le problème réside dans l'ambiguïté qui pesait sur la finalité de l'entreprise. On se souvient qu'au soir du 14 juillet le maréchal de Broglie, consulté sur l'éventualité d'un départ pour Metz, avait dit : « Oui, mais qu'y ferons-nous ? » La question se repose avec plus d'acuité encore : que fera-t-on à Montmédy ? Et il apparaît que la réponse varie du tout au tout selon les participants.

L'idée de Louis XVI est bien connue. Il l'a exposée dans une longue déclaration, qu'il a rédigée avant de quitter Paris. On la retrouve dans un mémoire transmis un peu plus tard par Marie-Antoinette à son frère. Une lettre de la marquise de Bombelles la résume excellemment : « Il voulait revenir à la déclaration du 23 juin, par laquelle il remplissait le vœu que la nation avait témoigné par ses mandats lors des États généraux ; il restreignait son pouvoir, mais en même temps il l'assurait et rassurait les esprits ; car jamais le despotisme ne pourra plus avoir lieu en France, et, il faut être juste, il n'est pas désirable. Le roi ne voulait donc pas conquérir son royaume, armé de forces étrangères ; il voulait en imposer à ses sujets et traiter avec eux. » Mais il lui fallait au préalable se soustraire à la pression des comités populaires parisiens et recouvrer sa liberté. Il comptait sur un ralliement massif.

Or aucun des conjurés qui se disposaient à le tirer de Paris n'accordait la moindre crédibilité à ce plan. Comment un programme qui avait paru très insuffisant le 23 juin pourrait-il trouver quelque créance deux ans plus tard ? Tout cela était chimérique. « Je ne conçois

La prisonnière

pas bien ce que se propose Sa Majesté », disait Breteuil. « Je n'ai jamais su quel parti le roi aurait pris à
Montmédy », écrivit plus tard Bouillé. Tous sont
convaincus, comme Fersen, que le roi ne retrouvera
son autorité qu'au prix d'une guerre, civile ou étrangère, ou les deux à la fois. Que fera-t-on à Montmédy ?
Pour Bouillé, le militaire, la réponse est *rien*, parce
qu'on n'y pourra rien faire. La place n'a pas les capacités d'accueil nécessaires. La gentilhommière prêtée
par l'abbé de Courville dans le village frontalier de
Thonnelle, où il prévoit d'accueillir la famille royale,
ne peut héberger le personnel nécessaire pour gouverner et négocier. De plus, l'armée n'est pas sûre, Bouillé
est bien placé pour le savoir. Les troupes françaises,
on l'a dit, sont largement acquises à la Révolution.
Quant aux mercenaires étrangers, s'ils ne sont pas
payés, ils se dérobent. Faute d'argent la place ne sera
pas tenable. À ses yeux elle n'est donc qu'une étape
préalable à un repli sur Luxembourg, pour lequel il a
déjà posé des jalons via Longwy ou Virton. De leur
côté les politiques, Fersen et Breteuil, ont compris que
jamais Léopold II ne laissera les soldats autrichiens
mettre le pied en France. En quoi ces soldats pourraient-ils soutenir Louis XVI, si celui-ci ne met pas le
pied hors de France ?

La vérité est que tout était prévu, côté autrichien,
pour accueillir les souverains français à plus ou moins
brève échéance. La preuve ? Sur des nouvelles prématurément optimistes, Léopold crut pendant quinze jours
l'évasion réussie et adressa à sa sœur des lettres qui
ne laissent aucun doute sur la destination envisagée.
2 juillet : « J'ai reçu d'abord le courrier avec la nouvelle de votre heureuse fuite de Paris, ensuite celui de
votre arrêt à Vannières [*sic*], et enfin celui de votre
délivrance. J'attends à présent avec la plus vive impatience celui de votre arrivée à Luxembourg. » Et en
post-scriptum : « Dès que j'aurai la sûreté de votre arri-

vée à Bruxelles ou chez moi, et que je saurai vos intentions, je donnerai d'abord toutes les dispositions pour les exécuter. » Et le 5 juillet encore : « Enfin, grâce à Dieu, j'ai reçu la nouvelle que vous êtes heureusement arrivée à Luxembourg, et que le roi est en sûreté à Metz. » Certes il se crut obligé de faire des offres de service, trop amples et trop vagues pour être crédibles après ses réticences antérieures : « Tout ce qui est à moi est à vous, argent, troupes, enfin tout », disait-il en promettant d'intéresser à leur sort l'Europe entière. Qu'aurait-il fait réellement, si ces nouvelles n'avaient pas été fausses ? On voit mal pourquoi il aurait changé d'opinion sur l'équilibre européen. Sans l'appui des troupes autrichiennes la place de Metz se serait vite révélée intenable. Les fugitifs auraient fini par se retrouver à Luxembourg. L'empereur leur aurait sans doute accordé une maigre pension leur permettant d'y mener la triste existence de souverains en exil. Mais ils eussent été sains et saufs.

Toutes ces remarques appellent deux questions.

La première a été souvent posée : Marie-Antoinette a-t-elle organisé en toute connaissance de cause, à l'insu de son mari, une manœuvre visant à le faire passer à l'étranger malgré lui ? La réponse donnée à cette question dépend généralement de la sympathie ou de la réprobation qu'elle inspire aux biographes, qui la montrent donc soit entièrement innocente, soit lourdement coupable — allant parfois jusqu'à prétendre, contre toute vraisemblance, qu'elle pensait à l'abandonner et à se faire proclamer régente au nom de son fils. Il n'y a aucune conclusion à tirer du fait qu'elle envoyait bijoux, argent et bagages à Bruxelles, où sa sœur, Fersen et Mercy lui servaient de relais : c'était le seul moyen de mettre tout cela à l'abri d'un accident. Plus intéressant est le témoignage, quoique tardif, de Goguelat : « Il est vrai qu'à l'heure de son départ furtif, le roi ne supposait pas que son voyage se terminerait

au-delà de la frontière. Mais la reine l'aurait certainement conduit où elle aurait jugé à propos de le faire. »
Toutefois cela ne prouve pas qu'elle y était déterminée
dès le départ.

Une autre hypothèse, plus nuancée, nous semble
offrir quelque vraisemblance. À l'évidence, les organisateurs de l'évasion jugent Louis XVI incapable de
rétablir par lui-même, grâce à un appel au pays, l'autorité qu'il s'est laissé arracher lambeau à lambeau
depuis deux ans. Mais ils ont besoin que Marie-Antoinette y croie. Ils savent qu'elle seule est capable de
décider son époux à partir. Pourquoi lui feraient-ils
partager leur pessimisme, au risque de lui compliquer
la tâche ? Pas plus que son mari, elle n'est prête à venir
se fondre dans la foule des émigrés qu'elle déteste. Elle
ne demande qu'à se raccrocher à un projet qui va dans
le sens de son goût pour les actions d'éclat. Dans des
lettres dont la sincérité n'est pas douteuse, elle dit sa
confiance, elle exprime sa foi dans la capacité de
Louis XVI à rassembler les bonnes volontés. À la
duchesse de Fitz-James : « Il faut, pour sortir de cette
crise, qu'il étonne par la force et le courage de son
entreprise. » À Mercy : « Notre sûreté et notre gloire
tiennent à nous tirer d'ici ; j'espère n'en pas laisser le
mérite uniquement à d'autres. » Le séjour à Montmédy
ne doit être à ses yeux que provisoire. Luxembourg,
tout proche, serait une solution de détresse. Mais c'est
en Alsace, écrit-elle à Mercy le 14 avril, qu'ils envisa-
geraient de s'installer si le regroupement de leurs
fidèles tardait à leur rouvrir les portes de la capitale.
Bref, il semble que loin d'avoir manœuvré pour
contraindre son époux à l'exil, elle ait assez largement
partagé ses illusions.

La seconde question, elle, est rarement posée. Elle
concerne l'attitude de Louis XVI avant et pendant ce
voyage. On se contente de parler d'irrésolution, de faiblesse, voire d'apathie. Une chose est incontestable : il

dit vrai lorsqu'il affirme qu'il ne voulait pas sortir de
France. Il avait beaucoup pratiqué l'*Histoire d'Angleterre* de Hume, qu'il lisait dans le texte. Et s'il avait
été très frappé, comme on le relève souvent, par le
destin de Charles Ier, à qui la guerre civile coûta sa
tête en 1649, il avait pu y voir aussi que lors de la
seconde révolution, en 1688, la fuite coûta son trône
à Jacques II. Il méditait donc assurément aussi cette
maxime : un souverain qui quitte son royaume le perd.

Sa prétendue irrésolution dans les mois qui précèdent l'évasion reflète surtout son malaise. On l'a vu
refuser à plusieurs reprises de partir. Il ne donne son
accord qu'en décembre au plan auquel Marie-Antoinette travaille depuis plusieurs mois. C'est entendu, il
ira à Montmédy, pour organiser les retrouvailles avec
son peuple. Il y consent sous le coup du décret contraignant les prêtres au serment, mais avec le désespoir au
cœur. Fin février il constate, devant les mésaventures
de ses tantes à Arnay-le-Duc, que Paris n'a pas le
monopole de l'agitation révolutionnaire. Il lui vient des
doutes. La France profonde se ralliera-t-elle à lui aussi
aisément qu'il l'espère ? En d'autres termes son initiative ne déclenchera-t-elle pas la guerre civile ? C'est
au mois de mars, ne l'oublions pas, qu'il tombe gravement malade, peut-être par réaction. Mais il n'est plus
possible alors de reculer sans compromettre tous ceux
qui ont pris des risques énormes pour préparer sa fuite.
D'où des pressions très vives pour l'obliger à en fixer
enfin la date.

Une fois la date arrêtée, son flegme et sa maîtrise de
soi font merveille : il sort des Tuileries sans difficulté.
Et à mesure qu'il s'éloigne de la capitale, il est saisi,
c'est bien naturel, par l'euphorie commune : nous
sommes sauvés, nous sommes libres. Cette euphorie
entraîne certaines imprudences en matière d'horaire et
de secret. Les réactions favorables de ceux qui l'aperçoivent et le reconnaissent lui rendent l'espoir que son

appel sera entendu. Après Châlons il souhaiterait, en dépit des consignes reçues, voyager à découvert. Il se prépare sans doute à le faire dès qu'il disposera de l'escorte censée l'attendre à Pont-de-Somme-Vesle. À partir de là, tout se gâte, il découvre, à Sainte-Mene-hould puis à Clermont, que ni les populations ni les troupes ne sont gagnées d'avance. Certes sa voiture passe sans encombres. Mais il se doute que le grand ralliement escompté n'aura pas lieu. Le voyage à ses yeux change donc de nature, il devient ce qu'il a en fait toujours été : une fuite pour mettre sa famille en sécurité.

À Varennes, il voit ce dernier espoir compromis et il se trouve devant un cas de conscience tragique. Il pourrait, comme des officiers le lui proposent tour à tour, faire libérer la route par les hussards devant la berline ou passer en force à cheval sous leur protection. Chaque fois il refuse et préfère attendre. Moins par hésitation sur les chances de succès que par principe. Il applique une loi morale et religieuse : il ne donnera pas l'ordre de verser le sang. Il y a certes de sa part quelque casuistique à s'en décharger sur Bouillé qui, lui, n'aura pas les mêmes scrupules. Il joue cette der-nière carte par amour pour les siens. Mais le comporte-ment des habitants à l'arrivée des messagers de l'Assemblée a achevé de lui ôter toutes ses illusions politiques : ce n'est pas par une proclamation, lancée de Montmédy ou d'ailleurs, qu'il parviendra à recon-quérir l'amour de ses sujets. Le choix lui reste donc entre passer à l'étranger, ou se laisser ramener à Paris, pour le meilleur ou pour le pire — et il sait désormais que ce sera le pire.

Qu'aurait-il fait si Bouillé était arrivé à temps pour le délivrer ? Question insoluble bien sûr, mais pour laquelle les témoignages offrent deux réponses pos-sibles. Peut-être, après avoir pris la mesure de son impuissance, se serait-il laissé entraîner à Luxembourg par Marie-Antoinette et par ses sauveurs, comme le suppose Goguelat. Mais peut-être au contraire, y ayant expédié en sécurité sa femme et ses enfants, serait-il revenu à Paris prendre sa place au milieu de son peuple. C'est ce qu'il affirma en tout cas après son retour forcé. Excuse rétrospective, dira-t-on. Peut-être. Mais avec ce roi qui ne raisonne pas comme les autres, il n'est pas impossible que ce soit vrai.

Chapitre vingt

L'engrenage

« Nous existons, voilà tout », aurait écrit Marie-Antoinette à Mme Campan du fond de la baignoire où elle tentait de se laver des souillures de Varennes. « Rassurez-vous sur nous ; nous vivons », parvient-elle à faire savoir à Fersen dans un billet du 28 juin, où elle ajoute : « Les chefs de l'Assemblée ont l'air de vouloir mettre de la douceur dans leur conduite. Parlez à mes parents de démarches du dehors possibles ; s'ils ont peur, il faut composer avec eux. » Indication confirmée le 29 par un second billet : « J'existe... Que j'ai été inquiète de vous, et que je vous plains de tout ce que vous souffrez de n'avoir point de nos nouvelles ! Le Ciel permettra-t-il que celle-ci vous arrive ? Ne m'écrivez pas, ce serait nous exposer, et surtout ne revenez pas ici, sous aucun prétexte. On sait que c'est vous qui nous avez sortis d'ici ; tout serait perdu si vous paraissiez. Nous sommes gardés à vue jour et nuit ; cela m'est égal... Soyez tranquille, il ne m'arrivera rien. L'Assemblée veut nous traiter avec douceur. Adieu... Je ne pourrai plus vous écrire*... »

C'est exact : l'Assemblée ne songe qu'à sauver la mise aux fugitifs. Après ce que laissait présager l'accueil de la capitale, ils s'en tirent à bon compte. En apparence du moins. Ils y gagnent une année de sursis,

---

* Les points de suspension figurant dans cette lettre correspondent à des passages raturés. On verra par la suite qu'elle parviendra encore à lui écrire beaucoup.

mais le prix à payer sera lourd. Ils sont entraînés dans un engrenage qui, de résistance en capitulation, achèvera de les broyer. Et tous les efforts de Marie-Antoinette pour desserrer l'étreinte n'aboutiront, tragiquement, qu'à précipiter la catastrophe.

Oublier Varennes ?

Qu'allait-on faire du roi, déserteur du nouveau régime ? Pour l'Assemblée, sa fuite tombait aussi mal que possible. Les députés mettaient la dernière main au texte définitif de la constitution, avant de se séparer. Ils avaient déjà lancé les opérations électorales pour désigner ceux qui exerceraient ensuite le pouvoir législatif aux côtés du monarque, investi de l'exécutif. Si ce dernier leur faisait faux bond, il faudrait repartir de zéro.

Jusqu'à cette date, personne ou presque n'osait envisager pour la France une république, régime présumé viable dans les seuls États de petite taille, où chaque citoyen pouvait participer directement à la gestion des affaires publiques. L'exemple récent des États-Unis ne contredisait pas ce dogme, puisqu'ils n'étaient que la juxtaposition d'une série de petites républiques autonomes. Parmi nos révolutionnaires s'était donc établi un consensus en faveur d'une monarchie constitutionnelle. En fait, ce qu'ils avaient conçu sous ce nom était presque une république, tant les pouvoirs de Louis XVI y étaient limités. Mais en conservant à celui-ci son rôle de représentation, ce régime avait l'avantage de rassembler l'immense majorité des Français, très attachés à la personne du roi, qui incarnait le pays depuis des temps immémoriaux et en garantissait l'unité. Bref, ils tentaient de bâtir quelque chose d'analogue à ce que sont aujourd'hui les monarchies dans divers pays européens. Or pour Louis XVI et pour Marie-Antoinette, un tel système était proprement inconcevable : un monstre pour l'intelligence, un scandale pour la conscience. On avait cru leur arracher un consentement. Leur défection obligeait les députés à regarder en face le problème politique qu'ils s'appliquaient à éluder. La république était à l'ordre du jour. Un peu partout, des cris s'élevaient pour la réclamer.

Or la perspective de se passer du roi était lourde de conflits potentiels. En l'espace de deux ans, la physionomie de l'Assemblée s'était fortement modifiée et la position de ses membres sur ce qu'on n'appelait pas encore l'hémicycle*, mais où l'on distinguait déjà une droite et une gauche, s'était sensiblement modifiée. L'émigration avait éclairci les rangs des partisans de l'Ancien Régime et des tenants d'une monarchie à l'anglaise. Ceux qui restaient se réfugiaient dans l'abstention, faute de se faire entendre. Le pouvoir politique était entre les mains des constitutionnels, alors menés par le triumvirat que formaient Alexandre de Lameth, Adrien Duport et Barnave, le meilleur orateur depuis la mort de Mirabeau. Nobles libéraux ou bourgeois aisés, ils s'étaient jetés dans la Révolution avec l'ardeur et l'idéalisme de la jeunesse. Barnave était un des précurseurs qui, en Dauphiné, préconisèrent la fusion des trois ordres. Lors des troubles consécutifs au 14 juillet, il ferma la bouche à ceux qui, au lieu de pleurer sur les victimes populaires, s'indignaient du meurtre de Foulon et de Bertier : « Ce sang était-il donc si pur ? » Il avait bien changé depuis. Maintenant le sang versé, quel qu'il fût, lui faisait peur.

Car s'ils tenaient encore l'Assemblée, les constitutionnels se voyaient débordés sur leur gauche. Depuis le printemps, la guerre faisait rage entre eux et les partisans plus ou moins avoués de la démocratie. L'opi-

---

* La salle du Manège était un rectangle très étiré, mais on avait placé le bureau du président au centre d'un des côtés longs, la tribune des orateurs lui faisant face.

nion était menée par les clubs. Le plus puissant d'entre
eux, celui des Jacobins, avait poussé dans toute la
France des ramifications qui relayaient ses mots
d'ordre. Les triumvirs en étaient membres, mais ils n'y
faisaient pas la loi. Le petit groupe que dirigeait en
sous-main Robespierre avait beau jeu de dénoncer le
caractère bourgeois d'une constitution qui, par un système doublement censitaire, réservait le droit de vote
aux possédants. Cette extrême gauche s'appuyait sur
un autre club, plus populaire, les Cordeliers, qui disposait de journaux — dont le tristement fameux *Ami du
Peuple* de Marat — et surtout de troupes. La Révolution s'était attaché les paysans en supprimant la dîme
et les droits féodaux. Mais elle n'avait rien fait pour
ceux qui n'avaient jamais payé le moindre impôt, faute
de posséder le moindre sou. La désorganisation de
l'économie avait jeté sur le pavé parisien ouvriers sans
travail et artisans sans clientèle, accessibles à tous les
appels, disponibles à peu de frais pour aller vociférer
dans les tribunes du Manège ou hurler à la mort sous
les fenêtres des Tuileries. Les triumvirs voyaient se
profiler à l'horizon d'une part une recrudescence des
troubles et des violences, alimentés par une idéologie
égalitaire radicale ouvrant la porte à l'anarchie, et
d'autre part, plus trivialement, une lutte pour le pouvoir dont ils risquaient de faire les frais. Ils tentèrent
donc de freiner le mouvement qui risquait de les
emporter eux et leur œuvre, cette constitution qui
comblait leurs vœux : ayant obtenu tout ce qu'ils souhaitaient, ils voulaient maintenant « terminer la révolution » pour en fixer les acquis. Un point de vue partagé
par La Fayette qui, en tant que chef de la garde nationale*, détenait le pouvoir militaire dans la capitale.

---

* Rappelons que la garde nationale était une milice bourgeoise,
recrutée parmi les citoyens « actifs », c'est-à-dire payant un minimum d'impôts. Très favorable au régime constitutionnel, elle
réprouvait les violences de la rue.

Ils avaient donc impérativement besoin du roi. La réaction de La Fayette, en découvrant son évasion, fut de le faire rattraper. Il avait une raison supplémentaire d'y tenir : il risquait, en tant que responsable de la surveillance des Tuileries, d'être taxé de complicité. Après quoi l'Assemblée s'employa à gommer l'épisode. Si saugrenue que paraisse la chose, on soutint sans rire que Louis XVI avait été « enlevé ». Il n'y était donc pour rien, les vrais coupables étaient les conjurés qui l'avaient arraché aux Tuileries pour le conduire à Montmédy contre son gré ! Certes le terme d'enlèvement avait été employé lors de divers projets de fuite qu'on lui proposait, mais il était notoire qu'il s'y était toujours refusé. Malgré les protestations de la gauche — ou à cause d'elles —, les députés étaient pourtant prêts à se rallier en grand nombre à cette fiction absurde parce qu'elle évitait de poser le redoutable problème de la république. Or survint un coup de théâtre : on déposa sur le bureau du président un manifeste où le roi affirmait qu'il avait décidé de partir parce que la coupe des abus de pouvoirs était pleine, et où il déclarait nuls tous les actes « émanés de lui durant sa captivité », c'est-à-dire depuis les journées d'octobre 89 ! Il avait médité ce texte des mois durant, puisque Marie-Antoinette en indiquait les principaux thèmes à Mercy dès le début de février.

Rien ne montre mieux à quel point les réactions de Louis XVI sont inadaptées. Quelle folie de laisser derrière lui un tel document, au lieu d'attendre pour le publier d'être arrivé à bon port ! Et quel langage inapproprié ! Beaucoup trop long, trop sec, trop technique dans la critique des réformes instaurées par l'Assemblée, ce texte tristement dépourvu d'élan, de passion, d'espérance, si ennuyeux que les historiens renoncent à le citer *in extenso*, est surtout un plaidoyer *pro domo*, pathétique et pitoyable si on le rapporte aux circonstances. Au lieu de lancer un vigoureux appel au pays,

propre à galvaniser les énergies et à rallier les hésitants, il s'acharne à justifier sa fuite. Est-il opportun
d'énumérer une à une les atteintes portées à son autorité et les insultes reçues, des plus graves aux plus dérisoires — comme d'avoir été contraint de loger dans
un château qui ne lui offre pas toutes les commodités
requises ? Qu'il ait été humilié, chacun le sait. Rappeler tout ce qu'il a souffert sans mot dire équivaut à
étaler sa faiblesse. À la vérité, ces pages n'ont rien
d'un manifeste politique, elles prennent leur source
dans la foi de leur auteur. On y sent percer d'une part
l'espérance que les offenses héroïquement acceptées
lui seront comptées comme mérites au moment de
comparaître devant Dieu, mais d'autre part un sentiment de culpabilité pour avoir fini par se dérober à
l'épreuve.

Passé le premier moment de consternation, l'Assemblée respira : le roi terminait sur le plaisir qu'il aurait
à oublier les injures et à se retrouver au milieu de ses
peuples, lorsqu'une constitution librement acceptée par
lui aurait rétabli sécurité et liberté. Allons, l'essentiel
était sauf : il ne cherchait pas à rejoindre les contre-
révolutionnaires émigrés et n'écartait pas *a priori*
l'idée d'une monarchie constitutionnelle. On prit le
parti de garder le silence sur cette déclaration — un
simple brouillon sans valeur, non contresigné par un
ministre ! —, et l'on feignit de croire qu'un accord
était possible. Louis XVI, de son côté, n'avait plus le
choix. Les conversations dans la berline du retour lui
avaient fait comprendre qu'il lui fallait entrer dans le
jeu des modérés. Les commissaires chargés de l'interroger lui posèrent à dessein des questions évasives,
auxquelles il répondit de manière non moins vague.
Marie-Antoinette se retrancha derrière les devoirs
d'une bonne épouse. D'après les textes votés, la personne du monarque était inviolable. D'ailleurs
qu'y avait-il à lui reprocher ? Pourquoi n'aurait-il pas

le droit, comme tout un chacun, de se déplacer librement à travers le territoire ? Les vives protestations de la gauche ne purent obtenir sa déchéance. Mais par-delà sa personne, les enjeux idéologiques du débat parurent au grand jour. À la tribune de l'Assemblée, Barnave, vivement attaqué par Robespierre, affirma qu'on avait détruit tout ce qui était à détruire et qu'il fallait s'arrêter. « Si la révolution fait un pas de plus, clama-t-il, elle ne peut le faire sans danger ; dans la ligne de la liberté, le premier acte qui pourrait suivre serait l'anéantissement de la royauté, dans la ligne de l'égalité, le premier acte qui pourrait suivre serait l'attentat à la propriété. » À ces mots répondit un tonnerre d'applaudissements. La peur des violences, jointe au désir de rentrer chez eux qui étreint les députés provinciaux retenus dans la capitale depuis deux ans, emporte la décision. Le roi est absous. Vite, vite, qu'on achève la constitution et que tout rentre dans l'ordre !

Mais ce consensus très provisoire dissimule mal l'antagonisme entre les partis. Trop composite, le club des Jacobins éclate. Les modérés s'en vont en masse, ils fondent un nouveau club dans l'ancien couvent des Feuillants, dont ils prennent le nom. Parmi les jacobins subsistants, les convictions républicaines s'affirment désormais au grand jour. Vaincus dans l'enceinte de la loi, les patriotes tentent de prendre leur revanche dans la rue. Les citoyens sont appelés au Champ-de-Mars pour signer sur l'autel de la Patrie une pétition réclamant la destitution du roi. Le dimanche 17 juillet les opérations commencent dans le calme, mais sur le soir des troubles éclatent — par hasard semble-t-il [*]. Appelée pour rétablir l'ordre, la garde nationale prise à partie par la foule tire dans le tas, laissant des dizaines

---

[*] Deux voyeurs facétieux se seraient cachés sous l'autel pour lorgner sous les jupes des femmes. Pris pour des poseurs de mines préparant un attentat, ils furent lynchés par la foule et la manifestation dégénéra.

de morts sur le pavé. Les dirigeants de l'Assemblée,
approuvant la municipalité et la garde, rejettent la responsabilité du drame sur les meneurs de la manifestation, contre qui ils lancent des poursuites. Mais ils se
savent menacés. Le conflit entre constitutionnels et
républicains a reçu le baptême du sang, il se dénouera
dans le sang. Et le sort du roi est la balle dont ils jouent
pour marquer des points l'un contre l'autre.

Louis XVI ne sort pas grandi de cette aventure.
Qu'est-ce qu'un roi qui feint d'avoir consenti à son
propre enlèvement ? Un roi qui se fait arrêter par de
simples villageois ? Un roi qui tire argument de son
impuissance pour renier les engagements qu'il s'est
laissé arracher ? Un roi que le moindre obstacle amène
à capituler ? Après Varennes, comme l'écrira cruellement Lamartine, « l'Europe ne vit en lui qu'un échappé
du trône ramené à son supplice, le peuple qu'un traître
et la Révolution qu'un jouet ». Il est sauvé, mais à quel
prix ! Il reste suspendu de ses fonctions jusqu'au jour
où il aura souscrit à la constitution — de son plein gré,
on y veillera ! D'ici là, il est consigné aux Tuileries
avec son épouse, sous étroite surveillance.

La riposte de la reine

Marie-Antoinette a ressenti d'autant plus douloureusement l'échec de l'évasion que la mise au point du
plan était son œuvre et qu'elle avait investi dans l'entreprise des espérances considérables. Elle semble
d'abord très atteinte. Certes Mme Campan cède à son
goût pour la théâtralisation lorsqu'elle la montre au
saut du lit, libérant de son bonnet ses cheveux devenus
blancs en une seule nuit comme ceux d'une femme de
soixante-dix ans et s'écriant : *blanchis par le malheur*.
En fait, sa chevelure marquée très tôt de quelques fils
d'argent, ne fut jamais que grisonnante. Il est certain

en revanche que, minée par la tension nerveuse, elle perdit brutalement l'essentiel de ce qui faisait sa beauté, la luminosité de son teint, l'éclat de son regard, elle maigrit, elle se fana. Mais stimulée par la contrainte, son énergie ne faiblit pas.

La Fayette, soucieux de prévenir une nouvelle évasion, fit fouiller les Tuileries de fond en comble. Des ramoneurs sondèrent les cheminées pour s'assurer qu'elles ne recelaient aucune issue secrète. On condamna la plupart des escaliers intérieurs qui faisaient du château un labyrinthe, on s'arrangea pour ne laisser aux appartements du roi, de la reine et de leur fils qu'un seul accès, occupé nuit et jour par des gardes, on ferma les portes à double tour et on s'assura que les clefs ne quittaient pas la poche des geôliers, les jardins furent remplis de sentinelles, pour le cas où l'envie viendrait aux captifs de sauter par les fenêtres. Les premiers temps, deux gardes restaient continuellement dans la chambre à coucher où était confinée Marie-Antoinette, avec ordre de ne la perdre de vue ni de jour ni de nuit. Elle devait se lever, se coucher, s'habiller devant eux. L'un poussa même l'indiscrétion, un soir où elle était alitée, souffrante, jusqu'à s'accouder sur son oreiller pour lui tenir la conversation. Devant les protestations du roi, La Fayette atténua la rigueur de la consigne : lorsqu'elle serait au lit, les gardes se tiendraient dans l'espèce de tambour que ménageaient dans l'épaisseur du mur les deux portes menant à sa chambre, mais à la condition que la seconde restât entrouverte, pour qu'ils pussent voir ce qui s'y passait. Elle n'était autorisée à se rendre chez son fils qu'accompagnée de plusieurs porte-clefs, qui ouvraient et refermaient sur son passage. Bien que la chaleur fût suffocante, elle ne pouvait sortir et ne le souhaitait d'ailleurs pas, par crainte des insultes, car un flot de libelles orduriers la désignait à la violence des foules. Certes il se trouvait parmi les gardes d'honnêtes gens soucieux d'adoucir son sort. Mais la suspicion mettait les nerfs de tous à rude épreuve : une sentinelle du jardin prit des marrons qui lui tombaient sur la tête pour des pierres qu'on lui jetait, conte Madame Élisabeth, et déclencha une fusillade ; une autre, poussant un cri dans son sommeil, sema la panique parmi ses confrères.

La reine fut ainsi gardée à vue jusqu'à ce que Louis XVI ait fait savoir, vers la fin août, qu'il accepterait la constitution. C'est pourtant dans ces conditions qu'elle réussit à mettre au point un échange épistolaire avec Fersen, avec Mercy-Argenteau, avec Léopold II et avec Barnave : tant la contrainte, loin de l'abattre, fouettait son énergie. Dès le 4 juillet, cinq jours après avoir dit à Fersen qu'elle ne pourrait plus lui écrire, elle trouve le moyen de lui adresser, encadrées par les mots les plus tendres jamais relevés sous sa plume*, des indications nécessaires à l'acheminement du courrier : « ..Je peux vous dire que je vous aime et n'ai même le temps que de cela. Je me porte bien. Ne soyez pas inquiet de moi. Je voudrais bien vous savoir de même. Écrivez-moi par un chiffre par la poste : l'adresse à M. de Browne... une double enveloppe à M. de Gougens. Faites mettre les adresses par votre valet de chambre. Mandez-moi à qui je dois adresser celles que je pourrais vous écrire car je ne peux plus vivre sans cela. Adieu le plus aimé et le plus aimant des hommes. Je vous embrasse de tout cœur. »

Les lettres entraient et sortaient dans la poche d'un serviteur ou le corsage d'une femme de chambre. Comme les courriers spéciaux coûtaient cher et risquaient d'attirer l'attention, des complices se chargeaient de les acheminer et de les recevoir par la poste ordinaire en faisant mettre la suscription d'une autre

---

* Sans doute est-ce la raison pour laquelle le premier éditeur de cette correspondance s'est abstenu de publier cette lettre avec les autres.

main. Parfois elles voyageaient parmi les colis, insérées dans des journaux ou collées dans la reliure de livres, glissées dans des boîtes à biscuits ou dans des chapeaux, entre la calotte et la coiffe recousue. On les rédigeait en clair ou en chiffre, voire en langage codé, selon la confiance accordée au porteur et le caractère plus ou moins confidentiel du contenu. Le chiffrage imposait le recours à deux exemplaires identiques de *Paul et Virginie*. On usait aussi du jus de citron, qu'on faisait réapparaître en le chauffant, de l'encre sympathique qui exigeait, pour prendre couleur, d'être traitée avec un liquide approprié — qu'on n'avait pas toujours sous la main ! À quelques rares exceptions près, les originaux des lettres à Fersen ont été détruits par ses héritiers. Mais on peut voir aujourd'hui aux Archives de Vienne certaines de celles que la reine envoya à Mercy. Écrites de sa propre main sur du papier de format varié, mais toujours réduit, elles sont dépourvues de marge et la graphie y est très serrée, pour mettre le plus de texte possible sur le moindre espace. Quelques-unes portent, bien visible, la trace, combien émouvante, des pliures qu'elle leur avait fait subir pour les glisser dans les petites enveloppes — 8 cm sur 10 —, qui parfois leur sont encore jointes[*].

La correspondance est pour la prisonnière une nécessité vitale, à des fins diverses. C'est un antidote à la solitude, une forme d'évasion, un abcès de fixation affectif, visant à préserver la flamme d'un amour exacerbé par la séparation. Mais c'est aussi et surtout un moyen d'action. Car la plupart de ses lettres, y compris à Fersen, sont porteuses d'un projet. Au fil des jours la politique les envahit et en multiplie le nombre. Elle gémit sous le poids des « écritures », dont la mise au net use son temps et ses forces et lui cause une « prodi-

---

[*] L'usage des enveloppes s'est répandu dans la seconde moitié du XVIIIe siècle. On se contentait auparavant de plier les lettres, de les cacheter et de mettre la suscription au dos.

gieuse fatigue d'esprit ». On est parfois tenté de penser que son activité épistolaire tourne à vide quand on la confronte aux résultats obtenus. Mais, en lui donnant à la fois le plaisir de tromper la surveillance et l'illusion d'avoir prise sur sa destinée, ce substitut d'action lui devient aussi indispensable qu'une drogue, elle lui offre au moins, à défaut d'une planche de salut, un secours moral. Marie-Antoinette n'a jamais supporté le désœuvrement ni le vide. Elle s'agite, elle se bat : elle se sent vivre.

Madame Élisabeth partage sa combativité, mais sans lui apporter aucun soutien. Éprise d'honneur, de droiture, d'héroïsme et très religieuse, elle réprouve la politique équivoque suivie jusqu'alors, elle regrette que son frère n'ait pas répondu aux nouveautés criminelles par l'abstention et le refus. Assez lucide pour comprendre qu'il ne s'en tirera pas sans une aide extérieure, elle ne jure que par les émigrés. Le comte d'Artois, dont elle admire les efforts pour intéresser l'Europe à sa cause, vient de recevoir du renfort. Le comte de Provence, qui a réussi à gagner la frontière sans encombres, l'a rejoint sur les bords du Rhin, à Coblence, où leur oncle maternel, le prince-évêque de Trèves, leur offre l'hospitalité. Elle attend d'eux l'intervention militaire salvatrice qui balaiera les trublions et rétablira dans leurs droits Dieu et le roi.

Son intransigeance est la source de tensions familiales incessantes. « C'est un enfer que notre intérieur, gémit Marie-Antoinette ; il n'y a pas moyen d'y rien dire, avec les meilleures intentions du monde. Ma sœur est tellement indiscrète, entourée d'intrigants, et surtout dominée par ses frères du dehors, qu'il n'y a pas moyen de se parler, ou il faudrait se quereller tout le jour. » Car si les deux femmes sont d'accord sur la fin — le retour à l'ordre d'autrefois —, elles ne le sont pas sur les moyens. La reine est hostile à l'activisme de ses beaux-frères, pas seulement parce qu'elle les

déteste, mais pour d'excellentes raisons, que partage
Louis XVI. S'ils pénètrent en armes sur le territoire
français, brandissant très haut l'étendard de la contre-
Révolution pure et dure, ils feront contre eux l'unanimité de tous ceux — et ils sont très nombreux — qui
redoutent le rétablissement des « anciens abus », autrement dit des privilèges nobiliaires. La guerre civile
deviendra inévitable et le roi se verra dans la triste
obligation de se battre ou contre eux, ou contre la
majorité de ses sujets. Enfin, ils se promettent, en cas
de victoire, d'imposer au monarque la tutelle d'un
conseil qui lui laisserait à peine plus de pouvoir que
la constitution tant honnie. Qui sait même s'ils n'en
profiteraient pas pour le contraindre d'abdiquer en
faveur de son fils, avec Provence pour régent ?

C'est donc auprès de son frère Léopold II que
Marie-Antoinette cherche du secours. Elle souhaite
qu'il convoque un « Congrès armé » réunissant les
principales puissances, pour exiger de la France le respect de ses engagements internationaux et la liberté de
son roi. Pas question de s'immiscer dans le gouvernement intérieur du pays. On évoquerait simplement le
trouble apporté dans l'équilibre européen par des initiatives unilatérales comme la spoliation des princes possessionnés d'Alsace* et l'annexion d'Avignon. Tenu
dans une ville proche de la frontière, Aix-la-Chapelle
par exemple, et accompagné d'un appareil militaire
imposant, ce congrès devrait terrifier « les plus enragés
des factieux », tout en donnant aux gens « raisonnables » le sentiment d'être soutenus. Ce serait une
manœuvre de dissuasion, telle qu'on les pratiquait dans
les décennies antérieures.

Ne nous moquons pas. Marie-Antoinette a fait un
gros effort pour s'informer, elle a réfléchi, elle travaille

---

* La France avait appliqué le régime général aux princes d'Empire qui détenaient des fiefs en Alsace, remettant donc en cause
leurs droits seigneuriaux.

d'arrache-pied. Son plan n'est pas absurde, il est simplement irréaliste. Elle conserve de son éducation et de
ce qu'on lui a laissé entrevoir de la politique vingt-cinq
ans durant une vision simpliste et naïve des relations
internationales. En l'occurrence deux choses lui échappent. La solidarité entre souverains, cimentée par des
traités et des mariages, va de soi pour elle. Elle fonde
donc son projet sur le postulat d'une bienveillance de
principe et d'une volonté commune chez les puissances
étrangères. Or les deux font manifestement défaut.
D'autre part, elle ne doute pas un instant de l'efficacité
des démarches d'intimidation. N'ont-elles pas fait
reculer Joseph II dans l'affaire de Bavière et dans celle
des Pays-Bas ? Comment concevrait-elle qu'une
menace capable de faire réfléchir un souverain raisonnable peut produire sur des révolutionnaires exaltés
l'effet d'une étincelle dans un baril de poudre ? Un
aristocratique mépris pour tout ce qui n'est pas noble
vient renforcer son assurance : les « gueux » qui tiennent la France sont forcément des lâches qui s'enfui-
ront de terreur au premier froncement de sourcils de
l'empereur. Une chose pourrait l'éclairer cependant.
Ne voulant pas passer pour un frère indigne, Léopold
fait un geste. Le 24 août, il co-signe avec le roi de
Prusse la déclaration dite de Pillnitz, proclamant leur
désir de « mettre le roi de France en état d'affirmer
les bases d'un gouvernement monarchique » ; mais ils
subordonnent leur « prompte » intervention à l'accord
des autres puissances. Autant dire qu'ils la repoussent
aux calendes grecques ! Or ces propos, perçus comme
une insulte, ont suffi pour inspirer aux jacobins des
discours violemment bellicistes.

Il en faudrait davantage pour décourager Marie-
Antoinette. Les Français, elle en est sûre, finiront par
se dégoûter d'un régime qui ne leur apporte que trouble
et misère. Les souverains d'Europe finiront par voler
au secours d'un des leurs menacés. D'ici là, il faut

tenir et, comme toujours, feindre. Elle mène donc en parallèle deux politiques distinctes. D'une part elle fait de Fersen et de Mercy-Argenteau ses porte-parole auprès de l'empereur, pour combattre la Révolution. D'autre part elle tente d'obtenir des modérés, par l'intermédiaire de Barnave, que la rédaction définitive de la constitution soit moins défavorable au roi.

Le roi ? Il a été bien peu question de ce qu'il pense, lui. Pour la raison qu'il ne dit rien. Autant la reine se répand en écritures, autant il s'enferme dans le silence, perdu dans une méditation intérieure. Peut-on en conclure, comme l'ont fait quelques historiens, que la reine mène à son insu et contre son gré une politique propre ? Rien ne permet de le penser. Sur la nécessité de temporiser et de feindre, il est d'accord avec elle. Il est au courant, assure Mme de Boigne, de sa double correspondance bruxelloise. Les lettres et mémoires qu'elle fait passer à Vienne, les messagers qu'elle y envoie reçoivent souvent de lui un bref aval écrit. Mais psychologiquement un abîme les sépare. Tout au fond d'elle-même, Marie-Antoinette sait qu'il est largement responsable de l'échec de l'évasion, elle ne peut s'empêcher de lui en vouloir de toutes les occasions manquées. En elle resurgit le vieux mépris, qu'elle n'a jamais parfaitement dominé, pour ce mari velléitaire inapte à l'action. Il s'y joint la rancœur de n'être pas, comme sa mère, une vraie reine. « Je pourrais bien agir et monter à cheval, s'il le fallait, lui fera dire Mme Campan en des propos apocryphes, mais vraisemblables. Mais, si j'agissais, ce serait donner des armes aux ennemis du roi ; le cri contre l'Autrichienne, contre la domination d'une femme serait général en France et d'ailleurs j'anéantirais le roi en me montrant. Une reine qui n'est pas régente doit dans ces circonstances rester dans l'inaction et se préparer à mourir. »

En vérité elle a tort, à cette date, de ne voir chez son époux que faiblesse. Ils vivent depuis Varennes dans

deux univers différents. À elle tous les moyens paraissent légitimes face aux « monstres ». Plus scrupuleux,
il répugne au double jeu. Elle veut se battre. Il pense
au contraire que la partie est perdue. Non qu'il juge le
nouveau régime installé à titre définitif : la France s'en
lassera, mais pas avant d'avoir traversé des turbulences
dont il sera la victime nécessaire. Dès cette époque, il
se conduit dans son intérieur comme un homme qui se
prépare à la mort. Et l'on constate un changement dans
son comportement : il tente, comme naguère, de protéger sa famille — son fils surtout — et d'éviter à ses
sujets les horreurs de la guerre civile, mais il ne fait
plus rien contre sa conscience. Marie-Antoinette lutte
pour sauver sa vie, son trône, son statut ici-bas.
Louis XVI songe à son salut éternel et offre sa vie en
sacrifice. Il agit donc en décalage par rapport à elle.
« Il échappe à la reine. » Il ne désavoue pas ses
démarches, il les soutient à l'occasion, il se réjouit
peut-être qu'elles meublent son temps, comme le meublaient autrefois les « dissipations », mais il ne s'y
engage pas vraiment. Parce qu'il ne croit pas à leur
efficacité. Et parce qu'à ses yeux l'essentiel est ailleurs.

Barnave ou le jeu de dupes

La disparition de Mirabeau avait privé le roi d'un
des rares hommes capables de freiner l'Assemblée
dans son œuvre de démantèlement de la monarchie.
Après les conversations du retour de Varennes, Barnave parut tout désigné pour prendre sa relève. Marie-
Antoinette le fit pressentir pour le rôle de conseiller
occulte. « Ayant bien réfléchi depuis mon retour sur la
force, le moyen et l'esprit de celui avec lequel j'avais
causé, j'ai senti qu'il n'y avait qu'à gagner à établir
une sorte de correspondance avec lui, en me réservant

cependant comme première condition que je dirais toujours franchement ma manière de penser [...] Vous lui direz, écrit-elle au colonel de Jarjayes chargé de le contacter, que, frappée du caractère et de la franchise que je lui ai reconnus dans les deux jours que nous avons passés ensemble, je désire fort pouvoir savoir par lui ce que nous avons à faire dans la position actuelle. [...] Il doit avoir vu même par nos discussions combien j'étais de bonne foi ; je le serai toujours : c'est le seul bien qui nous reste et que jamais on ne pourra m'ôter. Je lui crois le désir du bien ; nous l'avons aussi et, quoi qu'on en dise, nous l'avons toujours eu. [...] C'est donc à l'homme qui aime le plus le peuple et sa patrie et qui a je crois le plus de moyens, que je m'adresse pour sauver l'un et l'autre. » Il n'était nul besoin de ces adroites flatteries pour décider le jeune député à prendre à nouveau sous sa protection une femme, une reine, à qui le malheur n'a rien ôté de sa séduction, au contraire. Très honnêtement il fit part de la proposition à ses collègues et amis, Duport et Alexandre de Lameth, qui, bien que se défiant de la « légèreté » de Marie-Antoinette, jugèrent que la chose valait d'être tentée. Dans le plus grand secret se mit en place un échange de lettres, qu'acheminait Jarjayes, marié à une des femmes de la reine, non sans en avoir souvent assuré la retranscription pour empêcher qu'on n'identifie les écritures.

Pas plus que Mirabeau, le jeune Grenoblois ne trahit ses convictions en acceptant de servir de trait d'union entre la Révolution et le trône. Comme lui, il tente de convertir le couple royal aux vertus de la monarchie constitutionnelle et de le convaincre que seul un ralliement sincère lui permettra de regagner la confiance et l'amour de son peuple. À une nuance près : il le fait gratis. Il est vrai qu'il y trouve une autre sorte d'avantage. L'aspect chevaleresque de son engagement ne doit pas faire oublier qu'il lui faut à tout prix s'assurer la collaboration du roi, puisque sa propre survie politique est en jeu dans le succès ou l'échec du régime qui se met en place. Le pacte qui le lie à Marie-Antoinette paraît donc équilibré. Ce qui est gênant dans cette affaire, c'est que l'un est sincère et l'autre pas. Le hasard qui sauve de l'oubli ou anéantit à son gré les documents historiques a conduit jusqu'à nous tous les éléments du dossier*. Or les lettres de Marie-Antoinette à Mercy, à Fersen, à son frère, offrent en contrepoint le commentaire de celles qu'elle adresse à Barnave. Sa prétendue franchise n'est que déguisement, elle n'a jamais eu l'intention de souscrire à ses vues, elle songe seulement à tirer de lui le plus de services possible et à l'endormir pour gagner du temps, en attendant le secours des puissances étrangères. C'est déplaisant. Comment lui reprocher cependant de faire flèche de tout bois dans sa détresse et de mentir à des gens qui, la veille encore, étaient ses adversaires ? On aimerait mieux certes ne pas la voir mettre au service de sa politique ses armes de femme et miser, en coquette avertie, sur les sentiments du pauvre Barnave, qui trouve « une douce et pure jouissance à la consoler et à la servir ». Mais plutôt que de s'attarder à de vaines considérations morales, mieux vaut s'interroger sur les péripéties et sur les résultats de cette alliance biaisée.

Marie-Antoinette a du mal à s'accommoder d'un échange où son partenaire, oubliant l'infinie distance qui sépare un petit avocat provincial d'une reine, se permet de parler en maître. Elle n'aime pas recevoir des conseils qui ressemblent à des ordres. Elle se froisse du ton tranchant sur lequel il pose, au départ, qu'elle ne peut « ni adopter d'autres idées, ni s'éloigner de cette marche sans se perdre ». Cependant il s'efforce de la comprendre et de l'aider à surmonter

---

* Ironie du sort : grâce à Marie-Antoinette elle-même qui a conservé et confié à Fersen les lettres échangées avec Barnave.

ses rancœurs. Et il fait mieux que donner des avis : il agit, ce qui vaut bien qu'elle lui passe quelques libertés de langage. Lors de la fusillade du Champ-de-Mars, elle applaudit à sa fermeté face aux fauteurs d'émeutes. Elle le voit avec plaisir dominer les débats sur la constitution, qui occupent alors tous les esprits. De décret en décret, Louis XVI en a déjà cautionné une bonne partie, mais la révision finale ouvre la porte à d'éventuels changements. Barnave s'emploie à faire sauter quelques-unes des dispositions qui le blessent : le droit de grâce lui est rendu ; la constitution civile du clergé, réduite au rang de loi ordinaire, devient plus aisément révisable ; les ministres, bien que pris hors des rangs de l'Assemblée, sont autorisés à participer aux séances. Comme le roi dispose de l'initiative en matière de guerre et de paix et que le veto lui permet de suspendre l'application d'une loi pour la durée de deux législatures, le député juge l'ensemble de ce texte « très monarchique ». Mais la reine l'estime insuffisant. Elle discute, interroge, réclame des explications. Soudain, le 4 août, au terme d'une page de circonlocutions embarrassées, sa pensée véritable surgit, brutale : « Ce ne sont pas des mots qu'il faut, c'est en soutenant les véritables droits du monarque, en lui donnant la dignité qu'il faut, en un mot, en lui redonnant la force et les moyens de gouverner par la loi et de concert avec elle. » En clair, elle demande aux triumvirs qu'ils fassent restituer au roi l'essentiel du pouvoir, faute de quoi elle rompra avec eux, les rendant responsables des désastres qui s'ensuivront. C'est un premier accroc, qui leur fait soupçonner que Marie-Antoinette, bien qu'elle se prétende coupée de tout et de tous, reçoit d'autres conseils que les leurs. Et en effet Fersen, de Bruxelles, ne cesse de la mettre en garde contre eux.

Elle commence à subir les effets pervers du double jeu qu'elle a adopté. Les triumvirs lui imposent des démarches qu'elle réprouve. En voici un exemple

typique. Ils redoutent très fort d'éventuelles agressions
extérieures. Ils lui dictent donc une lettre à son frère,
où elle invite celui-ci à calmer les ardeurs des émigrés
— ce à quoi elle consent de bon cœur —, mais aussi
où elle lui explique que la Révolution est terminée et
qu'elle a décidé, ainsi que le roi, de se rallier au nouveau régime, imparfait mais perfectible, par amour de
la paix. Elle s'en justifie aussitôt auprès de Mercy :
« Je vous ai écrit le 29 une lettre que vous jugerez
aisément n'être pas de mon style *. J'ai cru devoir céder
aux désirs des chefs de parti ici, qui m'ont donné eux-
mêmes le projet de lettre. J'en ai écrit une autre à l'empereur hier 30 ; j'en serais humiliée, si je n'espérais
pas que mon frère jugera que, dans ma position, je suis
obligée de faire et d'écrire tout ce qu'on exige de
moi. » Et de demander que son frère réponde « par une
lettre circonstanciée, qui puisse être montrée ».

Anticipons un peu. Jusqu'à la mise en place de la
nouvelle assemblée, comme on va le voir, le roi et la
reine resteront dociles aux conseils de Barnave. Ils les
savent irremplaçables. Personne parmi les ministres,
tous hommes de cabinet peu préparés aux débats
publics, n'est capable de préparer les discours que
Louis XVI va devoir tenir. Barnave les rédige pour
lui en coulisse et c'est un succès. Mais les souverains
rassurés crurent ensuite pouvoir se passer de lui. Il
n'était plus député, son audience faiblissait. À quoi bon
conserver une alliance qui devenait inutile, sans cesser
d'être embarrassante ? Car tout avait fini par se savoir
et l'étranger dénonçait à grands cris la collusion de la
reine avec des révolutionnaires, même assagis.
Troublé, un peu jaloux peut-être, Fersen lui pose la
question : « Comptez-vous vous mettre sincèrement
dans la Révolution et croyez-vous qu'il n'y a aucun
autre moyen ? — Rassurez-vous, je ne me laisse pas
aller aux enragés, réplique-t-elle ; et, si j'en vois ou

---

* Cette lettre n'a pas été retrouvée.

que j'aie des relations avec quelques-uns d'eux, ce
n'est que pour m'en servir, et ils me font tous trop
horreur pour jamais me laisser aller à eux. » Le Suédois l'incite à plus de réserve : « Vous serez avilie aux
yeux de toute l'Europe. » Ce qui ne l'empêche pas de
noter dans son *Journal*, sans commentaire : « On dit
que la reine couche et se laisse mener par Barnave. »
Elle s'est compromise pour rien. Elle a compromis ses
sauveurs aussi : ils passent pour avoir trahi leur camp.

Ils acquirent assez vite la certitude qu'elle les jouait.
Comme naguère Mirabeau, Barnave pensa qu'une rencontre dissiperait les malentendus. Il obtint une première entrevue, où il se rendit le 5 octobre en
compagnie de son ami Lameth, puis une seconde, le
12. Nul ne sait ce que la reine et lui se dirent. Mais sa
lettre du 19 est amère. Les souverains ne l'écoutent
plus. Sans le lui dire, ils suivent d'autres conseils,
mènent une autre politique. Ils ont changé, pas lui.
Pourquoi prolonger des relations d'où la confiance est
absente ? Amertume justifiée. Nous savons, nous, que
ce même 19 octobre, la reine avait écrit la lettre à Fersen citée ci-dessus. Ce qui ne l'empêcha pas de
répondre à Barnave le 20 sur un ton de princesse offensée, en se drapant dans sa « franchise ». La volonté
de survivre quelle que soit l'issue des combats qui se
profilent à l'horizon lui dicte des sincérités non plus
successives, mais simultanées, que peut excuser la
dureté des épreuves subies. Allons plus loin. Quotidiennement aux prises avec le roi qu'elle tente de diriger sans le comprendre, à bout de nerfs, rongée
d'angoisse, ivre de fatigue, elle ne maîtrise plus ni ses
conversations, ni ses divers échanges épistolaires.
« Quelquefois je ne m'entends pas moi-même et je suis
obligée de réfléchir pour voir si c'est bien moi qui parle », avoue-t-elle à Fersen. On a l'impression que
chaque série de lettres — à Barnave, à Mercy, à Léopold II et même à Fersen — obéit à une sorte de

logique interne, qu'elle écrit à chaque correspondant
ce qu'il attend d'elle, qu'elle poursuit avec chacun un
dialogue autonome, indépendant des autres. Lorsqu'on
lui signale une contradiction, il se peut que sa surprise
et son indignation soient sincères, tant elle cloisonne
les divers compartiments de son univers mental, faute
de pouvoir les unifier.

À l'automne, Barnave n'avait plus sur son compte
aucune illusion. Dans l'espoir de sauver, en même
temps que son influence politique, la constitution à
laquelle il vouait la tendresse d'un créateur pour son
chef-d'œuvre, il prolongea deux mois durant une correspondance qui agaçait visiblement son interlocutrice.
À la fin de l'année, il décida de retourner en Dauphiné.
Voulant croire encore que la modération l'emporterait,
il professait un optimisme tempéré. Il se rendit aux
Tuileries, seul, d'après Lameth, pour prendre congé.
Au discours mélodramatique que rapporte Mme Campan, et au baiser qu'il aurait déposé dévotieusement
sur la main d'une Marie-Antoinette en larmes, on pré-
férera les derniers mots de sa dernière lettre, datée du
5 janvier 1792 : « Je me rappellerai toujours que, dans
notre dernière conversation, la reine m'a assuré que sa
confiance était sincère et ses intentions invariables. Ce
souvenir sera la règle de mes opinions et le principe
de toute ma conduite publique. » Il eût été difficile
d'en dire davantage en moins de mots. Mais à sa mort,
on trouva sur lui un fragment de soie brodée, arraché
à la robe de Marie-Antoinette lors du retour de
Varennes, que conserve aujourd'hui le musée Carna-
valet.

Un « ouvrage monstrueux » ?

Barnave méritait mieux, pourtant, qu'un congédie-
ment glacial. Car ses conseils étaient plus sages que

ceux de Fersen et il avait rendu aux souverains, lors de
la mise en place de la constitution, de très remarquables services.

À la vérité, Marie-Antoinette n'a jamais cru que
cette constitution fût autre chose qu'un « ouvrage
monstrueux », un « tissu d'absurdités impraticables »,
qui ne pouvait que faire le malheur et la perte du
royaume. Il avait bien fallu y souscrire pourtant. La
famille royale avait passé dans des transes la fin du
mois d'août, espérant encore une intervention étrangère. Elle avait dû se rendre à l'évidence : le miracle
n'aurait pas lieu. Louis XVI devrait s'incliner, s'il voulait faire lever la suspension qui le frappait depuis
Varennes, retrouver quelque liberté d'action et obtenir
l'amnistie pour tous ceux qui avaient eu part à sa tentative d'évasion. Dès la fin août il fit connaître son
accord et l'étau se desserra autour des Tuileries. Les
termes du discours qu'il prononcerait furent longuement débattus entre la reine et Barnave : « Vous y verrez quelques traits de fermeté, gémit-elle auprès de
Mercy, mais nullement le langage d'un roi qui sent
combien il a été outragé. » Le temps pressait et d'ailleurs Louis XVI, venant à peine d'échapper à une mise
en accusation, n'était guère en position de parler haut.
Modéré et digne, son discours, sorti de la plume des
triumvirs, fit la meilleure impression.

On ne saurait penser à tout cependant. La cérémonie,
dont ils croyaient avoir réglé les moindres détails,
donna lieu à un incident qu'on dirait burlesque, n'eussent été les circonstances. Il était prévu que le roi s'installerait à la place du président pour prononcer son
acceptation et son serment. Mais à son arrivée,
Louis XVI pâlit en apercevant, placés au même niveau,
deux fauteuils fleurdelisés identiques et en découvrant
qu'il occuperait celui de droite. Du haut de la loge
qu'on lui avait aménagée au-dessus des gradins, Marie-
Antoinette contemplait la scène, les yeux durs. Lorsque

le roi prit la parole debout, tous les députés, qui s'étaient levés pour l'accueillir, s'assirent, y compris à côté de lui le président, Thouret. Un instant décontenancé par cette offense inimaginable, il prit le parti de continuer, mais s'assit. Thouret s'étant levé pour lui répondre, il ne bougea pas, amenant l'autre à se rasseoir. Il maîtrisait mal sa colère. Lorsqu'il se remit debout, comme de rigueur, pour prêter son serment, « il eut un mouvement très vif d'indignation » en constatant que l'assistance restait vissée sur ses bancs. La reine, ne pouvant supporter la scène jusqu'au bout, s'était fait ramener aux Tuileries. Lorsqu'il l'y rejoignit, il se jeta dans un fauteuil en pleurant : « Tout est perdu ! Ah ! Madame, et vous avez été témoin de cette humiliation ! »

Le dimanche qui suivit, les acclamations populaires auraient dû leur mettre un peu de baume au cœur. On tira cent un coups de canon au Champ-de-Mars. Des montgolfières enrubannées répandirent sur la ville le texte de la constitution. Sur les Champs-Élysées illuminés et parsemés de guinguettes, on chantait et on dansait joyeusement. « Qu'il est triste que quelque chose d'aussi beau ne laisse dans nos cœurs qu'un sentiment de tristesse et d'inquiétude », soupirait la reine dans la calèche découverte d'où elle admirait le spectacle. Car la prétendue réconciliation du roi avec son peuple avait pour elle un goût de cendres.

Pour les adieux à la Constituante, puis pour l'ouverture de la Législative, les triumvirs prirent leurs précautions, l'étiquette fut moins malmenée. Mais ils avaient brûlé leurs dernières cartouches en essayant, en vain, d'obtenir l'interdiction des clubs, qui servaient de relais aux républicains pour entretenir l'agitation populaire. La nouvelle assemblée sera, à l'évidence, plus à gauche que la précédente. Les feuillants ont perdu le pouvoir, au profit d'un autre groupe émané des jacobins, qu'emmène un autre orateur, Brissot, partisan de la république : ils seront bientôt connus sous le nom de girondins.

Quelle sera l'attitude du roi, constitutionnel malgré lui ? Marie-Antoinette préconise la politique du pire. Il faut tout faire pour prouver que le régime n'est pas viable et pour cela, pousser à fond dans son sens. « Je crois que la meilleure manière de dégoûter de tout ceci, écrit-elle à Fersen à la fin de septembre, est d'avoir l'air d'y être en entier ; cela fera bientôt voir que rien ne peut aller. » Madame Élisabeth au contraire conseille l'obstruction systématique. Louis XVI ne suivra ni l'une, ni l'autre. Il sait que ce nouveau serment à l'ensemble des institutions nouvelles le lie bien davantage que les décrets qu'il a naguère cautionnés un à un au fil des jours, avant de les dénoncer au moment de s'enfuir. En reniant une seconde fois sa parole, il se déshonorerait sans recours. Le marquis d'Osmond, voyant que son entourage l'incitait à apporter au bon fonctionnement de la constitution tous les obstacles possibles, le mit en garde : « Puisque vous l'avez jurée, Sire, il faut la suivre loyalement, franchement, l'exécuter en tout ce qui dépend de vous. — Mais elle ne peut pas marcher. — Hé bien, elle tombera, mais il ne faut pas que ce soit par votre faute. » De plus, il était clair que la moindre entorse à la légalité, le moindre indice de parjure causerait sa perte : car son inviolabilité serait levée à l'instant même. La prudence, comme la morale, l'invitait donc à tenir son serment. Il choisit de respecter la constitution à la lettre, mais d'user de tous les moyens qu'elle lui concédait pour faire prévaloir ses volontés.

Elle ne tomba pas par sa faute, pas exclusivement du moins. Son entourage y fut pour quelque chose, les émigrés pour beaucoup et l'Assemblée législative pour l'essentiel. Car les jacobins, furieux de ne pas avoir obtenu sa déchéance, mirent tout en œuvre pour créer la rupture. Or aucune constitution au monde n'est susceptible de fonctionner si l'un des partenaires la soutient à contrecœur, tandis que l'autre multiplie les provocations pour la torpiller.

Après deux années de bouleversements, tout était à reconstruire. Barnave conseilla aux souverains de profiter de l'embellie pour se « populariser ». Il leur faut se montrer, aller au spectacle, reprendre leurs plaisirs accoutumés. S'enfermer dans les Tuileries signifierait un refus du nouveau régime. On vit donc Marie-Antoinette à l'Opéra ou aux Italiens, sa présence y souleva quelques acclamations, mais provoqua des incidents. Était-il très adroit de choisir *Richard Cœur de Lion,* dont l'air le plus célèbre faisait figure d'hymne royaliste depuis le fameux banquet des gardes du corps ? Elle fut priée de choisir ses programmes avec plus de soin. Madame Élisabeth, qu'elle traînait à sa suite, boudait ostensiblement, le dos tourné au public qui leur faisait un triomphe lors de la représentation de *Castor et Pollux*.

Mais la docilité de la reine avait des limites. On le vit bien lorsqu'il fut question de rétablir les « maisons » qui entouraient traditionnellement sa personne et celle du roi. Les nouveaux maîtres tenaient d'autant plus à ce que Louis XVI remplît son rôle de représentation qu'ils lui laissaient moins de pouvoir réel : cette concession à l'usage ferait accepter plus aisément à l'ensemble du pays le transfert de souveraineté. On lui accorda donc, sous le nom de garde constitutionnelle, un succédané de son ancienne maison militaire. La composition de cette garde donna lieu à des avertissements répétés de Barnave : si ses choix se portaient uniquement sur des royalistes avérés, il aurait l'air de préparer une conjuration contre le régime ; il devait offrir à des bourgeois issus de la garde nationale une promotion sociale qui les lui attacherait. Au lieu de quoi il nomma à sa tête un très grand seigneur, le duc de Brissac, et recruta les officiers parmi la noblesse d'opposition : il voulait s'entourer d'une troupe « sur qui il pût compter ». Marie-Antoinette discuta âprement, un mois durant, sur la couleur de leurs uniformes, elle rejetait les trois couleurs nationales, proposait du bleu clair, des revers jonquille. Elle finit par céder quand on lui fit remarquer que le jaune était la couleur de Coblence.

Mais écœurée, elle refusa de se donner une maison civile. Pour ne pas se compromettre avec le nouveau régime, des dames de qualité démissionnaient. Allait-elle les remplacer par des bourgeoises ? On ne pouvait tout de même pas exiger qu'elle « fît sa société de Mme Bailly et de Mme Pétion » ! D'ailleurs, nommer de nouvelles venues ne ferait que compliquer la tâche lorsqu'il faudrait rendre leurs prérogatives aux anciennes titulaires dès le rétablissement de l'Ancien Régime — qui à ses yeux ne saurait tarder. Elle rappela Mme de Lamballe, qu'elle avait fait partir à la veille de Varennes : « Si celle-ci est vue du public, spécifie Barnave, son retour sera un acte de patriotisme et un gage des intentions de la reine ; si elle demeure renfermée dans les Tuileries, ce sera pour le peuple une conjuration. » Mais la mauvaise volonté de Marie-Antoinette est patente. Elle refuse de toutes ses forces l'abolition de la société à ordres, qui a égalisé les rangs. Elle ne se fera pas l'agent du vaste brassage qui, dans l'esprit des constitutionnels, devait fondre les restes de l'ancienne noblesse avec les élites bourgeoises. La tentative de reconquête de l'opinion se solde donc par un échec.

Entre-temps, la composition du nouveau ministère donnait lieu à d'âpres débats qui étaient autant de signes que le roi ne jouait pas franchement le jeu de la constitution. L'Assemblée, très vite, entama le combat.

Du bon usage du veto

Le veto, qui permet au roi de suspendre l'application d'un décret pendant deux législatures, c'est-à-dire quatre ans, est une arme à double tranchant. « Le veto, disait Sieyès, n'est rien d'autre qu'une lettre de cachet contre la volonté générale. » Face à une mesure qu'il désapprouve, le roi n'a d'autre choix que de s'incliner, ou de passer pour un ennemi de la volonté du peuple. La sagesse veut donc qu'il s'en serve le moins possible. Or les domaines où l'on peut le provoquer à s'en servir sont bien connus, notamment deux d'entre eux, l'émigration et les prêtres réfractaires.

L'offensive de l'Assemblée se porta d'abord contre les émigrés. Il faut dire qu'ils avaient cherché la bagarre. L'hypothèse d'une déposition de Louis XVI après Varennes avait fait germer des ambitions dans l'âme du comte de Provence. Il rêvait de se faire proclamer régent à la place de son frère prisonnier et de former à Coblence un gouvernement de la France en exil, seul reconnu des puissances étrangères. Dès l'annonce de l'échec, il chargea Fersen d'obtenir du captif une lettre lui accordant les pleins pouvoirs : il avait même pris soin d'en fournir le texte. Le refus, transmis par Marie-Antoinette, l'irrita. Lorsqu'il apprit que Louis XVI allait prêter serment à la constitution, sa colère fut terrible. Il n'attendit même pas la cérémonie pour publier, le 10 septembre, un manifeste co-signé par son frère Artois, où il proclamait à son tour la déchéance du roi, comme infidèle au serment du sacre, qui lui interdit d'abandonner la moindre de ses prérogatives régaliennes. La désobéissance devenait pour tout royaliste un devoir. C'est la lecture de ce manifeste qui aurait, dit-on, inspiré à la reine un seul mot terrible : « Caïn ». Parmi les émigrés, la haine contre le roi et surtout contre la reine, à qui l'on imputait sa capitulation, se mit à flamber sans mesure.

Peu au fait de ces dissensions familiales et n'y voyant que faux-semblants, l'Assemblée entreprit de contraindre Louis XVI à prendre parti. Elle s'inquiétait, à bon droit, d'une recrudescence de l'émigration : beaucoup de nobles mettaient désormais leur point d'honneur à rejoindre les princes qui refusaient de pactiser avec le mal. Elle voyait le pays se vider d'une partie de ses forces vives et commençait à craindre une offensive venue de Coblence. Le 31 octobre elle émit un décret enjoignant au comte de Provence de regagner la France sous peine de perdre ses droits à la régence. Rien ne pouvait convenir davantage au roi, qui s'empressa d'écrire à son frère une lettre tout enrobée de morale en le priant de revenir. De son côté, Marie-Antoinette se dépensait auprès de Mercy-Argenteau pour que l'empereur tempère l'agressivité des émigrés, et elle réclamait la réunion du fameux Congrès armé. Pour y décider le roi de Prusse, elle lui fit même adresser par Louis XVI une lettre dont Fersen lui avait soufflé le canevas.

Cependant, forte de ce qu'elle tenait pour une victoire, l'Assemblée alla plus loin. Le 9 novembre, elle menaçait de mort les Français réfugiés à l'étranger qui ne seraient pas rentrés le 1er janvier. Barnave convint que Louis XVI ne pouvait sans perdre la face sanctionner un tel décret visant ses frères et ses anciens serviteurs. Il approuva le recours au veto, qui intervint le 11 novembre, mais il conseilla d'adresser en même temps aux émigrés un appel très ferme les pressant de rentrer et aux puissances qui les hébergeaient une invitation à les disperser. L'appel ne suscita parmi eux qu'ironie méprisante. Mais ils furent moins portés à rire lorsque leurs hôtes les prièrent de déguerpir : le prince-évêque de Trèves, las d'entretenir leur cour arrogante et remuante, avait cédé de bon gré aux pressions de l'empereur, sollicité par sa sœur. Au bout du compte, ce premier veto, grâce aux démarches d'ac-

compagnement, n'avait donc pas créé de fracture entre
Louis XVI et l'Assemblée. En revanche celui du 29,
contraignant les prêtres réfractaires à prêter serment de
fidélité « à la nation, à la loi et au roi », sous peine
d'être considérés comme suspects *, suscita de sa part
un veto sec et sans appel. Mais comme le conflit religieux continuait de couver, attisé par les troubles qui
se multipliaient en province, l'Assemblée chercha un
autre terrain d'attaque plus propre à faire l'unanimité.
Elle s'en prit de nouveau aux émigrés, décrétant le
9 février 1792 que leurs biens seraient mis sous
séquestre. Allait-on vers la rupture ? Non. Le roi ne
s'y opposa pas : le séquestre préserverait ces biens de
la mise en vente et du pillage.

Déçue par cette modération inattendue — « si ce
diable d'homme nous cède sur tout, quel prétexte donner à sa destitution » ? —, l'aile gauche de l'Assemblée commençait à penser que seule une guerre
pourrait balayer la monarchie. Elle cherchait donc à
provoquer chez les princes allemands et chez l'empereur la réaction vigoureuse qu'elle n'espérait plus obtenir du roi. Mais Léopold s'employait à calmer le jeu.
Moins par solidarité avec son beau-frère que pour garder les mains libres en Europe de l'Est. Pas question
pour lui de se laisser entraîner dans un conflit douteux
sur ses marches occidentales alors que se négociait
entre la Russie et la Prusse un nouveau dépeçage de la
Pologne dont il risquait d'être exclu ! La France ayant
menacé d'envahir les Électorats si leurs princes ne
chassaient pas les émigrés, il ne pouvait moins faire
que de leur promettre son soutien en cas d'attaque :
comme il leur enjoignait en sous-main de les expulser,
il ne risquait pas grand-chose. Mais en France les bellicistes voulurent y voir un geste d'hostilité et enclen-

---

* Le mot ne comporte pas de définition précise et ouvre la porte
à tracasseries et à persécutions *ad libitum*. La fameuse *Loi des
Suspects* ne date que du 17 septembre 1793.

chèrent une escalade verbale. Misant sur la haine des peuples contre les rois, les républicains désiraient la guerre. Ils se croyaient sûrs de la gagner. Au-dedans comme au-dehors, les royalistes la souhaitaient pour des raisons inverses : à leurs yeux la France était si mal préparée qu'elle ne pouvait que la perdre, face aux armées aguerries de l'Autriche et de la Prusse. Marie-Antoinette caressait cet espoir, qu'elle s'efforçait de faire partager à son époux hésitant.

C'est dans un climat de surenchère belliciste que Fersen décida de se rendre à Paris pour les rencontrer en secret.

La visite de Fersen

Le côté romanesque des relations entre Marie-Antoinette et le très séduisant Suédois a eu souvent pour effet d'en occulter la dimension politique. Si bien que le principal souci des commentateurs est de se demander si elle a passé ou non la nuit dans ses bras lors de cette entrevue, que l'histoire baigne rétrospectivement d'une aura tragique. Mais à cette date, ils ne pensaient pas qu'ils ne se reverraient plus. Elle-même, si elle s'exaspérait de la lenteur de son frère à la secourir, ne doutait pas d'être délivrée bientôt. Fersen ne vient donc pas pour la revoir une dernière fois, mais pour dissiper des malentendus et pour tenter de mettre au point une stratégie.

Des malentendus ? Dieu sait qu'il s'en accumulait entre eux depuis six mois. La première lettre qu'elle reçut de lui, et qui s'était croisée avec les trois billets chargés de tendresse qu'elle lui avait adressés au retour de Varennes, dut lui faire l'effet d'une douche froide : « Le malheur affreux qui vient d'arriver doit changer entièrement la marche des affaires », disait-il, avant de demander les pleins pouvoirs pour le comte de Provence. Passons sur la sécheresse du ton : il est possible que le baron de Klinckowström ait censuré quelques mots affectueux au début ou à la fin. Mais comment Fersen pouvait-il ne pas savoir que le recours aux émigrés était pour elle la pire des solutions ? Elle dut lui exposer que le roi misait seulement sur les puissances étrangères. Bientôt il apprit par la voix publique le ralliement à la constitution. Installé à Bruxelles dans un milieu violemment hostile à la France révolutionnaire, il ne comprenait pas la complaisance du couple royal pour les constitutionnels. Le rôle joué par Barnave auprès de la reine l'étonna, l'indigna. Il avait le sentiment qu'elle le trahissait. Il en fut blessé au point de reporter quatre jours durant le déchiffrage d'une de ses lettres. Il fut scandalisé ensuite par la dispersion des émigrés. Que voulaient donc le roi et la reine ? Il demanda des consignes précises. Et, comme elle reparlait du Congrès armé, il se mit à rédiger pour elle des brouillons de lettres destinées aux rois d'Espagne, de Suède, de Prusse et à la tsarine. Mais il blâmait vivement le double jeu : jamais le roi ne gagnerait les factieux, trop intéressés à le maintenir en tutelle ; en pactisant avec eux, il s'aliénait la noblesse française, s'avilissait aux yeux des autres souverains et démobilisait ceux qui étaient disposés de le soutenir.

Or ceux-ci, précisément, ne s'accordaient pas entre eux. L'ardeur de Gustave III de Suède, qui voulait prendre au plus vite la tête d'une expédition militaire, n'avait d'égale que l'inertie de Léopold II, qui tirait argument du ralliement de Louis XVI à la constitution pour s'interdire d'interférer dans « les affaires intérieures » de la France. Fersen se proposait de mettre la reine en garde contre la duplicité de l'empereur et contre les conseils de Mercy-Argenteau qui, en feignant de la servir, lui prêchait la résignation. Bref un entretien était nécessaire pour renouer le contact. Il avait des points à éclaircir, des décisions à suggérer, des propositions à faire surtout : car le préalable à toute action militaire était d'arracher les souverains aux violences de la rue parisienne.

Marie-Antoinette accueillit sans enthousiasme l'annonce de sa venue et le pria par deux fois de la différer. Non qu'elle n'eût pas envie de le voir. Il lui manquait terriblement. Seuls les soins qu'elle donnait à ses enfants lui apportaient un peu de réconfort : « Cette dernière occupation, qui n'est pas la moindre, fait mon seul bonheur [loin de vous*], et quand je suis bien triste, je prends mon petit garçon dans mes bras, je l'embrasse de tout mon cœur et cela me console sur le moment. » Mais elle appréhendait une visite qu'elle jugeait inutile et dangereuse. Inutile parce qu'elle savait le roi ancré dans l'attentisme. Dangereuse, parce que la « fermentation » augmentait à Paris. Fersen courait assurément des risques. Car l'amnistie qui avait blanchi les complices de l'évasion ne couvrait pas ceux qui avaient été condamnés par contumace. Cependant, comme c'est un étranger, un ami du roi de Suède, un personnage important, quoique sans fonctions diplomatiques officielles, on hésiterait peut-être à s'en prendre à lui. Enfin, la mise en place de la constitution a rétabli en France un minimum d'ordre et de liberté : les voyages sont moins surveillés. Le plus grave danger réside dans la visite aux Tuileries. Et il concerne davantage encore la reine, que l'on serait trop content de prendre en flagrant délit de collusion avec un contre-révolutionnaire militant.

Elle lui donna finalement le feu vert. Pour plus de précautions, et bien que l'Assemblée eût renoncé à généraliser l'usage du passeport, il s'en fabriqua un faux, ainsi qu'un ordre de mission constellé de tam-

* La lettre, autographe, des 7, 8 et 9 décembre 1791, est conservée aux Archives Nationales de France, sous la cote 440 AP O1 n° 2. Sous les ratures en boucles qui recouvrent trois mots, après *bonheur*, il n'est pas impossible de discerner : *loin de vous*.

prisonnière

pons et de paraphes également faux, au nom d'un prétendu courrier envoyé par le roi de Suède à celui de
Portugal. Personne ne les lui demanda et personne
n'alla regarder sous la perruque dont il s'était affublé.
Parti de Bruxelles le samedi matin 11 février 1792 dans
une voiture légère, affectant de ne pas se presser pour
ne pas attirer l'attention, il arriva à Paris le lundi soir,
alla s'assurer chez Goguelat qu'il était bien attendu et
se présenta aux Tuileries peu après 7 heures : « Allé
chez *elle*, note-t-il dans son *Journal intime,* passé par
mon chemin ordinaire, peur des gardes nationaux ; son
logement à merveille *. » Suit une brève rature, sous
laquelle il semble qu'on puisse déchiffrer deux mots :
resté là.

Peu de mots ont fait couler autant d'encre et ont
donné lieu à autant de suppositions que ces deux-là.
On n'entrera pas ici dans le débat technique sur l'exactitude de cette lecture. Car il est bien évident qu'il n'est
pas ressorti des Tuileries ce soir-là. Il ne pouvait pas
se permettre de tenter le diable en passant et repassant
sous le nez des gardes nationaux. Oui, nous dit-on,
mais dans son *Journal* les mots *resté là* correspondent
toujours à des cas où il a terminé la soirée dans le lit
d'une de ses maîtresses. Mais pourquoi faudrait-il à
toute force les prendre ici dans ce sens ** ? Dans le récit
de son voyage, il note avec une minutie maniaque le
temps qu'il fait, les endroits où il s'arrête, où il dîne,
où il couche. En fait, si la rature n'avait pas attiré l'attention sur ce détail, il serait peut-être passé inaperçu,
sans un autre élément qui, lui, invite à s'interroger. Le

---

* Contrairement à ce que dit Zweig, l'appartement de la reine
ne se limitait pas à sa chambre et à son minuscule cabinet de toilette. Elle disposait au-dessus de cabinets entresolés assez discrets
pour dissimuler quelqu'un une nuit.
** Lorsqu'il s'agit d'une nuit passée auprès d'une de ses maîtresses, remarque Françoise Kermina, ces deux mots sont toujours
en suédois. Mais ici, si la lecture qui en est faite est bonne, ils sont
en français.

Journal est formel : il ne rencontra Louis XVI que le lendemain à 6 heures du soir. D'où deux questions cruciales : pourquoi a-t-il attendu vingt-quatre heures et à quoi a-t-il passé son temps en attendant ? Il avait des raisons pour voir la reine seule. Mais lesquelles ? « *Nous le devinons* » souligne avec jubilation Mme Söderhjelm, la très savante biographe de Fersen, sûre de tenir la preuve qu'il était son amant.

Il est très possible, certes, qu'il ait souhaité se ménager quelques heures d'intimité. Auquel cas, il aurait pu aussi bien s'isoler avec elle après avoir vu le roi, au moment de la quitter. En revanche, d'impérieuses raisons politiques lui imposaient de la voir en premier lieu. Il ne pouvait faire à Louis XVI la moindre proposition sans avoir éclairé sa lanterne. Quel était l'état d'esprit du roi ? Il lui fallait s'informer auprès de la reine et se concerter avec elle. Renouant les fils rompus, il lui fit raconter tout ce qui s'était passé depuis leurs adieux au relais de Bondy huit mois plus tôt. Son *Journal* évoque en style télégraphique le long récit qu'elle lui donna, assorti de détails concrets, émaillé de dialogues. Elle évoqua l'éprouvant trajet de retour, la captivité qui suivit. Puis elle lui parla des feuillants, de leurs services récents, des dissensions qui les opposaient désormais à la nouvelle assemblée ; elle lui peignit les ministres, presque tous des « traîtres ». Bref il put se faire une meilleure idée de la situation et il se retrouva en communion d'esprit avec elle. À eux deux, ils préparèrent l'entrevue avec Louis XVI.

Fersen le rencontra le lendemain à six heures du soir. Il proposa différents plans d'évasion, qui furent tous écartés, comme prévu. « J'ai manqué le moment, dit Louis XVI, c'était le 14 juillet, et depuis je ne l'ai pas retrouvé. J'ai été abandonné par tout le monde. » Son refus de partir prend pour prétexte l'étroite surveillance exercée sur lui, « mais dans le vrai, il s'en fait un scrupule, ayant si souvent promis de rester, car c'est un honnête homme ». Il compte encore sur le Congrès armé pour obtenir sa libération. En cas d'échec, « il consent que les puissances agissent et se soumet à tous les dangers ». Il continue de rêver à un rôle de médiateur entre ses sujets révoltés et les puissances étrangères, qu'il n'imagine que victorieuses. D'ici là, il charge Fersen d'inviter ces puissances à ne s'étonner de rien : toutes ses démarches seront le fruit de la contrainte : « Il faut qu'on me mette tout à fait de côté et qu'on me laisse faire. » En clair, il choisit de temporiser, comme toujours, en évitant toute démarche susceptible d'envenimer la situation.

Fersen quitta les Tuileries le même soir vers 9 heures et demie, emportant un dossier précieux, la correspondance de la reine avec Barnave. Il s'en alla se terrer chez Craufurd pendant la semaine où sa mission imaginaire le supposait en Espagne ; il en profita sans scrupules pour tromper abondamment le maître de maison avec la belle Éléonore Sullivan. Avait-il l'impression de tromper en même temps Marie-Antoinette ? Visiblement pas. Amoureux certes, mais pas transi, il pratiquait lui aussi le système des cloisons étanches. De retour à Bruxelles dans la nuit du 23 au 24 février, il conclut très prosaïquement dans son *Journal* : « Ma joie fut grande d'avoir si bien réussi et de me trouver chez moi. » Il rapportait de son voyage quelques maigres assurances. Loin de cautionner pour de bon la Révolution, expliqua-t-il au roi de Suède, les souverains français, convaincus que toute composition avec les rebelles était inutile, ne comptaient plus pour reconquérir leur pouvoir que sur les secours étrangers. Il espérait bien, mais il se garda de le dire, devenir leur intermédiaire privilégié dans les négociations qui s'ensuivraient et faire carrière auprès d'eux après leur rétablissement.

On comprend sans peine qu'il se soit également abstenu, par discrétion, de révéler qu'il avait eu avec

Marie-Antoinette un très long tête-à-tête préalable. De sorte que nous ne saurons rien de plus sur ses relations avec elle : ce qui permet à chacun de rêver à sa guise sur cette dernière nuit, où tout leur fut permis et dont nul ne peut dire avec certitude ce qu'ils ont fait.

« *Une petite guerre sans lendemain* »

À défaut de convaincre le roi, Fersen a confirmé la reine dans l'idée que la seule issue est la guerre. Depuis quelques mois, elle l'appelle de ses vœux. Si l'empereur n'en veut pas, on l'y contraindra. Le meilleur moyen serait que la France la lui déclare : « Il faudra bien, si nous commençons, que toutes les puissances s'en mêlent pour défendre les droits de chacun. » Exacerbé par les humiliations quotidiennes, le bellicisme de la reine prend un tour passionnel. Elle n'attend pas seulement de la défaite française le rétablissement de l'autorité royale, elle en escompte le châtiment des enragés. Elle va jusqu'à souhaiter que les négociations de la dernière chance échouent, pour « qu'enfin on se venge de tous les outrages qu'on reçoit de ce pays-ci ! » Et dans son esprit, tous sont coupables, la France n'est qu'un ramassis de scélérats, de fous, d'imbéciles et de lâches. La fierté d'être née Allemande resurgit en elle, liée à la haine contre un peuple qui ne l'a jamais acceptée tout à fait : « Les Français sont atroces de tous les côtés... » « Oh ! la maudite nation, qu'il est malheureux d'être obligé de vivre avec eux... » Et ce n'est pas Fersen qui la contredira, lui qui, ayant naguère préféré la France à sa Suède natale, éprouve à son égard une rancœur d'amoureux trahi.

Du côté de l'Assemblée, les passions sont au diapason. La faction dominante, celle des girondins, compte sur la guerre pour faire oublier à la population la crise économique, pour attiser son ardeur révolutionnaire et pour se débarrasser du roi. Seul Robespierre proteste parce qu'il sait que le pays n'est pas prêt et parce qu'il craint que la guerre, en propulsant les militaires aux responsabilités, ne débouche sur une dictature*. Mais pas plus que les feuillants, il ne parvient à endiguer le puissant élan que soulèvent les discours enflammés de Brissot. Ce sera une guerre juste, une croisade des peuples contre les rois, elle exportera dans l'Europe entière le rêve de liberté, d'égalité, de fraternité. Il y a aussi des pêcheurs en eau trouble. La perspective d'une guerre éveille des ambitions personnelles chez certains hommes qui se sentent ou se croient des talents militaires. La Fayette, par exemple, espère que le commandement d'une armée lui rendra l'influence perdue. Dumouriez, que l'Assemblée vient d'imposer à Louis XVI comme ministre, calcule qu'il tirera son épingle du jeu dans tous les cas de figure. Comme l'écrit Jean Tulard, « la défaite, en emportant le trône, en ferait un dictateur ; la victoire, en consolidant la monarchie, en ferait un connétable ». Ces apprentis-sorciers attendent de la guerre des résultats très divers, mais tous s'accordent pour penser que ce sera, selon le mot du comte de Narbonne, « une petite guerre sans lendemain ». Elle durera vingt-trois ans et très peu de ceux qui ont misé sur elle en verront la fin.

Quand tout le monde souhaite la guerre, elle manque rarement d'éclater. Au printemps de 1792, le destin se mit de la partie. L'Europe vient d'être bouleversée par deux événements capitaux. Léopold II, le plus résolu des défenseurs de la paix, commençait à s'inquiéter du projet de « libération » des Pays-Bas, lorsqu'il mourut subitement le 1er mars, âgé de quarante-cinq ans à peine. Son fils et successeur François II, d'humeur beaucoup plus combative, est d'autant plus disposé à

---

* Il était bon prophète puisque c'est ce qui arriva avec Bonaparte.

relever le défi français que la récente réconciliation entre l'Autriche et la Prusse laisse ses arrières assurés. À la fin du même mois d'autre part, le roi de Suède, blessé dans un attentat au cours d'un bal masqué, succombe à ses blessures. Or Gustave III, ardent partisan de la guerre, était le seul à l'envisager sur le mode chevaleresque, avec pour principal objectif de sauver les souverains français. François II au contraire se soucie fort peu d'une tante qu'il n'a jamais vue et d'un oncle par alliance qu'il méprise. Le conflit qui s'annonce change donc de nature. Le mot de Léopold — « Les Français veulent la guerre, ils l'auront ; mais ils en paieront les dépenses » — est plus que jamais à l'ordre du jour. Les souverains européens ne se battront pas pour remettre Louis XVI sur son trône. S'ils réunissent des troupes, ce sera pour réduire la France à merci. Et, puisque la Pologne les a mis en appétit, pourquoi ne serait-elle pas une nouvelle proie à dépecer ? Une perspective que Marie-Antoinette se refuse à regarder en face, en dépit des avertissements répétés de Mercy. Elle préfère croire à une solidarité désintéressée.

François II provoqua la France, de propos délibéré, en exigeant le rétablissement du roi et en traitant l'Assemblée de « faction sanguinaire furieuse ». Le 25 mars, celle-ci répondait par un ultimatum. L'Autriche se voyait sommée, au nom du traité d'alliance de 1756, de reconnaître le nouveau régime français et de cesser tous armements contre lui : une réponse négative serait un *casus belli*. La reine envoya Goguelat à Vienne pour assurer son neveu qu'aussitôt la guerre engagée, « une grande partie de la nation se rallierait autour du trône et aiderait les libérateurs ». L'Assemblée, qui nourrissait des illusions symétriques mais inverses, voyait d'avance les peuples étrangers se solidariser avec l'armée française contre leurs tyrans. C'est au malheureux Louis XVI qu'il incombait, selon la constitution, de formuler la déclaration de guerre, mais en fait il ne pouvait que suivre sur ce point l'avis de ses ministres. Situation fausse entre toutes : il allait jeter son pays dans une guerre qu'il était sûr de perdre et — plus grave encore — qu'il souhaitait perdre. Certes il voyait dans la guerre étrangère un moindre mal, préférable à la guerre civile. Mais il ne s'y engageait qu'avec désespoir. Le 20 avril, il se présenta à la tribune du Manège blême, les larmes aux yeux, pour proposer d'ouvrir les hostilités contre le roi de Bohême et de Hongrie*, d'une voix neutre, sans relief, en porte-parole d'une volonté autre que la sienne. Les députés approuvèrent par un vote quasi unanime, en dépit de l'évidente impréparation des armées françaises.

La reine, elle, se réjouissait sans réserve. Dès avant la déclaration officielle, elle tentait de contribuer à la victoire des Austro-Prussiens en transmettant des informations à Bruxelles. « M. Dumouriez [...] a le projet de commencer ici le premier par une attaque de Savoie et une autre par le pays de Liège, écrit-elle à Mercy le 26 mars. C'est l'armée La Fayette qui doit servir à cette dernière attaque. Voilà le résultat du Conseil d'hier ; il est bon de connaître ce projet pour se tenir sur ses gardes, et prendre toutes les mesures convenables. » Et à Fersen, le 30 mars : « Le plan est d'attaquer par la Savoie et le pays de Liège. [...] Turin est averti par moi depuis trois semaines. » Pouvait-on trouver dans ces maigres informations de quoi fonder une stratégie ? Sûrement pas. Mais l'intention y était. Avant de crier à la trahison cependant, songeons que la reine se trouve prise, comme quelques-unes de ses aînées, dans un conflit entre son pays d'origine et son pays d'adoption. En 1637 Anne d'Autriche, dans une situation beaucoup moins tragique, avait réagi de même. Et les révolutionnaires ont fourni à Marie-Antoinette une

* Tel était le titre officiel de François de Habsbourg-Lorraine, qui n'avait pas encore eu le temps d'être élu empereur.

excuse qu'Anne d'Autriche n'avait pas : en dépassant les antagonismes nationaux pour faire de cette guerre, par-delà les frontières, un affrontement entre deux visions du monde, ils lui ont permis de choisir son camp sans états d'âme et sans scrupules de conscience. Elle se bat, aux côtés de son neveu, pour son époux, pour son fils et pour l'univers qui est le sien.

Huit jours suffirent pour que l'offensive française en Flandre se transforme en débâcle et le public chercha des responsables. Un complot intérieur pouvait seul expliquer la défaite. Et le cœur de ce complot, aux ramifications multiples, ne pouvait se trouver qu'aux Tuileries, dans l'entourage de la reine. Bien qu'on ne sût rien de sa correspondance avec Bruxelles, les tribuns vitupérèrent avec une violence accrue le prétendu « comité autrichien » embusqué au château, qui manipulait le roi à son gré. Bien entendu, il n'y eut jamais de complot, ni même de « comité » organisé menant une politique suivie. Mais il est incontestable que Marie-Antoinette a tenté de coordonner, aussi longtemps qu'elle l'a pu, l'action de son époux et celle de Vienne. Et l'opinion n'a pas tout à fait tort de dénoncer en elle, dans une nouvelle flambée de pamphlets, l'Autrichienne inassimilée, cheval de Troie ennemi au cœur de la France.

Le roi, lui, se rongeait de remords. Le chagrin, joint au manque d'exercice et peut-être à une maladie mal identifiée, l'a marqué prématurément. À trente-huit ans, alourdi de graisse, il a l'apparence d'un vieil homme. En ce printemps de 1792, il retomba dans une de ces crises de dépression passagère dont il était coutumier. « Il fut dix jours de suite sans articuler un mot, même au sein de sa famille, conte Mme Campan. [...] La reine le tira de cette position si funeste [...] en se jetant à ses pieds, en employant tantôt des images faites pour l'effrayer, tantôt les expressions de sa tendresse pour lui. [...] Elle alla jusqu'à lui dire que, s'il fallait périr, ce devait être avec honneur et sans attendre qu'on vînt les étouffer l'un et l'autre sur le parquet de leur appartement. »

L'Assemblée cependant, cherchait à donner des gages aux extrémistes tout en poussant à la faute ce roi trop docile, qui avait si complaisamment déclaré la guerre à son propre neveu. Les 27 et 29 mai et le 8 juin, elle prit coup sur coup trois décrets redoutables. L'un frappait de déportation les prêtres réfractaires, l'autre supprimait la garde constitutionnelle, le troisième proposait la levée de 20000 fédérés issus de toutes les provinces pour maintenir l'ordre dans la capitale. Le roi, au risque de se retrouver sans protection, souscrivit au décret le plus provocant, mais qui ne visait que lui : il consentit au licenciement de sa garde. Mais il opposa son veto aux deux autres mesures. À la première parce qu'elle heurtait profondément ses convictions personnelles et, de plus, violait la constitution. À la troisième, parce qu'elle visait à fournir des troupes aux émeutes à venir. Mme Campan prétend qu'il voulait les sanctionner, pour éviter l'insurrection générale, et que c'est Marie-Antoinette qui le convainquit de résister. Pour le camp des fédérés, la chose est possible. Mais il est inimaginable qu'il ait envisagé de laisser déporter les prêtres réfractaires. La vindicte populaire ne s'y trompa pas, elle les associa sous un nouveau surnom : Monsieur et Madame Veto.

Car devant les clameurs qui accueillirent son opposition aux décrets, Louis XVI fit front. Comme son ministre de l'Intérieur, Roland, le sommait avec insolence de retirer son veto, il le congédia avec tous ses collègues — à l'exception de Dumouriez, qui préféra démissionner — et il appela auprès de lui des modérés. L'Assemblée se borna à des protestations. Alors, les jacobins misèrent sur la rue pour balayer cette monarchie qu'ils n'arrivaient pas à abattre légalement. Il leur faudra s'y reprendre à deux fois pour la mettre à bas.

Chapitre vingt et un

L'assaut final

À la différence des « journées » révolutionnaires de
1789 qui conservaient une part de spontanéité et d'improvisation, celles de 1792 sont programmées par les
clubs, que relaient sur le terrain les membres les plus
actifs des différentes « sections * » parisiennes. La
guerre alimente une psychose aisément exploitable.
Voici venu le temps du soupçon, de la délation, de la
chasse aux « ennemis de l'intérieur », responsables des
défaites. Le conflit fait rage à l'Assemblée entre constitutionnels et républicains. Face aux premiers qui s'ap-
puient sur la bourgeoisie aisée, les seconds font appel
à une clientèle plus populaire, qu'ils s'emploient à
endoctriner, en lui donnant conscience de sa force.
C'est alors qu'apparaît dans l'imagerie de la Révolution française le personnage emblématique du sans-
culotte, brandissant une pique et coiffé d'un bonnet
phrygien. Son pantalon à rayures taillé dans une bure
grossière, naguère signe d'infériorité sociale face à la
culotte serrée au genou sur bas de soie, devient un titre
de gloire. Son bonnet rouge — celui-là même que nous
voyons encore sur la tête de notre Marianne nationale
—, se veut symbole d'affranchissement **. On lui refuse

---

* Divisions administratives et électorales qui équivalent à peu
près à nos arrondissements actuels.
** Il prétend rappeler le bonnet que la Rome antique plaçait sur
la tête des esclaves lors du rituel d'affranchissement. En fait, il est
très différent, à cause de son extrémité qui retombe sur le devant.

d'entrer dans la garde nationale, sous prétexte qu'il n'est qu'un « citoyen passif[*] », mais on l'invite à s'enrôler pour aller se faire tuer sur la frontière. C'est tout de suite, à Paris, qu'il réclame des armes, pour défendre la Révolution contre les ennemis qu'on lui désignera. Faute de moyens pour lui fournir un fusil, les clubs le munissent d'une pique ou d'une demi-pique, fabriquées en grande série pour la circonstance. Excités par des rumeurs, chauffés à blanc par des slogans, encadrés par des meneurs, les plus redoutables des émeutiers qu'on lance à l'assaut des Tuileries ne sont pas de misérables crève-la-faim, des vagabonds soudoyés et enivrés, mais de petites gens, artisans et boutiquiers, dont le nouveau régime a trompé les espérances, des petits bourgeois fanatisés qu'on abreuve de haine et à qui l'on offre, faute du mieux-être promis, des aristocrates à égorger.

Le 20 juin, l'émeute manque son but

Les révolutionnaires, grands contempteurs de fêtes religieuses, avaient tenté de les remplacer. Chaque année, le 14 juillet, on célébrait la prise de la Bastille. Mais en juin 1792, la colère suscitée par les deux veto de Louis XVI et le renvoi des ministres jacobins appelait aux yeux des patriotes une réponse immédiate. Pas question d'attendre un mois entier. Une date s'offrait, celle d'un double anniversaire. Le 20 juin 1789, le serment du Jeu de paume avait donné le signal de la révolte et, au soir du 20 juin 1791, le roi avait tenté une évasion qui s'était terminée piteusement. Il y avait

---

Il semble inspiré de la coiffure de certaines divinités orientales (Attis ou Mithra) représentées par l'art gréco-romain.

   [*] Les citoyens passifs — par opposition aux « citoyens actifs » — étaient ceux qui, trop pauvres pour payer d'impôts, étaient exclus du corps électoral.

là matière à célébration. On annonça une fête pacifique. Le peuple irait planter un arbre de la liberté sur
la terrasse des Feuillants et déposer une pétition pour
la levée des veto et le rappel des ministres congédiés.
Rien d'extraordinaire. Des arbres de la liberté, on en
plantait à la pelle en ces années-là. Des pétitions, il en
pleuvait sur le bureau de l'Assemblée. Mais bien des
indices donnaient à penser que ces festivités n'étaient
qu'un prétexte. Car les organisateurs avaient sommé le
conseil général de la mairie de Paris d'autoriser les
manifestants à venir « revêtus des habits qu'ils portaient en 1789 et de leurs armes », et n'avaient tenu
aucun compte des mesures interdisant tout rassemblement. À l'évidence, les faubourgs Saint-Antoine et
Saint-Marcel se préparaient à l'action.

Averti depuis trois jours, Louis XVI était inquiet.
Les Tuileries se trouvaient trop proches du Manège
pour ne pas offrir une cible tentante. Il les savait indé-
fendables. Sa garde constitutionnelle venant d'être dis-
soute, il ne disposait que de la garde nationale, peu
sûre. Que faire, sinon attendre et tenter de faire front ?
Toute la matinée du mercredi, il guetta les nouvelles.
Dans le cortège venu du faubourg Saint-Antoine,
les enfants et les jeunes filles entourant l'arbre symbolique masquaient mal la masse grondante hérissée de
piques, qui les suivait. Les gens du faubourg Saint-
Marcel, eux, convoyaient deux canons. Pour atteindre
le Manège du côté ouest, plus accessible, les deux cor-
tèges firent un vaste détour par la place Vendôme. Ils
se débarrassèrent au passage de leur arbre-prétexte,
qu'ils plantèrent dans la cour des Capucins et, agitant
des banderoles hostiles au roi, ils déboulèrent à la porte
du Manège, exigeant de défiler à travers la salle.
Débordée par le nombre, l'Assemblée fut prise d'assaut, tandis que ceux des manifestants qui n'avaient pu
y entrer enfonçaient les grilles du jardin des Tuileries
et s'y répandaient. Louis XVI, qui avait donné l'ordre

de canaliser leurs mouvements, les observait de la fenêtre de sa chambre, entouré de sa famille. Ils longeaient le château en direction du fleuve, sans attaquer les trois rangs de gardes nationaux chargés de le protéger. On pouvait espérer qu'ils se disperseraient sur le quai.

Le drame se noua vers trois heures sur la façade principale, du côté est, avec une rapidité qui surprit tout le monde. Quatre à cinq mille hommes refluèrent brusquement sous le guichet du bord de l'eau et envahirent la cour du Carrousel. Arrivant du Manège, survint le brasseur Santerre, qui régnait en maître sur le faubourg Saint-Antoine. Il interpella ses canonniers : « Pourquoi n'êtes-vous pas entrés dans le château ? Il faut y aller ; nous ne sommes descendus que pour cela. » Aucune résistance ne leur fut opposée. Ils franchirent le guichet central, puis la grille de la porte Royale, se ruèrent dans le grand escalier, traînèrent un canon jusqu'au premier étage et le pointèrent sur l'appartement du roi. Déjà ils attaquaient à coups de hache la porte de l'Œil-de-Bœuf lorsque Louis XVI, enfin alerté, se porta à leur rencontre et la fit ouvrir. Son épouse et sa sœur s'étaient précipitées à sa suite. Madame Élisabeth, cramponnée aux basques de son habit et répétant « Vous me massacrerez avant lui », réussit à le suivre. Mais un serviteur retint Marie-Antoinette. Elle criait, conte la *Gazette de Paris* du 26 juin : « Laissez-moi passer, ma place est auprès du roi ; je veux le joindre et périr, s'il le faut, en le défendant ! » Ils durent se mettre à deux pour la contenir. Ils avaient entendu la foule vomir contre elle « mille horreurs » et réclamer sa tête. Ils lui firent comprendre, avec précaution, que sa présence, loin de protéger le roi, risquait de le perdre : comment traverserait-elle pour le rejoindre un groupe de 400 brigands ? « si elle n'était pas massacrée, elle serait étouffée sans y arriver et sa tentative serait funeste au roi qui [...] se précipite-

rait au travers des piques pour arriver jusqu'à elle ».
Sa place, lui dit-on, était auprès de son fils. Elle se
laissa entraîner dans la chambre du dauphin. Elle eut
un instant de désespoir : l'enfant, qu'on avait emporté
en hâte au moment de l'assaut, n'y était pas. Il y fut
ramené très vite et elle ne le quitta plus.

Elle ne vit donc pas son époux, hissé sur une banquette dans une embrasure de fenêtre, faire face à la
meute qu'il dominait de sa haute stature. Elle n'assista
pas au dialogue célèbre — et peut-être apocryphe :
« Sire n'ayez pas peur », lui disait un des fidèles qui
l'entouraient. « Moi, peur [...] Donne-moi ta main » et
la mettant sur son cœur : « Touche et vois s'il tremble. » Elle n'eut qu'un écho assourdi des cris de mort
qui la visaient et n'entendit pas Élisabeth, qu'on prenait pour elle, refuser de dissiper l'erreur afin qu'elle
ait le temps de se sauver. Des serviteurs, se glissant par
les couloirs intérieurs, lui apportaient des informations
rassurantes. Le roi avait essuyé des insultes, mais pas
d'agression physique, à part une pique et une épée
menaçantes, aussitôt détournées. Refusant toute violence, qui l'eût perdu sans recours, il opposait aux
émeutiers sa seule force morale. Il accepta de mettre
le bonnet rouge qu'on lui tendait et consentit à boire
un verre de vin à la santé de la nation, mais, invoquant
le respect de la loi, il refusa de lever son veto sous la
menace. Son calme et sa fermeté impressionnantes tinrent en respect les plus violents, trois heures durant,
cependant que quelques officiers municipaux et
quelques députés parvenus jusqu'à lui essayaient en
vain de ramener le calme.

Tandis que le flot amenait sans cesse auprès de lui
de nouveaux venus, les premiers arrivés se répandaient
dans les appartements à la recherche de la reine. Elle
avait jusqu'alors échappé à l'émeute : celle-ci la rat-
trapa. Fuyant de pièce en pièce à mesure que les portes
cédaient sous les coups de hache, elle passa de la

chambre du dauphin à celle du roi, puis, faute d'autre
issue, elle dut se replier avec ses enfants dans la salle
du Conseil, protégée par quelques gardes fidèles de la
section des Filles de Saint-Thomas. Entre-temps,
Pétion, maire de Paris, avait fini par arriver et jouait
hypocritement les pacificateurs. Louis XVI ayant
résisté, l'émeute avait manqué son but, il ne restait plus
qu'à faire évacuer les lieux. Pour éviter l'engorgement
du grand escalier, on eut la bonne idée d'imposer un
sens unique, en direction d'une autre sortie. Le roi lui-
même invita les envahisseurs à « visiter » les appartements d'apparat et il parvint alors à leur échapper et à
regagner sa chambre privée. L'itinéraire proposé les
conduisait de la chambre de parade, où ils ricanèrent
devant le lit du « gros Veto », à la salle du Conseil. Et
c'est là que la reine, qu'ils avaient tant cherchée, se
trouva soudain face à eux. Les braves grenadiers la
firent passer derrière la grande table avec sa fille et les
quelques dames de sa suite. Ils installèrent le dauphin
sur la table, assis, la main bien serrée dans celle de sa
mère. Par-devant, sur trois rangs ils firent un rempart
de leurs corps.

Il était tard, le roi avait gagné la partie, les meneurs
tentaient de sauver les apparences : son peuple lui avait
fait une « visite courtoise ». Faute de pouvoir s'en
prendre à Marie-Antoinette physiquement, Santerre,
qui dirigeait l'évacuation, voulut tout de même offrir
en pâture à la foule le spectacle de son humiliation.
« Faites place, cria-t-il en écartant les gardes, pour que
le peuple entre et voie la reine. » Affectant de la protéger, il se plaça à sa droite, lui assurant qu'elle n'avait
rien à craindre : « Vous êtes trompée, le peuple ne vous
veut pas de mal. » Elle refusa hautement cette protection : « Je ne suis ni trompée ni égarée, et je n'ai pas
peur. L'on ne craint jamais rien lorsqu'on est avec de
bonnes gens. » On lui tendit un bonnet rouge, elle ne
put réprimer un sursaut et une exclamation indignée

lorsqu'il lui fallut en coiffer son fils : il lui couvrait la moitié du visage. Le défilé était bloqué, on ne savait pourquoi. Santerre, contrarié de voir des femmes s'attendrir sur le dauphin, intervint : « Ôtez le bonnet à cet enfant, il a trop chaud. » Comme l'une d'entre elles éclatait en sanglots devant la reine, il l'expulsa : « Faites-la passer, elle est saoule. » Marie-Antoinette, comme son époux, se tirait avec honneur de l'épreuve, par la seule force de sa volonté.

Ce fut pour elle une grande chance de n'avoir été découverte qu'au dernier moment, lorsque la violence des envahisseurs fut émoussée et que les meneurs eurent repris le contrôle de leurs troupes. Elle était personnellement visée au départ. Un bon coup asséné sur sa tête par un émeutier anonyme, dans le premier feu de l'action, aurait sans doute comblé les vœux des organisateurs de cette « journée ». Mais ils ne pouvaient la laisser massacrer de sang-froid, après le retour au calme, sans en porter la responsabilité. Elle l'a échappé belle, et elle le sait. Lorsqu'elle put rejoindre avec ses enfants la chambre où le roi, épuisé, s'était jeté sur un fauteuil, elle s'effondra à ses pieds en larmes. Une dernière épreuve les attendait : ils durent accueillir une délégation de l'Assemblée venue les assurer — un peu tard ! — de son soutien. Ils lui firent constater les dégâts. Des dégâts matériels relativement limités, en dehors des portes brisées : les Tuileries restent habitables. Situé au rez-de-chaussée, l'appartement personnel de Marie-Antoinette a échappé à la horde, qui s'est ruée au premier étage. Mais les ordures laissées derrière elle par la déferlante populaire marquent l'ensemble du bâtiment d'une souillure ineffaçable. La comparaison avec octobre 1789, qu'elle ne put manquer de faire, lui fit sentir le chemin parcouru. À Versailles, on avait pu maintenir les émeutiers hors du château. Cette fois, ils ont pénétré de fond en comble la demeure des souverains, leur asile. Et chacun sait que ce genre d'intrusion est ressenti comme un viol, psychiquement insupportable. Nulle part, plus jamais, la famille royale ne se sentira en sécurité.

Le temps suspendu

« J'existe encore, mais c'est un miracle, écrit Marie-Antoinette à Fersen au lendemain du drame. La journée du 20 a été affreuse. Ce n'est plus à moi qu'on en veut le plus, c'est à la vie même de mon mari, ils ne s'en cachent plus. Il a montré une fermeté et une force qui en ont imposé pour le moment, mais les dangers peuvent se reproduire à tout moment... » Les autres billets qu'elle parvient à lui faire passer, de même que la lettre qu'elle adresse à Mercy, ne sont pas désespérés cependant. Car la journée du 20 juin a donné au roi un sursis. Elle a soulevé une puissante vague d'indignation non seulement à l'étranger, mais en France même, où les modérés de tous bords s'affolent en voyant s'effondrer les institutions qu'on a eu tant de peine à mettre en place. Va-t-on recommencer la Révolution, contre le roi, contre la constitution, contre l'Assemblée légalement élue ? La province s'emporte contre la dictature de Paris, de la rue parisienne. Une large majorité se rassemblerait d'autant plus volontiers autour de Louis XVI qu'il dénonce l'attentat et diagnostique le danger dans une proclamation aussi brève que ferme. Il a une carte à jouer, à condition d'aller vite. Mais la lenteur est chez lui une seconde nature. Et Marie-Antoinette, qui met dans le même sac révolutionnaires modérés et extrémistes, brouille le jeu pour empêcher tout compromis. Voici donc revenu le temps des occasions manquées.

Au lendemain du 20 juin, La Fayette, scandalisé de l'outrage fait à la majesté royale, quitta les Ardennes où il commandait une de nos armées et se rua à l'As-

semblée pour demander des sanctions. En dépit de
quelques remous, on l'acclama et Pétion fut suspendu
de ses fonctions de maire. Une revue de la garde nationale était prévue pour le lendemain 29 juin. Il rêvait
d'en profiter pour rallier ses anciens soldats et marcher
avec eux sur le club des Jacobins pour arrêter les
meneurs. Sans doute se faisait-il quelques illusions sur
son charisme, qui avait fondu comme neige au soleil.
Il n'eut pas l'occasion de le mettre à l'épreuve : la
revue fut décommandée. On prétendit que la reine en
personne avait fait avertir la mairie. La preuve manque.
Mais il est sûr que les souverains ont vu le projet d'un
mauvais œil. La reine ironisa : « Je vois bien que M. de
La Fayette veut nous sauver, mais qui nous sauvera de
M. de La Fayette ? »

Le « héros des deux mondes » est mieux reçu en
revanche lorsqu'il propose quelques jours plus tard un
plan d'évasion. Lors de la fête du 14 juillet, il se fait
fort avec l'appui du maréchal Luckner, de faire sortir le
roi avec sa famille, en plein jour, entouré de cavaliers
dévoués et de Suisses, et de l'amener jusqu'à
Compiègne d'où il pourra se poser en médiateur. En
cas de résistance de l'Assemblée, les deux généraux
marcheront sur Paris à la tête de leurs troupes. Bien
que ce plan ait un fort parfum de guerre civile, le roi,
devant l'imminence du danger, se montre « disposé à
s'y prêter ». C'est la reine qui s'y oppose. Pas seulement parce qu'elle déteste La Fayette et par crainte des
risques à courir. Elle croit avoir en vue une bien meilleure issue. Pourquoi prendre le risque de fuir, alors
qu'il suffit d'attendre ? Pourquoi se créer une dette de
reconnaissance à l'égard du parti constitutionnel, à qui
il faudra donner des gages, alors que l'avance des coalisés va bientôt assurer le rétablissement de l'ordre
ancien ?

Marie-Antoinette n'a d'espoir que dans les armées
étrangères. Depuis l'entrée en guerre, elle compte les

jours qui la séparent de la délivrance. Le sursis devrait
permettre de tenir jusque-là. « Je sens du courage, et
j'ai en moi quelque chose qui me dit que nous serons
bientôt heureux et sauvés », écrit-elle à Fersen le 3 juillet. À la différence de Mercy, qui leur conseille de se
jeter hors de Paris si la chose est possible, le Suédois
recommande aux souverains de ne quitter la capitale
sous aucun prétexte. Il les croit moins en danger cla-
quemurés aux Tuileries qu'à courir les routes : au
moins ne pourra-t-on pas les faire disparaître sans que
cela se sache. Pas question pour elle de s'échapper
seule, comme lui propose le prince Georges de Hesse,
en abandonnant son époux et ses enfants dans le danger. Pas question non plus de partir avec eux à l'aventure. Mais par pitié, que les libérateurs se hâtent ! En
clair ou en langage codé, à travers des métaphores
médicales, ses billets à Fersen crient l'urgence. Les
semaines, et bientôt les jours sont comptés.

Car les jacobins contre-attaquent. Le mouvement de
soutien à Louis XVI, en les désarçonnant un instant,
les a exaspérés. Les défaites qui s'accumulent les poussent à radicaliser leur action. C'est maintenant ou
jamais qu'il leur faut créer l'irréversible. Une course
de vitesse s'engage entre eux et les armées ennemies.
Ils relancent donc l'agitation dans la rue et multiplient
les pétitions pour la déchéance du roi. Dans les premiers jours de juillet, la balance semble osciller entre
constitutionnels et républicains. Le 11 juin, elle passe
par une phase d'équilibre lorsque, après avoir proclamé
« la patrie en danger », les députés de tous bords s'em-
brassent à l'appel de l'un d'entre eux, à qui un hasard
facétieux a donné le patronyme de Lamourette. Mais
dès la fête de la Fédération, les jeux sont faits. En effet
les clubs ont tourné le veto qui s'opposait à la création
d'un camp de fédérés pour la défense de Paris : ils ont
invité les sections de province à envoyer à Paris leurs
meilleurs éléments pour fêter le 14 juillet et ils ont

payé le voyage. C'est dans un climat surchauffé que se déroula la fête. Louis XVI avait cautionné la suspension de Pétion. On fit de la cérémonie une confrontation entre eux. On ovationna le « brave Pétion », on hua le roi. « Les hommes armés rassemblés dans le Champ-de-Mars avaient plus l'air d'être réunis pour une émeute que pour une fête », note Mme de Staël. La reine en grande tenue, très digne mais « les yeux abîmés de pleurs », suivit à la lorgnette la marche de son mari vers l'autel de la Patrie, où il allait comme au sacrifice. Elle l'avait convaincu de revêtir le plastron à l'épreuve du poignard et des balles qu'elle avait fait confectionner tout exprès. Il ne subit d'autre atteinte que celle du silence lorsqu'il prêta serment. Mais il était le grand vaincu de la journée. Le lendemain, Pétion était rétabli à la tête de la mairie. Bientôt un camouflet imprévu atteignit la reine : le 20 juillet, la sentence prononcée contre Jeanne de La Motte à l'issue du procès du collier fut cassée. La dame était morte à Londres, ruinée, dans des conditions aussi suspectes que le reste de sa vie, après avoir sauté par la fenêtre du troisième étage pour échapper à ses créanciers. Mais on voulut réhabiliter sa mémoire afin d'éclabousser à nouveau Marie-Antoinette.

De toute la France, semaine après semaine, les fédérés convergeaient vers Paris. Ainsi vit-on débarquer, le 30 juillet, six cents Marseillais chauffés à blanc, qui entonnaient le chant qu'un jeune musicien nommé Rouget de l'Isle venait de composer pour l'armée du Rhin. À l'évidence, l'hallali se préparait. Une seule incertitude : pour quand ?

La peur au quotidien

Bien qu'on eût réparé les portes et doublé les verrous, les habitants des Tuileries vivent désormais dans la peur. Ils y sont enfermés, en état de siège. Pas question de quitter l'enceinte du château. Le jardin, fermé au public depuis le 20 juin, demeure leur unique lieu de promenade. Mais un député propose d'ouvrir au peuple la terrasse des Feuillants, sous prétexte qu'elle fait partie du domaine de l'Assemblée. Un simple ruban tricolore la sépare du reste du jardin. On y voit une frontière symbolique — d'un côté *terre nationale*, de l'autre terre de *Coblentz* —, par-dessus laquelle on rivalise d'injures envers la famille royale, dénoncée comme ennemie. Le roi et la reine doivent renoncer à profiter de cette bouffée d'air. Contrainte d'y promener chaque jour le dauphin, qui a besoin d'exercice, Mme de Tourzel se hâte de le ramener dans sa chambre, où son précepteur s'emploie à chasser de son esprit, par des contes et des récits de voyage, le souvenir des vociférations entendues. Dans les pièces donnant sur la cour, on ne peut ouvrir la moindre fenêtre, en ce mois de juillet torride, sans entendre fuser les injures ou les derniers couplets du *Ça ira*.

La peur s'est glissée à l'intérieur du château. Cependant la crainte du poison, très vive au début de l'année, s'est dissipée. Pendant quelques mois, la présence d'un « jacobin effréné » dans le service de la bouche avait conduit la famille royale à user de ruses d'Indiens pour ne toucher ni au pain, ni au vin, ni au sucre, ni aux pâtisseries qu'on lui servait, tout en ayant l'air de les avoir consommés. Elle y renonça lorsque le roi comprit que son destin ne serait pas celui d'Henri III, mais celui de Charles Ier d'Angleterre : on le ferait mourir légalement, pour tuer avec lui la monarchie.

Mais Marie-Antoinette, elle, se sent toujours visée. Elle croit voir des assassins rôder sans cesse autour du château, aiguisant leurs poignards. L'obscurité surtout la terrorise. Une nuit, elle entendit marcher dans le couloir, fermé aux deux extrémités, qui longeait son appartement. Mme Campan appela un valet de chambre. Bientôt les deux femmes perçurent le bruit d'une lutte : « Madame, c'est un scélérat que je connais, je le tiens, cria le valet. — Lâchez-le, lui répondit la reine ; ouvrez-lui la porte ; il venait pour m'assassiner, il serait demain porté en triomphe par les jacobins. » Située au rez-de-chaussée, sa chambre était très aisément accessible. Mme de Tourzel la pressant de venir coucher au premier chez le dauphin, elle protesta qu'on la soupçonnerait d'avoir peur. Nul n'en saurait rien, dit la marquise, puisqu'elle passerait par le petit escalier intérieur. Mais c'est à ses propres yeux qu'elle ne voulait pas avoir l'air de faiblir. Elle finit par y consentir, « seulement pour les jours où il y aurait du bruit dans Paris ». Elle y gagna une des rares joies propres à éclairer ces jours sinistres : l'enfant, « enchanté de la voir coucher dans sa chambre, courait à son lit dès qu'elle était éveillée, la serrait dans ses petits bras et lui disait les choses les plus tendres et les plus aimables ». Pour les nuits qu'elle passait dans sa chambre du rez-de-chaussée, elle prit un petit chien qu'elle installa sous son lit, pour l'avertir de toute intrusion. Dormant très mal, sursautant au moindre bruit, elle était secouée de spasmes nerveux, de crises de larmes.

Sa crainte des assassins était sans doute excessive. Mais une menace bien réelle et autrement redoutable pesait sur eux tous. Les journaux jacobins invitaient ouvertement à l'insurrection : le 20 juin celle-ci avait tourné court, mais la leçon avait servi, on reviendrait et cette fois, on l'emporterait. Les reclus des Tuileries vivaient donc à l'affût des moindres poussées de fièvre des faubourgs. Les alertes se multipliaient, très éprouvantes. Une nuit de la fin de juillet, vers quatre heures du matin, des bruits inquiétants alertèrent les gardes : le faubourg Saint-Antoine remuait. On prévint le roi : « Que me veulent-ils encore ? Veulent-ils renouveler la scène du 20 juin ? Qu'ils viennent donc ! dès longtemps je suis prêt à tout. » Madame Élisabeth, avertie, l'avait rejoint, mais Marie-Antoinette dormait. Il interdit de la déranger. On apprit enfin que le rassemblement se dissipait et chacun se recoucha. Mais la pauvre Campan dut essuyer les amers reproches de sa maîtresse, pour ne l'avoir pas éveillée. « Je lui répétais en vain que ce n'avait été qu'une très fausse alarme, qu'elle avait besoin de réparer ses forces abattues : "Elles ne le sont pas, disait-elle, le malheur en donne de très grandes. Élisabeth était près du roi, et je dormais, moi qui veux périr à ses côtés : je suis sa femme, je ne veux pas qu'il coure le moindre péril sans moi." » Derrière les belles phrases, sans doute améliorées par la narratrice, on sent percer ici — ce qui authentifie l'anecdote — la sourde compétition qui oppose une fois de plus la sœur et l'épouse, rivalisant de courage. De même qu'autrefois Marie-Antoinette tenait à être la plus belle, elle se doit maintenant d'être la plus héroïque.

Cinq semaines de ce régime suffisent à miner sa résistance nerveuse. Elle en arrive à souhaiter que cela se termine, d'une façon ou d'une autre, peu lui importe. Plutôt la mort — une mort rapide — que cette attente qui n'en finit pas ! Hélas ! elle se rend compte que les troupes étrangères risquent d'arriver trop tard. Le calendrier de leur marche, que lui détaille Fersen, l'inquiète par sa lenteur. Certes le duc de Brunswick, choisi par les coalisés pour mener les opérations — un prince allemand au service du roi de Prusse —, est le meilleur général du moment, un homme d'âge mûr et d'expérience qui sait son métier sur le bout du doigt. Mais il déteste la précipitation. Il arrivera à Coblence le 5 juillet, suivi de peu par la tête de l'armée prussienne, le reste des troupes étant opérationnelles vers le 4 août. Alors, il « avancera, masquera* les places fortes et, avec 30 000 hommes d'élite, marchera droit

---

* *Masquer* les places fortes : les neutraliser.

sur Paris ». En d'autres termes, au lieu d'un raid éclair pénétrant dans la capitale par surprise et libérant les prisonniers, il prévoit une guerre classique, où l'on ne s'aventure en terrain ennemi qu'après avoir assuré ses arrières. S'il attend d'avoir neutralisé toutes les places qui jalonnent la frontière, il ne sera pas à Paris de sitôt ! D'ici là le roi sera perdu. Le bruit court que les jacobins songent à le prendre en otage avec les siens et à se replier dans les provinces méridionales, où ils se créeront un bastion inexpugnable.

C'est pourquoi Marie-Antoinette réclame instamment, d'urgence, l'envoi du manifeste qui menacera les responsables de représailles terribles en cas de nouvelle atteinte à la sécurité de la famille royale. Elle l'attend avec une extrême impatience, car il « ralliera beaucoup de monde autour du roi et le mettra en sûreté ». Vite ! vite ! chaque jour compte et aggrave l'audace des assassins.

Signé par le duc de Brunswick le 25 juillet, connu à Paris à la fin du mois, il y fit sur l'opinion, contrairement aux espoirs de Marie-Antoinette, l'effet d'une bombe incendiaire de forte puissance.

Un manifeste d'une insigne maladresse

Dès le début de la guerre, les coalisés prévoyaient d'adresser au peuple français une proclamation destinée à rallier les modérés. Louis XVI avait même envoyé à Vienne un journaliste suisse, Mallet du Pan, tout exprès pour leur exposer son point de vue. Dans une lettre à Fersen du 30 avril, Marie-Antoinette avait bien spécifié ce qu'ils devaient dire et ne pas dire : ils ne faisaient pas la guerre à la nation, mais aux fauteurs de désordre, et ils souhaitaient seulement procurer la liberté au roi, qui débattrait ensuite avec son peuple du régime à mettre en place. Surtout, qu'ils évitent de

s'immiscer dans les affaires intérieures ! « Les Français repousseront toujours une intervention politique
des étrangers dans leurs affaires, disait-elle avec bon
sens, et l'orgueil national est tellement attaché à cette
idée, qu'il est impossible au roi de s'en écarter s'il veut
rétablir son royaume. » Ce dont elle rêvait ressemblait
à la quadrature du cercle tant éclatait la contradiction
entre une guerre menée pour libérer le roi et la prétention de ne pas se mêler du conflit l'opposant à l'Assemblée légitimement élue. Mais avec un peu de
doigté, un bon diplomate aurait pu enrober la chose.
Hélas, au quartier général des coalisés, on manquait
visiblement de bons diplomates.

Le texte en huit points qu'on fit signer au duc de
Brunswick était propre à mettre en fureur les populations les plus paisibles. Seuls les deux premiers points
se conformaient aux désirs de Marie-Antoinette. Le
reste, en façon d'ultimatum, sommait civils et militaires de se soumettre aux armées étrangères, sous
peine d'être traités « suivant la rigueur du droit de la
guerre ». Des mots très durs assimilaient l'Assemblée
à « une faction » qui subjuguait et opprimait la nation.
En filigrane on pouvait lire la promesse d'un retour à
l'ordre ancien, lorsque seraient abolis tous les décrets
imposés au roi sous la contrainte. Le dernier paragraphe, enfin, visait à terrifier la capitale. Il promettait
la mort à tous les membres de l'Assemblée et de la
municipalité et menaçait la population tout entière : la
moindre violence, le moindre outrage à la famille
royale entraîneraient « une vengeance exemplaire et à
jamais mémorable », la ville de Paris serait livrée « à
une exécution militaire et à une subversion totale ». Ce
texte, d'une insupportable arrogance, péchait aussi par
présomption, car les coalisés y tenaient un langage
d'occupants en pays conquis, alors qu'ils n'avaient pas
encore franchi la frontière. C'était vendre la peau de
l'ours révolutionnaire avant de l'avoir tué.

Un obscur émigré, le marquis de Limon, passe dans l'histoire pour l'auteur de ce monument de sottise. Mais il s'est contenté de mettre au net, en style juridique, un canevas fourni par Fersen. Certes ce texte reflète les rancœurs des émigrés et leurs préjugés sur la lâcheté supposée des « gueux », qui prendront la fuite au premier froncement de sourcils de l'empereur. Mais la violence qui le soulève porte la marque personnelle de Fersen. Non qu'il sous-estime les dangers courus par Marie-Antoinette. Il s'affole au contraire de ses appels angoissés. Mais il sait que les secours seront lents à venir. C'est pour tenter de suspendre l'inexorable marche de l'insurrection qu'il fait brandir par Brunswick des foudres inconsidérées. Et la vengeance promise à la ville coupable est à la mesure de la haine qu'il lui voue. A-t-il songé aux mises en garde de la reine ? A-t-il réfléchi un instant à la manière dont ces sommations seraient reçues ? Que non ! Il en est très fier : « La déclaration est fort bien, écrit-il à Marie-Antoinette le 28 juillet : c'est celle de M. de Limon, et c'est lui qui me l'envoie. » Et le 3 août : « Vous avez déjà le manifeste et vous devez en être contents. » Il compte si fort sur l'effet miraculeux de ces menaces que, telle la laitière de la fable, il établit déjà la composition du ministère qui opérera la remise en ordre, sous la poigne de fer du marquis de Breteuil.

Contents ? Les souverains furent consternés à la lecture de ce brûlot. Il n'est jamais sage d'insulter les peuples et de les défier. Le manifeste de Brunswick réalisa ce que les plus ardents républicains n'auraient osé espérer. Il réunit dans une même haine de l'envahisseur les Français indignés, prêts à relever le gant. Il réveilla l'hostilité séculaire contre l'Autriche, que le renversement des alliances n'avait pas réussi à détruire. Il épura de ses relents partisans le sentiment national, jusqu'alors orienté vers la défense de la Révolution, en lui proposant pour objectif la défense du territoire

menacé. Il créa l'union sacrée, au service de la patrie
en danger. Et il acheva par contrecoup de compromettre le roi et la reine, solidaires du camp ennemi. Par
une tragique ironie du sort, la proclamation réclamée à
grands cris par Marie-Antoinette et passionnément
mise au point par Fersen afin de la sauver servit donc
de détonateur à la catastrophe.

Veillée d'armes

Tandis que le malheureux Louis XVI s'efforçait en
vain, dans un appel solennel à l'Assemblée, de se
démarquer de ses fâcheux alliés, Robespierre réclamait
sa déchéance et l'élection au suffrage universel d'une
convention nationale, pour jeter les bases d'une constitution républicaine. Devant une masse de députés téta-
nisés par la peur, la lutte pour le pouvoir continuait de
faire rage entre les chefs. C'était au tour des girondins
de se voir débordés sur leur gauche. Marie-Antoinette,
toujours combative, tente alors de jouer de ces divisions pour retarder l'échéance. On ignore le détail des
tractations menées en secret avec les chefs girondins,
mais on sait qu'ils donnèrent des conseils aux souverains et que certains d'entre eux, dont Pétion, en reçurent de l'argent, contre la promesse que les Tuileries
seraient protégées. Ainsi s'explique l'imprudente sérénité dont le roi et la reine font preuve dans les premiers
jours d'août, bien que les manifestations hostiles se
multiplient.

Par précaution cependant, ils firent le ménage dans
leurs papiers : le roi surtout en avait « une quantité
prodigieuse ». Ils les trièrent, en brûlèrent beaucoup,
regroupèrent les plus importants dans des portefeuilles
qu'ils confièrent à des gens sûrs comme le marquis
de Jarjayes ou Mme Campan. Dans le corridor de son
appartement intérieur, Louis XVI avait fait construire

par son serrurier Gamain une cachette dont la porte s'ouvrait au moyen d'une clef assez simple, parce que l'ouverture, se confondant avec les rainures des pierres, offrait une sécurité suffisante. Il y laissa une masse de documents concernant, semble-t-il, ses tractations avec différents membres des deux assemblées successives, plus compromettants pour ceux-ci que pour lui-même.

Un nouveau projet d'évasion leur fut soumis *in extremis* par des fidèles entre les fidèles, Montmorin et Bertrand de Moleville : ils se réfugieraient à Gaillon sous la protection du duc de Liancourt, qui commandait en Normandie. Le roi communiqua le plan à la reine, il y réfléchit deux jours, l'approuva, et envoya un éclaireur reconnaître le terrain. Rapport favorable. Le départ devait avoir lieu dans la nuit du 7 août. Tout l'après-midi du 6, Moleville attendit l'accord définitif. Sur le soir il fut avisé que le roi et la reine suspendaient les préparatifs, « ne voulant se décider à partir qu'à la dernière extrémité ». Il explosa de colère. Que leur fallait-il comme « dernière extrémité » ? ils n'avaient pas un moment à perdre. Sa lettre lui fut retournée par le roi avec une réponse griffonnée en marge : « Je sais de bonne part que l'insurrection est moins prochaine que vous ne l'imaginez ; il est possible encore de l'empêcher ; il ne s'agit que de gagner du temps. J'ai des raisons pour croire qu'il y a moins de danger à demeurer qu'à fuir. » Quelles raisons ? Montmorin impute le refus à la reine, ressassant son argument favori : en se confiant à Liancourt, ils se jetteraient « entre les mains des constitutionnels ». Mais il est plus probable qu'elle recule devant le désastre que constituerait un nouvel échec. Quant à Louis XVI, désormais convaincu que tout est perdu, il se prépare au sacrifice suprême, en espérant que les siens seront épargnés.

À cette date, l'épreuve de force, ouvertement préparée par les clubs, est imminente. C'est affaire de jours et peut-être d'heures. Et le compte à rebours auquel

tente de se livrer Marie-Antoinette à propos des armées
coalisées fait apparaître tragiquement que celles-ci ont
perdu, de très loin, la course de vitesse menée contre
la Révolution en marche. Si elles n'arrivent pas — et
l'on sait qu'elles n'arriveront pas —, « il n'y a que la
Providence qui puisse sauver le roi et sa famille ».

Par rapport au 20 juin, la situation à la veille du
10 août présente cependant une différence capitale. On
organise la défense des Tuileries, avec l'appui de ce
qui reste de feuillants et l'assentiment tacite des girondins qui jouent leur pouvoir face à Robespierre. Il y a
là des gardes nationaux commandés par le marquis de
Mandat* ; leur nombre est mal connu ; on les sait peu
sûrs, surtout les canonniers. Aussi leur a-t-on adjoint
neuf cents Suisses, rappelés de leur caserne de Courbe-
voie : des troupes d'élite, d'une fidélité à toute
épreuve. Deux à trois cents gentilshommes se sont
portés spontanément au secours de leur roi, gens résolus, mais plus aptes à se faire tuer qu'à prendre part à
des manœuvres organisées. On les surnomme les
« chevaliers du poignard », bien que leur armement
soit plus hétéroclite : deux d'entre eux, arrivés les
mains vides, ont dû se partager une paire de pincettes
empruntée à une cheminée. Entre les mains d'un chef,
il y aurait là de quoi faire face à l'émeute. Marie-
Antoinette, pour une fois d'accord avec Élisabeth,
plaide pour la résistance. Mais le roi a donné des ordres
stricts : pas question de tirer les premiers, il faut ne
répondre qu'en cas d'attaque. Resterait à préciser ce
qu'il entend par attaque. Si par exemple une foule en
furie enfonce grilles et portes, sans pour autant tirer de
coups de feu, y a-t-il lieu de riposter ? Cette ambiguïté,

---

* Depuis la démission de La Fayette l'année précédente, le
commandement de la garde nationale était confié par roulement,
tous les quinze jours, à un chef de bataillon. Mandat, un ancien des
gardes françaises, était un modéré attaché à la monarchie constitutionnelle.

qui se révélera dramatique, traduit chez lui le refus obstiné de verser le sang. Seul, il prendrait peut-être le risque de ne pas fermer les Tuileries. Pour tenter de protéger sa famille, il adopte une solution bâtarde : convoquer des défenseurs en leur liant les mains d'avance, avec pour seul espoir que la dissuasion jouera, que les agresseurs feront demi-tour en trouvant le château sous les armes. Il se fait de lourdes illusions que ne partage pas l'informateur de Mercy-Argenteau, Pellenc : « Les miracles de mercredi [20 juin] se renou-velleront-ils toujours ? On regarde la résistance comme certaine, et moi comme presque impossible. Or, si on cède après avoir résisté, tout est perdu. »

Le 10 août

La journée du 9 août a été belle, chaude, calme. Mais on sait que l'assaut est pour le lendemain. Dans les Tuileries en état d'alerte, nul ne songe à dormir ce soir-là. Point de cérémonie du coucher, et pour cause : le roi ne se couchera pas, non plus que son épouse et sa sœur. Seuls les enfants iront au lit. Plus d'étiquette : les différents personnages qui défilent toute la nuit s'affalent sur la première banquette ou balustrade venue, au coude à coude avec les princesses, au grand scandale des vieux serviteurs, qui voient s'écrouler les derniers vestiges d'un passé glorieux. On attend, les nerfs tendus à craquer, cherchant un souffle d'air par les fenêtres ouvertes, tressaillant au moindre bruit. On se rassure en pensant qu'on bénéficie de l'appui des autorités légales. On verra vite ce qu'en vaut l'aune.

Appelé par le roi pour faire le point et récapituler les dispositions prises arrive vers 11 heures le procureur-syndic du département *, Roederer. Grand, sec, sérieux,

---

* La constitution de 1791 avait mis en place des institutions pour exercer l'autorité dans les différentes circonscriptions admi-

ce juriste lorrain travaillé d'ambition, est un prudent, attentif au souffle du vent, un jacobin tiède, avide d'honneurs mais peu épris de responsabilités. Son principal souci, au soir du 9 août, est de s'abriter derrière une instance supérieure. Il est d'avis d'en référer au maire. Justement, voici Pétion, qui débarque à point nommé : « Je suis venu en personne pour veiller à la sûreté du roi et de sa famille. » Survient alors le marquis de Mandat, furieux, qui se plaint que la mairie lui a refusé des munitions pour la garde nationale. Il exige, pour se couvrir, un papier signé lui enjoignant de « repousser la force par la force ». Pétion, lui non plus, n'est pas du bois dont on fait les héros. Il signe de très mauvaise grâce et s'en va faire un tour sur la terrasse, sous prétexte de prendre le frais. Peu soucieux de se faire piéger dans le château dont le destin lui est connu, il en profite pour demander à l'Assemblée de le convoquer de toute urgence. On ne le reverra pas. Il s'en ira se terrer chez lui, indisponible jusqu'à l'issue du combat. Visiblement, personne ne veut donner d'ordres.

Vers minuit et demi, Roederer fait part au roi, à la reine et à Élisabeth d'un message l'informant que le faubourg Saint-Antoine est prêt à marcher. Un quart d'heure plus tard, on entend résonner au loin la cloche d'une église, suivie d'une autre, puis d'autres encore. On parvient à les identifier, d'après leur timbre. C'est le tocsin, signal de ralliement pour les émeutiers, message de mort pour les victimes désignées. Des tambours battent la générale. Le procureur-syndic ne pourrait-il pas faire proclamer la loi martiale, qui permettrait de tirer sur les agresseurs ? Élisabeth le voit feuilletant ostensiblement un petit livre marqué aux

---

nistratives. Paris était géré par une municipalité élue, le département de la Seine par le conseil du département, également élu, où le procureur-syndic remplissait des fonctions analogues à celles d'un préfet de police.

trois couleurs : « Que tenez-vous là ? — Madame, c'est la loi de la force publique. Je cherchais s'il était vrai que le département eût le pouvoir de proclamer la loi martiale. » Et de conclure, bien entendu, qu'il ne l'a pas.

Viennent-ils, ne viennent-ils pas ? La mise en route est lente. Deux heures durant, rien ne se passe. Quelqu'un murmure : « Le tocsin ne rend pas. » Le roi en profite pour dormir un moment sans se déshabiller. Les deux femmes, trop nerveuses pour le sommeil, veillent côte à côte, étendues sur un canapé dans un cabinet d'entresol donnant sur la cour. Le temps des rivalités est passé, elles se serrent les coudes pour tenter de se rassurer. À quatre heures, le jour commença de poindre. Élisabeth se rendit à la croisée, elle regarda le ciel, qui était fort rouge, et dit à la reine : « Ma sœur, venez donc voir le lever de l'aurore », une aurore aux couleurs de sang. Louis XVI sortait à l'instant de sa chambre. Le marquis de Mandat l'attendait : devait-il se rendre aux convocations réitérées de la municipalité, qui l'appelait à l'Hôtel de Ville ? il craignait un piège. Devant l'insistance de Roederer, il partit, à contrecœur. Déjà le procureur-syndic jouait les défaitistes et conseillait au roi de renoncer à la lutte et de se réfugier auprès de l'Assemblée. « Vous proposez de mener le roi à son ennemi, s'exclama le ministre de la Marine. — Point tant ennemi, répondit Roederer. [...] Au reste, je propose cela comme le moindre danger. — Monsieur, s'écria la reine, il y a ici des forces ; il est temps enfin de savoir qui l'emportera du roi et de la constitution ou de la faction. » C'était voir juste, et réagir vaillamment. Mais les forces en question étaient-elles sûres ?

Pour galvaniser leurs énergies, Marie-Antoinette convainc son époux de les passer en revue. Il ne manque pas de courage, il a refusé pour cette journée de porter le gilet matelassé que sa femme lui a imposé le 14 juillet : il tient à affronter le danger à égalité avec ses fidèles. Mais, négligeant comme toujours son apparence, il se présente devant les troupes tel qu'il est, dans son habit chiffonné, les cheveux frisés d'un côté et tout aplatis et dépoudrés de l'autre — celui sur lequel il s'est couché. Il marche d'un pas hésitant, en se dandinant, et ses quelques paroles banales n'ont rien de la chaleureuse proclamation attendue. Les Suisses, disciplinés, ne disent rien, ils n'ont pas besoin d'encouragements pour servir. Des gardes nationaux crient : *Vive le Roi ! Vive la Nation !* Mais, dans certains secteurs, d'autres se font menaçants : ce sont des insultes qui l'accueillent lorsqu'il aborde les canonniers *À bas le Veto ! À bas le gros cochon !* Les cris montent jusqu'au premier étage où la reine discute avec les ministres : « Grand Dieu ! c'est le roi qu'on hue. Allons vite le chercher. » Et tandis qu'ils accourent à la rescousse, Marie-Antoinette en larmes, les yeux rouges « jusqu'au milieu des joues », est obligée de reconnaître que cette revue a fait plus de mal que de bien : une partie des gardes nationaux a basculé, les autres refusent de « tirer sur leurs frères » ; beaucoup, découragés, se débandent sans gloire. Seuls quatre ou cinq cents restent fidèles à leur poste.

Surviennent alors de terribles nouvelles. Au cours de la nuit, la municipalité légalement élue a été supplantée par une commune insurrectionnelle autoproclamée, qui s'est emparée des leviers de commande. Le marquis de Mandat, démis par elle de ses fonctions, a été livré à la foule, qui l'a massacré. Elle promène sa tête au bout d'une pique. Avis à quiconque prétendrait prendre en main la défense des Tuileries. Il est maintenant huit heures. Déjà les insurgés approchent, l'avant-garde atteint le Carrousel. Roederer, flanqué de deux de ses collègues, demande à parler au roi, au roi seul, sans autres témoins que sa famille. « Sire, Votre Majesté n'a pas cinq minutes à perdre ; il n'y a de

sûreté pour elle que dans l'Assemblée nationale. [...]
Vous n'avez pas dans les cours un nombre d'hommes
suffisant pour la défense du château. Leur volonté n'est
pas non plus bien disposée. [...] — Mais je n'ai pas vu
beaucoup de monde au Carrousel. — Sire, il y a douze
pièces de canon, et il arrive un monde immense du
faubourg. » Marie-Antoinette tente d'intervenir :
« Mais, Monsieur, nous avons des forces. — Madame,
tout Paris marche... » « Si vous vous opposez à cette
mesure, ajouta-t-il, vous répondrez, Madame, de la vie
du roi et de celle de vos enfants. » La reine se tut, mais
elle en éprouva un tel bouleversement que Mme de
Tourzel vit son visage et sa poitrine se couvrir à l'instant de vergetures. Louis XVI regarda fixement le procureur-syndic, puis se tourna vers sa femme et dit
simplement : « Marchons. » Madame Élisabeth prit la
parole : « Monsieur Roederer, vous répondez de la vie
du roi ? — Oui, Madame, sur la mienne ; je marcherai
immédiatement devant lui. »

Seuls ses proches, ses ministres et la gouvernante du
dauphin étaient autorisés à l'accompagner. « Que vont
devenir toutes les personnes qui sont restées là-haut ? »
demanda-t-il en arrivant au pied de l'escalier. Roederer
éluda : elles n'auraient qu'à sortir par le jardin. Par le
jardin ? Plus facile à dire qu'à faire, si l'on en juge
par les difficultés que rencontra la famille royale pour
atteindre le Manège. Tout alla bien tant qu'ils furent
dans les allées réservées. Le roi et le procureur marchaient en tête, derrière eux la reine tenant ses enfants
par la main ; venaient ensuite Madame Élisabeth et la
princesse de Lamballe, puis Mme de Tourzel, la mort
dans l'âme parce qu'elle laissait au château sa fille
Pauline. Les ministres soutenaient les femmes. Deux
haies de gardes encadraient le cortège. Le dauphin,
avec l'innocence de son âge, s'amusait à disperser à
coups de pied les énormes tas de feuilles mortes amon-
celées par les jardiniers. « Elles tombent de bonne

heure cette année », remarqua le roi. Et Roederer de
songer à un article récemment publié dans un journal
incendiaire, qui prophétisait que Louis XVI n'irait que
jusqu'à la chute des feuilles. Les choses se gâtèrent
lorsqu'ils parvinrent à la terrasse des Feuillants, territoire de l'Assemblée, qui grouillait d'une foule haineuse, menaçante. Il fallut parlementer, il y eut une
bousculade, la reine perdit, ou on lui vola, sa montre
et sa bourse. À l'arrivée, elle crut un instant qu'on lui
enlevait son fils, qu'un garde prit dans ses bras, mais
tous se retrouvèrent sains et saufs dans la salle du
Manège. Le roi déclara : « Je viens, messieurs, pour
éviter un grand attentat, pensant que je ne puis être
mieux en sûreté qu'au milieu de vous. » À quoi le président, Vergniaud, répondit avec emphase : « Vous
pouvez compter, Sire, sur la fermeté de l'Assemblée
nationale ; ses membres ont juré de mourir en soutenant les droits du peuple et des autorités constituées. »

Ce n'est pas le lieu d'entrer ici dans l'insoluble
débat qui divise encore aujourd'hui les historiens : les
Tuileries étaient-elles défendables ou non ? Il est hors
de doute que Roederer, terrorisé par l'assassinat de
Mandat, ne songeait qu'à se tirer de là et qu'il a fait
pression sur la famille royale pour l'entraîner au plus
vite. Mais sur le fond, il n'avait pas tort. Certes si, à
la place de Louis XVI, s'était trouvé le jeune lieutenant
d'artillerie corse qui observait la scène en curieux, l'es-
planade du Carrousel aurait été rapidement nettoyée de
tous les agresseurs. Mais Louis XVI n'était pas Napoléon et, compte tenu de son caractère, il est évident que
la partie était perdue d'avance. Il n'avait d'autre issue
que de se faire tuer sur place avec les siens ou d'essayer de les sauver en capitulant. Il a fallu cette alternative atroce pour faire céder Marie-Antoinette. Nul ne
saurait en vouloir à son époux d'avoir fait le même
choix. Se croyant seul visé, il pensait, en se réfugiant
à l'Assemblée, avoir désamorcé l'émeute. Et Ver-

gniaud ne mentait pas quand il lui promettait que l'Assemblée veillerait au maintien de l'ordre : il n'avait pas encore compris qu'elle n'en avait plus les moyens. Car, par-delà le roi, les plus radicaux des jacobins s'en prennent à l'Assemblée, trop timide à leur gré, aux institutions mises en place l'année précédente, trop conservatrices, à cette monarchie constitutionnelle qui, même vidée de sa substance, conserve quelque chose de son prestige ancien. Ils veulent créer, sur la table enfin rase, un régime nouveau, une société nouvelle, un homme nouveau.

Il leur suffit d'un bain de sang, et de trois jours. Trois jours durant, parqués dans un coin du Manège et réduits au silence, le roi et la reine eurent tout le loisir d'assister à l'effondrement programmé.

Dans la loge des logographes

Aucune place n'était prévue pour eux dans l'enceinte de l'Assemblée. On les fit asseoir un instant sur les sièges destinés aux ministres, mais un député observa que le règlement interdisait de délibérer en présence du roi. On les installa donc dans une sorte de niche située derrière le bureau du président, où se tenaient d'ordinaire ceux qui portaient alors le nom savant de logotachigraphes, ou logographes *. Il régnait une chaleur étouffante dans ce local exigu aux murs blanchis à la chaux, bas de plafond, comportant pour tous meubles une table et des bancs et fermé par une grille. Pour leur permettre de respirer, et aussi pour qu'ils ne soient pas pris au piège comme des rats en cas d'attaque, on arracha aussitôt la grille. Mais une

---

* L'équivalent de ce qu'étaient pour nous les *sténographes*, avant l'invention du magnétophone. Ils travaillaient pour un journal nommé le *Logographe*, dont on leur donnait parfois le nom, pour simplifier.

barrière invisible continuait de les isoler. Ils étaient là
sans être censés y être, présents et absents à la fois,
spectateurs muets d'un jeu qui se jouait sans eux mais
engageait leur destin.

Ils n'eurent pas le loisir de méditer longtemps sur
leur inconfortable et humiliante position. Vers neuf
heures, voici qu'on entend des coups de feu, bientôt
couverts par la voix grondante des canons. Les vingt
commissaires envoyés par l'Assemblée pour expliquer
aux émeutiers que le roi est parti ont dû rebrousser
chemin. Qu'auraient-ils pu faire ? On n'arrête pas un
torrent déchaîné. Des informations confuses parviennent au Manège, mais une chose est sûre : les insurgés
sont aux prises avec les Suisses. Le roi comprend qu'il
aurait dû, avant de partir lui-même, faire évacuer le
château ou du moins donner des instructions claires à
ses défenseurs ; mais il ne croyait pas, alors, qu'ils
auraient à le défendre. Maintenant il est trop tard,
fidèles à la consigne initiale, chevaliers du poignard et
gardes suisses s'opposent à l'invasion. Qui a frappé en
premier ? La question, cent fois débattue, reste insoluble, tant les témoignages, tous partiaux, se contredi-
sent. D'ailleurs, s'agissant d'une émeute, elle n'a pas
de sens. Car le déferlement d'une masse humaine en
furie constitue à l'évidence une agression et il est vain
dans ce cas de se demander qui a tiré le premier coup.

Les nouvelles maintenant se précisent. On
commence à comprendre ce qui s'est passé. Cernés de
toutes parts, les gens laissés au château n'avaient pas
d'issues. Ils se sont battus pour leur vie. Dans un premier temps, retranchés à l'intérieur, ils ont réussi à
prendre sous le feu de leurs canons les fédérés marseillais entassés sur la place du Carrousel. Ceux-ci ont
reflué en désordre, mais ils se sont regroupés, ont reçu
des renforts, ont repris le dessus. Le château a été
forcé, on y a mis le feu. Il y aurait déjà des centaines
de morts de part et d'autre. Les défenseurs cherchent

maintenant à s'enfuir par les jardins, en ferraillant avec les émeutiers. Prisonnière de sa cage, la famille royale écoute, blême, le cœur déchiré. Marie-Antoinette a de la peine à réfréner ses larmes. Le dauphin pleure, réclamant Pauline de Tourzel restée là-bas. Bientôt affluent des gens de toutes sortes, des blessés, des fuyards, des gens en armes, des émeutiers, des Suisses. Voici enfin les inévitables pétitionnaires, incriminant le roi et réclamant sa déchéance, cependant que la Commune insurrectionnelle prend soin de faire sentir à l'Assemblée, en lui communiquant la liste de ses nouveaux responsables, qu'elle est la vraie maîtresse de Paris.

Devant l'ampleur du massacre, Louis XVI qui n'a su ni le prévoir, ni le prévenir, tente de l'arrêter sous la pression de l'Assemblée, lorsque les Suisses vaincus commencent de refluer vers le Manège. Il leur enjoint de déposer les armes : un billet de sa main en atteste. Cet ordre absurde, donné trop tard, ne pouvait qu'aggraver le sort des fugitifs. Mais il n'a pas causé la mort de ceux qui, en très grand nombre, avaient déjà péri à l'intérieur, les armes à la main, en vendant chèrement leur vie. La partie, trop inégale, était déjà perdue : sauf à disposer d'un donjon fortifié, neuf cents Suisses aguerris, aidés de quelques centaines de combattants disparates, ne pouvaient résister à la poussée de 20 000 hommes prêts à tout. Mais le monarque fit cette nuit-là, plus encore que par le passé, la démonstration de son incapacité à gérer une situation de crise, à prendre des décisions et à faire la part du feu. Il manquait, comme sa femme, de lucidité politique. Tragique aveuglement : l'imprudence de Marie-Antoinette, appelant l'étranger à son secours, a révolté contre eux le peuple qu'elle comptait réduire à merci ; l'angélisme de Louis XVI, refusant de verser une seule goutte de sang, en a indirectement fait couler des torrents.

Il dut subir de surcroît une disgrâce supplémentaire : on lui reprocha de les avoir voulus. Sur quel prétexte en effet fonder la déchéance de ce roi arc-bouté sur la légalité constitutionnelle ? On lui fera porter la responsabilité du massacre. À sa demande, prétend-on, les Suisses auraient feint de pactiser avec les insurgés pour les attirer et les canonner de plus près. Une fois victorieux, ils étaient censés marcher sur l'Assemblée, en expulser les députés, arrêter ou tuer les jacobins et emmener le roi hors de Paris. N'a-t-on pas vu, d'ailleurs, des Suisses courir vers le Manège ? Ensanglantés certes, et implorant asile, mais on n'en était pas à un détail près. Cette version des événements, adoptée par Michelet, a longtemps eu cours parmi les historiens soucieux de blanchir de tout crime les fondateurs de la République. Elle est, inutile de le dire, tout à fait incompatible avec ce qu'on sait du caractère de Louis XVI et de ses convictions.

Is fecit cui prodest. C'est aux jacobins que profite le bain de sang. Nous en savons un peu plus long que nos aînés sur les techniques de la guerre révolutionnaire. Tout montre que la prise du château fut méticuleusement organisée et menée, non par des hordes aveuglément déchaînées, mais par des troupes d'assaut bien encadrées et tenues en main. Veut-on des preuves ? En voici une. Dans le château livré à l'émeute, quelques femmes s'étaient réunies, tremblantes, dans l'appartement de la reine, tous candélabres allumés, pour qu'on ne les confondît pas avec des combattants. Parmi elles, Pauline de Tourzel et Mme Campan, qui ont chacune raconté l'épisode, en un style très différent, mais de façon concordante. Lorsque la porte s'ouvrit sur des hommes ensanglantés, elles crurent leur dernière heure venue. Mais plus encore que par leur courage, elles furent sauvées par les consignes données aux assaillants : « On ne tue pas les femmes. » Non seulement elles ne furent ni violentées, ni massacrées, mais on prit la peine de les faire sortir de cet enfer, en enjambant les cadavres qui jonchaient le sol. Autre preuve.

À mesure qu'avançait la journée, on vit arriver au Manège des gens les bras chargés d'objets saisis aux Tuileries — or, bijoux, papiers, lettres et assignats — qu'ils déposaient sur le bureau du président, comme propriété de la nation. La consigne était : on ne vole pas, sous peine de mort. Le comportement des émeutiers a donc été sélectif. On leur a permis de piller caves et cuisines : ils ne s'en sont pas privés. Et on a livré à leur férocité les Suisses, torturés, étripés, émasculés, démembrés, pour servir d'exemple, sur ordre. La terreur faisait son entrée en politique.

Les résultats ne se firent pas attendre. À 7 heures, les députés accueillaient le roi « avec les honneurs réglés par la constitution » et Vergniaud lui promettait protection et assistance. À 10 heures, le même Vergniaud, sans oser prononcer le mot de déchéance, demandait « la révocation de l'autorité qui lui était déléguée » et la mise en place d'un exécutif provisoire en attendant qu'une « convention nationale » élue de toute urgence élabore des institutions nouvelles. Le roi et sa famille resteraient dans l'enceinte de l'Assemblée jusqu'au rétablissement de l'ordre dans Paris. Après quoi il proposait de les loger au Luxembourg, étroitement surveillés et financièrement réduits à la portion congrue. Lâcheté ? Bien sûr. Mais surtout impuissance. Il savait à cette heure que la Commune tenait les fédérés et la garde nationale, autrement dit toutes les forces armées. Les organisateurs de l'insurrection avaient bien calculé. Ils faisaient d'une pierre deux coups. Ils obligeaient l'Assemblée à abandonner le roi et par là même à se saborder. Le pouvoir avait changé de mains. Les girondins avaient perdu. Les grands vainqueurs étaient Danton, maître d'œuvre de la journée, et Robespierre, théoricien de l'ordre nouveau.

Des heures durant, le roi et la reine entendirent défiler à la tribune des manifestants haineux venus énumérer leurs crimes et exiger la déchéance. Accablés de chaleur, dévorés de soif, épuisés de fatigue, ils virent s'effondrer pan à pan tout ce qu'il leur restait, ne disons pas de pouvoir — ils n'en avaient plus —, mais d'autonomie. Les décrets succèdent aux décrets, pour répartir entre les citoyens les quelques droits résiduels qu'on arrache au roi. Louis XVI se tait, impénétrable. Dans sa robe collée aux épaules par la sueur, Marie-Antoinette nerveuse s'agite, cherche son mouchoir, le trouve trempé de larmes et demande au comte de La Rochefoucauld, tout proche, de lui en prêter un ; il se souvient à temps que le sien est rouge du sang du vieux vicomte de Maillé, dont il a éponché les blessures ; il lui en trouvera un autre, qu'elle mouillera aussi vite. Il lui faut pourtant tenir, ne pas s'effondrer. Elle écoute à peine le torrent verbal qui inonde la tribune. Au point où ils en sont, plus rien n'a d'importance. Si, pourtant ! Voici qu'on parle à nouveau de l'éducation du dauphin. N'est-il pas grand temps, à sept ans passés, de l'ôter à ses parents qui le pervertissent pour le confier à un homme acquis aux idées nouvelles ? Ils en eurent le cœur retourné. Par bonheur l'Assemblée avait des tâches plus urgentes et renonça à désigner un gouverneur pour le prince royal. Ce fut, dit Mme de Tourzel, leur seul moment de consolation dans cette effroyable journée.

Le soir venu, on les logea au couvent des Feuillants, attenant au Manège. Ils durent s'empiler dans trois cellules sommairement préparées. Le roi resta seul dans la sienne, la reine en partagea une avec sa fille, Madame Élisabeth, Mme de Lamballe et Mme de Tourzel occupèrent la troisième avec le petit garçon. Une quatrième cellule fut mise à la disposition de quelques gentilshommes qui avaient tenu à suivre leur maître. Tous dormirent très mal. La galerie qui donnait accès à leurs cellules était fermée par une simple grille, que les sentinelles avaient grand peine à défendre contre des émeutiers guettant leur proie en hurlant. Ils n'avaient rien mangé de la journée. Le lendemain un responsable compatissant commanda chez un traiteur un excellent repas auquel le roi fit honneur avec un appétit qui exaspéra sa femme. En quittant les Tuileries, ils n'avaient rien pu emporter. L'obligeance de quelques dames amies leur permit de changer de linge. Voyant qu'ils n'avaient pas d'argent — la reine avait dû emprunter vingt-cinq louis à une femme de chambre —, des fidèles offrirent tout ce qu'ils avaient, mais le roi refusa, disant qu'ils n'en auraient pas l'usage. Marie-Antoinette se livra-t-elle à une sortie grandiloquente contre tous les responsables de leurs malheurs ? On laissera à Mme Campan la responsabilité de ces propos peu vraisemblables. On croit sans peine, en revanche, qu'elle était secouée de sanglots.

Deux jours encore, le même supplice leur fut infligé dans leur étroite loge et deux nuits dans les cellules des Feuillants — sans les gentilshommes amis. Au Manège, ils entendirent ressasser les mêmes griefs, crier les mêmes insultes. Mais leur avenir s'assombrissait. En attendant que la Convention statue sur leur sort, ils seraient gardés comme otages sous la surveillance de la municipalité. Les députés avaient prévu de les installer au Luxembourg, libéré par le départ du comte de Provence. Le vaste palais, avec son jardin, leur eût offert une résidence confortable et conforme à leur rang. Il fut jugé peu sûr : des souterrains permettaient d'en sortir. On suggéra alors l'hôtel du ministre de la Justice, place Vendôme ; mais la présence de maisons alentour était propice à l'évasion. La Commune proposa, ou plus exactement imposa le Temple, parce qu'il était « isolé et entouré de hautes murailles ».

Des Tuileries au Temple

Héritage de l'époque où les Templiers avaient formé comme un État dans l'État, le Temple était un vaste enclos situé dans le nord du Marais*. À la fin du XIIIᵉ siècle, ils y avaient construit une forteresse, entourée de hautes murailles crénelées et dominée par un donjon quadrangulaire massif. Affecté par la suite au logement du Grand Prieur de l'Ordre de Malte, c'était encore, lors de la Révolution, un domaine réservé échappant à la juridiction ordinaire. Il comportait un ensemble de bâtiments très disparates. Le luxueux palais du Grand Prieur, récemment délaissé par le comte d'Artois, voisinait avec le donjon, quasiment à l'abandon. Il y avait une église, un hôpital, un cimetière, des communs, un vaste jardin. Le reste de l'espace était occupé par des maisons d'habitation allant des plus riches aux plus modestes. Le vieux rempart médiéval avait été remplacé par un mur d'enceinte, moins élevé, mais solide, percé d'une unique porte : ainsi s'explique la décision de la Commune.

Avec le palais du Grand Prieur, le Temple pouvait offrir à la famille royale un hébergement certes plus protégé que le Luxembourg, mais aussi confortable. L'Assemblée, pressée de se débarrasser du roi, ne posa pas de questions, et ne s'en posa peut-être pas. Mais Marie-Antoinette, en apprenant cette décision, ne put réprimer un frisson. « Vous verrez qu'ils vont nous mettre dans la tour, dont ils feront pour nous une véritable prison, murmura-t-elle à l'oreille de Mme de Tourzel. J'ai toujours eu une telle horreur pour cette tour, que j'ai prié mille fois M. le comte d'Artois de la faire abattre et c'était sûrement un pressentiment de tout ce que nous aurons à y souffrir. » Devant les protestations de la gouvernante, elle insista : « Vous ver-

---

* Un quadrilatère délimité en gros par les actuelles rues du Temple, de Bretagne, de Picardie et Béranger.

rez si je me trompe. » Ses appréhensions durent être
confirmées par les mesures prises pour leur service. On
leur accordait un seul domestique par personne : un
valet de chambre pour le roi, quatre femmes de
chambre réparties entre la reine, Madame Élisabeth,
Madame Royale et le dauphin*. Il n'y avait pas là de
quoi mener grand train.

La journée du 13 se passa en préparatifs. Que faire
de Mme de Lamballe et de Mme de Tourzel, qui
avaient accompagné les souverains lors de leur départ
des Tuileries ? Dans l'immédiat, on décida de les
embarquer avec eux. Louis XVI s'appliquait à écarter
les gentilshommes qui prétendaient le suivre, ne voulant pas en faire des victimes inutiles : « Allez-vous-
en, je vous en prie. [...] C'est peut-être le dernier ordre
que vous recevrez de moi. » Mais Marie-Antoinette,
étourdiment, croyant faire plaisir à Mme de Tourzel !,
lui suggéra d'envoyer chercher sa fille pour lui éviter
la séparation. Les pleurs et les supplications du dauphin et de sa sœur contraignirent la pauvre femme à y
consentir, la mort dans l'âme, et Pétion se fit un plaisir
d'accorder cette faveur.

À six heures du soir, tout le monde s'installa dans
une des grandes voitures de la cour, sous la garde de
trois municipaux, dont Pétion et Manuel. On n'y mit
que deux chevaux, rien ne pressait, il fallait le temps
d'exhiber dans les rues la famille royale prisonnière et
de faire savourer à celle-ci son abaissement. Elle marchait au pas, harcelée de cris et d'injures. Place Vendôme, la statue équestre de Louis XIV gisait à terre,
renversée. Manuel fit arrêter la voiture « de manière
qu'elle se trouvât comme foulée par les pieds du cheval » et apostropha Louis XVI : « Voilà, Sire, comment
le peuple traite ses rois. — Plaise à Dieu, lui répondit
calmement celui-ci, que sa fureur ne s'exerce que sur

---

* François Hue, attaché à la personne du dauphin, obtint l'autorisation de le suivre, en surnombre, mais lui fut assez vite retiré.

des objets inanimés ! » *Sire ?* Tiens donc, Manuel serait-il distrait ? Les jacobins affectent d'ordinaire de lui donner seulement du *Monsieur*. À moins que la narratrice, la bonne Mme de Tourzel, n'ait rectifié d'elle-même !

Au long des boulevards, la presse était grande et les gens si excités que les deux convoyeurs, inquiets, durent les sommer au nom de la loi de laisser passer la voiture. Ponctué d'arrêts exigés par « l'effroyable escorte » populaire, le douloureux trajet dura deux heures et demie. Marie-Antoinette, si anxieuse qu'elle fût en songeant au Temple, n'avait qu'un désir, y arriver au plus vite pour échapper à l'étreinte de cette foule et retrouver à l'abri des murs un peu de silence et de solitude. Ô surprise ! « Le Temple présentait l'aspect d'une fête ; tout était illuminé, jusqu'aux créneaux des murailles des jardins. » Dans le salon « éclairé par une infinité de bougies », des membres de la Commune attendaient la famille royale pour un souper qui promettait d'être soigné. À vrai dire, tous n'avaient pas la tenue appropriée et leurs manières n'étaient point celles de Versailles. « Quelle est votre profession ? demanda le roi à l'un d'eux, qui dissertait sur l'égalité. — Savetier », lui fut-il répondu. Louis XVI et Marie-Antoinette prirent avec bonne grâce ces familiarités. Allons ! Tout espoir n'était pas perdu : ils allaient sans doute loger dans le palais du Grand Prieur.

Chapitre vingt-deux

Le donjon du Temple

Le dauphin tombait de sommeil. Mme de Tourzel s'enquit de sa chambre. On lui répondit qu'elle n'était pas prête. Il s'endormit en mangeant sa soupe. Il dormait sur ses genoux lorsqu'un garde vint enfin le chercher. « Il le prit entre ses bras et l'emporta avec une telle rapidité, raconte la gouvernante, que Mme de Saint-Brice et moi eûmes toutes les peines du monde à le suivre. Nous étions dans une inquiétude mortelle en le voyant traverser les souterrains* et elle ne put qu'augmenter quand nous vîmes conduire le jeune prince dans une tour et le déposer dans la chambre qui lui était destinée. La crainte d'en être séparée et la peur d'irriter les municipaux m'empêchèrent de leur faire aucune question. Je le couchai sans dire un mot, et je m'assis ensuite sur une chaise, livrée aux plus tristes réflexions. Je frémissais à l'idée de le voir séparé du roi et de la reine, et j'éprouvai une grande consolation en voyant entrer cette princesse dans la chambre. Elle me serra la main en me disant : "Ne vous l'avais-je pas bien dit ?" Et s'approchant ensuite du lit de cet aimable enfant, qui dormait profondément, les larmes lui vinrent aux yeux... »

---

* Mme de Saint-Brice est la femme de chambre attachée au service du dauphin. Ce que Mme de Tourzel prend pour un souterrain est en réalité une galerie couverte reliant le palais à la petite tour, où se trouvait la bibliothèque.

C'est ainsi que Marie-Antoinette apprit quel logement leur avait destiné la Commune.

Des prisonniers exemplaires

Le donjon lui-même était inhabitable. Mais sur sa face nord se trouvait accolé un édifice sensiblement moins haut, à section rectangulaire, flanqué de deux tourelles d'encoignure. On l'appelait la petite tour. Elle abritait l'archiviste de l'ordre de Malte, qui en fut expulsé sans ménagements. On entassa la famille royale au second et au troisième étage. « Il n'y avait que deux chambres à chaque étage, raconte Mme de Tourzel, et une petite qui servait de passage de l'une à l'autre. On y plaça la princesse de Lamballe, et la reine occupa la seconde chambre, en face de celle de Mgr le dauphin. Le roi logea au-dessus de la reine, et l'on établit un corps de garde dans la chambre à côté de la sienne. Madame Élisabeth fut établie dans une cuisine, qui donnait sur ce corps de garde, et dont la saleté était affreuse. » Dès le lendemain l'industrieuse Élisabeth s'affairait à organiser la vie commune, les serviteurs hommes et femmes travaillaient à rendre les lieux présentables.

Ils n'eurent pas le loisir de s'y employer longtemps. Dans la nuit du 19 au 20 août, réveil en branle-bas : on venait arrêter Mme de Lamballe. Puis tout le personnel fut invité à s'habiller pour suivre les municipaux à la Commune, aux fins d'interrogatoire. Ils reviendraient bientôt, leur dit-on. Protestations et prières furent inutiles. La reine fit ses adieux à son amie en pleurant et, lui sachant très peu d'esprit, elle la confia à Mme de Tourzel à qui elle glissa : si on l'interroge, tâchez de parler à sa place pour lui éviter de répondre aux questions embarrassantes. Elle se doutait que personne ne reviendrait. Pour les serviteurs comme pour le logement, la Commune a agi avec une prudence très hypocrite. Craignant des réactions, elle a laissé croire à l'Assemblée qu'elle traiterait convenablement la famille royale. D'où l'équivoque entre le palais du Grand Prieur et la Tour, d'où le maintien de leur service pendant cinq jours. Après quoi nul ne poserait plus de questions : ce qui fut le cas.

Refusant le personnel qu'on leur proposait, les deux femmes choisirent d'assurer elles-mêmes une partie des tâches domestiques. Marie-Antoinette se chargea de son fils, Élisabeth de Madame Royale. Auprès du roi, les convenances exigeaient l'intervention d'un homme. François Hue revint donc dès le lendemain. Entre-temps, un autre candidat s'était présenté : Jean-Baptiste Cléry, fils d'un fermier des environs de Versailles, qui avait occupé au château, où sa mère fut nourrice, un emploi de valet de chambre chez le second dauphin. Il se proposait pour servir l'enfant. Il avait donné en 1789 des preuves de ses sentiments patriotiques. Sur recommandation de Pétion, il fut engagé le 26 août. On le destinait à remplacer Hue, qui fut arrêté huit jours plus tard. C'est grâce à son *Journal* que nous pouvons aujourd'hui pénétrer dans l'intimité de la famille royale prisonnière.

Au rez-de-chaussée du bâtiment se trouvaient des cuisines désaffectées. Une des petites tours d'angle contenait l'escalier à vis. Le premier étage comportait une antichambre, une salle à manger et, dans la tourelle, la bibliothèque de l'archiviste, riche de douze à quinze cents volumes — une vraie bénédiction ! Au second, la reine partageait avec le dauphin la plus grande pièce, qu'une petite antichambre obscure séparait de la chambre dévolue à Élisabeth et à sa nièce. « Il fallait traverser cette chambre pour entrer dans le cabinet pris dans la tourelle ; et ce cabinet, qui servait de garde-robe* à tout le bâtiment, était commun à la

* De toilettes.

762   *La prisonnière*

famille royale, aux officiers municipaux et aux soldats. » Au troisième, le roi couchait dans la grande
pièce et usait de la tourelle comme cabinet de lecture ;
à côté se trouvait une petite cuisine. Au-dessus le dernier étage restait vide. Le tout était truffé de gardes
municipaux. Deux d'entre eux ne quittaient pas les prisonniers de l'œil, sauf lorsque les portes se refermaient
sur eux la nuit, mais ils installaient alors leurs lits de
camp de façon à obstruer les issues.

Les prisonniers ne songeaient pas à s'évader pourtant. Ils tentaient de retrouver un peu d'équilibre. La
régularité de leur vie les y aida, l'obligation de se
prendre en charge aussi. Le roi se levait à six heures,
se rasait lui-même, Cléry le coiffait et l'habillait. Il se
retirait alors dans son cabinet de lecture pour une
courte prière, à genoux, puis il lisait jusqu'à neuf
heures. Le valet faisait sa chambre et y disposait le
couvert pour le petit déjeuner, puis s'en allait chez la
reine, qui l'attendait pour ouvrir sa porte. Il faisait alors
office de coiffeur pour les trois femmes et le petit garçon. À neuf heures ceux-ci rejoignaient le roi pour le
petit déjeuner, le valet en profitant pour faire leurs
chambres. À dix heures tous descendaient dans celle
de la reine, la plus agréable, pour y passer la plus
grande partie de la journée. Jusqu'à onze heures, la
pièce se muait en salle de classe. Le roi faisait réciter
à son fils des tirades de Corneille et de Racine, lui
donnait des leçons de géographie, lui apprenait à situer
sur la carte de France les fleuves, les villes et même
les départements — puisque départements il y avait.
La reine, de son côté, faisait travailler sa fille. Puis
les femmes cousaient, tricotaient, lisaient. À midi, pour
conserver un semblant de décorum, elles se chan-
geaient, quittant leur robe du matin. À une heure,
quand il faisait beau, ils demandaient au Conseil du
Temple l'autorisation de descendre au jardin sous l'œil
vigilant de cinq surveillants. Le dauphin, qui avait

besoin de se dépenser, jouait au ballon, au palet, à la course, avec Cléry.

À deux heures, le dîner était servi dans la salle à manger du premier étage. Le redoutable Santerre, qui commandait la garde nationale, venait alors faire l'inspection complète des appartements. À la différence de son mari, la reine ne put jamais se résoudre à lui adresser la parole. Vers quatre heures, le roi faisait la sieste dans son fauteuil, les princesses autour de lui, chacune un livre à la main. Au réveil, on reprenait la conversation. Le dauphin faisait des pages d'écriture, pour avoir le droit d'aller jouer un moment dans la chambre de sa tante. La reine et sa belle-sœur se relayaient ensuite pour faire à haute voix des lectures éducatives. Le roi distrayait les enfants en leur posant des « énigmes » — nous dirions des devinettes ou charades — tirées de vieux numéros du *Mercure* trouvés chez l'archiviste. À huit heures le petit garçon soupait, sa mère lui faisait faire ses prières et on le couchait. Chacune des deux femmes, tour à tour, restait auprès de lui et on lui apportait de quoi grignoter sur place pendant que l'autre dînait dans la salle à manger en compagnie du roi. Après le souper, celui-ci s'arrêtait au second étage pour serrer la main à sa femme et à sa sœur en guise de bonsoir et embrasser sa fille. La reine et les princesses se renfermaient chez elles. Il remontait quant à lui se retirer dans son cabinet où il lisait jusque vers minuit.

Les premiers temps, la Commune fit montre envers les captifs d'une certaine libéralité. Ils n'avaient rien à se mettre. On leur accorda des crédits. Le roi resta sobre, mais les princesses purent commander auprès de leurs fournisseurs habituels vêtements et accessoires à la dernière mode — robes, chaussures, bas, châles et chapeaux, et même quelques produits de beauté. La liste en paraîtrait incroyable si A. Castelot n'avait retrouvé toutes les factures aux Archives. De même, la table fut splendidement servie. Des membres de l'ancien service de la Bouche, qui officiaient autrefois à Versailles, avaient trouvé comme Cléry le moyen de se faire engager en arguant de leur compétence. Et jamais les crédits ne manquèrent pour la nourriture, même lorsqu'on marchanda plus tard les vêtements aux captifs. Car le chef du service, Turgy, se conciliait les geôliers en les faisant bénéficier de ses talents culinaires : il les nourrissait, et les nourrissait bien. La vie aurait donc pu être presque supportable, matériellement parlant, sans la présence obsédante d'une surveillance de tous les instants. La seule réponse digne était d'y opposer la plus inaltérable patience. Louis XVI était naturellement doué pour cet exercice, les deux femmes l'imitèrent, par fierté. De sorte que tous trois offraient à leurs persécuteurs l'image de prisonniers exemplaires.

La plupart des municipaux affectés à la garde du Temple étaient issus des rangs des émeutiers. Beaucoup rivalisèrent d'insolence, soit par vulgarité naturelle, soit pour faire du zèle. Ils se défiaient les uns des autres. Ils se savaient en outre épiés par les Tison, un couple de domestiques qu'on adjoignit à Cléry pour les gros travaux et dont la tâche principale était d'espionner tout le monde. Harcèlement indiscret, suspicion gratuite, brimades, dénonciations : c'était à qui en ferait le plus. L'un d'eux voulut voir dans la table de multiplication qui servait à apprendre l'arithmétique au dauphin une initiation au langage chiffré, un autre interpréta les tapisseries que brodait sa mère comme des hiéroglyphes destinés à correspondre au-dehors. Un des porte-clefs prit l'habitude d'agiter bruyamment son trousseau avant de livrer passage aux prisonniers, puis de leur souffler la fumée de sa pipe à la figure lorsqu'ils franchissaient la porte. Ils trouvaient les murs couverts d'inscriptions insultantes ou menaçantes. On leur vantait les mérites de la République,

on leur promettait la guillotine*, avec la « louve »
autrichienne on parlait d'égorger les « louveteaux ».
Particulièrement éprouvantes étaient les promenades
au jardin. Leur apparition déclenchait un festival d'injures et de chants révolutionnaires, dont le dernier-né,
la *Carmagnole*, reprenait les accusations sur le
10 août :

> *Madame Veto avait promis*
> *De faire égorger tout Paris,*
> *Mais son coup a manqué*
> *Grâce à nos canonniers.*
> *Dansons la Carmagnole,*
> *Vive le son du canon.*

Ils ne montrent aucun chagrin, ne se livrent à aucune
protestation, ignorent les provocations. Cette apparente
sérénité a le don d'exaspérer les plus féroces de leurs
gardiens, mais elle en trouble beaucoup d'autres, qui
refusent de suivre leurs collègues dans la surenchère.
Il n'est pas facile d'insulter à froid des gens sans
défense. Tel qui hurlait à la mort contre le gros Veto
dans le feu de l'émeute se sent désarmé face à ce brave
père de famille. Pourquoi ne pas ôter son chapeau
devant lui, comme l'exige la moindre politesse ? Tant
pis pour la consigne, le municipal Goret, délégué de la

---

* Sous l'Ancien Régime, le mode d'exécution ordinaire était la
décapitation à la hache pour les nobles, la pendaison pour les roturiers. Le recours à la guillotine fut inspiré à la fois par une volonté
égalitaire (« Tout condamné à mort aura la tête tranchée »), et par
un souci d'humanité : la machine, rapide et sûre, éviterait les souffrances inutiles. L'appareil, dont l'idée est imputable au docteur
Guillotin et la construction au chirurgien Louis, fut mis en service
pour la première fois le 25 avril 1792 pour un voleur, sur la place
de Grève. Ensuite elle servit surtout aux exécutions politiques, sur
la place du Carrousel, du 21 août 1792 au 10 mai 1793. Exception
fut faite dans le cas du roi pour qui on la transporta place de la
Révolution (actuelle Concorde). C'est là qu'elle fut ensuite installée du 10 mai 1793 au 8 juin 1794.

Commune, prend le sien sous son bras et parle poliment. La pièce, basse de plafond, est mal éclairée. Près de la fenêtre, le roi et sa sœur jouent aux échecs, les autres suivent la partie. Quelle contenance doit prendre l'indésirable intrus ? Il saisit un livre au hasard. Alors Marie-Antoinette l'interpelle doucement : « Approchez-vous, monsieur ; où nous sommes, vous y verrez mieux. » Et les rôles soudain sont inversés : il devient l'hôte de ses prisonniers.

Le cas n'est pas unique. Des gardes ont parfois des attentions délicates. Un peu plus tard, l'un d'eux, voyant la reine désolée devant un petit clavecin inutilisable, faute d'être accordé, s'entremet pour le faire réparer et, le soir même, elle peut donner des leçons à sa fille. D'autres cachent mal leur émotion, au risque de se compromettre. La municipalité, avertie du danger, ne les laisse jamais longtemps en place. C'est donc une perpétuelle noria de gardiens, qu'il faut chaque fois tenter d'apprivoiser, avec des résultats incertains. Alternance d'insolence et de politesse, de brimades et d'égards, qui oblige à garder l'attention en éveil et rend les lendemains toujours incertains. Les prisonniers savent que leur sort est tributaire de l'humeur de leurs geôliers.

Ils s'aperçoivent bientôt qu'il est également tributaire des événements extérieurs.

Septembre rouge

Dans les derniers jours d'août, ils sentirent le climat se dégrader. À peine étaient-ils descendus au jardin le 2 septembre, qu'un officier municipal dit à un de ses collègues : « Nous avons mal fait de consentir à les promener cet après-midi. » On les fit rentrer précipitamment. Surgirent alors dans la chambre de la reine deux municipaux qui n'étaient pas de service. L'un

d'eux, un nommé Mathieu, apostropha brutalement le roi : « Vous ignorez, monsieur, ce qui se passe : la patrie est dans le plus grand danger ; l'ennemi est entré en Champagne ; le roi de Prusse marche sur Châlons : vous répondrez de tout le mal qui peut en résulter. Nous savons que nous, nos femmes, nos enfants péri-ront ; mais le peuple sera vengé, vous mourrez avant nous. Cependant il est temps encore et vous pouvez...
— J'ai tout fait pour le peuple, répondit le roi ; je n'ai rien à me reprocher. »

Ce qui se passait ? Le 19 août, l'armée du duc de Brunswick avait franchi la frontière. Le même jour La Fayette, désespérant de retourner ses troupes contre les insurgés parisiens, s'était rendu aux Autrichiens. Longwy capitulait le 23, après trois jours de siège. Le 30, on apprenait l'investissement de Verdun et sa chute imminente, qui ouvrait à l'ennemi la route de Paris. Certains ministres voulaient fuir en Val-de-Loire. Danton s'y opposa, dans un discours resté célèbre : « De l'audace, encore de l'audace, toujours de l'audace, et la France est sauvée. » On leva une armée de 30 000 volontaires pour défendre la *Patrie en danger*. Les coa-lisés avaient donc fini par remplir le vœu de Marie-Antoinette. Et par une sinistre ironie de l'histoire, la Commune menacée prêtait à Louis XVI le rôle d'ar-bitre dont celui-ci avait si souvent rêvé : *il est temps encore et vous pouvez...* Hélas, le malheureux sait bien qu'il ne peut rien, qu'il n'a aucun moyen d'arrêter l'of-fensive adverse. Et la guerre dont lui et sa femme attendaient leur salut se referme sur eux comme un piège.

Le lendemain 3 septembre, la promenade fut refusée aux captifs. Ils dînèrent, puis remontèrent dans la chambre de la reine, au second. On entendait des roule-ments de tambour, des cris. Soudain un hurlement fusa, et ils virent apparaître Cléry, le visage décomposé de terreur. « Pourquoi n'allez-vous pas dîner ? lui dit la reine. — Madame, je suis indisposé. » Autour d'eux, les municipaux tenaient à mi-voix des conciliabules inquiets. Ils avaient baissé les stores. Le roi leur demanda si sa famille était en sûreté. « On fait courir le bruit, répondirent-ils, que vous et votre famille n'êtes plus dans la tour ; on demande que vous paraissiez à la croisée, mais nous ne le souffrirons point : le peuple doit montrer plus de confiance à ses magistrats. » On entendait des injures destinées à la reine. Survinrent quatre hommes se disant députés par le peuple, qui insistèrent pour les mener à la fenêtre. L'un d'eux finit par dire brutalement à la reine : « On veut vous cacher la tête de la Lamballe, que l'on vous apportait pour vous faire voir comment le peuple se venge de ses tyrans. Je vous conseille de paraître, si vous ne voulez pas que le peuple monte ici. » Marie-Antoinette, un instant glacée d'horreur, s'évanouit. Les quatre hommes sortirent. Cléry, par une fente du store, put apercevoir une seconde fois la tête de la malheureuse, sanglante mais point défigurée, ses cheveux blonds, encore bouclés, flottant autour de la pique sur laquelle on l'avait fichée.

Il s'informa. Arrachant la princesse de Lamballe à la Force, la bande d'égorgeurs qui sévissait depuis la veille dans les prisons, l'avait assommée, décapitée, avait ouvert de part en part son corps nu en s'acharnant sur le sexe — ne passait-elle pas pour la complice des jeux saphiques de Marie-Antoinette ? — et s'en était allée, traînant le tout, jusqu'au Temple, clamant qu'elle obligerait la reine à baiser les lèvres mortes de son amante, avec l'espoir, sans doute, de lui faire subir le même sort. Les gardes avaient réussi non sans peine à interdire à la horde l'entrée de l'enclos du Temple, mais n'avaient pu empêcher les porteurs de la pique de parvenir jusqu'au pied de la petite tour. Bloquant l'accès de l'escalier, un municipal n'avait laissé passer que les quatre « députés » et avait fait aux autres afin de les disperser une bien étrange harangue : « La tête d'Antoinette ne vous appartient pas, les départements y ont des droits ; la France a confié la garde de ces grands coupables à la ville de Paris : c'est à vous de nous aider à les garder, jusqu'à ce que la justice nationale venge le peuple. » Mais ce disant, il les sauvait.

Toute la nuit, Madame Royale entendit sangloter sa mère tandis que les tambours, battant la générale, continuaient de scander la sinistre besogne. Cet épisode marqua profondément Marie-Antoinette, qui ne s'en remit jamais tout à fait. Mais Louis XVI en comprit vite la double leçon. Les murailles de leur prison les avaient protégés, l'étroite vis de la tour étant plus facile à défendre que le grand escalier des Tuileries. Ils étaient relativement en sécurité, si les gardes faisaient leur office. Or ils avaient fait plus que leur office, en essayant d'épargner à la reine le hideux spectacle. Parmi les membres de la Commune, révolutionnaires de la première heure, républicains bon teint, il y en eut beaucoup dont le cœur se souleva et la famille royale trouva chez certains d'entre eux, à défaut d'un impossible secours, un peu de chaleur humaine.

À l'affût des nouvelles

Pour isoler davantage les prisonniers, on fit construire à l'intérieur de l'enceinte un mur entourant le donjon et la partie du jardin qui leur était allouée. Coupés du monde extérieur, ils ne savaient que ce qu'on voulait bien leur dire. Et ce qu'on leur disait était filtré. On ne leur communiquait les journaux que lorsqu'ils contenaient des articles insultants. Des nouvelles leur parvenaient parfois à l'improviste, grâce à l'ingéniosité de quelques fidèles. Ainsi Élisabeth put-elle apercevoir un jour, plaqué derrière la vitre d'une maison voisine, un grand carton disant : *Verdun est pris*. Mais après les massacres, ils éprouvent un urgent besoin d'en savoir plus. Cléry parvint à les rassurer sur le sort de Mme de Tourzel et de Pauline : elles étaient sorties indemnes de la Force ainsi que les quatre femmes de chambre.

Bientôt ils s'efforcèrent de mettre au point un réseau d'information parallèle. Cléry en constituait la plaque tournante. Il ne pouvait quitter l'enceinte réservée, mais il y circulait à son aise et, comme il était prudent et adroit, il s'entendait assez bien à faire parler les gardes. Il lui fallait aussi communiquer avec l'extérieur. Sa femme servit de relais. C'est elle qui eut, très tôt, l'astucieuse idée de louer les services d'un crieur de journaux pour qu'il vînt ponctuellement, tous les soirs à sept heures, crier très fort « le précis de tout ce qui s'était passé à l'Assemblée nationale, à la Commune et aux armées ». De plus elle lui rendait visite toutes les semaines, sous prétexte de lui apporter du linge et, en choisissant l'heure du dîner des gardes, ils parvenaient à parler, voire à échanger des billets. Mais la principale source de renseignements était Turgy, dont les fonctions culinaires incluaient l'approvisionnement et qui s'en allait deux ou trois fois par semaine faire son marché au-dehors. Si par hasard il y avait urgence, les deux compères usaient d'une petite ruse. Cléry réclamait quelque objet de première nécessité. « Ce sera pour un autre jour », répondait Turgy. Et Cléry de hausser les épaules en lui disant : « Eh bien ! le roi attendra. » Sur quoi il se trouvait presque toujours un municipal pour l'envoyer en course aussitôt — à condition de ne pas faire deux fois le coup au même !

La difficulté était ensuite de faire circuler l'information à l'intérieur de la tour. Turgy n'avait le droit de parler à Cléry que pour les besoins du service et toujours en présence des municipaux. De même les prisonniers n'étaient censés parler entre eux ou à des tiers qu'à haute voix et devant témoins. Alors, il fallait ruser. Les séances de coiffure, en rapprochant les têtes, se prêtaient bien aux entretiens privés. Et Turgy de coiffer Cléry, et Cléry de coiffer toute la famille royale, cependant qu'une des deux femmes s'employait à détourner l'attention des gardes et que les jeux bruyants des enfants fournissaient un fond sonore. Les levers et les couchers offraient aussi des occasions propices : Cléry profitait du moment où il habillait le roi, derrière les rideaux de son lit, et de celui où la reine faisait réciter ses prières au dauphin avant qu'il ne s'endorme.

Lorsque la surveillance se fit plus stricte, ils devinrent plus inventifs. Comme les deux femmes faisaient beaucoup de travaux d'aiguille, Turgy glissait des billets dans des pelotes de fil ou de coton, qu'il semait dans les endroits les plus divers, en leur indiquant d'un signe discret où elles les trouveraient. Il eut même l'audace d'en utiliser comme bouchons de carafe. Élisabeth, plus douée que sa belle-sœur sur le plan pratique, inventa un système complexe de gestes codés, qui fait penser à l'actuel langage par signes des sourds-muets : « Pour les Anglais, portez le pouce droit sur l'œil droit ; s'ils débarquent du côté de Nantes, portez-le à l'oreille droite ; du côté de Calais, à l'oreille gauche. Si les Autrichiens sont vainqueurs du côté de la Belgique, le second doigt de la main droite sur l'œil droit. S'ils entrent à Lille du côté de Mayence, le troisième doigt comme ci-dessus. Les troupes du roi de Sardaigne, le quatrième doigt comme ci-dessus. — *Nota.* On aura soin de tenir le doigt arrêté plus ou moins longtemps, suivant l'importance du combat. » Des manœuvres analogues devaient permettre de décrire avec une suffisante précision les diverses démarches de la Convention.

Le roi se contentait d'écouter les nouvelles, et parfois de poser des questions. Puisant dans la bibliothèque de l'archiviste, il passait son temps à lire : 250 volumes en cinq mois, dit-on. Des livres de piété, mais aussi Montesquieu, Buffon, Le Tasse, le théâtre classique français, des récits de voyages, l'*Histoire d'Angleterre* de Hume et même les *Odes* d'Horace pour rafraîchir son latin afin d'en enseigner les rudiments à son fils. Il laissait à sa femme et à sa sœur le plus gros des transmissions. Elles se prenaient à ce jeu, qui leur occupait l'esprit et comblait leur besoin d'action. Leurs efforts réussis pour tromper la surveillance étaient autant de menues victoires qui préfiguraient à leurs yeux la vraie, la grande, celle des coalisés, qui ne manquerait pas de venir. Car à la différence du roi, elles n'avaient jamais cessé d'espérer.

Hélas, le code mis au point par Élisabeth n'eut pas beaucoup l'occasion de servir, du moins à la fin de septembre 1792. Car les nouvelles, officielles cette fois, se mirent à pleuvoir sur les prisonniers. Et elles n'étaient pas bonnes.

La Législative moribonde avait cédé à toutes les pressions de la Commune, consentant à la création d'un « tribunal du peuple » élu par les sections parisiennes, renforçant les persécutions religieuses, cautionnant la chasse aux « ennemis de l'intérieur », n'osant pas condamner les massacres de septembre. Opérées dans un climat de guerre civile, les élections amenaient au pouvoir une assemblée plus radicale que la précédente, dans laquelle le poids de Paris et des provinces les plus remuantes risquait d'être déterminant. Les girondins y disposaient encore d'une majorité, mais comme ceux qu'on allait bientôt nommer les montagnards tenaient la municipalité, l'issue de l'affrontement ne laissait guère de doutes. Et le sort du roi allait être entre eux une pomme de discorde.

La Convention se réunit le 21 septembre et son premier acte fut d'abolir la monarchie. Le même jour, à quatre heures de l'après-midi, un municipal entouré de gendarmes à cheval et d'une foule de peuple s'arrêta au pied de la tour, fit sonner les trompettes et lut d'une voix de stentor une proclamation : la royauté abolie cédait la place à une république. Hébert, le rédacteur du fameux *Père Duchesne,* spécialisé dans les insultes à la famille royale, s'était porté volontaire pour monter la garde auprès d'elle ce jour-là et « fixait le roi avec un sourire perfide ». Ni lui ni la reine ne cillèrent, dit Cléry. Mais Hébert donna à ses lecteurs un compte rendu de son cru : « Le gros peccata * [...] fait contre mauvaise fortune bon cœur, mais il suffoque de rage ; l'Autrichienne pour cacher son chagrin dit qu'elle a des vapeurs ; la grosse Élisabeth va pleurer dans son coin. Cette farce dura jusqu'au souper, où le gros sanglier ne perdit pas un coup de dent ; mais Madame Veto s'était couchée auparavant, après avoir pris un verre d'eau pour tout potage. » Le langage officiel, faute de pouvoir user de surnoms, les désigna désormais sous le nom roturier de Capet, emprunté au lointain fondateur de la dynastie.

Quelques jours après, ce fut bien pis. Ils apprirent que les troupes austro-prussiennes battaient en retraite. Tout d'abord, ils ne voulurent pas y croire. Ce ne pouvait être qu'une fausse nouvelle destinée à les démoraliser. Mais ils durent se rendre à l'évidence. Le 20 septembre, le duc de Brunswick, coincé dans les défilés de l'Argonne par Dumouriez et Kellermann, avait renoncé à s'emparer de la butte du moulin de Valmy, d'où l'on canonnait ses troupes, et il avait fait demi-tour. Militairement, l'affrontement n'avait pas été décisif, les forces ennemies restaient intactes. Mais psychologiquement, ce fut un choc. Cette victoire démentait tous les pronostics sur l'issue de la guerre. Elle consacrait la valeur de l'armée révolutionnaire.

---

* *Peccata* : terme populaire qui désigne un âne dans les combats d'animaux et, par extension, un sot, un imbécile. Nous n'avons pas reproduit ici les jurons dont Hébert use en guise de ponctuation.

Elle invitait les coalisés à revoir leur stratégie. Selon leur plan initial, Paris devait tomber comme un fruit mûr. Ils se rendirent compte que la ville serait farouchement défendue. Déjà ils avaient pu constater que les populations, en dépit des promesses de Marie-Antoinette, ne les accueillaient pas en libérateurs. Leurs arrières étaient mal protégés. L'intendance ne suivait pas. Ils jugèrent préférable, aux approches de l'hiver, de ne pas tenter l'aventure. Suivirent alors pour la France une série de victoires que Manuel se fit un plaisir d'annoncer à Louis XVI : « Vous êtes sans doute instruit du succès de nos armées, de la prise de Spire, de celle de Nice, et de la conquête de la Savoie ? [...] Il faut, dit-il aux municipaux, donner tous les journaux à monsieur ; il est bon qu'il soit instruit de nos succès. »

La famille royale, désespérée, se sentait abandonnée. Dès le lendemain de Valmy pourtant, Dumouriez avait tenté de négocier. Brunswick ne se montrait pas hostile à une paix séparée, à condition que le sort de Louis XVI fût réglé de façon honorable. Mais le roi de Prusse exigeait qu'on lui rendît son trône et ses pouvoirs, au moment précis où la Convention proclamait la République. Les pourparlers échouèrent, et ils eurent pour contrecoup de mettre le souverain déchu en danger. Car aux yeux de la nouvelle assemblée, il n'a de prix comme otage que si l'on peut monnayer sa libération et son expulsion contre des avantages substantiels. Mais sa restauration n'est évidemment pas négociable. Privé donc de toute valeur sur le plan international, il reste un pur enjeu de politique intérieure, entre les mains de partis rivaux, mais qui lui vouent même haine.

Une étroite prison

Les prisonniers n'eurent qu'un écho amorti de ce qui se passait, mais ils en perçurent aussitôt les effets. On profita de ce que les aménagements du donjon s'achevaient pour rendre leur captivité plus rigoureuse.

Finies les correspondances clandestines qu'on cachait dans les plis des chemises et ailleurs. La nuit, au travers des croisées, des gardes avaient vu « ces dames occupées à lire des lettres ou à en écrire ». Le 29 septembre au matin arrivèrent des municipaux porteurs d'un arrêté de la Commune : on leur enlevait « papier, encre, plumes et crayons », à eux et à leur valet. Louis XVI et sa sœur livrèrent tout, mais Marie-Antoinette et sa fille parvinrent à dissimuler leurs crayons. Le soir du même jour, les mêmes envoyés revinrent, avec l'ordre de transférer le roi dans la grande tour. La chambre, qui sentait encore la peinture, n'avait pour tout meuble qu'un lit. Cléry, qui avait suivi son maître et dormi sur une chaise, s'apprêtait le lendemain à retourner s'occuper du dauphin lorsqu'on l'arrêta. « Vous n'aurez plus de communication avec les prisonnières, votre maître non plus ; il ne doit même pas revoir ses enfants. » Lorsque le roi prétendit rejoindre sa famille pour déjeuner, puis intervint pour Cléry, il s'entendit répondre : « Nous n'avons point d'ordres pour cela » et : « Cela ne dépend pas de nous. »

Il n'y avait pas d'ordres en effet, mais ces messieurs faisaient du zèle. Cléry trouva le moyen de se rendre chez la reine. Elle suppliait ses gardes de la laisser voir son mari quelques heures chaque jour, au moins pour les repas. Ce n'étaient plus des plaintes, ni des larmes, c'étaient des cris de douleur. « Eh bien ! ils dîneront ensemble aujourd'hui, dit un municipal ; mais comme notre conduite est subordonnée aux arrêtés de la Commune, nous ferons demain ce qu'elle prescrira. »

La joie des deux femmes et des deux enfants fut telle qu'elle tira des larmes à leurs geôliers et que le savetier Simon grommela : « Je crois que ces bougresses de femmes me feraient pleurer. » « Lorsque vous assassiniez le peuple le 10 août, vous ne pleuriez point », ajouta-t-il à l'adresse de la reine, qui lui répondit, comme elle le faisait toujours : « Le peuple est bien trompé sur nos sentiments. » La Commune ne prescrivit rien et la famille royale put prendre ses repas en commun, à condition de parler en français et à haute et intelligible voix.

Un mois plus tard, elle se retrouva au complet dans le donjon. Comme dans la petite tour, on lui réserva le second et le troisième étage. Mais la disposition en était inversée : le roi était au second et les femmes au troisième. Chaque étage, formé d'une vaste salle à voûte ogivale soutenue par un pilier central, avait été divisé en quatre. L'ensemble étant plus spacieux que dans l'autre tour, on avait mis la salle à manger au second, ce qui permettait de réserver les deux étages inférieurs aux surveillants, dont le nombre fut augmenté. On avait fait un effort d'aménagement, posé un faux-plafond, collé des papiers peints, d'un goût pas toujours exquis, comme celui de l'antichambre du roi, qui représentait l'intérieur d'une prison, avec sur un des panneaux, la Déclaration des droits de l'homme en gros caractères. Mais on avait puisé dans le palais du Grand Maître quelques meubles de bonne facture et chaque étage possédait, dans une des trois tourelles que n'occupait pas l'escalier, une « garde-robe » décente, avec toilettes à l'anglaise. Hélas, la volonté de couper les prisonniers de l'extérieur avait fait cloisonner cet escalier au moyen de sept guichets successifs, de hauteur réduite : il fallait se baisser pour les franchir, tout en enjambant la barre inférieure. L'entrée de chaque appartement était commandée par deux épaisses portes, l'une en bois, cloutée, l'autre en fer. Les fenêtres étaient munies de barreaux et la vue obstruée par des abat-jour qui laissaient apercevoir à peine un coin de ciel et empêchaient l'air de circuler. Comme les murs avaient neuf pieds d'épaisseur, on n'y voyait clair que dans les embrasures. Enfin, lorsque la galerie à ciel ouvert qui faisait suite au quatrième étage inoccupé vint à servir de promenade, on y plaça des jalousies entre les créneaux, pour empêcher la famille royale de voir et d'être vue.

C'est dans ce cadre médiéval que celle-ci reprit, au fil des jours, sa routine quotidienne. Avec une innovation considérable cependant. Le dauphin fut enlevé à Marie-Antoinette pour être installé auprès de son père. Brimade inspirée à des geôliers pervers par son amour maternel trop visible ? Souci d'éviter à Cléry des allées et venues entre les deux étages et de contrarier son rôle d'agent de liaison ? Ou — qui sait ? — respect de l'usage voulant qu'un garçonnet « passe aux hommes » à sept ans ? On ne sait. La reine s'en plaignit d'abord amèrement, puis s'en accommoda lorsque la vie reprit son rythme : repas, leçons, promenades, jeux. Mais le climat restait tendu. Le municipal Goret, qui les revit alors, fut frappé par le changement. Ils ne montraient plus la même sérénité. Le roi, si calme d'ordinaire, allait et venait dans sa chambre, sa sœur également, tandis que Marie-Antoinette se renfermait dans la sienne. Ils parlaient moins entre eux, « craignant d'aggraver leurs peines en se les représentant » et les enfants avaient perdu leur enjouement. « Tout se ressentait du ton sombre qu'on avait donné à cet endroit en n'y laissant pénétrer le jour que par le haut des fenêtres. »

Les semaines qui passaient n'arrangeaient rien. Le mois de novembre leur apporta sa moisson de déceptions. Le 6, Dumouriez battait les Autrichiens à Jemmapes, déclenchant la panique parmi leurs représentants à Bruxelles. Le 14, il entrait en triomphateur dans la ville. À la fin du mois, toute la Belgique était conquise et la Savoie réunie à la France. Puisque nous étions victorieux, il devenait parfaitement inutile de conserver un otage démonétisé. Les vexations se multiplièrent. Adieu les crédits libéralement alloués pour s'habiller. En novembre, lorsque à l'approche de l'hiver ils réclamèrent des vêtements appropriés, leur demande n'eut pas de suite. Le donjon, mal chauffé, suintait l'humidité malsaine. Le roi tomba malade le premier. On attendit que sa fièvre fût inquiétante pour consentir à faire venir son médecin. Ils y passèrent tous ensuite, chacun à son tour, y compris le valet, et ils se soignèrent les uns les autres. Au début décembre, un changement de municipalité amena de nouvelles brimades. On vint leur ôter « couteaux, rasoirs, ciseaux, canifs, et tous autres instruments tranchants dont on prive les prisonniers réputés criminels ». On fouilla leurs poches, leurs meubles, leurs lits. Marie-Antoinette eut un mouvement d'humeur : « Si ce n'est que ça, bougonna-t-elle imprudemment, il faudrait aussi nous enlever les aiguilles, car elles piquent bien vivement », et sa belle-sœur dut lui donner un coup de coude pour la faire taire. Le roi lui-même, sommé d'exhiber ce qui restait dans son petit nécessaire, livra son tournevis et son briquet et ajouta, montrant les pincettes de la cheminée : « Ne sont-elles pas aussi un instrument tranchant ? » Ils n'obtinrent de concession que sur les couverts de table, qu'on accepta de leur laisser pour la durée des repas. Mais Élisabeth, qui ravaudait les vêtements de son frère, dut couper le fil avec ses dents, faute de ciseaux.

Il était évident que quelque chose de grave se préparait. Cléry avait compris que l'incertitude est le pire des supplices. Il cherchait donc à savoir ce qui se tramait et informait les captifs à l'avance des mesures qu'on allait prendre contre eux. Le premier coup, venant de lui, était moins rude. Ils se préparaient à en recevoir plus sereinement la notification officielle. Ils pouvaient calculer leurs réactions, laissant leur surprise feinte faire place très vite aux marques extérieures de la plus sereine indifférence. Ils pouvaient aussi tenter de se prémunir contre certaines des conséquences. C'est ainsi qu'un certain jeudi de décembre, une visite de sa femme apprit à Cléry que le mardi suivant, le roi serait conduit à la Convention pour qu'on lui fît son procès. Il en fit part au roi le soir même, en précisant qu'on projetait de le séparer de sa famille ; il ne lui restait que quatre jours pour s'entendre avec elle sur les moyens de garder le contact.

Séparation

Le 11 décembre, à cinq heures du matin, les prisonniers entendirent battre la générale. Un bruit de très mauvais augure : le transfert à la Convention ne servirait-il pas de prétexte à une nouvelle émeute, au cours de laquelle Louis XVI serait massacré ? Le mutisme opposé par les gardes à toutes les questions ne faisait que renforcer leur inquiétude. Après le petit déjeuner, le roi redescendit chez lui avec son fils. L'attente était lourde. L'enfant insista pour jouer au siam*. Il perdait avec régularité et se plaignit que le nombre *seize* lui eût coûté plusieurs fois la partie. Le roi ne répondit rien, mais Cléry crut noter que ce nombre lui faisait « une certaine impression ». À 11 heures un garde annonça que le maire allait venir et exigea le départ de l'enfant, qui fut ramené auprès de sa mère. Un municipal monté chez les princesses les trouva « dans des transes terribles ». Marie-Antoinette savait déjà, par son fils, que le roi avait reçu la visite du maire : « Mais où est-il actuellement ? » lui demanda-t-elle avec anxiété. Il la rassura : une force imposante protégeait

---

* Une sorte de jeu de quilles, où un palet tenait lieu de boule.

sa marche jusqu'à la Convention. « Nous ne sommes point inquiètes, mais affligées », répliqua Madame Élisabeth en ajoutant, sans souci de se contredire : « Si vous nous l'eussiez dit plus tôt, vous nous auriez bien soulagées. »

Le roi rentra sain et sauf le soir, mais ce fut pour apprendre qu'il serait séparé de sa famille. « Laissez-lui au moins son fils, dit Marie-Antoinette. — Madame, [...] je crois que c'est à celui qui est supposé avoir le plus de courage à supporter la privation ; d'ailleurs l'enfant, à son âge, a plus besoin des soins de sa mère que de ceux de son père. » Toutes ses prières furent vaines. Le dauphin passa la nuit chez elle et, comme il n'avait pas de lit, elle le prit dans le sien. Elle ne fut pas autorisée à revoir son mari. Le lendemain, elle réclama les journaux, pour lire le compte rendu de sa comparution devant l'Assemblée. Faute de le rencontrer, elle implorait que ses enfants pussent le voir. Lui-même faisait la même demande. Aucune réponse ne leur fut donnée. La Convention laissa durer l'incertitude jusqu'au 15 et leur fit alors une apparente concession, d'une cruauté raffinée : « Louis Capet pourra voir ses enfants, lesquels ne pourront, jusqu'à son jugement définitif, communiquer ni avec leur mère, ni avec leur tante. » Héroïquement, le père se sacrifia : « Vous voyez la cruelle alternative où ils viennent de me placer ; je ne puis me résoudre à avoir mes enfants avec moi ; pour ma fille, cela est impossible, et pour mon fils, je sens tout le chagrin que la reine en éprouverait. » Il eut de plus la délicatesse de mettre en avant un autre motif — le temps qu'il devrait consacrer à sa défense — pour ôter à sa femme tout scrupule face à son sacrifice. Le lit du petit garçon fut donc installé dans la chambre de sa mère et le roi resta seul au second étage, où il partageait son temps entre la prière, la lecture, et l'examen de son dossier, tous les jours grossi de nouveaux apports, en compagnie des « conseils » que lui avait accordés la Convention, Tronchet, de Sèze et Malesherbes.

Les deux princesses n'avaient pas renoncé à communiquer avec lui. Certes aucun des gardes n'osa refuser de laisser passer un modeste cadeau d'anniversaire à sa fille — *L'Almanach de la République* — ou de transmettre leurs vœux réciproques lors du 1er janvier. Mais c'était trop peu pour combler le désir des prisonniers, dont l'ingéniosité réussit une fois de plus à vaincre les obstacles. Dès leur séparation, Élisabeth avait fait parvenir à son frère, par Turgy, un petit papier troué de piqûres d'épingle pour l'inviter à lui écrire. Il répondit par la même voie. Bientôt ils trouvèrent mieux. Il réussit à envoyer à sa sœur quelques crayons et un peu du papier dont on l'avait libéralement muni pour préparer sa défense. Cléry, qui recueillait avec soin les morceaux de ficelle emballant les paquets de bougies, les avait mis bout à bout jusqu'à disposer d'une cordelette de la hauteur d'un étage. Il la garnit d'une épingle crochue, la lesta d'un morceau de bois et chaque soir, aux alentours de huit heures, put s'établir entre deux fenêtres superposées, dans une tourelle peu surveillée, un va-et-vient de messages. Grâce aux abat-jour ces billets ne risquaient pas de tomber dans la cour, sauf une fois, dira plus tard le dauphin, mais nul ne le remarqua. Les liens familiaux furent donc maintenus. Plutôt que sur le procès, dont l'issue restait en suspens, il semble que les messages aient porté avant tout sur la santé des uns et des autres. Mais cela ne remplaçait pas la présence.

Pourquoi cette décision de séparer le roi de sa famille ? Certes on peut y voir l'application purement formaliste de la loi qui prescrit qu'on isole un accusé en cours d'examen. Mais déjà, avant que le procès ne fût engagé, on avait tenté de le couper des siens lors du transfert dans le donjon. Et le chantage auquel on s'est livré sur lui à travers les enfants trahit un acharnement

délibéré. Les responsables de la Commune en charge
du Temple, notamment le redoutable Hébert, se sont
aperçus que le sentiment familial des prisonniers fait
leur force. La claustration et la promiscuité, imposées
à des êtres qu'on supposait, sur la foi des pamphlets,
rongés de mésententes profondes, ont produit sur eux
un effet inattendu. Loin de se déchirer de reproches, ils
forment un bloc uni, soudé, insensible aux pressions,
et leurs capacités individuelles de résistance en sont
décuplées. Ils n'offrent pas de prise. En les séparant
les uns des autres après les avoir séparés du monde, en
les laissant flotter dans une perpétuelle incertitude sur
leur sort respectif, on essaie d'un nouveau registre : on
joue sur leurs sentiments et sur leurs nerfs, dans l'espoir de les briser. Mais cette torture psychologique
sournoise, qui vise par priorité le roi et la reine,
manque son but. Et elle conduit Marie-Antoinette à
mesurer peu à peu la profondeur du lien qui l'attache
à son mari.

Le retour de Marie-Antoinette sur elle-même

Reconnaissons-le honnêtement : pour cette période
de sa vie, les documents sur la reine font défaut. Elle
n'écrit plus, elle ne parle guère. Cléry, qui a suivi le
roi dans son isolement, cesse de la voir. En dehors de
quelques pages écrites plus tard par sa fille, de
quelques dépositions de municipaux, nous savons très
peu de choses sur les semaines cruciales qui précèdent
l'exécution du roi. Mais nous sentons qu'elle a changé,
en profondeur. Ou plutôt que sa relation avec son mari
a changé. Il ne s'agit nullement d'une révélation soudaine, d'une conversion. C'est l'aboutissement d'un
travail très lent, fruit de la captivité, qui agit comme
révélateur. Il se peut qu'elle n'ait pas une claire
conscience de ce changement, qu'elle ne se le formule

pas à elle-même. Mais il se manifeste dans ses comportements. Elle tient à son mari comme cela ne lui est jamais arrivé au cours de vingt-deux ans de vie conjugale. Et l'idée de le perdre lui est un déchirement.

Toute sa vie, poussée par un entourage complaisant, elle s'est crue supérieure à lui, plus intelligente, plus séduisante, plus énergique, plus apte à incarner la majesté royale que ce gros homme bonasse aux goûts trop simples. Elle s'agaçait de ses moindres travers, de son robuste appétit, de sa démarche lourdaude. Elle se désespéra de son inertie face aux menées révolutionnaires. Il n'était à ses yeux qu'un faible, sur qui on ne pouvait compter tant sa volonté était chancelante, un poids mort qu'elle tentait de porter à bout de bras, sans autre résultat que des palinodies et des échecs. Depuis longtemps tous deux menaient chacun de leur côté une existence quotidienne où les réunissaient seulement les exigences de l'étiquette et les nécessités de la politique. Simplement — et c'était déjà un signe —, en cas de danger elle s'attachait à lui comme à son protecteur naturel.

La prison l'isole de son milieu habituel. Les femmes qui l'entouraient ont disparu. Le contact est coupé avec Fersen. A-t-elle été assez lucide pour mesurer les dégâts causés par son imprudence ? On ne sait. Mais le ballon d'oxygène que lui offrait leur échange épistolaire n'existe plus. Elle n'a pour toute société adulte que son mari et sa belle-sœur, dont elle ne s'est jamais sentie très proche — c'est un euphémisme en ce qui concerne Élisabeth. Or au Temple, voici qu'elle prend conscience de sa propre faiblesse. Des trois prisonniers, elle est la plus vulnérable. Plus fragile nerveusement, elle a d'autant plus de peine à se remettre des chocs subis qu'ils se renouvellent. Elle a la vie moins facile que sa belle-sœur et sa fille. Parce qu'elle est la reine, la surveillance autour d'elle se fait plus étroite, sa liberté de parole et d'action s'en trouve réduite.

Vive et impatiente comme elle est, l'obligation de se
maîtriser lui demande un plus gros effort. Et surtout le
poids de la haine pèse sur elle seule, ou presque, écrasant, étouffant, empoisonnant jusqu'au pain qu'elle
mange et à l'air qu'elle respire. Elle dort très mal, ne
touche qu'à peine aux plats qu'on lui sert, se replie
sur elle-même, maigrit et s'affaiblit à vue d'œil. Elle,
naguère si à cheval sur ses prérogatives et si jalouse
de son pouvoir, s'efface de plus en plus devant Élisabeth, qui règne visiblement sur l'appartement des
femmes. Pour la première fois de sa vie, elle est en
retrait, à l'arrière-plan de la configuration familiale.

Louis XVI, au contraire, y occupe la première place.
Un Louis XVI métamorphosé. « Vous êtes plus heureux que moi, monsieur, vous pouvez démissionner »,
aurait-il dit un jour à Malesherbes. Voici qu'on l'a
« démissionné », ou plus exactement destitué. Il n'en
est pas heureux, non certes, mais en un sens soulagé,
libéré des angoisses qui le minaient. Son irrésolution
provenait de son incapacité à choisir entre des solutions qu'il jugeait également détestables. Déchargé de
toute responsabilité politique, débarrassé de toute décision à prendre, réconcilié avec lui-même, il atteint à
une forme de sérénité. Il n'a plus à agir, il ne lui reste
qu'à subir. On a vu déjà, le 20 juin, qu'il savait opposer
aux injures une indéniable grandeur. Sans en être certain — peut-on jamais tuer totalement l'espoir ? —, il
pense qu'il va mourir et il y est prêt. Cela ne veut pas
dire qu'il ne souffre pas, loin de là. Mais la mort est
passage, délivrance, accès à la vie éternelle. D'ici là
sa souffrance, inscrite dans une perspective divine, se
charge de sens. Ses devoirs sont clairs. Tous ses actes
visent à appliquer les enseignements de l'Évangile,
oubli de soi, charité et pardon des offenses. Placé dans
l'ordre qui est le sien, ce dépressif, ce velléitaire,
incarne soudain le calme, l'équilibre, la force. Et le
rayonnement qui émane de lui frappe même les plus
épais et les plus obtus de ses geôliers.

Les meilleurs martyrs ne sont pas ceux qui posent aux martyrs. La vertu principale de Louis XVI est la simplicité. Il n'a aucune peine à la pratiquer, elle lui a toujours été naturelle. Mais Marie-Antoinette la voit à l'œuvre dans un cadre qu'elle ignorait : la vie de famille. Cette vie de famille s'organise autour de lui, pas autour d'elle. Il sait s'y prendre, pas elle. La régularité de vie adoptée lui est évidemment imputable. Ce n'est pas seulement pour satisfaire à sa manie des horaires stricts. Il sait que seule une vie normale permettra de préserver l'équilibre des siens malgré une situation qui ne l'est pas. Son inaltérable appétit et son sommeil rythmé d'un ronflement sonore, loin d'être signes d'un enracinement dans la matière, deviennent alors marques de liberté d'esprit, congédiant comme négligeables les contraintes qui pèsent sur eux. Apaisante, rassurante, son égalité d'humeur est un antidote à l'angoisse. Elle donne l'illusion de la sécurité, ce qui est déjà une forme de sécurité. Le ciel peut leur tomber demain sur la tête, sous la forme d'une horde de massacreurs, mais en attendant il leur apprend à vivre comme si de rien n'était : enseigner aux enfants latin, géographie et mathématiques, faire une partie de trictrac après dîner et résoudre les énigmes du *Mercure*, s'occuper, pour meubler le vide, à coups de lectures ou d'ouvrages de dames. Et il garde surtout une merveilleuse disponibilité pour jouer avec son fils et pour lui offrir le visage souriant et gai qu'exige son âge. Il fait un admirable père de famille.

C'est sous cet aspect qu'il s'offre maintenant à Marie-Antoinette, qu'il associe d'ailleurs à leurs enfants dans ses craintes pour l'avenir. Il croit revoir la petite archiduchesse arrivant de Vienne pour être reine de France, et se désole auprès de Malesherbes d'avoir manqué à son contrat en l'entraînant dans un pareil désastre : « Infortunée princesse, mon mariage lui promit un trône, aujourd'hui quelle perspective lui

offre-t-il ? » Comme pour compenser, il multiplie pour
elle les attentions. Il prend peu à peu à ses yeux une
place irremplaçable. Elle s'en rend compte seulement
quand on veut les séparer. La véhémence de ses protestations, la violence de son chagrin montrent qu'il lui
est devenu indispensable. Non, elle n'est pas tombée
amoureuse de lui. La relation nouvelle qui s'instaure
entre eux n'a rien de conjugal. Il se contente de lui
serrer la main en guise de bonsoir, comme à Élisabeth,
et c'est très bien ainsi. Car elle cherche et retrouve en
lui la protection que lui offrait autrefois son père,
qu'elle a beaucoup aimé. Et c'est ce dont elle a le plus
besoin en ce moment. Louis XVI, tout au long de leur
vie conjugale, n'avait jamais trouvé sa place auprès de
Marie-Antoinette. Il la trouve, *in extremis*, sous la
forme d'une figure paternelle. Il prend alors à ses yeux
la consistance qu'il n'avait pas eue comme époux. Il
peut devenir un modèle, au même titre que sa mère :
c'est de lui, autant que d'elle, qu'elle se réclamera au
moment de mourir.

Ils sont alors très loin l'un de l'autre et très proches
à la fois. Elle ne peut pénétrer dans l'univers spirituel
de son mari. Sa foi, solide mais superficielle, n'a
jamais nourri chez elle de vie intérieure. Sa fille a beau
noter son intérêt nouveau pour les lectures pieuses, elle
reste étrangère à ce qui est au cœur de ses méditations
à lui. Mais elle n'a pas besoin de le comprendre pour
lui être attachée. Elle est sensible à sa grandeur et le
respecte désormais, c'est l'essentiel. Lui n'en attend
aucun conseil, aucun soutien, mais il se sent chargé
d'elle, responsable. Vivant, il lui sert de bouclier. S'il
meurt, il pressent qu'elle offrira à la haine une cible
sans défense. Et si elle meurt, c'est leur fils qui sera à
son tour menacé. Il sait que le procès qui s'ouvre n'engage pas seulement sa propre vie, mais celle des siens,
solidaires dans un même destin tragique. Et elle le sait
aussi.

Un procès politique

Que faire d'un roi déchu dans un pays en proie à une tourmente révolutionnaire et confronté à une guerre qui promettait de s'étendre à l'Europe entière ? La Législative s'était défaussée sur la Convention du soin d'en décider. Les sections et les clubs hurlaient à la mort. Mais les captifs du Temple avaient tort de craindre un assassinat. Ce que voulaient les activistes jacobins, c'était un procès et une condamnation. Les girondins n'en voulaient pas. Non qu'ils fussent devenus royalistes. Mais, épouvantés par les massacres de septembre, ils redoutaient la dictature de la rue et cherchaient à leur tour à « arrêter la révolution ». Raison de plus pour que les jacobins réclament à grands cris le procès. Pas tous, à vrai dire. Pas besoin de jugement, il est coupable et mérite la mort parce qu'il a été roi, déclara brutalement Saint-Just à la tribune. C'était aussi l'avis de Danton, rapporté par Chateaubriand : « Nous ne le jugerons pas, nous le tuerons. » « Ces prêtres, ces nobles ne sont point coupables, ajoutait-il, mais il faut qu'ils meurent, parce qu'ils sont hors de place, entravent le mouvement des choses et gênent l'avenir. » Robespierre se chargeait de donner à ce point de vue un habillage juridique en forme de sophisme : « Louis dénonçait le peuple comme rebelle ; la Révolution et le peuple ont fait que lui seul était rebelle ; Louis ne peut donc être jugé, il est déjà jugé, il est condamné, ou la République n'est point absoute. » Excellent tacticien, le député d'Arras répugnait en outre à offrir au roi une tribune d'où émouvoir le peuple et à ses adversaires politiques un prétexte à soulever, par le biais de chicanes juridiques, un vaste débat sur les fondements du nouveau régime.

Mais comment tuer Louis XVI sans procès ? Un meurtre ne faisait pas l'affaire, il eût fait figure d'accident. Les captifs du Temple avaient tort de le craindre :

jamais accusé ne fut protégé avec tant de soin dans ses
allées et venues entre la prison et le tribunal. Il fallait
une mise à mort collective, officielle, légale. Donc un
procès, qui servirait, clamait Marat, à « l'instruction du
peuple ». Encore fallait-il que ce procès s'appuyât sur
quelque chose. On ne voulait à aucun prix entrer dans
un débat de fond sur l'Ancien Régime, dont on ne
savait où il mènerait. On décida de juger le monarque
constitutionnel mis en place en 1791. Mais le soin
apporté par Louis XVI à respecter la lettre de la constitution ne facilitait pas la tâche. Chacun savait qu'il y
était opposé et n'attendait qu'occasion pour la dénoncer. Mais les procureurs manquaient de preuves. La
découverte de la cachette pratiquée dans un mur des
Tuileries, passée dans l'histoire sous le nom d'armoire
de fer, leur en apporta une ample moisson*. La plupart
des documents conservés là par Louis XVI — sans
doute à dessein, pour les tenir — concernaient ses relations avec divers dirigeants révolutionnaires, dont il
avait payé les services. Certes ces documents les
compromettaient, ils montraient à quel point la corruption avait pénétré le nouveau personnel politique, mais
ils le compromettaient lui aussi, en apportant la preuve
de son double jeu. Mirabeau était mort, on ne put que
l'expulser du Panthéon. Mais Louis XVI, lui, était
vivant, et la guillotine en état de marche.

La découverte de l'armoire de fer rendit le procès
inévitable. Réunissant entre ses mains — comme
naguère le roi — les trois pouvoirs, législatif, exécutif
et judiciaire, la Convention s'institua tribunal. Il n'est
pas question d'entrer ici dans les méandres de débats
terriblement déconnectés du réel. Comment put-on

* Il est certain que Roland, qui fut chargé de répertorier le
contenu de cette armoire, en a soustrait un certain nombre de
pièces, concernant ses amis notamment. Mais il n'a pas fabriqué
celles qu'il a produites, et ne les a pas introduites du dehors : où
les aurait-il prises ?

passer des heures à discuter sur l'inviolabilité constitutionnelle d'un roi déposé et emprisonné ? Louis XVI
comprit qu'il était condamné d'avance. On ne pèserait
pas ses mérites et ses fautes, on s'apprêtait à tuer, à
travers lui, la monarchie. Il comparut deux fois,
d'abord le 11 décembre puis le 26. Sans illusions : la
veille, jour de Noël, il avait fait son testament. Devant
ses juges, il nia tout. Il ne saisit pas l'occasion offerte
pour s'expliquer : à quoi bon ? Il ne tenta pas de se
défendre, sauf sur un point, essentiel à ses yeux : il
refusait de laisser mettre à sa charge le sang versé le
10 août. Mais une chose était indiscutable : contre-
révolutionnaire dans l'âme, il n'avait feint de souscrire
aux décrets de la Législative que dans l'espoir de
gagner le temps nécessaire pour les abolir. Loin d'être
un crime, c'était à ses yeux un devoir. Du point de
vue des députés, au contraire, c'était trahison. Aucune
demi-mesure n'était possible, puisqu'ils se référaient à
des impératifs inconciliables : de lui à eux, les notions
de bien et de mal échangeaient leur sens. On ne s'étonnera donc pas que lors du vote final la première question, portant sur sa culpabilité, ait reçu à une quasi-
unanimité la réponse *oui*.

En revanche, l'Assemblée était divisée sur le châtiment à lui infliger. La situation internationale excluait
le bannissement. Restait le maintien en détention jusqu'au retour de la paix, qui avait la faveur des girondins. Ils tentèrent de le sauver, en proposant de
soumettre la sanction à un vote populaire, par le biais
des commissions électorales réparties dans toute la
France. Opération longue, compliquée à mettre en
œuvre, cet appel au peuple fut repoussé lors d'un
second vote. La troisième question *Quelle peine Louis,
ci-devant roi des Français, a-t-il encourue ?* donna lieu
à un des épisodes les plus dramatiques de toute l'histoire. Entre la captivité et la mort, la balance resta suspendue trente-six heures durant. Dans la grande salle

des Tuileries où siégeait la Convention, les tribunes, garnies par les soins des clubs, pesaient sur la salle par leurs applaudissements et leurs huées. Dans ce climat tendu à l'extrême, le règlement obligeait les députés à défiler à la barre chacun à son tour, département par département. Ils se prononçaient publiquement, en justifiant le cas échéant leur vote. Les avocats de Louis XVI pointaient les votes un à un. On compta, on recompta, on revota, et la mort immédiate l'emporta, le 18 janvier, à une voix de majorité. Le duc d'Orléans, Philippe-Égalité, avait fait scandale en votant la mort de son cousin. Une dernière tentative fut faite pour sauver le condamné, on proposa le sursis, qui fut refusé le lendemain.

Les jacobins avaient eu ce qu'ils voulaient : un meurtre rituel, fondateur, qui liait à la République tous ceux qui avaient trempé leurs mains dans le sang versé en commun. Aucun de ceux-ci ne pouvait désormais revenir en arrière sans se perdre. Ensemble, ils allaient construire un monde nouveau. Mais le vote n'avait été acquis que d'extrême justesse. La face cachée de l'alternative était que ce meurtre risquait de les entraîner tous ensemble à la mort.

Dans l'immédiat, leur victoire scellait la perte des girondins et accélérait l'impulsion révolutionnaire. Louis XVI ne sut du vote final que ce que lui en dirent ses avocats. C'était assez pour qu'il comprît que, sauf retournement de situation, la reine serait la prochaine victime désignée.

L'arrachement

Marie-Antoinette, qui n'avait du procès que des échos confus, se rongeait d'angoisse. Ses informateurs tentaient de l'apaiser en lui laissant espérer que le bannissement prévaudrait. Depuis le 17 janvier, Louis XVI se savait perdu, mais il attendait le verdict final pour le communiquer lui-même aux siens. Le 20, une délégation officielle vint lui en faire part. Il demanda trois jours de délai pour se préparer à la mort. La Convention, consultée, les lui refusa. Il serait donc exécuté le lendemain. On l'autorisa à recevoir les secours d'un prêtre de son choix. Il désigna un Irlandais réfractaire recommandé par sa sœur, l'abbé Edgeworth de Firmont, qui répondit aussitôt à son appel. On lui permit enfin de revoir sa famille. Mais cette entrevue fut retardée par une contestation grotesque entre la Convention et la Commune. Le texte officiel portait qu'il la rencontrerait « en particulier », autrement dit sans témoins. Mais les gardes y opposaient un ordre municipal, leur enjoignant de ne perdre les captifs de vue ni de jour ni de nuit. Une solution bâtarde fut enfin trouvée : ils se retrouveraient dans la salle à manger, dont on fermerait la porte ; mais comme cette porte était vitrée, les gardes, sans entendre ce qu'ils se disaient, ne les quitteraient pas des yeux. L'abbé de Firmont, quant à lui, s'était éclipsé discrètement dans une tourelle, d'où il n'entendit rien, ou prétendit n'avoir rien entendu. D'où une étonnante scène muette, rapportée par Cléry et saisie sur le vif par un municipal doté d'un joli coup de crayon.

À huit heures et demie, la reine parut, tenant son fils par la main, et suivie de Madame Élisabeth et de la fillette. Des embrassements, un morne silence, des sanglots. « Passons dans cette salle, je ne puis vous voir que là », leur dit le roi. Puis la porte se referma sur eux. Il s'assit, sa femme à sa gauche, sa sœur à sa droite, sa fille presque en face, son fils debout entre ses jambes. Tous, penchés vers lui, le tenaient embrassé. Sept quarts d'heure durant, il leur parla, interrompu entre chaque phrase par leurs sanglots. « Il fut aisé de juger à leurs mouvements, dit Cléry, que lui-même leur avait appris sa condamnation. » En fait, elles l'avaient entendu annoncer par les crieurs de journaux, dira plus tard la petite Madame dans le récit assez sec qu'elle donne de l'entrevue. Mais ce récit vaut mieux que rien. Il comporte les seules précisions qui nous soient parvenues sur les propos tenus par le roi : « Il pleura de douleur sur nous, et non de la crainte de la mort ; il raconta son procès à ma mère, en excusant les scélérats qui le faisaient mourir [...]. Il donna ensuite des instructions religieuses à mon frère, lui recommanda surtout de pardonner à ceux qui le faisaient mourir, et lui donna sa bénédiction ainsi qu'à moi. » À dix heures et quart il se leva le premier, prenant l'initiative de la séparation, et tous sortirent, accrochés à lui, « poussant les gémissements les plus douloureux ». « Je vous assure, leur dit-il, que je vous verrai demain matin à huit heures. — Vous nous le promettez ? — Oui, je vous le promets. — Pourquoi pas à sept heures ? dit la reine. — Eh bien oui ! à sept heures, répondit-il : adieu... » Et il s'arracha de leurs bras, laissant sa fille à demi évanouie, en proie à des convulsions. En remontant chez elle Marie-Antoinette ne put se retenir d'éclater : « Vous êtes tous des scélérats », lança-t-elle aux municipaux.

Le roi ne tint pas sa promesse. L'abbé de Firmont, qui avait célébré dans sa chambre à six heures du matin une messe de communion, le lui déconseilla, tant pour eux que pour lui. Il chargea donc Cléry de leur faire ses adieux. Il lui confia un cachet en argent pour son fils et, pour sa femme son anneau de mariage, marqué de ses initiales à elle, *M.A.A.A.* et d'une date, *19 Aprilis 1770*. « Dites-lui bien que je le* quitte avec peine... » Il y joignit un petit paquet contenant des cheveux de tous les membres de la famille.

---

* Le texte de Cléry comporte bien « *le* quitte » et non *la*, comme on le lit ici ou là. Il s'agit donc de son anneau. Cette phrase est comme un renouvellement de ses promesses de mariage. — *M.A.A.A.* signifie Maria Antonia Archiduchesse d'Autriche, et la date est celle de leur mariage par procuration.

Marie-Antoinette, incapable de dormir, se jeta tout habillée sur son lit et sa fille l'entendit toute la nuit « trembler de froid et de douleur ». À six heures, elle sursauta lorsque la lourde porte s'ouvrit. Mais non, on ne l'appelait pas auprès de son mari, on venait emprunter le missel d'Élisabeth. Elle regardait tourner les aiguilles de sa montre, se consumant dans une attente vaine. Sa belle-sœur interrogea un municipal qui répondit, bien sûr, qu'il ne savait rien. Vers huit heures et demie, elles entendirent des sonneries de trompette, des piétinements dans la cour, des bruits divers dans l'escalier, dans la pièce au-dessous d'elles, puis un roulement de tambour qui s'éloignait. Elles comprirent : le roi était parti. Vers dix heures, Turgy apporta le petit déjeuner, que personne ne toucha. Soudain, à dix heures vingt-deux très exactement, une forte salve d'artillerie retentit au loin, la garde du temple fit battre le tambour, on cria : *Vive la République !* La tête de Louis XVI venait de tomber.

Le roi est mort, vive le roi ! Cris, larmes et sanglots à peine calmés, une tradition veut que les trois femmes se soient agenouillées devant le petit Louis Charles en le saluant du titre de Louis XVII. Tradition contestée par bien des biographes, alléguant la surveillance dont elles étaient l'objet. À quoi l'on peut répondre qu'il y avait des manières plus discrètes d'introniser l'enfant. Une chose est certaine en tout cas. Les municipaux remarquent, et en témoigneront dans leurs interrogatoires, qu'à partir de cette date, elles lui donnent *le pas*, autrement dit le font passer avant elles dans le peu de cérémonial qui reste, celui de la table. Elles lui confèrent la place d'honneur, le haut bout, et elles le font servir le premier. Il n'en faut pas davantage pour prouver qu'elles voient en lui le roi de France.

Un mot pour finir avant d'abandonner Louis XVI.
Depuis Varennes il avait été abreuvé d'outrages. Mais
dans ses derniers moments, on ne chercha pas à l'humilier. Il ne fut pas livré à un tribunal ordinaire, il eut
droit à la Convention, représentant la nation tout
entière. On lui accorda des défenseurs de son choix, un
confesseur de son choix, non assermenté. Pour l'ultime
trajet, on l'installa dans une voiture fermée, de bonne
apparence, où on lui donna la banquette d'honneur, au
fond, face à la route. L'abbé de Firmont put l'accompagner jusqu'au bout. Tout au long du trajet, on les laissa
tranquillement réciter les prières des agonisants. On a
mobilisé tout ce qu'il y avait d'hommes dans Paris.
Pas seulement pour prévenir la tentative d'enlèvement
qu'on redoute et qui se révélera impossible. Ces
hommes sont là — en armes, c'est la consigne impéra-
tive — pour être associés, symboliquement, au meurtre
rituel. Et le meurtre rituel est chose sérieuse, s'il en fut
jamais. Pas de femmes. Portes et fenêtres des maisons
restent closes. Pas un bruit. Tous gardent le silence.
Les tambours qui précèdent le cortège ne battent pas,
ils sont là pour couvrir des cris éventuels. Au pied de
l'échafaud, on voulut lier les mains du roi. Il protesta
devant ce qui lui paraissait une humiliation. En fait,
c'était sans doute une nécessité technique. Il ne céda
que lorsque l'abbé de Firmont invoqua l'exemple du
Christ. Au dernier moment, il voulut parler au peuple,
il cria d'une voix puissante : « Je meurs innocent de
tous les crimes qu'on m'impute. Je pardonne aux
auteurs de ma mort... » Mais des roulements de tambour couvrirent ses paroles. Le cérémonial prévu ne
comportait pas de harangue.

Les révolutionnaires conservaient le sens du sacré,
en même temps que celui du spectacle. Ils mirent en
scène non pas la mort d'un homme, mais celle de la
monarchie. De même qu'on parait jadis les victimes
sacrificielles pour les amener à l'autel, ils entourèrent

d'égards celui qui incarnait le régime répudié, pour l'immoler solennellement sur les fonts baptismaux de la République. Ce faisant, ils oubliaient que cette sacralisation était réversible. Tout était prêt pour la transformation de la victime en martyr.

Chapitre vingt-trois

La veuve Capet

Parmi les ultimes demandes formulées par Louis XVI, il en est une qui trahissait son anxiété majeure : « Je désirerais que la Convention nationale s'occupât tout de suite du sort de ma famille, et qu'elle lui permît de se retirer librement et convenablement où elle le jugerait à propos. » Il reçut une réponse pompeuse et vague : « La nation française, aussi grande dans sa bienveillance que dans sa rigoureuse justice, prendra soin de sa famille et lui assurera un sort convenable. » Il insistait sur l'urgence — *tout de suite* —, espérant que sa mort étancherait pour un temps la soif de sang de la plèbe parisienne. Pendant quelques semaines en effet, la violence de la rue fit une pause, comme pour reprendre son souffle avant de s'emballer à nouveau. La Révolution avait à faire face aux protestations horrifiées des autres souverains devant la mise à mort d'un des leurs. La lutte contre les rois, privée d'objet en France, se tourna vers l'étranger : priorité à la guerre. Forte des succès de l'automne précédent, la Convention prend les devants et la déclare à l'Angleterre et à la Hollande le 1er février, à l'Espagne le 7 mars. On a mieux à faire que de s'occuper de la famille du défunt citoyen Capet. Elle est au Temple, on l'y laisse. On ne l'oublie pas tout à fait cependant. Dans le conflit qui se prépare, on se dit qu'elle pourrait servir de monnaie d'échange.

Ainsi s'explique le relatif adoucissement des conditions de détention, qui aide Marie-Antoinette à émerger de l'abattement où l'a plongée la mort de son mari [*].

Le temps du deuil

Depuis la séparation qui avait accompagné le procès, Marie-Antoinette n'était plus que l'ombre d'elle-même. Ne dormant plus, mangeant à peine, elle était tombée dans un état de maigreur extrême. L'exécution la laissa muette, prostrée, jetant sur ses enfants des regards « d'une pitié qui faisait tressaillir ». Elle s'enfonçait dans une torpeur qui inquiéta sa belle-sœur et sa fille. Pour y remédier elles eurent l'idée — que ne renierait pas un psychologue moderne — de lui faire rencontrer Cléry : « Nous désirions cette secousse pour causer un épanchement à son morne chagrin, qui la sauvât de l'étouffement où nous la voyions. » On leur refusa la visite de Cléry, mais un municipal compatissant, Goret, avait pris la précaution de se porter volontaire pour la garde. « Madame, dit-il d'une voix tremblante à la reine en larmes, vous avez à vous conserver pour votre famille. » Il était le premier à faire état de la mort de Louis XVI auprès d'elle, car on n'avait pas pris la peine de l'en aviser officiellement. Elle le pria donc, entre deux sanglots, de réclamer des habits de deuil pour elle et les siens — « le

---

[*] La plupart des détails concrets et des anecdotes figurant dans ce chapitre et dans le suivant proviennent de récits tardifs dont les auteurs cherchent évidemment à faire valoir les services rendus. De plus, beaucoup de ces auteurs étant presque illettrés, les récits qu'on leur prête sont l'œuvre de professionnels qui s'inspirent de leurs confidences avec une fidélité douteuse. Mais si on les écarte tous, il ne reste plus rien pour imaginer ce que fut la vie de Marie-Antoinette au cours de cette période. On a donc conservé ici certains éléments tirés de ces sources suspectes quand ils nous ont paru vraisemblables et surtout quand ils sont confirmés par recoupement soit entre eux, soit avec les procès-verbaux d'interrogatoires ou les textes officiels émis par la Commune par exemple.

plus simple », ajouta-t-elle. Il promit et gagna l'anti-chambre pour rédiger la demande. Tandis qu'il écrivait, il la vit surgir à côté de lui : elle venait lui donner le nom et l'adresse d'une couturière au courant de ses goûts et de ses mensurations. Et c'est ainsi que la vie commença de reprendre le dessus chez elle.

Goret s'aperçut que toute la famille s'étiolait, faute de prendre l'air. La reine avait mis fin aux promenades dans le jardin dès le début du procès, parce que le roi ne pouvait se joindre à eux. Elle s'obstinait à les refuser : « Nous ne voulons pas, disait-elle, passer devant la porte de l'endroit d'où mon mari n'est sorti que pour perdre la vie. » De plus, elle avait toujours détesté le jardin parce qu'elle y était exposée aux insultes. Le brave Goret eut alors une idée. Puisqu'elle ne voulait pas descendre, il lui proposa de monter. Au sommet de la tour, sur l'étroite galerie circulaire crénelée, on pouvait se promener et les tourelles d'angle étaient assez spacieuses pour qu'on pût installer des sièges. Les princesses s'y asseyaient tandis que l'enfant caracolait autour d'elles. Il était trop petit pour voir par-dessus le parapet — quatre pieds de haut —, il voulait que le garde le prît dans ses bras, mais celui-ci, s'étant aperçu que leur groupe, visible d'en bas, attirait les curieux, conseilla de s'abstenir. C'est alors que les responsables du Temple, avertis, firent placer entre les créneaux des jalousies étanches. À défaut de voir la rue, ils pouvaient au moins contempler le ciel et respirer un air pur.

En matière de vêtements, la Commune se montra généreuse. Marie-Antoinette obtint aussitôt « un manteau de taffetas noir, un fichu et un jupon noirs, une paire de gants de soie noire, deux paires de gants de peau, et deux serre-tête de taffetas noir », auxquels vinrent s'ajouter robes et chaussures. Des essayages furent même autorisés, sous l'œil des gardiens. Lorsque sa grande tenue de deuil fut prête, elle voulut se faire

peindre. Ne poussons pas les hauts cris. Ce n'est pas
là coquetterie, mais, de même que la volonté de
prendre le deuil, fidélité aux traditions : le veuvage
impose à une reine de fournir d'elle à son peuple une
nouvelle image, correspondant à son nouvel état. Peu
importe qu'elle ne soit plus reine et qu'elle n'ait plus
de peuple ! Elle recourut au pastelliste polonais
Kucharski, qui avait déjà fait d'elle, aux Tuileries, un
portrait resté inachevé. Quand et comment fut-il introduit dans la tour ? Il obtint sans doute l'autorisation,
puisque lors du procès, les enquêteurs se contentent de
demander à la reine s'il lui communiquait des informations. On peut supposer qu'il prit des esquisses, qu'il
exploita ensuite dans son atelier[*].

La surveillance, visiblement, se relâche. La garde au
Temple ne présente plus l'attrait de la nouveauté, on y
meurt d'ennui, avec le sentiment d'être inutile puisque
les prisonniers, dit-on, seront bientôt relâchés. La plupart des membres de la Commune ne songent qu'à se
défiler devant cette corvée, laissant le champ libre à
ceux qu'apitoie le sort de la famille royale. Parmi eux,
un nommé Toulan, républicain pur et dur, émeutier du
10 août, mais converti — c'est le mot qui convient —
par le spectacle de ses souffrances, mérite bien son
pseudonyme de « Fidèle ». Intelligent, actif, désinté-
ressé, aussi passionné pour le salut de la reine qu'il l'a
été pour le triomphe de la Révolution, il se distingue
par une rare audace au service d'une compassion
pleine de délicatesse. Son premier soin fut de faire parvenir à Marie-Antoinette les dernières volontés de son
mari : un exemplaire de son testament, copié par Cléry
sur l'original, qu'on avait refusé de lui donner.
Quelques passages la concernaient directement : « Je

---

[*] Il en tira, selon l'habitude, plusieurs portraits. Après la mort
de Marie-Antoinette, on en multiplia les exemplaires en idéalisant
ou non le modèle. De sorte que ses portraits sont très inégalement
fiables.

recommande mes enfants à ma femme ; je n'ai jamais douté de sa tendresse maternelle pour eux ; je lui recommande surtout d'en faire de bons chrétiens et d'honnêtes hommes, de leur faire regarder les grandeurs de ce monde-ci (s'ils sont condamnés à les éprouver) comme des biens dangereux et périssables, et de tourner leurs regards vers la seule gloire solide et durable de l'éternité. Je prie ma sœur de vouloir bien continuer sa tendresse à mes enfants, et de leur tenir lieu de mère s'ils avaient le malheur de perdre la leur. Je prie ma femme de me pardonner tous les maux qu'elle souffre pour moi et les chagrins que je pourrais lui avoir donnés dans le cours de notre union, comme elle peut être sûre que je ne garde rien contre elle, si elle croyait avoir quelque chose à se reprocher. » Résistons à la tentation de chercher des griefs précis sous ces derniers mots. Nul ne sait ce que chacun d'entre eux y mit. Peu importe, puisque Louis XVI ne parle, au conditionnel, de torts réciproques, que pour les effacer par un pardon également réciproque. Baigné d'angoisse et d'espérance, illuminé par une foi ardente, ce texte est avant tout un message d'amour et de paix. Ce dont Marie-Antoinette a alors le plus grand besoin.

Ce message est bientôt complété par un autre. On se souvient que Louis XVI, partant pour l'échafaud, avait remis à Cléry son cachet, son anneau de mariage et un paquet de cheveux. Ces objets, aussitôt confisqués, furent placés sous scellés dans une armoire au rez-de-chaussée de la tour. Toulan fractura l'armoire et les scellés et s'en empara, puis réussit à faire passer l'incident pour un vol. Grâce à lui Marie-Antoinette put donc entrer en possession de ces reliques, qui l'aidèrent, elles aussi, à « faire son deuil ».

« Un beau rêve... »

Bientôt la correspondance avec l'extérieur reprend, plus active qu'elle ne l'a jamais été. Et l'idée d'une évasion germe dans l'esprit de ceux qui se relaient autour des captifs. Sortir du Temple, si bien gardé ? En fait, il est à la fois bien et mal gardé. Il y a peu de permanents : le couple Tison, au service direct de la famille royale et un autre couple, les Simon, qui sont quelque chose comme des factotums. Pour le reste, un défilé de municipaux qui n'y passent pas plus de quarante-huit heures d'affilée. Cela fait beaucoup de monde. Mais ces gens pressés d'en sortir ne s'intéressent pas à leur tâche, sauf, bien sûr, ceux qui veulent sauver la reine. Le filtrage des allées et venues est devenu une passoire. Plus il y a de gardes, sans cesse renouvelés, plus il est facile de passer inaperçu parmi eux si l'on dispose d'un bon déguisement. Partant de cette idée, Toulan se fait fort de tirer toute la famille du Temple[*]. Pour la suite des opérations, il a besoin de relais extérieurs. Marie-Antoinette l'envoie donc à un de ses très proches serviteurs d'autrefois resté à Paris. Le chevalier de Jarjayes dut avoir des sueurs froides en voyant débarquer chez lui un membre de la Commune. Mais le visiteur lui tend un mot d'introduction : « Vous pouvez prendre confiance en l'homme qui vous parlera de ma part en vous remettant ce billet. Ses sentiments me sont connus : depuis cinq mois il n'a pas varié. » C'est bien l'écriture de la reine, mais le chevalier hésite à se livrer à l'aveugle et exige de la voir. Qu'à cela ne tienne ! Toulan le fera pénétrer jusqu'à elle. Moyennant une honnête rétribution, l'allu-

---

[*] Le détail du projet ne nous est connu que par le récit tardif d'un des participants survivants, Lepître ; mais ce récit se recoupe avec celui de Goguelat, qui reproduit certains billets écrits par Marie-Antoinette, ainsi que sa longue lettre à Jarjayes, citée un peu plus loin.

meur de réverbères qui vient tous les soirs faire son
office au Temple consent à prêter son costume et son
matériel à un curieux désireux de visiter les lieux :
voici Jarjayes face à Marie-Antoinette, qui commence
à y croire pour de bon.

Le projet se précise. On neutralisera le couple Tison
à l'aide d'un somnifère. Les deux femmes, habillées
en gardes municipaux, sortiront à l'heure de la relève,
au milieu d'une patrouille amie. Pour les enfants, on
trouve une autre solution. Les fils de l'allumeur de
quinquets, qui suivent presque toujours leur père, sont
des figures familières dans l'enclos. Revêtue de guenilles appropriées, la petite Madame passera pour l'un
d'eux. Quant à l'enfant roi, on le glissera dans le cha-
riot chargé de linge sale. Pas de grosse berline voyante.
Trois voitures de modeste apparence les recueilleront
à la sortie du Temple et les conduiront à vive allure
vers Dieppe, d'où ils s'embarqueront pour l'Angleterre. Jarjayes se charge de mettre en place les relais.
Mais on a besoin d'un complice capable de se procurer
de faux passeports auprès de la Commune. Un nommé
Lepître, appâté par l'espoir d'une très forte récompense, promet d'y pourvoir.

Irréaliste, ce projet ? Mais les exemples d'évasions
réussies ne manquent pas, qui défient la vraisemblance.
Le départ était prévu pour le 8 mars. L'affaire avorta
parce que les préparatifs traînèrent, faute d'argent,
semble-t-il. Lepître n'avait toujours pas fourni les passeports lorsque la Convention en durcit soudain le
régime. Il n'était plus possible de faire sortir quatre
personnes à la fois. On proposa à la reine, la plus
menacée, de partir seule. Elle refusa. « Nous avons fait
un beau rêve, voilà tout, écrivit-elle à Jarjayes en l'informant qu'elle renonçait ; mais nous y avons beaucoup gagné, en trouvant encore dans cette occasion une
nouvelle preuve de votre entier dévouement pour moi.
Ma confiance en vous est sans bornes ; vous trouverez

toujours, dans toutes les occasions, en moi, du caractère et du courage ; mais l'intérêt de mon fils est le
seul qui me guide, et, quelque bonheur que j'eusse
éprouvé à être hors d'ici, je ne peux pas consentir à
me séparer de lui... »

Le « beau rêve » n'est plus qu'un souvenir. Mais elle
ne sombre pas pour autant dans le désespoir. Elle a
visiblement retrouvé ses esprits et son énergie. Car elle
profite de ce que Jarjayes va quitter la France pour le
charger d'une double mission.

La première concerne ses beaux-frères et témoigne
d'un espoir vivace et d'une volonté politique intacte.
Ce qu'elle pense d'eux depuis longtemps n'a pas
changé et la démarche que vient de faire le comte de
Provence n'est pas propre à le lui rendre plus sympathique. Dès que lui parvint la nouvelle de la mort de
Louis XVI, le comte, reconnaissant son neveu comme
roi de France, s'est proclamé régent, selon « les lois
fondamentales du royaume * ». Il n'est pas certain que
Marie-Antoinette ait eu connaissance de sa proclamation, largement diffusée dans Paris sous forme clandestine. Mais elle n'en avait pas besoin pour se douter
qu'il lui disputerait la régence. N'étant pas la plus forte
pour l'instant, elle décide de se le concilier tout en lui
créant des obligations à son égard. Jarjayes lui portera
donc le cachet que Louis XVI destinait à son fils,
accompagné d'une lettre : « Ayant un être fidèle sur
lequel nous pouvons compter, j'en profite pour
envoyer à mon frère et ami ce dépôt qui ne peut être
confié qu'entre ses mains. [...] L'impossibilité où nous
avons été jusqu'à présent de pouvoir vous donner de
nos nouvelles, et l'excès de nos malheurs nous fait sentir encore plus vivement notre cruelle séparation.
Puisse-t-elle n'être pas longue. Je vous embrasse, en
attendant, comme je vous aime, et vous savez que c'est

---

* Lesquelles, en réalité, n'ont jamais fixé clairement la dévolution de la régence.

de tout mon cœur. » En post-scriptum, Élisabeth et la petite Madame l'assurèrent aussi, avec plus de sincérité sans doute, de leur affection. Comme il fallait également amadouer le comte d'Artois, Marie-Antoinette sacrifia l'anneau de mariage de Louis XVI : « J'ai cru que vous seriez bien aise d'avoir quelque chose qui vient de lui ; gardez-le en signe de l'amitié la plus tendre avec laquelle je vous embrasse de tout mon cœur. »

L'autre mission de Jarjayes est d'ordre tout à fait privé : « Quand vous serez en lieu de sûreté, je voudrais bien que vous puissiez donner de mes nouvelles à mon grand ami, qui est venu l'année dernière me voir, je ne sais où il est [...], je n'ose pas écrire, mais voilà l'empreinte de ma devise. Mandez en l'envoyant que la personne à qui elle appartient sent que jamais elle n'a été plus vraie. » Fersen, après avoir recopié dans son *Journal* ce fragment de lettre que lui a transmis le messager, en explique le sens. L'empreinte provenait d'un cachet que la reine s'était fait faire aux armes de son « grand ami ». Il représentait un pigeon aux ailes déployées parce qu'on avait pris pour un oiseau le poisson volant figurant dans ses armoiries. La devise portait *Tutto a te mi guida*. Hélas, le morceau de carte où elle avait imprimé son cachet était vierge, la chaleur avait tout effacé. Restait le message — « Tout me conduit vers toi » — plus vrai que jamais. La mort de Louis XVI a libéré Marie-Antoinette légalement, son testament l'a libérée moralement. À cette date, où elle ne désespère pas d'échapper aux griffes de la Révolution, ose-t-elle rêver, pour la première fois, à un avenir aux côtés de Fersen, comme l'impératrice Marie-Louise en aura un auprès de Neipperg ? Est-ce au contraire, pour le cas où elle ne le reverrait pas, la promesse que son âme volera vers lui ? Pourquoi pas aussi, un élan simple et spontané vers l'homme aimé ? Chaque lecteur est libre de choisir. Mais pour Fersen, les circonstances se chargèrent de le faire : quand il lui parvint enfin au début de l'année suivante, le message ne pouvait être qu'un adieu, Marie-Antoinette était morte.

La tentative de Dumouriez

Tandis que se tramait au Temple cette tentative d'évasion, Dumouriez, alors lieutenant général des armées de la République, songeait à prendre la tête de la contre-Révolution et à mettre le petit Louis XVII sur le trône de ses pères. Il n'avait certes pas jugé bon d'en informer Marie-Antoinette. Il se défiait d'elle. Lorsqu'il l'avait rencontrée au début de l'année précédente, à son entrée au ministère, elle l'avait pris de très haut. Il avait tenté à son tour, comme Mirabeau et Barnave, de la convaincre de jouer le jeu constitutionnel. En vain : « Vous devez juger, trancha-t-elle, que ni le roi, ni moi, ne pouvons souffrir toutes les nouveautés, ni la constitution, [...] prenez-en votre parti. » « Ceci n'est pas un mouvement populaire momentané, avait-il répliqué [...] ; c'est l'insurrection presque unanime d'une grande nation contre les abus invétérés. » Si le roi, ajoutait-il, se séparait de la nation, tous deux iraient « à leur ruine mutuelle ».

Un an plus tard, on y était. Le roi était mort et la nation s'enfonçait dans la violence incontrôlée. Dumouriez est un ambitieux, qui se croit promis à un grand destin. Ce n'est certes pas pour les beaux yeux de Marie-Antoinette ou par compassion pour le petit roi qu'il entreprend de renverser le régime. À son dégoût de l'anarchie qui règne en France est venue s'ajouter la rancœur de voir ses victoires gâchées par les idéologues de la Convention. À l'automne de 1792, Jemmapes lui avait livré la Belgique*. Il entendait lais-

---

* Le nom de Belgique a été substitué à celui de Pays-Bas autrichiens lors de la révolte de 1790 contre l'Autriche.

ser aux Belges libérés le soin de gérer leur future démocratie. Mais à la Convention les partisans de l'annexion, menés par Danton, dominaient. Elle envoya sur place des commissaires politiques qui eurent le don d'exaspérer Dumouriez. Elle s'obstina à imposer au pays toutes les lois françaises, notamment en matière religieuse. Mais en même temps, comme il fallait bien faire vivre les armées, on traitait le pays en province conquise. Les patriotes belges comprirent très vite que la souple domination de la lointaine Vienne valait mieux que la main de fer des jacobins parisiens. Lorsque, aux premiers beaux jours, les coalisés reprirent l'offensive, la population lâcha les Français. Après une sévère défaite à Neerwinden, Dumouriez dut évacuer la Belgique. Furieux d'un gâchis qu'il attribuait à la sottise des politiques, il reprit alors à son compte le projet naguère caressé par La Fayette : marcher sur la capitale à la tête de son armée et y rétablir l'ordre. Pour avoir les mains libres, il conclut un armistice avec les Autrichiens et leur livra les quatre commissaires venus lui faire entendre raison. À Bruxelles, Fersen exultait, il voyait déjà la famille royale « portée en triomphe dans Paris ». Mais quand Dumouriez voulut entraîner ses troupes, elles ne suivirent pas. Il ne lui restait plus qu'à passer lui-même à l'ennemi, ce qu'il fit le 4 avril.

La France, victorieuse et conquérante sur tous les fronts quelques mois plus tôt, se trouve partout sur la défensive, avec au flanc la plaie de l'insurrection vendéenne, qui a couvé tout l'hiver et triomphe ce printemps-là. La chasse aux « ennemis de l'intérieur » reprend de plus belle, dans un climat de suspicion généralisée, et de nouveaux organes se mettent en place. Au Tribunal révolutionnaire récemment créé vient s'ajouter le Comité de salut public, en charge de l'exécutif, qui détient de fait tous les pouvoirs. L'attention se porte à nouveau vers les captifs du Temple, impliqués, même à leur insu, dans toute démarche contre-révolutionnaire. Et l'on resserre autour d'eux la surveillance.

Marie-Antoinette et Élisabeth ont pris, depuis deux mois, l'habitude de parler et d'écrire à leur aise, leur vigilance s'est relâchée. Tison, qui cherche le flagrant délit, découvre grâce à sa femme une goutte de cire à cacheter les lettres sur la bobèche d'un chandelier. C'est la preuve que des municipaux, Toulan, Lepître et quelques autres, leur ont fourni cire, pains à cacheter, crayons et papier et ont favorisé leurs correspondances secrètes. Par deux fois on perquisitionne chez elles, on fouille leurs meubles, on vide leurs poches, sans grandes trouvailles qu'un peu de cire en effet, un livre de piété et une image du Sacré-Cœur de Jésus, qu'on qualifie de signe de ralliement politique. Si, pourtant, la seconde fois, on trouve une pièce à conviction : un chapeau d'homme, qui suscite une longue enquête et fait couler beaucoup d'encre dans les procès-verbaux du Conseil de la Tour. S'agit-il d'une pièce du déguisement prévu pour l'évasion ? Est-ce, comme le soutient Élisabeth, un chapeau ayant appartenu à son frère, qu'elle conserve comme relique ? Mais dans ce cas, comment est-il là, puisque Louis XVI n'en avait qu'un, qui fut abandonné au peuple avec sa redingote au pied de l'échafaud ? À moins — mais cela, on ne peut le dire — que le fidèle Toulan n'ait réussi à échanger son propre chapeau contre celui du roi au moment de son départ ! Nous ne saurons pas la vérité. Mais l'incident est révélateur des tracasseries qui attendent désormais les prisonnières et les obligent à recourir à nouveau à un code de signaux remis à jour.

Parmi les deux espions domestiques, la femme Tison s'élimina d'elle-même, rendue folle par le métier que lui faisait faire son mari. Mais le savetier Simon, jusque-là aux petits soins pour les princesses à qui il procurait tout ce qu'elles voulaient, sentit le vent tourner et se mit à les surveiller. C'est lui qui dénonça un plan d'évasion monté par un autre municipal, Michonis, à l'instigation du baron de Batz, l'intrépide royaliste qui rêvait d'enlever Louis XVI sur le chemin de l'échafaud*. Les conjurés s'en tirèrent de justesse, en faisant passer Simon pour un visionnaire. Mais il fallait désormais renoncer à l'espoir de faire évader la famille royale.

Le prix d'un otage

À l'étranger, l'exécution de Louis XVI a soulevé un flot de protestations indignées. Les sentiments réels des uns et des autres sont plus mitigés. Le comte de Provence affiche du chagrin : il ne peut faire moins. Mais à Coblence les émigrés dissimulent mal leur satisfaction : le « traître » a enfin payé ses compromissions avec les constitutionnels. Les souverains en place, eux, méprisent depuis trop longtemps sa faiblesse pour s'attendrir sur son sort. Mais ils en sont renforcés dans leur conviction qu'il faut stopper au plus vite la diffusion du venin révolutionnaire. Ils ont donc repris l'offensive sur le terrain, avec les succès qu'on a vus. Vont-ils agir pour sauver la famille royale, retenue en otage à Paris ? Ils n'ont rien à voir, en principe, au destin de la sœur et des enfants de Louis XVI. Mais l'Autriche est concernée par le sort de la reine, dont le contrat de mariage spécifie qu'en cas de veuvage, elle retrouve son statut d'archiduchesse et peut regagner son pays natal. Certes on sait bien que ce genre d'argu-

---

* Le baron Jean-Pierre de Batz, un Gascon hardi et entreprenant, fut l'âme de diverses entreprises visant à sauver le roi. Mais le groupe de nobles réunis autour de lui dans l'intention d'arracher le condamné à ses gardes sur le trajet menant à l'échafaud ne put en approcher, tant était dense la masse d'hommes en armes protégeant l'itinéraire.

ment n'est pas de saison. Mais la cour de Vienne peut-
elle se dispenser d'intervenir en sa faveur ? Et sous
quelle forme ? Par la force ? Ou par une transaction ?

En avril une première négociation, à peine conçue,
avorta. Au moment de se retourner contre Paris,
Dumouriez, en livrant les commissaires de la Convention aux Autrichiens, avait fourni à ceux-ci un moyen
de pression destiné à protéger la vie de la reine jusqu'à
son entrée dans la capitale. Après son échec, on songea
à les utiliser comme monnaie d'échange. Hélas, la
Convention tenait à ses hommes, mais pas au point
de les récupérer à n'importe quel prix. Pour libérer sa
captive, elle réclamait « un armistice illimité », que les
coalisés victorieux n'avaient nulle intention de lui
accorder.

Fersen, désespéré, plaidait pour un recours à la
force. Il assiégeait Mercy de ses instances : il rêvait
d'un nouveau manifeste, plus menaçant encore que le
précédent, assorti cette fois d'une avancée militaire
suffisante pour le rendre crédible. Le vieux diplomate
tempérait son ardeur. La reine risquait, disait-il, d'être
la première victime d'une démarche intempestive. Il
savait, mais ne disait pas, que la marche des coalisés
sur Paris n'était pas pour demain. Il poussait à la
reprise des discussions. Racheter un captif ? Les
guerres classiques en fournissent de nombreux exemples. Tout dépend des conditions du marché. Le prix
demandé varie bien sûr, comme le prix offert, en fonction des vicissitudes de la guerre. Mais en l'occurrence
il varie aussi au gré du conflit qui oppose à la Convention les différentes factions. Car les girondins sont plus
disposés à lâcher la reine que les extrémistes montagnards, qui songent à en faire un autre usage : l'immoler pour assurer par la terreur leur pouvoir sur Paris.
Le sort de Marie-Antoinette reste donc en suspens, tout
l'été de 1793.

En juillet, la guerre tourne mal pour la France. Les

coalisés ont franchi la frontière, les Autrichiens prennent Condé-sur-Escaut au début du mois, les Anglo-Hollandais menacent Valenciennes, qui tombera entre leurs mains le 27. La Convention charge deux de ses ambassadeurs, qui se rendent à Naples et à Constantinople, de solliciter au passage l'entremise des États italiens restés neutres, mais clients de l'Autriche — Venise, Florence et Naples — en vue d'obtenir une trêve, voire l'ouverture de pourparlers de paix, en échange de la reine. Mais l'Autriche intercepte les deux diplomates et les fait incarcérer à Mantoue : elle a deux personnages de plus à mettre dans la balance*.

Alors on pense, bien sûr, à la corruption. Les amis de la reine cherchent à acheter Danton, par l'intermédiaire d'un financier nommé Ribes. Mais il faut de l'argent, beaucoup d'argent, et François II n'est pas disposé à sortir un sou. De toute façon, il est trop tard. Le terrible tribun, maître d'œuvre du 10 août, a dû abandonner à Robespierre la direction de l'Assemblée. Comme le signale Mercy, « l'opinion change dans Paris comme le degré du vent dans une tempête » ; un diplomate n'y trouve pas d'interlocuteur fiable : « comment influer sur des hommes inconnus, sans nom, sans propriétés, sans existence, coupables aujourd'hui de tous les crimes, assurés demain de se cacher dans la foule et d'y rester ignorés et impunis » — ou condamnés demain, comme on le verra bientôt, à défiler tour à tour sur l'échafaud ? À peine les tractations sont-elles amorcées avec eux qu'ils se trouvent balayés. Quant aux sommes consacrées à les corrompre, elles sont vouées à se perdre, comme Louis XVI en a fait l'expérience l'année précédente, dans le tonneau sans fond des Danaïdes.

Ni rachat, ni concessions politico-militaires. Mercy finit par penser, comme Fersen, que seul un raid sur la capitale pourrait sauver Marie-Antoinette. Mais ses

---

* Ils furent échangés, en 1795, contre Madame Royale.

lettres angoissées restent sans écho : « il semble, se
lamente-t-il, que tout ce qui respire l'atmosphère de
Vienne y soit immédiatement paralysé ». Il ne tarde pas
à comprendre pourquoi. Au lieu de marcher sur la capitale, les coalisés se dispersent. La guerre révèle alors son
véritable visage. À la conférence qui avait réuni leurs
chefs à Anvers le 8 avril, le représentant britannique
avait mis les points sur les *i* : « Chacune des puissances
coalisées doit chercher à faire des conquêtes et à les garder. » Ce sera le moyen d'une part de se rembourser des
frais engagés et d'autre part de réduire à néant la prépon-
dérance française en Europe. C'est cette politique qu'on
voit à l'œuvre sur le terrain. Les Prussiens se retirent,
rappelés par leur roi, ils n'ont rien à conquérir, sinon
l'aval des deux autres au partage de la Pologne. Les
Anglais s'en vont assiéger Dunkerque, qu'ils ne se
consolent pas d'avoir dû restituer à la France. Les
Autrichiens tentent de s'emparer de toutes les places
commandant la frontière belge, en attendant de pouvoir
mettre la main sur l'Alsace. De loin, la Russie
approuve : elle est déjà servie, aux dépens de Varsovie.

Marie-Antoinette est le cadet de leurs soucis. La
Convention exige d'eux pour la lâcher la suspension
des hostilités. Mais ils ne vont pas arrêter pour elle une
machine de guerre aussi bien lancée. La délivrer par la
force, en prenant Paris ? Ce serait une campagne coûteuse et inutile : aucun n'envisage d'annexer l'Île-de-
France. Pis encore : ce serait une erreur politique. S'ils
marchaient sur Paris et s'ils parvenaient à rétablir la
monarchie, ils devraient d'abord arbitrer le conflit
entre elle et son beau-frère autour de la régence. Quel
que soit le vainqueur de la compétition, ils seraient
tenus de lui montrer quelques égards. Marie-Antoinette, telle qu'ils la connaissent, risque d'être la plus
gênante. Mercy a eu beau la mettre en garde — « les
puissances ne font rien pour rien » —, elle s'est obstinée à croire à l'appui bénévole de sa famille autri-

chienne. Elle a proclamé bien haut qu'elle défendrait l'intégrité du patrimoine de son fils. Qui sait ce qu'elle dira devant les exigences de ses libérateurs ? Si au contraire la France républicaine s'enfonce dans l'anarchie, il sera bien plus facile de la dépecer d'un commun accord. La correspondance diplomatique de Vienne au cours de cet été-là ne laisse aucun doute : Marie-Antoinette a été froidement sacrifiée aux intérêts supérieurs de l'Autriche.

À la bourse des otages, combien vaut-elle à l'heure où le peuple réclame sa tête ? La réponse est : *rien*.

Un prisonnier de huit ans

L'échec des tentatives d'évasion a sur la situation de son fils une répercussion que n'avait pas prévue Marie-Antoinette. Le 13 juillet, la Convention décide de le lui enlever. Pour couper court à tout projet de fuite. Pour dissocier son sort de celui de sa mère et faire de lui, dans les négociations en cours, un otage distinct. La Commune y ajoute une initiative de son cru : on en profitera pour lui faire donner une « éducation républicaine ». Et sur ce dernier point, elle réussit, en l'espace de quelques semaines, au-delà de toute espérance. La trahison de son fils fut pour Marie-Antoinette une souffrance atroce et pour les royalistes un objet de scandale. Sous la Restauration l'historiographie avança une explication qui fit longtemps autorité : l'enfant avait été contraint à coups de mauvais traitements de témoigner contre sa mère. Les documents disponibles aujourd'hui montrent qu'il n'en fut rien. C'est dans l'histoire d'un petit garçon orphelin, captif et très malheureux que se trouve la clef du drame.

Remontons un peu en arrière. Né le 27 mars 1785, il a quatre ans et demi lorsque l'émeute l'arrache à la douillette existence de Versailles pour l'installer aux

Tuileries, à portée des injures et des cris hostiles. La bonne Mme de Tourzel s'applique à le protéger de l'angoisse ambiante. Mais entre le retour de Varennes et les « journées » révolutionnaires, il y a de quoi déstabiliser l'enfant le mieux équilibré. La régularité de vie instaurée au Temple lui fait du bien. C'est un joli enfant blond aux yeux bleus, turbulent, expansif, rieur. Pour faire plaisir à son père, il ne rechigne pas trop au travail scolaire, à condition de pouvoir se dépenser physiquement et s'amuser. Louis XVI l'a compris. Il s'astreint à jouer avec lui chaque fois qu'il le peut, se déchargeant sur Cléry des exercices que sa corpulence lui interdit : à lui le siam, au valet les courses derrière un ballon. C'est un remarquable éducateur, à l'écoute de ce qui intéresse le petit garçon. Il le trouva un jour, conte Cléry, en train de s'amuser avec les outils d'un tailleur de pierre venu pour poser des verrous : il s'empara du marteau et du ciseau, en lui montrant comment il fallait s'y prendre. Son aptitude à s'esclaffer de farces de collégien, qui agaçait tant Marie-Antoinette, lui est-elle restée ? On aime à croire qu'il était encore capable de rire avec son fils.

Lors de l'installation dans la grande tour, on s'en souvient, le dauphin avait dû quitter sa mère pour aller habiter auprès de lui. Marie-Antoinette vécut cette séparation comme une brimade. Mais le petit Louis Charles, selon toute vraisemblance, comme un honneur. Il passait « aux hommes », il en devenait un. Six semaines durant, il partagea l'intimité de son père. Nul ne sait ce qu'ils se dirent, mais au chagrin que marqua le roi lorsqu'on le priva de lui lors du procès, on peut être sûr que des liens très étroits s'étaient tissés entre eux. De plus, on prenait l'enfant au sérieux, on l'associait à la vie commune, aux petites ruses pour tromper les gardes, il avait repéré parmi eux les bons et les méchants et guettait leur relève pour prévenir ses parents, il soignait Cléry malade et se chargeait de lui faire passer en secret une boîte de médicaments. Il se sentait important, il comptait.

Le 11 décembre, il fut brutalement coupé du roi, ramené parmi les femmes pour y vivre des semaines d'angoisse qui s'achevèrent par les adieux pathétiques du 20 janvier. Le lendemain, il comprenait que son père était mort. Pendant le temps du procès, puis celui du deuil, Marie-Antoinette, prostrée dans sa douleur, ne semble pas s'être occupée de lui. Seule put l'arracher à sa torpeur une maladie de sa fille. La petite Madame, atteignant l'âge de la puberté, présentait des troubles divers, dont une plaie infectée à une jambe. Il fallut beaucoup d'insistance pour obtenir la visite du médecin de famille, qui la guérit au bout d'un mois. Le garçonnet, lui, se portait bien. Que son cœur fût malade, qu'il eût besoin d'être écouté, dorloté, consolé, ne semble pas avoir effleuré sa mère et sa tante, trop absorbées par leur propre chagrin. Madame Royale, la préférée d'Élisabeth, désormais tenue pour adulte, était plus proche des deux femmes que du petit frère avec qui elle jouait encore l'année précédente. À un moment où son père lui manquait cruellement, l'enfant se trouva très seul, livré à lui-même, privé d'activité. Plus de promenades : le haut de la tour ne peut remplacer le jardin. Finies les parties de ballon : on lui a ôté Cléry. Son accession secrète au trône lui vaut sans doute quelques leçons de morale supplémentaires. Mais le climat est pour lui étouffant, déprimant, débilitant.

La reprise des relations clandestines avec l'extérieur, puis le projet d'évasion, qui absorbent entièrement sa mère, accentuent son isolement. Dans le portrait qu'elle a brossé de lui à sa future gouvernante, quand il avait quatre ans, elle le disait « très indiscret », répétant volontiers ce qu'il avait entendu dire, et « y ajoutant, sans vouloir mentir, tout ce que son imagination lui faisait voir ». Elle se défie donc de lui et le tient à l'écart de ce qui se trame. Lorsque Toulan et ses complices viennent débattre de l'évasion, elle l'expédie avec sa sœur dans une des tourelles, où l'on gèle : la petite Madame dira plus tard que c'était afin de les endurcir au froid ! Mais il n'est pas dupe, il devine l'essentiel, il sent que sa sœur, complice, est chargée de le surveiller et il est ulcéré de son exclusion. À huit ans, n'aurait-il pas mieux valu le traiter en homme, lui donner des explications à sa portée et miser sur son silence, en lui faisant confiance ? La solution adoptée est à coup sûr catastrophique. Après avoir été si proche du roi, il ne supporte pas d'être rejeté.

Des incidents viennent encore aggraver la situation. Il ne tient pas en place. En jouant au cheval avec un bâton, il se froisse un testicule et s'y fait une hernie. Pour le coup, on s'intéresse à lui, on fait venir le médecin qui prescrit un bandage. Mais on le gronde pour sa turbulence : adieu les sauts et gambades ! En même temps Marie-Antoinette découvre, horrifiée, qu'il se livre à des jeux solitaires à vrai dire bien innocents et d'une extrême banalité. Sa belle-sœur, plus prude qu'elle encore, se joint à ses hauts cris : réprimandes, surveillance, suspicion. Il impute à sa mère et à sa tante tous les changements intervenus dans sa vie depuis la mort de son père et il leur en veut. Il souffre physiquement de claustration et moralement de solitude.

Est-il déjà malade, comme l'affirme sa sœur ? Rien que de très banal à son âge : en mai une grosse fièvre accompagnée de convulsions, dont il se remet assez vite ; fin juin une bronchite. Il s'en relève tout juste lorsque le 3 juillet, on vient l'enlever à Marie-Antoinette, sur un double décret de la Convention. 1 – « Le jeune Louis, fils de Capet, sera séparé de sa mère et placé dans un appartement à part, le mieux défendu de tout le local du Temple », en l'occurrence celui qu'avait occupé son père au second étage. 2 – « Il sera remis dans les mains d'un instituteur au choix du Conseil général de la Commune. »

Selon le procès-verbal officiel, « la séparation s'est faite avec toute la sensibilité que l'on devait attendre dans cette circonstance, où les magistrats du peuple ont eu tous les égards compatibles avec la sévérité de leurs fonctions ». Selon Madame Royale au contraire, sa mère se battit auprès du lit de son fils, une heure durant, comme une tigresse, contre les municipaux qui tentaient de l'en arracher et ne céda que lorsqu'ils menacèrent de le tuer ainsi que sa sœur. La vérité doit se situer entre les deux. Mais il est certain que la douleur de Marie-Antoinette fut déchirante. Elle aimait passionnément son petit garçon, même si elle ne le comprenait pas toujours. Les trois femmes, désormais privées de serviteurs, furent enfermées sous les verrous jour et nuit, sauf pour de courtes promenades au sommet de la tour. Elles ne devaient avoir aucun contact avec l'enfant. Mais Marie-Antoinette découvrit un endroit d'où elle pouvait l'apercevoir lorsqu'il sortait. Elle y restait des heures entières à le guetter de loin par une petite fente entre les volets. Élisabeth lui cachait les nouvelles qu'elle obtenait par Tison : des « horreurs ». Quel genre d'horreurs ? C'est là que les documents viennent contredire la version officielle transmise par Madame Royale, celle d'un enfant maltraité, battu, enivré, terrorisé, afin de lui faire dire n'importe quoi.

« Une éducation républicaine »

Périodiquement avait été soulevée, sous la Législative, la question de l'éducation du dauphin : s'il devait être un monarque constitutionnel, ne fallait-il pas lui donner un précepteur qui le formât aux idées nouvelles ? Mais chaque fois, au grand soulagement des souverains, d'autres soucis plus urgents avaient fait oublier celui-là. Maintenant qu'il n'y avait plus de roi,

la Commune opta pour une « éducation républicaine ».
En clair, elle voulait couper l'enfant de son milieu
d'origine et le préparer à une vie d'homme ordinaire,
perdu dans la masse : une façon de le rendre inapte à
une éventuelle restauration. C'est pourquoi elle choisit
comme « instituteur » le cordonnier Simon, bon républicain, membre des Cordeliers, fidèle lecteur du *Père
Duchesne*, fruste, vulgaire, sachant à peine écrire.
Marie-Antoinette en fut consternée — on la comprend.
Cela dit, Simon et sa femme n'étaient pas des brutes.
À cinquante-sept ans, ils ne se consolaient pas de
n'avoir pas eu d'enfants. Ils prirent à cœur de remplir
de leur mieux une charge fort bien rémunérée.

On veut bien croire, comme le dit sa sœur, que le
petit Louis Charles poussa des cris déchirants lorsqu'on l'arracha à sa mère et qu'il passa les deux nuits
qui suivirent à sangloter dans son lit, à l'étage au-dessous. Mais bientôt il s'apaise, réconforté par des gens
qui se montrent gentils. Il s'apprivoise. Des délégués
de la Convention, venus s'assurer qu'il ne s'est pas
évadé du Temple, le trouvent le 6 juillet en train de
jouer aux cartes avec son « mentor ». Matériellement,
les Simon prennent grand soin de lui. La femme
achève de soigner sa bronchite, s'aperçoit qu'il a des
parasites intestinaux et lui donne du vermifuge ; son
mari lui fait quitter le deuil pour des vêtements plus
gais, puis le fait rhabiller de pied en cap par l'ancien
tailleur du roi : le voici avec deux costumes doublés
de soie, l'un en nankin pour les grosses chaleurs,
l'autre en drap de Louviers pour les jours plus frais.
L'enfant, qui aime à plaire — il tient cela de sa mère
— est ravi qu'on s'occupe de lui. Les Simon n'ont rien
à faire d'autre. Pas de leçons : « l'instituteur » serait
bien en peine d'enseigner quoi que ce soit à un élève
qui en sait déjà plus que lui. Si, pourtant : il lui apprend
tous les chants du répertoire révolutionnaire. On ne lui
impose aucune contrainte : il peut courir, sauter, jouer

toute le journée. Ses nouveaux tuteurs ne savent que faire pour le distraire. Ils lui procurent un petit chien, des oiseaux, des poulets. Bientôt Simon découvre dans l'ancien palais du Grand Prieur un fabuleux jouet, une grande cage contenant une serinette, c'est-à-dire un de ces automates musicaux destinés à dresser les oiseaux chanteurs. L'engin ne marche pas ? Qu'à cela ne tienne, la Commune paiera 300 livres à un horloger pour qu'il remette l'oiseau mécanique en état d'agiter la tête, de battre des ailes et de siffler la Marche du Roi. Non, le petit garçon n'est pas un enfant martyr, roué de coups et abreuvé de mauvais traitements. Lui fait-on boire du vin ? C'est possible : pas pour l'avilir, mais pour le traiter en homme, comme cela se faisait trop souvent dans le peuple. Jouissant d'une relative liberté, gâté à outrance, il s'en donne à cœur-joie, sans penser à rien.

Son langage se ressent évidemment du nouveau milieu qui est le sien, au grand scandale de sa sœur et d'Élisabeth : « Nous l'entendions chanter, avec Simon, *La Carmagnole*, l'air des Marseillais, et mille autres horreurs [...] ; il le faisait chanter aux fenêtres pour être entendu par la garde, et lui apprenait à prononcer des juerments affreux contre Dieu, sa famille et les aristocrates. » La petite Madame n'est pas seule à s'indigner. L'enfant répète tout ce qu'on dit autour de lui. Certains municipaux trouvent que Simon en fait trop et n'hésitent pas à dire qu'il a tort de chanter des chansons obscènes devant le « petit Capet », à qui il conviendrait de donner une éducation « plus conforme aux bonnes mœurs ». Un jour qu'il entendait du bruit dans l'appartement des prisonnières, au-dessus de sa tête, l'un d'eux scandalisé l'entendit s'écrier : « Est-ce que ces putains-là ne vont pas être bientôt guillotinées ? » Mais les protestations sont vaines : la Commune tient à ce qu'on fasse de lui un bon sans-culotte.

Tout cela est désolant, mais il y a bien pis. Malheureusement, très vite l'enfant, mis en confiance, se met à bavarder. Il y a longtemps qu'il n'a pas rencontré des auditeurs attentifs, qui le prennent au sérieux. A-t-il l'impression de trahir des secrets ? Sa mère ne lui a jamais fait promettre de ne rien dire, puisqu'elle-même ne lui disait rien. Mais il a compris tout seul bien des choses, et il n'en est pas peu fier. De plus il n'a pas digéré un certain séjour forcé d'une heure et demie dans la tourelle glaciale. Alors il exhibe ses découvertes personnelles. Il révèle que quelques commissaires du Temple dont il donne les noms — Toulan, Lepître, Bruneau, Le Bœuf — avaient avec les prisonnières de nombreux et longs conciliabules et qu'ils leur parlaient avec familiarité.

Bientôt ses propos prennent un autre tour, infiniment plus déplaisant. Ce qu'il a dit sur les gardes est vrai. Mais il va mentir. Simon et sa femme, tout comme Marie-Antoinette, ont surpris ses petits manèges nocturnes. Et ô surprise, pour la première fois, ils se sont fâchés. Que faire ? Il a encore sur le cœur les gronderies précédentes. Par bravade il réplique que c'est sa mère qui lui a enseigné cette pratique. Imaginons l'effet produit par une pareille révélation sur les Simon, abreuvés de littérature ordurière sur la Messaline lubrique, adonnée à tous les vices. Aucun doute ne les effleure sur ce que raconte le gamin pris en faute. Tout imbu de son importance, le cordonnier s'en va faire son rapport à la Commune, qui convoque l'enfant pour un interrogatoire.

Le 6 octobre, le « petit Capet » comparaît devant le maire, le substitut Hébert et quelques dignitaires municipaux. Questionné par Chaumette, il répète complaisamment tout ce qu'il a dit sur les gardes. Par bonheur il ne parle pas du projet d'évasion, parce qu'il n'a pas entendu leurs conversations, mais la sympathie qu'ils ont montrée aux captives suffit à leur coûter leur place. Il semble que pour faire bonne mesure les enquêteurs

lui aient soufflé quelques noms, car il est matériellement impossible que Pétion, Manuel, Bailly et La
Fayette aient trempé dans l'affaire. Quant à la seconde
question, on laissera parler ici le procès-verbal : « Déclare en outre qu'ayant été surpris plusieurs fois dans
son lit par Simon et sa femme à committre sur lui des
indécences nuisibles à sa santé, il leur avoua qu'il avait
été instruit dans ces habitudes pernicieuses par sa mère
et sa tante, et que différentes fois elles s'étaient amu-
sées à lui voir répéter ces pratiques devant elles et que
bien souvent cela avait lieu lorsqu'elles le faisaient
coucher entre elles. » La suite figure seulement en
marge, à titre de commentaire : « Que de la manière
dont l'enfant s'est expliqué, il nous a fait entendre
qu'une fois sa mère le fit approcher d'elle, qu'il en
résulta une copulation, et qu'il en résulta un gonfle-
ment d'un de ses testicules, connu de la citoyenne
Simon, pour lequel il porte encore un bandage, et que
sa mère lui a recommandé de n'en jamais parler, que
cet acte a été répété plusieurs fois depuis. »

Les bornes de l'ignoble n'étant pas encore franchies,
le petit garçon fut confronté à sa sœur, puis à sa tante,
devant qui il maintint mordicus ses déclarations. L'habileté des interrogateurs fut de l'opposer d'abord à
elles sur les conciliabules avec les gardes. L'enfant
s'exaspéra de les entendre nier ce qui était vrai. Une
fois lancé, il ne toléra plus d'être contredit et se cram-
ponna sur tout le reste à ses déclarations antérieures.
Était-il capable, au point où il en était, de distinguer le
vrai du faux ? Et surtout comprenait-il ce qu'on lui
faisait dire ? On conçoit que sa tante et sa sœur, révol-
tées, aient cherché dans les mauvais traitements
infligés par Simon un moyen de l'innocenter. Mais
l'explication qui prévaut aujourd'hui ne l'accable pas
davantage. Il est la victime des chocs subis à répétition
depuis quatre ans, ballotté de droite et de gauche,
réceptif à la tension et à l'angoisse de ses parents. Et

surtout, il n'a pas surmonté la perte d'un père qu'il
adorait. Pauvre, pauvre enfant, dont on se demande,
s'il avait vécu, comment il aurait assumé ce souvenir !

Marie-Antoinette ne sait encore rien de tout cela.
Tout au plus a-t-elle entendu son fils chanter quelques
chansons au goût du jour. Mais lorsque éclatent les
révélations et lorsqu'ont lieu les interrogatoires elle a
quitté le Temple depuis deux mois. Elle est à la
Conciergerie, en attente de jugement.

Chapitre vingt-quatre

La marche funèbre

Dans la nuit du 1er au 2 août, les captives du Temple avaient été tirées du sommeil en grand branle-bas à deux heures du matin par quatre commissaires de la Commune, que dirigeait un Michonis figé dans le strict exercice de ses fonctions*. Ils lurent à Marie-Antoinette l'arrêté pris par la Convention à la demande du Comité de salut public, qui la renvoyait devant le tribunal extraordinaire et ordonnait son transfert immédiat à la Conciergerie. « Elle entendit la lecture de ce décret sans s'émouvoir, dit Madame Royale, et sans leur dire une parole. Pendant qu'elle fit le paquet de ses vêtements, les municipaux ne la quittèrent point ; elle fut même obligée de s'habiller devant eux. Ils lui demandèrent ses poches**, qu'elle donna ; ils les fouillèrent, et prirent tout ce qu'il y avait dedans, quoique ce ne fût pas du tout important. Ils en firent un paquet, qu'ils dirent qu'ils enverraient au Tribunal révolutionnaire, où il serait ouvert devant elle. Ils ne lui laissèrent qu'un mouchoir et un flacon, dans la crainte qu'elle ne se trouvât mal. » Elle recommanda à sa fille d'obéir à sa tante comme à une seconde mère, à celle-ci de veiller sur ses enfants, et les embrassa toutes deux. Ni cris ni

---

* Membre important de la Commune, il était alors administrateur de police chargé de la partie des prisons.
** Les poches des vêtements féminins étaient alors autonomes, simplement suspendues par un cordon passé autour de la taille. Le flacon dont il est question plus loin est un flacon de *sels*.

larmes, comme lors des précédentes séparations. Elle
s'en alla vers son destin sans jeter un regard derrière
elle, « de peur sans doute que sa fermeté ne l'abandon-
nât ». Au bas de l'escalier, en passant le dernier guichet, elle oublia de se baisser, se cogna la tête.
Michonis lui demanda si elle s'était fait mal : « Oh !
non, répondit-elle ; rien à présent ne peut me faire du
mal. »

Escortée de ses gardes, elle franchit le jardin, traversa le palais du Grand Prieur, monta dans une des
trois voitures qui attendaient, entourées de gendarmes
à cheval et fut emmenée à vive allure vers le Palais de
justice. Opération réussie. On craignait un enlèvement.
Aussi avait-on décidé d'agir dès la signature du décret.
L'heure, au creux de la nuit, était bien choisie. L'escorte n'eut pas à intervenir : nul ne se doutait de rien,
il n'y avait pas un chat dehors.

On allait donc lui faire son procès. Mais on y mettait
moins d'égards que pour son époux. Louis XVI avait
été jugé par la Convention, érigée en tribunal pour la
circonstance. On l'avait séparé de sa famille, mais on
l'avait laissé dans son appartement, où il avait pu recevoir librement ses avocats. Marie-Antoinette est
envoyée devant la même juridiction qu'une banale criminelle [*], on l'arrache au luxe relatif de sa prison spé-
ciale pour la mettre au régime général. Ce traitement
relève de la volonté égalitariste qui gagne de jour en
jour : la « citoyenne Capet » n'est qu'une accusée
comme une autre. Mais il témoigne également d'une
haine qui a des racines plus anciennes. Dès l'origine
les révolutionnaires se sont acharnés à dissocier de son
époux la reine en qui ils sentaient un adversaire résolu,
ils l'écartaient de lui dans les cérémonies, la constitution de 1791 spécifiait qu'il était seul couvert par l'in-

---

[*] Le tribunal a reçu le nom d'extraordinaire parce qu'il n'a pas
été prévu par les textes législatifs et qu'il est donné pour provisoire,
adapté à la gravité des circonstances.

violabilité — pas elle. La guerre n'a rien arrangé : en humiliant l'orgueilleuse Autrichienne, sœur de l'empereur, c'est une revanche qu'ils prennent sur l'ennemi. Quel plaisir de lui faire savourer son abaissement !

Une prisonnière (pas tout à fait) comme les autres

Il n'est guère plus de trois heures du matin lorsque le cortège convoyant la reine déchue pénètre dans la cour du Mai, au Palais de justice. À droite du grand escalier s'ouvre un couloir menant à la prison. Aux coups de crosse frappés sur la porte par les soldats, le guichetier de service, un nommé Larivière, encore tout ébouriffé de sommeil, voit se dresser devant lui une femme dont la blancheur de cire ressort étrangement sur son long vêtement noir. Il a peine à reconnaître celle qu'il a vue à Versailles, lorsqu'il y était garçon pâtissier, dans tout l'éclat de sa beauté. Arrive le concierge, Richard, avec le registre d'écrou, pour procéder aux formalités d'usage. Elles ne lui seront pas épargnées, mais Michonis, soit compassion, soit prudence, la fait aussitôt conduire à la cellule qui l'attend. C'est là qu'a lieu l'interrogatoire d'identité. À la question rituelle sur son nom, elle aurait simplement répondu : « Regardez-moi. » On déballe devant elle le petit paquet confisqué au Temple, on en fait l'inventaire et on le met sous scellés. La voici dûment enregistrée sous le n° 280.

Si soucieux qu'on fût de l'abaisser, il n'est pas question de la mêler aux détenues ordinaires. On a prévu pour elle une cellule individuelle où elle sera coupée, en principe, du monde extérieur. La pièce désignée est l'ancienne salle du Conseil, dont on a évacué en hâte le dernier occupant, le général Custine. Située au rez-de-chaussée, en contrebas de la cour intérieure sur laquelle donne sa fenêtre, elle manque d'air et de

lumière et elle suinte l'humidité qui monte de la Seine
toute proche, ruisselle sur le mur lépreux mal dissimulé
par un châssis tendu d'une toile peinte et fait luire le
carrelage de briques. Une table et deux chaises, un lit
de sangles muni de deux matelas, un fauteuil canné
pouvant faire office de chaise percée et un bidet forment tout l'ameublement. La femme du concierge,
Mme Richard, a fait un effort pour rendre l'endroit
moins repoussant : elle a garni le lit de draps propres
en toile fine et d'un oreiller bordé de dentelles. La
petite servante, Rosalie Lamorlière*, a apporté de chez
elle un petit tabouret recouvert de tissu. Elle est là,
accueille la prisonnière, lui offre de la déshabiller : « Je
vous remercie, ma fille, mais depuis que je n'ai plus
personne, je me sers moi-même. » Cette réponse, fort
sèche, est très vraisemblable. Marie-Antoinette, projetée dans un lieu inconnu, redoutable, se replie sur elle-
même, se referme en une manière de défi : ne pas parler, ne rien demander, ne rien devoir à personne —
surtout à des gens postés auprès d'elle pour l'espionner.

Elle a pris l'habitude, certes, de vivre sous le regard
de geôliers, mais jamais dans une telle promiscuité.
L'espace lui est si étroitement mesuré qu'il lui est
impossible de s'isoler. Ici, pas de tourelle pour abriter
une garde-robe. Les deux gendarmes chargés de la garder à vue jour et nuit sont installés dans sa cellule
même, une pièce de douze pieds sur douze. Le paravent de quatre pieds de haut qui sert de séparation lui
permet à peine de se soustraire à leurs regards lors-

---

* La plupart des détails permettant de se représenter la vie de
Marie-Antoinette à la Conciergerie proviennent de la relation de
Rosalie Lamorlière. Certes les souvenirs de la jeune fille, qui savait
à peine lire et écrire, ne sont pas de sa main. Ils ont été rédigés par
un professionnel dans un style plus relevé. Ce n'est pas une raison
pour écarter les détails précis, concrets, que celui-ci a pu tirer de
ses entretiens avec elle.

qu'elle s'habille ou fait sa toilette. Elle est à la merci de leur discrétion.

Cependant elle découvre assez vite que le milieu ne lui est pas hostile, au contraire. À la différence des municipaux qui régnaient sur le Temple, le petit personnel de la prison n'a pas été sélectionné sur des critères politiques, il est formé de gens que la chute de l'Ancien Régime a laissés sur le pavé et qui se sont reconvertis comme ils ont pu. Ces gens simples ont conservé pour la monarchie, ou ce qu'il en reste, une révérence instinctive, à laquelle vient s'ajouter la compassion qu'inspire la grandeur tombée. Michonis a-t-il donné des consignes ? Se contente-t-il de donner l'exemple d'une mansuétude que tous s'emploient ensuite à imiter ? Toujours est-il que la prisonnière est bien traitée. Le couple Richard s'emploie à adoucir son sort. La robe noire qu'elle avait sur le dos en arrivant est toute rongée sous les bras et effilochée à l'ourlet à force d'avoir traîné sur le sol de pierre. Aussitôt on lui envoie la vieille mère du guichetier, munie d'étoffe achetée exprès, pour la remettre en état. Bientôt, on fera venir du Temple ou on lui procurera une robe blanche, un peu de lingerie, des mouchoirs, des bas noirs, un jupon d'indienne, des fichus de cou et des chaussures pour remplacer ses pantoufles disloquées par l'humidité.

Deux femmes s'occupent d'elle. La petite Rosalie, chargée de lui apporter ses repas, est un trop humble personnage pour faire partie du personnel de surveillance. Son cœur est tout acquis à la malheureuse. Comme elle a le droit d'aller et de venir, elle fait au besoin quelques commissions, lui procure de menus objets, ainsi un petit miroir à bordure rouge qu'elle lui achète de ses propres deniers. La dame Harel, en dépit de son talent pour nouer autour des cheveux de la reine le ruban blanc qui lui permet ensuite de les relever en un sorte de chignon, est beaucoup moins sympathique.

C'est un garde-chiourme femelle attaché à la captive, dont le « travail » consiste surtout à avoir l'œil sur elle. La nourriture est soignée, Mme Richard trouvant toujours quelque maraîchère prête à fournir ce qu'elle a de meilleur si c'est « pour la reine ». Et les gendarmes — ils le confirmeront lors d'un interrogatoire — se relaient pour lui apporter des fleurs : des œillets surtout, mais aussi de la tubéreuse et des juliennes. Aussi les journaux jacobins, soucieux d'éviter que l'opinion ne s'émeuve sur son sort, peuvent-ils donner de sa vie quotidienne une évocation idyllique : « Antoinette se lève tous les jours à sept heures et se couche à dix. [...] Elle mange avec beaucoup d'appétit ; le matin, du chocolat et un petit pain ; à dîner de la soupe et beaucoup de viande, poulets, côtelettes de veau et de mouton : elle ne boit que de l'eau, ainsi que sa mère, dit-elle, qui ne but jamais de vin. Elle a quitté la lecture des révolutions d'Angleterre et lit actuellement *Le Voyage du jeune Anacharsis* ; elle fait sa toilette elle-même, avec cette coquetterie qui n'abandonne point une femme au dernier soupir. » Et si l'on ajoute que l'eau en question n'est pas celle de la Seine, mais celle de Ville-d'Avray, réexpédiée du Temple, il semble qu'amis et ennemis se soient donné le mot pour nous faire croire que Marie-Antoinette est tombée dans la meilleure des prisons possibles.

Il y aurait beaucoup à dire sur ce tableau. Ces divers adoucissements ne compensent pas l'angoisse du lendemain, la solitude jointe à l'absence de toute intimité, l'ennui, l'immobilité forcée. À la différence des autres détenues, elle n'a droit à aucune sortie, elle est condamnée à tourner en rond dans un espace de quelques pieds carrés. On lui a accordé des livres, mais on lui interdit la broderie et le tricot sous prétexte qu'elle pourrait « se faire mal avec les aiguilles ». Alors, pour occuper ses doigts, elle arrache des fils à la tenture murale usée et en fait des tresses, bien lisses et bien régulières — l'équivalent, avec un matériau plus rustique, des « nœuds » que faisaient jadis avec du fil d'or les filles de Louis XV pour tuer le temps ! Le jour, il y a un peu de vie autour d'elle ; Michonis vient la voir sous couleur d'inspection et en profite pour lui donner des nouvelles de ses enfants ; par sa fenêtre elle aperçoit des visages dans la cour des femmes ; quand le temps lui semble trop long, elle regarde ses deux gendarmes jouer au jacquet. Mais il est des égards qui lui retournent le couteau dans la plaie : Mme Richard, croyant lui faire plaisir en lui amenant son fils, un blondinet de sept ou huit ans, lui a arraché des larmes. Et les nuits la laissent face à elle-même et à son destin.

Peut-être la nourriture est-elle convenable, du moins au début, mais il n'est pas sûr qu'elle y fasse honneur. Rosalie devra souvent insister pour la faire manger. En fait, elle est gravement malade. À trente-sept ans, elle a « prodigieusement changé », il ne lui reste rien de sa beauté ancienne. C'est une femme vieillie, usée, méconnaissable, visiblement minée de l'intérieur. Dès avant la Révolution, sa santé s'est altérée, elle souffre d'une jambe et surtout elle ne s'est jamais tout à fait remise de sa dernière maternité. Au mois de mai, le médecin du Temple l'a soignée pour des convulsions. Maintenant, atteinte d'hémorragies chroniques qui font penser à un fibrome ou à une tumeur cancéreuse, elle se vide lentement de son sang en même temps qu'elle voit fondre ses chairs. Une immense lassitude mine peu à peu son appétit de vivre.

D'autres pourtant s'occupent d'elle et ne désespèrent pas de la tirer de là.

La conspiration de l'Œillet

Si surprenant que la chose puisse paraître, la Conciergerie offrait plus de facilités que le Temple pour une évasion. D'abord parce qu'il n'y avait qu'une seule personne à faire évader et non quatre. Ensuite parce que la surveillance y était beaucoup moins stricte.

La Conciergerie, qui abritait à la fois des prisonniers politiques et des « droit commun », était un vaste caravansérail où se côtoyaient les suspects en tout genre, prêtres réfractaires et prostituées, voleurs à la tire et ex-révolutionnaires vaincus. Les allées et venues y étaient incessantes. Il fallait nourrir tout ce monde, plutôt mal que bien, ce qui supposait l'intervention d'un bon nombre de domestiques faisant le lien avec l'extérieur. Les prisonniers, eux, se rencontraient lors des promenades et l'information circulait rapidement. On ne tarda pas à apprendre la présence de la reine et elle obtint aussitôt un gros succès de curiosité. Les femmes détenues se lassèrent vite de s'écraser le nez contre la fenêtre de sa cellule pour l'apercevoir. Mais les gardiens trouvèrent un moyen lucratif d'arrondir des fins de mois que la dévaluation accélérée des assignats rendait de plus en plus difficiles : moyennant une honnête rétribution, ils se laissaient convaincre d'amener des visiteurs jusqu'à l'illustre captive. « Un Anglais, arrivé en Suisse, note Fersen dans son *Journal*, dit avoir payé vingt-cinq louis pour entrer dans la prison de la reine. Il y a porté une cruche d'eau ; c'est un souterrain où il n'y a qu'un mauvais lit et une table et une chaise. Il a trouvé la reine assise, le visage appuyé et couvert de ses mains, la tête enveloppée de deux mouchoirs et extrêmement mal habillée ; elle ne l'a même pas regardé et il ne lui a rien dit ; cela était convenu. » La malheureuse ainsi offerte en spectacle comme une bête curieuse se défend de son mieux contre ces intrusions indiscrètes, en se bouchant les yeux et les oreilles. Et les visiteurs restent pour elle des ombres fugitives, anonymes. Comment pourrait-elle les reconnaître ? « Il en venait tant », dira-t-elle aux enquêteurs.

Mais tous n'étaient pas mus par la seule curiosité. Les historiens se divisent sur le crédit à accorder au témoignage — très tardif — d'une certaine demoiselle Fouché qui affirme avoir procuré à la reine les secours de la vraie religion. Il y avait à la Conciergerie parmi les prisonniers des prêtres non assermentés, qui avaient mis au point avec des confrères libres un système de relais pour apporter à l'intérieur de la prison les objets nécessaires à l'office ou même des hosties déjà consacrées. Ce pieux trafic était couvert, parmi le personnel, par un certain nombre de complices qui n'étaient pas encore convertis au culte de la déesse Raison et avaient scrupule à refuser aux condamnés un dernier viatique. Mlle Fouché aurait fini par conquérir, au cours de trois visites successives, la confiance de Marie-Antoinette. À la suite de quoi la complaisance du concierge aurait permis à un certain abbé Magnin « de confesser deux fois la reine et de lui porter la sainte communion » : c'est du moins ce que celui-ci affirmera sous serment. Eut-il le loisir, comme le prétend la bonne demoiselle, de dire une messe complète, une heure et demie durant ? La chose est moins sûre. Et pourtant ? En fait, il suffisait que les deux gendarmes de garde fussent restés croyants[*].

---

[*] Il est possible qu'il s'agisse seulement là d'une pieuse légende destinée à prouver que la reine a eu une « bonne mort ». Un des principaux arguments invoqués pour mettre en doute cet épisode est le fait que Marie-Antoinette, dans sa lettre testamentaire, précise qu'elle va à la mort « sans aucune consolation spirituelle », « ne sachant s'il existe encore ici des prêtres de cette religion » (catholique romaine) et n'ayant pas voulu les exposer en les appelant auprès d'elle. Mais l'abbé a bien précisé que ses interventions se situaient « du temps du concierge Richard », c'est-à-dire avant le transfert de Marie-Antoinette dans une cellule plus étroitement gardée, où elle passera plus d'un mois : un délai suffisant pour qu'elle

Une autre intrusion, en tout cas, est très largement attestée, quoique nous ne connaissions qu'une partie de l'affaire*.

Seules les visites de Michonis tirent la reine de sa torpeur, à cause des nouvelles qu'il lui apporte. Elle se lève donc pour l'accueillir le mercredi 28 août. Il est accompagné ce jour-là d'un petit homme de cinq pieds un pouce — ainsi le décriront les gendarmes —, pâle, le teint clair, le visage un peu rond grêlé de petite vérole, les cheveux châtains coiffés en boucles pendantes, portant un habit rayé couleur « boue de Paris ». À peine a-t-elle jeté un regard sur lui qu'elle « tressaille » de tous ses membres. Un « grand feu » lui monte au visage tandis que les larmes lui tombent des yeux. Elle a reconnu un chevalier de Saint-Louis qui se trouvait aux Tuileries lors de la journée du 20 juin : c'est l'un de ceux qui l'ont empêchée de suivre le roi allant affronter les émeutiers. Peut-être ignore-t-elle son nom, comme elle le soutiendra à l'interrogatoire. Mais elle n'a aucun doute sur le but de sa venue. Les titres militaires et nobiliaires du chevalier de Rougeville sont peut-être usurpés, mais son intrépidité est on ne peut plus authentique, ses sentiments monarchiques aussi. Arrachant l'œillet qu'il porte à sa boutonnière, il le jette au fond de la pièce, près du poêle, en s'efforçant d'accrocher le regard de la reine. Puis voyant qu'elle n'a pas l'air de saisir, il se penche vers elle et lui mur-

se demande s'il y a *encore* des prêtres réfractaires à la Conciergerie, et pour qu'elle déplore de n'avoir pas reçu de l'un d'eux le secours préparatoire à la mort.

* Sur cette affaire, qui a fait couler beaucoup d'encre et inspiré à Alexandre Dumas *Le Chevalier de Maison-Rouge*, nous ne savons que ce qu'en dit le procès-verbal des interrogatoires menés auprès des principaux participants, lesquels étaient plus soucieux de se protéger que de dire la vérité. Y eut-il un seul ou deux œillets ? Le procès-verbal n'en mentionne qu'un. Mais Rougeville prétendra qu'il y en avait un second, contenant un plan d'évasion. Faute de pouvoir vérifier toutes les assertions ultérieures, nous nous en tiendrons ici à ce qui apparaît dans les interrogatoires.

mure quelques mots. Cette fois elle a compris. Les deux hommes sortent, elle les aperçoit dans la cour, elle détourne alors l'attention du gendarme Gilbert en l'envoyant vers eux pour leur transmettre, par la fenêtre, ses doléances sur la nourriture. Que faisait alors le second gendarme ? Il observa le visiteur inconnu, vit l'émotion de la reine, mais n'entendit pas la conversation et ne remarqua rien. Que faisait la femme Harel ? Non, non, elle ne jouait pas aux cartes avec les gardes ce jour-là, elle « travaillait » et n'a rien vu ni rien entendu.

Marie-Antoinette s'est glissée en hâte derrière le paravent pour ramasser l'œillet. À l'intérieur elle découvre un billet. Que contenait ce billet, qu'elle a détruit après l'avoir lu ? « Des phrases vagues », dira-t-elle lorsqu'un second interrogatoire l'obligera à sortir de ses dénégations initiales. Deux choses précises cependant : une offre d'argent et la promesse de revenir le vendredi suivant. Tout laisse à penser qu'il s'agissait d'un projet d'évasion. Rougeville reparaît dans le quart d'heure qui suit, avec Michonis. L'œillet n'est plus à terre près du poêle. Mais a-t-elle déjà trouvé le moyen de lire le message ? Il semble que non.

La suite de l'histoire, telle que la soumit au tribunal le gendarme Gilbert, est parfaitement incroyable. « Voyez comme je suis tremblante ! lui aurait-elle dit après le départ des deux hommes. Ce particulier que vous venez de voir est un ci-devant chevalier de Saint-Louis [...]. Vous ne vous douteriez pas de la manière dont il s'y est pris pour me faire passer un billet... » Et de lui raconter l'incident. Comme si cela ne suffisait pas, elle lui montra « un billet qu'elle avait piqué, et dont les pointes formaient deux ou trois lignes d'écriture ». « Voyez, lui dit-elle fièrement, je n'ai pas besoin de plume pour écrire. » Elle ajouta que c'était une réponse destinée à l'homme à l'œillet. La femme de

service, qui était allée chercher de l'eau, revint sur ces
entrefaites et le gendarme empocha précipitamment le
bout de papier qu'on lui montrait. Il le porta aussitôt,
dit-il, à la concierge, à charge pour elle d'en informer
Michonis.

Mme Richard s'empressa de refiler le dangereux
dépôt à celui-ci, dont le premier soin fut de rassurer la
brave femme en traitant la chose de bagatelle, avant de
décommander la suite des opérations. Pour plus de
sûreté, il transperça le papier de trous supplémentaires
afin de le rendre illisible. Le fameux billet, versé au
dossier, est parvenu jusqu'à nous. Un spécialiste qui a
tenté de le déchiffrer a cru y lire : « Je suis gardée à
vue. Je ne parle à personne. Je me fie à vous. Je vien-
drai. » Marie-Antoinette, interrogée sur ce point à deux
reprises, avouera : « Avec une épingle j'ai essayé de
marquer que j'étais gardée à vue, que le danger était
trop grand pour y* reparaître, et que je ne pouvais ni
parler ni écrire » et « J'ai essayé avec une épingle, non
pas de lui répondre, mais de l'engager à n'y pas revenir, en cas qu'il s'y présentât encore ».

Il est évident qu'elle n'aurait pas fait de confidences
au gendarme Gilbert si elle n'avait su qu'il était gagné
à sa cause, ainsi sans doute que son compagnon et la
dame Harel. Le réseau de complicités devait s'étendre
jusqu'au couple de concierges. Mais chacun restait
d'une extrême prudence, tant les risques étaient grands
et la délation fréquente. Or Marie-Antoinette, qui n'a
pas eu la présence d'esprit ou les moyens de répondre
sur le moment à ses sauveteurs, demande à Gilbert,
selon toute probabilité, un service exceptionnel. Il ne
s'agit plus seulement pour lui de fermer les yeux. Si
l'évasion est prévue pour le surlendemain, elle veut
faire savoir qu'elle est d'accord. Elle compte sur lui
pour en avertir Michonis de toute urgence. Il n'em-
poche donc pas le billet pour le dérober à la curiosité de

---

* À la Conciergerie, dans sa cellule.

la femme de service, mais pour remplir cette mission. Et si elle lui en reparle le jour suivant, ce n'est pas, comme il le prétendra, afin de le récupérer, mais pour lui demander s'il est parvenu à destination. Gilbert, dont les allées et venues ne sont pas libres, a déposé le billet auprès de la concierge, qui, tout naturellement, l'a remis à l'administrateur. À partir de là, les procès-verbaux d'interrogatoire sont muets — on le comprend aisément. Les conjurés tentèrent-ils vraiment d'enlever Marie-Antoinette, comme le racontera Rougeville, et furent-ils arrêtés au seuil de la porte par un gendarme non prévenu ? Y eut-il simplement contrordre ? Ce qui est sûr, c'est que Gilbert, affolé, se décida le 3 septembre à faire à son supérieur hiérarchique un rapport sur l'incident de l'œillet : ce délai de six jours suffit à prouver sa complicité.

Pourquoi Marie-Antoinette a-t-elle éprouvé le besoin de répondre, alors qu'il suffisait aux auteurs du complot de savoir qu'elle était au courant et qu'elle ne marquerait donc aucune surprise lorsqu'ils viendraient la chercher ? Il y a toujours eu chez elle ce besoin d'intervenir, d'agir, de prendre les choses en main. Il s'y ajoute à cette date l'habitude et le goût, contractés au Temple, des moyens de communication clandestins. Et il faut bien le dire, une légèreté foncière qui lui fait sous-estimer les dangers qu'elle court, ainsi que ceux qu'elle fait courir aux autres.

L'affaire remonta aussitôt jusqu'au Comité de sûreté générale. Rougeville échappa à ses limiers. Les comparses mineurs furent acquittés. Les Richard, destitués de leur poste, s'en tirèrent avec six mois de prison. Michonis, le plus suspect de tous, coupable à tout le moins de s'être conduit avec une insigne négligence, fut incarcéré et les révélations du petit Louis Charles achevèrent bientôt de l'accabler : il finit sur l'échafaud. Mise en présence des aveux des autres, Marie-Antoinette, qui avait commencé par nier, s'était décidée à parler — le moins possible. Elle expliqua son silence initial par le souci de ne pas compromettre son visiteur : mais « voyant la chose découverte, elle n'a pas alors balancé de déclarer ce qu'elle savait ». Les enquêteurs profitèrent de ses deux interrogatoires pour la questionner sur l'ensemble de son rôle politique : un avant-goût, une sorte de répétition générale de son procès à venir. Elle en tira un enseignement utile sur leur manière de procéder.

Mais dans l'immédiat, tout ce qu'elle gagna à l'affaire fut un tour de vis sévère. On fouilla sa cellule de fond en comble, on lui enleva les derniers objets personnels qu'elle possédait : un anneau d'or — sans doute son anneau de mariage —, quatre petites bagues, plusieurs cachets en or, dont l'un avait pour légende *Amour* et *Fidélité*, un médaillon contenant des cheveux et une montre en or, « à répétition et à quantième * », qui lui a été offerte non par sa mère à son départ de Vienne, mais par son mari, pour remplacer celle qui lui fut volée le 10 août sur le chemin du Manège : elle portait la marque de Bréguet, 46 quai de l'Horloge à Paris. Puis on la changea de cellule. Aucune ne paraissant assez sûre, on aménagea le local réservé au pharmacien, qui fut prié d'en évacuer tout le contenu, y compris les armoires vitrées. Il y avait trois ouvertures, sans compter la porte. On obtura au moyen d'une tôle épaisse la fenêtre vers l'infirmerie, on combla par de la maçonnerie la petite croisée qui donnait sur le corridor, enfin on condamna jusqu'à mi-hauteur par une tôle la grande fenêtre grillée ouvrant sur la cour des femmes, le reste étant recouvert d'un maillage très serré de fils de fer. On alla jusqu'à boucher avec du ciment la gargouille servant à l'écoulement des eaux. On acheva de transformer l'endroit en forteresse par la pose d'une seconde porte, cloutée, de forte épaisseur, pour doubler

* Montre qui indiquait le quantième du mois et sonnait l'heure, la demie et les quarts si l'on poussait un bouton.

la première, toutes deux étant munies de serrures de sûreté et de verrous. Marie-Antoinette était au secret.

On renouvelle tout le personnel autour d'elle, sauf la très humble Rosalie. Ce sont de nouveaux gendarmes qui s'installent dans sa cellule. On leur en adjoint deux autres, à l'extérieur. L'un montera la garde dans le couloir, devant la porte, l'autre dans la cour, avec pour consigne d'empêcher les curieux d'approcher de la fenêtre à moins de dix pas, et placé lui-même de façon à apercevoir par-dessus la plaque de tôle l'ensemble de la pièce. Pas de chandelle. La captive n'a d'autre lumière que celle du jour, ou ce qui lui en arrive. La nuit, c'est le noir complet. Les nouveaux concierges, M. et Mme Bault, qui n'ont le droit de pénétrer auprès d'elle qu'accompagnés d'un gradé de gendarmerie, s'en tiennent à l'application stricte du règlement. Adieu les bouquets de fleurs, adieu les gâteries alimentaires. Marie-Antoinette est mise à l'ordinaire de la prison. Mais comme on tient à la garder en vie, on la soigne à coups de potions calmantes et de bouillons rafraîchissants. Elle supporte très mal l'isolement, le vide, la privation de toute activité, l'absence de toute vie autour d'elle, l'écoulement des heures, des jours qui passent, et dont elle finit par perdre le compte. Et l'incertaine attente d'une mort probable, plus torturante que la mort elle-même.

La fin du suspens

Aussitôt après l'exécution du roi, la gauche de l'Assemblée avait réclamé la tête de la reine. Dès le 27 mars, Robespierre clamait à la tribune : « La punition d'un tyran [...] sera-t-elle le seul hommage que nous ayons rendu à la liberté et à l'égalité ? Souffrirons-nous qu'un être non moins coupable, non moins accusé par la nation et qu'on a ménagé jusqu'ici comme par un reste de superstition pour la royauté, souffrirons-nous qu'il attende tranquillement ici le fruit de ses crimes ? » Tout au long des mois qui suivent, ce thème des « crimes de l'Autrichienne » alimente l'éloquence des orateurs montagnards et la verve ordurière d'Hébert dans *Le Père Duchesne*. Mais on ne touche à Marie-Antoinette qu'à petits coups, pour faire durer le suspens. On la garde en réserve.

À vrai dire, la Convention a d'autres soucis que la reine déchue au cours de ce dramatique été 1793. Les coalisés mènent sur tous les fronts des campagnes victorieuses. À Paris, le petit peuple gronde : le prix du pain grimpe à mesure que baisse la valeur des assignats. Une politique de taxation aboutit à faire disparaître du marché le blé fourni par une récolte pourtant excellente. Dans les queues qui s'allongent devant les boulangeries, on vitupère le gouvernement. Le 2 juin, c'est au tour de la Convention de se voir assiégée par l'émeute dans les Tuileries où elle a remplacé la défunte monarchie. Débordée, elle sacrifie les girondins : vingt-neuf d'entre eux sont décrétés d'arrestation, les plus chanceux s'enfuient, les autres sont promis à la guillotine. Leur chute entraîne de violentes réactions en province, dont beaucoup sont originaires. De grandes villes comme Lyon, Caen, Bordeaux, Marseille, Toulon, Bayonne revendiquent leur autonomie dans le cadre d'une fédération qui les soustrairait à la dictature de la capitale — sans parler de la Corse, où renaît le mouvement indépendantiste. Charlotte Corday vient tout exprès de Normandie pour poignarder Marat le 13 juillet. La conscription, très mal acceptée dans les régions non menacées par l'invasion, révulse les paysans qu'on prétend arracher à leurs champs en pleins travaux d'été. Dans la très catholique Vendée, royalistes et prêtres réfractaires n'ont pas de peine à les enrôler sous la bannière de la contre-Révolution. Assiégée de tous côtés, la République, désormais entre les mains des seuls montagnards, semble perdue. Elle se durcit. Contre les ennemis de l'intérieur, elle met la Terreur à l'ordre du jour le 5 septembre *. Bientôt, le 17, la loi des suspects permet de poursuivre « tous ceux qui, par leur conduite, leurs relations, leurs propos, leurs écrits se montrent partisans du fédéralisme et des ennemis de la liberté » — une définition si vague qu'elle permet d'incriminer qui l'on voudra.

Selon de tels critères, nul doute que Marie-Antoinette ne soit « suspecte ». Amputée des girondins, la Convention dispose d'une large majorité pour la déférer au Tribunal révolutionnaire et de l'arsenal juridique pour la condamner. Or, en dépit des vociférations de ceux qu'on nommera bientôt les Enragés, elle la maintient deux mois durant à la Conciergerie sans entamer son procès. Elle juge la situation trop grave pour gaspiller un otage à la légère. Elle attend un geste de l'Autriche. Tout en expédiant à Bruxelles des agents chargés de négocier, elle fait monter la pression en laissant planer sur la tête de la captive l'ombre de la guillotine, espérant que l'Europe entière va s'émouvoir sur son sort. Mais l'Europe ne s'émeut pas. De même que les menaces de raser Paris n'ont eu d'autre effet que de galvaniser en France l'esprit de résistance, de même le traitement infligé à la reine ne suscite à l'étranger qu'indignation vengeresse. On se promet de punir ses meurtriers, mais en attendant on ne lève pas

---

* La Terreur est, juridiquement parlant, la suspension de la légalité en vigueur pour faire face à une situation gravissime. Les historiens donnent parfois le nom de première Terreur à la répression qui suit le 10 août 1792 et culmine avec les massacres de septembre. Mais la vraie, la grande Terreur, inaugurée de fait par l'arrestation des girondins le 2 juin 1793, reçoit sa consécration officielle et se trouve dotée des moyens appropriés au mois de septembre suivant. Les exécutions en série débutent en octobre et la reine est une des premières victimes. La Terreur prendra fin avec la chute de Robespierre, après Thermidor (juillet 1794). Elle contribua, en brisant férocement toute opposition intérieure, à assurer les succès sur le théâtre de la guerre extérieure.

le petit doigt pour elle. S'agit-il, comme on le dit parfois, d'un malentendu ? L'empereur n'aurait-il pas
saisi qu'on lui propose un marchandage ? La vérité est,
comme on l'a vu plus haut, que les coalisés ne sont
pas prêts à compromettre pour sauver la reine une fructueuse victoire qu'ils croient à portée de main.

La Convention a fini par comprendre. Il ne vaut plus
la peine de la conserver comme otage. D'ailleurs, pour
cet usage, on dispose encore du « fils Capet ». Marie-
Antoinette sera donc immolée à la colère du peuple. Il
faut se hâter : elle semble au dernier degré de l'épuisement. Il serait dommage qu'une mort naturelle vînt priver Paris du spectacle cent fois promis, la tête de la
« grue » autrichienne roulant dans le sac ! On serait
débarrassé, du même coup, des intrigues qui ne cessent
de pulluler autour d'elle. Car, si ravagée que soit son
ancienne beauté, elle a gardé le don de séduire, elle
attendrit ceux qui l'approchent par le contraste entre sa
splendeur passée et son abaissement présent. La hantise d'une évasion obsède le Comité de salut public.
Quel camouflet si elle parvenait à s'échapper ! La
cause est entendue, Marie-Antoinette mourra. Non en
punition de ses « crimes », mais en vue des résultats
politiques escomptés.

Ils sont multiples. Sur le plan intérieur cette mort
doit parachever la mainmise de la Commune sur la
Convention. « J'ai promis la tête d'Antoinette, crie
Hébert aux députés, j'irai la couper moi-même si on
tarde à me la donner. Je l'ai promise de votre part aux
sans-culottes qui me la demandent et sans qui vous
cessez d'être. » À bon entendeur, salut ! Sur le plan
extérieur, cette mort se veut un défi de la France révolutionnaire à l'Europe coalisée. En raison des origines
de la reine, elle aura une résonance autre que l'exécution de Louis XVI. On lancera à la face de l'arrogante
Autriche la tête d'une de ses archiduchesses. C'est bien
calculé : Mercy-Argenteau y verra en effet un outrage

à la cour de Vienne, une insulte à « l'illustre sang de
Marie-Thérèse ». Enfin, à un moment où la contre-
Révolution semble en passe de triompher, cette mort
vise à rendre impossible toute restauration de la monarchie en associant la foule des sans-culottes à un « sacrifice expiatoire » qui les rendra solidaires de la
République. Les conventionnels régicides ne seront pas
seuls à avoir coupé les ponts derrière eux : le peuple
tout entier sera lié par ce nouveau sang versé. « Nous
périrons », dit Hébert en parlant des chefs, mais nous
laisserons derrière nous des millions de vengeurs anonymes, dont l'obscurité est la sauvegarde, et qui pré-
serveront l'héritage. Ainsi s'explique le caractère
« populaire » donné au procès qui conduisit Marie-
Antoinette à l'échafaud.

Un dossier vide

Le tribunal appelé à la juger est présidé par Herman,
qui est alors un des bras droits de Robespierre, assisté
de trois juges et d'un greffier. La fonction d'accusateur
public y est remplie par le redoutable Fouquier-Tinville. La décision finale appartient aux douze jurés.
Ceux-ci sont pour la plupart, aux côtés de quelques
notables, de petites gens, choisis comme tels — perru-
quier, imprimeur, tailleur, chirurgien, menuisier, huissier. Ce n'est pas seulement pour humilier la reine
qu'on livre son sort à ces hommes dont certains savent
à peine lire et écrire. Ils sont là pour offrir, comme
diraient nos faiseurs de sondages, un échantillon repré-
sentatif du peuple français, qui portera ainsi, de façon
collective et anonyme, la responsabilité de la sanction
infligée. Le principe est le même que celui qui préside
encore aujourd'hui à la formation des jurys d'assises.
Avec une différence essentielle : ils n'ont pas été tirés
au sort, mais désignés en fonction de leurs convictions

politiques. Ils joueront sagement leur partie dans la pièce dont le dénouement est fixé d'avance.

Il faut pourtant donner à cette pièce quelque consistance. Elle doit avoir l'air d'un vrai procès. Rien n'est plus surprenant à première vue que les efforts des révolutionnaires, en tous lieux et en tous temps, pour donner une apparence légale aux décisions les plus arbitraires : d'où la multiplicité de procès politiques truqués. C'est qu'ils savent que sont puissants chez les peuples le désir de justice et l'horreur de l'arbitraire. Chez ceux de 1789, qui se réclament de la raison et dont beaucoup ont une formation d'avocats ou de magistrats, ces efforts tournent à l'obsession. Or le dossier de Marie-Antoinette est quasiment vide. Bien que de nombreux soupçons pèsent sur elle, les preuves manquent. Il en existe peut-être dans le volumineux dossier réuni pour juger Louis XVI, et déposé aux Archives. Mais ni Herman ni Fouquier-Tinville n'ont envie de perdre leur temps à dépouiller ce monceau de paperasses. Ils s'y réfèrent donc en bloc, postulant qu'en raison de l'influence qu'elle exerçait sur son mari, elle a eu part à ses « crimes ». Ils aimeraient pourtant bien, en bons juristes qu'ils sont, obtenir quelque chose qui ressemble à des aveux. Ils ont réussi à l'acculer dans l'affaire de l'œillet. Ils espèrent y parvenir à nouveau dans « l'interrogatoire secret » qu'ils lui font subir le 12 octobre. Grâces en soient rendues à Louis XVI, on ne torture plus les accusés pour les faire avouer, mais il est des moyens psychologiques pour les déstabiliser.

Ce soir-là, elle grelotte dans sa cellule noyée d'obscurité lorsqu'on vient la chercher, à six heures du soir. On l'emmène par des couloirs intérieurs vers la Grand' Chambre du Palais, celle-là même où les rois tenaient jadis leurs « lits de justice », et d'où l'on a ôté les tentures à fleurs de lys et la grande Crucifixion. On la fait asseoir sur une banquette face à Fouquier-Tinville.

Seules deux bougies, sur la table du greffier, éclairent la salle. Proche de la source de lumière, elle ne peut rien dissimuler des expressions de son visage. Mais elle entrevoit à peine le président Herman et point du tout d'autres personnages dont la présence fait peser comme une menace qui l'inquiète. Qui sont-ils ? Elle ne sait. Mais en tout cas, il n'y a pas de public.

Âge, profession, pays et demeure ? « Marie-Antoinette [de] Lorraine d'Autriche, âgée de trente-huit ans, veuve du roi de France. » Rien au monde ne la fera renoncer à son nom et à son titre, elle se refuse à dire « veuve Capet ». L'accusation se garde de relever : c'est un point marqué contre elle, un signe qu'elle récuse le nouveau régime. L'interrogatoire, très bien mené, va droit à l'essentiel : ses relations avec son frère, à qui elle a fait passer naguère des millions et avec qui elle n'a cessé de correspondre pour obtenir le secours des puissances étrangères contre la Révolution. Devant ses dénégations, on passe au veto opposé par Louis XVI aux décrets contre les émigrés et les prêtres réfractaires, puis à son double jeu, révélé au grand jour par le voyage de Varennes. Mais très adroitement, elle s'abrite derrière sa docilité d'épouse tenue à l'obéissance, tout en disculpant son mari d'avoir voulu tromper les Français et s'enfuir à l'étranger. Chaque fois qu'elle le peut, elle tente de dévier les reproches sur d'autres : « Oui, le peuple a été trompé ; il l'a été cruellement, mais ce n'est pas par son mari ni par elle. — Par qui donc le peuple a-t-il été trompé ? — Par ceux qui y avaient intérêt... » Si elle ne les nomme pas, c'est qu'elle ne connaît pas leurs noms.

On croit la prendre en flagrant délit de contradiction lorsqu'elle dit incidemment que c'est elle qui a ouvert la porte aux fugitifs le soir de Varennes : on y voit la preuve « qu'elle dirigeait Louis Capet dans toutes ses actions » et qu'elle l'a déterminé à fuir. Elle se permet alors d'ironiser : « elle ne croyait pas qu'une porte ouverte dirigeât les actions ». Devant le procès d'intention qu'on lui intente ensuite — « Vous n'avez jamais cessé un moment de détruire la liberté ; vous vouliez régner à quelque prix que ce fût, et remonter au trône sur les cadavres des patriotes » — elle récidive, faisant observer « qu'ils n'avaient pas besoin de remonter sur le trône, qu'ils y étaient ». Interrogée sur la guerre, qu'elle aurait poussé les puissances étrangères à engager pour « anéantir la liberté », elle riposte que c'est la France qui l'a déclarée. Sur le banquet des gardes du corps en octobre 1789 et sur la résistance des Tuileries le 10 août, les enquêteurs, découragés, lâchent prise. Reste l'œillet, sur lequel ils reviennent longuement, sans rien obtenir de plus que ce qu'ils savent déjà : il n'y a pas là de quoi fonder une condamnation à mort ! Elle a évité adroitement toutes les questions pièges, sans pour autant s'abaisser à une profession de foi républicaine. « Quel intérêt mettez-vous aux armes de la République ? — A répondu, le bonheur de la France est celui qu'elle désire par-dessus tout. — Pensez-vous que les rois soient nécessaires au bonheur du peuple ? — A répondu qu'un individu ne peut pas décider de cette chose. — Vous regrettez sans doute que votre fils ait perdu un trône sur lequel il eût pu monter, si le peuple, enfin éclairé sur ses droits, n'eût brisé ce trône ? — A répondu qu'elle ne regrettera jamais rien pour son fils quand son pays sera heureux. »

Épuisée par des mois de souffrance, Marie-Antoinette a trouvé en elle-même l'énergie de faire front et de se battre. Seule, sans aide aucune, elle a trouvé les arguments et les mots propres à désarçonner des professionnels de l'interrogatoire, sans rien renier de ce qu'elle est. À la fin de la séance, on lui demanda, selon le règlement, si elle avait un conseil. Instruite par l'exemple de son mari, elle ne voulut mettre en danger personne. Elle consentit donc à ce qu'on lui commette deux avocats d'office, comme la plus déshéritée des accusées. Si accoutumés qu'ils soient à la justice révolutionnaire, Chauveau-Lagarde, qui vient de plaider pour Charlotte Corday et pour les girondins, et son confrère Tronson-Ducoudray sont tout de même effarés quand ils apprennent leur désignation dans la journée du 13 octobre et sont avisés que Marie-Antoinette comparaîtra le lendemain. Ils l'invitent donc à réclamer un report de trois jours pour étudier les « pièces du procès » — lesquelles à vrai dire se bornent à un rapport d'accusation de huit pages. Elle s'y refuse d'abord avec violence : elle ne veut rien solliciter. Elle finit par y consentir, mais pas pour elle-même, comme elle le souligne à la fin de sa lettre : « Je dois à mes enfants de n'omettre aucun moyen nécessaire pour l'entière justification de leur mère. Mes défenseurs demandent trois jours de délai ; j'espère que la Convention les leur accordera. » Mais le Comité de sûreté générale semble avoir intercepté la lettre, qui ne reçut pas de réponse. Les avocats en seront réduits à improviser, sans illusion sur le résultat.

Un étrange procès

Première caractéristique du procès : un horaire inhumain. La pratique des assemblées révolutionnaires a habitué les hommes à siéger des heures et des jours d'affilée, pour user l'adversaire et profiter du moment où il baisse sa garde. Marie-Antoinette est sortie indemne de l'interrogatoire secret. On espère que cette fois la fatigue émoussera sa résistance. Le procès débute le 14 octobre à huit heures et se poursuit jusqu'à onze heures du soir, sans autre arrêt qu'une brève pause à la mi-journée. Il reprend le lendemain, également à huit heures, et ne se termine qu'à quatre heures et demie du matin, sur le verdict.

C'est un bien étrange procès. Autant les questions

étaient nettes, précises, ciblées, lors de l'interrogatoire du 12, autant les débats semblent cette fois se perdre dans les sables. La raison de cette différence est évidente : les séances sont publiques et elles comportent la comparution de témoins. Sans-culottes et harengères se pressent sur les banquettes réservées pour voir enfin de leurs yeux le monstre femelle dont on leur a décrit les forfaits et pour assister à son humiliation. Ils sont là comme au spectacle et le tribunal veut leur en donner, si l'on peut dire puisque l'entrée est gratuite, pour leur argent. Il faut faire durer le plaisir, pour que tous les curieux aient le temps de se relayer sur les bancs. Le défilé des quarante témoins offre le double avantage d'étoffer le trop maigre dossier et d'associer le peuple à l'enquête. Car ce sont pour la plupart des gens du peuple qui sont invités à dire ce qu'ils ont vu ou cru voir parce qu'ils se sont trouvés par hasard, un jour ou l'autre, sur le chemin de la reine. Se reconnaissant en eux, le public devrait vibrer à l'unisson et son assentiment, rejoignant le verdict du jury, devrait renforcer le caractère populaire qu'on tient à donner à la condamnation.

Marie-Antoinette, très droite dans sa robe noire de veuve, gagne le fauteuil qui lui a été réservé, en pleine lumière, surélevé par une petite estrade. Son visage d'une pâleur de cire reste impassible. Seul signe de nervosité, elle pianote sur ses accoudoirs « comme sur un clavier », tandis que le greffier donne lecture de l'acte d'accusation, rédigé par Fouquier-Tinville. Cet acte est déjà par lui-même un réquisitoire. On lui reproche notamment d'avoir dilapidé l'argent du peuple et soutenu les intérêts de l'Autriche tout au long du règne, puis d'avoir été l'âme de la contre-Révolution, l'animatrice du banquet des gardes du corps le 1er octobre 1789, la complice des émigrés et des ennemis de la France, le maître d'œuvre de la fuite vers Varennes, l'inspiratrice de la résistance des Suisses le

10 août. Pour faire bonne mesure, on affirme aussi qu'elle a planifié la disette pour affamer le peuple et qu'elle a fait diffuser des brochures royalistes, voire même des libelles la décriant, « pour donner le change » et animer les puissances étrangères contre les Français en leur faisant croire qu'elle était maltraitée par eux ! Tout cela sans preuves, bien sûr. « Voilà ce dont on vous accuse, conclut le président : prêtez une oreille attentive, vous allez entendre les charges qui vont être portées contre vous. » Les charges en question, ce sont les dépositions des témoins. Herman semble compter sur elles pour confondre l'accusée.

Mais les choses ne se passent pas tout à fait comme prévu. En donnant la parole aux témoins et en laissant s'instaurer autour d'eux des débats contradictoires, les organisateurs ont pris de gros risques. D'abord, parmi eux, tous présumés à charge, il en est qui prétendent ne rien savoir et il s'en trouve même quelques-uns, comme l'ancien ministre de la Guerre Jean-Frédéric de La Tour du Pin, pour rendre justice à la reine. Beaucoup d'autres montent en épingle des faits si dérisoires ou s'expriment si mal qu'ils se couvrent d'un ridicule que l'accusée n'a pas de peine à relever : comme si la découverte de bouteilles vides sous son lit après le pillage des Tuileries prouvait qu'elle avait tenté d'enivrer les gardes suisses avant ! Ils portent sans preuves des accusations tirées de racontars : « le déposant tient ce fait d'une citoyenne, excellente patriote, qui a servi à Versailles sous l'Ancien Régime, et à qui un favori de la ci-devant cour en avait fait confidence ». Fouquier-Tinville a de la peine à ramener tous ces gens à l'essentiel. À cela s'ajoute que certains témoins, eux-mêmes suspects ou en état d'arrestation, en disent le moins possible, à moins qu'ils ne s'efforcent de se justifier en chargeant des tiers. Bref la lecture du procès-verbal relèverait de la comédie si l'enjeu n'en était pas dramatique.

Perdues dans ce fatras, Fouquier réussit à glisser quelques questions dangereuses, les mêmes que dans l'interrogatoire secret, auxquelles Marie-Antoinette répond de même par la dénégation ou l'esquive. Le seul point qu'il marque sur elle concerne la venue au Temple du peintre Kucharski, qui implique qu'elle avait, contrairement à ce qu'elle prétend, des moyens de communiquer avec l'extérieur. Peut-être aussi, au lieu de plaider le dépassement de budget pour le petit Trianon, aurait-elle mieux fait de rappeler qu'il n'avait pas été construit pour elle mais pour la Pompadour. Mais dans l'ensemble, elle se défend avec la même intelligence, le même sens de l'à-propos, la même force que lors des interrogatoires précédents. Et les inquisiteurs se rendent compte très vite que ce procès public lui offre une tribune dont elle sait profiter à plein.

Dès le premier matin, un incident grave a marqué la déposition d'Hébert, qui intervient comme quatrième témoin en tant que préposé à la surveillance du Temple. Aux charges habituelles concernant les complicités que la prisonnière s'était procurées auprès d'un certain nombre de gardes, le rédacteur du *Père Duchesne* ajoute le crime d'inceste également tiré des « confidences » du petit Louis Charles. Hébert, qui n'est pas inculte et sait parler quand il le faut un langage fort châtié, a fait son fonds de commerce journalistique d'anecdotes graveleuses et de vocabulaire ordurier. Il suppose que les allégations les plus épicées plaisent au peuple, puisque son journal se vend — ce qui, par parenthèse, suppose de sa part une certaine dose de mépris. Aussi décide-t-il de renchérir sur la question. Non content de répéter ce qu'a dit l'enfant, puis ce qu'on a cru pouvoir déduire de ses propos, il en rajoute. Les deux femmes faisaient souvent coucher le petit garçon entre elles deux et il s'y commettait « des traits de la débauche la plus effrénée » ; nul doute qu'il n'y ait eu « un acte incestueux entre la mère et le fils ». Et comme si cela ne suffisait pas, il prête à Marie-Antoinette des vues intéressées : « Il y a lieu de croire que cette criminelle jouissance n'était point dictée par le plaisir, mais bien par l'espoir politique d'énerver le physique de cet enfant, que l'on se plaisait encore à croire destiné à occuper un trône, et sur lequel on voulait, par cette manœuvre, s'assurer le droit de régner alors sur son moral. » La preuve : il en est résulté une hernie qu'il a fallu soutenir par un bandage. Mais heureusement, depuis qu'on l'a retiré à sa mère, le malheureux enfant a recouvré la santé.

Trop, c'est trop. Marie-Antoinette, découvrant avec épouvante ce que cachaient les termes vagues de l'accusation, a eu la force de ne pas broncher. Elle se contente de répondre aux imputations initiales concernant les gardes. Le président a-t-il senti que la salle ne suivrait pas ? Il semble disposé à laisser tomber le reste. Mais voici qu'un des jurés intervient, usant de prudentes périphrases : « Citoyen président, je vous invite à vouloir bien observer à l'accusée qu'elle n'a pas répondu sur le fait dont a parlé le citoyen Hébert, à l'égard de ce qui s'est passé entre elle et son fils. » Marie-Antoinette est debout, dressée, et sa réponse fuse, cinglante : « Si je n'ai pas répondu, c'est que la nature se refuse à répondre à une pareille inculpation faite à une mère. J'en appelle à toutes celles qui peuvent se trouver ici. » Et sa « vive émotion » n'est pas feinte. Il y a en effet des mères dans la salle et certaines d'entre elles sont visiblement indignées. À force de saouler le public d'une rhétorique ampoulée assimilant Marie-Antoinette à toutes les reines maudites — Messaline, Brunehaut, Frédégonde, Catherine de Médicis, ou Agrippine — comme vient de le faire le procureur, on a fini par priver certains mots de leur sens, ils ne touchent plus personne. Mais quand les choses sont dites clairement, brutalement, et qu'elles atteignent de

plein fouet une personne vivante, présente, le réel
reprend ses droits et avec lui revient la lucidité.
L'image maternelle efface celle de la louve lubrique
peaufinée avec tant de soin par des pamphlétaires
misogynes. C'est aux « femmes de tous les pays et de
toutes les classes de la société » qu'en appellera
Mme de Staël pour tenter de sauver la reine et c'est
dans la bouche de son fils qu'elle placera l'ultime
prière en sa faveur. Herman a compris, il enchaîne
rapidement. Et lorsque Robespierre apprendra l'incident, il tempêtera, furieux, contre « cet imbécile d'Hébert », qui a trouvé le moyen de fournir à Marie-
Antoinette *in extremis* l'occasion d'un triomphe public.

Comment résiste-t-elle à cette épreuve exténuante
qu'elle affronte le ventre quasiment vide, les nerfs tendus à l'extrême ? Épuisée, elle s'est assise. On se bouscule, on se presse pour l'apercevoir, on réclame :
debout, qu'on la voie mieux ! Elle se lève, en s'excla-
mant : « Le peuple sera-t-il bientôt las de mes fati-
gues ? » Mais le peuple ne se lasse pas de la voir se
battre, seule contre tous, et marquer des points. Dans
le spectacle monté pour la perdre, elle est en passe de
conquérir la salle. Vers quatre heures de l'après-midi,
le second jour, le défilé des témoins se termine. Elle a
répondu à tous, jusque dans les détails les plus oiseux,
elle a esquivé les questions artificieuses du procureur,
elle n'a rien dit de nature à la compromettre. « Ne vous
reste-t-il rien à ajouter pour votre défense ? demande
le président — Hier, je ne connaissais pas les témoins,
déclare-t-elle crânement ; j'ignorais ce qu'ils allaient
déposer : eh bien ! personne n'a articulé contre moi
aucun fait positif. Je finis en observant que je n'étais
que la femme de Louis XVI, et qu'il fallait bien que je
me conformasse à ses volontés. »

Désormais, son rôle est terminé, elle n'a plus qu'à
attendre les plaidoiries et le verdict. À l'issue d'un procès honnête, l'acquittement ne ferait pas un pli. Ses

avocats, qui partaient perdants, ont presque fini par croire à la réclusion ou au bannissement. Elle-même, entraînée par l'élan, s'est prise au jeu du combat. À la fin des débats, elle a consulté Chauveau-Lagarde : « N'ai-je pas mis trop de dignité dans mes réponses ? » Pourquoi cette question ? Elle s'est aperçue que le peuple en a été choqué et a entendu une femme dire : « Vois-tu comme elle est fière ! » Mais cette fierté est aussi marque de courage, et le courage en impose toujours.

Après une suspension de séance, Fouquier-Tinville prononça un réquisitoire qui se contentait de reprendre les thèmes initiaux en les concentrant, comme si l'intervention des témoins n'avait été que gesticulation illusoire. On peut tirer de leurs dépositions, dit-il, quelques faits à l'appui de l'inculpation principale, mais « tous les autres détails [...] disparaissent devant l'accusation de haute trahison qui pèse sur Marie-Antoinette, veuve du ci-devant roi ». On ne saurait mieux dire que la prétendue instruction du procès n'était que poudre aux yeux, à l'usage de la galerie. On en revenait maintenant à l'essentiel. Les défenseurs, guéris de leur optimisme passager, plaidèrent tour à tour, sans éclat, l'un sur la politique extérieure, l'autre sur la politique intérieure. Puis le président posa aux jurés les questions suivantes :

1° Est-il constant qu'il ait existé des manœuvres et intelligences avec les puissances étrangères et autres ennemis extérieurs de la République, lesdites manœuvres et intelligences tendant à leur fournir des secours en argent, à leur donner l'entrée du territoire français et à y faciliter le progrès de leurs armes ?

2° Marie-Antoinette d'Autriche, veuve de Louis Capet, est-elle convaincue d'avoir coopéré aux manœuvres et d'avoir entretenu ces intelligences ?

3° Est-il constant qu'il ait existé un complot et conspiration tendant à allumer la guerre civile dans l'intérieur de la République ?

4° Marie-Antoinette d'Autriche, veuve de Louis Capet, est-elle convaincue d'avoir participé à ce complot et conspiration ?

Les jurés se retirèrent pour délibérer et rapportèrent leur réponse au bout d'une heure. C'est beaucoup pour un procès préfabriqué. Certains auraient-ils hésité ? Il est plus probable qu'ils ont traîné exprès pour prouver le sérieux de leurs débats. En tout cas, les quatre questions reçurent une réponse positive, à l'unanimité. La sentence, selon les articles du code civil que Fouquier s'empressa de lire, était la mort. Il était quatre heures du matin. L'exécution était prévue pour le jour même. L'accusée avait-elle des déclarations à faire ? Elle secoua la tête en signe de négative. Son visage « n'était nullement altéré », dit le procès-verbal. Selon un de ses avocats, « elle fut comme anéantie par la surprise. Elle descendit les gradins sans proférer une parole, ni faire aucun geste, traversa la salle comme sans rien voir ni entendre ; et lorsqu'elle fut arrivée devant la barrière où était le peuple, elle releva la tête avec majesté. N'est-il pas évident que, jusqu'à ce moment terrible, la reine avait conservé l'espoir ? » N'en déplaise à maître Chauveau-Lagarde, nous n'en savons rien. Il ne la connaît que de l'avant-veille et avoue qu'elle s'est toujours tenue avec lui « sur la négative », se refusant à toute confidence — ce qui se conçoit sans peine à l'égard d'un avocat commis d'office. De plus, rien n'est plus difficile à interpréter que le silence d'un être face à un choc brutal. Douze heures se sont écoulées depuis la fin des interrogatoires. Né de l'excitation créée par la lutte, l'espoir — si espoir il y eut — a eu largement le temps de retomber. L'audition du réquisitoire a montré que les griefs contre elle étaient intacts. Le plus probable est qu'écrasée par une immense lassitude, elle se sent comme anesthésiée. C'est fini. Elle a tenu jusqu'au bout, sans faiblir. Son martyre est presque terminé. Il ne lui reste plus qu'une épreuve à affronter pour trouver enfin la paix.

Pardonnera-t-on à l'historien d'oublier un instant le pathétique de ce dénouement pour commenter le procès et le verdict ? Tel qu'il s'est déroulé, ce procès est un scandale : procédure bâclée, absence de preuves, mépris des droits de la défense, condamnation acquise d'avance. Le respect apparent des formes de la justice ne fait que souligner combien l'esprit en est violé. Mais — et ce n'est pas un des moindres paradoxes de cet étrange procès — nous savons aujourd'hui que l'accusation majeure était fondée. Les preuves qui manquaient au Tribunal révolutionnaire reposent aux Archives de Vienne ou à celles de Stockholm dans le fonds Fersen. Marie-Antoinette n'est certes pas coupable de tout ce qu'on lui impute, et de très loin. Elle n'est pour rien, notamment, dans les révoltes intérieures qui secouent la France. Mais le fatras des griefs injustifiables ne doit pas dissimuler l'essentiel : elle n'a cessé, jusqu'à son emprisonnement au Temple, de correspondre avec l'étranger, d'appeler à son secours ses frères, puis son neveu ; elle a désiré la guerre, elle a souhaité la défaite des armées françaises et elle a même envoyé à Bruxelles le programme des premières campagnes militaires. Que ses espoirs aient été déçus et ses efforts inefficaces ne suffit pas à l'absoudre, car l'intention à coup sûr y était. Un procès inique aboutit donc à un verdict qui, dans la France en guerre et selon la légalité alors en vigueur, n'est pas sans fondement.

Bien entendu, Marie-Antoinette conteste cette légalité. Elle est sûre de son bon droit, celui des souverains à part entière, et elle peut invoquer la légitime défense. Contre la Révolution qui l'insulte, la dépossède et l'emprisonne, elle s'est battue avec toutes les armes dont elle disposait. À la différence de Louis XVI, elle n'a jamais éprouvé ni doutes, ni remords. C'est pourquoi elle ment de façon si convaincante et avec autant de naturel. On la comprend aisément. Au point où elle en est, elle ne peut que mentir. Mais son évidente

bonne conscience surprend un peu. Car, si l'on exa-
mine sa conduite au cours de l'année 1792, on ne peut
esquiver la question cruciale — une question plus que
jamais d'actualité : pour sauver sa vie, ou même pour
faire triompher ce qu'on croit être le bien ou le bonheur
d'un pays, tous les coups sont-ils permis quand le
prix à payer risque d'être lourd en vies humaines et en
ravages de toutes sortes ? Marie-Antoinette ne se l'est
pas posée. Louis XVI, si. Les deux époux réunis dans
le même destin tragique n'étaient pas, sur le plan
moral, de niveau équivalent. Mais elle a une excuse
qui lui est propre. Louis XVI a été méprisé, non haï.
Elle a dû, quant à elle, affronter la haine. De plus, il
est français. Pas elle. Sa patrie d'adoption l'a rejetée.
En tuant la part d'attachement qu'elle commençait
d'avoir pour la France, le flot d'exécration qui se
déverse sur elle depuis des années a anesthésié chez
elle les scrupules. Comment lui reprocher une trahison
dans laquelle les responsabilités sont aussi largement
partagées ?

Le testament

En descendant l'escalier de la tour Bonbec pour
regagner sa cellule, Marie-Antoinette ne tient plus
debout. Elle craint de glisser dans l'obscurité sur les
marches humides : « Je vois à peine à me conduire. »
Le lieutenant de gendarmerie de Busne lui tend son
bras. Déjà, il lui a offert un verre d'eau et voici qu'il
tient son chapeau à la main en la reconduisant. Ces
égards « scandaleux », dénoncés par un de ses
confrères, l'obligeront à se justifier devant l'accusateur
public ! La voici seule. On a daigné, pour cette ultime
fin de nuit, lui apporter de la lumière, du papier, une
plume et de l'encre. Elle adresse à Élisabeth, comme
en écho au testament de Louis XVI, une admirable

lettre tout illuminée d'amour maternel, hymne à la famille et profession de foi spirituelle :

« Ce 16 octobre, à 4 h. 1/2 du matin.

« C'est à vous, ma sœur, que j'écris pour la dernière fois ; je viens d'être condamnée non pas à une mort honteuse, elle ne l'est que pour les criminels, mais à aller rejoindre votre frère ; comme lui innocente, j'espère montrer la même fermeté que lui dans ces derniers moments. Je suis calme comme on l'est quand la conscience ne reproche rien ; j'ai un profond regret d'abandonner mes pauvres enfants ; vous savez que je n'existais que pour eux et vous, ma bonne et tendre sœur, vous qui avez par votre amitié tout sacrifié pour être avec nous, dans quelle position je vous laisse ! J'ai appris, par le plaidoyer même du procès, que ma fille était séparée de vous*. Hélas ! la pauvre enfant, je n'ose pas lui écrire ; elle ne recevrait pas ma lettre. Je ne sais même pas si celle-ci vous parviendra. Recevez pour eux ma bénédiction ; j'espère qu'un jour, lorsqu'ils seront plus grands, ils pourront se réunir avec vous et jouir en entier de vos tendres soins. Qu'ils pensent tous deux à ce que je n'ai cessé de leur inspirer : que les principes et l'exécution exacte de ses devoirs sont la première base de la vie, que leur amitié et leur confiance mutuelle en feront le bonheur ; que ma fille sente qu'à l'âge qu'elle a, elle doit toujours aider son frère par les conseils que l'expérience qu'elle aura de plus que lui et son amitié pourront lui inspirer. Que mon fils, à son tour, rende à sa sœur tous les soins, les services que l'amitié peut inspirer ; qu'ils sentent enfin tous deux que, dans quelque position où ils pourront se trouver, ils ne seront vraiment heureux que par leur union. Qu'ils prennent exemple de nous. Combien, dans nos malheurs, notre amitié nous a donné de

---

* C'est une erreur due au fait que les deux femmes ont été interrogées séparément.

consolations ! Et dans le bonheur on jouit doublement quand on peut le partager avec un ami ; et où en trouver de plus tendre, de plus cher que dans sa propre famille ? Que mon fils n'oublie jamais les derniers mots de son père : Qu'il ne cherche jamais à venger notre mort.

« J'ai à vous parler d'une chose bien pénible à mon cœur. Je sais combien cet enfant doit vous avoir fait de la peine. Pardonnez-lui, ma chère sœur : pensez à l'âge qu'il a, combien il est facile de faire dire à un enfant ce que l'on veut, et même ce qu'il ne comprend pas. Un jour viendra, j'espère, où il ne sentira que mieux tout le prix de votre tendresse pour tous deux.

« Il me reste à vous confier encore mes dernières pensées. J'aurais voulu les écrire dès le commencement du procès ; mais outre qu'on ne me laissait pas écrire, la marche en a été si rapide, que je n'en aurais réellement pas eu le temps.

« Je meurs dans la religion catholique, apostolique et romaine, dans celle de mes pères, dans celle où j'ai été élevée, et que j'ai toujours professée. N'ayant aucune consolation spirituelle à attendre, ne sachant pas s'il existe encore ici des prêtres de cette religion, et même le lieu où je suis les exposerait trop s'ils y entraient une fois, je demande sincèrement pardon à Dieu de toutes les fautes que j'ai pu commettre depuis que j'existe. J'espère que dans sa bonté Il voudra bien recevoir mes derniers vœux, ainsi que ceux que je fais depuis longtemps pour qu'Il veuille bien recevoir mon âme dans sa miséricorde et sa bonté.

« Je demande pardon à tous ceux que je connais, et à vous, ma sœur en particulier, de toutes les peines que, sans le vouloir, j'aurais pu vous causer. Je pardonne à tous mes ennemis le mal qu'ils m'ont fait. Je dis adieu ici à mes tantes et à tous mes frères et sœurs. J'avais des amis : l'idée d'en être séparée pour jamais et leurs peines sont un des plus grands regrets que j'emporte en mourant ; qu'ils sachent, du moins, que jusqu'à mon dernier moment j'ai pensé à eux.

« Adieu, ma bonne et tendre sœur, puisse cette lettre vous arriver ! Pensez toujours à moi ; je vous embrasse de tout cœur ainsi que ces pauvres et chers enfants. Mon Dieu, qu'il est déchirant de les quitter pour toujours ! Adieu ! adieu ! je ne vais plus m'occuper que de mes devoirs spirituels. Comme je ne suis pas libre dans mes actions, on m'amènera peut-être un prêtre ; mais je proteste ici que je ne lui dirai pas un seul mot, et que je le traiterai comme un être absolument étranger. »

Après deux formules d'adieu suivies de deux sursauts, comme si l'arrachement était trop douloureux, la lettre reste en suspens. Mais tout a été dit. Elle ne comporte pas de signature, comme c'est le cas de la plupart des lettres privées de Marie-Antoinette. Elle ne parvint pas à sa destinataire. La concierge, Mme Bault, la remit à Fouquier-Tinville, qui la transmit à Robespierre. C'est un obscur conventionnel du nom de Courtois, chargé de trier les papiers de celui-ci après sa mort, qui la retrouva. Il la garda par-devers lui jusqu'à des temps meilleurs et tenta de la négocier auprès de Louis XVIII en 1816 en échange de son pardon. Ainsi arriva-t-elle dans les Archives royales, aujourd'hui nationales, où l'on peut encore la voir*.

L'exécution

Marie-Antoinette s'est étendue tout habillée sur son lit, mais elle ne dort pas. Elle pleure en silence. Vers

---

* Les archivistes ne mettent pas en doute son authenticité, que certains historiens ont contestée. Elle porte la signature de Fouquier-Tinville, qui l'avait reçue en dépôt et celles des commissaires ayant ensuite procédé à l'inventaire.

7 heures la petite Rosalie bouleversée, se glisse auprès d'elle : « Madame, vous n'avez rien pris hier au soir et presque rien dans la journée. Que désirez-vous prendre ce matin ? — Ma fille, je n'ai plus besoin de rien, tout est fini pour moi. » Comme la petite insiste, elle accepte un peu de bouillon, dont elle a peine à avaler quelques gorgées. Bientôt il lui faut se changer : on lui a interdit d'aller au supplice dans sa robe noire de veuve, sous prétexte que cela pourrait irriter le peuple — on se demande bien pourquoi. Elle mettra donc ses modestes vêtements du matin, un peignoir d'intérieur plutôt qu'une robe : deux jupons superposés, un noir dessous, un blanc dessus, avec en haut une espèce de camisole de nuit blanche ; sur sa tête, une bonnette blanche serrée par un ruban noir. Peu lui importe que cette tenue ne soit ni de saison — le froid est déjà vif —, ni de circonstance. Mais elle tient à changer de chemise, car elle a perdu beaucoup de sang. Elle cherche à s'isoler dans la ruelle entre le lit et le mur. Aussitôt elle voit s'approcher le gendarme qui a remplacé le lieutenant de Busne, mis aux arrêts pour excès de compassion. « Au nom de l'honnêteté, monsieur, permettez que je change de linge sans témoin. — Je ne saurais y consentir, répond le cerbère, les ordres portent que je dois avoir l'œil sur tous vos mouvements. » Elle se tire d'affaire comme elle peut, la servante faisant office de paravent, elle se hâte de rouler la chemise souillée et de la glisser dans une fente du mur, derrière le poêle. Ce n'est là que la première des humiliations qui l'attendent en ses dernières heures de vie.

Vers dix heures arrive le guichetier, envoyé par le concierge que dévore la curiosité. Il la trouve agenouillée près de son lit, en prières. « Larivière, vous savez qu'on va me faire mourir ? Dites à votre respectable mère que je la remercie de ses soins [c'est elle qui avait rapiécé la robe noire], et que je la charge de prier

Dieu pour moi. » Déjà la porte s'ouvre devant les juges
et le greffier. Elle se redresse en hâte. « Soyez attentive, on va vous lire votre sentence. — Cette lecture
est inutile, je ne connais que trop bien cette sentence.
— Il n'importe, il faut qu'elle vous soit lue une
seconde fois. » Elle reste impassible et Larivière croit
pouvoir dire que les juges ont été « comme saisis par
son air majestueux et respectable » : la preuve, c'est
que tous quatre, contrairement à l'habitude, ont ôté leur
chapeau.

Vers la fin de la lecture survient un homme jeune,
« d'une taille immense », l'exécuteur des hautes
œuvres. Le métier est une charge qu'on se transmet
dans la famille. Henri Sanson vient de succéder à son
père qui a pris sa retraite après la mort du roi. Il s'approche d'elle : « Présentez vos mains. » Elle a un sursaut et proteste : « Est-ce qu'on va me lier les mains ?
on ne les a point liées à Louis XVI* ! » Les juges
disent à Sanson : « Fais ton devoir. » Alors il lui
attache les mains derrière le dos, très serrées, tandis
qu'elle lutte contre les larmes. Puis il lui ôte sa coiffe
et coupe sa chevelure, qu'il met dans sa poche : on la
brûlera ensuite, pour l'empêcher de servir de relique.

La voilà prête. Une dernière formalité l'attend au
greffe : la levée d'écrou donne lieu à des paperasses
dûment enregistrées par huissier. Dans la cour du Mai,
une charrette est avancée, celle qui sert aux condamnés
ordinaires. Le roi, lui, a eu droit à une voiture, celle du
maire de Paris. La reine se contentera de ce que *Le
Père Duchesne* appelle « la voiture à trente-six portières » pour indiquer qu'elle n'en a aucune : un simple
plateau de bois grossier, posé sur des essieux sans ressorts et tiré par deux percherons rustiques. Tenue en
laisse par la corde, elle grimpe avec l'aide du bourreau

---

* Plus exactement, on ne les lui a liées qu'au pied de l'échafaud,
à la dernière minute. Mais il a gardé les mains libres tout au long
du trajet menant au lieu du supplice.

l'escabeau branlant qui permet d'y accéder. Entre les ridelles, au centre, se trouve un banc de bois qu'elle s'apprête à enjamber pour s'installer dans le sens de la marche, mais Sanson l'arrête : lointaine survivance des usages médiévaux, elle doit se rendre sur le lieu du supplice à reculons, en signe d'infamie. Le bourreau applique les ordres. Mais comme les ordres n'ont rien spécifié au sujet des chapeaux, lui et son aide se sont découverts.

On avait accordé à Louis XVI un prêtre de son choix, réfractaire notoire. Marie-Antoinette n'a rien voulu demander, sachant qu'elle serait rebutée. Le curé « jureur » en habits civils qui a été également hissé dans la charrette, un nommé Girard, tente de lui imposer ses services, qu'elle refusera avec obstination : « elle n'était point de sa religion, elle mourait en professant celle de son auguste époux ». Un geste de politesse tout de même : il ne s'assied pas à côté d'elle mais sur un autre banc, juste derrière.

Afin de prévenir toute tentative d'enlèvement, on a pris, comme pour le roi, des précautions colossales. Dès cinq heures du matin, le rappel a été battu dans les sections. À sept heures toute la force armée est sur pied. Le long du parcours que doit suivre le cortège jusqu'à la place de la Révolution, toute circulation est interdite et on a placé des canons aux extrémités des ponts, des places et des carrefours. Un impressionnant service d'ordre a été prévu, trente mille hommes dit-on, pour faire la haie sur son passage. Les malheureux « perruquiers » — en fait un groupe d'artisans et de commerçants — qui rêvaient de la sauver ne purent amener à pied d'œuvre que quelques conjurés, tout juste bons à se faire arrêter.

Aux alentours de 11 heures, un frémissement s'empare de la foule amassée dans la rue de la Barillerie, qui longe la grille du Palais de justice. La condamnée apparaît. Le silence l'emporte encore sur les cris. Mais bientôt le climat change. La mort de Louis XVI, sacrifice rituel, avait été entourée de sérieux, presque de recueillement. On tente de transformer celle de Marie-Antoinette en farce bouffonne. Or la guillotine s'y prête mal : impressionnante certes, mais trop rapide. Ainsi l'a voulu son inventeur, le bon docteur Guillotin, qui n'a pas tort d'y voir un progrès par rapport à la bonne vieille décapitation à la hache, difficile à réussir proprement. Mais du coup le spectacle, si l'on y tient, doit être repoussé en amont. On fait durer le trajet — près d'une heure et demie — et on le met en scène. Une escorte à cheval menée par un ancien comédien, Grammont, précède la charrette comme pour une parade de cirque, interpellant l'assistance, appelant les huées : « La voilà, l'infâme Antoinette, elle est foutue, mes amis ! » On s'arrête à des stations prévues, où sont rassemblés des compères. Devant Saint-Roch les harengères grimpées sur les marches de l'église scandent en chœur des injures : « À mort l'Autrichienne ! » ou bien : « Messaline ! Messaline ! » Parfois on improvise. Lorsqu'un cahot plus fort que les autres manque la projeter à bas de son banc, un spectateur ricane : « Ah ! ce ne sont pas là tes coussins de Trianon ! » L'interminable rue Saint-Honoré est un enfer, à peine illuminé, le temps d'un sourire, par un enfant que sa mère élève dans ses bras.

Une tache rouge sur chaque pommette, les yeux injectés de sang bordés de cils raidis par le sel de ses larmes, les bras tordus par la corde trop serrée, Marie-Antoinette tient bon, droite, digne, impassible, répondant à l'insulte par le mépris. Plus parlant que toutes les descriptions nous reste le croquis, un simple profil, jeté à la hâte sur le papier par le peintre David, pourtant admirateur forcené des montagnards. C'est une « esquisse d'un grandiose effroyable, d'une puissance sinistre, dit Stefan Zweig, [...] une vieille femme sans beauté [...], la bouche orgueilleusement fermée,

comme pour proférer un cri intérieur, les yeux indiffé-
rents et étrangers, elle est là dans la charrette avec les
mains liées dans le dos, aussi droite et fière que sur un
trône. [...] La haine même ne saurait nier sur cette
feuille la noblesse avec laquelle Marie-Antoinette, par
son attitude sublime, triomphe de l'opprobre de la
charrette ».

Voici enfin l'ancienne rue Royale, qui débouche sur
la place de la Révolution. La vue du jardin des Tuileries, avec en toile de fond la façade du château, la
ramène un instant sur terre, pour une brève bouffée
d'émotion. Mais elle se reprend vite. Elle aperçoit la
guillotine, dressée entre le pont tournant et la statue de
la Liberté qui a remplacé celle de Louis XV. Elle a
hâte d'en finir. Elle descend de la charrette « avec légèreté et promptitude, dit le journaliste du *Magicien
républicain,* sans avoir besoin d'être soutenue, quoique
ses mains fussent toujours liées ». Elle gravit de même
les quelques marches menant à l'échafaud « à la bravade, avec un air plus calme et plus tranquille encore
qu'en sortant de sa prison ». Elle perd en route un de
ses souliers, marche sur le pied du bourreau avec
l'autre et lui dit, suprême politesse de souveraine : « Je
vous demande pardon, monsieur » ! Ce sont là ses derniers mots. Elle ne cherchera pas à parler à ce peuple,
auquel Louis XVI a voulu crier qu'il était innocent.
Elle n'a rien à lui dire. Elle l'ignore superbement, et
se moque de ce qu'il peut penser. Rejetant son bonnet
d'un brusque coup de tête, elle se laisse docilement
attacher debout, face en avant, sur la planche qui bientôt bascule. Le collier de bois enserre son cou. La corde
est lâchée, le couteau tombe. Sanson ramasse sa tête
sanglante et la brandit pour la montrer au peuple qui
crie : *Vive la République ! Vive la Liberté !* Il est exactement midi et quart, le 16 octobre 1793.

La presse révolutionnaire ne s'y est pas trompée,

qui, sur le mode sérieux ou trivial, s'accorde pour dénoncer sa fierté — reconnaissant ainsi un échec. Les meilleurs procès politiques ou religieux sont à repentance. Peur, larmes, supplications, aveux, contrition, conversion finale conduisent les victimes à souscrire à leur propre condamnation, réconciliées avec la société qui les met à mort dans la reconnaissance des mêmes valeurs, dans une conception identique du bien et du mal. Fidèle à elle-même, Marie-Antoinette n'a pas marché dans ce jeu pervers. Elle s'est dressée jusque dans la mort contre le régime qu'elle a toujours récusé. La Révolution a pu la tuer, elle n'est jamais parvenue à la soumettre.

Épilogue

Quand le vent de l'histoire souffle en tempête

« Je vous porte à tous malheur », écrivait Marie-Antoinette à Mme de Polignac au lendemain de Noël 1789. Ce n'est qu'une façon de parler, bien sûr. Mais il est vrai que le destin a frappé très fort autour de celle que Barbey d'Aurevilly surnommera « la chevalière de la mort ». Autour d'elle — pas à cause d'elle. On dira ici un mot de ce qu'il est advenu des principaux personnages qu'elle a côtoyés.

Elle est une des premières victimes de la Terreur mise en place par les montagnards pour assurer leur mainmise sur le pays. Elle meurt en nombreuse compagnie. Bien que la situation militaire soit rétablie à l'intérieur comme à l'extérieur, la tourmente charrie un flot de cadavres où se mêlent, amis et ennemis confondus, beaucoup de ceux qui ont joué un rôle dans son histoire. La guillotine emporte, par ordre chronologique, à l'automne de 1793 : le 31 octobre, les girondins, qui ont voulu épargner le roi après l'avoir abattu ; le 6 novembre, Philippe-Égalité, qui a cru sauver sa peau en votant la mort de son cousin ; le 29 Barnave, qui paie le soutien apporté aux souverains après Varennes ; le 8 décembre, Mme du Barry, coupable de servir d'agent de liaison aux royalistes, et à qui l'on ne pardonne pas d'avoir trahi sa classe d'origine. En 1794, le 10 mai, Madame Élisabeth, condamnée pour avoir correspondu avec les émigrés, affronte le supplice avec une héroïque simplicité ; il lui aurait suffi d'un peu de chance et de trois mois de plus pour en réchapper. Déjà la Révolution a commencé de dévorer ses propres enfants : après les girondins, on a vu passer à la trappe Hébert, puis Danton, avec leurs amis. Thermidor, une fois Robespierre tombé, livre à la mort les responsables de la Terreur : l'accusateur public, Fouquier-Tinville, suit à son tour le chemin qu'il a fait suivre à Marie-Antoinette. Quant à la duchesse de Polignac, soustraite à la violence révolutionnaire par l'émigration, elle était morte de maladie à Vienne quelques semaines après l'exécution de son amie.

Thermidor viendra trop tard pour le petit roi captif. La Convention victorieuse n'avait plus besoin d'otages. Elle n'osa pas le tuer, mais, sous prétexte de lui ôter tout traitement de faveur, elle créa les conditions pour une mort naturelle. En janvier 1794 le couple Simon fut congédié. L'enfant, emmuré dans une des pièces de l'appartement qu'avait occupé le roi au troisième étage, sans autre contact avec l'extérieur que celui des gardiens qui lui passaient sa nourriture à travers un guichet, croupit six mois durant dans une saleté repoussante, sans chauffage, l'air et la lumière chichement mesurés. Lorsque Barras le découvre à la fin de juillet 1794, les soins n'y feront rien, il est psychiquement détruit et sa santé ruinée. La tuberculose, contre laquelle son père a lutté toute sa vie et qui a tué son frère, s'est emparée à son tour de lui. Les médecins seront impuissants devant le mal qui gagne toutes ses articulations. Moins d'un an plus tard, il s'éteint, le 8 juin 1795. Ce n'est pas ici le lieu de soulever le débat sur une éventuelle substitution : de récentes études, fondées sur l'analyse génétique, viennent de réfuter cette légende.

Sa sœur, plus âgée et plus mûre, fut moins mal traitée. On l'enferma en compagnie de Madame Élisabeth. Coupées du monde au point d'ignorer l'exécution de

Marie-Antoinette, elles se soutinrent l'une l'autre, s'imposant une discipline de vie salutaire. Après le départ de sa tante pour une destination qu'on lui laissa ignorer, la jeune fille ne passa que deux mois et demi dans une solitude complète. Les thermidoriens adoucirent sa captivité, puis négocièrent sa liberté contre celle des otages que détenait l'Autriche. L'échange eut lieu le 19 décembre 1795. Trois ans et demi plus tard elle épousa son cousin le duc d'Angoulême, fils du comte d'Artois, conformément aux vœux de sa mère. Ce mariage ne fut pas heureux, il resta stérile et mit fin à la descendance directe de Marie-Antoinette.

Des années durant les autres membres de la famille royale jouèrent à cache-cache à travers l'Europe avec les armées républicaines, puis impériales. À deux reprises, la comtesse d'Artois fut chassée de Turin. Bientôt les deux vieilles tantes du roi, Mesdames Adélaïde et Victoire, qui s'étaient crues en sécurité à Rome, durent quitter la ville devant l'avancée foudroyante de Bonaparte. À peine avaient-elles gagné Caserte, où la reine de Naples, Marie-Caroline, leur offrait asile, qu'il leur fallut repartir : le conquérant arrivait. Elles filèrent vers le sud, se trouvèrent coincées à Bari, dénichèrent un bateau qui remonta l'Adriatique et les déposa à Trieste, à bout de ressources et à bout de forces. Juste de quoi y mourir, à six mois l'une de l'autre, l'indomptable Adélaïde disparaissant la dernière, comme il se doit.

C'est à Turin également que Marie-Joséphine de Savoie apprit la mort du petit Louis XVII, qui faisait d'elle une reine. Elle aussi dut fuir l'Italie. Elle erra d'exil en exil, brouillée avec son mari pour cause de lectrice trop aimée, traînant la misère, usée, malade. Elle mourut en Angleterre le 13 novembre 1810, cinq ans après sa sœur. Aucune des deux Savoyardes ne put donc figurer au côté de son époux lors de la Restauration. Marie-Joséphine fut, officiellement, la dernière reine de France*, mais elle n'en remplit jamais les fonctions : elle ne détrôna pas Marie-Antoinette.

Ce qu'il advint de Fersen invite à croire au jeu mystérieux des coïncidences. L'exécution de l'aimée brisa non seulement son cœur, mais sa carrière. Il la vécut comme un échec personnel et elle passa pour telle dans toutes les cours d'Europe. Après la mort de Louis XVI, il avait cru la République jacobine perdue. En imagination, il se voyait déjà en conseiller privilégié auprès d'une Marie-Antoinette régente. Le rêve s'effondra. À trente-huit ans, il se trouva relégué dans un passé que tous préféraient oublier : à Vienne, où l'on n'avait pas très bonne conscience, on préférait ne plus entendre parler de la malheureuse. Il se battit en vain pour se faire rembourser par Madame Royale, héritière des bijoux de sa mère, les sommes avancées lors des préparatifs de Varennes. Il dut se replier sur son pays natal, qui le délégua au congrès de Rastadt. Brûlant de haine contre la France, il s'y montra un homme d'un autre âge, inapte à tout emploi dans la diplomatie. Il s'aigrissait. Éléonore Sullivan refusa d'aller s'enterrer dans les froidures suédoises pour dorloter sa santé déclinante et communier avec lui dans le culte de la disparue. Elle préféra épouser Craufurd. Il hérita de ses parents une immense fortune, recueillit les titres et fonctions paternelles et mena à Stockholm, aux côtés de sa sœur Sophie, la vie d'un grand seigneur fastueux et hautain. Conservateur plus rigide que jamais, il était largement détesté. Il blâma l'éviction du roi Gustave-Adolphe, pour cause de folie notoire, et celle de son fils, trop jeune, à qui l'on substitua par adoption un

---

* Rigoureusement parlant, la dernière reine de France fut la duchesse d'Angoulême, fille de Marie-Antoinette, qui porta ce titre pendant quelques heures en 1830, avant que la couronne ne passe aux Orléans. Marie-Amélie, épouse de Louis-Philippe, portera, en parallèle avec son mari, le titre de *reine des Français* et non *de France*.

prince danois. Lorsque celui-ci mourut subitement, en 1810, le bruit courut, sans l'ombre d'une preuve, que Fersen l'avait fait empoisonner. En dépit des avertissements, il se mit en route pour les funérailles dans sa tenue d'apparat de grand maréchal du royaume. La foule ameutée l'arracha de son carrosse et le lyncha. Il périt comme il avait si souvent redouté de voir périr Marie-Antoinette, déchiré par un peuple en furie. La scène se passait un 20 juin, date doublement anniversaire du départ pour Varennes et de la première invasion des Tuileries. L'ironie tragique du destin le rapprochait dans la mort de celle à qui il avait voué son existence.

Essai de bilan

On ne s'attardera pas ici sur les textes polémiques qui jalonnent le XIXᵉ siècle : le rôle de la reine y est exploité au service d'un combat pour ou contre la République. Les passions sont aujourd'hui relativement apaisées. Au terme du présent récit, on peut tenter de faire le point.

Non, Marie-Antoinette n'est pas responsable de la Révolution, inscrite de longue date dans l'écart qui s'est creusé entre des institutions figées et l'évolution réelle de la société. Mais elle a contribué, par sa légèreté, à hâter le discrédit de la monarchie. Les coups répétés de son éventail ont fait voler en éclats l'édifice fragilisé de la cour, où Louis XV avait déjà introduit tant de fêlures. Ses déboires conjugaux, abondamment répandus dans l'opinion, ont donné aux très réelles vertus de Louis XVI une teinte de ridicule et les complaisances qu'il a eues pour elle ont parachevé sa réputation de faiblesse. Déchus de leur piédestal, désacralisés, le roi et la reine sont désormais des gens comme les autres.

Non, elle n'a pas ruiné la France. La banqueroute est imputable à la guerre d'Amérique, que le Trésor royal n'avait pas les moyens de financer sans réformer la fiscalité en profondeur. Mais ses dépenses ont choqué, parce qu'elles étaient frivoles, ses largesses ont scandalisé, parce qu'elles relevaient du caprice, sans égard aux mérites.

Non, elle n'a pas livré la France aux diktats de l'Autriche. Mais ce n'est pas faute d'avoir essayé. Elle a consenti à servir de courroie de transmission à sa mère et à son frère Joseph II. Sans résultats appréciables. Louis XVI lui a toujours résisté. Elle n'a jamais pris part à un quelconque « complot autrichien » avant la Révolution ; et plus tard, lorsqu'elle se trouva prisonnière, ses appels au secours et les quelques informations qu'elle fit passer à Bruxelles n'ont rien changé au cours de l'histoire. Mais il est vrai qu'elle n'est pas devenue pleinement française : la responsabilité en est partagée entre Louis XV et l'impératrice, qui s'accordèrent pour ne pas couper le cordon ombilical qui la reliait à son pays natal, comme c'était auparavant la règle. Auprès d'une opinion publique hostile à l'Autriche, elle en conserva une marque indélébile.

Non, elle n'a pas fait et défait les ministres à sa guise. Elle n'a eu en politique intérieure, comme sur le plan extérieur, qu'une influence négligeable. Mais elle passait pour en avoir une et tenait à ce qu'on le sût. Elle n'a guère pesé de façon directe sur le cours des événements. Elle n'en avait pas la capacité, faute de l'éducation requise. Tous se sont trouvés désarmés devant la vigueur de sa volonté. Sa mère a choisi la manière forte : qu'elle obéisse, sans chercher à comprendre quoi que ce soit aux dessous de l'alliance franco-autrichienne. Louis XVI et ses ministres, eux, ont opté pour la solution de facilité. Plutôt que de la raisonner, ils ont choisi d'orienter ses désirs vers des objets futiles, encourageant ses dissipations. Sans doute aurait-il mieux valu l'instruire, comme y avait songé un instant Turgot. « Il faut rendre justice à la reine, dira plus tard Saint-Priest, qui pourtant ne l'aimait pas ; dès qu'on avait le courage de lui résister en alléguant le bien de l'État, elle cessait d'insister. » Mais on n'alléguait rien, on la payait de faux-semblants. Son rôle effectif commence à la veille de la Révolution. Trop tard pour qu'elle pût acquérir la culture politique qui lui manquait. Qu'elle ait poussé le roi à la résistance est incontestable, qu'elle l'ait encouragé à jouer double jeu est certain. Cependant nul ne peut affirmer que, sans elle, il se serait rallié de bonne foi à une monarchie constitutionnelle si étrangère à ses convictions profondes. Mais elle cachait trop mal ses sentiments pour que les assemblées successives ne vissent pas en elle une ennemie. Elle passa pour l'agent le plus actif de la contre-Révolution.

Elle n'a donc rien commis de très grave, mais elle a multiplié les imprudences, les provocations, les défis, causant à la monarchie beaucoup de dommages indirects. Tout cela ne suffirait pas cependant à expliquer le formidable déferlement de haine qu'elle suscita. En fait toutes les critiques qu'on lui adresse se ramènent à une seule : elle ne répond pas à ce qu'on attend d'elle. L'épouse d'un roi de France est soumise à de doubles devoirs, comme reine et comme femme. On lui demande infiniment plus qu'à une autre parce qu'à l'époque, dans l'imaginaire collectif, la reine, en décalage avec l'évolution des mœurs, reste dépositaire des valeurs traditionnelles : s'il n'en reste qu'une, ce doit être elle. Marie-Antoinette ne l'a pas compris, elle a rejeté le modèle, violemment, insolemment. Elle a cru être libre, elle a refusé les contraintes, les servitudes. Elle a voulu exister par elle-même, hors du cadre familial. Elle a souhaité avoir part aux affaires, au pouvoir, domaine réservé des hommes. La noblesse de cour ne lui pardonne pas d'avoir préféré aux froides soirées

« d'appartement » de Versailles les divertissements sans apprêt de Trianon et d'avoir méprisé les règles qui régissaient les rangs. La bourgeoisie et le peuple, en qui la misogynie le dispute au moralisme, lui reprochent de n'être pas une bonne épouse, une femme au foyer adonnée à des tâches spécifiquement féminines. Il est permis aux maîtresses royales de lancer la mode, voire d'orienter la politique : on le sait, on s'en plaint, on les brocarde, mais c'est dans l'ordre des choses. Pour une reine, il n'est d'autre mot d'ordre que douceur, docilité, discrétion. Son programme se borne à rendre heureux son mari, éduquer ses enfants et répandre sur son peuple les largesses de sa charité. En prenant le contre-pied de la tradition, Marie-Antoinette l'insoumise, la flamboyante, portait atteinte à l'ordre du monde. Pour ce crime, aucun châtiment ne parut trop dur.

À la différence de son époux, elle est en partie responsable de son sort. Louis XVI fut condamné moins pour ses actes que pour sa fonction : à travers lui, on mit à mort la monarchie. Marie-Antoinette, au contraire, fut visée personnellement. Elle aurait peut-être échappé à la guillotine — ce n'est pas certain — si elle avait été une reine effacée, insignifiante, comme tant de ses aînées. C'est elle qui a contribué à tresser de ses propres mains, jour après jour, en aveugle, la corde dont le bourreau allait la lier pour la conduire à l'échafaud. « Ma fille se perdra », gémissait Marie-Thérèse devant ses incartades de gamine indocile. Elle s'est perdue en effet, elle a payé d'un prix atroce son refus de l'obéissance programmée, faute d'avoir su, à l'intérieur de l'espace qui lui était concédé, se créer un domaine propre. Mariée trop jeune, sans préparation, gage d'une alliance que l'opinion française rejetait, elle fut davantage victime que coupable et les épreuves qu'on lui infligea, à travers son fils notamment, apparaissent sans commune mesure avec ses fautes. Elle eut le tort de n'être pas celle qu'il fallait, quand il fallait, où il fallait. Et son caractère entier acheva d'envenimer les choses, car elle n'était pas de celles qui se plient aux concessions.

Revanche posthume

À réfléchir sur l'histoire de Marie-Antoinette, on est frappé par un paradoxe. Car, au bout du compte, ce qu'on lui reproche, c'est ce dont rêvent ses contemporains. Elle est pleinement en phase avec son temps. Son désir de liberté, son appétit de vivre, sa volonté d'être elle-même sont typiques d'une génération qui récuse les valeurs d'autrefois. Dans une société où s'estompe l'emprise de l'Église tridentine, l'obsession du salut s'efface devant l'aspiration au bonheur, l'individu, refusant de n'être qu'un maillon dans la chaîne des générations, prétend à l'accomplissement personnel. Infiniment réceptive aux effluves de l'air du temps, Marie-Antoinette goûte au théâtre la sentimentalité un peu mièvre, elle communie avec les émules de Rousseau dans le culte de la nature, revue et corrigée par les jardiniers anglais, elle s'alanguit au clair de lune ou s'exalte au lever du soleil, elle se plaint de s'ennuyer, s'abandonne au *spleen*, elle affirme les droits du cœur face aux devoirs de la conjugalité. Elle a aussi cette fébrilité si caractéristique des dernières années de l'Ancien Régime, où l'on veut ignorer les grondements de l'orage, où l'on se hâte de savourer les ultimes douceurs d'arrière-saison. On sent poindre le Romantisme dans sa hantise du temps qui fuit, dans son incapacité à cueillir le jour qui s'offre sans le gâcher avec l'idée qu'il va finir. D'une façon plus générale, on peut qualifier Marie-Antoinette de moderne, à condition de ne mettre dans ce mot aucun jugement de valeur. Elle est infiniment plus proche de

nous que de ses aînées immédiates, Marie Leszczynska
ou Marie-Josèphe de Saxe par exemple. Dans l'histoire
des idées, des goûts, de la sensibilité, elle se place loin
des siècles classiques, sur l'autre versant, celui qui
aboutit à nos jours.

Mais cette modernité, qui fit son malheur, contribue
à la fascination qu'elle ne cesse d'exercer. « Son
charme continue d'agir par-delà la mort, note Chantal
Thomas, amplifié, sinon sacralisé, par le tragique de
cette mort. » Également femme et reine au suprême
degré, forte et fragile à la fois, fière de son intransigeance rebelle, fidèle à elle-même jusqu'au terme de
son calvaire, elle émeut. Les esprits positifs qui recen-
sent avec raison ses imprudences et ses erreurs ne peuvent rien contre cet entraînement du cœur. Pourquoi ?
D'abord parce que son destin vient s'insérer de lui-
même dans des schémas littéraires éprouvés qui, en
retour, le font bénéficier du flot d'analogies qu'ils
véhiculent. Elle offre au dramaturge un exemple parfait
du personnage de tragédie selon Aristote, ni tout à fait
bon, ni tout à fait méchant et qui tombe dans le malheur à la fois par sa faute et sous le coup des circonstances ; et il n'est que trop aisé de faire apparaître un
enchaînement tragique dans la trajectoire qui la conduit
des acclamations aux huées et des ors de Versailles
aux murs lépreux de la Conciergerie. De son côté le
romancier trouve toutes chaudes les péripéties d'une
grande passion contrariée — inaboutie ou non ? — sur
laquelle il peut rêver à son gré ; et l'histoire lui fait
cadeau, de surcroît, d'un improbable et superbe
dénouement, en se jouant du temps et de l'espace pour
réunir dans une même mort les deux amants livrés à la
foule haineuse. Ainsi, grâce au concours des associa-
tions d'idées et de souvenirs, Marie-Antoinette rejoint
la cohorte des grandes héroïnes littéraires et participe
de leur immortalité.

Elle a aussi, en plus, ses propres moyens de survie.

Elle incarne un archétype de l'imaginaire. L'historien a beau répéter, documents à l'appui, que le métier de reine est un rude métier, on ne le croit qu'à demi. Quand une adolescente, ou même une femme plus mûre, se voit en reine, ce n'est pas sous les traits d'une épouse docile asservie aux devoirs de sa fonction. Une reine est la plus belle, la plus admirée, la plus aimée, elle vit dans un univers de fêtes, elle a le monde à ses pieds et ses désirs sont des ordres. De nos jours, une reine est une star, et réciproquement une star est une reine. Marie-Antoinette, durant ses trois ans de « folies », a tenu un peu des deux. On en devine quelque chose dans les portraits où elle dresse fièrement sa tête empanachée de rubans et de plumes, le buste sanglé dans des robes irisées des reflets de l'or et de la soie.

Or cette image de la plus reine des reines, si l'on ose dire, a été dotée par le sort d'un incomparable écrin. Inutile de la chercher dans les marbres glacés de la Chapelle expiatoire ou de Saint-Denis. C'est dans les lieux où elle a vécu, à travers les objets qu'elle a touchés, que nous la retrouvons. En quittant Versailles pour n'y plus revenir, le 6 octobre 1789, elle y a laissé ce qui constituait son décor quotidien. Un décor qui, par miracle, a été préservé jusqu'à nous. Aucun de ceux qui ont tenté de s'implanter ensuite dans le vieux château n'est parvenu à l'apprivoiser et à se l'approprier. Et — ce n'est pas le moindre des paradoxes de toute cette histoire — la Troisième République, qui voit dans la Révolution son mythe fondateur, a achevé de faire de ce château royal un musée, conservatoire de l'Ancien Régime, offert à l'admiration du monde entier. Marie-Antoinette en partage la propriété quasi exclusive avec Louis XIV. À lui la galerie des glaces, les salons d'apparat, le grand canal et les jardins à la française. À elle les petits appartements, Trianon et le Hameau. Les soirs d'été, lorsque les portes se ferment sur les derniers touristes, on se plaît à croire que l'ombre du Roi-

Soleil reprend possession des lieux où il officiait jadis
en grand apparat, tandis que le fantôme léger de Marie-
Antoinette en robe blanche arpente de sa démarche
aérienne les prairies baignées de lune au bord du petit
lac, entre le moulin et le Temple de l'Amour. Figures
toujours renaissantes, traits d'union entre le passé et le
présent, qui vivent d'une vie plus durable que la vraie,
parce que confiée à la mémoire des hommes.

ANNEXES

ANNEXE 1

LA POSTÉRITÉ DE LOUIS XV

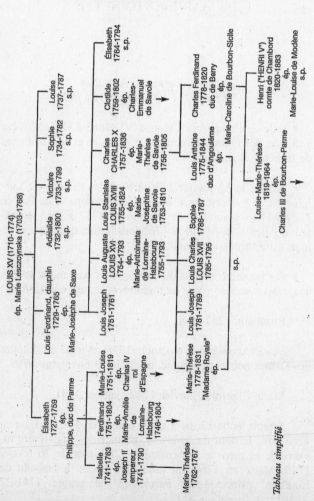

Tableau simplifié

LA FAMILLE AUTRICHIENNE
DE MARIE-ANTOINETTE

MARIE-THÉRÈSE D'AUTRICHE
13 mai 1717 - 29 novembre 1780

• Fille de l'empereur CHARLES VI (1685-1740), héritière à sa mort des États patrimoniaux d'Autriche et des royaumes de Bohême et de Hongrie.

• Mariée le 12 février 1736 à François-Étienne de Lorraine, né le 8 décembre 1708, duc de Lorraine et de Bar de 1729 à 1736, grand-duc de Toscane de 1737 à 1765, empereur d'Allemagne de 1745 à 1765 sous le nom de FRANÇOIS Ier, mort à Innsbruck le 18 août 1765.

• Sur les seize enfants du couple, trois sont morts en bas âge, trois autres au cours de l'adolescence, dix ont survécu :

— Élisabeth, 1737-1740.

— Marie-Anne, née le 6 octobre 1738, abbesse du chapitre des Dames nobles de Prague, morte le 19 novembre 1789.

— Marie-Charlotte, janvier 1740 - janvier 1741.

— Joseph, né le 13 mars 1741, empereur d'Allemagne en 1765 sous le nom de JOSEPH II, héritier des États patrimoniaux de sa mère le 29 novembre 1780, mort le 20 février 1790. Marié en 1760, en premières noces, à Isabelle de Bourbon, princesse de Parme (31 décembre 1741-27 novembre 1763), petite-fille de Louis XV par sa mère, dite Madame Infante, dont il eut une fillette morte à cinq ans. Remarié en 1765 à Josepha de Bavière (1739-1767), sans postérité.

– Marie-Christine, née le 13 mai 1742, morte le 24 juin 1798. Mariée en 1766 à Albert-Casimir, prince de Saxe, duc de Teschen, vice-roi de Hongrie (mort en 1822). Gouvernante des Pays-Bas, avec son époux, en 1781.

– Marie-Élisabeth, née le 16 août 1743, pressentie pour épouser Louis XV en 1768, abbesse du chapitre d'Innsbruck, morte le 22 septembre 1808.

– Charles-Joseph, né en 1745, mort en 1761.

– Marie-Amélie, née le 26 février 1746, mariée le 19 juillet 1769 à Ferdinand de Bourbon, duc de Parme (1751-1802), petit-fils de Louis XV par sa mère Madame Infante et de Philippe V d'Espagne par son père, l'infant don Philippe (1720-1765). Morte le 18 juin 1804.

– Léopold, né le 5 mai 1747, grand-duc de Toscane le 18 août 1765, puis héritier des États patrimoniaux d'Autriche le 20 février 1790 et élu empereur la même année sous le nom de LÉOPOLD II. Marié en 1765 à Marie-Louise de Bourbon, infante d'Espagne (1745-1792), fille du roi Charles III, qui lui donna seize enfants. Mort le 1er mars 1792. Il aura pour héritier son fils aîné FRANÇOIS II.

– Marie-Caroline, née et morte en 1748.

– Jeanne-Gabrielle, née en 1750, morte en 1762.

– Marie-Josèphe ou Joséfa, née en 1751, promise à Ferdinand Ier, roi de Naples, morte en 1767.

– Marie-Caroline, née le 13 août 1752, mariée le 7 avril 1768 à Ferdinand Ier, roi de Naples et de Sicile, puis roi des

Deux-Siciles (1751-1825). Morte le 8 septembre 1814. Parmi ses huit enfants, une de ses filles, Marie-Thérèse, épousera son cousin l'empereur François II et aura pour fille Marie-Louise, seconde épouse de Napoléon, l'autre Marie-Amélie épousera Louis-Philippe d'Orléans, qui deviendra roi des Français en 1830.

— Ferdinand-Charles, né le 1er juin 1754, marié le 15 octobre 1771 à Marie-Béatrice d'Este (1750-1829), héritière de Modène, dont il devient duc (mariage précédemment prévu pour son frère l'archiduc Charles et transféré sur lui à la mort de ce dernier). Mort le 24 décembre 1806.

— Marie-Antoinette, née le 2 novembre 1755, mariée au dauphin Louis de France, futur Louis XVI, le 16 mai 1770. Morte le 16 octobre 1793.

— Maximilien-Franz, né le 8 décembre 1756, archevêque de Münster et prince-électeur de Cologne. Mort le 17 juillet 1801.

REPÈRES CHRONOLOGIQUES

1753	2 sept.	Naissance de Marie-Joséphine-Louise de Savoie, future duchesse de Provence.
1754	23 août	Naissance du duc de Berry (futur Louis XVI).
1755	2 nov.	Naissance de Marie-Antoinette.
	17 nov.	Naissance du comte de Provence (futur Louis XVIII).
1756	1er mai	Premier traité de Versailles entre la France et l'Autriche. Renversement des alliances.
1757	9 octobre	Naissance du comte d'Artois (futur Charles X).
1759	23 sept.	Naissance de Marie-Clotilde de France.
1762	10 juillet	Avènement de Catherine II de Russie.
1763	10 février	Traité de Paris entre la France et l'Angleterre.
	3 juin	Fin de la guerre de Sept Ans.
1764	3 mai	Naissance d'Élisabeth de France.
1765	18 août	Mort de l'empereur François Ier.
	20 déc.	Mort du dauphin Louis Ferdinand, fils de Louis XV.
1767	13 mars	Mort de la dauphine Marie-Josèphe de Saxe.
1768	24 juin	Mort de Marie Leszczynska.
	octobre	Le sultan Mustapha III, soutenu par la France, déclare la guerre à la Russie.

1769	22 avril	Présentation de Mme du Barry à la cour.
1770	19 avril	Mariage de Marie-Antoinette et du dauphin à Vienne, par procuration.
	7 mai	« Remise » de Marie-Antoinette à la France.
	16 mai	Mariage à Versailles.
	8 juillet	Victoire navale des Russes sur les Turcs à Tchesmé. Victoire terrestre à Ismaël.
	3 sept.	Entrevue de Joseph II et de Kaunitz avec Frédéric II à Neustadt.
	24 déc.	Disgrâce de Choiseul.
1771	janvier	Exil du parlement de Paris. Pendant le carnaval, début de la faveur de Mme de Lamballe.
	février	Mise en place du « parlement Maupeou ».
	14 mai	Mariage de Marie-Joséphine de Savoie avec le comte de Provence.
1772	19 février	Projet de partage de la Pologne signé entre la Prusse et la Russie. Mise devant le fait accompli, l'Autriche ne peut que s'incliner... et réclamer sa part
	25 juillet	Traité de partage de la Pologne, signé à Saint-Pétersbourg.
	août	Coup d'État de Gustave III rétablissant son autorité en Suède.
1773	8 juin	Entrée solennelle de Marie-Antoinette à Paris.
	16 nov.	Mariage de Marie-Thérèse de Savoie avec le comte d'Artois.
	décembre	« Boston tea Party ».
1774	10 janvier	Présentation officielle de Fersen à Marie-Antoinette.
	30 janvier	Il la rencontre au bal de l'Opéra.
	10 mai	Mort de Louis XV. Avènement de Louis XVI. Rappel de Maurepas comme « mentor » du jeune roi. Traité de Kaïnardji, fondement de l'influence russe (orthodoxe) dans les Balkans.

		Renvoi du duc d'Aiguillon.
	24 août	« Saint-Barthélemy des ministres ».
		Départ de Maupeou et de Terray. Vergennes aux Affaires étrangères. Turgot aux Finances.
	automne	Déclaration des Droits au Congrès de Philadelphie.
	nov.	Louis XVI rappelle les parlements.
1775	février	Visite de Maximilien d'Autriche à Versailles.
	19 avril	Combat de Lexington. Début de la révolte armée en Amérique.
	printemps	« Guerre des Farines ».
	11 juin	Sacre de Louis XVI.
	6 août	Naissance du duc d'Angoulême, fils du comte d'Artois.
	20 août	Mariage par procuration de Clotilde avec le prince de Piémont.
	automne	À Fontainebleau, Marie-Antoinette se lie avec Mme de Polignac.
1776	mars	Prise de Boston par Washington.
	12 mai	Renvoi de Turgot.
	4 juillet	Déclaration d'Indépendance des États-Unis.
	novembre	Visite de Franklin à Paris.
1777	18 avril	Arrivée de Joseph II à Paris.
	juin	Necker devient directeur général des Finances.
	31 oct.	Victoire des *Insurgents* à Saratoga.
	30 déc.	Mort de l'Électeur de Bavière.
1778	6 février	La France reconnaît les États-Unis et signe avec eux un traité d'alliance et de commerce.
	3 juillet	Frédéric II déclare la guerre à l'Autriche et envahit la Bohême.
	27 juillet	Combat d'Ouessant.
	août	Retour de Fersen à Versailles.
	20 déc.	Naissance de Madame Royale.
1779	13 mai	Paix de Teschen.

1780		Aménagements à Trianon. Début des représentations théâtrales privées.
	août	Élection de Maximilien de Lorraine-Habsbourg à l'archevêché de Cologne et l'évêché de Münster.
	29 nov.	Mort de l'impératrice Marie-Thérèse.
	20 déc.	L'Angleterre déclare la guerre à la Hollande.
1781	février	Publication du *Compte rendu* de Necker.
	mai	Renvoi de Necker.
	été	Visite de Joseph II à Versailles (29.07-5.08).
	19 oct.	Reddition des Anglais à Yorktown sur la baie de Chesapeake.
	22 oct.	Naissance du dauphin Louis Joseph.
	21 nov.	Mort de Maurepas.
1782	2 mars	Mort de Madame Sophie.
	mai	Visite à Paris du tsarévitch et de sa femme.
		Invasion de la Crimée par les troupes russes.
1783	juin	Fersen rentre d'Amérique.
	3 sept.	Traité de Versailles (indépendance des États-Unis).
	10 nov.	Calonne contrôleur général des Finances.
1784	27 avril	Représentation du *Mariage de Figaro* aux Italiens.
		Affaire des bouches de l'Escaut.
1785	20 février	Achat de Saint-Cloud pour Marie-Antoinette.
	27 mars	Naissance de Louis Charles, duc de Normandie (futur Louis XVII).
	24 mai	Visite de relevailles de Marie-Antoinette à Paris, qui l'accueille dans un silence glacial : « Que leur ai-je donc fait ? »
	15 août	Début de l'affaire du collier.
	8 nov.	Traité de Fontainebleau réglant la question de l'Escaut.

1786	31 mai	Acquittement du cardinal de Rohan.
	juin	Visite du frère de Marie-Antoinette, Ferdinand, et de sa femme Béatrice d'Este, duc et duchesse de Modène.
	fin juin	Voyage de Louis XVI à Cherbourg.
	9 juillet	Naissance de Sophie-Hélène-Béatrice.
	17 août	Mort de Frédéric II de Prusse, à 74 ans.
	29 déc.	Louis XVI annonce la réunion d'une assemblée de notables.
1787	13 février	Mort de Vergennes.
	22 février	Réunion des notables.
	8 avril	Disgrâce de Calonne.
	fin avril	Nomination de Brienne.
	25 mai	Dissolution de l'assemblée des notables.
	18 juin	Mort de la petite Sophie.
	juin-août	Conflit avec le parlement de Paris qui rejette les édits de Brienne et réclame la convocation des États généraux.
	17 sept.	La Constitution américaine est adoptée par le Congrès.
	19 nov.	Séance royale au Parlement : Louis XVI impose l'enregistrement des édits et exile le duc d'Orléans.
	23 déc.	Mort de Madame Louise.
1788	3 mai	Le parlement de Paris publie une *Déclaration des lois fondamentales du royaume.*
	5 mai	Arrestation des conseillers d'Épremesnil et Monsabert.
	8 mai	Réforme judiciaire réduisant les pouvoirs des parlements. Ceux de province résistent.
	7 juin	Grenoble : « journée des tuiles ».
	8 août	Convocation des États généraux pour le 1er mai 1789.
	25 août	Départ de Brienne, rappel de Necker.
	septembre	Rétablissement des parlements.
1789	5 mai	Ouverture des États généraux.
	4 juin	Mort du dauphin Louis Joseph.
	20 juin	Serment du Jeu de paume.
	23 juin	Séance royale aux États généraux.

	11 juillet	Renvoi de Necker.
	14 juillet	Prise de la Bastille.
	16 juillet	Rappel de Necker.
	4 août	Abolition des « privilèges » de classe.
	26 août	Déclaration des droits de l'homme et du citoyen.
	5/6 oct.	Le roi et la reine ramenés de force à Paris.
	2 nov.	Les biens de l'Église mis à la disposition de la nation.
1790	20 février	Mort de Joseph II. Avènement de Léopold II.
	12 juillet	Vote de la constitution civile du clergé.
	14 juillet	Fête de la Fédération.
	31 août	Bouillé mate la révolte des troupes à Nancy.
	4 sept.	Démission de Necker.
	9 oct.	Départ de Mercy pour Bruxelles.
	début déc.	Les troupes autrichiennes entrent à Bruxelles. Fin de la révolte des Pays-Bas.
	26 déc.	Le roi sanctionne le décret enjoignant au clergé de prêter serment à la constitution civile.
1791	20 février	Fuite de Mesdames Adélaïde et Victoire.
	mars/avril	Condamnation de la constitution civile du clergé par le pape.
	2 avril	Mort de Mirabeau.
	18 avril	Le peuple empêche la famille royale de partir pour Saint-Cloud.
	20 juin	Fuite de la famille royale. Fuite du comte et de la comtesse de Provence.
	21 juin	Le roi et la reine sont arrêtés à Varennes.
	25 juin	Ils arrivent à Paris. Le roi est suspendu.
	16 juillet	Scission des Jacobins. Fondation des Feuillants.
	17 juillet	Pétition et fusillade du Champ-de-Mars.
	22 août	Insurrection des esclaves à Saint-Domingue.
	27 août	Entrevue et déclaration de Pillnitz.
	14 sept.	Le roi prête serment à la constitution.
	30 sept.	L'Assemblée constituante se sépare.

1er oct.	Première séance de l'Assemblée législative.
31 oct.	Le comte de Provence sommé de revenir en France sous peine de perdre ses droits à la régence.
9 nov.	Les émigrés sommés de rentrer sous peine de voir leurs biens confisqués.
11 nov.	Veto du roi aux décrets des 31 octobre et 9 novembre.
14 nov.	Pétion élu maire de Paris.
29 nov.	Décret désignant les prêtres réfractaires comme suspects.
19 déc.	Veto du roi contre le décret du 29 novembre.

1792	3 février	Convention austro-prussienne en vue du dépeçage de la Pologne.
	9 février	Décret confisquant les biens des immigrés.
	13 février	Visite clandestine de Fersen aux Tuileries.
	1er mars	Mort de Léopold II. Avènement de François II.
	12 mars	Accord entre Prusse et Russie sur la Pologne.
	15 mars	Nouveau ministère, Dumouriez aux Affaires étrangères.
	25 mars	Ultimatum à l'Autriche.
	29 mars	Mort de Gustave III de Suède, blessé dans un attentat.
	20 avril	Déclaration de guerre au roi de Bohême et de Hongrie.
	29 avril	Débâcle militaire.
	27 mai	Décret sur la déportation des prêtres réfractaires.
	29 mai	Décret supprimant la garde constitutionnelle du roi.
	8 juin	Décret sur la formation d'un camp de fédérés à Paris.
	11 juin	Veto de Louis XVI contre les décrets des 27 mai et 8 juin.
	20 juin	Mise en place d'un comité insurrectionnel

secret avec l'appui d'une partie des autorités municipales.

La foule envahit les Tuileries pour faire lever le veto. Louis XVI refuse, mais coiffe le bonnet rouge.

29 juin	La Fayette échoue à reprendre le pouvoir à l'aide de la garde nationale.
11 juillet	« La Patrie en danger ».
19 juillet	Couronnement de François II, empereur.
25 juillet	Manifeste de Brunswick à Coblence.
28 juillet	Le Manifeste de Brunswick est connu en France.
3 août	47 sections de Paris sur 48 demandent la déchéance du roi (nombre contesté).
10 août	Émeute. Prise des Tuileries. Suspension du roi.
13 août	La famille royale transférée au Temple.
19 août	La Fayette se rend aux Autrichiens.
23 août	Capitulation de Longwy.
25 août	Décret abolissant sans rachat les redevances féodales.
30 août	Prise de Verdun par les Prussiens.
2/5 sept.	Massacres dans les prisons. Mort de la princesse de Lamballe.
20 sept.	Victoire de Valmy. Retraite des Prussiens. Début d'une série de victoires françaises.
21 sept.	Première séance de la Convention. Abolition de la royauté.
6 nov.	Victoire de Jemmapes.
14 nov.	Entrée des troupes françaises à Bruxelles.
20 nov.	Découverte de « l'armoire de fer ».
27 nov.	La Savoie réunie à la France.
11 déc.	Première comparution de Louis XVI devant la Convention.
26 déc.	Seconde comparution de Louis XVI.
1793	16/18 janv.	La Convention vote la mort du roi.
	21 janv.	Exécution de Louis XVI.
	1er février	Déclaration de guerre à l'Angleterre et à la Hollande.
	7 mars	Déclaration de guerre à l'Espagne.
	10 mars	Création du Tribunal révolutionnaire.

10/11 mars	Début de l'insurrection vendéenne.
18 mars	Défaite de Dumouriez à Neerwinden.
4 avril	Dumouriez passe aux Autrichiens.
6 avril	Premier Comité de salut public.
2 juin	Coup de force des sections parisiennes contre la Convention. Chute des girondins.
9 juin	Prise de Saumur par les Vendéens.
18 juin	Prise d'Angers par les Vendéens. Ils échouent devant Nantes le 29 juin.
13 juillet	Assassinat de Marat.
27 juillet	Robespierre au Comité de salut public.
23 août	La Convention décrète la levée en masse.
5 sept.	La Terreur est mise à l'ordre du jour.
17 sept.	Loi des suspects.
16 oct.	Exécution de Marie-Antoinette.
31 oct.	Exécution des girondins.
29 nov. *(9 frimaire an II)*	Exécution de Barnave.
8 déc. *(18 frimaire an II)*	Exécution de Mme du Barry.
23 déc. *(3 nivôse)*	Fin de la guerre en Vendée.
1794 24 mars *(4 germinal)*	Exécution des hébertistes.
6 avril *(16 germinal)*	Exécution des dantonistes.
10 mai *(21 floréal)*	Exécution de Madame Élisabeth.
8 juin *(20 prairial)*	Fête de l'Être Suprême.
10 juin *(22 prairial)*	Loi instituant la Grande Terreur.
26 juin *(8 messidor)*	Victoire de Jourdan à Fleurus.
27 juillet *(9 thermidor)*	Chute de Robespierre.
1795 8 juin *(20 prairial)*	Mort de Louis XVII dans la prison du Temple
24 juin	Proclamation de Louis XVIII à Vérone.
18 déc.	Madame Royale quitte la prison du Temple.

1799	7 juin	Mort de Madame Victoire à Trieste.
	10 juin	Mariage de Madame Royale avec le duc d'Angoulême.
1800	27 février	Mort de Madame Adélaïde à Trieste.
1805	juin	Mort de la comtesse d'Artois à Graz.
1810	20 juin	À Stockholm, Fersen est massacré par la foule en furie.
	13 nov.	Mort de la reine Marie-Joséphine de Savoie.

ORIENTATION BIBLIOGRAPHIQUE

SOURCES

I – CORRESPONDANCE de Marie-Antoinette et de ses proches

N.B. Il n'est pas possible de proposer ici un relevé, même sommaire, des lettres écrites par Marie-Antoinette ou la concernant. Il a couru dans les ventes aux enchères tant de fausses lettres d'elle ou de faux autographes, copiés sur les originaux en imitant l'écriture, que la suspicion doit peser sur toutes celles dont la provenance n'est pas sûre. Les textes les plus importants viennent de deux fonds essentiels, l'un en Autriche, l'autre en Suède. Ces documents, à l'authenticité indiscutable, ont fait l'objet de publications. Mais on doit savoir que les recueils publiés sont incomplets, parce que les éditeurs ont cru devoir exercer une censure délibérée sur les lettres jugées trop intimes.

• AUTRICHE

A) Manuscrits

WIEN, STAATSARCHIV :

Familienakten Vermalhungen : 50 et 54-55, documents sur l'éducation des enfants du couple impérial et sur les préparatifs du mariage de Marie-Antoinette.

Familienakten Sammelbände des Haüsarchiv : 3, Correspondance de Marie-Antoinette avec sa mère. 7, Lettres de Joseph II, notamment aux folios 293 à 300, ses lettres de 1777 à son frère Léopold, sur les relations conjugales de sa sœur. Sous la cote 71 FA, lettres de Marie-Antoinette à Mercy-Argenteau en 1790 (originaux), papiers secrets de Mercy concernant l'évasion de 1791.

N.B. Nous savons que Marie-Thérèse et Marie-Antoinette s'écrivaient une lettre par mois. L'impératrice n'a conservé que certaines d'entre elles, les autres ont été détruites, sans doute volontairement.

Familienkorrespondenz : 26 et 27 A, Correspondance entre Marie-Antoinette et ses frères Joseph II et Léopold II.

N.B. Une partie des lettres de Marie-Antoinette à Joseph II durant les affaires de Bavière et des bouches de l'Escaut a disparu.

Frankreich Berichte : fonds très riche. Les dépêches d'office de Mercy, en allemand, y figurent sous la cote 225. Les cotes 141 à 180 comportent de nombreux documents rédigés en français, s'étendent de 1769 à 1793. Correspondance de Mercy-Argenteau avec Marie-Thérèse (cote 149-150, documents originaux). Lettres de Mercy à Joseph II, à Léopold II, à Kaunitz et à divers membres de la chancellerie.

N.B. Parmi les lettres reçues de Mercy-Argenteau, Marie-Thérèse n'avait conservé que celles qui pouvaient être montrées, mais elle avait détruit les « tibi soli ». Nous connaissons cependant le texte de ceux-ci parce que Mercy faisait prendre copie de tout son courrier avant de l'expédier. Les copies des « tibi soli », figurent donc avec l'ensemble de cette correspondance trouvée après la mort de Mercy et archivée à Vienne sous la cote 163. Ces copies portent parfois, au crayon bleu très léger, la trace des coupures opérées ultérieurement par les éditeurs.

Frankreich Varia : 51, Correspondance entre Mercy et Pichler (secrétaire de Marie-Thérèse), de 1771 à 1780. 52, Lettres de l'abbé de Vermond à Mercy.

B) Éditions

Maria-Theresia und Marie-Antoinette, Ihre Correspondenz, herausgegeben von Alfred Ritter von Arneth, Wien, 1866.

N.B. Cette édition contient les lettres de l'abbé Vermond.

Marie-Antoinette, Joseph II und Leopold II, Ihr Briefwechsel, herausgegeben von Alfred Ritter von Arneth, Wien, 1866.

Marie-Antoinette, *Correspondance secrète entre Marie-Thérèse et le comte de Mercy-Argenteau, avec les lettres de Marie-Thérèse et de Marie-Antoinette,* publiées avec une introduction et des notes par M. le chevalier Alfred d'Arneth et M.A. Geffroy, Paris, 1874, 3 vol.

Marie-Antoinette, *Correspondance entre Marie-Thérèse et Marie-Antoinette,* présentée et annotée par Georges Girard, 1933.

N.B. L'édition Arneth et Geffroy est l'ouvrage de base utilisé par tous les biographes de Marie-Antoinette pour la période 1770-1780. Or il n'est pas entièrement fiable. Stefan Zweig, le premier, s'est aperçu que les éditeurs avaient omis sans le signaler, dans les lettres entre Marie-Thérèse et sa fille, les passages concernant la délicate question de la consommation du mariage. La confrontation avec les originaux lui a apporté des révélations sur lesquelles il a bâti son livre. Faite d'après les papiers de Zweig, l'édition Girard, limitée à l'échange entre mère et fille, donne, à une minime exception près, le texte intégral. Mais Zweig n'avait pas confronté aux originaux la correspondance de l'impératrice avec Mercy. Or, dans l'édition Arneth, cette correspondance a fait elle aussi, sur la même question, l'objet de nombreuses coupures, que rien ne signale non plus. C'est aux Archives de Vienne, dans les copies au départ opérées par les secrétaires de Mercy, que j'ai pu lire personnellement tous les passages omis, qui éclairent l'histoire des relations conjugales du couple royal*.

_____

* Le mérite d'avoir repéré ces passages revient à Paul et Pierrette Girault de Coursac, dans leur étude sur la vie conjugale du couple. Mais nulle part ils ne soulignent l'importance de cette

896 *Marie-Antoinette l'insoumise*

Marie-Antoinette, *Lettres,* publiées par Maxime de La Rocheterie et le marquis de Beaucourt, 2 vol., 1895.

N.B. Recueil couvrant toute l'existence de Marie-Antoinette. Destinataires variés. Les lettres que les éditeurs n'ont pu collationner sur les originaux à Vienne sont présentées en caractères plus petits. J'ai pu constater sur place, aux Staatsarchiv, leur authenticité. D'autres lettres, issues d'autres provenances, sont moins fiables.

Joseph II, *Correspondance secrète du comte de Mercy-Argenteau avec Joseph II et le prince de Kaunitz*, publiée par Arneth et Flammermont, 2 vol., 1889-1891.

N.B. Ce recueil complète celui d'Arneth et Geffroy pour les années qui suivent la mort de Marie-Thérèse, mais ne comporte pas de lettres de Marie-Antoinette, sinon sous forme de fragments cités en note.

● SUÈDE

A) Manuscrits :

STOCKHOLM, RICKSARKIVET :

Stafsund arkivet : Ce fonds contient notamment le *Dagböken* ou *Journal* de Fersen, 6 volumes, 1770-1779 et 1791-1808, et le *Brevdiarium*, où Fersen tenait registre de sa correspondance. Il contient aussi nombre de lettres adressées à des personnages divers ou reçues d'eux (son père, sa sœur Sophie, son ami Taube, le roi Gustave III, etc.).

UPPSALA UNIVERSITETSBIBLIOTEK :

Lettres de Marie-Antoinette au roi Gustave III. Lettres de Fersen à Gustave III et Gustave IV.

ARCHIVES PRIVÉES DE LA FAMILLE NORDENFALK :

Correspondance entre Marie-Antoinette et Barnave.

---

découverte, et ils compromettent l'intérêt des textes qu'ils citent en les exploitant dans une démonstration confuse, au service d'une thèse tout à fait indéfendable.

B) Éditions :

GEFFROY (M.A.), *Gustave III et la cour de France, suivi d'une étude critique sur Marie-Antoinette et Louis XVI apocryphes,* 1866-1867, 2 vol.

KLINCKOWSTRÖM (baron Rudolf de), *Le comte de Fersen et la cour de France, Extraits des papiers du comte Jean-Axel de Fersen*, Paris, Didot, 1877-1878, 2 vol.

SÖDERHJELM (Alma), *Fersen et Marie-Antoinette,* 1930.

N.B. Les très nombreuses lettres citées sont insérées dans un récit.

Marie-Antoinette et Barnave, Correspondance secrète (juillet 1791 - janvier 1792), publiée par Alma Söderhjelm, 1934.

• FRANCE

Les ARCHIVES NATIONALES détiennent l'original de la lettre testamentaire de Marie-Antoinette à sa belle-sœur Élisabeth.

Elles ont acquis en mai 1982 un important lot de documents provenant des héritiers de Fersen (cote 440 AP). Ils comportent notamment (n°s 1 à 4) quatre lettres autographes de Marie-Antoinette à Fersen, en date des 31 octobre, 7-8-9 décembre et 28 décembre 1791 et 4 janvier 1792, qui ont subi des ratures visant à rendre illisibles certains passages. Sous les n°s 5 à 27 figurent des copies de lettres de Marie-Antoinette par Fersen ou son secrétaire, s'échelonnant du 23 juin 1791 au 24 juillet 1792, également censurées. Sous les n°s 28 à 57 figure leur transcription partielle (26 septembre 1791 - 24 juillet 1792) par le baron Klinckowström, avec points de suspension remplaçant les passages raturés. Toutes ces lettres, à contenu essentiellement politique, ont fait l'objet de publications antérieures.

On trouve également aux ARCHIVES NATIONALES le *Journal* de Louis XVI.

II – MÉMOIRES, JOURNAUX, etc.

Actes du Tribunal révolutionnaire, recueillis par Gérard Walter, Mercure de France, 1986.

ANGOULÊME (Marie-Thérèse, dite Madame Royale, duchesse d'), *Mémoire écrit par Marie-Thérèse-Charlotte de France sur la captivité des princes et princesses ses parents depuis le 10 août 1792 jusqu'à la mort de son frère,* éd. Jacques Brosse, Mercure de France, 1968 (jumelé avec les *Mémoires* de Cléry).

AUGEARD (Jacques Mathieu), *Mémoires secrets de J.-M. Augeard, secrétaire des Commandements de la reine Marie-Antoinette (1760 à 1800),* publiés par E. Bavoux, 1866.

BACHAUMONT (Louis Petit de), *Journal ou Mémoires secrets pour servir l'Histoire de la République des Lettres depuis 1762,* Londres, 1777-1789, 36 vol.

BÉARN (Pauline de Tourzel, comtesse de), *Souvenirs de quarante ans (1789-1830),* éd. Jean Chalon, Mercure de France, 1986.

BEAUCOURT (marquis de), *Captivité et derniers moments de Louis XVI, récits originaux et documents officiels,* recueillis et publiés pour la Société d'Histoire contemporaine, 1892, t. I.

BERTRAND DE MOLEVILLE (Antoine François), *Mémoires secrets pour servir à l'histoire de la dernière année du règne de Louis XVI,* Londres, 1797, 3 vol.

BESENVAL (baron Pierre de), *Mémoires,* éd. Ghislain de Diesbach, Mercure de France, 1987.

BOIGNE (Adèle d'Osmond, comtesse de), *Mémoires,* éd. J.-C. Berchet, Mercure de France, 1971, 2 vol.

BOMBELLES (Marc-Marie, marquis de), *Journal,* éd. Jean Grassion et Frans Durif, Genève, 1977 et 1982, 2 vol.

BOUILLÉ (François Claude Amour, marquis de), *Mémoires sur la Révolution française,* éd. F. Barrière, 1859, 2 vol.

BOUILLÉ (Louis Joseph Amour, marquis de), *Souvenirs et fragments pour servir aux mémoires de ma vie et de mon temps,* éd. P.-L. de Kermaingant, 1906-1911, 3 vol.

CAMPAN (Jeanne Louise Genet, dite Mme), *Mémoires,* éd. Jean Chalon, Mercure de France, 1988.

CHATEAUBRIAND (François René, vicomte de), *Mémoires d'outre-tombe,* éd. Maurice Levaillant et Georges Moulinié, Gallimard, « La Pléiade », 1946, 2 vol.

CLÉRY (Jean-Baptiste Hanet, dit), *Journal de ce qui s'est passé à la tour du Temple pendant la captivité de Louis XVI, roi de France, et autres Mémoires sur le Temple,* éd. Jacques Brosse, Mercure de France, 1968.

CROŸ (Emmanuel, duc de), *Journal inédit... (1718-1784),* éd. par le vicomte de Grouchy et P. Cottin, 1906-1907, 4 vol.

EDGEWORTH DE FIRMONT (abbé), *Dernières heures de Louis XVI,* éd. Jacques Brosse, 1968 (jumelé avec les *Mémoires* de Cléry).

GEORGEL (abbé), *Mémoires pour servir à l'histoire des événements de la fin du XVIIIe siècle,* 1820, 6 vol.

GOGUELAT (François, baron), *Mémoire sur les événements relatifs au voyage de Louis XVI à Varennes, suivi d'un précis des tentatives qui ont été faites pour arracher la reine à la captivité du Temple,* 1823.

GORET (Charles), *Mon témoignage sur la détention de Louis XVI et de sa famille dans la tour du Temple,* 1825.

HÉZECQUES (Charles-Félix, comte de France d'), *Souvenirs d'un page de la cour de Louis XVI,* éd. E. Bourassin, 1987.

HUE (baron François), *Dernières années du règne et de la vie de Louis XVI,* 1860.

LA MARCK (prince Auguste d'Arenberg, comte de), *Correspondance entre le comte de Mirabeau et le comte de La Marck pendant les années 1789, 1790, 1791,* éd. A. de Bacourt, 1851, 3 vol.

LA TOUR DU PIN - GOUVERNET (Lucie Dillon, marquise de), *Journal d'une femme de cinquante ans,* éd. C. de Liedekerke-Beaufort, Mercure de France, 1979.

LAUZUN (Armand Louis de Gontaut, duc de), *Mémoires,* éd. G. d'Heylli, 1880.

LESCURE (A.-M. de), *Correspondance secrète inédite sur Louis XVI, Marie-Antoinette, la Cour et la Ville de 1777 à 1792,* publ. par M. de Lescure, 1866, 2 vol.

LÉVIS (Gaston, duc de), *Souvenirs-Portraits,* éd. Jacques Dupâquier, Mercure de France, 1993.

LIGNE (Charles-Joseph, prince de), *Œuvres*, publ. par Lacroix, Bruxelles, 1860, 4 vol.

LOUIS XV, *Lettres de Louis XV à son petit-fils l'Infant de Parme,* éd. Philippe Amiguet, 1938.

LOUIS XVI, *Journal de Louis XVI,* publ. par Louis Nicolardot, 1873.

Journal de Louis XVI publié pour la première fois d'après le manuscrit autographe du Roi, par le comte de Beauchamp, dans *Souvenirs et mémoires*, 2ᵉ semestre 1900, p. 33-144.

MORRIS (Gouverneur), *Journal pendant les années 1789 à 1792,* publ. par Pariset, 1901.

OBERKIRCH (baronne d'), *Mémoires sur la Cour de Louis XVI et la société française avant 1789,* publ. par S. Burkard, 1970.

Procès de Louis XVI, roi de France, avec la liste comparative des Appels nominaux, et des opinions motivées de chaque membre de la Convention, suivi des procès de Marie-Antoinette, reine de France ; de Madame Élisabeth, sœur du roi ; et de Louis-Philippe, duc d'Orléans, auxquels se trouvent jointes des pièces secrètes et inconnues sur ce qui s'est passé dans la tour du Temple pendant leur captivité. Avec figures. À Paris, chez Lerouge, libraire, 1798, 2 vol.

ROEDERER (Pierre-Louis, comte), *Mémoires sur la Révolution, le Consulat et l'Empire*, présentés par Octave Aubry, Plon, 1942.

SAINT-PRIEST (Guillaume Emmanuel Guignard, comte de), *Mémoires,* 1929, 2 vol.

SÉGUR (Louis-Philippe, comte de), *Mémoires, souvenirs et anecdotes,* éd. F. Barrière, 1859, 2 vol.

STAËL (Germaine Necker, baronne de), *Considérations sur les principaux événements de la Révolution française,* publ. par le duc de Broglie et le baron de Staël, 1843.

TILLY (Pierre-Alexandre, comte de), *Mémoires du comte Alexandre de Tilly, ancien page de Marie-Antoinette,* éd. C. Melchior-Bonnet, Mercure de France, 1986.

T<small>OURZEL</small> (Louise-Félicité de Cro&yuml ; d'Havré, marquise
de), *Mémoires de Mme la duchesse de Tourzel, gouvernante des enfants de France pendant les années 1789 à
1795,* éd. Jean Chalon, Mercure de France, 1969.

V<small>ÉRI</small> (Joseph-Antoine, abbé de), *Journal,* publ. par le baron
Jehan de Witte, 1928, 2 vol.

PRINCIPAUX OUVRAGES CONSULTÉS

A<small>MARZIT</small> (Pierre d'), *Barnave, le conseiller secret de Marie-
Antoinette,* 2000.

A<small>NTOINE</small> (Michel), *Louis XV,* 1989.

A<small>RNAUD</small>-B<small>OUTELOUP</small> (Jeanne), *Le rôle politique de Marie-
Antoinette,* 1924.

B<small>EAUSSANT</small> (Philippe), *Les plaisirs de Versailles. Théâtre et
musique,* 1996.

B<small>LED</small> (Jean-Paul), *Marie-Thérèse impératrice d'Autriche,*
2001.

B<small>LUCHE</small> (François), *La Vie quotidienne au temps de Louis
XVI,* 1980.

B<small>LUCHE</small> (Frédéric), *Les Massacres de septembre,* 1987.

C<small>ARRÉ</small> (Henri), S<small>AGNAC</small> (Philippe) et L<small>AVISSE</small> (Ernest),
Louis XVI (1774-1789), 1911.

C<small>ASTELOT</small> (André), *Marie-Antoinette,* 1953.

C<small>HALON</small> (Jean), *Chère Marie-Antoinette,* 1988.

C<small>HEVALLIER</small> (Jean-Jacques), *Barnave ou les deux faces de la
Révolution,* 1936.

C<small>HIAPPE</small> (Jean-François), *Louis XVI,* 1987-1989, 3 vol.

C<small>RANKSHAW</small> (E.), *Maria-Theresia,* Londres, 1969.

C<small>ORTEQUISSE</small> (Bruno), *Mesdames de France,* 1990.

D<small>EBRIFFE</small> (Martial), *Madame Élisabeth, la princesse martyre,*
1997.

D<small>UPÊCHEZ</small> (Charles), *La reine velue (Marie-Joséphine de
Savoie), 1753-1810,* 1993.

É<small>GRET</small> (Jean), *Necker, ministre de Louis XVI,* 1975.

F<small>AŸ</small> (Bernard), *Louis XVI ou la fin d'un monde,* 1955.

F<small>EJTÖ</small> (François), *Joseph II,* 1953.

F<small>LAISSIER</small> (Sabine), *Marie-Antoinette en accusation,* 1967.

FRASER (Antonia), *Marie-Antoinette, the Journey*, Londres, 2001.

FUNCK-BRENTANO (Frantz), *Marie-Antoinette et l'énigme du collier*, 1926.

FURET (François), *La Révolution, I, 1770-1814*, Hachette « Pluriel », 1988.

GIRAULT DE COURSAC (Paul et Pierrette), *Marie-Antoinette et le scandale de Guines*, 1962.

GIRAULT DE COURSAC (Paul et Pierrette), *L'éducation de Louis XVI*, 1972.

GIRAULT DE COURSAC (Paul et Pierrette), *Enquête sur le procès de Louis XVI*, 1982.

GIRAULT DE COURSAC (Paul et Pierrette), *Sur la route de Varennes*, 1984.

GIRAULT DE COURSAC (Paul et Pierrette), *Louis XVI et Marie-Antoinette. Vie conjugale, vie politique*, 1990.

GIRAULT DE COURSAC (Paul et Pierrette), *La dernière année de Marie-Antoinette*, 1993.

GONCOURT (Edmond et Jules de), *Histoire de Marie-Antoinette*, 1858.

HASTIER (Louis), *La vérité sur l'affaire du collier*, 1955.

HOURS (Bernard), *Madame Louise, princesse au Carmel*, 1987.

HUERTAS (Monique de), *Madame Élisabeth*, 1986.

HUISMAN (Philippe) et JALLUT (Marguerite), *Marie-Antoinette, l'impossible bonheur*, Paris-Lausanne, 1970.

ISABELLE, comtesse de Paris, *Moi, Marie-Antoinette*, 1993.

KERMINA (Françoise), *Hans-Axel de Fersen*, 1985, rééd. 2001.

LENÔTRE (Georges), *La captivité et la mort de Marie-Antoinette*, 1938, rééd. 1951. (N.B. Ce volume comporte les relations de Daujon, de Goret, de Turgy, de Larivière, de Rosalie Lamorlière, de la femme Bault, de l'abbé Magnin).

LENÔTRE (Georges), *Le drame de Varennes*, rééd. 1951.

LE ROY-LADURIE (Emmanuel), *L'Ancien Régime, II, 1715-1770*, Hachette « Pluriel », 1991.

LEVER (Évelyne), *Louis XVI*, 1985.

LEVER (Évelyne), *Louis XVIII*, 1988.

LEVER (Évelyne), *Marie-Antoinette*, 1991.

LEVER (Évelyne), *Marie-Antoinette, la dernière reine,* Gallimard, « la Découverte », 2000.

LOMBARÈS (Michel de), *Enquête sur l'échec de Varennes,* 1988.

MEYER (Daniel), *Quand les rois régnaient à Versailles,* 1982.

MOSSIKER (Frances), *Le Collier de la Reine,* trad. française, 1963.

NOLHAC (Pierre de), *Autour de la Reine,* 1929.

NOLHAC (Pierre de), *Le Trianon de Marie-Antoinette,* 1914.

NOLHAC (Pierre de), *Marie-Antoinette dauphine,* rééd. 1929.

NOLHAC (Pierre de), *La reine Marie-Antoinette,* rééd. 1929 (1re éd. 1890).

PIMODAN (comte de), *Le Comte de Mercy-Argenteau, ambassadeur impérial à Paris sous Louis XV et sous Louis XVI,* 1911.

REISET (vicomte de), *Joséphine de Savoie, comtesse de Provence, 1753-1810,* 1913.

SOBOUL (Albert), *Le procès de Louis XVI,* 1966.

SOLNON (Jean-François), *La Cour de France,* 1987.

STRYIENSKI (Casimir), *Mesdames de France, filles de Louis XV,* 1910.

TAPIÉ (Victor), *L'Europe de Marie-Thérèse. Du baroque aux Lumières,* 1973.

THOMAS (Chantal), *La reine scélérate. Marie-Antoinette dans les pamphlets,* 1989.

TSCHUPPIK (Karl), *Marie-Thérèse,* trad. française 1936.

TULARD (Jean), *Les Révolutions de 1789 à 1851,* dans *Histoire de France* dirigée par Jean Favier, t. IV, 1985.

TULARD (Jean), FAYARD (Jean-François) et FIERRO (Alfred), *Histoire et Dictionnaire de la Révolution française, 1789-1799,* 1987, nombr. rééd.

VERLET (Pierre), *Le Château de Versailles,* nouv. éd., 1985.

WALTER (Gérard), *Marie-Antoinette,* 1946.

WALTER (Gérard), *Le Procès de Marie-Antoinette,* 1993, éd. Complexe.

ZACHARY (Dominique), *Marie-Antoinette, la fuite en Belgique,* 2001.

ZWEIG (Stefan), *Marie-Antoinette,* Vienne, 1932, trad. française, Paris, 1934.

ANNEXE 5

INDEX DES NOMS DE PERSONNES

Ne figurent dans cet Index ni Marie-Antoinette, ni Louis XVI, omniprésents dans ce livre. On a également exclu les grandes figures de la Bible et de l'histoire grecque et romaine, ainsi que les personnages littéraires ou mythologiques.

Remerciements

Je tiens à dire ici ma gratitude à ceux qui m'ont apporté une aide précieuse sans laquelle je n'aurais pu mener ce travail à bien. Elle va en tout premier lieu à M. le Professeur Leopold Auer, Directeur des Archives d'État de Vienne, qui m'a donné accès à ses magasins et a tout fait pour me rendre la recherche aisée, ainsi qu'à son adjoint le Docteur Michael Hochedlinger, auteur d'une thèse sur la dégradation des relations franco-autrichiennes sous le règne de Louis XVI, qui m'a guidée dans le maquis des cotes et références et m'a éclairée de ses avis compétents. Je sais gré à Mme Michèle Bimbenet et à Mme Françoise Aujogue, conservateurs aux Archives Nationales de France, et à leurs adjointes, de m'avoir orientée dans mon enquête sur les fonds dont elles ont la garde. Je remercie également Mme Michèle Lorin, membre fondateur de l'Association Marie-Antoinette, qui m'a ouvert généreusement sa bibliothèque. Je renonce à citer nommément, par discrétion et par crainte d'en oublier, tous les amis qui, en me prêtant des livres, en relisant mes manuscrits, en répondant à mes questions, en me faisant ouvrir des portes, ont encouragé mes efforts et allégé ma tâche. Je les en remercie de tout cœur.

Enfin, je ne voudrais pas terminer cette série sur les *Reines de France* sans dire à mon éditeur, Bernard de Fallois, et à toute son équipe — notamment à Michèle Roux, attachée de presse, et à Marie-Claire Ardouin, relectrice et metteur en pages de mes textes — que leur soutien amical et agissant a été pour moi d'un prix inestimable. Un grand merci à eux tous.

Table des illustrations

Table des matières

Composition réalisée par NORD COMPO

Achevé d'imprimer en juin 2006 en Espagne par
LIBERDÚPLEX
Sant Llorenç d'Hortons (08791)
N° d'éditeur : 75223
Dépôt légal 1ère publication : septembre 2003
Édition 03 - juin 2006
LIBRAIRIE GÉNÉRALE FRANÇAISE - 31 rue de Fleurus - 75278 Paris Cedex 06

31/5572/8